U0686739

〔明〕胡文焕 編
李志遠 校箋

群音類選校箋

上册

中華書局

圖書在版編目(CIP)數據

群音類選校箋/(明)胡文焕編;李志遠校箋. —北京:中華書局,2018.8(2020.1 重印)
ISBN 978-7-101-13239-7

Ⅰ.群… Ⅱ.①胡…②李… Ⅲ.古代戲曲-劇本-作品集-中國 Ⅳ.I237

中國版本圖書館 CIP 數據核字(2018)第 104549 號

責任編輯:許慶江

群音類選校箋
(全三册)
〔明〕胡文焕 編
李志遠 校箋
*
中華書局出版發行
(北京市豐臺區太平橋西里 38 號 100073)
http://www.zhbc.com.cn
E-mail:zhbc@zhbc.com.cn
北京瑞古冠中印刷廠印刷
*
850×1168 毫米 1/32・63½印張・6 插頁・1000 千字
2018 年 8 月北京第 1 版 2020 年 1 月北京第 2 次印刷
印數:1501-2000 册 定價:320.00 元

ISBN 978-7-101-13239-7

目録

上册

新刻群音類選官腔卷七

新刻群音類選官腔卷八

新刻群音類選官腔卷九

新刻群音類選官腔卷十

新刻群音類選官腔卷十一

新刻群音類選官腔卷十二

新刻群音類選官腔卷十三

新刻群音類選官腔卷十四

新刻群音類選官腔卷十五

新刻群音類選官腔卷十六

中册

新刻群音類選官腔卷十七

新刻群音類選官腔卷十八

新刻群音類選官腔卷十九

新刻群音類選官腔卷二十

新刻群音類選官腔卷二十一

新刻群音類選官腔卷二十二

新刻群音類選官腔卷二十三

新刻群音類選官腔卷二十四

新刻群音類選官腔卷二十五

新刻群音類選官腔卷二十六

新刻群音類選諸腔目録

新刻群音類選諸腔卷一

新刻群音類選諸腔卷二

新刻群音類選諸腔卷三

新刻群音類選北腔卷六

新刻群音類選清腔目録

新刻群音類選清腔卷一

新刻群音類選清腔卷二

新刻群音類選清腔卷三

新刻群音類選清腔卷四

新刻群音類選清腔卷五

新刻群音類選清腔卷六

南北調

新刻群音類選清腔卷七

新刻群音類選清腔卷八

新刻群音□選目録

新刻群音□選卷一

官腔類

新刻群音□選卷二

序

由李志遠博士主持的中國藝術研究院基本科研業務費項目「《群音類選》箋校與研究」，近日業已順利結項。作爲結項成果的《群音類選校箋》一書，即將由中華書局出版。志遠囑我寫一篇序言，冠于卷首，也不知算是「佛頭著糞」還是「錦上添花」，但是畢竟跟踪這部著作也有六七年了，所以還是答應寫幾句話。

在明代出版史、編輯史、文化史上，浙江杭州人胡文焕是一位不得不提到的「奇人」。他大約出生在明嘉靖三十七年（一五五八）前後，卒于萬曆四十五年（一六一七）以後。曾入國子監讀書，爲監生。但却屢試不第，自言「三戰徒勞，半世羈遲」（【催拍】《落第》，《群音類選》「清腔類」卷八）。萬曆四十一年（一六一三），援例得選湖南耒陽縣縣丞（見清康熙《耒陽縣志》卷四）。

由于仕途不順，胡文焕轉而與書爲伴，潛心于著述、出版。他一生纂輯、彙選、類編的著作，當在八十種左右，在當時頗爲暢銷（參見向志柱《胡文焕〈胡氏粹編〉研究》，北京：中華書局，二〇〇八年，第一六——一九頁）。在這些叢輯著作中，保存了非常豐富的社會、歷史、民俗、文學資料，爲後人展示出繽紛多彩的明代社會狀貌。早在一九三三年，鄭振鐸就稱許胡文煥《游覽粹編》一書，「所載詩、文、詞、曲，多罕見者。就用作明代文學的資料的一點上看來，似較一般的《明文授讀》、《明文在》尤爲重要」(《記一九三三年間的古籍發現》，收入《中國文學研究》下册，北京：人民文學出版社，一九九九年，第四五四頁)。

僅就胡文焕編纂的《群音類選》一書而言，雖然前五卷已佚失，北腔佚卷二、卷三兩卷，但現存仍有三十九卷，收録元明雜劇、傳奇折子戲一百五十七種，散曲包括小令三百二十三首、套曲二百二十九篇。在現存的明代散曲、戲曲選集中，這是保存作品最爲豐富的一部選本。而且，該書收録元明雜劇、傳奇劇目中，有《龍泉記》、《椒觴記》、《泰和記》、《狐白裘記》、《白海棠記》、《江天暮雪》、《三生傳玉簪記》、《分錢記》等五十九種作品的折子戲，迄今未見全本傳世，這是極其寶貴的戲曲文獻資料。而該書收録的大量散曲作品，也成爲明代散曲輯佚的豐富淵藪和校勘的珍貴資料。因此，《群音類選》是一部具有極高歷史價值、文獻價值和學術價值的戲曲、散曲選集。

但是，迄今爲止，單行的《群音類選》一書，衹有影印本，没有校點本，不便于學界廣泛地取資研究。因此將此書的現存刻本完整地加以整理出版，以便利讀者的閲讀和學者的使用，這不僅有助于推進元明清戲曲史、散曲史的研究，也有助于促進中國古代文化史的研究，因此具有重要的學術意義。

從二〇一〇年參加《崑曲藝術大典·文學卷》的編纂工作以來，李志遠博士歷時多年，在深入研究各種劇目版本的基礎上，以北京中華書局一九八〇年影印出版的南京圖書館藏明萬曆間文會堂書坊刻《格致叢書》本《群音類選》爲底本，重新覈查南京圖書館與首都圖書館弆藏的明萬曆間文會堂書坊刻本原書，對該書進行了細緻的點斷、校勘、箋釋等整理工作，最終奉獻給讀者和學者這部「精加工」的《群音類選校箋》。

《群音類選校箋》一書，首先以通行正體繁體字録入，對通假字、古今字、異體字（包括俗體字）等的處理，較爲嚴格地遵循文獻整理的基本規範，充分保證了全書文字録入的可靠性和實用性。該書以國家語委和新聞出版署發布的《標點符號用法》爲依據，對全書文字加以新式標點，尤其是依據傳統曲譜，對曲詞一一加以點斷，用功甚勤，爲讀者閲讀和學者使用該書，提供了極大的便利。

其中該書對俗體字、異體字的處理，特别值得稱許。胡文焕的《群音類選》雖然是刻本，但是因爲手寫體上板，與一般板刻所用的標準宋體字不同，所以該書的字體類同于抄本，保留相當多的字形不遵循規範、筆畫訛誤闕省或草書行書楷化的異體字、俗體字，乃至錯别字。按照一般古籍整理的要求，異體字、俗體字的處理方式與古今字、通假字的處理方式不同，均應直接改定爲規範的正字，否則容易造成人爲的閲讀困難。如果一律照録原書文字，「存真」地保留原書的異體字、俗體字，整理者衹須照録原文，工作量倒是减輕了，但是讀者閲讀和學者使用時，却須費時費力地辨識文字，掃除障礙。因此，《群音類選校箋》一律將這些異體字、俗體字改爲正體繁體字，這就大大提高了該書的使用價值。

在整理原底本的基礎上，李志遠博士還儘可能廣泛地參閲相關劇目的各種版本，仔細地加以斟别選擇，確定合適的對校本和參校本，一一校勘全書文字，并按照校勘規範撰寫校記，體現出良好的文獻學功底和嚴謹的治學態度。他還查閲、參考了各種資料和迄今爲止的研究成果，對每一種劇目和曲目的撰者、劇名、曲名、齣目、題名、版本等相關事項，一一加以箋釋，箋釋内容大都簡明扼要，準確切當，爲研究者提供了豐富的文獻信息，有助于進一步推進元明戲曲和散曲的研究。

當然，古籍整理永遠是一件喫力不討好的工作。人們説「電影是一門遺憾的藝術」，其實，古籍整理又未嘗不是一門「遺憾的藝術」。因爲無論整理者如何「謹小慎微」，最終總還會留下一些不盡如人意之處。因此，每一位負責任的整理者，無論是在整理古籍的過程中，還是在所整理的古籍出版之後，往往都一直伴隨着「如臨深淵，如履薄冰」的感覺。這種「心靈的陰影」，究竟是古籍整理者的不幸呢，還是他們的幸運呢？質諸志遠，不知以爲如何？

是爲序。

郭英德

二〇一八年三月二十二日

前言

《群音類選》是明代萬曆年間胡文煥編選的一部戲曲散曲選集。

胡文煥，字德甫，一字德父，號全庵，別署全道人、抱琴居士、西湖醉漁、洞玄道人等。祖籍江西，居浙江錢塘（今杭州）。生卒年不詳。萬曆四十一年（一六一三）任耒陽縣丞，應主要生活于萬曆年間。胡文煥著述甚富，家有文會堂刻書坊，刻有《格致叢書》、《百家名書》等大型叢書。胡文煥亦從事戲曲創作，作品有傳奇《犀珮記》、《餘慶記》、《奇貨記》、《三晋記》、《完扇記》及雜劇《桂花風》等。《犀珮記》、《餘慶記》、《完扇記》、《桂花風》四劇各有數齣曲文見存于《群音類選》，未見全本傳世；《奇貨記》、《三晋記》二劇已佚。當時的戲曲評論家祁彪佳對胡文煥的戲曲作品評價不高，如評《犀珮記》稱「第供搬演，不耐咀嚼」，評《餘慶記》稱「以《餘慶》名其記，想見作者一副諧媚肺腸，不覺入于媚俗，故傳奇爛套，不收盡不已」，評《三晋記》稱「羅括趙簡子事，惟膚淺庸陋四字耳」〔一〕。不過其編選的《群音類選》，因所收戲曲和散曲的體量超過當前發現的任何一部明代戲曲散曲選，并保留了相當多的未見于他本的戲曲、散曲作品，具有重要的戲曲文獻和學術價值，甚至可以説其對二十世紀八十年代之後重新叙述明代戲曲史有着關鍵作用。

《群音類選》爲胡文焕刊刻的大型叢書《格致叢書》中的一種，因卷首和前五卷缺佚，祇能據《格致叢書》的刊刻情况推斷其約刊刻于明萬曆二十一年（一五九三）至萬曆二十四年（一五九六）左右。今無完帙存世，首都圖書館和南京圖書館都收藏有殘帙。首都圖書館所藏共計三函十六册，爲「官腔類」卷八至卷二十六，内文較少殘缺和蟲蝕，保存情况較好；与南京圖書館所藏相較，基本被包含在内，仅可用来補南京圖書館所藏的部分殘缺处，如「官腔類」卷十七末頁、卷二十六的《炎凉傳》及部分蟲蝕之字。南京圖書館所藏本共計三函三十四册（另有一册爲一九八〇年中華書局影印出版《群音類選》時編製的目録和説明），具體情况如下：

首函共十一册：首册爲一九八〇年中華書局編製的目録和説明；第二册外封右上題「官腔類」，左上題「群音類選一」，卷端題「新刻群音□選卷二　虎林胡氏文會堂校選」，正文起始爲「仙吕點絳唇一套携妓長橋玩月」，卷末題有「類選終」。版心上下對雙白魚尾。第一葉至第二十四葉（葉末文字爲「五供養一套十七换頭」）版心上魚尾上題作「群音類選卷二」；第二十五葉（葉端起始文字爲「愁冗冗恨綿綿」）至第三十六葉（葉末文字爲「一束書和淚對則將這碧桃」版心上魚尾上題作「群音類選卷三」，第三十七葉（葉端起始文字爲「花樹兒來倚也」）至第四十八葉（葉末文字爲「女閻羅笋條兒似年小哥哥花」）版心上魚尾上題作「群音類選卷四」，第四十九葉（葉端起始文字爲「枝兒般可意嬌娥」）至第五十二葉（葉末文字爲「類選終」，正文後實有殘葉）版心上魚尾上題作「群音類選卷五」，可以看出版心「群音類選」之「類」字皆爲挖改；第三冊外封右上題「官腔類」，左上題「群音類選二」，卷端題「新刻群音類選卷一」，版心上魚尾上題「群音類選卷一」，可以看出卷端、版心「群音類選」之「類」字皆爲挖改。内容包括官腔類、諸腔類、北腔類三部分劇曲；第四冊至第十一冊分别爲官腔類卷六至卷十三，其中卷七尾有殘。

二函共十二冊，分别爲官腔類卷十四至卷二十六。

三函共十二冊：首冊至第五冊外封分别題「群音類選二十三」、「群音類選二十四」、「群音類選二十五」、「群音類選二十六」、「群音類選二十七」，爲清腔類卷一至卷八，卷八尾有殘；第六冊至第八冊外封分别題「群音類選二十八」、「群音類選三十」、

「群音類選三十一」，爲北腔類卷一（首有殘）、卷四至卷六；第九册至第十二册外封分別題「群音類選三十二」、「群音類選三十三」、「群音類選三十四」、「群音類選三十五」，爲諸腔類卷一至卷四。

從上面描述可知，南京圖書館藏本首函之第二、三册有人爲挖改，且從第二册來看挖改得非常拙劣；現藏第二册、第三册明顯與内題卷數順序倒乙。

中華書局在影印出版此書時，明顯注意到了南京圖書館收藏本順序的混亂，稱根據南京圖書館收藏的所有部分「爲南京本這部次序混亂的書排列次序」〔二〕，且因首函第二册、第三册之「類」字爲挖改而改作□，全書分作《新刻群音類選》和《新刻群音□選》兩部分，《新刻群音類選》正文依據「官腔類」、「諸腔類」、「北腔類」和「清腔類」四類先後爲序進行編排，《新刻群音□選》正文依據「官腔類」、「諸腔類」和「北腔類」三類先後爲序編排，且重新編製了目録；在影印時據首都圖書館和南京圖書館所藏共有部分擇善而從、互補有無，形成了當今最爲完善的《群音類選》版本。隨後，臺灣學生書局一九八七年出版《善本戲曲叢刊》影印有《群音類選》，正文是以中華書局影印本爲底本；上海古籍出版社二〇〇二年出版《續修四庫全書》影印有《群音類選》，正文是以《善本戲曲叢刊》本爲底本。衹是二本在影印時對底本皆有所改變，如抹去底本上所鈐的多數藏書章等。

《群音類選》現殘存三十九卷，共收録劇作一六三種，散曲二二〇套，小令三二九首。由于該書大量收録元代和明代劇曲、散曲作品，令其具有了保存戲曲文獻的價值。書中選收的很多劇作今已不見他傳，僅能藉助該書使得這些劇作部分齣目内容得以留傳于世。關于這一點，周妙中《江南訪曲録要》、中華書局影印本《群音類選·前言》、吴書蔭《明傳奇佚曲目鈎沉》都有論及。

《群音類選》之「群音」，主要是説明其所選包括當時衆多唱腔類型的作品，如弋陽腔、青陽腔、太平腔、四平腔、北腔等；其「類」也主要是就其編排體例而言，即指其是把不同作品以類相從進行編排。對于《群音類選》中所設立的「官腔類」，因無存编选者的説明文字而難知其意。中華書局影印本《前言》先是稱「官腔」「應指崑曲」，隨後又稱「崑曲被稱爲『官腔』」[三]，此結論基本爲學界所接受。不過就「官腔類」、「諸腔類」、「北腔類」和「清腔類」來看，四類劃分標準并不是統一于聲腔的差異，且如《千金記》，不僅不同選齣分選于「官腔類」和「北腔類」，即使是同一齣如《仙暘書劍》中的不同曲牌【沽美酒】和【玉芙蓉】，也分屬「官腔類」和「北腔類」；另《玉環記》、《繡襦記》等同一劇作的不同選齣也有分屬「官腔類」和「北腔類」，職此故，若是據《群音類選》之「音類」看待所選作品的聲腔屬性，顯然難以得出與事實相符的判斷。據考證，其「官腔類」似應是選收以官話進行舞臺創作的劇作〔四一〕。

《群音類選》在劇曲的編選上，分爲曲、白、科介全選和僅擇選曲文兩種形式：「官腔類」中僅《韓夫人金盆記》和《泰和記》中的《公孫丑東郭息忿争》兩劇曲文、賓白、科介全選録，餘皆是僅擇選曲文。《新編群音類選》的「諸腔類」皆是曲、白、科介全選，而《新編群音□選》的「諸腔類」中《五子登科記》是曲、白、科介全選，《江天暮雪記》則是僅選曲文。《新編群音類選》的「北腔類」中《園林午夢》、《黄花峪跌打蔡紇縖》、《王昭君和番》是曲、白、科介全選，其餘僅是選曲文，而《新編群音□選》的「北腔類」皆是僅選曲文。它的這種重擇選曲文而非曲、白、科介全録，正應合了它是「音」之「類選」的標準。當然，「諸腔類」多是全選，也許是考慮到它們上演、傳播的地域局限性。

《群音類選》不僅編選了衆多劇曲，而且在大量收録同一曲牌曲文的同時，還照顧到不同曲牌的收録，《群音類選》收録了九百多個曲牌。其中比較有意義的是它收録了【兩頭蠻】曲牌，如「官腔類」卷十五《羅囊記·春游錫山》收録了四支，「清腔類」卷八目録有「兩頭蠻四首」〔五〕，這也許爲學界闡釋何謂「兩頭蠻」〔六〕提供了更直接的證據。當然，《群音類選》對曲學的貢獻，還體現在它那爲數不多的注釋文字上，如「諸腔類」卷三《斷機記·秦府賞春》下注稱「内【啄木兒】一套係清曲偷入」，卷四《訪友記·山伯送别》下注稱「【夜行船】一套係古曲偷入，于此不全」，「北腔類」卷五貫酸齋的【粉蝶兒】《西湖十景》下注稱「亦入南北調，近偷入《二紅記》」，這無疑爲探尋散曲與劇曲的相互借用提供了依據。另「北腔類」卷四《王昭君和番》下注稱：「與《寧胡記》不同，此戲南北相雜，音韵不諧，多諸腔中之饒劇也，姑入于此。」通過此劇所用曲牌，可以瞭解同名曲牌在不同聲腔劇種中的變異事實。當然，爲何把「多諸腔中之饒劇」的《王昭君和番》置于「北腔類」，是整理時排序有誤，還是編選者另有所思，還需進一步研究才能得知。

南京圖書館所藏本卷七第二十三葉和第三十三葉倒乙，中華書局影印本從之未改，致使新製目録亦有誤。今鑒于現存《群音類選》版本中中華書局影印本最爲完善，故整理時以之爲底本，并在底本個別文字欠清晰時參以首都圖書館和南京圖書館收藏本，同時糾正底本中存在的倒乙之訛。

本課題的開展，得到了中國藝術研究院二〇一六年基本科研業務費項目的資金支持，最終出版得到中華書局的無私幫助，特别是責任編輯許慶江博士嚴謹、認真、辛苦的付出，爲本書增色不少。郭英德師多年來一直關注本課題的進展并給予指導，今先生又撥冗賜序，令我甚爲感奮。我的同事鄭雷研究員在課題開展方面曾給予較好建議，詹怡萍研究員在本書體例和出版方面給予很大幫助。可以説本書得以面世，正是緣有衆多師友、同事和未曾謀面之賢達的幫助，在此一并謹表以誠摯謝意！

由于本人才疏學淺、聞見寡陋，本書所有之訛誤、舛謬，懇請衆方家不吝批評賜正。

注釋

〔一〕祁彪佳《遠山堂曲品》，《中國古典戲曲論著集成》(六)，中國戲劇出版社一九五九年版。

〔二〕《群音類選·前言》，中華書局一九八〇年版，第五頁。

〔三〕《群音類選·前言》，中華書局一九八〇年版，第三頁、第八頁。

〔四〕具體可參拙作《論〈群音類選〉的編選類分及其官腔類所指》，《中華戲曲》二〇一八年第五十七輯。

〔五〕今僅殘存不足一首。

〔六〕班友書《「兩頭蠻」辨析》(《中華戲曲》二〇〇一年第二十五輯)稱「【兩頭蠻】本爲民間俗曲，産于浙江海鹽一帶，流行教坊，後爲民間戲曲所吸收，可能其唱法有其隨意性。」鄧瑋、鄧翔雲《再論「兩頭蠻」》(《戲曲研究》二〇〇六年第六十九輯)認爲「兩頭蠻」是崑曲變體。

凡例

一　本書文會堂書坊萬曆刊本《群音類選》已無完帙存世，南京圖書館、首都圖書館各收藏部分殘稿，中華書局于一九八〇年對兩館所藏整理後予以影印出版，是爲當今最爲完善的《群音類選》版本。今以中華書局影印本爲底本進行整理；個別文字因文會堂書坊萬曆刊本色淺而致影印本欠清晰者，則以文會堂書坊萬曆刊本爲準。

二　依據一九九〇年國家語委和新聞出版署共同修訂發布的《標點符號用法》，點校全書并均加以新式標點。

三　曲文依據沈璟編《重定南九宮曲譜》、周祥鈺等編《九宮大成南北詞宮譜》、吴梅編《南北詞簡譜》等曲譜點斷，在曲文與以上曲譜句格無法對應時，據曲詞文意點斷。曲文正襯字標識悉依底本，襯字較正文字號小一號。

四　本書以通行正體繁體字録定。凡舊字形，一律依據《新舊字形對照表》，改爲新字形。底本中之通假字、古今字，一律照録，不加改易。底本中之異體字，如係等同異體字，一律徑改爲正體字；如係非等同異體字，則改定爲相應之正體字；如古籍書名、著者名以及某些地名和習語等，使用某一異體字相沿已久且有其獨特原因者，不作改動。戲曲文獻中「們」寫作「每」、「原」寫作「元」之類的慣常用字，不改。

五　本書校勘主要針對底本文意不明、曲牌訛誤、字迹漫漶或殘缺、與其他版本有重要差異等情況。底本有明顯因字形相近致訛者，徑改；底本有訛、脱、衍、倒等誤，據他本或文意改正者，皆出校語。底本文意通順者，不盡羅列不同版本之異文。箋釋内容僅及撰者、劇名、齣目、題名、版本等，對未有全本傳世的劇作簡叙其故事梗概。校箋碼用六角括號（〔一〕〔二〕〔三〕……）置于相應文字之句末右下，校箋文字置于相應正文之後。

六　書中所收散齣，原作有全本傳世時，選擇版本較優或較易見者爲對校本，其他明代戲曲散齣選本爲參校本；無全本傳世時，選擇曲詞異文較少的明代戲曲散齣選本爲對校本，其他散齣選本爲參校本。散曲與小令在有較早作者專集本時，以專集本爲對校本，其他明代選本爲參校本；無專集本時，選擇異文較少的明代選本爲對校本，其他明代選本爲對校本。

七　底本「諸腔類」原目録于劇目下注有主人公，有助于讀者瞭解劇作故事。今整理時于目録中予以保留其面貌，不甚與正文對應。餘皆據正文編製目録。

八　底本文字模糊或殘缺時，以□代之。

九　底本所輯劇曲與存世別本相較，中間若有未輯録的曲牌與曲詞，整理本以空行處理。

新刻群音類選官腔卷六

紅拂記

《紅拂記》，張鳳翼撰。張鳳翼（一五二七—一六一三），字伯起，號靈墟，別署泠然居士。長洲（今江蘇蘇州）人。精通曲律，喜戲曲，時或粉墨登場。著有《處實堂前後集》、《談輅》、《文選纂注》、《夢占類考》、《敲月軒詞稿》等，所撰戲曲作品有《紅拂記》、《祝髮記》、《竊符記》、《虎符記》、《灌園記》、《扊扅記》（存殘曲）、《平播記》（佚），前六種合稱作《陽春六集》。《紅拂記》今存全本，有明萬曆二十九年（一六〇一）金陵繼志齋刻本、明萬曆間杭州容與堂刻本、明萬曆間金陵文林閣刻本、明萬曆間蕭騰鴻刻本、明書林游敬泉刻本、明汪氏玩虎軒刻本、明末吴興凌玄洲校刻朱墨套印本（《古本戲曲叢刊初集》本據之影印）、明末汲古閣原刻初印本、汲古閣刻《六十種曲》本、明末刻本、清乾隆間修文堂輯《六合同春》本、稿本《今樂府選》本、民國初年貴池劉世珩輯刻《暖紅室匯刻傳劇》本等。《紅拂記》傳奇共二卷三十四齣，《群音類選》輯選二十一齣。關于《紅拂記》的版本，可參閲李國强《珍稀的明建本〈紅拂記〉》（《紫禁城》二〇〇六年第三期）等。

李靖渡江〔一〕

【錦纏道】本待學鶴凌霄、鵬摶遠空，嘆息未遭逢，到如今汨灑西風。我自有屠龍劍、釣鰲鉤、射雕寶弓，又何須弄毛錐角技冰蟲。猛可地氣衝衝，這鞭梢兒肯隨人調弄。待功名鑄鼎鐘，方顯得奇才大用，任區區肉眼笑英雄。

【普天樂】謝漁翁相欽重，暫許我仙舟共。汀蘆畔，汀蘆畔驚起栖鴻。波心裏隱見游龍，似憑虛御風。最堪憐是秋江，寂寞芙蓉。

【古輪臺】幸相同，片帆江上挂秋風。可堪驚眼風波裏，南飛烏鵲，繞樹無枝，分明是擇木難容。俯首沉思，轉添惆悵，自慚踪迹久飄蓬。看你儀容俊雅，笑談間氣轉霓虹。多管是吹簫伍相，刺船陳孺，題橋司馬，惜别太匆匆。君今去，不知何處再相逢。

【尾聲】風塵奔走徒虚哄〔二〕，頃刻勞君舟楫功，有日還乘破浪風。

校　箋

〔一〕此齣齣目，繼志齋刻本、容與堂刻本、書林蕭騰鴻刻本、《六十種曲》本、《暖紅室匯刻傳劇》本等全本皆題作「仗策渡江」，《吴歈萃雅》本、《南音三籟》本、《詞林逸響》本、《樂府珊珊集》本、《樂府過雲編》本題作「渡江」，《賽徵歌集》本、《樂府南音》本題作「仗策渡江」，《堯天樂》本、《歌林拾翠》本、《萬家合錦》本題作「仗劍過江」，《南北詞廣韵選》本不題齣目。

〔三〕麈：底本原作「塵」，據繼志齋刻本、容與堂刻本、書林蕭騰鴻刻本、《六十種曲》本、《暖紅室匯刻傳劇》本等改。

紅拂幽叙〔一〕

【駐馬聽】玉笋金鞲，揮麈風前亂攪愁。欲待拂除烟霧〔二〕。

校箋

〔一〕此齣齣目，繼志齋刻本題作「思憶閨情」，容與堂刻本、書林蕭騰鴻刻本、《古本戲曲叢刊初集》本、《暖紅室匯刻傳劇》本題作「秋閨談俠」。《南北詞廣韵選》本亦輯録此齣，無題齣目，僅録【駐馬聽】兩支。

〔二〕「霧」後底本殘缺一頁，此齣僅存此半支。

越府宵游〔一〕

【香柳娘】〔二〕宜清賞。

【前腔】任嫦娥進觴，任嫦娥進觴，天香飄漾，桂枝凝在青雲上〔三〕。舞纖腰楚妝，舞纖腰楚妝，踏月轉霓裳，分輝動羅幌。（合前）

【前腔】任吹風墜霜，任吹風墜霜，身披草莽，寒關夜渡渾無恙。况秋宵正長，况秋宵正長，暫醉白雲鄉，須教洗塵况。（合前）

【前腔】見明月暗傷，見明月暗傷，舊游虛爽，誰懸明鏡青天上？你不須斷腸，你不須斷腸，圓缺漫平章，終須脱塵網。（合前）

校箋

〔一〕底本因脱頁，無此齣目，所選曲文與《古本戲曲叢刊初集》本、《暖紅室匯刻傳劇》本《越府宵游》同，據補。繼志齋刻本題作「良宵玩月」。

〔二〕底本因脱頁，無此曲牌名和部分曲文，僅據《古本戲曲叢刊初集》本、《暖紅室匯刻傳劇》本補出曲牌。

〔三〕凝：《古本戲曲叢刊初集》本、《六十種曲》本、《暖紅室匯刻傳劇》本作「疑」。

逆旅寄迹〔一〕

【集賢賓】寒燈欹枕聽夜雨，堪憐彈鋏無魚。懷刺侯門誰是主？抱奇才未遇明時。沉吟自許，須有日風雲際會。雖逆旅，論囊底不愁資斧。

校 箋

〔一〕此齣齣目，繼志齋刻本題作「旅館舒懷」，容與堂刻本、書林蕭騰鴻刻本、《六十種曲》本、《古本戲曲叢刊初集》本、《暖紅室匯刻傳劇》本題作「英豪羈旅」。

靖謁侯門〔一〕

【啄木兒】蒙尊命，敢浪言，論四海干戈未息肩。祇爲着土木疲民，况邊庭黷武連年。繁刑重斂誰不怨，山林嘯聚争思亂，除是罷役休兵漸撫安。

【前腔】逢佳士，得讜言，河北江南已奠安。自當年駕幸江都，致中原萬姓騷然。我此身重荷朝廷眷〔二〕，扶危定亂真吾願，還要細與賢良計萬全。

【簇御林】看他言慷慨，貌偉然，信翩翩美少年。私心願與諧姻眷，祇是無媒怎得通繾綣？且俄延，須教月下，成就這良緣。

校 箋

〔一〕此齣齣目，繼志齋刻本題作「顧盼衷情」，容與堂刻本、書林蕭騰鴻刻本、《六十種曲》本、《古本戲曲叢刊初集》本、《暖紅室匯刻傳劇》本作「張娘心許」，《歌林拾翠》本題作「見生心許」。

〔二〕卷：底本此字殘，據繼志齋刻本、容與堂刻本、書林蕭騰鴻刻本、《六十種曲》本、《古本戲曲叢刊初集》本、《暖紅室匯刻傳劇》本補。

登高望氣〔一〕

【鎖南枝】看那重雲護，瑞氣浮，分明五城十二樓。生事在吴鈎，機關已成就。倘有勍敵起〔二〕，做項與劉。這紛争，怕粘手。

【前腔】徘徊望，輾轉悲，眼前是非方未休。他王氣黯然收，縱横未分剖。倘有真人起，真可憂。與他做頭敵，恐掣肘。

校箋

〔一〕此齣齣目，繼志齋刻本題作「登高望氣」，容與堂刻本、《六十種曲》本、《古本戲曲叢刊初集》本題作「太原王氣」，書林蕭騰鴻刻本、《暖紅室匯刻傳劇》本題作「觀星望氣」。

〔二〕勍敵：底本原作「劫敵」，據《古本戲曲叢刊初集》本、《六十種曲》本、《暖紅室匯刻傳劇》本改。

紅拂私奔〔一〕

【北二犯江兒水】重門朱户，恰離了重門朱户。深閨空自鎖，正瓊樓罷舞，綺席停歌，改新妝尋鴛侶。西日不揮戈，三星又啓途。鸞馭偷過，鵲駕臨河，握兵符怕誰行來問取。魏姬竊符，分明是魏姬竊符；鷄鳴潛度，討的個鷄鳴潛度。聽更籌，戍樓中漏下玉壺。

【前腔】公門將佐，我是個公門將佐。休猜做亡國虜，正懷揣着令旨，手執銅符，帶烏紗衣挂紫。寄語主更夫，何須竟夜呼。弦上醍醐，燈下氍毹，這時節向陽臺行雲雨。女中丈夫，不枉了女中丈夫；人中龍虎，正好配人中龍虎。不覺的喜孜孜來到草廬。

【懶畫眉】〔二〕夜深誰個扣柴扉，祇得顛倒衣裳試覷渠。元來是紫衣年少俊龐兒，戴星何事匆匆至？莫不是月下初迴擲果車？

【前腔】郎君何事太驚疑，那裏是紗帽籠頭着紫衣。我本是華堂執拂女孩兒，憐君狀貌多奇異，願托終身效唱隨。

【前腔】驟然驚見喜難持，百歲姻緣頃刻時。侯門如海障重圍，君家閨閣非容易，怎出得羊腸免得駟馬追？

【前腔】楊公自是莽男兒，怎會紅粉叢中拔異姿。奴今逸出未忙追，從容定計他州去，一笑風前别故知。

校　箋

〔一〕此齣齣目，繼志齋刻本、容與堂刻本、書林蕭騰鴻刻本、《六十種曲》本、《古本戲曲叢刊初集》本、《暖紅室匯刻傳劇》本題作「俠女私奔」。《詞林一枝》本、《八能奏錦》本、《樂府紅珊》本、《大明春》本、《堯天樂》本題作「紅拂私奔」，《歌林拾翠》本、《賽徵歌集》本和《玉谷新簧》卷五「時興妙曲」題作「俠女私奔」，《吴歈萃雅》本、《詞林逸響》本、《怡春錦》本、《樂府遏雲編》本、《南音三籟》本、《樂府名詞》本題作「私奔」。《南音三籟》本僅收兩支【二犯江兒水】，評爲「人籟」，眉批稱：「詞隱生曰：此曲本係南調，前輩陳大聲諸公作北調者甚多，今《銀瓶記》亦作南唱，可證也。不知始自何人，將《寶劍記》唱作北腔，此後《紅拂》、《浣紗》而下，皆被人作北腔唱矣。然作者元未嘗以北調題之也。況北曲止有【清江引】，别名【江兒水】，與此音調絶不相同。予不自量，敢力正之。」

〔二〕【懶畫眉】：底本原作【畫眉序】，據繼志齋刻本、容與堂刻本、書林蕭騰鴻刻本、《詞林一枝》本、《樂府紅珊》本、《大明春》本、《賽徵歌集》本、《詞林逸響》本、《怡春錦》本、《堯天樂》本、《樂府遏雲編》本、《暖紅室匯刻傳劇》本、《樂府名詞》本等改。

文靖先聲〔一〕

【剔銀燈】他命世姿非凡志氣，王佐略出人頭第。扁舟江上同時濟，兩情歡如魚得水。（合）如今尚無枝可栖，往西京未知他怎的。

【前腔】我求賢嘗勞夢寐，况冰鑒如君無比。果然覓得英雄輩，共圖王掃清何慮。（合前）

校　箋

〔一〕此齣齣目，繼志齋刻本、容與堂刻本、書林蕭騰鴻刻本、《六十種曲》本、《古本戲曲叢刊初集》本、《暖紅室匯刻傳劇》本題作「隱賢依附」。

英雄投合〔一〕

【一江風】路迢迢，霜徑迷荒草，險似王陽道。近前村，曙色將開，又聽金鷄報。盤山渡板橋，盤山渡板橋，宵征不憚勞，穿林早是人家到。

【前腔】翠雲撩，一半塵埋了，膏沐香猶繞。斂修蛾，不倩郎描，不貼花鈿小。不將脂粉調，不將脂粉調，村妝別樣嬌，怕光輝易惹人猜料。

【前腔】那多嬌，窣地香雲繞，一室容光耀。意優閑，禮度從容，似得閨中教。何緣到草茅？何緣到草茅？試語良人道，相逢何必曾相好。

【梁州新郎】〔二〕衝風度夜，披星乘曉，取酒烹羔自勞。何期相遇，片言契結同袍。我自向驪龍頷下，猛虎穴中，透得個機關巧。他在侯門花月隊、鬥丰標，金屋曾經貯阿嬌。（合）相盼處，憐同調。鵲橋偷度諧歡笑，今避地肯辭勞。

【前腔】看你胸襟灑落，儀容窈窕，自合雙飛雙宿。姻緣分定，相逢千里非遥。多感你好逑君子，擇婿佳人，一見相傾倒。好似秦樓乘鳳去、弄璚簫，那銅雀焉能鎖二喬？（合前）

【前腔】這是負心人行短才高，轉眼處把人嘲誚。更爛翻寸舌，易起波濤。果是腹中懷劍，笑裏藏刀，對面情難料。十年今始得、肯相饒，斷首刳心絶獍梟。（合）相邂逅，憐同調。聊當下酒供談笑，君莫惜醉村醪。

【前腔】羨君家氣概雄豪，少年場如君絶少。更報讎雪耻，義比山高。分明是置鉛擊

筑，魚腹藏刀，狙擊沙中巧〔三〕。太山輕一擲，等鴻毛，願結今生刎頸交。（合前）〔四〕

【節節高】風塵暗四郊，奮英豪，斬蛇逐鹿誰能料。祥光繞，紫氣昭，分星耀。個中定有連城寶，青雲有路怕人先到。（合）多管塵埃有真人，須教物色知分曉。

【前腔】侯門一俊髦，挺英標，龍韜豹略曾探討。年方少，氣正豪，心猶小。招賢下士人争道，芳名那更流傳早。（合前）

【尾聲】奇踪秘迹人難料，草草相逢訂久要，明日汾陽會不遥。

校　箋

〔一〕此齣齣目，繼志齋刻本、容與堂刻本、書林蕭騰鴻刻本、《六十種曲》本、《古本戲曲叢刊初集》本、《暖紅室匯刻傳劇》本、《賽徵歌集》本題作「同調相憐」，《南北詞廣韵選》本不題齣目。

〔二〕【梁州新郎】：底本原作「【梁州序】」，據《暖紅室匯刻傳劇》本改。

〔三〕狙：底本原作「徂」，據《六十種曲》、《暖紅室匯刻傳劇》本改。

〔四〕（合前）：底本原無，據《古本戲曲叢刊初集》本、《六十種曲》本、《賽徵歌集》本、《南北詞廣韵選》本、《暖紅室匯刻傳劇》本補。

棋辨真人〔一〕

【高陽臺】黑白分行，縱横異道，須教四裔圍合。先著誰知，個中另有神訣。機設〔二〕，運奇點眼争國手，看指尖誰强誰怯。奮玄籌，乘虚競勢，細求約截。

【前腔】征著，彎掌南麾，馳情北壘，分明霧捲星列。雲起龍翻，須臾勢貌分别。支髮，茂弘局上劫更急，下場頭向誰分説？爲東君，熱心一片，化爲冰雪。

【前腔】摧折，侵地無方，攻城計屈，邅迴轉覺難發。功墮垂成，怎能勾衝擊唐突。休説，應危尋變無救路，恐狐疑反爲擒滅。莫勞神，漫營邊鄙，再求角活。

校　箋

〔一〕此齣齣目，繼志齋刻本、容與堂刻本、書林蕭騰鴻刻本、《六十種曲》本、《古本戲曲叢刊初集》本、《暖紅室匯刻傳劇》本題作「棋决雌雄」。

〔二〕設：底本此字左半殘，據繼志齋刻本、容與堂刻本、書林蕭騰鴻刻本、《六十種曲》本、《古本戲曲叢刊初集》本、《暖紅室匯刻傳劇》本補。

虬髯心折〔一〕

【紅衫兒】他不袠不履自是非常品，滿座風生，那更神清朗，果然是異人。何不就連袂相從，和他草莽中締盟，待風雲同濟昌時，不使青萍負恁。

【前腔】眼前顛倒渾難定，愁憤交并，黍熟勞薪水，分明爲那人。誰知做駕海成橋，枉費力勞心，我如今向世外逃名，有甚争謀競勇。

【醉太平】追省，勞形弊迹〔二〕，嘆蠶絲燕壘，多少經營。似求仙煉藥，空教我指望丹成。難平，不如子晉學吹笙，九天遥已知捷徑。低頭自忖，一腔豪氣，塞滿乾坤。

【前腔】閑評，人謀天命，看茫茫宇宙，得失難憑。尋溪問徑，那知道進退無成。須聽，桃源還自有通津，向漁郎好生尋問。漫縈方寸，無端故作，楚囚悲憤。

校箋

〔一〕此齣齣目，繼志齋刻本、容與堂刻本、書林蕭騰鴻刻本、《六十種曲》本、《古本戲曲叢刊初集》本、《暖紅室匯刻傳劇》本題作「俊杰知時」，《玄雪譜》題作「知機」。

〔二〕弊：底本此字殘缺難辨，據繼志齋刻本、容與堂刻本、書林蕭騰鴻刻本、《六十種曲》本、《古本戲曲叢刊初集》本、《暖紅室匯刻傳劇》本、《玄雪譜》本補。

樂昌訴舊〔一〕

【獅子序】聽説罷，淚似麻，望江南天各一涯。自兵連禍結，社稷丘墟。若提起亡家國緣故，祇教人羞結綺羅。痛臨春，嗟望仙，心傷桃渡。斷腸聲，隔江惟聽，《玉樹》商歌。

【東甌令】我巢金屋，他住錦窠，祇道地久天長無坎坷。争言天塹難飛渡，全憑他險關逾固。那些個山似洛陽多，平地起風波。

【賞宫花】你跟前怎假，我如何不念他？痛惜分連理，應自嘆《蒹葭》。一入侯門深似海，至今顧影愧菱花。

【降黄龍】堪嗟，自那日波查，死别蒼茫，可憐割捨。包羞忍恥，任漁陽羯鼓三撾。休訝，没奈何消遣，料他每萍歸大海難摸。那些個破鏡重圓，落花再發？

【大聖樂】想當時鳳協鸞和，不料如今成話靶。縱不能拼死成名也，怎忍教便拋捨。須知道紅顔自古多薄命，祇落得莫怨東風當自嗟。重提猛省，怎禁那梧桐夜雨，和淚珠飄灑。

校　箋

〔一〕此齣齣目，繼志齋刻本、容與堂刻本、書林蕭騰鴻刻本、《六十種曲》本、《古本戲曲叢刊初集》本、《暖紅室匯刻傳劇》本題作「物色陳姻」，《玄雪譜》本題作「詢舊」。

虬髯贈別〔一〕

【沉醉東風】想當初同出帝畿，正慌忙向他鄉逃避。祇道我似司馬相如，道我似司馬相如，把文君竊去，應猜做琴臺風致。（合）爲郎才女姿，非是雲邀雨期，這情踪傍人怎知？

【前腔】自那日把新妝改易，悄出門偷從君子。祇道我似賈女私窺，道我似賈女私窺，忍損恩負主，應猜做偷香情緒。（合前）

【園林好】乍相逢歡同故知，許相邀不失故期。深自愧資身無計，空兩手造華居，乏執贄效芹私。

【江兒水】一片男兒氣，相投似有期。相逢肯使空歸去？蘭堂桂室堪居住，耕奴織婢堪驅使。資斧千箱完具，盡付君家，好佐那人行事。

【五供養】你驟然來至，他便傾家都付與伊。中間應有意，何必苦推辭。何不同事，使嫂嫂與我同居共處？謀王同力助，定霸兩心齊。談笑功名，斷金之利。

【玉交枝】勞卿勸取，他素心我也未知。事應難濟，方纔説與我端的。他擒兔月中謀已弛，怕從龍人下心難死。又未知他改圖甚的，這其間也秖得隨他意兒。

【川撥棹】休聒絮，我明言須記取。如今向海角天涯，如今向海角天涯，十年間須當建立。定因風寄與伊，定因風寄與伊。

【尾聲】行踪已決留難住，何事別離容易。地北天南，教人起夢思。

校箋

〔一〕此齣齣目，繼志齋刻本、容與堂刻本、書林蕭騰鴻刻本、《六十種曲》本、《古本戲曲叢刊初集》本、《暖紅室匯刻傳劇》本題作「擲家圖國」。

樂昌鏡合〔一〕

【山坡羊】白茫茫六花飛墜，亂紛紛如風飛絮，我虛飄飄浮踪似伊，你看冷颼颼撲面無情緒。我輾轉思，此情訴與誰？他侯門一入深無底，陌路蕭郎，一絲空繫。緘書，關河鴻雁稀；，魂迷，陽臺雲雨疑。

【前腔】眼睁睁瓊簪敲碎，苦哀哀銀瓶剛墜，痛煞煞當時鏡分，哭啼啼各自湮紅泪。這鏡兒，誰將付與伊？分明説與咱詳細。這鏡在懷中，那人兒何處？我待相隨，還愁惹是非；，待不隨，如何得信息？

【前腔】急忙忙隨他來至，他慌張張將咱留住，戰兢兢未知死生，眼巴巴怎望得他來至？這鏡兒，還有會合時。我如今空手没巴臂，半日傖惶，一天憔悴。須知，羞看鬢有絲；，須知，羞看減玉肌。

校箋

〔一〕此齣齣目，繼志齋刻本、容與堂刻本、書林蕭騰鴻刻本、《六十種曲》本、《古本戲曲叢刊初集》本、《暖紅室匯刻傳劇》本題作「破鏡重符」，《南音三籟》本題作「買鏡」，《月露音》本題作「合鏡」。

破鏡重圓〔一〕

【二郎神】慢悒怏，嘆一雁西飛路渺茫，正鎩羽垂頭無倚仗。浪書空咄咄，迤逗柔腸。

那裏有心情來妄想，任冷落梅花孤帳。（合）空相望，似隔河牛女，對面參商。

【前腔】堪傷，秦樓鳳去，簫聲絶響，把花草吴宫成夢想。記盈盈十五，妝成始嫁王昌。嘆回首珠簾塵結網，把伉儷一時撇漾〔二〕。（合前）

【囀林鶯】看他垂垂偷墮泪兩行，使人驀地心傷。他經年寂寞芙蓉帳，分明我拆散鸞凰。把他青春虚曠，埋没了畫眉張敞。（合）漫思量〔三〕，忍見這低頭展轉迴腸。

【前腔】聽他言辭多慨慷，想他不甚堤防。衹是檻猿籠鳥難親傍，料别來消減容光。焦心勞攘，怕眼下風波翻掌。（合前）

【啄木鸝】聞嚴教，自忖量，侍尊前强把愁顔放。若教人弃舊憐新〔四〕，怎下得義負恩忘？盈盈泪閣秋波泱，重重恨鎖春山上〔五〕。論兒郎，羅敷空有，漫效野鴛鴦。

【前腔】新詩句，倍慘傷，想啼笑俱難非是謊。算咱每風月襟懷，肯教人雲雨分張？你當初鏡破鸞孤往，管今朝重合妝臺上。謝伊郎，使君有婦，肯效野鴛鴦？

【黄鶯兒】幾載歷冰霜，喜春回連理芳，債緣勾却三生帳。新愁頓忘，舊約頓償，一朝提挈青雲上。（合）告蒼蒼，願他籌添海屋，福祉似川長。

【前腔】公相度汪洋，續冰弦賴主張，妝樓打叠秋波望。鏡重圓轉光，花重發轉香，這般

恩德如天樣。（合前）

校　箋

〔一〕此齣齣目，繼志齋刻本題作「伉儷重偕」，容與堂刻本、書林蕭騰鴻刻本、《六十種曲》本、《古本戲曲叢刊初集》本、《暖紅室匯刻傳劇》本題作「楊公完偶」，《月露音》本、《樂府遏雲編》本題作「完偶」。

〔二〕撇漾：底本原作「撇樣」，據《古本戲曲叢刊初集》本、《六十種曲》本、《暖紅室匯刻傳劇》本、《月露音》本、《南北詞廣韻選》本改。

〔三〕量：底本原作「重」，據繼志齋刻本、容與堂刻本、書林蕭騰鴻刻本、《六十種曲》本、《古本戲曲叢刊初集》本、《暖紅室匯刻傳劇》本、《月露音》本、《樂府遏雲編》本、《南北詞廣韻選》本改。

〔四〕若：底本原作「苦」，據繼志齋刻本、容與堂刻本、書林蕭騰鴻刻本、《六十種曲》本、《古本戲曲叢刊初集》本、《暖紅室匯刻傳劇》本、《月露音》本改。

〔五〕春：底本此字殘缺，據繼志齋刻本、容與堂刻本、書林蕭騰鴻刻本、《六十種曲》本、《古本戲曲叢刊初集》本、《暖紅室匯刻傳劇》本、《月露音》本、《南北詞廣韻選》本補。

虬髯退步〔一〕

【北新水令】一鞭殘角斗横斜，猛回頭壯心猶熱。帝星明復隱，王氣見還滅。漫自評鷩，打叠起經綸手霸王業。

【南步步嬌】逶迤山徑堆黄葉，雁外流霜月。迢迢去路賒，地北天南，魂飛難越。無端車馬嘆馳驅，從征又與家鄉别。

【北折桂令】坐談間早辨龍蛇，把袖裏乾坤，都做夢裏蝴蝶。狠的人海沸山裂，不禁支髮，空跌雙靴。衹因爲認做豐沛豪杰，因此上小覷了韓彭功烈。所事撑達，與他争甚麽鳳食鸞栖，我自向碧梧中别尋個枝節。

【南江兒水】摇落長途裏，西風分外裂。秦娥夢斷秦樓月，樂游原上清秋節。咸陽古道音塵絶，柳色年年傷别。西望長安，那裏是雲中宫闕。

【北雁兒落帶得勝令】〔二〕空打熬的計團圞，把我機關設。空磨籠的事完成，把我心腸竭。誰知道遇敵劫，把利名繮收不迭。怎肯造赤眉業？怎肯蹈烏江轍？休説，早覷了上場頭一盤兒折〔三〕；興滅，咱若是不識時幾送了也。

【南僥僥令】裙釵應有恨，豪杰漫咨嗟。偌大江山都抛捨，又何必絮叨叨多話説〔四〕。

【北收江南】呀，到頭來未免受顛蹶〔五〕，算不如早明决。早知拿雲握霧手，嘆摧折〔六〕，待學東陵種瓜瓞〔七〕，却教人垂頭無語自悲咽。

【南園林好】車盤桓雙輪似弛〔八〕，馬迍邅雕鞍污沙。成都市空勞占卦。愁心緒〔九〕，亂如麻；堆鴉鬢，點霜華。

【北沽美酒帶太平令】行過處鬼門涉，巴前路九疑遮，隱隱波濤似捲雪。望洋心空切，變桑田幾多歲月。祖龍橋舊基磨滅，淘不盡我心性薄劣，洗不清我面皮紅熱。傷嗟，痛嗟，若不自寧貼，那紛争幾時休歇？

【南尾聲】層層蜃市成宫闕，仔細看來都幻也，空使心機催鬢雪。

校箋

〔一〕此齣齣目，繼志齋刻本題作「髯客歸海」，容與堂刻本、書林蕭騰鴻刻本、《六十種曲》本、《古本戲曲叢刊初集》本、《暖紅室匯刻傳劇》本題作「髯客海歸」，《月露音》本題作「下海」，《樂府遏雲編》本題作「落海」，《歌林拾翠》本、《賽徵歌集》本題作「捐家航海」，《樂府南音》本、《怡春錦》本題作「航海」，《詞林白雪》本題作「赴海」。

〔二〕得：底本原作「德」，據書林蕭騰鴻刻本改。

〔三〕折：《六十種曲》本、《暖紅室匯刻傳劇》本、《月露音》本、《樂府遏雲編》本、《南北詞廣韵選》本、《樂府南音》本、《賽徵歌集》本、《詞林白雪》本作「拆」。

〔四〕又何：底本此二字殘缺，據《六十種曲》本、《暖紅室匯刻傳劇》本、《月露音》本、《樂府遏雲編》

本、《南北詞廣韵選》本、《歌林拾翠》本、《樂府南音》本、《賽徵歌集》本、《詞林白雪》本補。

〔五〕顛蹶：底本此二字殘缺，據《六十種曲》本、《暖紅室匯刻傳劇》本、《月露音》本、《樂府遏雲編》本、《南北詞廣韵選》本、《歌林拾翠》本、《樂府南音》本、《賽徵歌集》本、《詞林白雪》本補。

〔六〕折：底本此字殘缺，據《六十種曲》本、《暖紅室匯刻傳劇》本、《月露音》本、《樂府遏雲編》本、《南北詞廣韵選》本、《歌林拾翠》本、《樂府南音》本、《賽徵歌集》本、《詞林白雪》本補。

〔七〕待學東陵：底本此五字殘缺，《六十種曲》本、《暖紅室匯刻傳劇》本、《月露音》本、《樂府遏雲編》本、《南北詞廣韵選》本、《歌林拾翠》本、《樂府南音》本、《賽徵歌集》本、《詞林白雪》本補；颭：底本無此字，據《六十種曲》本、《暖紅室匯刻傳劇》本、《月露音》本、《樂府遏雲編》本、《歌林拾翠》本補。

〔八〕車盤桓雙：底本此四字殘缺，據《六十種曲》本、《暖紅室匯刻傳劇》本、《月露音》本、《樂府遏雲編》本、《南北詞廣韵選》本、《歌林拾翠》本、《樂府南音》本、《賽徵歌集》本、《詞林白雪》本補。

〔九〕心緒：底本此二字殘缺，據《六十種曲》本、《暖紅室匯刻傳劇》本、《月露音》本、《樂府遏雲編》本、《南北詞廣韵選》本、《歌林拾翠》本、《樂府南音》本、《賽徵歌集》本、《詞林白雪》本補。

勉夫求名〔一〕

【桂枝香】四方鼎沸，群雄蜂起。若還不出度經綸〔二〕，恐怕你置身無地。把家財贈伊，家財贈伊，資身有具，何須縈繫？漫遲疑，試看龍虎紛争日，豈是鴛鴦穩睡時？

【前腔】平生意氣，須教遭際。終不然爲枳棘鸞栖〔三〕，肯誤却雲霄鵬翅。是英雄可依，英雄可依，奇勛可致，不免暫時抛弃。肯遲疑，從今大笑出門去，不斬秦關誓不歸。

【長拍】滚滚征塵，滚滚征塵，重重離思，迢迢去程無際。我欲言還止，轉教人心折臨岐。無奈燕西飛，更生憎影煢煢伯勞東去。祇怕蕭條虚綉户，禁不得門掩梨花夜雨時。縱不然化做了望夫石，也難免春來瘦了腰肢。

【短拍】泪染冰綃，泪染冰綃，愁濃緑蟻，爲功名難免别離。自笑處囊錐，解不開這些愁緒，怎理得亂繩千縷？早圖個分茅列土，趲歸路促高車。

【尾聲】修書須把平安寄，織得迴文付與誰，祇索夢趁飛花逐馬蹄。

校箋

〔一〕此齣齣目，繼志齋刻本題作「髯客歸海」，容與堂刻本、書林蕭騰鴻刻本、《六十種曲》本、《古本戲曲叢刊初集》本、《暖紅室匯刻傳劇》本題作「教婿覓封」，《歌林拾翠》本題作「覓封送别」。《暖紅室匯刻傳劇》本異文較多。

〔二〕度：繼志齋刻本、容與堂刻本、書林蕭騰鴻刻本、《六十種曲》本、《古本戲曲叢刊初集》本、《暖紅室匯刻傳劇》本、《歌林拾翠》本作「展」。

〔三〕不：底本此字殘缺，據繼志齋刻本、容與堂刻本、書林蕭騰鴻刻本、《六十種曲》本、《古本戲曲叢刊初集》本、《暖紅室匯刻傳劇》本、《歌林拾翠》本補。

紅拂寄訊〔一〕

【解三酲】想那日瑟調琴弄，嘆中途付與東風。祇道今生已作鴛鴦冢，誰承望再睹乘龍〔二〕。今宵剩把銀釭照，猶恐相逢是夢中。（合）恩山重，把斷弦再續，勝似鸞封。

【前腔】恨當時强移恩寵，爲相思泪染鵑紅。祇道是永隔行雲夢，誰知道重上巫峰。延平寶劍看重會，合浦明珠喜再逢。（合前）

【不是路】避難匆匆，改换衣裝毁玉容。心驚恐，未知何處可潛踪。來到這村中，看一灣流水三山拱，五柳當門半畝宫。相借重，到門不敢來題鳳〔三〕。莫嫌驚動，莫嫌驚動。

【前腔】勞想仙踪，似一片花飛故苑空。今匆冗，緣何飄泊到簾櫳？竟相從，他出門投主我無人共〔四〕，誰料咸陽起賊烽。心汹汹，不期到此叨陪奉。莫嫌驚動，莫嫌驚動。

【太師引】嘆飄蓬，匣鏡塵埃重，似孤猿別鶴和斷鴻。恨劍擁玉人西去，漫尋消問息難通。將新詩五言來打動，因此上放出雕籠。我怕聽的景陽曉鐘，故尋個深山深處絶踪。

【前腔】霎時相見諧鸞鳳，向荒村與俠士偶逢。憐取相如四壁，把家資罄竭相供。懷金仗策圖建立，我孤身自守房櫳。誰知道强賊恣兇，滿京城家逃户走難容。

【前腔】你倉忙避寇誰趨捧？況烽烟隔絶故宫。你若是尋夫遠道，怎禁得宿水餐風。當時既叨同畫閣，又何妨茅宇相共。終不然教你西我東〔五〕，今日須暫留魚乘從容。

【三學士】看你才華真出衆，更兼眉宇豐隆。若還不展鯤鵬翅，可不負了平生錦綉胸。（合）但願功成金印重，天山定，早挂弓。

【前腔】數載飄零似轉蓬，爲恩情多少磨礱。今朝暫捨吹簫侣，來日還圖夾日功。（合前）

【前腔】亂後分離喜再逢，把歡踪又作離踪。祇怕你蹉跎歲月征鞍上，我消盡容華破鏡

中。（合前）

校箋

〔一〕此齣齣目，繼志齋刻本、容與堂刻本、書林蕭騰鴻刻本、《六十種曲》本、《古本戲曲叢刊初集》本、《暖紅室匯刻傳劇》本題作「奇逢舊侶」，《歌林拾翠》本題作「避難奇逢」。《南北詞廣韵選》本僅録【解三酲】兩支。

〔二〕睹：底本此字殘缺，據繼志齋刻本、容與堂刻本、書林蕭騰鴻刻本、《六十種曲》本、《古本戲曲叢刊初集》本、《暖紅室匯刻傳劇》本、《歌林拾翠》本、《南北詞廣韵選》本補。

〔三〕敢：底本此字殘缺，據繼志齋刻本、容與堂刻本、書林蕭騰鴻刻本、《六十種曲》本、《古本戲曲叢刊初集》本、《暖紅室匯刻傳劇》本、《歌林拾翠》本補。

〔四〕主：底本原作「王」，據繼志齋刻本、容與堂刻本、書林蕭騰鴻刻本、《六十種曲》本、《古本戲曲叢刊初集》本、《暖紅室匯刻傳劇》本、《歌林拾翠》本改。

〔五〕不：底本此字殘缺，據繼志齋刻本、容與堂刻本、書林蕭騰鴻刻本、《六十種曲》本、《古本戲曲叢刊初集》本、《暖紅室匯刻傳劇》本補。

計獲高麗〔一〕

【錦上花】伐木四山幽，揮斧風颼。丁丁響處，鬼哭猿愁。一時休，一時休，出不得樵夫手。

【前腔】放下釣魚鈎，心在竿頭。鰲魚怎得，擺尾揺頭？一時休，一時休，出不得漁人手。

【前腔】小國恣兇謀，戰敗何投？軍機緊急，怎敢淹留？一時休，一時休，脱不得屠龍手。

校　箋

〔一〕此齣齣目，繼志齋刻本、容與堂刻本、書林蕭騰鴻刻本、《六十種曲》本、《古本戲曲叢刊初集》本、《暖紅室匯刻傳劇》本題作「計就擒王」。

重會虬髯〔一〕

【玉交枝】乍驚還喜，在他鄉得逢故知。想當時靈右成交誼〔二〕，十年餘遠隔天涯。無端越鳥驚北飛，誰知胡馬在西風裏。論君才須當遇時，但未知致身甚術？

【前腔】當時別去，向西方悄投事機。見扶餘國亂無明主，因此上用計圖之。鷦鷯不從鵬遠飛，魴魚暫邇鮫人住。羨君家終能致主，任專征提兵萬里〔三〕。

【玉胞肚】雄才俠氣，久聞君每勞夢思。逢季布不羨千金，識荆州萬户何忮。（合）明朝連轡，卿雲繞路耀旌旗，共謁明光飲至歸。

【前腔】功名萬里，取元兇仗君虎威。想前日發檄飛書，俱是我參軍奇計。（合前）

校　箋

〔一〕此齣齣目，繼志齋刻本、容與堂刻本、書林蕭騰鴻刻本、《六十種曲》本、《古本戲曲叢刊初集》本、《暖紅室匯刻傳劇》本題作「天涯知己」。

〔二〕右：《六十種曲》本、《暖紅室匯刻傳劇》本作「石」，按：《六十種曲》本第一齣《傳奇大意》【鳳凰臺上憶吹簫】作「靈右停車」，而《暖紅室匯刻傳劇》本則作「靈石停車」，他本多作「右」。

〔三〕提：底本此字殘缺，據繼志齋刻本、容與堂刻本、書林蕭騰鴻刻本、《六十種曲》本、《古本戲曲叢刊初集》本、《暖紅室匯刻傳劇》本補。

紅拂胥慶〔一〕

【二犯傍妝臺】粉褪玉肌香，無邊春事掛垂楊。恨落紅鋪砌穩，聽杜宇喚愁忙。平蕪盡處春山小〔二〕，花壓闌干春晝長。（合）一般情況，幾回斷腸，祇落得盈盈秋水淚汪汪。

【前腔】閨夢繞遼陽，怪來空帳冷牙床。任從他銷蝶粉，聽不得奏鶯簧。寫愁無奈裁詩

苦，織錦頻添綉綫長。（合前）

【不是路】金勒絲繮，柳外垂鞭拂短墻。停驂望，依然流水繞村莊。是誰行？敢是鄰家女伴來相訪？且請從容聽話長。解行囊，當年紅拂渾無恙。漫勞惆悵，漫勞惆悵。

【紅衲襖】他莫不是未遭逢漂流轉異鄉？莫不是享榮華把舊恩情渾撇漾？待教我白頭寫恨空勞攘，因此上紅拂傳情竟渺茫。這話兒教人怎詳？這心兒教人怎放？爲甚的舊物空歸也，衹落得萬縷千絲攪寸腸。

【前腔】莫不是路迢迢風塵中到不得遼海傍〔三〕？莫不是密鏘鏘劍戟把你相攔當？莫不是萬軍中痛青年送戰場？因此上一封書把紅拂空回往。莫不是改調他方？莫不是路阻無梁？多應是將到天台也，先遣劉郎候阮郎。

【刮鼓令】當日赴戰場，冒軍法險受殃。賴聖主仁兄相救，屢立奇功擒虎狼。路上遇徐郎，開緘喜聞陳姨相傍。且賴他籌策破金湯，爲徵發因得會名王〔四〕。

【前腔】辭别去杳茫，嘆孤身滯海邦。歷盡了風波勞頓，久從軍駕海航〔五〕。自爲利名繮，歸心大刀，終宵怏怏。幸今日返旆水雲鄉，喜依然雙燕在雕梁。

【前腔】離别久暗傷，減腰圍褪容光。禁不得迷蕪春望〔六〕，恨王孫戍遠方。寂寞度年芳，今朝喜聞，功成平壤。看男兒衣錦早還鄉，免教人買卜問行藏。

【前腔】嘆築室道傍，猛回頭泪兩行。爲祇爲雄心難下，把他鄉作故鄉。歸興已茫茫，今朝喜與，故人相向。把微功漫録在封章，再休題四海一空囊。

【山花子】和風獻捷蓬萊上，喜清時際遇明良。聽歌謳歡騰萬方，天階拜祝霞觴。（合）息邊烽蒼生阜康，閭閻擊壤樂未央。虞庭管取儀鳳凰，惟願天心，永祐皇唐。

【前腔】孤身失國無依仗，嘆頑砆自愧圭璋〔七〕。喜參謀功高定襄〔八〕，今朝分得餘光。（合前）

【前腔】中原一别成虚想，半生來客寄遐荒。慘雲霞隔絶故鄉，豈期功奏擒王。（合前）

【撲燈蛾】雲生五色光，彩結三芝上。當此太平日，夫婦共遭恩養也。共歡呼瞻望，任教賀燕繞華堂。（合）蕊花枝時來須放，笑塵埃誰解識賢良。

【前腔】花生銀燭光，春滿珠簾上。今朝共歡會，佳辰永諧繾綣也。看春光醞釀，喜孜孜和氣毓蘭房〔九〕。（合前）

【尾聲】休論聚散如翻掌，還與天工做主張，留取千年作話揚。

校　箋

〔一〕此齣齣目：繼志齋刻本題作「封贈團圓」，汪氏玩虎軒刻本、容與堂刻本、《古本戲曲叢刊初集》本題作「華夷一堂」，《六十種曲》本題作「華夷一統」，書林蕭騰鴻刻本、《暖紅室匯刻傳劇》本題作「華夷一室」。按：各本首支【刮鼓令】前有【生查子】一支，首支【山花子】前有【粉蝶兒】一支，【生查子】爲生、外共唱曲，【粉蝶兒】爲末唱曲，疑與所選曲皆爲生、旦唱不同，故《群音類選》未輯録。《月露音》本題作「喜音」，僅録【二犯傍妝臺】二支、【不是路】一支、【紅衲襖】二支。

〔二〕蕪：底本此字殘缺，據繼志齋刻本、容與堂刻本、書林蕭騰鴻刻本、《六十種曲》本、《古本戲曲叢刊初集》本、《暖紅室匯刻傳劇》本補。

〔三〕中：底本此字殘缺，據繼志齋刻本、容與堂刻本、書林蕭騰鴻刻本、《六十種曲》本、《古本戲曲叢刊初集》本、《暖紅室匯刻傳劇》本、《月露音》本補。

〔四〕徹：底本此字殘缺，據繼志齋刻本、容與堂刻本、書林蕭騰鴻刻本、《六十種曲》本、《古本戲曲叢刊初集》本、《暖紅室匯刻傳劇》本補。

〔五〕從：底本原作「後」，據繼志齋刻本、容與堂刻本、書林蕭騰鴻刻本、《六十種曲》本、《古本戲曲叢刊初集》本、《暖紅室匯刻傳劇》本改。

〔六〕迷蕪：繼志齋刻本、容與堂刻本、書林蕭騰鴻刻本、《六十種曲》本、《古本戲曲叢刊初集》本、《暖紅室匯刻傳劇》本作「蘼蕪」。

〔七〕砆：底本此字殘缺，據繼志齋刻本、容與堂刻本、書林蕭騰鴻刻本、《六十種曲》本、《古本戲曲叢刊初集》本、《暖紅室匯刻傳劇》本補。

〔八〕高：底本原作「亭」，據繼志齋刻本、容與堂刻本、書林蕭騰鴻刻本、《六十種曲》本、《古本戲曲叢刊初集》本、《暖紅室匯刻傳劇》本改。

〔九〕房：底本此字殘缺，據繼志齋刻本、容與堂刻本、書林蕭騰鴻刻本、《六十種曲》本、《古本戲曲叢刊初集》本、《暖紅室匯刻傳劇》本改。

玉簪記

《玉簪記》，高濂撰。高濂（一五二七—一六九三以後），字深甫，號瑞南，別署湖上桃花漁、千墨主、萬家居。錢塘（今浙江杭州）人。明隆慶元年（一五六七）入北京國子監，隆慶六年（一五七二）入貲待選鴻臚寺，因父喪未及補官，歸隱西湖。熟悉音律，喜按拍度曲，同曲家梁辰魚、汪道崑、屠隆等均有交往。著有《雅尚齋詩集》、《芳芷樓詞》、《遵生八牋》等，所撰戲曲作品有《玉簪記》、《節孝記》兩種，皆傳。《玉簪記》今存全本，有明萬曆間繼志齋刻本（《古本戲曲叢刊初集》、《續修四庫全書》據之影印）、明萬曆間文林閣刻本、明萬曆間長春堂刻本（《日本所藏稀見中國戲曲文獻叢刊》第一輯據之影印）、明萬曆間刻白綿紙印本、明萬曆間世德堂刻本、明萬曆間書林蕭騰鴻刻本（清乾隆間修文堂輯印《六合同春》本據之影印，《不登大雅文庫珍本戲曲叢刊》據《六合同春》本影印）、明末新都青藜館刻本、明崇禎間蘇州寧致堂刻本、明末汲古閣原刻初印本、汲古閣刻《六十種曲》本等。《玉簪記》共兩卷三十四齣，《群音類選》輯選二十四齣。關于《玉簪記》的選本情況，可參閲侯蘇《明清戲曲選本〈玉簪記〉》（《大舞臺》二〇一二年第四期）。

潘公遣試〔一〕

【園林好】念咫尺驕驄遠游，奈瀟瑟庭幃景幽。此去雲山迤逗，揾不住泪雙流，按不下苦心頭。

【江兒水】習學時方就，功名志欲酬。上林試展攀花手，未行先問歸時候。休因離別重回首，快着絲鞭馳驟。豹尾螭頭，佩玉争先左右。

【五供養】胸中自剖，論所學孰先孰後。詞傾三峽水，氣吐五湖秋。親行景入，夕陽衰柳。關河空有夢，離恨倩誰收？腸斷雲霓，泪沾紅袖。

【玉交枝】行囊簇就，門兒外蘭棹待舟。征帆早渡潮時候，休因離別綢繆。樟亭風露不慣游〔二〕，河橋車馬當先後。望白雲頻瞻故丘，上青雲名揚鄉舊。

【川撥棹】〔三〕難消受，夢初回風雨稠。但得你身占鰲頭，但得你身占鰲頭，繼簪纓佐衮旒。且登臨莫强留，把音書頻寄修。

【尾聲】泪痕别處迤紅豆，客路不堪回首，莫把閑心在歸處留〔四〕。

校　箋

〔一〕此齣齣目，繼志齋刻本、長春堂刻本題作「潘公遣試」，《六十種曲》本題作「命試」。

〔二〕樟：長春堂刻本作「草」。

〔三〕川：底本此字殘缺，據繼志齋刻本、長春堂刻本、《六十種曲》本補。

〔四〕歸：長春堂刻本作「彼」。

兀术南侵〔一〕

【普天樂】錦雲聯繁華境，看花柳開相映。鶯啼處，鶯啼處畫閣朱扃，淡悠悠水遠共山横。（合）呀，看旌旗掩映，刀槍耀日明。聽馬前哈喇千里，千里血染猩猩。

【北朝天子】雁南飛入雲〔二〕，兔深藏茂林，聽轟雷喊呐齊争勝。翻天倒浪〔三〕，鬧嚷嚷哈吽〔四〕，急睁睁如狼狠。吹嗶嘌幾聲，打羯鼓幾聲，好撒銀撒銀撒撒銀〔五〕。摟紅妝曉還未醒，曉還未醒，打辣酥堪消悶〔六〕，打辣酥堪消悶〔七〕。

【普天樂】奪山河爲吾境，拚殺得天花净〔八〕。長江上，長江上萬馬争鳴〔九〕，嚇殺人陣陣也金兵。（合前）

【北朝天子】見山城幾墩，見樓臺幾村，那塵埃滚滚人逃奔。天昏地黑，哭哀哀唉聲〔一〇〕，我這裏笑哈哈齊把弓刀整。擺霜蹄幾程，列戰舸幾程，密密弸密弸密密弸。鼓兒打咚咚的緊，咚咚的緊，怕甚麽人不順，怕甚麽人不順。

校箋

〔一〕此齣齣目，《六十種曲》本題作「南侵」。

〔二〕雁：底本此字殘，據繼志齋刻本、長春堂刻本、《六十種曲》本補。

〔三〕浪：底本此字殘，據繼志齋刻本、長春堂刻本、《六十種曲》本補。

〔四〕鬧嚷：底本此二字殘，據繼志齋刻本、長春堂刻本、《六十種曲》本補。

〔五〕好撒銀撒：底本此四字殘，據繼志齋刻本、長春堂刻本、《六十種曲》本補。

〔六〕酥堪消悶：底本此四字殘，據繼志齋刻本、長春堂刻本、《六十種曲》本補。

〔七〕打：底本此字殘，據前文補。

〔八〕天花净：底本此三字殘，據繼志齋刻本、長春堂刻本、《六十種曲》本補。

〔九〕長：底本此字殘，據繼志齋刻本、長春堂刻本、《六十種曲》本補；長江上：《六十種曲》本作「萬馬」。

〔一〇〕唉：《六十種曲》本作「喊」。

陳母遇難〔一〕

【花落寒窗】盼庭柯幾度煩煎，走蕭蕭敗葉翩翩。含香春信，望斷隴頭人遠，想寥落白頭增嘆〔二〕。此言，夢惹魂牽，使人腸斷心剜。

【前腔】嘆人生萬事由天，又何須苦苦埋冤？此身飄泊，一似湛露浮烟，那些個翠遮紅掩。赧言，泪漬愁添，祇憂春老庭萱。

【不是路】急報堂前，驟擁貔貅萬騎烟。連天暗，轟雷殺氣怎遮攔？泪潸潸，難中霜雪重重見，教我母子孤單去向難。休嗟嘆，眼前生死須臾險。急忙逃竄，急忙逃竄。

【皂角兒】拚一命先歸九泉〔三〕，祇愁你孤身誰看？行不動去國艱難，嬌怯怯幾曾經慣？聽奔雷，驚飛電，馬和旗，槍和劍，浪滾風翻。（合）孤身遭變，便死又難。念娘兒怎生割捨，地北天南？

【前腔】哭啼啼泪眼枯乾，叫嬌兒在何方追趕？叫不應愁恨衝天，死和生叫我怎生打探？莫不是生投人，死投鬼？逃得過今朝難，野樹深山。（合前）

【前腔】亂紛紛地滚天翻，軟怯怯孤身羞面。雁聲孤月露江烟，鶯啼怯風愁雨怨。到如今誰投奔？水程長，山程遠，地冷雲寒。兒遭分散，娘歸那邊？綉鞋兒不禁嬌顫，塞北江南。

校箋

〔一〕此齣齣目，《六十種曲》本題作「遇難」。

〔二〕落：底本此字殘缺，據《六合同春》本、《六十種曲》本補。

〔三〕泉：底本此字殘缺，據繼志齋刻本、長春堂刻本、《六十種曲》本補。

避難投庵〔一〕

【宜春令】遭兵火，值亂離，似絮隨風無所歸。路途未慣，脚跟先遭狼狽。烏衣巷燕落香泥，紅亭路鶯愁花雨。悲啼，遇難如今有誰堪寄？

【前腔】聽哀怨，聲慘凄，女娘家在何方住居？看他愁緒，有萬千憂在眉間住。却原來是家破無依，那些個人來投主。尋思，你且向空門暫時投寄。

【前腔】香三炷，理六時，聽人聲又早堂前報知。空門滋味，捱黄齏苦守着閑時序。但願你受着五戒三皈，説什麽琛璃金翠。須知，這都是千里有縁能會。

【猫兒墜】看他儀容修潔，舉止大人家〔二〕。粉褪紅銷兩泪麻，從今休戀舊繁華。嗟呀，我母親不知他生死天涯。

【前腔】重生骨肉，恩德竟無涯，奔走髡鉗幸有家。黄臺休怨抱無瓜。瀟灑，且向空門中暫度年華。

校　箋

〔一〕此齣齣目，《六十種曲》本題作「投庵」。

〔二〕止：底本此字殘缺，據繼志齋刻本、長春堂刻本、《六十種曲》本補。

于湖借宿〔一〕

【鎖南枝】河南郡，是故園，王通姓名曾選元。游學泛吴船，尋幽到别院〔二〕。蒙下榻，信有緣；更欲借蓮池，濯凡念。

【前腔】離家舍，今有年，五旬虛度塵世間。法成家姓潘，和州歷陽縣。唐高祖，創善緣；久崩頽，是我重建。

【前腔】穿蘿徑，進鶴軒，我把秋波轉屏後邊。何處客臨軒，斂衽且相見。他放棹入桃源，投栖過庭院。念蒲柳，甘弃捐；愧荒涼，何因款劉阮？

【前腔】他是人間種，休猜做天上仙，妙常姓陳方幼年。瀟灑出塵凡，禪居在別院。他是金莖露，玉井蓮；不是照凌波，夢中見。

校箋

〔一〕此齣齣目，《六十種曲》本題作「假宿」。

〔二〕尋幽到別院：繼志齋刻本、長春堂刻本、《歌林拾翠》本、《六十種曲》本作「尋閑到禪院」。

陳母投親〔一〕

【園林好】看天機錦雲暗香，喜玉宇風搖艷妝。照水輕盈嬌樣，似越女出瀟湘，似神女赴高唐。

【江兒水】月墜胭脂冷，風摇翡翠狂。人歸何處菱歌唱？銀塘暮雨空凝望，兒郎貌比花相像。隔絶白雲青嶂，把酒樽前，不覺玉泪臨風惆悵。

【步步嬌】離人去國愁孤往，長途倦足行不上。蒹葭倚傍在何方？前村就是他門巷。拭泪整殘妝，不知他們肯認我窮形狀。

【不是路】試問行藏，先進他家要酌量。你去和他講，孤窮姻戚來相訪。到華堂，殷勤頓首來投上，欲説交頤泪兩行。言之不盡，他們親自到門墻。敢爲虚誑？敢爲虚誑？

【前腔】急走趨蹌〔二〕，迎候尊親入草堂。深深拜，匆匆相接愧愴惶。泪汪汪，故園兵火遭蜂嚷，膝下嬌兒失雁行。孤身無倚，遠投玉樹憐相傍。敢叨恩養？敢叨恩養？

【剔銀燈】驟然起兵戈擾攘，捲塵飛東奔西撞。嬌兒拆散審何方，待尋取那知去向。（合）〔三〕思量，孤身女娘，平白地分開虎狼。

【前腔】我媳婦孤身在那方，痛殺我夢勞魂想。變中幸得親無恙，且住柴門村巷。（合前）

校　箋

〔一〕此齣齣目，《六十種曲》本題作「依親」。

〔二〕蹌：底本原作「愴」，據繼志齋刻本、長春堂刻本、《六合同春》本、《六十種曲》本改。

〔三〕（合）：底本無，據他本和後文補。

談經聽月〔一〕

【梁州新郎】〔二〕禪機玄妙，法流浄土，一似蓮開朵朵。天空雲浄，真如月印秋波。二十八門妙品，普度群迷，五藴三支苦。行行開孽鏡，你須把孽根磨，早辦慈航出愛河。（合）蒙指點，當參悟。免沉淪萬劫千回墮，齊合掌念彌陀。

【前腔】芳心冰潔，翠鈿塵鎖，怪胭脂把人躭誤。蜂喧蝶嚷，春愁不上眉窩。暗想分中恩愛，月下姻緣，不知曾了相思簿。身如黄葉舞，逐流波，老去流年竟若何？（合前）

【前腔】嘆浮生盡着塵痾，逐飛丸朝朝暮暮。看鏡中消息，素改婆娑。我把芳年虚度，老大蹉跎，衣食渾無措。空門來托鉢，做尼姑，也衹是當年没奈何。（合前）

【前腔】笑狂生直恁奔波，這妙法眼前因果。悟無明無着，夢想全無。你偏戀那火宅煎

熬，幻海淪胥，忘却來生路。是非鐘磬外，白雲孤，一卷經銷香一爐。（合前）

【節節高】冰輪映碧蘿，晚凉多，一聲鐘磬禪堂暮。松陰坐，展素羅，藤床卧。天街幾許流螢度。欲聽瑶琴月下彈，彩雲暗逐飛瓊度。

【前腔】天風蕩玉珂，瀉銀河，凉生玉指聲凄楚。哀如訴，惹恨多，牽愁大。玉盤倒影穿簾幕。空門雖是隔紅塵，怕花陰深處人藏躲。

【尾聲】新詩怎得人酬和？天大樣相思偏害我，千萬做個媒人勾引他。

校　箋

〔一〕此齣齣目，《六十種曲》本題作「談經」。

〔二〕【梁州新郎】：底本原作「【梁州序】」，據曲譜改。

西湖會友〔一〕

【甘州歌】圖畫天然，看鬱葱佳氣，鳳舞龍蟠。丹崖翠壁，掩映浪花雲片。千尋金碧山間寺，幾曲笙歌水上船。香塵滚，紫陌連，避秦人住在桃源〔二〕。穿花外，出柳邊，六橋紅雨襯金韉。

【前腔】松濤路逕旋，看雲深霧鎖，上方佛殿。争馳車馬，香風暗送紅衫。僧房雲惹茶烟起，村店風摇酒旆懸。花争笑，人競喧，綉幢珠珞恍疑仙。山如舊，景似妍，春風吹鬢入流年。

【前腔】山深路渺漫，更扳蘿捫壁，直上層巒。雲霞鏡浄，乘空便欲驂鸞。湖烟乍起風色冷，山景凉生日影偏〔三〕。烟光外，樹杪間，栖鴉時帶夕陽還。花村渡，柳岸船，一蓑風月老漁竿。

【前腔】天開玉鏡寬，又何嫌風雨，雪月花殘。四時堪賞，有多少古今傷感。游弓時擲芳塵去〔四〕，好夢還留花鳥邊〔五〕。休回首，憶故園，汴州誰肯復留連？山含暝，燈火懸，天涯聚散各依然。

校　箋

〔一〕此齣齣目，《六十種曲》本題作「會友」。

〔二〕在桃：底本此二字殘缺，據繼志齋刻本、長春堂刻本、《歌林拾翠》本、《六十種曲》本、《六合同春》本補。

〔三〕景：繼志齋刻本、長春堂刻本、《歌林拾翠》本、《六十種曲》本作「樹」。

〔四〕游弓時擲：繼志齋刻本、長春堂刻本、《歌林拾翠》本、《六十種曲》本作「游魂暗擲」。

〔五〕鳥：繼志齋刻本、長春堂刻本作「柳」。

談棋挑逗〔一〕

【黄鶯兒】花院手閑敲，戰楸枰兩下交，争先布擺妝圈套。雙關那着，單敲這着，聲遲思入風雲巧。笑山樵，從他柯爛，不識我這根苗。

【前腔】换局更難饒，你熱心機，我冷眼瞧，其間有路應難到。你推開那着，我點破這着，雙關那怕你能單吊。笑鳴蜩，縱横羽甲，千局總徒勞。

【猫兒墜】新詞艷逸，望報始投桃。争奈禪心愛寂寥，鸞臺久已弃殘膏。相告，休錯認蓮池，比做藍橋。

【前腔】芳心玉潔，羽服剪霞綃。可惜姱容空自老，蜂媒羞定鳳鸞交。輕造，望恕却風流，少年才調。

【尾聲】是非偶爾空談笑，好收拾作家腔調。這等没擔兒相思你去别處挑。

校　箋

〔一〕此齣齣目，繼志齋刻本題作「弈棋挑逗」，《六十種曲》本題作「手談」。

村郎鬧會[一]

【新水令】風揚幡影似龍飛，焚寶篆瑞烟初起。敲鐘驚幻夢，説偈警沉迷。三寶皈依，三寶皈依，請大衆齊臨會。

【步步嬌】鼎爇沉檀深深拜，瞻禮曇花蓋。幡幢五色裁，絲絲綉出真堪愛。合掌叩如來，願增福壽如山海。

【折桂令】好一似玉天仙何處飛來，髻挽螭簪，鬢嚲鸞釵。愛殺俺蝶引蜂猜，花枝般嬌顫，燕子的形骸。好一似紫鸞簫吹出鳳臺，却便似白羽扇飛上瑶階。打動我的情懷，牽惹我的情懷，如醉如呆，紫游繮誤入，誤入天台。

【江兒水】紫竹觀音坐，白鸚哥時往來。這是釋迦極樂西方界，這是十八尊羅漢歸南海，這是五十三參形容改。這是地獄天堂形械，早發慈悲，免受輪迴業債。

【雁兒落帶得勝令】[二]我爲他動春心難擺劃[三]，我爲他賒下了相思債。你看他笑盈盈花外來，哄得我鬧攘攘魂不在。赤緊的害張生消瘦些，這一會病相如渴不解。恨衹恨隔幾重離恨天，苦則苦扯不攏合歡帶。疑猜，莫不是淩波襪在巫山外？若得個和也麽諧，我把他做活觀音常跪拜。

【僥僥令】看鶴軒花滿臺，那花外有人來，忙把輕羅遮羞態。怕人瞧頭懶抬，倒不如歸去來。

【收江南】呀，彩雲飛腸斷呵〔四〕，害殺我好難捱〔五〕。我爲他魂靈兒飛上楚陽臺，那嫦娥全然不睬。他待要去來，我怎留他轉來？没情趣的冤家心忒歹。

【園林好】喜今日軒車遠來，蒙款曲清香寶齋。厚德不勝感戴，重稽首拜如來，重回首拜蓮臺。

【沽美酒帶太平令】〔六〕那冤家歸去來，俏多情今還在，衹見些花落東風點緑苔。珮環聲歸仙宅，單相思今空害。丢下了一天丰采，并没有半分恩愛。我呵拾得個美哉，快哉，又添些苦哉，呀，空撇下這許多風流摇擺。

校　箋

〔一〕此齣齣目，《六十種曲》本題作「鬧會」。

〔二〕【雁兒落帶得勝令】：底本原作「【雁兒落得勝令】」，據繼志齋刻本、長春堂刻本改。

〔三〕心：底本此字殘缺，據繼志齋刻本、長春堂刻本、《六十種曲》本補。

〔四〕腸：底本此字殘缺，據繼志齋刻本、長春堂刻本、《六合同春》本、《六十種曲》本補。

〔五〕殺：底本此字殘缺，據繼志齋刻本、長春堂刻本、《六合同春》本、《六十種曲》本補。

〔六〕【沽美酒帶太平令】：底本原作「【沽美酒】」，據曲譜改。後文同此，不再出校。

必正投姑〔一〕

【桂枝香】滄溟飛電，魚龍驚變。馬頭芳草長驅，浪裏風雲争戰。似枯魚病鶴，枯魚病鶴，空懷霄漢，挨着寒鷄茅店。到禪關，借樹栖凡鳥，分燈習蠹篇。

【前腔】一自風塵分面，常對雲山增嘆。喜天涯瓜葛相逢，儼千里連枝重見。不須泪漣，不須泪漣，有日眉揚額點，且自雕蟲刻篆。我這裏儘清閑，有竹堪留客，無魚可當餐。

【前腔】看你眸含星電，氣吞霜劍。逐驕陽汗濕征衫，依聖水洗乾塵面。聽池中雨聲，池中雨聲，有日雲泓霧捲，龍蟠虎變。且停驂，盡醉三更月，休瞻萬里天。

【前腔】松庭竹院，銀塘玉檻。緑依依柳色輕柔，紅拂拂荷香嬌軟。看清幽滿檐，清幽滿檐，湘雲遮簟〔二〕，熏風吹面。這炎天，寄榻權消暑，行囊暫息肩。

校　箋

〔一〕此齣齣目，《六十種曲》本題作「下第」。

〔二〕雲：繼志齋刻本、長春堂刻本作「簾」。

茶叙芳心〔一〕

【二郎神】芳院静，滿地松陰絶點塵，惟咶露蟬聲葉底頻〔二〕。湘簾花影，一樹紫薇紅韵。竹塢烟消，陽羨春分，磁鉢可消煩紊。别家園，自幼年寄入空門。

【集賢賓】博山雲裊鷄舌焚，聽深樹啼鶯。獨守長門枕自温，那消息有誰曾問？你看紅新緑嫩，可惜老嬌香膩粉〔三〕。蜂衙蝶陣，鬧嚷嚷也都祇爲着傷春。

【黄鶯兒】芳草掩重門，住仙山欲避秦，門前怕有漁郎問。清閑此身，林泉片雲，瑣窗不管春愁恨。免勞魂，巫山路遠，空費夢中心。

【猫兒墜】水雲聚散，簾外倚斜曛。無限相思隔暮雲，從教病害客邊人。衾枕，儘今宵泪漬啼痕。

【尾聲】青鸞遠報陽臺信，那壁厢傳言立請，回首桃源雲霧深。

校箋

〔一〕此齣齣目，《六十種曲》本題作「幽情」，《樂府珊珊集》本、《樂府南音》本、《樂府遏雲編》本題作「茶叙」。

〔二〕咶：書林蕭騰鴻刻本、《大明春》本、《樂府珊珊集》本、《樂府南音》本、《樂府遏雲編》本作「吸」。

〔三〕老：《樂府珊珊集》本、《樂府南音》本、《樂府遏雲編》本作「者」。

對操傳情〔一〕

【懶畫眉】月明雲淡露華濃，欹枕愁聽四壁蛩，傷秋宋玉賦西風〔二〕。落葉驚殘夢，閑步芳塵數落紅。

【前腔】粉墻花影自重重，蓮捲殘荷水殿風〔三〕，抱琴彈向月明中。香裊金猊動，人在蓬萊第幾宮？

【前腔】步虚聲度許飛瓊，乍聽還疑別院風，凄凄楚楚那聲中。誰家夜月琴三弄？細數離情曲未終。

【前腔】朱弦聲杳恨溶溶，長嘆空隨幾陣風，仙郎何處入簾櫳？早是人驚恐，莫不是爲聽雲水聲寒一曲中？

【朝元歌】《長清》《短清》，那管人離恨。雲心水心，有甚閑愁悶。一度春來，一番花褪，怎生上我眉痕？雲掩柴門，鐘兒磬兒枕上聽。柏子坐中焚，梅花帳絶塵。果然是冰清玉潤，長長短短有誰評論，怕誰評論？

【前腔】更深漏深，獨坐誰相問？琴聲怨聲，兩下無憑準。翡翠衾閑〔四〕，芙蓉月印，三星照人如有心。露冷霜凝，衾兒枕兒誰共温？巫峽恨雲深，桃源羞自尋。你是慈悲方寸，望恕却少年心性，少年心性。

【前腔】你是個天生後生，曾占風流性。無情有情，衹看你笑臉兒來相問。我也心裏聰明，臉兒假狠，口兒裏裝做硬。待要應承，這羞慚怎應他那一聲？我見了他假惺惺，别了他常掛心。我看這些花陰月影，凄凄冷冷照他孤另，照奴孤另。

【前腔】一聲兩聲，句句含愁恨；人情道情，多是塵凡性。你一曲琴聲，凄清風韵，怎教你斷送青春？那更玉軟香温，情兒意兒，那些兒不動人。他獨自理瑶琴，我獨立蒼苔冷。分明是西廂行徑〔五〕，早成就少年秦晋，少年秦晋。

校　箋

〔一〕此齣齣目，繼志齋刻本題作「弦裏傳情」；《樂府玉樹英》本、《樂府菁華》本題作「潘陳對操」；《六十種曲》本題作「寄弄」；《月露音》本題作「琴挑」；《樂府遏雲編》本題作「聽琴」；《玉谷新簧》本題作「弦裏傳情」，僅録【朝元歌】四支，入「時興妙曲」。

〔二〕玉賦：底本此二字殘缺，據繼志齋刻本、長春堂刻本、《歌林拾翠》本、《樂府菁華》本、《月露音》本補。

〔三〕蓮：繼志齋刻本、長春堂刻本、《六合同春》本、《六十種曲》本作「簾」。

〔四〕閑：繼志齋刻本、長春堂刻本、《歌林拾翠》本、《樂府歌舞臺》本、《玉谷新簧》本作「寒」。

〔五〕行徑：繼志齋刻本、長春堂刻本、《樂府菁華》本、《樂府歌舞臺》本、《玉谷新簧》本、《樂府遏雲編》本作「形境」。

旅邸相思〔一〕

【山坡羊】這病兒何曾經害？這病兒好難耽待，這病兒好似風前敗葉，這病兒好似雨後花羞態。我難擺開，心頭去復來。黄昏夢斷，夢斷天涯外，心事難提淚滿腮。傷懷，不爲風寒眼倦開；堪哀，不爲憂愁頭懶抬。

【前腔】莫不是害了些王仲宣登樓的無奈？莫不是染了些楚三閭江潭流派？莫不是渴中山病兒轉深？莫不是賦高唐愁孽債？心暗猜，莫不是揚子雲閣上災？非關病酒，也祇爲耽詩害，人在他鄉須把愁腸解。堪哀，待思鄉怎生歸去來？傷懷，爲瓜葛空教泪滿腮。

【前腔】你想是念故園夢魂常在，你想是恨旅館風塵難捱，你本是養驪珠時潛在淵，你本是愛栖梧怎托荆榛外〔二〕。休恨來，愁腸須擺劃。月圓月缺，月也有虧盈害〔三〕，豈可人無一日灾。襟懷，你把那段心兒且放開；書齋，好聽春雷天上來。

【前腔】我東人不尷不尬，到此處多愁多害，祇爲那三四更花晨月夕，惹下了十二時孤眠獨捱。心暗猜，病從根上來。思量到此，也祇爲欠少寃家債〔四〕，怎能勾成全雙鳳釵？痴呆，抄手無言難打孩；哀哉，書劍飄零甚日回？

校　箋

〔一〕此齣齣目，《六十種曲》本題作「耽思」，《歌林拾翠》本題作「旅館相思」。

〔二〕怎：繼志齋刻本、長春堂刻本、《六十種曲》本、《歌林拾翠》本作「暫」。

〔三〕虧盈害：繼志齋刻本、長春堂刻本、《六十種曲》本、《歌林拾翠》本作「盈虧害」。

〔四〕少：繼志齋刻本、長春堂刻本、《六十種曲》本、《歌林拾翠》本作「了」。

媒姑議親〔一〕

【桂枝香】奴似風掀黄葉，雲遮殘月。猛可的如醉如痴，獨自個誰温誰熱？把床兒打疊，床兒打疊，方纔夢枕兒上蝶，又驚回窗兒外鐵。好難説，愁如雁字天邊陣，泪似鵑花枝上血。

【前腔】雲臺松舍，清燈長夜。聽鐘兒敲斷黄昏，擁被兒卧看明月。心中自思，心中自思，猛可的身如火熱，直恁的睡不寧貼。好難説，咽不下心頭火，轉添些長嘆嗟。

【長拍】門外游蜂，門外游蜂，花間浪蝶，隔芳塵簾箔長遮。雲寒月冷，這是我自甘孤潔。心膽硬如鐵，又何勞嚷嚷，强來饒舌。清閑分同松柏老，豈肯做凡花墻外折？從教富貴更豪奢，怎如我清貧守道，自有決烈。

【短拍】鬢嚲輕雲，鬢嚲輕雲，眉彎新月，更可人海棠雙頰。休把性兒撇，看鴛鴦帳暖，那春生鳳凰衾熱。他指望連枝比翼，那知急煎煎鏡剖簪拆〔二〕。

【尾聲】從今斷絶休來説，不須用這般鍬掘，月殿花枝你休想去折。

校箋

〔一〕此齣齣目，《六十種曲》本題作「叱謝」。

〔二〕鏡剖簪折：繼志齋刻本、長春堂刻本、《六十種曲》本作「鏡破簪折」。

詞姤私情〔一〕

【綉帶兒】難提起，把十二個時辰付慘凄，沉沉病染相思。恨無眠殘月窗西，更難聽孤雁嘹嚦。堆積，幾番長嘆空自悲。怕春去，留不住少年顔色。

【宜春令】雲房静，竹徑斜，欲求仙恨着天台路迷。問津何處？傍青松掩映花千樹。伴殘經香渺金猊，題紅句情含緑綺。心知，天付姻緣，送來佳會〔二〕。

【降黄龍】驚疑，閃得我魄散魂飛，倦體輕盈，倩誰扶起？你是書生班輩，好個書生班輩，錯認仙姑，比作神女。休題，文君佳趣，這其間相如料難是你。秀才們偷香竊玉，意亂心迷。

【醉太平】非痴，我青燈愁緒，聽黄昏鐘磬，夜半寒鷄。孤衾獨抱，未曾睡先愁不寐。相思，静中一念有誰知？欲火炎遍身難制。把凡心自咽，衹少個蕭郎同侶，彩鳳同騎。

【浣溪沙】你臉兒涎，情兒媚，話蹺蹊心自猜疑。這場冤債訴憑誰？當初出口應難悔。一點靈犀托付伊，幾番羞解羅襦。

【滴溜子】合拜跪，此情有誰堪比；，漫追思，此德何年報取。誰承望今宵牛女，銀河咫尺間，巧一似穿針會。兩下青春，濃桃艷李。

【鮑老催】輸情輸意，鴛鴦已入牢籠計，恩情怕逐楊花起。一首詞，兩下緣，三生謎。相看又恐怕相抛弃，等閑忘却情容易，也不管人憔悴。

【猫兒墜】皇天在上，照證兩心知。誓海盟山永不移，從今孽債染緇衣。歡娱，看雙雙一似，鳳求鸞配。

【尾聲】天長地久君須記，此日裏恩情不暫離，從此後情詞莫再題。

【皂角兒】兩情濃同下藍橋，戰兢兢歡娱較少。成就了鳳友鸞交，休忘却天長地老。我祇爲你病懨懨，祇自躭，瘦怯怯，難自保，爲着今朝。相偎相抱，力怯體嬌。你休把私情泄漏，兩下裏供狀難招。

【前腔】奴本是柔枝嫩條，休比做墻花路草。顧不得鶯雛燕嬌，你恣意兒鸞顛鳳倒。須記得或時忙，或時閑，或時遲，或時早，夜夜朝朝。何曾知道，這些關竅。春風一度，教我力怯魂消。

【尾聲】從今淡把蛾眉掃，妝一個内家腔調，把往日相思一擔抛。

校箋

〔一〕此齣齣目，《六十種曲》本、《怡春錦》本題作「詞媾」，《樂府紅珊》本題作「陳妙常詞姤私情」，《摘錦奇音》本題作「潘陳詞姤私情」，《賽徵歌集》本題作「詞媾鸞凰」，《玉谷新簧》本題作「詞姤私情」，《樂府遏雲編》本題作「佳會」，《吴歈萃雅》本、《南音三籟》本、《詞林逸響》本題作「歡會」，《八能奏錦》本題作「執詩求合」。

〔二〕來：底本此字殘缺，據繼志齋刻本、《六十種曲》本、《歌林拾翠》本補。

姑阻佳期〔一〕

【月雲高】〔二〕松梢月上，又早鐘兒響。人約黄昏後，春暖梅花帳。倚定欄杆，悄悄的將他望。猛可的花陰動，我便覺心兒癢。那聲音是風戛簾鈎聲韵長，那影子兒是鶴步空庭立那厢。

【前腔】夢回羅帳，睡起魂飄蕩。纔見芸窗月〔三〕，心到陽臺上。静掩書齋，月下門偷傍〔四〕。忽聽得花間語，把小鹿兒在心頭撞。爲愛閑亭風露凉，失候尊前心意忙。

【前腔】書當勤講，奮志青雲上。坐聽春雷動〔五〕，一躍桃花浪。姓字争先，不墮前人望。夜半花間月，休去閑飄蕩。好把流螢手自囊，當惜春風又過墻。

【石榴花】〔六〕聽殘玉漏，輾轉動人愁，思量起竟含羞。我把玉釵敲斷鳳凰頭，傍孤燈暗數更籌，出乖露醜，這事兒落了他人後。想昨宵雨約雲期，到今朝鳳泣鸞愁。

【前腔】忙來月下，恨殺那人留，爲甚事泪雙流？武陵人抱悶悠悠，夜深沉不餌魚鈎，心中暗愁，這話兒好教我參不透。衹指望楚雨巫雲，怎番做緑慘紅愁？

【泣顔回】休説那風流，一霎時忘却綢繆。教我黄昏獨自，等得月轉西樓。將人便丢，那些個見你情兒厚。他愁模樣堪愛堪憐，定不是將没作有。

【前腔】一日隔三秋，鴛鴦結牢鎖心頭。猩紅一瓣，魂靈兒都被他鈎。何曾下口，更難忘燈下鞋尖瘦。我若做浪蝶游蜂，須教是裾馬襟牛。

【尾聲】從今莫忘神前咒，今夜情難罷手，怎能勾閏一個更兒相聚久。

校箋

〔一〕此齣齣目，《六十種曲》本題作「姑阻」；《八能奏錦》本、《歌林拾翠》本、《賽徵歌集》本、《時調青崑》本題作「姑阻佳期」；《詞林一枝》本、《堯天樂》本題作「潘必正姑阻佳期」，《堯天樂》本疑爲弋陽腔唱，如【泣顔回】中增加了「當初祇道和你交厚好，誰知好後便忘」，其字號不同念白與曲辭，據人研究是爲「滚」詞；《怡春錦》本題作「阻約」，僅録【石榴子】二支、【泣顔回】二支，入「戈陽雅調數集」。

〔二〕【月雲高】：底本原作「【月兒高】」，據《六十種曲》本、《賽徵歌集》本改。據曲譜，【月兒高】爲八句或九句，【月雲高】是集【月兒高】全曲和【駐雲飛】末二句而成，爲十句。

〔三〕見：底本原作「是」，據繼志齋刻本、長春堂刻本、《六十種曲》本、《八能奏錦》本改。

〔四〕門：長春堂刻本、《詞林一枝》本、《堯天樂》本、《歌林拾翠》本、《時調青崑》本作「閑」。

〔五〕聽：繼志齋刻本、長春堂刻本、《六十種曲》本、《八能奏錦》本、《詞林一枝》本、《堯天樂》本、《時調青崑》本作「待」。

〔六〕【石榴花】：底本原作「【石榴子】」，據繼志齋刻本、長春堂刻本、《八能奏錦》本、《詞林一枝》本、《堯天樂》本、《怡春錦》本、《賽徵歌集》本、《時調青崑》本改。

知情逼試〔一〕

【摧拍】趁西風快着祖鞭，當及時看花上苑。休得留連，休得留連，你是瑚璉虹霓，怎做狐首鴻磐？休戀燕友鶯期，月下花前。（合）從此去獻納爭先，親玉陛謁金鑾。

【前腔】嘆驥足鹽車久淹，托萍梗風塵自轉。有恨難言，有恨難言，扯斷紅絲，生剖青鸞。人逐孤鴻，泪染啼鵑。（合前）

【前腔】夕陽外千山萬山，衰草路風寒水寒。把泪偷彈，把泪偷彈，千種離情，兩下難言。意惹情牽，腸斷心剜。（合前）

【前腔】你本是鴻才俊隽[二]，今暫住衡門考槃。幾搯征帆，幾搯征帆，眼底天涯，利鎖名牽。一曲離歌，三疊《陽關》。（合前）

【前腔】打疊起行囊一肩，忙拜别尊姑膝前。着意相看，着意相看。野店寒鷄，水宿風餐。雨雪長途，休教他食缺衣單。（合前）

【一撮棹】馬前路，恨殺人山外山。燈前夢，要見他難上難。睜睜眼，兩下裏恨衝天。又怕人瞧破，待留他怎上前。休嗟嘆，及早奪錦衣還。春風裏，早把好音傳。

【尾聲】尊前拜别空留戀，我這裏新愁千萬，止不住泪潸潸血染征衫[三]。

校箋

[一] 此齣齣目，《六十種曲》本題作「促試」，《歌林拾翠》本題作「知情逼試」。

〔二〕俊雋：繼志齋刻本、長春堂刻本、《歌林拾翠》本作「英雋」，《六十種曲》本作「俊英」。

〔三〕止：底本原作「扯」，據繼志齋刻本、長春堂刻本、《六十種曲》本改。

秋江送别〔一〕

【水紅花】天空雲淡蓼風寒，透衣單，江聲凄慘。晚潮時帶夕陽還，泪珠彈，離愁千萬。欲待將言遮掩，怎禁他惡狠狠話兒劖，衹得赴江關也囉。

【前腔】霎時間雲雨暗巫山，悶無言，不茶不飯。滿口兒何處訴愁煩，隔江關，怕他心淡。顧不得脚兒勤趄，若還撞見好羞慚，且躲在人家竹院也囉。

【紅衲襖】奴好似江上芙蓉獨自開，衹落得冷凄凄飄泊輕盈態。恨當初與他曾結鴛鴦帶，到如今怎生的分開鸞鳳釵？別時節羞答答，怕人瞧頭怎抬。到如今悶昏昏獨自個耽着害，愛殺他一對鴛鴦波上也，羞殺我哭啼啼今宵獨自捱。

【前腔】我衹爲別時容易見時難，你看那碧澄澄斷送行人江上晚。昨日呵醉醺醺歡會知多少，今日裹愁脉脉離情有萬千。莫不是錦堂歡緣分淺？莫不是藍橋倒時運慳？傷心怕向篷窗見也〔二〕，堆積相思是兩岸山。

【小桃紅】你看秋江一望泪潸潸，怕向那孤篷看也。這别離中，生出一種苦難言。自拆散在霎時間，心兒上，眼兒邊，血兒流，把我的香肌减也。恨殺那野水平川，生隔斷銀河水，斷送我春老啼鵑。

【下山虎】黄昏月下，意惹情牽。纔照得個雙鸞鏡，又早買别離船。哭得我兩岸楓林，都做了相思泪班，打疊凄凉今夜眠。喜見我的多情面，花謝重開月再圓。又怕你難留戀，好一似夢裏相逢愁怎言。

【醉歸遲】〔三〕意兒中無别見，忙來不爲貪歡戀。衹怕你新舊相看情變，追歡别院，怕不想舊有姻緣。那其間拚個死口含寃，到癸靈廟訴出燈前，和你雙雙罰願。

【前腔】〔四〕想着你初相見心甜意甜，想着你乍别時山前水前。我怎敢轉眼負盟言？我怎敢忘却此兒燈邊枕邊？衹愁你形單影單，衹愁你衾寒枕寒。哭得我哽咽喉乾，一似西風斷猿。

【憶多嬌】兩意堅，月正圓，執手叮嚀苦掛牽，欲共你同行難上難。早寄鸞箋，早寄鸞箋，免得愁腸掛牽。

【哭相思】夕陽故故催行晚〔五〕，聽江聲泪染心寒。要知郎眼赤，衹在望中看。重佇望，更盤桓，千愁萬恨別離間。祇教我青燈夜冷香消鴨，暮雨西風泣斷猿。

校　箋

〔一〕此齣齣目，繼志齋刻本、長春堂刻本、《歌林拾翠》本、《八能奏錦》本、《樂府菁華》本、《賽徵歌集》本、《樂府名詞》本題作「秋江哭別」，《大明春》本題作「秋江送別」，《吳歈萃雅》本、《詞林逸響》本題作「愁別」，《南音三籟》本題作「分別」，《六十種曲》本題作「追別」，《樂府紅珊》本題作「潘必正秋江送別」，《摘錦奇音》本題作「潘陳秋江哭別」。此齣與各本之間所存異文較多。

〔二〕向篷窗見：繼志齋刻本、長春堂刻本、《摘錦奇音》本作「向篷窗看」。

〔三〕【醉歸遲】：底本原作「【醉扶歸】」，據繼志齋刻本、長春堂刻本、《八能奏錦》本、《歌林拾翠》本、《大明春》本、《樂府菁華》本、《樂府紅珊》本、《摘錦奇音》本、《賽徵歌集》本、《樂府名詞》本改。

〔四〕【前腔】：繼志齋刻本、長春堂刻本、《六十種曲》本、《八能奏錦》本、《歌林拾翠》本、《賽徵歌集》本、《樂府名詞》本無此曲牌名，《吳歈萃雅》本、《南音三籟》本、《詞林逸響》本作「【五般宜】」。

〔五〕故故：繼志齋刻本、長春堂刻本、《六十種曲》本、《八能奏錦》本、《歌林拾翠》本、《玉谷新簧》本、《樂府紅珊》本、《摘錦奇音》本、《樂府名詞》本作「古道」，《樂府菁華》本作「西墜」。

香閣相思〔一〕

【香羅帶】寒燈挑短檠，熏籠自温，孤鴻怕聽窗外聲，提起我那心頭病也。空自睡不穩，夢還驚，凄凉怎生捱着枕。數盡更籌也，短嘆長吁千萬聲。

【前腔】蕭郎無信音，懨懨愁悶，多應懷抱一個小情人，因此上嘔病幾曾停也〔二〕。又見裙帶短，好心驚。羞慚空自揾啼痕。怕有人知也，教我亂掩胡遮不耐煩〔三〕。

【醉扶歸】悄悄將伊從頭問，何須苦苦假吞聲？祇爲征車寂寞豫章城，因此上相思冷落臨川郡。你祇爲吹簫聲斷鳳凰音，同衾早協熊羆夢。未曾説出心頭悶，早先恨着意中人。無端月色與花陰，爲那焦桐勾引我諧秦晋。因此上寫個人邊言字杳無音，祇教我目邊點水流難盡。

【香柳娘】不須用泪零，不須用泪零，他是書生志誠，一言爲定。且寬心自穩，且寬心自穩，他與你無情做有情，你何必舊恨添新恨。你祇要好看成此身，好看成此身，他與你兒女事關心，料他不把情兒冷。

【前腔】想他無定準，想他無定準，怕他富貴厭奴貧，怕他花柳人勾引。到三更四更，到三更四更，怕聽孤雁兩三聲，殘月半窗冷。漸懨懨瘦損，漸懨懨瘦損，我心兒裏怕人嗔，口兒裏怕人問。

【尾聲】再三囑付相遮隱，此話牢拴方寸，你好把愁腸安頓。

校　箋

〔一〕此齣齣目，《六十種曲》本題作「相寬」。

〔二〕也：底本原作「止」，據繼志齋刻本、長春堂刻本、《六十種曲》本改。

〔三〕耐煩：繼志齋刻本、長春堂刻本、《六十種曲》本作「出門」。

接書會安〔一〕

【六犯清音】天涯人別，春風花信，眼前幾度心驚。衡陽雁杳，不知他曾上青雲。別館花驚發，離亭柳色新。凄凄雨，欲斷魂。夢中芳草是我意中人。望斷我雲堂何日開封字，望斷我錦帳通宵喜合簪。莫不是蕭條旅館？莫不是留戀神京？好教我常添縈掛，好教我偷將泪零，花飛又早紅成陣。事關心，把金錢暗卜，又恐涉游魂。

【不是路】回首江濆，又見門前柳色陰。忙投奔，天邊青鳥寄佳音。意方伸，望中喜得龍門信，不枉我西風促去程。自沉吟，爲何不問我舊時人？報君聞，劉郎到日桃花問〔二〕，他意在重封蠟一痕。休遮隱，兩家供狀今番定。你且看他書信，看他書信。

校箋

〔一〕此齣齣目，繼志齋刻本、長春堂刻本題作「接書會案」，《六十種曲》本題作「情見」，《樂府紅珊》本題作「潘必正及第報捷」，《吳歈萃雅》本、《詞林逸響》本題作「魂游」，《南音三籟》本題作「憶遠」。

〔二〕問：繼志齋刻本、長春堂刻本、《六十種曲》本作「盡」。

必正榮歸〔一〕

【刮鼓令】當日寄上方，幸得衣沾佛座香。月下姻緣曾有約，得見雲英在異鄉。暗許配裴航，今日爲何不見他聲音影響？又添愁悶泪沾裳，莫不是鵲駕更參商？

【前腔】書中意已詳，秦晋相逢在一方。月夕花陰同蝶夢，鴛墜鸞簪合雁行。夫婦事非常，陳姑少年遭兵靖康。因此上收入在雲房，那知道爲你結鸞凰？

校　箋

〔一〕此齣齣目，繼志齋刻本題作「榮歸見姑」，《六十種曲》本題作「回觀」。

燈月迎婚〔一〕

【排歌】仙犬休驚，花源洞房，天生一對鸞凰。翠裙摇玉響琳琅，月度花風綺閣香。燒銀燭，醉玉觴，新郎原是舊漁郎。芙蓉褥，玳瑁床，日高春睡卧鴛鴦。

【前腔】國士潘安，賢門孟光，芳姿玉立珪璋。當年若不寄雲房，流落如今在那廂？脂粉態，錦綉腸，恩情地久與天長。人生事，信渺茫，萍踪明日又他鄉。

校　箋

〔一〕此齣齣目，《六十種曲》本題作「重效」。

合家重會〔一〕

【皂羅袍】子母經年分散，喜芸窗脱迹，服冕乘軒。爲何雙泪涌流泉？爲何兩下頻頻看？你的岳母，似我萱親一般；你的尊闈，似我孩兒一般。教人兩下重留戀。

【江兒水】你把夫和婦，姻親對我言，如何聚首爲家眷？我在姑娘觀中相見，玉簪鴛墜紅絲綰。月下姻緣天遣，幸得身榮，合巹歸來庭院。

【五供養】事非偶然，這鴛墜分明是我家傳。何方來得娶，説與我免愁煩。我那娘親，自幼教奴佩綰。提起分離事，教我好埋怨。陳姓嬌蓮，與母在潭州分散。

【玉交枝】天涯重見，喜蒹葭姻親兩全。兒榮婦見真堪羨，相看老景椿萱。夫妻簿上真有緣，娘兒在地下重相面。恨當初鸞隻鳳單，喜今日夫榮妻顯。

【川撥棹】重重怨，頓教人開笑顏。幸吾盟得遂從前，幸吾盟得遂從前。辦明香答謝天，效于飛共百年。

【尾聲】收場大夢如蓬轉〔二〕，堪笑才情雅念，慢把新詞作話傳。

校箋

〔一〕此齣齣目，《六十種曲》本題作「合慶」。

〔二〕夢：底本原作「尾」，據繼志齋刻本、長春堂刻本、《六十種曲》本改。

新刻群音類選官腔卷七

犀珮記（胡全庵編）

《犀珮記》，有明刊本題作「新鎸點校符士業犀珮記」，又名「玉章記」，胡文焕撰。《犀珮記》，今無全本流傳，僅存此本所輯選散齣曲辭。本事見《夷堅乙志》、《情史》、《青泥蓮花記》。劇述南宋時符基（字士業）去臨安應試，臨行，其妻以犀珮相贈。後渡江北游，恰遇金后南下擄掠，被滯留北方。其妻因事被逼婚，堅貞自守而不屈從，顛沛流離而進尼姑庵。符基被俠士贈妹娶爲妾，後携妾南歸，與母、妻重會。吕天成《曲品》稱：「生名符基，則謂『無稽』之意也。搬出亦可。」祁彪佳《遠山堂曲品》稱：「士人妻題詩金山，有《詩會記》；俠士于金虜營中携南官歸，有《旗亭記》。此合傳之，第供搬演，不耐咀嚼。」

西湖結盟

【朝元歌】杭州汴州，名冠方輿首；殘秋晚秋，適興偏宜酒。且向湖邊，杖錢閑走，滿目凋楓衰柳。一片雲頭，悠悠兩山相對愁。歌舞幾時休，王孫恣玩游。無邊清秀，分明是老天描就，老天描就。

【駐雲飛】西子湖頭，獨步徐徐覓景幽。樹老和山瘦，水動連天皺。嗏，衹合老杭州，可勝消受？怎學漁樵，滋味都嘗透？好笑功名在夢裏求，好笑功名在雲外求。

【猫兒墜】湖邊相遇，頓覺兩情投。八拜盟爲金石儔，輔仁扶患要綢繆。（合）追究，凡此後須學桃園，莫似葵丘。

【前腔】三生有幸，傾蓋便相投。社結芝蘭永不休，任他山裂水東流。（合前）

【山花子】橙黄橘緑秋時候，紅蝦紫蟹新芻。茅屋下聊共勸酬，慢教醉倒方休。（合）看西湖懷抱掃愁，花邊喧笑有玉樓。夕陽簫鼓歸畫舟，斷送人生，死也風流。

【前腔】他鄉偶遇陳雷友，世情任彼沉浮。行樂處花插滿頭，肯教辜負清秋。（合前）

【尾聲】落霞孤鶩飛相偶，願對景頻開笑口，嘆迅速時光不我留。

渡江遇虜

【普天樂】聽金陵兵戈擁，策孤鞭誰相共？尋犀珮，尋犀珮一旦成空，嘆何年再得相逢？（合）呀，想人生如夢，愁中和病中。奔走風塵險路，路險誰念飄蓬？

【北朝天子】飲三杯打辣酥，唱一回羯鼓歌，亂紛紛攻掠如狼虎。撒銀撒銀，怕誰行攔阻，把都們排隊伍〔一〕。好驅馳駱駝，要搶奪馬騾，哈哈呵哈呵哈哈呵。笑南朝頻求議和，頻求議和，五國城增凄楚，五國城增凄楚。

【普天樂】骨如山城都空，景堪愁心偏痛。妻和母，妻和母那卜行踪，好難禁泪灑西風。（合前）

【北朝天子】縱强横燕與幽，掠城池閩共甌，看源源宋室歸吾手。武林武林，那些兒帝州，羡金邦何馳驟。太上皇已休，淵聖皇久囚，慢慢游慢游慢慢游。好策馬吴山前後，吴山前後，統乾坤吞宇宙，統乾坤吞宇宙。

【普天樂】劍凌凌心何勇，髮衝衝懷常悚。長江上，長江上寂寞芙蓉，不堪觀白浪流紅。（合前）

【北朝天子】啞咿咿奏笳，惡狠狠走馬，勢炎炎兵衆堪欺寡。岳飛岳飛，便來時怎麽？已傾遼還服夏。視宋朝井蛙，喜秦檜一家，快快拿快拿快快拿。拿將來不從便殺，不從便殺，趁閑時將圍打，趁閑時將圍打。

【普天樂】國中哀鄒魯閧，衣微服如過宋。時不利，時不利遇困遭窮，是何方戰鼓咚咚。

（合前）

校箋

〔一〕把都們：底本原作「把都們」，據文意改。

貞節自持

【錦纏道】奴好是斷弦琴孤飛鳳鸞，顛沛有誰憐？轉思量教人針指慵拈。空有燈前夢望中愁窗邊泪漣，嘆何時劍還逢破鏡重圓。斷送得病懨懨，這舊龐兒到今憔一半。任荒蕪陶令園，甘忍着清貧無怨，待相將心事問蒼天。

【紅衲襖】説甚麼國艱難家亦難，端的是世完全人不全。不道的一杯黄土把文章掩，不道的四野狼兵把白髪殘。再不能舉案齊眉在你目前，再不能問安視膳在你身畔。好教我腸斷心傷也，血泪臨風化杜鵑。

【前腔】你衹指望享榮華過百年，又豈料半江中傾了船？那些個石家金谷能長遠，到做了合浦明珠不得完。到不如駕鵲橋另覓個牛女緣，到不如倩執柯還圖個秦晉歡。

當今國亂年荒也，須索要反常經暫處權。

【前腔】我甘着守清貧怎肯將節義捐？你這般没人倫話兒休得對我言。怎忍得爲人呵戴二天？怎忍得爲馬呵配二鞍？一任你好情施我祇是鐵石堅，一任你惡勢加我不是風雲變。你看投崖墜井何人也，肯學文君把緑綺彈？

【前腔】雖然是女娘家要把節義堅，豈不知男子們也有虧心漢。若不是重尋個吹簫伴，怎禁得苦依依正少年。你丈夫騎箕尾歸上天，你婆婆帶血魂赴九泉。從來死者不得重生也，好聽我良言休性偏。

【撲燈蛾】不須不須苦相勸，匪石不可轉。遭此變難中，此命等如毛片也。甘喪青鋒寶劍，要將耿耿姓名傳。想虞姬忠貞可羡，又何愁香消玉碎別人間？

【前腔】不從不從真自賤，一心樂清淡。烈女已紛紛，豈少伊登史傳也？良藥翻遭埋怨，管教終有泪潸潸。想班姬淒凉可嘆，又何勞沽名吊譽在人間？

【解三醒】看伊家言隨風轉，那裏是婦道當然。分明一路來相勸，真敗俗肯扶顛。難中霜雪重重見，愁裏風波漸漸添。歸休晚，歸休晚，我這裏清清白白，別處歪纏。

【前腔】竟公然將人逐趕，切齒恨狹路相還。伊家若肯從人願，做馮婦不羞慚。你今朝忍絶親情面，後日難逃羅網間。歸休晚，歸休晚，一任你悲悲切切，腸斷猱猿。

舌戰虜營

【高陽臺序】落落文儒，堂堂國士，聖賢經史曾閲。顛沛流離，忍交少墮名節。悲切，故鄉回首烟如織，嘆邦國因伊分崩離析。到今朝，此心何忍，翻從仇敵？

【前腔】差迭，官守全無，又非言責，何須如此迂闊？審事隨時，金邦待爲上客。休撇，人生一命真難得，須索要從權圖活。請看他，兵威凛凛，犯之難釋。

【前腔】須識，水土深恩，成均厚德，報答正當今日。似爾奸回，真乃不如夷狄。激烈，嚴顔之首真堪截，論此志斷然難奪。恨不得，飢餐爾肉，渴飲伊血。

【前腔】聽説，怒髮衝冠，仰天長嘯，孚因輒敢傷涉。忠義紛紛，豈少伊爲豪杰？推出，將他速付三尺鐵，誰敢當英雄兀术。試看我，不時踏破，鳳凰山缺。

【前腔】不屈，視死如歸，捐軀若屣，要做杲卿駡賊。任爾狼威，龍泉就此截舌。瑩潔，歲寒然後知松柏，羞殺那李陵失節。早安排，陰魂一片，暗將仇雪。

【前腔】心熱，耿耿男兒，錚錚漢子，兀自殺他無益。暫息雷霆，將他且拘縲紲。非逼，你事君惟欲成功德，看尼父四方環轍。好從容，三思就裏，直尋枉尺。

【尾聲】拘囚一任多磨滅，殘生已拼死鋒鏑，落得個青史上名香人共惜。

勢逼改嫁

【桂枝香】不餐不寐，如痴如醉。我婆婆夢裏相逢，我丈夫地間重會。念生成世家，生成世家，曾蒙母誨，肯交名墮？你强爲媒，須識冰霜操，今生斷不隨。

【前腔】你一家顛沛，此身狼狽。没來由獨守空房，不肯把良緣圖再。看買臣細君，買臣細君，生前且背，死而何害？我强爲媒，你便是鐵石堅心志，應知事要諧。

【前腔】狂言堪怪，愁腸轉倍。我是個白玉無瑕，怎肯使青蠅相累？笑尋常女流，尋常女流，重諧鳳配，再尋鴛對。你强爲媒，要見無他故，無非爲愛財。

【前腔】十分豪貴，萬般丰采。要與你同上藍橋，已曾受文犀作配。若不從嫁他，不從嫁他，逆尊有罪，交人難耐。我强爲媒，命似風中燭，相拼在此哉。

【玉胞肚】老年無賴，慣生兇將人逼摧。一味的恣意貪婪，把綱常視土灰。好將聘物早持歸，自有温郎玉鏡臺。

【前腔】不知進退，笑伊家空守孤幃。那傅郎着意相求，嫁他時無限施爲。符生已死怎齊眉？好把文犀佩入懷。

【香柳娘】見聘物暗悲，見聘物暗悲，是奴犀佩，當年贈與郎游外。向何方得來，向何方得來，教我好疑猜，人亡物猶在。嘆相留玉章，嘆相留玉章，兵火已沉埋，無由重佩戴。

【前腔】向豪門得來，向豪門得來，暫開愁黛，要知已有姻緣在。試從權嫁之，試從權嫁之，若問這根荄，定然見明白。信文犀是媒，信文犀是媒，羞殺我和伊，空勞頻勸解。

【前腔】我心中自揣，我心中自揣，好難布擺，其間就理真堪怪。幸皇天垕土，幸皇天垕土，昭證我靈臺，終無怍與愧。我憑伊處裁，我憑伊處裁，涅白豈能緇，磨堅磷無礙。

【前腔】喜伊家性回，喜伊家性回，横財誰賽，將伊如把觀音拜。好妝飾粉腮，好妝飾粉腮，指日便和諧，百年情似海。任旁人亂猜，任旁人亂猜，非是情乖，勢干無奈。

【尾聲】羞慚惟恐難分解，試看我到頭不改，一任他横逆相加志怎灰。

俠君贈妹

【畫眉序】情重贈紅妝，寄食翻遭出奇望。信三生有幸，千里成雙。陽臺夢不數襄王，畫眉情獨輸張敞。（合）人生知己能多少，須教隨地家鄉。

【前腔】一旦效鸞凰，願得百年永隨唱。看雍雍喜氣，盈溢華堂。藍橋路自得裴航，馬厩中誰知杜廣。（合前）

【滴溜子】猛然見，猛然見，身垂玉章；禁不住，禁不住，泪珠滿眶。怪他有些相像，曾將贈細君，今知何往。不道途中，犀珮又亡。

【大和佛】偶爾當年過建康，兵火總堪傷。其間拾得佩纍與英娘，不識是君章。管教你破鏡重圓劍再雙，管教你破鏡重圓劍再雙。

【雙聲子】開懷抱，開懷抱，頻對酒同歡暢。人生事，人生事，皆夙定休惆悵。劍俠女，劍俠女，文藝郎，文藝郎。正宜家宜室，琴瑟洋洋。

【尾聲】筵前既醉難勝量，花燭翩翩歸洞房，得人見物喜雙雙。

剪髮自誓

【綉帶兒】休相比，你衹曉得蓮花根染泥，清香自有人知。肯從他蝶戀蜂栖，怎由伊水逐魚戲？就裏，臨風情願摧嫩枝。枉勞力，要學做濂溪周子。

【宜春令】鶯求友，燕逐飛，論人生豈可孤而不如？及時相偶，看光陰去也難留住。想天台曾宿劉郎，看巫峽也逢神女。休痴，成就姻緣，自然和美。

【降黃龍】悲啼，當不得强逼胡爲，輕薄顛狂，一團村氣。好個風流標致，好個風流標致，料想文章，應没半句。休題，美衣甘食守孤貞，斷然不來羨你。這其間真心不昧，自有天知。

【醉太平】須知，我千方百計，向驪龍潭下，方得其珠。指望便成連理，誰知道卦兒變矣。蹺蹊，總君平難卜你情兒，都是伊出言不利。我看他容貌，恨不得即時吞咽，死也真宜。

【浣溪沙】他意兒堅，勢兒急，話兒催怎肯容之？這場污辱不堪支，捐身一死應難滯。跳入江心潔自持，龍君爲我傷悲。

【滴溜子】真悔氣，喜事翻成禍事。爲何的，夫主視爲仇敵？你把我恩情竟付東流，好笑伊真没福，隨豪貴。你道我多村，我還知趣。

【鮑老催】再來纏取，殘生已是拼尋死，冰清玉潔非他比。剪緑雲，願做尼，終天誓。依栖權且存人世，可憐犀佩無憑據，一任你加威勢。

【猫兒墜】娘行不達，何事苦痴迷？流水無情花自隨，空教滿載月明歸。尋思，有的是金釵滿眼，豈交連累？

【尾聲】從容不作偷生計，誰要你相憐村樣施，再醮從來名行虧。

金山題詩

【琥珀猫兒墜】中泠名望，天下竟無雙。我欲投之望録藏，試看青白兩相忘。何妨，到此際從容就死，泉下心凉。

【駐馬聽】仔細端詳，神鬼分明一顯揚。教我不須尋死，權往江西，自得成雙。其間就裏實難量，含情自有天從降。節義昭彰，縱無人識，我于心無恙。

【猫兒墜】新詩題罷，自覺斷柔腸。入地還從折桂郎，忍教今又配鸞凰。茫茫，一任他晚烟彭澤，夜雨瀟湘。

【駐馬聽】對景堪傷，高掛雲帆過豫章。詩句有誰相憫，衹有情知，笑彼徒忙。何年能勾轉維揚，金山重拜靈神像。枉自燒香，若存陰騭，于身無恙。

偕妾登途

【新水令】一鞭早已離萊州，一鞭早已離萊州，氣昂昂直衝牛斗。怕甚麼塵滿貂裘，管不得雲迷遠岫。猛地回頭，馬蹄兒把東山踏透。

【步步嬌】寂歷長途頻奔走，無奈分離久。田園計就荒，骨肉知完否？思量自覺難消受。泪眼不堪禁，紛紛的濕了青衫袖。

【折桂令】又何須苦學兒儔，四海爲家，萬里封侯。試看我寶劍橫秋，我何曾弄些針綉。到如今又逐遨游，却方表女俠之流。馬上凝眸，這是誰個江山，亂叢叢白骨成丘。

【江兒水】縱使離情切，何當歸興綢。幾年方得重回首，所經大半皆非舊。自嘆功名難就，甚日飛騰，贊理宋家宇宙。

【雁兒落帶得勝令】〔一〕我也曾顛沛中救善柔，我也曾荊棘裏除仇寇。我也曾把富貴視做水中鷗，我也曾將貧賤盟爲心上友。我也曾怒衝冠刺匕首，我也曾身滿膽上龍樓。我也曾約磨勒共向公侯宅，我也曾伴虬髯同到海中游。休論，英雄孰先後；俺待，要清也麽幽。怪無端義烈難丟。

【僥僥令】雲樹茫然斷送愁，今古事慢搜求。哽咽笳聲何地奏？自覺旅魂驚如中酒，旅魂驚如中酒。

【收江南】呀，好笑你不識時務呵，却也來犯純鈎。你看凄凄野草血成流，天陰惟聽鬼啾啾。非是我好尋争鬥，誰教你妄謀，待教俺怎休？

【園林好】過了些危山險丘，受了些明勞隱憂。又是何方强寇，金鼓振出貔貅。

【沽美酒帶太平令】嘆分崩似缺甌，念流散轉填溝，忍見中華作虜囚。知甚日樂歌謳，知甚日消兵胄。空教人幾番束手，好教人一場笑口。我呵也祇爲鸞儔，鳳儔，情投，意投，呀，怎憚得十分馳驟。

【尾聲】行行早見隋堤柳，虧殺你馬前相友，如此恩功未易酬。

校箋

〔一〕【雁兒落帶得勝令】：底本原作「【雁兒落】」，據曲譜改。後文同此，不再出校。

金山見詩

【念奴嬌序】掃清江漢，向水晶宫裏，開懷試飲瓊漿。笑殺六朝，争戰後空留雲水茫茫。想像，駕海金梁，中流砥柱，乾坤氣脉相依仗。（合）身疑在蓬萊真境，閬苑仙鄉。

【前腔】豪放，醉眸一望，衹見着萬里風濤，千年關障。欲倩鮫人，邀取那四海龍君同賞。歡暢，片玉平浮，蜃樓高結，世間應覓恐無雙。（合前）

【前腔】來往，無數舟航，許多離恨，也應名利故匆忙。嘆誰個能與鷗鷺相忘。景狀，畫棟含雲，朱簾捲雨，閑來對此足徜徉。（合前）

【前腔】惆悵，國破家亡，人非物是，何年依舊見安康。思君處魂已飛到錢塘。辭觴，且策杖山巔，濯纓流際，明朝又欲涉長江。（合前）

【古輪臺】氣昂昂，虹霓燦爛吐光芒。蛟龍潛伏收波浪，閑看經藏，過幾處迴廊，又懶登臨塔上。猛地風飀，一聲磬響，飄飄遺世恍蘇郎。愁懷滌蕩，高處看空闊無疆。南邊雲樹，北邊烟火，誰描圖樣。瞬息又斜陽，漁燈亮，茫然吴楚怎端詳？

【前腔】何方，短笛信口無腔。被吹動耐冷嫦娥，出雲窺望，頓爾令人，詩思十分飄蕩。

下却留雲，再來方丈，羨僧人清雅一爐香。何勝渴想，汲中泠煮茗同嘗。清風生翼，紅塵隔眼，須識人間天上。今夕樂何長，還相傍，儘教游遍水中央。

【尾聲】江天閣，再舉觴。公暇私游無所怏，祇怕潘安鬢點霜。

【香柳娘】見詩句暗傷，見詩句暗傷，那人何往？難言破鏡渾無恙。你不須斷腸，你不須斷腸，他節義已昭彰，重逢如反掌。自拆了鳳凰，自拆了鳳凰，魚雁兩茫茫，夢魂每隨唱。

【一撮棹】催橈槳，我和伊離鎮江。還尋訪，伊同我到豫章。殘生喪，不能見守貞娘。想着其間故，斷生從折桂郎。堪惆悵，没踪迹是萱堂。好教我，無計費思量。

【尾聲】青衫染泪都成絳，管教你都驅愁況，試看節義忠貞四海揚。

江西會母

【園林好】拜慈母鑒兒下情，拜孀母謝伊大恩，顛沛肯相憐憫。（合）今始信有雷陳，今始信有雷陳。

【前腔】嘆疇昔自伊遠行，嘆兵火驟然滿城，挽首即忙逃遁。（合）又豈料兩離分，又豈料兩離分。

【江兒水】自向臨安去，功名未獲成。湖邊相遇情相吻，因聞金虜邊烽緊，束裝便爾歸鄉井，不道人亡家損。（合）仔細思量，斷送一生愁恨。

【前腔】亦向臨安去，憐伊不易尋。途中相遇蒙相認，因留居住聊延命，兩番往返俱無信，衹得權隨之任。（合前）

【五供養】渡江時分，深念時乖，却又遭兵。萊州拘繫久，不屈守忠貞。幸得潛離陷穽，遇俠君把英娘相贈。玉章雖會合，犀佩奈沉淪。（合）舊事凄凉，教人愁聽。

【前腔】毫無踪影，流落長途，難知死生。重逢知甚日，白髮已星星。若没故人援拯，久矣作溝渠虀粉。他鄉千里夢，故國月三更。（合前）

【玉交枝】因懷歸興，我三人同之廣陵。曾從老僕忙尋問，道媳婦先到家門。造言逼嫁心不仁，設謀圖利情偏忍。（合）説將來難禁泪零，説將來難禁怒生。

【前腔】常甘自盡，勢難容已逐再婚。欽差江上監戎政，見金山詩句留名。想他節義怎便傾，怕吾官守猶難認。（合前）

【川撥棹】重思省，有何謀弦再整。望伊家爲我全成，望伊家爲我全成，待啣環酬伊厚恩。（合）試相看月再明，試相看花再春。

【前腔】好將詩句着處吟，再把玉章作貨因。必然間有主當承，必然間有主當承，又何須頻勞嘆聲？（合前）

【尾聲】一家重聚真堪慶，離合由來天定，洗耳門前聽好音。

尼庵貨佩

【一江風】一聲鐘，沐手將經誦，禮佛香風送。最清閑，不染紅塵，世事真如夢。應知色是空，應知色是空。嫦娥在月宫，甘心耐冷，祇有雲相共。

【金落索】嗟今乏雁鴻，憶昔分鸞鳳。不是塵心，到此重萌動。良人名姓同，起疑悰，待要親觀勢怎容？一枚犀珮曾相奉，不料其章失道中。我心偏痛，何時人物兩重逢？敢勞你閑步西東，覓個行踪，索要多珍重。

庵中小會

【小桃紅】自伊别後，兵火騷然。與姑同逃竄也，不料中途裏，散失更堪憐。慌急處，又遺捐。還幸得，遇老尼，同渡江，歸故苑也。三徑荒蕪不似前，甘把針指頻拈，聊度着亂世凶年。

【前腔】與伊别後，便到臨安。是我時乖蹇也，三策非和議，落第有誰憐。結盟義，在湖邊。驟聞得，邊烽緊，虜長驅，家遭變也。即束歸裝難自緩，又早風景凋殘，奔走處珮失衣間。

【下山虎】方纔題起，恨忿衝天，祇爲貪財利，頓爾設謀造言。道姑氏身喪刀兵，伊又魂歸九泉，逼我重將緑綺彈。我甘喪青鋒劍，要把綱常節義全。他又苦苦還相勸，强納聘錢，見物思人難上難。

【前腔】將歸舊宅，忽遇腥膻，擄向萊州去，要我屈節是延。多虧殺夢裏神祇，救我潛離難間，寄食韓生不自慚。他見我多傷感，却與英娘偶結緣。非是男兒漢，薄幸恁般，見物思人難上難。

【醉歸遲】訪根由，權逐變。中心自有天知鑒，剪髮投江不亂。金山寫怨，尊神諭故逐雲帆。没奈何將我送入尼庵，又豈料破鏡重圓，和你今生還見。

【前腔】祇道你捱不過齡妍歲堅，因此上便配了孤鸞斷弦。自那日逐寇上金山，方知道你的心兒金專石堅。笑殺那風顛浪掀，端的是珠全璧完。從此後好把愁顏，都做歡容對看。

【尾聲】萱親久待歸休晚，換却尼家妝辦，一似瑤池出鳳鸞。

【憶多嬌】辭佛前，過竹邊，冉冉衣香尚惹烟，從此分飛債已還。此去綿綿，此去綿綿，往事如同夢間。

綉襦記

《綉襦記》，郭英德《明清傳奇綜録》考稱此作爲明萬曆間無名氏撰，今從。《綉襦記》，今有全本傳世，有明萬曆間刻本（《喜咏軒叢書》據之影印，《叢書集成續編》又據《喜咏軒叢書》本影印）、明萬曆間蕭騰鴻刻本（《六合同春》據之影印）、明末朱墨套印本（《古本戲曲叢刊初集》據之影印）、明末汲古閣《六十種曲》本、清康熙五十九年（一七二〇）沈氏咏鳳堂抄本等。

催子赴試[一]

【榴花泣】論古之學者所學甚精詳，知本末重綱常。彬彬文質好行藏，看先行孝弟，餘力學文章。晨昏激昂，務乾乾惕勵心收放。效先賢入室升堂，淑諸人鑿壁懸梁。

【前腔】嘗聞得從來白屋出朝郎，榮妻顯祖名揚。汝當勵志繼書香，早把皇猷黼黻，步武位巖廊。嘉言敢忘？喜青雲有路終須上。鳳凰雛準擬朝陽，烏鵲情恐難終養。

【漁家傲】恁收拾琴劍書箱，把南金滿載行裝。願衹願車馬無勞，壯行色滿懷春盎。故鄉領命還前往，恁敢憚黄塵白浪。看槐黄舉子正忙，管此去功名唾掌。

【前腔】我孩兒學已成章，不家食觀國之光。慮衹慮孱弱身軀，怎跋涉水遠山長？且斟量結伴資諸講，抱經綸儉讓温良。他慣觀場屋知趨向，料得意首登龍虎榜〔二〕。

【尾聲】膺鄉荐赴選場，倘得名標金榜，閥閲門楣倍有光。

校　箋

〔一〕此齣齣目，《六十種曲》本、《喜咏軒叢書》本、《古本戲曲叢刊初集》本題作「正學求君」。

〔二〕首：《六十種曲》本、《喜咏軒叢書》本、《古本戲曲叢刊初集》本作「同」。

青樓娱景〔一〕

【香羅帶】徐開針綫箱，凝神綉床，羅綴花還自想〔二〕，牡丹魏紫配姚黄也。鸞和鳳，并翺翔，雲霞燦燦奪目光。瓠齒生香也，細嚼殘紅吐碧窗。

【前腔】身居錦綉鄉，衣裳滿箱，綺羅不須勤紡綉，女工針指免思量。加五彩，焕文章。我把薰籠再薰蘭麝香。還勸娘行也，剪短郎當舞袖長。

【夜行船序】〔三〕品壓群芳，喜名傳西域，色侵羅幌。微風蕩，斜倚玉欄杆上。相像，沉醉西施，濃抹胭脂，晚妝停當。（合）非獎，總斗大牡丹花，怎比阿奴佳況。

【前腔】端詳，艷質無雙，看妖妍著雨，滿枝開放。肌膚絳，翠袖捲紗明朗。相彷，被酒華清，出浴温泉，太真模樣。（合前）

【黑麻序】堪傷，有色無香，倘梅花相對，兩情凄愴。嘆失身華屋，錦綉無障。惆悵，托根桃李場，牽情蜂蝶忙。（合）謾敷揚，當筵一曲清歌，何必少陵詩獎。

【前腔】摇颺，别樣風光，愛垂絲妖軟，舞腰宫樣。好輕輕擎起，翠盤仙掌。堪傷，清溪照艷妝，紅錦襯紫裳。（合前）

【錦衣香】畫檻傍，瑶階上，花萼芳，精神爽。臉映丹霞，暈酣仙釀。東風裊裊泛崇光，青皇作主，莫遣飄揚。怕無情風雨褪紅妝，低垂粉項。傾國傾城貌，一朝摧喪，廊空響屧，馬嵬堪葬。

【漿水令】夜深沉漏聲寂響，想花神春夢悠揚。高燒銀燭照紅妝，空濛香霧，月轉迴廊。紅英燦，争趨向，半開時節宜忻賞。行樂地，行樂地，易生草莽。休辜負，休辜負，好韶光。

【尾聲】烘春麗色情欲暢，水次不堪凝望〔四〕，一樹梨花也自芳。

校　箋

〔一〕此齣齣目，《六十種曲》本、《喜咏軒叢書》本、《古本戲曲叢刊初集》本題作「厭習風塵」；《月露音》本題作「品花」，曲文與《群音類選》本全同。

〔二〕羅：《六十種曲》本、《古本戲曲叢刊初集》本作「羅襦」。

〔三〕【夜行船序】：底本原作「【惜奴嬌】」，據曲譜改。後同，不再出校。

〔四〕水：《喜咏軒叢書》本、《古本戲曲叢刊初集》本作「取」。

高堂别親〔一〕

【摧拍】辭膝下含情痛悲，我出門何勝慘凄。嘆咫尺天涯，咫尺天涯，定省晨昏，從此睽違。月冷空庭，夢斷慈幃。（合）願此去桂折高枝[二]，登月窟上天梯。

【前腔】丈夫學飛黄遠馳，肯待兔終朝守株。不見男子生時，男子生時，弧矢懸門，四遠揚輝。莫效兒曹，戀別牽衣。（合前）

【前腔】朝出去望兒早歸，暮不歸教娘倚閭。何忍遠赴京師，遠赴京師，兩字功名，一旦分離。暫脱斑斕，衣錦榮歸。（合前）

【一撮棹】雲霄路，千里奮龍駒。風雷迅，春江起蛟螭。承嚴訓，當佩服，謹遵依。施經濟，豪氣吐虹霓。黄榜標名字，錦衣歸故里。雙親喜，端的是男兒。

校　箋

〔一〕此齣齣目，《六十種曲》本、《喜咏軒叢書》本、《古本戲曲叢刊初集》本題作「載裝遣試」。

〔二〕桂折高枝：《六十種曲》本、《喜咏軒叢書》本作「高折桂枝」。

旅途寄况[一]

【甘州歌】隔林相應，聽嚶嚶黄鳥，尚爾呼朋。同袍志合，又何必骨肉相親？雖然四海皆兄弟，未必知心能幾人。芝蘭契，金石盟，客窗樽酒共論文。東風軟，綺陌春，馬蹄踏碎落花塵。

【前腔】香車逐後塵，羞我談彌六合，心醉六經。蠅隨驥尾，今日裏願隨鞭鐙。祇圖草茆時得雨，不道山花冷笑人。風光好，柳色新，短亭過了又長亭。沽美酒，望遠行，牧童遥指杏花村。

【尾聲】過前村長安近，龍盤虎踞帝王城，十里樓臺繞慶雲。

校　箋

〔一〕此齣齣目，《六十種曲》本、《喜咏軒叢書》本、《古本戲曲叢刊初集》本題作「結伴毗陵」。

托興遺鞭〔一〕

【清江引】釵横茉莉香飄麝，轉雕欄閑戲耍。滿院海棠花，一旦都吹謝，燕兒胡語把東風駡。

【駐雲飛】環珮鏗鏘，倦舉金蓮曲檻傍。花影摇屏障，柳色侵羅幌。嗏，暖日散晴光，游絲輕颺。牽引殘紅〔二〕，眷戀多情况。相逐東風上下狂，相逐東風上下狂。

【前腔】緩鞚絲繮，爲惜殘紅滿地香。忽見天仙降，頓使神魂蕩。嗏，轉盼思悠揚，秋波明朗。看他體態幽閑，妝束皆宮樣。賴策金鞭入教坊〔三〕，請接絲鞭入洞房。

【駐馬聽】適見嬌娘，佇立朱門笑語香〔四〕。貌果沉魚落雁，閉月羞花，淡抹濃妝。這是翔鸞舞鳳碧梧坊，馳車驟馬鳴珂巷。馬騁康莊，一鞭信着霜蹄前往。

【前腔】天遣裴航，得遇雲英窈窕娘。今日未登天府〔五〕，且上藍橋，醉飲瓊漿。繁弦翠管錦雲鄉，温香軟玉流蘇帳。倒橐傾囊，春宵一刻，肯惜黄金千兩。

校箋

〔一〕此齣齣目，《六十種曲》本、《喜咏軒叢書》本、《古本戲曲叢刊初集》本題作「遺策相挑」。

〔二〕紅：《六十種曲》本、《喜咏軒叢書》本、《古本戲曲叢刊初集》本作「英」。

〔三〕賴：《六十種曲》本、《古本戲曲叢刊初集》本作「懶」。

〔四〕佇：《六十種曲》本、《喜咏軒叢書》本、《古本戲曲叢刊初集》本作「并」。

〔五〕未：底本原作「先」，據《六十種曲》本、《喜咏軒叢書》本、《古本戲曲叢刊初集》本改。

挾金恣欲〔一〕

【鎖南枝】鶯花市，燕子樓，人生到此百不憂。何處繫驊騮？章臺有楊柳。見侍姬，舉止羞；倚朱門，若相候。

【前腔】年將邁，鬢已秋，下階出迎禮不周。里巷隘梁車〔二〕，丰神耀瓊玖。延賓館，暫款留；先看茶，後沽酒。

【孝順歌】掀羅幕，蕩玉鈎，弓鞋裙襯雙鳳頭。我欲見又含羞，進前還退後，昨來邂逅。柳下停驂，暗通情竇。斂衽再拜深深，恕妾失迎候。重凝睇，定兩眸。認仙郎，是墜鞭否？

【前腔】滎陽郡，是故丘，鄭元和忝爲儒者流。老父治常州，高堂有慈母，非干遠游。應舉求名，試期未偶。欲借别院攻書，未審相容否？金百兩，請暫收。若成名，再加厚。

【錦堂月】金鼎香浮，瓊卮酒艷，西堂且開情厚〔三〕。花底相逢，姻緣幸然輻輳。聽鸞簫夜月秦樓，會神女朝雲出岫。（合）風流藪，趁此年少良辰，傍花隨柳。

【前腔】聽剖，拙婦如鳩，高巢仰鵲，懸思牖户綢繆。反笑鴻儒〔四〕，俯尋蓽門圭竇。傍紗窗聽講詩書，掃塵榻强操箕帚〔五〕。（合前）

【醉翁子】知否？譙樓上初傳玉漏。你行館何方？歸款休後〔六〕。俯首，若路遠無親，總畫棟雲連何處投？重進酒，飲到月轉花稍，盡醉方休。

【前腔】他來意〔七〕，欲求締鸞交鳳友。托僦屋而居，冀望一宵相留。情投，我衹索相從，任意追隨秉燭游。

【僥僥令】階前頻頓首，賓館謝相留。願作厮養家僮從呼喚，携枕抱衾裯，敢自由。

【前腔】乘龍忻配偶，騎鶴上揚州。管取日日笑時花近眼，舞罷錦纏頭，興未休。

【尾聲】玉人鬢嚲金釵溜，整頭纖纖呈素手〔八〕，沉醉東風汗漫游。

校箋

〔一〕此齣齣目，《六十種曲》本、《喜咏軒叢書》本、《古本戲曲叢刊初集》本題作「逑叶良儔」，《大明天下春》本題作「元和訪妓」，《樂府南音》本、《樂府珊珊集》本、《樂府遏雲編》本題作「假宿」，《醉怡情》本題作「入院」。

〔二〕車：《六十種曲》本、《喜咏軒叢書》本、《古本戲曲叢刊初集》本、《樂府南音》本、《樂府珊珊集》本、《樂府遏雲編》本作「輈」。

〔三〕且：《喜咏軒叢書》本、《古本戲曲叢刊初集》本、《樂府南音》本、《樂府珊珊集》本、《樂府遏雲編》本作「宴」。

〔四〕反：《喜咏軒叢書》本、《古本戲曲叢刊初集》本、《樂府南音》本、《樂府珊珊集》本、《樂府遏雲編》本作「應」。

〔五〕强：《六十種曲》本、《喜咏軒叢書》本、《古本戲曲叢刊初集》本、《樂府南音》本、《樂府珊珊集》本、《樂府遏雲編》本作「躬」。

〔六〕款：《六十種曲》本作「寓」，《喜咏軒叢書》本、《古本戲曲叢刊初集》本、《樂府南音》本、《樂府珊珊集》本、《樂府遏雲編》本作「欵」。

〔七〕意：《六十種曲》本、《喜咏軒叢書》本、《古本戲曲叢刊初集》本、《樂府南音》本、《樂府珊珊集》本、《樂府遏雲編》本作「由」。

〔八〕頭：《六十種曲》本、《喜咏軒叢書》本、《古本戲曲叢刊初集》本、《樂府南音》本、《樂府珊珊集》本作「頓」。

道德鬧門〔一〕

【畫眉序】修眉遠山碧，脂粉翻嫌污顏色。看嫣然一笑，果然傾國。秋波瑩眼角留情，金蓮小香塵無迹。（合）綺羅叢裏春雲暖，塵思坐來消釋。

【前腔】衣冠好妝飾，談吐珠璣瀉文墨。喜風流蘊藉，有誰能匹。謾追隨鳳枕恩情，且莫問鵬程消息。（合前）

【鮑老催】酒傾玉液，勸君飲盡無涓滴，當延豪放無憂戚。聽鳳笛吹，鼉鼓敲，鸞笙吸。

揮金買笑何足惜，良辰美景豈易逢，賞心樂事難兼得。

【滴滴金】流光瞬息駒過隙，莫把青春枉拋擲。勞心日夜看財虜〔二〕，目生眵頭早白。金堆玉積，若教花柳皆疏放。縱活到百年，有何所益。

【滴溜子】歌節奏，歌節奏，五音六律，聲宛轉，聲宛轉，停腔待拍。白雪陽春無敵，行雲響遏〔三〕，采麗詞入格。戛玉鏗金，情融意適。

【雙聲子】龍涎炙，龍涎炙，黃金鼎香堪挹。麟餔擘，麟餔擘，青玉案盤何密。謾歌舞，謾歌舞，排場寂，排場寂。看鈿蟬金雁，錦茵狼藉。

【尾聲】笙簧沸耳花間集，畫閣不聞蓮漏滴〔四〕，夜宴又開筵席。

校箋

〔一〕此齣齣目，《六十種曲》本、《喜咏軒叢書》本、《古本戲曲叢刊初集》本題作「鳴珂嘲宴」。

〔二〕勞：《六十種曲》本、《喜咏軒叢書》本、《古本戲曲叢刊初集》本作「痴」。

〔三〕遏：底本原作「喝」，據《六十種曲》本、《喜咏軒叢書》本、《古本戲曲叢刊初集》本改。

〔四〕聞：《六十種曲》本作「堪」。

造謀陰險〔一〕

【憶多嬌】他初到時，甜話兒嬌聲艷語承奉之，席上人前偷眼覷。錦帳深閨，錦帳深閨，睡到日上三竿纔起。

【前腔】我就假意兒，長嘆吁喬妝哭嫁并走死，剪髮燒香設盟誓。還有個法兒，還有個法兒，頓放摇樁做鬼。

【鬥黑麻】那幫襯知音，虛花子弟，打卯燒香，來或暫時。吾門户，未許窺。他是公子王孫，萬金有餘。從他性兒，如狼似虎羆〔二〕，入我門來，入我門來〔三〕，綿羊軟的。

【前腔】總萬計千謀，無非爲利，論色不迷人，人而自迷。雖一夜做夫妻，亦是前緣，少他債兒。祇怕色衰愛弛，韶華能幾時？秋月春花，暮雲朝雨〔四〕。

校箋

〔一〕此齣齣目，《六十種曲》本題作「姨鴇誇機」，《喜咏軒叢書》本、《古本戲曲叢刊初集》本題作「老鴇誇機」。

〔二〕羆：《六十種曲》本、《喜咏軒叢書》本、《古本戲曲叢刊初集》本作「擺」。

〔三〕入我門來，入我門來：《六十種曲》本、《喜咏軒叢書》本、《古本戲曲叢刊初集》本不重。

〔四〕暮雲朝雨：《六十種曲》本、《喜咏軒叢書》本、《古本戲曲叢刊初集》本作「朝雲暮雨」。

駿騎調羹〔一〕

【二郎神】爐薫裊，啓南軒把絲桐緩操，彈一曲彩鳳求凰聲合調。聽嗈嗈，不似離鸞别鶴無聊。我喜遇知音情便好，嘆猗蘭不嫌伴草。兩情高，願鼓瑟宫商，相應和調。

【集賢賓】清商宛轉音律悄，聽巫山夜雨蕭蕭，暗約高堂魂夢杳。想夜奔文君窈窕，相如智巧，把緑綺輕挑低調。心太擾，總不入歌樓歡笑。

【猫兒墜】願爲侍妾，箕帚日親操。玉樹蒹葭雖有誚，兔絲兔得附蓬蒿。偕老，願恩義地久天長，海闊山高。

【前腔】同心比翼，擬結鳳鸞交。梧竹栖遲不忍抛〔二〕，丹山有日共歸巢。（合前）

【尾聲】這五花馬身價高，湯煮板腸投所好〔三〕，又厭腥羶不吃了。

校箋

〔一〕此齣齣目，《六十種曲》本、《樂府南音》本題作「試馬調琴」，《喜咏軒叢書》本、《古本戲曲叢刊初集》本題作「殺馬調琴」，《吴歈萃雅》本、《詞林逸響》本題作「妓館」，《樂府珊珊集》本題作「調琴」，《樂府名詞》本題作「亞仙操琴」。

〔二〕不忍：《六十種曲》本、《喜咏軒叢書》本、《古本戲曲叢刊初集》本、《吴歈萃雅》本、《樂府南音》本、《詞林逸響》本、《樂府珊珊集》本、《樂府名詞》本作「不暫」。

〔三〕投：《六十種曲》本、《喜咏軒叢書》本、《古本戲曲叢刊初集》本、《吴歈萃雅》本、《樂府南音》本、《詞林逸響》本、《樂府珊珊集》本、《樂府名詞》本作「卿」。

蝎蛇熾惡〔一〕

【黄鶯兒】你定省在晨昏，却睽違秋復春，爲人子者心何忍？戀着青樓麗人，忘却白髮老親，但知務末渾忘本。（合）少年人，戒之在色，是孔子語諄諄。

【前腔】詞色大驕人，使區區疑慮生，奈功名未就無歸興〔二〕。欲望太行白雲，難捨巫峽彩雲，恩情兩地縈方寸。（合前）

【簇御林】情含笑，眉展顰，恐仙郎感慨興。丈夫四海家無定，休要懷故土思鄉井。他是老年人，言顛語倒，不可認爲真。

【前腔】言雖慰，氣未伸，奈關山役夢魂〔三〕。囊琴羞把朱弦整，怕聲聲彈出思歸引。

（合前）

校　箋

〔一〕此齣齣目，《六十種曲》本、《古本戲曲叢刊初集》本題作「套促纏頭」，《喜咏軒叢書》本題作「套足纏頭」。

〔二〕就：《六十種曲》本、《喜咏軒叢書》本、《古本戲曲叢刊初集》本作「遂」。

〔三〕奈：《六十種曲》本、《喜咏軒叢書》本、《古本戲曲叢刊初集》本作「念」。

賣僕傾囊〔一〕

【小桃紅】祗爲黄金散盡，翠館難淹。鬻汝休含怨，從容向前。你隨我無榮顯，適彼竊威權。將托身食人食，事必從驅遣。免受鞭笞，省我掛牽。故園羞回轉，生死聽天。羊觸籓籬，進退兩難。

【下山虎】遠隨科試，來到長安，指望你登高選，我也喜歡。誰知道眷戀紅妝，取次輜裝罄然。却把忠言當惡言，不聽人之勸。賣我微軀值幾錢？欲見爹媽面，除是夢返故園〔二〕，望斷孤雲泪雨懸。

【蠻牌令】離相府路迂遠，辭舊主莫留連。關山無日轉，音信倩誰傳？倘爹知道，難容見面。祇苦殺老母愁煩，想晨昏望兒眼穿。你莫困窮途，速整歸鞭。

【尾聲】臨行再拜肝腸斷，望乞代言千萬，死當結草啣環。

校箋

〔一〕此齣齣目，《六十種曲》本、《喜咏軒叢書》本、《古本戲曲叢刊初集》本題作「鬻賣來興」，《歌林拾翠》本題作「囊空鬻僕」，《醉怡情》本、《樂府遏雲編》本題作「賣僕」。

〔二〕除是：《喜咏軒叢書》本、《古本戲曲叢刊初集》本、《樂府遏雲編》本、《醉怡情》本作「除非」。

穽陷金蟬〔一〕

【桂枝香】將欲婚偕伉儷，即日筵開羅綺。想藍田白玉曾埋，雙足赤繩曾繫。浼娘行作伐，浼娘行作伐，望毋推拒，自當酬禮。（合）喜孜孜，欲結同心帶，須啣合巹杯。

【前腔】青年才子，紅顔淑女。有緣千里相逢，此日正宜匹配。吾當贊襄，吾當贊襄，玉成其事，成人之美。（合前）

【入賺】汗馬奔馳，滿目炎天路欲迷。他新遷寓，尚書府過戟門西。爲何的，言辭急遽無頭緒？祇爲娘行一病危，將垂死，他衣衾棺椁何曾備。早爲之計，早爲之計。

【前腔】他病篤求醫，恐船到江心補漏遲。同回去，還將藥石少扶持。吾家裏，當時有馬今無矣。你且先行我慢些，你權于此，我到家即遣雕鞍至。萬勿遲滯，萬勿遲滯。

【掉角兒】嘆浮生没根没蒂，病衰年難醫難治。天也有不測風雲，人豈無不虞灾異？姥將亡，無人管，最孤恓，吾須備，齋祭之儀。天將暮矣，爲何馬猶不至？心焦如火，怎辭勞瘁。

【前腔】他那識虚情假意，忙收拾遷居行李。黄金殿深鎖鴛鴦，白玉樓空餘燕子。楚陽臺，雲雨散，夢魂迷，巫山女，何處尋之？真誠君子，豈知奸宄？兩頭無路〔二〕，中吾深計。

【尾聲】金蟬脱殼潛移徙，蕉鹿夢使他無據，那裏是長久夫妻。

校　箋

〔一〕此齣齣目，《六十種曲》本、《喜咏軒叢書》本、《古本戲曲叢刊初集》本題作「詭伐僦居」。

〔二〕兩：《六十種曲》本、《喜咏軒叢書》本、《古本戲曲叢刊初集》本作「走」。

萍航別駕[一]

【紅衲襖】他本是抱經綸一個好秀才，偶然墮風塵却遭着你毒陷害。辜負了生前結下同心帶，空落得夢中飲合巹杯。忍教他哭窮途消壯懷，多管是滅風光誰偢睬？一似芙蓉生在秋江上也，不向東風怨未開。

【前腔】假饒有七步才學問該，怎識破八陣圖形勢擺。我未見好德人如好色，自取失身家還失財。舊時的鳴珂巷空走來，新時的宣陽院徒自揣。端的是踏破鐵鞋無覓處也，十謁朱門九不開。

【前腔】寬綽綽把衣衫别様裁，高聳聳雲鬟特地改。風月門牢砌了迷魂寨，粉骷髏照出了孽鏡臺。收錦茵楊柳腰舞不來，斂歌喉桃花扇從今賣。始信道明年此地知誰在也，塵世難逢笑口開。

【前腔】不是設機關名行乖，賺得他走路岐涕泣灑。似娘行不肯招乘龍客，吹簫人懶再登引鳳臺。長相思愁悶懷，短相思眉鎖黛。真個是花影重重疊疊瑶臺也，幾度呼童掃不開。

校　箋

〔一〕此齣齣目，《六十種曲》本題作「生拆鴛鴦」，《喜咏軒叢書》本、《古本戲曲叢刊初集》本題作「生拆鴛鶼」。

進退無門〔一〕

【普天樂】想玉人飄泊歸何處，没有半句叮嚀語。約先行吾當隨至，誰知半路抛離。嘆烏鵲無栖止，却教我踏枝不着空回去。燈半滅他也羞照愁眉，漏已斷猶垂雙泪。我早知如此，步步追隨。

【憶鶯兒】〔二〕聽鷄亂啼，鴉亂飛，野寺晨鐘渡水遲，月小山高星漸稀。穿東過西，魂消思迷，爲何也把門兒閉？（合）好蹺蹊，美人庭院，翻做武陵溪。

【前腔】無所依，何所歸？計中烟花追悔遲，身世伶仃怯路岐。鴛鴦伴離，鱗鴻信稀，

好似捕風捉影無憑據。（合前）

【鬥黑麻】我欲賦歸歟〔三〕，行囊罄澀，要在此依栖，又無舊識。無伎倆，養身策。休擬登科，觀光上國。（合）相逢可惜，風波遭陷溺。進退無門，進退無門，仰天嘆息。

【前腔】你帶月行來，滿身露濕，是白苧新裁，未沾汗液。情願奉恩主，少遮飾。尚有幾貫青蚨，略支旦夕。（合前）

校箋

〔一〕此齣齣目，《六十種曲》本、《喜咏軒叢書》本、《古本戲曲叢刊初集》本題作「墮計消魂」，《南音三籟》本、《詞林逸響》本、《吴歈萃雅》本題作「怨别」（《吴歈萃雅》目録頁題作「旅嘆」）。

〔二〕【憶鶯兒】：底本原作「【黄鶯兒】」，據《六十種曲》本、《喜咏軒叢書》本、《古本戲曲叢刊初集》本、《南北詞廣韻選》本、《增定南九宫曲譜》改。沈璟《增定南九宫曲譜》「越調過曲」新增【憶鶯兒】，例曲即《綉襦記》此曲，個别字異，如無「聽」字，「星漸稀」作「天漸低」，「庭院」作「院宇」；據之，當作【憶鶯兒】。

〔三〕我欲：底本此兩字殘缺，據《六十種曲》本、《喜咏軒叢書》本、《古本戲曲叢刊初集》本補。

春閨勵節〔一〕

【泣顏回】車馬寂無聲，嘆雀羅可布衡門。良田千頃，不如日進分文。思之可嗔，你鎮朝昏掩泪也慵臨鏡。你青春能幾何哉？比舊時越減精神〔二〕。

【前腔】堅貞，立志脱風塵，誰道章臺楊柳，翻成嶰谷松筠。愁眉鎖黛，遠山畫筆無憑。愛黄花滿庭，傲霜枝禁得那西風緊。久忘情秋月春花，早灰心暮雨朝雲。

【撲燈蛾】賤人不思忖，賤人不思忖，良家且淫奔。你既落烟花寨〔三〕，休思百世流芳也。那書生薄幸，又不曾花燭結婚姻。却爲何恁般執性？打教伊務必弃舊去迎新。

【前腔】青樓懶再登，青樓懶再登，紅閨守貞靜〔四〕。鎮把重門掩，自許塵心洗净也。任芙蓉帳冷，不慕玉堂金谷靄春温。去舊染修身謹行，喜瑩然白璧，何愧玷青蠅〔五〕。

【尾聲】賤人堅執不從順，對我公然强硬，重整新妝去倚門。

校箋

〔一〕此齣齣目，《六十種曲》本、《喜咏軒叢書》本題作「逼娃逢迎」，《古本戲曲叢刊初集》本、《樂府南音》本題作「逼女逢迎」。

〔二〕舊時：《六十種曲》本、《喜咏軒叢書》本、《古本戲曲叢刊初集》本、《樂府南音》本作「昨時」。

〔三〕寨：底本原作「債」，據《六十種曲》本、《喜咏軒叢書》本、《古本戲曲叢刊初集》本、《樂府南音》本改。

〔四〕紅：《六十種曲》本、《喜咏軒叢書》本、《古本戲曲叢刊初集》本、《樂府南音》本作「空」。

〔五〕玷：底本無，據《六十種曲》本、《喜咏軒叢書》本、《古本戲曲叢刊初集》本、《樂府南音》本補。

恩乖天性〔一〕

【新水令】杏園東去曲江西，杏園東去曲江西，約同僚一船回去。嘆故人青眼稀，覓舊題蒼苔翳。鳳闕崔嵬，鳳闕崔嵬，仰瞻在白雲深處。

【步步嬌】衹見天門街上人如蟻，不免偷忙覷。見歌郎貌甚奇，行藏聲響渾無異。我也欲問因依，猶恐他不是。

【折桂令】那歌郎雖是清奇，豈是吾家千里之駒？此話休題，此話休題，金多被盗，久喪溝渠。他身不到帝闕金閨，名已登鬼籙陰司。你與我訪問端的，免得多疑，那年少伊誰，與吾兒一樣丰姿。

【園林好】《白馬篇》唱得不低，二萬錢使我頓輪。可怪是來歷不明之子，劫扭去告官司〔二〕，劫扭去告官司。

【雁兒落】我聞説你爲金多死盜賊，誰想你流落在卑污地。做歌郎歌《薤露》詞，做歌郎歌《薤露》詞，那裏是念之乎者也兒？

【江兒水】被盜劫輜裝去〔三〕，爲財疏朋友離。孤身淪没在泥途裏，更遭疾病多狼狽，幸逢肆長加恩惠。館穀虧他周濟，爲感恩私，權做歌郎報取。

【得勝令】我指望你步青雲登高第，却緣何裏烏巾投凶肆？廣寒宮懶出手去攀仙桂，天門街强出頭來尋《蒿里》。您也曾讀詩書，怎不知廉耻？積德門閭，到養這等習下流的不肖子，到養這等習下流的不肖子。

【玉交枝】因遭顛沛，故從權徑竄奔馳。不逾閑大德兒無愧，執卑聊表微軀。虎狼尚然不食兒，可憐骨肉當饒恕。望爹爹深垂憫慈，論至親莫如父子。

【沽美酒】你要到高堂慰别離，休指望帶伊回，牛馬襟裾却去除。打教你精皮肉受鞭笞，打教你血流標杵。三魂喪纔中吾意，七魄散就弃溝渠。你歌《薤露》送人之死，你今死誰歌《蒿里》？你今死吾心深喜，呀，方出俺心頭一點惡氣。

【尾聲】千金軀弃荒蕪地，你看蠅蚋紛紛來至，隨你鐵打心腸也痛悲。

校　箋

〔一〕此齣齣目，《六十種曲》本、《喜咏軒叢書》本、《古本戲曲叢刊初集》本題作「責善則離」，《歌林拾翠》本題作「曲江打子」，《樂府遏雲編》本題作「打子」，《醉怡情》本題作「箠責」。

〔二〕劫扭：《六十種曲》本、《喜咏軒叢書》本、《古本戲曲叢刊初集》本、《醉怡情》本、《樂府遏雲編》本、《歌林拾翠》本作「結扭」。下句同。

〔三〕輜裝：底本原作「緇裝」，據《六十種曲》本、《喜咏軒叢書》本、《古本戲曲叢刊初集》本、《醉怡情》本、《樂府遏雲編》本、《歌林拾翠》本改。

得情添恨〔一〕

【漁家傲犯】莫不是驥尾蠅隨歸去來？莫不是又追歡上花柳街？莫非成了功名誇拾芥？莫非在窮途做乞丐？直言怎生使我猜〔二〕，我欲贈雙頭金鳳釵，衹落得界破殘妝泪滿腮。鄭子一寒如此哉，語言頽，瘦骨骸。風雪有情歸瓦罐，雨雲無夢到陽臺。

【梧桐樹】衹道你逢舊識，衹道你歸鄉國。衹道你攻書史，衹道你陳廷策。今日忽聞、忽聞這惡消息，一似五彩文鵷斂羽栖荆棘。使我兩泪交頤，掩面空悲泣。青樓蠒笑，從此都收拾。

【東甌令】他流污下，你休怨憶，空把貞堅人不識〔三〕。眼前夫在妻淫奔，情實尚窺覓。磨而不磷，涅而不淄，潔白似崑璧。

【尾聲】玉郎萍梗飄踪迹〔四〕，空想丰神何處覓？從此帳冷芙蓉秋月白。

【山花子】廣寒仙桂香無賽，嫦娥親手培栽。被區區和月掇來，人間傳得根荄。（合）看繁英金粟亂開，美人玉纖輕折來〔五〕。一枝斜壓白玉釵，香浸金杯，歡飲開懷。

【前腔】枝柯碧玉多瀟灑〔六〕，清高不染塵埃。散天香薰透骨骸，龍涎奚足稱哉。（合前）

【紅綉鞋】一輪月滿瑶臺，瑶臺；涼飈輕捲陰霾，陰霾。如寶鑒，把塵揩。（合）輝玉臂耀金釵，移桂影轉瑶階。

【前腔】羽衣一曲新裁，新裁；宫商高下和諧，和諧。珠錯落，顯奇才。（合前）

【尾聲】南飛孤鵲無依賴，觸景教人感慨，怎能够月明千里故人來。

校箋

〔一〕此齣齣目，《六十種曲》本、《喜咏軒叢書》本題作「聞信增悲」，《古本戲曲叢刊初集》本題作「聞信增思」。

〔二〕直言：《六十種曲》本、《喜咏軒叢書》本、《古本戲曲叢刊初集》本作「這言」。
〔三〕把：《六十種曲》本、《喜咏軒叢書》本、《古本戲曲叢刊初集》本作「自」。
〔四〕玉郎萍梗飄踪迹：《六十種曲》本、《喜咏軒叢書》本、《古本戲曲叢刊初集》本作「玉郎飄梗無踪迹」。
〔五〕折來：《六十種曲》本、《喜咏軒叢書》本、《古本戲曲叢刊初集》本作「折采」。
〔六〕碧玉：《六十種曲》本、《喜咏軒叢書》本、《古本戲曲叢刊初集》本作「碧翠」。

安邑遭逢〔一〕

【一江風】雪兒飄，四野彤雲罩，萬徑人踪杳。想多才流落何方，應做窮途餓莩。恩情一旦拋，恩情一旦拋，鱗鴻萬里遥，細思量似把心腸絞。

【沽美酒】鵝毛雪滿空飛，破草薦蓋着羊皮，殘羹剩飯口中吃。李亞仙你怎知？破帽子在頭上搭，破衣衫露出肩甲，腰間繫一條爛絲麻，脚下穿一雙歪烏辣。上長街，又丢抹，這便是鄭元和。家業使盡待如何，勸郎君休似我。

【前腔】小乞兒捧定着一個瓢，自不曾有軟飽。肚皮中捱飢餓，頭頂上瑞雪飄。最苦冷難熬，正遇着嚴冬、嚴冬天道。凛凛的似水澆，凍得咱來曲折了腰。呀，有那個官人每穿破了的綿襖，戴破了的舊帽，殘羹剩飯捨些與小乞兒嚼〔二〕。因此打上一回哩哩蓮花，哩哩蓮花落也。

【香柳娘】看他似飢鳶叫號，他似飢鳶叫號，恁般苦惱，我聞言不覺心驚跳。看肌肉盡消，看肌肉盡消，病骨冷難熬，遮身無破襖。解綉襦裹包，解綉襦裹包，且扶入西廂暖閣，免放凍倒〔三〕。

【前腔】聽西廂暖閣，聽西廂暖閣，爲何鬧吵，這冤家誰引他來到？快推出市曹，快推出市曹，聞他遍體臭腥臊，蓬頭一餓莩。想死期將到，想死期將到，若有人知，官司怎了？

【前腔】他是儒林中俊髦，儒林中俊髦，官居當道，倘一朝事露娘圈套。這罪名怎逃，這罪名怎逃，尋出這根苗〔四〕，賺錢樹皆倒〔五〕。願救他潦倒，願救他潦倒，從姐姐所言，不須推調。

【前腔】想立志已牢，想立志已牢，我憑伊計較，把黄金囊橐須傾倒。覷他人形貌，覷他人形貌，似蛇虺不成蛟，龍門怎高跳？你衹圖旌表，你衹圖旌表，要做夫人，位高五花官誥。

校　箋

〔一〕此齣齣目，《六十種曲》本、《喜咏軒叢書》本、《古本戲曲叢刊初集》本題作「襦護郎寒」，《歌林拾翠》本題作「蓮花乞遇」，《詞林逸響》本、《樂府遏雲編》本、《樂府南音》本、《樂府珊珊集》本、《吴歈萃雅》本題作「乞市」，《玄雪譜》本題作「解襦」。

〔二〕乞：底本原作「吃」，據《六十種曲》本、《古本戲曲叢刊初集》本改。

〔三〕放：《六十種曲》本、《喜咏軒叢書》本、《古本戲曲叢刊初集》本作「教」。

〔四〕這：《六十種曲》本、《喜咏軒叢書》本、《古本戲曲叢刊初集》本作「禍」。

〔五〕賺：《喜咏軒叢書》本作「揺」。

剔目流芳〔一〕

【沉醉東風】你且對青燈閲着簡編，須勵志莫辭勞倦。坐待旦竟忘眠，坐待旦竟忘眠，乾乾黽勉，如與那聖賢對面。（合）鳶飛戾天，魚躍在淵，察乎天地，道理衹在眼前。

【前腔】看詩書不覺泪漣，這手澤非爹批點。想熊膽苦參丸，想熊膽苦參丸，娘親曾勉，虧殺你再三相勸。（合前）

【江兒水】刺綉拈針綫，工夫自勉旃。謾配勻五彩文章炫，似補衮高才將雲霞剪，皇猷黼黻絲綸展。若論裙釵下賤，十指無能，莫逞芙蓉嬌面。

【前腔】玉漏催銀箭，金猊冷篆烟。奈睡魔障眼精神倦〔二〕，紅樓猶把笙歌按，倒金樽秉燭通宵宴。掩倦情懷撩亂〔三〕，聽聲徹檀槽，想是曲罷酒闌人散。

【玉交枝】文章不看，口支離一訕亂言。爲何頻顧殘妝面，不思繼美承前？我見你秋波玉溜使我憐，一雙俊俏含情眼。你不用心玩索聖賢，却爲妾又垂青盼。

【前腔】且把書來收捲，我拚一命先歸九泉。我把鸞釵剔損丹鳳眼，羞見不肖迍邅。涓涓血流如涌泉，潸潸却把衣衫染。今始信望眼果穿，却教人感傷腸斷。

【玉胞肚】冥途魂轉〔四〕，尚兀自心頭火燃。你還祇想鳳友鸞交，焉得造鷺序鵷班。我向空門落髮，伊家休得再胡纏，紙帳梅花獨自眠。

【川撥棹】明日別，朝金殿，把胸中經濟展。論所學達者爲先，論所學達者爲先，若成名吾心始安。不成名，誓不還。

【尾聲】孤幃再把重門掩，不堪離恨寄冰弦，斷雨殘雲思黯然。

校箋

〔一〕此齣齣目，《六十種曲》本、《喜咏軒叢書》本、《古本戲曲叢刊初集》本題作「剔目勸學」，《歌林拾翠》本、《樂府名詞》本題作「亞仙剔目」，《樂府紅珊》本題作「李亞仙剔目激元和」，《賽徵歌集》題作「剔目礪成」（目録頁作「亞仙剔目」），《吴歈萃雅》本、《樂府遏雲編》本、《樂府南音》本、《醉怡情》本、《詞林逸響》本、《玄雪譜》本、《南音三籟》本、《怡春錦》本題作「剔目」。

〔二〕魔：底本原作「磨」，據《古本戲曲叢刊初集》本、《樂府名詞》本等改。

〔三〕掩：《六十種曲》本、《喜咏軒叢書》本、《古本戲曲叢刊初集》本作「淹」。

〔四〕魂：《六十種曲》本、《喜咏軒叢書》本、《古本戲曲叢刊初集》本、《樂府名詞》本作「回」。

畫閣求婚〔一〕

【梁州新郎】名魁金榜，身登廊廟，怎戀閑花野草？章臺楊柳，争如玉洞仙桃。他愛你偷香韓壽，擲果潘安，畫眉張京兆。紅絲牽綉帶，雀頭高，猶勝龍頭奪錦標。似玉肌，如花貌。青春二八年尤少，休固執，莫推調。

【前腔】殘生幾喪，微軀重造，不厭瘡痍枯槁。酥滋腸胃，勃然雨起枯苗。勸讀因他剔目，勉我懸頭刺股勤昏曉。扶持登甲第，入皇朝，豈肯做薄幸區區兒女曹？似玉肌，如花貌。青春二八年尤少，非固執，要推調。

【前腔】論先奸律有明條，况不可娶而不告。這婚姻匪媾，把良緣辭了。偏愛熟油苦菜，飲慣茅柴，濁酒經多少。不知如蜜味，有香醪，不飲從他酒價高。似玉肌，如花貌。青春二八年尤少，休固執，莫推調。

【前腔】惡姻緣弦續鸞膠，好恩義理宜旌表。願明王寵賜，五花官誥。試看萱花椿樹，喬木絲蘿，雨露同榮耀。木桃投我也，報瓊瑶，莫向銀河駕鵲橋。似玉肌，如花貌。青春二八年尤少，非固執，要推調。

【節節高】才高壓俊髦，好英豪，氣凌太華詞源倒。龍門峭，萬丈高，祇一跳。月中丹桂連根拗，夢中詩句你那知道？去時荷葉小于錢，歸來必定蓮花落。

【前腔】聞言心旆摇，這根苗，緣何你却都知道？聽哀告，乞恕饒，休煩惱。當初鬻我來投靠，如今願得同回棹。（合前）

校　箋

〔一〕此齣齣目，《六十種曲》本、《喜咏軒叢書》本、《古本戲曲叢刊初集》本、《樂府南音》本題作「却婚受僕」。

綉衾重會〔一〕

【二犯傍妝臺】抱病掩妝奩，粉容消瘦，愁黛鎖眉尖。郎別去芳容減，不見返悶懷添。祇恐朱衣頭不點，又怕魚龍甲未完。藁砧何在，山上有山，歸期破鏡看新蟾。

【不是路】騶從駢闐，塞巷攔街衆擁觀。心驚顫，原何鼓吹鬧喧喧？到妝前，今朝果見錦衣旋，不負卿卿苦勉旃。蒙相勸，果然得中青錢選。使我不勝忻忭，不勝忻忭。

【降黄龍】我旦夕憂煩，怕你偃蹇，功名不成空返。喜登甲第，不枉奴刷目苦言相勸。峨然，頭角峥嶸，始遂得心頭之願。你如今上援鼎族〔二〕，早成姻眷。

【前腔】休胡言締良緣，多賴卿卿，救吾殘喘。再生恩人，願爾以霞帔鳳冠榮顯。同船，省親回去，早把同心帶綰。那玉堂人曾蒙招贅，怎肯再三辭免？

【黄龍衮】〔四〕君今往劍南，君今往劍南，賤妾難留戀。從此別離，再不求相見。君今貴顯，料無所願。今永别，怕牽腸，收泪眼。

【前腔】微軀賴汝完，微軀賴汝完，恩若天高遠。生死相同，榮辱無殊間。向時刷目，賴卿激勉。請收拾，針綫箱，并書劍。

校　箋

〔一〕此齣齣目，《六十種曲》本、《喜咏軒叢書》本、《古本戲曲叢刊初集》本題作「偕發劍門」。

〔三〕上援：《六十種曲》本作「結媛」，《喜咏軒叢書》本作「結緣」，《古本戲曲叢刊初集》本作「結緩」。

〔四〕【黄龍衮】，底本原作「【薄媚衮】」，據《六十種曲》本、《喜咏軒叢書》本改。

暫宿郵亭〔一〕

校　箋

〔一〕底本此齣僅存齣目。

新刻群音類選官腔卷八

四德記

《四德記》，作者佚名。今無全本傳世，僅于《群音類選》、《樂府紅珊》、《樂府萬象新》、《樂府菁華》、《月露音》、《吴歈萃雅》、《堯天樂》等戲曲選中留存所輯散齣。劇作爲馮商和其子馮京故事。馮商事見羅大經《鶴林玉露》和姚椿若《不可録》，馮京《宋史》有傳。據所存散齣，知劇叙：馮商在外，因妻無有生育而納妾，知妾凄苦身世而把妾送還其父母；後因有恩于一女，女欲求合歡而馮商堅拒；馮商住店而得前客遺失重金，就在店中等待失主到來而歸還其所遺失之金。馮商積善修德，老年得子馮京。馮京年少而聰俊，連中三元。吕天成《曲品》、祁彪佳《遠山堂曲品》均著録。

友餞馮商

【柳摇金】鶯花千里，鷗波滿溪，隨處可留題。夜宿舟中飯，晨征馬上鷄。想多少離愁別恨，想多少離愁別恨，都在送行時。要祛愁掃恨，頻呼酒巵。（合）雙雙燕語，兩兩鶯啼。燕語鶯啼，混入離歌聲裏。

【前腔】瀟瀟行李，迢迢路岐，翹首望京畿。殿角紅雲繞，京城緑樹迷。且痛飲瓊漿百盞，且痛飲瓊漿百盞，何苦惜分離。這悲歡聚散，元無定期。（合前）

【前腔】雲蒸花氣，風牽柳絲，春色鬥芳菲。正好同游賞，那堪遠別離。他日到皇都旅邸，他日到皇都旅邸，兩地費相思。問何時返期，茫然無知。（合前）

【前腔】筵間羅綺，吹竹奏絲，惜別酒遲遲。忽見青山暝，俄看白日低。說不盡衷腸心事，說不盡衷腸心事，僕子又相催。且停杯拜別，難禁淚垂。（合前）

納妾成婚〔一〕

【桂枝香】匆匆開宴，重將燭剪。安排合巹春杯，燈下交相酬勸。看他悶思鬱然，悶思鬱然，莫不是聘財輕鮮，禮儀疏簡？且從權，莫道我的山妻妒，我的山妻且是賢。

【前腔】財非輕鮮，禮非疏簡。祇因有事關心，悶思實難排遣〔二〕。且莫怨天，且莫怨天，怨天天遠，況你的事難宛轉。這姻緣，須知悶死人兒也，祇怕難期到百年。

【前腔】言之慚赧，祇恐怕逆流難挽。痛雙親衰老無兒，我去了何人爲伴？從今別去，

從今別去，山遥水遠，抱負終天之怨。好心酸，若要重相見，除是三更夢裏還。

【前腔】與你紅絲新綰，期爲姻眷。緣何不念新婚，瑣瑣雙眉不展？有事儘言，有事儘言，我與伊分辯，不須愁怨。這姻緣，想他就裏無非屈，其間必有冤。

【前腔】嚴親游宦，時乖多難。衹因網運他方，欠拆官糧一半。賣奴抵償，賣奴抵償，非吾之願，教我如何不怨？有誰憐，兒去親無倚，心情兩處懸〔三〕。

【前腔】聽得哀聲凄慘，使我勃然色變。你雙親衰弱老年，何忍把你天倫離間？不須泪漣，不須泪漣，將你送歸庭院，你也不須留戀。請回旋，交你骨肉重完聚，別選姻緣配百年。

【憶鶯兒】君最賢，憐妾艱，遣我還家不索錢，仁義于君得兩全。德深似淵，度量似天，陰功最大行方便。望青天，前程遠大，瓜瓞永綿綿。

【前腔】休怨言，免泪漣，本求父子得兩全，忍教你父子分兩邊。去珠復還，缺月再圓，伊家父子重相見。請歸旋，于今如願，別擇個好良緣。

【前腔】聘財錢，輕弃捐，濟人急難勝結緣，陰德從來感動天。你的位登壽山，廣種福田，何愁眼下無姻眷？似君賢，麟兒早晚，不久慶澤永留傳。

校箋

〔一〕此齣齣目，《樂府紅珊》本、《樂府萬象新》本題作「馮商旅邸還妾」，《樂府萬象新》僅存目録，正文佚；《樂府菁華》本、《樂府玉樹英》本題作「馮商還妾」，《樂府玉樹英》僅存目録，正文佚。

〔二〕思：《樂府紅珊》本作「懷」。

〔三〕情：《樂府菁華》本、《樂府紅珊》本作「旌」。

牡丹嘉賞〔一〕

【夜行船序】縞素花王，逞清真國色，冷淡天香。寒叢裏，偏惹蝶蜂飛嚷。春光，點綴奇葩，緑葉交輝，碧枝相傍。端詳，宛然似玉天仙，身跨彩鸞飛降。

【前腔】非常，月貌冰膚，甚清于魏紫，雅似姚黄。風簾外，衹見玉毬飄蕩。不讓，興慶宮東，沉香亭北，紅塵十丈。還像，楊太真洗妝時，倦睡牙床上。

【鬥寶蟾】誰將，種近華堂，傍明珠簾箔，爛銀屏帳。把塵埃攔拂，玉泉滋養。階上，一番風雨過，西子浴蘭湯。泛瑶觴，人正在春雪香中，臨軒相賞。

【前腔】幽芳，獨占春陽，那繁華俗眼，等閑誰向。也不知曾占洛陽沃壤。于想，玉盞盛露冷，瓊樹帶清香。似西方迦羅國梵王，覺悟深顔色相。

【錦衣香】古樣妝，真堪尚，傅粉郎，難相訪。摘獻金仙，玉瓶供養。繁枝爛漫罨秋霜，春深時候，錯認重陽。紗窗覷望，緑烟消明月輝朗。露凝香瓣，汗沾玉項，輕輕籠霞彩，半酣春釀。

【漿水令】貌堂堂飛瓊遺像，氣洋洋色妒秋娘。紛紛紅紫鬥濃妝，恁如他一種清芳。東風惡，無力花，都墜倒百寶欄杆上。瓊瑶蕊半含半放，如有待，如有待，探花郎。

【尾聲】清華骨相異尋常，多開向富貴門墻，願歲歲年年人共賞。

校　箋

〔一〕此齣齣目，《月露音》本題作「賞花」。

見色不淫〔一〕

【啄木兒】人所貴，德行優，我一點良心日日修。我是柳下惠至曉不迷，祇不如魯男子閉户無求。若是他人妻子吾淫媾，吾家妻子遭人誘，這天報昭昭怎肯休？

【前腔】非君誘〔二〕，豈汝求，爲受你活命之恩未得酬。從夫命身屬于君，須知覆水難收。妾身不是墻花柳，祇爲恩山義海難消受，故把明珠暗裏投。

【前腔】但聞得男先女，有所求，你今女先于男禮不周。豈不聞郵亭中一夜風流，番做了萬年遺臭。伊家夫主能瞞否，皇天后土難欺漏，怎做得襟裾一馬牛？

【琥珀猫兒墜】看他嚴聲勵色，言出鬼神愁。正氣漫漫衝斗牛，教我赧顔厚頰自含羞。休休，辜負御溝，紅葉空流。

【前腔】佳人窈窕，月閉與花羞。祇是我雅操堅持不好逑，敗倫傷化豈良謀？休休，與你冰炭同爐，兩不相投。

【尾聲】通宵方寸無虚謬，不比尋常鼠狗偷，看他正大光明類孔周。

【琥珀猫兒墜】他身如泥塑，一夜到天明。一點仁心認得真，教我空陪笑語枉相親。他頻頻，祇説道淫人妻女，怕妻女淫人。

【前腔】你這無知惡少，見色便迷心。與汝存心霄壤分，不圖人報廣施恩。神明，願他多生貴子，福壽同增。

校　箋

〔一〕此齣齣目，《吴歈萃雅》本題作「訓倫」，無最後【琥珀猫兒墜】兩支。

〔二〕誘：底本原作「話」，據《吴歈萃雅》本改。

假宿拾遺〔一〕

【紅衲襖】你本是天地間造化根，人爲你費盡了辛與勤。人爲你餐風宿水憂成病，人爲你戴月披星曉夜行。人爲你似魚鱉渡海濱，人爲你伴虎狼登峻嶺。人若一日無君也，壯士無顔人所輕。

【前腔】人爲你父與子傷了天性恩，人爲你兄和弟傷了手足情。丈夫無你妻不敬，主若無伊僕慢輕。君子儒因爲你失了朋友信〔二〕，貞潔婦爲你做了失節人。人若一日無君也，伶俐聰明的做了懞懂人。

【前腔】多少讀書人爲你把綱常紊，多少廉能官爲你把公論傾。多少强求的喪了殘生命，多少善求的忘了廉耻情。那成家子祇爲你多慳吝，敗家子把你做糞土傾。人若一日無君也，説得亂墜天花也不聽。

【前腔】那子孫賢何須要你們，那子孫愚任你積如山也易傾。竟不知榮枯得失皆前定，何必勞勞苦用心？那溺愛的爲你圖僥幸，貪得的爲你常不平。一團和氣爲你成仇也，重義輕財有幾人？

校　箋

〔一〕此齣齣目，《堯天樂》本題作「投宿還金」。

〔二〕爲：《堯天樂》本作「無」。

待主償金

【憶多嬌】你休嘆息，莫感激，我平生不取非義物，幸遇卑人無損失，管取你一家骨肉重歡溢。休得强勒，休得强勒，我不是貪財盜跖。

【前腔】看他容坦率，情性熱，不以勢利關心真難得，義氣昂昂熏天日。與你路途南北，路途南北，未審何時報德。

【黑蟆序】我祇道你懷意不良，在此盤桓幾日。豈料一點仁心，凡夫怎識？你真有幸，遇大德。若是僥幸貪夫，一似東海撈針怎得？（合）一場憂戚，變作歡顏并喜色。如此陰功，如此陰功，何人可及？

【前腔】我一命如同，草頭露滴。一似枯木生花，陽春布澤。你休饒舌，免羈逆。及早歸家，寬慰你父兄怨憶。寬洪大德，臨財毋苟得。祇怕天各一方，天各一方，結草啣環甚日。

賀子滿月〔二〕

【畫眉序】吉夢叶羆熊，喜得佳兒紹先統。值今朝彌月，設宴堂中。黄金盞蟻醞盈浮，紫霞杯駝峰高聳。（合）綺羅叢裏人如玉，歡笑禮度從容。

【前腔】瑞日曉重疃，玳瑁筵中擁鬢叢。喜得嬰兒新産，豚犬難同。奇骨格渥水神駒，好羽翼丹山彩鳳。（合前）

【前腔】人早積陰功，天上麒麟豈無種？若人生無子，恐墮家風。喜弄璋慶衍雲仍，期跨竈榮沾天寵。（合前）

【前腔】天上謫仙童，寄與人間好珍重。看眉清目秀，勝祖强宗。喜今朝老蚌生珠，應玉燕投懷入夢。（合前）

【滴溜子】想當初，想當初，還妾有功；這麟兒，這麟兒，孔釋抱送。看他年堪爲梁棟，東君意頗濃。笙歌鼎沸，鼉鼓咚咚，如雷震動。

【雙聲子】再加饌，再加饌，琉璃鍾琥珀濃。天將暝，天將暝，酒未終曲正濃。看畫欄月上影重重。

【尾聲】玉釵斜墜晚妝慵，酒闌人散月明中，翠幕羅幃香霧空。

校　箋

〔一〕此齣齣目，《樂府紅珊》本題作「金氏生子彌月」，【畫眉序】前多【臨江仙】、【生查子】二支。

三元報捷〔一〕

【石榴花】碧雲天杳，游子雁書遥。萱與桂，梓和喬，心旌千里路途遥〔二〕。想瀛州無數英豪，都要奪錦標，論輸贏畢竟成一笑。（合）念車囊久聚秋螢，望任竿獨釣春鰲。

【前腔】班衣年少，身在鳳城遥。孤悶鬱，寸心焦。倘吾兒得上青霄，身著紫袍，也不負孟母三遷教。（合前）

【不是路】放下衣包，直入堂前便折腰〔三〕。來通報，藍袍脱却换宫袍。小兒曹，三元地位焉能到？他文有波瀾中必高。猶難道，四方英俊知多少？莫非差了，莫非差了。

【前腔】揭曉之朝，親見馮京榜上標。知分曉，此情無得可推敲。謝辛勞，白金百兩休嫌少，不枉奔馳這一遭。欣欣笑，呼童快把門前掃。倘有賀客來到[四]，倘有賀客來到。

【皂角兒】論其年其年少小，論其才其才蒼老。觀其貌貌雖朴實，觀其詞詞多華藻。在文場内，人如將，筆如刀，文章好，似水滔滔。（合）南山大豹，東海巨鰲。豹文一變，把鰲頭獨釣。

【前腔】歷三闈文章考較，通四海把英才壓倒。内豈無一個英豪，也須要十分高造。天資好，學問飽，時又到，命又高，平地裏得上青霄。（合前）

【尾聲】今朝喜得登廊廟，佐明君經邦論道，這都是辛苦中博來榮耀。

校箋

〔一〕此齣齣目，《樂府玉樹英》本、《樂府菁華》本題作「三元捷報」，《樂府紅珊》本題作「馮京三元報捷」；《樂府菁華》本與《樂府紅珊》本文字基本全同，與《群音類選》異文較多。

〔二〕心旌：《樂府菁華》本、《樂府紅珊》本作「心驚」。

〔三〕堂前：《樂府紅珊》本作「華堂」。

〔四〕倘：《樂府菁華》本、《樂府紅珊》本作「恐」。下同。

還帶記

《還帶記》，沈采撰。沈采，字練川，嘉定（今上海嘉定縣）人。生平事迹不詳。知撰有《千金記》、《還帶記》、《四節記》等傳奇。《還帶記》，今有全本傳世，現存明萬曆間金陵富春堂刻本、明萬曆十四年（一五八六）金陵世德堂刻本（一九三四年長樂鄭振鐸《匯印傳奇》第一集、《古本戲曲叢刊初集》據之影印）、清抄本、近人許之衡飲流齋抄訂本等。

二郎誚裴

【黄鶯兒】墳典誤儒生，幼雖學壯未行，荆榛生滿無媒徑〔一〕。鹽梅可羹，舟楫可乘，時乎不遇吾何病。（合）且留情，回琴點瑟，和協鳳凰鳴。

【前腔】念汝老書生，寸心丹雙眼青，燈氈寂寞書齋冷。柴無寸莖，米不滿升，范丹難免塵生甑。（合前）

【前腔】富貴足平生，眇周公卑晉卿，安居不受三徵聘。田疇可耕，鷄豚可烹，御筵不慕紅綾餅。（合前）

【簇御林】功名事，未有成，向晨昏親筆耕。須知兆協芙蓉鏡，還須坐台閣司鍾鼎。莫閑争，雌雄勝負，不久自分明。

【前腔】青雲器，當晚成，小兒曹休厭憎。窮通得失皆天命，還須顯陰德延餘慶。（合前）

【前腔】你同袍友，皆做公與卿，這寒微自取輕。峨冠博帶自有人欽敬，何不熟加察深思省。（合前）

校　箋

〔一〕媒：《古本戲曲叢刊初集》本作「梅」。

裴度拾帶

【鎖南枝】山多景，水有聲〔一〕，尋山問水數里程。緩步適閑情，高吟縱清興。披松影聽鶴鳴，頓忘却在塵境。

【前腔】穿羅徑，扣竹扃，乘閑半日來訪僧。鐘磬寂無聲，長空落旛影。叙不成石上盟，辜負了好光景。

【前腔】迴廊下，蘚色青，山僧久不來此行。入竹佛香清，穿雲客衣冷。雁塔中次第登，玩不盡望中景。

【前腔】香山寺，佛有靈，齋心秉虔來訴情。上殿欲捻香，先將手兒浄。枉未伸氣怎平，望菩薩做明證。

【前腔】周方正，是我父姓名，身居縲紲遭憲刑。意欲賂公庭，周全我父親命。再秉誠禮聖明，望陰空賜靈應。

【前腔】忙奔走，半里程，追尋去婦無影形。但見石榴掛松棚，人迹印苔徑。你看斜陽影宿鳥鳴，暮雲横半山暝。

校　箋

〔一〕聲：《古本戲曲叢刊初集》本作「名」。

拾帶見妻〔一〕

【二犯桂枝香】〔二〕良人出外，妾無聊賴。厨中桂玉蕭條，白日空耽飢餒。愁懷，千堆萬積排不開。焦心苦腸無可奈，累殺人窮骨骸。頭何曾戴玉簪寶釵，脚何曾踹羅襪綉鞋。

【桂枝香】犀文采采，玉光靄靄。誰將造就腰圍，雅稱宫袍麟豸。你是個韋布秀才，韋布秀才，素非槐宰，初無魚袋。你且慢安排，怎勝得東野寒風度，恐辱了斯文瘦骨骸。

【前腔】犀玉三帶，蔚然華彩。慚予白屋書生，可是青雲冠蓋。這服飾未該，服飾未該，况無錢買，又何福勝戴。你且謾疑猜，適在香山寺，無端拾得來。

【前腔】使我愕然驚駭，不覺勃然色改。如何却在空門，必有個人人失在。你有意取回，有意取回，靈臺難昧，你廉節都壞。可哀哉，何不還他也，貪圖不義財。

【前腔】我身微如芥，量寬若海。追之不及如何，待亦不來無奈。我固不才，我固不才，忍傷廉介，心田不昧。待他來，覿面還他也，我誰貪不義財。

校箋

〔一〕此齣齣目，《古本戲曲叢刊初集》本目録頁題作「裴度拾帶」；《大明天下春》本題作「裴度拾帶還家」；《吳歈萃雅》本、《南音三籟》本題作「閨思」，僅輯録【二犯桂枝香】一支。

〔二〕【二犯桂枝香】：《吳歈萃雅》本、《南音三籟》本此曲尾多「富貴終須至，休嫌嫁秀才」句，據《南音三籟》，此句爲【桂枝香】尾，而《古本戲曲叢刊初集》本此句作念白；《大明天下春》本作「富貴終須至，休埋怨他窮秀才」。

裴度還帶〔一〕

【懶畫眉】〔二〕妾身堪嘆命途乖，横事何當接踵來，熱心一片化寒灰。羅鉗吉網無能解〔三〕，不覺吞聲泪滿腮。

【前腔】娘行何事苦哀哉，何故侵晨到此來〔四〕，你令尊未審有何灾？犀玉三帶今安在〔五〕，管教你枯木逢春花再開。

【前腔】嚴親在獄可悲哀，乞得豪家犀玉帶，特來參聖訴衷懷。尋覓不見徒興慨，我知他難逃不測灾。

【憶多嬌】犀玉帶，誰不愛。微生肯把心術壞，咫尺寧無神明在。娘行休怪，娘行休怪，此帶原封不改。

【前腔】君慷慨，奴托賴。稽首深深行再拜，隨時便覺愁顔改。恩深似海，恩深似海，使我不勝感戴。

【鬥黑麻】你親在縲紲，無由抵罪，欲賂公門，全憑此帶。我決不受，你休怪。反己心慚，逆天罪大。那貪夫小輩，臨財心便昧。我正大公平，初心怎改。

【前腔】財利迷心，人情世態，見利思義，于君無愧。奴有幸，蒙還帶。似此陰功，前程遠大。功名可待，否極還復泰。位列三公，職司鼎鼐。

校箋

〔一〕此齣齣目，《大明天下春》本、《樂府萬象新》本、《樂府紅珊》本題作「裴度香山還帶」，《樂府菁華》本題作「香山還帶」。

〔二〕【懶畫眉】：底本原作「【畫眉序】」，據《古本戲曲叢刊初集》本、《大明天下春》本、《樂府萬象新》本、《樂府菁華》本、《樂府紅珊》本改。

〔三〕吉：《大明天下春》本作「計」，《樂府萬象新》本、《樂府菁華》本、《樂府紅珊》本作「結」。

〔四〕何故侵晨：《大明天下春》本作「何事清晨」。

〔五〕安：《古本戲曲叢刊初集》本、《大明天下春》本、《樂府萬象新》本、《樂府菁華》本、《樂府紅珊》本作「何」。

劉二勒債

【剔銀燈】今秋是三年大比，我東人要上京科舉。試期已迫没盤費，想情願加一起利。這兩件粗布舊衣，望早發休得故辭。

【前腔】我豪富雖無比擬，你貧賤我合當相濟。將衣來抵非無意，來討個人情回去。這兩件粗布舊衣，你早拿去休得待遲。

【前腔】向年間要錢財使費，把首飾前來相抵。算來又是三年矣，何曾見還些本利。這兩件粗布舊衣，且留下一發來贖取。

【前腔】告官人休得要使勢，放私債敢利上盤利。你臨財苟得不思義，冷債負何當勒取。這兩件粗布舊衣，誰敢把他來轉移。

裴度赴選

【皂羅袍】莫謂毛錐無用，向文場一掃，早奏奇功。春雷激烈躍蛟龍，朝陽和煦鳴鸞鳳。芸窗雪冷，雲鵬路通；瓊林春宴，金蓮夜送。清朝名器非虛擁。

【前腔】吾輩朋儕晁董，定高扳仙桂，穩步蟾宫。三年力學有餘功，一肩行李無多重。惟圖貴顯，食禄萬鍾；還期清要，置身九重。時時獻納承天寵。

【前腔】將相從來無種，看登庸廊廟，日侍重瞳。御厨自有紫駝峰，青芻莫戀黄齏瓮。性質懵董，六經頗通；腹非空笥，三冬足用。文章落筆如泉涌。

【前腔】藻思腹中騰涌，想棘闈文戰，誰敵詞鋒。管教驥北馬行空，行看天上鵷班擁。青氈寂寞，休嗟命窮；雲霄騰路，忽覺運通。奇才畢竟爲梁棟。

衆朋就相

【玉芙蓉】當初如餓莩，今變作堂堂貌。使區區驚異，可是運來時到。神魚已有飛騰勢，不怕龍門萬丈高。登樞要，當衹在早晚，請君家早安排裁剪緑羅袍。

【前腔】青雲萬里遥，一蹴安能到？況當今天下，賢才多少。鯫生但好潛淵底，敢向龍門犯海濤。我雖不肖，豈不知分量，但祇愁棘闈文戰又徒勞。

【前腔】心懷釣海鰲，總角游學校。每秋闈下第，見憎妻嫂。鷄肋滋味非不識，蝸角虚名未忍抛。多承教，倘終身不遇，深辜負朝廷作養此英豪。

【前腔】科場走數遭，鬚鬢都白了。豈無福戴個烏紗官帽。我撑腸拄腹學問飽，我叠嶂層巒筆勢高。吾雖老，這一雙健翮久不飛，一飛直透碧雲霄。

棘闈考試

【清江引】科場地接青雲路，書生争獨步。龍躍禹門雷，桂砍吴剛斧，纔顯善心人天不負。

【前腔】儒林素號文章府，出來的無空肚。風月舊襟懷，錦綉新詞賦，選賢才輔國家圖報補。

【前腔】争名奪利如狼虎，論吾才遭嫉妒。一達利名途，此意誰復顧，祇圖榮父母顯妻子光門户。

【前腔】朝來一陣槐花雨，作新凉消餘暑。稱我入科場，寫出驚人句，但祇恐青錢選難遭遇。

【前腔】三墳五典書無數，都包在吾胸腑。出口便成章，落筆如神助，自不知足而蹈手而舞。

【前腔】森羅萬象都遮護，圓而明周而普。無墜亦須憂，有缺吾能補，借青漢作階梯當獨步。

【前腔】重濁大塊今猶古，與昊天相依附。不必辨齊秦，何用分燕楚，須要識普天下皆王土。

【前腔】紛紛各自開門户，原其初同一祖。不念我同胞，相逢如陌路，有一等殘忍的如狼虎。

【前腔】崢嶸玉骨蒼皮護，不怕他霜雪妒。風月走蛟龍，黛色含烟霧，若遇大匠手便可作明堂柱。

【前腔】淇園嶰峪瀟湘浦，緑森森何勝數。風起月明中，渾訝青鸞舞，若遇伯夔氏截將來調律吕。

【前腔】南枝雪後春光露，逞瑶姿誇青素〔一〕。月來瘦影横，風過寒香度，後來時結個青青子酸如醋。

校　箋

〔一〕逞：《古本戲曲叢刊初集》本作「瓊」。

衆朋誦文〔一〕

【黄鶯兒】遍地撒瓊瑶，舞長空蝶翅飄，白茫茫占斷藍關道。銀鋪小橋，玉妝破窑，望江天滿目梨花落。剪鵝毛，山童來報，壓拆老梅梢。

【前腔】疏影蕩銀河，漾清光映碧波，玉鈎斜掛冰輪墮。到黄昏望他，向中秋賞他，江湖常伴漁翁卧。問嫦娥，分明似鏡，誰下苦工磨？

【前腔】無影又無踪，捲楊花西復東，江湖常把扁舟送。飄黄葉舞空，推白雲出峰，過園林亂擺花枝動。吼青松，穿簾入户，銀燭影摇紅。

校　箋

〔一〕此齣齣目，《古本戲曲叢刊初集》本題作「衆朋看榜」，《詞林逸響》本、《吴歈萃雅》本題作「分題」。

捷報及第〔一〕

【山花子】衡門十載惟株守，何期跨鶴揚州。喜硯田筆耕有秋，千鍾美禄將收。（合）衣綉裳趨陪冕旒，官居諫諍恩寵優。平生志願今已酬，萬里前程，直抵公侯。

【前腔】嗟予白髮蒼髯叟，深恩無可相酬。從此後大張兩眸，管教他名覆金甌。（合前）

【前腔】恩榮如許卿知否，莫非還帶因由。這陰騭非力可求，皇天賜福悠悠。（合前）

【前腔】一朝發迹非爲驟，他十年雪案埋頭。喜欣欣捷書已收，從今何慮何憂。（合前）

【尾聲】蒼苔門徑還依舊，看取寶馬香車輻輳，急束行裝上帝州〔二〕。

校　箋

〔一〕此齣齣目，《樂府萬象新》本題作「裴度得中報捷」，《大明天下春》本題作「劉氏憶夫得書」。

〔二〕束：《古本戲曲叢刊初集》本、《樂府萬象新》本、《大明天下春》本作「整」。

夫人赴京〔一〕

【柳摇金】林鶯未老，江花正嬌。春色滿欄繞，緑鴨浮沙嘴，清波没樹腰。悵望皇都何處，悵望皇都何處，城闕五雲遥。聽鳴榔鼓楫，乘波泛濤。江空日淡，野曠天高〔二〕。日淡天高，轉覺山長水杳。

【前腔】潮回荒島，舟横斷橋。風打浪花飄，頓覺波千頃，平添水一篙。潮上津亭酒幔，潮上津亭酒幔，遠遠似相招。怪江風猛烈，清生草袍。沙村杳杳，水路迢迢。杳杳迢迢，何時得到。

【前腔】初登江棹，頻驚海潮。潮勢涌鯨鰲，隔水孤村近，中流兩岸遥。使我頻頻翹首，使我頻頻翹首，金殿倚丹霄。想行邊景物，難將彩描。江籬緑繞，林杏紅燒。緑繞紅燒，色冠陰山白鳥。

【前腔】腥烹魚灶，烟飛釣橈。斜日掛林梢，浪白江風過，山青海霧消。楊柳桃花深塢，楊柳桃花深塢，春水欲平橋。看鸂鶒滿渚，蘼蕪滿郊。烟波渺渺，暮景瀟瀟〔三〕。渺渺瀟瀟，欲傍人家泊棹。

校　箋

〔一〕此齣齣目，《古本戲曲叢刊初集》本題作「夫人往京」。

〔二〕野曠：《古本戲曲叢刊初集》本作「曠野」。

〔三〕瀟瀟：《古本戲曲叢刊初集》本作「藩籬」。

緑野團圓

【畫眉序】緑野堂前，最喜南山正當面。且無官拘束，逍散如仙。霞彩中倦鳥知還，桑梓裏餘輝堪戀。（合）自今謝却人間事，真覺地偏心遠。

【前腔】白晝錦衣旋，老去無心重軒冕。縱身披夜綉，暗中誰見。經險道白浪紅塵，送流年春鴻秋雁。（合前）

【前腔】松菊祇依然，默笑歸休幾人見。似如今疏懶，追想當年。鳴玉珮殿陛晨朝，騎鐵騎沙場秋戰。（合前）

【前腔】荏苒惜流年，緑鬢紅顔忽驚變。更今來多幸，富貴兼全。享一家飽食暖衣，念十載青燈黄卷。（合前）

【鮑老催】公恩不淺，我當年犯死難移轉，奄奄命脉垂一綫。猶如吞餌魚，入穽獸，投網雁，安得能延此喘。（合）陰功一點感動天，天教富貴多榮顯。

【前腔】嚴親老年，深蒙盛德垂恩眷，不然刑戮知難免。山有崩，水有竭，石可爛，此德

于心永不變。（合前）

【雙聲子】多榮顯，多榮顯，顯陰功。爲世勸，爲世勸，人生須作善。（合）犀玉帶，犀玉帶，八萬錢，八萬錢。向雖貧且賤，肯昧心田。

【前腔】堪德行，堪德行，這福庇人間鮮。重留戀，重留戀，這洞天真堪羨。（合前）

【尾聲】心田一昧即欺天，人不欺天天必眷，福祚永綿綿。

玉環記

《玉環記》，作者佚名。今有全本傳世，現存明萬曆間金陵富春堂刻本、明萬曆間慎餘館刻本（《古本戲曲叢刊初集》據之影印）、明汲古閣《六十種曲》本。

同友赴選[一]

【甘州歌】秋風太早，正槐黄于路，桂子香飄。關河迢遞，樂游原上青霄。秦樓夜月祇似初，楚館秋容不奈嬌。驚物候，愁路遥，鄰砧不住爲誰敲？（合）同獻策，來聖朝，不知誰奪殿前袍？

【前腔】丹楓幾樹飄，見一行征雁，嘹嚦雲霄。岐亭雨霽，一望旅懷多少。寒枝揀盡鴉未栖，古渡將開潮正高。思秋爽〔二〕，寒夜杳，誰家茅店寄今宵？（合前）

【前腔】羊腸路逕遥，嘆披星帶月，霜凛風號。殘霞落日，秋思轉添縈惱。疏林倒影羸馬倦，宿鳥投林行客焦。風漸急，月正高，照人離別恨無聊。（合前）

【尾聲】轉溪橋，臨山島。解衣沽酒共談笑，同向名園奪錦袍。

校　箋

〔一〕此齣齣目，《古本戲曲叢刊初集》本題作「挈儕赴試」，《六十種曲》本題作「約友赴選」。

〔二〕思秋：《古本戲曲叢刊初集》本、《六十種曲》本作「秋思」。

玉簫春怨〔一〕

【傍妝臺】捲簾吁，倚門獻笑落便宜。我羞把銀箏撥，懶把玉簫吹。怕的是敲檀板，怕的是歌金縷。調脂弄粉，將人眼迷；荆榛枳棘，文鸞怎栖？幾時得齊眉舉案做了好人妻。

【前腔】好心痴，誰似你豐食足口頭肥〔二〕？戴的是金共寶，穿的是綉絨衣。伴的是風流客，到晚向牙床睡。傳杯弄盞，知音品題；星前月下，青鸞共騎。好一似謫天仙子下瑶池〔三〕。

【前腔】心中展轉自思維，我有如花容貌雪爲肌。怪脂粉污顔色〔四〕，嫌蜂蝶惹閑非。花香蕊嫩風流賞，月落秋殘玩客稀。調琴弄管〔五〕，持觴舉杯；吟風咏月，朝東暮西。怎能勾真誠君子獻明珠。

【前腔】你忠言不聽見偏迷，却不道人生那有百年期。但朝歡暮樂隨時過，管甚麽夜去明來無了時。緑珠碧玉，芳名已非；三貞九烈，題他怎的。人世難逢開口笑，好花須插滿頭歸。

校箋

〔一〕此齣齣目，《古本戲曲叢刊初集》本題作「青樓吐恨」，《六十種曲》本題作「玉簫嘆懷」。

〔二〕豐食足口頭肥：《六十種曲》本作「衣豐食足口頭肥」，《古本戲曲叢刊初集》本作「衣豐食足有贏餘」。

〔三〕謫：底本原作「摘」，據《六十種曲》本改。

〔四〕污顔色：《六十種曲》本作「污顔」。

〔五〕琴：《古本戲曲叢刊初集》本、《六十種曲》本作「弦」。

趕逐韋皋〔一〕

【望吾鄉】花壓重檐，沉檀裊綉簾。春嬌無力游蜂倦，雨濃花艷春如酒，月皎風和夜正酣。情相契，心意堅，好似玉簫時并畫樓前。

【傍妝臺】月初圓，我與你恩山義海效鶼鶼。心匪石應難轉，恩與愛重如山。奴是含香秋冷東籬菊，祇恐東君不愛憐。他要分開鴛侶，拆散錦鸞，忍下得好姻緣番作惡姻緣。

【不是路】小設離筵，特送韋郎赴上苑。休嫌鮮，明年顯望錦衣旋。免熬煎，韋郎學問應非淺，你莫爲無錢便反面。當容緩，金銀使盡未經年。勿多言，家中朝暮誰承管，柴米油茶醬醋鹽〔二〕。難支遣，身衣口食俱不免。再匀粉臉，再匀粉臉。

【掉角兒】爇爐香設誓告天，告天天與人行方便。願此去一舉狀元，好姻緣再重留戀。結新盟，諧舊好，花月重圓。燈前月下，雙雙并肩。那時節風前月思〔三〕，恩債償填。

【前腔】我爹娘心執見偏，別知音幾時重見。恨妾身緣薄分慳，剖菱花甚日重圓。爲功名，分鳳侶，無計留連。穹蒼禱告乞誰憐？好姻緣他年契合，再續絲弦。

【尾聲】擁雕鞍頻頻勸，明年顯望錦衣還，莫戀豪家美少年。

【紅衲襖】渭河邊倚畫船，明日呵洛陽城聞杜鵑。世間何似相思苦，甚物高如離恨天。鎖春愁楊柳烟，捲東風桃杏臉。休教愁老鶯花也，燕子來時期信傳。

【前腔】勸多嬌莫泪漣，取功名半載間。休教界破殘妝面，獨倚秦樓免掛牽。耐心情還自遣，掛荷衣即便轉。管教脱去塵囂也，永雙雙時并肩。

【香柳娘】論相逢有緣，論相逢有緣，如何離間？琉璃易脆雲易散。我愁懷萬千，我愁懷萬千，終夜竟不成眠，鎮日情難遣。（合）辦心專意專[四]，辦心專意專，牢收玉環，留作後期相見。

【前腔】奴家有一言，奴家有一言，你英雄必顯，後來切莫忘貧賤。再叮嚀少年，再叮嚀少年，莫惜錦雲箋，頻頻寄魚雁。（合前）

校箋

［一］此齣齣目，《古本戲曲叢刊初集》本題作「悵別渭橋」；《六十種曲》本題作「趕逐韋皋」；《樂府萬象新》本題作「玉簫渭河分別」，《樂府紅珊》本題作「玉簫渭河送別」，《樂府萬象新》本、《樂府紅珊》本曲辭相近，與《群音類選》本異文較多；《大明春》本題作「玉簫送別韋皋」，【紅衲襖】首支有滚唱，【香柳娘】兩支末有叠唱符；《樂府玉樹英》本、《樂府菁華》本目録頁題作「渭河分別」，《玉谷新簧》本目録頁題作「渭河分訣」，正文已佚或原缺。

〔二〕茶醬醋鹽：《六十種曲》本作「鹽醬醋茶」。

〔三〕前：《六十種曲》本、《樂府萬香新》本、《樂府紅珊》本作「情」。

〔四〕辨：《古本戲曲叢刊初集》本作「辨」，《六十種曲》本作「恁」。下同。

玉簫寄真〔一〕

【集賢賓】隔紗窗日高花弄影，聽何處流鶯。虛飄飄乍驚幽夢醒，亂紛紛花撲窗櫺。閑倚畫屏，恍忽自精神不定。長嘆數聲〔二〕，對人前幾錯呼名。

【前腔】風亭月榭無限景，不去遣興怡情。一片心隨千里行，想喬才别戀娉婷。重諧姻眷〔三〕，關河遠山盟無證。香消被冷，憔悴了月貌花神。

【前腔】他入門畫堂春自生，真個是識重知輕。軟款温存一俊英，并香肩月下同行。風流可欽堪敬，夫婦永同歡慶。叫天不應，没下稍誤我前程。

【前腔】香消玉減枉了用心勤，徒自玉潔冰清。燕子來時離帝京，到如今花已凋零。歸期欠誠，眼見得虧心薄幸。心自驚，拚殘生似風裏孤燈。

【猫兒墜】他丰襟態度，瀟灑更聰明。剪冰裁雲骨格清，花前酬和二三更。惺惺，祇被他引惹香魂。

【前腔】閃得人憔悴，鬢亂與釵横。没信行相如不志誠，落花流水兩無情。聰明，有誰共羅幃，并肩交頸。

【黄鶯兒】傳與我多情，那一日不泪零，爲相思害得伶仃病。何曾慣經，多死少生，教他休忘海誓山盟證。泪珠傾，料想今生難會，因此上寄丹青。

【猫兒墜】舉頭三尺，須信有神明。辜負文君一片情，他一靈先到洛陽城。丹青，奈哽咽傷情，巧畫無成。

【前腔】惡寒發熱，心痛與頭疼。瘦損腰肢力不勝，懨懨氣絶不重生。須聽，傳與我風流，負心薄幸。

【尾聲】雲期雨約全無凖，斜倚薰籠坐到明，專聽春雷第一聲。

校　箋

〔一〕此齣齣目，《古本戲曲叢刊初集》本題作「玉碎遺容」，《六十種曲》本題作「玉簫寄真」，《賽徵歌集》本題作「病寄春容」，《詞林白雪》本題作「寄容」，《吴歈萃雅》本（把劇目誤作《玉合記》）、《月露音》本、《南音三籟》本題作「寄真」，《樂府遏雲編》本題作「寄容」，《樂府名詞》本題作「玉簫寄容」。

〔二〕長嘆：底本原作「常嘆」，據《古本戲曲叢刊初集》本、《吴歈萃雅》本、《樂府名詞》本改。

〔三〕姻眷：《古本戲曲叢刊初集》本、《六十種曲》本、《吴歈萃雅》本、《樂府名詞》本作「眷姻」。

韋皋結友〔一〕

【解三酲】記當年與那人初見，祇指望郵亭一夜姻緣。誰想他風情月思深留戀，殊甜静樂幽閑〔二〕。又可喜反邪歸正心不變，潔己從良志獨堅。真堪羡，與吾有死生諧老共枕盟言。

【前腔】從良心始終不變，追貞潔堪愛堪憐。墮烟花怎被烟花玷，似污泥擁出紅蓮。追歡買笑人争占，他心厭繁花獨不然。真堪羡，又豈肯輕抱琵琶過别船。

【駐馬聽】志覓封侯，孑立難謀不自由。何幸相逢萍水，飛舄遥臨，光賁遐陬。陳雷膠漆永相投，歲寒松柏長相守。倘爲國謀猷，同心合志，願效桃園三友。

【前腔】世乏青眸，三載謀生似拙鳩。自恨徒生天地，枉做男兒，虚度春秋。孤身萬里遠相投，深蒙收録情何厚。此德當酬，銘心刻骨，效取歲寒三友。

【前腔】深感容留，荷德如山當報酬。自愧疏愚卑陋，身若飄蓬，性似虚舟。分金不捨豈朋儔，割袍心變非良友。且泛金甌，死生共處，天長地久。

【前腔】兩意相投，倦翼潛鱗且暫留。記取今朝結義，刎頸同心，永效綢繆。功名準擬動神州，聲聞肯落他人後？德業同修，他時得志，早顯擎天之手。

校　箋

〔一〕此齣齣目，《古本戲曲叢刊初集》本題作「旅得佳貺」，《六十種曲》本題作「韋皋延賓」。

〔二〕殊：《古本戲曲叢刊初集》本作「惟」，《六十種曲》本作「安」。

韋遇克孝〔一〕

【朝元歌】人離人合，離合人之數〔二〕；月圓月缺，圓缺天之度。月豈常缺？人豈常孤？曾記得淮陰寄食，莘野耕鋤，包羞忍辱真丈夫。瘦馬倦長途，清霜啼鷓鴣。豺狼滿路，幾時得見代州親故，代州親故。

校　箋

〔一〕此齣齣目，《古本戲曲叢刊初集》本、《六十種曲》本題作「韋遇克孝」。

〔二〕 人之數：《六十種曲》本作「天之數」。

重逢簫玉〔一〕

【梁州新郎】皇風垂拱，華夷一統，與國家建立奇功。雖漢時三杰，不似你智謀驍勇。愧我不堪墜凳，衹好持杯，自覺深慚悚。大凡遮蓋處，賴帡幪，須有日銜環罄寸衷。（合）國股肱，真梁棟。蒼生仰德如山重，看麟閣上畫儀容。

【前腔】安天下一怒成功，又何須七擒七縱。料區區小寇，怎敢當鋒？自愧力衰年邁，甘老林泉，衹好隨時哄。朝廷多事日，自無功，徒有葵心向日紅。（合前）

【前腔】露春纖滿捧金鍾，舉蓮步珮環聲送。向樽前席上，勉强從容。奴自小身嬌怯，不出閨門，針指勤拈弄。家尊何愛客，過謙恭，教我半晌懷羞臉帶紅。（合前）

【前腔】二十年不見嬌容，乍一見恍疑春夢。與玉簫一樣，笑口歡容。不覺傷心垂泪，意惹情牽，心事難傳送。正是座中紅一點，酒千鍾，不覺桃花暈臉紅。

【節節高】情理不可容，弄顛風，將咱覷得忒没用。激得我怒氣衝，把刀槍動。君子律己要謙恭，若還莽撞人譏諷。今日與你别雌雄，回朝天闕將冤訟。

【前腔】羞花閉月容，與舊人同，二十年已作南柯夢。今偶逢，不由人心不動。之乎者也全無用，小人得志不尊重。停嗔息怒且從容，情真不覺多悲痛。

【尾聲】乳口兒童休言重，你尸餐伴食有何功〔二〕？路上行人口似風。

校　箋

〔一〕此齣齣目，《古本戲曲叢刊初集》本題作「夙緣復遘」，《六十種曲》本題作「皋逢簫玉」，《樂府名詞》本題作「韋皋飲宴」。

〔二〕伴食：底本原作「俾食」，據《六十種曲》本、《樂府名詞》本改。

玉玦記

《玉玦記》，鄭若庸撰。鄭若庸（一四九〇—？），字中伯（一作仲伯），號虚舟，别署蛣蜣生。崑山（今江蘇崑山縣）人。年十六爲諸生，屢試不第而弃經生業，杜門著書。明嘉靖三十一年（一五五二）春，應趙康王朱厚煜聘，與謝榛、吕時臣等同爲上賓。嚴嵩父子欲以鎰幣招邀之而不赴。博學通方，尤善詞調。著述甚富，有《北游漫稿》、《蛣蜣集》、《市隱園文紀》、《虚舟尺牘》、《虚舟詞餘》等；撰《玉玦記》、《大節記》傳奇兩種，《大節記》已佚。《玉玦記》，今有全本傳世，現存明萬曆九年（一五八一）金陵富春堂刻本（《古本戲曲叢刊初集》據之影印，不題齣目）、汲古閣刻《六十種曲》本。

《摘錦奇音》本輯選「咎喜無歸」，但題此劇目作《煉丹記》。

别妻求試〔一〕

【三學士】閥閱蟬聯知有幸，扶摇好薦鵬程。當思貽穀三槐在，莫負還鄉駟馬行。（合）飲餞臨岐心耿耿，歸來後喜氣生。

【前腔】青鏡孤鸞愁舞影，書封雁足難憑。憐余尚惜牽衣別，慰子終當佩印行。（合前）

【前腔】待價藏珠未可輕，一朝持獻明庭〔二〕。碧山肯爲移文耻，白馬終看奉詔行。（合前）

【香柳娘】念匆匆遠行，念匆匆遠行，含悲自省，天涯已在須臾頃。我愁煩倍增，我愁煩倍增，鴻迹等浮萍，銀瓶怯修綆〔三〕。（合）聽陽關泪傾，聽陽關泪傾，殷勤渭城，不堪孤另。

【前腔】想凄涼怎生？想凄涼怎生？綺疏春静，枕花紅怯鴛鴦并。怕青宵漏永，怕青宵漏永，綉被擁鷄聲，梨花月痕冷。（合前）

【前腔】把金韉乍整，把金韉乍整，滿前孤興，馬蹄香散飛花徑。聽嚶嚶鳥鳴，聽嚶嚶鳥鳴，芳草最關情，萋萋織烟暝。（合）想臨安玉京，想臨安玉京，雙龍紫庭，紅雲遮映。

【前腔】嘆驅馳未寧，嘆驅馳未寧，蒼蒼暮景，垂楊古渡黄塵迴。望炊烟已青，望炊烟已青，樵斧隔林聲，斜春半村影。（合前）

校　箋

〔一〕此齣齣目，《六十種曲》本題作「送行」，《樂府紅珊》本題作「王商别妻往京華」。

〔二〕庭：《六十種曲》本、《古本戲曲叢刊初集》本作「廷」。

〔三〕修綆：底本原作「修鯁」，據《六十種曲》本、《古本戲曲叢刊初集》本改。

秦憶商夫〔一〕

【羅江怨】盈盈陌上頭，桑枝正柔，遠揚未伐言采劉，徘徊樹底自含羞也。無奈樛枝，黄鳥聲求友。蕭郎事遠游，蕭郎事遠游，怕忘了秋胡婦。

【前腔】蠶飢葉未稠，忡忡隱憂，傾筐欲墍遵道周，攀條選樹更移鈎也。鬢亂釵横，怎顧飛蓬首。羅紈恣冶游，羅紈恣冶游，却教愧殺癭瘤婦。

【香遍滿】采來盈掬，沃若露未收，繭簇將成候。願萬縷長絲，似妾心中有。把迴文錦字，杼柚還織愁。怕貂裘敝損，羞見我機中婦。

【前腔】野陰舒蓋，采掇不少留，豈恤難再茂。想洞口桃花，緑葉曾攀否？恨春風惱亂，破萼争未休。把劉郎殢却，空嘆了邯鄲婦。

【好姐姐】緑茵，盡摘不留，且莫惜明年難茂。柔枝嫩葉，多應人采揪。輕舒手，羅裙寬褪腰肢瘦，低處相攀雲鬢兜。

【香柳娘】想桃源洞口，想桃源洞口，劉郎在否？空教奴綉户輕寒透。一春事已休，一春夢已休，才子玉京游，淹淹不回首。别相將半周，别相將半周，封書未投，暗抛紅豆。

【尾聲】歸期約在春深後，夏日初臨願未酬，空使妝臺人自憂。

校　箋

〔一〕此齣齣目，《六十種曲》本題作「憶夫」；《南北詞廣韵選》本卷十六輯選【羅江怨】、【香遍滿】四支，不題齣目，評稱：「采桑四闋，極俊麗可喜，獨恨四結句押四『婦』字，是詩韵。余不忍弃其詞，爲改『偶』，非得已也，終不若『婦』字妥。」「按此齣虚舟止此四闋，前一【薄幸】引子。近見坊刻于【香遍滿】後增【好姐姐】、【香柳娘】、【尾聲】各一闋，語意重復，真狗尾也。【好姐姐】亦是仙吕入雙調，非南吕也。」于此評可知，《群音類選》所輯録應是據坊間刻本，亦應是舞臺演出本。

王商嫖院[一]

【排歌】好鳥調歌，殘花雨香，鞦韆麗日門墻。可憐飛燕倚新妝，半捲珠簾春恨長。（合）花源畔，玉洞傍，免教仙犬吠劉郎。瓊樓啓，翠幰張，不知何處是他鄉。

【前腔】薄扇回風，輕塵繞梁，凝雲暗激清商。樂中歌曲斷人腸，鶯囀春林綉陌長。（合前）

【前腔】佩轉鸞裾，釵低鳳梁，曲終初破霓裳。暖絲無力自悠揚，轉更郎當舞袖長。（合前）

【前腔】寶帳流蘇，金鋪洞房，枕屏雙度鴛鴦。淡雲輕雨拂高唐，兔走烏飛不覺長。（合前）

校箋

〔一〕此齣齣目，《六十種曲》本、《怡春錦》本題作「入院」，《月露音》本題作「迷花」。

商慶嫣壽〔一〕

【錦堂月】舞架紅英，翻階翠葆，修篁數枝相映。小靨圓荷，池塘乍弄初晴。花暖春駐瑶桐，菜暗晝長金井。（合）延麗景，但歌徹南飛，共酬佳興。

【前腔】堪并，岱嶽峥嶸，駢來五福，遐齡已見川增。蓂緑飛瓊，相將駐顔同永。蓬壺上鶴算齊翻，綉幌内鸞篦初整。（合前）

【前腔】歡慶，金屋娉婷，紅顔嫚笑，芳妍可妒雙成。青鬢流年，花滿玉臺明鏡。舞霓裳時度雲和，歌寶扇重尋月影。（合前）

【前腔】思省，花月浮生，歌臺舞榭，猶憶少年馳騁。暮去朝來，真如覆塵難憑。青陰重巫峽春歸，黄葉慘潯陽秋冷。（合前）

【醉翁子】忻幸，這淑女芳年鼎盛。且莫惜黄金，更羞囊罄。畢竟，誓白首同歸，比翼鶼鶼效此生。拚酩酊，算此樂人間，不減登瀛。

【前腔】須聽，論衣紫腰金有命。信閑處光陰，隙駒難定。那更，怕堅閉愁城，攻破時教仗酒兵。（合前）

【僥僥令】檐牙斜日暝，簾額晚風輕。看湖上好風一帶青來迴，新月上山城，天際明。

【前腔】蓮花紅燭影，鐵撥紫槽聲。一任履舄交争競〔二〕，香霧轉冥冥，雲錦屏。

【尾聲】王侯甲第多鍾鼎，念此日風流還勝，但祇恐素髮盈盈老此生。

校　箋

〔一〕此齣齣目，《六十種曲》本題作「祝壽」。

〔二〕競：底本原作「兢」，據《六十種曲》本、《古本戲曲叢刊初集》本改。

秦逃國難〔一〕

【桂枝香】含情凝睇，天涯無際。心驚黄鳥雙翰，目斷碧雲千里。花時又闌，花時又闌，空有一襟紅泪，愁來難寄。暗沾衣，懊恨清淮水，東流去不回。

【前腔】香枯蘭佩，光沉鈿翠。庭花夜合慵看，砌草忘憂空對。湘江正深，湘江正深，迢迢烟水，無憑緘鯉。杳難期，不信衡陽雁，春來亦解回。

【醉扶歸】恨崔徽常把青鸞委，笑文君空有彩毫題。本圖他駟馬耀門楣，反落得網户蠨蛸起。丈夫便爲龍一躍奮天池，忍將我比目雙魚弃。

【前腔】玉釵緘塵土[二]，孤鳳翳羅襦，暗淚點綉鴛欹。畫梁間羞睹燕雙栖，荷池内怕有花同蒂。想漁舟誤被武陵迷，把簫聲竟向秦臺廢。

【不是路】心急行遲，兩足龍鍾怯路岐。重門閉，京華游子未言歸。自生疑，忽驚小犬迎人吠，恐有泥金報喜知。忙傳意，一朝禍起蕭墻裏。疾當迴避，疾當迴避。

【前腔】聽説魂飛，鼠顧狼奔是怎的？胡塵起，中原血戰已紛披。擁旌旗，漁陽鼙鼓喧天地，及早藏形遠禍機。空揮泪，萍踪梗迹將安寄？此江河濟，此江河濟[三]。

【木丫叉】鼎沸山河，瓜分邑里，一霎時把大虚蒙翳。九陽厄運，上帝心厭禍黔黎。是處見征旗，滿郊密匝匝，幾多熢燧。國破家亡徒自苦，何地鷦鷯得暫栖？空教人啼做杜鵑，孤怯怯生死難期。

【么篇】洶洶吞鯨，紛紛鬥蟻，奈飄零蕩絮東西。觸景更成悲，徒有金屏綉幌。怎免得茂林荒隧？爲問干戈清偃，知何日再得旋歸。

【尾聲】長天暮，紅輪墜。尋枝烏鵲盡南飛，豺虎縱横道路危。

校　箋

〔一〕此齣齣目，《六十種曲》本題作「報信」。

〔二〕緘：《六十種曲》本、《古本戲曲叢刊初集》本、《南北詞廣韵選》本作「閑」。

〔三〕此江河濟，此江河濟：《六十種曲》本作「此生何濟」。

同妓游湖〔一〕

【甘州歌】東南勝景，控武林都會，百古名城〔二〕。瓊田玉界，隱約碧澄千頃。雲連竺寺三天境，路轉松濤九里聲。浮塵斷，宿雨晴，蘭皋蘅渚杳然青。紅芳盡，緑蔭榮，動人香艷一枝明。

【前腔】烟霞最上層，又飛來何處，峭峰高并？樓臺鐘磬，天風引落南屏。游人尚識呼猿洞，鳴鳥空依放鶴亭。丘樊繞，蘿薜縈，短檐茅屋酒旗青。金丸小，羅袂輕，雕鞍玉勒照花明。

【前腔】重湖入望平，似西施眉黛，倒涵山影。六橋陳迹，猶傳白傅高情。逋仙嶼中梅已老，蘇小堤邊柳自生。菱歌起，漁唱停，片鷗飛破水痕青。紅衣裊，翠蓋擎，隔花人語綺羅明。

【前腔】樓船載酒行，驟鴛鴦驚起〔三〕，雙飛明鏡。朝雲何處，空憐草宿寒坰。石邊欲覓三生話，閣上難題四照名〔四〕。吴宫渚，越樹傾，霸圖零落暮山青。釵金冷，塵玉横，唾花香漬舞衫明。

【尾聲】惜芳辰〔五〕，耽餘景。西陵先有月華生，好向津頭問去程。

校　箋

〔一〕此齣齣目，《六十種曲》本題作「賞花」；《樂府紅珊》本題作「王商挾妓游西湖」；《樂府遏雲編》本題作「游湖」；《樂府名詞》本題作「王商游湖」；《南北詞廣韵選》本不題齣目，評稱：「此詞佳甚，有西湖便合有此詞。四『青』字，四『明』字，亦甚俊。白璧微瑕，在結語收不住耳。」

〔二〕百：《六十種曲》本、《樂府紅珊》本、《樂府遏雲編》本、《南北詞廣韵選》本、《樂府名詞》本作「亘」。

〔三〕驟：底本原作「聚」，據《六十種曲》本、《古本戲曲叢刊初集》本、《樂府紅珊》本、《樂府遏雲編》本、《南北詞廣韵選》本、《樂府名詞》本改。

〔四〕名：底本原作「明」，據《六十種曲》本、《古本戲曲叢刊初集》本、《樂府紅珊》本、《樂府遏雲編》本、《南北詞廣韵選》本、《樂府名詞》本改。

〔五〕辰：底本原作「塵」，據《六十種曲》本、《古本戲曲叢刊初集》本、《樂府紅珊》本、《樂府遏雲編》本、《南北詞廣韵選》本、《樂府名詞》本改。

同妓設誓〔一〕

【急板令】仰蒼天照臨罔私，布忱悃神明鑒兹。望雲軿降此，雲軿降此，他兩個瑚璉青衿，粉澤紅兒。灑酒刑牲，特薦瑶卮。（合）申盟約歃血叢祠，如在上儼來斯。

【前腔】念妾身蒲質柳姿，羞自逞殘膏弃脂。願婚姻迨時，願婚姻迨時，蘿蔦青春，早附松枝。綉幕紅窗，絶勝牽絲。（合前）

【前腔】彼姝子顏如西施，久繾綣曾無怨咨。心中自思，心中自思，三斛明珠，肯恤高貲。江漢朝宗，百折東之。（合前）

【前腔】我東人虹霓吐辭，瑞世寶甘泉紫芝。倘刻意師資，刻意師資，談笑風雲，鴻漸台司。莫爲青蠅，使白璧瑕疵。（合前）

校箋

〔一〕此齣齣目，《六十種曲》本題作「設誓」。

安國擄掠〔一〕

【馬蹄花】雲擾山東，劉項持兵鹿未窮。望念我家如墜甑，命比游魚，迹類飄風。不辭血染會稽鋒，肯將名污高堂夢？且休猜逐水浮花，也須知傲雪貞松。

【前腔】毒霧漫空，故國荆扉一夢中。念我身當衣緑，手執流黄，心愧啼紅。就刑融女可全忠，突圍荀灌非無勇。願俱亡不負傾葵，肯偷生去學飛蓬？

校　箋

〔一〕此齣齣目，《六十種曲》本題作「擄掠」。

李嫣定計〔一〕

【山花子】若邪溪上春風面，傾城一笑嫣然。水沉微霓裳乍褰，江妃羅襪蹁躚。（合）比名花青娥少年，千鍾美酒供笑喧。紅顔委謝空自憐，不信天台，别有神仙。

【前腔】六郎玉貌悲容輦〔二〕，亭亭翠蓋田田。走驪珠圓明露旋，蛟人夜泣重淵。（合前）

【前腔】風回沼邊，忽度桃花扇，冷香飛上詩篇。剪黄金葳蕤鬥妍，玉奴徐步階前。（合

前）

【前腔】宸游畫旃，太液新妝遍，宮衣巧妒雙鴛。反魂香誰留可憐？還看解語嬋娟。（合前）

【駐雲飛】緩鞚金韉，烟靄龍城日暮天。水净流螢軟，樹密昏鴉戰。嗏，黄鳥羽翩翩，尋芳游衍。宿穩花枝，已忘危巢戀。（合）明日重鋪歌舞筵。

【前腔】魚鎖方嚴，宵柝重城玉漏傳。燈火樊樓遠，星斗明河轉。嗏，牛渚思空懸，相看清淺。烏鵲難憑，衹恐佳期變。（合前）

校　箋

〔一〕此齣齣目，《六十種曲》本題作「定計」，《南北詞廣韵選》本不題齣目。

〔二〕容：《六十種曲》本、《古本戲曲叢刊初集》本、《南北詞廣韵選》本作「游」。

同妓望姨〔一〕

【玉胞肚】蜂媒曾訂，恨花期屢作變更。喜扁舟已逐鴟夷，且休論越敗吴成。（合）心中自省，人生大夢信無憑，蠻觸徒然有鬥争。

【前腔】徂奴徒逞〔二〕，問囊空可得再盈。怕辜他玉杵先投，使藍橋早睹雲英。（合前）

【前腔】鶯期纔整，爲新歡已失舊盟。看長條攀折他人，想韓郎空賦青青。（合前）

【前腔】狐疑難定，管教他聽徹層冰。算玉車得解重圍，也堪旌紀信功成。（合前）

校　箋

〔一〕此齣齣目，《六十種曲》本題作「訪姨」，《南北詞廣韵選》本不題齣目。

〔二〕徂：《六十種曲》本、《南北詞廣韵選》本作「狙」。

被賺投吕〔一〕

【青衲襖】〔二〕我豈知他劣心情似風絮浮，不下堂遠弃了鸞鳳偶。倚市門隨着鹿豕游，他算得那楚重瞳垓下愁。賺得阮步兵窮途走，祇教我空戴南冠學楚囚。

【前腔】你本是搦管的紫薇堂國士儔，運斤的丹鳳樓天匠手。祇爲艷笙歌糊塗了金石奏，濫杯觴沉溺了鍾鼎謀。管甚麽王仲宣難上樓，曾子輿不蔽肘，你不到烏江不肯休。

【前腔】他見我侈黄金囊未羞，便祇待獻紅顔身可售。況見那雲歸楚峽空餘岫，却笑那水繞天台衹漫流。知他囀春鶯何處求，多應向章臺還折柳，又抱琵琶過別舟。

【前腔】他紫金釵是殺人的兩刃矛，翠雲翹是陷陣的三尖胄。羅綢的迷魂衾與裯〔三〕，酖毒的奪志觴和豆。饒你鄧通錢無盡留，便做子建才遭讒詬，不是冤家不聚頭。

校　箋

〔一〕此齣齣目，《六十種曲》本題作「投賢」，《詞林白雪》本題作「傾囊」，《樂府名詞》本題作「王商自嘆」。

〔二〕【青衲襖】：《六十種曲》本、《詞林白雪》本、《樂府名詞》本作「【紅衲襖】」，較《群音類選》本，首句下多「錯與他守盟言盤石厚」。吴梅《南詞簡譜》稱【青衲襖】與【紅衲襖】實同，「不必强分爲二」。

〔三〕的：《六十種曲》本、《古本戲曲叢刊初集》本、《詞林白雪》本、《樂府名詞》本作「般」。

秦女截髮〔一〕

【憶多嬌】身隕越，家破滅。無瑕白璧安肯涅，效北海纍臣甘氈雪。（合）死殉全節，死殉全節，看虞姬劍血。

【鬥蝦蟆】我帛束玄雲，知難再結，恨墮馬妖妝，污人齒頰。頭須斷，髮先截。白首無期，與君共穴。（合）衷腸義結，鼎烹甘自決。忍耻輕身，忍耻輕身，直待山崩海竭。

【憶多嬌】你言剴切，我心斷絶[二]，捐軀有志堅比鐵，拚青冢孤魂悲沙月。（合）死殉全節，死殉全節，看虞姬劍血。

【鬥蛤蟆】我玉貌芳姿，愁來又別，忍沐首膏唇[三]，爲容取悦。眉羞嫵，目堪抉[四]。九地逢君，赧顔厚甲。（合）衷腸義結，鼎烹甘自決。忍耻輕身，忍耻輕身，直待山崩海竭。

【剗鍬兒】春江自破桃花面，殺青誰和《柏舟》篇？蛾眉逐征戰，空悲少年。瑶階上仙，金屏妙選。離黍秋風，休思故苑。

【前腔】堂堂頍弁英雄漢，好施巾幗比紅顔。忘雠作鷹犬，偷生苟延。貔貅在前，從教血濺。匪石吾心，休思再轉。

【前腔】頭顱秃髮如闐産，争教蜀女且從桓。浮生疾飛電，何妨二天。瑶階上仙，金屏妙選。離黍秋風，休思故苑。

【前腔】生慚污迹同蠅黽，死留香骨蘭荃。紅爐任百煉，真金自堅。貔貅在前，從教血濺。匪石吾心，休思再轉。

校　箋

〔一〕此齣齣目，《六十種曲》本題作「截髮」。

〔二〕絶：底本原作「截」，據《六十種曲》本、《古本戲曲叢刊初集》本、《南北詞廣韵選》本改。

〔三〕忍：底本原作「爲」，據《六十種曲》本、《古本戲曲叢刊初集》本、《南北詞廣韵選》本改。

〔四〕目：底本原作「自」，據《六十種曲》本、《古本戲曲叢刊初集》本、《南北詞廣韵選》本改。

娟奴觀潮〔一〕

【夜行船序】天塹錢塘，瀉滄溟千里，濫觴非妄。分洪涤，帶束禹門岩障。遐想，罔象神奸，水伯冰姨，乘波吞浪。凝望，想赤實自流萍，得似楚人曾賞。

【前腔】悲凉，霸業興亡，問如何潮汐〔二〕，幾番消長。烟波上，磨盡古今英爽。踉蹌，桂棹蒲帆，利舸名舠，繽紛來往〔三〕。惆悵，念擊楫向中流，那有祖生襟量？

【蛤蟆序】汪洋，析木扶桑，乍鯨鯢波巷，混迷霄壤。見銀山初合，恍疑蓬閬。神喪，風騤羽旆張，雲屯驃騎驤。影微茫，衹見怒賈鴟夷，素陣風來乘漲。

【前腔】迭宕，沃日湯湯，怕高陵爲谷，倒翻銀浪。看這神州百雉，忽驚摇蕩。游漾，柔櫓蟻隊揚，輕身烏羽翔。且徜徉，不見射弩英雄，玉匣又陳宿莽。

【錦衣香】紫陌長，朱樓敞，綺縠香，珠璣晃。士女王孫，馬蹄車鞅。紛紛七貴競新妝，花生綉芾，月偃明璫。想人間樂事，稱心懷幾多豪放。浮蟻餘春盎，管弦嘹喨，高歌勝集，無邊清況。

【漿水令】儼陽侯倏回盻響，望靈潮逡巡已降。高城落日平林廣，汀洲澹澹，烟景茫茫。澄秋練，明似掌，遺鈿墮羽紛相向。天街晚，天街晚，歸人鬧嚷。紗籠照，紗籠照，巷陌生光。

【尾聲】千金莫惜供醅釀，對景逢時歡暢，來日陰晴未可量。

校　箋

〔一〕此齣齣目，《六十種曲》本題作「觀潮」。

〔二〕如何：《六十種曲》本、《古本戲曲叢刊初集》本、《南北詞廣韵選》本作「何如」。

〔三〕往：底本原作「住」，據《六十種曲》本、《古本戲曲叢刊初集》本、《南北詞廣韵選》本改。

咎喜無歸〔一〕

【石榴花】尤雲殢雨，堪笑是飛霞。愁緒起，亂如麻，門庭誶語鎮喧嘩。料今生難倚蒹葭，梁園艷葩，恨彩幡無力與東風嫁也。空教碧玉多情，恐明朝又屬豪家。

【前腔】嬌紅嫣紫，貪看洛陽花。膠與漆，似摶沙，毫厘千里定誰差也。空勞夢繞琵琶，豪腴可誇，想燎毛已被傍人詫。悔當初錯認仙源，使劉郎歸去無家。

【泣顏回】填臆氣交加，子陽真井底之蛙。金屏幽雅，怎終教彩鳳隨鴉。休如艾豭，便糊涂不肯相干罷也。須知王謝堂前燕，應歸百姓人家。

【前腔】嗟呀，使我失光華，身依井閈迹類天涯。人消物化，悵黄臺抱蔓無瓜。鞭策可加，論傭奴怎敢辭嗔駡。想何如季布難歸也，髡鉗自賣朱家。

校　箋

〔一〕此齣齣目，《六十種曲》本題作「改名」；《摘錦奇音》本題作「咎嘻嫖李娟奴」（題劇目作「煉丹記」），與《群音類選》異文較多。

自經反魂〔一〕

【二郎神】罹灾眚，嘆三年抱身拘坎穽，念修短榮枯皆已定。要成仁取義，鴻毛視死何輕。刎頸投崖心耿耿，誰待去偷全首領。烈錚錚，史書上教人，永播芳聲。

【囀林鶯】和伊結髮同死生，存亡尚自難明。在九地黄壚須待等，祇怕從前玉玦無憑。真成薄命，也落得個不虧名行。泪盈盈，料此身終天抱恨幽冥。

【啼鶯兒】魚腸出匣風雨鳴，雌雄躍冶曾并。奈一朝分影豐城也，還我孤另。便鐲鏤沾濡血痕，要學你心腸剛硬。想青萍，高懸墓樹，何處是佳城？

【御林鶯】操持久，卧起并，幸無他豹虎攖。不堪長别添悲哽，將成令名，須拚此生。蜉蝣那得延俄頃？恨難平，山頭石〔二〕，祇作望夫形。

【黄鶯兒】冥漠有歸程，向溝渠甘自經，瓦全争願圖僥幸。花開雨晴，雲收月明，似秦生破械天心應。（合）謝明靈，精神感格，從此是餘生。

【前腔】大暮若爲明，頓教人涕滿膺，三年縲紲相依憑。鏡分可并，珠沉再徵，想河神不

爲瓊纓請。（合前）

校箋

〔一〕此齣齣目，《六十種曲》本題作「夢神」。

〔三〕石：《六十種曲》本、《南北詞廣韵選》本作「化石」。

新刻群音類選官腔卷九

金釧記

《金釧記》，作者佚名。今無全本傳世，僅存《群音類選》、《賽徵歌集》、《樂府遏雲編》等戲曲選本所輯選數齣曲辭。祁彪佳《遠山堂曲品》載此劇，稱：「金時之狎劉小桃，似《玉鐲》所載王順卿事。守律之詞，粗見亹亹，但不堪縱觀耳。」結合所存數齣，知劇叙：劉小桃幼生長娼家，墮在風塵，但一心想找到如意郎君和諧鸞鳳。一日在花園草叢中拾到金釧一支，歸還失主。金時欲覓佳麗，受人之薦，于是易姓名去嫖娼。

小桃賣花

【駐馬聽】香裊晴空，細語噴檀訴始衷。自愧娼家生長，墮在風塵，惡少相逢。況幼年情意未能通，朝雲暮雨難成夢。禱告蒼穹，早求賢士，終始和諧鸞鳳。

【駐雲飛】嫩白嬌紅，收拾春光筐篚中。鬥勝花名重，蝶幸花心動。儂，走轉曲闌東，佳人簇擁。笑買奇花，補插鬢雲空。你看釵畔丁香嚲玉容，手撚梨花襯玉容。

【前腔】猛幕重重，我深護奇花一點紅。未許人持弄，不引蜂蝶哄。紅，願插膽瓶中〔一〕，書齋清供。不肯身宛泥樓，并口歸納寵。却不道昨日花開也是風，今日花開也是風。

【前腔】春去匆匆，祇恐花無百日紅。戀範殘枝動，遺拾餘香龍。空，埋怨五更風，公然斷送。不受蝶恨鶯愁，打破繁華夢。一片西飛一片東，九十春光一旦空。

校　箋

〔一〕瓶：底本原作「屏」，據文意改。

鬥草拾釧〔一〕

【石榴花】東風臺榭，春景十分佳。紅間緑，葉攢花，陰深處所美無訝。怪鶯鸝賣弄韶華，聽聲聲口誇，把春纖戲摘青梅打。（合）芍藥欄步轉金蓮，牡丹臺挑損紅芽〔二〕。

【前腔】香階坐下，裙摺皺輕紗。閑鬥草，勝争誇，風枝露葉手空拿。笑薰倚玉樹蒹葭，醜和妍怎遮，我東施不及你西施雅〔三〕。（合前）

【前腔】名園如畫，知是武侯家。忙進步，散嬌娃，闌干十二繞奇花。草叢中何物光華，似盤旋小蛇，却原來是金釧誰遺下。我得之自覺歡忻，他失之聲自咨嗟。

【前腔】失金心恐，情興更無些〔三〕。尋寶釧，撥殘花，衹愁打草反驚蛇。那嬌娥心亂如麻，枉猜疑我拿，陪償同把金釵卸〔四〕。他得之未足歡忻，我陪之何足吁嗟。

校箋

〔一〕此齣齣目，《賽徵歌集》本題作「鬥草遺釧」。

〔二〕挑：《賽徵歌集》本作「蹺」。

〔三〕雅：底本原作「訝」，據《賽徵歌集》本改。

〔四〕陪：底本原作「倍」，據《賽徵歌集》本改。

桃李償釧〔一〕

【二郎神】寒食後，嘆九十春光半已休，看滿樹榮枯消息漏。昨猶窈窕，忽見朝來呈醜。總屬東風恩與仇，可惱他沾恩未久。梅花瘦，怎生禁得三通笛弄江樓。

【前腔】堆留，風吹雨打，紅衰白皺，惜錦帳驊騮香亂柔。笙歌寂靜，閑安酒散交游。人面桃花流于舊日愁，對殘英懶開笑口。愁波溜，忍教醒眼兒嘆納數偶。

【集賢賓】梨花帶雨珠泪流，看春事都休。羅帕薰香人病酒，綉簾垂閑控金鈎。深閨俯首，不忍見沾泥逐臭。乞教偶，何錯做三更風驟。

【前腔】紅顔可惜成老醜，甘逐出墻頭。回首家鄉如故坵，軟游絲牽愛相留。低昂意投，笑東君肯輕分手。偏看囿，羞殺那楝花顔厚。

【黄鶯兒】暴露情誰收，土侵膚爲俺羞，葬荒坵誰與相扶走？涴涎涕流，鷄聲哽喉，聽那薤地蚯蚓空昏後。滚香毬，楊花結白，斷送粉骷髏。

【前腔】一拜别墳頭，似香肌墮翠樓，昭君碎泪濕紅袖。琵琶勝撾，鞦韆架收，紅顔命薄君知否？謾追游，西施知國，湖海泛扁舟。

【猫兒墜】三千怨女，齊救出寃囚。律律東風如有求，免教題怨出銅溝。春晝，滿地零落胭脂，院宇清幽。

【前腔】八千兵散，江上楚天秋。明月下虞姬刀青首，英雄血泪灑荒坵。綢繆，幸見那曾拾香泥，納寵秦樓。

【尾聲】及時攀折香生臭，轉眼又緑陰時候，腸斷容顔爲白頭。

校　箋

〔一〕此齣齣目，《樂府遏雲編》本題作「陪釧」，與《群音類選》本異文較多。

賣花荐妓

【步步嬌】桃花亂落如紅雨，無計留春住。猶幸有荼蘼，玉纖試折嫌多刺。生意在花枝，願教青帝常爲主。

【前腔】高堂回首惟慈母，兩地縈腸肚。空山啼鷓鴣，形影蕭條，情懷凄楚。迢迢千里到燕都，教人跋涉多勞苦。

【前腔】洛陽聞道花如綺，偏我春難遇。春去已多時，鶯慵蝶懶無情緒。羞殺賣花兒，無言挑過空籃去。

【皂羅袍】一入黄公酒舍，羡醉鄉深處，其樂無涯。杯浮琥珀賽流霞，胸中渣滓都融化。

（合）出門千里，不如在家；出門一里，何須戀家。黄金滿袖乾坤大。

【前腔】門外青旆高掛，似點頭招颺，酒許來賒。銜杯嗔飲勝吴娃，聞香使我停車馬。

（合）神仙沽飲，玉佩可誇；公卿買醉，金龜解下。壺天誰識乾坤大。

【前腔】對客欲攀清話，壺觴對酌，啜甚清茶。槽邊莫把濁醪賒，杖頭先把青錢下。（合前）

【前腔】莫笑酒家污下，論相如曾托，麯蘖生涯。蓮花白清玉無瑕，珍珠紅滴春無價。（合前）

【排歌】一笑生春，千金肯揮，芳卿名重京師。芙蓉如面柳如眉，相見留情思欲飛。談佳色，費苦思，分文畫餅欲充飢。涎流口，熱撫脾，何時止渴强思梅。

【前腔】玉洞仙桃，青樓美姬，含芳如待相知。從魚指點過清溪，引入劉郎慰所思。情無極，春已歸，折花須趁少年時。歌金縷，舞柳枝，人生快活是便宜。

易姓嫖院

【山花子】天仙露濕桃花貌，何年謫下丹霄。似塵埃宿緣未消，裴航再合藍橋。（合）絳紗中銀燈影摇，猊爐火暖香篆飄。繁弦急管調轉高，翠袖殷勤，杯奉瓊瑶。

【前腔】才郎蕭史誇年少，妾非歌舞多嬌。鳳凰臺同吹紫簫，承願心箕帚甘操。（合前）

【神仗兒】花心付抱，鸞顛鳳倒，似涸魚踴躍波濤。意綢繆如漆似膠，猩紅識，拭鮫綃。

【前腔】天台縹緲，劉郎游到，堪容謾摘仙桃。鳳和凰嬌姿未遭，叮嚀你，重妖嬈。

【紅綉鞋】鵾流指撥檀槽，檀槽；鶯喧聲徹雲霄，雲霄。歌協調板輕敲，番彩袖舞纖腰。人醉後月兒高，人醉後月兒高。

【前腔】金盤重進佳殽，佳殽；玉壺再換香醪，香醪。杯滿勸涴清袍，腮頰暈上紅潮。人醉後月兒高，人醉後月兒高。

【尾聲】青歌妙舞開歡笑，不覺玉山頹倒，看看月轉花梢。

金貂記

《金貂記》，作者佚名。今有全本傳世，現存明萬曆間金陵富春堂刻本（《古本戲曲叢刊初集》據之影印，近人番禺許之衡環翠樓據之過録，《綏中吴氏藏抄本稿本戲曲叢刊》據許之衡過録本影印）、清康熙間内府抄本、清烏絲欄抄本、舊抄朱絲欄本（《鄭振鐸藏古吴蓮勺廬抄本戲曲百種》據之影印）等。

仁貴私宴（一）

【梁州新郎】海棠如醉，碧桃將暖，風弄珠簾高捲。羅衣初試，朝來尚有餘寒。祇見于飛燕燕，簧語鶯鶯〔二〕，來往驚人眼。但將松與柏，比椿萱，衹恐花飛又一年。（合）香徑裏，雕欄畔。綺羅富貴誇仙苑，時序好可留連。

【前腔】滿庭紅紫，揭天歌管，玉瓚黄流頻勸。珍羞堆叠，金猊噴爇龍涎。自有高歌金縷，笑舞霓裳，對此堪消遣。人生得意也，荷皇宣，願得常瞻豐稔年。（合前）

【前腔】西郊外車馬争先，畫堂中笙歌聲遠。且相携素手，采香踏遍。最喜淡烟籠柳，遲日催花，正好同游衍。酒酣人笑語，戲鞦韆，美女妖嬈更少年。（合前）

【前腔】花底霧蛺蝶偷殘，草間烟杜鵑飛散。看無邊光景，已歸一半。正值青梅如豆，緑草如茵，零落餘紅瓣。池中鴛對對，浴清泉，觸目繁華似去年。（合前）

【生姜芽】身如閬苑仙，在花前，紅圍翠繞令人羨。深庭院，半日閑，同歡宴。人生容易朱顔變，良宵一刻千金换。（合）逢時遇景且高歌，勸君休吝錢十萬。

【前腔】蘭漿須飲乾，謾盤桓，猛拚沉醉扶歸院。精神健，興未闌，天將晚。看看玉鏡升霄漢，迢迢玉漏催更箭。（合前）

【尾聲】西園夜飲休辭倦，歡娱久絳蠟自燃〔三〕，整備着鳳枕鸞衾醉後眠。

校　箋

〔一〕此齣齣目，《古本戲曲叢刊初集》本題作「官家私宴」。

〔二〕簧語：底本原作「横語」，據《古本戲曲叢刊初集》本改。

〔三〕自燃：《古本戲曲叢刊初集》本作「再燃」。

皇叔郊游〔一〕

【宜春令】春將暮，景正芳，草鋪茵風和晝長。天機雲錦，悄如圖畫添情況。何勝數金谷園林，渾祇訝洛陽陌巷。（合）趁此，良辰美景，且宜游賞。

【前腔】黄金嫩，白雪香，鳥啼春時當艶陽。柳堤花塢，游人如蟻頻來往。粉墻内士女鞦韆，杏林中酒旗飄颺。（合前）

校　箋

〔一〕此齣齣目，《古本戲曲叢刊初集》本題作「國戚郊游」，正文原缺。

鄂公慶壽[一]

【錦堂月】壽祝蟠桃，籌添海屋，欣逢荏苒花朝。緑嫩紅芳，滿庭瑞芝瑶草。惟願取臺省嚴親，可比那嵩山元老。（合）開懷抱，且酌彼金罍，大家歡笑。

【前腔】傾倒，酒泛葡萄，筵開玳瑁，華堂會集時髦。綉褥銀屏，珠翠兩行圍繞。祝眉壽鸞寄雲箋，映酒巵花簪烏帽。（合前）

【前腔】耋耄，華髮蕭蕭，丹心耿耿，身安謝天相保。羡爾功高，威鎮四海中朝。今故舊稱算綿長，如洗髓遐齡不少。（合前）

【前腔】尤妙，晚景逍遥，丰神異彩，德類傳伊周召。玉帶金魚，占斷世間榮耀。願福壽山海齊年，與松柏歲寒同操。（合前）

【醉翁子】懊惱，嘆緑鬢朱顏漸槁。愧老朽庸才，怎勝廊廟。不道，渭水飛熊，八十纔能佐聖朝。（合）齊祝禱，願龜齡綿遠，鶴算彌高。

【前腔】甘老，消永日寬心笑傲。願年年此日，共祈壽考。吾曹，滿飲淋漓，樂極忘疲興愈豪。（合前）

【僥僥令】仙童歌未了，仙釀飲徐饒。但見仙庖供異饌，仙樂奏《簫韶》，檀板敲。

【前腔】冰輪離海嶠，珠斗列雲霄。玉漏遲遲人欲散，金鼎麝烟消，燭影摇。

校箋

〔一〕此齣齣目，《古本戲曲叢刊初集》本題作「賢公祝壽」，正文原缺。

餞居田里〔一〕

【新水令】想我功高姜尚立皇基，功高姜尚立皇基，捨殘生攻城掠地。秉丹心能貫日，仗義膽以塗赤。到今日化作寒灰，化作寒灰，伴君王似虎狼作隊。

【步步嬌】手捧金杯浮緑蟻，餞别長亭裏。匆匆話别離，管鮑情分，使人流涕。良友各天涯，怎能勾范張鷄黍重相會。

【折桂令】爲衹爲兔死狐悲，一封朝奏，違忤讒逆。雖然他夕貶忠直，消不盡孟軻豪氣。早不學急流涌退，省擔些投閣灾危。俺如今甘老林泉，願得逆黨消除，民安樂聖主垂衣。

【江兒水】恩德如山重，衹自知。銘心刻骨難忘弃，爲家尊負屈多連累，相逢難得相離易。珍重有書難寄，更盡一杯，聊叙陽關别意。

【雁兒落帶得勝令】難消受禮殷勤祖道的鳳凰杯，揾不住唱驪駒難分手的英雄泪。拜辭了有道的聖明君，撇不下刎頸的金蘭契。牽衣袂訴衷曲，恨時乎遭狼狽。慨聚散各有時，嘆浮沉渾無計。想當日，更不想榆窠里打圍時追至也，俺今日悔之遲〔二〕。

【僥僥令】無心雲出岫，知倦鳥還飛。戀戀綈袍膠投漆，兩難辭在岐路側。

【收江南】呀，早知道恩義變爲仇呵，誰待要惡相持。到做了滿船空載月明歸，痛英雄含冤受慘凄。好教人牽繫，好教人牽繫，便似孔子慟顔回。

【園林好】出皇州徘徊路岐，向林泉撇却是非。却不道在家從父，怎憚得路崎嶇，怎憚得路崎嶇。

【沽美酒帶太平令】羊腸的路崎嶇，蹀躞的馬駸騑，空谷傳聲車啞咿。古林深野鳥啼，遠山横洞雲迷。見漁翁獨釣清溪，誰待要貪名圖利，那裏有流離顛沛。我呵，須索要妝呆，做痴，安樂是便宜，呀，笑殺那奔波塵世。

【尾聲】重重叠叠山蒼翠，曲灣灣急流涌退，再不入虎穴龍池。

校箋

〔一〕此齁齁目，《古本戲曲叢刊初集》本題作「餞私行路」。

〔二〕俺今日悔之遲：《古本戲曲叢刊初集》本作叠句。

退保陽城〔一〕

【普天樂】整封疆趨邊境，統王師離鄉井。須當要，須當要破竹先聲，笑談間席捲膻羶。

（合）呀，看旌旗蕩影，金戈晃日明。戰馬征車碾起，碾起沙塞黄塵。

【北朝天子】俺家兒在西，那馬兒不離，使槍刀弓箭爲生計。齊齊打哄，且歌舞一回，擁貂裘在窮廬内。獐麅兒又肥，打辣酥兒好吃，匇辣赤辣赤匇辣赤。把琵琶操彈一曲，操彈一曲，醉了呵齁齁睡，醉了呵齁齁睡。

【普天樂】趲長途登高嶺，過竹林穿松徑。怎辭得，怎辭得露宿霜征，向迢迢萬里邊城。

（合前）

【北朝天子】長官每做一屯，把都每分幾群，牽駕着獵犬和鷹隼。來來往往，駭狐兔亂奔，鳥雀兒飛成陣。發一矢入雲，射雙雕落茵，撒撒銀撒銀撒撒銀。笑呵呵成團打滾，成團打滚，真快活無愁悶，真快活無愁悶。

【普天樂】須遵守將軍令，管繫取單于頸。民無擾，民無擾鷄犬不驚，長驅進威震夷庭。

（合前）

【北朝天子】衝鋒將一似熊，巴山馬一似龍，身披着鐵甲何愁重。威威猛猛，挽烏號也麽弓，把叭嘌兒胡笳弄。着皂貂幾重，打征鼓幾通，撲撲咚撲咚撲撲咚。論咱每情性兒好勇，性兒好勇，取中華貔貅擁，取中華貔貅擁。

校　箋

〔一〕此齣齣目，《古本戲曲叢刊初集》本題作「施邪保障」。

城開疑敵〔一〕

【高陽臺】瀝膽披肝，鋤强勘亂，爲臣敢辭匍匐。非禮勿言，何忍行虧名辱。誠篤，心如鐵石難移改，論明珠怎肯混投魚目。縱身于患難之中，豈貪非福。

【前腔】聽覆，良藥須嘗，忠言逆耳，何必恁般拘束。那吊譽沽名，令人空笑玉蠋。休惑，隨機應變須及早，嘆李陵元自降伏。管教伊，不失封侯，寵教華黼〔二〕。

【前腔】叨沐，列土分茅，封妻蔭子，食享未忘君禄。怒髮衝冠，丹心誓餐胡肉。衷曲，君恩此生無報補，爲厲鬼羯膻誅戮。笑殺你，鴟鴞翱翔，怎欺鸑鷟。

【前腔】吾國，威振山丘，氣吞狼虎，人人弓馬精熟。一指一麾，頓教你噬臍容足。你孤獨，身投羅網休言勇，總張良計應窮促〔三〕。便做了，插天鷹隼，怎當落局。

【尾聲】靈臺不昧昭如燭，假惺惺亂人心曲〔四〕，報國輸忠吾所欲。

校箋

〔一〕此齣齣目，《古本戲曲叢刊初集》本題作「悍賊退兵」。

〔二〕教：《古本戲曲叢刊初集》本作「加」。

〔三〕總：底本原作「猛」，據《古本戲曲叢刊初集》本改。

〔四〕惺惺：底本原作「猩猩」，據《古本戲曲叢刊初集》本改。

得書敗敵〔一〕

【朝元歌】天河洗兵，鐵柱標名姓；王師凱聲，羽檄馳鄉井。倚劍崆峒，掛弓天嶺，爲國久忘家慶。萬里從征，愁雲深鎖白帝城。驃騎不留停，壺漿遠送迎。登山涉嶺，又早離胡天朔境，胡天朔境。

校　箋

〔一〕此齣齣目，《古本戲曲叢刊初集》本題作「羽書敗狄」。

忠孝記

《忠孝記》，史槃撰。史槃（約一五三一—約一六二三），字叔考，會稽（今浙江紹興）人。生平事迹不詳。工詞曲，所撰戲曲十九種：雜劇有《三卜真狀元》、《清涼扇餘》、《蘇臺奇遘》三種，惜皆未傳；傳奇有十六種：《櫻桃記》、《鶼釵記》、《吐絨記》有全本傳世，《合紗記》、《忠孝記》、《夢磊記》僅存殘曲，《檀扇記》、《青蟬記》、《孿甌記》、《瓊花記》、《雙鴛記》、《朱履記》、《冬青記》、《梵書記》、《雙串記》、《雙丸記》已佚；另著有《童羖齋集》、《齒雪餘音》等。《忠孝記》，今無全本傳世，僅存《群音類選》所選此二齣曲文。祁彪佳《遠山堂曲品》載：「傳沈公青霞者。叔考難兄有《璧香記》，初以宫商稍舛，乃盡更之。沈公浩氣丹衷，恍惚如見。故叔考作此，亦遂有冠冕雍容之度矣。」沈煉號青霞，《明史·列傳》有傳；其長子沈襄號小霞，《情史》有「沈小霞妾」篇。不詳此劇作是否本此而作。現存兩齣，難以窺知劇情，知有沈煉忠心進諫而受難。

欲進諫章

【耍孩兒】微臣忝受言官職，當言路鞠躬盡瘁。謹將肝膽向天披，犯威顔甘受誅夷。生來所學期無負，事到當言敢自欺。主聖臣須直，一言如達，萬死何辭。

【十煞】爲王家言國事，批龍鱗蹈虎尾，也知奇禍隨言至。有天不共奸諛戴，無地堪將計策施。碎首丹墀底，臣心無悔，臣職當爲。

【九煞】那幸臣媚如狐少兩脚，那權臣威如虎多兩翼，欺君誤國滔天罪。南山竹罄書難盡，東海波乾臭尚遺。臣素與無仇氣，臣是平生嫉惡，一念無私。

【八煞】要君的長脚奴，致寇的藍面鬼，蠹國害民的腹劍子。從來戇直人多厭，畢竟奸邪帝不知。這豈是人之類，恨不口餐其肉，身寢其皮。

【七煞】那猫兒口似蜜，那權郎貌似痴，恃權沽寵專蒙蔽。他指將野鹿呼爲馬，他袖取蘑菇唤作芝。費盡他機和智，衹是要貪名固位，假虎張威。

【六煞】蓄不捕三脚猫，養無聲五眼鷄，鳥驚曲木長垂翅。蹲池老鳳喑無氣，立伏驕驄噤不嘶。上下相朋比，將焉用彼，更仗乎誰。

【五煞】陰霾黄滿天，陽驕赤遍地，四郊多壘狼烟熾。奇祥異瑞朝朝進，駿馬輕車緩緩馳。誰更作來朝計，真個是楚咻齊語，管甚麽越瘦秦肥。

【四煞】一員缺十員需，一夫耕百口食，朝更暮改多條例。青袍抗節緋袍變，黄紙蠲租白紙催。驛舍無停騎，暖天偏凍，豐歲還饑。

【三煞】他那量天尺是個不釘秤，他那大言牌是個没字碑，望空乳犬聞風吠。重將南去轅馳北，虹出東邊手指西。都説得無巴臂，個個是隔靴搔癢，反症行醫。

【二煞】臣非是好名，臣非是愛利，一心爲國無他技。生時願借誅奸劍，死後期留進諫尸。盡我人臣義，生分如借，死分如歸。

【一煞】願君王察邇言，願君王憐鄙志，所言爲國非私意。當臣瀝膽陳言日，是彼宣拳切齒時。言出身應死，若得言行，身死也無虧。

【尾聲】心心爲國謀，言言切時弊。奏本兒封緘進内裹，俯伏在閤門前，屏營候敕旨。

打牛賣劍

【普天樂】水雲鄉迷蕪徑，鶯和燕相呼應。寒烟暝，寒烟暝芳草無名，遠凄凄望處關情。

（合）呀，嘆離鄉背井，長亭共短亭。見水程迢迢萬里，萬里叠叠山程。

【朝天子】馬蹀躞走雲，旗烈烈捲雲，急棚棚鼓打催征陣。齊齊拍手，叫一聲撒銀，笑呵呵無愁悶。胡笳奏幾聲，琵琶撥數聲，撣撣掤撣掤撣撣掤。没胎咳醉還未醒，醉還未醒，怕甚麼貂裘冷，怕甚麼貂裘冷。

【普天樂】竹林幽山冢静，苔封徑蘿穿蹬。停車聽，停車聽空谷傳聲，憶當年操調陽春。

（合前）

【朝天子】飽飽噏秃秃麽，醉醉吃打辣酥，逐蒼蜩走解來沙漠。囉囉辣辣，講胡婦也麽歌，合乾坤真快活。舞了舞又舞，歌了歌又歌，哈哈呵哈呵哈哈呵。奏凱歌打得勝鼓，打得勝鼓，打圍歸多得兔，打圍歸多得兔。

【普天樂】楚水殘巴山静，蜀道險秦嶺峻。思鄉處，思鄉處聽鷓鴣聲，行不上悶人悲鳴。

（合前）

【朝天子】十月寒烟草黄，馬兒肥弓力强，怕甚麽孟奔夏育。山東相山西將，皂雕羽箭，射陰山雙白狼。賽姜維心膽壯，共我游虎狼，同我居草莽，獵敢當獵敢當獵獵敢當。俺家兒在馬上生，俺家兒在馬上養，在馬上養，咱種類別一樣，咱種類別一樣。

【普天樂】落霞飛鴉歸盡，羊腸路無休盡。江風静，江風静古渡舟横，見平沙鷺宿鷗鳴。
（合前）

龍泉記

沈壽卿（生卒年不詳），名齡，一字元壽，自號練塘漁者，嘉定（今上海市嘉定縣）人。詩歌清綺綿婉，名滿大江南北；精樂律，撰歌曲教童奴爲戲。著有《練塘吟草》、《南游草》、《春蚓遺音》等，戲曲作品有《三元記》（今存）、《龍泉記》、《嬌紅記》（存殘曲散齣）、《四喜記》（已佚）傳奇四種。《龍泉記》，今無全本傳世，僅于《吴歈萃雅》、《詞林逸響》、《南北詞廣韵選》等戲曲選中留存數齣。今所存數齣故事難明，皆爲古代劇作中常有訓子讀書、祝壽、應試、中舉、分别、落難相遇等情節。吕天成《曲品》、祁彪佳《遠山堂曲品》、傅惜華《明代傳奇全目》皆未述劇作故事，《中國曲學大辭典》稱爲楊夔贈二子龍泉記故事。按：黄仕忠考稱：作者爲沈受先，字壽卿，號東吴逸史，江蘇蘇州人，與此沈壽卿非同一人。可備一説。關于《龍泉記》，可參閲黄仕忠《〈龍泉記〉傳奇作者及其佚文》（《戲曲研究》二〇〇六年第六九輯）。

家庭訓子

【黄鶯兒】詞翰積如丘，要精通須苦求，懸頭刺股非虚謬。孔孟與游，賢曾與儔，須知道鮑魚一近身隨臭。(合)莫淹留,隆師親友,端的是良謀。

【前腔】魂夢繞瀛洲,奈朱衣未點頭,聲名肯落他人後。志吞虎彪,氣衝斗牛,大丈夫當及時出展經綸手。(合前)

【前腔】韜略好藏修,在帷幄當運籌,殺妻食子真庸陋。伊吕與游,頗牧與儔,且休誇貔貅百萬争馳驟。(合前)

【前腔】素志在封侯,劍横秋魍魎愁,甲兵十萬胸藏久。董帷可收,班筆可投,大丈夫當策勛事業垂不朽。(合前)

壽祝椿堂

【畫眉序】人景似蓬瀛,瑞竹蟠桃滿瑶席。喜童顔鶴髮,儼然如飾。還可愛迭奏塤篪,况又是諧和琴瑟。(合)滿前骨肉非容易,莫惜玉壺瓊液。

【前腔】家傳舊清白,餘韵流風正洋溢。願壽考彌高,華峰難敵。騎壽星鹿下蓬萊,駕王母鸞從姑射。(合前)

【前腔】春濃子雲宅,花映斑衣倍顔色。望靈椿無恙,一枝千尺。天無私氣轉鴻鈞,家

有幸人開壽域。（合前）

【前腔】狐星照南極，青鳥書傳好消息。道福比崗陵，壽如松柏。聲瀝亮曲按瑶筝，響錯落調番玉拍。（合前）

【滴溜子】還堪惜，還堪惜，葵心尚赤；還堪惜，還堪惜，蒙頭已白。想往事俱成塵迹，于今望兩雛，養成雲翮。看鳳翥鵬摶，羽儀邦國。

【鮑老催】儒家富室，花磚雨過琉璃碧，石階塵浄瓊瑶白。看絲羅好，棠棣芳，橋梓碩，惟恨萱花老堂北。（合）人生三樂一有虧，每逢樂事翻成戚。

【前腔】母恩罔極，杯圈不飲存口澤，萊衣舊綫存手迹。猛然鹿觸心，芒在背，泚流額，欲避嫌疑泪偷滴。（合前）

【雙聲子】日已昃，日已昃，盤中肴儘狼藉。天將夕，天將夕，壺中酒剩餘瀝。壽彌益，壽彌益，寧有極，寧有極。想籌添海屋，永久無息。

【尾聲】人生快樂真難得，片時半晌千金值，五福一門謝天錫。

諸友論文

【皂羅袍】貴賤窮通有命，且虀鹽守分，菽水怡情。莫辭辛苦對韓檠，管教勛業銘商鼎。（合）丹山鸞鳳，應期并鳴；康莊騏驥，乘時共騁。唐虞之際于斯盛。

【前腔】一日吾身三省，望功成豹略，志奮鵬程。流行天下仗青萍，回看雲裏栽紅杏。（合前）

【前腔】自喜吾儕多幸，會德隆宋室，火冷秦坑。萬言擬達九重城，一經輕殺千金餅。（合前）

【前腔】翰墨名齊草聖，喜勢傾三峽，陣掃千軍。庶人管取作公卿，文章儘可要鍾鼎。（合前）

餞别登途

【朝元歌】山光水光，祖道離杯晃；花香草香，舉子行色壯。和你昔忝同窗，今爲姻黨，正欲通家來往。誰料鶚薦鷹揚，臨岐使人愁斷腸。我老緑荷裳，望君登白玉堂。（合）

要消愁況，除是百壺春釀，百壺春釀。

【前腔】朝野重重羅網，羈縻雁一行，逐散兩鴛鴦。月冷蘋江，雨深花港，争似伊慈烏終養。形影相忘，雙雙母子常在傍。還效鳳翺翔，來儀虞舜堂。（合前）

【前腔】三疊陽關一唱，風牽酒力狂，且挽行裝。留連一晌，使我心中技養。便欲觀光，隨君後塵登廟廊。畢竟笑荒唐，難升由也堂。（合前）

【前腔】念昔陪趨函丈，同游翰墨場，獨係利名韁。明日天涯，兩鄉馳想，賴有連枝同往。策獻天王，名題金榜應頡頏。卒地忽思量，椿庭萱草堂。（合前）

【憶鶯兒】樵徑長，闤市荒，霏霏紅霧桃杏場，隱隱緑烟楊柳莊。琴横錦囊，馬牽紫韁，春情撩亂行人況。（合）意皇皇，回頭翹望，何處是家鄉？

【前腔】穿花巷，過柳塘，游絲裊裊垂地長，輕絮紛紛糝徑香。朱門粉墻，竹籬草堂，見紅泉百道垂青障。（合前）

【尾聲】向斜陽，嗟長往。好尋茅店卸行裝，風雨今宵對客床。

玉堂宴會〔二〕

【梁州新郎】黄扉威振，金甌名重，日享千鍾厚俸。受君多惠，當攄報國精忠。務便追踪伊吕，接武夔龍，無負明王寵。酒杯纔接手，且從容，祇見桃花上臉紅。（合）經濟策，升平頌。向龍墀鳳闕時時諷，爲柱石作梁棟。

【前腔】玉堂清要，銀章珍重，更喜華夷一統。明良際遇，須傾一寸丹衷。務使致君熙皞，拯世疲癃，萬國來朝貢。荷香清入座，好凉風，直飲到西山落照紅。（合前）

【前腔】在玉堂學本童蒙，喜金榜名聯昆仲。念才非王佐，德慚天縱。但願心傾葵藿，操守松筠，協力爲時用。强將新换酒，謝東翁，話别匆匆暮景中。（合前）

【前腔】二十年迹脱夷戎，八千里心歸皇宋。想故園風景，杳然如夢。且喜位司臺鼎，權秉鈞衡，將相元無種。隔墻頻索酒，注荷筒，管取東鄰瓮底空。（合前）

【節節高】座中有一點紅，飲千鍾，枯腸酒瀉如泉涌。芳心動，笑語雄，歡聲閧。醉來翻訝繁華夢，綺羅叢裏笙歌擁。（合）瑶臺絳燭碧紗籠，玉驄催整黄金鞚。

【前腔】晚來意稍慵，眼朦朧，玉山頹處清狂縱。紅雲擁，落日中，奇峰聳。新荷出水香

風送，蕭蕭人影分賓從。（合前）

【尾聲】終朝獻納殊繁冗，晏飲來偷半日功，明早還期拜九重。

校　箋

〔一〕《南北詞廣韻選》本亦輯録此齣，未題齣目，于曲文後評稱：「詞亦濃艷，但多措大占畢語。《龍泉》通本皆然。」

兄弟分岐

【甘州歌】黄雲靉靆，聽鼓鼙聲振，動地如雷。風塵迷目，翹首故山何在？盈頭緑髮凝作雪，一寸丹心未是灰。黄猿嘯，赤雁哀，秋聲一派亂離懷。青山路，白石崖，不知冠蓋幾時回。

【前腔】遥瞻戲馬臺，見遠山如戟，鳥飛不礙。胡笳羌笛，白日裏忽起陰霾。途中落日千點泪，馬上西風滿面埃。菱波襪，綉鳳鞋，慢藏却與盗爲媒。收金鈿，卸玉釵，莫教途路起人猜。

【前腔】離家兩月來，苦風餐水宿，出于無奈。梯山航海，喜有手足相賴。身如斷梗風觸散，迹似浮萍浪打開。腸如割，泪滿腮，危途難道是勛階？休長嘆，莫亂猜，人生自有命安排。

【前腔】前途暮景催，恐偶遭强寇，偷彈珠泪。凝眸遥望，茫茫萬里烟塞。窮崖斷磧非沃土，廢壘荒原有死骸。黄塵漫，白日頽，夫妻最苦是天涯。原天意，賦我才，仲尼原不畏桓魋。

【尾聲】顛沛流離心感慨，欲將長劍斬渠魁，浩氣漫漫充九垓。

賞菊聞報〔一〕

【夜行船序】露蕊霜苞，愛黄黄白白，色逞妖嬈。繁華處，紅紫相輝相耀。難描，秋色千般，可見造化，安排工巧。錦袍，沾惹着十分香，却訝御爐烟繞。

【前腔】金風，吹入東籬，見金錢滿地，富有餘饒。相看處，頻把霞觴傾倒。逍遥，蔗境風光，也應强似五陵年少。時到，不必把羯鼓敲，一夜滿籬開了。

【鬥寶蟾】登高，不必龍山，看吾家自有，十洲三島。把繁枝茂蕊，滿簪烏帽。笑傲，不知身世老，番訝乾坤小。樂陶陶，須信人生七十，古稀非夭〔二〕。

【前腔】今朝，節屆重陽，喜無風無雨，滿開懷抱。看人如鶴瘦，形貌似花還好。擾擾，人生離多會少，况難逢開口笑。進香醪，須知寸陰是競，尺璧非寶。

【錦衣香】酒滿瓢，重傾倒，酒興豪，歌高調。頤養天和，安貧樂道。襟懷灑落氣囂囂，浮雲世故，豈必勞勞。這桑榆暮景〔三〕，好風光能有多少。佳節休虛度，及時歡笑，須知明日，陰晴難料。

【漿水令】想人生如塵栖弱草，嘆秋霜易染鬢毛。花前莫惜緑葡萄也，何須池酒丘糟。清狂縱，風落帽，孟嘉覆轍吾重蹈。山和水，山和水，儘供笑傲。留餘興，留餘興，待明朝。

【尾聲】爲臣子莫貴忠和孝，繼美于今有鳳毛，白璧青蠅何足較。

校　箋

〔一〕此齣齣目，《吴歈萃雅》本、《詞林逸響》本題作「賞菊」。

〔二〕古稀非夭：《吴歈萃雅》本、《詞林逸響》本作「古來稀少」。

〔三〕暮：底本原作「慕」，據《吴歈萃雅》本、《詞林逸響》本、《南北詞廣韵選》本改。

姑嫂相逢

【排歌】醜婦烹葵，山童采芹，行厨幾味盤飧。樽浮緑蟻味應醇，絶勝田家老瓦盆。(合)官衙冷，旅邸貧，慚無盛饌款佳賓。情方洽，日未醺，當杯入手莫辭頻[一]。

【前腔】行幕張筵，他鄉會親，山殽野簌兼陳。相逢萍水且相親，肯惜松花瓮底春。(合前)

【前腔】遠道亡夫，遐荒滯身，真如涸轍窮鱗。天教得遇至親人，却把離情仔細論。(合)瓊漿釃，玉饌新，綉筵賓從集如雲。情懷好，意味真，樽前笑語藹春温。

【前腔】女德無慚，冤情已伸，華堂晏飲欣欣。再烹鱗脯與腥唇，急管繁弦不忍聞。(合前)

校箋

〔一〕頻：底本原作「貧」，據《南北詞廣韵選》本改。

四喜記

《四喜記》，謝讜撰。謝讜（一五一二—？），字獻忠，號海門。上虞（今浙江上虞縣）人。嘉靖十六年（一五三七）舉人，二十三年（一五四四）進士。後因貪污被劾而歸隱，朝夕唯讀書、吟咏、著述，善詞曲，著作有《謝海門集》、《古虞集》，戲曲作品知有《四喜記》傳奇一種。《四喜記》，今有全本傳世，現存明末汲古閣原刻初印本（《古本戲曲叢刊二集》據之影印）、汲古閣刻《六十種曲》本。

大宋畢姻

【錦堂月】天結良緣，花凝瑞靄，佳期正當冰泮。歌動迎仙，聲裊鳳簫鸞管。幸藍橋玉杵先投，信月書赤繩難换。（合）鸞杯滿，喜花燭良宵，洞房春暖。

【前腔】欣看，射雀屏寬，乘龍褥軟，于飛願效雙鴛。窈窕河洲，不信羨鵲橋期遠。伉儷處可咏《桃夭》，警戒時何妨機斷。（合前）

【前腔】繾綣，合卺情歡，同心帶綰，難禁喜溢眉端。燕爾綢繆，自愧德容疏短。鴛蘿附千歲喬枝，琴瑟遂百年深願。（合前）

【前腔】堪觀，金蕊仙冠，霞帔鳳襖，華堂翠繞珠攢。香裊金爐，綉幌暗風輕捲。更須誇蘭玉祥開，何必慮熊羆占綴。（合前）

【醉翁子】仙伴，乍邂逅交輸愛款。笑暮雨陽臺，暗成恩眷[一]。不玩，共舉案齊眉，孟耀梁鴻德兩完。相慶處看高燭紅妝[二]，漏傳宵半。

【前腔】聽勸，戀鳳儔豈爲美算。向螢窗研究，蠹篇殘卷。惟願，早離却樊籠，奮翮層霄篭羽鵷。（合前）

【僥僥令】絲紅牽玉腕，帳果撒金盤。惟願小登科後勤書史，及早大登科，作狀元。

【前腔】儀容真婉嫿，閨閫永團圓。但願百歲夫妻長相好，比翼共連枝，無異般。

【尾聲】洞房此夜春光滿，看熒熒燭尖花暖，總不如浪喜閑歡。

校　箋

〔一〕恩：《古本戲曲叢刊二集》本作「姻」。

〔二〕《古本戲曲叢刊二集》本此句前有「（合）」。

詩禮趨庭

【剔銀燈】喜兒曹聰明天賦，莫把青春虚度。潛心静閉孫生户，更須學懸頭刺股。（合）詩書端不負儒，讀得到方成丈夫。

【前腔】守芸窗勞形典故，嘆難留飛烏馳兔。惜陰肯縱窺園步，向三餘加辛添苦。（合前）

【前腔】道多岐先由心悟，恥空言力行當務。靈臺莫使纖塵污，希賢聖光昭千古。（合前）

【前腔】論功名雖由成數，早難道身終韋布？一朝直上青雲路，錦衣還眉揚氣吐。（合前）

瓊英入宫〔一〕

【畫眉籠錦堂】春染萬林紅，春鳥嚶嚶隔花弄。看游絲千縷，裊裊春空，金勒馬春陌交馳，玉樓人春杯頻送。春光涌，但花下高歌，賞春歡哄。

【錦堂觀畫序】晝永，春日融融，春風冉冉，春香遍滿房櫳。望裏春山，一點髻螺青擁。濯錦愛水暖春塘，拾翠喜芳鋪春隴。大家莫惜春筵醉，世事短如春夢。

【黄鶯穿皂袍】春困釧金鬆，試春衣步檻東，春愁暗壓雙眉重。春牽意慵，春薰臉濃，春枝髻觸摇金鳳。娟娟戲蝶，春蘭幾叢；茫茫歸雁，春雲幾重。桃花爛漫迷春洞。

【皂袍罩黄鶯】謾道春憂無種，被春工醖釀，生滿胸中。傷春倦吐綉窗絨，尋春轉覺芳心動。對春風，春園暢飲，和氣盎春容。

校箋

〔一〕此齣齣目，《月露音》本題作「春宮」。

花亭佳遇〔一〕

【駐雲飛】堪賞花朝，花滿園林春色饒。人惜花容耀，花愛人年少。花〔二〕，花出畫墻高，賣花聲叫。聊整花鈿，拾翠花間道。香逐花衫幾陣飄，香逐花衫幾陣飄。

【前腔】燕語花梢，花底黄鸝聲更嬌。蜂引花顔笑，蝶蹴花心倒。花，花覆苑東橋，花溪晴照。紫幔花亭，人擁花驄到。風暖花村酒旆招，風暖花村酒旆招。

【前腔】花舫輕搖〔三〕，一曲花歌百闋消。花簇銀臺巧，花映金樽好。花，花下舞纖腰，花香縹緲。花徑塵芳，淺印花鞋小。斜插花枝鬢欲燒，斜插花枝鬢欲燒。

【前腔】花檻紅雕，花倚嬋娟畫怎描？花外游絲裊，花際輕烟繞。花，花事正妖嬈，看花須早。轉眼花殘，花貌隨春老。鎮日尋花莫憚勞，鎮日尋花莫憚勞。

【園林好】看殘紅流出小溪，聽柳外笙歌鼎沸。攘攘游蜂蝶戲，紅紫樹映羅衣，俊多嬌何處姬，俊多嬌何處姬。

【前腔】紛雜地豈免忸怩，窄徑裏相逢怎避？祇索將小扇輕羅遮蔽，顧盼處自猜疑，却原來是錦花叢雙艷姊〔四〕。

【皂羅袍】堪愛月眉雲髻，儘婷婷裊裊，整整齊齊。温香軟玉世應稀，柔枝嫩葉誰能比。纖腰柳舞，翠裙影低；嬌喉鶯囀，陽春調低。謾誇西子多嬌麗。

【江兒水】邂逅花前飲，忙成月下期。傳杯未了先留意，歡喜冤家添歡喜，如魚得水猶難擬。謾説如兄如弟，風宿緣深〔五〕，相會那拘千里。

【皂羅袍】最喜劉郎風味，況身呈文彩，口吐珠璣。登雲會上廣寒梯，攀龍定陟承明地。

輝輝靈鳳，儀容門奇，煌煌雲錦，文章耀奇。除非是題橋司馬才堪儷。

【川撥棹】好一似薛瑶英輕艷體，不由人羨風情一霎起。又何須待月西厢，又何須待月西厢，玉樹交鸞一任栖。醉青樓計不非，好良宵樂正宜。

【嘉慶子】一刻千金應不抵，鳳幃中恩重情迷。覷着他千般旖旎，撇却韋編甘不理，便是鐵樣人心也要移，石樣人心魂暗飛。

【尾聲】烟花幸托青雲器，願作百年深計，祇恐飛騰嘆别離。

校箋

〔一〕此齣齣目，《吴歈萃雅》本題作「賞花」。

〔二〕花：《古本戲曲叢刊二集》本、《吴歈萃雅》本作「嗏」。下同。

〔三〕舫：《古本戲曲叢刊二集》本作「蕚」，《吴歈萃雅》本作「扇」。

〔四〕《古本戲曲叢刊二集》本此曲尾有「錦花叢雙艷姊」句。

〔五〕風宿：《古本戲曲叢刊二集》本作「夙世」。

風月青樓

【排歌】麗曲瑶箏，春纖玉鍾，嫣然一朵芙蓉。紫綃蕩漾錦花叢，一種天香度暗風。眉分翠，臉暈紅，笑深微汗濕酥胸。輕盈態，窈窕容，恍疑仙子下瑶空。

【前腔】鳳臂輕翻，雲鬟半鬆，紗厨月色朦朧。有緣千里喜相逢，春滿陽臺一夢中。歡初合，話未終，惱情偏是五更鐘。交恩厚，設誓重，天長地久此心同。

【前腔】柳暗雕闌，花明綺櫳，嬋娟共鬥纖濃。玉階低露鳳鞋弓，妙舞霓裳小院東。環鈎玉，帶綰絨，時呼歌扇撲游蜂。心非蕩，性更聰，秋波回處惹情濃。

【前腔】賈女香芬，崔娘韵工，王嬌獨抱奇衷〔一〕。緑珠金谷夜溶溶，洛浦神妃露淺踪。脂輕抹，粉薄籠，梅妝不減壽陽宫。波沉鯉，漢落鴻，當爐空羨卓臨邛。

【桂枝香】鴛盟空訂，鸞期難定。生成陌路姻緣，養就烟花心性。况青樓望卑，况青樓望卑，良家誰聘，詎辭休聽。細論評，不如風月生涯好，衹怕從良福分輕。

【前腔】佳緣堪慶，多才可敬。一存一種真誠〔二〕，事有十分僥幸。記殷勤誓言，記殷勤誓言，教我脱逃陷穽，超離邪境。喜難勝，定歸金屋偕婚媾，不向平康管送迎。

【大迓鼓】伊家見不明，金籠怎養，野鶩山鶯。空房猿鎖心猶競，裩中景復亂宣平，要嫁韋皋直待再生。

【前腔】何須抵死争，錦營花陣，斷不留情。雲踪早散陽臺境，喬妝甘謝效釵荆，休論王魁不娶桂英。

校箋

〔一〕嬌：《古本戲曲叢刊二集》本作「嫱」。

〔二〕一存：《古本戲曲叢刊二集》本作「生來」。

竹橋渡蟻

【鎖南枝】一雨霽，萬象奇，山青水明如畫裏。抛卷覓新詩，窺園適幽意。苔紫短，屐緩移；碧霞臺，少人至。

【前腔】叢竹畔，曲檻西，驚看溜渠浮亂蟻。失穴已無依，隨流竟何止？心不忍，計何施；手援之，豈能濟？

【前腔】編竹第，架水涯，慈渡一成争渡起。觸物動天機，從權豈兒戲。南柯郡，事已非；覓檀蘿，亦無地。

【前腔】蟲非少，蟻最多，君臣凛然明大禮。遭溺已頻危，全生實堪喜。大塊内，道不私；物皆春，此心慰。

椿庭慶壽

【賞宮花】欣逢壽朋，感殷勤祝壽情。壽鹿啣花至，壽鶴向人鳴。（合）喜逢壽域樂升平，滿斟壽酒祝遐齡。

【前腔】詳觀壽徵，炯雙瞳壽眼清。壽貌多浮垢，兩耳壽毫生。（合前）

【前腔】潑潑壽星，壽筵前分外明。人世難逢壽，五福壽先稱。（合前）

【前腔】重斟壽觥，紫金盤壽果盈。壽燭留長耀，滿眼壽香騰。（合前）

赴試秋闈

【金衣公子】獨坐悶無聊，泪紛紛濕素袍，寃家鎮日縈懷抱。人如薛濤，情如玉簫，真誠怎比閑花草。（合）〔一〕好心焦，朱弦已斷，無計續鸞膠。

【前腔】雲散楚峰高，望陽臺萬里遥，臨風不覺心如搗。綢繆幾宵，追隨幾朝，情深豈料分離早。（合前）

【琥珀猫兒墜】星前月下，罰願幾多遭。一旦風波没下稍，從今空有夢來邀。（合）相拋，縱地老天荒，此恨難消。

【前腔】宿寃前業，今世料難逃。凖擬來生結鳳交，想應曾把斷香燒。（合前）

【解三酲】再不見高髻新妝宫樣巧，再不見芍藥亭前笑語嬌。再不見《六么》細舞紅翻雙袖巧，再不見玉笋銀筝倚醉調。再不見笑奪香囊流汗滿，再不見半揭流酥歌扇摇。傷懷抱，恨蒼天何苦，斷我鸞交。

【前腔】我爲他罷寢紗厨愁到曉，我爲他懶付華筵飲玉醪。我爲他焚香暗禱幾被傍人笑〔二〕，我爲他兩鬢添絲瘦沈腰。我爲他雙鴛畫上詩難就，我爲他連理枝頭魂暗消。（合前）

【香柳娘】走西風匹馬，走西風匹馬，夕陽西下，寒鴉古木飛歸絶。且停鞭問也，且停鞭問也，烟暝酒旗斜，行踪何處歇？宿荒村旅舍，宿荒村旅舍，四壁蛩鳴，寒燈半滅。

【前腔】聽窗敲敗葉，聽窗敲敗葉，離心如割，夢魂驚斷檐前鐵。我壯懷激烈，我壯懷激烈，直上廣寒闕，高將桂枝折。漸更籌數徹，漸更籌數徹，起點行裝，忙隨去轍。

校　箋

〔一〕（合）：底本無，據《古本戲曲叢刊二集》本和下曲補。

〔二〕禱：底本原作「辰」，據《古本戲曲叢刊二集》本改。

月桂同攀

【玉胞肚】博文約禮，美天姿一聞十知。心中樂不改簞瓢，猛爲仁功深克己。仰鑽瞻忽見何奇，禮樂爲邦萬古依。

【前腔】事親養志，孝名兒乾坤永垂。一日裏三省吾身，論爲仁識先弘毅。道傳一貫唯無違，忠恕諄諄解衆疑。

【前腔】知幾爲己，致中和位育可期。蚤須是三近加功，因此上九經敷治。無聲無臭德淵微，魚躍鳶飛問化機。

【前腔】知言養氣，淑諸人願學仲尼。怪當年戰伐縱横，把王道魏齊交説。岩岩氣象太山齊，性善初開百世迷。

鄉薦榮歡

【好事近】一戰勝群賢，獨占鰲頭高選。金鞍白馬，人人擁道爭看。燈窗幾年，喜今朝得遂男兒願。多因是累代陰功，天贈我一門榮顯。

【前腔】滔滔，文思涌如泉，更兼學有淵源。風檐寸晷，縱横禮樂三千。身游廣寒，感嫦娥親把金杯勸。等閑間丹桂高攀，又還期首登金殿。

【前腔】争誇，平步上青天，同胞又喜同年。荷衣掛體，何如彩袖翩翩。書香已傳，與燕山并列靈椿傳。分明是平地雙仙，儘贏得舉家歡忭。

【前腔】須知，麟鳳産中原，扶摇萬里鵬摶。奎光千丈，熒熒直透白垣。歡開玳筵，沸笙歌不忝瑶池宴。看連翩車馬盈門，總不比舊時庭院。

親憶瓊英

【新水令】小窗低坐悶無言，掌中珠幾時能見？憶分離花正鮮，到如今雪飛亂。光景頻遷，光景頻遷，不由人不傷感。

【步步嬌】鶴氅溪橋尋梅玩，萬玉枝頭綻〔一〕。芳姿雪襯妍，瘦影清香，牽引游情遠。踏雪暮歸來，正紅爐暖閣開佳宴。

【折桂令】滿長安柳絮風顛，密灑歌樓，沾濕茶烟。偷閑過三友亭前，喜寒鶯一段香傳〔二〕。飲羊羔金帳嬋娟，費吟哦惹動逋仙。地白風寒，休要觸物思人，總不如醉倒芳筵。

【江兒水】謾説道觀梅屐，釣雪船。他胸中不染分離怨，我經年不睹嬌兒面，幾回望斷昭陽殿。杳杳雀釵袿襈，垂老何依，白首蕭條庭院。

【雁兒落帶得勝令】我爲你痛心腸常掛牽，我爲你惡懷抱難消遣。我爲你夢殘更接舊容，我爲你逢好景添長嘆。我爲你厭吃了珍羞味，我爲你晨夕裏枉熬煎。我爲你害得龐兒瘦，我爲你流淚眼幾曾乾。天，好與人行方便。若得天也麽憐，放回歸，拜謝天。

【僥僥令】骨肉東西意慘然，知甚日再團圓。莫道寒江深千丈，比我意中悲尤自淺，意中悲尤自淺。

【收江南】呀，早知道這般隔絶呵，到不如嫁民間。三朝半月見何難，往來會聚定多番。説甚麽榮諧帝婕，端的是佳人薄命斷親緣。

【園林好】衹愁他長門憤冤，又愁他柔軀病纏。種種思量都遍，杳没個信音傳，杳没個信音傳。

【沽美酒帶太平令】芙容臺熊夢軒，牙爲簟臂供眠，翠繞珠圍錦綉聯。鎮日醉百花筵，吹玉笛奏冰弦。鳳凰樓通宵歡忭，六宫中人人争羡。我呵，眼見他愛專，寵專，賽仙，呀，且開懷把玉觴頻勸。

【清江引】梅開雪飛樽又滿，世事休閑管。風裁雪片奇，春透梅花暖，把香醪急釃來休得緩。

校　箋

〔一〕萬：《古本戲曲叢刊二集》本作「寒」。

〔二〕鶯：《古本戲曲叢刊二集》本作「枝」。

瓊英閨悶〔一〕

【六犯清音】長門春静，昭陽天杳，愁見玉林晴曉。萬紫千紅，教人怎不心焦。眼望羊車過，空傳鳳吹調。抛珠泪，濕鮫綃，鏤金香帶褪纖腰。怎如得黄鸝對語絲絛上？怎如得粉蝶雙栖錦樹梢？鸞翅慵整，蛾眉倦描，羞顏却惹桃花笑。悶無聊，聲調鸚鵡，誤聽是宣朝。

【前腔】景當凉細〔二〕，芙蕖香杳，簟展琅玕青小。齊紈風動，藍烟寶篆輕飄。寂寞悲長晝，炎蒸恨獨宵。情難遣，景自饒，驪珠蕖滿綻葡萄。幾時得水晶簾畔聽《金縷》？幾時得玳瑁筵前賜玉醪？孤辰應犯，愁煩怎逃，五星不遇紅鸞照。六龍遥，薰風殿閣，長日五弦操。

【前腔】金飇輕透，銀蟾光皎，玉宇纖塵疑掃。天街凉夜，令人不覺魂消。獨坐看牛女，含嬌渡鵲橋。人還隔，意轉寥，謾隨玉女學吹簫。怕聽着嘹嘹隻雁雲邊唳，怕説着兩兩文鴛沼内交。黄花初綻，碧梧漸凋，御溝流葉空來到〔三〕。最難熬，瀟瀟疏雨，隔夜響芭蕉。

【前腔】彤雲低罩，嚴天施巧，六出紛飛林杪。玉梅香吐，閑看轉覺情摇。夢短欹孤枕，憂多問六爻。冰衾重，玉漏迢，叮瑺鐵馬鬧風敲。誰憐我心寒不覺薰籠暖，誰憐我院冷空將獸炭燒。寃深撮合，佳期望勞，從來不拜承恩詔。幸難僥，新妝飛燕，何處逞妖嬈？

【尾聲】芳姿一入幽宫俏，四景盡傷懷抱，唱斷清音天聽高。

校　箋

〔一〕此齣齣目，《月露音》本題作「閨悶」。

〔二〕凉細：《古本戲曲叢刊二集》本作「清暑」。

〔三〕來：底本原作「難」，據《古本戲曲叢刊二集》本改。

怡情旅邸

【甘州歌】青雲萬里，信英雄足下，自有階梯〔一〕。春闈催赴，早登程逐伴奔馳。飛黄遠道家何在？垂白高堂夢不違。圖名利，嘆别離，韶華空滿楚江湄。經風卧，帶月炊，何時醉賦杏園詩？

【前腔】寒窗十載餘，論男兒壯志，豈肯卑栖？門閭須换，幸文章際遇昌期。題名共列黄金榜，獻策同登白玉墀。蛟鬐奮，鳳翅齊，桃花春浪錦鱗飛。龍爲馬，錦作衣，六街争看狀元歸。

【前腔】融和日正遲，見園林多少，紫艷紅奇〔二〕。春光如海，颺晴空落絮游絲〔三〕。烟中畫艦衝蘭渚，花外流鶯唤竹枝。山連水，路繞溪，馬蹄香印落花泥。莎村杳，野店稀，輕風斜捲酒家旗。

【前腔】長亭傍水西，見鞦韆紅粉，笑語聲低。游人如蟻，轉朱輪驀過香堤。陽春不散窮途恨，麗景翻牽故國思。魂將斷，心更悲，惱人杜宇隔花啼。催征旆，瞻帝畿，五雲深處鳳樓迷。

【尾聲】行勞倦，日暝時〔四〕。停鞭沽酒不須疑，共醉前村燈下迷〔五〕。

校　箋

〔一〕階：底本原作「稭」，據《古本戲曲叢刊二集》本改。

〔二〕艷：《古本戲曲叢刊二集》本作「絶」。

〔三〕颺：底本原作「颸」，據《古本戲曲叢刊二集》本改；游絲：汲古閣本作「沾泥」。

〔四〕日：底本原作「目」，據《古本戲曲叢刊二集》本改。

〔五〕迷：《古本戲曲叢刊二集》本作「杯」。

紅樓遺思

【黄鶯兒】妝鏡曉慵開，捲珠簾燕子來，冤家去後知何在？高車未回，風流頗乖，孤眠羞把鴛衾蓋。（合）想多才，雙流粉泪，頓覺减香腮。

【前腔】對景越傷懷，并頭花空滿臺，今番受盡相思害。敲斷寶釵，誰憐病骸？告蒼天祇願相逢再。（合前）

【六么令犯憶多嬌】佳期枉猜，知他甚日歸來？前春共賞海棠開，忽見花衰，依舊教我愁滿懷。（合）好景難捱，好景難捱，踏遍花前緑階。

【前腔】憂來怎捱？玉醪空泛鸞杯。可憐心焰已成灰，怎得蒼天默佑，使我情永諧。（合前）

雙桂聯芳

【畫眉序】天馬步瀛洲，恩賜黄封杏花酒。喜難兄難弟，并占鰲頭。覽平策雖可祁前〔一〕，論雁序何當郊後。（合）自今莫負登庸寵，赤心共扶元首。

【前腔】龍衮受雙球，儀鳳祥麟在廷藪。喜風雲際會，懋着嘉猷。金闕静西顧憂紓，玉堂閑東封書就。（合前）

【前腔】清世足文儔，萬丈奎光燭臺斗。喜皇家密網，一旦都收。四海慶雙桂聯芳，千

載羡三元擢秀。（合前）

【前腔】華宴列奇饈，翠釜駝峰世罕有。喜名榮燒尾，綾餅紅綢。冠蓋擁柳障青闈，弦管應鸘簧春奏。（合前）

【撲燈蛾】金樽頻勸酬，金樽頻勸酬，歸馬天街驟。轉過垂楊路，不覺夕陽時候也。感深厚，待賢禮數遇成周。今朝不負，十年窗下黄卷苦埋頭。

【尾聲】一朝奏表還擒就，醉夢後遥聽鐘漏，齊具衣冠拜冕旒。

校　箋

〔一〕平：《古本戲曲叢刊二集》本作「對」。

遐憶青娃

【二犯傍妝臺】終日自嗟呀，玉人庭院何事隔天涯？聽啼鳥腸欲斷，對明月恨愈加。記得鴛幃私語切，好處成愁祇爲他。（合）又逢春盡，蕙蘭吐花，幾時得見俏冤家。

【前腔】空思那日醉流霞，一從别後忘却飯和茶。禁不得身如病，止不住泪如麻。豈料相思成瘦損，追悔當初設誓差。（合前）

【普天樂】争誇一笑千金價，花容嬌麗還瀟灑。美名兒不枉青霞，分明是閬苑仙娃。側耳聽歌音雅，似好鳥調聲芳叢下。舞霓裳風捲輕紗，可意處難描難畫。恨悠悠楚館，怎當縈掛。

堅持白操

【步步嬌】一别仙郎心無主，泪眼拋紅雨。緑雲懶去梳，驀地焚香，慢把金刀舉。剪付俏相如，寄與愁千縷。

【集賢賓】宫妝舊樣難再睹〔一〕，香盤翠綰都虚。一任蓬鬆如亂綹，嘆昔日鸞篦何所？心中自苦，割不斷相思情緒。知幾許？還更比髮莖難數。

【江兒水】記得香消後，燭滅餘。鴛鴦枕上情交吐，好事從來多間阻，風流枉自思前度。誓不從人歡聚，結髮相隨，怎比荆釵淑女？

【香柳娘】把胸酥暗撫，把胸酥暗撫，白頭空賦，雲翹冷落眉羞嫵。掩菱花自語，掩菱花自語，膏沐爲誰疏，飛蓬豈須顧？恨佳期已誤，恨佳期已誤，同穴盟言，君須記取。

【尾聲】花前月下添凄楚，恨不能身生翼羽，飛到瑶臺諧鳳侣。

校　箋

〔一〕妝：底本原作「墻」，據《古本戲曲叢刊二集》本改。

佳音遠播〔一〕

【石榴花】文場高選，膝下慶雙賢。詞勝景，筆如椽，英雄誰比緑衣仙。騁春風寶馬長安，祇憂讓祖鞭，取靈龜卜筮還多遍。定應是虎榜高標，怎不見雁錦遥傳。

【前腔】畫眉人遠，無奈意懸懸。香篆冷，瑣窗寒，綢繆空想別時言。盼天涯玉箸闌干，何時得錦旋，恐蒼天不遂心中願。且殷勤甘旨躬調，望輝光冠帔恩宣。

【不是路】涉盡雲山，早到雍丘下錦箋。忙相見，春風得意聽臚傳。宋祁前，宋郊第二俱優選，榜上分明豈誤看？天從願，聯芳雙桂真堪羨。不勝歡忭，不勝歡忭。

【前腔】月轡霜鞍，千里馳驅匹馬寒。心如箭，泥金報喜敢遲延。宋郊前，宋祁第二俱優選〔二〕，榜上分明豈誤看？休相騙，兩辭不合如何辨？轉令心亂，轉令心亂。

【掉角兒】榜初懸弟爲狀元，兄并列亦登高選。弟先兄倫理非宜，因此上把名更變。二難名，俱首占，兩人言，皆不謬，合賞金錢。（合）宫花帽偏，春風杏苑。弟和兄，躍馬雙雙，勝似登仙。

【前腔】喜孜孜焚香謝天，笑盈盈滿門歡忭。换門閭榮親顯妻，伫看他達能兼善。際明時，逢聖主，顯嘉猷，成懋烈，旦奭齊肩。（合前）

【尾聲】喜今朝佳音轉，玉堂金馬兩神仙，會看黄金腰上懸。

校　箋

〔一〕此齣齣目，《古本戲曲叢刊二集》本題作「泥金報捷」。

〔二〕二：底本原作「十」，據《古本戲曲叢刊二集》本改。

盛景遨游〔一〕

【素帶兒】穿芳徑，楊柳風吹素帶輕，雕欄畔一簇海棠嬌逞。相應，雙小鶯，向何處飛來枝上鳴。聲堪聽，我愛他喈喈嚦嚦，睆睆嚶嚶。

【升平樂】多情，二八娉婷，自春來愁隨，芳草叢生。香寒絨吐，綉窗幾度停針。焭焭，臂痕長帶守宫明，鎮日裹枉思恩幸。自傷薄命，尋花恨重，折柳憂增。

【素帶兒】山青日正晴，無邊麗景鞦韆笑，忽將好夢兒驚醒。行行渡錦屏，遥見翩躚雙蝶迴。添游興，是何人低吹玉管，暢飲銀觥？

【升平樂】還驚，殘絮飛零，問東君爲何，便整歸旌？流光似箭，誰有繫日長繩？清清，一春空過喜難成，盧扁藥怎消憂病？不堪孤另，龍輿目斷，鳳輦魂縈。

【簇御林】經筵散，禁苑行，驀相逢内輦經。幾回欲避無岐徑，奉乾宫亦合輸恭敬。急趨迎，鞠躬待罪，臣無任戰兢兢。

【前腔】宫袍緑，玉貌清，逞風流一俊英。緣何默默脣緘定？料他心欲應知難應。謾留停，東風回首，無情惱多情。

【懶畫眉】朝回紫禁步東風，馥郁香生萬錦叢，仙娥群輦偶相逢。一聲小宋低低唤，惱亂春心不自容。

【前腔】遥瞻玉臉綻芙蓉，高髻雲鬟粉黛濃，妖嬈端的冠椒宫。總然欲染高唐夢，隔斷巫山十二峰。

校　箋

〔一〕此齣齣目，《古本戲曲叢刊二集》本題作「禁苑奇逢」，《賽徵歌集》本題作「禁苑呼名」，《月露音》本題作「呼名」。

洞房佳配〔一〕

【憶奴嬌】花燭紅搖，感君恩似海，特賜鸞交。牽紅處自慶福緣非小。歡笑，春滿房櫳，雙雙杯勸，風光正好。今宵，一似俏雲英，會合玉京瑶島。

【鬥寶蟾】春朝，玩賞花郊，偶香堤邂逅，一聲輕叫。奈風傳中禁，頓生煩惱。誰料，赤繩曾繫定，紅葉不須勞。美才高，一曲《鷓鴣》新唱，勝求月老。

【錦衣香】寶篆香，銀屏皎，綉幌翻，金釵巧。急管繁弦，珠圍翠繞。團花宫襖映宫袍，内家舊樣，鳳髻鸞翹。嘆長門静悄，再經春鑾輿不到。自分今生裏，孤眠盡老，不期禍變，番成佳兆。

【漿水令】喜孜孜鸞顛鳳倒，美津津露濕花嬌。猩紅一點染鮫綃，笑陽臺雨散雲消。心交愛，情真妙，流酥帳護人年少。譙樓上，譙樓上，漏催天曉。同獻表，同獻表，拜謝天朝。

【尾聲】謝天朝，齊祝禱。御體茂膺天保，慶衍螽斯聖壽高。

校　箋

〔一〕此齣齣目，《古本戲曲叢刊二集》本題作「仁主賜婚」。

翠閨耽思〔一〕

【十段錦】【綉帶兒】春歸後雲鬢倦理，仙郎杳無歸期。總不憐憔悴紅顏，也難忍冷落班衣。【宜春令】病體，困沉沉鎮日如痴，豈學人雨尤雲殢？禁不得沒情沒緒，曲闌頻倚。【降黄龍】記當時送別臨岐〔二〕，執手叮嚀，把糟糠休弃。相抛萬里，想合受凄凉，是我運蹇時低。【醉太平】淋漓，幾番雙泪暗偷垂，怎知我這般滋味。總然帶黄衣紫，到不如厮守少年鴛幃。【浣溪沙】風弄竹，月在機，誰共泛紫霞金卮？連宵飛夢到天涯，城樓畫角吹覺起。【啄木兒】觸景添悲，無人處花綻鳥啼。芙蕖綷簇波心綺，幽心暗透紗窗裏。離綉床羅襪臨池，瘦形骸庭花怎比〔三〕？【鮑老催】寂寥自知，林鶯懶扳連理枝，鸞箋謾寫離恨詩。思歡聚，枉設策，空施計。怎得蕭郎心轉意回。【上小樓】咱這裏形孤心碎，他歡生錦綉圍，翠樓又恐戀嬌姿。欲待迴文織錦，怎織得幾許相思。【雙聲子】雲鴻至，江鱗逝，怎不把音書寄？【鶯啼序】金錢問全無些靈意，又怎憑燈鵲龜尸？諸般可疑，望錦衣歸春，未審何時。

【尾聲】深情免使傍人議，嗟我懷人天際，專一須看《卷耳》書。

校　箋

〔一〕此齣齣目，《古本戲曲叢刊二集》本題作「翠閣耽思」。

〔二〕岐：底本原作「期」，據《古本戲曲叢刊二集》本改。

〔三〕瘦形骸庭花怎比：底本原作「花怎比」，據《古本戲曲叢刊二集》本改。

夢游仙子〔一〕

【雲華怨】小窗更靜，滿綈襟都泪痕。玉人何在無由近，連宵落得夢頻。任長溪日夜滔滔，流不盡萬愁千恨。

【前腔】佳期天靳，總親多難與親。九霄更絶飛鴻信，悔前不合認真。恨陽臺雲雨茫茫，空坐看落盡燈燼。

【羅江怨】懨懨病一春，難逢可人，泪紅遍染羅袖痕，金樽不解兩眉顰也。紅拂宵征，膽怯金蓮緊。紗厨鳳枕新，和你今夜歡娱準。

【□□□】〔二〕你爲何困騰騰晝不寢？悶懨懨宵廢眠？囀流鶯爲何聽了番成嘆〔三〕？海棠開爲何見了轉泪漣〔四〕？我和你伉儷情，天地遠。合歡意，鸞鳳聯。你爲何不肯全抛心上言？

【前腔】少年心風絮顛，偶遇着絶世姿烟花賤。急煎煎許結了同衾願，美孜孜成就了共枕歡。怎知道風波猛拆了寃家散，到如今害相思離恨天。怎能够花再發芳菲，月再圓？

【江頭金桂】可笑你情疏意淺，既相投忍弃捐。試問嬌娃何在？幾載不見？娶將來愁不便。但願處事周全，立心和善。祇怕倩風情不改，花性仍堅，復落倡狂話傳。況佳人易得，況佳人易得，何須專戀。莫遲延，不妨鳳閣諧重侣，管取鸞膠續斷弦。

【前腔】自愧當年乖舛，感伊家特見憐。若得相容重取，美意不變，你賢聲傳播遠。與他話别秦樓，歲華遷换。好似銀瓶墜井，斷綆何援〔五〕，重重悶懷難自遣。若魚沉雁杳，尋踪空遍。意常牽，長條定折他人手，麗曲知調若個筵。

校　箋

〔一〕此齣齣目，《古本戲曲叢刊二集》本題作「夢後傷懷」。

〔二〕【□□□】：底本無，《古本戲曲叢刊二集》本曲牌塗抹。據此本及下支曲句格，故補曲牌。

〔三〕囀流鶯：底本原作曲牌，據《古本戲曲叢刊二集》本改。

〔四〕海棠開：底本無，據《古本戲曲叢刊二集》本補。

〔五〕綆：底本原作「梗」，據《古本戲曲叢刊二集》本改。

賞月重逢〔一〕

【一江風】月圓時，萬里清光滿，誰在瓊樓醉？冷清清，翠減紅消，受盡淒凉味。玉露滴高枝，玉露滴高枝，金風透薄衣，風和露都做了愁人泪。

【月兒高】妝懶鬆雲髻，愁多瘦香臂。可怪清秋月，偏照孤幃内。弦斷樽空，難禁這憔悴。何時定結，定結鴛鴦對？想他燕爾新婚，不思舊人意。喜燈蕊，十分奇。倘然捶碎青樓，爇明香，謝天地。

【梁州新郎】閑雲飛盡，清蟾光滿，玉笛風聲遠。知音相遇，何妨此夜遲眠。忽見殘螢點袖〔二〕，獨鶴停階，庭院天香遍。興來翹首處，更嬋娟，一曲《霓裳》酒亂傳。（合）愁頓解，凉消汗。恍疑身在清虚殿，塵世裏幾華筵？

【前腔】斜拖絲綰，輕摇紈扇，何處玉樓仙眷？湘簾高捲，遥看寶鑒空懸。暗想當年奇遇，美景依然，眼底人俱换。水晶幽閣裏，象床閑，欲把幽懷寄素弦。（合前）

【前腔】碧澄澄水浸闌干，翠嵬嵬梧桐影轉。更金風細細，暗推歡面。莫教漏催銀箭，香冷金猊，且自耽佳晏。清光應便減〔三〕，豈長圓？酩酊須教似謫仙。（合前）

【前腔】畫堂深鼉鼓音闌，碧空遥紫簫聲婉。怪叮嗽何處，擣衣砧亂。謾道光陰易度，勛業難期，終遂男兒願。玉壺傾盡後，意無邊，欲駕蘭橈弄碧蓮。（合前）

【節節高】嫦娥永獨眠，可人憐，争如牛女年年見。銀河淺，烏鵲翩，蒼山遠。瀼瀼玉露荷盤濺，彩鴛夢裏驚相换。（合）更取瓊漿共酣歌，清凉世界更長戀。

【前腔】冰輪越皎然，正中天，歡娱不覺宵光半。綸巾岸，絺袖偏，棕鞋便。婆娑醉舞人争羡，東方衹恐陽烏换。（合前）

【尾聲】月團圓，人康健。酒杯莫放此時乾，明夜還應結醉緣。

【玉山頹】從伊别後，罷濃妝慵登翠樓。鎮日裏珠泪交流，恨茫茫幾能成就。天長地久，一點丹心依舊。（合）感謝恩深厚，萬倍難酬。願名姓，覆金甌。

【前腔】爲伊消瘦，對鶯花無時不愁。幸今朝續配鸞儔，海誓山盟，如何能負？歡容笑口，喜過初逢時候。（合前）

【玉交枝】相逢不偶，愛卿卿言和義柔。從今一洗烟花垢，兩情更喜綢繆。離鸞別鳳應解憂，雲鄉雨徑休回首。（合）把從前風月盡勾，早斷絶鶯儔燕友。

【前腔】清規願守，侍蘭房抱衾與裯。調脂弄粉誰還又，玉箏檀板都收。良緣已遂君子逑，長條免折他人手。（合前）

【尾聲】重鸞叠鳳人間有，這和氣春風難彀，方信仙郎福分優。

校　箋

〔一〕此齣齣目，《古本戲曲叢刊二集》本題作「佳期重會」。

〔二〕點：《古本戲曲叢刊二集》本作「照」。

〔三〕清光應便減：《古本戲曲叢刊二集》本作「光陰容易減」。

帝闕辭榮

【攛拍】感天恩榮登廟廊，一心望銘功鼎常。嘆世事難量，世事難量，貝錦青蠅，讒口交張。腹劍心刀，直性難防。（合）明日裏共奏君王，辭印綬返柴桑。

【前腔】誰不願衣紫腰黄，還須慮同胞中傷。況白髮高堂，白髮高堂，寂寞晨昏，菽水誰將？陟岵空思，怎解愁腸。（合前）

【賺】德重圭璋，黽勉從王分所當。從人謗，豈應解組便還鄉？細端詳，青春未合投烟莽〔一〕，聖主恩深意怎忘？情非强，此行定得親終養，免罹讒網，免罹讒網。

【前腔】聽説心忙，解翠收珠促去裝。晨鐘響，急趨金闕上封章。事難量，重瞳眷注那輕放，濟世良才惜早藏。休狂想，玉堂金馬人欽仰，此生不枉，此生不枉。

【長拍】露冷蘋江，風銛鷁舫，望楚天浩然長往。亂飛木葉，一片片醉染青霜。孤鶩逐雲翔，更斷鴻嘹嚦處，盡成惆悵。回首楓宸空自戀〔二〕，何日鳴珂夜未央？祇恐人哆侈萬千狀，且自慶高堂，春不老晝錦歸雙。

【短拍】渺渺銀帆，滔滔玉浪，暮秋天滿眼凄凉。何處是家鄉？盻盡愁雲慘霧，還隔斷萬峰千嶂。日晚行行且止，聊繫纜古驛殘陽。

【尾聲】楓林外江山一望，數聲殘角送昏黃，歸夢應隨歸路長。

校　箋

〔一〕烟：《古本戲曲叢刊二集》本作「草」。

〔二〕楓宸：底本原作「楓塵」，據《古本戲曲叢刊二集》本改。

他鄉遇故

【念奴嬌序】彤雲萬里，見天花攪亂，渾如柳絮飄零。四顧遥村，盡處是玉樹瓊樓相映。那更，斷澗銀填，長橋壁跨，四時争見此佳景。（合）須備取，肥羔美醞，同醉閑庭。

【前腔】千頃，寒江正冷，見漁翁獨釣，玉笠銀蓑孤艇。萬徑千山，何處有飛鳥行人踪影？還應，山意衝寒，梅花將放，謾勞逋叟動吟情。（合前）

【前腔】明瑩，色奪瑶屏，光摇銀海，案頭何用讀書燈？風味美，最是細擘龍團來烹。偏稱，翠閣嬋娟，銷金帳裏，淺斟低唱笑盈盈。（合前）

【前腔】堪慶，三白呈祥，萬象稱瑞，笑占南畝絶蝗螟。融液處疑是玉馬東瀛。愁聽，黄

竹哀歌，來思悲咏，陽春誰和郢中聲？（合前）

【古輪臺】玉龍争，殘鱗敗甲散滄溟。青山老盡銀尖并，園林絶勝，看翠竹蒼松，翻做三春梨杏。鶴舞鸞翔，隨風未定。見飢烏凍雀繞檐楹，低飛不競，亂紛紛斜撲窗楞。乾桑蠶食，平沙蟹走，細聲堪聽。六出巧誰能，銀河浄，馮夷剪練技偏精。

【前腔】閑評，蕭蕭沙漠嘆蘇卿。相室有萬乘來臨，恩光忒盛。匹馬藍關，撲足銀杯難騁。也有策蹇騷人，灞橋獨咏。也有朱門謁遍甑生冰，遭時不幸。山陰孤棹興堪乘。梁園游賦，何如僵卧，茅齋寂静。夜半破吴城，鵝池溟，更誇百戰不持兵。

【尾聲】東風轉，麗日升。料此際寒容消盡，衹恐飛來鬢上生。

新刻群音類選官腔卷十

千金記

《千金記》，沈采撰。沈采生平簡介見本書卷八《還帶記》條。《千金記》，今有全本傳世，現存明萬曆間金陵富春堂刻本（《古本戲曲叢刊初集》據之影印）、明萬曆間仇英繪像本、明萬曆間金陵世德堂刻本、明末汲古閣原刻初印本、汲古閣刻《六十種曲》本、明武林崇文堂刻本、清康熙五十三年（一七一四）盛紫仙抄本、清康熙間抄本、清乾隆間內府抄本、清咸同間瑞鶴山房抄本。關于《千金記》的版本，可參閱馬衍《〈千金記〉明刻本考辨》（《文獻》二〇一三年第四期）、尹麗麗《明代〈千金記〉散齣選萃考》（《名作欣賞》二〇一三年第一八期）。

仙賜書劍〔一〕

【玉芙蓉】英雄豈霸圖，四海風塵阻。嘆當今人民已遭荼苦。平時輔治先文佐，亂世成功須武屬。（合）秦失鹿，看天下共逐。先得高才〔二〕，那時方顯是捷足。

【前腔】牙籤已萬軸，空貯圖書府。聖賢言留書贈劍完玉〔三〕。先王道德修文譜，功業須成取效服〔四〕。（合前）

【前腔】青鋒劍可磨，古史書堪讀。愧鯫生何能受君成玉〔五〕。倘一朝際會身沾禄，萬感難忘當報復。（合前）

校　箋

〔一〕此齣齣目，《六十種曲》本題作「遇仙」。

〔二〕先：富春堂刻本、《六十種曲》本作「選」。

〔三〕聖賢言留書贈劍完玉：富春堂刻本、《六十種曲》本作「聖賢言無非是錦綉粱肉」。

〔四〕效服：富春堂刻本、《六十種曲》本作「效速」。

〔五〕成玉：富春堂刻本、《六十種曲》本作「誠篤」。

受辱胯下〔一〕

【錦纏道】把英雄，盡付與淮河水流，髪竪睜雙眸，禍來時平地無由〔二〕。俺自有翅排雲氣克斗牛〔三〕，怎肯與他年少成仇〔四〕？今日裏且含羞，俺胸中有森羅甲胄。從龍奮九州，管教他在車前伏首，記男兒談笑覓封侯。

校箋

〔一〕此齣齣目，《六十種曲》本題作「受辱」，其套曲爲【窣地錦】二、【剔銀燈】三、【尾聲】一、【錦纏道】一。此選原題作【錦纏頭】，實即【錦纏道】，因詞牌【錦纏道】一名【錦纏頭】，據改；《吴歈萃雅》本、《南音三籟》本題作「豪嘆」。

〔二〕平白：底本原作「平地」，據富春堂刻本、《六十種曲》本、《吴歈萃雅》本、《南北詞廣韵選》本、《南音三籟》本改。

〔三〕俺自有翅：富春堂刻本、《六十種曲》本、《南北詞廣韵選》本作「我自志」，《吴歈萃雅》本、《南音三籟》本作「我自有志」。

〔四〕年少：富春堂刻本、《六十種曲》本、《吴歈萃雅》本、《南北詞廣韵選》本、《南音三籟》本作「惡少」。

夫妻分别〔一〕

【玉交枝】胸中豪氣，藴奇才何嘗比試？近聞得楚國招賢，文和武總歸如市。封侯萬里丈夫期，揚名四海男兒志。（合）甚日得榮歸故里，須有日榮歸故里。

【前腔】官人留意，論功名難容阻滯。愁衹愁眼下飢寒，衣和食怎生區處？絲麻夜績抵晨炊，蠶桑早辦充寒計。（合前）

【憶多嬌】學已精，須顯名，時來不出辜此生，一劍横磨要使天下平。（合）掩袂傷情，掩袂傷情，滿眼滂沱淚零。

【前腔】君遠行，妾轉驚，夫妻恩重別離輕，休戀天涯使我愁悶縈。（合前）

【鬥寶蟾】非薄幸，你且不須淚零。雪恥圖王，韜略有成。我不思身貴顯，妻封贈，怎捨得分飛離鄉背井。（合）叮嚀，須聽牽衣説誓盟。富貴回來，富貴回來，休忘此情。

【前腔】難留戀，一旦君今此行。遠道風霜，干戈戰爭。奴衹慮衣食缺，漸經營，君向驅馳跋涉，山程水程。（合前）

【不是路】聽得悲聲，必是從軍事遠行。你妻孤另，郎君此去門户有誰撑？告娘聽，卑人此別成孤另〔二〕，陪伴還須母子情。我這桑榆晚景，百年難保身和命。不須謙遜，不須謙遜。

【皂角兒】〔三〕嘆郎君匆匆遠行，恨家貧一無相贈。我孩兒遠去從軍，到如今死生難準。可留心，通一信，汝功名，必唾手，不須愁悶。君還榮幸，即便轉程。錦衣榮，印懸肘後，有斗大黃金。

【前腔】也不愁家業亂零，也不愁鏡鸞分影。恐君家畫虎不成，反做了一場笑哂。論人生，取功名，求富貴，榮宗祖，豈是僥幸？ 前緣分定，不須苦縈。總不如守衡門，虀鹽樂道，際會風雲。

【尾聲】一朝拆散鸞凰影，願此去風塵掃盡，衣錦還鄉把家筵再整。

校　箋

〔一〕此齣齣目，《六十種曲》本題作「宵征」，《樂府紅珊》本題作「韓信別妻從軍」。

〔二〕卑人：底本原作「荆妻」，據富春堂刻本、《六十種曲》本、《樂府紅珊》本改。

〔三〕【皂角兒】兩支和【尾聲】，富春堂刻本、《樂府紅珊》本爲【一封書】三支、【鷓鴣天】一支，寫吃酒送別，較《群音類選》所寫更家常、通俗。

鴻門會宴〔一〕

【畫眉序】設宴割鴻溝，各守邊疆免爲仇。笑亡秦失鹿，是誰先收〔二〕。蓋世勇力拔山垢，圖霸業易如唾手。（合）離鄉久，富貴若不還鄉，如着錦衣夜游。

【前腔】蒙佑，恩德難酬，鴻溝自割，諸侯共約無謬〔三〕。不食盟言〔四〕，方顯得大王仁厚。愧不才量不如升，又不如斗，不敢謙讓辭酒。從今後楚漢二國無爭鬥，免使黎民結寇仇。（合前）

【僥僥令】太阿初出匣，寒光射斗牛。殺氣騰騰鋒芒吼，唬得沛公心，不自由。

【前腔】玉山頹倒後，告免出郊游。這回得脱金蟬殼，方顯得漢張良，神計謀。

【尾聲】拆破玉籠飛彩鳳，頓開金鎖走蛟龍，亞父空使機謀事不偶。

校　箋

〔一〕此齣齣目，《六十種曲》本題作「會宴」。

〔二〕誰：富春堂刻本、《六十種曲》本作「吾」。

〔三〕侯：底本無，據富春堂刻本、《六十種曲》本補。

〔四〕食：底本原作「失」，據富春堂刻本、《六十種曲》本改。

霸王夜宴〔一〕

【香柳娘】捧金杯在手，捧金杯在手，向前爲壽，一傾須用三百斗〔二〕。要追歡遣愁，要追歡遣愁，取次奏箜篌，殷勤捲紅袖。（合）暫卸甲解胄，暫卸甲解胄，秉燭夜游，絶勝清晝。

【前腔】正交歡未休，正交歡未休，紅裙進酒，聽鷓鴣纔唱眉先皺。我豈區區楚囚，豈區區楚囚，我偷眼覷吴鈎，料敵人死吾手〔三〕。（合前）

【前腔】把花枝當酒籌，把花枝當酒籌，香沾羅袖，舞腰柔似風前柳。且及時獻酬，且及時獻酬，歲月疾如流，百年一回首。（合前）

【前腔】把夜宴且收，把夜宴且收，歡娱良久〔四〕，聽樵樓幾點傳更漏。愛清宵景幽，愛清宵景幽，碧月照金甌，銀河璨珠斗。（合前）

【漿水令】任金烏崑崙倦飛，喜銀蟾海嶠漸離。輕敲檀板翠眉低，酒翻玉液，錦袖淋漓。軍中宴，真奇會，羆熊擺列風雲隊。相隨趁，相隨趁，紛紛似蟻。轅門外，轅門外，畫鼓轟雷。

【尾聲】催歸一派笙歌沸，勝似洞天福地，明朝重排筵席。

校　箋

〔一〕此齣齣目，《六十種曲》本題作「夜宴」，《歌林拾翠》本題作「楚營夜宴」，《樂府紅珊》本題作「楚霸王軍中夜宴」，《摘錦奇音》本題作「楚王營中夜宴」，《大明天下春》本題作「楚王夜宴」，《堯天樂》本題作「咸陽夜宴」。按：《摘錦奇音》、《堯天樂》是公認的弋陽腔、青陽腔選本，皆選有此齣，雖有個別異文，可知此齣亦可用弋陽腔、青陽腔演出，且很受觀衆歡迎。

〔二〕一傾須用：富春堂刻本作「一飲須傾」，《堯天樂》本、《樂府紅珊》本、《摘錦奇音》本作「一傾須盡」。

〔三〕料敵人死吾手：《大明天下春》本、《堯天樂》本、《歌林拾翠》本、《摘錦奇音》本作「料他人死吾手」；富春堂刻本、《六十種曲》本、《樂府紅珊》本作「料他人喪吾手」。

〔四〕歡娱良久：《六十種曲》本、《歌林拾翠》本、《樂府紅珊》本、《摘錦奇音》本作「來朝進酒」，《堯天樂》本作「來朝進取」。

虞姬自刎〔一〕

【泣顔回】霸業已成灰，論英雄蓋世無敵。時遭折挫，如今枉自遲疑。心中自思，恨當初早不聽鴻門計。把孤身冒敵當鋒，時不利豈知今日。

【青天歌】〔二〕金鼓要分明，金鼓要分明。人望旌旗，馬聽鑼聲。把都每，把都每，勢擺個合羅陣。

【前腔】一鼓便興師，二鼓往前征。鼓擂三通，炮發連聲。把都每，把都每，勢擺個黄龍陣。

【前腔】頭戴茜紅纓，頭帶茜紅纓。挽上强弓，箭發流星。把都每，把都每，勢擺個分銜陣。

【前腔】前隊兩邊分〔三〕，前隊兩邊分。中隊盤桓，後隊絶奔〔四〕。把都每，把都每，勢擺個常山陣。

【泣顔回】腰間仗劍吐虹霓，空自有拔山之力〔五〕。天亡吾楚，看看食盡兵疲。歌聲四起，楚歌聲吹散了三軍隊。（合）〔六〕我和伊難捨分離，禁不住兩行珠泪。

【前腔】嫁鷄怎不逐鷄飛，交妾身如何存濟？心灰腸斷，雲山翠壓愁眉。聽喧天鼓鼙，漢軍來四下裏重圍閉。（合前）

【不是路】垓下重圍，帳裏將軍知也未？你爲何的，四下騰騰横殺氣？英雄志，當初指望造洪基，如今一旦成虚費。你不須疑，將你三尺青鋒與我先刎死，我就把青鋒劍與伊。粉消玉碎，粉消玉碎。

【撲燈蛾】可憐一婦人，可憐一婦人，激烈男兒志。甘自把身軀，喪吾龍泉劍也。魄散魂飛，好教人一身無計。到如今怎生區處？衹愁漢兵又來至。

【前腔】告大王，你不須遲滯。況軍情緊急，須迴避去也。將伊首級來馬上懸之，願生死同歸一處。管教先登青史，留取個美名兒。

【尾聲】仰天大哭長吁氣，四望山河難料理，可惜虞姬先刎死。

校　箋

〔一〕此齣齣目，《六十種曲》本、《醉怡情》本題作「别姬」。《醉怡情》本與《群音類選》本異文較多。

〔二〕【青天歌】：底本原作「【錦上花】」，據富春堂刻本、《六十種曲》本、《醉怡情》本、吴梅《南詞簡譜》改。吴梅《南詞簡譜》有【青天歌】，例曲用此處第四支【錦上花】，并釋稱：「此曲舊譜皆作【錦上花】又一體，惟《大成譜》辨之最詳，其云沈譜誤作【錦上花】，實則不獨沈譜誤也。」

〔三〕隊：底本原作「陣」，據富春堂刻本、《六十種曲》本、《醉怡情》本、吴梅《南詞簡譜》改。

〔四〕絶：底本原作「追」，據富春堂刻本、《六十種曲》本、《醉怡情》本、吴梅《南詞簡譜》改。

〔五〕空自有拔山之力：底本無，據富春堂刻本、《六十種曲》本補。

〔六〕（合）：底本無，據《六十種曲》本和下文補。

羽刎烏江[一]

【玉交枝】奇才大用，苦天亡今朝計窮。縱江東父老相憐，有何顔與他承奉[二]？（合）八千子弟盡成空，幾年霸業如春夢，聽説罷教人氣衝。

【前腔】大王自重，這江東尤堪建封[三]。况居民鷄犬相聞，養鋒芒待時鼓動[四]。（合前）

【前腔】聞之心痛[五]，我何顔重興霸功？嘆英雄瓦解誰扶，到頭來自慚何用。（合前）

【尾聲】從來寡不能敵衆，萬顆驪珠泪泣紅，恨不得圖王正考終。

校箋

〔一〕此齣齣目，《六十種曲》本題作「滅項」。

〔二〕與：富春堂刻本、《六十種曲》本作「見」。

〔三〕建封：富春堂刻本、《六十種曲》本作「建功」。

〔四〕鼓：富春堂刻本、《六十種曲》本作「而」。

〔五〕之：底本原作「知」，據富春堂刻本、《六十種曲》本改。

報信淮陰〔一〕

【大聖樂】昨宵門掩清幽，獨對銀釭冷泪流。魚沉雁杳音書遠，空去馬斷歸舟。試看關山萬叠無窮恨，江海雖深有限愁。（合）展轉傷懷抱也，嘆當初悔教夫婿覓封侯。

【前腔】勸孩兒休皺眉頭，紅潤鮫綃把泪收。人生聚散如雲鳥，相見處效綢繆。辜負了桃嬌嫩柳三春景，捱過了菊老荷枯幾度秋。（合前）

【不是路】途路悠悠，特到淮陰古郡州。是何人？徑入咱每有甚求？聽因由，韓將齊王口信投，他恩賜還鄉掃墓丘。既如此，且停留，茶飯薄禮權生受。恐稽時候，恐稽時候。

【掉角兒】嘆當初陋巷窮愁，向淮陰被人僝僽。嘆天涯五載羈留〔二〕，喜功名果然成就。做高官，騎駿馬，衣輕裘，繫玉帶，怎生消受？（合）貧須自守，富非强求。想人生時來早晚，似水流舟〔三〕。

【前腔】再不須探望耽憂，再不恨幾年迤逗。再不必長吁短嘆，再不把泪痕揾透。整花鈿，梳雲髻，解同心，還合浦，兩情依舊。（合前）

【尾聲】堂開晝錦歸來後，美滿生春百事有，受過淒涼一筆勾。

校　箋

〔一〕此齣齣目，《六十種曲》本題作「通報」。

〔二〕嘆：底本原作「繞」，據富春堂刻本、《六十種曲》本改。

〔三〕流舟：底本原作「周流」，據富春堂刻本、《六十種曲》本改。

投筆記

《投筆記》，華山居士撰。華山居士，姓、名、里居、生平均不詳。知所撰傳奇有《投筆記》一種。《投筆記》，今有全本傳世，現存明萬曆三十八年（一六一〇）三槐堂刻本、萬曆間存誠堂刻本（《古本戲曲叢刊初集》據之影印）、明陳氏繼志齋刻本、一九二四年番禺許之衡環翠樓抄校本。

班超慶壽〔一〕

【錦堂月】凍解銀塘，風和綺陌，蓂莢小庭初長。柳媚花明，人堪對景持觴。喜天南寶婺星祥，祝堂北萱花無恙。（合）相酬唱，但願鶴算龜齡，地久天長。

【前腔】華堂，絳蠟垂光，金爐散彩，琴瑟正協宮商。祇怕中饋無能，甘心願守糟糠。喜

庭幃愛日融和，願連理春風和暢。（合前）

【前腔】祈祥，萬壽無疆，一家有慶，還誇操比松篁。一脉書香，撐持幸有賢郎。早飛騰萬里鵬程，快奮躍三春桃浪。（合前）

【前腔】門墻，清白流芳，簪纓繼世，一從鏡破鸞翔。舉目凄凉，惟存節勵冰霜。慮桑榆景逼西山，羡蘭玉春榮閭巷。（合前）

【醉翁子】惆悵，守困苦事親無禄養。效負米肩薪，當勉强[二]。聽講，喜伉儷年芳，同醉舞班衣晝錦堂[三]。（合）花前賞，願歲歲年年，笑歌酬唱。

【前腔】端想，吾老矣貧無所望。惟教子希圖，異日封章。瞻仰，及早飛黄騰踏[四]，莫作終身田舍郎。（合前）

【僥僥令】花間翻蝶板，柳外奏鶯簧。花柳年年皆一樣，人貌年年增感傷[五]。

【前腔】笑喧珠玉燦[六]，歌舞彩衣揚。衹見玉女吹笙仙童唱，月轉闌干上海棠。

【尾聲】看花醉月休悒怏[七]，且把情懷舒暢，衹怕明日花飛春去忙。

校箋

〔一〕此齣齣目，存誠堂刻本、繼志齋刻本題作「持觴慶壽」，《樂府紅珊》本題作「班定遠慶母壽」。

〔二〕當勉强：存誠堂刻本、繼志齋刻本、《樂府紅珊》本作「自當勉强」。

〔三〕醉舞班衣：存誠堂刻本、繼志齋刻本、《樂府紅珊》本作「舞斑衣」。

〔四〕飛黄騰踏：存誠堂刻本、繼志齋刻本作「騰踏飛黄」。

〔五〕年年：存誠堂刻本、繼志齋刻本作「春來」，《樂府紅珊》本作「春花」。

〔六〕喧：存誠堂刻本、繼志齋刻本、《樂府紅珊》本作「談」。

〔七〕看花：存誠堂刻本、繼志齋刻本、《樂府紅珊》本作「坐花」。

班超投筆〔一〕

【解三醒】念當今赤符受命，適中興陽運方亨。漢家制度强軍政，措天下致隆平。屯田此日懷充國，前席何時召賈生。還思省，總中原擾攘〔二〕，有志澄清。

【前腔】雖則是大塊于人分已定，怎知道不得其平物自鳴。若還此身無由進，當抱璞泣明庭。焉知司馬能題柱，當效終軍自請纓。還思省，兀的是筆鋒誤我，我誤前程。

【太師引】細評論，毛穎枉自烟霏霧騰。欲倚文場較勝，何曾夢裏花生。欲一掃千軍俱盡，難展我胸中耿耿。從今須信穎兔無靈，便索恃他無處立功名。

【八聲甘州】〔三〕寒胎餓影，笑窮酸終是劣相薄命。身雖貧困，吾道相時當亨。羊質虎皮虚負名，鼯鼠黔驢技未精。試聽，鷗飛爲主不忘情。

【前腔】胸中醉六經，棟梁材休覷作浪花浮梗。乞食韓信，親滌器可羨長卿。古人未際皆迫窘，豈羨洛陽田二頃。畢竟，有志者事豈無成。

【前腔】恩東怒暫停，古人言絶交不出惡聲。摇唇鼓舌，出言話好不三省〔四〕。堪嘲野狐假虎形，應笑山鷄與鳳争。可哂，醜婦效顰人自憎。

【前腔】冥鴻羽翼輕，駕扶摇直上九萬鵬程。不鳴則已，一鳴頓使人驚。祗怕你青雲渺漫無路登，露冷風寒落羽翎。與我打出去〔五〕，莫滯公庭。

【尾聲】笑駑駘出言不遜，論黄數白不堪聽。逐出吾廬，再不放他門下行。

校　箋

〔一〕此齣齣目，存誠堂刻本、繼志齋刻本題作「投筆空回」，《堯天樂》本題作「班仲升奮志投筆」。

〔二〕原：存誠堂刻本、繼志齋刻本無此字。

〔三〕【八聲甘州歌】：底本原作「【八聲甘州歌】」，據存誠堂刻本、繼志齋刻本、《堯天樂》本改。

〔四〕言話：存誠堂刻本、繼志齋刻本作「言語」。

〔五〕與我打出去：存誠堂刻本、繼志齋刻本、《堯天樂》本此句前有「可恨」二字。

桑園勸夫〔一〕

【步步嬌】滿地風飄梨花雪，衣薄寒猶怯。清晨微雨歇，露潤苔封，徑滑金蓮折。對景自傷嗟，南園緑草飛蝴蝶。

【懶畫眉】殘紅點點濕綾波，古木陰陰翳女蘿，野禽枝上怨聲多。總然歲歉遭飢餓，肯把閑愁付鳥歌。

【前腔】從來女織事桑麻，古道佳人薄命多，幾番臨鏡怨嫦娥。猛然玉箸風前墮，蠶婦衣衫乏綺羅。

【前腔】不能攀龍附鳳佩鳴珂，到效牧豕乘牛扣角歌，胸中志氣未消磨。功名若也成虛話，辜負慈母三遷教孟軻。

【前腔】衹道東鄰少女唱茶歌，原來是擲柳鶯聲弄錦梭，一年春事已蹉跎。交交虛度光陰過〔二〕，不管百歲人生老去何。

【孝順歌】黄和紫，本是同此柯，葉先養蠶爲綺羅。黄者味如何，酸澀還如我。紫當比他，雖則甘佳，尚不能濟人飢餓。這酸可比鹽梅，有日鼎羹堪和。

【前腔】我身勞瘁，他心太多，嘆家貧不能承奉婆。緩步到林坡，采蕨充飢餓，也是無如奈何。他今日不敷〔三〕，反説清寧之話。我不如弃置黄泉，方道是妻賢無禍。

【前腔】違親去，一月過，自慚桂玉無措何。彈鋏過豪家，無魚攬非禍，多因命途坎坷。今日投筆歸來，見母應難回話。一似乞祭齊人，早被妻孥瞧破。

【前腔】休垂泪，莫怨嗟，嘗聞古人多折挫。賈誼屈長沙，淮陰受人胯，當效自乾面唾。你看范叔高明，也曾罪歸須賈。管仲三敗歸來，有日一匡天下。

【鎖南枝】胸次擅才華，功名路不賒。早見鯤騰魚化，衣錦歸來，榮閭里名揚播。親所悦，人所誇；方信道，偉丈夫〔四〕。

【尾聲】丈夫有泪空偷墮，此際青衫濕更多，時運不齊奈若何。

校　箋

〔一〕此齣齣目，存誠堂刻本題作「采椹奉姑」，繼志齋刻本題作「采椹供姑」，《樂府紅珊》本題作「鄧二娘桑林激夫」，《玉谷新簧》本題作「二娘激夫」。

〔二〕交交：存誠堂刻本、繼志齋刻本、《玉谷新簧》本作「鶯語交交」。

〔三〕他今日不敷：存誠堂刻本、《玉谷新簧》本作「他今日甘旨不敷」。

〔四〕方信道偉丈夫：存誠堂刻本作「方信是偉丈夫有聲價」，《樂府紅珊》本作「方顯得偉丈夫有聲價」，《玉谷新簧》本作「方顯偉丈夫有聲價」。

指引前程〔一〕

【駐馬聽】冰鑒丰標〔二〕，奇狀堂堂骨格高。可羡你伏犀貫頂，兩耳垂肩，氣概英豪。眉峰高聳利雙刀，虎頭燕頷非凡貌。必掛緑緋袍〔三〕，封侯萬里，前程不小。

【前腔】浪迹萍飄，碌碌浮生嘆苦勞。篤志寒窗十載，漁獵經書，繼晷焚膏。釜魚塵甑受寂寥，虀鹽藜藿甘清薄。一似魚困梁濠，望先生藻鑒，何時榮耀。

【鬥黑麻】遠大前程，今難盡説，蓋世功名，終無挫跌。聖天子，選豪杰。冀北群空，乘時早出。（合）男兒事業，必當立大節。肯守犁鋤，肯守犁鋤，虚延歲月。

【前腔】自恨淹留，才疲志劣，幸遇高明，把我前程剖決。從今去，志昂烈。獻策金門，還期大捷。（合前）

校　簽

〔一〕此齣齣目，存誠堂刻本題作「往山問相」，繼志齋刻本題作「華山相問」。

〔二〕丰標：底本原作「風標」，據存誠堂刻本、繼志齋刻本改。

〔三〕 緑：存誠堂刻本、繼志齋刻本無此字。

别母求試〔一〕

【黄鶯兒】花落怨啼鵑，嘆桑榆暮景懸，家貧采椹充朝膳。時乖運蹇，物殊味鮮。怎能勾酸虀香甜轉。苦飢寒，朝憂暮怨，難度這荒年。

【前腔】貧未爨朝烟，效烹葵薦野鮮，自慚茹淡添姑怨。心事幾般，愁腸萬千，背將泪界殘妝面。免憂煎，還須自遣，强度這荒年。

【園林好】從今日兒離母前，待不去飢寒怎免。祇慮西山景短，空泪灑北堂萱，空泪灑北堂萱。

【前腔】憶疇昔蚤失所天，守孤貧忘餐廢眠。課兒郎希圖貴顯，望榮禄養終年，望榮禄養終年。

【前腔】喜科場正發少年，你胸中文兼武全。須望鷹揚鶚薦，鰲頭上早争先，鰲頭上早争先。

【江兒水】無限心中事，不盡言。伏雌烹却鷄爲餞，須記得糟糠情繾綣。休戀富貴忘貧賤，祇落得一聲長嘆。（合）水遠山長，未卜何時相見。

【前腔】臨別非無泪，心自酸。吞聲未語腸先斷，痛煞煞祇恐萱親念。冷清清難免佳人怨，此際離情無限。（合前）

【前腔】所爲功名事，休泪漣。名成利就，祇願早疏辭金殿〔二〕，舉頭須念春暉短。倚門頻望長安遠，祇怕鱗鴻音斷。（合前）

【玉交枝】不須留戀，且收拾行裝半肩。家貧母老當留念，倘欠缺吾自斡旋。相親賴依徐母賢，功名早遂班郎願。（合）莫令人望得眼穿，不由人心不慘然。

【前腔】休得哀怨，我萱親今當老年。晨昏代吾供調膳〔三〕，井臼勞切莫辭勞倦。婦事舅姑理當然，兒須念母休游遠。（合前）

【川撥棹】程途畔，倘逢人附寸箋。又不可露宿風眠，又不可露宿風眠，渴飲飢餐宜保全。（合）這愁懷有萬千〔四〕，這愁懷有萬千。

【前腔】子道親情事未全，又被功名一綫牽。倘一日出使三邊，倘一日出使三邊，萬里瞻雲各一天。（合前）

【尾聲】叮嚀話別辭家眷，一曲驪歌各泪漣，須望你駟馬高車返故園。

校　箋

〔一〕此齣齣目，存誠堂刻本、《詞林一枝》本題作「命子求名」，繼志齋刻本題作「辭母求官」，《樂府紅珊》本題作「班仲升别母應募」，《樂府菁華》本、《樂府萬象新》本題作「班超别母求名」，《玉谷新簧》本題作「班超别母」，《堯天樂》本題作「仲升别親應募」。《詞林一枝》本、《堯天樂》本與《群音類選》本迥異。

〔二〕名成利就祇願早疏辭金殿：《樂府菁華》本、《樂府紅珊》本、《玉谷新簧》本作「名成早疏辭金殿」。

〔三〕膳：底本原作「贍」，據存誠堂刻本、《樂府菁華》本、《樂府紅珊》本、《玉谷新簧》本、《樂府萬象新》本改。

〔四〕愁懷：存誠堂刻本、《樂府紅珊》本、《玉谷新簧》本、《樂府萬象新》本作「離愁」。下同。

班超中選〔一〕

【摧拍】覷英姿氣壓萬雄〔二〕，非行伍披堅類同。料大任可充〔三〕，大任可充，金符耀日，烏集生風。渭水非熊，青海神龍。（合）使絶域去立邊功，清海宇靖羌戎。

【前腔】興炎祚赤心秉忠，持大節禦侮折衝。蓄鋭養鋒，蓄鋭養鋒，合縱連横，遠近交攻。萬里清寧，警絶狼烽。（合前）

【前腔】念儒臣不習武功，憑筆舌盡瘁鞠躬。身猶轉蓬，身猶轉蓬，深入不毛，持節觀風。説甚麽易水生寒，日貫長虹。（合前）

【一撮棹】披金鎧，安排上鐵驄。去邊城外歷霜風。西夷遠，梯航料可相通。燕然石勒，奏捷元功。落落羌夷種，臣妾皆入貢。他日裏，談笑覓侯封。

【尾聲】從今感戴君恩重，直教劍倚崆峒，須信天山早掛弓。

校　箋

〔一〕此齣齣目，存誠堂刻本、繼志齋刻本題作「談兵見用」。

〔二〕覷：存誠堂刻本、繼志齋刻本作「覰」。

〔三〕料：存誠堂刻本、繼志齋刻本作「你」。

班超出使〔一〕

【朝元歌】山城早行，薄霧迷樵徑；邊城遠行，殘月隨人影。曙色朦朧，雲林破暝，回首顧瞻鄉井。渺隔雲層，高堂舞衣今漸冷。林壑鷓鴣鳴，偏傷游子情。（合）西夷外境，何日狼烟寧静。

【前腔】當日遥傳王命，趣裝事遠征，持節請長纓。虎窟龍潭，不辭馳騁。會看西夷繫頸，瀚海澄清，須教燕然勒石銘。腰下有青萍，幕南空虜庭。（合前）

【前腔】多少窮崖峻嶺，攀緣不暫停，車驟馬流星。暮宿晨征，飢餐渴飲。堪嘆行踪不定，一似浪捲浮萍，微軀付諸一芥輕。何暇濯塵纓，空聞流水聲。（合前）

【前腔】遥指玉關隱隱，烟迷塞草青，雲鎖漢長城。羽檄交馳，胡笳悲哽。我是皇華天使〔二〕，怎敢偷生，嬰鋒冒刃萬里行〔三〕。雕鶻亂屯營，豺狼當道横。（合前）

校　箋

〔一〕此齣齣目，存誠堂刻本、繼志齋刻本題作「遠征西域」，《月露音》本題作「出使」。

〔二〕天：存誠堂刻本、繼志齋刻本無此字。

〔三〕嬰鋒：存誠堂刻本、繼志齋刻本作「當鋒」。

姑媳憶超〔一〕

【三犯傍妝臺】無語倚南樓，湘簾高捲控金鈎。啼痕點點沾羅袖，離愁種種上眉頭。你思親早把封書奏，我憶子空牽萬里憂。從他去後，望穿兩眸，傷春未已又悲秋。

【前腔】鳳簫聲絶彩雲收，畫眉人去鏡鸞羞。春山蹙損庭前柳，丁香時結雨中愁。天涯渺漠無魚雁，閨閣徒勞望斗牛。從他去後，望穿兩眸，悔教夫壻覓封侯。

【下山虎】去時春暮，花落鶯愁，記折長亭柳，送兒遠游。那堪光景如流，回首杜若芳洲〔二〕，屈指西風又到秋。非我心孔疚〔三〕，衹慮桑榆景易收。但願功名就，慎勿淹留，當念高堂人白頭。

【前腔】金壺應節，銀箭傳秋〔四〕，明月穿窗牖，漏添幾籌。又聽得蛩語亂啾啾，砧杵韵悠悠，慘淡寒燈相向愁。别後添憔瘦，争怕姑知語復休。不敢將眉皺，衹得背偷泪流，腸斷湘江欲盡頭。

【小桃紅】寶爐烟透，金錢暗投。此卦名《大有》，剛來又柔。心下轉煩憂，把爻象再搜求也。須見單上單，拆上拆，仔細明休咎也。外象三爻多逗遛，再變天風《姤》。《豫》利建侯，未有音書出隴頭。

【尾聲】月光轉過亭前柳，風静簾閑夜更幽，不覺梧桐露滴秋。

校箋

〔一〕此齣齣目，存誠堂刻本、繼志齋刻本題作「母妻問卜」，《樂府菁華》本題作「姑媳金錢問卜」，《樂府紅珊》本題作「班超母妻憶卜」，《賽徵歌集》本題作「南樓問卜」，《樂府珊珊集》本題作「南樓憶子」。

〔二〕芳洲：存誠堂刻本、《樂府菁華》本、《樂府紅珊》本、《賽徵歌集》本、《樂府珊珊集》本作「滿洲」。

〔三〕孔疚：底本原作「恐疚」，據存誠堂刻本、《樂府菁華》本、《樂府紅珊》本、《賽徵歌集》本、《樂府珊珊集》本改。

〔四〕傳：底本原作「纏」，據存誠堂刻本、《樂府紅珊》本、《賽徵歌集》本、《樂府珊珊集》本改。

超明遠邑〔一〕

【泣顏回】萬里静風烟，一輪月到中天。清虚宫殿，是何人推轉玉盤。珠簾暮捲，浸闌干十二清光滿。看扶疏桂影孤妍，那嫦娥偏愛青年。

【前腔】戍樓高處不勝寒，泠泠露濺青氈。肌生銀粟，非因酒力微淺。悲思故園，念孤幃此夜有佳人怨。見烏鵲飛繞南枝，空目斷萬里遥天。

【古輪臺】剔團圞，清光堪掬又堪憐。浪翻銀屋如鋪練，金波舒捲。見玉鏡高懸，感天上月有缺圓。邊塞征人，獨瞻銀漢，斥妖蟆休蔽眼眸前。危欄繞遍，問嫦娥何獨孤眠？廣寒宫裏，一般清冷，有誰爲伴？長夜更如年，當消遣，陰晴明夜總難言。

【前腔】嬋娟，何事偏向别離圓。念枕戈將卒栖邊，嘆家鄉遥遠。歲月遷延，盼寒衣雁阻天邊。望關山干戈未偃〔二〕，異國今夕是何年？西堂夢斷，冷班衣游子何堪〔三〕。胡笳凄慘，羌管悲咽，銀河清淺。星斗墜寒漣，千頃琉璃碾，夜深風露濕貂蟬。

【尾聲】此生此夜不常見，明月明年何地看〔四〕？幾處凄凉幾處歡。

校箋

〔一〕此齣齣目，存誠堂刻本題作「賞月辭婚」，斷志齋刻本題作「西邦酹月」，《樂府菁華》本題作「班超夷地中秋」，《玉谷新簧》本題作「班超西域賞月」，《摘錦奇音》本題作「班超夷地賞月」，《賽徵歌集》本題作「夷邦酬月」，《詞林一枝》本題作「西域賞月」，《堯天樂》本題作「班仲升西域賞月」，《詞林白雪》本、《吴歈萃雅》本、《月露音》本、《南音三籟》本、《詞林逸響》本題作「酬月」。

〔二〕關山干戈：底本原作「干戈關山」，據存誠堂刻本、斷志齋刻本、《詞林一枝》本、《堯天樂》本、《樂府菁華》本、《詞林白雪》本、《玉谷新簧》本、《月露音》本、《賽徵歌集》本改。

〔三〕冷：底本無，據存誠堂刻本、斷志齋刻本、《詞林一枝》本、《堯天樂》本、《詞林白雪》本、《玉谷新簧》本、《摘錦奇音》本、《吴歈萃雅》本、《月露音》本、《賽徵歌集》本、《南音三籟》本、《詞林逸響》本補。

〔四〕明月：底本原作「明日」，據存誠堂刻本、《堯天樂》本、《樂府菁華》本、《玉谷新簧》本改。

超家被難〔一〕

【山坡羊】風颸颸窗欞紙壞，影蕭蕭庭梧葉敗，冷清清薄羅體怯，悶懨懨妝面啼痕界。睹鏡臺，塵蒙鸞鏡埋。合歡被冷休鋪蓋，寂寞蘭房生翠苔。難排，腸斷憑欄日幾回；裙釵，對泣西風怨命乖〔二〕。

【前腔】歲荒荒一錢難貸，形碌碌晨昏匪懈，一絲絲忽然斷機，亂茸茸費盡工夫解。這丈匹，織成難剪裁。不能綉個鴛鴦彩，總製寒衣倩誰寄邊塞？傷懷，一寸心一寸灰；愁懷，一種開又是一種來。

【前腔】恨悠悠身無倚賴，泪潺潺不勝沾灑，眼睁睁望孩兒欲穿，愁蹙蹙難展雙眉黛。老瘦骸，難禁苦病催。晨昏感你相看待，未審孩兒何日回。徘徊，望斷衡陽無雁來；疑猜，靈鵲音乖鴉噪槐。

【前腔】遠迢迢人游天外，急煎煎姑愁無奈，日寥寥自甘淡薄，意遑遑奉母無鮭菜。夫未回，憂煩自遣排。家貧匱乏奴布擺，阿母須當襟抱開。吾儕，竭力承顔理所該；堪哀，母爲思兒骨似柴。

【香柳娘】聽秋聲竦然，聽秋聲竦然，兀的是窗鳴虛籟，斜陽犬吠籬門外。想是何人到來，是何人到來，心下致疑猜，聆音好驚怪。聽他言，我是官司有差，非干閑揣。

【前腔】念吾家業儒，念吾家業儒，世傳清白，臣忠子孝無他罪。又何必拒推，又何必拒推，及早把門開，開門好相待。你賢郎在遠塞，你賢郎在遠塞，有書寄回，特來傳拜。

【孝順枝】〔三〕悶似縷，愁如海，止不住淋漓泪滿腮。你爲王命赴邊陲，空教人倚門待。怎堤防蕭墻禍來，你却忘了菽水承歡，膝前舞彩。好一似泛泛浮鷗，浪迹天涯外。路遠遥，音阻乖。怨孩兒，滯邊塞。

【前腔】家破壞，并無金與帛，煢煢兩口無依賴。姑老望憐哀，難禁這狼狽。你且略疏悶懷，今日便到官司，諒無深罪。他總忘却枕畔之人，豈不念親還在。路遥遠，音信乖。怨夫身，滯邊塞。

校　箋

〔一〕此齣齣目，存誠堂刻本、繼志齋刻本題作「忠良受害」。

〔二〕對泣：底本原作「泣對」，據存誠堂刻本、繼志齋刻本改。

〔三〕【孝順枝】：底本原作「【孝順歌】」，據曲譜改。

幹保超家〔一〕

【園林好】班孟堅心通道學，班仲升有文才武略。我一門素敦忠孝，問那蕭何律犯着那一條〔二〕？

【前腔】息雷霆聽奴訴告，念吾姑病軀潦倒。我丈夫苟違名教，寧將妾赴法曹，寧將妾赴法曹。

【前腔】你孩兒臣事外朝，奉聖旨依律議招。他當初把人譏誚，可不羞殺了那班超，羞殺了那班超。

【前腔】念吾儕欲全友道，把仲升家屬領保。他若有分毫差謬，我情願戮都市謝皇朝，戮都市謝皇朝。

【江兒水】吾奉君王詔，怎將他罪饒。你孩兒犯法違條教，從今不管尊和少，一家遠戍沙場草。枉有皇家官誥〔三〕，青史班班，却被後人遺笑。

【前腔】祇爲孩兒不肖，貽累娘受惱。他鄉真僞無音耗，班超果是降胡了，粉身碎骨何須道。伏望垂恩聽告，自古仁人，誰不恤孤憐老。

【玉胞肚】姑身衰老，望寬容將他罪饒。畢竟要六問三推，待奴家一己承招。休言醜好，寧做緹縈贖罪，也得孝名標，休説母死王陵歸漢朝。

【前腔】不須聒噪，班仲升平生氣高。雖則是遠死遐荒，料不肯屈節夷獠。吾今上表，伏波薏苡謗雖遭，蘇武終當返漢朝。

校箋

〔一〕此齣齣目，存誠堂刻本、繼志齋刻本題作「保友家眷」。

〔二〕蕭何律：底本無，據存誠堂刻本、繼志齋刻本補。

〔三〕枉有皇：底本原作「焚了他」，據存誠堂刻本、繼志齋刻本改。

匈奴困超〔一〕

【江頭金桂】堪嘆爲臣不易，堅將節操持。古道見危授命，俱有公議，要把清名昭簡史。爲王事羈縻，身不由已。死在黄沙邊地，馬革包尸，靈臺湛然無改移。望咸陽故都，咸陽故都，闕廷爲誓。自思之，介推守節甘焚死，博望乘槎未肯歸。

【前腔】憶昔乘軺出使，西行遽弃繻。自負有平夷之志，勉思竭義，常愧收功報主遲。今困重圍，肯辭一死。但祇慮高堂老矣，腸斷心悲，終朝倚門顒望兒。俺這裏爲臣盡忠，爲臣盡忠，一心無二。慢躊躕，火牛已出田單計，不斬樓蘭誓不歸。

【憶多嬌】食已絶，計已竭，孤軍到此遭覆轍，何必拘拘圖名節。（合）死離生别，死離生别，一似莊周夢蝶。

【前腔】心激烈，言剖决，怎將漢朝綱紀滅，李陵衛律是伊同列。（合前）

【鬥黑麻】虜氣方驕，英雄挫折，鐵壘重墉，狼烟萬叠。漢兵馬，又懸絶。莫待臨危，中流失楫。（合）含悲哽咽，徒勞瞻漢闕。身困樊籠，身困樊籠，有翼怎出。

【前腔】有志平胡，經游百粤，豈肯甘心，屈身突厥。吾腰下，有長鋏。劈破藩籬，把天

驕盡滅。（合前）

校　箋

〔一〕此齣齣目，存誠堂刻本、繼志齋刻本題作「定謀破虜」。

超火匈奴〔一〕

【山花子】吾軍破虜皆爭勇，此宵誰敢當鋒。寡敵衆出奇火攻，把腥膻一掃皆空。（合）奏捷書飛報九重，天恩不日出漢宫。功名管取勒鼎鐘，德頌河清，共樂時雍。

【前腔】明朝西域來朝貢，吾當遠上皇封。到咸陽奏君大功，遠圖報國攄忠。（合前）

【紅綉鞋】俺司馬果敢英雄，英雄；參謀妙算無窮，無窮。誅北虜駭西戎，箭飛雨月彎弓，尸填壑血流紅。

校　箋

〔一〕此齣齣目，存誠堂刻本、繼志齋刻本題作「火破匈奴」。

割股救姑[一]

【風雲會四朝元】譙樓鼓響，黄昏人斷腸。見虚櫺風急，破窗月上，隔墻燈影亮。聽蛩吟永巷，聽蛩吟永巷，衹見鼠雀紛然，螢火飄揚，銀箭催更，囚徒悲杖，都是凄凉狀。嗏，離恨與天長。正是刻木難忘，畫地成羅網。他鄉信未詳，俺這裏遭無妄。妻悲母慘，嗟嗟怨怨，怎禁愁況。

【前腔】昔同鴛帳，今爲薄幸郎。指望百年聚首，生死相傍，終身是奴所望。爲功名阻當，爲功名阻當，因此琴瑟暌違，菽水凄凉，門户蕭條，家園飄蕩，姑婦遭冤枉。嗏，男子少剛腸。一似泛梗流萍，到處隨波漾。若能歸故鄉，早把皇封上。庶無偏向，整整齊齊，婦隨夫唱。

【前腔】班家門望，文章世所長。諒忠貞素秉，節義高尚，功名未可量。想是奸謀惡黨，奸謀惡黨，思他獨擅先功，掃蕩夷羌，又怕他麟閣標名，雲臺圖像，因此將他謗。嗏，豈可壞綱常。寧效那取義成仁，死也得停當。書史有耿光，千年名不喪。春秋筆仗，今今古古，是非喧嚷。

【前腔】夫游窮壤，事姑理所當。争奈衣無韋布，食絶饋餉，凡百皆勉强。今又遭其患難，遭其患難，若説起情由，教我怎不悲傷，更目瞑黄泉，心無舒暢，把後事重思想。嗏，奴本是糟糠。祇合與你奉祀蘋蘩，到此成虚講。生前無禄養，死後没祭葬。百年絶望，悲悲苦苦，此心惆悵。

【香羅帶】焚香告上蒼，鑒奴禱禳，姑身病篤心慘傷，他爲因憶子滯他鄉也。求醫療，少仙方，望神天鑒佑脱禍殃。吉轉凶消也，願得春回萱草堂。

【前腔】并刀似雪霜，照人吐光，非奴苦要名譽彰，謾言道遺體不堪傷也。祇爲姑病篤，我便死何妨，憑誰寄語薄幸郎〔二〕。怎知骨肉傷殘也，休忘糟糠妻下堂。

校　箋

〔一〕此齣齣目，存誠堂刻本、繼志齋刻本題作「割股奉姑」。

〔二〕語：底本原作「與」，據存誠堂刻本改。

納款歸朝〔一〕

【石榴花】君歸故里，先付一封書。煩傳報，母和妻，他鄉無日不懷思。竟不知起處何如，想晨昏自愧疏甘旨。望白雲魂越神飛，幾時得定省庭幃。

【前腔】天涯歲晚，一騎望南歸。心戚慘，忍別離，啼痕濕透李陵衣。恨伯勞海燕分飛〔二〕，歸朝上書，看雲臺畫像題名字。喜一朝雨露沾濡，想聲名布滿鄉閭。

【漿水令】響琴琴載道金鼙，亂飄搖貢旗高樹。胡笳品竹樂彈絲，紅紅白白，寶珍奇異。西夷犬，大宛駒，番童納款，胡兒從侍。歸朝去，歸朝去，拜帝畿。龍顏喜，龍顏喜，敕書來至。

【尾聲】黃金幣帛多收取，遠向咸陽上國歸，從此功勛播四夷。

校　箋

〔一〕此齣齣目，存誠堂刻本、繼志齋刻本題作「寄書慰母」。

〔二〕海燕：底本原作「海外」，據存誠堂刻本、繼志齋刻本改。

郭徇送書〔一〕

【畫眉序】雪色透疏欞，虛室愁人正孤另。看林巒一夜，已失葱菁。村落裏林籟無聲，江漢外飛禽絶影。(合)此時欺面嚴威冷，惟酒可勝寒勁。

【前腔】岐路已兼平，千里瓊瑶色相映。苦天涯游子，怎禁嚴凝。惟慮着馬阻藍關，猶恐怕雁迷秦嶺。(合前)

【前腔】浮世若飄萍，人生能有幾光景。幸白頭相聚，共樂浮生。煨榾柮共坐爐圍，添雪水謾烹清茗。(合前)

【前腔】火滅玉壺冰，酒力衝寒醉還醒(二)。見銀妝世界，玉砌臺亭。童謡咏來歲禎祥，天意黯今宵昏暝。(合前)

【不是路】北驟南征，行盡天涯萬里程。衝風雪，今朝重上故人庭。是何人，緣何直向吾門進？我是遠使同袍名郭恂。因歸順，今與仲升稍帶平安信。感承勞頓，感承勞頓。

【前腔】聞他屈節膻腥，未審何年還帝京？無憑準，一時未得圖鄉井，直待西夷諸國平。天將暝，恐違欽限歸心緊。上朝復命，上朝復命。

【小桃紅】母親膝下，并我家荆。一自離鄉國，歲時屢更。嘆早晚失温凊，不知老景可安寧。恨此身功未成，不得圖家慶也，思母空將珠泪傾，書付人歸省。略疏悶縈，未得承顏盡子情。

【蠻牌令】書中言不盡，紙上泪猶凝。他寫處增愁悶，我讀罷愈傷情。料不久吾將目瞑，怎得你衣錦歸榮。止不住，潺潺泪零，想母子兩地，難會今生。

【前腔】休言薄幸，書内見分明。本欲全忠鯁，怎得孝名成。心中事無限不平，總疊做萬種愁城。衹落得長吁數聲，須信佳人，從來薄命。

【尾聲】且寬懷，休憂悶。終須有日到家庭，衹怕煩惱憂愁與殘年送行。

校　箋

〔一〕此齣齣目，存誠堂刻本、繼志齋刻本題作「出獄得書」，《樂府萬象新》本題作「寄書報母」。

〔五〕衡寒：底本原作「充寒」，據存誠堂刻本、繼志齋刻本改。

徐幹會超〔一〕

【紅衲襖】口讀聖賢書，豈不念烏鳥情。身與虎狼居，志不忘丹鳳城。待要成仁取義全名行，怎肯屈志歸夷偷此生。你道我所志呵，三尺劍要斷單于頸，一寸丹敢忘君父命。休覷我做顛狂柳絮隨風也，自是苦操松筠固歲盟。

【前腔】那時節完璧南旋拜漢庭，幾時得菽水承歡晝錦榮。又不得鳴珂佩玉懸金印，祇落得冒矢嬰鋒習戰征。總然是勵冰霜節自勁，祇恐你老風塵殞將星。祇管在遐天遠塞栖遲也，不問暑往寒來幾變更。

【前腔】憶昔御書出帝京〔二〕，指望挽天河洗甲兵。行要學前朝驃騎霍去病，做不得持節還鄉蘇子卿。雖則是成敗興亡未可憑，也須留死後名垂汗青。一任他陰霾罩蔽青天也，俺這裏瑞氣昂昂貫日星。

【前腔】我看夙夜遑遑勞此形，説不得西羌自請荆。假饒是老皤兩鬢居他境，到不如歸去嚴灘釣月明。泛浮槎動客星，濯滄浪潔素纓。你欲天涯鳥盡弓藏也，辭不得狡兔死走狗烹。

【五更轉】離漢朝，持王命，節志如初不變更。豈料奸臣毁敗毁敗吾名行，反間朝廷，把吾家屬牢穽。我啣恩感你感你全吾信，幸把友道扶持，始見交情不吝。

【前腔】自别來，心耿耿，雲樹徒勞望遠行。伊家患難患難忽相并，向朝廷批鱗力諍，今日裏冒險馳危邊境。我與你同歸故國故國圖家慶，方顯得友道親情，兩能兼盡。

校　箋

〔一〕此齣齣目，存誠堂刻本、繼志齋刻本題作「責友窺情」，《玉谷新簧》本題作「西域探友」，《樂府萬象新》本題作「寄書報母」。

〔二〕御書：底本原作「銜書」，據存誠堂刻本、繼志齋刻本、《玉谷新簧》本改。

鄧娘别姑〔一〕

【小桃紅】拜違膝下，上書紫宸。衹爲綱常事，暫拋老親。姑老值家貧，望你與看承也。須索寒與衣，飢與食，早晚勞省問也。異日夫歸當報恩。（合）衷曲説不盡，骨肉離分〔二〕，滴破青衫總泪痕。

【前腔】夙遭險釁，微軀病貧。受盡千般苦，教他怎不怨嗔。衹是我誤伊身，你夫婦似參辰。兒未歸，婦又離，教我心何忍也。怎得母子團圓，夫妻有倫。（合前）

【前腔】路途滋味，風霜苦辛。晨夕當謹慎，保重此身。從不出家門，那識途路貧。起宜遲，宿宜早，旅泊須安穩也。莫帶釵金〔三〕，休梳鬢雲。（合前）

【尾聲】難爲别，不忍分。斷腸人送斷腸人，泪滴湘江水亦渾。

校箋

〔一〕此齣齣目，存誠堂刻本、繼志齋刻本題作「尋姑上表」，《堯天樂》本題作「仲升母遣媳上京」。

〔二〕離分：底本原作「解紛」，據存誠堂刻本、繼志齋刻本改。

〔三〕釵金：底本原作「釵荆」，據存誠堂刻本、繼志齋刻本、《堯天樂》本改。

姑嫂相會〔一〕

【桂枝香】干戈載道，烟塵四擾。俺這裏是寡婦之門，不顧你風疾雨暴。更荒村日暮，更荒村日暮，重門整柝，是誰頻叫。添我悶懷焦，此不是尋宿處，休把柴門來亂敲。

【前腔】經游遠道，力疲筋弱。可憐在逆旅之間，值此天光暝了。盼前村又遠，盼前村又遠，尋宿不到，聽城頭角起更譙。若不是黄昏也，朱門怎敢敲。

【前腔】聽他言道，令人傷悼。絮叨叨無限恓惶，訴不盡離愁多少。向紗窗隙處，向紗窗隙處，窺他容貌，想是女娘分曉，留他過今朝。他也是愁無奈，故把蓬門帶月敲。

【集賢賓】家居白雲天際眇，一身歷盡劬勞。念我孤身居旅泊，借一枝權寓鷦鷯。娘恩怎效，一飯德終當償報。（合）難訴告，訴不盡許多煩惱。

【前腔】聽他言語心暗曉，見他人傷感無聊。遥憶家園空自老，嘆骨肉瓦解冰消。兄淹外朝，念吾母劬勞難報。（合前）

【前腔】扶風世家居大道，丈夫姓班名超。出使西夷音信杳，念家中姑又年老。爲夫上書，拜金闕哀求恩詔。（合前）

【前腔】方纔誤却姑與嫂，可憐對面叨叨。未會容顔俱髮皓，不由人珠泪零拋。堪悲可惱，這相逢好似夢中纔覺。（合前）

【黄鶯兒】别後受煩惱，困囹圄家業凋，良人遠使無音耗。姑身病倒，醫方效少，持刀割股躬行孝。（合）路途遥，天教到此，相會在今朝。

【前腔】疇昔赴皇朝，喪鸞儔歸夢杳，那堪日月如丸跳。白雲念老，鴛衾翠銷，範模忝在宫庭教。（合前）

【琥珀猫兒墜】明朝金闕，同上乞恩表。願取吾兄歸漢朝，死生骨肉念同胞〔二〕。須教，早見鴛侶成雙，雁影聯翱。

【前腔】一宵清話，直到五更曉。萬種離愁訴不了，并將國史奏皇朝。須教，勉成了兄書，自愧續貂。

【尾聲】今宵邂逅逢姑嫂〔三〕，休剔銀燈和泪照，猶恐相逢似夢覺。

校　箋

〔一〕此齣齣目，存誠堂刻本、繼志齋刻本題作「姑嫂相會」。

〔二〕念：底本原作「戀」，據存誠堂刻本、繼志齋刻本改。

〔三〕逢：底本原作「違」，據存誠堂刻本、繼志齋刻本改。

班超接詔〔一〕

【醉扶歸】方信道有懷投筆趨遐遠，難道是無能持節返長安。謾誇你題柱繼文園，何如奏疏傳金殿。果然邊城萬里獨平蠻，不負寒窗十載曾穿硯。

【尾犯序】一自離長安，食不解甲，寢伏征鞍。游遍百蠻，出萬死千般艱難。慮見，吾不願封官萬户，吾不願盻到酒泉。但祇願，此身生入玉門關。

【前腔】心存一寸丹，使百夷歸化〔二〕，納款于漢。名震呼韓，有捷書飛報龍顔。須看，早掛弓扶桑月窟，喜壁全同奏凱還。男兒志，袖中劍已斬樓蘭。

校　箋

〔一〕此齣齣目，存誠堂刻本題作「托友兵權」，繼志齋刻本題作「兵權托友」。按：存誠堂刻本較繼志齋刻本于【滴溜子】和【啄木兒】之間多兩支【駐馬聽】，且兩支【駐馬聽】中都有大量滾唱。

〔二〕百夷：底本原作「北夷」，據存誠堂刻本、繼志齋刻本改。

任尚見超〔一〕

【風入松】嘆先年貧困值飢寒，曾與抄寫屯田。男兒志氣非卑諂，你舌刀將吾褒貶。一時間容人量淺，那些個好禮義重英賢。

【前腔】因思投筆泪潸然，欲效介子張騫。自憐未遂男兒願，被逐出不容分辨。因此上投荒吊遠，豈知今日與你重相見。

【前腔】折衝樽俎制三邊，掌機務任兵權。臨陣定謀方宜戰，省刑罰薄征税斂。死當保全，遵王化重中原。

【前腔】當初出使涉蠻烟，受了千般艱險〔二〕。西夷北狄曾游遍，戴兜鍪親歷百戰。并諸國身不記年，説不盡晝忘餐夜無眠。

【撲燈蛾】夷狄如羊犬，難處易生變。秋毫不敢犯，寬洪使無他怨也。聽吾所言，决不可驕傲如前。戒暴怒除却峻嚴，赦寬小過性無偏。

【前腔】才疏智慮淺，不能遐遠。豈堪居大位，無能自覺愧汗也。失之在先，恨肉眼不識英賢。乞明公奇謀異見，猥承君後保三邊。

【尾聲】今朝重睹春風面，比着先前差大遠，難道相逢無一言。

校　箋

〔一〕此齣齣目，存誠堂刻本、繼志齋刻本題作「奉詔榮歸」。

〔二〕受：底本原作「出」，據存誠堂刻本、繼志齋刻本改。

驛館相逢〔一〕

【甘州歌】纔離帝里出都門，風景似覺依稀。郵亭來往，車輪輾得塵飛。晨光隱隱舒碧落，烟霧濛濛鎖翠微。山高處，日上遲，草頭微露濕羅衣。家遥遠，情慘凄，西風腸斷雁來時。

【前腔】一從鸞鳳飛，嘆蓬茅十載，自守孤嫠。荆花睽隔，痛吾親有誰依倚。祇圖姓名昭簡史，不念萱親暮倚閭。封書奏，雨露施，遥瞻王命下天墀。趨官道，辭帝畿，洛陽雖好不如歸。

【前腔】山溪分燕尾，傍人家竹下，水流橋底。閑花野草，怎如我故園桃李。平陵舊宅歸去晚，城郭人民半已非。山迢遞，水渺瀰，摩肩接踵聚驂騑。行不上，怯路岐，野猿哀叫鷓鴣啼。

【前腔】閑愁且破除，趲程途須索趲上行車。途中滋味，比不得定省庭闈。山名大行分澤路，水入黄河帶魯齊。林霏暗，人迹稀，郵亭回首暮雲遮。天將暝，日已西，漢家陵寢草萋萋。

【尾聲】叫驛夫，傳驛吏，休言我是里中兒，上國勛臣太史妻。

【皂羅袍】驀見當今國史，不由人凄慘，倍增憂疑。先朝筆仗孟堅書，後章文跋班昭序。雁行鴻侶，生别死離；思量到此，怎不泪垂。可憐物在人亡矣。

【前腔】曹瞉寄居京邸，父先亡惟賴母親班氏。纂修國史奏丹墀，一官恩荷朝廷賜。相逢到此，傾蓋相如；不知就裏，因何泪垂。請明又恐傷先輩。

【前腔】早年承恩出使，到如今未返，尚在西夷。家中祖母倚門閭，其妻鄧氏今來此。爲夫不返，望闕上書；幸逢吾母，哀求聖旨。如今詔取他們去。

【前腔】夙世扶風居住，本儒門姓班，仲升吾是。幾年爲使滯羌夷，今朝衣錦還鄉里。荆妻鄧氏，未聞起居；大家女弟，別來久矣。不知飄泊今何處。

【金井梧桐】一從鳳翼飛，家下遭顛躓。道你臣事荒夷，母病幾不起。爲伊來上書，一向寓京畿，望眼懸懸不見歸。承恩賜我歸鄉里，豈料今朝得遇伊。傷情處，躭煩惱，費相思。（合）今日裏，把往事重提。說不盡，恓惶語。

【前腔】終朝苦念兒，悶把門閭倚。顏範相違，又是年餘矣。感他母共兒，患難儘扶持，別後安危未可知〔二〕。子欲歸養親不逮，祇怕你穿不得五彩斑斕衣。傷情處，急忙歸去恐爲遲。（合前）

【前腔】生來恨不齊，中道分鴛侶。堅守孤嫠，寄迹留京邸。鶺鴒原上悲，骨肉怨暌違，幾度思親不得歸。今宵剩把銀缸照，又恐相逢在夢裏。傷情處，不堪回首盡垂絲。（合前）

【前腔】當初別帝畿，遠使遐荒地。爲王命羈縻，三十載淹師旅。魚沉雁又稀，音信到家遲，思母空將珠泪揮。晨昏謝你相扶持，報不得當初炊扊扅。傷情處，故園歸去盡

皆非。（合前）

【尾聲】幸今朝，重完聚。新愁舊憾不須提，早乞泥封慰母思。

校箋

〔一〕此齣齣目，存誠堂刻本題作「郵亭相會」。繼志齋刻本爲「姑嫂同歸」「郵亭相會」（自【皂羅袍】起至【尾聲】）兩齣。

〔二〕安危：底本原作「他家」，據存誠堂刻本、繼志齋刻本改。

封贈團圓〔一〕

【一封書】離膝下遠游，念吾親誰解憂；功名事逗遛，歷風霜到白頭。幾度思家勞夢寐，萬里瞻雲凝泪眸。（合）舉金甌，賀封侯，耀祖榮宗拜冕旒。

【前腔】從別後許久，倚門閭無限愁；思骨肉泪流，貌枯焦心孔疚。幸喜今朝榮晝錦，不負當初把筆投。（合前）

【前腔】當日去帝州，急回頭又二秋；中途裏阻留，偶相逢鸞鳳友。寶瑟宫商音再續，絶域功名志已酬。（合前）

【前腔】青年喪鳳儔，守孤孀誓《柏舟》；臨鸞鏡自羞，到如今兩鬢秋。代馬依風思北闕，狐死傷殘戀首丘。（合前）

【排歌】名震中華，威服外夷，今朝方顯男兒。争誇事業繼皋伊，健羡功名勒石碑。（合）傳丹詔，降紫芝，彩鸞祥鳳下天墀。光宗祖，贈母妻，封侯萬里耀門閭。

【前腔】清白傳家，辛勤課兒，自嘆歷盡艱危。祇知骨肉阻東西，今日回來也未遲。（合前）

【前腔】夫去親衰，家貧歲饑，煢煢自守孤嫠。祇愁夫婦難期會，誰想重諧連理枝。（合前）

【前腔】早爲夫亡，夙閑姆儀，堅持節操無虧。傷心載誦《柏舟》詩，苦志修完太史書。（合前）

【前腔】主聖臣忠，妻賢母慈，當誇節義貞奇。不惟褒貶印圖書，健羡庭幃相會時。（合前）

【前腔】禾生九穗，麥秀兩岐，欣然值此明時。聲名赫赫震華夷，忠義昭昭載史書。（合前）

牧羊記

《牧羊記》，作者佚名。《牧羊記》，今有全本傳世，現存大興傅氏抄本（《古本戲曲叢刊初集》據之影印）。關于《牧羊記》的版本，可參閱王季思、康保成《南戲〈牧羊記〉二題》（《藝術百家》一九九三年第一期）。

持觴祝壽〔一〕

【山花子】壽筵開處風光好，争看壽星臨照。羡麻姑寶女并朝，壽同王母年高。（合）壽香騰壽燭影摇，玉杯壽酒增壽考。金盤壽果獻壽桃，惟願福如東海，壽比山高。

【前腔】姑年壽高，福禄壽三星照〔二〕，見祥雲五色籠罩。願朱顔壽比長生不老，壽天齊同歡笑。（合前）

【前腔】嬌顔壽呈花貌，唱壽詞韵遏雲霄。玉纖把壽拍謾敲，壽山低舞小蠻腰。（合前）

【前腔】王孫貴戚慶壽齊來到，簇擁翠幃深杳。壽花簪壽髪更嬌，壽圖壽筵偏好。（合前）

【大和佛】[三]青鹿銜芝呈瑞草，齊祝願壽山高。龜鶴呈祥戲庭沼，齊祝願壽山高。畫堂中壽日多喧鬧，願壽基鞏固堅牢，享壽綿綿，樂壽滔滔。展壽席人人歡笑，齊慶壽筵壽筵壽詞妙。

【舞霓裳】[四]階下靈芝壽馨香，壽馨香。筵前松柏壽枝喬，壽枝喬[五]。壽賓醉中醉中增祝壽，惟願壽長壽遠壽彌高，更壽比靈椿不老。重鐫注，南極長生壽星照。

【紅綉鞋】壽爐寶篆香飄，香飄；壽桃結子堪描，堪描。斟壽酒壽杯交，歌壽曲壽奴嬌，齊祝願壽山高。

【尾聲】長生壽域龐開了，壽燭熒煌徹夜燒，歲歲年年增壽考。

校　箋

〔一〕此齣齣目，大興傅氏抄本題作「慶壽」。

〔二〕三星照：底本原作「星三照」，據大興傅氏抄本改。

〔三〕【大和佛】：底本原作「【太和佛】」，據大興傅氏抄本改。

〔四〕【舞霓裳】：底本原作曲文，大興傅氏抄本作曲牌名。據曲譜，爲曲牌名確，據改。

〔五〕壽枝喬，壽枝喬：底本不重，據大興傅氏抄本補。

衛律說降〔一〕

【桂枝香】看你丰姿標致，那更言詞爽利。奈何所見不同，枉自知書達禮〔二〕。聽吾所言，聽吾所言，與你結爲兄弟，還你榮華富貴。自思維，莫待臨崖勒馬收繮晚，船到江心補漏遲。

【前腔】縱有潑天威勢，難挫我凌雲豪氣。便封你做不義之王，我死做忠良之鬼。寧甘受死，寧甘受死，怎肯啖腥膻滋味，落圈套任他區處。那單于，若要我降順，直待西方日上時〔三〕。

【前腔】出言吐氣，好不知禮。你若固執不從時，誤了你惺惺伶俐。識時務俊杰，識時務俊杰，不必狐疑，免被傍時談議。笑伊欠通書史，假饒你會使上天無窮計，衹怕難逃目下危。

【前腔】忒不睹事，把我做凡儕一例。我平生見富如仇，不似你貪圖榮貴。猶兀自絮叨，猶兀自絮叨，陷我做出不仁不義，急須迴避。休賣弄口舌唇皮，任你說得天花墜，我當長空亂雪飛。

校箋

〔一〕此齣齣目，大興傅氏抄本題作「勸降」，《歌林拾翠》本題作「衛律勸降」，《醉怡情》本題作「小逼」，《樂府遏雲編》本、《樂府珊珊集》本題作「拒奸」。

〔二〕枉自：底本原作「更不」，據大興傅氏抄本、《歌林拾翠》本、《樂府遏雲編》本、《南音三籟》本、《樂府珊珊集》本、《醉怡情》本改。

〔三〕西方日上時：底本原作「東方月上時」，據大興傅氏抄本、《歌林拾翠》本、《樂府遏雲編》本、《南音三籟》本、《樂府珊珊集》本、《醉怡情》本改。

囓雪吞氈〔一〕

【小桃紅】朔風凜凜，大雪紛紛，我死有誰來伴也。遥瞻漢明君，在五雲鄉，玉體坐明堂。怎知我守綱常，在窖中央，絶糇糧，遭魔障也。甚日位復中郎將，佐理朝綱輔漢王。

【亭前柳】拜别親娘，祇恐跋涉路途長。誰知我未死身先喪，那值凍餒凄凉。怎能勾回歸到伊行，戲班衣笑捧霞觴。我妻甘旨應無恙，何日得供奉萱堂，怎禁得兩泪汪汪。

【下山虎】把氈衫嚼，細纖如刺芒，入口難吞，如何充餓腸。哽住咽喉，氣急怎當，强把舌頭來咽也。黄泉路渺茫，誰把我衷情達漢王。試把雪兒咽，懷抱漸寬，便覺精神壯氣力强。

【蠻牌令】我一意效忠良〔二〕，拚死待何妨。衹愁親年老，又没個親兒在傍。我妻兒是閨門女娘，怎供奉中饋蘋蘩。從天降，休妄想，且順時行道，作個商量。

校　箋

〔一〕此齣齣目，大興傅氏抄本題作「吃雪」。

〔二〕一意：底本原作「意已」，據大興傅氏抄本改。

北海牧羝〔一〕

【山坡羊】衹見浪滔滔無邊無際，風淅淅穿衣袂，亂紛紛敗軍隊幾隻羝羊，實丕丕不教人難分理。命陷危，灾來怎躲避。喪門吊客怎脱離，又撞着黄旛并豹尾。（合）思君，思君泪暗垂；思親，思親泪暗垂。

【前腔】白茫茫天昏雲際，黑彤彤沙飛石起，冷清清孤形單影，静恍恍没一個人來至。腹餒飢，身寒體欠衣。多應餓死、餓死做個沙場鬼，一點忠魂訴與誰。（合前）

【前腔】我是遠迢迢中漢來的天使，鐵錚錚不怕死的豪杰，惡狠狠叛臣衛律，急煎煎斷送我没人地。着我看守羝羊，待羝羊乳始放歸。衣衫飯食、飯食渾無計，腹餒身寒難度日，心中慘凄。（合前）

【前腔】昏濛濛不分曉的天地，虚飄飄無依倚的身體，滴溜溜望想開着善眼，懇切切把咱相存濟。寧死飢，這節兒怎敢與伊。乞施萬丈深潭計，救我一時目下危。（合前）

校箋

〔一〕此齣齣目，大興傅氏抄本題作「牧羊」，《歌林拾翠》本題作「牧羊全節」，《醉怡情》本題作「守羝」。

女德不惑〔一〕

【羅江怨】風清月正圓，行到海邊，啼啼哭哭有誰見憐，羞花容貌人鮮妍。奈婦時乖，際此身多蹇。肅肅鸞鳳仙，巫山雲雨慳，甚日能勾從人願。

【前腔】郎君聽訴言，望伊保全，奴家是良家子女當少年，今朝相會豈徒然。望你慈悲，不弃奴寒賤。你忠心直恁堅，如奴心續斷弦，何幸見郎君面。

【前腔】你抽身急便轉，不得久纏，你便脱活西子在目前，這是敗國亡家怎與你諧姻眷。

激得我心火煎，腦門上起烟，交你認得我是忠臣面。

校　箋

〔一〕此齣齣目，大興傅氏抄本題作「義則」。

新刻群音類選官腔卷十一

雙忠記

《雙忠記》，姚茂良撰。姚茂良（生卒年不詳），字静山，武康（今浙江德清縣）人。生平事迹不詳。知撰《雙忠記》傳奇一種。《雙忠記》，今有全本存世，現存明萬曆間金陵富春堂刻本（《古本戲曲叢刊初集》據之影印）、清抄本、近人海鹽朱希祖抄本。中華書局一九八八年版王鍈點校本，以富春堂刻本爲底本，參校以朱希祖抄本和《群音類選》本。

張巡别母[一]

【園林好】爲衹爲功名紙半張，撇下了萱花北堂。總使百年無恙，來日短去時長，添歲處減容光。

【嘉慶子】讀書已得登龍虎榜，幸詔許榮歸晝錦堂。本待辭官終養，未曾得報君王，非是我戀他方。

【尹令】論來弃親禄養，怎如侍親色養。縱然有伊在親傍，萬一灾危，交你裙釵怎主張。

【品令】孩兒幼年，你爹爹喪亡。青燈夜雨，教兒讀文章。名魁虎榜，顯親榮宗黨。切莫辜負朝廷作養，當思報本。切莫慮親老家貧，山高水長。

【豆葉黄】念奴家情願奉侍姑嫜，你同着丈夫之官。你此去不須謙讓，凡百承順，莫思故鄉。若得弄璋時節，管取我家門，永紹宗祊。

【月上海棠】勤績紡，幾年燈火同勞攘。怎教奴隨任，獨享膏粱。休講，祇爲堂上百年慈母老，不能勾天涯萬里隨夫唱。若得金花官誥賜還鄉，那時重會再歡賞。

【五韵美】兒今往，母休望，莫爲我晨昏慘傷。娘把懷抱舒暢，藥須自嘗。問飲食紉針綴裳，真情哽咽，難支勉强。眉帶離愁，泪出痛腸。

【么令】心無偏枉，牧斯民須要慈祥。旱田幽谷，散時雨布春陽。後生可畏，誰道不如范滂。若得好名揚，强似進肥甘奉娘。

【玉交枝】心中悒怏，生别離非不痛傷。你寬心且勤王事，家中事我自承當。山高水深岐路長，不妨魚雁頻來往。切莫使音書杳茫，切莫使三徑就荒。

【江兒序】一劍隨行色，三杯促去裝。春江雨急寒潮漲，三疊陽關聲聲唱。明朝若上高樓望，烟樹雲山，總是一般情況。

【川撥棹】隨夫長，弃親闈離故鄉。我雖得侍巾帷房，我雖得侍巾帷房，怎能勾問寒暄鷄鳴上堂。事堪悲，情可傷。

【尾聲】執手行行送遠郎〔二〕，水悠悠離思長。我祇愁他病染膏肓，不得見襲衣斂裳。

校　箋

〔一〕此齣齣目，朱希祖抄本題作「辭家」。按：朱希祖抄本曲文與《群音類選》本甚異。

〔二〕送：底本原作「望」，據富春堂刻本改。

張母憶兒〔一〕

【集賢畫眉序】呢喃燕子清晝長，正梅子傳黄。新笋成竿過短墻，任隨風柳絮顛狂。葵心向陽，肯效着萍心飄蕩。故鄉，子貴親年老，空閑却戲彩衣裳。

【前腔】園林囀禽陰道長，又節届端陽。酒泛菖蒲玉屑香，記三閭此日沉湘。時更事往，千載後不磨他名望。異鄉，子仕親心樂，何須着戲彩衣裳。

【集賢黄鶯兒】紅藤簟滑微有光，卧紫竹方床。素質生風衣袂爽，薦冰桃雪藕堪嘗。玉壺蔗漿，初浴罷晚妝樓上。月昏黄，無人扇枕，空自憶黄香。

【前腔】砧聲搗衣何處響，漸擊碎愁腸。子在殊方母在堂，隔闗山兩地相望。音書渺茫，懷感處越添惆悵。景荒凉，虧你殷勤扇枕，兀的不是女黄香。

校　箋

〔一〕此齣齣目，朱希祖抄本題作「傷離」。

巡召父老〔一〕

【山坡羊】一則慮生民塗炭，二則慮朝廷蒙難，三則慮宗廟播遷，四則要舉眼成夷坦。特上干〔二〕，披誠見肺肝。禱告玄元皇帝垂靈顯，保祐四海無虞百姓安。蒼天，蒼天望見憐；玄元，陰空望保全。

【前腔】聖天子春秋高邁，心事托鼎臣元宰，誰知道胡戎異心，驀地的把金湯壞。那佳人搆禍胎，引得胡兒入寇來。窮兵黷武侵邊界，致使四海揚塵百姓灾。憂懷，何時得放開；今來，要把乾坤復展開。

【前腔】我既食君之禄，怎顧得人離家破，怎顧得捐軀喪元，怎顧得妻和母。嬰禍羅，引得胡兒奈我何。恨祇恨奸權附勢，尤物傾人國，致使血濺郊原萬骨枯。揮戈，管取功成奏凱歌；山河，管取中興頌再歌。

【前腔】一句句忠言忠語，一字字忠心忠意，無非是爲國爲民，這是正誼非謀利。你若固守之，吾民當效死。公如避狄，避狄遷岐去，我却夫挈其妻母抱兒。相期，區區怎敢違；從之，運行不可遲。

校 箋

〔一〕此齣齣目，朱希祖抄本題作「告廟」。

〔二〕干：底本原作「千」，據富春堂刻本改。

張母祝天〔一〕

【黄鶯兒】叩齒發心香，露丹衷禱上蒼，願吾皇有道山河壯。民趨禮讓，忠君弟長，四民樂業生財廣。壽無疆，梯山航海，遐邇盡歸王。

【前腔】跪拜謝三光，聚精神格渺茫，願婆婆百歲身無恙。皇天降祥，家門吉昌，五花官誥來天上。壽無疆，斑衣壽酒，和氣滿華堂。

【水紅花】孩兒從任在邊方，歷冰霜，願他無灾無障。一心清白事君王，振綱常，祇圖名望。貧迫不能存活，此際怎商量，咱情願受凄凉也囉。

【前腔】鷄鳴曾記下君床，問高堂，于今事往。從教青鏡减容光，罷新妝，不願食前方丈。甘守荆釵裙布，一箸菜根香，成就你好名揚也囉。

校箋

〔一〕此齣齣目，朱希祖抄本題作「夜禱」。

二仙點化〔一〕

【新水令】萬松林下結黄茅，碧山圍白雲籠罩。跨清溪獨木爲橋，水禽飛野猿叫。閑來時奏一曲雲璈，奏一曲雲璈，頃刻間衆仙來到。

【步步嬌】滿地香風松花老，石徑穿瑶草。長生藥一瓢，虎守柴關，鶴窺丹竈。日月杖頭挑，自覺乾坤小。

【折桂令】駕輕車出入皇朝，食有珍饈，衣有金貂。未免呵終日勞勞，浮生擾擾，夜夜朝朝。心坎上煩煩惱惱，耳邊厢絮絮叨叨。你有福難消，有家難奔，有命難逃。

【江兒水】善惡分明報，皇天定不饒。算來衹待時辰到，禍福無門人自招，龍争虎鬥何時了。勸你回頭須早，解却兵權，隨我去山中學道。

【雁兒落帶得勝令】穿一領破縭褷粗布袍，到强似團花襖。帶一方烏角巾，也强似簪花帽。你道眼明猶識陣雲高，衽金革，挽弓刀。總不如蘇門嘯，又不及五湖游遨。分毫，比不得松菊陶潛傲。逍也麽遥，把一個利名關打破了。

【僥僥令】寸心迷日月，尺水捲波濤。滿地魚竿難垂釣，且乘風歸去好，且乘風歸去好。

【沽美酒帶太平令】俺平生心性驕，攻騎射習强暴，况斬將擒王膽氣豪。今來這一遭，一心爲女多嬌。那女多嬌是吾所好，他把我恩義相抛。因此上是非顛倒，也怕着傍人恥笑。我呵，今拚得與他打着駡着，争着戰着，呀，怎肯便與他干休罷了。

校 箋

〔一〕此齣齣目，朱希祖抄本題作「仙諷」。

巡守雍丘〔一〕

【八聲甘州】朝廷作養，論涓埃無補有負皇王。便做忠君死長，衹任得自己綱常。消磨白髮千莖雪，煅煉丹心一寸鋼。伊行，不如及早歸降。

【前腔】邊疆，兵戈擾攘，事到頭隨機應變何妨〔二〕。阿權附黨，也免得眼下遭殃。祇圖做生前富貴家千貫，那管身後功名紙半張。伊行，不如及早歸降。

【解三醒】潑奴無禮真愚戇，酒醒塵污我衣裳。顛危不顧將焉相，圖粟縷壞金湯。人生受命當素往，分外貪求天降殃。（合）休痴想，勸伊行不如及早歸降。

【前腔】我看你馬已無芻軍乏餉〔三〕，一旅孤軍敢鬥强。股肱羽翼皆良將，控幽朔據河陽。一介空技癢，獨不見氣焰薰天誰敢當。（合前）

校箋

〔一〕此齣齣目，朱希祖抄本題作「擊賊」。

〔二〕到：底本無，據富春堂刻本補。

〔四〕乏餉：底本原作「之晌」，據富春堂刻本改。

巡拔雍丘〔一〕

【朝元令】宵征曉征，霜露侵衣冷；長亭短亭，人馬趨前進。王事驅馳，豈辭勞頓，有母不通音問。寤寐關情，忠君事親俱未能。山鳥向人鳴，山花照眼明。旌旗摇影，風景好越添豪興，越添豪興。

【前腔】誓把單于繫頸，終軍爲請纓，萬里遠提兵。欲報君恩，願除邊釁，奏凱鞭敲金鐙。喜賀升平，狼烟息郊原草青。天子御承明，萱親當暮景。錦衣歸省，忠和孝兩情厮稱，兩情厮稱。

校　箋

〔一〕此齣齣目，朱希祖抄本題作「移防」。

張許會兵〔一〕

【畫眉序】湖海久聞名，萍水相逢一何幸。論事雖今日，數已前生定。超絶處不伍人群，忠厚處實由天命。（合）一杯聊致殷勤意，鷄壇再訂寒盟。

【前腔】今獲睹韓荆，仰止儀刑景賢行。看春風氣洽〔二〕，秋水神清。足民食治本于農，敦友道久而能敬。（合前）

【滴溜子】耽經史，耽經史，十載青燈；雲霄上，雲霄上，愧吾僭登。豈知遭逢强梗，干戈起戰争，邊疆不寧。（合）未審何時，重見太平。

【前腔】胡兒輩，胡兒輩，竊據兩京；滔天罪，滔天罪，萬年罵名。我生心懷憂憤，提兵特遠來，要把腥塵掃盡。（合前）

【尾聲】壺觴將竭情難罄，歡會處欲眠未成，一夜清燈話到明。

校　箋

〔一〕此齣齣目，朱希祖抄本題作「結盟」。

〔二〕看：底本無，據富春堂刻本補。

許宴張巡〔一〕

【梁州新郎】遐陬荒寓，孤臣游此，遭值風波千里〔二〕。一朝相遇，衷情允合無疑。恨祇恨世途名舛，國步艱危，民命將焉寄？手提三尺劍，出門去，報主酬恩正此時。（合）撤俎豆，皆軍旅。將文濟武方成事，文與武不差殊。

【前腔】青山孤樹，紅塵飛騎，日夜邊聲不息。彷徨鼠竄，紛紛羽檄交馳。乍見情懷如故，取義忘生，兩下心相許。山河猶可改，志難移，一念忠君死不辭。（合前）

【前腔】把七篇孫吴兵書，貽孟子七篇仁義。大丈夫休餒，浩然之氣。志士不忘溝壑，麟閣圖形，千載垂芳譽。死生皆分定，復何疑？莫負堂堂七尺軀。（合前）

【前腔】動時若鬼運神輸，静時若龍蟠虎踞。看山川險易，時日孤虚。休待戈矛森立，要出有超無，所戒毋輕敵。更須完士氣，蓄兵威，管取全師奏凱回。（合前）

【節節高】花前酒滿卮，話襟期，一燈清影摇寒雨。逢知己，笑解頤，春風起。陳蕃下榻延徐孺，元龍樓上推高士。珍饈羅列綺筵開，壺觴雜遝笙歌沸。

【前腔】軍前報事機，按因依，賊兵百萬臨邊地。人如蟻，閃閃旗，紛紛騎。槍刀晃晃如林密，鼕鼕戰鼓雷奔耳。軍民不久喪灾危，將軍早定平胡計。

校　箋

〔一〕此齣齣目，朱希祖抄本題作「營宴」。

〔二〕值：底本原作「便」，據朱希祖抄本改。

姑媳憶巡〔一〕

【酹江月】春城微雨歇，江頭送别。青青柳條曾共折，到如今西風金井墜梧葉也。幾番夢魂飛越，泪點成血也。衹慮北堂人雙鬢雪，何事音信絶？ 料烽火連三月。

【前腔】胡兒心性劣，生民慘切。狼頭大纛諸郡列，腥塵吹滿漢宫闕也。衹爲士氣消滅，禍釁窺竊。有多少好男兒無志節，若肯奮英烈，方是人中杰。

校　箋

〔一〕此齣齣目，朱希祖抄本題作「報信」。

羅雀掘鼠〔一〕

【下山虎】望梅止渴，拾椹充飢〔二〕，又蚤夷齊輩，首陽采薇。恨不得嚙雪餐氈，管甚麽草根樹皮，怪的是靈禽網外飛。地深地深難掘鼠，筋力如綿脚難移。你縱有田單策，此際難施，從者無糧愠仲尼。

【蠻牌令】咶喇喇角聲吹，急鼕鼕鼓轟雷，密攢攢森劍戟，光閃閃竪旌旗。肚飢肚飢無氣力，强支持，怎當得虎狼威。

校　箋

〔一〕此齣齣目，朱希祖抄本題作「絶糧」。

〔二〕拾：底本原作「易」，據富春堂刻本、朱希祖抄本改。

烹妾激軍〔一〕

【江頭金桂】十載青燈寒雨，心探孟孔書。一旦文場鏖戰，忝登甲第，做郎官登仕籍。誰想命運乖違，事出不意。四海干戈載戢，國步艱危，遭逢此身難退避。奈高堂母老，奈高堂母老，常懷念慮。自尋思，國與家同理，忠因孝上推。

【前腔】男子立身天地，綱常不可虧。自古受君之職，盡臣之禮，寸心毋自欺。你既食禄天朝，怎圖家計。幸喜婆婆康健，有姐姐在彼朝暮扶持〔二〕，歸來百年終會期。一心到底，一心到底，再無他志。莫遷移，你自向日葵花赤，一任隨風柳絮飛。

【前腔】一鶚横秋高志，豈尋常燕雀知。我故持義劍，豎起忠旗，披龍鱗踏虎尾。與他素不相識，又無仇隙。祇爲忠君二字，抵死撑持，亡家喪身何足辭。奈外無兵援，奈外無兵援，内乏糧食。力難支，眼前六尺睢陽地，是我收成結果時。

【前腔】君既爲王家死義，妾身敢故推。要我上天入地，祇索投去，聽其言隨所之。既受了夫恩，要成夫志。任你將身作醢，煮肉成虀，因夫喪身何所愧。嘆人生百歲，嘆人生百歲，終須有死。兩分離，剖破同心結，分開連理枝。

【憶多嬌】心慘切，情哽咽，不因王事何忍别，無情三尺昆吾鐵。三載夫妻，三載夫妻，與你今朝永訣。

【前腔】寸腸裂，泪滴血，婆婆自來甘旨缺，姐姐恩情今斷絶。滿腹離愁，滿腹離愁，除是夢裏相逢與他細説。

【香羅帶】非君不見憐，把我做花枝樣看，愛刀割斷琴上弦，衹因王事要周全也。生拆連理樹，并頭蓮，今生未了又結來世緣。殷勤囑付東流水，伴送我的游魂到故園。

校　箋

〔一〕此齣齣目，朱希祖抄本題作「殺妾」。

〔二〕有姐姐：底本原無，據富春堂刻本補。

許僕就烹〔一〕

【山月高】相伴我十年燈火，親見我榜登龍虎。遠迢迢隨任做官，儘受了千般辛苦，又怎捨得你身做庖中鮒。原情定義，是我先辜負。這條死路，你向前行，我後來衹争一步。心孤，影消消誰與扶；號呼，哭聲聲淚眼枯。

【月照山】自小相依附，微軀竟何補？當此艱危日，一死酬恩父。切莫傷悲，魂心自調護。如今拜别拜别歸陰府，把我魂靈，帶歸鄉土。

【香柳娘】聽伊言我好痛楚，聽伊言我好痛楚，不覺淚珠傾墮，傷心怎與伊分路？你除非背死，你除非背死，自刎赴冥途，我却如見牛忍觳觫。（合）嘆灾來怎躲，嘆灾來怎躲，到此如之奈何，連遭折挫。

【前腔】看時光易過，看時光易過，似草頭珠露，人生壽夭莫非是天數。任諸軍飽餐，任諸軍飽餐，强如喂鳶烏，何須葬墳墓。（合前）

校箋

〔一〕此齣齣目，朱希祖抄本作「烹僮」。

妾魂驚報〔一〕

【紅衲襖】莫不是你夫妻情分乖？莫不是少殷勤他便不偢睬？莫不是女工針指忒倦

怠？ 莫不是牝鷄晨鳴搆禍胎？ 莫不是語言兒忒恁快？ 莫不是心性兒忒恁歹〔二〕？ 隔着萬水千山也，婦人家怎得來？

【前腔】你敢是買輕舟臨水涯？ 莫不是你駕香車離邊塞？ 爲甚麽愁山蹙蹙横眉黛？ 爲甚麽泪點盈盈落粉腮？ 爲甚麽意沉沉口倦開？ 全不似去時聲語咳。直恁的意慘情傷也，這啽謎藏頭不易猜。

【醉羅歌】丈夫丈夫蒙相愛，誰想誰想遇荒災。協守睢陽障江淮，竟没糧儲在。城空食盡，兵圍怎解？ 飢餐鼠雀，又無可奈。却將賤妾來烹宰。生人腹做了長夜臺，却似月明千里鶴歸來也。

【香柳娘】叫夫人奶奶，叫夫人奶奶，你的靈魂何在？ 可憐老婦無人看待。你家緣蕩廢，你家緣蕩廢，無鈔買棺材，一時難布擺。嘆無人做主，嘆無人做主，你的孩兒未迴，祇索闌閡。

【五更轉】我丈夫，忒毒害，不思恩愛。無端把他把、他烹作醢，致使冤魂，成精作怪。念我婆婆，老病身，難禁捱。音容杳隔、杳隔知何在，若要與你相逢，料今生不再。

【前腔】事到頭，出無奈，把鴛鴦生打開。鋼刀剖破、剖破合歡帶，直待來生，填還你恩債。連理花正開，又被風吹敗。吾兒被陷、被陷睢陽寨，國破家空，人離業敗。

校　箋

〔一〕此齣齣目，朱希祖抄本題作「魂歸」。

〔二〕莫：底本原作「草」，據富春堂刻本改。

睢陽陷守〔一〕

【好事近】百戰總無功，這的是天困英雄。孽胡狂猰，無端肆彼元兇。你忘恩負義，恃兵權一旦把干戈動。致令得國步艱危，全不顧罪惡深重。

【前腔】遭逢，身在伍倫中，怎做得詐啞佯聾。爲官食禄，直須盡職輸忠。夷狄教門，也知道君長當承奉。況中國有三代遺風，衆軍有難，臨危抵死相從。

【太平令】禮學陶鎔，鸞鳳寧栖枳棘叢。饒君佞口能攛哄，争奈我心似鐵氣如虹。

【前腔】頭腦冬烘，可怪拘儒没變通。相逢到此當隨衆，猶兀自氣衝衝。

【撲燈蛾】潑奴莫逞兇，吾心奈驚恐。不愁兵甲利，衹因吾道喪窮也。休來哄，便死君難，骨輕毛聳。你雖有區區小勇，怎如我盡忠全節，死也得從容。

【前腔】雖非考命終，亦非壽年永。一時死忠義，千載得受用也。無端賊種，那知有君臣體統。將咱門百般侮弄，笑山鷄作鳳，蚯蚓化爲龍。

【節節高】笑你忒愚懞，使强横，將人惡語相譏諷。駡我蚓化龍，鷄爲鳳。兵權百萬吾操總，任吾生殺隨擒縱。須臾交你赴黄泉，鬼門關上相迎送。

【前腔】于今勢不容，被牢籠，鑾輿何處尋端拱？望九重，紅雲擁。生不能爲陛下全忠勇，死當爲厲鬼終强猛。微臣百拜就誅夷，但願中興早復皇圖鞏。

【尾聲】惺惺到底成何用？三十六人腥血紅，許大功勞一旦空。

校　箋

〔一〕此齣齣目，朱希祖抄本作「死節」。

八義記

《八義記》，作者佚名。今有全本傳世，現存明末汲古閣原刻本（《古本戲曲叢刊二集》、《中華再造善本》據之影印）、汲古閣刻《六十種曲》本、清乾隆二十年（一七五五）抄本、聽雨樓查有炘藏抄本、清抄本、舊抄本（《原國立北平圖書館甲庫善本叢書》據之影印）、吴曉鈴舊藏抄本（《綏中吴氏藏抄本稿本戲曲叢刊》據之影印）等。

公主賞燈〔一〕

【畫眉序】與民慶上元，鰲山高結廣排筵。會簪纓珠履，貴戚三千。座列着公子王孫，簇擁着嬌娥粉面。太平無事人人樂，黎民盡歌歡宴。

【滴溜子】鰲山上，鰲山上，鳳燭萬點；彩樓内，彩樓内，士女笑喧。祇見番郎胡女，搽灰弄鬼臉。花燈燦爛，引得游人，挨梭聚觀。

【神仗兒】今宵上元，今宵上元，金吾不禁。銀漏任傳，那門神歌鬼舞。迓鼓逞奇巧駢闐，使人觀看。賽烟火，恁争先。

【畫眉序】歡樂列華筵，忘却今宵夜不眠。聽笙歌繚繞〔二〕，鼓樂聲喧。金鼎爇鳳腦龍涎，畫燭影朱顔彩面。閬苑長知春不老〔三〕，和伊醉倒金樽滿。

【滴溜子】人生裏，人生裏，富貴在天；公主與，公主與，駙馬少年。生居宫苑，思之這福分，前世有緣。不取樂蹉跎〔四〕，良夜枉然。

【神仗兒】朱簾半捲，朱簾半捲，王宫府眷。和你向前，傀儡家風希罕。也會藏壓轉，恨去來如電。人見後，自欽羨。

【畫眉序】慶賞好良天，碧漢一輪正嬋娟。見佳人傳杯，弄盞相勸。唱新詞遏住行雲，歌麗曲聲清音軟。鬧鵝兒滴溜烏雲髻，叫人眼觀憑盻。

【滴溜子】東家女，西家女，往來市廛，烏雲髻，烏雲髻，交人遍觀。行見款款金蓮牽伴，腰肢細又軟，似月裏仙。見幾對紗籠，喝道半閃。

【神仗兒】蓬萊閬苑，蓬萊閬苑，香風微透。蟾光遍滿，共伊通宵徹旦。唱些宫商羽調，雕家掇攛。人聽後，把名傳。

【滴溜子】今元夕，今元夕，勝如上年；花燈夜，花燈夜，游人盡歡。見車馬駢闐往還，士女歌笑喧，厮挨厮纏。并倚香肩，共樂堯年。

【神仗兒】時乖運蹇，時乖運蹇，遭逢村漢，不還酒錢。那些留貂解佩，被人沿街拽扯，更不羞臉。留下當，我饒賢。

【雙聲子】[五]福非淺，福非淺，前世曾爲伴。今幸然，今幸然，身在王宫苑。你貌鮮，你貌鮮，我少年，我少年。似雲裏吹簫，并頭鳳鸞。游人倦，游人倦，午夜難留戀。燈燦爛，燈燦爛，街市人游散。散綺筵，散綺筵，擁翠環，擁翠環。任取銅壺畫角頻傳。

【尾聲】來朝廣設筵宴，午夜風光疾如箭，不樂不歡空枉然。

校　箋

〔一〕此齣齣目，汲古閣原刻本題作「宴賞元宵」，《詞林逸響》本題作「燈宴」，《醉怡情》本、《原國立北平圖書館甲庫善本叢書》本題作「賞燈」。

〔二〕聽：底本原作「看」，據汲古閣原刻本、《詞林逸響》本、《醉怡情》本改。

〔三〕長知：汲古閣原刻本、《詞林逸響》本作「長如」，《醉怡情》本作「長似」。

〔四〕不：底本無，據汲古閣原刻本、《詞林逸響》本補。

〔五〕【雙聲子】：汲古閣原刻本、《詞林逸響》本、《醉怡情》本皆無「游人倦……畫角頻傳」。按：此支當爲兩支【雙聲子】，「游人倦……畫角頻傳」爲另一支，「游人倦」前當遺漏曲牌【前腔】。

藏出孤兒〔一〕

【金娥曲】〔二〕拜禀公主試聽，念小人姓張名鼎，家居遠村，慣醫諸病症。名不唤程英，是草澤醫人。你們不須隱名，吾宫内并没人來。伊休顫驚，放懷寬下心。今日見伊們，謝神明。

【前腔】聽得公主問，非干是不言名姓，怕隔墻人聽，使人欲言珠泪傾。雖則是家業薄分，老相公不知安分。駙馬在何處藏身，你們從頭説個元因。

【前腔】那日離門，不知相公吉凶死生，逃身他郡，駙馬共程英，方離出宫門。軍卒趕緊，兩兩奔前程，竟不知着音信。我衹道和你同行，吾駙馬不識前程，那曾經途路裏艱辛。

【滴溜子】泪盈盈，泪零零衹得寬心。寬心後，且説如今伊來，伊來使人愁悶，忒叵耐毒心奸佞。你們老成，你們用心，把趙氏孤兒，付與你們。

【紅綉鞋】公主請自寬心，寬心；看儀容駙馬脱真，脱真。衹恐着那奸臣，行巧計去無因。（合）脱得去謝神明，脱得去謝神明。

【前腔】自今付與伊們，伊們；衹願我兒增俊，增俊。與父親報仇恨，屠氏滅我兒興。（合前）

【香羅帶】公主免泪霖，寬放心，若出禁門是伊再生。衹愁屠賊有奸人也，若搜出害程英。天，天可憐遮護恁。（合）異日和他説冤恨，報取奸佞臣。辦着赤心，此兒必然再興。

【前腔】程英你試聽，交付與你，公相駙馬不見影。冤家都付你一人也，你看他公公面，

駙馬恩，看育乳抱若自親。（合前）

【前腔】卒却離宫庭，不須掛心，踏步向前再三省。再三祝付小郎君，休哭泣，莫高聲，高聲我死伊命傾。（合前）

校　箋

〔一〕此齣齣目，汲古閣原刻本題作「孤兒出宫」，《原國立北平圖書館甲庫善本叢書》本題作「付孤」。

〔二〕【金娥曲】：汲古閣原刻本作「【宫娥泣】」，把此本三支【金娥曲】和一支【滴溜兒】合作三支【宫娥泣】，分別是「拜稟……泪珠交傾」、「早則是家業……竟不知個音信」、「我衹道和你……交付與恁」。且兩本異文較多。按：《南詞簡譜》中收【宫娥泣】，爲十二句曲格，現汲古閣原刻本皆是十四句，與曲譜不合。《南詞定律》「雙調過曲」有「【金娥神曲】」，兩體例曲皆是《八義記》曲文，分別是：「拜稟公主試聽，念小人姓張名鼎，家居遠村慣醫諸病症。（合）不喚程英，是個草澤醫人。」「公主寬心後，且自説個原因，今日見你來，使人愁悶增，忒叵耐鐵心腸奸佞。（合）你們老誠，你們志誠，好把孤兒交付與您。」據之，《八義記》當有另外一本，而《群音類選》所收本未辨知爲何曲牌，且曲譜中未見有【金娥曲】曲牌，今據文意點斷。《原國立北平圖書館甲庫善本叢書》本作「【宫娥泣】」，曲文句格異。

程英寄孤〔一〕

【青衲襖】他公公是宰相宗，娘是王侯流派種〔二〕，父親是簪纓貴戚，一家都做虚飄飄水上踪〔三〕。覷着小孩童，這般似爺面容，他是報冤家小主公。

【前腔】他生時年月衝，反覆吟六害兇。未離娘懷且把親爹送，纔離娘懷娘囚冷宫。公公不見容，家私一旦空，他是敗國家小業種。

校　箋

〔一〕此齣齣目，汲古閣原刻本題作「替换孤兒」，《原國立北平圖書館甲庫善本叢書》本題作「托孤」。

〔二〕種：底本原作「真」，據汲古閣原刻本、《原國立北平圖書館甲庫善本叢書》本改。

〔三〕踪：底本原作「冰」，據汲古閣原刻本、《原國立北平圖書館甲庫善本叢書》本改。

杵臼自嘆〔一〕

【駐雲飛】今日明朝，杵臼驚哥命怎逃〔二〕。我死何足道，惜你乍離娘懷抱。嗏，都是五行招。爲忠爲孝，你向前行，我也隨後到。疼痛一般衹争老共少。

【前腔】掩上柴扉，祇恐屠賊心下疑。祇管絮叨叨地，祇恁的閑嘔氣。呸，祇好與我合着嘴。我來尋你，你與埋在伯夷，首陽山根底。萬古留傳作個話兒。

【前腔】休恁猖狂，密密層層是刀共槍。四下没攔當，諕得小鹿兒心頭撞。慌，搬番土泥墻。却要開强，怎做得長江浪，都是一般狐群狗黨。

【前腔】休得奇誇，俺不比尋常百姓家。我曾伏侍當今駕，祇爲朝中多奸詐。嗏，却不和你善干罷。又不曾販牛殺馬，若見屠賊，指定名兒駡，第五殿鬍臉閻王不是耍。

校箋

〔一〕此齣齣目，汲古閣原刻本題作「公孫赴義」，《原國立北平圖書館甲庫善本叢書》本題作「殺孤」。

〔二〕杵臼驚哥命怎逃：底本原作「故把文章教爾曹」，據汲古閣原刻本、《原國立北平圖書館甲庫善本叢書》本改。

竊符記

《竊符記》，張鳳翼撰。張鳳翼生平簡介見本書卷六。《竊符記》，今有全本傳世，現存明萬曆間金陵繼志齋刻本（一九八二年日本京都思文閣出版神田喜一郎《中國戲曲善本三種》據之影印，一九九四年中華書局出版隋樹森等校點《張鳳翼戲曲集》據之校點整理）、明萬曆間新安汪氏環翠堂刻本（現藏法國，未見）、舊抄本（《古本戲曲叢刊三集》據之影印）、抄本（有盧前題識）。兩種抄本與《群音類選》本甚異，史春燕《論清抄本〈竊符記〉非張鳳翼作》（《藝術百家》二〇〇六年第六期）認爲所存兩種抄本皆非張鳳翼所作，應歸爲無名氏作品。可備一說。

信陵賞花〔一〕

【錦堂月】桃李盈門，芳菲滿眼，千紅萬紫森列。棣萼相輝，連枝不慚瓜葛。葵心赤向日常傾，荆花紫遇霜難折。風光別，喜四境無虞，萬民樂業。

【前腔】歡悦，連理枝前，并頭花下，絲蘿幸聯奕葉。次第東風，輕衫最宜單夾。珠翠叢舞影繽紛，綺羅筵蕊珠嬌怯。（合前）

【醉翁子】曲蘖，傾一盞流霞噴雪。正履舄參横，觥籌告竭。流歠，飽德無涯，飲醇醪心更熱。斟酌處，似弟勸兄酬，敢忘銜結。

【前腔】冰潔，似仙掌露華瑩澈。灌金盆不羡，蘭膏飛沫。清洌，這鼻觀氤氲，勝百和爐中香夜爇。承嘉惠，喜沐浴恩波，敢忘銜結。

【僥僥令】監門雖賤役，七十縱衰耋。不見垂釣磻溪爲尚父，自鬻五羊皮，成霸業。

【前腔】儀物欲成享，情意貴浹洽。枉有縟禮繁文誇重疊，豈如雙鯉殷勤將短札。

【尾聲】抱關肥遁真高潔，來日躬迎折節，虛左還須枉車轍。

校　箋

〔一〕此齣齣目，繼志齋刻本題作「信陵家宴慕侯生」。

如姬焚香〔一〕

【六犯宮詞】【梁州序】瑶空虛朗，冰輪初上，似寶鏡臨妝。開匣不欣妝束，惟勤一縷心香。【桂枝香】義重誰能比，恩深自不忘。【甘州歌】把讎人首，齒劍鋩，泉臺含笑也徜徉。【醉扶歸】〔二〕怎做得游魂結草擒驍將？怎做得傷虺銜珠發夜光〔三〕？【皂羅袍】空懷瓊玖，不成報章，臨風不覺添惆悵。【黄鶯兒】繫柔腸，晨昏反側，祈祝是他行。

校　箋

〔一〕此齣齣目，繼志齋刻本題作「如姬感恩燒夜香」，《樂府遏雲編》本題作「夜藝」，《月露音》本題作「默禱」。

〔二〕【醉扶歸】：底本原作「【傍妝臺】」，據繼志齋刻本、《南北詞廣韵選》本改。

〔三〕 銜珠：底本原作「銜環」，據繼志齋刻本、《南北詞廣韻選》本改。

平原慶壽〔一〕

【石榴花】辰逢嶽旦，花事正芳妍。持金斝，獻瓊筵，願言多壽更多男。誦詩人受禄于天，列絲竹管弦，任歌風舞佾傳仙膳。（合）賴交鄰已息烽烟，儘宜家同樂花前。

【前腔】相携趙瑟，列柱鼓華年。喜偕老，締良緣，嬪風陰教仗嬋娟。誦詩人大雅關關，一心永肩，調中饋贊助嘉賓宴。（合前）

【剔銀燈】我公子諄諄致虔，更夫人拳拳相念。梁雲趙月遥相鑒，問寒喧如承顔面。花箋同心在片言，緘封處神飛意懸。

【前腔】念姻婭身各一天，嘆手足睽違繾綣。關山阻隔應難見，陟高岡肥泉同戀。金蓮與彩幣并傳，開封處神飛意懸。

校　箋

〔一〕 此齣齣目，繼志齋刻本題作「平原夫婦慶生辰」。

平原發書〔一〕

【懶畫眉】驚惶好似聽冰狐，豈鮮無虞戒不虞，韓城十七總膏腴。爭知禍福恒相倚，何異藏珠剖腹愚。

【前腔】朝來觀槿感榮枯，獨向閨幃泣向隅，幕巢飛燕釜游魚。好似亡猿殃及樹〔二〕，怎能勾因人愛及烏？

【不是路】平地風波，趙括亡軀并喪師。遭黠虜，四十萬人戮盡更無遺。見攻圍，軍聲動地如湯沸，請救應須走魏都。馳一使，國書早達休遲暮。特傳王旨，特傳王旨。

【前腔】將隕兵屠，告急須憑一紙書。書容易，銜圍須用寄書的。可嗟吁，終不然門下皆虛士，臨難無能救剥膚。還問取，不拘遠近官和吏。有須邀至，有須邀至。

【前腔】志掃伊吾，弱冠能捐七尺軀。我能無懼〔三〕，管教遞取數行書。敢馳驅，縋城透出秦關去，唤作軍中十萬夫。休疑慮，早把書札來親付。莫教遲誤，莫教遲誤。

【皂角兒】算存亡在魚箋雁書，仗雄心要星奔川騖。學秦聲賺出險途，望魏地密尋生路。但得伊，將書去，便興師，無阻滯，庶免流離。（合）大梁何處，邯鄲勢孤。願鄰邦，遥憐籠鳥，來破封狐。

【前腔】愧身爲郵亭賤夫，顧輸忠幸叨知遇。笑秦兵咆哮負嵎，料魏王愛枝惜樹。拚殘生，懷尺素，突重圍，無旦暮，足似飛鳧。（合前）

校　箋

〔一〕此齣齣目，繼志齋刻本題作「平原遣李同告急」。

〔二〕殃：底本原作「歌」，據繼志齋刻本、《南北詞廣韵選》本改。

〔三〕懼：底本原作「拒」，據繼志齋刻本改。

忌見侯生〔一〕

【縷縷金】心孤介，迹沉浮，晨昏司啓閉，足夷猶。聞説賢公子，行藏紕繆。相逢不語且藏鬮，徐徐露機彀。

【前腔】邀賓客，策驊騮，視死如歸也，肯淹留。且往夷門去，相尋良友。相逢倘若有奇謀，休教嘆束手。

【前腔】心側側，事悠悠，扣門知有客，好相留。聞説賢公子，遠勞相候。我自慚不得逐行騶，臨岐嘆衰朽。

【太師引】謾追求，此情難參透。莫不是我禮文未周？爲甚的把人落後？不合這般相酬。敢疑我盡言難受，直恁的三緘其口。也衹怕明珠暗投，須知是深山窮壑有藏舟。

【前腔】多君不鄙頻加厚，早難道莫展一籌？若得符兵權在手〔二〕，他感你爲伊父報仇。在公子誠心開口，管目前事機成就。五霸伐須知坐收，又何須區區求劍刻行舟。

校　箋

〔一〕此齣齣目，繼志齋刻本題作「信陵單騎赴秦軍」。

〔二〕在手：底本原作「唾手」，據《南北詞廣韻選》本改。

托顏傳信〔一〕

【忒忒令】救邯鄲如解倒懸，怎禁得按兵不遣。想平原夫婦，難逃塗炭。也衹爲惜瓊枝，拚珠沉，甘玉碎，做不得瓦全。

【前腔】撩虎鬚如何得保全，入虎穴應知難免。門多説客，也須煩他舌辯。每日裏近龍顔，共周旋，承恩眷，何不托他進言？

【沉醉東風】那如姬有工容德言，批逆鱗也曾規諫。奈吾王意兒堅，反將他埋怨，要傳言怎得人便？（合）事機兩難，須教萬全，按不住心頭火燃。

【前腔】算如姬感恩有年，每常間遣顔恩來相探。托他把意兒傳，教他覷個方便，這奇功不愁難辦。（合前）

【園林好】賢公子捐軀可憐，他赴秦軍應不自完。因此上報他宅眷，早已在堂前，咱不免拜堂前。

【五供養】千鈞一綫，算安危頃刻之間。兵符王卧内，衹索要行權。如姬憐念，早晚間投隙乘間。借他神運巧，跳出鬼門關。勝負存亡，在霎時機變。

【玉交枝】你不須兢戰，事臨頭何必畏難。非圖鼠竊偏行險，也衹爲事機當斷。你忠肝義膽莫憚煩，慈顔好覷平生面。念平原望得眼穿，料如姬必能曲全。

【川撥棹】承差遣，總艱危當自勉。况如姬圖報心堅，况如姬圖報心堅，探驪珠應如弄丸。你把愁懷且放寬，事完成在瞬息間。

【前腔】你的功勞怎盡言，你的機關兀自難上難。可憐他度日如年，可憐他度日如年，是療生靈的九轉丹。這愁懷怎放寬，運謀謨在肘腋間。

【尾聲】解紛救鬥須邦媛，不讓堂堂廟算〔二〕，祇要公義私恩得兩全。

校箋

〔一〕此齣齣目，繼志齋刻本題作「信陵托使請如姬」。

〔二〕廟算：底本原作「妙算」，據繼志齋刻本改。

如姬竊符〔一〕

【羅江怨】春雲亂綺疏，春歸在途，御溝流水落花多，春愁點點寄銅壺也。金縷拖烟，寂寞扃朱户。西鄰啼鷓鴣，東鄰幕燕雛，恨春歸不帶將愁去。

【前腔】波光映望舒，香芹貫魚，憑闌不語自躊躕，無端搔首更長吁也。露濕瑶階，不穩凌波步。南門人好竽，北門人倚閭，朦朧簾幕無重數。

【香柳娘】論侯生用計，論侯生用計，實非容易，不是偷香竊玉尋常事。道機關在伊，道機關在伊，祇恐你相推，與夫人正商議。適顔恩到彼，適顔恩到彼，將心事訴知，特來傳與。

【前腔】他爲亡親雪耻，爲亡親雪耻，常懷心膂，涓埃未效方慚愧。總軍機大計，總軍機大計，欲待報恩私，難逃犯公義。就一死肯辭，就一死肯辭，拚得微軀，完成大事。

【前腔】你猩猩伶俐，你猩猩伶俐，也須在意，嫦娥偷藥休番悔。看殘星漸稀，看殘星漸稀，怕春夢斷華胥，晨鷄唤人起。早褰簾入帷，早褰簾入帷，應變隨機，要審時度勢。

【前腔】你潛身在此，你潛身在此，休得藏頭露尾，花遮柳掩防人至。覓常山寶符，覓常山寶符，管鐵網出珊瑚，雕籠漏鸚鵡。向宸軒睿居，向宸軒睿居，偷天换日，强似携雲握雨。

【前腔】羡女中丈夫，羡女中丈夫，不辭矯制，挾山超海看如戲。想瑶光紫薇，想瑶光紫薇，綉幄似重圍，雲屏又遮蔽。轉教人戰栗，轉教人戰栗，避月狐疑，聞風猶豫。

【前腔】探龍潭得珠，探龍潭得珠，疾忙交與，小心懷去休耽誤。過鸞坡鳳池，過鸞坡鳳池，天險勝黄河，騰身好飛渡。問竊符緣故，問竊符緣故，我自支吾，不須囑付。

【前腔】且吞聲屏氣，且吞聲屏氣，疾行里許，是非關跳出無他慮。似偷營劫壘，似偷營劫壘，吞象有蜘蛛，將身作孤注。茫茫在路衢，茫茫在路衢，回首金闈，投身玉宇。

校箋

〔一〕此齣齣目，繼志齋刻本題作「如姬卧内竊兵符」。

擊鄙統兵〔二〕

【泣顏回】懷内有兵符，奉王言特遣操戈。知君宿將，根本地仗你匡扶。我不堪負荷，愧將君座爲吾座。仗餘威直走邯鄲，須知道莫敢誰何。

【前腔】雄兵十萬衛山河，試看劍戟儘可降魔。你單車來代，渾一似載酒相過。我心中揣摩，算國家重寄全憑我。豈輕移萬里長城，謂子奇可任東阿。

【攤拍】算軍陣素列鸛鵝，承君命都應荷戈。告急梁都，告急梁都，怕喬木將傾，禍結絲蘿。是貴戚分符，不比其它。今日裏豈得蹉跎？平白地你漫張弧。

【前腔】論兵鋒似匣中太阿，欲輕試其如勢何。譬如險道平坡，險道平坡，今秦趙交兵，是蠻觸在角蝸。舍己謀人，暴虎馮河。須索要復請鑾坡，若不詳允恐差訛。

【一撮棹】帥全伍，選鋒盡貔虎。看飛翥，折衝在尊俎。你們兒和父，何堪并勞苦。兄和弟，斟酌要綏撫。大衆争鼓舞，歡聲足干櫓。須知師克，在于和睦。

校箋

〔一〕此齣齣目，繼志齋刻本題作「朱亥臨師擊晉鄙」。

拷問如姬〔一〕

【北新水令】殿前傳令綁如姬，分明是那椿公事。已酬鴻鵠志，肯惜鳳鸞姿。任爾鞭笞，拚的個琉璃碎。

【步步嬌】椒房綉榻深密地，親昵無如你。藏符衹你知，今日成彼鳩巢，總因狐媚。竟不顧一旅係安危，翻雲覆雨干誰事？

【北折桂令】絮叨叨問甚麽端的，竊却兵符，是我何辭。勸君王不用窮追，人亡人得，有甚差池？今日個有甚高低，與他們不爽毫厘。算將來這死難推，衹消受得瘞粉埋香，索强似斬將奪旗。

【江兒水】中壺陳星衛，宫門豈易窺？倉琅根時閉還時啓，風聲怎到得闈幃裏？兵符怎得離丹陛？必有個人兒驅使，早早明言，庶可平分伊罪。

【北雁兒落帶得勝令】自那日念同盟要解圍，不道你畏秦强還中止。我效曝背獻良規，犯天顔脱簪珥。算將來無計效傾葵，竊兵符置盒兒。更四面牢封記，遣顔恩親自賫。不疑，因此持將去，不知，明明的是被我欺。

【僥僥令】倉皇無活計，進退有危機。那日如姬封盒裏，怎知有兵符那是非，有兵符那是非。

【北收江南】呀，這招頭是我不須提，那顔恩得何罪？我自合粉身碎骨報恩施，我和他重泉相見喜孜孜。請君王霽威，請君王霽威，好將我身投鼎鑊做全歸。

【園林好】報私恩應須有時，論公義安得頓違。你衹道孝親爲子，竟不道孝堪移，軍國事怎支持？軍國事怎支持？

【北沽美酒帶太平令】我思親泪滴雙頤，思親泪滴雙頤，憂國念鎖雙眉。秦趙交兵勢已危，豈鷸蚌兩相持？輔和車本相依，倘唇亡自然寒齒。同室鬥髮須當被，鄉鄰鬥也難道門閉。此時免不得竊符與之，這些也爲私，呀，穩情取破秦强魏。

【尾聲】他空宫寂寞姑安置，你持節監軍去莫遲，衹怕勝負兵家不可期。

校箋

〔一〕此齣齣目，繼志齋刻本題作「魏王失符責如姬」，《樂府紅珊》本題作「魏侯究問如姬」，《樂府遏雲編》本題作「拷姬」，《月露音》本題作「拷符」。

侯生自刎〔一〕

【駐雲飛】試展陰謀，知己深恩得少酬。塞外人馳驟，宫禁人孱僽。休，白髮已蒙頭，衹合付之匕首。化作清風，俠烈還垂後。不羨人間萬户侯，何必區區萬户侯。

【前腔】險處回頭，背汗沾衣尚未收。我智略慚衰朽，義膽輸閨秀。憂，萬衆盡貔貅，絶塵奔走。我仗節追踪，咫尺也分前後。衹怕鰲魚不上鈎，怎得鰲魚肯上鈎？

【紅衲襖】我衹道計迂疏似拙鳩，誰知道事完成類火牛。幸如姬不把機關漏，我和伊險些兒爲楚囚。那晋鄙做狐首丘，那如姬做團扇秋。終不然我名成事立又偷生也，把身謝相知付劍鈎。

【撲燈蛾】輕生似水上鷗，意氣吞牛斗。然諾下千鈞重〔二〕，一死付之何有也。且把藁梩掩覆，委骸今日倩誰收？嘆吾行不得迤逗，想歸時拜奠宿草一荒丘。

【尾聲】相逢説與伊良友，泪灑西風漬兩眸，衹落得野草閑花滿地愁。

校箋

〔一〕此齣齣目，繼志齋刻本題作「侯生自刎謝信陵」。

〔二〕千鈞：底本原作「千金」，據繼志齋刻本改。

赦姬同宴〔一〕

【念奴嬌序】珠簾盡捲，看逢壺閬苑，繽紛齊擁群仙。升平重見，持觴處青娥皓齒盤旋。斟滿，露氣偏浮，天香不散，當筵須放酒腸寬。（合）齊祝贊，霸圖九合，遐壽千年。

【前腔】嬌眼，嚬輕笑淺，算群芳衆卉，幽真早已獨占。不減韶顔，精神處全在嬌波頻轉。羞臉，粉黛重勻，蛾眉仍畫，舞裙歌板侑清歡。（合前）

【前腔】悲怨，千里雲山，一行賓雁，斷腸回首各風烟。孤影亂，應揀盡寒蘆汀岸。堪嘆，棣蕚凋殘，荆花憔悴，何心綺席自追歡。（合前）

【前腔】歡宴，萬燭光中，五雲深處，揭天急管與繁弦。共待月，相携素手憑欄。遥見，縹緲毫端，清輝一綫，此時莫放酒杯乾。（合前）

【古輪臺】露臺前，蛟龍夜影摇動碧琅玕，烟中漸漸冰輪見，昭回雲漢。一瞬之間，變態星霜移换。露濕雲鬟，光分月面，杯行到手莫留殘。花遮步輦，轉迴廊長夜流連。漏催銀箭，轆轤聲斷，參横斗轉。須達旦，百年明月幾回看。

【前腔】人間，多少逆旅孤寒，怎比得跨鳳驂鸞，秋宫月殿。金粟香殘，處處有角聲凄斷。吹罷單于，麗譙哀怨，天涯行路此時難。今宵誰念，那蕭森木落邯鄲。凄凉傳舍，徘徊彈劍，鄉心何限，何不早迎還？伊休管，歌停檀板舞停鸞。

【尾聲】心先懶，漏已殘。此夕歡踪不淺，不覺香燼屏間金博山。

校　箋

〔一〕此齣齣目，繼志齋刻本題作「顔恩復命赦如姬」。

平原祖道〔一〕

【朝元歌】豺狼寇邊，撲滅何容緩；鶺鴒在原，急難腸先斷。陟彼岡頭，望而不見，謾説金湯天險。滄海桑田，安危倏忽指顧間。回首别常山，歸心度汝南。（合）大梁不遠，計日要臨河鏖戰，臨河鏖戰。

【前腔】迤邐叢臺在眼，繁華一瞬間，漳水暮連天。簫瑟西風，倍增長嘆，欲向長亭留

餞。難挽征鞍，臨岐不覺游子顔。握手勸加餐，匆匆不盡言。（合前）

【前腔】看取孤飛一雁，長河落日圓，愁絶赤城鸞。珠樹難扳，去心如箭，正是一行中斷。血泪空彈，王孫自應歸故園。且莫唱陽關，令人啼杜鵑。（合前）

【前腔】滚滚兵車掣電，旌旗破暝烟，勁弩喜分韓。帶甲來燕，騎車飛輓，更有齊兵精悍。執鋭争先，仍誇楚師過武關。輜輧賴諸賢，摧烽應萬全。（合前）

校　箋

〔一〕此齣齣目，繼志齋刻本題作「平原夫婦送信陵」。

綈袍記

《綈袍記》，作者佚名。《綈袍記》，今有全本傳世，現存明萬曆間金陵富春堂刻本（《古本戲曲叢刊二集》據之影印，無齣目）；《中國曲學大辭典》「綈袍記」條稱《群音類選》本所選録二齣不見于富春堂刻本，顯誤。

小姐玩春〔一〕

【泣顔回】芳草碧連天，列春山堪羡。雙眸遠縱，人情自覺歡忭。和風扇暖，步芳塵把閑懷遣。祇恐怕好景難留，枉辜負踏青芳年。

【前腔】游賞百花園，人物春生笑臉。何勞剪彩，分明步有金蓮。紅英翠鈿，鬥鮮妍香透春風遍。祇恐怕難駐青皇，看憔悴顔色堪憐。

【節節高】蜂蝶舞翩翩，擾東風，團圓争逐人行轉。花正鮮，草更妍。春光滿眼都觀遍，情投境到誠歡忭。催春祇恐叫啼鵑，落紅滿地空留戀。

【前腔】薔薇色更鮮，叶清香，輕風送過閑庭院。蜂正喧，蝶更嚷。留春不住争相怨，問春曾幾長消遣。今來不樂又來年，來年依舊同游衍。

【尾聲】看教春景歸庭院，又收拾春心剛一點，從此閨門常自掩。

校　箋

〔一〕此齣《古本戲曲叢刊二集》本爲第七折。

撫琴托意〔一〕

【一秤金】月明如水上樓臺，高啓窗櫺，把情懷放開。見銀河耿耿，牛郎織女堪愛。要成雙，祇在七夕來。烏鵲成橋待，那時節人間天上，仰清光，同歡會。思之時易邁，幾多心事謾疑猜。見月圓缺空人愛，獨守情無改。他是個英雄俊秀才，天生你一對，恰便是織女牛郎，遥相望在天台。

校　箋

〔一〕此齣《古本戲曲叢刊二集》本爲第九折

升仙記

《升仙記》，作者佚名。《升仙記》，今有全本傳世，現存明萬曆間金陵富春堂刻本（《古本戲曲叢刊初集》據之影印、近人番禺許之衡環翠樓據之過録、《鄭振鐸藏古吴蓮勺廬抄本戲曲百種》影印底本亦爲據之過録本）。

綉房想侄〔一〕

【畫眉序】六出剪冰花，高下隨風任瀟灑。看青山拾翠，白滿天涯。輕狂如蝶粉交加，飄泊似鵝毛亂撒。（合）好如美玉真無價，應豐年報與農家。

【前腔】遍地撒銀砂，樓閣玲瓏蓋玉瓦。舞梨花片片，點綴茶芽。潛鑽入破壁疏籬，平

鋪了高樓低厦。（合前）

【前腔】曠野絶飛鴉，迷路行人不見家。見園林玉樹，開遍瓊葩。瀉銀河點點飄綿，戰玉龍紛紛退甲。（合前）

【前腔】三白送年華，深巷寒儒高卧榻。唤僕童謾掃，瓦缶煎茶。玉樓臺堪咏堪題，銀世界難描難畫。（合前）

【滴溜子】謾説道，謾説道，這雪可誇可嘉。逞風流隨高逐下，粉墻低壓損梅花，刮人面風刀亂打。真個是天降禎祥報歲華。

【鮑老催】江山圖畫，漁翁江上絲綸罷，牧童牛背蓑衣跨。暖閣中，獸炭燒，傳杯斝。寒風那怕重裘掛，痛飲羊羔倒玉山，歌樓美酒頻添價。

【尾聲】這場瑞雪其然大，端的是乾坤造化，管取來年樂事嘉。

校　箋

〔一〕此齣《古本戲曲叢刊初集》本爲第七折，有插圖題「嬸母侄婦憶湘子」。

湘子見叔〔一〕

【一犯傍妝臺】你這幾年在那裏游，教娘倚門終日望無休。尋踪覓迹音書杳，無處問因由。不念蘭房妻緑鬢，須憶椿庭親白頭。喜今回轉，放心好收，攻書登第繼前修。

【前腔】聽我訴因由，我爲求生死入山修。蓋茅廬在白雲裏，飡松柏度春秋。有玄猿白鶴相爲友，明月清風共唱酬。我看山玩水，與天同壽，我祇恁從日月兩邊游。

【前腔】自從你出家游，閃的我釵分鏡破有誰愀。高堂父母桑榆景，終日裏爲君憂。孤鸞自此重逢偶，雙鳳于今又聚頭。修仙學道，此心罷休，好遵庭訓紹箕裘。

【前腔】你看歲月去如流，我怕無常二字禍臨頭。因此跳出狼虎口，苦志向山修。我貪歡慕樂心昏朽，入聖登真行果優。長生不老，天長地久，怎肯將身喪與粉骷髏。

校　箋

〔一〕此齣《古本戲曲叢刊初集》本爲第十一折。

晝堂開宴（二）

【駐雲飛】壽誕開筵，壽果盤中色色鮮。壽香金爐篆，壽酒霞杯泛。嗏，五福壽爲先，永綿綿。壽比岡陵，壽算期長遠。（合）惟願取壽比蓬萊不老仙。

【前腔】壽藹盤旋，壽燭高燒照壽筵。壽星南極現，壽桃西池獻。嗏，壽鶴舞蹁躚，壽長年。壽比喬松，歲寒顔不變。（合前）

【前腔】壽祝南山，萬壽無疆福禄全。壽花枝枝艷，壽詞聲聲羨。嗏，海屋壽籌添，壽無邊。壽日周流，歲歲年年轉。（合前）

【前腔】壽酒重添，壽客繽紛列綺筵。壽比靈椿健，壽逐東風遠。嗏，眉壽喜躋攀，壽彌堅。壽考維祺，壽著南華傳。（合前）

【山坡羊】你休將我粗布袍輕慢，休將我爛麻縧錯看，你就與我紫袍金帶，我也不與你换。你説你的值錢，我説我的久堅。我説你的有榮有辱，你看我的無憂無患。你如今位顯官高也，祇怕錯踏消息兒犯。你聽言，官高必有險；聽言，我來度你出死關。

【前腔】你説你家豪身貴，你説你功成名遂，我看你似朝霜曉露，都做了嬰兒戲。貪戀着子共妻，分明着鬼迷。有一日無常到來，那時節有誰人替。你聽知，蓋世英雄也少不得卧土泥·，聽知，我與你脱輪迴赴太虚。

【上小樓】你道我不是神仙體段，你不識我春風滿面。我變化無窮，朝游海島，暮下桑田。做侄兒因可憐你老年，怕閻君勾當，爲此上領金丹特來出現。

【前腔】我禮物是金丹玉宣，桌席是露羹霞饌。更有那火棗交梨，瓊槳石髓，鳳餔龍肝。你聽我言，少要貪紅塵中茶飯，我那裏有胡麻餅四時不斷。

【錦堂月】華筵開樽，霞杯泛蟻，高堂壽祝嚴親。喜初度初逢，南辰耿華庚星。但祇願益壽延年，會看取超凡入聖。（合）須拚飲，願壽如山海，天地同春。

【前腔】逡巡，轉轂光陰，朱顔漸改，銀絲白滿青巾。稱此消息，休得錯過時辰。我勸你早回頭弃職歸山，休祇待精微卦盡。（合前）

【前腔】思省，故紙功名，浮雲富貴，何須虎鬥龍争。祇恐時衰，龍顔怒了難禁。我勸你躲離了狼虎窩巢，早入在神仙界境。（合前）

【前腔】須聽，正好抽身，急流勇退，歸山覓取知音。跳出紅塵，休得補漏江心。我勸你

趁今時美景良辰，免日後遭危受困。（合前）

【撲燈蛾】功名風裏燈，富貴火上冰。不知進退消息兒犯，那時節欲悔無門。我勸你思惟三省，做朝臣待漏受怕耽驚，到頭來蓋世功名成畫餅。叔父你露包皮袋休錯認，早皈依養性修真，做一個蓬萊三島真。

【清江引】勸大人將羊兒牢收養，用一片心腸放。殷勤看守羊，休把羊作喪，你急回頭早跳出天羅地網。

【前腔】勸大人將仙鶴休小可，這消息須參破。高官惹是非，財廣招灾禍，急回頭早脱離名繮利鎖。

【雁兒落】你道是美人圖有甚奇，我勸你休輕視。他都是蕊珠宫裏人，他都是廣寒宫裏嫦娥輩。他能賦又能詩，他善舞善歌詞。他衹爲怕死生游蓬島，他衹爲躲輪迴赴太虚。聽知，他是女子輩有希仙志；追思，你是個大丈夫返不如。

【錦庭樂】嘆人生，虚名利何須苦求，恰朱顔又早白頭，這消息知道了好休。我勸你拜明師求聖人，急急持修。縛龍虎牢拴繩叩，煉汞鉛調停火候，運黄河水倒流。會看取功成行滿，白日裏赴瀛洲。

【前腔】嘆人生，急慌忙做甚麽，好光陰疾似攛梭，回頭看能有幾何。我勸你鎖心猿拴意馬，牢捆牢縛。迷魂陣一拳打破，陷人坑飛身跳過，保丹田養太和。會看取功成行滿，白日上鸞坡。

【前腔】嘆人生，苦貪圖何年是徹，日纔東又早西斜，無常到有甚麽計策。我勸你急回頭早抽身，下一個裂决。三五黄芽自結，二八金花又卸，遣仙機須悟者。會看取功成行滿，白日赴金闕。

【前腔】嘆人生，苦奔忙做些甚的，全不顧身後灾危，石火爍能有幾時。我勸你入深山結茅廬，埋下個根基〔二〕。木船金公咸對，姹女嬰兒匹配，寄中黄搆坎離。會看取功成行滿，白日赴瑶池。

【傍妝臺】你思量，人生浮世枉奔忙。回首看時光，短無常到難攔當。須知今古皆虚器，可笑乾坤總戲場。我來度你免禍殃，我教你長生不老赴仙鄉。

【前腔】細尋思，人生浮世枉施爲。迷魂陣何日醒，參不透這玄機。祇怕馬行岩畔收繮晚，船到江心補漏遲。我來度你免禍危，管教你與天齊壽赴瑶池。

【柳摇金】黄金一塊，頑石頭點化來，至寶豈凡財。我看他如糞土，你看他真罕哉。你若貪若愛，自古道財廣生灾，積黄金未必兒孫承載。你審試明白，審試明白，這黄金有成有敗。

【前腔】生鐵一片，衹憑我一粒丹，點成銀有何難。作用出神仙，妙變化在一霎間。我勸你休貪休戀，縱白銀堆積如山，買不得閻君轉限。你聽我良言，聽我良言，你隨我蓬萊赴宴。

【駐雲飛】我默運仙胎，解使花枝頃刻開。艷冶堪人愛，折奉尊前戴。嗏，即此是蓬萊，不須猜。人比花枝，日久終須敗。衹是人老終須不再來。

【前腔】你衹管貪求，苦勸你回頭不肯休。錯過了今時候，再想我不能勾。嗏，你若要位封侯，氣横秋。便到極品高官，禍到難收救。衹怕你伏侍君王不到頭。

【前腔】你想後思前，祈雪天壇違聖宣。若不是你侄男現，灾患如何免。嗏，你如今做高官，我怕你不周全。怒了龍顏，蹉踏着消息兒犯。那其間禍患來時悔後難。

校　箋

〔一〕此齣《古本戲曲叢刊初集》本爲第十二折。

〔二〕埋下：底本原作「理下」，據《古本戲曲叢刊初集》本改。

嬸母思侄〔一〕

【四時春】〔二〕畫樓空，簾捲金鈎控。愁鎖春山重，怨東風。弦斷琴閑，寡鵠孤鸞鳳。青娥誤守宫，杳無踪。一段姻緣，愁成萬種，恰好似游仙夢。眼穿腸斷，泪無盡窮；天長日久，恨無盡窮。這凄凉捱不過春宵永。

【前腔】泪痕收，濕透衣衫袖。此恨難禁受，易生愁。人去天涯，何日是歸時候？悶懨懨倚畫樓，盼歸舟。無情無趣，如病似酒，終日裏捱昏晝。鸞交鳳合，此情罷休；雲情雨意，此緣罷休。可憐拆散鴛鴦偶。

【前腔】似痴呆，誰惜我朱顔改。羅袂空蘭麝，怪離别。負我東君，却好似沉鈎月。傷懷抱枉嘆嗟，寸心切。連理花殘，恩情斷絶，此意兒和誰説。鳳簪跌斷，何時再截；玉釵敲損，何時再截。幽情一段憑誰寫？

【前腔】玉肌消，憔悴損芙蓉貌。羞對菱花照，泪珠拋。問寢高堂，甘旨何人靠？把歸期暗數着，楚天高。月缺花殘，魚沉雁杳，拋閃的無歸落。緑陰庭院，難禁畫迢；黄昏簾幕，難禁夜迢。無人爲惜芳春老。

【黄鶯兒】風雨送黄昏，柳花飛欲暮春，天涯游子心腸狠。斜陽倚門，東風斷魂，倚樓數遍賓鴻陣。（合）泪沾襟，汪汪不斷，何日是歸程？

【前腔】終日黛眉顰，畫屏空生暗塵，無端愁緒縈方寸。帶寬翠裙，褥閑綉裀，爲伊添上愁和悶。（合前）

【簇玉林】心欲折，悶愈增，見羅襟濕泪痕。可憐白髮侵雙鬢，不由人腸斷也如剜刃。（合）揾啼痕，望穿泪眼，愁積似楚天雲。

【前腔】言難盡，恨怎伸？減朱顔祇爲君。高堂親老誰人問，更不思詩禮也趍庭訓。（合前）

【尾聲】凄凄慘慘愁成病，靈鵲燈花都不應，甚日團圓歡慶？

校　箋

〔一〕此齣《古本戲曲叢刊初集》本爲第十三折。

〔二〕【四時春】：馬華祥《明代弋陽腔傳奇考》（中國社會科學出版社二〇〇九年版）稱富春堂本弋陽傳奇新創和吸收的新曲調主要有「以農村習見事物命名的曲牌」、「爲吸收民歌時調、説唱調及【滚調】入曲的曲牌」和「改某曲牌個别字或化原意而成的新曲牌」三類，第三類事例中提到：「《升仙記》第三折【滿春芳】改【滿庭芳】而來，第十三折【四時春】改【四時花】而來」（第一二三至一二五頁）。

設計害愈〔一〕

【傍妝臺】謾思量，我看你人生在世不久長。貪心妄想何時用，今古事堪傷。窮通成敗雲千朶，富貴功名夢一場。百年景，不久常，少不得牛眠馬鬣卧斜陽。

【前腔】謾追思，我看你人生在世草頭珠。醉生夢死真堪嘆，識不破這消息。繩螢拘狗徒爲爾，蝶嚷蜂喧盡是虚。朱顔去，再不回，熬不過金烏玉兔走東西。

【前腔】謾量度，我看你人生一世枉徒勞。東塗西抹無寧止，空設下計千條。人情似紙張張薄，世事如棋局局高。英雄輩，容易凋，豈知道輪迴來到豈能逃。

【前腔】謾嗟呀，我看人生一世枉波查。虚名薄利何須掛，却便似鬧蜂衙。人心不足蛇吞象，世事無窮水蕩砂。忙忙的，做甚麽，黄金白玉都是眼前花。

校　箋

〔一〕此齣《古本戲曲叢刊初集》本爲第十六折。

行程傷感〔一〕

【朝元歌】長亭短亭，衰草西風景；千程萬程，羸馬斜陽影。潦倒荒村，身如萍梗，荏苒霜華入鬢。水涉山登，關河愁聞朔雁聲。短髮不勝簪，鄉思轉更深。（合）長途勞困，何日到潮陽邊境，潮陽邊境。

【前腔】穿了些幽林曲徑，杜鵑啼不忍聽，野渡小舟横。逆旅行裝，一人謾整。迢遞山岐屹嶝，路入層雲，衡茅人家門半扃。靄靄暮烟凝，昏鴉栖又驚。（合前）

【前腔】遠近楓林掩映，西山日半傾，羸馬着鞭勤。這樣窮途，何曾慣經。漸漸杏花村近，且解塵氛，疏林無由掛夕曛。一片故鄉心，都成憔悴身。（合前）

【前腔】去國一身由命，蹉跎感慨生，孤劍嘆飄零。舉目凄凄，高山峻嶺。哽咽殘蟬愁聽，日落天昏，征鞍今宵且暫停。野店買芳樽，孤燈照夜明。（合前）

【尾聲】八千途路何時近？今夜芭蕉雨打聲，滴碎鄉思無限情。

校　箋

〔一〕此齣《古本戲曲叢刊初集》本爲第二十二折。

初度文公〔一〕

【排歌】風弄嚴寒，霜凝野草，長途景色蕭條。驅馳多少水山遥，誰憐窮途逼二毛。（合）夕陽下，暮靄飄，雲山叠叠楚天高。鄉關杳，首謾翹，愁聽山林深處老猿哮。

【前腔】滿目霜楓，颯颯亂凋，聽流水響滔滔。前村何處酒旗摇，瘦馬不堪心意焦〔二〕。（合）〔三〕夕陽下，暮靄飄，關河嚦嚦雁聲高。關山杳，首謾翹，疏林古木晚風哮。

【前腔】行李挑，敢辭勞，羊腸路途迢，鯨波水痕消。這般天氣，這般時月，水冷山空風雨饒，寂寂寞寞苦難熬。（合）夕陽下，暮靄飄，平沙漠漠接天高。關山杳，首謾翹，愁聽潺潺曲澗冷泉哮。

【前腔】爲聖朝，鼎鼐調，夫妻俱拆散，骨肉盡都抛。何時歸去？何時重會？再展葵誠佐聖朝，風霜一路濕征袍，休嘆窮途賣寶刀。（合）夕陽下，暮靄飄，鄉心一片恨天高。關山杳，首謾翹，愁聽荒村野店犬聲哮。

【尾聲】無窮惱恨傷懷抱，士載鋾鎔士氣消，歸去難忘此寂寥。

校箋

〔一〕此齣《古本戲曲叢刊初集》本爲第二十五折。

〔二〕心意：底本無，據《古本戲曲叢刊初集》本補。

〔三〕（合）：底本無，據《古本戲曲叢刊初集》本補。後同。

文公雪阻〔一〕

【楚江秋】朔風刮面吹，寒威透衣。平沙漠漠蠻烟地，那見心慵意懶路行遲也〔二〕。衰草淒淒，偏惹得我鄉心碎。愁聞朔雁悲，怕覩羸馬頹，空滴盡英雄泪。

【前腔】寒鴉作陣飛，彤雲四垂。人家緊把柴門閉，一肩行李謾驅馳也。望斷斜暉，難消遣這途中味。身疲强自持〔三〕，心憂衹自知，這苦也難存濟。

【前腔】冰花片片飛，身寒肚又飢。子規叫道不如去，愁的是拖泥帶水怎禁持也。山腰水湄，受盡了多狼狽。胡笳哽咽吹，寒鴉咿喔啼，傷感吾人意。

【前腔】窮途力漸衰，風刀雪又催。紛紛天剪冰花墜，曾記説雲横秦嶺路途迷也。此事堪疑，不覺心如醉。天涯嘆別離，故鄉何日歸，落魄了男兒志。

校箋

〔一〕此齣齣目，《月露音》本題作「雪阻」，《古本戲曲叢刊初集》本爲第二十七折。

〔二〕那見：《古本戲曲叢刊初集》本作「那更」。

〔三〕身疲：底本原作「身披」，據《古本戲曲叢刊初集》本改。

虎咬張千〔一〕

【梁州新郎】英雄落魄，忠貞見逐，空有氣衝牛斗。一封朝奏，八千路貶潮陽。那況雲橫秦嶺，雪擁藍關，好似忘家狗。思歸無計也，泪空流，翹首家鄉天際頭。（合）風雪苦，怎禁受？ 嚴寒盡把衣襟透，家何在、謾凝眸。

【前腔】愁腸欲斷，悶懷怎剖，忍聽哀猿聲吼。寒江釣叟，蕭蕭雪壓漁舟。那況行人失路，飛鳥迷林，沽酒誰家有。雕鞍欲去也，恨無由，衹爲窮途易白頭。（合前）

【前腔】太平車難載離愁，撲面來雪狂風驟。彤雲遷變，白衣蒼狗。見説轅門僵卧，蘇節堅持，終有歸時候。東風何日也，把寒收，自古忠臣不到頭。（合前）

【前腔】透貂裘冷氣颼颼，壓梅花六花如手。嘆孤臣飄泊，事干掣肘。信道忠言逆耳，

直諫亡身，仗義成灾咎。我精忠當報國，肯干休，端的是伏侍君王不到頭。（合前）

【尾聲】教人怎不思前後，好似依依楚囚，徒向風前嘆未休。

校　箋

〔一〕此齣《古本戲曲叢刊初集》本爲第三十折。

復度文公〔一〕

【駐雲飛】剪冰爲花〔二〕，舞絮飄綿遍海涯。粉填了青山凹，銀鋪了朱樓瓦。嗏，這雪足堪誇，美玉無瑕。似我每清幽，那怕他連冬下。苦的是路上行人不見家。

【前腔】慢撒銀砂，蝶翅鵝毛上下刮。漁釣寒江罷，美酒添高價。嗏，山洞極幽雅，對此梨花。暢飲高歌，灑樂在山巔下。説甚麽長安富貴家。

【駐馬聽】凜凜嚴冬，剪冰爲花逞化工。這雪如瓊似玉，入户穿簾，趁雨隨風〔三〕。被你阻隔的行人千里哭途窮，逼迫的孤臣半路傷心痛。秦嶺雲横，英雄豪杰，到此成何之用。

【前腔】萬里雲彤，玉屑銀砂亂灑空。這雪聲敲窗紙，勢壓梅梢，色映簾籠。快活殺高樓貴客喜無窮，寂寞殺窮途忙士愁千種。秦嶺雲横，官高位顯，成何之用。

校　箋

〔一〕此齣《古本戲曲叢刊初集》本爲第三十一折。

〔二〕剪冰：底本原作「剪水」，據《古本戲曲叢刊初集》本改。下同。

〔三〕趁雨：底本原作「趁此」，據《古本戲曲叢刊初集》本改。

新刻群音類選官腔卷十二

蟠桃記

《蟠桃記》，別題《蟠桃會》，作者佚名。《蟠桃記》今無全本存世，現存清懷寧曹氏舊藏清抄本（藏國家圖書館）、日本雙紅堂藏清抄本（《日本所藏稀見中國戲曲文獻叢刊第一輯》據之影印）皆爲二十三齣，清抄本無齣目，正文與日本雙紅堂藏清抄本基本相同，但僅有三齣部分曲文與《群音類選》相同，餘皆異。兩個清抄本似皆爲舞臺演出刪節本。另有清初四色抄本（藏浙江寧波天一閣），未見。《月露音》亦選録《點化》、《山行》兩齣。陳摶事見《宋史》，劇當本之而加以虛構。劇述陳摶喜慕道，與子秉忠皆歸里。陳摶專心修道養真，趙普來征召，往見帝而辭召。陳秉忠喜得一子，純陽真人來賀，言此子必大貴，後果中舉，得宴瓊林。陳摶過百歲大壽，皇帝降旨祝壽并致賀禮，全家倍感榮幸；東方朔三偷蟠桃來賀，成其蟠桃慶會。中間插有吕洞賓點化張珍奴事。

陳摶慶壽〔一〕

【錦堂月】花柳盈眸，韶華滿眼，叨值誕辰重遘。欲建齋壇，與汝遥祈福祐。望雲端北斗垂光，看郊外南山逞秀。（合）開笑口，願玉液春浮，彩衣香透。

【前腔】聽剖，蒙説緣由，果實蔬殽，般般幸喜俱周。趁此良辰，還須宴集朋儔。看今朝月滿天邊，喜昨夜輝聯奎宿。（合前）

【前腔】相守，晚景優游，一堂魚水，且喜歡聲馳驟。暇日深春，如登閬苑蓬丘。指長庚宜熾而昌，瞻南極惟仁斯壽。（合前）

【前腔】涵宥，未遂箕裘，誰家麟角，繫紱班班非朽。古道靈椿，何須復數春秋。喜雕欄三月鶯花，看午夜一天星斗。（合前）

【醉翁子】齊叩，看歲歲光陰如舊。更爹媽高堂，神清骨秀。清晝，喜和氣凝春，天與閑身相共守。（合）長日裏，且歌舞升平，醉眠花岫。

【前腔】天祐，論人生要天長地久。願吾兒丹山彩鳳，麟兒歸囿。須究，幸心學傳家，萬古高風孰與儔？（合前）

【僥僥令】壽香烟滿袖，壽酒滿金甌。但願得年年此際人難老，看膝下兒孫，戲彩稠。

【前腔】皇圖千歲久，社稷萬年悠。但見海上蓬萊三島近，和氣靄重樓，福永流。

【尾聲】椿萱馥馥陰垂覆，看花暖瑶池如綉，惟願取樂以忘憂。

校　箋

〔一〕此齣齣目，雙紅堂藏清抄本題作「賞春」。此齣從曲文來看，更接近清抄本，清抄本爲（前缺半頁）【引】、【錦堂月】、【又】、【醉翁子】、【僥僥令】、【又】、【尾聲】成套，雙紅堂藏清抄本爲【齊天樂】、【引】、【錦堂月】、【前腔】、【尾聲】成套。

王母玩桃

【黄鶯兒】玉質太妖嬈，問東風賣弄嬌，暖紅香粉西施貌。泠泠露朝，清清雨宵，一似笑顔醉臉天生巧。實堪描，牡丹雖好，比不得這蟠桃。

【前腔】你看風軟弄柔條，似明妃試舞腰，年開欲吐還如笑。紅英謾飄，香魂暗銷，便水流蝶怨情無了。實堪描，瓊花雖好，比不得這蟠桃。

【簇御林】根培厚，土覆高，近霞霄雨露饒。雲根鑿破開丹竅，須知道天台路官通瑶島。福難消，靈臺種德，一似種蟠桃。

【前腔】瑶池上，涌翠濤，潤靈根花發早。回看枝幹參天表，須知道仙家異品非凡草。福難消，藍田種玉，争似種蟠桃。

仙友談玄

【桂枝香】終朝眠穩，何曾滚滚。這些兒正是仙機，且喜得暗中精進。看林泉蹊徑，看林泉蹊徑，隨緣有分，須知逆順。話頻頻，參破玄關竅，須臾萬劫春。

【前腔】黑甜一枕，憑君久隱。日長時燕子雙飛，風捲處楊花作陣。看幽齋夢冷，看幽齋夢冷，山高日静，溪深月映。話頻頻，一榻連三月，逍遥幾百春。

【前腔】虚堂獨寢，清風凛凛。晚來時霧起重樓，明月裏香生石枕。這工夫究竟，工夫究竟，甘津須飲，地雷欲震。話頻頻，一點中天月，光浮萬壑春。

【玉胞肚】蓮花飛影，看層巒渾如畫成。昂頭處勢壓終南，滿目裏香浮石徑。野花啼鳥各溟溟，古殿雲烟鎮日晴。

【前腔】金睛耿耿，看三峰常疑送迎。到前村水繞桃源，這洞裏高人欹枕。未能携杖遍秦城，風月何堪到處明。

【尾聲】風波生怕世塗驚，屢欲尋君訂舊盟，踪迹寥寥空自省。

洞賓問答〔二〕

【黄鶯兒】光色玉泠泠，滿斟來暫解醒，傾銀注玉春香剩。聽高談座驚，看高懷漉巾，酣歌不覺乾坤静。岳陽城，幾回沉醉，猶唤洞庭春。

【畫眉序】猶唤洞庭春，舉世昏昏我獨醒。不覺那玉山頽倒，卧到黄昏。慢誇他入髓無聲，也何用朱顔生暈。君家若解杯中興，日高一覺生欣。

【黄鶯兒】堪羨那多情，正仙姑浪得名，清歌妙舞誰能并？轉秋波水澄，畫春山黛凝，莫教雲雨巫山嶺。笑盈盈，千嬌百媚，斷送世間人。

【畫眉序】斷送世間人，綉幕香風合斷魂。他不管玉肌消瘦，羅襪輕盈。慢誇他一笑春回，也何用片雲堆鬟。須教色相常清浄，陽臺路隔紅塵。

【黄鶯兒】指石化爲金，豈區區麗水生，天然一樣精光瑩。煉丹砂可成，在陶鎔可傾，錢山穀海人紛競。問東君，徒誇籯滿，未勝一經貧。

【畫眉序】未勝一經貧，舉世方知覓利名。他衹管將來作屋，貯個卿卿。謾誇他滿斛珠璣，也何用輕肥相稱。饒君覓得何須逞，石崇金谷須傾。

【黄鶯兒】飛劍落禪林，凛餘威泣鬼神，幾番欲洗妖魔盡。滿胸中不平，對長空訴明，等閑不許同軻政。氣英英，燈前抽劍，此恨向誰傾？

【畫眉序】此恨向誰傾，壯氣吹雲冷漸生。祇看争鋒楚漢，到底埋沉。謾誇他陸地行舟，也何用凌空舉鼎。憑河暴虎皆亡命，蠅頭蝸角紛争。

【皂羅袍】堪嘆浮生何定，聽師言如夢方醒。銜杯終是耗元貞，探花惹得朱顔損。利須隨害，氣須殞身；這些玄妙，誰人共論。知機便達神仙境。

【尾聲】四字從來都不省，得訣還須仔細尋，兔走烏飛當自警。

校　箋

〔一〕此齣齣目，雙紅堂藏清抄本題作「講法」。

點化珍奴〔一〕

【二犯傍妝臺】拂袖下青樓，萬千恩怨渺渺付東流。一任銀筝架倒弦索冷，把玉簫聲弄楚天秋。願隨南岳夫人去，不爲蘇州刺史留。香消粉臉，簾控金鈎，鎖窗人老鏡鸞收。

【不是路】身世浮漚，利欲驅人萬火牛。須參透，終歸一個土饅頭。挈我赴仙游，從教冷落章臺柳，推倒東風燕子樓。你忙回首，赤龍斬斷無塵垢。謹依金口，謹依金口。

【木丫叉】六六巫山，六六巫山，悠悠湘水，渺渺雨散雲收。桃源迷路，野草方稠，這劉郎不如歸收踪迹謝妝樓。任水流花謝〔二〕，馬馳車驟。象板鸞笙休再學〔三〕，罷舞袖斂歌喉，從此窅無閑愁。看上朝金闕，下樂丹丘。

【小錯大】帶解同心，花分并蒂，觶香閨月冷簾鈎。歌扇謾遮羞，舞裙上謾將風塵抖擻。遠跨青鸞弄玉，塵世上碌碌笑蜉蝣。

【尾聲】烟花寨，風流藪。打破直穿情竇，耻把琵琶過别舟。

校　箋

〔一〕此齣齣目，雙紅堂藏清抄本題作「梯仙」，《月露音》本題作「點化」。

〔二〕花謝：底本原作「花卸」，據清抄本、雙紅堂藏清抄本改。

〔三〕再：底本原作「載」，據《月露音》本、雙紅堂藏清抄本改。

道院閑談

【梁州新郎】清閑洞府，靈宫道院，何處晴烟不斷？碧桃花外，鸞翔鳳舞盤旋。衹見香雲縹緲，明月清風，獨把鵝經玩。五千言妙處，坐談玄，對景無心是大還。（合）白石爛，桑田變。看鳥啼花落空成怨，身世事豈須戀。

【前腔】重樓氣合，華池津滿，一點光生几案。秋池月冷，海天歸鶴蹁躚。更有玄猿白鹿，密護芝田，時跨青牛轉。壺中天地老，好幽閑，合是班中第幾仙？（合前）

【前腔】向曉來正坐幽軒，見五色神光頻現。喜神清氣爽，虎踞龍蟠。惟有雷聲滿腹，月到天心，此景佳無限。臨爐沐浴也，在抽添，火候工夫任勉旃。（合前）

【前腔】還丹客自信通玄，把八極三清游遍。看鼎爐砂熟，氣運周全。更有異香滿座，口内生津，與道同天限。刀圭餐服也，味甘甜，《復》《姤》陰陽要轉旋。（合前）

【節節高】清風正悄然，把道袍掀，萬緣放下心心念。神仙伴，來世間，同游玩。爐香端簡虛黄面，蓬萊三島真堪羡。（合）任他富貴與榮華，争如我快活延年算。

【前腔】雲生户牖間，月正圓，衆星燦爛長生殿。香浮遍，玉液鮮，來頻獻。山中歲月人清健，雲臺福地群仙觀。（合前）

【尾聲】光陰過隙如飛電，閑雲不逐清風轉，管取長春不記年。

表薦陳摶

【駐馬聽】岩谷春來，山静雲深月上階。超然高卧，客到應稀，祇有鶴伴蒼苔。看他紛紛野菊隔籬栽，長松作伴蒼烟外。翠鶴丹崖，看一簾草色如凝黛。

【前腔】道與時乖，寂寂柴門久不開。他祇是安眠百日，一枕餘甜，甘與麋鹿爲儕。他與仙人棋局静忘懷，垂綸漁父同舟載。世慮沉埋，把浮名脱却輕如芥。

【摧拍】他雖是豹隱山崖，也須索奉命暫來。看天邊使差，看天邊使差，鳳舞風生，龍躍雲開。茅屋沾榮，光耀雲臺。（合）從此後要展奇才，延英殿，論興衰。

【前腔】何忍見清風久埋，想夷齊空腐草萊。這一片釣臺，這一片釣臺，岩花零落，野鳥喈喈。鶴駕飄飄，何去何來？（合前）

誕孫相慶

【黄鶯兒】恭喜福星臨，滿春臺列錦裀，一堂三世誇重慶。維嶽降申，維神降靈，福如東海流難盡。看蘭孫，鵉眉鳳眼，知不是等閑人。

【前腔】恭喜禄星臨，喜天家雨露新，牙籤萬軸憑收領。夔龍廟珍，伊周世臣，定將隻手調金鼎。看蘭孫，虎頭燕頷，知不是等閑人。

【前腔】恭喜壽星臨，現祥光分外明，南山樹色交輝映。山根有椿，松下有苓，計年恰與人相并。看蘭孫，鶴形龜息，知不是等閑人。

【前腔】恭喜數尊臨，幸寒門誕一孫，方圖積善垂餘慶。祖風可乘，吾門可興，且看頭角昂昂挺。看愚孫，冰凝玉峙，知不是等閑人。

【前腔】恭喜吉星臨，愛充閭喜氣盈，長庚夢協真前定。天生俊英，人誇地靈，犀錢錦褓争相慶。看蘭孫，氣吞牛斗，知不是等閑人。

共友登途〔二〕

【步步嬌】渺渺山光迢迢水，妝點行囊趣。百折路崎嶇，古棧連雲，長松含翠。鶴泪共猿啼，慢騰騰步入烟霞裏。

【江兒水】步入烟霞裏，看落花撲面飛。紛紛飛向前溪去，粉蝶尋香高低戲。那堪雛燕清新語，遥望重山重水。月滿寒塘，石路飛塵空墜。

【園林好】看柴門相傍着小溪，聽漁歌幽咽處慘凄。野曠天低雲樹，使離人憶故知，使離人魂暗飛。

【川撥棹】盼望着皇都裏，滿征衣沾野絮。愁雲裏落照依稀，疏林外鳥韵清奇，看溪水環流塢西。總王維畫不如，總王維畫不如。

【嘉慶子】你看藤蘿繞滿籬，見社酒村翁猶未歸。且喜得横碧烟疏，喜得横碧烟疏，晚景朦朧路欲迷。風淡淡露霏霏，風淡淡露霏霏。

【伍供養】鴉歸晚樹，點點漁燈，古岸方微。心忙招野渡，猶覺路嫌遲。花村犬吠，眼睁睁趕過曲澗橋西。石嵐欹老樹，茅屋掛招旗。溶溶緑水，護繞柴扉。

【僥僥令】團圓明月夜，寂寞動鄉思。又聽得遠寺鐘聲頻聒耳，好夢難成也，不如挑燈再賦詩。

【尾聲】吾衹爲攀仙桂，背井離鄉來到此，那各江山千萬里。

校　箋

〔一〕此齣齣目，《月露音》本題作「山行」。

瓊林賜宴

【梁州新郎】功名合早，文衡增重，黄榜光浮墨涌。泥金報帖，親庭喜溢融融。便有董生對策，袁固談經，不與同伯仲。風雲今際會，荷遭逢，忠孝相期報九重。（合）平地裏，笙歌閧。有樓臺縹緲人争擁，文運轉應麟鳳。

【前腔】曲江集宴，彩箋題咏，聲價今朝益重。春風雷震神龍，頭角峥嶸。祇見旌旗夾道，騏驥争先，十里花香送。滿筵斟御酒，露華濃，不覺徐徐上臉紅。（合前）

【前腔】看滿園瑞氣匆匆，見玉液香浮銀瓮。喜鰲頭得雨，驥足生風。更有文星相聚，雅俊登庸，出入同鞍鞚。龍樓得意也，好英雄，始信青雲有路通。（合前）

【前腔】幸吾曹隨步蟾宫，看濟濟叨陪仙從。喜鯤鵬脱迹，星斗羅胸。還許夜光無價，歐冶初鎔，一出人偏重。藍袍脱却也，竭丹衷，不負如今簡拔功。（合前）

【節節高】宫袍浥露濃，看月輪中，一枝仙桂人争弄。香風動，花影重，頻疑夢。仰瞻天表期歌頌，廟堂異日皆梁棟。明朝準擬謝君恩，何須内侍傳供奉。

【金錢花】羽林冠蓋雍容，雍容；馬蹄得意倥偬，倥偬。辭白屋，上蒼穹。新拜命，好輸忠。圖報處，播仁風。

【尾聲】禮闈春榜龍光動，看五百青錢叨中，從此親庭快晚榮。

輸納買山

【畫眉序】斜日緑楊梢，萬紫千紅鬥春巧。看飛花片片，芳草摇摇。堪觀處翠靄凝眸，晚來看山高月小。深深寒谷無人處，止許那陽和先早。

【前腔】露井隔溪橋，緑樹陰陰漸紅少。看風飄荇帶，雨濕櫻桃。堪聽處噪柳新蟬，歸唱裏穿溪短棹。幾回燕坐心如水，惟有那高人清笑。

【前腔】風景自蕭條，冷落巫山漸雲杳。看鴉歸暝樹，雁没寒潮。堪羡處明月清風，滿目裏白蘋紅蓼。夜來萬籟無聲處，惟聽着寒蛩頻叫。

【前腔】雲合土凝膏，零落梅花尚春小。看烟埋古樹，雪壓峰高。堪賞處臘酒浮香，須記取山空木杪。却憐風定栖枝鳥，猶帶斜陽餘照。

【滴溜子】臣欽奉，臣欽奉，内家明詔；今日裏，今日裏，何須計較？萬鎰黄金不少，傾携助聖朝，軺車載道。明日歸期，萬里迢遥。

【大和佛】百萬貔貅氣正豪，供需豈憚勞。靈丹無價應是福星招，兩利在今朝。猛拚取荷負先趨給爾曹。

【雙聲子】皇華使，皇華使，隱隱出華山道。給餉處，給餉處，四路裏人歡笑。天顏好，天顏好，降褒詔，降褒詔。看日邊雙節，飛下雲霄。

【尾聲】願將百萬供諸道，内帑何須更轉漕，管取他日功成青史標。

蟠桃慶會

【浪淘沙】長笑海天高，膽氣粗豪，朝游碧落暮青霄。一粒粟中藏世界，爛醉逍遥。

【前腔】柏葉與松苗，和土齊挑，十洲三島任游遨。明月清風隨地有，麋鹿相邀。

【前腔】石畔笋舒梢，疏影蕭蕭，薄羅衫袪怯春嬌。夢裏不知身是客，笑語忉忉。

【前腔】莫去倚危橋，月映寒潮，來時咫尺去時遥。流水落花春盡也，脂褪鉛消。

【前腔】仙侣夜相邀，約在今朝，布袍草履皂麻縧。不染紅塵堆裏事，止喜蟠桃。

【前腔】道海實難消，地久天遥，神仙世界豈堪描。白髮老翁頭骨峻，光徹雲霄。

【前腔】身騎紫鸞翺，手捧蟠桃，清虚世界儘逍遥。鷄犬不聞人迹少，鶴舞松梢。

【前腔】恩寵最難消，覆轍相招，五侯七貴世淩霄。轉眼不知何處是，泡影風飄。

餘慶記（胡全庵編）

《餘慶記》，胡文焕撰。《餘慶記》、《遠山堂曲品》、《祁氏讀書樓目録》、《鳴野山房書目》、《明傳奇全目》均著録，祁彪佳稱：「以餘慶名其記，想見作者一副諧媚肺腸，不覺入于鄙俗。故傳奇爛套，不收盡不已。」今無全本傳世，僅存《群音類選》所選數齣曲文。劇作主人公不詳，叙一對老夫婦有二子，未登第前爲二老慶壽，二老望二子皆能登第爲國效力。一子成婚後進京應試，獨占鰲頭，得賞宴瓊林；後一子出邊平夷，戰斗激烈，終獲大捷。郎君在外，嬌妻在家傷春悲秋，思念無限。

壽祝椿萱

【錦堂月】肴薦南山，酒傾北海，堂前共祈華誕。娱舞斑衣，肯辜一春榮艷。惟願取五福完成，常衹是百年康健。（合）瑶池宴，看取鸞鶴齊飛，笙歌同勸。

【前腔】歡忭，骨肉團圓，祥光瑞氣，靄然偏照華筵。瓊草琪花，紛然親友争獻。惟願取萬壽無疆，誰道是一生有限。（合前）

【前腔】留戀，酒裏花前，紅塵紫陌，何必苦相羈絆。百歲千秋，幾曾得免黄泉。惟願取二子登庸，早遂我雙親加顯。（合前）

【前腔】難挽，緑鬢青年，童顔鶴髮，不復世間常見。積德存仁，安居惟聽蒼天。惟願取一室雍和，何必要千金盈滿。（合前）

【醉翁子】堪嘆，人世上幾番更變。謝天地洪恩，四時無難。逍遣，聽燕語鶯啼，兩兩都從花裏閑。（合）都不管，任雉化靈龍，海變桑田。

【前腔】堪羡，雲端裏仙童頻見。都祇爲來祈，壽年千萬。休厭，便醉倒花叢，好似蓬萊快活仙。（合前）

【僥僥令】高歌按檀板，狂舞落金蟬。但見一陣東風催花蕊，心下頓憂然，且莫看。

【前腔】爹娘常善飯，手足永同眠。似此天倫誰更有？惟我得兼全，豈不歡？

【尾聲】年華瞬息如流電，休把青春送斷，便秉燭遨游何憚難。

家園賞春

【夜行船序】芳草嬌花，爲争春色，園囿倍榮華。真個是，一刻春宵無價。尤佳，浪蝶狂蜂，栖止翩遷，一如無暇。（合）堪誇，似這等好風光，休把酒杯擔閣。

【前腔】誰家，笙管喳喳，喜融和日影，碧琅玕下。春衫大，偏趁東風飄掛。歡樂，錦綉成林，茵褥盈階，洛陽輸却。

【黑麻序】青娃，酒力難加，且殷勤執盞，共酬爹媽。況春光可意，鳥啼花發。嘆却，光陰真瞬霎，痛飲未爲差。（合）莫嗟呀，明朝未辨陰陽，今日且寬意馬。

【前腔】繁華，四季難加，感爹娘招賞，綉工權罷。羡園亭開遍，牡丹芍藥。無瑕，縱然是人顔俊美，怎如花萼。（合前）

【錦衣香】酒席斜，花棚下，酒味佳，花枝壓。歌管樓臺，鞦韆院落，紛紛粉蝶過鄰家。却疑春色，盡屬遥遐。怕青皇無主，故相教風雨淫惡。艷麗融和景，番成消索，那時自有，許多恨殺。

【漿水令】羡三春丹青難畫，無數盞臉頰流霞。酒闌日影落窗紗，瞬息林間，聞噪歸鴉。且停止，鞦韆架，明朝莫負花前酌。香風送，香風送，閨人回閣。休秉燭，休秉燭，恐驚花。

【尾聲】光陰有限須行樂，不日又將炎夏，但恨無由留住他。

洞房花燭

【畫眉序】堂上喜初濃，結髮須交恩義重。念老夫一似，殘燭隨風。娶兒婦繼紹先宗，非自己期圖供奉。（合）歡來不似今宵也，拚放得酒量寬洪。

【前腔】門結彩毬紅，幸喜家門習鸞鳳。羡齊眉舉案，孟與梁鴻。婦人家四德三從，男兒漢五倫八重。（合前）

【前腔】笙管畫筵中，聽取歡聲從地動。願百年諧老，如柏如松。何必效裴子奇逢，羞殺那襄王魂夢。（合前）

【前腔】杯卺合方終，頓使人心起愁恐。想形容既陋，針指非工。祇怕是甘旨難供，還愧着室家無用。（合前）

【滴溜子】年老矣，年老矣，窮形瘦躬。喜二子，喜二子，武揚文誦。願作國家梁棟，再願夫婦和，兒璋早弄。期取生前加大封。

【大和佛】酩酊勛酣酒氣衝，拚做嫣兒瘋。顛頭拍手，自覺臉皮紅，不惜飲千鍾。那裏許春色夜來眼朦朧，那裏許春色夜來眼朦朧。

【前腔】花紅羊酒須當送，須知此德四時蒙。鸞衾鳳枕，香氣暖羅叢，安置莫從容。管睡到紅日三竿花影重，管睡到紅日三竿花影重。

【雙聲子】多歡樂，多歡樂，筵席散笙歌擁。團圓處，團圓處，燈燭引歸房洞。夫和婦，夫和婦，姑與公，姑與公。願家門骨肉，和睦雍雍。

【尾聲】良緣信是前生種，感謝皇天恩德隆，看明年管取浴兒童。

科場鏖戰

【黄鶯兒】惻隱擴然包，救孩提非納交，殺身成此方爲妙。顛沛肯拋，造次肯拋，克己復禮歸斯道。要非遥，爲之由己，不讓與師曹。

【前腔】大道卓然高，與氣配無所撓，舍生相取爲吾要。富貴以交，貧賤以交，從兄敬長皆由造。識根苗，發來羞惡，正路忍相拋。

【前腔】辭讓是其苗，想何須玉帛交，三千儀矩當知曉。比義又高，較樂又高，直而無此真爲絞。慢推敲，以和以敬，方是得其條。

【前腔】知日合成腰，道聰明此字招，僧家取諱也常常叫。愚痴不照，獃呆不照，衹有孫龐門處十分妙。更蹊蹺，不知何事，反是賊人高。

【前腔】人伴與言交，吃他時命不饒，燈前一紙家書到。不誠實的没了，欠公道的没了，惟有我區區篤實常相保。莫相嘲，去年一事，直約到今朝。

深閨幽思

【四朝元】衷腸悒怏，何時得見郎。想山遥水遠，雁杳魚茫，寧保身無恙。好朝思暮想，好朝思暮想，不覺柳腰成捻，緑鬢堆霜。寂寞空庭，瀟條羅幌，辜却青年望。嗏，不由我不悲傷。鳳友鸞交，何日重歡暢？奴身已斷腸，君心應久曠。君如頓忘，思思切切，都成虚枉，都成虚枉。

【前腔】心神飛恍，何時得見郎。嘆良宵美景，月皎花香，盡是無情況。幸姑嫜無恙，幸姑嫜無恙，且自調和甘旨，襯副衣裳。無限恓惶，許多勉强，身體知羸胖。嗏，頓教我泪滂汪。兩字名兒，未必標金榜。空教散一場，徒勞費千想。君如顯揚，忙忙汲汲，歸鄉隨唱，歸鄉隨唱。

【前腔】倚閭相望，何時得見郎。恨緣慳命蹇，地老天荒，此際多惆悵。似痴呆形狀，似痴呆形狀，終日忘餐廢寢，屈指經腸。鳥語花妍，蜂喧蝶嚷，豈可心飄蕩。嗏，須是要守綱常。孝婦賢妻，誰個無誇獎。青年少主張，紅樓易牽絆。君如憶鄉，長長久久，信音疏曠，信音疏曠。

【前腔】光陰難創，何時得見郎。怪影中成隻，夢裏成雙，都是傷心帳。對誰人談講，對誰人談講，那裏是蘭香蕙盛，地久天長。割斷新婚，留連侯將，家國都抛樣。嗏，你那裏好風光。目盼心思，時刻何曾放？何時拜畫堂，無由共歡賞。君如審詳，迷迷戀戀，他方安享，他方安享。

【尾聲】當初何事輕抛樣，今欲相逢難上，若要寬懷殊返鄉。

賜宴瓊林

【念奴嬌序】鰲頭獨占，把三千秀士，輕他腹内文才。十載寒窗勤苦讀，今朝方得争輝。休怪，賢聖經書，朝廷學校，何曾肯把人辜害。（合）恍疑是身居天府，人在瑶臺。

【前腔】幾載，馬馳鋒快，喜今日虎榜高標，重蒙天愛。耀武揚威，還要把姓顯名揚四

海。寧耐，膝下情疏，高堂年老，錦衣歸去莫多捱。（合前）

【前腔】丰采，頭上高插錦花，影臨杯底，何人得似這情懷。袍袖大，都是宫樣新裁。冠蓋，壯志軒昂，風情舒暢，杏花一色都嬌態。（合前）

【前腔】諒揣，喜聖上得人，素餐尸位，臣職豈當該？各宜要報取，今日高魁。豪邁，孔孟文宗，孫吴兵法，大家都是棟梁材。（合前）

【古輪臺】玳筵開，風流學士共傳杯，鬧喧笙管多連再，何妨酒債。願文武和諧，忠佞事也須勸戒。兩兩三三，杏園吟賽。想公侯本是没根栽，莫教自敗，須把姓名勒在碑牌。天光將暮，金蓮須送，青驄須待。賜宴與游街，那愁嚴衛多拘礙。

【前腔】開懷，那管月碎與花埋，都且是酌酒簪花，共樂清泰。翰館文臺，處處可掃清毋怠。多少老幼，人民觀看，遂使天下人心勤講解。酒闌人懈，各倩人端整差歪。皇恩重大，須朝北闕，頻頻酬拜。此際果榮哉，但願君臣洽，山河社稷滅塵埃。

【尾聲】笙歌擁，燈火排。我這裏乘醉回歸還自在，却笑他失第儒生旅邸哀。

賞夏得捷

【梁州新郎】青皇罷職，祝融承管，又早火旗焰焰。恍疑人在，紅薪烈炭爐間。幾得金風興發，爲我掃除，炎患休憂遍。無私天地自周旋，偷得凉亭半日閑。（合）消晝永，遣人倦。且披襟散髮臨波面，冰雪處有誰占？

【前腔】柳條垂影，槐枝遮暗，庭畔緑陰鋪滿。炎威潛避，清風旋轉泠然。何必蒲葵虛自扇，聽鳴蟬，好一似相酬勸。飄然懷抱爽，消香汗，願得時時對景閑。（合前）

【前腔】看碧波開遍紅蓮，見玉砌鋪成湘簟。聽棋聲剥剥，把南柯敲斷。喬鶯引子，紫燕呼雛，贏得添愁怨。兒郎何處去，不回還，羞殺斑衣許久閑。（合前）

【前腔】霎時間靄靄雲烟，頃刻際轟轟雷電。想此時便是，冰山雪檻。荷香噴鼻，柳色侵人，難把千金换。雖然同夏景，各一天，幾得功名身外閑。（合前）

【節節高】菱歌何處喧，入華筵，教人頓起行途嘆。休閑管，且放寬，行歡忭。碧筒呼酒偏遲慢，竹爐烹茗真佳便。（合）恍疑身在水晶宫，不覺精神頓寧健。

【前腔】紗厨月影圓，景多般，流螢幾度來庭院。奏笙板，噴麝蘭，催籌箭。想應都是風

流宴，殷勤光景多留戀。（合前）

【尾聲】沉瓜浮李筵鋪遍，把蘭湯慢自焚燃，那裏管海沸山崩暑氣難。

邊陲戰捷

【普天樂】扯旌旗掛甲胄，列刀槍排隊偶。休差謬，休差謬有勇須謀，把威風振作貔貅。（合）呀，管掃除强寇，功名貫斗牛。分付三軍竭力，竭力覓取封侯。

【北朝天子】把都兒似水流，打辣酥且應喉〔一〕，鬧轟轟笳鼓喧宇宙。人强馬壯，把精神抖搜，奔殺前休落後。便班超怎休，便蘇武要囚，滴滴溜滴溜滴滴溜。趁風塵奪財砍頭，奪財砍頭，管甚麽求和救，管甚麽求和救。

【普天樂】怪胡夷腥臊臭，望神天陰冥祐。争和鬥，争和鬥誰肯干休，凱歌聲不日相謳。（合前）

【北朝天子】打圍兒兔鹿游，殺陣兒勇力稠，密挨挨劍戟排左右。横行直撞，有誰人敢勾，實歡娱真强茂。想匈奴我儔，想幽燕我州，好好羞好羞好好羞。把城門鐵門石韃，鐵門石韃，那邊官真卑陋，那邊官真卑陋。

【普天樂】離吳都來燕岫，歷艱危操休咎。功成就，功成就方得回頭，且寬心莫自搜求。

（合前）

【北朝天子】胡聲兒亂咻，胡馬兒亂走，撣掤掤且把琵琶奏。心胸膽大，要中原服投，做高邦爲元首。與華邦結仇，羨夷邦禮周，莫莫憂莫憂莫莫憂。想中原無人可搆，無人可搆，且顛頭頻拍手，且顛頭頻拍手。

【普天樂】少年征老將守，力須加眉休皺。觀胡狗，觀胡狗出没優游，且和他决個鸞鳩。

（合前）

校　箋

〔一〕打辣酥：底本原作「打竦酥」，據文意改。

懷女悲秋

【新水令】光陰迅速又深秋，好交人衷腸如剖。枕邊人出外州，掌中珠不在手。珠泪交流，珠泪交流，骨肉每幾能成就。

【步步嬌】送女歸來忙奔走，又早秋時候。西風鐵馬吹，落月孤形瘦，他因名利多馳驟。

我爲義和恩，也將這塵土來消受。

【折桂令】洗塵醪滿泛金甌，途路艱難，客館憂愁。也衹爲骨肉遨游，女孩兒未知安否。好交娘終日凝眸，可憐他隨鎮胡囚。好没來由，倘有蹌蹶軍情，我孩兒一命休休。

【江兒水】休得多胡想，莫妄愁。他英雄肯落他人後？他聲名肯把鑒綱朽？雙雙富貴皆非謬。料是怨心無有，不負辛勞，最喜安然白首。

【雁兒落帶得勝令】幾時得問吾安解俺憂，幾時得整衣裳觀針綉。幾時得似前番共賞春，幾時得到後歲重祈壽。幾時得性情歡叫慈母，幾時得閨閫内唤丫頭。幾時得成就天倫樂，幾時得回返故鄉丘。休，要相逢不能勾。若要解憂也麽愁，可除非母女綢繆。

【僥僥令】懸憶悲哀莫自求，對美酒可優游。死别生離何足嘆，信是命中來難解救，命中來難解救。

【收江南】呀，早知道有却今日呵，到不如不生休。縱生不若贅夫儔，何須瑣瑣嫁王侯，衹落得傷人情竇。你待要勸丟，叫俺怎生丟。

【園林好】實非吾性情不投，又非吾衷腸不謀。但是嫁鷄須守，豈可使背夫流，豈可使背夫流。

【沽美酒帶太平令】雁哀哀過小樓，蛩唧唧在床頭，助俺相思不自由。有甚意聽歌謳，有甚意斟香酒。悶殺人寒砧亂奏，苦殺人西風穿透。我呵，鎮朝昏粗搜細搜，腸抽肉抽，呀，猛傷情把雙蛾攢皺。

【清江引】筵前空有肴相侑，衹是思情厚。何時故國歸，一戀他鄉久，也須知大家們同宇宙。

百順記

《百順記》，作者佚名。傅惜華《明代傳奇全目》著録，稱此劇現存版本有二：「〔一〕清乾隆間懋德堂抄本，傅惜華藏。二卷。正文首行書名標作『新録全福百順記全本』，下署：『懋德堂藏』。每卷有目録。〔二〕清抄本。程硯秋藏。」這二本均未見。《傅惜華藏古典戲曲珍本叢刊》、《北京大學圖書館藏程硯秋玉霜簃戲曲珍本叢刊》亦未收録。《曲海總目提要》卷十四載此劇，稱劇述宋王曾事，因王曾及其子凡事皆處順境，故題作「百順記」。

王曾祝壽

【錦堂月】黄菊舒金，丹楓剪錦，秋高氣清時候。風度闌干，香飄綺筵堪嗅。笑春光桃李争妍，娱晚節冰霜操守。（合）齊歡偶，願歲歲登高，一杯萸酒。

【前腔】重九，美景當酬，嬌黄嫩白，恐對花貌成羞。風外柔枝，裊娜似歌衫袖。與階前蘭桂齊芳，應堂上椿萱同茂。（合前）

【前腔】回首，歲月難留，盈簪白髮，把鏡自愧衰朽。共老林丘，喜孩兒獨奮高秋。且休貪桃杏風光，急早向康衢馳驟。（合前）

【前腔】知否，此福前修，雙雙偕老，喜媳婦淑賢嬌幼。一室團圞，説甚麽萬里封侯。但得你彩服承顔，勝似他黄金懸肘。（合前）

【醉翁子】窮究，那大禹惜清陰白晝。肯晝虎無成，反貽人醜。今後，展八斗才華，摧破風烟天上樓。（合）開笑口，拚飲到日落檐牙，月上簾鈎。

【前腔】聽剖，看年少掇科今古有。似他順父母顔情，曾閔也堪同儔。這是天祐，成就做了名節雙全賢者流。（合前）

【僥僥令】黄鷄肥入饌，白酒暖盈甌。看古往今來衹如此，又何必向牛山溢泪眸。

【前腔】鴉啼秋色慘，螢度夜光浮。玉露生寒階草濕，俺這裏愛清宵秉燭游。

【尾聲】光陰一去應難又，且笑折秋香滿手，衹恐明月西風蝶也愁。

王曾謁妓（二）

【一江風】晝寥寥，悶把雕欄靠，檐外寒尤峭。楚天遥，雪亂雲横，筆底知多少。含愁粉易雕，含愁粉易雕，牽情魂暗銷，隔簾兒又恐怕梅花笑。

【梁州新郎】門閑塵静，簾虚風凛，雪滿空階小院。寂寥時候，雙繩冷落鞦韆。忽報高車過我，蓬蓽生輝，一笑開佳宴。喜看君似玉，正芳年，選中青青第一錢。（合）楊柳態，桃花面。愛春纖謾把紅牙按，歌未歇酒頻勸。

【前腔】天台春近，巫山雲斂，得遇傾城嬌艷。烟籠翠鬢，瑶簪半壓金蟬。默地眼波含笑，眉黛生春，情思如留戀。令人心似醉，口難言，欲贈揚州十萬錢。（合前）

【前腔】把玉壺緑醑重添，向寶鼎還燒香篆。况佳人才子，世間難見。須信人生似寄，光景無多，莫遣杯中淺。青樓歡會處，興陶然，拚取床頭沽酒錢。（合前）

【前腔】擁紅爐竟不知寒，翠鬟依貂裘輕暖。聽風前落木，亂鴉啼晚。祇見臺燒銀蠟，酒盡金樽，猶自貪歡忭。美人清麗色，實堪憐，肯惜囊餘買笑錢。（合前）

【節節高】冰花亂撲簾，把綉裙沾，輕輕拂下瓊千點。迷歌扇，翻舞筵，真堪羨。長空鳥影都飛斷，穿窗入户隨風旋。（合）祇恐東方日出時，化成春水流花片。

【前腔】梅花幾樹妍，暗香傳，依依疏影横窗見。偎香臉，倚玉肩，渾忘倦。譙樓一任更籌換，愛樓臺到處銀妝遍。（合前）

【尾聲】錦韉蹀躞堪追電，縱迷路能尋回轉，不羨山陰訪戴船。

校箋

〔一〕此齣齣目，《月露音》本題作「訪妓」。

衆友登途

【朝元歌】山長水長，旅次無情況；花香草香，春色供惆悵。祇爲蝸名，反違烏養，萬斛愁堆馬上。回首咸陽拜，州信知非故鄉。路柳挽行裝，林花笑客忙。（合）心兒悒快，幾時得鳳城入望，鳳城入望。

【前腔】風暖征衫輕漾，瀟瀟客異方，影物露春妝。楊柳村居，杏花門巷，轉過平原野壙。聽鳥語悠揚，令人幾回空斷腸。緑水繞横塘，青山半入墻。（合前）

【前腔】幾簇人家相嚮，青青樹兩行，茅屋甚凄凉。古渡横舟，斷磯停網，滿目風塵思想。故土家邦，離懷自憐多感傷。十載困螢囊，何年作鳳翔。（合前）

【前腔】爲應朝廷春榜，携書涉大江，翹首望金閶。樹擁山遮，霧迷烟障，自信平生豪放。劍氣光芒，此行管教登廟廊。落日帶雲黄，和風趁蝶狂。（合前）

妻憶王曾[一]

【二犯傍妝臺】無語捲疏簾，鎖窗蕭索，春事又闌珊。見紅苑花飛盡，聽緑樹鳥啼殘。韶光轉眼過三月，情思關心隔萬山。（合）金錢常卜，綉襦懶穿，幾回腸斷晚妝前。

【前腔】藁砧一自去長安，翠銷雙黛[二]，香冷落梅鈿。空倚着危樓望，空對着短檠眠。鵬程固展雙翰快，我鸞鏡誰憐獨影寒。（合前）

【金衣公子】芳砌草芊芊，恨東風不見憐，等閑吹落紅千點。惜殘葩自拈，折殘枝慢撚，嘆天涯春盡離人遠。（合）問蒼天，玉郎何日，含笑錦衣旋。

【前腔】風動翠裙掀，步行來腰力軟，印苔階自愛弓鞋淺。見爐沉篆烟，聽檐鵲噪喧，我痴心尤望飛紅便。（合前）

【憶多嬌】真可憐，春暮天，舞絮游絲亂滚綿，始信春歸在客先。（合）美滿姻緣，美滿姻緣，離恨乖違一天。

【前腔】軃玉肩，情思懨。撫景懷人欲倚欄，暗把芳心托杜鵑。（合前）

校　箋

〔一〕此齣齣目，《月露音》本題作「憶夫」。

〔二〕黛：底本原作「鈿」，據《月露音》本改。

楊相贅曾

【好事近】春色滿華堂，一派笙歌嘹亮。接天喬木，女蘿何幸相傍。姻緣定取，到如今休得相謙讓。趁良宵花燭交輝，合巹杯且斟佳釀。

【前腔】飄揚，衫袖惹餘香，偏稱着玉佩金環聲響。含羞俯首，逐蕭史把鳳臺同上。郎才女貌兩相宜，結髮偕歡賞。一個守四德青閨，一個占三元黄榜。

【千秋歲】爇奇香，寶鴨烟飛處，一縷縷細穿簾幌。玳瑁筵前，向玳瑁筵前，祇願你百年夫妻和暢。巫山近春雲盎，鮫綃帕芙蓉帳，被擁桃花浪。看青鸞彩鳳，花底頡頏。

【前腔】細端詳，他粉臉兒紅潮漲，端的是金屋堪藏。推整雲鬟，宛如桂闕仙姬謫降。珠簾外明月上，錦屏内香風蕩，幾度羞相向。怪侍兒近人，高照銀釭。

【越恁好】娘行此夕，娘行此夕，勝藍橋遇裴航。相公拈彩筆，描翠黛效張敞。兩歡娱久長，兩歡娱久長，暖溶溶向藍田玉一雙。對青天保祈，早願得玉燕兒夢裏飛揚。春雨後石砌中，看取蘭芽長。愛赤繩綿軟，繫人千丈。

【前腔】鳳笙連畫鼓，鳳笙連畫鼓，鬧攘攘錦綉場。見門楣彩毬來往，隨風漾進瑶觥。聽纖歌繞梁，纖歌繞梁，齊唱彩道梁鴻配了孟光。勝朱陳兩村，看紅絲亂紛紛牽着緑窗。歡聲溢喜氣揚，檻外星明朗。縱千金難買夜佳况。

【紅綉鞋】遥天月轉西廊，西廊；花枝影照東墻，東墻。杯酒暖鬱金香，沉醉處覺徜徉，頓忘却是他鄉。

【前腔】擺紗籠一路成行，成行；送瑶臺淑女仙郎，仙郎。移玉趾振瓊瑺，歸畫閣入蘭房，誇坦腹羡東床。

【尾聲】人間勝境如天上，真個是婦隨夫唱，願似連理高枝接大荒。

王曾得子[二]

【畫眉序】晴日正曈曈，瑞氣祥烟藹簾籠。荷皇天寵賜，一子承宗。縱休誇佳兆爲熊，尤幸似明珠生蚌。（合）酒杯齊向花前酹，相期福壽無窮。

【前腔】華屋産人龍，孔釋雲中親抱送。喜鄰家習習，盡繞香風。應知是逐電神駒，端不讓朝陽鳴鳳。（合前）

【前腔】白髮半衰翁，添此蘭孫實珍重。待他年長大，爲我扶筇。雖不慕五桂齊芳，且自把三槐深種。（合前）

【前腔】簫鼓震雕瓮，慶喜花枝亂遮擁，賀麒麟一夕，飛下天宫。朱扉外弧矢高懸，綉幕中珪璋歡弄。（合前）

【滴溜子】銀壺瀉，銀壺瀉，珍珠色紅；瓊卮泛，瓊卮泛，緑蟻浮動。大家齊聲歡哄，千金此立名，絶勝晁董。願取他年，拂袖登庸。

【鮑老催】清標美容，雙眸宛若秋水籠，啼聲試聽潤且宏。壯乾坤，勝瑚璉，真梁棟。食牛氣已驚人衆，文章擬步白玉堂，聲名預卜黄金瓮。

【滴滴金】雕盤湯餅庖厨貢，玉碗瓊漿慢傳送。纖歌飛起行雲遏，紫衣人能承奉。歡聲相共，燃香盡把南山頌，南山頌。綿綿瓜瓞，根深地迥。

【鮑老催】庭花影重，幽香萬斛飄午風，人間樂事天意從。鳳凰栖，鵷鷺班，蓬萊洞。垂髫定許皇家用，誇富貴推尊重，應不羨長庚夢。

【雙聲子】笙歌縱，笙歌縱，似百鳥花間哢。杯斝充，杯斝充，勝三峽尊前涌。歌未終，歌未終，栖鴉冗，栖鴉冗。把金荷絳蠟，高照玲瓏。

【尾聲】浴麟宴罷歸人擁，醉挹絲繮跨玉驄，笑別風前落照紅。

校　箋

〔一〕此齣齣目，《樂府紅珊》本題作「王狀元浴麟佳會」。

漁樵答曾

【剗鍬兒】得魚網向沙頭曬，柳條穿了上長街。賣錢償酒債，無愁繫懷。江鷗不猜，江雲不礙。任取人間，桑田變海。

【前腔】高峰十里攢青黛，穿雲兩隻舊芒鞋。伐木誰能賽，把牛山劈開。黄精可煨，青蘿可采。笑殺人情，朝更暮改。

【駐雲飛】宦海堪哀，尤勝風波日幾回。富貴如雲藹，公論惟天在。嗏，縱使列雲階，有成有敗。争似漁翁，寄迹烟霞外。笑指澄江碧似苔。

【前腔】放蕩形骸，拙計平生秖打柴。茅屋雲中矮，鋼斧腰間快。嗏，箬笠趁風歪，金章不愛。聽説閑非，惹得心兒怪。山水茫茫歸去來。

丁謂玩賞

【夜行船序】幾樹芳妍，喜春風一夜，盡教開遍。名園内，逞盡萬般嬌艷。堪憐，霞釀日烘，枝枝渾似胭脂深染。争鮮，又疑是巧花奴，細把絳羅重剪。

【鬥寶蟾】無言，醉倚風前，弄輕盈飛上，美人嬌面。更馳名楚館，占雪兒歌扇。留戀，天婆迎几席，香風撲欄杆。送芳年，厮混那有情蜂蝶，斷腸鶯燕。

【錦衣香】錦鋪交，玄都觀，彩妝成，河陽縣。爛漫芳菲，武陵溪澗。花陰勾引問津船，蓬壺浪説，結實三千。向天台深處，鬥妖嬈曾迷劉阮。助多少閨情，起古今宫怨，游人爲爾，春衣盡典。

【漿水令】霎時間雨催風捲，頓番成恨惹愁牽。東君收去景無邊，萬點殘紅，顛倒苔氈。空寂寞，閑庭院，游絲兀自牽一片。西郊襯，西郊襯，車輪香軟。長安逐，長安逐，馬足蹁躚。

【尾聲】嫣然對酒如相勸，似惜光陰荏苒，不飲還愁笑我偏。

王繹打圍

【普天樂】碧雲飛新凉好，玉霜清凋衰草。疏林外，疏林外葉舞金飈，頓令人秋興飄飄。

（合）呀，愛山迴水繞，旌干列九霄。馬稱歡聲蹀躞，蹀躞游遍西郊。

【北朝天子】把青鬃馬鞭，把金鈴犬牽，圍攘攘過幾座荒村店。齊聲兒吶喊，震冥冥遠天，水波翻山峰撼。看清溪這邊，見垂楊前岸，那舞烟撲烟還走烟。鳥驚飛山猿奔竄，山猿奔竄，起紅塵遮人面，起紅塵遮人面。

【普天樂】水痕清楓林悄，樹陰濃柴門小。舟橫在，舟橫在野渡平橋，乍驚人村犬哰哰。

（合前）

【北朝天子】蒼鷹兒貼貼飛，細犬兒緊緊隨，把弓刀盡向腰間佩。更張羅設綱，喜西風打圍，馬成群人成隊。響鼕鼕鼓鼙，蕩摇摇旌旆，喊一回鬧回還走回。争蹌蹌虎狼争避，虎狼争避，度高山跋流水，度高山跋流水。

【普天樂】柳陰中漁人釣，粉墻西村姑笑。林皋外，林皋外霧染烟描，聽傷秋敗葉鳴蜩。（合前）

【北朝天子】又傷了九尾狐，箭穿了獨足烏，鶻番身捉住了能跑兔。連聲兒喝采，繳繒裏亂呼，麂和獐麋和鹿。入迢迢路途，擁齊齊童僕，緊着逐慢逐還遠逐。馬頻嘶人能行步，人能行步，不愁他前村暮，不愁他前村暮。

【普天樂】鳥争巢群聲噪，日銜山餘輝照。嵐光映，嵐光映花簇緋袍，挽絲鞭把金鐙頻敲。（合前）

父子榮歸

【石榴花】錦堂開宴，骨肉慶團圓。朱户啓，綉裘懸，嵯峨寶鼎吐龍涎。列輕盈十二花鈿，倒金壺涌泉，喜椿萱白髮同康健。受明君紫誥今朝，勝裴公緑野當年。

【前腔】珠簾高捲，赤日正中天。浮瑞靄，繞祥烟，風飄舞袖兩翩蹮。趁當場簫鼓鬧喧，信人生有緣，一門見文武雙魁選。看宗枝三代芳榮，更瓜瓞五福延綿。

【泣顔回】三秀茁階前，喜摘來報我華筵。笑經老眼，頓覺清興飄然。想逍遥地仙，茹靈根盡得升霄漢。且休誇劍起豐城，説甚麽玉種藍田。

【前腔】玉趾步金蓮，捧瑶觴繞膝争先。雙雙相勸，聚天倫樂事無邊。聽蒼頭小鬟，報東山月上雲間斂。綺席將翠釜重添，銀燭把翠荷高點。

【尾聲】旌賢御墨争先顯，拚飲到漏沉更斷，一任闌干花影轉。

桃園記

《桃園記》，作者佚名。《桃園記》，傅惜華《明代傳奇全目》稱無全本傳世。《遠山堂曲品》載稱：「雖出自俗吻，猶能窺音律一二。」今知《群音類選》、《樂府紅珊》兩曲選皆有選録。《樂府紅珊》收三齣：《關雲長訓子》、《魯子敬詢喬國公求計》、《劉玄德赴河梁會》，與《群音類選》所收無重叠。劇作本《三國演義》，《群音類選》所選主要爲關羽身在曹營和單騎會劉備、張飛後被誤解之事。

關斬貂蟬

【耍孩兒】〔一〕挑燈夜閲《春秋》傳，挑燈夜閲《春秋》傳，把往事傷嗟轉，幾回圖王霸業皆堪羡。昨朝吴國方爲越，昨朝吴國方爲越，笑明日韓邦又屬燕，桑田滄海多更變。纔能够炎劉一統，承傳得四百餘年。

【前腔】嘆三朝國步艱，嘆連年黎庶遷，天灾地窨侵靈獻。賢良黨錮危方免，賢良黨錮危方免，狐兔黄巾毒蔓延，處處遭塗炭。纔除了狂謀董卓，又生出奸佞曹瞞。

【前腔】照良宵何恁圓，吐清輝何潔然，他在廣寒深處清虚殿。歡娱曾照南樓宴，歡娱曾照南樓宴，寂寞長遭晦蝕纏，嫦娥獨宿無人伴。正好向閑亭伫立，猛可的想起貂蟬。

【前腔】關侯將令傳，學宫妝寶髻偏，想他孤幃寂寞思姻眷。今宵洞房春意十分滿，今宵洞房春意十分滿，魚水恩情另意歡，這番是到老于飛願。學一個温存幫襯，柔聲氣伏首階前。

【前腔】嘆遭逢離亂年，痛鄉邦盡播遷，一家骨肉皆星散。三年失侶空悲怨，三年失侶空悲怨，幸遇亡夫吕奉先，又苦被梁王賺。到今日方披雲霧，得睹青天。

【前腔】看貂蟬佞舌便，論英雄誰數先，誰人慣馬能征戰。誰居帷幄能籌算，誰居帷幄能籌算，誰個當鋒敢向前，你爲我言一遍。衹許你直言無隱，不許你巧語花言。

【前腔】念奴家尚幼年，不能知古聖賢，衹聞得今人幾個能征戰。三位將軍是英雄漢，劉關張是英雄漢，那數無名吕奉先，他跟脚由來賤。他衹是馬前走卒，怎上得虎部名班。

【前腔】你今日弃温侯來近關，倘或你弃咱每又近那邊，迎新又要將咱貶。惱得我渾身骨肉兢兢戰，氣滿胸膛口吐烟，駡你個真潑賤。也是你前生注定，這灾危難免目前。

【滚】昆吾賽過吹毛劍，昆吾賽過吹毛劍，出鞘離匣龍吐涎。穆龍曾鑄金鑾殿，治家邦伐佞除奸。天下何由三尺取，天下何由三尺取，就裏堤防四海傳，曾把白蛇斬。在朝内誅奸除佞，向關外掃滅狼烟。

【前腔】此劍在我手内提，要在你貂蟬頷下懸，也是你前生注定今生限。你就江邊别楚虞姬女，教你目下堪將命染泉，教你目下堪將命染泉，你今日休埋怨。衹爲你花嬌美貌，惱得人怒髮衝冠。

【前腔】我腰一捻氣運旋，他體十圍轉動堅，既令妾把銀釭剪。千言萬語生機變，千言萬語生機變，兩次三番怕向前，這苦是知難免。若要他心回意轉，除非是地反天旋。

【前腔】明晃晃劍離匣，色輝輝龍吐涎，唷嘟嘟鮮血如紅茜。廝唧唧扯動連環響，赤律律油頭落粉肩，透酥香染羅衣遍。你看他雙眼睃睃合閉，一身倒在階前。

【煞尾】今朝除却身邊患，不枉了漢末英雄《史記》傳，免使傍人談笑俺。

校　箋

〔一〕該【要孩兒】與曲譜句格不合，從句格來看，與後【滾】相近。

五夜秉燭

【綿搭絮】當時貧守在衡門，淡飯黄虀，早晚夫妻辛與勤。守清貧，無事關心。今日功成名就，指望列鼎重裀。誰想地塌天崩，婦北夫南絶信音。

【前腔】二更清冷，指望盡老歡忻。誰想四下干戈，虎鬥龍争。不顧身，逞豪英各要建立功勛。誰想天不憐念，反害了前程。撇得我無倚無依，舉眼全無半點親。

【前腔】三更人静，聽得哭聲頻。思念吾兄，坐想行思長泪零。使人聞，展轉傷情。我也不知消息，教我去也無門。若還打聽行藏，萬里程途必去尋。

【前腔】四更時候，悶悶昏昏。枕上燈前，泪眼愁心。憶故人未知死和存，使我鎮日牽縈。你身居何處，仗托誰親。閃得我冷冷清清，影隻形單常泪零。

【前腔】五更將近，月淡星昏。霧結烟愁，夫婦東西如亂塵。泪雙傾，怎得骨肉相親。不知何年完聚，訴此衷情。創立劉朝，誰想被風吹浪打萍。

獨行千里

【新水令】我在桃園結義勝同胞，想初情好傷懷抱。無心歸孟德，有意立劉朝。不憚千里迢遥，尋兄長存節孝。

【步步嬌】自與兒夫分拆了，一向絶音耗。家鄉萬里遥，舉目無親，有誰相靠。空自泪珠抛，跋涉何時到。

【折桂令】纔離了猛虎狂蛟，不怕千里獨行，途路迢迢。雖曹公待我不薄，待我不薄，還金印綬，與他水米無交。顔良斬文丑滅心酬意表，刀尖挑紅錦征袍。驚呆了欺主奸曹，唬倒了愛友張遼，非雲長乘勢過關，笑孟坦弃甲奔逃。

【江兒水】叔叔威名重，膽氣驍，鬬兵一戰驚呆了。夫婦東西形相吊，幾回魂夢多顛倒。又怕前途人擾，倘有遮攔，吉凶難料。

【雁兒落帶得勝令】憑着俺青龍偃月刀，便有那柳盗跖何足道。怕甚麽十面埋伏大會垓，就是韓信暗渡陳倉道。呀，有賊兵來犯着，殺得他怎生逃。本待要立炎劉誅强暴，訪吾兄怎憚勞。你休焦，路千里終須到。從今會哥哥團圓直到老，會哥哥團圓直到老。

【僥僥令】行行過古道，山嶺峻岩高。想念征人今何在，未卜是何時相見好，是何時相見好。

【收江南】呀，尋遍天涯并海角，爲兄長怎心焦？便做奪關斬將有何勞？紛紛的亂葉飄，紛紛的亂葉飄，深秋天氣倍寂寥。

【園林好】過平沙重過小橋，見秋深寒枝盡凋。空惹得離人懊惱，當此際倍無聊，當此際倍無聊。

【沽美酒帶太平令】敬哥哥和嫂嫂，敬哥哥和嫂嫂，關雲長敢辭勞。一自徐州失散了，因思刎頸交。我豈肯頓相拋？不得已暫歸了曹操。見金帛何曾忻要，賜美女何曾歡樂。我呵，將顔良斬了，文丑滅了，呀，歸劉氏，歸劉氏，盡了咱一生忠孝。

【尾聲】不辭跋涉崎嶇道，踏盡紅塵路更遥，方見人倫道義交。

古城聚會

【沽美酒帶太平令】你還説道不降曹，還説道不降曹，到如今越氣惱。受女納金多快樂，將恩義頓然拋調。撇得俺弟兄每東零西落，忘了俺桃園中對天盟告。我呵，每日價好酒飲着，笙歌兒耽着，美女兒摟着，這等樣快樂，呀，罵你個負義忘盟强盗。

【雁兒落】念桃園誓比泰山高，關某心惟有天知道。何須用逞氣驍，聽某家分白皂。

【得勝令】呀，俺本是報國輔劉朝，休看咱絶義忘恩的盗。那曾有受女納金意，斬顔文假意行公道？因不憚辛勞，會哥哥特來到。你休也波焦，看車輛中是伊家的皇嫂。

草廬記

《草廬記》，作者佚名。草廬記，今有全本傳世，現存明萬曆間金陵富春堂刻本（《古本戲曲叢刊初集》據之影印，無齣目）、清抄本。

甘麋游宫〔一〕

【梁州新郎】蘭湯初試，香雲未理，菱鏡玉臺方啓。輕勻嬌面，丁香扣滿綃衣。閑看鴛鴦并倚，笑擲花枝，驚起相争戲。忽聞來女伴，出幽閨，笑上蓮臺逐和詩。（合）宫柳細，禽聲碎。春來不久仍歸去，休負却賞花期。

【前腔】龍涎方爇，鳳幃猶蔽，獨擁鸞衾耽睡。玉奴催起，薰籠暖透春衣。坐傍緑窗梳洗，忽聽鸚歌，小犬聲聲吠。手忙心更怯，疑是主人歸，立候花陰過檻西。（合前）

【前腔】與卿卿相候移時，携素手同回閨閫。看金徽玉映，翠繞珠圍。自愧今生遭際，一介裙釵，可謂身極貴。願夫成帝業，立王基，贊翊人瞻舊漢儀。（合前）

【前腔】漢春秋四百常規，劉世界萬年恒地。願皇圖鞏固，子孫克繼。早使曹瞞殄滅，破虜潛消，一統歸劉氏。四方烽火息，偃征旗，萬姓歡騰樂盛時。（合前）

【節節高】君侯有指揮，鎖宫闈，訪賢欲往襄陽去。隆中位，號卧龍，諸葛氏。孔明名亮真經濟，胸中謀略驚神鬼。傳言珍重二夫人，常時休把優愁繫。

【前腔】劉封與二糜，守閫闈，待送齊酒食和糧米。方辭去，趙子龍，孫乾輩。由他小館錦雲封，自歸内閣觀神器。又不是洞門深鎖碧窗寒，到做了梨花院落重重閉。

【尾聲】方岳子作晨門吏，親命難教頃刻離，從此隔斷紅塵兩處飛。

校　箋

〔一〕此齣富春堂刻本爲第四折。

舌戰群儒〔一〕

【新水令】東南悠聚德星光，東南悠聚德星光，不辭遥敬瞻文象。俄忘鳩性拙，誤入錦人行。禮貌疏狂，希引進升函丈。

【步步嬌】梁父吟爲先生倡，悠樂天真養。高名四遠揚，甽畝躬耕，管樂相仿。龍既出南陽，如何不慰蒼生望。

【折桂令】你既出言詞便下機搶，我想三顧茅廬，恩德難忘。你道咱難得荆襄，則是難得荆襄，他同宗劉表不忍相傷，我這裏易取如同反掌。恨劉琮暗裏投降，致曹瞞得肆猖狂。劉豫州江夏屯兵，這良圖豈爾等參詳。

【江兒水】國蠹曹丞相，心懷久不良。當今惟有他南向，玄德無君曾相抗，近來反恁無家傍。敵愾何期消長，公可席捲中原，大業扶劉重王。

【雁兒落帶得勝令】我隨着奮澠池文鳳凰，那愁他鷹鸇長。緊隨着得雨龍，那愁那吞蛇象。呀，你説道是他强我弱不相當，不記得他博望，不思量他滑水殃。烏江，能勇的身先喪。張良，扶着那能怯的成帝王。

【僥僥令】檄書期會獵，詞句暗機藏。起百萬雄師千員將，直欲捲荆襄，攘四方。

【收江南】呀，再添百萬有何傷，咱隨身有智囊。試看我奮武鷹揚志，可惜這生靈。掉甚麽唇槍，全不羞怒顔勸主願投降。

【園林好】不通經詞違典章，不據理出言泛常。你作説客略不謙讓，惟佞舌學蘇張。

【沽美酒帶太平令】古賢臣輔聖王，古賢臣輔聖王，經百世譽猶香。稷契皋陶干與逢，讀何書君欽君讓？通何經民懷民仰？你呵，口荒意荒，心忙手忙，呀，看我做拒曹的人望。

【尾聲】吴侯坐候君談講，何故久坐春風笑語香，容頃刻重邀過小堂。

校　箋

〔一〕此齣富春堂刻本爲第二十八折。

黄鶴樓宴〔一〕

【泣顔回】漢室白雲仍，我胸中常有數萬甲兵。曾把黄巾平定，虎牢關豈不知名。雲長顯能，萬軍中送了顔良命，斬蔡陽文丑諸英。

【不是路】你休僥幸，將他剥衣散髮檢分明。我計方成，擒人坐席非英猛，假手于人諱此名。青鋒勁，霎時座上捐生命。喪形滅影，喪形滅影。

【舞秋風】你何不向滄波中戲萍？何不向天潢上自逞？何不去點額文衡？何不去鼓鬣丹井？何不向禹門引領？何不向桃浪噴腥？學祖就鴻門宴遁迹潛形，莫學那酈食其將臺前去就人烹。

【尾聲】酒魔不爲深杯醒，如厮重來酒數行，愛聽江南鼓吹聲。

校　箋

〔一〕富春堂刻本第四十五折爲周瑜設鴻門宴于黄鶴樓宴請劉備，與「黄鶴樓宴」文意相近，另《大明天下春》選録之「赴碧聯會」、《萬壑清音》選録之「姜維救駕」、《樂府紅珊》選録之「劉玄德赴碧蓮會」，基本與富春堂刻本第四十五折曲文相同，可以基本斷定「黄鶴樓宴」的情節就是富春堂刻本所述；而《群音類選》選録之曲文，文意、曲詞皆不同于富春堂刻本等四本，且據曲文之意，似與黄鶴樓宴會無關。故推定此齣曲文應有誤，但未詳選自哪部三國戲劇作。

玄德合巹〔一〕

【夜行船序】玉洞春濃，正猊爐香爇，玉盞高溶。今夕何夕，喜王孫着意乘龍。匆匆，花燭交輝遥相送，看前後人呼擁。（合）兩意，同好一似梧桐，竹徑彩鸞丹鳳。

【前腔】吾兄，虎踞江東，更修文武備，贊翊王封。當今瞻仰，幸妾家三世英風。明公，爲國爲民聲華重，入廊廟真梁棟。（合前）

【鬥寶蟾】渠儂，帝室華宗。自向時接見，允愜吾衷。蒹葭倚玉，好加珍重。英雄，似山間乍出熊，池中未化龍。（合）捧金鍾，直飲到月上梅梢，臉暈桃紅。

【前腔】衝衝，浩氣填胸。直待掃清四海，拱逐群雄。那時節方顯美材良用。難容，曹瞞計未窮，劉張業已隆。（合前）

【錦衣香】夫秀鍾，乾綱永，婦秀鍾，坤維重。天然此對良姻，龍孫虎種。資身自有禄千鍾，尋香粉蝶，共戲花叢。似瑶琴韵美，寶瑟聲同。把《桃夭》誦，歌聲沸涌，百年諧老，一朝新寵。

【漿水令】昔殷勤能施卧龍，歷辛勞得成大功。覩他體度有祖仁風，喜禄已爵上公〔二〕。吾家累代建侯封，也直得南面稱孤，中外稱臣。（合）真鸞鳳，豈雁鴻，雲龍風虎喜相從。銀臺上，銀臺上，花燭影紅。花燭下，花燭下，笑口歡容。

【尾聲】珠圍翠繞繽紛從，池酒山肴沸鼎鍾，事涉侯門便不同。

校　箋

〔一〕此齣富春堂刻本爲第四十八折。

〔二〕喜禄已爵上公：富春堂刻本作「喜爵禄拜王公」。

新刻群音類選官腔卷十三

漑園記

《漑園記》，趙於禮撰。趙於禮（生卒年不詳），字心雲，一字心武，浙江上虞人。生平事迹不詳。知撰有《漑園記》、《畫鶯記》（佚）傳奇二種。《漑園記》，今無全本傳世，《綴白裘》選録《君后送衣》一齣，《群音類選》選録三齣。吕天成《曲品》載評稱：「即齊王法章事，而此以王孫賈爲生。然是庸筆，意致可取。」置「下中品」。祁彪佳《遠山堂曲品》載評稱：「此以王孫賈爲生，插入『齊世子灌園』一段。于覆齊、復齊處，言之獨詳，而賈績之可紀者，轉覺寥寥，是爲客勝于主。」置「能品」。劇叙戰國時齊世子法章在莒太史家爲僕避難，在後花園打水漑園澆花。一日，莒太史之女在後園聽到法章自言其志，奇其言，慕其志，與之私訂姻緣。後來法章被迎歸齊國登位，通過田章做媒，迎娶莒太史之女爲妃。

後園相窺

【懶畫眉】碧蓮池上景堪誇，倒浸峰嵐浴翠霞，雕欄十二門檐牙。天光雲影争高下，更喜風來透碧紗。

【前腔】亭空雙瑞倚層厓，枝幹蕭條影半遮，蒼苔點點雜藤蘿。願教沃土回生意，鳳舞龍蟠足歲華。

【前腔】怎能够中興一旅整山河，倒效漆吏園中抱瓮歌，胸中忿懥動星槎。雪冤夙夜圖恢復，寶劍嘗于夢裏磨。

【前腔】徐徐抱瓮向岩阿，欲問天孫借玉河，銀潢分派動星槎。從教一灌重青茂，龍有江山鳳有柯。

【醉扶歸】聽言詞壯麗一似懸河瀉，睹狀貌玉山屹立兩峰賒。風月襟懷知值千金價，恨不得和伊試講三分話。空教倚闌偷覷眼兒斜，衹落得兩對面情相迓。

【前腔】恍疑是廣寒雲捧天仙子，又疑是翠華露浥蕊珠花。國色天香教我難描畫，怎當他口脂暗送薔薇麝。怪女侍故把他臉兒遮，幾時得赤繩綰定青鸞跨。

【二犯傍妝臺】溉苑遇仙娥，丁香示美真假意如何？問花神含笑口，尋鵲渚渺星槎。真如神女雲中下，自是襄王夢裏家。暫拴意馬，待整鳳車，金蓮迎照合歡花。

後園訂盟

【月兒高】心高眼曠，霄漢等杯盎。混世無青盼，役溉輕供帳。倚定雕闌，悄悄兒留情況。暗擲下丁香釦，意欲我牢縈想。怎諧得河洲伉，忽聽得篔簹響隔窗，行摇玉珮鏘。

【前腔】闌杆顒望，想睡熟錦雲帳。夢洽襄王寵，久住巫山上。教我無聊，空盼池亭傍。叢叢不改凌霄狀，使我頓學心條暢。暗卜家邦事可將，從此寒灰重吐光。

【前腔】忽瞻亭上，柏竹緑雲障。心卜符連理，鳳友鸞和倡。路隔銀河，烏鵲承虚港。看君行步非凡狀，你好把真情講。休爲花邊百和香，迷戀將伊大事忘。

【玉交枝】别離悒怏，我心中轉覺慘傷。感卿贈我臨行貺，自當銘刻心臟。腰横寶劍虹吐光，氣吞巫峽襟懷壯。（合）知幾時得諧鳳凰，知幾時得諧鳳凰。

【前腔】懷難舒暢，這眉鋒蹙損轉傷。心猿怕聽陽關唱，藕絲難挽行囊。休將大事視等常，須知薪膽爲氈餉。（合前）

【川撥棹】你恩同霄天壤，教卑人頻記望。須有日報稱娘行，須有日報稱娘行，幾能得同裁諫章。（合）這恩情怎敢忘，這恩情怎敢忘。

【前腔】淚雨盈盈漬滿裳，歲月悠悠離恨長。管有日重鎮家邦，管有日重鎮家邦，莫令人目斷楚襄。（合前）

【十二時】去去無勞頻佇望，隔斷紅塵各一鄉，待整備鑾車會洞房。

中秋燒香

【六犯清音】【梁州新郎】香燃金鴨，烟生玉兔，爲問嫦娥結果。天孫何處，佳期隔斷銀河。【桂枝香】兀自瞻銀闕，空勞想玉珂。【排歌】秋將半，恨轉多，露凝瑞柏冷仙柯。【醉扶歸】怎能得玉斧伐爲柯，怎能得簫鳳共鳴和。【皂羅袍】你看月華明朗，桂枝影婆，休將別恨蹙雙蛾。【黄鶯兒】嘆蹉跎，非關悵別，端祇爲山河。

【園林好】祇爲爹使他園中灌花，誰知他青皇逸駕。但願得矢心無罅，須有日得相和。

【香柳娘】莫將窗來影射，莫將窗來影射，碧紗隔越，今宵難辨真和假。聽更籌幾也，聽更籌幾也，雲賴寂無嘩，冰輪碧空掛。想蘭房燈未滅，想蘭房燈未滅，把雕闌再倚，同覷明月。

【前腔】喜中秋景佳，喜中秋景佳，銀河欲瀉，樓臺盡住光天下。我們是香閨素娥，我們是香閨素娥，欲把彩雲拿，剪就鮫綃帕。把銅盤玉屑，把銅盤玉屑，取向錦堂前，殷勤捧壽斝。

雙烈記

《雙烈記》，張四維撰。張四維（生卒年未詳），字治卿，號午山，别署五山秀才，元城（今河北大名縣）人，僑寓金陵。生平事迹未詳。知撰有散曲集《溪上閑情集》和傳奇《雙烈記》、《章臺柳》（已佚）二種。《雙烈記》，又名《麒麟記》，今有全本傳世，現存明末汲古閣原刻初印本（《古本戲曲叢刊二集》據之影印）、汲古閣刻《六十種曲》本、清康熙十一年（一六七二）吴郡甘澹道人抄本、舊抄本。

平康相叙〔一〕

【梁州新郎】青陽纔至，鴻鈞初轉，就暖條風輕軟。辰良景媚，好將合卺杯傳。但願你伯鸞高節，德耀貞良，瓜瓞多滋蔓。老身當暮景，得安然，始識吾兒絡綉賢。（合）花燭夜，笙歌院。乘龍女婿人争羡，看喜氣藹門闌。

【前腔】孤身囊罄，千山家遠，何幸娘行垂眷？器非坦腹，深慚漫駐絲鞭。誰道有妝

臺玉鏡〔二〕，孔雀金屏，始見嫦娥面。紅絲無一縷，荷姻聯，始識丘山苗母賢。（合前）

【前腔】叩蒼穹配合良緣，謝萱堂俯從奴願，喜英豪不弃，辱成姻眷。他本是魁梧李靖，奇表陶謙，我自非無見。他年持節鉞，珥貂蟬，始識東鄰騏驥賢。（合前）

【前腔】武陵溪偶泛漁船，天台路喜逢仙眷，看香翻舞袖，酒淹歌扇。知你是華陽玉女，盛世仙郎，滿却今生願。雙雙歸畫錦，永團圓，始識沙哥崔嫂賢。（合前）

【節節高】雕盤裊篆烟，爇龍涎，柳摇臺榭東風軟。江梅綻，彩燕翻，生盤薦。胡桃鵪鴿紅爐暖，銅龍玉漏冰澌淺。（合）莫把閑愁憶故鄉，室家歡慶真親眷。

【前腔】金杯玉手傳，酒如泉，羊羔麟脯羅華宴。人歡忭，情愛憐，心留戀。朱幃翠幕春情綣，金花銀燭春光炫。（合前）

【尾聲】新春新景開新宴，喜新人共駕彩鸞，看取新年樂事綿。

校　箋

〔一〕此齣齣目，《古本戲曲叢刊二集》本題作「就婚」，《樂府紅珊》本題作「韓世忠元旦成婚」。

〔二〕臺：底本原作「成」，據《古本戲曲叢刊二集》本、《樂府紅珊》本改。

征途相遇〔一〕

【北新水令】統三軍星火赴勤王，貫長虹寸心偏壯。賊臣謀叛逆，君相被摧傷。恨塞愁腸，恨塞愁腸，對東風倍凄愴。

【南步步嬌】陌上春歸風光爽，日暖游絲颺。風輕柳絮狂，驛路山程，馬足車塵瀼。回首好悲傷，看九重宫闕烟霾障。

【北折桂令】走雙旌飛捲龍光，疊鼓鳴笳，掣劍横槍。憑着俺陣列貔貅，胸藏龍虎，血染豺狼。祗俺這運神機奇行正往，那怕他恣横行馬壯人强。離却平江，進取錢塘，好振軍威，再整朝綱。

【南江兒水】緩縱青驄騎，迢迢去路長，山花零落增惆悵。望前途不見勤王將，恨家鄉久别萱堂養，無耐兩般勞攘。急綰絲繮，料此會在秀州江上。

【北雁兒落帶過得勝令】我祗待要破長風駕海航，祗待要開大道鋤荆莽。祗待要撥雲烟顯太陽，祗待要正綱紀誅妖妄。呀，祗俺這忠憤塞穹蒼，血泪灑空江。愁逐征雲慘，心隨去路長。鷹揚，殺氣有三千丈。强梁，管教他今朝劍下亡。

【南僥僥令】漫天塵土暗，動地鼓鼙揚。想是勤王兵和將，須是向轅門尋問訪。

【北收江南】呀，你緣何衹恁不忠呵，遂私自出錢塘。又不知怎生太后共吾皇，更兼賊子那行藏。却有何計量？憑甚人主張？須教從頭逐件説其詳。

【南園林好】朱僕射存心頗良，苗劉賊謀爲不臧。遣苗翊臨平相抗，趨行在可堤防，趨行在可堤防。

【北沽美酒帶太平令】他奸驕心太不良，俺忠烈性豈尋常，本是萬火堅金百煉鋼。那記得私情可償，衹知有君親恩罔極難忘。若説他亂家國肆行無狀，惱得我髮衝冠氣滿胸膛，拿住時須難輕放，試昆吾剁爲泥醬。我呵，你説他兵强將强，任他似虎狼，衹説他望旌旗魂飛魄喪。

【意不盡尾】城狐社鼠群爲黨，一鼓擒之净廟堂，辦取丹心答我皇。

校　箋

〔一〕此齣齣目，《古本戲曲叢刊二集》本題作「道逢」，《月露音》本題作「途遘」。

金山相勢〔一〕

【夜行船序】皛皛長江，發岷山萬里，赴海歸洋。三吴地，突起鷲峰江上。真賞，碧玉浮波，蒼鶻摶風，金鰲吞浪。凝望，我祇見倚天開樓閣，棟飛檐敞。

【前腔】崖房，石跨危梁，向江開竹逕，小搆僧房。蒲團上，且請暫閑塵鞅。蒙訪，滿爇沉烟，旋煮先春，聊爲供養。披莽，纔轉上妙高臺，正與海門相向。

【鬥寶蟾】蒼茫，海月流光，漾長波跳躍，萬條銀蟒。吸青冥風露，袂凉襟爽。追想，賦詩横丈槊，擊楫誓長江。事堪傷，那異代豪華，都付水流長往。

【前腔】銀潢，遠接江光，拭青銅净洗，一天秋爽。聽漁歌忽斷，晚風蘆港。還想，鯨飛邀月醉，猿嘯引杯長。進霞觴，莫負此良宵，須放好懷歡賞。

【錦衣香】泛月江，僧歸舫，濺佛裳，鯨噴浪。張祐孫魴，令人遐想。中泠冷濺齒牙香，消吾渴吻，滌我枯腸。待卧吹簫管，上揚州許誰豪放。吞海亭虚敞，江光四望，欲駕天風，恣游蓬閬。

【漿水令】頭陀洞蟒蛇皈向，郭璞墩蛟龍隱藏。燃犀昔日事荒唐，風流江左，曾羡周郎。

霸王業，俱蒿莽，空勞鐵索沉千丈。金尊罄，金尊罄，好酬佳況。銀蟾墜，銀蟾墜，須整歸航。

【意不盡】明朝又逐紅塵嚷，准備衝風破浪，帆櫓旌旗蔽滿江。

校　箋

〔一〕此齣齣目，《古本戲曲叢刊二集》本題作「計定」，《月露音》本題作「相勢」。

邀友游湖〔一〕

【甘州歌】湖山勝覽，向錢塘門外，漫整行韉。葛巾野服，無拘樂事無邊。花間酒家張翠幰，堤上游人逐畫船。餘寒峭，麗日暄，清明幾處有新烟。松間月，竹裏泉，酒邊舊侶漫留連。

【前腔】行行至水邊，喜斷橋堤口，柳柔沙軟。揭天簫鼓，重湖深處喧填。玉膏滿尊新市美，銀鯽堆盤荇菜鮮。紅香岸，碧樹灣，青絲纜引木蘭船。風光好，景色妍，緑楊如髮雨如烟。

【前腔】蓬窗青幕懸，見湖光十里，净鋪冰練。蘇公堤上，桃腮柳眼争妍。六橋艷陽還若昔，雙鬢蕭騷不似前。杯重勸，興欲翩，百壺那送酒如泉。尋蘭沚，過藕川，葛巾欹側未回船。

【前腔】平湖野寺連，見青松徑轉，白雲門掩。翠微僧舍，暫來一餉談禪。試烹建州雙鳳餅，汲取吴山第一泉。岩阿下，水石邊，懸知此地是神仙。投衰老，結浄緣，多問數得上方眠。

【皂角兒】過孤山處士梅園，挹清風後人難見。憩西泠放鶴亭前，見酒家青旗招颭。九里松，石屋洞，兩高峰，三天竺，嶺回溪轉。暖風十里，麗人好天。更堪憐，薜蘿深處，梵磬時傳。

【前腔】羡栖霞路接靈源，泛桃花胡麻仙飯。拜觀音大士山岩，發慈悲度人弘願。又早到獅子山，呼猿洞，北鷲峰，南屏嶺，萃奇深遠。烟中列岫，夕陽遠天。欲言還，行歌互答，歸路聲喧。

【餘文】蹇驢輕，香塵軟。餘情付湖水湖烟，明日還尋載酒船。

校　箋

〔一〕此齣齣目，《古本戲曲叢刊二集》本題作「行游」。

虎符記

《虎符記》，張鳳翼撰。張鳳翼生平簡介見本書卷六「《紅拂記》」條。《虎符記》，今有全本傳世，現存明萬曆間金陵富春堂刻本（《古本戲曲叢刊初集》、《原國立北平圖書館甲庫善本叢書》據之影印）、清延陵喜興抄本（《北京大學圖書館藏程硯秋玉霜簃戲曲珍本叢刊》據之影印，此本基本與富春堂刻本同，個別地方有減少支曲現象）、朱格抄本（《鄭振鐸藏古吳蓮勺廬抄本戲曲百種》據之影印）、清昇平署抄本。

托孤分別〔一〕

【憶多嬌】你言既出，當努力，花門宗祀皆汝責，怕途路强梁還相迫。（合）無限胸臆，無限胸臆，死別生離頃刻。

【前腔】言怎食，當盡力，報恩全義在此日，莫道是裙釵無見識〔二〕。（合前）

【鬥黑麻】我死不與將軍得同窀穸，你生須與將軍保全弱息。逢險處，好藏匿。全仗相如，計完趙璧。（合）存亡異域，欲言先淚滴。瞬息之間，瞬息之間，天南地北。

【前腔】我安樂彌年，不離旦夕，今患難來臨，忍教他適。爲存宗胤，報恩澤。義重程嬰，甘心困厄。（合前）

校　箋

〔一〕此齣齣目，朱格抄本題作「分逃」。

〔二〕見識：底本原作「荀息」，據朱格抄本改。

孫氏存兒〔一〕

【香羅帶】崑岡被火燃，非徒瓦全，奴身若死兒怎延？想當時美玉產藍田也。是我推乾燥，視飢寒，如今抱你來風宿水餐。不道你提抱之年也，歷盡人間行路難。

【前腔】兒啼是偶然，望君恕憐，今番若再啼當弃捐，你哀哀父母各一天也。相依倚，相周旋，多應又與我分開兩邊。分明是割股延年也，須信道存孤難上難。

校　箋

〔一〕此齣齣目，朱格抄本題作「宿廟」。

漁舟寄子[一]

【懶畫眉】水雲深處泊漁船，曬網歸來自在眠，草繩將就把船牽。縱然一夜風吹斷，祇在蘆花淺水邊。

【前腔】岐嶷將種有誰憐，燕頷鳶肩貌宛然[二]，生憎毒手怎遮攔。今番拋擲應難免，百萬軍中把阿斗全。

【前腔】蒲團蓑枕正酣眠，何處人呼似乞憐，你黄昏何事到江邊。朦朧不辨來人面，你不見夜静江空月滿船。

【前腔】枯魚何意錦鱗鮮，要帶子跳龍門不得前，暫時寄食望周全。饔餐先已酬釵釧，你莫把我孩兒做冷眼看。

校　箋

〔一〕此齣齣目，朱格抄本題作「寄兒」。

〔二〕燕頷：底本原作「燕額」，據《古本戲曲叢刊初集》本、《北京大學圖書館藏程硯秋玉霜簃戲曲珍本叢刊》本改。

孫氏墮江〔一〕

【駐馬聽】豺虎縱横，甫脱俘囚抱影行。衹見半江帆影，幾點殘星，萬籟無聲。想蘆花深處小舟横，向白蘋岸上尋幽徑。野渡無人，待參消息，似金瓶落井〔二〕。

【前腔】似泛梗漂萍，那裏是驪珠在掌上檠。看他面龐黑瘦，體骨零丁，空有頭角峥嶸。他輕舒猿臂睡初醒，睁開鳳眼將娘認。將逐符行，存兒延祀，留符作證。

【駐雲飛】欲往金陵，要借扁舟一葉輕。乘夜堪前進，况遇江潮順。嗏，貫鈔豈辭盈，須防風信。到岸之時，外有斯須贈。死裏逃生已得生，衹怕前途有賊兵。

【前腔】殺氣騰騰，風鶴須知盡是兵。人衆難奔命，船小容不盡。嗏，并力與齊心，把船摇近。須用橈鈎，搭住休教遁。借你的船來載我們，請你下江心祭水神。

【山坡羊】急煎煎無端凌迸，虚飄飄怎生扎挣，魂摇摇未知死生，昏騰騰似夢方纔醒。我命已傾，衹可惜存孤事不成。黿鼉出没畢竟遭毒吻，又有吹浪江豚，磨牙如刃。傷情，死比鴻毛一樣輕；芳名，難比湘潭葬屈平。

【前腔】莫不是西來的折蘆堪憑？莫不是東吴的鐵鎖横亘？莫不是龜龍效地靈？

莫不是泗水浮來磬？喜又驚，莫不是仙槎特地迎？好似凌波仙子，縹緲驂魚乘，破浪乘風，今番發軔。浮生，似大海茫茫一葉萍；餘生，難道便隨波逐浪行。

【前腔】你本是棟梁材翻爲漂梗，你本是條喬貢翻同牽荇，想你未遭逢匠石驚，爲甚的生意婆娑盡。是女貞，心圖合抱成。指望桐孫楓子，枝葉扶疏盛，因此乘楂奔潮〔三〕，江河俄頃。相憑，大樹由來號友生；英靈，合拜秦官受漢稱。

校　箋

〔一〕此齣齣目，朱格抄本題作「拯溺」。

〔二〕似：底本無，據《古本戲曲叢刊初集》本補。

〔三〕楂：底本原作「渣」，顯誤，據文意改。

定邊説降〔一〕

【北新水令】一身蹇蹇愧王臣，一身蹇蹇愧王臣，到如今已甘虀粉。榮枯如木槿，進退蹈迷津。空有經綸，跳不出魔王陣。

【步步嬌】朝來奉令把花卿問，不免勞唇吻。辭虞已入秦，就是插翅能飛，也須降順〔三〕。空老濟時身，身膏草野誰憐憫？

【北折桂令】算天涯七尺羈人，願醢騶虞，請脯麒麟。似燕歌在易水之濱，豺狼報本，蜂蟻君臣。祇因爲曹沬劍早已寒盟，因此上孟明舟無計堪焚。説甚麽舍舊圖新，甫能夠静掃邊塵，少不得感分遺身。

【江兒水】大國儲材俊，登庸似積薪。你後來應早佩黄金印，他千金不惜收神駿，何須苦執溝中信。人生百年一瞬，你若要圖歸，空望斷酒泉之郡。

【北雁兒落帶得勝令】休道我望生還怕殺身，休道我懼兵威辭白刃。羡欒成謝晋卿，慕譙秀辭凶命。是男兒許遠共張巡，豈非親却是親。要取義須全義，論求仁必得仁。君親，怎肯把吴越爲秦晋。孤臣，拚一個歸魂謝紫宸。

【僥僥令】功名要早奮，事業要及晨。祇怕漸漸秋霜將侵鬢，那裏是春華肯待人。

【北收江南】呀，自當時委質既爲臣，這身兒豈吾身。便做個斷頭延頸重彝倫，須知我精誠貫日氣凌雲。任從他怒嗔，任從他怒嗔，情願把身爲鼷鼠試千鈞。

【園林好】論人臣須當致身，在將軍經歷苦辛。心一轉脱離輿櫬，當握手見轅門，旬日裏擁朱輪。

【北沽美酒帶太平令】我歌《薤露》似長春，我歌《薤露》似長春，探蒿里似通津。把一寸丹心質鬼神，向冥漠任吾真。那降虜的是何人，便生存不如煨燼，許太守也須相引，王院判自然相近。我們生和他同寅縉紳，死須做個比鄰，呀，大將軍慢勞評論。

【尾聲】鰲魚不餌空勞頓，苦語甘言慢與陳，争奈夜静江寒枉下綸。

校　箋

〔一〕此齣齣目，朱格抄本題作「寄兒」。

〔二〕也：底本原作「已」，據《古本戲曲叢刊初集》本、朱格抄本改。

采蓮哺子〔一〕

【月兒高】驚魂初定，彷徨睡方醒。纔離得風波險，又早是飢荒境。忍見兒啼，有甚充飢饉。我腹餒猶然苦，他腹餒如何忍？怎得於菟哺令文，正是路若貧時愁殺人。

【前腔】行行前進，荷香逼人近。日照方葩艷，露濕蓮房潤。果是益氣輕身，且采摘充飢吻。但得兒安穩，我自忘勞頓。好似菱角淮南濟歲貧，强似馬踐園葵泣婦人。

【前腔】天憐佳胤，顛危賴相引。豈是萍實甜如蜜，有吉先傳信。似食柏餐松，入口生津潤。肉取心還舍，甘苦從吾忖。就是采蘋蘩去薦神，豈但桑椹林間救餓人。

校　箋

〔一〕此齣《古本戲曲叢刊初集》本爲第二十一折，朱格抄本無。

雷公指引〔一〕

【集賢賓】我金環皓腕曾雪藕，如今在洲上淹留。子母煢煢相廝守，與鷗鷺魚蝦爲友。似花殘枝瘦，怎禁得雨欺風驟。雙眉皺，眼波兒一謎傷秋。

【前腔】蓮房摘來非吾有，教人驀地含羞。那裏是嚙雪餐氈充餓口，這薇蕨怎生消受。趦前退後，應不免主人相咎。應孱僽，步纔移又早回頭。

【鶯啼序】蒙頒法旨救女流，知他已在汀洲。可憐他進退懷愁，也知天意當佑。這蓮塘是吾家管收，儘采摘不妨糊口。知得否，那辛苦到似伊子母。

【前腔】江中兩人身已覆，幸逢一木漂浮。正尋着明月蘆花，因此上浹旬迤逗。奈枵腹無從療醫，采蓮實暫充黄口。蒙相宥，比漂母一餐加厚。

【琥珀猫兒墜】金陵咫尺，要去莫羈留。樹裏依稀是石頭，同行不用駕扁舟。不謬，管教你指日，得拜龍樓。

【前腔】追隨杖屨，身世似飛鷗。二水三山一望收，香車滿耳聽鳴騶。輻輳，看繁華陸海，已是皇州。

【尾聲】天憐節義須默佑，來日平明拜冕旒，好訴哀情乞報讎。

校　箋

〔一〕此齣齣目，朱格抄本題作「神引」。

鳴鳳記

《鳴鳳記》，作者學界尚無定論，有稱爲王世貞，有稱爲唐儀鳳，有稱作者佚名。暫從佚名説。《鳴鳳記》，今有全本傳世，現存明萬曆間讀書坊刻清初重修本、明末汲古閣原刻初印本（《古本戲曲叢刊初集》據之影印）、汲古閣刻《六十種曲》本、清清河郡黑格抄本、清咸同間瑞鶴山房抄本等。關于《鳴鳳記》的作者，可參閲王永健《關于〈鳴鳳記〉的幾個問題》（《江蘇師院學報》一九八〇年第三期）、蘇寰中《關于〈鳴鳳記〉的作者問題》（《中山大學學報（哲學社會科學版）》一九八〇年第三期）、延保全《〈鳴鳳記〉作者考辨》（《中華戲曲》二〇〇〇年第二十四輯）、劉致中《〈鳴鳳記〉作者考辨》（《藝術百家》二〇〇八年第五期）。

二臣哭夏〔一〕

【紅衲襖】他恃着屠龍手氣衝天，誰想道騎虎勢行山險。他做了蕭望之逢石顯，他做了趙宣子遇屠奸。他做不得亡家遠竄的窮張儉，怎學得辟穀歸山的松子仙。早知道功高望重招讒也，争似桑田十畝閑。

【前腔】他祗指望并鵷班馳後先，誰想道獨飛鴻遭冷箭。他是個李林甫腹中劍，他是個李猫兒笑裏奸。他待學妨賢病國的盧藍面，何異那平生奸僞的老曹瞞。可惜你當朝倚重元臣也，却被牢籠入死關。

【前腔】他也曾鳳池環珮賜經筵，他也曾龍樓著作修墳典。他也曾和羹妙手調金鉉，他也曾舟楫宏才濟大川。縱然使蕭相國拘獄犴，難道比淮陰侯付市廛？今日呵亮工補闕俱忘也，須信爲臣難上難。

【前腔】驚得我戰兢兢歪了鐵豸冠，驚得我慌忙忙失了白象簡。驚得我氣漫漫衝倒了朝陽殿，驚得我鬧炒炒踢綻了皂靴尖。做甚麽持風裁烏臺憲，那裏有敢回天青瑣言？今日呵擎天柱石俱頹也，一死須教輕泰山。

【東甌令】承鈞旨，親視閲，萬刃叢中穿破穴。赤身綁縛鬢蓬鬆，領後旌旗插。虎狼開吻同蛇蝎，膽落心驚裂。

【前腔】畏奸雄，言路絶，面面相看聲痛咽。低頭惟願早歸泉，泪滴湘江竭。喧聲震動刀飛雪，斷却常山舌。

【四邊静】太山頽陷梁木折，憑誰挽傾轍？憂國更思臣，衷腸大刀折。（合）傷心事切，泪珠難徹〔二〕。萬里接天江，長流怨臣血。

【前腔】孤忠此恨何時滅？無辜死縲紲。朝隮亂南山，妖氛蔽忠烈。（合前）

【前腔】銜冤負屈心千結，無由告金闕。怨氣滿乾坤，今生與誰雪？（合）吞聲飲泣，故人永别〔三〕。荒草暗愁雲，啼鵑帶歸血。

【前腔】兔亡鳥盡良弓絶，空勞盡臣節。寄與後男兒，休將簡編閲〔四〕。（合前）

校　箋

〔一〕此齣齣目，《古本戲曲叢刊初集》本題作「二臣哭夏」。

〔二〕珠：底本無，據《古本戲曲叢刊初集》本補。

〔三〕永：底本無，據《古本戲曲叢刊初集》本補。

〔四〕編：底本原作「篇」，據《古本戲曲叢刊初集》本改。

妻妾分别〔一〕

【尾犯序】雙璧種藍田，舊燕新婚，恩情非淺。雨潤雲温，忽遇他妖虹驚電。滿承望藺芽瑞茁，誰料道江沱流散。分明是，鶺鴒同處，一矢盡驚殘。

【前腔】數載見星還，感荷仁慈，情同排雁。飛鳥依人，今做了喪家之犬。嘆今夕難留信宿，知明日何方投竄？從今後，雲山雨地，一樣落風烟。

【黄鶯兒】殿閣老忠賢〔二〕，爲讒邪落塹淵，一家零散如飛霰。形分鏡鸞，恩離枕鴛，訴衷情不見生前面。恨綿綿，何時同穴，重締再生緣。

【前腔】俄爾太山顛，望中堂散冷烟，花殘玉病愁何限。血流草川，人離故園，長江瀉不盡今生怨。泪漣漣，萬般哀苦，腸斷夜啼猿。

【猫兒墜】官居清白，無有買山錢。蓋世功勛未入鐫，楚峰雲斷驟風前。追奠，望耿耿英靈，庇我歸園。

【前腔】陰靈雖遠，忠義在人間。寡鵠孤鸞苦弃捐，明朝楚越兩情牽。休怨，願夢寐相隨，永作雙鴛。

【棹角兒】恨豺狼勢惡滔天，悲鸞鳳并遭危蹇。爲亡夫愛惜花鈿，到杭城潛居鄉甸。告穹蒼，并亡靈，同默佑，早誕麟男。（合）離情相戀，淚眼相憐。嘆一家，冰消瓦解，曷勝悲怨。

【前腔】荷深恩得侍幃前，蒙大難各思飛遠。念娘行未歷塵烟，望維持保全釵釧。告穹蒼，并亡靈，同默佑，永慰慈顔。（合前）

【前腔】遇衰年善保朱顔，念恩母路途須眷。育嬰兒節操須堅，效程嬰始終勿變。告穹蒼，并亡靈，同默佑，早返家園。（合前）

【尾聲】痛分離，腸裂斷。今生未卜見儀顔，夢裏除非可再圓。

校　箋

〔一〕此齣齣目，《古本戲曲叢刊初集》本題作「流徙分途」。

〔二〕殿閣：底本原作「樓閣」，據《古本戲曲叢刊初集》本改。

采桑相遇〔一〕

【一江風】謾携筐，緩步蒼苔壤，泥軟鞋痕嵌。逐游蜂，抖住小桑條，扯得雲鬟亂。綠葉應青衫，緑葉應青衫，纖纖素手忙，聽鶬鶊兩兩聲嘹亮。

【前腔】嘆才郎，苦志學文章，似藕絲同樣。趁今時，收拾化工春，預作經綸釀。綉口錦爲腸，綉口錦爲腸，終成補衮裳，羡斷機教子功無量。

【前腔】到村鄉，凄慘情千狀，渺渺魂飄蕩。苦窮途，歷盡了風霜，瘦損了花模樣。一日幾回腸，一日幾回腸，如禁萬刃芒，别離愁都撮在眉尖上。

【步步嬌】莫不是荆釵節婦投江上，莫不是塞上寒衣孃？豈是個桑間游冶娘？莫不是曾母逾墻，緹縈訴枉？思忖這悲傷，教人疑慮難消暢。

【前腔】我不爲着春山憔悴思張敞，不爲着鵲渡銀河朗。豈爲着陽臺夜夢寒，不爲着南浦雲飛，西厢月上。提起這灾殃，教人未語腸先斷。

【玉胞肚】乍離閨幌，遇飄零其實可傷。嘆一門飛絮風狂，念孤身弱草濃霜。相依撫字，如同漂母庇韓王，慰我顛連在異鄉。

【前腔】裙釵雅淡，在流離動止有常。縱含着讎海冤山，應須有玉茁芝香。相逢如故，公孫重見太平莊，永保孤兒育遠鄉。

【前腔】情懷慨慷，荷相留大義怎忘。苦長途水宿凄凉，幸今朝萍迹粗安康[二]。天涯翹首，斷雲衰草在何方？安得同歸返故鄉。

【尾聲】遇艱難，休悲愴。依人飛鳥暫相將，勿憶京華富貴場。

校　箋

〔一〕此齣齣目，《古本戲曲叢刊初集》本題作「桑林奇遇」。

〔二〕康：底本無，據《古本戲曲叢刊初集》本補。

修本勸夫〔一〕

【解三酲】恨權臣協謀助黨，專朝政顛覆乾綱。我寫不出他滔天的深罪樣，我寫不出他欺罔的暗中腸。我祇寫他一門六貴同生亂，更兼他四海交通貨利場。還思想，畢竟是衷情剴切，面訴君王。

【前腔】嘆孤臣溝渠誓喪，祇爲那元惡倡狂。怪當朝無肯攀庭檻，又誰肯敢牽裳？我祇是一心要展擎天手，管不得十指淋漓血未乾。還思想，祇須這泪痕血迹，感動君王。

【太師引】細推詳，這是誰作響，心中自忖量。敢是我亡親垂念，須教你萬古稱揚。何慮着宗支淪喪，縱然恁哀千狀。怎能阻我筆底鋒芒，也强如李斯夷族趙高亡。

【前腔】這是幽冥誰劣像，似教我我封章勿上。怎當我戇言方壯，你休得在此恓惶。想是我忠魂游蕩，到死時也做個厲鬼顛狂。生如寄死誰曰難，須知安金藏剖腹屠腸。

【啄木兒】聽哀告，説審詳，自古道從容就死難。念曾公忠義遭傷，痛夏老元宰受殃。看滿朝密張羅罹網，前車已覆須明鑒，你休要無益輕生得絶大綱。

【前腔】何須泣，不用傷，論臣道須扶綱植常。駡賊舌不愧常山，殺賊鬼何怯睢陽。事君致身當死難，你休將兒女情縈絆，也須是烈烈轟轟做一場。

【三段子】此心何壯，矻睁睁銅肝鐵腸。這苦怎當，哭哀哀兒啼女傷。譬如杞梁戰死沙場上，其妻哀泣長城斷。千載賢愚，總堆黄壤。

【歸朝歡】兒夫的，兒夫的，節重義堅，頓忘了終身依仰。從今後，從今後，未卜存亡〔二〕，是伊家自詒灾禍，倩誰祈禳。我明朝碎首君前抗，你將我尸骸暴露休埋葬，須再把義骨忠魂漬上蒼。

校　箋

〔一〕此齣齣目，《古本戲曲叢刊初集》本題作「燈前修本」，《樂府菁華》本題作「楊繼盛修本」，《樂府玉樹英》本、《徽池雅調》本題作「繼盛修本」，《樂府珊珊集》本、《醉怡情》本、《樂府遏雲編》本題作「修本」。

〔三〕末卜：底本原作「大卜」，據《古本戲曲叢刊初集》本、《樂府菁華》本、《樂府玉樹英》本、《醉怡情》本改。

典刑死節〔一〕

【耍孩兒】囹圄桎梏皆天譴，把事付東風休嘆。怨你鐵肝石膽真堪羡，邊城萬里方遭貶，邊城萬里方遭貶。嘆今日兵曹又受顛，少微月犯多灾變。你本是個皇朝柱石，埋没在相府塵烟。

【前腔】羡君家立志堅，爲朝廷去奸。讜言直犯君王面，號神泣鬼驚讒險，號神泣鬼驚讒憸。正氣漫漫塞兩間，貴戚權收斂。本待要，名標青史，先做了命染黄泉。

【前腔】念吾兄節義全，衆流中獨挺然。歲寒松柏當朝選，忠誠要剖葵心獻，忠誠要剖葵心獻。折檻無功反受冤，吞却魚腸劍。俺非是，江州司馬，也落得泪濕青衫。

【前腔】嘆逢遭命運艱，更臨刑遇雪天。囊頭三木刑何慘，你足疲指折猶難免，你足疲指折猶難免。須與地下龍逢作比肩，血濺朝陽殿。俺非是，蘇州刺史，也須知惱亂愁腸。

【前腔】纓冠束髮塵生面，似縲絏俘囚同執攣。鬼門關上空留戀，你一腔忠義惟天鑒，你一腔忠義惟天鑒。六尺微軀無計全，千古興長怨。今日呵，將臨刑别酒，斷送了合巹前緣。

【前腔】看愁雲怨滿天，痛生離死别間。須臾七魄無從見，牽襟結髮今朝斷，牽襟結髮今朝斷。腸裂空山哀月猿，刳不出傷心劍。本是個，飛黄千里，今做了帶血啼鵑。

【江兒水】我魂離體，魄喪泉。痛思鴛侶遭飛箭，你存一點丹心明素願，翻成白刃流紅茜。禍比史蘇尤慘，仇海冤天，對着誰人悲怨。

【前腔】再啓吞聲怨，重開染血箋。粉身猶要將尸諫，我兩兩哀鳴如鳥怨，人之將死其言善。萬里君門難見，我同到烏江，免使亡夫心眷。

【前腔】夫爲綱常重，妻能節義全。雙忠九烈誰能先，光岳千年鍾氣鮮，君明臣直孤貞顯。萬古清名不殄，碌碌奸庸，覷此獨無腼覥。

校箋

〔一〕此齣齣目，《古本戲曲叢刊初集》本題作「夫婦死節」，《萬壑清音》本題作「繼盛典刑」。

林公祭郭〔一〕

【北新水令】自違道範信音稀，自違道範信音稀，爲傳旌久淹蠻地。老微軀脱禍機，念深恩難報德。盤根利器，豈知先喪在槍鋒底。

【南步步嬌】堪傷人萎山頹矣，嘆枉受了虚名利。枝頭杜宇悲，聲聲叫斷，故人愁緒。秋江已有美鱸魚，無端天外飛鐮墜。

【北折桂令】痛追思舊日相隨，德業文章，斗重山齊。慶遭逢身上瑶池，名登紫闕，御燭迎歸。衹爲驅奸賊，一行諫書，把前功半途輕廢。廣受知幾，誰想道種豆南山，又把恁重做了擊缶揚揮。

【南江兒水】説到傷情處，難禁珠泪垂。玉堂金馬輕遺弃，清流投向黄河際。楚歌江上秋風碎，泉底幽魂舒氣。同掩黄沙，佞骨尚欺忠義。

【北雁兒落帶得勝令】擺着那躋蹌蹌幂鼎儀，獻着那眼睁睁賊首級。望洋洋招義氣，聽轟轟吞佞鬼。恨祇恨檜雖亡飛先死，忠和佞兩成灰。拭不乾萬古江山泪，咽不住千年風木悲。恩師，俺念着君親師事同一體；思之，這冤愁千年萬載不盡太平車。

【南僥僥令】鼎湖龍遠去，華表鶴歸遲。終古王孫無覓處，徒使涕交頤，怨着誰。

【北收江南】呀，早知道禍機隱伏呵，誰羨掛冠歸。便做了子陵靖節也來追，仕途危殆有如斯。總不如漁樵牧兒，總不如漁樵牧兒，因此上英雄長使泪沾衣。

【南園林好】對英靈香銷寶猊，挹忠魂言如在耳，思功績杳然天際。須指日，復官彝，追配享，永流輝。

【北沽美酒帶太平令】思歸引更作泣顔回，巡江渚反做了吊湘悲。功在人亡事已非，空留着墮泪碑。豫章城總是愁城，洪都地皆成怨地。朝政有清寧時節，奸佞有驅除之日，可惜恁爲國忠勛，今在那裏？堪悲，堪悲，若要見恩師，呀，除非在簡編中尋些遺語〔二〕。

【尾聲】身騎箕尾歸天去，氣作山河匡帝里，願與完節睢陽同厲鬼。

校　箋

〔一〕此齣齣目，《古本戲曲叢刊初集》本題作「獻首祭告」。

〔二〕 编：底本原作「篇」，據《古本戲曲叢刊初集》本改。

祝髮記

《祝髮記》，張鳳翼撰。張鳳翼生平簡介見本書「官腔類」卷六「《紅拂記》」條。《祝髮記》，今有全本傳世，現存明萬曆間金陵富春堂刻本（《古本戲曲叢刊初集》據之影印）、明萬曆間金陵繼志齋刻本、清抄本、環翠樓烏絲欄抄本、吴曉鈴舊藏抄本（《綏中吴氏藏抄本稿本戲曲叢刊》據之影印，許飲流稱此本據富春堂刻本轉抄，而其爲二字標目）。

議寫婚書〔一〕

【紅衲襖】他那裏覷釵梳似土苴，他那裏覷衣袍如敝屣。教我似東方空羨侏儒米，鄰婦徒憂漆室葵。終不然食肉糜，終不然羅雀鼠。若論米價須騰貴也，他祇當做買娉婷十斛珠。

【前腔】説甚麽十斛珠使我疑，莫不是爲十斛麥要易故妻。爲甚的羞答答愧耻〔二〕，泪盈盈閣兩頤？早晨來已作糜〔三〕，今將去奉母幃。問時節我祇説你尚未回來也，且使他開懷進一匙。

【前腔】這話在舌尖兒羞怎題，算將來薄幸名難躲避。這百夜恩咱怎背，那三分話要你自推。爲孝鯉要拆開比目魚，爲靈萱要分開連理枝。你若肯自鬻其身也，也做個裙釵中百里奚。

【前腔】你要我做野鴛鴦逐隊飛，你須效寡鴻鵠失故侶。堂上元非仲卿母，下堂已作焦氏妻。譬如嫁廝養的邯鄲女，譬如嫁烏孫的漢公主。我行時須別高堂也，你何計支吾慈愛姑。

【羅帳裏坐】當初嫁伊，也要事姑盡禮。今日又嫁誰，也是爲姑活計。婦非永訣，姑難存濟。須知你不是薄幸的，也祇要事親爲子。

【前腔】當初娶伊，庚帖在此。今日又嫁伊，把婚書付彼。鸞孤鳳隻，都付與兔毫繭紙。自慚身做負心的，怎與賢妻做主。

【前腔】爲姑易米，自合輕身而去。爲夫守義，又合潔身而死。他見吾就死，畢竟又來索米。須教生死是他的，方使他無翻悔。

【前腔】無端弃妻，祇是爲親易米。妻若守義，算他必來追取。親飢妻死，可不兩無巴臂。自慚空讀五車書，不及婦人之智。

校箋

〔一〕此齣齣目，《古本戲曲叢刊初集》本題作「夫婦議寫婚書」，《醉怡情》本題作「勉折」，《玄雪譜》本題作「寫休書」，《綏中吳氏藏抄本稿本戲曲叢刊》本題作「寫離」。

〔二〕愧耻：繼志齋刻本、《醉怡情》本、《玄雪譜》本作「含愧耻」，《綏中吳氏藏抄本稿本戲曲叢刊》本作「多愧耻」。

〔三〕來已：底本原作「米」，據繼志齋刻本、《醉怡情》本、《玄雪譜》本、《綏中吳氏藏抄本稿本戲曲叢刊》本改。

隱情別姑〔一〕

【步步嬌】篷蒿三徑遭兵燹，舉目添凄慘。兵荒甚歉年，斷火絶烟，有幾家炊爨？佳兒佳婦總堪憐，晨昏竭力供餐飯。

【江兒水】且把愁眉展，休將泪眼彈。向慈幃强做歡顔面，暫時携手須分散，參商倏忽應難見。同上高堂供膳，粗糲盤餐，那得子平白粲。

【五供養】隨時豐儉，若論儒家，清苦須諳。况經兵火後，人總凋殘。虧你支持早晚，早晚我幸然强健。祇愁糧米盡，開口告人難。三口流離，寸腸俱斷。

【玉交枝】婆婆休嘆，容媳婦略陳一言。我經年與寡嫂不相見，如今他住在長干。他家米饒負郭田，借米來助齊眉案。媳婦去他必慨然，待清平我支禄送還。

【川撥棹】兒薄宦，漫有禄不能養廉。未知他肯否周旋，未知他肯否周旋，怕親情不似往年。求人事難上難，倘推辭又枉然。

【前腔】我我的真情怎敢言，我的柔腸轉覺痛酸。霎時間永别堂前，霎時間永别堂前，急煎煎教我如何强顔。暫出門免掛牽，與你孩兒同往還。

【尾聲】兒今同去還同返，數里之程不遠，莫使娘親眼望穿。

【憶多嬌】母老年，妻少年，欲求口實難兩全，爲孝養捐軀誰似你賢。（合）滿目烽烟，滿目烽烟，恨殺離鴻斷猿。

【前腔】别思牽，各黯然，血泪都成紅杜鵑，死别生離瞬息間。（合前）

【鬥黑麻】我祇爲饔餐，要扶持暮年，因此上把琴瑟，都成斷弦。從今去，各一天。祇怕我慈幃，念伊損顔。（合）相持泪漣，吞聲無片言。若要重逢，若要重逢，除非是夢中枕邊。

【前腔】我雖則爲兒夫，把蘋蘩曲全，還須爲家風，把松柏操堅。從今後，永弃捐。祇念你慈親，形隻影單。（合前）

校箋

〔一〕此齣齣目，《古本戲曲叢刊初集》本題作「臧氏隱情別姑」，《綏中吴氏藏抄本稿本戲曲叢刊》本題作「別姑」。

親迎領差〔一〕

【北朝天子】九華燈總燃，八音樂并喧，七香車半掩桃花扇。孤星已散，喜三星在天，五花冠芙蓉面。（合）唱吴歌在左邊，唱楚歌在右邊，哪嗹哪嗹哪哩嗹。看三軍十分歡忭，十分歡忭，願雙雙常作伴，願雙雙常作伴。

【鎖南枝】笙歌沸，燈火燃，一行斷送人少年。他祇道是好姻緣，誰知是惡姻緣〔二〕。交甫珮，贈洛川，這碱砆，怎得種藍田？

【北朝天子】五雲裘覆鞍，五明馬着鞭，十二行早中金釵選。三回五轉，請一人向前，八珍羞排芳宴。（合前）

【鎖南枝】銀箏弄，錦瑟弦，琵琶爲誰馬上彈。三復《柏舟》篇，何須緑珠怨。你聯姻日，是我絶命年，；笑殺楚襄王，空自夢巫山。

【北朝天子】天子一封書早傳，一支兵度關，五方旗早奪合歡扇。雙旌展轉，三通鼓早傳，五行中姻緣淺。（合）歌聲在那邊，軍聲在這邊，哪嗹哪嗹哪哩嗹。嘆孤軍又遭磨難，三山路遠，苦衝鋒先鏖戰，苦衝鋒先鏖戰。

【鎖南枝】緱山月，玉井蓮，須知可望不可攀。謾説挾飛仙，天風能引船。勾銷了冰人簿，塗抹了月老編，；他指望學乘鸞，依舊跨征鞍。

校箋

〔一〕此齣齣目，《古本戲曲叢刊初集》本題作「景行親迎領差」，《醉怡情》本題作「迎婚」，《綏中吴氏藏抄本稿本戲曲叢刊》本題作「迎娶」。

〔二〕誰知是惡姻緣：底本原無，據繼志齋刻本、《醉怡情》本、《綏中吴氏藏抄本稿本戲曲叢刊》本補。

負米夜歸〔一〕

【駐馬聽】愁鎖眉峰，花落空庭暝色穠。聽得譙樓戍鼓，遠寺疏鐘，極浦歸鴻。想孩兒媳婦去匆匆，到伊必定叨陪奉。我悶倚房櫳，待他不至，教人憂恐。

【前腔】離恨無窮，拭泪敲門怕雙眼紅。我言辭虚哄，你若知此情踪，怕你瘦臉消容。一聞稱貸便相從，説親情患難應相共。留彼從容，去時冒險，歸須持重。

校　箋

〔一〕此齣齣目，《古本戲曲叢刊初集》本題作「博士負米夜歸」，《綏中吴氏藏抄本稿本戲曲叢刊》本題作「負米」。

空閨思念〔一〕

【楚江情】我想登堂喜事姑，慈顔以和，誰知平地起風波，包羞忍耻没奈何也。旋抛箕帚，忙投網羅，當時便拚身命殂。到如今兀自蹉跎，到如今兀自蹉跎，歲月偷捱過。探親留住奴，道探親留住了奴，争知賣了奴，多應是少年人先上黄泉路。

【前腔】追思伉儷初，琴調瑟和，誰知抛弃在中途，衹是争教烈女經二夫也。香消粉蝶，愁攢翠蛾，空閨怎禁泣向隅。雖然你不是秋胡，雖然你不是秋胡，我自做個秋胡婦。奴身值甚麽，怕婆婆再三問奴，你怎生發付他，難道説相逢衹在朝和暮。

校箋

〔一〕此齣齣目，《古本戲曲叢刊初集》本題作「臧氏空歸思念」，《吴歈萃雅》本、《南音三籟》本、《詞林逸響》本題作「追嘆」，《月露音》本題作「自嘆」，《綴中吴氏藏抄本稿本戲曲叢刊》本題作「思歸」。

遣子探聽〔一〕

【懶畫眉】芙蓉小苑入邊愁，野老吞聲哭未休，鸕鷀空自泛寒洲。落花流水仍依舊，遠害朝看麋鹿游。

【前腔】白雲猶似漢時秋，晋代衣冠成古丘，祇怕長安不見使人愁。一自秋槐葉落空宫後，那裏有絳幘鷄人報曉籌。

【前腔】他好似烟花三月下揚州，教我日日悲看水獨流，那些個鳳凰臺上鳳凰游。我别離不慣難禁受，催得吴霜點鬢稠。

【前腔】閑雲潭影日悠悠，物换星移幾度秋，自從春山無伴獨相求。如今西風人比黄花瘦，那裏是别有仙人洞壑幽。

校　箋

〔一〕此齣齣目，《古本戲曲叢刊初集》本題作「陳氏遣子探聽」，《綏中吴氏藏抄本稿本戲曲叢刊》本題作「遣探」。

分食寄姑〔一〕

【二郎神】時乖蹇，少不得取義舍生難苟免，信熊掌和魚怎得兼。便有龍肝鳳髓，也秖合噉雪餐氈。這麟脯駝峰堆滿案，總則是卧薪嘗膽。轉憶我舊虀鹽，怎教人努力加餐。

【前腔】羞慚，追念合巹和誰把盞，秖索要椎碎金罍并玉碗。除非是中山千日，酣來死去重還。那裏是惟酒忘憂憂易遣，料狂藥怎破除恩怨。轉覺釀愁煩，怎教人中聖中賢。

【集賢賓】你侯門一入天樣遠，枉終朝泪濕青衫。已去韶華難再返，没來由鏡塵妝懶。衣寬帶緩，怎禁得粉消紅減。空相勸，爲甚的鬼病懨懨。

【前腔】慈幃恩愛成拋閃，怎能够菽水承歡。他淡薄饔餐難過遣，縱膝前有兒爲伴。止是蓴羹蔬飯，幾曾有肥甘供膳。况且經離亂，就要買魚蝦那得閑錢。

【黄鶯兒】他孝義實堪憐，爲慈幃鎖翠尖，晨昏對食常嗟嘆。肴分割鮮，醪分醴泉，都將收拾與你通誠款。把盤餐，做梅花春信，暗遞到窗前。

【前腔】痛憶北堂萱，燭成灰泪始乾，春蠶到死絲難斷。你仁慈見憐，把微誠代傳，千金一諾恩非淺。轉悲酸，這衷情欲訴，哽咽不曾言。

【琥珀猫兒墜】匆匆囑付，語句未周全。祇合與兒夫備一餐，姑還知道這寃牽。摧殘，怕未曾下口，先損慈顔。

【前腔】無端琴瑟，撥動舊時弦。引惹春愁泣杜鵑，藏頭露尾怎遮攔。他高年，莫須爲籠鳥，斷送啼猿。

校箋

〔一〕此齣齣目，《古本戲曲叢刊初集》本題作「臧氏分食寄姑」，《綏中吴氏藏抄本稿本戲曲叢刊》本題作「寄姑」。

達磨點化〔一〕

【啄木兒】你西來意，吾道東，儒釋從來道不同。你那觀世音是水月浮踪，釋迦佛是幻出形容。我平生誦法周和孔，持身要把彜倫重，怎教我削髮披緇學苦空。

【前腔】溝中瘠，塞上翁，反袂何須泣道窮。既不能正室宜家，那些個子孝臣忠。迷津苦海波濤涌，慈航寶筏須持空，這是一法通時萬法通。

【前腔】遭國難，避虜鋒，身世飄摇類轉蓬。既不能快睹雲龍，也須索訪道崆峒。折衝尊俎君門壅，周旋俎豆親恩重，怎能勾全節全身患難中。

【前腔】你且辭雙闕，别九重，何必羈身在澤宫。不思量婦哭遺簪，也難憑人得亡弓。鵷班豹尾須旋踵，龍宫雁塔當持捧，須强似混迹銅駝荆棘中。

【三段子】七覺怎弘，賴師慈雙林聽鐘。三昧怎通，賴師慈四禪步風。埋名晦迹在蓮花洞，澡身浴德金池共，管取彼岸先登跨鉢龍。

校　箋

〔一〕此齣齣目，《古本戲曲叢刊初集》本題作「達磨點化博士」，《醉怡情》本、《綏中吴氏藏抄本稿本戲曲叢刊》本題作「點化」，《怡春錦》本題作「入禪」。

知媳消息〔一〕

【山坡羊】你眼睁睁與孩兒同去，一聲聲推説借米，去匆匆衹道便回，痛煞煞先已成乖離。我那媳婦的兒，祇怕我老年人痛惜。因此把一天愁假做、假做權時喜，到此方知〔二〕，將伊輕弃。（合）傷悲，不到頭的孝與慈；傷悲，不成雙的夫與妻。

【前腔】他哭啼啼拭不乾的紅泪，亂茸茸理不清的愁緒，羞答答展不開的翠眉，絮叨叨説不了的心中事。减玉肌，懨懨祇爲伊。算將來總是、總是消魂處，舉箸愁生，和愁將寄。（合前）

【前腔】他喜孜孜是承歡的情緒，勞碌碌是辛勤的力氣，軟温温着人的性兒，美津津可口的烹調味。舉案時，齊眉似孟姬。我衰年厮守，指望終依倚，一旦分離，柔腸欲碎。（合前）

【二犯傍妝臺】你自尋思，自古道娶妻爲養，那裏有養母反拋妻。豈不聞陳蔡絶糧窮孔氏？豈不聞首陽山下餓夷齊？你祇要香稻啄餘鸚鵡粒，那些個碧梧栖老鳳凰枝。眼前無婦，枉了進食有兒，教娘腹飽眼中飢。

【前腔】母氏免嗟吁，不能養志，慚愧做兒的。念趙咨惟一母，學孔氏出三妻。譬如王吉出妻因啖棗，曾參去婦爲蒸梨。新愁已舊，舊愁漫題，早難道無婦不成兒。

【撲燈蛾】髮膚是母氏的，豈敢辭披剃。白髮三千丈，煩惱一朝除却也。把烏紗抛弃，藍袍脱下换緇衣。簪笏换杖錫，信吾儒歸宿，别自有菩提。

【前腔】堪憐是我兒，純孝真無比。爲我將妻弃，爲我把頭髮來剪去也。又抛官弃職，身持苦行做沙彌。從頭至尾，把一場孝行，總化做慈悲。

【尾聲】從今托鉢街頭去，不怕傍人講是非，子道臣忠兩不虧。

校　箋

〔一〕此齣齣目，《古本戲曲叢刊初集》本題作「陳氏命子祝髮」，《醉怡情》本、《綏中吴氏藏抄本稿本戲曲叢刊》本題作「祝髮」。

〔二〕到：底本原作「因」，據《古本戲曲叢刊初集》本、《醉怡情》本、《綏中吴氏藏抄本稿本戲曲叢刊》本改。

聽經施米〔一〕

【月雲高】舊愁新病，妝成這光景。寂寞簾櫳下，零亂梧桐影。獨步中庭，有恨無人省。緣斷情難斷，睡醒愁難醒。滿眼秋光在畫屏，人隔重樓十二層。

【孝順歌】蓮花藏，貝葉經，空房苦心難自明。藕斷有絲縈，蓮花做盟證，六根清净。不撼風波，不沾泥濘。可憐出水亭亭，漂泊如萍梗。心田潤，澤雨清。我欲懺香臺，問三生。

【前腔】波羅貌，般若形，懷中依舊是孔氏經。方寸有長明，業緣總消盡，不是誌公挾鏡。不做羅什泥花，也不做圖澄鉢影。須知天遣文殊，特問維摩病。出鷲嶺，入化城。且團圞頭，説無生。

【前腔】門前偈，户外經，依稀似曾耳畔聽。他習静懶逢迎，敲門月下僧，未知因甚。與我兒夫聲音厮混，又不是垤澤之門，難道魯宋居相近？是我神恍惚，心屏營。誤聽子規啼，祇道鳳凰鳴。

校箋

〔一〕此齣齣目，《古本戲曲叢刊初集》本題作「臧氏聽經施米」，《綏中吴氏藏抄本稿本戲曲叢刊》本題作「施米」。

傳書寄髮〔一〕

【玉胞肚】雲箋一紙，是老年人挑燈寫的。字糢糊半污啼痕，眼昏花未寫先迷。叮嚀須記，沉浮莫作豫章書，手自緘封付鯉魚。

【前腔】衹有青絲一縷，是孩兒昨朝剪的。毁髮膚總爲慈親，也應付結髮賢妻。他蓬鬆雲鬠，白頭吟罷苦低垂，好繫紅絲作髮兒。

【前腔】他是高門甲第，見垂簾深深院宇。那裙釵果有慈悲，便令人唤住闍黎。我談禪説偈，須臾點破六塵迷，袖滿齋糧飯滿盂。

【泣顔回】不覺泪沾衣，衹因你把舊恨重題。我與你同心并蒂，怎知道對面天涯。心成死灰，那音聲怎入得圓通耳。算將來是水月空花，當不得死别生離。

【摧拍】從别後姑東婦西，况滿路烽烟鼓鼙。空勞人夢思，身在高堂，夢繞深閨。夢裏相逢，又不多時。（合）傳書信衹怕差池，魚鴻路，莫教迷。

【一撮棹】吾今去，將書致羅幃。他懸望，相逢問消息。若持髮與他，必轉悲啼。他思歸計，羈身似觸藩羝。（合）天留意，征人去不歸。再完成，姑婦與夫妻。

校　箋

〔一〕此齣齣目，《古本戲曲叢刊初集》本題作「陳氏傳書寄髮」，《綏中吴氏藏抄本稿本戲曲叢刊》本題作「寄髮」。

得書見髪〔二〕

【小桃紅】漫憐結髪，追想從前。自舉梁鴻案也，努力操箕帚，勉强主蘋蘩。朝夕裏，奉慈顔。争知道，遇烽烟。缺朝餐，將奴换也，一旦把綢繆輕拆散。想你潘鬢愁邊，應有二毛添。

【下山虎】新愁何限，對面無緣，誰道天涯遠，天涯眼前。説甚麽花落重開，那裏月缺再圓，如今兩下追思各惘然。漫説銀河限，牛女睽離祇隔年。人世空相見，終成斷弦，常作參商霄漢間。

【蠻牌令】媳婦自開展，我拭泪寫花牋。祇道你出門旬日返，争知道去不還。寄盤餐實難下咽，思孝婦望眼空穿。我孩兒祝髪入禪，暫乞食供養衰年。

【前腔】稽首謝雲翰，墨迹未曾乾。捧誦分明如見面，恨不得拜堂前。越教人愁腸九轉，怎禁得痛泪雙懸。覰操觚蠅頭朗然，可卜他鶴算綿綿。

【尾聲】兩眉愁向誰舒展，人生相見是何年？腸斷籠裏籠前。

校　箋

〔一〕此齣齣目，《古本戲曲叢刊初集》本題作「臧氏得書見髮」，《綏中吴氏藏抄本稿本戲曲叢刊》本題作「見髮」。

達磨渡江〔一〕

【錦纏道】論功德，待會靈山把大乘演什〔二〕，無由運神力。誰曾見紫磨金色，那外六塵、内六根、中間六識？那裏去敲髑髏使者婆尋覓？法輪轉西域，傳心印被誌公指摘，如今須幻迹。向嵩山少林面壁，看妙圓净智自空寂。

【普天樂】算慈航非難覓，縱一葦如雙舄。駕靈鼉不待鵲梁，跨降龍度越鮫室，凌波瞬息。料御風兩袖，可比六翮。

【古輪臺】仗佛力，江豚吹浪盡藏匿。那柴兒天塹限南北〔三〕，風恬浪静，穩步中流，任禹門平地三汲。大海無邊，自在菩薩，看大千世界一飛錫。多少升沉，好似那來往潮汐。楚漢烏江，曹劉赤壁，桑田滄海，何處訪陳迹。從前事，須知一笑也不值。

【尾聲】樓船入望雲帆集，又是一場白駒過隙，衹説道江上相逢無紙筆。

校　箋

〔一〕此齣齣目，《古本戲曲叢刊初集》本題作「達磨折蘆渡江」，《月露音》本題作「渡江」，《綏中吴氏藏抄本稿本戲曲叢刊》本題作「蘆渡」。

〔二〕演什：繼志齋刻本、《綏中吴氏藏抄本稿本戲曲叢刊》本作「演譯」。

〔三〕那些：底本原作「那柴」，據《古本戲曲叢刊初集》本、繼志齋刻本、《月露音》本、《綏中吴氏藏抄本稿本戲曲叢刊》本改。

葛衣記

《葛衣記》，顧大典撰。顧大典（一五四〇—一五九六），字道行，一字衡宇，吴江（今江蘇吴江縣）人。明隆慶元年（一五六七）舉人，二年（一五六八）進士，歷任紹興府教授、處州府推官、刑部主事、山東按察副使、福建提學副使等職。工詩文詞曲，與張鳳翼、沈璟等曲家爲好友。著述有《清音閣集》、《海岱吟》、《閩游草》、《園居稿》等，撰有傳奇《青衫記》、《葛衣記》、《義乳記》（存殘曲）、《風教編》（已佚）四種，總名作《清音閣傳奇》。《葛衣記》，今有全本傳世，現存舊抄本（《古本戲曲叢刊五集》據之影印）、清初抄本、一九六五年中國藝術研究院據清乾隆間養志堂藏本過録本等。

尼庵講釁〔一〕

【降黄龍】紺殿高明，三世莊嚴，四禪清凈。攝衣拜禮，把心香一縷，上參禪定。椿庭，亡靈不昧，仗佛力早升仙境。願萱親慈顔無恙，永祝遐齡。

【前腔】還祈姻事功名〔二〕，願效雙鶼，早沾一命。眼前因果，看祇園片石，三生爲證。虹旌，金鈿玉鉢〔三〕，想見青蓮摇影。把綉旛一掛，供養香燈。

【太平令】藍縷堪憎，無賴兒郎忒任情。嬌姿艷質閨中睹〔四〕，你不引避强逢迎。

【前腔】直恁無情，虎勢狐張忒横行。伊家瓜葛相親并，休得似外人輕。

【滚遍】何須苦鬥争，何須苦鬥争，莫把兇威逞。我世誼通家，豈可相凌迸。小僕無知，一時厮挺。休得要生怒嗔，且姑含忍。

【前腔】公子且留停，公子且留停，一言須聽禀。衣敝身單，便不相欽敬。論閥閲高門，由來厮稱。金蘭契，膠漆盟，豈同萍梗。

【餘文】無端邂逅相争競，須把親情自忖，你切莫倚富輕貧弃舊盟。

校　箋

〔一〕此齣《古本戲曲叢刊五集》本爲第六齣，無齣目。

〔二〕還：底本原作「遠」，據《古本戲曲叢刊五集》本改。

〔三〕鈿：底本原作「田」，據《古本戲曲叢刊五集》本改。

〔四〕睹：底本原作「艶」，據《古本戲曲叢刊五集》本改。

到既渝盟〔一〕

【八聲甘州】窮酸劣相，向人前露出藍縷行藏。遭人譏謗，可不辱抹門墻。須知貧者士之常，百結懸鶉也不妨。參詳，笑喬才忒恁猖狂。

【前腔】斟量，論門楣氣象，也須郎才女貌相當。看你形同廝養，怎做得相府東床。絲蘿契合原非强，爲甚把金石交情一旦忘。乖張，羞殺你敗壞綱常。

【解三酲】俺公相雖是冰清樂廣，你怎做得玉潤衛郎。狂言廝挺真無狀，寫休書不必商量。丈夫志氣雲霄上，斥鷃翻來笑鳳翔。休閑講，看失林窮鳥，怎效鸞凰。

【前腔】俺小姐是蘭閨嬌養，怎禁得蓬户凄凉。洞房花燭成虛想，這牛女須做參商。驀然尺水波一丈，却不道海水難將升斗量。休閑講，似浮鷗逐浪，怎配鴛鴦。

校　箋

〔一〕此齣齣目，《古本戲曲叢刊五集》本題作「逐婿」。

葛衣躡雪〔一〕

【山坡羊】想當時許多親愛，到如今驀然更改，惡狠狠如狼似豺，好教我恨悠悠不斷如江海。謾自猜，他無端溺死灰。想梧桐吹倒自有傍人在，世變星移，人情物態。傷懷，蘭茝深交安在哉？堪哀，宿莽荒榛土一堆。

【前腔】疏刺刺寒林風擺，撲簌簌雪花無賴，亂紛紛似堆積悶壞，密匝匝似愁鎖圍難解。命運該，偏遭顛仆灾。綈袍戀戀古道今難再，謾自躊躕，誰來瞅睬。徘徊，十謁朱門九不開；尶尷，似撥盡寒爐一夜灰。

【前腔】嘆不肖一家狼狽，論遺編五車猶在，念寡母煢煢在堂，奈三餐菽水猶尶尬。事不諧，誰知是禍胎。把潘楊舊契都頹敗，秦晋深盟，變做張陳冤債。塵埃，似雪壓梅花凍不開；春臺，似動地東風雪後來。

【貓兒墜】〔二〕死生貴賤，天自有安排。你覆雨翻雲真世態，他白楊宿草掩泉臺。分開，那些個千金一諾，仗義與疏財。

【前腔】徘徊顧望，邂逅在天街。念舊憐孤真慷慨，銜恩佩德意無涯。舒懷，果然是千金一諾，仗義與疏財。

校　箋

〔一〕此齣齣目，《古本戲曲叢刊五集》本題作「不納」，《北京大學圖書館藏程硯秋玉霜簃戲曲珍本叢刊》本題作「走雪」。

〔二〕【貓兒墜】：底本原作「【琥珀黄鶯】」，據《古本戲曲叢刊五集》本改。

逼女强媾〔一〕

【四換頭】最痴迷是你，我景逼桑榆却靠誰？爹心祇爲兒，休得要挫過了豪華成怨悔。百歲姻緣，須教到底。一諾如山，千金怎移。憐新弃舊，鬼神難昧。夫婦綱常豈可違，山海姻盟難道如湍水？他有貞姬節行，令女操持。當初雖是未通媒，今日裏肯差池。况姻緣分定，休得惹閑非。

【前腔】爹欲顯門楣，反惹那傍人笑耻。休得苦禁持，一馬一鞍怎改移。不如順從伊之志，那女生向外古來題。娘言偏是，爹言見非。四德三從在那裏，爹行强執意難違。情願喪溝渠，也落得芳名耿耿古今垂。胡言衹當風過耳。休凌逼，難道是任家婦做賈家妻？

校　箋

〔一〕此齣《古本戲曲叢刊五集》本爲第十二齣，無齣目。

到氏矢節〔一〕

【五更轉】步未移，魂先喪，脱下綺羅裳。輕啓門兒，早赴清溪上。定省晨昏，有誰人侍養。到冥司，須要把，姻盟講。非干薄幸，衹爲遭魔障，誰知平地風波，斷送在蹴天風浪。

【香柳娘】怕林梢曙光，怕林梢曙光，鄰鷄初唱，急煎煎體怯行不上。盼秦淮路長，盼秦淮路長，霧氣接微茫，濤聲隔林莽。痛捐生斷腸，痛捐生斷腸，抱石沉江，與曹娥相傍。

【前腔】我女兒在那厢，我女兒在那厢，疾忙追上，想逶迤尚在清溪傍。灑血泪兩行，灑血泪兩行，他殉節實堪傷，教娘怎撇漾。願神明主張，願神明主張，使路阻蒼茫，免沉波浪。

【綉衣郎】你向空門暫且依栖，苦盡甘來自有時。你還把禪關深閉，松陰花影相遮蔽。倘任郎奮迹雲衢，也不枉投淵節義，管祇林種成連理。

【前腔】咏《柏舟》三復毛詩，似勁幹凌霜操怎移。既蒙周庇，願披緇祝髮相隨侍。自甘心獨守鸞孤，再休題重諧鳳侶，向叢林何心連理。

【前腔】且寬心休鎖愁眉，珠樹雙栖會有期。祇是苦空滋味，香燈早晚相依倚。又何須祝髮披緇，已參透禪機妙旨，管瓊枝重生連理。

校　箋

〔一〕此齣《古本戲曲叢刊五集》本爲第十三齣，無齣目。

薦亡知信〔一〕

【江兒水】祇道你生離近，誰知死別遥。捐生就死全節孝，紅顔緑鬢方年少，銜冤早上黄泉道，越添我憂懷懊惱。祇因歸妹愆期，斷送了好逑偕老。

【五供養】衷情哀告，祇爲家寒，濡滯桃夭。無緣偕伉儷，有恨逐波濤。堪憐窈窕，被父逼沉淵全操。也須資佛力，超度出江潮。一縷盟香，上干洪造。

【玉胞肚】出門祈禱，轉教人心頭火燒。全不顧父子恩情，那些兒故舊相交。欺貧逞富，無端平地起波濤，轉眼之間忘久要。

【玉交枝】禪房深窈，閉藘關何人漫敲？多應檀越誰來到，前後殿快把香燒。心懷悲怨要通九霄，手持文疏通三寶。願薦拔亡魂早超，草短疏煩伊細抄。

【川撥棹】休煩惱，管愁懷頃刻消。自那時潛出江皋，自那時潛出江皋，那到夫人連忙趕着。勸他歸不可邀，已將他藏過了。

【尾聲】一番真話開懷抱，兩下恩情在這遭。榮歸有日，會合非遥。

校　箋

〔一〕此齣《古本戲曲叢刊五集》本爲第十五齣，無齣目。

到氏展疏〔一〕

【好事近】不覺泪雙垂，頓教人腸斷魂飛。鏡中兒女，未承顏親侍慈幃。須知，到底是綢繆恩義。這幾行兒書寫的無遺，誰知奴身在此。把死生姑婦，做了硅步天涯。

【榴花泣】追思當日寫休書，明知是已生離。猛拚魚腹葬微軀，不道母親追勸，救取到今日。貞心怎移，把休書塗抹還他去。縱檀郎要别娶嬌姿，算萱堂怎肯抛弃。

【摧拍】將書去前言莫題，留文疏時常展舒。我心事你知，我心事你知，身在禪林，心戀親幃。慈孝成雙，節義無虧。傳信息切莫疏虞，休得使外人疑。

校箋

〔一〕此齣齣目，《吴歈萃雅》本題作「追悔」，《古本戲曲叢刊五集》本爲第十六齣，無齣目。

孝標議姻〔一〕

【北新水令】想益州當日論絶交，到如今幾場堪笑。范張何款款，班尹恁陶陶。競毛羽錐刀，怎比得草蟲鳴雕虎嘯。

【南步步嬌】新盟舊約都休道，萬事渾難料。雄心病裏消，着甚來由，把人奚落。白髮已蕭蕭，乖張兒女難倚靠。

【北折桂令】莽賓朋自把門敲，他獨坐空齋，憑几無聊。記當初山澤游遨，到如今踪迹參商，祇爲人品低高。他生擦擦轉眼朱蕭，急煎煎翻手波濤。天網恢恢，不漏分毫，因此上雙眼糊塗，怎做得擊筑名高。

【南江兒水】聽這話添焦躁，何人把我嘲。應門人呼喚都不到，久無佳客相傾倒，惡賓何事相譏誚。快把我門開看分曉，有甚人敲，好一似劉郎聲調。

【北雁兒落帶得勝令】還虧你認的咱是劉孝標，竟不念任彦升墳宿草。把司馬子一旦兒抛，穀臣兒都丢了。藐諸孤夕且不謀朝，貧相如緣分薄，盲祖珽機關巧，猶兀自强妝喬。難敲，孟嘗門深閉着；難敲，翟公門牢閉着。

【南僥僥令】舊弦捐弃早〔二〕，新喜近夭桃。弱息依然如再造，願續前盟，把箕帚操；願續前盟，把箕帚操。

【北收江南】呀，料伊家情願續鸞膠，怕他們未肯渡鵲橋。我也願效些兒冰上勞，祇怕又羞慚了月下老。後生家氣豪，後生家氣豪，怎肯將一雙鸞鳳拜鴟梟。

【南園林好】念老妻不忘久要，念小女貞節自操，更須念病夫年老。好撮合，死生交；好撮合，死生交。

【北沽美酒帶太平令】不須要絮叨叨，不須要絮叨叨，須成就恁兒曹。想坦腹義之不計較，伊衛玠我能叨。非意相干應遣了，把怨恨做成歡樂。趙元叔不須窮討，嵇叔夜謾來聒噪。勢交，更有那談交賄交，與窮交量交，呀，都付與少文清嘯。

【南尾聲】佳期須卜紅鸞照，節義還應彩鳳褒，不羨秦樓弄玉簫。

校箋

〔一〕此齣齣目，《古本戲曲叢刊五集》本題作「嘲笑」，《南北詞廣韵選》無齣目，評稱：「【收江南】內，查譜，多『祇怕又羞慚了月下老』一句」。

〔二〕舊弦捐弃早：底本原作「舊嫌捐弃棗」，據《古本戲曲叢刊五集》本改。

新刻群音類選官腔卷十四

青衫記

《青衫記》，顧大典撰。顧大典，生平簡介見本書「官腔類」卷十三「《葛衣記》」條。《青衫記》，今有全本傳世，現存明萬曆間金陵鳳毛館刻本、明末汲古閣原刻初印本（《古本戲曲叢刊二集》據之影印）、汲古閣刻《六十種曲》所收本。

裴興私嘆

【錦纏道】悶無聊，嘆烟花塵緣未消，粉悴與脂憔，甚時得成就鳳友鸞交。終日攏迷魂陣，用被窩中寶刀，衹落得按紅牙撥損檀槽。減却楚宫腰，羞殺人當筵獻笑。箕帚幾時操，也免得蘭生當道，打疊起目挑與心招。

【普天樂】我性兒焦心兒躁，怪得我家生俏。家生俏忒𢙌妝喬。把歌和舞鎮日輕抛，教咱怨着，竟不顧我凄凉門户髮蕭騷。

【前腔】恨娘行惟耽鈔，下金鈎把兒郎釣。笑痴兒欲火延燒。好一似精衛填橋，我心中想着，怎教人做得花月之妖。

【古輪臺】不相饒，游蜂浪蝶簇花梢。生來懶去追歡笑，蛙鳴蟬噪。魂繞神勞，怎禁得烟花圈套。便玉軟香温，珠圍翠繞，算來總是可憐宵。那些個郎才女貌，落便宜獨自煎熬。怕蛾眉翠掃，蟬鬢雲凋，佳人年少。歲月鏡中銷，巴不到，一鞍一馬遂心苗。

【尾聲】市門空倚終難料，墮落風塵泪暗抛。嘆于歸無日，羞咏《桃夭》。

鸞素餞别

【黄鶯兒】和泪瀉流霞，唱陽關别路賒，眉兒淡了憑誰畫。離心似麻，枕痕轉加，眼前一刻千金價。願君家，春風得意，看遍上林花。

【前腔】門外促驕騧，趁東風踏落花，柳絲無奈春愁掛。歸當及瓜，休教憶咱，盼征途日近長安下。莫咨嗟，你深閨結伴，相對緑窗紗。

【簇御林】關河遠，烟樹賒，玉容消鏡裏花。怕游絲到處相牽挂，把巫山夢逐行雲化。萬山遮，匆匆分袂，腸斷已無些〓。

【前腔】津亭柳，故苑花，霎時間天一涯。爲功名兩字添縈挂，管教駟馬高車駕。謾堪誇，他時晝錦，同泛使星槎。

【尾聲】情難盡，人轉遐。無奈臨岐泪灑，早把泥金報喜誇。

郊游訪興

【宜春令】花光艷，草色新，且停驂向仙源問津。平橋曲徑，杜陵韋曲相將近。鞦韆外燕蹴紅英，粉墻邊鶯遷緑蔭。（合）喜如今，滿前春色，四郊無警。

【前腔】尋芳侣，拾翠頻，愛香堤平鋪綉茵。帝城相映，龍樓咫尺天顔近。睹村莊四野齊民，數田疇幾家同井。（合前）

【前腔】催黄鳥，轉緑蘋，出郊圻暫離紫宸。携壺挈伴，絲鞭齊拂垂楊影。向金閨侍從經旬，解羅襴暫息勞頓。（合前）

【夜行船序】坐有英髦，且輕攏謾撚，試展鮫綃。綢繆意，怕被斷弦相惱。鸞膠，好續紅絲，聽聲聲寫出，柔腸幽抱。冰刀，何須截曹剛兩手，與紅蓮纔好。

【鬥寶蟾】多嬌，聲徹雲宵，似臨邛新寡，才情風調。念相如爲客，自有情難表。傾倒，佳人年正少，才子興方豪。料今宵，必須把三生舊約，付之一笑。

【錦衣香】香有醪，金尊倒，美有骰，珍羞造。坐有妖嬈，輕顰淺笑，何妨日日典青袍。柔情眷眷，真樂陶陶。願相期諧老，訂幽盟兩情相保。同把蒼蒼禱，一心兩照〔二〕，不知身在瓊臺瑶島。

【漿水令】聽春聲鶯嬌燕小，覽春色繁李穠桃，生平樂事是今朝。顧盼之間，目眩魂摇。依稀似，祆神廟，尤雲殢雨知多少。天將暮，天將暮，游情未了。相留戀，相留戀，月兒高。

【尾聲】且通宵任鷄聲報，一醉須將萬事抛，怕今夜風情瘦沈腰。

【十二紅】窈窕窈窕傾城貌，談笑談笑氣雄豪。暮雨朝雲，總在今宵，不枉人年少。我愛你風情月調，我愛你歌唇舞腰。一個在鳳池鰲禁，一個在花邊柳梢，幸然天假良緣到。

校　箋

〔一〕此齣齣目，《樂府菁華》本題作「禹錫郊外游賞」。

〔二〕照：底本原作「草」，據《古本戲曲叢刊二集》本改。

裴興還衫〔一〕

【月雲高】匆匆逃避，倉忙路途裏。似烏鵲驚三匝，幸遇雙珠樹。問取鄰姬，知是栖鸞處。檀口依然小，果是腰肢細。難道説你是何人他是誰，也祇當鷦鷯借一枝。

【前腔】行行還止，猛省當時事。他未必生嫉妒，我自閑疑慮。看他舉止温和，難道就生乖戾。他既做居亭主，那有入宫忌。想人在空閨欲授衣，怕寒到君邊衣到遲。

【紅衲襖】莫不是戀戀綈袍贈故知？莫不是弃青衿爲賜緋？莫不是衣狐貉嫌袍敝？莫不是披鶴氅解青衣賜行酒的？這話兒教人轉疑，這意兒教人怎知？多應是禄薄官貧也，典却春衣做夏衣。

【前腔】對金鑾得意時，曲江游走馬回。訪紅樓曾把絲鞭繫〔二〕，解青衫曾將緑酒易。一時間雲雨迷，到後來情意密。我因此上贖將歸日夜隨身也，應把青衫付緑衣。

【前腔】每日間見你斂蛾眉不知愁甚的？見你減腰圍不知爲着誰？今日個説起心中

事，正好與我并頭花做連理枝。你真情我已知，想夫君也念伊。你祇合從頭收拾閑風月也，我和你做個仙侶同舟晚更移。

【前腔】我爲着他困騰騰鎖翠眉，我爲着他病懨懨減帶圍。争奈我娘行不解人深意，强逼我落溷沾泥做墻外枝。我真情你既知，便追隨想不見疑。祇是我娘行重利要把我輕抛也，怕事到頭來祇自悲。

【前腔】我也願賣釵梳贖取伊，我也願典衣衫盡付渠。祇是探囊中怎够千金費，罄篋底難當十斛珠。欲托征鴻報與知，奈天涯雲路迷。怎能勾特爲司花吏也，留取河陽第一枝。

校　箋

〔一〕此齣齣目，《樂府菁華》本題作「裴興娘還青衫」。

〔二〕絲鞭：底本原作「絲繮」，據《古本戲曲叢刊二集》本改。

坐濕青衫

【北新水令】鯤弦鐵撥紫檀槽，斷送了許多年少。空林驚宿鳥，幽壑舞潛蛟。切切嘈嘈，寫不盡相思調。

【南步步嬌】荻花楓葉秋容老，祖餞潯陽道。山低月已高，挈榼提壺，且須傾倒。獨坐正無聊，主人下馬剛來到。

【北折桂令】恨悠悠粉褪香消，悵憶仙郎，夢繞魂勞。想他們别戀多嬌，他有櫻桃素口，楊柳蠻腰，拋閃得人牛馬同槽。他昏騰騰酗酒餔糟，眼睁睁受盡煎熬。到頭來風月場空，那些兒雲雨峰高。

【南江兒水】逸調來雲表，清聲徹斗杓。似湘靈鼓瑟江干曉，似臨邛夜弄求凰操，他穿簾入洞真難料。誰共蓬萊孤棹？暫且停橈，試問玉人消耗。

【北雁兒落帶過得勝令】豈忍見休文減帶腰，豈忍見宋玉悲秋貌。重題起典青衫酒價高，免不得掩紅妝把琵琶抱。恨娘行把我一時拋，付茶商把箕帚操。也不管參商和酉卯，逼勒咱鸞枝作鸛巢。延燒，死灰然袄神廟。藍橋，爲風波敗久要，爲風波敗久要。

【南僥僥令】一番新懊惱，幾載舊根苗。邂逅相逢如天造，怎忍似弃言的解珮要，弃言的解珮要。

【北收江南】呀，算將來生死是今宵，那籌兒都休道。須教我斷弦再續藉鸞膠，休疑慮章臺楊柳折長條。望相憐舊交，望相憐舊交，縱春山淡了尚堪描。

【南園林好】教坊中聲名久標，便于歸須從俊髦。出幽谷正宜及早，從今夜好還喬，從今夜好還喬。

【北沽美酒帶太平令】謝陽侯斬鴟鴞，謝陽侯斬鴟鴞，賴恩相，續鸞交。你把今夜琵琶付彩毫，一字字繼《離騷》，一聲聲徹雲璈，一句句完璧歸趙。朋友們千杯歡笑，夫妻們五花官誥。兒曹，紅綃紫綃，都衹是朝雲暮潮，呀，總不如百年諧老。

【尾聲】登堂拜賀須明早，他久旱逢甘在此宵，須暫時落後那楊柳櫻桃。

青蓮記

《青蓮記》，戴子晋撰，又有寫作戴子魯、戴于魯。戴子晋（生卒年不詳），字金蟾，浙江永嘉人。生平事迹不詳。知撰有《鞦韆記》、《青蓮記》傳奇二種，皆佚。《青蓮記》，今無全本傳世，除《群音類選》選録此五齣曲文外，《月露音》選録有《調羹》、《泛湖》兩齣曲文。呂天成《曲品》歸入「中上品」，稱：「紀太白事，簡净而當，不入妻子，甚脱灑。《彩毫》雖詞藻較勝，而節奏合拍，此爲擅場，派從《玉玦》來。音律工密，尤可喜。」劇叙李白受皇帝親手調羹、華陰騎驢、湖上泛游及騎鯨捉月等事，中間穿插唐明皇賞花和游月宮。

御手調羹（二）

【畫眉序】開宴向彤庭，喜爲皇家得人慶。看寶床賜食，禮意非輕。謫仙才怎老林泉，經世學猶堪臺鼎。（合）遨歡更值青春候，飛花送酒前楹。

【前腔】湖海久飄零，昔日何人問名姓。喜布衣寒士，一旦登瀛。魚目混謾笑時流，龍顏顧遂叨榮命。（合前）

【前腔】早歲玷華纓，何有涓埃答明聖。但薦賢爲國，幸得奇英。賦子虛司馬相如，隱金門東方曼倩。（合前）

【滴溜子】難消受，難消受，無窮聖情；何以報，何以報，非常寵命。御手自調羹，躬逢何盛。又説甚推食淮陰，前席賈生。

【和佛兒】春色朝來喜更榮，宮花萬樹盈。碧桃紅杏，紛映玉階明，頻呼力士鐺。（合）須盡醉，百篇斗酒，好向大廷吟。

【前腔】鳳簫龍管聲如競，天仗映明月疏星。漸聽玉漏，花外已三更，詞藻正縱横。（合）須盡醉，共相歌咏，聊用祝升平。

【雙聲子】嬌歌處，嬌歌處，粉黛佳人并。艷舞處，艷舞處，紫袖新裝靚。宵將盡，宵將盡，斗欲横，斗欲横。看龍旗露濕，羽扇雲生。

【尾聲】詞臣才子承恩幸，曠古今朝獨盛，長願取千秋侍聖明。

校　箋

〔一〕此齣齣目，《月露音》本題作「調羹」。

明皇賞花

【山花子】邀歡偶幸紅亭上，金宫瑞日初長。喜名花朝開滿堂，盈盈浥露凝香。（合）更堪憐仙姬俊龐，一枝解語臨几傍。朱唇丹蕚相映芳，并照金杯，如玉雙雙。

【前腔】春風忽度流蘇帳，天香亂落霓裳。又何心遥思洛陽，還勝魏紫姚黄。（合前）

【前腔】須知國色來天上，豈同桃李齊芳。雖後時繁華異常，應宜花裏稱王。（合前）

【前腔】斜光影裏猶堪賞，萬紅千紫呈芳。錦重重如霞乍張，宛然飛燕新妝。（合前）

【撲燈蛾】臨花興已長，對月懷猶爽。酩酊拚今夕，盡醉莫教花笑也。任抽毫作賦，那知清露下衣裳。（合）論人生花辰能幾，縱百年俱醉，都來三萬六千場。

【前腔】重將錦瑟張，再把新詞唱。卮酒行無算，澆盡胸中礧塊也。脱靴呼貴侍，御前渾忘酒顛狂。（合前）

【尾聲】古來徒羡汾河上，争似今朝清賞，爛醉名花傾國傍。

華陰騎驢

【錦纏道】本待要跨青虬遨游太虚，散髮并無拘，奈其間未免躊躇。衹爲金鑾殿降輦迎，這些兒恩深豎儒，教人頓忘却世路崎嶇。因此上倒騎驢，把前程事付之所遇。那堪爲轅下駒，恣放浪誰能駕馭，任傍人背後自揶揄。

【普天樂】記呼爾尋梅處，驚歲月催人去。灞橋畔，灞橋畔雪色侵鬚。誰承望駟馬高車，肯貪人豆芻。那其間也還須，效些區區。

【古輪臺】謝山臞，我終須有日弃銀魚。此身元是烟霞主，儻逃籠絡，且免鞭笞，依然的逸足康衢。回首嗟吁，紅塵滚滚，不知何處是吾廬。争名逐利，枉將人白日馳驅。那些個哭泣窮途，徜徉覺路，是非千古，一笑定何如。從今後，何妨長醉在籃輿。

【尾聲】山家不見徒延佇，且向城闉權住，好覓王猷水竹居。

捉月騎鯨

【好姐姐】與君，且飛羽觴，冷詩腸偏宜酒燙。澄江如練，金波萬頃光。休惆悵，好將水月同清況，潦倒江幹作醉鄉。

【前腔】高懷，難將斗量，願長江變爲春釀。怕靈均獨醒，懷沙赴沅湘。江潭上，潮聲到夜何悲壯，似飲泣孤臣氣未降。

【香柳娘】這狂夫太狂，這狂夫太狂，凌波安往，江心捉月徒虛誑。好教人斷腸，好教人斷腸，君去水雲鄉，伊予在塵網。仰巫陽帝傍，仰巫陽帝傍，急離上蒼，招魂江上。

【前腔】分飄然大荒，分飄然大荒，波臣爲黨，奈世緣未了三生障。這幻軀不亡，這幻軀不亡，鯨背且徜徉，蛟涎妄思想。任長流夜郎，任長流夜郎，中心自傷，君恩浩蕩。

【尾聲】憐伊果是金仙降，夢裏青蓮豈渺茫，一嘯騎鯨采石江。

明皇游月宮

【新水令】海天飛起一輪秋，廣寒宮乾坤永久。清光浮玉宇，暝色散璚樓。萬古悠悠，玉蟾蜍長厮守。

【步步嬌】深宫葉落秋槐後，正是明月團圞候。騰身碧落游，徐步銀橋，天門徑叩。我輩總凡流，敢辭俯伏頻稽首。

【折桂令】算人間自有丹丘，我這貝闕清虛，怎枉宸游。你那裏鴛鴦深殿，翡翠高樓。送朝昏清歌妙舞，逞風流，皓齒明眸，世事浮漚。及早回頭，却不道日月如梭，不暫停留。

【江兒水】聽説浮生事，徒爲萬劫憂。可憐色界迷情竇，眼前玄理難參透，使丹臺玉籍名無有。今日方知差謬，願發慈悲，早向迷途超救。

【雁兒落帶凱歌回】斫桂的吴生功未收，搗藥的玉兔丹終就。我這七寶丸頻煩着玉斧修，你那些塵世界安能久。一任他浴滄溟抛玉毬，走虚空掛銀鈎。常照征人苦，偏生嫠婦愁。則俺是無了無休，今來古往長依舊；何累何憂，説甚麽悔將靈藥偷。

【僥僥令】曾記長生殿説緣由，所願幾時酬。祇爲比翼連枝常作偶，免不得戀人寰，成逗遛。

【收江南】呀，説與你金丹的大道呵，但祇在此心求。何須去遥瞻紫氣望青牛，那秦皇漢武枉咨諏。想亂離可憂，想亂離可憂，須知道太平無事是真修。

【園林好】喜仙宫今宵遍游，恨仙班無緣款留。此去不堪回首，空惆悵碧雲頭，空惆悵下神州。

【沽美酒帶太平令】海螺吹鸞笙奏，舞霓裳翻霞袖，青娥素女雙雙鬥。翠鳳翔金獅吼，玉繩低銀河走，人間今夕是中秋。一般歌舞，争知道歲月如流。俺呵恁呵，從今後仙凡路隔，何年聚首？呀，祇待跨晴暉再此遨游。

【清江引】蟾宫倏忽無何有，禁闥依如舊。舉首望長空，月色明于晝，携得天香來猶滿袖。

驚鴻記

《驚鴻記》，康保成《關于〈驚鴻記〉作者的新材料》（《戲曲藝術》一九九九年第一期）考證作者非吴世美，有可能是吴世英，限于文獻不足而定爲無名氏作品；李潔《〈驚鴻記〉的作者及其家世考》（《文學遺産》二〇一三年第三期）在康保成考證的基礎上，考稱其作者爲吴世熙。吴世熙，字緝侯，號群玉，别署多口洞天人，吴世美之兄，烏程（今屬浙江）人。生穎異，十歲能文，千餘言可立就，但科場屢不售。撰有《國事譚林》、《清溪論草》、《驚鴻記》傳奇等。《驚鴻記》，今有全本傳世，現存明萬曆十八年（一五九〇）序刻本（二〇〇四年中華書局出版康保成點校《鷩鴻記》以之爲底本）、明萬曆間金陵世德堂刻本（《古本戲曲叢刊二集》據之影印）、明萬曆間金陵文林閣刻本、清咸同間瑞鶴山房抄本。

花萼驚鴻

【對玉環帶過清江引】弱體徘徊，珠簾捲落暉；蟬鬢欹偎，裙拖六幅開。夜月扇歌回，雲衣作舞裁。一點春心，洞房深似海。遠鴻千里憑誰在，聲破銀床睡。斜飛落掌中，清影侵天外，却便是語依花、動隨風、嬌軟態。

【錦堂月】日映金樽，雲回玉殿，三條九衢連轉。千里河山，盡歸此處芳筵。京華裏游俠雕鞍，綺羅中幽閑嬌面。（合）珠簾捲，看取歌咏斯干，樂酒惟宴。

【前腔】沉湎，漢武汾游，周文鎬燕，登依小臣非淺。劍履南宮，簪纓北闕交歡。光映處綉柱璇題，坐擁着寶釵金釧。（合）齊稱願，看取舜日堯年，永沐恩眷。

【醉翁子】私念，這場事招殃生變。非楚庭燭滅，斷纓難辨。何怨，竟月避疏雲，香送金蓮委翠鈿。（合）拚沉醉，到漏盡銅壺，大被高眠。

【前腔】還願，酌酒後燕居交勸。把君王樂事，生靈溥遍。須遣，是帝賚升平，何必勤勞負盛年。（合前）

【僥僥令】佳人心已倦，帝子興猶堅。漸見桂滿冰輪清冉冉，皓色浸樓臺，聽夜弦。

【前腔】興闌啼鳥喚〔一〕，坐久落花顛。總是夜飲厭厭情無已，看北斗向南山，結大年。

【尾聲】椒房窈窕承龍輦，偏將花萼敦天顯，這令德巍巍掩後先〔二〕。

校　箋

〔一〕喚：底本原作「緩」，據康保成點校本、世德堂刻本改。

〔二〕令：底本原作「今」，據康保成點校本、世德堂刻本改。

學士醉揮〔一〕

【梁州新郎】清宫日永，奇葩星耀，好似方壺蓬島。夜香凝露，朝來色褪紅妖。心自想舞慚飛燕，歌謝韓娥，暗裏花還笑。朱弦依寶瑟，雨雲饒，金屋相看豈阿嬌。（合）傾城態，雍門調。況伶倫衆技尤奇妙，真樂事會今宵。

【前腔】靈荄香腴，神芝瓊表，怎比得天姿漂渺。遠山秋水，霎時一盼魂摇。更感你殷

勸花下，罄折樽前，曲意伸談笑。玉山猶未倒，肯停消，拚取厭厭暮與朝。（合前）

【前腔】羨君家逸氣清標，今日裏輝煌廊廟。那漢庭司馬，怎及英豪。果是才高七步，書富五車，三峽詞源倒。千年難一遇，地天交，肯使長沙嘆寂寥。（合前）

【前腔】願吾皇壽比天高，祈母后齡同地老。更河清海晏，荒服來朝。但使宮中歡慶，與萬方同，到處歌魚藻。微臣依大造，近雲霄，敢道樗材入譽髦。（合前）

【節節高】紅雲捧帝郊，列瓊瑶，龍顏顧盼祥光照。秦箏巧，趙舞飄，燕歌繞。天成學士清平調，聲華一代原非少。（合）惟願良宵定年年，名花傾國常歡笑。

【前腔】綸音下九霄，賞才豪，詞場結得君王好。金樽倒，玉燭消，瓊筵耀。矜才竟把黃門傲，君臣魚水何緣到。（合前）

【尾聲】沉沉酩酊迷歸道，忽憶前生事不遥。我雖是謫仙人，端不爲偷桃。

校箋

〔一〕此齣齣目，《樂府紅珊》本題作「唐明皇賞牡丹花」。

梅妃宮怨〔一〕

【雁魚錦】無端懊恨追往年，向妝臺拂鏡花如面。宛轉料那情不輕變，看他一似鳳舞鸞顛，賞疏梅金縷管和弦。昭陽恩自專，那數三千的粉黛空腸斷，我道是掌上君王豈有長門怨。

【二犯漁家傲】那堪，勢異時遷，把五雲金屋改做了栖閑館。凉風團扇，怎知道冷暖人情換。被君抛長夜獨眠，被妃妒相傾萬千，被臣謗做衛姜宣，情和怨，將來訴與誰邊。扉掩梨雲冷暮烟，那壁廂笑咱是個趁東西紛亂的墻外柳，這壁廂笑咱是個逾春夏蕭條的江上蓮。

【二犯漁家燈】熬煎，滿地碧苔，又奈他斜陽電掃誰相戀。明月朱簾，慘殺庭院，忽覺西宫，火照喧闐。分明難遣，他奉恩復道，我自擁餘衾小簟。祇爲那梅亭月上生幽賞，落得蹙損雙蛾兩泪懸。

【喜源澄犯】幾回夢裏雲雨歡忭，驚鴻舞忙吹玉笛，同升輦侍宴。待覺來朦朧峭然，雲迷雨離，啼着杜鵑。要見祇憑假寐還相叙，甚時節真個團圓，教我怎理花鈿。他那裏融融春暖承歡地，俺這裏寂寂秋歸離恨天。

【錦纏道犯】謾回首，這心腸終須辨冤。淩下繞寒泉，豈玉容懷着日影孤妍。殢人的掠鬢寶鴛，侵人的梁間雙燕。總好夢也難連，待把黄金倩個相如賦，衹恐天高未暇憐。

校　箋

〔一〕此齣齣目，《月露音》本題作「宫怨」。

花萼霓裳〔一〕

【念奴嬌序】清輝萬里，正千秋節届〔二〕，君王會樂飄遥。粉黛三千觴滿引，何來一派仙韶。歡笑，玉樹清歌，瓊臺緩舞，樹頭喧處月初高。（合）惟願取，人間天上，常似今宵。

【前腔】祈禱，南山壽考，身常傍金屋銅臺，月夕花朝。金井轆轤清映處，鴛鴦誤入平橋。窈窕，院宇沉沉，池亭悄悄，星毬銀燭爛紅綃。（合前）

【前腔】秋早，梧葉初飛，芙蓉未老，恍疑身世入雲霄。天如鏡，盈盈秋水魂消。争道，花萼恩深，樓頭宴罷，微臣何以報瓊瑶。（合前）

【前腔】傾倒，惜玉憐香，尋歡追笑，大唐天子任風騷。人稱是，三郎沉醉多嬌。寒峭，

月落蝦鬚，風歸魚藻，萬年王母上冰桃。（合前）

【古輪臺】舞纖腰，金樽細倒夜迢遥，霓裳一曲人年少。瑶池仙調，似啼鸎轉喬，清韵十分工巧。飛燕輕韶，神龍夭矯，看争誇今夜好良宵。玉山自倒，成就了鳳友鸞顛。蜂喧蝶鬧，流蘇帳底，倩誰知道。仙女會藍橋，陽臺峭，襄王歸向楚山高。

【前腔】休吵〔三〕，猛然想舊日恩情，終不然着意新弦，把舊弦撇了。那日梅亭，兩兩向神天堪表。也祇爲妒雨迷雲，落梅誰掃，想當初柳媚共桃夭。可憐秋草，不覺泪灑鮫綃。樓西喧鬧，翻愁難遣，樓東懷抱。此事每神勞，暗想他心裏，驚鴻那處愛猶饒。

【餘文】傷情處，一水遥。總然對芳辰喧笑，還自想人在長門怨寂寥。

校　箋

〔一〕此齣齣目，《月露音》本題作「霓裳」。

〔二〕節届：底本原作「節屆」，據世德堂刻本、《月露音》本改。

〔三〕吵：底本原作「炒」，據文意改。

翠閣好會

【北雁兒落帶得勝令】俺如今向東樓待舉鞭，則道是密文移穿庭院。鬧嘈嘈棲鴉枝上啼，戰危危匹馬樓頭閃。慢自誇新月度牽牛，祇應是舊壘歸飛燕〔一〕。活央殺追風躡電踪，早成就倒鳳顛凰願。恁譬如花再鮮鏡重圓，還、還、還一似雪消春暖。又恐他風也漏傳，悄自裏暗依香上廣寒。

【南沉醉東風】嘆孤幃梨花羞見，步閑庭長夜如年。聽雁陣過東樓，燭冷金猊暗，東風不管，任惹下離腸欲斷。凄清自遣，嫦娥自眠。傷心處，追歡别院，笑喧。

【北收江南】呀，猛可的這般難捱呵，却誰道有良緣。恁受盡了衾寒枕寒，悶懨懨，纔今寶馬整雕鞍。是君王見憐，是君王召宣，祇爲妒冤家兜的來阻牽。

【南攉拍】坐朝堂畏他潑賤，想長門不能保全。你也枉然，你也枉然，威福難憑，冠履倒顛。

【北得勝令】呀，俺祇怕那、那望懸懸，却又奈這、這泪漣漣。題起上《緑衣》篇做甚的，想着紫霞群真共羡。乘駿馬朝天，把玉笛昭陽按，舞驚鴻錦纏，待君王帶笑看。

【南忒忒令】你信道君王意堅，我衹慮嬌容微變。花開花謝，幾度空留戀。還疑是夢兒邊，還疑是夢兒邊。待朦朧，轉嗚咽，馬上續殘怨。

【北沽美酒】覷雙眉柳葉妍，美滿月桃花面，幾曾滅了芳顔。瑶臺閬苑洛水仙，似娘娘也并儃。笑滋滋拜尊前，却又哭啼啼麗情煎。

【南醉歸遲】恰相逢，尤繾綣，由來翠帳多情伴，那説個離合悲歡心變。新婚晏晏，不强似遠別嬋娟。這其間，拚個軟柳含烟。小桃寬攞，訴出當年，相向梅亭誓願。幾回裏，夢伊在歌邊舞邊。幾回裏，夢伊在燈前月前。却纔是今夜好姻緣，妾豈敢懷着些兒尤心怨言。衹啼着西風杜鵑，衹抱着雲和耐寒。轉覺道兩意如綿，豈是三星在天。

【北川撥棹】看他們煽合歡，想今宵似錦鴛。俺輕輕的告蒼天，須則是閏個更兒，海水漏添。留着羲和，曉白漫先。那鷄休死聲喲嗎，輕唤起悠悠香夢轉。

【南朱奴兒】游風月迷離那邊，尋踪迹兔狡蝶蹁。敢是伊偷遞翠鈿，管教你命歸九泉。

【北梅花酒】望娘娘心莫嫌，望娘娘心莫嫌，總鶯啼和那蜂喧，與高力士甚麽干。鍾情處耳屬垣，妒色呵踪要掩。委珠鈿倩誰收，一霎時雨雲黯。

【南川撥棹】遮和掩，戀喬妝，沉業冤。却爲何色阻情牽，却爲何色阻情牽，頓忘了皇輿幅員。夢兒中旋萬般，意兒中難消遣。

【北太平令】却離了金宮寶殿，空回首臉笑花撚。漫悲傷，白雲龍遠，耐栖遲碧簫鸞倩。我呵，從今後幫伊襯伊，准備些霆馳鶩騫，呀，那憑他駭天妒婩。

【南錦衣香】報瓊瑶，春風面，守凄凉，孤扉掩。自是君恩，霜摇露變。秋來日日向人寒，梨雲暮雨，儘遺芳年。愧明皇厚賜下巫山，轉增哀怨。微月籠梅處，冰弦欲斷，拍天湘水，啼群旅雁。

【北清江引】重重説盡情和怨，皂白終須見。巧笑自花間，憔悴寒庭面。豈是當熊女落燕姿，到底歌團扇。

校　箋

〔一〕衹應：底本原作「抵應」，據康保成點校本改。

七夕私盟〔一〕

【醉羅歌】此夕此夕河橋處，相見相見牛郎女。明朝烏鵲下繁枝，説向青樓侶。迢迢郎意，盈盈女私。天衢漢路，含羞倍姿。夢魂擬逐陽臺雨。星爲聘，月作媒，莫似牛郎會少見還稀。

【前腔】薄幸薄幸長門事，買賦買賦臨邛子。冰壺到底不蒙緇，誰似君王意。孀娥孤另，瑶臺自依。襄王朝暮，巫山路迷。芳心各付閶風去。星爲聘，月作媒，莫似天河織女隔年期。

【香柳娘】覷卿卿艷肌，覷卿卿艷肌，高唐神女，羅紈綺繢鳴瓊琚。轉心魂怖迷，轉心魂怖迷，朝日㿜明輝，夜月留容裔。是章華情緒，是登徒性氣，向洛水逢伊，拚陽城已矣。

【前腔】盼霓裳羽衣，盼霓裳羽衣，驚鴻何似，他凌波回雪非容易。謝君王不遺，謝君王不遺，琴瑟永歡愉，金蘭洽恩契。是空江委翠，是隔墻殘李，見花燭堪羞，見寶釵猶妮。

【前腔】羡天河事奇，羡天河事奇，今來古去，年年此夜歡相會。起情人望思，起情人望思，雲夢去探奇，芝田還覓侣。快今生可矣，快今生可矣，任傾國傾城，儘爲雲爲雨。

【尾聲】恩情占斷人間麗，莫認做游絲飛絮，看萬歲千秋鸞鳳儀。

校　箋

〔一〕此齣齣目，《月露音》本題作「私盟」。

馬嵬殺妃

【園林好】你休埋怨今朝絶糧，魯孔顔也在陳魔障。曾記滹沱漢將，尋麥飯待君嘗，尋麥飯待君嘗。

【嘉慶子】你君臣大義心自想，豈可爲怨飢相忘。商士首陽餓死，他總是報君王，他千古美名揚。

【尹令】君王雖然孟浪，到離亂何須煩嚷。忍他式微中露，忍他獨行原上。勸汝休狂，急趕相隨到蜀江。

【品令】伊行到此，爲何戀家鄉？銅駝荆棘，須取誼勤王。匆匆相向，泪揮新亭上。男子育養，誰是個無娘無父，不娶妻房，效漢王陵效杞梁。

【豆葉黄】這忠心可强，你亂言切莫攔擋。看多少敗國亡君，看多少敗國亡君。却有個忠臣良將，有些禽獸背君反常。臣是孤身旅況，臣是孤身旅況，怎糾得千軍，解得紛紛禍殃。

【二犯六么令】肯爲國家身喪，頓教人忠心激揚。縱山川道路多艱，何憚風霜？從此去生離死別，不思故鄉。這奸賊總難忘，望元帥斷然主張。

【月上海棠】我自想，漁陽叛逆天災降。怎教伊負冤銜屈把身亡。非謊，妾死爲伊消怨望，區區此身何愛閑風浪。少甚紅妝，婉孌君傍，十年一夢歸塵網。

【五韵美】長生可想，牽牛可望，望織女天河斷腸。付啼泪瀟湘，夢陽臺楚王。魂杳杳，天地黑霓裳。早也知今日好撇漾，何似當年，你參我商。

【江兒水】眼見得今朝慘，多由夙世殃。人生聚散原飄蕩，西宫南苑誰爲賞。秋蓉春柳空江上，被底鴛鴦罷想。寂莫琵琶，冷入梨雲哀爽。

【川撥棹】喧和嚷，端衹求殘命喪。我做天子救不得椒房，我做天子救不得椒房。山萬叠，凄然夕陽。你芳年人早亡，我翻稱人未亡。

【一撮土】殷勤謝，謝君王恩誼長，向與奴紫磨金，釵合上。若心似金堅，管取地府天堂，與你盈盈相向。遠分離，恨怎當，近分離，我就亡。

【尾聲】我别伊頃刻歸天上，你爲我堅心奉聖皇。心衹恨，胡兒多跳踉。

蜀道思妃

【榴花泣】蜀山萬點多是白雲蒙，兵和將一齊空。尋常金縷舞裙紅，怎禁得羈旅飄蓬。猿啼鳥猠，一聲聲瘦馬驚殘夢。夢迷離宛轉華青，醒來時南北西東。

【前腔】千尋劍閣望不盡蠶叢，人洶洶恨衝衝。苔深泥滑路矇朧，又禁得露漬林楓。山回水涌，行不上翠蓋鸞輿重。想今日萬種傷心，悔當初七夕相逢。

【泣顏回】斷烟殘霧中，又聽得殺氣横空。問關千里，今宵愁殺扶風。看石楠道中，樹團圞人已分鸞鳳。祇指望地久天長，誰知做日暮途窮。

【前腔】淋漓細雨濛，聽鈴聲滿野叮咚。把斷腸心事，度入箜篌三弄。縱按商叶宮，祇悲凄恐不比梨園奉。掛愁腸十載芳筵，供遠目千里孤鴻。

【尾聲】今宵誰與凄凉共，難捱過更長漏永。除非是一曲《霓裳》，送入梨花夢。

入觀遇梅

【二郎神】兵亂後，去京華向巴江廝守，報聖祖皇天恩德厚。竟須臾雷電，把鯨鯢唾手全收。願白骨沙場善地修，慰春閨夢中情逗。期七夕渡牽牛，問驚鴻甚處沉浮。

【集賢賓】采蘋江氏當年幼，開元選入鸞儔。侍宴承歡專夕晝，植疏梅亭院躭幽。爲楊妃嫉搆，拋閃在離宫許久。真自醜，没奈何飄流原野，此地相留。

【三段子】當初弃伊，也只爲虚言亂語。歸來慘凄，那一日無心念伊。豈圖今日重相會，猶如枯木逢春意。不枉梅亭，山盟海誓。

【歸朝歡】傷心處，傷心處，花容燕語，楊妃在馬嵬殺取。兵和將，兵和將，逼殘玉肌，恨從今永不見《霓裳羽衣》。君臣相顧空垂淚，躝踟掩面愁無奈，那時節始信卿卿幸未隨。

【雙聲子】陽臺侶，陽臺侶，定今夜重雲雨。瑶池女，瑶池女，向故苑中情妮。争笑語，争笑語，鴛夢起，鴛夢起。看春深翠閣，漫遺珠履。

【尾聲】匆匆會合真奇異，須整頓寒梅香氣，到黄昏再不敢閑行去惹非。

幽明大會

【北新水令】却離仙府降塵闈，嘆分鸞暫時完聚。恨昭陽恩愛稀，感君王至誠意。兩遺上紫泥，俺在九華帳裏驚起。

【南步步嬌】環珮聲聲來月下，笑貌依然是。芳心亂又迷，待欲相親，恐伊藏匿。你不似入宫時，每争先投向君懷内。

【北折桂令】早知道别離永相憶，誰待要生時妒取，願伊休如俺羅下殘尸。紫綬裏馬嵬埋瘞，端的是妾誤你。《霓裳羽衣》太痴迷，雲雨朝夕，樂極悲至。那賊奴弄兵戈，因此上攻擊了楊氏門楣。

【南江兒水】聽説罷當年事，教人倍慘凄。春風桃李花開謝，秋雲菡萏空江渚，遲遲鐘漏難成寐。景物年年猶在，奈生死悲歡移徙。

【北雁兒落帶得勝令】徒想他鬧喧喧羯鼓聲，憑誰下滴溜溜箜篌泪。興慶池月自移，宜春院人何奈。西來燕，舊壘逐行栖，似曾識趁風姿。整不起梨園韵，呼不來秦阿姨。盟誓，俺自爲長生殿上决難弃；心知，顯得恁萬般情戀着塵土肌。

【南僥僥令】這話分明咱與伊，原是舊相知。鈎弋夫人覓伴侣，指引得東方朔不終迷，東方朔不終迷。

【北收江南】呀，早知道這般樣行徑呵，誰待泣馬嵬時。恁便是謀王定霸待何如，驚人綺語總休題。端的要沉溺，端的要沉溺，俺則索向空江明月候君歸。

【南園林好】向長風殷勤禱祈，拜仙姬多加護持。知甚日瑶池相聚，你歸天上莫忘遺，你歸天上莫忘遺。

【北沽美酒帶太平令】夢莊周蝴蝶飛，夢莊周蝴蝶飛，糧未熟到華胥。署往寒來有盡期，韶華恁自知，俺已非。到底是唐天子，梅貴妃，埋着黄泥。抛下你梅亭私妮，植上你瑶池根氣。我呵，霎時間衝舉寥廓，別伊謝伊，呀，跨晴暉浮烟色，那時節説甚寸腸千縷。

【南撲燈蛾】玉妃是也非，豈像鬼來媚。語罷乘風去，還似霓裳尤態也。更纖妍秀異，幸聞前世好因依。嘆今生南枝暫寄，竟鷄皮鶚髮，悔却悟來遲。

【北尾】從今後，那悲歡索無益。莫痴心，向七夕迷離。若没俺鴻都客奔馳，直墮殺你。

明珠記

《明珠記》，陸采撰。陸采（一四九七—一五三七），原名灼，字子玄，號天池（一作天池山人），别署清痴叟，長洲（今江蘇蘇州）人。與兄煥、粲并著，時稱「三鳳」。科場屢不舉。喜游覽，性豪放，喜與所善客劇飲歌呼，縱論天下事。著述有《天池山人小稿》、《壬辰稿》、《陸子玄詩集》、《天池聲俊》、《冶城客論》、《覽勝紀談》等，撰有傳奇《明珠記》、《南西厢記》、《懷香記》、《存孤記》（已佚）、《分鞋記》（已佚）五種。《明珠記》，今有全本傳世，現存有明萬曆間刻本、明寶晋齋刻本、明末吴興閔氏校刻朱墨套印本、明汲古閣《綉刻演劇六十種》本（《中華再造善本》據之影印）、明末汲古閣原刻初印本（《古本戲曲叢刊初集》據之影印、二〇〇〇年中華書局出版張樹英校點《明珠記》以之爲底本）、汲古閣刻《六十種曲》本。

潛地窺春〔一〕

【賞宫花】東方尚低，微凉入絳幃。梧月餘殘影，花露未全晞。有意祇盤金鳳綫，無心去聽乳鴉啼。

【獅子序】悄步香閣西，行傍紗窗試一窺。祇見一庭兒花木，别是幽奇。兩兩紅妝相對，看他玉肌香，雲鬢薄，春纖嫩。笑拈針指，低低偷眼，隱隱蛾眉。

【降黄龍】〔二〕金剪輕携，手把鮫綃，巧裁新製。金針下處，綉鴛鴦并戲蓮漪。香閨，重門深閉，似嬌花綉幕紅圍。不許他狂蜂斜睨，粉蝶輕窺。

【前腔】針兒，引綫休遲，願效鴛鴦，與伊戲水。鮫綃莫剪，怕剪斷兩下牽絲。癡迷，他含情無意，怎知道人在窗西。正是那花心未折，蜂蝶先知。

【前腔】長吁，汗透香肌，日上庭梧，頓添煩暑。釵横鬢墜，綉停針紈扇頻揮。須知，炎蒸堪畏，荷亭畔剩有涼颸。衹爲那閨門禮法，懶去閑嬉。

【前腔】炎威，炙損嬌姿，怎如和我，涼亭共戲。醉荷風碧簟相依。堪疑，芳心何處，莫不是想着佳期。休長嘆佳期咫尺，就結于飛。

【滚遍】誰來綉户窺，忙啓紗窗覷。奇俊王郎，到此緣何事。玉容咨啓，花底路迷。問仙娥，肯容人到月宫裏？

【前腔】中堂多禁忌，不許閑人至。年少無知，就裏藏奸意。我是東床嬌婿，把做外人厮覷。便留住綉房中，誰説你。

【皂羅袍】誤入桃源洞裏，見香香深處，裊裊仙姿。嬌羞終是女孩兒，隔窗掩過香羅袂。嚶嚶小語，問郎路迷；低低微笑，勸郎早歸。人前巧做出猜嫌計。

【前腔】正好粘花惹絮，怪東風無意，吹散芳菲。春光一去杳無期，陽臺望斷人千里。歸來如醉，餘香滿衣；支頤坐想，芳心暗飛。恍聞耳畔嬌聲細。

校箋

〔一〕此齣齣目，《古本戲曲叢刊初集》本題作「由房」，《樂府遏雲編》本題作「私窺」，《詞林白雪》本、《吴歈萃雅》本、《月露音》本、《南音三籟》本、《樂府珊珊集》本題作「偷覷」，《玄雪譜》本題作「窺窗」，《詞林逸響》本在【獅子序】曲牌下題「窺綉」、在【降黄龍】曲牌下題「偷覷」，《樂府名詞》本題作「無雙刺綉」。《南音三籟》評其是「雜用齊微、支思、魚模三韵。末句一本作『惺惺偏惜惺惺』的更俊」。

〔二〕底本【降黄龍】與下支【前腔】本爲一支，《古本戲曲叢刊初集》本、《吴歈萃雅》本、《月露音》本、《南音三籟》本、《樂府珊珊集》本、《詞林逸響》本、《樂府遏雲編》本、《詞林白雪》本、《玄雪譜》本皆爲兩支，于「針兒」前有「【前腔】」曲牌。據曲譜【降黄龍】句格，當作兩支爲是。據改。下支【前腔】同樣爲兩支，他本皆是于「炎威」前有「【前腔】」曲牌。據改。

分珠泣别〔一〕

【步步嬌】惆悵芳池花欲吐，無那驚風擺。恰似女兒心，苦被無情，兵戈厮害。無緣綉閣兩交杯，有情别館雙垂泪。

【園林好】爲情事辭家遠來，守住音幾番尷尬。幸喜得高堂意改。誰知道遇飛灾，誰知道又難諧。

【前腔】綉幃裏幽恨滿懷，乍相逢欲將言解。争奈他時光不待。相看處各痴呆，相看處泪盈腮。

【江兒水】迢遞關山苦，凄凉客館捱，都還了一段空虚債。這狂徒那曾把官軍敗，單打破俺鴛鴦會，攪亂情山欲海。把花燭歸房，翻做了兵戈出塞。

【前腔】永别芙蓉帳，輕抛翡翠帷，去奔馳萬里塵沙界。前途千萬安心耐，須將薄命同挈帶，休得偷生違背。但願天意周全，一路平安自在。

【五供養】孤身無奈，久受深恩，臨危怎推。便教肢體碎，怎把舊盟乖。死則同埋，生則同車共載。祇愁衝暑氣，瘦損玉肌胎。若得重逢，瘦些何害。

【前腔】潛行關隘，好用心機，謹避虎豺。金珠須密護，他是害身媒。炎蒸堪畏，好好加餐自愛。休將書卷廢，留待桂花開。若得重逢，何必要官階。

【玉交枝】明珠無賽，荷佳人分賜不才。看那恩光照耀行裝外，綴向領巾長戴。情多不敢把首抬，意深肯爲千金賣。怕書生無福受財，怕神龍無端見猜。

【前腔】明珠堪愛，正相從把他拆開。願他年合浦重相會，一對團圓長在。撫摩如見妾體材，依栖長繫郎巾帶。休教他塵埃暗埋，休教他孤單自回。

【川撥棹】辭鸞鏡別鳳釵，出龍城銜虎砦。料此去故國難來〔二〕，料此去禍福難猜。望斷京華甚日回？受虚名擔禍胎〔三〕。

【前腔】徒跣千官哭草萊〔四〕，萬户傷心散滿街。早知道好事難諧，到不如不遇裙釵。喜無多怨滿懷，受虚名擔禍胎。

【尾聲】佳期此去何時再，但願得民安國泰，那時重返家園同斟合巹杯。

校　箋

〔一〕此齣齣目，《古本戲曲叢刊初集》本題作「驚破」，《詞林逸響》本、《吴歈萃雅》本題作「贈別」，《南音三籟》本題作「送別」。

〔二〕料：底本原作「科」，據《古本戲曲叢刊初集》本、《詞林逸響》本、《吴歈萃雅》本、《南音三籟》本改。

〔三〕受虚名擔禍胎：底本原無，據《吴歈萃雅》本、《南音三籟》本補。

〔四〕跣：底本原作「洗」，據《古本戲曲叢刊初集》本、《詞林逸響》本、《南音三籟》本改。

母子入宫〔一〕

【七犯玲瓏】【香羅帶】秋雲淡淡横，淒凉父子情。回頭枉望斷，孤雲影。【梧葉兒】冷落彩衣輕，他平昔英雄志，翻成憔悴形。【水紅花】嘆人生，前程不定。萬里雲霄得意〔二〕，一旦網羅嬰。【皂羅袍】恨浮塵偏掩日光晶，想春風何日吹枯梗。囚鸞檻鳳，人意怎平；飛霜下雹，天心自明。【桂枝香】耿耿孤忠在，悠悠怨氣騰〔三〕。【排歌】心空切，救不能，夢魂長繞夏臺城。【黄鶯兒】怎得似緹縈？

【前腔】秋花點點馨，添人憶遠情。當年折桂客，多豪興。到今日桂飄零，他也飄零在天涯路，存亡信未憑。憶賢甥，風流奇俊，從幼嬉游繞膝，一旦受伶俜。想飢寒何處度餘生〔四〕，怕時乖陷入兵戈境。功名有分，雲程未騰；琴書無恙〔五〕，春闈早登。何日重相見，還須續舊盟。關山冷，雨雪清，生來富貴幾曾經。彈鋏向誰庭？

【前腔】秋梧颯颯鳴，偏傷慈母情。便逢着春色也，添愁症。怎禁聽落梧聲，怕他傷心劇，假歡顔順承。汨偷傾，悄聲温凊〔六〕。争奈西山薄日，不肯爲人停。怪萱花不耐雪侵凌，恨西風偏動殘燈影。全家遭難，猿愁鶴驚；故園無主，蛙鳴草生。説着傍人慘，教他泪怎不零。深宫杳，綉户扃，何年鹰隼脱金鈴。古鏡得重明。

【前腔】秋荷片片輕，渾如弱女情。西風把紅艷，都吹凈。冷落小池萍，裊裊嬌羞態，怎禁風浪撑〔七〕。正青春，膩腮香頸。衹合深藏畫閣，早遂鳳和鳴。怎教人寂寞守長門，盼羊車不到蒼苔徑。上林春信，望斷雁翎；小窗明月，懶吹鳳笙。迢遞秦樓約，淋漓湘竹凝。臨愁鏡，倚悶屏，畫眉無處覓張卿。烟靄隔重城。

校箋

〔一〕此齣齣目，《古本戲曲叢刊初集》本題作「宫怨」；《吴歈萃雅》本、《月露音》本題作「入宫」；《南音三籟》本題作「宫怨」，對【梧葉兒】批評稱：「【金梧桐】三句，《明珠記》及《萃雅》俱注作【梧葉兒】，謬也。板亦差。今正。」《南北詞廣韵選》本不題齣目。

〔二〕意：底本原作「路」，據《古本戲曲叢刊初集》本、《吴歈萃雅》本、《南音三籟》本、《南北詞廣韵選》本改。

〔三〕騰：底本原作「凝」，據《古本戲曲叢刊初集》本、《吴歈萃雅》本、《南音三籟》本、《南北詞廣韵選》本改。

〔四〕想：底本原作「悲」，據《古本戲曲叢刊初集》本、《吴歈萃雅》本、《月露音》本、《南音三籟》本、《南北詞廣韵選》本改。

〔五〕書：底本原作「音」，據《古本戲曲叢刊初集》本、《吴歈萃雅》本、《月露音》本、《南音三籟》本、《南北詞廣韻選》本改。

〔六〕温凊：底本原作「温清」，據《吴歈萃雅》本、《月露音》本、《南音三籟》本、《南北詞廣韻選》本改。

〔七〕浪：底本原作「流」，據《古本戲曲叢刊初集》本、《吴歈萃雅》本、《南音三籟》本、《南北詞廣韻選》本改。

母子叙别〔一〕

【尾犯序】一自入深宫，日日隨班，朝朝侍從。勞苦千般，凄凉萬種。承鳳詔須當遠出，别慈幃怎教從容。情知道，君恩浩蕩，敢戀私恩重。

【前腔】老景漸龍鍾，冷落長門，没個趨捧。幸有嬌兒，在膝前眼中。悲痛，咫尺間拋人去也，朝夕裹孤單誰共。縱有他，三千粉黛，怎與的親同。

【前腔】母子正相從，早分離，含悲相送。此去迢遥，不知何日再逢。珍重，老年人自須調護，休爲我徒勞遠夢。萬一裹，愁多病染，湯藥倩誰供。

【前腔】生長綉幃中，嬌怯香肌，怎禁勞動。好自支持，耐路途寒天冷風。歡哄，我祇在綺羅叢裏，你不必旅愁增重。倘若有，上林飛雁，頻把信音通。

【前腔】薄命合遭逢，自古佳人，偏受磨礱。試看遠嫁昭君，涉胡沙萬重。悲痛，暫時間高堂泪別，明日裏征車塵擁。各黯然，相看無語，魂斷碧天風。

校　箋

〔一〕此齣齣目，《古本戲曲叢刊初集》本題作「別母」，《月露音》本題作「叙別」。

重陽增感〔一〕

【黄鶯兒】秋色滿仙臺，把茱萸對酒杯，他鄉辜負登高會。黄花正開，弦歌正催，繁華舊事空何在。掩寒齋，故人何處，白露點蒼苔。

【前腔】佳境入蓬萊，正羊車醉不回，西宫別有人垂泪。敲斷玉釵，鎖盡翠眉，良宵夢斷銀河外。碧雲開，一般明月，兩處照離懷。

【簇御林】天般禍，海樣灾，把佳期扭作灰。多情猶想同心帶，倚闌終日愁無奈。枉痴呆，和那玉樓不見，况他那一捻小身材。

【前腔】花爲面，玉作腮，別來時秋幾回。風流怕損當時態，怎能勾一朝勾却鴛鴦債。

雁聲哀，雙飛猶苦，你孤宿怎生捱。

校　箋

〔一〕此齣齣目，《古本戲曲叢刊初集》本題作「獲蔭」。

塞鴻傳寄〔一〕

【二郎神】良宵杳，爲愁多睡來還覺〔二〕，手攬寒衾風嶕峭。徘徊燈側，下階閑步無聊。祇見慘淡中庭新月小〔三〕，畫屏閑餘香猶裊。漏聲高，正三更，驛庭人静寥寥。

【前腔】偷瞧，朱簾輕揭，金鈴聲小，一縷茶烟香繚繞。青衣執爨，分明舊識丰標。悄語低聲問分曉，果然是萍水相逢。郎年少，自分離，孤身何處飄飖。

【囀林鶯】難中薄祿權倚靠，知他未遂雲霄。鵲鶵已占枝頭早，孤鸞拘鎖何日得歸巢。檀郎安否，怕相思瘦損潘安貌。志氣豪〔四〕，千般折挫，風月未全消。

【前腔】雙珠依舊成對好，我兩人還是蓬飄〔五〕。眼前欲見何由到，驛亭咫尺翻做楚天遥。楚天猶小，着不得一腔煩惱。枉心焦，芳情自解，怎説與伊曹。

【啄木公子】舒鼉繭，展兔毫，蚊脚蠅頭隨意掃。祇怕我萬恨千愁，假饒會面難消〔六〕，寫向鸞牋怎得了。縱有丹青别樣巧，畢竟衷腸事怎描，衹落得泪痕交。

【前腔】書裁就，燈再挑，錦袋重封花押巧〔七〕。傳示他好自支持，休爲我長皺眉梢。爲説漢宫人未老，怨粉愁香憔悴倒。寂寞園陵歲月遥，雲雨隔藍橋〔八〕。

【黄鶯兒】連日受劬勞，怯風霜心膽摇，昨宵不睡捱到曉。思家路遥，思親壽高，因此上驀然愁絶懵騰倒。謝多嬌，相將救取，免死向荒郊。

【前腔】人世水中泡，受皇恩福怎消〔九〕，何須苦憶家鄉好。慈幃乍抛〔一〇〕，相逢不遥，寬心莫把閑愁惱。曙光高，馬嘶人起，梳洗上星軺。

校箋

〔一〕此齣齣目，《古本戲曲叢刊初集》本、《南音三籟》本、《怡春錦》本、《玄雪譜》本題作「煎茶」，《賽徵歌集》本題作「驛館藏書」，《詞林白雪》本題作「藏書」，《詞林逸響》本、《吴歈萃雅》本、《樂府遏雲編》本、《樂府珊珊集》本題作「游仙」，《樂府名詞》本題作「無雙宿驛」，《南北詞廣韵選》本未題齣目。

〔二〕來：底本原作「起」，據《古本戲曲叢刊初集》本、《詞林白雪》本、《詞林逸響》本、《吴歈萃雅》本、《南北詞廣韵選》本、《樂府遏雲編》本、《賽徵歌集》本、《南音三籟》本、《怡春錦》本、《玄雪譜》

本、《樂府珊珊集》本、《樂府名詞》本改。

〔三〕新：底本無，據《古本戲曲叢刊初集》本、《詞林白雪》本、《詞林逸響》本、《吴歈萃雅》本、《南北詞廣韵選》本、《樂府遏雲編》本、《賽徵歌集》本、《南音三籟》本、《怡春錦》本、《玄雪譜》本、《樂府珊珊集》本、《樂府名詞》本補。

〔四〕豪：底本原作「好」，據《詞林逸響》本、《吴歈萃雅》本、《樂府遏雲編》本、《賽徵歌集》本、《南音三籟》本、《玄雪譜》本、《樂府珊珊集》本改。

〔五〕飄：底本原作「漂」，據《古本戲曲叢刊初集》本、《詞林逸響》本、《吴歈萃雅》本、《樂府遏雲編》本、《賽徵歌集》本、《南音三籟》本、《怡春錦》本、《樂府珊珊集》本改。

〔六〕饒：底本原作「餘」，據《詞林逸響》本、《吴歈萃雅》本、《南北詞廣韵選》本、《樂府遏雲編》本、《賽徵歌集》本、《南音三籟》本、《怡春錦》本、《玄雪譜》本、《樂府名詞》本改。

〔七〕錦：底本原作「緘」，據《古本戲曲叢刊初集》本、《詞林逸響》本、《吴歈萃雅》本、《南北詞廣韵選》本、《樂府遏雲編》本、《南音三籟》本、《玄雪譜》本、《樂府珊珊集》本改。

〔八〕藍：底本原作「蘭」，據《古本戲曲叢刊初集》本、《詞林白雪》本、《詞林逸響》本、《吴歈萃雅》本、《南北詞廣韵選》本、《樂府遏雲編》本、《賽徵歌集》本、《南音三籟》本、《怡春錦》本、《玄雪譜》本、《樂府珊珊集》本、《樂府名詞》本改。

〔九〕福：底本原作「禍」，據《古本戲曲叢刊初集》本、《南北詞廣韵選》本、《樂府遏雲編》本、《怡春錦》

本、《玄雪譜》本、《樂府珊珊集》本、《樂府名詞》本改。

〔一〇〕乍：底本原作「怎」，據《古本戲曲叢刊初集》本、《南北詞廣韵選》本、《怡春錦》本、《玄雪譜》本、《樂府名詞》本改。

拆橋相會〔一〕

【香柳娘】趁天色乍明，趁天色乍明，促駕穿林莽，東方漸見紅輪上。看迢遥輦路，看迢遥輦路，衰草接天黄，清霜滿林亮。聽寒雲征雁，聽寒雲征雁，嘹嚦斷人腸，三三兩兩。

【前腔】嘆郵亭一夜，嘆郵亭一夜，琵琶空響，相思調不遇知音賞。似牛郎織女，似牛郎織女，脉脉兩情傷，盈盈隔河望。恨無端夜光，恨無端夜光，我道你是藍田玉成雙，元來是泪珠抛放。

【前腔】望香塵起處，望香塵起處，轔轔車響，佳人漸近頻顒望。願蒼天有意，願蒼天有意，與我拆輪鞅，不教他前往。願花驄解事，願花驄解事，停驂駐橋旁〔二〕，留連一餉。

【前腔】遇橋傾怎行，遇橋傾怎行，暫停車仗，舉頭初見冤磨障。閣泪眼相看〔三〕，閣泪眼相看，欲待訴衷腸，匆匆怎説向。論此生長别，論此生長别，除非是夢出宫墻，暫同鴛帳。

【前腔】傍氈車立地，傍氈車立地，偷睛斜望〔四〕，春光衹隔流蘇帳。要相親實難，要相親實難，咫尺在伊旁，如遮萬重障。且佇立細看，且佇立細看，衹聽得悄聲兒喚郎，泪沾紅浪。

【前腔】痛此身漂泊，痛此身漂泊，空成骯髒，朱顏暗向閑中喪。論隔絶此生，論隔絶此生，不若死君旁，魂魄得相向。這明珠錦字，這明珠錦字，與你表思量，芳心摇蕩。

【前腔】嘆兩下没緣，嘆兩下没緣，重重磨障，對花不語頻惆悵。這明珠可憐，這明珠可憐，本待再成雙，如何又撇漾〔五〕。願化作錦鴛，願化作錦鴛，和你飛入大江，脱離羅網。

【前腔】念平生嬌怯，念平生嬌怯，不禁風浪，驅馳王事多勞攘。正西風驟寒，正西風驟寒，冷入綉羅裳，隨風輕蕩漾。恨滿懷幽怨，恨滿懷幽怨，不説與伊行，枉添悒怏。

校箋

〔一〕此齣齣目，《古本戲曲叢刊初集》本題作「會橋」，《玄雪譜》本題作「橋逢」。

〔二〕駐：底本原作「住」，據《古本戲曲叢刊初集》本、《玄雪譜》本改。

〔三〕相看：底本原作「汪汪」，據《古本戲曲叢刊初集》本、《玄雪譜》本改。下同。

〔四〕晴：底本原作「情」，據《古本戲曲叢刊初集》本、《玄雪譜》本改。

〔五〕撇漾：底本原作「撇樣」，據《古本戲曲叢刊初集》本、《玄雪譜》本改。

郵亭發書〔一〕

【鎖南枝】開仙榻，動綉衾，餘香細細泪滿襟。驀地自沉吟，早是不開思慮寢。怕開了，傷我心；待不開，心怎忍。

【前腔】書看罷，恨轉深，蠅頭一紙細寫心。指望再同歡，衹怕無由離紫禁。豪俠士，踪迹沉；却教人，何處審。

【前腔】荒郊外，試一臨，褻衣輕騎同訪尋。莫是好英雄，暫向田莊樂瓢飲。因傾國，費盡心；吃辛勞，受寒凜。

【前腔】低茅舍，古樹林，村翁抱膝正苦吟。留客意殷勤，何意埋名隱官品〔二〕？明日裏，取次尋；是和非，猶未審。

校　箋

〔一〕此齣齣目，《古本戲曲叢刊初集》本題作「拆書」。

〔二〕官：底本原作「宫」，據《古本戲曲叢刊初集》本改。

押衙寫詔〔一〕

【三仙橋】展開黄紙，驀地沉吟思憶。染毫欲下，縮手還自慮，怕下筆處風波起〔二〕。一場違法事，真消得木驢碎尸。我死不須題，又把書生累，怕恩多成怨悲。待將扯碎，又負了初時信誓。寧可死裏去求生，不做偷生在人世。

【前腔】猛然怒起，丈夫豪氣。替人出力，怎怕得頭顱墜。奮筆寫何須慮，生來命不濟。不能勾翰林簪筆，却去閉户寫私書，書去傳千里。數行字瞞天地，有誰知。得寫完時，封題印記。又怕有耳隔墻，悄悄低聲念取。

【念奴嬌序】套寫皇宣，倩嬌娘假做，中宫妝扮。賫藥酒藥取佳人氣斷。靈丹，死後重生，不須疑憚。莫管，親去贖尸還，自有巧言相騙。

【前腔】情願，報效恩人，舍生前去，死而無怨。祇怕空遭難，好事難完。容顔，不似兒男，更言語參差，被人瞧見。放膽，天與周全，管取平安往返。

【古輪臺】脱花冠，把烏紗小帽罩雲鬟。羅衫解下，把羅袍换，帶鈎玉碾。别樣風流，轉添嬌艶。想唐宫難覓，這個殿頭官。天香袍染，駿馬鳴鞭，出長安。市人應羡，兒郎年少，金貂貴顯。誰道把伊瞞，喬妝扮，元來是綺羅叢裏俏嬋娟[三]。

【前腔】你心堅，妝模做樣到陵邊。他那裏有進退周旋，也須打點。上馬登船，牢把朝鞋套挽，休露足纖纖。更把柳腰[四]，遮掩和衣卧，莫遣傍人見。用心防範，遇人時須有花言。倘然看破，同投羅網，怎生脱免。但願早回還，得平安，大家脱離鬼門關。

【餘文】賫鴆酒，奉鸞緘。放心去皇陵一遍，管取唤得流鶯出御園。

校箋

〔一〕此齣齣目，《古本戲曲叢刊初集》本題作「寫詔」。

〔二〕下筆：底本原作「筆下」，據《古本戲曲叢刊初集》本改。

〔三〕叢：底本原作「香」，據《古本戲曲叢刊初集》本改。

〔四〕把：底本原作「打」，據《古本戲曲叢刊初集》本改。

無雙飲酖〔一〕

【山坡羊】恨悠悠盼不到的故里，冷清清守不徹的宮宇，杳冥冥望不見的長安，高渺渺上不得黄金陛。白日低，浮雲又重蔽。天高怎訴胸中意，千古傷心，一腔冤氣。（合）親幃，黄泉無見期；夫妻，來生重覓期。

【前腔】一怨我生不逢得平世，二怨我死不見個親戚，三怨我葬不上得先塋，四怨我祭不着的漂流鬼。空自悲，此生如過隙。東君枉付多嬌體，算却繁華，渾如夢裏。（合前）

【前腔】誰憐我父死在都市，誰憐我母死在幽閑地〔二〕，誰憐我夫君漂泊天涯，誰憐我闔門都散徙。春正迷，寂寞花無主。傷心不見春風美，衹有孤冢年年，草痕交翠。（合前）

【前腔】做不得碧玉井死，做不得緑珠樓墜，做不得妃子羅巾，到做了二姬冤骨醉。有誰知，一死成何事。願魂化作孤鴻去，萬里西歸，與雙親一處。（合前）

【孝順歌】合歡盞，解悶巵，一朝翻有殺人意。便做中山千日味，千日完時還醒起。怎比這杯，吃了須教千古醉，腐腸爛脅須臾事。手把金尊流涕，思憶當年，辜負銷金帳底。

【前腔】杯擎起，手又低，手軟心酸怎生吃。狂藥非佳味，怎與奴家命遭際，死在須臾。君令如天怎逃避，三寸氣斷離人世，那有人來收瘞。身後茫茫，便做金椁銀棺何濟。

【尾聲】天涯客死無依倚，今夜裏飄零紅粉墜黄泥，血污游魂怎得歸。

校　箋

〔一〕此齣齣目，《古本戲曲叢刊初集》本題作「飲藥」。

〔二〕母：底本原無，據《古本戲曲叢刊初集》本補。

押衙計成〔一〕

【北中吕粉蝶兒】虎窟龍潭，早歸來不將身陷，把嫦娥偷下林嵐。恰正無聊，猛相看，愁心頓減。管教伊愁上歡添，悄低低怕有人兒窺瞰。

【醉春風】則爲你藍橋夜燈月盟，漢宫秋雲雨擔，小心兒荒山迢遞來尋俺。引動咱鐵石心腸，改抹却英雄氣概，都做了偷香俏膽。

【迎仙客】打聽的神仙客在茅嵓，買靈丹，探幽險。把香醪相和染，又寫下鳳詔鸞緘，把筆尖兒弄出刀頭險。

【石榴花】風流擔子倩誰擔，把如花少女假妝男。説尚書夫婦的并斬，賜佳人寬典，藥酒身殘。猛抛生向陵官，贖取尸骸殮。仗蘇張一味言甜，把明珠美玉同時賺。則俺這漫天大謊，有誰參。

【上小樓】輕開瓠犀牙頷，略把青羊乳點。管取氣轉丹田，魄返泥丸，喚醒花酣。待日乍山銜，人到茅庵，請君看驗，舊龎兒可曾清減。

【么】銷注了婚姻簿，填平了相思坎。重匀粉面，重掃眉尖，重效鶼鶼。掩疏簾，月纖纖，江梅冉冉，則兀的三春佳景，一宵兒都占。

【小梁州】色膽如天意態憨，出語腌臢。危機衹在眼下未曾諳，休貪濫，形迹早藏潛。今朝替你把行裝斂，明日裏早上征驂。莫留淹，須果敢，偷生逃命，遇人處凡事要包含。

【朝天子】這文憑一函，由他對勘，千人百眼遮教暗。機心用盡方自斂，深恩已報無拖欠。了却冤牽，今宵放膽，睡夢兒也息了心念。拂青衫，掉虬髯，從今去不受塵埃纜。

【煞尾】當日在茅山，仙子親留俺。無奈他塵緣掇賺，冷落了雲岩。回頭猿鶴也羞慚，爲君受了多磨劖。尋師去覓丹方好，戀世空勞白髮添。此去心無忝，一任他春波拍拍，烟島尖尖。

校　箋

〔一〕此齣齣目，《古本戲曲叢刊初集》本題作「授計」，《萬壑清音》本題作「明珠重合」。

無雙重生〔一〕

【集賢賓】陰陰一去無時曉，香魂艷魄飄飄。驀地雙睛閃開了，是誰扶？是誰相靠？又是誰厮叫？莫不是夢魂顛倒？事輳巧，親骨肉一齊都到。

【前腔】金樽御酒催人老〔二〕，我衹道當時玉碎花銷。重臨陽世真難料，敢則是仙方相療。宫闈深杳，甚計策脱身出來了。低聲告，我耳邊厢怎禁聒噪。

【鶯啼序】驛中錦字説根苗，押衙隱在荒郊。改衣裝與塞鴻同造，輸心做盡卑小。經一年交結知心，到近日方談分曉。他聽説了，衹低頭暗中計較。

【前腔】他去茅山買得續命膠，又假傳聖旨一道。把采蘋妝做官僚，道尚書已行誅剿。賜多嬌藥酒一樽，把玉山等閑推倒。他又妝村老，把明珠贖尸首抬離陵廟。

【琥珀猫兒墜】英雄義士，施恩不望報。他又具下行裝與金寶，教伊夫婦去他鄉好。不要，一時裏別却東人，采藥求道。

【前腔】我和你姻緣斷絶，今生永無靠。得他巧計奇謀成就了，恩如山海將何報。堪笑，自古來好事多磨，到底諧老。

【畫眉不盡】不枉濟時豪，萬死忘身報故交。到頭不受財和寶，轉見山林手段高。

校　箋

〔一〕此齣齣目，《古本戲曲叢刊初集》本題作「回生」；《南北詞廣韵選》本無題齣目，評此套稱：「粘皮帶肉，若有蜕骨手段，决不爲此。此後有一【畫眉不盡】尾，蓋不成語，去之。」

〔二〕金樽御酒催人老：底本原作「今尊御酒催人夭」，據《古本戲曲叢刊初集》本、《南北詞廣韵選》本改。

新刻群音類選官腔卷十五

玉盒記

《玉盒記》，又寫作《玉合記》，一名《章臺柳》，梅鼎祚撰。梅鼎祚（一五四九—一六一五），字禹金，號汝南，別署無求居士、千秋鄉人、勝樂道人，宣城（今安徽宣城縣）人。明萬曆十八年（一五九〇）貢士，後絶意名場，以古學自任，雅善詞曲，與王世貞、汪道崑、屠隆、湯顯祖、龍膺、佘翹等交游。著述有《鹿裘石室集》，撰有雜劇《崑崙奴》和傳奇《玉盒記》、《長命縷》，皆有傳本。《玉盒記》現存有明萬曆間金陵世德堂刻本、明萬曆間金陵繼志齋刻本（《日本所藏稀見中國戲曲文獻叢刊》第一輯據之影印）、明杭州容與堂刻本（《古本戲曲叢刊初集》據之影印）、明末汲古閣原刻初印本、汲古閣刻《六十種曲》本。陸林稱「世德堂本、繼志齋本基本相同，文字較他本爲優」（梅鼎祚撰，侯榮川、陸林校點《梅鼎祚戲曲集·前言》，黄山書社二〇一六年版）

邂逅相逢〔一〕

【懶畫眉】緑鬢雲散裊金翹，雙釧寒生玉粟嬌，畫簾高軸望春遥。花源怕有漁郎棹，檢點流波莫泛桃。

【前腔】紫騮珠勒驟西郊，緑水回通宛轉橋，玉人何處教吹簫。雕闌十二春寒峭，一笑東風放碧桃。

【前腔】金鈴小犬吠哰哰，莫不是風送花陰隔院摇，兒家樓閣倚重霄。縱瑶池有路無青鳥，你錯認三偷阿母桃。

【前腔】可憐人度可憐宵，柔暈香魂付寂寥，冰心那肯逐春消。夜寒多露愁霑草，難道是瓊瑶報木桃。

校　箋

〔一〕此齣齣目，繼志齋刻本、容與堂刻本、《六十種曲》本、《月露音》本題作「邂逅」，《樂府紅珊》本題作「韓君平章臺邂逅」，《詞林白雪》本題作「奇遇」，《南北詞廣韻選》本無齣目。

托寄玉盒〔一〕

【孝南歌】〔二〕龍池遠，鷲嶺巍，鳴鐘罷齋停午時。梵語出林稀，潮音向空起，暫來隨喜。諸院逶迤，猶傍迴廊倚。幾曲雲連，一片如秋水。花影移，日影遲。鳥亂啼，歸路恐成迷。

【前腔】生衣試，步履遲，禪林借栖雙樹枝。寶鐸聽風吹，珠扉破雲啓，乍逢高髻。一道行光，初見驚還避。半面低回，似惱還如喜。是也非，信也疑。他也費尋思，俊人兒像是誰。

【醉羅歌】當日當日曾逢你，今日今日我爲誰。何勞夾轂問華居，柳市南頭去。瓊漿無分，藍橋轉迷。葳蕤暗鎖，簾旌半垂。惺惺那惜惺惺的。慈雲庇，佛日輝，願他做蓮花會上并頭枝。

【前腔】夢遠夢遠春迢遞，眼飽眼飽肚中飢。清冰徹底不霑泥，莫認東鄰女。纖腰束素，隨風漸欹。雙眉寫翠，和烟漸舒。章臺弱柳三眠未。慈雲庇，佛日輝，願他早攀仙桂最高枝。

【好姐姐】羅敷，知他有夫，不着緊目成心許。雖多夢見，此生應見稀。春何處，從今打叠香魂死，飛絮游絲無定時。

【前腔】亭亭，十三有餘，這早晚破瓜將及。野鴛休學，難教彩鳳隨。春何處，聲聲杜宇催歸去，流水桃花又一時。

【尾聲】這是藍田白璧無瑕器，你莫猜做雲英玉杵，我衹換三百青錢佐酒貲。

校　箋

〔一〕此齣齣目，繼志齋刻本、容與堂刻本、《六十種曲》本、《月露音》本題作「緣合」，《樂府名詞》本題作「掛幡緣合」。

〔二〕【孝南歌】：底本原作「【孝順歌】」，據繼志齋刻本、容與堂刻本、《六十種曲》本、《月露音》本、《樂府名詞》本改。

得盒論韓〔一〕

【宜春令】空中絮，陌上塵，笑春光何曾戀人。殘雲没定，乘風目斷東墻影。假饒他碧玉多情，也須要明珠爲聘。算分明，圍鸞檻鳳，倩誰着緊。

【前腔】金屏晚，畫閣春，料他們臨風待人。梨雲夢冷，闌珊翠壁窺妝影。早收拾半撚檀痕，好問取一枝梅信。這分明，是温家勾鳳引鸞的玉鏡。

【太師引】少年場，幾載曾馳騁，且藏身朱圍錦屏。試探他明妝金屋，還按取鏤字瑶笙。你香羅半彈春烟暝，鎮日裏粉殷脂剩。華堂宴瓊釵綉裀，多情處要殷勤翠勺銀瓶。

【前腔】家徒四壁如懸磬，况没個當壚麗人。少甚麽黄金結客，可教他白雲窺臣。那雕輪畫轂游豪俊，想多緣席上堪珍。也終須石見水清，今日且休猜有女懷春。

【三學士】隔户春催花信緊，試聽葉底流鶯。他開籠擬放凌霄翼，你出峽應輸夢雨情。倚玉蒹葭須分定，那辨取假共真。

【前腔】北海鵬程終一奮，又何妨食鷇衣鶉。縱多情桃葉羞相接，怕薄幸青樓浪得名。倚玉蒹葭多分定，還辨取假共真。

校　箋

〔一〕此齣齣目，繼志齋刻本、容與堂刻本、《六十種曲》本題作「參成」。

婢來述約〔一〕

【紅衲襖】你甚的困新豐似馬周，敢衹爲出函關尋李叟。可輕拋舉案的齊眉偶，想貪他倚門的獻笑流。怎免得雉朝飛在野愁，更教那烏夜啼臨霜候。衹恐你韶顔不久留春也，露濕荷裳已報秋。

【前腔】我衹爲誤看花帝里游，却討個結如蘭豪俠友。恨生平種璧在藍田後，那里去懷珠向漢浦求。怎拚得賦凄凄怨白頭，也不道弄摻摻縫素手。祇恐那仙宮鎖定嫦娥也，斟酌天寒奈九秋。

【解三酲】美詞華天垂列宿，好丰神水湛清秋〔二〕。當壚没個人偎守，更臨邛四壁堪愁。那瑶姬判夜歸巫岫，我驛使傳春到隴頭。（合）雙星湊，似盈盈一水，織女牽牛。

【前腔】祇贏他提心在口，早難言有鵲巢鳩。纍纍已似亡家狗，誰承望燕侶鶯儔。怕桃花爛漫迷仙岫，教柳眼安排怨陌頭。（合前）

校　箋

〔一〕此齣齣目，繼志齋刻本、容與堂刻本、《六十種曲》本、《詞林白雪》本、《月露音》本題作「詗約」。

〔二〕丰神：底本原作「風神」，據繼志齋刻本、《詞林白雪》本改。

席間義贈〔一〕

【桂枝香】押簾銀蒜，拂纓珠串。啼妝半貼鈿蟬，手語斜飛金雁。看花期漸闌，花期漸闌，露條香濺，風心紅綻。在長安，人遠天涯近，春歸客路先。

【北寄生草】催風雨愁中節，怨龍蛇原上田。那花飛細蕊胭脂絢，門垂御柳金絲顫，宫傳蠟燭青烟變。知何方火向客心然，便禁烟也不禁侯家宴。

【桂枝香】風回雕扇，春催檀串。璇題梓澤高騫，玉柱樂章低按。把金尊再拈，金尊再拈，羞蛾偷換，清矑流盼。笑嫣然，引鳳停歌拍，驚鸞試舞筵。

【北對玉環帶過清江引】碧玉珊珊，羅裳風外單。紫燕翻翻，纖纖掌上安。頓趾却仍前，回身斷復還。飛雪流波，盈盈舒媚眼。餘姿逸態張猶掩，障袂驚香散。急鼓會繁弦，《白紵》縈清彈。乍猶矜，忽如疑，中似幻。

【燒夜香】金波蕩影弄雲鮮，織女橋回幾曲聯，洞口花源別有天。別有天，邀客儘留連。向晚，扇月斜窺，繩河半展。

【梁州新郎】瑤臺星列，金波虹瞰，十二屏山不斷〔二〕。籠香拈翠，臨春笑攬韶年。看你詞華掞日，麗彩升霞，絕世俱堪羨。玉笙吹徹也，會雙仙，一任天風駕紫鸞。（合）然錦燭，開羅薦。把玄漿合巹頻頻勸，期百歲結良緣。

【前腔】天潢貴種，星橋仙媛，掩映金輝玉燦。絲蘿喬木，根株豈合纏綿。況我窮林賦鳥，幸舍歌魚，涸轍波非淺。褰裳何處也，隔蓬山，敢望文簫逐彩鸞。（合前）

【前腔】捧瓊蘇醉壓銀蟬，點松肪光飛玉繭。更沉香火底，穠李花前。可是嫦娥奔月，

帝女乘雲，覿面將人閃。謾憐雙笑也，鏡空圓，翠影羞窺舊舞鸞。（合前）

【前腔】道新人琬琰名鐫，問才郎金華時彦。看花房低綴，黼帳高懸。這是推雲出岫，掇月移宫，好事行方便。今朝遷次也，笑啼難，一曲離鴻雜引鸞。（合前）

【節節高】名香炷博山，瑞爐烟，深深拜發低低願。憑天鑒，交頸鴛，雙飛燕。春光到處常相見，風波縱有休輕散。（合）一日長安遍看花，管教早晚魁金殿。

【前腔】蘭房笑語喧，擁嬋娟，銀缸隱見桃花面。香鬟亂，寶唾沾，靈犀泮。游蜂細簇幽黄淡，啼鶯暗度驚紅散。（合前）

【尾聲】銅龍午夜催銀箭，障溶溶香氳夢暖，你海樣恩深石樣堅。

【啄木兒】紗窗倚，綉陌游，不是從前相識久。猛偷傳一縷柔情，却空抛萬種閑愁。想今生没路投機彀，東風怕不堪回首，可料浮槎替入舟。

【前腔】琉璃榻，翡翠樓，手捲真珠上玉鈎。擲年光幾樹楊花，躍春風甚處驊騮。記初窺薄怒頳相逗，將辭轉盼精堪授，今日蒙羞載鄂舟。

【三段子】綿藤話兜，算從前相思盡勾。香甜味投，趁新來風流上頭。他防身寶襪牢牢扣，耽驚翠黛輕輕皺。兀那一段銷魂，乍喜乍羞。

【歸朝歡】留心的，留心的，緊偎慢抽，恰好處些兒着手。針和綫，針和綫，記他引頭，你如今真唤個章臺折柳。怕他燈前光眼將人瞘，床頭絮語將人搆，做道是軟款温柔不識羞。

校　箋

〔一〕此齣齣目，繼志齋刻本、容與堂刻本、《六十種曲》本、《怡春錦》本、《月露音》本題作「義姤」；《樂府遏雲編》本題作「憐才」；《樂府珊珊集》本題【一江風】至【尾聲】作「憐才」，題【啄木兒】至【歸朝歡】作「擇配」。

〔二〕屏山：底本原作「群山」，據繼志齋刻本、容與堂刻本、《六十種曲》本、《月露音》本、《怡春錦》本、《樂府珊珊集》本改。

贈家出游〔一〕

【北雙調新水令】一生塵土夢初醒，幾年來隱名留姓。烏飛和兔走，虎鬥與龍爭。誰是惺惺，百忙裏難提省。

【南步步嬌】曉帳沉沉茱萸冷，鳥唤東風醒。香肩并影行，一抹生烟，柳昏花暝。何處把車停，試看人在瑶華境。

【北折桂令】祇空憐一事無成，儘家緣一諾都傾，穩趁着一介書生〔二〕。今日這綉户銀屏，鵶青獸錦，婢織奴耕。一任你支分管領，伴他們裊娜娉婷。早成個錦片前程，俺可待無錢斷酒，折末也垂老修行。

【南江兒水】一片英雄氣，三年客旅情。疏財仗義交曾訂，騎來匹練穿花影，偎將雙袖臨妝靚。况復傾家相贈，三匝堪栖，到教你南枝孤另。

【北雁兒落帶得勝令】俺也曾脚蹬將日窟平，俺也曾手撼得天關應。俺也曾指河山帶礪盟，俺也曾驅虎豹風雲陣。到頭來長揖謝公卿，暗妝孤花柳情。打滅下粗豪性，做幽居不用名。盈盈，漸白髮飄明鏡。泠泠，我祇待駕鸞驂上玉京，駕鸞驂上玉京。

【南僥僥令】佳期空自定，别恨轉多縈。縱有日相邀雲路迥，料環珮祇空歸月下聲。

【北望江南】呀，你子道環珮祇空歸月下聲，誰待會到蓬瀛。可知那飛梭日月一棋枰，更茫茫欲海幾千層。俺虛飄飄此行，虛飄飄此行，甚的是東風回首不堪情。

【南園林好】聽金鷄雲中共鳴，看青鳥筵頭共行。願傍着蓬山芝嶺，隨子晉學吹笙。搗靈藥兔長生，搗靈藥兔長生。

【北沽美酒帶太平令】蓮峰矗紫閣横，蓮峰矗紫閣横，仙露掌白雲庭。這杯酒殷勤唱

《渭城》，叠《陽關》你送行。正垂柳怨青青，早除却花魔酒病。慣聞他鶴唳猿聲，守清夜藥爐丹鼎，張碧落粉圖霞嶝。你呵，若問俺今生試聽，一待滿千齡再經，呀，怕難尋舊家門徑。

【南尾】風花聚散真無定，憶歲歲王孫草色青，空擲下千金結客名。

校箋

〔一〕此齣齣目，繼志齋刻本、容與堂刻本、《六十種曲》本題作「釋負」，《南北詞廣韵選》本未題齣目。

〔二〕穩：底本原作「得」，據繼志齋刻本、容與堂刻本、《六十種曲》本、《南北詞廣韵選》本改。

祝髮避難〔一〕

【小桃紅】蟬鬢翠減，螓首蓬飛，尚恐人多忌也。玉剪將伊斷，膏沐爲誰施。休束帛，且披緇。説甚麽綰如雲，滑如脂。真道是何須髢也，恨結髮空教人兩處。諒之死無移，誦彼《柏舟》詩。

【下山虎】笳吟壁月，織冷機絲，葉滿空宫裏，鑾輿忽的遠馳。縱不得跨鶴游仙，且伴孤鸞暫栖，想歸海樓船未有期。夢與飄風會，似斷梗飄萍誰可繫。形影聊相倚，白首怎離，嘆惜人間萬事非。

【鸞牌令】天女似獻花枝，飛瓊似赴瑶池。贏得蕭蕭身獨自，雲外去月中歸。祇圖伊珠還劍合，儘拋他玉艷金輝。待重來長安帝畿，祇恐人民城郭半非。

【尾聲】城頭鼓角驚秋氣，腥風不斷九衢吹，少甚王孫都泣路岐。

校　箋

〔一〕此齣齣目，繼志齋刻本、容與堂刻本、《六十種曲》本題作「祝髮」。

沙將逼柳〔一〕

【山坡羊】影幢幢蓮燈秋净，氣寥寥蒲團人定，碧圓圓空盤髻螺，一絲絲久斷雙鸞鏡。魂暗驚，盈盈泪欲傾。前緣一夢，一夢三生醒，怎撇牛車〔二〕，來驂魚乘〔三〕。吞聲，銀字笙寒炙不清；傷情，心字香殘爇不成。

【前腔】錦層層圍屏幽静，翠重重閑房嬌倩，他怨悠悠香銷玉沉，亂紛紛碎滴珠囊迸。我難主憑，蕭蕭兩鬢星。你牢籠好放，好放些兒緊，怕做寶瑟摧弦，銀瓶落井。休輕，不是陽臺暮雨行；閑評，却映冰壺夜月明。

【憶多嬌】看你容滿月，膚勝雪，芙蓉帳冷單枕怯，空使泪染桃花雙袖黦。試聽啼鴂，試聽啼鴂，轉眼芳菲易歇。

【鬥黑麻】我夢斷秦樓，空瞻漢月，嘆古道咸陽[四]，音塵永絶。難相見，易相别。你要撥柳撩花，有甚連枝帶葉。中懷耿烈，海山盟舊設。破鏡難圓，破鏡難圓[五]，寶簪半折。

【憶多嬌】看他恨轉結，我中更熱，翠鈿含情羞再貼，御水空教題紅葉。試聽啼鴂，試聽啼鴂，轉眼芳菲易歇。

【鬥黑麻】我翠鎖羞蛾，紅潮印頰，便日侍瑣窗，春裁彩纈。愁不定，計潛設。若要玉杵邀盟，就把金鎞刺血。中懷耿烈，海山盟舊設。破鏡難圓，破鏡難圓，寶簪半折。

校箋

〔一〕此齣齣目，繼志齋刻本、容與堂刻本題作「底節」，《月露音》本、《六十種曲》本題作「砥節」。

〔二〕怎：底本原作「忽」，據繼志齋刻本、容與堂刻本、《六十種曲》本、《月露音》本改。

〔三〕來：底本原作「采」，據繼志齋刻本、容與堂刻本、《六十種曲》本、《月露音》本改。

〔四〕古：底本原作「空」，據繼志齋刻本、容與堂刻本、《六十種曲》本、《月露音》本、《南北詞廣韵選》本改。

〔五〕破鏡難圓：底本原無此疊句，據繼志齋刻本、容與堂刻本、《六十種曲》本、《月露音》本、《南北詞廣韻選》本補。下同。

道中相逢〔一〕

【香柳娘】問章臺那邊，問章臺那邊，晝闌雕檻，曉風殘月垂楊岸。嘆浮生枉然，嘆浮生枉然，絶塞損朱顔，深閨賺青眼。怕珠沉在淵，怕珠沉在淵，步幄姍姍，來遲相見。

【前腔】駕香車翠輧，駕香車翠輧，愁腸共轉，萋萋芳草歸程緩。算離輕會難，算離輕會難，朝雨疊《陽關》，秋星隔河漢。怕沙場不還，怕沙場不還，倘過華山，開棺相見。

【前腔】看風氲翠烟，看風氲翠烟，東華塵滿，聽摇摇環珮聲低轉。且歸籠晚驂，且歸籠晚驂，珠鏤箔偷褰，檀紅袖輕展。這相逢有緣，這相逢有緣，似環解重連，絲棼難斷。

【前腔】誤侯門幾年，誤侯門幾年，非關盟變，圖他兩翼乘風便。步踟躕欲前，步踟躕欲前，秀色望堪餐，層波遞相盼。問來期肯淹，問來期肯淹，一旦悲歡，心摇魂斷。

【前腔】似飆車乍旋，似飆車乍旋，轔轔聲遠，驅將金犢奔龍輾。惜香雲半闌，惜香雲半闌，恍惚接飛仙，容光掣驚電。拾遺來翠鈿，拾遺來翠鈿，恨擲人間，春歸天畔。

【前腔】那情踪可憐，那情踪可憐，就中牽絆，似伯勞東去西飛燕。正龍城夜嚴，正龍城夜嚴，朱户約花闕，青燈逗雲閃。把雙珠暗彈，把雙珠暗彈，無限心間，難消枕畔。

校箋

〔一〕此齣齣目，繼志齋刻本、容與堂刻本、《六十種曲》本題作「道邁」。

道中投盒〔一〕

【五供養】栖分雙鳳，奏絶回鸞，迹印飛鴻。縱君難再得，教妾若爲容。聲繁思冗，怎别做瑟調琴弄。水流何日反，花戀舊春叢。對面無緣，百年殘夢。

【前腔】鬟雲乍攏，鏡翠慵窺，趾玉羞籠。浮踪雖浪蕊，薄命嘆飛蓬。中心自懂，怕容易將人斷送。狐冰須聽徹，魚鑰待傳封。對面無緣，百年殘夢。

【玉交枝】畫輪雙控，似銀河星橋路通。卿卿原是多情種，忍拚教你西我東。南山有鳥雌失雄，可如紫玉從韓重。（合）誰破得愁城萬重？誰叫得天閽九重？

【前腔】無枝堪共，算都來飄零趁風。淫淫河水歌私咏，誓當心日出曈曈。你青鸞飛入合歡宫，怕今生難作鴛鴦冢。（合前）

【川撥棹】詩常諷，記題梅傳故隴。這鮫綃墨透香濃，這鮫綃墨透香濃，帶啼痕絲絲染紅。（合）暫相看疑夢中，待來生尋舊踪。

【前腔】我玉盒依然寶色融，做賜玦投伊難再逢。肯隨他兩面玲瓏，肯隨他兩面玲瓏，也難將瓊瑶報同。（合前）

【尾聲】清秋古道霜華重，嘆馬足鷄聲争送，多少離魂蕭蕭滿碧空。

校　箋

〔一〕此齣齣目，繼志齋刻本、容與堂刻本、《六十種曲》本題作「投合」。

許俊奪柳〔一〕

【北黄鐘醉花陰】寶閣雕闌鳳城裏，聽一派仙音乍起。鐃鼓奏管弦催，光皎皎雲日交輝，蓬島般多佳致。願福壽海山齊，眼見得那萬方頻送喜。

【南畫眉序】車馬羽書遲，將士東歸在今日，正歌揚《杕杜》，酒泛酴醾。丹墀下玉帛星聯，綺席上衣冠雲集。黛眉粉面分行隊，莫惜遇時沉醉。

【北喜遷鶯】恰甚的有心無意，打乖兒弄出虚髀，痴也麽迷。没波浪秀才聲氣，把樂以忘憂做不知。遲共疾，俺敢待尋香替死，自古道見哭興悲。

【南畫眉序】含笑半含啼，便要藏頭怎遮尾。嘆同林宿鳥，兩處分飛。難抛下剩雨殘雲，空閃得煩天惱地。黛眉粉面分行隊，莫惜遇時沉醉。

【北出隊子】衹早辦追風單騎，把幾行書親自題。管引他倩女一魂離，出落俺將軍八面威，呀，你準備着筵開花燭喜。

【南滴溜子】軍聲閧，軍聲閧，長槍大戟；，香塵擁，香塵擁，濃妝艷質。看野外霜風正急，呼群大打圍，將鷹犬集。走兔奔林，飛鳥絶迹。

【北刮地風】呀，這馬兒忽騰騰舉四蹄，懷揣着風月文移。撞轅門似入無人地，早穿過緑水橋西。又經他碧楊樓際，斜刺裏畫棟朱扉。趁着那蜂未窺，蝶未知，把暗香偷遞。你道是巧張羅，慣打圍，俺可也見兔兒纔放鷹飛。

【南滴滴金】重門暗鎖春歸急，錦樹辭條歲輕擲。香車寶馬相逢地，枉經心空浪迹。天，天鑒識，區區兩心還似一，還似一，百年恩愛了何日。

【北四門子】病尉遲剗地臨危勢，召召召召夫人把駿馬騎。這蠅頭錦字交傳與，可是那廂兒親自題。步兒要高，嗓兒要低，漏東風將流鶯輕唤起。人兒又忙，馬兒又遲，死央殺龍駒做美。

【南鮑老催】追思往昔，鮫綃半幅餘泪濕，玲瓏小盒餘香積。望筝雁齊，被鴛雙，釵鸞匹。怕銀瓶落井還空汲，金針墜海還空覓。側耳聽，臨風立。

【北水仙子】呀呀呀日墜西，早早早早一似夜静江寒載月歸。他他他做宿鳥驚還，你你你那孤凰再配，我我我憑着我破龍城打虎圍。兼兼兼兼領着燕約鶯期，快快快快竪起花柳場中旌捷旗。把把把把章臺舊壘牢牢砌〔二〕，看看看看柳色尚依依。

【南雙聲子】雲和日，雲和日，自去後攀誰及。虚和實，虚和實，敢甚處尋消息。喜共泣，喜共泣，翻倒極，翻倒極。任高燒銀燭，問今何夕。

【北尾】祝付你那鷄兒莫嗃氣，算新婚不强似遠别多離。俺打合這才子佳人直閃殺你。

校　箋

〔一〕此齣齣目，繼志齋刻本、容與堂刻本、《六十種曲》本題作「還玉」，《樂府遏雲編》本題作「賺姬」。

〔二〕章臺：底本原作「草臺」，據繼志齋刻本、容與堂刻本、《六十種曲》本改。

雙環記

《雙環記》，鹿陽外史撰。鹿陽外史，姓名、字號、里居、生平均未詳。《雙環記》，今無全本傳世，僅存此選四齣曲文。吕天成《曲品》載入「下上品」，稱：「此木蘭從軍事，今增出婦翁及夫婿，串插可觀。此是傳奇法。詞佳。」祁彪佳《遠山堂曲品》載入「能品」，稱：「記木蘭從軍事，全不蹈徐文長一語。鋪叙戰功，爛然生色；但于關情之處，轉覺未盡。」劇叙秦弘之女木蘭因弟年尚幼，代弟從軍。離家前父母贈以一支金環爲念。多年征戰後歸家，小弟已經改名高中狀元，因相離時日較久，姐弟二人憑一對金環相認，一家團圓。

代弟從軍

【摧拍】濕淋淋徒將泪零，急切切怎把懷傾。此行真堪痛情，此行真堪痛情，那道暫時離别，就有死無生。空復呼天，天也難麿。（合）愁祇是弱質冲齡，離膝下便從征。

【前腔】戚攢胸偏傷痛情，恨臨歧難留便行。説不得就裏，説不得就裏，總是忍辱憚勞，仗義埋名。假使捐軀，烈績誰明。（合前）

【前腔】望高堂愁煩莫興，去遐荒功名立成。若説對壘，若説對壘，不下鬼母操戈，月魃

揚旌。管取霧捲塵埃，風掃羶腥。（合前）

【前腔】謂官差須教快行，離家門寧無暫停。祇恐違期怒發，祇恐違期怒發，拿到廳階，一百粗藤。打得熱血淋漓，立處成坑。（合前）

金環惜别

【山坡羊】冷蕭蕭荒凉天氣，鬧攘攘兵戈時世，塵靄靄遮得路條條莫辨，風颯颯吹得雁行行都失序。心正悲，偏祇恁着緊行無力。一步難捱如同一里，好教人心怯城頭，斜陽西墜。含啼，淚汪汪不住垂；含凄，意專專特爲誰。

【前腔】眼昏花難睁難閉，脚趔趄難行難立，猛可的路途間忽刺入亂跑，厮琅琅都帶着銅鈴至。馬似飛，沾身熱汗淋如水。人掛緣牌，旗馱着金字。争知，原來是報事的；傷悲，何時節遇見伊。

【水紅花】誰教輕使就分離，又争知，裙釵之輩，何曾伐鼓與摇旗。好心痴，怎生存濟。此行何處，知他重更遇良媒，料應是東去水難回也囉。

【前腔】從知心硬似金石，豈胡爲，休將輕視，貞堅怎肯落便宜。景堪悲，黄沙千里。總有寒衣，誰寄到天涯，空復望書北至雁南飛也囉。

【六么令】風驅霧駛，去匆匆一瞬難遲。音容隔絶見無期，除非是夢中時。隨教腸斷成何濟，隨教腸斷成何濟。

【前腔】塵頭黑起，望前軍慘若雲迷。紛紛血泪不勝啼，空點滴任淋漓。難教此際人留滯，難教此際人留滯。

【前腔】雙親勿慮，爲孩兒切莫傷悲。有朝一日奏功回，光里閭耀門楣。那時纔遂平生志，那時纔遂平生志。

【鑾牌嵌寶蟾】心痛怎分離，空衹恁苦牽衣。雖然遲半晌，何得盡心私。怎得使還鄉幾時，好教人難遣難支。怕是關山迢遞，音書頓杳，安否何知。

【前腔】天將赫宣威，似風行莫敢遲。心中愁萬種，都做泪交頤。總是不封侯，也須論功賞建節揚旗。恨是椿萱難離，温凊盡弛，鞍馬驅馳。

中秋賞月

【絳都春】秋空湛碧，漸瀼瀼露零，雲斂無迹。恍爾龍妃，將寶鏡高擎光似拭。低庭河影近，不盈尺。最偏稱杯傾玉液，管弦鳴處拚沉醉，同此共酬佳夕。

【出隊子】須防離畢，趁此清光應愛惜。臨風忽更枉憂悒，衹恁憑誰應化石，空切切幾番教無端恨積。

【鬧樊樓】原知兔魄無虧抑，借輝成照，有時盈昃。桂影何曾坼，桂子還應實。且將杯罄，驀忽的早又光匿。擬同看也，知重在甚夕。

【滴滴金】相看滿地皆簫瑟，耿耿金波光似濕。棲鳥尚亦驚還起，料嫦娥應更戚。孤懷反側，竟何時頓將餘思釋。此心匪石，幾點空教泪滴。

【畫眉序】天應見心迹，空有幽懷怎能釋。奈陽臺雲杳，竟成懸隔。總休猜蜂蝶無情，都本是鸞鳳非匹。到頭有日同歡笑，分明裏自看黑白。

【啄木兒】空辜負，三五夕，對嬋娟轉成悲啼〔一〕。偏聽宫商音韵美，未持觴先倦矣，怎禁調比山陽笛。空教奏似湘娥瑟，不由他把啼痕暗拭，扢争的雙鸞鏡待擊。

【三段子】且將意適，論人生都是客。光陰最急，等閑間頭又白。時更事易，從知自本原差忒。向尊前再休將怨集，把良宵輕拋漫擲。

【鬥雙鷄】秋光暮，秋光暮，頓然可惜。芳華謝，芳華謝，怎教遽擲。就裏非關脱輻，一雙并蒂開，無端暗折。料祇是今生内，分緣未及。

【下小樓】〔二〕須知，非將間隔，這其中言怎悉。皆因向日自差失。幾度，燈前欲訴，争奈事舛詞澀。

【西鮑老】夫妻事上當從實，怎相欺，圖隱匿。雖然中心猶悔，到如今，難更易。須教自悉，臨風已效于飛翼，又豈輕相拆，耽孤捱隻。無情處，也應惜，芳華迅，時序迫。好把歡娱地，莫使鎮長隔。

【餘文】堪憐萬里天如拭，皎澄輝露華猶滴，但願得年年如是夕。

校　箋

〔一〕悲啼：底本原作「悲惕」，據文意改。

〔二〕【下小樓】：底本原作「【上小樓】」，據曲譜及此齣曲牌皆屬黄鐘宫，故改。

雙環會合

【獅子序】雖出仕，家本微，世居原在今安仁巷西。遭兵燹業廢，復遘灾危。驀忽地二親俱喪矣，鴛鬧最慘凄，代父從軍，不知他身亡何地。他祇爲一言既出，駟馬難追。

【太平令】宗支差紀一向把錢迷，年來從郭，原因借母氏。都祇爲仲翔名不利，因此上從改文爲諱。那想偶叨恩賜狀元歸，兀那婚事總休題。

【賞宫花】言之可悲，父秦弘本布衣。他不慕爲卿相，惟愛誦詩書。詎想驀然征戰起，要把咱即時充入衆軍旗。

【降黄龍】其時因事難稽滯，娣氏甘心，把咱潛替。全不自悔，怎知他一去無歸。堪悲，怎使他遭戮，本先戮咱心方無虧。不由得千疊恨遺，萬行泪啼。

【大聖樂】從前事真個蹺蹊，論蹺蹊這言詞都是詭。假若伊是咱親弟，恁須索認門婿。休誇道腰金衣紫男兒貴，須信道拜將封侯女氏魁。無勞驚異，要見秦家木蘭女咱是。

【瑣窗郎】又誰知復見光儀，驀忽似夢中回。花逢再發，月遇重輝。同開笑口，堪驚堪喜。（合）荷高堂雙雙從享太平日，增壽考沐榮貴。

【前腔】金環本是輕微，幸揮納不相遺。隨身佩帶，甚日曾離。何知輳合，相逢于此。（合前）

【瑣窗寒】向高明那敢再猶疑，祇爲强把羅襦换鐵衣。向邊庭不揣，徹掌戎機。雖叨激引，難辭瞞昧，怎知咱是未婚的閨女。往時，都祇爲弟，急促間權且支持。

【前腔】說將來嚇得人痴，自古何能再與齊。本挑描玉手，那解相持。天然舉動，偏多英氣，把封侯等閑輕取。假如，隨即報知，一家兒怎免驚疑。

盍簪記

《盍簪記》，作者佚名。《盍簪記》，今無全本傳世，僅于《群音類選》中存此兩齣曲文。此兩齣所叙爲：兩人義結金蘭，情同手足，有結義金簪。兄長離去赴考，弟弟相送，希望兄長一舉高中，同時又擔心兄長旅途受苦。後因有案情，兩兄弟争死。因清官感其中之蹊蹺，重審并翻案，釋放兄弟二人。

題簪話别

【朝元歌】烟青露青，缺月含山暝；風零露零，宿雨侵沙冷。對此霜辰，霞杯須飲，你指日奎光呈景。獨對天庭，春雷一聲揚姓名。及早賦凌雲，休常爲客星。屈指歸期難定，也須寄個雪消音信。

【前腔】憑你龍蛇筆陣，長鯨赤手擎，健翮奮鵬程。謝迹鷄窗，立身鰲禁，誰想鶺鴒狼狠。却教你狗苟蠅營，向羊腸鳥道勞駿奔。若聽杜鵑聲，休忘鶯燕盟。屈指歸期難定，也須寄個雁魚音信。

【前腔】自恨寒梅孤另，松筠扶助成，得與杏園春。桃李精神，芝蘭丰韵，忽爾田荆枯甚。都變做斷梗飄萍，那三槐五柳空自存。桑梓最關情，何時同桂林。屈指歸期難定，也須寄個及瓜音信。

【前腔】離了長寧鄉井，巴山極地青，楚水際天明。險過流沙，峻同秦嶺，最古瞿塘倒影。劍閣連雲，望江東渭北空斷魂。蜀道甚難行，何心戀錦城。屈指歸期難定，也須寄個隴頭音信。

【憶多嬌】身體弱，情思惡，風塵萬里方纔發脚，衹爲吾兄此行太錯。（合）景物消索，領取千般寂寞。

【前腔】風土惡，人意薄，川湖地里此其大略，要似圍棋小心下着。（合前）

【鬥黑麻】結義的金簪，必須再合，今日的盟言，不可忘却。有時重聚首，方成信約。莫學紛紛，世情淺薄。（合）離愁怎説，衹餘雙泪落。一寸柔腸，萬刀競割。

【前腔】心衹願吾兄，體安意樂，要萬貫腰纏，早尋跨鶴。寒温兼寢食，自當忖度。世態

人情，天高海闊。（合前）

二良争死

【皂羅袍】仰望高臺明見，論殺人償命，事理當然。報仇元是我居前，出官爲彼將言勸。亡親已葬，仰無所瞻；嬰孩已育，俯無所牽。甘心一死何須辨。

【前腔】再望高懸冰鑒，願詳情察理，反本窮源。殺人單是我行權，那時豈見多聞面。忘生替死，吾雖不言；嬌妻幼子，彼亦訴冤。招承是實難更變。

【前腔】看他們英杰可羡，便殺身取義，敢勇争先。千年尚義賽桃園，分金古道今重見。從容就戮，誰不愛憐；眚灾肆赦，吾當保全。管教番過如山案。

【前腔】謝得恩官公斷，幸春生筆下，喜上眉尖。重磨古鏡月初圓，一番時兩花開遍。入生出死，如逾玉關；感恩圖報，宜銜玉環。舉頭湛湛青天現。

鳳簪十義記（因諸腔中有《韓朋十義記》，故别之）

《鳳簪十義記》，又名《鳳簪記》，李陽春撰。李陽春（生卒年不詳），字蘭賓，浙江永嘉人。生平事迹不詳。知撰有傳奇《鳳簪記》一種。《鳳簪記》，今無全本傳世，僅存戲曲選中所選録的散齣曲文，知《群音類選》選此六齣，《月露音》選《茶叙》、《隱樂》兩齣，且《隱樂》齣僅殘存一支完整的曲文。祁彪佳《遠山堂曲品》載入「具品」，稱「記何文秀，猶之《玉釵》也，不若彼更敷暢」。劇叙何文秀家遭難，與愛妓分離。後何文秀與小姐在後花園相會被捉，險遭不測。小姐爲愛持節，跳水自盡被救，且與何文秀喜結姻緣。後何文秀被小人張堂、屠壽陷害，險被判入獄，因清官得還清白。何文秀之妻爲了使自己不受沾污，舉刀毁容。後何文秀歷經磨難，終與愛妓、妻子團圓。

留僮别妓

【江兒水】適在人稠處，傳聞事有因。道吾鄉失火焚倉廩，正東郎一帶皆煨燼，更連廒無數成塵坌。獲出何恩推問，凌辱難禁，頭觸官階身殞。

【前腔】驀聽家童報，令人心戰兢。怕萱親恐嚇憂成病，且長鬚負屈虧身命，我家資那個能承應。祇得暫歸鄉井，看事勢調停，復到妝臺詢問。

【玉交枝】熱衾温枕，何忍得匆匆兩分。愁祇愁惜玉憐香，怕不思敗蕊殘英。别卿自行免掛心，留童爲質知真性。被狂風摧殘羽翎，慮長途縈牽憂怲。

【前腔】睡魔驚醒，忽聞得堂前沸聲。急忙移步前來問，緣何泣涕交零？何君家報有變更，整裝即欲鞭歸鐙。爲倉儲千餘火焚，慮高堂一時危病。

【川撥棹】擎杯敬，眼盈盈心刺疼。禁不住紅泪交傾，禁不住紅泪交傾，知甚日重諧眷姻。（合）聽驪駒不忍聞，願舟車一路寧。

【前腔】我主人歸僕必伴行，命于斯不敢更。慮祇慮途路上孤形，慮祇慮途路上孤形，仗天恩相扶吉人。（合前）

【尾聲】護持玉體休擔悶，餐寢風霜自警，妾僕懸懸專心聽好音。

花園被執

【山坡羊】碧溶溶銀蟾出海，錦重重晴雲散彩，疏刺刺風敲竹聲，顫巍巍花影過墻兒外。畫角哀，初更遠遞來。潛身樹底、樹底消停待，見宿鳥驚飛，落紅亂灑。疑猜，倘相親玉鏡臺；疑猜，怕藍橋事不諧。

【金井水紅花】懷金倩婢離妝臺，小弓鞋，速行不快。心中急欲見多才，喜盈腮，多應久待。轉過闌干十二，款款下香階，且偷開禁鎖覷端詳也囉。

【梧桐樹】結絲蘿，成恩愛，天遣姻緣相倚賴。作證明自有星月在，誰背初心，天與安排。多辦取白髮青絲，永久和諧，想前生做下今生債。

【水紅花】叮嚀再囑我英才，向書齋，莫教務外。思量今日受冤灾，值時乖。還須自解，否極必然生泰，苦盡自甘來，那時節連理并頭開也囉。

深淵救溺

【香羅帶】逃灾離故園，誰道重罹禍愆，多應分定絶禄年，枉然負你好心田也。你是瑶臺月，楚畹蘭，冰清玉潤虚把名污玷。雖然爲我孤窮子也，想是前生結下冤。

【憶多嬌】棹小船，覓大川，斗炳横斜夜半天，四境無聲更悄然。急急推班，急急推班，衹在前邊那邊。

【香羅帶】爹行性執偏，把我做禽蟲樣看，輕分母子不見憐，衹因美事要周全也。做了無根蕙，斷根蓮，今生未偶願結來世緣。寒潭夜月埋冰骨，不混淤泥清更漣。

【憶多嬌】月朗然，星燦然，舟向平波櫓楫便，深水淵潭正此間。不必埋冤，不必埋冤，請自雙歸九泉。

花燭成親

【降黄龍】説甚麽萬里青雲，畢竟吾當舉足高登。今奈時違命舛，今奈時違命舛，接踵灾殃，魚貫箠凌。驚心，爲今之計，惟苦志螢囊雪映。管他年夫榮妻貴，啓人恭敬。

【前腔】家聲，閥閲相承，享用膏腴使令。妾媵遭逢折挫，妾媵遭逢折挫，舉目凄凉，此身孤另。勸豪英，懸頭勵志，勤燈火三餘須緊。要峥嶸須當記取，德酬冤并。

【太平令】鷄報殘更，耿耿銀河夜氣清。通宵不寐勞神溷，敬一盞晚荈茗。

【前腔】多感殷勤，解渴清心神氣寧。衣衫乾燥穿來穩，今打點辦行程。

【撲燈蛾】門第兩相抵，才貌更相似。梁鴻配孟光，從教百歲和諧也。憂中變喜，羨靈鵲填橋接翅。更雙雙冰肌玉體，真個是千金難買此佳期。

【前腔】三綱固所宜，二姓禮堪繼。緑窗自選之，牽絲合巹綢繆也。我樗材菿菲，附喬木相依相倚。願永結白頭之契，想今宵今夕，此事果稀奇。

【媚衮】終身不二心，終身不二心，此世唯一志。婦道堪爲，箕帚親供侍。金屋阿嬌，卿卿須貯。感殷勤，不弃嫌，爲快婿。

【前腔】君須辦志誠，君須辦志誠，妾肯忘盟誓？　玉樹蒹葭，衹愁變易還輕弃。　月色燈光，證盟心意。　如負恩，當碎尸，天鑒取。

【尾聲】舟師柳岸專相候，乘此北風南去，顒望他年衣錦歸。

弃子全英

【香柳娘】看伊行好痛酸，看伊行好痛酸，使我手足驚顫，脂消色槁形容變。　起風波驟然，起風波驟然，法重又刑嚴，禁得這磨難。（合）嘆灾來怎免，嘆灾來怎免，必落冥途，難生間閈。

【前腔】我存亡係天，我存亡係天，非爲不踐，何期致我多危險。　看形骸好慘然，看形骸好慘然，痛楚不堪言，難捱這殘喘。（合前）

【前腔】望牌頭可憐，望牌頭可憐，且撑持緩款，折磨如此何曾慣。　謝施恩斡全，謝施恩斡全，刑罰暫疏寬，公門中好方便。（合前）

【前腔】巴不得一餐，巴不得一餐，心空臆泛，喉嚨頭阻塞難吞咽。　想目前命捐，想目前命捐，荆婦處孤窮，望兄好相看。（合前）

【好姐姐】祖居，江陰儒裔，先君是文宗科第。爲私仇剋核，酷官部索之。把我家傾費，更兼捕獲裝成罪，因此夫婦離家遠避之。

【前腔】寄居，鹽官鄉邸，苦攻書欲圖進取。爲張堂屠壽，合謀哄飲食。他强傾醉，故將婢殺誣人罪，廣使錢神成重辟。

【前腔】想伊，前生有期，今偶湊吾兒身死。從玆脱難，到家庭承後嗣。蒙救取，書紳撫臆深恩義，剪肉焚香會頂儀。

【尾聲】我的心腸鐵如，到今日善根一起，多應是你不該禄命虧。

剖容立節

【山坡羊】冷蕭蕭朔風嚴勁，夜迢迢房櫳寂静，暗昏昏孤燈伴形，響咚咚譙鼓聲頻震。兩泪零，追思昔日盟。願天長地久兩下同歡慶，豈道半載夫妻，瞥然緣盡。（合）傷情，嘆浮生水上萍；傷情，嘆年華風裏燈。

【前腔】恨綿綿生時不順，怨漫漫流年多横，痛切切娘恩未酬，苦悠悠夫義身當殉。這三尺綾，堪爲轆轤繩。全憑引我前往冥途進，却與亡夫，重諧舊日情。（合前）

【前腔】正朦朧神迷幽境，身渺茫魂歸岱嶺，韵悠揚聲從耳鳴，影糢糊漸覺回真性。晦復明，終須不久生。祇是無辜累你母子深情分，辨取來世，填還海樣恩。（合前）

【前腔】對青銅羞睹色潤，恨朱顔常遭禍釁，這秋波招非惹灾，舉霜刀要立清名正。自省心，那奸徒太不仁。豈知奴抱、奴抱羅敷行，枉使機謀，怕終成話柄。（合前）

椒觴記

明陸采和顧懋宏皆撰有《椒觴記》傳奇，均已佚，不詳此選所録作者爲誰。除《群音類選》所選録外，《月露音》選録有《登第》、《譏雪》兩齣。《顧曲雜言》載稱「陳同甫椒觴記」，吕天成《曲品》載「《椒觴》，陳亮事真」。陳亮，字同甫，《宋史》有傳。此劇當就陳亮敷衍而成。據所存數齣，劇叙陳亮與數友游西湖，各抒見解，因持己見而令同行中人心生不滿。後落第，途遇該人，被設計椒觴之酒而陷害，險成大獄，後因有司明查而釋。再次應試，喜高中。應邊靖之事而獲大捷，采石金陵，獲遇故人。師生雪夜宴飲，暢論古今。

西湖游鬧

【夜行船序】酣賞湖陂，羡武林都會，古稱佳麗。西城外，并列兩峰高峙。還喜，何處飛來，細織烟嵐，滿屏空翠。私鄙，非昔日舊繁華，堪憶汴京流涕。

【前腔】蘇堤，柳色依依，更松陰曲徑，遠横九里。斜陽外，閲盡幾多興廢。徙倚，滿載樓船，鼎沸笙歌，競誇羅綺。還擬，有昔日卧薪人，雪盡會稽羞耻。

【蛤蟆序】漣漪，飛絮浮萍，漸池塘新緑，覆鴛疑睡。向六橋游處，送春尋醉。嬌媚，風牽翠荇衣，雲横緑鬢垂。有盧姬，祇見壓酒香濃，莫惜杖頭錢費。

【前腔】緑蟻，試换新醅，映玻璃琥珀，滿浮香氣。對波光瀲灧，更多情致。他是狂輩，須將眉黛低，莫教臉暈偎。玉山頽，忘却酒肆琴臺，唯見暮雲春樹。

【錦衣香】他把蕭艾芳，叢蘭委，魚目珍，明珠弃。空將寶劍虹光，塵埃埋翳。大鵬終擬奮天池，封侯未得，李廣數奇。任兒曹輕覷，自難教薰蕕同器。俱是亡羊類，讀書何貴，魚蝦翻笑，蛟龍失水。

【漿水令】覷錢塘了無形勢，地卑窪休誇百雉。又無鄭國水工渠，引流可灌，何取隍陂。胡言語，莫亂爲，産蛙沉竈非容易。休争取，休争取，眼前是非。西湖上，西湖上，夜烏啼。

【尾聲】酒痕狼籍扶歸去，似蠻觸徒然作戲，莫笑山公倒接離。

旅館椒觴

【玉山頹】你是天衢神駿，偶淹留長安路塵。雲間鶴元是仙姿，月中桂定非凡品。聊將新醖，且請破除愁悶。楊柳含烟嫩，灞陽春。年年攀折爲行人。

【前腔】我是江湖名姓，伴賢良同泛五辛。笑蠅頭猶自驅馳，愧驥足未能攀引。浮生一瞬，蕉鹿夢中難忍。重繫蘭舟穩，向瓮頭春。明朝還有遠行人。

【前腔】與你世居同郡，喜今朝相逢故親。況尊罍重舉芳椒，更林塘漸抽鮮笋。片時相近，離合後來難定。越鳥栖休問，上林春。與君俱是異鄉人。

【前腔】情縈方寸，久相留難言報恩。望龍門思奮偏摧，向鵷路欲飛還褪。穿楊力盡，鏡裏漸消青鬢。裘敝黄金罄，帝鄉春。楊花愁殺渡江人。

羅織冤招

【園林好】爲下第羞歸故都，爲旅舍相携酒壚。何曾有酖人羊祜，求明鏡鑒亡辜，求明鏡鑒亡辜。

【前腔】好麯蘖是高陽酒徒，他設椒漿心懷毒痛。何曾有寧俞行賂，捐軀命赴冥途，捐軀命赴冥途。

【江兒水】惜彼才華富，時窮泣阮途。做白衣送酒頻相顧，誰知角影杯蛇誤，非關行酒劉章怒。本是城門失火，罪自甘心，難道旁及池魚殃禍。

【前腔】詳聽紛争辨，胸中自揣摩。多因是曹劉匕箸陰相妒，驀然耽酒非無故，祇爲那片言争席先朝露。何不深藏豹霧，沉湎傷人，豈是儒生規矱。

【五供養】文成七步，熟喻明條，敢侮蕭何。守身如白璧，蠅點豈能污。詳推市虎，念投杼曾驚慈母。若教冤及主，寧使罪加奴。願賜矜疑，湯網應疏。

【前腔】深冤哀訴，他詞色無情，中有差訛。殺人非細事，豈可遽模糊。出言無度，爲首罪應先坐。芝蘭非惡草，寧忍盡誅鋤。若究馮球，錫瓶由我。

【玉交枝】難禁摧挫，痛縶刑傷殘體膚。生逢陽九皆天數，勸伊行不用咿嗚。當年意氣未肯磨，誰知有甑今朝墮。看飛霜東海欲枯，看飛霜東海欲枯。

【前腔】虚舟相忤，有争言情乖未和。聞知椒味多辛苦，因此上搗泛醍醐。須臾一枕難再蘇，新炊未熟黄粱釜。并非因同謀共圖，并非因同謀共圖。

【川撥棹】你窮酸醋，枉讀詩書誦典謨。猶兀自者也之乎，猶兀自者也之乎，他抱奇冤游魂尚孤。也難言爲厲誣，也難言爲厲誣〔一〕。

【前腔】我東人暫將軀命扶，豈神理茫茫昧有無。叩天閽自可號呼，叩天閽自可號呼，待歸來謀脱網羅。死鴻毛非丈夫，死鴻毛非丈夫。

【尾聲】從來猛改多如虎，看鈎黨把蕃膺來錮，空有鄒陽書再摹。

校箋

〔一〕也難言爲厲誣：底本原無此叠句，據下支【川撥棹】及曲譜補。

獄中見弟

【石榴花】我衹爲群蠅飛刺，纔口正謷謷。他才鷹犬，性鴟鴞，圜扉人静夜迢遥。是誰人暗起波濤，蕭侯佐漢高，到如今猶自瞻遺貌。解秦苛約法三章，豈張湯趙禹繁條。

【前腔】他折脅摺齒，曾受魏齊嬌。落坑塹，等鴻毛，更名張禄夜逋逃。有王稽秦使星軺，近攻遠交，把奇謀自向秦廷效。我如今却笑親知，更不如須賈綈袍。

【前腔】壺漿簞食，特地慰無聊。見他容雖減，氣猶豪，穎川使酒訕當朝。因不第欲效黄巢，這是無端命招，也難言禍福惟人召。想范滂不愧夷齊，何必去禱謁皋陶。

【前腔】扶灾恤難，幸得到今朝。思兄切，敢辭勞，疑夢中相見轉悲號。似哀鳴旅雁嘹嘹，猶可亡羊補牢，仗回天有力還重造。解黄金多贈腰纏，正錢塘江上通潮。

【前腔】張衡門徑，惟見草蕭蕭。蠶身織，臼親操，聞言驚慟剪金刀。霎時間命比萍飄，夢中有妖，見龐兒嗥吠喜雙星照。勸王孫善保身軀，看神龜曳尾逍遥。

【撲燈蛾】他親承伊洛源，堪比河汾教。白水正談經，却爲思兄辭別也。他有一言相告，願龍蛇暫蟄待衝霄。果然是紅塵不到，嘆人生何須名利枉徒勞。

【前腔】攄誠玉街呼，碎首金街鬧。詳訴覆盆冤，願得重瞻日月也。定有一封恩詔，依然是弟酬兄勸舊同胞。惟願取璧完歸趙，方知道恢恢天網自昭昭。

【尾聲】須聽金鑰鳴鷄早，且暫展今宵懷抱，聖主聰明是帝堯。

戰捷勝游

【二犯傍妝臺】采石聽江聲，仰天清嘯，舉酒祝長庚。文章事高千古，似庾開府鮑參軍。脱靴堪羡功名薄，賜錦還誇意氣横。金鑾趨殿，沉香倚亭，笑將新曲奏清平。

【前腔】他乘月渡金陵，蘭舟輕泛，盡道謫仙名。東山畔尋牛渚，春天樹暮江雲。溪邊翠竹身常逸，醉裏青蓮詩易成。詞林供奉，人間酒星，不知何處駕長鯨。

【排歌】大雅遺風，飄然不群，詩成鬼泣神驚。一杯濁酒嘆飄零，回首匡廬白髮生。呼子美，挈李真，金龜脱换酒家春。鸕鷀杓，鸚鵡尊，玉山頹處對斜曛。

【前腔】數載睽違，相思故人，江山揔是離情。忽聞岸上踏歌行，却是桓伊笛韵清。心懷俠，氣未平，臨江釃酒槊猶橫。我思松徑，想蓴羹，不知歸去幾人存。

【前腔】一見高風，餘懷盡傾，還疑太白前身。世間能得幾豪英，拍手相呼弄月明。潮衝石，浪激棱，放舟何幸遇袁宏。烏寒宿，鷄夜鳴，猶思起舞擊青萍。

【前腔】落魄江湖，身如泛萍，山陰孤棹閑停。羡君揮麈净胡塵，今夜仙舟御李膺。浮名薄，世態輕，凄凉舊事總難陳。封侯業，拜將勛，願看江漢永銷兵。

【尾聲】酒頻斟，歌重聽。何時再與細論文，轉憶汪倫送我情。

師生議雪〔一〕

【念奴嬌序】彤雲萬里，正風高紫塞，寒凝玉宇瓊樓。九陌冰花迷曉騎，相映銀燭光浮。

誰搆，鴂鵲翱翔，蓬萊雲近，參差鴛瓦散琳球。宜宴賞，羅幃錦帳，長下銀鈎。

【前腔】紅袖，羊羔美酒，共珠翠圍，繞金爐還擁貂裘。試問江湖，何處是窮巷柴門主賓。難守，百結鶉衣，經旬塵甑，袁安高卧最清修。休宴賞，瘡痍滿路，黃竹誰謳。

【前腔】寒透，何遜官齋，林逋仙棹，剡中佳興羨王猷。溪壑遠，點綴梅玉枝頭。更有，極浦漁蓑，深山樵徑，蒼苔碧蓧助清幽。宜宴賞，高情訪戴，同快吟眸。

【前腔】知否，披甲屯邊，彎弓出塞，沙場千隊總貔貅。征戍苦，五夜猶着兜鍪。更有，持節胡庭，餐氊朔地，羝羊北海伴羈囚。休宴賞，干戈滿路，何日消憂。

【古輪臺】願田疇，嘉禾豐稔在來秋。占祥正及書雲候，升平如舊。看入土遺蝗，處處兩岐麥秀。社鼓村謠，歡聲迭奏，向梅花深處醉甆甌。黃童白叟，更共斟家釀新芻。春回暖閣，凍消江岸，重看烟柳。此曲有誰酬，梁園友，相如揮翰最風流。

【前腔】難留，曾比玉不堅牢，又似飛絮飄揚，堆壟窗牖。却惱兒曹，慣把無情箕帚。也有摶影奇形，舞禽蹲獸。也有映取清光坐殘漏，遺經在手，想仙姬摇珮瀛洲。巧將紈素，剪成六出，紛紛瓊玖。幻景果誰收，但願人長久，金尊檀板散閑愁。

【尾聲】茶烟濕，酒力柔。空暫掩丹岩翠岫，明日晴原策杖游。

校　箋

〔一〕此齣齣目，《月露音》本題作「詠雪」。

羅囊記

《羅囊記》，作者佚名。《羅囊記》，今無全本傳世，僅存戲曲選所選録數齣曲文，除《群音類選》選録此四齣外，《月露音》、《吴歈萃雅》、《詞林逸響》、《樂府遏雲編》亦皆選録《春游錫山》齣。吕天成《曲品》載入「具品」，稱「出在正德末年。高漢卿忠孝事，亦可觀。内【梁州序】『春光如海』一套，歌者盛傳之。」祁彪佳《遠山堂曲品》載入「能品」，稱「高漢卿之于繼母，酷肖《鶯釵》；其後立節于異城，又似《懷春雅集》所傳蘇道春者。詞雖有雜韵，而質甚古。」據之，知劇叙高漢卿受繼母虐待而盡孝、于異域顯揚氣節之事。就所存數齣知，臨岐朋友以羅囊相贈饋財，後經人生榮辱，羅囊重會。

相贈羅囊

【皂羅袍】朋友當有通財之義，又何須如此，苦苦推辭。若云取與要相宜，豈非貧乏當周濟。（合）羅囊雖小，製作頗奇；曇花欲笑，描鸞半飛。來朝獻納蟠桃會。

【前腔】見得固當思義，論朋友之道，不必生疑。既承佳意念微軀，即當從命留深意。

（合前）

【前腔】敬汝輕財重義，念朋友之急，屢屢維持。仲由所志共輕肥，郄超自古能樂施。（合前）

春游錫山〔一〕

【梁州新郎】春光如海，鶯聲如管，何處香塵不斷。青梅如豆，佳人已試羅衫。正是乍晴乍雨，輕暖輕寒，菜麥經時變〔二〕。玉驄嘶曉處，暫偷閑，爲看風前楊柳眠。（合）低低唱，頻頻勸。向杏花深處開筵宴，春富貴，許誰見。

【前腔】荼蘼枝軟，海棠花綻，蛺蝶初飛庭院。少年紅粉，墻頭戲耍鞦韆。正是賞心樂事，美景良辰，好遂風流願。夜來人住在，那溪灣，朱户重重春晝眠。（合前）

【前腔】紫烟浮春浸江山，彩雲明花燃樓館。看游人如蟻，畫中來往。正是清明將近，寒食未來，杜甫芳心换。燕雛飛亂了，淡雲天，日暖鴛鴦沙際眠。（合前）

【前腔】彩蜂飛芍藥闌邊，錦鳩啼木香亭畔。問人間春色，有誰閑管。正是梨含白粉，桃染胭脂，總是東君面。寶車休碾破，徑中氈〔三〕，留與游人一醉眠。（合前）

【節節高】林花綻錦鮮，繞山燃，郊原步步香羅薦。春山畔，春水邊，春風暖。直教醺醉游人面，何須買遍杏花茅店。（合）祇恐東風更無情，輕輕扇落桃花片。

【前腔】東風花滿烟，好春天，家家池館開屏扇。飛新燕，啅柳綿，來庭院〔四〕。玉人笑咽鶯初見，半倚屏山把銀箏按。（合前）

【尾聲】韶光九十如飛電，趁青春日日追歡，莫惜揚州十萬錢。

【兩頭蠻】〔五〕佳人堪愛，疑似天仙離玉臺，降塵埃。則見他解舞腰肢、腰肢體態，動人懷。這的是春到人間花弄色，雲鬟嚲玉釵，湘裙掩鳳鞋，一笑須傾蔡。今日是張秀才、秀才，遇鶯鶯心驚駭，遇鶯鶯心驚駭。

【北醋葫蘆】纔燒了菩薩香，便看他羅漢臺。或妝笑，或妝語，或妝睡，或妝呆。這伽藍觀音在何處來，那善才時參拜。喜孜孜，難弃捨，笑吟吟，下瑶臺。

【兩頭蠻】碧桃花外，可聽清音似有哀，自疑猜。我則道五色雲中駕輦回，鳳喈喈。誰想道二八紅妝笑語來，輕輕步碧臺，金蓮剛半折，惹得我魂不在。好教人没擺劃、擺劃，何日了相思債，何日了相思債。

【北醋葫蘆】二泉亭風景奇，三賢祠眼界開。山能秀，水能碧，雲能淡，月能輝。來説甚麼滿懷春似海，盡都是名山勝境。回去時，慢思想，敢則是，好傷懷。

【兩頭蠻】如忻如怪，一會低頭不肯抬，掩香腮。羞答答仍向迴廊底下回，苦難挨。惱殺了小姐爲人方在客，牡丹争得開，春從何處來，行止因他壞。竊玉心越越窄、越窄，好姻緣當跪拜，好姻緣當跪拜。

【北醋葫蘆】暖溶溶日正長，錦團團花正開。鶯兒囀，燕兒語，蜂兒忌，蝶兒猜。亂紛紛春光自眼來，有多少嬌情艷態。喜得他，渾似醉，惱得我，半如呆。

【兩頭蠻】彩雲何在，這的是行雨巫娥心忒歹，可傷懷。空使我香雲夢裏來，楚陽臺。誰想道飄然不見咪，佩聲離玉階，餘香散草萊，已便還仙宅。這冤家不自在、自在，早晚來，須成害。

校箋

〔一〕此齣齣目，《吴歈萃雅》本、《詞林逸響》本、《南音三籟》本題作「春游」，《月露音》本題作「春賞」，《樂府遏雲編》本題作「游惠山」；諸本皆無【尾聲】後七支曲子。《九宫大成南北詞宫譜》收有首支【兩頭蠻】，注稱作「散曲」。

〔二〕經：底本原作「驚」，據《吴歈萃雅》本、《月露音》本、《樂府遏雲編》本、《南音三籟》本、《詞林逸響》本改。

〔三〕徑：底本原作「鏡」，據《吴歈萃雅》本、《月露音》本、《樂府遏雲編》本、《南音三籟》本、《詞林逸響》本改。

〔四〕庭：底本原作「沉」，據《吴歈萃雅》本、《月露音》本、《樂府遏雲編》本、《南音三籟》本、《詞林逸響》本改。

〔五〕【兩頭蠻】：曲牌名，《九宫大成南北詞宫譜》屬高大石調正曲，收有四支例曲，其中第二例爲此套首支【兩頭蠻】。現有研究「兩頭蠻」者多釋稱是唱曲中腔調、字音南北相雜而稱作「兩頭蠻」。從《群音類選》此套所選四支及後面殘存的半支，以及《九宫大成南北詞宫譜》所列【兩頭蠻】例曲，知其句格有一定，非是南北相雜、唱腔有隨意性的判定。

劉公賞菊

【惜奴嬌】〔一〕陶徑非遥，看黄舒鶯羽，白展鵝毛。不敲羯鼓，今早滿籬開了。香飄，好似當年，錦絲屏障，一般施巧。（合）色更嬌，偏把九月重陽，酒卮相照。

【前腔】妖嬈，一個楊妃，到吾家階下，扯艷争嬌。臨風未語，應是有情含笑。堪描，無異唐宫，昨夜晚妝殘了。（合前）

【鬥寶蟾】緋桃，不比夭桃，性顛狂薄，片時吹落盡，不趨炎熱，遇霜尤傲。須道，難逢開口笑，宜把簪烏帽。（合）色更嬌，偏把九月重陽，酒卮相照。

【前腔】奇標，不用胭脂，是誰人新染，相袍紅了，捻團造化，做將來恁巧。絶妙，逢花須笑傲，何必龍山眺。（合前）

【錦衣香】花滿籬，清香繞，酒滿卮，清光照。對酒逢花，良辰能好。籬籬今夕共陶陶，棚棚錦瑟，隱隱鸞簫。圪鼕鼕鼉鼓，響叮叮檀板齊敲。且開懷抱，趁時歡笑，人生七十，古來稀少。

【漿水令】忒楞楞孟嘉落帽，碧澄澄白衣美醪。大家拚得醉今宵，何妨明月，轉過花梢。逍遥快活，人間即是蓬萊島。蓬萊島，今宵醉了。蓬萊島，蓬萊島，醉到明朝。

【尾聲】得歡笑處須歡笑，何勞萬事相縈繞，明日陰晴難料。

校　箋

〔一〕【惜奴嬌】：底本原作「【惜奴姬】」，據曲譜改。

羅囊重會

【畫眉序】牛女久相違，豈料橋成在七夕。謝重生父母，幸勿深罪。總桃源錯認劉郎，豈桑林誤將妻戲。（合）有緣千里能相會，古語總來非僞。

【前腔】歛衽拜尊儀，一點良心久欺昧。若非蒙大手，拯溺之惠。怎能勾杏苦梅酸，番做了瓜甜李脆。（合前）

【前腔】萍水嘆無邊，邂逅相逢實有緣。委喜裴航今日，幸逢仙女。似百年破鏡重圓，真萬兩黄金不换。（合前）

【前腔】先進感恩杯，轉賀魚軒好良會。勸吾兒今日，酒當沉醉。從今後宜室宜家，夫和婦如琴如瑟。（合前）

【撲燈蛾】百年夫與妻，一朝再相逢，好似枯樹一時逢春雨也。便榮枝茂葉，發他連理子孫枝。始知義全恩至，總千年萬古，不減好名兒。

【尾聲】從今打整還鄉去，須大設華筵相聚，且共鄉人話別離。

新刻群音類選官腔卷十六

金環記

《金環記》，木石山人撰。木石山人，姓名、字號、生平皆未詳，江苏苏州人。知撰有《金環記》傳奇一種。《金環記》，今無全本傳世，僅于《群音類選》中存此齣曲文。祁彪佳《遠山堂曲品》「具品」有木石山人劇作「金環」，稱「海忠介亮節宏謨，自廣文以至總憲，百折不變。被之絲管，有裨世教。但母妻流離，本傳所未有，亦何必重誣之也。」日本《舶載書目》著録作「新鐫忠孝節義海忠介公金環記」，上下兩卷，「吴門木石山人編」。傅惜華《明代傳奇全目》載此作爲木石山人之《金環記》，今從之。所選「花園邂逅」兩支曲詞，難曉劇情。祇能據《遠山堂曲品》、《舶載書目》知叙海瑞忠孝節義事。

花園邂逅

【駐雲飛】春景繁華，倦綉停針來看花。移步花陰下，行過荼蘼架。嗏，亂卉剪雲霞，香清檀麝。萬紫千紅，妝點春無價。可愛園林景最佳。

【前腔】輕薄楊花，飛入園亭亂似麻。隨舞風飄耍，怎把身沾惹。嗏，看取海棠花，妖嬈如畫。一朵紅英，獨自開臺榭。國色天姿絶點瑕。

釵釧記

《釵釧記》，月榭主人撰。月榭主人，姓名、字號、里居、生平俱不詳。知撰《釵釧記》傳奇一種。《釵釧記》，現存清康熙間抄本（《古本戲曲叢刊二集》據之影印）、清乾隆四十六年（一七九一）鄒玉麟抄本、古吴蓮勺廬抄本（《鄭振鐸藏古吴蓮勺廬抄本戲曲百種》、《綏中吴氏藏抄本稿本戲曲叢刊》據之影印，二影印底本抄者不同，内容同），較《群音類選》本少數支曲文，似皆爲舞臺演出本。

遣婢訂約〔一〕

【傍妝臺】無語畫樓栖，見暮雲天外嚦嚦雁聲悲。猛聽得金砧韵，他那裏搗寒衣。倦翔寡鵠隨雲没，驚睡鴛鴦踏水飛。（合）清秋時緒，自覺慘凄，教人消瘦减香肌。

【前腔】沉吟獨倚遍窗闈，見芙蓉江上含雨濕胭脂。猛聽得笙歌沸，他那裏有玉人歸。傷心懶把菱花照，玩物慵將針綫提。（合前）

【大迓鼓】非奴心意偏，怕綱常倫理，一旦乖蹇。况兼他才學非痴傻，又是喬木名家奕世傳。（合）這段姻緣，實難改遷。

【前腔】姻緣雖在天，但他眼前貧困，誰不輕賤。料想他們非分淺，爾又是金石同盟志益堅。（合前）

校箋

〔一〕此齣齣目，《古本戲曲叢刊二集》本、《鄭振鐸藏古吴蓮勺廬抄本戲曲百種》本、《綏中吴氏藏抄本稿本戲曲叢刊》本題作「遣婢」。

使女傳約〔一〕

【一江風】景凄凄，觸目傷心處，楓葉飄飄墜。篋無資，旅食無魚，埋没了馮驩志。金風透玉肌，金風透玉肌，身披絺綌衣，奈梧桐雨過愁千縷。

【賺】抹轉街衢，蓮步忙移不敢遲。芹宫裏，揚聲吐氣進門閭。是伊誰，不知爲甚來家裏，敢問娘行是阿誰。聽咨啓，奴是史門侍女來傳語，望勿疑忌，望勿疑忌。

【前腔】有失迎趨，何事勞卿顧草廬。來傳語，有樞密求親改嫁伊。親家處，緣何變亂綱常禮，擬定姻緣難改移。逆倫義，衹因家貧受侮遭輕覷，你且免嗔聽啓，免嗔聽啓。

【解三醒】俺小姐爲伊憂慮，想你囊無半點餘資。約中秋十五夜到花園内，要贈爾寶和珠。若得我賢哉媳婦存節志，多管是家門積慶餘。（合）吾私喜，吾私喜，怎能勾佳兒佳婦，同奉甘肥？

【光光乍】安人聽咨啓，你且莫意躊躇，教他莫向人前通私語。（合）倘泄漏風聲難成濟。

【前腔】一言牢記取，至囑我孩兒，臨期悄地尋踪入。（合前）

【尾聲】謝卿卿，來點指。抬身移步拜辭歸，衹恐娘行等久時。

【風入松】肥甘缺奉我親幃，衰顔白髮須知。曾參善養銘心記，何日得同諧鴛侣。甚日得赴試彤庭，盡孝全忠兼美。臣子道，兩無虧。

【好姐姐】試聽，妻家有人，約中秋將金相贈。伊須前去，休教辜此情。（合）成歡慶，賢哉懿婦生憐憫，期待身榮報大恩。

【前腔】孩兒，秉心致誠，奈點額孝心未盡。感賢妻憐恤，密約贈我金。（合前）

校箋

〔一〕此齣齣目，《古本戲曲叢刊二集》本、《鄭振鐸藏古吴蓮勺廬抄本戲曲百種》本、《綏中吴氏藏抄本稿本戲曲叢刊》本題作「相約」，《醉怡情》本題作「傳信」。

使女覆命〔一〕

【二郎神】聽伊語，心似麻俄然泪灑，誰念你孤貧形影寡。你那知我，芳心瑩潔無瑕。聽玉漏聲催懶去卧，却不耽閣人施恩惠也。你休聒，我何心戀着賞玩，教人恨着嫦娥。

【前腔】堪誇，你嬌妖淑質，真烈非假，你衹念着荆釵心未妥。我是塵凡女流〔二〕，怎學得瓊苑仙葩。他爲你瘦損容顔無奈何，况教子勤勞自固。你且看着，那書生勤勞經史，終有日發奮騰達〔三〕。

【猫兒墜】尋思他母子，使我又添嗟。飽學書生未奮達，致令人哂慢儒家。嗟呀，告蒼天願早掛荷衣，名題雁塔。

【前腔】聽麗樵頻促，不覺已三撾。看斗轉參横月影斜，想他否極還泰必榮華。休嗟，終有日母子夫妻，共樂無涯。

【尾聲】氣清虛，銀河瀉。譙鼓咚咚又四下，數盡更籌未睡也。

校　箋

〔一〕此齣齣目，《古本戲曲叢刊二集》本、《鄭振鐸藏古吴蓮勺廬抄本戲曲百種》本、《綏中吴氏藏抄本稿本戲曲叢刊》本題作「回話」。

〔二〕流：底本無，據《古本戲曲叢刊二集》本、《鄭振鐸藏古吴蓮勺廬抄本戲曲百種》本、《綏中吴氏藏抄本稿本戲曲叢刊》本補。

〔三〕日：底本無，據《古本戲曲叢刊二集》本、《鄭振鐸藏古吴蓮勺廬抄本戲曲百種》本、《綏中吴氏藏抄本稿本戲曲叢刊》本補。

書館露機〔一〕

【降黄龍】虞夏商周〔二〕，二帝三皇，聖聖相繼。皋陶伊尹，皋陶伊尹，傳説周公，是輔弼王臣。詳論，帝堯置曆，神禹治水，萬世沾恩。《尚書》内良臣聖主，同道同心。

【前腔】《易經》，伏羲畫卦，文王繫辭，孔子象形。爻辭小象，爻辭小象，開示藴奥，周孔叮嚀。涵泳，乾坎艮震，巽離坤兑，八卦攸分。《易》書内探微闡幽，難察難精。

【滚】你心虚識見廣，我志窄知機少。若非藥石言，險被人傾剿。祖宗積慶，皇天有道。

蒙指教，不遭謀，見計高。

【前腔】忝與幼同學，契結非一朝。患難當扶持，方盡朋友道。你且藏踪隱迹，他敢別調。寫情詞，告官府，管同諧老。

【尾聲】這場姻事非輕小，萬金軀被人欺藐[三]，直待紫閣名登方把此讎報。

校箋

[一] 此齣齣目，《古本戲曲叢刊二集》本、《鄭振鐸藏古吴蓮勺廬抄本戲曲百種》本、《綏中吴氏藏抄本稿本戲曲叢刊》本題作「講書」，《醉怡情》本題作「讀書」。

[二] 虞：底本原作「禹」，據《古本戲曲叢刊二集》本、《鄭振鐸藏古吴蓮勺廬抄本戲曲百種》本、《綏中吴氏藏抄本稿本戲曲叢刊》本改。

[三] 藐：底本原作「眇」，據《古本戲曲叢刊二集》本、《鄭振鐸藏古吴蓮勺廬抄本戲曲百種》本、《綏中吴氏藏抄本稿本戲曲叢刊》本改。

誤投釵釧[一]

【梁州新郎】碧天霞落，長空雲斂，一片冰輪舒展。藍橋亭畔，乘槎擬約同歡。祇見銀涵華屋，凉透香肌，露濕闌杆冷。夜深苔徑滑[二]，步輕款，月到天心分外圓。（合）情懷暢，心慵懶。向朱扉綉户閑凴遍，清意趣少人見。

【前腔】蟾明簾幕，桂香宫殿，萬頃流霞光泛。瑶池仙侣，撩雲撥霧同歡。衹見爛斑珠斗，清淺銀河，縹渺江山遠。起舞弄清影，不勝寒，月轉西樓人未圓。（合前）

【前腔】告官人聽啓奴言，因何事故遲姻眷〔三〕。我娘行思念，姑已衰年。多謝得卿卿憐念，若得周全，此事恩非淺。一鞍還一馬，怎肯再移天，你及早催親莫滯延。（合前）

【前腔】小亭中驀見嬋娟，頓教人情牽心亂。和你對月明作證，鳳倒鸞顛。衹見玉簫三弄，烏鵲雙飛，良夜情無限。他操持賢與節，使我好羞慚，却作南柯一夢圓。（合前）

【節節高】嫦娥愛少年，把玉輪輾，乘風飛下離瓊苑。神仙眷，鸞鳳翩，雨雲亂。殷勤自覺情留戀，蓬萊閬苑真堪羡。衹恐相逢似夢中，别時不久重相見。

【前腔】空勞到此間，好姻緣，凉亭一會空留戀。辭仙眷，眼望穿，口空咽。看他齊齊整整烏雲鈿，婷婷裊裊芙蓉臉。果是相逢似夢中，别時怎得重相見。

【尾聲】今宵誤入天台院，好姻緣番作惡姻緣，我使盡心機都枉然。

校　箋

〔一〕此齣齣目，《古本戲曲叢刊二集》本、《鄭振鐸藏古吴蓮勺廬抄本戲曲百種》本、《綏中吴氏藏抄本稿本戲曲叢刊》本題作「落園」，《醉怡情》本題作「入園」。

〔二〕徑：底本原作「更」，據《古本戲曲叢刊二集》本、《鄭振鐸藏古吴蓮勺廬抄本戲曲百種》本、《綏中吴氏藏抄本稿本戲曲叢刊》本改。

〔三〕故：底本原作「顧」，據《古本戲曲叢刊二集》本、《醉怡情》本、《鄭振鐸藏古吴蓮勺廬抄本戲曲百種》本、《綏中吴氏藏抄本稿本戲曲叢刊》本改。

使女催婚〔一〕

【入破】小姐命奴問取，安人何不行婚禮，使他心中憂慮。這段姻親，爲窘迫，無周備。朝想暮思，承望吾兒名遂方行娶。不想伊行緣何屢屢來催娶〔二〕，你小姐不知是何意？我那日來約你，秀才親到花園内，安人你何故心瞞昧〔三〕？爾休誑言，我兒行鑽穴逾墻决不爲。不是賢郎是阿誰？

【滚】聽汝言詞，聽汝言詞，我盡知，你暗地施謀計。爲改嫁樞密，爲改嫁樞密，要悔親，賺吾兒。兒若來時，命難存矣。那晚園中，那晚園中，他覿面夫妻相會。憐乏聘，釵釧白銀，一一付與。

【前腔】又説即日成親，又説即日成親，到如今好意番成惡意。他節操堅持，他節操堅持，遺二天，損名譽。衹是枉費他心，衹是枉費他心，不能全節義。你奸騙錢財，你可閑聒甚的。

【尾聲】你休得浪把言相對，設機謀造言生事，湛湛青天不可欺。

校　箋

〔一〕此齣齣目，《古本戲曲叢刊二集》本、《鄭振鐸藏古吴蓮勺廬抄本戲曲百種》本、《綏中吴氏藏抄本稿本戲曲叢刊》本題作「相罵」，《醉怡情》本題作「憤詆」。

〔二〕不想伊行緣何屢屢來催娶：底本無此句，據《古本戲曲叢刊二集》本、《醉怡情》本、《鄭振鐸藏古吴蓮勺廬抄本戲曲百種》本、《綏中吴氏藏抄本稿本戲曲叢刊》本補。

〔三〕安人：《古本戲曲叢刊二集》本、《醉怡情》本、《鄭振鐸藏古吴蓮勺廬抄本戲曲百種》本、《綏中吴氏藏抄本稿本戲曲叢刊》本作賓白。

復命題詩〔一〕

【稱人心】山盟虚誑，月下恩情撇漾，到園亭贈伊財物都不想。君子輩，小人行。教人懸望，他母子如何説向？那安人瞞心昧已，盡胡言，反説你要配國相。賺他行，後園謀取。他說那晚間，何曾趨往。

【紅衫兒】聽伊語，心痛傷，薄幸才郎。頓使奴懊恨，空教人妄想。祇爲你愛富嫌貧〔二〕，把我名節損傷。你休得要埋怨爹娘〔三〕，恨祇恨寒儒不良。

【醉太平】惆悵，心中自想，枉教人使盡柔腸。怎不學荀粲，番做了王魁義負盟忘。思量，不如一命喪長江，免得把青蠅來玷。休得惆悵，他負心，爾且宜從順爹娘。

【江頭金桂】寫罷新詩愁悶，不由人泪暗傾。教奴怎做蕩婦，爲此遣妾傳音，祇爲綱常不亂倫。和你月下同盟〔四〕，相逢有幸。你受了白銀釵釧，面喻催親，誰知他那裏爽舊盟。嘆寒儒薄行，嘆寒儒薄行，何當福分，豈不玷污了賢名。到如今，猛拚一命歸黃土，留取丹心照汗青。

【前腔】非是我悖違家訓，祇爲堅操不易心。是你貪榮，要改嫁將奴淩并，誓死也難從命。若待嫁歸公卿，怕人評論。你不猜疑着我，仍遣我嫁書生，那時節依然兩個歸畫屏。椿萱老景，椿萱老景，怎忍拋泯，惹得萬里傳聲。正是視死輕如羽，須信綱常抵萬金。

校箋

〔一〕此齣齣目，《古本戲曲叢刊二集》本、《鄭振鐸藏古吴蓮勺廬抄本戲曲百種》本、《綏中吴氏藏抄本稿本戲曲叢刊》本題作「題詩」。

〔二〕你：底本無，據《古本戲曲叢刊二集》本、《鄭振鐸藏古吴蓮勺廬抄本戲曲百種》本、《綏中吴氏藏抄本稿本戲曲叢刊》本補。

〔三〕娘：底本原作「行」，據《古本戲曲叢刊二集》本、《鄭振鐸藏古吴蓮勺廬抄本戲曲百種》本、《綏中吴氏藏抄本稿本戲曲叢刊》本改。

〔四〕盟：底本原作「情」，據《古本戲曲叢刊二集》本、《鄭振鐸藏古吴蓮勺廬抄本戲曲百種》本、《綏中吴氏藏抄本稿本戲曲叢刊》本改。

碧桃投江〔一〕

【綿搭絮】夜深風冷，天氣正愁人。潛出香閨，無語傷情暗泪零。步難行，院宇深沉。奴有一腔心事，誰與我支分。想祇是命運遭逢，做了雨打梨花深閉門。

【前腔】輕輕悄悄，離了家庭。祇慮我的椿萱，年老無兒少嗣承。非是我負親恩，祇爲處事無憑。怎教我做失節之女，敗壞彝倫。不如身喪江心，留取芳名萬世稱。

【香柳娘】見波濤戰驚，見波濤戰驚，泪沿脂粉，紅顏自古多薄命。恨兒夫負恩，恨兒夫負恩，脱賺背前盟，使我將身赴波滚。拚魚腹喪身，拚魚腹喪身，跳入滸津，免傍人嘲論。

【臨江仙】心戚戚，泪漣漣，堅貞不改再移天〔二〕。殷勤囑付東流水，斷送我香魂返故園。

校　箋

〔一〕此齣齣目，《古本戲曲叢刊二集》本、《鄭振鐸藏古吴蓮勺廬抄本戲曲百種》本、《綏中吴氏藏抄本稿本戲曲叢刊》本題作「投江」。

〔二〕改：底本原作「敢」，據《古本戲曲叢刊二集》本、《鄭振鐸藏古吴蓮勺廬抄本戲曲百種》本、《綏中吴氏藏抄本稿本戲曲叢刊》本改。

母氏送飯〔一〕

【園林好】爲家貧身無所倚，論三餐不能度日。焉有餘資囑寄，望憐憫感恩德，望憐憫感恩德。

【前腔】痛孩兒銜冤負屈，日三餐教我衰年怎擺撥。這苦向誰人分説，懸腸膽痛悲咽，懸腸膽痛悲咽。

【江兒水】望你行方便，乞恕責。你衹可憐我娘兒孤苦無投説，兒在獄中愁腸結，娘親到此添凄切〔二〕。對面相逢隔絶，望乞慈悲，免把我天倫恩滅。

【玉交枝】兒遭冤厄，受鞭槌如何捱得。單寒身已拘縲紲，這一匙麥飯充飢。你蓬頭垢面受苛責，我的肝腸寸寸如刀擊。（合）這痛苦誰人可惜，這冤屈甚人可釋。

【前腔】愁舒泪息，我是不孝子罪深惡極。三牲五鼎無承奉，反教娘受萬般悲戚。我不能效三遷孟母慈，致令兒有遭刑日。（合前）

【江兒水】叫得我心如刺，血泪滴〔三〕。誰知道生擦擦半路在囹圄拆，你死教娘如何立，頓教我戰戰驚驚含怨西風泣。痛念你衰年孤隻，料我不久身亡〔四〕，怎把你劬勞報得。

【香柳娘】看悲啼可惜，看悲啼可惜，母孤子隻，遭人陷害冤深極〔五〕。使我惻隱心泪滴，惻隱心泪滴。你去伸訴與欽差，必定有明白。謝監牢指明，謝監牢指明，倘御筆聚青蠅，兒罪可驅滌。

校箋

〔一〕此齣齣目，《古本戲曲叢刊二集》本、《鄭振鐸藏古吴蓮勺廬抄本戲曲百種》本、《綏中吴氏藏抄本稿本戲曲叢刊》本題作「探監」。

〔二〕親到：底本原作「又在」，據《古本戲曲叢刊二集》本、《鄭振鐸藏古吴蓮勺廬抄本戲曲百種》本、《綏中吴氏藏抄本稿本戲曲叢刊》本改。

〔三〕血：底本原作「珠」，據《古本戲曲叢刊二集》本、《鄭振鐸藏古吴蓮勺廬抄本戲曲百種》本、《綏中吴氏藏抄本稿本戲曲叢刊》本改。

〔四〕料：底本無，據《古本戲曲叢刊二集》本、《鄭振鐸藏古吴蓮勺廬抄本戲曲百種》本、《綏中吴氏藏抄本稿本戲曲叢刊》本補。

〔五〕遭：底本原作「逢」，據《古本戲曲叢刊二集》本、《鄭振鐸藏古吴蓮勺廬抄本戲曲百種》本、《綏中吴氏藏抄本稿本戲曲叢刊》本改。

得見釵釧〔一〕

【紅衲襖】爲甚的喜春容笑滿腮？爲甚的語言中恁瀟灑？莫不是加官進爵横金帶？莫不是捧黄麻又命差？念孩兒鎮日裏愁眉黛，守節居孀有何喜來。吾家舊物何來也〔二〕，我爲此釵兒起禍胎。

【前腔】節守在空閨，鎮日栖遲，流水無情花自飛。兒志堅貞自守，貧賤難移，今朝釵釧惹閑非。痛隔天涯，老景雙親相見稀，今朝睹物更添悲。恨殺兒夫施短行，恩情間阻骨肉離。節義兩無虧，不必嗟吁，當年月下是喬儒，時忠韓姓今拘罪，適我方知。

【東甌令】伊夫婿，受顛連，汝父聞官遭極冤。恤刑究出真情也，況又科甲喜名聯。今朝釵釧喜重圓，終身不娶義兼全。

【前腔】夫忠義，婦貞堅，白璧一雙無玷染。舒懷休把眉顰蹙，合浦喜珠完。今朝骨肉喜團圓，端的好姻緣。

【劉潑帽】心中悄悄思量遍，又恐他負却前緣，教人展轉生悲怨。（合）從此免熬煎，管復取延平劍。

【前腔】華堂疾速開佳宴，請若水學士臨筵，通謀便可諧姻眷。（合前）

校　箋

〔一〕此齣齣目，《古本戲曲叢刊二集》本、《鄭振鐸藏古吴蓮勺廬抄本戲曲百種》本、《綏中吴氏藏抄本稿本戲曲叢刊》本題作「認釵」。

〔二〕來：底本原作「從」，據《古本戲曲叢刊二集》本、《鄭振鐸藏古吴蓮勺廬抄本戲曲百種》本、《綏中吴氏藏抄本稿本戲曲叢刊》本改。

鮫綃記

《鮫綃記》，沈鯨撰。沈鯨（生卒年不詳），字涅川，一作涂川。生平事迹不詳。浙江平湖人。撰有傳奇《雙珠記》、《鮫綃記》、《分鞋記》、《青瑣記》四種，後二種僅存散齣。《鮫綃記》，今存清順治七年（一六五〇）沈仁甫抄本（《古本戲曲叢刊初集》據之影印）、清抄本、紅格抄本、前孔德學校圖書館抄本（《明清抄本孤本戲曲叢刊》據之影印）等。

瓊英閑步〔一〕

【傍妝臺】轉重闈，惱人餘暑步慵移。常如醉，原非酒，疑是病，又難醫。游絲白日悠揚裏，乳燕歸巢對語時。心休飄蕩，言不可追，雕籠鸚鵡近香閨。

【前腔】一燈風雨照書幃，半床殘夢都付與五更鷄。秋信早蛩先語，銀河遠鵲橋飛。人間獨客無知已，天上雙星有會期。潘郎銷粉，沈腰減圍，并刀難斷藕心絲。

【入賺】簾幕低垂，人静花深晝漏稀。朱門啓，獸爐香藹卧金猊。睹尊儀，風摇碧縷茶烟細，玉碗香浮穀雨旗。枕方兒，海棠枝上初分蕊。果然精製，果然精製。

【解三醒】論人生陰陽定位，有清濁動静之機。閨門模範宗烈女，敦風化重倫彝。人之節義非小事，玉價連城不可疵。（合）親針指，嘆光陰易去，花影頻移。

【前腔】二典三謨雖不解，四德三從尊母儀。磨穿鐵硯非吾事，主中饋奉宗祀。絲蘿訂盟休掛慮，甘旨關心暮景時。（合前）

【尾聲】重門鎖鑰深深閉，隔斷紅塵十里，任取東風檻外吹。

校　箋

〔一〕此齣齣目，《古本戲曲叢刊初集》本題作「訓女」。

成婚被拿〔一〕

【排歌】附木絲蘿，連雲鳳儔，恍然身在瀛洲。斑衣還向客囊收，屏雀初開日影浮。（合）催秦拍，因楚嘔，月中簫管鳳凰樓。誇冰玉，會女牛，銀河一帶水悠悠。

【前腔】舉案良緣，登雲勝游，工容未解藏羞。椿萱眉壽正高秋，井臼躬操賦白頭。（合前）

【前腔】柳絮才高，梅花賦優，瑩然玉瓚黃流。温臺已遂室家謀，班筆須從盛世投。（合前）

【前腔】喜遇中郎，何愁鄧攸，書香可紹前修。碧桃花下促行騶，紅杏香中躍紫騮。（合前）

【賺】嚴整戈矛，駕上差來似虎彪。爲隣人首〔二〕，殺人大事你同謀。且住行騶〔三〕，一家骨肉難分手，拔下金釵可買求。好胡謅，朝廷欽限分時候。急忙擒走，急忙擒走。

【皂角兒】你父親遭人毒手，惡狠狠不容分剖。亨膏粱力怯體柔，怎當得峻刑鞠究。細思量，腸割斷，泪空流，難搭救，老天相祐。（合）風吹雲散，兔隨鷹走。嘆人生，霎時興廢，水面浮漚。

【前腔】孤獨獨弱息女流，祇落得泪珠沾袖。怎做得殞身報仇，心上火肺肝燃透。禁門深，衣石甃，柝聲喧，譙角奏，怎生消受。（合前）

【尾聲】平空霹靂顛風吼，好似刀鋒利口，割斷心腸寸寸愁。

校箋

〔一〕此齣齣目，《古本戲曲叢刊初集》本題作「成親」。

〔二〕爲隣人首：底本無，據《古本戲曲叢刊初集》本補。

〔三〕且：底本無，據《古本戲曲叢刊初集》本補。

大理枉鞫〔一〕

【山坡羊】念從道襄陽住居，丙戌科叨登進士，蒙聖旨除臨安府官，莅政事三年許。忝舊知，瓊英配小兒。欲諧秦晋，祇爲家狼狽，遣子求親，再無他意，（合）詳推，望光生腐草餘；傷悲，這冤屈天地知。

【前腔】念小人曾登甲第，不授官隱居田里，問寒暄兼趨義方，在家下三年矣。屢請期，這人情怎順依。他因不就生惡意，他平地生波，駕空設計。（合前）

【前腔】念小人二十三歲，到外家趨庭學禮，那鉏霓觸槐殞身，那豫讓還挾匕。我本爲一腐儒，這逆天事怎敢爲？徒然打死成何濟，吐盡真言，從伊區處。（合前）

【前腔】老親家你箕裘無繼，我孩兒方剛血氣，論區區一葉此身，就死也無他慮。不合遣小兒，同謀刺那厮。他兩人不得如吾意，罪當情真，法難逃避。（合前）

校箋

〔一〕此齣齣目，《古本戲曲叢刊初集》本題作「勘問」。

典刑遇赦〔一〕

【五更轉】事到頭，何須怨，這行藏都在天。含冤負屈遭刑憲，你若得還鄉，恩仇須辨。你途路上，早晚間，恐有人謀陷。（合）思量到此腸應斷，死别生離，東流不轉。

【前腔】日近午，心攢箭，説不盡衷腸事萬千。一生父子止有今日面，少刻之間，再難相見。生不事，死不葬，爲我遭誣陷。（合前）

【憶多嬌】頭似折，毛孔裂，皮膚寸寸如火熱，七魄三魂俱耗攝。（合）户盡門滅，户盡門滅，這段冤仇怎雪。

【前腔】難擺撥，珠泪竭，叫天不應喉閉咽，救父無門心迸血。（合前）

【鬥黑麻】我死刀鋒，霎時氣絶，羅網難逃，千磨萬折。冤屈事，向誰説？子去從軍，父遭取决。（合）泰山崩裂，海枯塵土結。霧漫青天，霧漫青天〔二〕，不分日月。

【前腔】父子恩情，膠濃火熱，對眼睜睜，怎生弃撇。誰收取，市曹血？死不餘尸，地無

葬穴。（合前）

【山坡羊】步難移心驚肉戰，眼昏花天番地轉，深恩再結來生願，吾生恐不能久延。路幾千，盤纏無半錢。軍中禍福不測風雲變，父子東西，再難相見。免憂煎，且隨時度暮年；憂煎，未來事皆在天。

校　箋

〔一〕此齣齣目，《古本戲曲叢刊初集》本題作「出獄」。

〔二〕霧漫青天：底本原無此叠句，據《古本戲曲叢刊初集》本、《明清抄本孤本戲曲叢刊》本和曲譜句格補。

浼婚傷氣〔一〕

【青衲襖】登着百尺樓方覺星斗寒，坐在春風中始慚窺豹管。漢文章未必稱劉向，晋蒼生誰不仰謝玄。枳棘樹豈能栖鳳鸞，紅雨後蛟龍騰碧漢，前席終須侍帝王。

【前腔】我也曾向日邊拂着紅杏看，我也曾肅鵷行趨御仗。我也曾騎驄馬傾人膽，我也曾邁彝倫頂着鐵豸冠。辟奸邪扣陛陳膚諫，貶遐荒豈能濯肺肝，我利器盤根始見難。

【前腔】我也曾冒風霜提兵夜渡關，我也曾望狼烟吐哺朝持戰。受盡苦中苦難上難，俺是將門種今做官上官。武陵隔斷人難見，鵲橋高秋信遠，欲借婚書月下觀。

【前腔】你歸王化全不知律法嚴，你違法度把風俗變。我一管筆不换你千金劍，我三寸舌猶勝你百世官。敗軍將自能持節憲，面金鑾親把黑白辨，湛湛難欺頭上天。

校　箋

〔一〕他本無此齣。

慶壽搶燈〔一〕

【絳黄龍】華誕元宵，月滿星稀，碧空雲渺。燈輝燭燦，看人間天上，瑞烟飛繞。鮫綃，冰壺織就，聊致春暉寸草。（合）仰丘山雲開南極，壽星高照。

【前腔】彌高，福壽滔滔，功業巍巍，可追伊召。丹青小畫，致微忱供獻，碧山元老。堪描，東都方朔，曾偷三度蟠桃。（合前）

【前腔】鸞交，白髮蕭蕭，齊眉舉案，百年諧老。雖居遐寓，對壺觴不覺，頓開懷抱。《簫韶》，南山飛曲，鶴駕可通蓬島。（合前）

【前腔】何勞，惠我瓊瑶，慚愧庸迂，孔融難效。同趨歸計，那時節重見，故山華表。休焦，否極還泰，閑情多付村醪。（合前）

【滚】奇山駕海鰲，奇山駕海鰲，信息傳青鳥。雜錦奇絲，奪盡人間巧。樂處傷情〔二〕，不由悲悼。人别後，竟不歸，春又到。

【前腔】休將玉箸抛，休將玉箸抛，且把愁眉掃。四美難并，對月同歡笑。月缺還圓，陰晴難料。千萬事，付醉鄉，都忘了。

【前腔】清光此夜皎，清光此夜皎，燈市人喧閙。聽鼉鼓駢闐，樂奏鶯聲巧。惟願年年，燈花人貌。歌壽曲，唱新詞，翻别調。

【前腔】清光炫錦袍，清光炫錦袍，彩色侵庭燎。歌舞留人，何處鷄聲早。銀海糢糊，玉山頽倒。榮與辱，數在天，何足較。

【尾聲】故違軍法欺權要，今日落吾圈套，律法須知有正條。

校　箋

〔一〕此齣齣目，《古本戲曲叢刊初集》本題作「賞燈」。

〔二〕情：底本原作「悲」，據《古本戲曲叢刊初集》本、《明清抄本孤本戲曲叢刊》本改。

鮫綃會合〔一〕

【普天樂】元宵禁約嚴巡捕，遵號令皆安堵。這驛丞玩侮法度，鰲山彩仗盈途。玩賞花燈燃烟火，騷動居民奔男婦。動狼烟豈不招虜通倭，那時節招兵起禍。那鰲山見在，乞禁跋扈。

【前腔】元戎乞賜停威怒，擯秦檜遭遷播。恃兵權違法可惡，瓊英頗有規模。容貌關心生烈火，陷入機關身摧故。那芳年豈肯逐浪隨波，尼姑寺裹栖身脱躲。把鮫綃異物，乘勢劫虜。

【解三酲】〔二〕無限事萬千憂愁，向東風付水流。若非仗義驅蒗莠〔三〕，飢鷹難脱手中韝。若不做緑珠墮閣香肌朽，必去抱石投江隨浪走。成歡偶，把瑶琴錦瑟，律吕重奏。

【前腔】罄餘囊一似虚舟，奉藜藿給歲謀。他衹爲天涯影分鸞鳳友，爲君家信斷雁鴻秋。終日裹形孤影寡雙眉皺，到今日天付良緣重聚首。

【步步嬌】奸雄設計遭顛覆，向邊塞親甲胄。誰想尊翁地下游，窮途母子勞相守。（合）萍踪浪迹幾沉浮，故鄉有路重回首。

【前腔】家君拯溺扶衰朽，不避險祛夷寇。豐城劍合氣横秋，樂昌鏡在光依舊。（合前）

【黄鶯兒】設意害孤囚，轉陽和回大手，黄金印賜懸如斗。威傾虎彪，氣衝斗牛，幽居寂寞難消受。（合）泪盈眸，今朝會合，喚起舊時愁。

【前腔】駟馬下神州，向金門拜冕旒，把奸雄陷溺陳敷奏。孽債已酬，天道已周，前程負努歸清晝。（合前）

校　箋

〔一〕此齣齣目，《古本戲曲叢刊初集》本題作「削奪」。

〔二〕【解三醒】：底本原作「【大聖樂】」，據《古本戲曲叢刊初集》本和曲譜句格改。

〔三〕莨：底本原作「蒗」，據《古本戲曲叢刊初集》本改。

紫簫記

湯顯祖（一五五〇—一六一六），初字義少，改字義仍，號海若，又號海若士，一稱若士，晚年號繭翁，自署清遠道人。所居名玉茗堂、清遠樓。臨川（今屬江西）人。十四歲（一五六三）進學，二十一歲（一五七〇）舉于鄉，文名振天下。時相張居正欲羅致海内名士以助其子，延湯顯祖而謝弗往，因此屢赴春試不第。居正歿後而始中進士。歷任南京太常寺博士、南京詹事府主簿、南京禮部祠祭司主事、廣東徐聞縣典史、浙江遂昌知縣等。後被劾削職，隱居鄉里，詩酒著述，迥邁時流。著作有《紅泉逸草》、《問棘郵草》、《玉茗堂全集》等，撰有《紫簫記》、《紫釵記》、《牡丹亭》、《南柯夢》、《邯鄲夢》傳奇五種，皆存，後四種合稱《玉茗堂四種曲》、《臨川四夢》或《玉茗堂四夢》。《紫簫記》今有全本傳世，現存明萬曆間金陵富春堂刻本（《古本戲曲叢刊初集》據之影印，無齣目）、明萬曆二十四年（一五九六）金陵世德堂刻本、明末汲古閣原刻初印本、汲古閣刻《六十種曲》本等。

霍王感悟〔一〕

【夜行船序】蕙色娥媌，雲歌月艷，并在今朝。瑶臺畔，逐勝等閑歡笑。嬌饒，白雪吹香，清矑送巧，半束烟綃。飄摇，春韵軟粉酥融，蚤年風調。

【前腔】難饒，貴人頭上，便春風幾度難消。年少，暗抛紅豆，相調俊俏。寶襪沾雲，紅絲串露，轆轤春曉。還笑，洞房中空秘戲，正落得素女圖描。

【鬥寶蟾】總饒，雲翹細腰。儘翠甗紅殷，都成别調〔二〕。對迎風舊館，睢陽故道。閑眺，看邸第樓臺，叠紅塵多少。影蕭條，厭鸞笙鳳撥，猿林雁沼。

【前腔】王喬相邀路遥。繞碧落朝敲，明星夜醮。勝高唐閑夢，洛浦空挑。須曉，總愛海千層，浮生一了。自逍遥，看桂嶺參差，芝樓窈窕。

【黑麻序】雲霄，看千秋有靈氣，何事燕昭。妙舞旋懷，少不得夜蛾分照。堪笑，月華姫叢臺女，空教氣分銷。爲誰嬌，到不如雲裏金鷄，洞中青鳥。

【前腔】悲悄，辟邪旗珠絡褓，榮華夢杳。斷雨零雲，教人困咽無聊。奇妙，玉姜飛靈藥搗，凌風帶月飄。冷春宵，怎禁北斗停春，西王侍嘯。

【尾聲】便換金巾脱絳袍，又何用武陵犀導，免得你銅雀西陵恨寂寥。

校　箋

〔一〕此齣齣目，汲古閣刻《六十種曲》本題作「游仙」，《古本戲曲叢刊初集》本爲第七齣。

〔二〕調：底本原作「掉」，據文意改。

小玉插戴〔一〕

【二郎神】紗窗内，碧珊瑚看菱花露彩，轉片月寒空生碧海。嫦娥相對，曉雲初弄瑶臺。瀉翠窺紅鸞倚態，照澄心冰壺久耐。影徘徊，看明朝雙笑人來。

【前腔】葳蕤，玉花兒貫珠題翠蕾，鏤素燕差池銜細莖。玲瓏纈紐，璃抽寶纚毾㲪。慢簇輕摇垂鬟彩，插纖梁蟬鬆膩解。謾推排，雲横處枕側檀偎。

【風入松】軟雕胡帶笑與郎炊，點銀瓶玉薤。葡萄卓女燒春在，願舉案齊眉看待。唱《關雎》酌彼金罍，餐秀色，任多才。

【前腔】拂烏紗向曉平眉戴，愛并州剪快。風生錦綉片雲裁，指領上綉針憑在。想身材暗圍腰帶，巧眼色劣情懷。

【玉交枝】燭花無賴，背銀缸暗擘瑶釵。待玉郎回抱相偎，愛顰蛾掩袖低回。千唤佯將一度回，相挑巧着詞兒對。挽流蘇羅幃顫開，結連環紅襦懊解。

【前腔】鸞驚蝶駭，亂春纖抵着郎腮。壓花枝要折新蓓蕾，那管得荳蔻含胎。迸破紅雲玉峽開，斜抽沁露荷心靄。吃緊處花香這回，斷送人腰肢幾擺。

【漿水令】憶年時紅鬆翠窄，正初婚膩腋雲䯄。坐郎兜裏倒郎懷，薰籠卸襪，綉鳳眠鞋。細軀捱，含顰待，些兒受用疼還耐。拭紅綃，拭紅綃，斜燈送睞。移綉枕，移綉枕，引被佯推。

【前腔】下鴛帷嬌殘薄黛，臨妝鏡巧對瑶臺。暗尋閑事笑還唉，餘紅偷覷，碎蕊愁揩。衣桁前，簾櫳外，蘭房新婦深深拜。賀新人，賀新人，許多丰采。那郎君，那郎君，底樣情懷。

【尾聲】青玉案，紫琉杯。碗茗盤餐對舊醅，重開鳳燭宴冰媒。

校　箋

〔一〕此齣齣目，汲古閣刻《六十種曲》本題作「納聘」，《月露音》本題作「絜情」，《古本戲曲叢刊初集》本爲十三齣。

洞房花燭〔一〕

【錦堂月】吹錦雲鮮，流珠日暖，春光蟬連畫院。鏤牒簾紋，笑隱芙蓉嬌面。金莖蝶半簇華翹，香樹蛾滿堰絲繭。（合）持觴勸，看取才子佳人，百年姻眷。

【前腔】歡宴，橘浦仙媛，蘭陵貴士，同進花臺法膳。月醴華清，銀棱翠勺河源。金平脱半箸萍齏，畫油奩兒家禁臠。（合前）

【前腔】宛轉，綉履墻偏，瓊纖縫表，寒玉暖笙初囀。新樣釵篦，點鬢招弄嬋娟。星星語透竹玲瓏，款款催貼花檀串。（合前）

【前腔】情盼，織女星傳，美人虹鬫，暗襵畫鸞金綫。襯體紅綃，燭夜花房如茜。長頭錦

翠答宜男，同心枕夜明如願。（合前）

【醉翁子】堪羡，這才華定參時彦。怕京都紙價高，洛陽花賤。不淺，似海樣深恩，何處金珠買翠鈿。（合）成姻眷，但學天邊明月，四季團圓。

【前腔】閑辨，你蚤晚要魁金殿。看織錦迴文，裁紈歌扇。情願，對熱惱梅花，一縷真香結誓言。（合前）

【僥僥令】燈花紅笑顫，高燭步生蓮。且喜闌夜口脂香碧唾，環影耀金蟬，愛少年。

【前腔】顔酡春暈顯，花月好難眠。無奈斗轉銀虬催漏悄，翠鳳裊鬟偏，待曉天。

【尾聲】黼帳流蘇度百年，作夫妻天長地遠，還願取桂子蘭孫滿王田。

校　箋

〔一〕此齣齣目，汲古閣刻《六十種曲》本題作「就婚」，《樂府紅珊》本題作「李十郎霍府成婚」，《古本戲曲叢刊初集》本爲第十五齣。

訊問紫簫〔一〕

【桂枝香】燈輝月耀，紅訛翠擾。莫不是絳殿容華，早罷却衙門爐燎〔二〕？怨重閨疊瑣，怨重闈叠瑣，洞房空曉，鏡臺空老。乘月步招摇，别有處知音也，暗引瓊簫出鳳翹。

【前腔】金宫魚藻，彤墀鶴草。似這般銀鑰羈鸞，怎做得雕籠去鳥。恁宫監老伴，恁宫監老伴，披圖對召，抄名暗叫。春滿睡紅綃，似這般憔悴也，羞殺容華金步摇。

【前腔】搔頭鳳矯，檀心翠巧。若不是度曲韓娥，定則是縈情蘇小〔三〕。向殿頭供奉，向殿頭供奉，傳梅索笑，歌蘭合調。隨例雜《簫韶》，因此上偷將也，暗譜《霓裳》趁【六么】〔四〕。

【前腔】章臺夢悄，横塘路杳。若還是絳樹梨園，怎不帶《柘枝》花帽。和邪裙長俏，和邪裙長俏，雲棚斷掃，紅氍罷裊。無分逐花妖，若題起洞簫也，鳳侶曾經素手招。

【集賢賓】宫花漢殿曾分笑，賜梁園玉葉蘭苕。桂樹銀床心好道，攬青絲素鬢無聊。慵禁細腰，總放却星矑月貌。修行蚤，可知是淮王不老。

【前腔】隴西士族當年少，似凌雲逸氣飄飄。玉樹風前冰雪皎，綴新篇璀璨璚包〔五〕。簪裾累朝，香名滿玉堂風調。龍欲跳，看咫尺鵬溟鳳沼。

【前腔】藍田種璧初垂耀，愧微軀不似璚瑶。祇爲十二雲衢燈月好，攬芳心對影華宵。更深麗譙，斷群處鴻迷鵲繞。心縈躁，對殘燭泪紅多少。

【前腔】歸雲背月金蓮小，殿西頭暗拾璚簫。紫陌游童喧未了，怕宵征薄行横挑。寧歸法條，倘遇着龍顔鳳表。明訴告，也顯得夜行分曉。

【琥珀猫兒墜】生小香娃，絶世心靈巧。多露沾衣能自保，冰壺徹底見清標。待曉，奏送孤鸞，還歸鳳條。

【前腔】睡鳥驚啼，墜月金莖表。願借蘭臺分綺照，還聞天語墜雲霄。難曉，蚤賜金鷄，還飛鵲橋。

【尾聲】芙蓉别殿煩相奏，鳳管偷吹倘見饒，還有花燈送出中人導。

校　箋

〔一〕此齣齣目，汲古閣刻《六十種曲》本題作「拾簫」，《月露音》本題作「失婿」，《古本戲曲叢刊初集》本爲第十七齣。

〔二〕衙門：底本原作「衙□」，據《月露音》本改。《古本戲曲叢刊初集》本、汲古閣刻《六十種曲》本作「朱衙」。

〔三〕則：底本原作「衹」，據《古本戲曲叢刊初集》本、汲古閣刻《六十種曲》本、《月露音》本改。

〔四〕暗：底本原作「按」，據《古本戲曲叢刊初集》本、汲古閣刻《六十種曲》本、《月露音》本改。

〔五〕璀璨：底本此處即爲兩方框，據《古本戲曲叢刊初集》本、汲古閣刻《六十種曲》本補改，《月露音》本作「綉口」。

分鞋記

《分鞋記》，沈鯨撰。沈鯨，生平簡介見本卷「《鮫綃記》」條。《分鞋記》，今無全本傳世，除《群音類選》所選録八齣曲文外，《月露音》選録有《玩月》，《樂府名詞》選録有《淑娥問疾》、《鵬舉南還》。吕天成《曲品》歸入「中中品」，稱：「程君事載《輟耕録》。女子賢哉，此《記》寫之暢甚。」劇叙宋人程鵬舉在興元被元大將張萬户擄作家奴。一日，與張萬户所擄宦女玉娘相遇園亭，一見鍾情。張萬户允二人爲婚。新婚三日，夜勸程鵬舉逃走歸宋。程鵬舉以爲有詐，告訴了張萬户，玉娘受罰。後玉娘又勸程鵬舉逃跑，程再次告發。玉娘被賣。臨别之時，玉娘要與程鵬舉互换鞋一隻，痛哭離去。程鵬舉醒悟，後逃歸宋。經其父韓同年之子舉薦，受到朝廷任用，仕途屢遷。找到玉娘父，訴知玉娘之事，并傾思念之心。興元被大宋收復，程鵬舉宦陝西，派人到興元找到玉娘，分鞋得合。玉娘得知程鵬舉衷情，且未曾再娶，與之重偕百年之好。馬華祥稱此本「很可能就是陸（采）本或陸采（本）的改本」（馬華祥《明代弋陽腔傳奇考》，中國社會科學出版社二〇〇九年版，第一八八頁），可備一説。

窮途母女

【一江風】嘆兒郎，隔别如霄壤，虚我憑閭望。自尋思，我暮景無多，不耐烟嵐瘴。跋涉苦難量，跋涉苦難量，迢迢岐路長，想白髮一夜三千丈。

【前腔】憶嬌娥，俄爾輕抛放，渺渺無踪嚮。恨窮途，便插翅高飛，怎覓花模樣。一日幾回腸，一日幾回腸，如禁萬刃芒，别離苦都撮在眉尖上。

【步步嬌】莫不是牧童忘却牛羈鞅？莫不是出洞翻波蟒？莫不是離群避矢狼？莫不是草木妖魔、烟霞魍魎？驟見起驚張，頓令膽碎神魂喪。

【前腔】你莫不是澤中老嫗悲蛇相？莫不是濮上淫奔孆？莫不是桑間游冶娘？莫不是巫女伶仃、湘姬飄蕩？彷彿未端詳，教人疑慮難消暢。

【玉胞肚】乍離閨幌，遇飄零其實可傷。歷幾處霧嶺烟岡，恨晨昏勞瘁驚惶。相逢萍水，怡顔慈範似萱堂，慰我顛連在異鄉。

【前腔】裙釵慨慷，在流離動止有常。幸如今邂逅相親，便優待恩義汪洋。同行共處，窮途從此免凄凉，深慰孤踪寄遠疆。

【尾聲】向窮崖，尋依傍。樹爲幃幕石爲床，寂寞黄粱夢怎長。

村居寄迹

【小桃紅】宿雲猶濕，晴霧初收，淅瀝鳴山溜也。可奈桑榆景，顛沛浪中舟，魂黯黯恨悠悠。秖見那曙光微，嶺氛濃，風聲吼也。捱幾個黄昏和白晝，猛回首望家鄉，空赢得鬢颼颼。

【下山虎】盈盈泪粉，注在雙眸，無限途中味，萬千縷愁。他秖爲手握兵符，身寄他州，却把門楣一旦休。追省從前事，怨氣衝衝噴斗牛。去去人家近，且問路頭，未語人前先自羞。

園亭邂逅

【祝英臺】暖風微，清晝永，緑蔭繞迴廊。花鳥弄奇，山水交輝，都是我的愁囊。堪傷，亂離中骨肉參商，經歲相懸霄壤。這懷抱，空自因時凄愴。

【前腔】偷望，他是玉爲肌，花比貌，嫵媚多明朗。疑是洛水麗姝，巫峽嬌娃，勝似内家紅妝。心癢，最堪憐翠蹙春山，淡掃何須張敞。且相見，問他歷履端詳。

【前腔】遥想，我嚴君威擁貔貅，無計護金湯。百度戰兢，萬里奔馳，不幸困于遐荒。淒惶，那堪影獨形單，憔悴當時模樣。多管是，弱魄沙場埋葬。

【前腔】休悵，我和你異姓同親，才貌又相當。旦暮起居，内外行藏，彼此共爲依仗。堪賞，信是有緣千里相逢，誰謂山遥水廣。從今後，忘却窮途愁況。

書齋問疾〔一〕

【駐馬聽】悶掩紗窗，路接桃源曲徑芳。衹爲千般艷冶，一種温存，曉夜徬徨。怎能魂夢到伊行，鳳衾得意翻紅浪。驀地思量，兩眸情泪難收放。

【前腔】俏步書堂，衹見他隱几呻吟不上床。好一似屈原憤重，宋玉愁多，清减容光。你看碧梧翠竹影淒涼，孤形隻影空相向。且免思量，旅中存問須無恙。

【素帶兒】蒙垂問，自那日園亭見雅妝，消瘦了擲果舊時模樣。心愁萬縷長，經幾度無聊欲斷腸。我還思想，邀雲期雨，夢繞高唐。

【升平樂】惆悵，花間款曲，枉蜂睛斜睨，蝶翅偷忙。蘭心蕙性，非比路蕊堤楊。堪傷，少年司馬易輕狂，錯認做文君情况。不須凝望，十二巫峰，夢斷襄王。

【素帶兒】羈縻在虜鄉，雲山渺茫銷魂處，怎禁得暮雨斜陽。風流債肯償，早成就韓生秘閣香。堪嘉賞，雙飛鸂鶒，并舞鸞鳳。

【升平樂】才郎，少年顛沛，當餐氈囓雪，艱貞不喪。建功立業，應須把帝居丕壯。端詳，閑花野草競芬芳，豈堪入綉幃珠幌。還期同歸故苑，好共百年衾帳。

【尾聲】姻緣前定非虛謊，莫把精明暗裏傷，管取帶綰同心誓久長。

校　箋

〔一〕此齣齣目，《樂府名詞》本題作「淑娥問病」，無【駐馬聽】二支。

月夜勸夫〔一〕

【梁州新郎】冰輪澄朗，金波溶灧，漸漸滄溟明遍。雲收天闊，琉璃萬頃周旋。疑是素娥新練，液雪飛霜，透徹清虛殿。今宵何夕也，最嬋娟，枕簟凉生未是眠。（合）三五夜，萬千怨。望鄉關杳杳魂將斷，清泪灑怕人見。

【前腔】江山疑畫，烟霞如練，誰把瓊琚通碾。飛空蟾魄，垂光偏照華筵。衹見逍遥玉

宇，縹緲瓊樓，仿佛嫦娥面。俏然情思爽，頓忘倦，徙倚闌干懶去眠。（合前）

【前腔】最可憐一派青天，正天際十分光滿。見霧潤塵稀，參横斗轉。謾有輝侵玉質，露濕雲鬟〔二〕，月下人堪羨。相看攜素手，共凄然，何處笙簫慰客眠。（合前）

【前腔】看冰濤雪浪無邊，洗離愁不勝消遣。正水晶簾捲，昭回庭院。但見玉盤輕度，銀漢無聲，瀟灑尤堪戀。殘妝猶未卸，鬢蟬亂，寒栗生肌怯夜眠。（合前）

【節節高】扶疏桂影圓，彩霞翻，銀葩星暈如懸點。香風扇，樽俎間，弦歌畔。庾樓清況真無限，不知蓮漏催銀箭。（合）歸興翻然欲跨鸞，奈何雙翮無能健。

【前腔】鰲峰涌翠烟，斷還連，驚飛鳷鵲南枝遠。明河落，萬川浮，千山巘。光華總是今宵占，願教皎皎長無變。（合前）

【尾聲】流年暗覺頻頻换，對良宵離恨轉添，暫得歡娱强笑喧。

校箋

〔一〕此齣齣目，《月露音》本題作「玩月」。

〔二〕露：底本原作「香」，據《月露音》本改。

夫婦分鞋

【尾犯序】雙璧久塵埋，燕爾新婚，數月恩愛。雨潤雲温，乍綢繆兩懷。寃債，滿承望百年契好，誰料得一朝輕解。分明是，高唐殘夢，瞬息便驚回。

【前腔】懊恨不勝哀，驟解香囊，輕分羅帶。祇爲狐疑，乃翻成禍胎。難買，芙蓉枕連株不斷，鸞鳳帳雙飛可再。從今後，雲山兩處，一樣獨徘徊。

【前腔】嗚咽兩分鞋，執此相期，姻緣還在。魂繞關河，嘆身居葛藟。難擺，猛可的柔腸已斷，豈能保芳顔莫改。倘不遂，比肩共穴，誰掩我枯骸。

【前腔】彼此互携鞋，準擬他年，傾否開泰。足下雙雙，羡同行一階。除害，早脱恁天羅地網，不負我盟山誓海。那時節，重圓破鏡，仍照舊荆釵。

【前腔】怨覆我椿臺，弱女飄零，倒懸求解。萬里專征，望干戈速來。深拜，喜當時劉郎入洞，痛今日王嬙出塞。别離去，叮嚀無數，怨氣動飛灰。

翁婿叙情

【北新水令】興元二載錮張家，作螟蛉香綰新結。思惟深且遠，誦語婉還切。藻鑒超越，激勸俺歸中土恢王業。

【南步步嬌】堪傷身陷豺狼穴，杜宇空啼血。雲山萬里餘，四載睽違，真成遺孑。窮途方訂雲雨盟，無端喋喋輕饒舌。

【北折桂令】坐談中杯影弓蛇，把肺腑機關，做禍患萌蘖。霎時間弄巧成拙，雷轟風冽，拆散蒹葭。醜虜的威似鈇鉞，割恩愛分鞋相別。猛地心熱，追思兩下裏鳳隻鸞孤，到今日暗銷魂，花殘月缺。

【南江兒水】説到堪傷處，難饒腸寸裂。紅顔命薄遭蹉跌，歲寒方見松筠節，料應不改冰霜潔。且把雙眉舒結，指日平安，定保得蓮輿回轍。

【北雁兒落帶得勝令】運鬼神的計團圞，暗把機關設。撼乾坤的事完成，誓把忠貞竭。掀翻恁海水決，踏賀蘭山成破缺。馳鐵騎掃胡羯，方見得君讎雪。撑達，早踐了那分鞋舊時話説；欣悦，咱管取百年緣終再合也。

【南僥僥令】門楣無限恨，椿景夕陽斜。争奈骨肉恩深難抛捨，正幸得君家，心似鐵。

【北收江南】呀，正免絲和那親瓜葛，肯把他一朝割，須知盟山誓海怎消滅。願得王征有嘉，免教人垂頭兩處各凝咽。

【南園林好】擁貔貅威權可誇，奮干戈英雄愈加，興元路仍歸中夏。還重會，舊渾家。雙鸂鶒，再穿花。

【北沽美酒帶太平令】關山遠幾登涉，雲縹緲萬重遮。插翅凌空似可合，夢鄉雙蝴蝶。嘆遷延許多歲月，恐辜負那人嬌怯。拴不穩我心猿意馬，挽不住他杏腮桃頰。堪嗟，堪嗟，論愁恨連接，呀，這相思幾時休歇。

【南尾】運籌决策須明哲，戮力同心毋替也，看取飛鐃動金闕。

分鞋復合

【紅衲襖】莫不是偶遺忘道路間？莫不是托行囊相代管？莫不是合經商旅次同炊爨？莫不是著敝裘狼狽在家園？想他别後重遇呼韓，恐刀斧下難逃大限。敢則是弃舊憐新道我野草閑花也，故把那日分鞋暗遞還。

【前腔】我乃是陝西來行路難，奉公差刻期到此難容緩。爲先年屢遭失散，廣捱尋跋涉恁關山。張萬户有些相干，趙老嫗有些牽絆。我相公恢復中原已得將相威權也，便是舊日分鞋程德遠。

【前腔】我祇爲這鞋兒眼望穿，我祇爲這鞋兒灑泪乾。何期得一雙雙今日重相見，怎知我似孤松歷盡雪霜寒。縱不能一處團圓，也免却兩地眉攢。可與我致意相公并那夫人也，須道舊愛新歡總一般。

【前腔】我相公展鴻圖致中興拜大官，幾年間披忠肝瀝義膽衝霄漢。深見得宋弘氣節肯把糟糠斷，到如今孤幃寂寞尚未偶鴛鸞。還念着結髮容顔，再共翠幃春暖。他祇因誓海盟山也，特把舊日分鞋覓配完。

合鏡記

《合鏡記》，作者佚名。《合鏡記》今無全本傳世，除《群音類選》選有此數齣外，《吴歈萃雅》選有《分鏡》、《分别》、《應試》、《買鏡》、《閨情》，《月露音》選有《分鏡》，《南音三籟》亦選有其【七賢過關】套曲。吕天成《曲品》載入「中中品」，稱：「特傳樂昌一事，亦暢。但云作越公女，反覺不情。」祁彪佳《遠山堂曲品》載入「雅品」，稱：「傳樂昌鏡之分合也。」劇述陳德言娶陳後主之妹樂昌公主爲妻。陳將亡，夫妻破鏡爲二，各持其半，以圖後會。陳亡夫妻離散。樂昌公主投水後被楊素救起，認作義女。後樂昌公主在上元節市得陳德言之半鏡，極悲。越公得之詳情，召陳德言至，夫妻得團圓。

德言尚主

【畫眉序】麟趾映文昌，貳室何堪過褒奬。喜秦娥今日，有意憐香。承厚寵祿愧千鍾，逢盛典榮迎百輛。（合）狀元猶尚天朝主，人間此福無雙。

【前膽】禁臠稱東床，寶帶朱衣照金榜。論榮華争似恁，種德馨香。賦穠華羞比王姬，留翠膴昵須張敞。（合前）

【前腔】文彩冠班行，派出天潢六宫長。念金枝綴爾，總爲書香。華蟲綉簇錦繒褕，孔雀展泥金屏障。（合前）

【前腔】蝶粉間蜂黄，紫霧雲鬟動欽仰。似神仙謫降，果杜蘭香。春心在荳蔻梢頭，兩意滿丁香結上。（合前）

【滴溜子】謾説道，好夫妻鸞同鳳兩。見清揚，果是幽閑素養。已知身非凡相，更相逢此夜良，風清月朗。耿耿三星，門闌氣爽。

【鮑老催】緣從天降，喜見藍田璧種雙，宛如神女下高唐。胡然天，胡然帝，驚塵壤。文章彩筆珠璣晃，從今未數麝蘭芳，天香染惹衣襟上。

【滴滴金】銀箏翠管韵悠揚，綸巾彩額新翻狀。蘭膏鳳腦照畫堂，更有玉樹歌臨春唱。歌聲繚亮，金尊玉斝相親傍。合巹同牢，恩深愛廣。

【歇拍】笙歌聲裏香風宕，想包茅吉士惱情腸。感聖德如天樣，從今後無離曠，整與王家作棟梁。

賜鏡公主

【金井水紅花】水殿荷香細，瑶臺竹影層，翠羽蘸清泠。倒空明，寒光摇映。真個是清凉無汗，玉女下瑶京。風隱珮環輕也囉。凌波和你，笑指鴛鵲，戲水眠沙，雙雙頭并。

（合）秦臺蕭史，文章俊英；皇陵帝子，幽閑娉婷。一雙兩好天生定。

【前腔】槐蔭侵衣潤，榴花照眼明，睍睆囀黄鶯。弄嬌聲，呼朋相應。好似俺芳年伉儷，情擬蕙蘭馨。美滿賽卿卿也囉。新婚和你，燕爾相承，愧主蘋蘩，無違恭敬。

（合前）

【滾遍】臨緘灝氣迎，臨緘灝氣迎，照見雙鸞影。晶光逼體，心膽俱安靜。喜沾奇寵，何當僥幸。（合）攄忠貞，無隱蔽，同斯鏡。

【前腔】中無暗浪驚，中無暗浪驚，竦慄心肝冷。臉映芙蓉，紫霧香鬟艷。喜瞻奇遇，纔分偏正。（合前）

【尾聲】菱花頒及多榮幸，受此隆恩當刻銘，願取百歲團圓佐聖明。

樂昌分鏡〔一〕

【四朝元】青蓮光映，良人赴遠征〔二〕。正碧雲天氣，玉露風景，更添珠泪零。奈陽關疊興，奈陽關疊興，唱斷暮雨朝雲，做了曉露風燈。情割鸞腸，愛分鴛頸，一旦成孤另。嗏，愁思滿瑶京。雨打梧桐，教我後夜同誰聽。青燈半錦屏，明月雙蓬鬢。（合）倘情緣未竟，生生死死，這場分鏡。

【前腔】鸞封朝諍，暮遷白帝城。恨離觴輕罷，把往事重省，鳳幃非舊境。嘆銀瓶斷綆，嘆銀瓶斷綆，祇見他瘦似黄花，我浪若浮萍。急景催人，疏林難倩，我安敢遲君命。嗏，撇不下楚腰輕。冰簟銀床，教我有夢空形影。重逢未可憑，再會須前訂。（合前）

【小桃紅】白蘋江路，紅蓼烟汀，滿目西風勁也。祇見霜林外，越鳥向人鳴。勾引起，劍闗情。説甚麽恨難消，怨難平，情難罄也。祇是運合風波須自警，海角成俄頃。泪痕兩并，愁壓雕鞍不易行。

【下山虎】一鞭殘照，萬里長亭，戀戀人難去，也應此别未輕。説甚老死京華，怎敢偷生錦城，一似蟾落寒江影更清。報國忠猶秉，還向霾叢謁孔明。倚遍危樓望，長笛幾聲，斷送人歸細柳營。

【錦衣香】紅泪滴，青鸞映，形雖破，光猶瑩。恨殺奸讒，禍貽斯鏡。可憐當日照眉清，豈知遭妒，對此含顰。似一輪明月，今日裏將玉斧剖分，滿地殘星。慘受着劫運，各收一半，他日相徵。

【漿水令】提掇起血泪交零，痛殺我心摧氣哽。儼如半月印滄溟，兩處孤懸，殘輪缺影。嘆人物，罹灾眚，都緣數蹇，被人凌迸。忙收領，忙收領，價比連城。謀先定，謀先定，仗爾爲盟。

【餘文】秦淮拜别烟花暝，萬古情緣事可矜，直待皓月同圓恨始平。

校　箋

〔一〕此齣齣目，《吴歈萃雅》本題【四朝元】兩支作「分鏡」，題【小桃紅】至齣末作「分别」。《月露音》本題作「分鏡」。

〔二〕征：底本原作「往」，據《吴歈萃雅》本、《月露音》本改。

破鏡再合

【香柳娘】見殘輪斷魄，見殘輪斷魄，令人驚怪，心頭展轉生感慨。更添吾慘傷，更添吾慘傷，引得泪盈腮，青鸞影猶在。問蒼頭梗概，問蒼頭梗概，此鏡緣何破壞，誰人遣來賣。

【前腔】告官人聽解，告官人聽解，鏡雖破壞，無情決不輕相貸。聽言詞渾淪，聽言詞渾淪，你不必苦疑猜，同歸少相待。這幽期似海，這幽期似海，宿願已成乖，團圓恐難再。

【前腔】嘆清光契洽，嘆清光契洽，看來堪愛，逢人祇欠説成敗。想塵埋數年，想塵埋數年，出自一胚胎，今復成一塊。我是侯門遣來，我是侯門遣來，他六載守空幃，常時鎖眉黛。

【前腔】爲兵戈事改，爲兵戈事改，人離家敗，把菱花爲記來分解。詫盤龍甚奇，詫盤龍甚奇，定數已安排，人謀豈能揣。嘆睽離數載，嘆睽離數載，物意兩和諧，懷人果何在。

【山桃紅】寸箋煩拜，滴泪修裁。早知道因伊害，何如休到錦階。爲你冒死跟尋，爲你偷生草萊。你須察此言，體此情，比別後形容邁也。誰道姻緣夙世來。（合）這會合由真宰，此情可哀，祇恐鏡月空圓人怎諧。

【前腔】似精衛填海，怨苦無涯。急回報說君情態，喜得人存物在。免得他目斷歸鴻，免得他臨風泪灑。他若看此書，睹此緘，料他必定愁顔解也。不似湘江帝女懷。（合前）

楊素探問

【獅子序】蒙尊問，心慘凄，念奴是吴郎舊妻。含羞掩泪，欲語難題。若不是恪守着臨危的約誓，怎肯捱朝夕，在帝里，惜孱軀，淹留人世。祇恨着王師壓境，貴賤奔馳。

【太平歌】奴愴惶裏，伉儷兩難依，因此剖破菱花與他爲表記。擬在上元佳節下，那時遣人出賣爲憑據。奴祇要保藏殘影遂心機，意密敢聞知。

【賞宫花】今朝逢此期，遣蒼頭去賣取。天街邂逅花燈裏，他忽見此轉酸凄。可憐數載絶無紅葉至，誰想今日遇此斷腸詩。

【前腔】須知，非是奴驚疑，祇怕已瘁的枯枝敢希連理。全憑抬舉，莫使着離鸞，做兩下孤飛。你休悲，這是天然的會合，管教你相見在須臾。莫道是難收覆水，還見鏡月兩光輝。

夫婦團圓

【駐馬聽】往事堪悲，説起教人珠泪垂。那日天兵南下，宰執無人，國破家危。一時間戎馬遍郊畿，不分貴賤皆逃避。卸了朝衣，却從死裏，去求生計。

【前腔】禍到夫妻，好似同林鳥自飛。恐無徵不信，議把鸞刀，剖破盤螭。各藏一半暗相隨，他年輳合相徵據。倘爾我無虞，上元時節，出賣都城燈市。

【前腔】數載流離，幸到長安都市裏。忽遇蒼頭賣鏡，引到蕭園，問取詳細。各將鸞影訴幽期，祇見菱花契合無差異。仰止提携，萬方千里，永傳名譽。

【前腔】我昔總戎機，解甲秦淮清夢裏。忽有神人囑付，道有婦投江，他守志忘軀。着吾撈救謾狐疑，更令他結拜爲椿樹。不必悲啼，管教夫婦，重諧伉儷。

【不是路】舉步遲遲，堂上頻呼未知爲甚的。休驚避，你良人驀自天涯至。泪交頤，和你飄飄一似風中絮，豈料今朝重會伊。真奇異，你看月圓鏡圓人又圓。頓成三美，頓成三美。

【憶多嬌】深感激，難報取，願你鵬程鶴算躋萬里，把你義海恩山銘心髓。（合）月影無虧，月影無虧，照取人歸鏡裏。

【前腔】遭運否，分鳳侶，看你郎才女貌真無比，與你保奏朝廷加名位。（合前）

【玉交枝】舍人公主，這機關其間甚微。謀深總是曹娥謎，今日裏打破方知。我推恩愧無北市奇，您清風整有西山趣。（合）羨雙雙羅敷葛履，看娟娟韓憑翠羽。

【前腔】微公高義，念離情甘爲死灰。此生再合非容易，難禁這痛苦流離。山陽笛慘怕頻吹，菱花鏡滿羞重對。（合前）

【前腔】秦淮兵潰，望叢祠將身竄依。若非水母神靈庇，險些兒困辱塗泥。何期公相救殘軀，今朝免做黄泉鬼。（合前）

【前腔】逃生蘆内，戴黄冠羞爲楚纍。奔投大俠名元會，吴門裏幾載羈縻。歸來故園皆已非，空山轉覺身狼狽。（合前）

群音類選校箋

中册

〔明〕胡文焕 編
李志遠 校箋

中華書局

新刻群音類選官腔卷十七

藍田記

《藍田記》，龍渠翁撰。龍渠翁（生卒年不詳），安徽安慶人。生平事迹不詳。知撰有《藍田記》傳奇一種。《藍田記》今無全本傳世，僅于《群音類選》中留存此數齣曲文。吕天成《曲品》歸入「下下品」，稱其「調甚庸淺」。祁彪佳《遠山堂曲品》歸入「具品」，稱其「氣味古樸」。本事見《搜神記》。劇叙伯雍在家施義漿三年，感動神仙，贈以玉種，種之可得玉。後伯雍去北平，知徐氏有女名徐呰娘，欲娶爲妻。徐氏回稱非得良璧不許。伯雍種神贈玉種，得良璧，往娉娶徐呰娘，二人姻緣得偕。

神贈玉種

【金衣公子】嘉種數餘升，種拳石美玉生，姻緣用此作紅定。欲問娉婷，不離北平，呰娘名字徐爲姓。豈無憑，生前兩足，先已繫紅繩。

【前腔】再拜謝神明，謝神明相玉成，人心有願天心應。一點精誠，三載陰行，百年姻眷從今定。喜惺惺，佳音豫卜，何必問前程。
【前腔】纔向隴頭耕，見藍田瑞氣生，未埋石子先光瑩。天地儲精，山川效靈，管教美玉生佳境。粹結凝，時來看取，白璧可連城。
【前腔】種玉既修盟，整琴書上國行，席珍自有明王聘。十載青燈，萬里雲程，一枝丹桂嫦娥贈。喜成名，璠璵增價，得志在瑶京。

元宵佳遇

【畫眉序】紫禁瑞烟縹，百疊鰲山駕星橋。見幾簇香車寶馬，玉勒金鑣。踏歌聲響入雲端，彩鳳輦扶來天表。良宵一刻千金少，休教洞天疾曉。
【皂羅袍】此景堪宜行樂，聽揭天弦管聲高。火樹花開滿城嬌，燈毬光映徹天照。彩雲未散，銀燭正皎；白駒難繫，紅燭易燒。儘今宵莫負尊前笑。
【畫眉序】三五正元宵，爛漫銀燭影紅摇。我祇見烟籠芝蓋，月在梅梢。風流子興逐紅裙，富家郎醉欹烏帽。笙簫齊奏鈞天樂，人在洞庭蓬島。
【前腔】人度望仙橋，翠袖籠香馬嘶嬌。見幾度紅妝披闥，翠黛窺箔。十二街迤邐香生，三萬界氤氳燈罩。緣薄不見嫦娥貌，恨將月殿門敲。

【前腔】萬點絳燈拋，秋水芙蓉滿地嬌。我祇見籠燈影下，半出多嬌。剪燭花十指纖柔，明秋水雙眸輕眺。難描閉月羞花貌，似天仙墜落雲霄。

【皂羅袍】前度尋春不到，燈殘又度星橋。顛狂慢把彩毬拋，活潑滚入深堂奥。玉鞭頻打，蒼奴可惱；擁帷直入，雙睛四瞧。猛抬頭正見風流俏。

【前腔】是誰家村粗年少，把良家設計來嘲。你野杏空來想仙桃，俺鸞鳳怎去尋鷹鴞。金吾弛禁，不須細拷；歸家照鏡，形容欠標。你縋條繩兒梁間吊〔一〕。

【前腔】二八燈光增耀，重來密訪多嬌。籠燈引過鳳凰巢，香風撲滅紗燈罩。登堂乞火，謙恭盡勞；主人情重，借光不少。謝安人恩惠同燭照。

【前腔】這書生溫柔俊俏，通禮體恭謹鞠勞。丹桂一枝自然標，崑山片玉從來少。世間萬事，讀書最高；畫堂深處，誰人敢到。喜天台今日逢晨肇。

校箋

〔一〕縋：底本原作「蕞」；吊：底本原作「掉」，皆據文意改。

藍田種玉

【二犯傍妝臺】終朝盼佳期，因循不覺又過賞花時。雖然是隔咫尺，到勝似阻天涯。客裏衹憑消悶酒，愁中誰寄斷腸詩。崚嶒病骨，瘦不勝衣，教人無語怨春歸。

【前腔】何須皺雙眉，青鸞此日將遞好音回。準備着珠翠倚，安排定錦紅偎。喬木定牽鶯梭綫，野花管上燕巢泥。銀河欲渡，專待星期，緣何自苦怨春歸。

【前腔】從今遂結縭，鳳凰樓上管取玉簫吹。剛舉頭聞鵲喜，頻回首見蛛垂。蒹葭無心倚玉樹，東風有意送游絲。玄霜搗盡，雲英可期，何須抵死怨春歸。

【前腔】耳盟今已執，主人心事説與這生知。你若欲成雙美，他須要得良璧。他在天欲同比翼鳥，在地願作連理枝。一天好事，别無異詞，急須求玉莫捱遲。

【前腔】尊前聽因依，姻緣到此方信有神祇。念卑人居家日，親曾把義漿施。三載感神遺嘉種，一朝種玉是良媒。天緣有定，人豈能違，藍田管取玉生輝。

【前腔】疾忙效星馳，曉行露宿莫憚路蹺蹊。你用心成美事，我洗耳聽消息。若得藍田出雙玉，勝似紅幃牽五絲。衹須密取，勿令人知，得時珍重便疾回。

約玉請期

【高陽臺】美玉天生，良緣人定，芳名已注婚牘。喜近龍乘，那更兆諧鳳卜。頻祝，特將白玉成紅禮，無幣帛妖黄艷緑。望尊前，藤蘿蔓引，早依喬木。

【前腔】不俗，婚配朱陳，姻協秦晋，憑誰引翼推轂。祇須用白璧雙雙，管成就巫山六六。知否？玉臺一鏡成佳偶，又何須用珠三斛。喜君家，姻緣分定，準陪芳躅。

【前腔】薰沐，繫足紅繩，同心結帶，準備東床坦腹。魚水情投，説甚熊羆夢卜。賢淑，藍橋搗盡雲英杵，能拚取拈香弄玉。綉屏前，鸞翔鳳翥，平生願足。

【前腔】嬌奴，賽玉生香，比花有語，内家别樣妝束。寶髻雙綰，那更湘裙六幅。遐福，畫堂十二金釵女，最偏能彈絲品竹。更喜有，平地蓬萊，鈞天樂曲。

【前腔】金屋，裊娜仙娃，窈窕淑女，幸得光分玉燭。一笑抵金，那更千嬌如玉。華腴，門迎珠履三千客，氣葱籠弦管聲促。念卑微，三生何幸，得登仙籙。

【前腔】富足，菡萏花深，流蘇帳暖，洞天不亞金谷。翠幕紅帷，那更芙蓉綉褥。當初，義漿三載陰功廣，轉換得玉人香馥。看蘭堂，歡聲繚繞，彩星高矗。

【尾聲】明朝便到神仙窟，從頭展閱姻緣譜，目下離天衹尺五。

受玉畢姻

【梁州新郎】爐烟輕裊，簾鈎直上，十里藏春錦帳。綉屏開處，雍雍一派笙簧。衹見影摇珠翠，香動綺羅，捧出臺盤掌。忽然一陣也，芰荷香，紈扇不揮自有凉。（合）堆角黍，泛蒲觴。唤舞紅勸酒歌紅唱，似此結縭宴，正遇好端陽。

【前腔】瓊樓烱爍，洞庭開放，擁出神仙儀仗。香風飄處，摇摇環珮鏗鏘。衹見頻低蟬鬢，怕展蛾眉，羞啓櫻唇絳。猛聞金釵墜，鬢雲傍，露出纖纖春笋長。（合前）

【前腔】向寶窗纔罷新妝，報第一仙人許狀。含羞脉脉，幾番悒怏。那更流霞瀲灩，翠袖殷勤，侑飲無酌量。無端頻送目，慢凝望，欲向蒲葵扇底藏。（合前）

【前腔】喜嬌姿得配蕭郎，休辜負鳳凰臺上。好開懷對飲，互相酬倡。頃刻金烏西墜，玉兔東生，銀蠟明綃帳。細聽銅壺漏，幾多長，一刻千金須莫妨。（合前）

【節節高】銀蟾噴彩光，映紗窗，廣寒仙子今宵降。輕風蕩，露氣凉，瑶臺亮。八窗都把玲瓏放，依稀人在清虛上。（合）願取良宵永如年，莫把就中佳期曠。

【前腔】譙樓更漸忙，趣偏長，香嬌玉軟人波浪。幽懷壯，興疏狂，情蕩漾。佳人才子紗籠象，分明畫出蓬萊樣。（合前）

【尾聲】看看斗柄移南向，這光陰怎得如常，正好雙雙歸洞房。

【畫眉序】情興引眉梢，笑解羅衫鬆扣腰。我將他舌尖唾咽，鞋底尖蹺。初放蕊菡萏一萼，乍含酸葡萄雙小。魆瞧幾點紅香落，錦襠顯出春嬌。

【前腔】嫩柳怯風摇，無奈卿卿不憐嬌。我衹覺香雲撩亂，體態虛飄。衹顧你雨殢雲迷，不管奴花嬌蕊小。逗嘲遍體都麻到，堪堪骨懈形銷。

【前腔】春意總堪描，弄玉拈香一任交。我見他氣微舌冷，語嫩啼嬌。細涓涓露滴鮮花，清淡淡雲濕芳草。興撩星眼朦朧小，何從覺地迥天高。

【前腔】綢繆怎相抛，玉釵顛損鳳頭翹。霎時間汗流粉面，被滚紅濤。揉出那海誓山盟，團弄的鸞顛鳳倒。戲挑曲盡蘭房妙，衹恐怕鄰鷄啼曉。

琴心記

《琴心記》，孫柚撰。孫柚（一五四〇—一五九一），字禹錫，一作梅錫，號遂初、淮南，别署遂初山人，常熟（今江蘇常熟）人。少負異才，才情流麗，性粗豪。所作歌詩、樂府皆膾炙人口。著作有《藤溪稿》、《蘇門稿》、《虞山記游》等，知撰《琴心記》、《昭關記》（已佚）傳奇二種。《琴心記》，今有全本傳世，現存明萬曆間金陵富春堂刻本、明末汲古閣原刻初印本（《古本戲曲叢刊二集》據之影印）、汲古閣刻《六十種曲》本。

挑動琴心[一]

【玉胞肚】殘砧瀟灑，更寒蛩啾唧暗階。想輕羅扇撲流螢，使吟風人佇西齋。愁看駭鵲，驚飛繞樹去還來，立傍梧桐守鳳儕。

【前腔】將人厮害，好良宵辜負不才。單枕畔翠被寒生，小屏中碧簟秋來。蕭條宋玉，雲空月暗楚陽臺，枉對燈檠手托腮。

【前腔】真憐病客，女娘行風情滿懷。玉珮聲暗引鸞飛，麝香風颺出春來。芭蕉樹底，朦朧走出鳳頭鞋，掩映神仙下楚臺。

【前腔】放些寬債，把月輪雲中暫埋。三通鼓禁手忘敲，五更鷄閉口休開。池邊宿鳥，悠悠直夢曉光來，月落烏啼慢慢捱。

校　箋

〔一〕此齣齣目，汲古閣原刻初印本題作「挑動琴心」。

私通侍者〔一〕

【下山虎】露凝玉樹，月轉迴廊。猛見花陰去，心中自忙。還愁你雲度空陰，又恐那天回曉光，展眼驚心不可當。樂意相親傍，花生暗香，咫尺天台隔短墻。

【前腔】低頭獨立，不語情傷。謾捲香羅袖，閑拈翠璫。未聽你指上高山，難示我心中遠況〔二〕，兩下風流正未降。怕我春心蕩，邀歸洞房，番與梅花做主張。

【蠻牌令】鳳兮倦家鄉往，欲尋伴遠求凰。奈無所相將，求匹得遂，偶共翱翔。喜絲蘿偷縈筵上，遇嬋娟流麗中堂。室空邇人遐異方，斷腸時遠聽鳴璫。

【前腔】接雙頸交文吭，成字尾配鴛鴦。誰與我如膠似漆，相傍着水雲鄉。怎能勾同心打當，與他行中夜相亡。一時事空惻我腸，欲温存斗帳淒涼。

【尾聲】將成好事來魔障，天上人間祇隔墻，你便略慢些兒做甚慌。

【桃李争放】有何他事情慌，賴伊今夜包藏。

【亭前柳】帶笑滅銀釭，那步出蘭房。喜得新學士，偷避小梅香。一聲琴韵切，細端詳，誰要與去鳳翱翔？

【前腔】羞臉好難藏，遠況倩誰降。蕭條頻惜玉，冷淡獨憐香。隔墻人去遠，事休忙，終是我與你成雙。

校　箋

〔一〕此齣齣目，汲古閣原刻初印本題作「私通侍者」。

〔二〕況：底本原作「江」，據汲古閣原刻初印本改。

臨流守約〔一〕

【玉芙蓉】雲深客鏁亭，露下蟲依井。想青鸞共侣，早已飛騰。金鈴小犬偏疑影，玉樹嬌鸚獨喚名。魂難定，向誰行厮倩，那些個輕援羅帶繞階行。

【前腔】郵亭冷似冰，客路飄如梗。使觀音出世，普救那殘生。一溝水月流難定，幾樹烟花暗不明。潛心等，望朱門寂静，眼見得依依螢火砌邊生。

【前腔】相思債已成，間阻人難并〔二〕。豈重門深鎖，霧阻雲凝。池風吹散金蓮影，花雨傷殘彩鳳翎。陽臺境，與孤城寂静，也自有麻姑仙路接蓬瀛。

【前腔】磨穿脚底疼，咬得牙根冷。這奴根掇賺，哄得伶仃。三分好事三分命，一半姻緣一半情。誰高興，向梧桐樹底，悠悠吹笛到天明。

校箋

〔一〕此齣齣目，汲古閣原刻初印本題作「臨流守約」。

〔二〕并：底本原作「病」，據汲古閣原刻初印本改。

夜亡成都〔一〕

【孝順歌】嫦娥伴，應念妾，從來美事天作合。願奇計脱金蟬，幽情付黄蝶，佳期暗接。休拗做西廂待月，不惜泥染羅裙。細寫心重叠，簪兒墜，雲鬟闒。但令鵲橋神，暗歡悦。

【前腔】蛛絲網，罟罥蝶，魚封早被狐狸劫〔二〕。鷥鷺未褷翎，虎豹已張鬣，菱花碎跌。一問蒼天，爲何成拙？祇恐錦片前程，翻成泪流血。把你做夫人，我便爲侍妾。願求早行程，見冤業。

【鎖南枝】湘裙幅，仔細摺，巫山髻綰花簪插。立綻鳳頭鞋，收拾杏花頰。鴛鴦被，與我叠；莫思被中人，兩和合。

【前腔】雕欄畔，兩口囁，咳嗽吞聲將指捻。并拽短衫行，時分手來搭。重門響，將水壓；過門時，兩肩狹。

【憶多嬌】重辛苦，休訴説，四下人聲奴心怯。扳着花枝將身拽，一聲樹拉，一聲樹拉，不覺心驚膽懾。

【前腔】袍錦褪，紗帽壓，香羅襴束腰一捻。粉底靴兒跟頭遏，遠山一匝，遠山一匝，顯出翠鈿未貼。

【前腔】心内怯，氣未接，奔走東西空望切。愁聽寒蛩中宵泣，脚踪空躡，脚踪空躡，孰肯偷傳一札。

【前腔】人影寂，更漏徹，懊惱風前心更裂。月色梅花兩愁絶，情事難説，情事難説，祇恐翻成惡孽。

【鬥黑麻】止賴得一聲，瑶琴譜牒，便上了數行，月書婚帖。誰似我，奮雄鬣。欲渡無梁，將身作楫。（合）從今意愜，路途甘遠涉。祇怕人知，祇怕人知，追翻去轍。

【前腔】爲隔葉黄鸝，偷遷出峽，把帶雨梨花，羞飛下榻。奸一字，爲君罨。送與仙娥，月中相洽。（合前）

【尾聲】追來逸騎何躞蹀，這個冤家難對答，偷情的下場頭地行須捷。

校 箋

〔一〕此齣齣目，汲古閣原刻初印本題作「夜亡成都」。

〔二〕早：底本原作「旦」，據汲古閣原刻初印本改。

蕭條抵舍〔一〕

【急板令】念狂鯫困窮不才，勿生嗟埋冤此來。看時回運泰，馬奮天衢，鳳起蓬萊。飛騰青漢，穩步金階。（合）權消受破壁青苔，殘葉户小茅齋。

【前腔】愧此身無能女釵，今屬你多能秀才。這也是時該命該，永願交歡，困厄相挨。

豈肯相疑，孤負多才。（合前）

【前腔】你好把虛頭盡埋，隔壁話如今頓乖。追思可哀，賭盡黄金，着我難猜。船到江心，事到頭來。（合前）

【前腔】掌中珠今日破胎，席上珍青年久懷。倘賣與皇家，紅錦爲纏，白玉爲釵。行酒青衣，汲水芒鞋〔二〕。（合前）

【人月圓】時尷尬，業蕩家聲壞。侯門短鋏悲時邁，堂前燕去春風改，肯把心胸豪氣餒。

（合）須寬待，門閭鼎耀，富貴重來。

【前腔】有志客，高取文章價。龍車鳳彩人争愛，黄金白璧須還在，塵土雲霄成感慨。

（合前）

校　箋

〔一〕此齣齣目，汲古閣原刻初印本題作「蕭條抵舍」。

〔二〕汲：底本原作「給」，據汲古閣原刻初印本改。

當壚市中〔一〕

【排歌】竹葉清尊，東風冶城，少年樂地平分。簾前花氣漸銷凝，春色迷人暗斷魂。歌聲動，笑語傾，持杯何限惜芳心。風光艷，酒興深，杏花村店寄多情。

【前腔】紫閣青樓，金屏綉茵，何如野店嬌春？當杯入手莫逡巡，休使明朝損別魂。春山媚，秋水清，須教酒量十分增。清歌斷，醉眼横，何時重約訪蘭扃。

【北醋葫蘆】你笑我是村坊酒肆徒，追不上那黄金屋。又道是苦虀鹽，羞殺那天厨禄。須知他丈夫豪氣充破屋，暫落得黄虀啖腹。那些個走窮途，自有風雲足。

【前腔】我祇道是金鼎銀爐錦綉坊，受用盡豪華美福。誰承望杏花村，却把那青旗矗。枉恨殺倚市人兒紅粉辱，又恐怕生涯斷續。祇索向瓮頭春底供醽醁。

校　箋

〔一〕此齣齣目，汲古閣原刻初印本題作「當壚市中」，《月露音》本題作「當爐」。

誓志題橋[一]

【柰子花】天應念淪落狂鯫，奮青雲穩取封侯。河橋望裏錦袍歸晝，駕仙車山川增秀。

（合）輻輳，願英聲一時騰茂。

【前腔】喜題柱刻畫銀鈎，願東人早占鰲頭[二]。風雲萬里奇功立就，勿淹留鵲河填守。

（合前）

【前腔】男兒漢壯氣吞牛[三]，丈夫志豈困荒丘。崆峒倚劍奇功必就，恁驚看拿雲雙手。

（合前）

【前腔】金門步誰似青樓，玉堂春豈換鴛儔。從橋誓畢莫違心口，看蒼頭光生敝帚。

（合前）

校箋

〔一〕此齣齣目，汲古閣原刻初印本題作「誓志題橋」。

〔二〕人：底本原作「山」，據汲古閣原刻初印本改。

〔三〕壯氣吞牛：底本原作「須別恩仇」，據汲古閣原刻初印本改。

吟寄白頭〔一〕

【香柳娘】望天涯路長，望天涯路長，茫茫烟浪，如何魚也難游上。盼青霄渺茫，盼青霄渺茫，空着雁排行，誰傳這愁況。向神前合掌，向神前合掌，勤燒暗香，消除業障。

【前腔】豈東人受禍殃，豈東人受禍殃，遭羅法網，山厨莫少齋和釀。你空擔餓腸，你空擔餓腸，莫是念家鄉，凄凉倍惆悵。這腌臢醜狀，這腌臢醜狀，除非發狂，痴心亂想。

【前腔】見夫人慘傷，見夫人慘傷，暗添悒怏，玉京人已朝天上。奈輕迷艷妝，奈輕迷艷妝，桃李正芬芳，春風忽飄蕩。恨冤債未償，恨冤債未償，銀河漸朗，又生風浪。

【前腔】爲恩多易傷〔二〕，爲恩多易傷，肯教情放，修眉懶畫春山樣。奈山高水長，奈山高水長，雲雨竟茫茫，閨心向誰傍。敢是春心已蕩，是春心已蕩，尋消問息，風流技癢。

【五更轉】我眉頭蹙，心内怏，回思各斷腸。他如今紅被重翻浪，若欲追問緣由，教我泪珠先放。在京師，仍貴顯，多佳况。人情淺薄難逆量，又做出當初，弄琴伎倆。

【前腔】卸袈裟，出道場，前途苦去路長。風餐露宿難打當，帶着魚緘雁帛，將心説向。

相思害，自主張，休勞攘。前生受業今遭障，消遣空門，暫作維摩行相。

【前腔】穿側徑，來方丈，求禮拜過雁堂。如來鑒照金天上，舊事差池，新愁鞅掌。負義人，薄幸郎，佳期曠。秦樓又把風情颺，虔叩慈悲，保佑夫妻隨唱。

校　箋

〔一〕此齣齣目，汲古閣原刻初印本題作「吟寄白頭」。

〔二〕易：底本原作「意」，據汲古閣原刻初印本改。下同。

題紅記

《題紅記》，王驥德撰。王驥德（？——一六二三），字伯良，一字伯驥，號方諸生，别署方諸仙史、秦樓外史、玉陽生、玉陽仙史。會稽（今浙江紹興市）人。性嗜歌樂，精研詞曲，先後師事徐渭、沈璟、孫如法等，與曲家屠隆、顧大典、史槃、葉憲祖、王澹、吕天成交往甚密。著作有《方諸館集》、《方諸館樂府》、《曲律》、《南詞正韵》等，撰《題紅記》傳奇一種和《南王后》、《金屋招魂》、《弃官救友》、《兩旦雙鬟》、《倩女離魂》雜劇五種，後四種雜劇已佚。《題紅記》，今有全本傳世，現存明萬曆間金陵繼志齋刻本（《古本戲曲叢刊二集》據之影印）。

霜紅寫怨〔一〕

【二郎神】清秋近，這些時看腰肢消盡，嘆風雨羊車無定準。凄凉金屋，阿嬌難賦長門。紈扇羞裁明月韵，誰待去摧殘脂粉。謾傷神，儘憑他愁腸，斷送青春。

【前腔】休顰，便長門寂寞，也須耐忍，怕取次摧殘花蕊嫩。他看花不語，爲難忘舊日君恩。猶勝琵琶千古恨，枉自損傾城嬌俊。且温存，料此去承恩，只在朝昏。

【囀林鶯】花前風颭金縷裙，偷閑暫出宫門。見樓閣參差雲霧隱，總葱葱佳氣氤氲。銅溝暗引，望咫尺恩波相近。碧沄沄，似銀河一帶，内苑初分。

【前腔】荷花一片鋪錦雲，紅衣落盡猶存。又兩岸芙蓉風色緊，瀉金沙百折如奔。宫前滚滚，羞自把年光流盡。怨東君，便宫門咫尺，也沾灑難均。

【啼鶯兒】御林紅樹交水濱，是丹楓乍經霜隕。忽西風暗度籬根，紛紛飄墮成陣。便教他青娥剪裁，也填不出這胭脂嬌暈。慢懷春，柔情千點，借你寄殷勤。

【前腔】看枝頭紅染一瓣春，他無情可會調引〔二〕。便憑他千樹羅紋，空傳一段春恨。怕桃源難逢阮郎，枉費你錦腸千寸。倩波神，當胡麻一器，浮出武陵津。

【黄鶯兒】紅袖拂苔痕，蘸霜毫搆思新，强將翰墨傳芳信。他曾酬麗情，曾逢主恩，寫春愁拚把這片霜紅儘。謝殷勤，好將心事，寄與有情人。

【前腔】彩筆寫迴文，點蠅頭草又真，恰正是錦囊佳製明勾引。應教斷魂，空勞費神，願風姨水伯齊幫襯。聽原因，姻緣簿裏，全仗你去做冰人。

【簇御林】我是悲秋客，腸斷人，寄愁心出禁門。你溪頭去通個桃源信〔三〕，若逢人且謾説真名姓。枉痴心，無情流水，那討個音塵。

【前腔】你心中泪，夢裏人，這相思假共真。休做了水流花謝無憑準，休得要一春魚雁無音信。若遇俊郎君，得諧秦晋，再拜謝媒人。

【尾聲】新詩一葉隨流迅，寫不盡滿懷春恨，拚取月冷黄昏深閉門。

校　箋

〔一〕此齣齣目，繼志齋刻本題作「霜紅寫怨」，《月露音》本題作「題紅」，《南北詞廣韵選》本未題齣目。

〔二〕他：底本原作「也」，據繼志齋刻本、《月露音》本、《南北詞廣韵選》本改。

〔三〕桃源：底本原作「桃花」，據繼志齋刻本、《南北詞廣韵選》本改。

金水還題(二)

【北雙調新水令】玉堂名姓恰新題,每日家客窗沉醉。當日個杏花紅似錦,如今呵驕馬去如飛。轉眼芳菲,又早是暮秋際。

【駐馬聽】白玉崔嵬,鳳闕雙尖盤紫氣。黄金壯麗,龍城一帶晃朱輝。碧天雲净雁行稀,紅樓風急砧聲碎。這些時孤客邸,早教人勾引起悲秋意。

【喬牌兒】他曾載顛狂柳絮飛,泛輕薄桃花墜。到如今蕭蕭紅樹殘陽内,瀉秋聲在禁城裏。

【雁兒落】看濕津津墨乍題,清楚楚詩新綴。空費他慘凄凄錦綉腸,多半是滴瀏瀏胭脂泪。

【得勝令】是嬌滴滴楚王妃,俊梟梟漢宫姬。冷清清描寫宫中怨,恨匆匆消磨心上悲。你痴迷,謾説道千里能相會;我驚疑,這些時傷心知爲誰。

【川撥棹】俺和你都弄虚脾,知道是假和真張共李。隔着這巫峽高低,湘水東西,空閃下一場憔悴,這乾相思難傳示你。

【折桂令】拾霜紅一葉東籬，我也索撮土爲香，再拜親題。央及你做個鶯燕勾差，烟花信使，風月文移。你須索向莽桃源忙傳符璽，險陽臺急竪旌旗。若能勾成就佳期，我向花柳場中，封你做撮合先魁。

【七弟兄】你豈知，這事罕稀，告神祇，若是三生有幸能相會。便天河一派隔東西，索借一道逆波兒流入宫墻内。

【梅花酒】呀，我待臨行囑付伊，你可趁着青堤，認着紅閨，投着朱扉。到溪頭尋舊主，向水面送新題。則説道出城西，遇紫衣，他見了葉痛傷悲。握着管恨迷離，眼巴巴盼佳期，意懸懸夢靈犀。

【收江南】呀，則見碧波中一葉去如飛，恰便是滕王千里順風吹，詞源三峽倒流推。這漁郎可有喜，却怎生急煎煎流入武陵溪。

【鴛鴦煞】想藍橋路上瓊漿水，天台山下桃花蕊。他一般邂逅相逢，終遂于飛。我如今好將這紅葉傳情〔二〕，新詩做媒，幾時得親近那有情娘，僥幸做風流婿。拚今夜孤恓，向百尺樓頭做個夢兒起。

校　箋

〔一〕此齣齣目，繼志齋刻本題作「金水還題」；《月露音》本題作「還題」；《大明春》本題作「于祐御溝題葉」，目録頁題作「于祐紅葉還題」，且稱此齣選自《紅葉記》，經核校，實選録自《題紅記》。

〔二〕好：底本原作「子」，據《大明春》本改。

溪口收春〔一〕

【山坡羊】冷凄凄清霜時候，悶懨懨愁懷依舊，怨嘹嘹紗窗雁來，恨悠悠撚指重陽又。空教我泪暗流，似珍珠脱綫頭。盈盈點污，點污羅衫袖，這一捻身軀，儘他消瘦。清秋，今日紅妝人也羞；難酬，明日黄花蝶也愁。

【前腔】我眼睁睁在鴛鴦浦口，意懸懸對西風迎候，祇道你虚飄飄斷絶信音，誰承望喜孜孜今日相逢又。向這溝水頭，殷勤和泪收。新詩幾字，幾字成迤逗，天上人間，那些邂逅。東流，問今日仙郎可姓劉？西樓，拚今夜新添一段愁。

【前腔】誰着你拈花弄柳，做得個鶯儔蝶偢，知他是無情有情，百忙裏故意相挑逗。這一葉秋，須將在意收。姻緣湊巧，湊巧從來有，定不負這倒送霜紅水一溝。休休，不是冤家不聚頭，悠悠，一種相思兩處愁。

【前腔】你這詩媒端詳非偶，這姻緣終須成就。你做個符牌兒挑在鬢邊，做個香囊兒緊繫在裙腰後。你兩意投，隔着湘江兩岸秋。無情祇許、祇許無情受，好處將來好處收。溪頭，一半徘徊一半羞；凝眸，一字風流一字愁。

校箋

〔一〕此齣齣目，繼志齋刻本題作「溪口收春」，《月露音》本題作「收春」。

洞房會葉〔一〕

【梁州新郎】雀屏初中，彩絲新繫，謾道清華人地。蒹葭玉樹，春風乍喜相依。不用藍橋投杵，橘浦傳書，已作瓊宫配。恰憐雙笑處，影差池，彩鳳文鸞逐隊飛。（合）今夕裏，洞房内。銀河共看雙星會，金屋女，玉堂婿。

【前腔】青錢時彦，彩毫名輩，姓字紗籠新綴。三星恰照，絲蘿已附花魁。况是飛纓闈外，擐甲行間，一片英雄氣。紅樓風色好，正相宜，青鳥銜花一對飛。（合前）

【前腔】向妝臺紗扇新披，對寶炬蛾眉羞啓。看芳塵暗引，綉裙珠珮。謾憶長門夜月，内苑秋風，回首成縈繫。可憐紅袖底，影徘徊，夢裏巫雲一朵飛。（合前）

【前腔】羨仙郎金榜名魁，喜嬌女蘭閨姝麗。恰金釵鈿合，共成雙美。可是連栖錦翼，并蒂瓊花，照映青雲裏。畫檐芳信早，破紅梅，一一銀笙帶雪飛。（合前）

【節節高】紅紗燭影低，綉簾圍，玉卮款進蓮花水。銀鐺細，檀串遲，鶯歌麗。翠奩深處春如綺，緑窗長夜歡聲沸。（合）舉案争誇窈窕娘，畫眉恰稱風流婿。

【前腔】同心合巹杯，照雙飛，春風此日諧連理。郎才美，女貌奇，成佳配。瓊臺霜雪逢佳麗，玉京花月成尤殢。（合前）

【餘文】金針玉管俱專美，看燕爾新婚可喜，願歲歲花前叶唱隨。

【步步嬌】玉鏡臺前燈花爛，掩映回嬌面。花床對合歡，翡翠幃深，芙蓉衾暖。携手莫留連，聽金壺已自催銀箭。

【沉醉東風】他喜孜孜謾教催唤，我羞答答可勝靦腆。恰正是笑啼難，恰正是笑啼難，愁腸宛轉，悔錯繫紅絲一綫。伯勞飛燕，情緣倒顛，傷心處拆散，菱花半邊。

【忒忒令】問嫦娥那些掛牽，笑書生可曾留戀，且將這閑雲剩雨都抛閃。休辜負今夜團圓，休辜負今夜團圓。怕月漸低，鷄漸催，容易花梢日轉。

【好姐姐】休題，浮紅半聯，償不了斷頭香願。料平津雙劍，情知會合難。相思斷，殷勤謾付銀燈焰，再結來生未了緣。

【嘉慶子】記當時御溝水邊，那郎君把霜紅戲染。你索問那人近遠，可衹在洞房中絳燭前。

【雙蝴蝶】我衹道出秦川去不還，誰承望向天台有信傳。這姻緣非偶然，漢司馬琴心終綰。謝家莊桃花再見〔二〕，樂昌鏡又重圓。

【園林好】你愁絶秋風一聯，我悵望明河半年。恰謝天天憐念，今日裏遇嬋娟，今日裏遇嬋娟。

【川撥棹】霜紅片，我爲你望宫門淹泪眼。誰知道今夜燈前，誰知道今夜燈前，似雙雙明珠再還。這風情作話傳，這風情作話傳。

【錦衣香】照羅幃，銀釭燦，觸牙床，金鈎顫。聽鴛枕聲聲，嬌鶯低囀。可憐豆蔻破春纖，猩紅愁展，碎玉羞淹。怕花枝嬌軟，不禁他蜂揉蝶戀。春困迷星眼，桃花半臉，鮫綃沁處，胭脂幾點。

【漿水令】泛桐溝愁心一片，隔花源相思兩邊。可知完缺總由天，連珠合璧〔三〕，到底團圓。雙雙願，今夕滿，他紅鴛自合聯霄漢。從今後，從今後，紗窗早晚。舒心的，舒心的，長抱金鈿。

【收尾】姻緣天合從來罕，這其間宿因非淺，笑種玉偷香祇枉然。

校　箋

〔一〕此齣齣目，繼志齋刻本題作「洞房會葉」，《月露音》本題作「會葉」。

〔二〕莊：底本原作「妝」，據繼志齋刻本、《月露音》本改。

〔三〕合：底本原作「啓」，據繼志齋刻本、《月露音》本改。

紅葉記（此與《題紅記》一個故事）

《紅葉記》，石艷梅、王露露《佚本戲劇〈紅葉記〉考略》一文考稱似爲祝長生撰。祝長生，字金粟，浙江海鹽人。生平事迹不詳。知撰《紅葉記》傳奇一種。《紅葉記》，今無全本傳世，僅于戲曲選中留存數齣曲文。《徽池雅調》收録有《憐取紅葉》一齣。《堯天樂》收録有《韓許自嘆》、《于佑拾葉題詩》，《韓許自嘆》無別本，《于佑拾葉題詩》部分情節同于《群音類選》本《御溝得葉》，但曲文迥異，《于佑拾葉題詩》由【菊花新引】【仙吕點絳唇】【油葫蘆】【天下樂】【節節高】【元和令】【村里迓鼓】【上馬嬌】【後庭花】【青哥兒】【寄生草】【六么令】【賺煞】【尾聲】十四支曲子組成。關于《紅葉記》的版本，可參閱石艷梅、王露露《佚本戲劇〈紅葉記〉考略》(《文學教育(上)》二〇一一年第一〇期)。呂天成《曲品》載入「中上品」，稱：「韓夫人事，千古奇之。此記狀之得情，且能守韵，可謂空谷足音。吾友玉陽生有《題紅葉》，遠勝之。然正不必一律論也。」祁彪佳《遠山堂曲品》載入「能品」，稱：「此記守韵甚嚴，而葩藻之詞，如三峽波濤，隨地委折。但于祐拾葉在未第時，無一種軒舉之氣，所以終遜《題紅》一籌。」本事見《青瑣高議·流紅記》。劇叙唐時于祐未第時于宫墻外御溝中得一紅葉，上有題詩，讀之知爲宫女之情詩。于是在紅葉上和詩一首，置御溝，水倒流而和詩爲前宫女韓夫人拾得。于祐後中第，娶得韓夫人。新婚之夜，驚見題詩紅葉，方知雙方皆爲己所日夜思念之人。

紅葉題詩

【六犯清音】建章春晚，上林花褪，消盡繁華金粉。夢回青瑣，依然萬户千門。日照雕甍暖，花鋪複道陳。飄紅袖，拂翠裙，團花新樣綺羅紋。怎能勾追隨鳳輦歸金屋，怎能勾擁坐鮫綃比玉人。高堂白髮，凄凉老親，别來一向無音問。總勞神，寸心千里，白日易黄昏。

【前腔】青陽漸老，紅稀緑嫩，一夜花飛成陣。風光如醉，韶華自惜芳辰。鳳吹瀛洲繞，鶯歌太液聞。香風暖，淑景匀，宫車何處碾芳塵。衹教我焚香小殿虚供奉，衹教我奉帚平明伺至尊。鴛鴦翡翠，君恩自新，緣慳那得依龍衮。自温存，紅顔無主，苦樂本由人。

【鎖南枝】酣紅葉，色似丹，飄零何事離故山。寂寞笑紅顔，安排待青眼。看秀色，若可餐；喜青皇，巧爲幻。

【前腔】皇都景，春已還，東風滿地垂彩旛。花信衹今番，芳菲有千萬。燒銀燭，近寶闌；葉兒紅，有誰看。

【前腔】昭陽殿，未進環，行春隨例金鎖闗。無意理雲鬟，春歸更心懶。見紅葉，伴我閑；對斜陽，枉長嘆。

【前腔】金橋下，幾道灣，隨溝暗度如下灘。還怯暮春寒，曾經舊年晚。流將去，到世間；豈胡麻，澗邊飯。

御溝得葉

【太師引】覷新詞未審誰名氏，却教人心中暗思。元不是蠹魚深刺，豈蝸涎篆籀如斯。雁春歸偶遺錦字，便匆匆能無片紙。這其間定有意兒，恁隨流滔滔直待東之。

【前腔】玉輦何年來帝子，更淹淹蹉跎歲時。看過眼韶華如駛，長日伴飛絮游絲。恨無能身生雙翅，到人間盡傾心事。因此上把紅葉題詩，多應是盈盈泪染胭脂。

【香柳娘】望磐龍上流，望磐龍上流，葉兒依舊，前番流去今番又。免中途逗遛，免中途逗遛，莫近鳳凰樓，殷勤付紅袖。又恐那人見收，恐那人見收，解識元由，倍添消瘦。

【前腔】嘆良緣怎酬，嘆良緣怎酬，十常八九，况九重深處連雲竇。便題詩御溝，便題詩御溝，玉杵倩誰求，雲英若爲偶。這相思且休，這相思且休，除非是群玉山頭，佳期成就。

【尾聲】金吾早已催銀漏，謾把閑吟破客愁，明日江邊買去舟。

宫中得葉

【青衲襖】你本是佩雲霞伴洞仙，你本是掌圖書居閬苑。衹爲你羡牽牛猛欲逢劉阮，誰知道妒寒鴉空教經歲年。這幾日向桐陰步玉磚，怎能勾坐椒房回翠輦，咫尺長安在日邊。

【前腔】我衹爲愛鶯花襯錦韉，誰承望插鷄翅充禁鑾。倩丹青怎愜得君王願，想晨昏難逃這離恨天。每日間對春暉兩泪漣，又早是送春還三伏轉，怪殺高林叫杜鵑。

【前腔】你休得兩眉顰煩惱纏，你謾道五行排福分淺。望楓宸有日承深眷，念椿庭何年歸故園。還須要對菱花整翠鈿，怎捨得淡芙蓉鬆寶釧，須信人生自有緣。

【前腔】非是我苦幽懷有萬千，非是我盼佳期爭近遠。到不如嫁田家終是荆釵便，總能勾侍宸旒還愁紈扇捐。因此上悶無心聽管弦，有時節寫衷情親筆硯，猶記江籬賦短篇。

【剔銀燈】憶妝臺春眠乍醒，好無聊偶成漫興。東流衹分隨漂梗，又誰料新詩酬應。（合）感卿，殷勤用情，想必是當今雋英。

【前腔】送年光宫前水聲，遞瑶華天緣夙訂。紅絲暗結雙鴛頸，五七言分明媒證。（合前）

【琥珀猫兒墜】何妨寂寞，綺閣伴雙星。雨露從教别處零，晨鐘不聽上陽鳴。（合）今生，不道題詩，結果前程。

【前腔】舞鸞雙掩，銀燭冷金屏。懶學蓮花地上行，黄金錯寄錦官城。（合前）

【尾聲】算來萬事皆前定，留作他年話柄，誰信無情却有情。

出示紅葉

【玉山頹】春風深院，拾霜紅如披彩箋。咏殘春付與東流，侍長秋另居西苑。年華經變，漂泊那能相見。喜睹嬌兒面，又徒然。錦屏射雀在何年？

【前腔】尋春曾倦，傍宫槐行聽暮蟬。見禁門深鎖黄昏，喜御溝水流清淺。渾疑花片，知是日長宫怨。天意從人願，豈徒然。晨昏相伴幾經年。

【催拍】喜天山于今掛弓，又誰知藍橋路通。深蒙婦翁，深蒙婦翁，蘿蔦連綿，許附青松。柯斧殷勤，莫忘丹楓。（合）相看處喜氣匆匆，誰暗結兩心同。

【前腔】念睽違天涯乍逢，論姻緣還如斷蓬。何期有公？何期有公？發迹疆埸，可是

非熊。光顯門楣，不負乘龍。（合前）

【尾聲】人生踪迹真如夢，對面誰知婿與翁，爲問蓬山有幾重。

紅葉重逢

【香羅帶】雙心似契蘭，前盟未寒，良緣定有青絲綰，滿溪紅葉似春山也。空對此，涕潸潸，赤繩雖繫相見難。無數琅玕也，泪眼相看總欲斑。

【前腔】西風度玉關，蒙恩賜還，任齊眉自舉梁鴻案，庭花有主許誰扳也。嗟命薄，屬紅顏，思量幾度摧肺肝。悶倚闌干也，泪染團花尚未乾。

【下山虎】銅溝去後，白日黄昏。揾盡相思泪，常懷美人。悔殺我一念無端，惆悵何時見君。誰道菱花依舊新，兩地心相印。屈指長門十個春，今日天憐憫。終成眷姻，不負梨花晝掩門。

【前腔】花前月下，幾度消魂。未識多情面，空遺泪痕。忍見你終日無聊，寬却榴花綉裙。懶抱衾裯蘭麝薰，寂寞誰偢問。且喜三生宿有因，雙葉紅齊暈。天諧晋秦，猶勝君王雨露恩。

附：韓夫人金盆記（一名《四喜四愛》，即同上故事）

《韓夫人金盆記》，作者佚名。此劇與《題紅記》、《紅葉記》傳奇同一故事題材類型。該劇被多部戲曲選選録，從所存在的曲文與念白異文，可以看出該劇在當時被多個聲腔搬演于舞臺，應該是非常受觀衆的喜愛。就《群音類選》所選録的内容來看，該劇存在滚白，似非崑腔劇本。該劇《詞林一枝》、《樂府紅珊》、《樂府菁華》、《大明天下春》、《摘錦奇音》、《大明春》、《玉谷新簧》、《怡春錦》、《千家合錦》等戲曲選中皆有選録，但曲文與《群音類選》本皆有異。關于《韓夫人金盆記》版本情况，可參李志遠《淺析〈韓夫人金盆記〉的版本系統與聲腔歸屬》（《中華戲曲》二〇一八年第五五輯）。

【花心動】（旦）翠被生香，被流鶯唤回鎖窗春夢。嬌眼正酣還醒，雲鬢鬔鬆。綉裙移步金蓮小，愛取花檻横凴。冒峭寒，行遍百花芳徑。

宿酲未解，宫娥報道，别院笙歌會早。試問海棠花，昨夜開多少？妾乃韓夫人是也。喜得百花爛漫，不免唤出小紅、翠紅，同到後花園賞玩一番。小紅、翠紅何在？

【天下樂】（小旦）忽聽窗外唤小紅，月痕猶自在簾櫳。（丑）玉人何事驚春夢，知是芳心戀曉叢。（合）羅衣寬欲褪，瘦怯五更風。

小紅、翠紅叩頭。（旦）起來。（小旦、丑）小姐，如今天色未明，餘寒猶在，但不知喚起我二人，有何使用？（旦）喚出你二人，別無甚事。如今花園，百花開放。想那萬紫千紅，早把芳心引動，和你同去游玩則個。（小旦、丑）小姐，正是青春易過，佳景難逢。請小姐先行，待我二人隨後。（旦）【如夢令】門外東風何早，一夜海棠開了。料峭五更寒，人倚闌干清曉。鴉噪，鴉噪，忙問落花多少？　蜂蝶紛紛鬧曉風，惜花春起看芳叢。誰家酒散笙歌罷，繡閣羅幃睡正濃。

【二犯朝天子】繡閣羅幃睡正濃，料峭春寒透，夢初醒。（小旦、丑）小姐，那枝頭鳥兒叫得好。（旦）緑楊枝上亂啼鶯，白白紅紅滿擔挑，一肩挑過洛陽橋。聲聲喚起春閨婦，悶倚闌干把手招，又聽得賣花聲。被他每喚起春情，芳心早驚。（小旦、丑）小姐，那花開得鮮艷。（旦）見花枝笑臉相迎。（小旦）小姐，前面雨來了。（旦）既雨來了呵，且到牡丹亭上躲一會。看催花雨晴，把六曲闌干憑。門掩花陰靜，徙倚遍牡丹亭，緩步穿芳徑。（小旦、丑）呀，好大風，恁的輕狂。（旦）曉風輕，教我鸞鏡蛾眉畫不成。

（小旦、丑）小姐，看那花紅得好，待我摘取一枝過來。（旦）【如夢令】花覆鞦韆影裏，翠袖雕闌斜倚。纖手探花枝，弄落一天紅雨。花氣，花氣，薰透滿身羅綺。　曉起看花繞徑行，南園二月雨初晴。鶯聲喚起尋芳徑，鸞鏡蛾眉畫不成。

【前腔】鸞鏡蛾眉畫不成，手撚花枝艷，罷曉妝。（小旦）小姐，你的綉羅裳也香了。（旦）百花薰透綉羅裳，春晝長。（小旦）小姐，你看鶯燕都飛在粉墻上。（旦）衹見紫燕與黄鸝，飛來在粉墻，花前翠袖飄揚。（小旦）小姐，你看那海棠花，與這荼蘼花，真開得好。（旦）愛衹愛荼蘼共海棠，花壓闌干上。羅帶風中颺，行步步綺羅香。（小旦）小姐，你看那蜂蝶逐人飛。（旦）粉蝶相親傍，引蜂狂，笑他閑逐東風爲甚忙。

（小旦）小姐，天色已晚，月兒又上來呵。（旦）【如夢令】深院月明清影，露下瑶池風冷。斗轉與參横，人在梧桐金井。夜静，夜静，坐愛不知更永。　花下歸來香滿衣，多情猶自戀花枝。忽看月掛梧桐上，庭院沉沉玉漏遲。

【前腔】庭院沉沉玉漏遲。（小旦）小姐，看那月兒到圓得好。（旦）碧海冰輪上，月正圓。畫闌斜倚對嬋娟，晚妝殘。（小旦）小姐，衹管在此玩月，忘却去睡了。（旦）教奴家貪看清輝，綉床懶眠。（小旦）小姐，夜深了，身上寒冷呵。（旦）夜深玉露涓涓，透羅衣峭寒，人在瑶臺畔。宿鳥驚初散，畫角已更闌。寶鏡臨妝面，轉堪憐，教奴家坐對梧桐樹影偏。

小紅，你把金盆，盛些水來。（小旦）水在此。（旦）【如夢令】寶月碧空纔展，玉手金盆新盥。孤影落清波，手把廣寒團轉。休嘆，休嘆，人與嫦娥不遠。　花正芳菲月正圓，人間天上兩嬋娟。貪看碧海飛金鏡，坐對梧桐樹影偏。

【前腔】坐對梧桐樹影偏，露滴瑶階静，月正明。小紅，你兩個抬水架過來，我浴手。（小旦、丑）水在此。（旦）金盆玉手弄輕盈，瀉銀瓶。（小旦、丑）呀，小姐，金盆内也有一個月。（旦）祇見孤影清波，相看有情。桂花月兔雙清，望依依玉京。仙掌驪珠迸，水月光相映。小紅，你二人拿定金盆，待我捉住此月。（小旦、丑）這等待我二人拿定盆，讓小姐做個水底撈明月。（旦）纖手把廣寒擎。（小旦）小姐，月兒正在中間了。（旦）正是水中捉月，費盡心機。轉覺冰輪正，漾清溟，好似水拍銀盤弄化生。

【餘文】賞花時月半晴陰，玩月樓臺似水清。但願人月團圓，花枝照眼明。

沉香亭上百花新，　燕子樓前玩月明。
惟願年年花月好，　朱顔緑鬢共青春。

紅蕖記

《紅蕖記》，沈璟撰。沈璟（一五五三—一六一〇），字伯英，晚字聃和，號寧庵，又號詞隱生。吴江（今江蘇蘇州）人。萬曆二年（一五七四）進士，歷任兵部主事、禮部員外郎、行人司正、光禄寺丞等職。少穎悟，被譽爲神童；長以文章稱。歸里家居後，潛心研究音韵格律，傾心于戲曲創作，影響衆多時人，形成戲曲流派吴江派。編撰有《南九宫十三調曲譜》（一名《南詞全譜》）、《南詞韵選》、

《情痴囈語》、《詞隱新詞》、《曲海青冰》，撰有戲曲劇作近二十種：《紅蕖記》、《埋劍記》、《雙魚記》、《義俠記》、《桃符記》、《墜釵記》、《博笑記》七種傳奇今存，《十孝記》、《分錢記》、《鴛衾記》、《四異記》、《鑿井記》、《珠串記》、《奇節記》、《結髪記》八種傳奇僅存殘齣或殘曲，《合衫記》、《分柑記》二種傳奇已佚，改定湯顯祖《牡丹亭》爲《同夢記》、《紫釵記》、《新釵記》，僅存殘曲。《紅蕖記》，今有全本傳世，現存明萬曆間繼志齋刻《重校十無端巧合紅蕖記》本（《古本戲曲叢刊三集》據之影印，無齣目）。

客舟高咏

【紅衲襖】莫不是一片歸帆自遠浦來？莫不是一帶平沙被落雁躧？烟寺晚鐘空萬籟，晴嵐山市臨水開。更非關夜雨瀟湘滴兩涯，也非因夕照漁村將網曬。渾一似暮雪江天有個啄食的寒鴉也，敢祇是洞庭秋月弄珠的神女儕。

【五更轉】想艷嬌，含情采，料應他欲寄懷。和枝和葉都付伊擔帶，故觸輕舟，心兒先解。浪已平，風又息，塵如灑。銀蟾三五圓滿光無礙，更遇着解事江流，送得不尷不尬。

【劉潑帽】道伊有意也誰留在，道無情又似天巧安排。芳馨空染得懷中揣，怕瘦骨骸，這艷質難勝戴。

【東甌令】也是你桃花運，命中該，生扭做胡麻枉自猜。藕絲兒慣惹縈牽債，蓮心苦如何捱？潘娘脱瓣縷金鞋，剛映六郎腮。

【金蓮子】我是小秀才，風流性格偏難改。辦一片誠心兒且捱，怎做得問迷津遇仙的劉阮到天台？

【尾聲】你好供養他燒香拜，何時笑把并頭栽，醖釀相思的軟玉胎。

述懷篷底

【山坡羊】我是月中花落下廣寒宫的枝葉，玉芙蓉做了秋江上的萌孽，念奴嬌怎看承得二親，撼亭秋怎保得風木常寧貼。看那蘇幕遮，梧桐樹又斜。蓬窗冷雨疏影和燈謝，粉泪沾紅，綉鞋頻跌。傷嗟，却望吾鄉路轉賒；非是心邪，謾憶王孫擲果車。

【前腔】雖則繫人心一似鄧伯道的磨折，想你這女臨江好做蔡文姬的家業，祇管惜黄花苦憶他的暮年，不顧怕春歸親意應先懾。看你薄媚頰，似花兒紅褪靨。一雙鸂鶒斷送啼鵑夜，削玉鬆金，鳳釵輕撇。休嗟，碧玉簫聲定不賒；你若隨邪，怕入賺琴心引駕車。

【鶯集御林春】病和愁續斷相挈，料没藥可劫。悶宿紗厨裙褪摺，枉嗔咱蔓藤饒舌。被你雌黄笑口，没來由把人做浪蕩相譏切。我非躑躅洛川神，那裏去妄想王孫甚干涉。

【前腔】從容去解放愁結，把紅荳暫輟。我身似清秋蟬蜕怯，謝紅娘用心偎貼。萍逢草草，想三生有緣留待今番接。又衹怕西子不留行，他日續隨着陶朱泛湖轍。

【琥珀猫兒墜】水雲聚散，怎繫木蘭楫？夜火朝帆容易别，怕境非吾土倦披閲。且歡愜，圖得個契結蘭金，似珮環無缺。

【水紅花】渚宫凉似曉來些，你病軀劣，商飆莫惹。傷心怕聽暮檐鐵，角聲竭，笳聲催也。有變徵誰家哀訴，有换羽調方浹，算來都是鎖愁鐍也囉。

【琥珀猫兒墜】泠泠白露，赤緊素華泄。轉眼東籬黄綻徹，又逢青女信兒冽。這孤潔，落得個月黑江寒，夜香空爇。

【水紅花】身非金石易磨滅，命差迭，悶得我狂心將趄。恰纔嗔我話兒喋，這心訣，把紅絲自扯。恨土木形骸匏繫，似毛革被玉籠掣，不堪低訴竹窗穴也囉。

【尾聲】人情不甚相差别，這些情偏難盡説，含笑相看心兒一様熱。

登樓約伴〔一〕

【步步嬌】雲盡湘潭空江晚，客棹天涯返。看汀蘆絮又寒，斷送昨日秋鴻，今日寒雁。衹隔一宵間，把羈人展轉忙催趲。

【忒忒令】記回步叢祠醮壇，有少俊背人流盼。天台路口，衹少胡麻爲飯。奈平白地阻巫山，那些時，消受的，是我傳情俊眼。

【沉醉東風】覷花容秀色可餐，兀自鎮朝昏把伊貪看。况遇着俊潘安，見伊家風範，怎教他不步隨心絆。不知是伊命慳？不知是他分慳？眼睁睁對面，參差了這番。

【園林好】人世上浮名是閑，求名客經時未還。爲衹爲紅絲牽綰，休獨自倚朱闌，知何處黛眉殘。

【尹令】我剛惹得風流運限，衹道是没人窺瞰。那時有何疏綻，被伊把奴拖犯。若漏泄風光，怕帶葉連枝各有干。

【品令】你秋波映人，蘸得他眼兒乾。春情飛動此時倩誰攔〔二〕。非奴敢訕，愛看伊嬌赧。况和伊一樣，做女子羞人挑泛。莫把我衷腸，比做無心雲水看。

【豆葉黄】恨相依作伴，兒女家痴頑。不做美一謎惺憽，不做美一謎惺憽，全不顧他人心懶。我猛思輕涉，把并頭蕊攀。又祇怕説咱們的情雜，又祇怕説咱們的情雜，怎消得饞涎，免得心兒緊拴。

【五供養】風魔忒罕，我欲避還憐，欲看羞顔。祇恐荻花頭頓白，楓葉泪成丹。愁苗自産，更不被霜威相扞。君還相訪易，奴爲出來難。挫過花星，似浪萍分散。

【玉交枝】你一聲嗟惋，料應添柔腸幾灣。知他也無奈連雲棧，枉相思不斷如環。縱秀才們大膽性偏儇，想女郎們弱質何曾慣。怕他行初心易殫，怕伊家失身難挽。

【月上海棠】恨怎删，舊詞惹起新枝蔓。念佳人何在，漫咏湘蘭。這些兒短賦長吟，抵多少傳書寄柬。這是青玉案，那人兒怎能勾，答贈琅玕。

【江兒水】惜别心能醉，聞歌意未闌。行吟的應也憐長嘆，料他眼底愁悰攢，全憑句裏情絲襻。似孤雁呼群江岸，不肯停栖，細把寒枝都揀。

【川撥棹】他真狂誕，夜將分歌再反。這詞兒語意相關，這詞兒語意相關，我鐵心腸猶將泪彈。但思量跨鳳翰，又何須逐鹿蹯。

【尾聲】題詩一字愁千萬，奈好事自多磨難，留取他年作案翻。

【醉扶歸】枉了和烟和影吹香穗，怎得行雲行雨濕仙衣。想他静臨蘭檻卸妝遲，須會笑拖星眼將人殢。願有日銀釭斜背擁羅幃，道奴先睡也奴先睡。

【前腔】他好似鴻冥影外驚弦避，又不是夜深江上弄珠回。想吾儕情事各支離，但是冤家孽債多歡喜。有日把相思和你一齊醫，奈愁人怎與愁人計。

校　箋

〔一〕此齣齣目，《月露音》本題作「目成」。

〔二〕動此：底本此二字殘缺，據繼志齋刻本、《月露音》本、《南北詞廣韻選》本補。

勾引水窗〔一〕

【四時花】想他春態暗關情，這眉間恨，心間事，特地難平。卿卿，凌波步懶心自迎，低鬟斂眉含笑驚，坐來時百媚生。嚲垂羅袖，軟玉半傾，針將綫引不住停。恍惚見赤繩，促急裏憑誰栓定？却又是竿影帶影，絲影手影香影。

【前腔】睡起不勝情，見舟中客，把胸中悶，一霎都平。憐卿，憑闌眉語神暗迎，我嬌多幾番魂似驚，不由人愁又生。有心和你，將肺腑盡傾，祇怕風帆霧槳不暫停。今夜彷彿對玉繩，怎得似雙星期定？趁雲影漢影，山影水影船影。

【集賢賓】他嚴妝嫩臉花正明，向薄綺疏櫺。潮落波平開晚鏡，看垂鈎纖手偏輕。似紅蕖露冷，秋色共長江相映。我專意等，願你爲交甫解珮投瓊。

【前腔】雖是其中詞義不甚明，想説着我坐對窗櫺。一似奇葩臨寶鏡，你這偷花手段須輕。今夜江空月冷，怕甚麽漁燈相映。我愁坐等，怎做得輕舉飛瓊。

【簇御林】把漁磯畔，當雀屏，七言詩願結百歲盟。紅綃料比牽絲勝，何用把冰人倩〔二〕。覷娉婷，魂迷色動，應解惜惺惺。

【前腔】雖没有芙蓉褥，雲母屏，這紅牋已訂玉版盟。含情疊做同心勝，何用把雙魚倩。愧娉婷，祇有蘭襟蕙思，脉脉自惺惺。

【黄鶯兒】他早是目先成，更將人新句賡，祇是語含糊未吐風流性。觸輕舟乍聽，訝江流有聲，紅蕖二字剛相應。這俏魂靈，争如倩女〔三〕，千里逐郎行。

【前腔】井底墜銀瓶，側楞楞斷了碧玉筝，并頭蓮磣可可摧纖柄〔四〕。厮琅琅偷香處掛鈴，疏刺刺雕鞍撒鎖鞓，眼睁睁拆散鴛鴦頸。美前程，把嬌紅繫定，點點似守宫凝。

校箋

〔一〕此齣齣目，《月露音》本題作「鈎情」。

〔二〕冰：底本原作「水」，據繼志齋刻本、《月露音》本、《南北詞廣韻選》本改。

〔三〕争：底本原作「怎」，據繼志齋刻本、《月露音》本、《南北詞廣韻選》本改。

〔四〕摧：底本原作「推」，據繼志齋刻本、《月露音》本、《南北詞廣韻選》本改。

觸舟諧配

【懶畫眉】怕聽銅壺漏聲催，别鳳離鸞又慘凄，朦朧合眼夢驚回。再難續上追歡會，又是孤幃一别離。

【前腔】楚天雲雨盡堪疑，湘水無情吊豈知，紫陽宫遠雁書稀。空有沾衣淚，怎得仙侣同舟晚更移。

【前腔】這時節水平舟静浪聲齊，那裏是早晚孤帆他夜歸，空驚得寒猿暗鳥一時啼。想是楚神尚有行雲意，衹恐惆悵當年意盡違。

【二郎神】誰相憫，向重泉把沉淪垂訊，羞答答兜的相狎近。祇爲遭逢狹路，難將冷眼酬恩。他那裏橫波猶着緊〔一〕，怎教我遺親忘本。去無門，欲住時又不能傍着個親人。

【前腔】休顰，你雙親既老，况存亡未准，且自把鮫宫雙泪揾。怕紅綃誤染，翻成玉臂珠痕。海外神香返麗魂，又誰任冰人勞頓。你細評論，須不比尋常，世上婚姻。

【鶯啼序】幾多奇事欲訴君，况承詢問難隱。爲君家哀誄酸辛，更因你恩義推分。送行的是清源上仙，曲赦的是龍宫明訓。我羞自哂，少不得動人唇吻。

【前腔】向來不遇知已伸，喜三詩得入題品。第一篇通與殷勤，水神却爲傳信。他也應知人間鄭郎，你不枉了閨房才俊。我難自忍，等不得謝媒合巹。

【啄木兒】心先允，敢愛身，祇是媒妁之言猶未儘。念雙親初弃遺孤，忍一時割痛成婚。况乘人難中你名不順，傷君義聲我終遺恨，野合匆匆教人笑妾奔。

【前腔】蒙相許，敢再陳，水底良緣是宿世因。你爹娘在洞府逍遥，也盼着你花燭繽紛。可憐見咱魂銷盡，知恩報德情難混，轉眼忘情意未真。

【滴溜子】甄家女，甄家女，權爲洛神；逢交甫，逢交甫，重游漢濱。從此和諧秦晋，休將往事縈，憔悴損。把緑蟻青燈，空對絳唇。

【鮑老催】甆罌瓦盆，金尊玉斝一樣春，歡情添取千萬分。量本窄，謾央求，休厮諢。婦酬夫勸無勞遜，良時吉日歡何靳，也衹索相隨趁。

【滴溜子】歡娛夜，歡娛夜，休生怨嗔；從前日，從前日，兩人意肯。非是故添愁悶，念奴方有家，痛殺親先殞。十八載深恩，空灑遍湘筠。

【鮑老催】陽臺雨雲，安排送入鴛被温，你含羞正喜銀燭昏。怎禁得，多軟款，相挨襯。一似櫻花蘸水紅難褪，芙蓉帶雨姿偏嫩，這錦陣難逃遁。

【尾聲】怎當他流波斜送些兒韵，饞眼燈前盼睞頻，甜軟鄉中住幾旬。

校　箋

〔一〕波：底本原作「枝」，據繼志齋刻本、《南北詞廣韵選》本改。

寄情北里

【綉帶兒】詩中語教伊怎解，藏着恁般機械。想誰家撇下一把芙蕖，却倚傍着片舫江涯。疑猜，他寫云七月七日采，字畫内有許多情態。那時節同行須有魏材，祇除是會人意的江流方解。

【前腔】奇哉，這紅蕖束蒙君盼睞，是奴手自留在。比及我聽得一首新詞，却又寫君家半夜愁懷。鴑駘，虎皮羊質不自揣，要欺占燕鶯花寨。這詩句他道是自裁，若不是解詩意的争些被謀賴。

【太師引】悶似山愁如海，祇爲一篇詩結了個恨胎。從此後把相思撇漾〔一〕，這相逢是命運安排。一言謝得娘慷慨，想姻緣薄兩下裏難揩。又還愁他鸞儔已諧，須負了我鳳幃鴛被的情債。

【前腔】你意兒直恁難分擺，念藍田雙玉未栽。聽説罷私心歡慶，這好事百無妨礙。才郎自是折桂客，須把你做國香看待。一諾後看終身不改，休間阻他夫妻百歲的恩愛。

【瑣窗寒】這孤幃春夜難捱，也是紅鸞數未該。尚連絲帶藕，兩下分開。高荷出水，全憑遮蓋，做花神暫時擔帶。兩腮，撲堆着萬種可憎才，可知道打動這乖乖。

【前腔】這姻緣鬼使神差，曾把蓮心并蒂埋。向花房葉底，露出根荄。喜慈親做美，把全枝相貸，算錦片前程難買。看小齋，似桃花澗水滿天台，待教仙客重來。

校　箋

〔一〕撇漾：底本原作「撇樣」，據繼志齋刻本、《南北詞廣韵選》本改。

鼓棹遇仙

【孝南歌】剛浮棹，恰放船，追思洞庭昔日緣。身到鬼門前，魂從夜臺轉。强似去年，争奈女在親亡，要見無由見。他那裏萬苦千愁，欲展何時展。生也是天，死也是天。便做苦掛牽，何必恁埋冤。

【銷金帳】長沙路阻，自古多哀怨。吊三閭人去遠，恰待斷些煩惱，助些歡忭。前途又早、又早見君山隱顯[一]。多少湘流，多少含深願。争如此去，此去翩翩似仙。

【孝南歌】慚輕舫，來錦軿，趨承不周是奴罪愆。我肺腑把恩鐫，威顏似少貶。使奴不勝驚顫[二]，一似魚服游龍，却把余且眩。但願澤畔靈蛇，不把隋侯譴。生可憐，死可憐。你把聖手援，何用枉埋冤。

【銷金帳】神仙顯化，幻迹多更變。搬弄得人乖舛，衹見這廂頂禮，那廂分辯。望從前㤅却、㤅却凡夫偃蹇。多少憂惶，多少懲和勸。都因遇了，遇了玄冥上仙。

【孝南歌】蒙恩庇，椿與萱，寒灰料應難再燃。雖是洞府隔重淵[三]，誰道仙源路迂衍。願行方便，若得破浪淩波，再睹爹娘面。便做濡首沉身，肯惜奴婉孌。他孝也全，我義也全。既是意已堅，更有甚埋冤。

【銷金帳】烟波伴侶，湖海經行遍。算幽明路更懸，幸遇恁般神力，恁般垂眷。教人怎辭、怎辭辛勤差遣。多少珍奇，多少深宮殿。臨風自喜，自喜飄飄欲仙。

校　箋

〔一〕君山：底本原作「君家」，據繼志齋刻本改。

〔二〕奴：底本原作「又」，據繼志齋刻本改。

〔三〕雖：底本無，據繼志齋刻本補。

留題翠袖

【北粉蝶兒】往常時無怨無恩，熱心腸似冷烟寒燼，到如今俠性難馴。劃地送輕舟，呼小婦，向幽宮歸覲。與凡人指破迷津，剛酬了故人情分。

【南泣顏回】你恩到泣珠人，縱骨化形銷難泯。藏舟潛壑，也知還璧無門。感神明導引，使游魂骨肉還相認。不能隨坐法淳于，又教人竊笑文君。

【北石榴花】一番題起一番新，身外又生身，這恩波應未解惜枯鱗。也算得是蠢，枉泪染叢筠。您敢倩誰將那壽夭把這乾坤問，又何勞您楚客招魂。既然甘死將親殉，可記得隨女伴禱江神。

【南駐馬聽】披豁情真，幸荷全生天地仁。更願垂憐烏烏，沛澤黃壚，飛舉青蘋。獨留孤冢向黃昏，相看同穴愁斑鬢。若做玉洞仙群，勝如展轉，輪迴無盡。

【北紅綉鞋】口兒裏呫提心兒裏印，送得他濕雲兒如夢雨如塵，鄭公聽履上星辰。碧知湖外草，紅見海東雲，清秋的霜後隼。

【南石榴花】幽明途異，何處結雷陳。請陳衷曲叙前因，因何意氣死生親〔一〕。親骨肉也怎比這殷勤，勤勞幾番甘自忍，忍和他下人厮趁。趁今日在深宮漫評論，論交誼道寒温。

【北十二月】采菱歌在湖山的這小隱，嫩松醪在江艇也那藏春。雨下裏無端吃緊，他可也托契在逡巡。遇着那風師的這起釁，纔得把伊家曲赦出沉淪。

【南漁家燈】多感你報德在重淵，終不忍奚落孤貧。想當初爲幾句新詩，到如今又把詩厮諢。看法書彩筆真奇俊，幸弊袖得存神品。似羊欣重逢右軍，抵多少書完練裙。

【北堯民歌】洞庭湖西望遠楚江分，空留下湘妃泪做竹間痕。幾行章草耀星文，一群韶樂降仙勻。您休也波顰，乘槎似漢臣，錯認做迷魂陣。

【南撲燈蛾】焰騰騰雹作威，聲隱隱雷方震。急攘攘鬼神驚，昏慘慘天愁日暈也。骨篤篤濤翻浪滚〔二〕，戰兢兢龍袖裏做嬌民。痛切切心如剜刃，聽悠悠韵，迢迢空水共氤氲。

【尾聲】行行望入巴陵郡，看歸雲擁樹失山村，水國蛟龍窟宅尊。

校箋

〔一〕意：底本原作「義」，據繼志齋刻本改。

〔二〕浪：底本殘存左半，據繼志齋刻本補。

新刻群音類選官腔卷十八

完扇記（有虞氏王孫泰安子編）

《完扇記》，胡文焕撰。《完扇記》，今無全本傳世，僅于《群音類選》、《月露音》等戲曲選中留存數齣曲文。祁彪佳《遠山堂曲品》歸入「具品」，稱：「賀君狎妓秦小鳳，爲劉亮所構。亮以從倭爲俘，小鳳卒歸賀。其中參成者，裴子益也。此似近時事。所云寄鳴道人，或賀自謂乎？」于此知此作另有爲寄鳴道人所撰一説。所選數齣，爲才子佳人聚歡離思之事，中有被迫分離之時兩人贈扇之情節，最後得遇佳音，完扇合璧。

携美游春

【宜春令】風輕拂，雲淡浮，喜春朝宜人玩游。看千紅萬紫，無邊光景供詩酒。不羡他子美情開，空笑你淑貞眉皺。（合）且偷閑趁此芳年，傍花隨柳。

【前腔】經村店，過市樓，酒旗兒如招我留。看杖頭囊底，不知存得青蚨否？莫忍做見

笑桃花，肯甘教不眠洞口。（合前）

【夜行船序】春滿皇州，聊携春釀，相與共春游。怎肯把，有限春光馳驟。風流，拂拭春衣，逐惹春風，慢消春晝。綢繆，願趁此好春天，暫作萬春佳偶。

【黑麻序】凝眸，春色無休，聽春鶯簧舌，似爲春奏。把春心蕩漾，一春時候。知否，春來難永久，春去不堪留。把春收，須教肺腑皆春，更使春榮宇宙。

【錦衣香】春興悠，詩千首，春量優，酒千斗。折取春花，笑催春酒。春宵一刻價難求，莫將春誤，徒爲春愁。恐霖霖春雨，却催殘春景非舊。須早隨春樂，芳春難又，還期來日，春雷成就。

【漿水令】笑傷春春容消瘦，喜賞春春意優游。人生春夢枉多謀，豈若年年，春有回頭。相酬勸，爲春壽，願教人與春長守。陽春曲，陽春曲，誰能賡奏。宜春令，宜春令，總堪謳。

【尾聲】尋春幸有章臺柳，况都是青春鳳友，不醉爲春笑且羞。

章臺逞藝

【普天樂】喜天時隨人意，且呼盧聊爲戲。成和敗，成和敗自古如斯，又何憐一擲傾貲。呀，嘆光陰有幾，何須苦執迷。惟我素能脱灑，灑脱贏得便宜。

【北朝天子】半空中見鳥飛，把金丸試落之，看章臺挾彈真豪氣。青春年少有誰能相比，發無空真神藝。喝采聲不離，看彈聲又隨，整整齊整齊整整齊。儼一似孟嘗門第，孟嘗門第，管甚麽非和是，管甚麽非和是。

【普天樂】天下圓齊雲社，賣風流衣盡飾。賺和拐，賺和拐隨到隨施，二郎神見了投師。呀，嘆光陰有幾，何須苦執迷。惟我素能脱灑，灑脱贏得便宜。

【北朝天子】舞青鋒似電飛，劍俠客更稱誰，便公孫大娘無逾此。仰天長嘯這壯懷悒知，十年磨嘗相試。在床頭鬼泣，在腰間人嚇，囉囉哩囉哩囉囉哩。擊劍歌斗牛無色，斗牛無色，奈英雄時未得，奈英雄時未得。

【普天樂】趁剛風乘霄際，擊還揚偏多勢。飛禽輩，飛禽輩誰敢衝圍，好教人邊塞興思。呀，嘆光陰有幾，何須苦執迷。惟我素能脱灑，灑脱贏得便宜。

【北朝天子】馬聲兒亂嘶，馬步兒疾馳，似流星突過人皆避。落花狼籍那顧他錦泥，盡人能須騏驥。笑烏江失時，笑鹽車去遲，慢慢嬉慢嬉慢慢嬉。不覺的傍觀如蟻，傍觀如蟻，共争誇跑得美，共争誇跑得美。

【普天樂】入瓊樓和花睡，舉金尊邀月醉。西山餓，西山餓笑殺夷齊，到頭來丘土同歸。呀，嘆光陰有幾，何須苦執迷。惟我素能脱灑，灑脱贏得便宜。

賞花遇難[一]

【石榴花】百花争放，花下共飛觴。衣拂處，染花香，花魁同與賞花王。總名花相對何妨，看穿花蝶忙，舞翩翩時宿花枝上。開笑口醉裏簪花，貼花靨宫樣新妝。

【前腔】花前情暢，自是探花郎。花解語，價難量，催花羯鼓及春陽。囑花神須要主張，但花開久長，錦裝成花圃時相賞。莫教花睡去更深，休遣雨妒着花芳。

【泣顔回】花外奏笙簧，比花貌不似花强。花姬着惱，揉花碎欲打檀郎。請和花共床，難道是輸與花模樣。花有時流水滔滔，人終非花落茫茫。

【前腔】花酒兩相當，看花光紅勝上陽。花心難禁，花交樹不斷生香。羡花朝最良，爲惜花早起多情況。想一春長費花錢，更花街占斷風光。

【尾聲】花影盈庭明月上，花債何妨到處償，我欲眠花夜未央。

【不是路】步急心慌，快向花陰且躲藏。好堤防，誰知一禍起蕭墻。休相傍，各尋頭路方停當，樂極悲生事怎量。忙拆散，吉凶未卜心惆悵。願天遮障，願天遮障。

【前腔】打入門墻，先把燈兒滅了光。同搬搶，金銀首飾在何方？盡空堂，機關先漏是誰行，插翅難逃在內房。花陰處，也須搜檢恐潛藏。莫教輕放，莫教輕放。

校　箋

〔一〕此齣齣目，《月露音》本題作「評花」。

逃難賴神

【掉角兒】〔一〕平白地身逢虎狼，一霎時禍遭羅網。猛回頭詎覺魂飛，忙舉足不知何往。怎做得，掣鎖龍，脱鈎魚，劈籠鳳，免此灾殃。看看追上，汲汲怎藏。看他勢，干休未肯，此際堪傷。

【前腔】色不善鳥能遠翔，機欠密魚成漏網。縱饒你折葦能逃，難免我鐵鞋趕上。好笑你，猶兔狡，似犬奔，如鼠竄，躲向何方〔二〕？你吟詩圖爽，撮俏賣長。從今後，把風流收拾，再敢誇張。

【尾聲】窮途狹路今何向，纔脱龍潭入虎鄉，管教你掬盡湘江羞怎當。

【憶多嬌】每斂迹，非故識，從來并無仇共隙，不審何由苦相厄。（合）灑泪驚惕，泪灑驚惕，自反求之未得。

【前腔】勢雖嚇，財頗澀，聞伊高會珠玉集，趁此機關施搶劫。（合前）

【鬥黑麻】不遇君家，這灾怎測？宿昔無交，何緣憐惜？真有幸，挽殘魄。感戴無涯，何年報德。（合）相逢瞬息，指人凶與吉。應是神天，應是神天，遣來救釋。

【前腔】此後花街，莫重游佚，好自開懷，不須抑鬱。報無道，豈豪杰。忍性動心，方能曾益。（合前）

校箋

〔一〕掉：底本此字殘缺，據此曲句格核曲譜，當作【掉角兒】，故補。

〔二〕方：底本原作「芳」，據文意改。

長途分扇

【北新水令】長途匹馬值春殘，長途匹馬值春殘，洛陽花已成紅霰。不能勾晝錦身還，祇落得吴霜鬢點。無任羞慚，無任羞慚，父老們何顔重見。

【南步步嬌】轔轔車響忙追趕，何事郎行遠。暮雲路爲迷，春樹愁相挽，勢拘空望韓侯返。遥見指鞭梢，叫一聲驀地回頭看。

【北折桂令】爲何的直到西關，珍重娘行，楊柳頻扳。聞説你從了新官，也須知笑啼不敢。把琵琶好向他船，却不是雲雨巫山。往事休談，誰曉平地風波勢，滔滔淹了桃源。

【南江兒水】恨殺沙吒利，押衙誰見憐。鸞凰忍與鴟梟伴，一心誓死終無變。怕你匆匆分散，日遠心離，匪石如何不轉。

【北雁兒落帶得勝令】俺豈是負桂英薄幸般，也祇因遇飛廉難躲閃。俺待要擊黠鼠又怕器難全，因此上飛匹馬甘分鴛侶散。俺有心學淵明歸故苑，奈一時訪安道興悠然。俺不能步青雲做個扳桂客，到其間見明月豈不憶嬋娟。天，恁知情也見憐。俺既脱龍也麼潭，怎又向虎穴追歡。

【南僥僥令】駿馬終須出櫪間，當此際慢加鞭。須信包羞男子漢，笑他虎狼威空勢焰，虎狼威空勢焰。

【北收江南】呀，若不得老叟相援呵，險些兒孝名殘。臨深履薄始兢然，思量展轉覺心寒。早識透這盤局面，又怎肯上盤，到今日悔應難。

【南園林好】人有願從之在天，天有情完之不難。今在長途分扇，知趙璧幾時完，不完時命誓捐。

【北沽美酒帶太平令】感卿卿情意堅，轉教俺濕青衫，雁到衡陽把信傳。怕郴陽雁渺漫，怕章臺柳易扳。向風前不勝長嘆，念腰間空懸寶劍。我呵，拆散了文鴛美鶼，到做了孤鸞斷弦，呀，打叠起凄凉今晚。

【南尾聲】此行未審何時見，除非是夢魂不怕險，和你時時共笑談。

移春玩月

【香柳娘】月團圓此宵，月團圓此宵，月明皎皎，和伊月下開懷抱。看窗前月高，看窗前月高，月影上花梢，金尊月常照。（合）共相將月邀，共相將月邀，月裏嫦娥，愛人年少。

【前腔】見月色暗焦，見月色暗焦，月中孤棹，月圓人缺誰知道。因愛月可交，因愛月可交，月味最清標，死終期月好。（合前）

【前腔】月漸離海嶠，月漸離海嶠，樓臺如曉，青天有月來何早。想月宫路遥，想月宫路遥，賞月同吹簫，月斜人醉倒。（合前）

【前腔】慢對月意驕，慢對月意驕，陰晴難料，可憐風月成虛耗。笑捉月枉勞，笑捉月枉勞，月落見波濤，猿聲和月叫。（合前）

虎丘遣興

【金井水紅花】再造名山道，重登古寺坡，啼鳥集松蘿。景堪摩，珠璣誰唾。但聽烟波渺處，人唱竹枝歌。怎不教傷今古也呵。人情堪嘆，世道可嫌，下榻陳蕃誰做？非緣變難，誰肯涉磨？非遭機械，誰能參破？非名非利，甘把春光過。

【前腔】慢把朱弦整，還將古調和，相對却如何？把楚歌，先彈一個。那更高山流水，輸與伯牙多。再彈個吊子期也呵。琴聲初歇，詩興又生，却與誰人賡和？追思吴國，興亡枉磨；追思越主，霸王空播。笑他吴越，空自成仇禍。

幽閣相思

【二郎神】心耿耿，爲那人把芳容瘦損，嘆羊觸藩籬誰見憫。你看盈盈一水，須知誤了光陰。敲斷玉釵紅燭冷，計程途恐如萍梗。（合）此際最傷情，要相逢知是何春。

【前腔】須聽，加餐努力，忍教多病，看否泰循環從古定。爲一時無奈，愁人試勸愁人。豈料愁人愁轉增，脱得去謝天垂憫。（合前）

【集賢賓】東風銅雀真可恨，那些個阿嬌金屋妝成。這意馬心猿難鎖定，母子向他行相近。祇怕江空水冷，笑殺你空邀月影。（合）嗟薄命，看血泪界成紅暈。

【前腔】芝蘭不復香味近，到在鮑魚肆裏安身。未卜何時離陷穽，也空把金錢來問。强横越分，豈是個好人行徑。（合前）

【黄鶯兒】一雨過河庭，這凄凉更不勝，東流往事空思省。明珠暗沉，完璧怎能，可憐未及虞姬刎。（合）且安心，終風雖暴，會見有時停。

【前腔】夜色已沉沉，笛聲來和泪聞，安排腸斷拚霜鬢。母子運迍，你從良枉盟，不難一

死消餘忿。（合前）

【猫兒墜】玉郎消息，何日到金陵？千里關山勞夢魂，新啼痕間舊啼痕。（合）光景，好一似身拘縲紲，望赦殷勤。

【前腔】孤燈挑盡，形影兩離分。爲想家中空閉門，應知奩笥已成塵。（合前）

【尾聲】這場冤業何時盡，望蒼天早爲援拯，怎禁得度日如年與死鄰。

感懷得信

【紅衲襖】門掩着冷瀟瀟風一些，眼望着遠迢迢信又賒。你看那上階盡是苔痕碧，你聽那隔院何當笑語溢。本待要箕帚郵亭終掃雪，到做了琵琶江上空彈月。祇落得相問無人也，始信世道惟趨富與奢。

【前腔】雖然是眼跟前似覆車，却赢得踪迹間遠狎邪。終不然綈袍情義全疏失，也索念鷄黍盟言難變易。須信道月自團圓雲暫遮，誰説道弦成斷絶膠難覓。試看我苦盡甘來也，莫漫臨風動怨嗟。

三生傳玉簪記（此係馬湘蘭編王魁故事，與潘必正《玉簪》不同）

《三生傳玉簪記》，又稱《三生傳》、《三生記》，馬湘蘭撰。馬湘蘭（一五四八—一六〇四），名守真，一字月嬌，小字玄兒。秦淮名妓，工詩詞，善繪蘭，長于唱崑曲。梁辰魚、錢謙益都曾與交往。著有詩集《秦淮廣記》和傳奇《三生傳玉簪記》。《三生傳玉簪記》今無全本傳世，僅于《群音類選》、《月露音》中留存數齣曲文。吕天成《曲品》題名作「三生記」，列入「中下品」，稱：「始則王魁負桂英，次則蘇卿負馮魁，三而陳魁彭妓，各以義節自守，卒相配合，情債始償。但以三世轉折，不及《焚香》之暢發耳。馬姬未必能填詞，乃所私代筆者。」從此所述，可略窺知其故事大概。

玉簪贈别

【香柳娘】把斟來竹葉，把斟來竹葉，一杯餞别，相將斷却同心結。看行囊已設，看行囊已設，塵浥逐征車，日暮投荒舍。（合）這别離行色，這别離行色，古道魂睽，深閨夢疊。

【前腔】念當時題葉，念當時題葉，百年爲節，可憐中道恩情歇。把誓盟重設，把誓盟重設，莫戀富豪宅，忘却茅檐舍。（合前）

【憶多嬌】聲已咽，腸自結，怎將青眼送人别，難禁這盈盈泪成血。（合）死相同穴，死相同穴，却把玉簪贈別。

【前腔】言正切，泪欲竭，問關千里馬蹄捷，難聽那聲聲鵑啼血。（合前）

【黑麻序】今後，把脂粉全抛，冰清玉潔。忍違誓干盟，又操持巾櫛，收拾鴛幃繞、翠衾叠。一點丹心，直教明月。（合）情真意切，白首從今訣。冀作奇逢，冀作奇逢，與人共説。

【前腔】祇爲功名，輕離易別。肯負義忘恩，把赤繩再結。祇恐鵬程杳，魚書絶。萬里關山，淹留歲月。（合前）

學習歌舞〔一〕

【北新水令】麗姝横玉奏新聲，遍江城落梅盈徑。一聲倚樓韵，三弄據床音。裂石穿雲，謾道是君山境。

【南步步嬌】换羽移宫再把《簫韶》整，六律齊相應。烟霞最上層，時引靈禽，共上秦臺聽。仙洞忽陽春，這琅玕妙節無餘品。

【北折桂令】紫檀槽鐵撥雷鳴，控起鵾弦，曲奏崑崙。盛妝成【六么】纔定，嘈切分明。

似銀瓶乍破了水漿共迸，儼鐵騎忽突出刀劍齊鳴。鶯語婷婷，泉韵粼粼，又彈出明妃曲，馬上凄清。

【南江兒水】纔罷笙簧理，且將琴瑟經。奏箜篌時遇盧生聘，似莊周蝴蝶迷魂夢，引文君鸞鳳成歡慶。可是調高聲俊，流水高山，抹馬游魚雅韵。

【北雁兒落帶得勝令】動歌喉綻榴房識重輕，動歌喉破櫻顆知遲迅。動歌喉重聞得子夜聲，動歌喉不怕他周郎聽。動歌喉謾道是和白雪，動歌喉煞强似拂輕塵。好一似儷娟入清虚境，還勝那莫愁在石頭城。清新，一曲繞梁聲難并。聽着這佳也麽音，頓教人肌骨清。

【南僥僥令】歌扇團圓尋月影，宛轉遏雲英。清商慢入僥僥令，若是在華筵，四座驚。

【北收江南】呀，須索再把霓裳整，儼是個洞府許飛瓊。似文鸞對鏡展雙翎，紫燕穿簾羽不停。看絶倫轉身、轉身在掌上，翩躚尤勝楚腰輕。

【南園林好】柳帶飄動佩環重輕，蓮花旋露絳裙淺深。頭上應纏紅錦，迷客目，動人情。

【北沽美酒帶太平令】性玲瓏貌娉婷，聲清雅體輕盈，便是那神女仙姬難厮并。追蕚緑企雲英，肩弄玉勝文君。駕樊素小蠻丰韵〔二〕，兼衆藝四難相稱。你呵，到如今吹成彈成，歌成舞成，呀，看門前車闐馬竸。

【清江引】尋芳車馬應盈逕，盡是豪家俊。堂前嚷嚷喧，門外紛紛盛，端衹爲這佳人相牽引。

校　箋

〔一〕此齣齣目，《月露音》本題作「歌舞」，注稱選録自《三生記》。

〔二〕鑾：底本原作「鸞」，據《月露音》本改。

舉鼎記（一名《昭關記》）

《舉鼎記》，一名《昭關記》，作者佚名，一稱爲丘濬撰。《舉鼎記》，現存版本有傳抄本（《古本戲曲叢刊初集》據之影印，上卷十四齣，下卷九齣，下卷似有殘缺，無《群音類選》所選五齣）、古吴蓮勺盧抄本（《鄭振鐸藏古吴蓮勺盧抄本戲曲百種》據之影印）、民國間烏絲欄抄本等。

臨潼鬥寶

【錦堂月】豪杰争馳，王封拽摅，神仙會宴瑶池。慶列春風，黄衣更挽金魚。看紛紛寶貝玻璃，光彩峥嶸聲麗。（合）黄封啓，拚取紅酣鯨吸，醉倒如泥。

【前腔】蒙賜，宴罷瑶池，黄封美酒，金勒駿馬雄嘶。不惜金杯，長安道上如飛。從此後遍播芳名，勒鐘鼎功名何取。（合前）

【僥僥令】秦娥歌皓齒，楚女舞腰肢。滿耳笙簫歌金縷，不覺光陰照夕低。

【尾聲】敲象板，吹龍笛。簫鼓鼕鼕送落暉，狼籍杯盤醉似泥。

【畫眉序】秦楚結爲婚，從此山河穩奠眠。免黎民塗炭，樂業農桑，自今日割袂爲姻。千萬載干戈不戰，滿斟同泛歡娱酒，看花醉享安然。

【滴溜子】臨潼會，臨潼會，文詞枉然；臨潼會，臨潼會，武藝赫然。徒負着青燈黄卷，徒背着三尺寶劍，怎如是一臣，明甫伍員。

【尾聲】共爲柱石同調鼎，楚秦從此幸無邊，恩澤于今有萬千。

一夜白頭〔一〕

【正宫端正好】追思昔日，冤家曾結做，害得我人亡家破。耽誤得風花雪月成虚度，怒來時把寶劍重磨。西風敗葉飄，西風敗葉飄，閃得天涯海角成間阻。這的是悶殺人也麽哥，這的是悶殺人也麽哥。

【前腔】譙樓上一鼓敲，譙樓上一鼓敲，但聞得啾啾四壁寒蛩淒楚。衹落得對孤燈，十載心事空思數。想明日在昭關上，恨不得插雙翅，把那昭關飛過。枉讀詩書藏滿腹，早難道筆陣掃干戈。

【前腔】二鼓相催也，二鼓相催也，那裏有破昭關妙策奇才壓文武。縱有齊兵魏將誰憐我，今日個獨坐書齋愁滿腹。孤忠機未成，又聽得譙樓三更鼓。

【前腔】俺這裏戴天仇[二]，山海恨，甚日消磨。怎能勾子逢親、弟見兄、夫逢婦，兀的是埋盡英雄誰相顧。若不是遇恩人，險些兒做了逢虎穴狐兔。

【前腔】四更頻敲也，四更頻敲也，頃刻間譙樓上鼕鼕五鼓。鷄聲匆報晨光露，未報冤仇計策多。兀的不是想殺人也麽哥，兀的不是想殺人也麽哥。

校箋

〔一〕此齣齣目，《大明春》本題作「伍員定計過關」，注稱選録自《復仇記》，有滚；《摘錦奇音》本題作「伍子胥過招（昭）關」，注稱選録自《招（昭）關記》；《樂府名詞》本題作「子胥定計過昭關」。按：《大明春》本與《群音類選》本更接近，《群音類選》本缺少了《大明春》本中的滚白（唱）；對于唱詞與賓白，不同的版本處理不盡相同；《摘錦奇音》本與《大明春》本、《群音類選》本異文較多，無論是其所選底本較早或是改動較大，都顯示出其底本在文字上稍顯粗糙。

〔二〕戴：底本原作「大」，據《大明春》本、《摘錦奇音》本改。

私過昭關

【解三酲】蓋將軍今日來到，擺列着棋子征交。車炮炮馬休喧鬧，又見卒渡河橋。兵分兩溜休誇勝，又算雙龍入海潮。（合）慢使機關巧，一任斜陽，飛入枯蒿。

【前腔】再鋪排且喜推調，莫教差了纖毫。不愁海底英雄炮，衹將小卒輕敲。自古高棋莫與低棋着，引得低棋漸漸高。（合前）

【雁過沙】甚人敢無禮，擅便過關去。若無文引怎放伊，好生與我説名字，多應是奸細。如何脱得，這般情罪。

【前腔】小將敢輕視，咱是來往客商的。今朝要過昭關去，休得把咱來留住。不須致疑，放吾前去。

【前腔】漢子多威勢，莫非是子胥。好似畫像真無二，一一與我來拿住。如何脱得，這般情罪。

【前腔】小將敢無禮，咱就是亡楚伍子胥。一心要過昭關去，不須把咱來留住。不須致疑，放吾前去。

浣紗女投江

【一江風】搗寒衣，佇立江邊地，那堪對景凄凉味。自勤劬，不覺冷氣侵，入我纖纖指。風吹兩鬢絲，風吹兩鬢絲，斜簪金鳳低，肌膚懶倦妖嬈女。

【鎖南枝】謹資啓，賢姐聽，居楚邦名伍員。爲兄父報仇冤，往東吴借兵輦。腹又飢，身又寒，望慈悲，救殘喘。

【前腔】休推阻，莫見嫌，壺漿小禮君可餐。蒙賜意拳拳，恩德敢忘念。生可逃，死可免，倘若遇追兵，怎逃竄？

【玉交枝】將軍聽啓，念妾在東吴舊廬。問吾名是浣紗女，二親去歲身亡矣。家中事奴自供朝夕，論成家怎憚辛和苦。到此江亍，浣紗瀨蘆。

【前腔】驀地相逢，問佳人東吴路通。愴忙兩下相耽誤，特來問你名字。他年知恩當報恩，切莫説與追兵路。料烈女必然爲吾，此即是兒孫積福。

【前腔】君休憂慮，往東吴不須致疑。縱然後有追兵至，爲將軍怎言經過。他若這般疑慮奴，不如早向黄泉路。望此江，身歸地府。

夫妻重會

【新水令】追思那日效于飛，待英雄空備枕席。歷盡了山盟誓，願做百年期。豈料顛危，豈料顛危，拆散夫妻中路裏。

【步步嬌】一自樊城遭兵襲，受盡了酸辛味。伊東我在西，兩下悠悠，各自分南北。離恨隔天涯，茫茫此際誰相濟。

【得勝令】不知你扶燕邦投趙主，又不知侍秦君之韓魏。又不知你投曹地，又不知你功未成名未遂。又不知你歸未，又不知你喪黄泉損玉軀。思之，滴盡了英雄泪，料蒼天須鑒知。猛聽何人驚覺，越魆地裏自躊躇，莫不是鬼魅妖邪？真奇異，莫不是曾敲月下棋？

【江兒水】萬種傷心事，如同理亂絲。幾年夫婦如流水，不見公姑似風中絮。你弟兄做了含冤鬼，怎得冤仇雪洗？辜負黄泉，蹴首陰魂待你。

【收江南】呀，半睡中聽他道語，句句聲聲似怨啼。聽他訴就裏，好一似吾家體。他莫不是我妻，怎歷盡千山并萬水。

【沽美酒】忍悲聲心自知，這離愁訴與誰。可憐我歷盡了千山并萬水，我爲你香滅矣。不記得花前恩意，不記得雙雙罰誓。我呵，料蒼天鑒知，負心的報施。呀，伍子胥，伍子胥，到今日冤冤相對。

【尾聲】休得朦朧來打睡，奴家是你舊時妻，妾死在黄泉願做鬼。

【園林好】念妾在楚邦住居，曾適嫁亡夫子胥。一自在樊城失去，若提起泪雙垂。

【下山虎】當時分散，如鳥無依。朝夕心如醉，愁懷怎支。衹得向空門去也，豈料今朝得見伊。萬種傷心事，終宵哽咽，重整鴛幃復舊期。

【前腔】自從那日，鳳失鸞離。誰想遭危事，伊東我西。辛苦到吴畿，今統兵擬把冤仇洗也，須道人欺天不欺。骨肉重相會，離情展舒，重整鴛幃復舊期。

【尾聲】夫妻幾載相抛弃，今朝重諧鳳侶，這段姻緣天付與。

義乳記

《義乳記》，顧大典撰。顧大典生平簡介見本書「官腔類」卷十三「《葛衣記》」條。《義乳記》，今無全本傳世，僅于《群音類選》中留存數齣曲文。吕天成《曲品》屬「上中品」，稱：「李善事出《後漢書》，事真，故奇。且以之諷人奴，自不可少。」據《曲海總目提要》載：李善爲本縣李元家奴，因疫疾李元家人相繼死亡，唯小兒李續始生數旬未亡。李家貲財千萬，諸婢欲殺續分財，李善因不能阻止而抱續逃走，隱居深山，因撫子心切而身産乳汁。後撫續長成，告官後奪回李氏家産，李善也受到表彰而授官。

哭主保孤

【泣顔回】聽説痛悲傷，頓教人血泪盈眶。音容絶響，這生平恩德難償。嬰兒未長，這孤墳三尺誰營葬？空遺下萬籠千箱，嘆人生溘露空忙〔一〕。

【錦庭樂】把兒郎來撇漾〔二〕，性命在刀頭上，霎時間禍起蕭墻。把危機暗地埋藏，須防惡黨。好向官同告理，作急追償。

【催拍】驀忽地皇天降殃，一家兒業散人亡。且打疊行裝，且打疊行裝，把繦褓兒郎，潛奔他邦。似鳥失危巢，獸匿郊荒。脱得去答謝穹蒼，我心驚戰意彷徨。

校箋

〔一〕嘆：底本原作「漢」，據文意改。

〔二〕撇漾：底本原作「撇樣」，據文意改。

義乳哺孤

【忒忒令】路途間匆匆弃妻，也衹爲保孤全義。一時間失算，嬰兒須乳。到此地怎支持？聽悲啼，想你腹中飢，不由人不痛惜。

【前腔】衹怕那連鷄怎飛，因此上弃妻存主。如今没乳，終非活計。有甚麽濕沾衣？你啼飢，我悲泣，泪交流漬濕。

【沉醉東風】我男兒那得乳汁，命該全老天來周濟。是我的義膽忠肝，一時裂碎，化做了保嬰滋味。員外有知，院君有知，虚空裏將他護持。

【前腔】想蘇卿在虜庭牧羝，尚不能使羝羊生乳。我衹是個臧獲微軀，也有何德處，早難道反勝子卿節義。宗祧未移，後福可期，好教我愁眉頓舒。

日南雪冤

【香柳娘】是瑕丘解人，是瑕丘解人，爲因賊子，迢迢教我來傳遞。我驀然想着，我驀然想着，家破與人離，令人恨切齒。你忘恩負心，你忘恩負心，這王法怎逃，依律處治。

【前腔】望恩官可憐，望恩官可憐，我定睛凝視，行頭著起多標致。尚兀自亂言，尚兀自亂言，也有見咱時，今番怎饒死。你罪惡貫盈，你罪惡貫盈，速發市曹，快人心意。

妻家相會

【二郎神】雙親喪，潛匿山陽避虎狼，乳哺深恩同鞠養。更推乾就濕，歷盡了許多勞攘。他守日南我拜河間相，爲趨朝向客途尋訪。到潯陽，聞説道卜居江上，特地登堂。

【集賢賓】夜臺寂寞魂渺茫，幸孤墳衹隔廬江。看馬鬣龍章沾宿莽，真個是善慶餘芳。婚姻須講，早成就婦隨夫唱。年俱長，這鳳侶鸞儔不枉。

【黃鶯兒】灾禍起蕭墻，急逃生免喪亡，中途拆散無依傍。你潛踪在那廂，我栖身在這廂，相留乳哺情非强。謾推詳，聲音笑貌，老主舊行藏。

【猫兒墜】山中乳哺，幸得免淪亡。夫婦深恩未易償，孤寒幸得用賓王。歡暢，看相逢青眼，夢熟黄粱。

【尾聲】還將一滴澆黄壤，不盡思親泪兩行，把花燭佳期早酌量。

義僕遇墓

【北新水令】當年推轂藉鍾離，愧寒微濫叨官職。一鞭揮海嶠，五馬轉江湄。多少驅馳，也祇爲專城寄。

【南步步嬌】江干黯黯寒雲翳，旋把匡廬蔽。須愁去路迷，此去郵亭，尚須十里。咫尺有民居，不如暫把軒車税。

【北折桂令】看丰茸孤冢纍纍，心動神驚，驀地傷悲。一心要提抱孤兒，竟忘却暴露雙棺，未掩虆梩。怎比得廣路松楸，怕難免中野狐狸。謾自歔欷，好教人泪灑成冰，早難道心裏成灰。

【南江兒水】已畢田間事，把鋤犁收拾歸。不知唤我因何意，孤墳想是無宗裔，不時祭埽來幽隧。拜起含顰揮涕，分外悲啼，想是他嫡親瓜蒂。

【北雁兒落帶得勝令】休題起那新黄堂的紫綬紆，須索把舊蒼頭的青衣來替。不免借耰鋤把草莽除，向松門把荆榛來刈。自從我逃難别靈幃，祇怕你露黄腸無所歸。賴親朋將他瘞，早苔侵草内碑。窀穸，卧麒麟指點疑；纔知，化鴛鴦在泉壤栖。

【南叨叨令】犧牲當宰炙，醪醴便提携。别有人家在前村住，去辦將來怎敢違。

【北收江南】呀，自當年兩人傾弃，我夫婦保孤兒，怎當那豺狼當道搶家貲。恁遺孤纍卵危，疾忙裏中途弃妻，尤幸得湩生雙乳免啼飢。

【南園林好】到街坊准備祭儀，且喜得諸般整齊，香與紙也俱完備。請换章服奠陳詞，請换章服奠陳詞。

【北沽美酒帶太平令】想青衣行酒時，想青衣行酒時，到長大有房室。口食身衣都是你的，受恩深我自知，報恩心須鑒知。怎肯做負恩的，負恩的已曾伏罪。小主人學成名遂，早已是金章榮貴〔一〕。我呵，管教取如綸如絲，封伊贈伊，呀，提起那割襟盟早諧婚配。

【南尾聲】紙灰飛處飄紅泪，風木蕭蕭倍慘凄，數日依栖去未遲。

校　箋

〔一〕榮貴：底本原作「榮賁」，據文意改。

合璧記

《合璧記》，王恒撰。王恒（生卒年不詳），字伯貞，號小谷，奉化（今屬浙江寧波）人。生平事迹不詳。知撰有《合璧記》傳奇一種。《合璧記》，今無全本傳世，僅于《群音類選》、《樂府名詞》、《大明天下春》、《樂府紅珊》、《月露音》、《樂府萬象新》等戲曲選中留存數齣。呂天成《曲品》歸入「下上品」，稱：「此記解大紳事。詞亦佳，但欠脱套。」祁彪佳《遠山堂曲品》歸入「能品」，稱：「寫事必暢其本末，詞亦朗朗如日月入人懷，但覺才情少減。解大紳之脱獄，作者飾之以爲結局耳。」《曲海總目提要》對此劇史實與虚構有較詳辨識。劇述解縉因建言立儲太子而得罪漢王，後因漢王獲帝垂愛，漢王趁機報復而致解縉獲罪，全家遠戍。解縉子禎亮被帝與胡廣女胡玉華指定腹婚，胡廣因解禎亮被貶逐而欲悔婚，胡玉華割耳明節，非禎亮不嫁。後解禎亮得復官，與玉華完婚。

學士賞花〔一〕

【山花子】文章華國經綸手，鳳樓天匠重修。問花王春光肯留，幸晨昏濡筆螭頭。（合）

賀朝堂文崇武修，萬方玉帛王共侯。千年社稷春復秋，月夕花朝，閬苑丹丘。

【前腔】今朝聚樂非爲偶，昨宵奎壁光流。姓名香須教覆甌，當年曾占鰲頭。（合前）

【前腔】春來滿目花如綉，宫袍妒殺堪羞。惜花心休教買愁，還須斜插盈頭。（合前）

【前腔】吴鈎暫解偎紅袖，慚予肉食無謀。醉酕醄渾疑夢游，尊前惟有纏頭。（合前）

【舞霓裳】宛轉歌喉最清幽，最清幽。宛轉弓腰最嬌柔，最嬌柔。東君莫遣花顔謝，但願春光長照玉京樓，肆遨游漫教迤逗。纔回首，梧桐一葉便驚秋。

【紅綉鞋】銀蟾光映枝頭，枝頭；金壺漏滴樓頭，樓頭。花解笑酒忘憂，燈火燦篆烟浮，拚一醉復何求。

【尾聲】陽烏漸漸升高柳，歡賞猶難罷手，明日西郊續醉游。

校　箋

〔一〕此齣齣目，《樂府紅珊》本題作「解縉玉堂佳會」；《樂府萬象新》本題作「四翰林佳會」，注稱選録自《佳宴記》。

慶賞端陽

【梁州新郎】紅旗掣電，畫船鳴鼓，繽紛競濟湘波。離憂逐客，當年此日懷沙。惟有上官嫉妒，懷楚昏愚，留作千年靶。今當明盛世，復誰何，奪食潛蛟事已無。（合）蒙招飲，當趨赴。嘆人生莫把良辰負，拚一醉倩人扶。

【前腔】梅霖初霽，榴花新吐，佳節幸逢重午。香蒲切玉，金卮滿泛醽醁。唯有絲牽玉腕，釵裊朱符，艾虎懸門户。王侯佳麗地，醉醍醐，誰問洛陽一事無。（合前）

【前腔】競紅妝新樣釵符，早已見游人觀渡。那波翻畫鷁，雨過平蕪。惟有香羅叠雪，細葛含風，此事遺千古。歸人隨去棹，任追呼，隱約蟾鈎掛也無。（合前）

【前腔】畫梁間乳燕呼雛，早已見螢燈入幕。那人歸深院，月印平湖。惟有白頭争鼓，老大逢場，羞殺青年妒。杯行金谷數，强支吾，莫問尊中酒有無。（合前）

【節節高】雍雍聽鳳雛，最調和，合歡渥洽如腰鼓。月婆娑，好香多，知音坐。耳邊髣髴南風過。絶勝桑間濮上音，階前玄鶴蹁躚舞。

【前腔】商山樂若何，爛樵柯，長安似奕須參破。誰作譜，賦有無，還决賭。滿盤皂白縱横路。一着輸羸先後間，諸君慎勿當局誤。

【尾聲】今朝酩酊傾白墮，都是竹林風度，回首星星遍額顱。

母子問答[一]

【紅衲襖】你幾時得同心羅帶結？你幾時得鴛鴦衾被熱？你幾時得晨昏相見成歡悦？你幾時得步履相隨不暫撇？這惡姻緣算將來須用歇，這黑衣郎有甚的難抛捨？他在邊庭遠塞怎得歸來也，你因甚的孤負了少年節？

【前腔】我性兒中愛飧噹的是那冰與雪，我眼兒前怕覷見的是那花與月。我一片撥不轉的冷面皮寒是鐵，我一副點不化的硬心肝火樣烈。父親行何見邪，忖將來無別説。他若是要葬送我的名節也，這些兒青春也拚自決。

【前腔】你那不通方的乖性兒休執念[二]，你那不伶俐的劣意兒須按捺。非是你那做娘的胡口多饒舌，祇爲你那舊婚姻多祇是不濟也。却不道枉了你一生兒將針綫捻，負了你兩鬢兒將鈿翠貼。祇恐怕花枝未謝先嗚鴂，任你個好紅顔化成灰去者。

【前腔】非是我做女孩兒的性氣撇，非是我不聽着娘話説。祇爲着那兩個貞節的字兒難毁折，因此上這斷頭香教我怎去爇。我爹行見錯也，望娘親好勸些。他若是要孩兒去做一個薄幸人兒也，拚取虞姬劍上血。

【鏵鍬兒】他性兒忒撇，惱得我心焦面熱。衹恐怕待要團圓，番成永别。任他的心膽硬如鐵，還須打疊。休勸者，我志已決。皂白兩難别，要青紅亂列。

【前腔】你言顛行跌，伊行真太劣。怎教他錘碎連環，番成斷玦。姻親誰不悦，他甘心苦節。你休弄巧，反成拙。堅白怎磨涅，肯把名污行滅。

校箋

〔一〕此齣齣目，《月露音》本題作「礪節」。

〔三〕執念：底本原作「執捻」，據文意改。

玉華刑耳〔一〕

【三仙橋】我衹指望姻緣諧媾，又誰知似參商如卯酉〔二〕。未知甚日，夫妻相廝守。待做個貞烈女，怎效得花落水東流。我爹行一心兒衹要休，我娘心懷鼠首〔三〕。爹衹道是從父命古來原有，再不記《柏舟》篇那斯人斯婦。休休，要我做水上萍，怎避得那千年的厮醜。

【第二節】我這幾時龐兒消瘦，非干是傷春症候。也秖爲姻緣病疢〔四〕，爹娘前幾曾把眉兒皺。假意兒閑合口，這兩日逼得我難措手。待把命兒休，怕有個歸來時候，秖愁久後成羞謬。他那裏爲我謀，我怎依得他別尋姑舅。女孩兒害着嬌羞，不敢在爹娘前再三分剖。休休，除非是損却了胡玉華月貌花容，方纔免那學士出乖和那露醜〔五〕。

【第三節】我待要剔傷兩眸，他從幼來不曾覷着閑花柳，我這粉鼻兒能辯香和臭。我待要卸却手，怕後日難操井臼。這雙鳳頭，又不曾胡行亂走。待要剪青絲，那結髮恩情何有。這些穢言語，教我實難消受。休休，到不如做一個洗耳的巢由，再不聞這般樣的腌臢厮醜。

【憶多嬌】魂暗浮，血賤流，白璧微瑕委可羞，拚取紅顔一旦休。覆水難收，試看狐能首丘〔六〕。

【鬥蛤蟆】花月妖姿，一朝忍勾，節行貞堅，芳名不朽。誰道是，女釵流？不二其心，相期白頭。男兒事讎，中心寧不羞。刑耳全身，刑耳全身，桓嫠是儔。

【憶多嬌】鼎可投，刃可劉，不得全軀誓不休，效兩家鴛鴦相對愁。覆水難收，試看狐能首丘。

【鬥蝦蟆】莫怨爹行，將伊作讎，祇恐梧桐，西風報秋。顔寂寂，鬢颼颼。蛛網羅衫，塵埋鳳頭。男兒事讎，中心寧不羞。刑耳全身，刑耳全身，桓嫠是儔。

【憶多嬌】眉鎖愁，心轉憂，未卜今生能會否，祇恐怕鳳去臺空江自流。覆水難收，試看狐能首丘。

【鬥蝦蟆】趙璧完歸，連城價酬，合浦明珠，江妃并游。金爵鈿，合釵頭。管取雙雙，吹簫鳳樓。男兒事讎，中心寧不羞。刑耳全身，刑耳全身，桓嫠是儔。

校 箋

〔一〕此齣齣目，《樂府名詞》本題作「玉華割耳」，僅有三支【三仙橋】。

〔二〕卯酉：底本原作「昴酉」，據文意改。

〔三〕心：底本此字殘缺，據《樂府名詞》本補。

〔四〕病：底本此字右下殘缺，據《樂府名詞》本補。

〔五〕免：底本無，據《樂府名詞》本補。

〔六〕狐：底本原作「孤」，據文意和下文改。

雙珠記

《雙珠記》，沈鯨撰。沈鯨，生平簡介見本書「官腔類」卷十六「《鮫綃記》」條。《雙珠記》，今有全本傳世，現存明末汲古閣原刻初印本（《古本戲曲叢刊初集》據之影印）、汲古閣刻《六十種曲》本、清康熙五十九年（一七二〇）盛端卿抄本、清抄本（《明清抄本孤本戲曲叢刊》據之影印）、清咸同間瑞鶴山房抄本等。

母子分珠

【入賺】帥令如風，疾來到王家户限中。把聲兒悄，窺覷竊聽探形踪。恁群雄，緣何搶攘輕廝哄？爲爾伯身亡取嫡宗，軍情重，勾追嚴急休驚恐。禍從天送。

【前腔】想來文名姓誤相同，全仗恁鄉官秉至公。當堂查核，昭然支派豈朦朧。可使彌縫，願解簪脱珥充酬奉。猛可的令人怒髮衝，懇借通融，變生倉卒無門控。此心堪慟。

【掉角兒】霎時間述言未終，徵應速禍不旋踵。鹿撞心薰然似焚，粟生肌凜然如凍。攄微忱，籲蒼穹，并神衆，默相途中。（合）離懷種種，行踪洶洶。嘆骨肉，拊膺頓足，曷勝哀痛。

【前腔】覬他年將能化龍，恨今日驀成哀鳳。守衡門僅有母妹，望雲山別無昆仲。此一行，受牢籠，不輕縱，差操勞冗。（合前）

【餘文】泪如鎔，身如聳。豈堪彼此嘆飄蓬，未卜今生可再逢。

遇淫持正[一]

【步步嬌】偶因晚汲携罌綆，緩步循幽徑。花陰犬不鳴，雲散天空，林深人静。石甃一泓清，晃然玉檻玲瓏映。

【前腔】烟凝山紫時將暝，無奈情如骾。消遣强閑行，喜煞嬌娃，潛身窺井。應是救灾星，特來療我相思病。

【雙鸂鶒】言非禮聞之怒驚，論人道嫌别微明。古云李下冠難整，豈容伊無儀胡逞。空延頸，苟圖掩耳偷鈴，真馬牛枉却襟裾之盛。

【前腔】相思久矣如酩酊，最難逢須臾頃。願求俯就締凰盟[二]，指皎日昭昭爲證。休喙哽，當念氣求聲應，敬人者得人恒敬。

【前腔】恨時乖遇了猩猩，具人形不離獸性。休强横，忒恁的行奸言佞。吾心正，豈解勉强逢迎，死生禍福皆前定。

【泣顔回】叵耐這卿卿，恁妝喬忒煞無情。一腔高興，都做了點水成冰也。空勞至誠，偷香竊玉須由命。且圖他意轉心回，定能奏鳳瑟鸞笙。

校　箋

〔一〕此齣齣目，《醉怡情》本題作「持正」。

〔二〕求：底本原作「言」，據《醉怡情》本改。

賣兒繫珠

【宜春令】吾夫是合絞因，爲奸豪攢成寇讎。青蠅未聚，毫端無計祈天宥。拚捨這弱息螟蛉，要表我終身箕帚。若得，携歸鞠育，感當不朽。

【前腔】聽伊語，見慮周，使人聞心傷眉皺。暮齡無嗣，希求令子承吾後。想元是天上麒麟，今做了璞中瓊琇。管取，氣求聲應，箕裘胥茂。

【前腔】兒靈慧，睁兩眸，似教娘斯須挽留。明珠懸項，窮源推本應根究。圖功業志氣從新，思骨肉宗支尋舊。雖是，丁寧無數，兒能知否？

【前腔】娘珍重，莫過憂，我東人仁慈罕儔。既蒙付托，提携保護當盈缶。冀十年異地成身，看一旦故園回首。方信，萍歸大海，相逢非偶。

夫妻永訣

【尾犯序】月犯少微灾，泰嶽其頹，梁木其壞。冠世英雄，恨今爲弃材。堪怪，素不忤三章令典，誰知做五刑魁宰。莫不是，玉樓作記，天上有人催？

【前腔】玉樹夢中埋，十載夫妻，一旦分愛。流水浮雲，恁悠悠不回。恩債，倘或是三生未了，還擬得九泉可待。最苦着，衰親幼子，無計吊幽懷。

【前腔】凝咽泪盈腮，執手相看，魂蕩天外。誰料花顏，攢成禍階。聊賴，恁可念親當衰老，恁可念兒方傀儡。還須要，存亡一視，加意厚栽培。

【前腔】你兀自計安危，忘却殘軀已是浮荄。欲與分明，恐伊行駭猜。寧耐，奴祇慮君身廢殞，君莫慮奴心忍改。須識破，死歸生寄，毋得恁徘徊。

纊衣寄詩

【集賢賓】黄昏永巷烟浸柳，霏霏暝色盈眸。花底金猊蘭篆紐，正遠樹栖鴉時候。明珠繫久，怎見得萱容依舊。（合）心似炙，痛骨肉數遭陽九。

【前腔】初更鐘鼓起戍樓，流螢飛傍簾鉤。雲漢昭回星與斗，見耿耿明河將溜。孤燈自守，豈敢望承恩先後。（合前）

【前腔】二更漏閣驚換籌，翠屏寒潤潛透。漬鮫綃清泪難收，此衷誰與分剖。抱甄妃遺枕重憂，羨韓女題紅機偶。（合前）

【前腔】三更月午光四流，空階明瑩如晝。乍驚枝鳷鵲南投，幾番栖止飛逗。覷桐影森森轉移，聽蛩韵啾啾悲扣。（合前）

【琥珀猫兒墜】四更燭燼，欲寐怎能够。不覺鷄人頻報丑，纊衣針綫未停手。（合）勞疔，怎捱得憔悴精神，猶飲醇酒。

【前腔】五更將曙，仙樂已調奏。曉色微茫穿户牖，纊衣縫紉正成就。（合前）

赴婚遇兄

【園林好】止不住盈盈泪漣，禁不過衷腸痛煎。那裏有恁般顔面，與我妹并嬋娟，苦雙眼注將穿。

【前腔】猛省着鶺鴒在原，瞥見了荆花舊妍。難信道形容皆變，語音在似當先，把骨肉意空懸。

【忒忒令】這宫娥愁容可憐，平白地泪拋如霰。細覷他行藏，動止如曾見。莫不是夢中相善，枉教我詳顧盼，費躊躕，想不起是何年。

【前腔】見他們眉攢翠尖，聽他們悲聲吞咽。兩下裏似嘗，聚首生繾綣。這幾微令人難闡，祇落得心悒怏，泪潺湲，驚耳目起猜嫌。

【尾聲】同枝落落遭時蹇，詎料今朝趙璧完，信是骨肉悲歡意各專。

西市認母

【紅衲襖】莫不是有人遺在路歧？莫不是向經商相易取？莫不是素往來報此代瓊琚？

想他狼狽難賦歸與，先繫燕足托渠傳寄。敢則是窮途横禍不幸身填溝壑也，畢竟委却明珠伴土蛆。

【前腔】我和你赴荆湖曾與俱，荷姑嫜贈别後期歸此。爲良人遭誣當刑市，發哀誠直陟太和嵎，明夙志自行捐軀。因此上把兒先弃，繫明珠寓意如初。屈指十有餘年也，豈是數極機通還洛渚？

【前腔】本是藴經綸年少儒，今日裏筆生香冠禮闈。似潛龍伏虎際却風雲會，期丹闕率群英御道先馳〔一〕。珮叮咚腰掛金龜，近天顔談道經幃。論他籍貫姓名與恁俱同也，難道瓜葛無干問是誰。

【前腔】眼望着咫尺間似天涯，驟聞説事驚心泪滿衣。恰便是萍歸大海還相遇，誰料得祖孫母子今日叙離居。尚未卜是否何如？悲喜集中生猶豫。親骨肉此地相逢也，疑在華胥夢覺餘。

【東甌令】思量起，泪雨揮，魚沉雁杳事已非。筆端幸有青蠅集，恩澤霈丹書。未知衽革戍何區，兩地望雲迷。

【前腔】延殘喘，調邊隅，劍老燕山甚日輝。升天縮地渾無計，惟有泪支頤。天王不諒慕親詞，解組赴征途。

【前腔】休流泪，勿顰眉，才得庭幃樂祇且。關河迢遞齊秦楚，怎忍又分暌。從來天理與人符，終慰壽昌思。

【前腔】聆言語，貴思維，孝感曾無間顯微。事親雖不同江革，准舞老萊裾。辭榮信是盡天彝，慎戒逆鱗披。

【尾聲】一家天地春和煦，堪羡鄉間觀會美，要致稱觴具慶時。

校 箋

〔一〕期：明末汲古閣原刻初印本作「朝」。

錕鋙記

《錕鋙記》，兩宜居士撰。兩宜居士，姓名、字號、里居、生平均未詳。知撰《錕鋙記》傳奇一種。《錕鋙記》，今無全本傳世，于《群音類選》中留存《燈夜游宫》、《申生受烹》、《重耳奔翟》三齣曲文，于《月露音》中留存《成親》、《游宫》兩齣曲文。吕天成《曲品》歸入「中下品」，稱：「此以重耳爲生者，發揮明盡，觀者洞然。古尚有《斬袪》一記，未見。」祁彪佳《遠山堂曲品》歸入「能品」，稱：「叙事有條。此與《斬袪》之記晋文，各得明暢之旨。但如老農圃談稼穡，雖皆實際，却多俚詞。」事本

《左傳》、《史記》所載晉國史實。劇情當敘晉文公結髮妻齊姜去世，寵愛戎姬及其所生子奚齊。戎姬用計，烹殺太子申生，并欲害重耳。重耳得到密報，看到錕鋙劍，遂逃出晉國。後得還晉國，繼承王位。

燈夜游宮[一]

【普天樂】七香車輕塵擁，五花驄嫦娥控。天門外，天門外士女喧叢，敕金吾免禁行踪。呀，聽笙歌沸涌，花燈照九重。濟濟同扶翠輦，翠輦來到蟾宮。

【北朝天子】想當初冶容，愧而今似蓬，嘆人生老去成何用。含羞抱耻，戰兢兢舉鍾，向君王殷勤奉。殘花兒怎惹蜂，綉針兒怎引絨。一五工六工凡尺工，鬧元宵齊聲喧哄。笛吹龍簫鳴鳳，笛吹龍簫鳴鳳。

【普天樂】一天星雲霞動，千門月人民共。金橋外，金橋外火樹茸茸，這升平萬國誰同。呀，聽笙歌沸涌，花燈照九重。濟濟同扶翠輦，翠輦來到珠宮。

【北朝天子】手纖纖嫩葱，脚彎彎小弓，舞翩翩翠袖風前弄。幽情萬種，幸今宵掃空，怕明朝春愁重。鴛鴦枕又空，凄凄恨怎窮。一五工六工凡尺工，鬧元宵齊聲喧哄。笛吹龍簫鳴鳳，笛吹龍簫鳴鳳。

【普天樂】鳳凰樓鰲山迴，麒麟殿星橋聳。瑶階下，瑶階下香霧空濛，踏歌聲隱隱玲瓏。呀，聽笙歌沸涌，花燈照九重。濟濟同扶翠輦，翠輦來到瓊宫。

【北朝天子】向階庭鞠躬，近君王進鍾，喜今宵雨露天恩重。談雲説雨，二十年夢中，禱祆神渾無用。春山褪已空，秋波滴已窮。一五工六工凡尺工，鬧元宵齊聲喧哄。笛吹龍簫鳴鳳，笛吹龍簫鳴鳳。

【普天樂】夜將分人猶閧，興將闌情猶重。譙樓上，譙樓上蓮漏叮咚，想佳人悶寢方濃。呀，聽笙歌沸涌，花燈照九重。濟濟同扶翠輦，翠輦來到寒宫。

【北朝天子】啓櫻桃小紅，擺楊枝瘦躬，一聲聲唱出花心動。戎奴驪女，怕難充上宫，望君王垂憐寵。論相思幾重，乍相逢興轉濃。一五工六工凡尺工，鬧元宵齊聲喧哄。笛吹龍簫鳴鳳，笛吹龍簫鳴鳳。

校箋

〔一〕此齣齣目，《月露音》本題作「游宫」。

申生受烹

【高陽臺】慈母先亡，嚴君老矣，投情賴有戎姬。我若明辨斯言，勢無兩生之理。休疑，親恩罔極當報本，縱殺身何足爲懼。倘一朝，加兵問罪，我也有死而已。

【前腔】差遲，禍已臨頭，灾來切己，難將信義堅持。若此糊塗，縱死有誰憐惜。須知，君王未必愁便死，枉沉埋半生英器。望東宫，知機通變，早爲之計。

【山坡羊】我也曾着斑衣承歡娱意，我也曾將雄兵攻城掠地，我也曾問寒暄晨興夜眠，我也曾捧湯藥雙膝兒在床前跪。又怎知，齒牙爲禍基。將我天親父子一旦成拋弃，閃得我地户天門，欲投無計。傷離，忍忘却齊姜結髮妻；悲凄，忍烹却申生無罪兒。

重耳奔翟

【榴花泣】衷腸愁絶，垂泪濕緋袍，紅日短白雲遥。池塘春草夢魂勞，急難誰顧，番愧鶺鴒嘲。嘆星星髮毛，再朝天何日蒙宣召。願吾王訪逐求賢，致明王德并唐堯。

【前腔】絳都何處，天北紫雲高，心慘慘路迢迢。新城千里隔烟宵，音書遼絶，無計見同胞。何須鬱陶，且休思聚散傷懷抱。看一朝迭奏塤篪，論人生豈是蓬蒿。

【入賺】瓦解冰消，身似浮萍逐浪飄。來傳報，侯門今且不須敲。你獨賢勞，今朝何事匆匆到，莫不是朝中起禍苗？ 難相告，這錕鋙長劍是何人寶？ 便知分曉，便知分曉。

【前腔】一見魂消，此劍緣何屬我曹？ 難猜料，莫不是兄遭讒譖被囚牢？ 免驚號，你將根因始末從頭道，不用吞吐言詞隱下梢。 堪悲悼，驪戎妖婦能奸巧。 死生難保，死生難保。

【皂角兒】想當初聯繮出朝，數年間頓無音耗。 還承望同開太平，到如今灾來不小。痛青春，傷刀劍，這冤仇無窮盡，地闊天高。（合）尚方有刀，終難恕饒。 没來由，將仁慈君父，變成兇暴。

【前腔】念東宫征伐任勞，念東宫事全忠全孝。 念東宫親賢遠奸，念東宫恤貧憐老。恨衹恨他性兒偏，心兒躁，受無辜捐軀命，何人旌表？（合前）

【尾聲】勞卿跋涉山川道，把哀情特來傳報，從此留心看六韜。

新刻群音類選官腔卷十九

四豪記

《四豪記》，作者佚名。《四豪記》，今無全本傳世，僅于《群音類選》、《月露音》中留存數齣曲文。吕天成《曲品》歸入「中中品」，稱：「如《四節》例，分信陵、孟嘗、平原、春申作四段，而首尾以朝周會合，各采本傳事點綴，的是可傳。尚欠工美。」祁彪佳《遠山堂曲品》歸入「能品」，稱：「記孟嘗、春申、信陵、平原四公子。首之以周天王之分封，合之以邯鄲解圍，中分記其事，各五六齣，如《四節》例。構局頗佳，但填詞非名筆耳」。所選數齣爲每位公子相關的故事，最後一齣爲四公子邯鄲宴聚。

狗盗入秦藏

【駐馬聽】禁鼓初更，寂寂天街誰敢行。巡邏小卒，守夜官兵，悄悄冥冥。輕輕移步入秦庭，風寒露冷人初静。仔細經營，仔細經營，這場好事，終須拚命。

【前腔】玉美金精，魯璞吳鈎楚白珩。珊瑚瑪瑙，琥珀玻璃，玳瑁空青。象牙犀角與猫睛，琉璃翡翠明璣瑩。琬琰瓊瑛，琬琰瓊瑛，隋珠和璧，輝光相映。

【前腔】帶綬簪纓，綺綉絲羅紗段綾。襟裾襪履，玉珮香鈎，弁冕衣衾。鳳冠霞帔錦成茵，龍袍蟒服繒爲襯。價值千金，價值千金，輕裘狐白，真難相并。

【駐雲飛】答謝神明，竊得狐裘轉四更。禁苑裏人烟静，何處是來時徑。嗏，趲步向前行，怕有人聽。泄漏天機，枉害殘生命。這段功勞叙得成。

鷄鳴出函谷

【甘州歌】清霜滿地，聽畫樓殘角，斷續風吹。關山何處，頓忘却岐路奔馳。郵亭驛遞須封傳，易姓更名且變衣。加鞭策，縱馬蹄，驊騮騄駬傍雲飛。□□□，□□□[一]，追兵唿哨馬聲嘶。

【前腔】驅兵步步隨，奉君王嚴令，怎敢稽遲。從教插翅，料應他無力翻飛。秦關盡日堤防慎，齊客今朝咫尺迷。洋洋去，緊緊追，故鄉猶恐未能歸。遭龍睡，犯虎威，管教難犯這灾危。

【前腔】狐裘是禍胚，觸將軍暴怒，丞相奸回。本求和好，翻成作怨恨乖離。封侯相位應無福，繫虜囚車實可悲。辭宫闕，泣路岐，飄零何日遂東歸。賢門客，感幸姬，關門將近未聞鷄。

【前腔】關城聞曙鷄，施暗中巧計，就裏藏機。重門已出，你縱有駟馬難追。頓開鐵鎖蛟龍走，踏破雕籠彩鳳飛。山離險，路漸夷，風塵千里近王畿。三千客，十里師，功歸狗盜與鷄啼。

【尾聲】嘆飄蓬，生如寄。豺虎叢中始得歸，再整戎車却向西。

校　箋

〔一〕□□□□□□：底本即爲六個方框。

馮驩彈鋏歌

【懶畫眉】長鋏歸來食無魚，桑户繩樞返故廬，食前方丈竟何如。龍泉何事埋光采，枉做人間大丈夫。

【前腔】長鋏歸來出無車，門外何人問索居，紅塵拂面走長衢。高軒駟馬應無分，空讀人間萬卷書。

【前腔】長鋏歸來有車魚，無以爲家難久居，身留一劍更無餘。鋙鋙不遇風胡識，狗盗鷄鳴愧不如。

【桂枝香】沉潛抱負，軒昂器度。國士難逢，知音不遇。蛟龍待時，蛟龍待時，驊騮獨步，鳳凰爲伍。羨通儒，百篇文彩聯東壁，一劍光芒射斗墟。

【前腔】感君收録，荷君存顧。鼓瑟齊門，吹竽濫預。食中有魚，食中有魚，出門乘御，家無顧慮。藉吹嘘，要爲天下奇男子，不作人間淺丈夫。

春中獻美人

【畫眉序】稽首拜金闕，奉獻佳人侍巾櫛。喜儀容端正，性資修潔。買蛾眉不惜千金，求鳳子重光奕葉。（合）柳腰莫道曾攀折，梅子更宜多結。

【前腔】將近又還怯，本是邯鄲舊妻妾。恐象床鴛被，不堪鋪疊。唯願取瑞應儲星，非敢望光分后月。（合前）

【前腔】紅袖映丹頰，酒注金鍾味香冽。看芳容玉貌，果然奇絶。歌喉嘹高遏秋雲，舞

態輕低回春雪。（合前）

【前腔】清夜玳筵設，十二金釵兩行列。看雙眉愁鎖，一心嬌怯。喜今宵鳳配鸞儔，兆異日金枝玉葉。（合前）

【滴溜子】今日裏，今日裏，睿情歡愜。從今後，從今後，綿綿瓜瓞。洞房裏絳紗高揭，南薰透瑣窗，一輪皓月。銀燭華筵，照人明燁。

【鮑老催】故山萬疊，衷腸欲訴柔腸裂，舊歡未畢新歡結。眉偷促，泪暗垂，心徒切。巫山雲雨輕抛撇，章臺楊柳從攀折，咫尺間，成間別。

【雙聲子】笙歌歇，笙歌歇，合殿裏歡聲徹。金尊竭，金尊竭，寶爐内沉檀爇。歸路折，歸路折。燈毬接，燈毬接。看金階人静，銀河影滅。

【尾聲】從今朝野皆歡悦，不枉了把陰陽調燮，永建王家萬年業。

如姬竊虎符（二）

【山坡羊】亂紛紛御溝中紅葉兒飄蕩，急攘攘畫檐前鐵馬兒衝撞，嘹嚦嚦瑣闥外無情雁聲，絮叨叨玉砌邊促織兒音清喨。秋夜凉，那堪更漏長。今宵沉醉銷金帳，楊柳風生，梧桐月上。飛觴，拚沉瞑入醉鄉；笙簧，送金輿歸洞房。

【前腔】冷瀟瀟控金鉤的秋聲悲壯，皎團團透珠簾的蟾光明亮，啾唧唧鬧金階的寒蛩夜鳴，閃爍爍照銀床的燈影摇羅幌。侍君王，堯年舜日長。鴛鴦比翼芙蓉帳，蘭麝香熏，葡萄酒釀。周王，赴瑶池宴羽觴；軒黄，做華胥夢一場。

【二郎神】初更後，對妝臺把雲鬟寶髻收，一陣風來羅綺透。閑階寂静，淅淅蛩吟窗牖。别作深宫一段秋，聽雙砧敲送邊愁。（合）因坐久，不覺萬籟無聲，漏滴譙樓。

【前腔】仇讎，三年積恨，蛾眉蹙皺，藉公子交游方授首。空自飲義銜恩，欲報無由。日夜思量願未酬，到而今方纔輻輳。（合前）

【集賢賓】兵符自料難到手，教人進退夷猶。衹怕君王醒宿酒，這機事定然泄漏。翻成差謬，何日把邯鄲拔救？（合）恩徒厚，愁絶處把人憔瘦。

【前腔】深恩未報，衷腸未剖，這念念常在心頭。誰識今宵萬種憂，又恐怕那人尋究。功成未否，止不住泪沾襟袖。（合前）

【黄鶯兒】霜月冷飀飀，喜吾王睡正齁，酒痕尚污龍袍袖。把兵符謹收，怕明珠暗投，封題付與妖紅手。莫遲留，用心前去，免使我謾凝眸。

【前腔】漏下轉更籌，看銀河影漸流，一簾秋色明如畫。綉鞋兒緊兜，玉環兒暫收，把錦衣烏帽喬妝就。敢遲留，用心前去，不必謾凝眸。

【猫兒墜】蕭蕭木葉，飄下一天愁。烏鵲驚飛低北斗，霜寒到骨想貂裘。（合）深秋，又早見露濕階除，月掛城頭。

【前腔】那堪回首，遥望鳳城樓。溝水無情日夜流，六街三市路悠悠。（合前）

【尾聲】雨雲世事如翻手，恩報恩時仇報仇，堪嘆浮生若夢游。

校　箋

〔一〕此齣齣目，《月露音》本題作「竊符」。

毛先生自薦

【玉芙蓉】無因投夜光，按劍遥相向，嘆英雄空自昂藏。丹心要把山河壯，赤手還將社稷匡。（合）〔一〕從今後，如錐出囊，指日間看咱們脱穎露鋒鋩。

【前腔】懷中玉久藏，席上珍堪尚，喜吾門國士無雙。胸中浩氣騰千丈，筆下雄文定八荒。（合）從今後，如錐處囊，指日間看他們脱穎露鋒鋩。

【前腔】文須佐趙王，武要驅秦將，論平生勇力剛强。聽他言語多虚誑，衹恐施爲欠主張。（合前）

【前腔】何須較短長，不比妝模樣，且安排舌劍唇槍。磊磊落落何多讓，烈烈轟轟做一場。（合）從今後，如錐出囊，指日間看咱們脱穎露鋒鋩。

校　箋

〔一〕（合）：底本無，據後文補。第四支同。

邯鄲宴四豪

【山花子】太平會宴彤雲繞，長空瑞雪飄飖。照青春金冠錦袍，玲瓏玉帶垂腰。（合）喜邯鄲烟塵已消，天教此會集四豪。龍笙象板合鳳簫，笑折寒梅，勸飲香醪。

【前腔】容顔覽鏡休嗟耄，乘時且弄風騷。楚宫中許多細腰，何如俺態度妖嬈。（合前）

【前腔】救灾恤患能存趙，翩翩公子賢勞。看旗常勛業可褒，千年青史名標。（合前）

【前腔】群賢共把秦灰掃，全憑武略文韜。畫堂中銀燭且燒，晚風寒透狐貂。（合前）

【撲燈蛾】逢花且咏嘲，對月還歌笑。聚首論交日，不似當初年少也。共肺肝相照，眼空四海幾時髦。（合）嘆浮生朱顏易老，更無情白髮，權貴那曾饒。

【前腔】青萍俠氣高，白雪歌聲妙。遇酒寬懷處，莫問閑愁多少。共追歡買笑，茫茫天地幾人豪。（合前）

【尾聲】圍紅繞翠笙歌鬧，看此地絶勝蓬島，偏稱銅壺夜漏迢。

扊扅記

《扊扅記》，張鳳翼、徐應乾、張太和、端鏊皆有撰，傅惜華《全明傳奇》把此本屬張鳳翼，《中國曲學大辭典》把此本屬端鏊。今從《中國曲學大辭典》。撰傳奇有《扊扅記》一種。《扊扅記》，今無全本傳世，僅于《群音類選》、《月露音》中留存數齣曲文。端鏊，字平川，生平、里籍皆不詳，知呂天成《曲品》把端鏊撰本歸入「下上品」，稱：「此記在伯起前，叙事頗達，第嫌用禪寺爲套耳。」把張鳳翼撰本歸入「上中品」，稱「此伯起得意作。百里奚之母，蛇足耳。」祁彪佳《遠山堂曲品》把此作歸入「具品」，稱：「吾以爲別有結構，爲百里奚寫照耳；若祇此叙述，何須學邯鄲之步？」劇叙百里奚家貧寒，離家時妻爲之燒扊扅而炊伏雌，灑泪相送。後百里奚歷經磨難而發迹，官至宰相。百里奚妻在家守節不改嫁，百里奚待妻不再娶。尋夫途中，夫妻相遇而失認，後百里奚招賣唱女到家中，此賣唱女實爲其妻。其妻唱其前事，夫妻終團圓。

長亭送別

【忒忒令】雲樹重重鎖暮愁，何事輕離同偶。祗恐風塵萬里，情到不堪回首。那曾慣涉水登山，冒霜寒，披月冷，何處勞奔走。

【前腔】意懸懸功名願怎酬，急攘攘寶玉懷難售。但願攀龍附鳳，更何憂馳驟。一任地北天南，朝投秦，暮投楚，好舒經國手。

【沉醉東風】嘆功名水上浮漚，望前程風中絮柳。君挾策遠相投，知他能用否？到其間祗恐怕令人虛守。（合）爲家泪流，爲國泪流，又不知何日裏得聚頭。

【前腔】守家園肯老蒼頭，向諸侯看功成唾手。非是我妄追求，羨英雄肯居人後，離別去看歸來懸紫綬。（合前）

【園林好】贈君行奴何所有，烹伏雌聊相勸酬，須信扊扅炊就。休忘此意綢繆，休忘此意綢繆。

【前腔】感娘行情深意周，謝烹雌甘貧自守，别後銜恩不朽。須有日會牽牛，須有日會牽牛。

【江兒水】渺渺長亭道，匆匆客子游，英雄仗劍對尊酒。他烹雌要你早展調羹手，他炊扅要你早向金門走，何事泪湮衫袖。（合）試看長驅，指日裏撑扶守宙。

【前腔】無奈一時別，長增萬種憂，牽愁惹恨絲絲柳。想烹雌人在寒窗守，炊扅人困蓬門久，着我空添消瘦。（合前）

【五供養】你何須過憂，蓬矢桑弧，志存九有。風塵隨去馬，落日送行舟。覷長途無數，王孫馳走。誰能常聚首，孰肯卧滄洲？（合）一旦功成，芳名不朽。

【前腔】我憂恨怎休，嘆迹如萍梗，身似蜉蝣。閑花偏着怨，衰草秪生愁。我妻房困苦，望你相扶救。草茅如得志，犬馬即相酬。（合前）

【玉交枝】官人聽剖，論才華拔越凡流。心存國事肯家謀，也秪要名成就。寰區且逐雲龍會，富貴無忘晝錦游。（合）刮目看，更進竿頭。

【前腔】車馳馬驟，都欲上鳳閣龍樓。風塵迢遞任追求，妻房煩問候。一朝燮理贊謨猷，終身報答傾瓊玖。（合前）

【川撥棹】諒真心誰能勾，我訴衷腸難措口。秪慮你位列王侯，怕抛奴另尋佳偶。（合）怎教人不怨愁，不由人不泪流。

【前腔】忠于國願無休，愛于妻願常守。縱有月色花容，我怎肯迎新弃舊。（合前）

【尾聲】長亭送别愁分手，無限情懷知否，有日榮歸争看驊騮。

【尾犯序】最苦别離愁，滿目寒花，一天烟柳。衹爲求名，冒風霜遠游。消瘦，怎忍見他停驂顧目，不堪訴我攀轅分手。奴衹慮，日斜人遠，翹首望滄洲。

【前腔】離别不須愁，學貫天人，氣衝牛斗。向往求名，料遭逢自投。聽剖，他擬望神京建績，肯落莫家園自守。何必向，蒼山碧樹，徒把泪珠流。

【前腔】風塵悲遠游，一旦分襟，何時聚首。待得成名，怕相見無由。思究，看物態翻雲覆雨，感世變白衣蒼狗。奴復慮，亡唇寒齒，無計可安留。

【前腔】安危須自守，仰默佑行藏，滋培蒲柳。他萬里雲衢，早遂錦衣游。知否，倘能勾鹽梅鼎鼐，肯負你糟糠箕帚。從今後，天從人願，無使望穿眸。

鬻身飯牛[一]

【桂枝香】持竿命槳，狂思浪想。遥思戀餌貪鈎，已被批鱗几上。你如今釣臺虚守，如今釣臺虚守，魚沉音斷，波清月暗。這其間，一從連釣春鰲後，萬頃空江碧水寒。

【前腔】金丸休彈，雕弓休颺。遥想設網張羅，致使遷喬離暗。他如今色斯舉矣，如今色斯舉矣，清音絶響，修翎天壤。這其間，一驚箭射飛騰去，萬里雲霄不可攀。

【梁州新郎】和風酥雨，輕寒微暖，正值郊原緑遍。飯牛平野，遥看雲錦相連。想羆熊方隱，鹿豕同游，發迹先微顯。聖君賢相豈徒然，且卧斜陽萬里天。（合）紅杏裏，緑楊畔。好隨時守分同歡忭，身外物有誰戀。

【前腔】纖纖芳草，班班新蘚，彩結花裀鋪遍。雨蓑風笛，暫將牧地盤桓。想烹雌思婦，炊扊佳人，何處空悲怨。暮雲春樹不堪言，草長沙平接遠天。（合前）

【前腔】向晚來皓魄團圓，聽原上歌聲清亮。看牛蹄没草，蝶狂蜂亂。無數游人集蟻，芳草連天，此景清無限。何勞附鳳犯龍顔，緑野香堤别有天。（合前）

【前腔】過前村柳媚花妍，跨青牛風恬日暖。看飛鴉數點，繞枝争占。一段彩雲團蓋，瑞靄平川，好景誰曾見。清閑不讓神仙伴，一笛臨風月滿天。（合前）

【節節高】黄昏飽飯甜，喜無牽，紅塵遠隔閑庭院。思量遍，射雉弦，屠龍劍。都來不是乘牛願，功名富貴從人占。（合）衹恐浮名易了休，不覺光陰如飛電。

【前腔】披蓑伴月眠，夢魂安，閑憂不動羲皇念。無縈絆，草爲氈，天爲幔。從他世事尋

常變，日高睡起飛春燕。（合前）

【尾聲】閑花野草春争艷，好良辰放我清閑，始信優游天地寬。

校　箋

〔一〕此齣齣目，《月露音》本題作「飯牛」。

强婚守節

【憶多嬌】山可裂，海可涸，無瑕白璧不可涅，效精衛銜石填海闕。波清水潔，願冰肌葬與魚鱉。

【鬥黑麻】我結髮恩情，肯輕抛撇，任碎首奸雄，恁般摧折。情難斷，志怎奪。就死湘江，泪痕怎滅？牽衣痛説，寸腸千萬結。義重身輕，生離死别。

【憶多嬌】心剴切，行果决，《柏舟》自誓莊姜節，想野蔓虚纏豈瓜葛。波清水潔，願冰肌葬與魚鱉。

【鬥蛤蟆】羨執守蘋蘩，慕女貞潔，肯著主衣裳，爲人容悦。首堪斷，目可抉。怎戀微軀，行名損缺。牽衣痛説，寸腸千萬結。義重身輕，生離死别。

【剗鍬兒】玻璃玳瑁開華宴，洞房今夜會神仙。芙蓉裀褥軟，歡娱笑喧。跨鳳乘鸞，金尊雙勸。一夜夫妻，百年姻眷。

【前腔】奸雄妄動連婚念，曉行飛露肯相沾。鶼鶼有真見，虚疑野鴛。終天負冤，恨無飛劍。碧玉無瑕，肯教蠅玷。

【前腔】銀河織女空相戀，豈知河伯娶嬋娟。龍宫冰簟展，露犀夜燃。跨鳳乘鸞，金尊雙勸。一夜夫妻，百年姻眷。

【前腔】香魂逐水無由見，湘妃蘭珮喜重看。長風雲雨捲，缺月又圓。（合）終天負冤，恨無飛劍。碧玉無瑕，肯教蠅玷。

【前腔】願將枯骨填江漢，豈逢神禹苦相援。汪洋弱水險，復起九泉。（合前）

寄身尋夫

【駐馬聽】幾度寒威，千里兒夫未授衣。我這裏抒懸夜月，梭弄西風，坐擁寒機。金針未引泪抛垂，剪刀欲舉心先碎。感事傷悲，感事傷悲，寂寥深巷鳴雙杵。

【前腔】巧製寒衣，展轉尋思未了時。意中長短，去日丰姿，别後腰肢。愁多似織復添絲，情含無限仍加絮。地遠天殊，地遠天殊，誰憐寒到衣難寄。

【前腔】露冷風凄，你補衮兒夫苦念伊。多添弱綫，細爨香絲，熨貼輕裾。生香彩服自相宜，禦寒袍綈輕抛弃。魂夢無知，魂夢無知，倩人稍寄同飛去。

【憶多嬌】霜慘切，風凛烈，兒夫何處披金衣鐵。途路間關，有勞遠涉。（合）牽衣細説，舉目盈盈泪血。

【前腔】欺暖褐，輕叠雪，縷縷情牽絲絲意切。好襯羅袍，肯教輕撇。（合前）

【鬥蛤蟆】感念深恩，豈辜委托，須信紇絲，雲清露潔。風雨霑濡，有難熨貼。千里程途，仔細提挈。（合）同心綰結，分袂擬重合。染竹成斑，泪痕怎滅。

【前腔】將衣遠行，敢辭跋涉，重比羔裘，委蛇可悦。他緑衣黄裏，肯教僭越。須念你殷勤，衫襟忍割。（合前）

夢回紀怨

【雙調新水令】入空門最苦是僧家，誰能勾雨雲巫峽。無心翻貝葉，有夢逐桃花。珮玉衣霞，女菩薩從天下。

【駐馬聽】不競紛華，薄霧輕烟籠夜月；天成俊雅，和風酥雨透春葩。芳容嫌使膩朱搽，玉肌潤比香酥滑。多情含笑頰，盈盈暗度依蘭若。

【沉醉東風】喜相看琪樹上開連理花，喜相看蒲團上襯凌波襪。假意兒往前迎，火性兒隨時發，得歡娛脱却袈裟。題起焚香念法華，把咱個逃禪的僧人氣殺。

【折桂令】我到如今喜樂無涯，迎着雙成〔一〕，會著摩耶。推倒伽藍，打倒金剛，賴倒菩薩。一任咱閑游戲耍，管甚麽大師恨咱，沙彌惡咱，頭陀忿咱。男女樂還真，慈悲心是假。

【雁兒落】怨祇怨親將咱出家，怪祇怪刀將咱削髮。念甚麽多那密陀經，守不得五戒三生寡。

【得勝令】不追隨左衽着僧伽，説法雨天花。戲一會狂蜂與浪蝶，放一會心猿與意馬。玉指送流霞，把一個金鉢盂做合巹斝。香汗透春紗，把一領綉偏衫做鮫綃帕。

【沽美酒】咱不是喪明的盲與瞎，迷心的顛與文，冷冷清清做甚麽。好將鳳鸞同跨，又誰驚，又誰怕。

【太平令】我愛的是緑窗前笑語渾家，翠被中偎倚仙娃，風吹綻芙蓉兩花，露濕透牡丹一架。呀，咱雄心算他，他秋波盼咱，捱一刻千金無價。

【離亭宴帶歇拍煞】霎時間鷄鳴鐘響催談法，夢回人遠空牽掛。一地裏胡抓，抓遍了禪師床，倒翻了鷄鳴枕，摟抱了小行者。他咨嗟耳邊呼，葫蘆身邊罵。苦把他相纏學騙馬，住甚麽兜率宫，説甚麽普庵咒，建甚麽慈恩塔。吹滅了祖祖燈，打破了光光乍。醒來時昏昏的又睡着，但願的好夢兒巫山雲雨濃，常與那玉人兒洞房花燭夜。

校　箋

〔一〕迎：底本此字殘右半，據文意和殘存部分補。

追薦夫人

【新水令】一從分袂總成愁，爲妻房好生消瘦。想音容無覓處，對燈月漫追求。此恨悠悠，幽冥中負鸞友。

【折桂令】怨虞公無智無謀，把唇齒相忘，假道教由。霎時間將虞并取，把虢全收。被兵戈趕逐你南奔北走，遇强援凌逼你燕侣鶯儔。貞節須酬，水火堪投，青史上你昭垂百代芳名，黄閣裏我常懷萬古真愁。

【江兒水】玉體隨波溜，香魂逐水流。乾坤可毁心依舊，精衛鳥有翼還飛候，湘江竹有泪還湮透。一點真心難朽，悔覓封侯，説與傍人知否？

【雁兒落帶得勝令】想着你烹伏雌意獨周，想着你炊扊扅貧相守。想着你別離亭强逼留，想着你牽短袂難分手。想着你避兵荒無依倚，何事我救荆人不與謀。想着你遇强婚無張主，何事我置晋君不轉頭。休休，衹落得雙泪流。欲得見無由，遣不去心中萬斛愁。

【收江南】呀，似這般分離永别呵，誰承望錦衣游。捱不過烏飛兔走幾經秋，虚名疑是水中漚。一朝朝可憂，一朝朝可憂，爲甚麽蒼天不把人扶祐。

【園林好】駟馬高車誰能常有，做來的事都變成仇。負心人吾當自咎，應有日報嬌羞。

【沽美酒帶太平令】聽潮聲徹夜流，聽潮聲徹夜流，流不去許多愁。我衹見浪滚波翻羅襪浮，成雨怨，結雲愁。風凄露慘無休，繫人心的寃家，怎能得聚頭。衹落得悶懷空自剖，説甚麽功名成就。我呵，到如今朝求暮求，那時兒不求，呀，空向着風前酹酒。

【清江引】芳卿不見多煩惱，空向蒼天告。幽明兩隔時，泪雨紛紛落，要相逢衹除非是他生了。

途中浣衣

【雁魚錦】愁多月夜搗衣聲，嘆無端臂怯寒威重。展轉想那人不相共，自他輕撇去也難禁，想他們不昧前情奔馳苦。至今添鬱悶，空擔着身口勞形影，無計可度朝昏，時把寒衣整。

【一解】驚心，月殿仙娃，霓裳舞罷廣寒也，還孤另。心忙杵重，怎當得許多幽恨。怨天遠河漢不通，怨途遠關山不窮，怨人遠各任西東。多爲遠月明深巷，獨守寒砧。傷感秋風幾度螢，一壁廂恨咱是個不含垢納污的漿衣婦，一壁廂怕他是個要弃舊迎新的衣錦人。

【二解】還驚，夜杵雙鳴，頓教孤帷獨寢飛魂夢。士怨衾寒，女恨被冷，泪濕裳衣，愁聽砧聲。芳心自警，我生虚度，願得他洗清疆境。空望着支機石下憐烏鵲，祇落得織女星前搗素繒。

【三解】幾回，浣濯愈添愁悶，因圖着搗衣乞口，途萬里相投奔。又還驚别來，顛倒裳衣頓將恩愛輕。便着主衣，工作春妍色。却教我誰適爲容，想起怎不傷情。我這裏搗衣臂冷悲殘夜，他何處補衮功多洗暗塵。

【四解】嘆薄命，搗柔絲凄凄幾莖。潔白似天成，也何曾犯着一點青蠅。夜月明偏照愁人，西風緊亂吹蓬鬢。魆地裏自傷神，途窮自合鳴衣杵，老去還當遇藁砧。

遇妻失認

【江頭金桂】最苦夫離鄉井，傍朝昏妾倚門。誰想旌旗蔽日，烽火連雲，把黎民皆逼窘。却便似絮逐風飄，萍隨浪滚。曾見天無二日，民無二君，從一終身婦道成。看山崩水涸，山崩水涸，孤貞自警。細沉吟，且將雙杵敲星月，好空千聲訴藁砧。

【前腔】自分心存補衮，荷明君衣被恩。一介布衣寒士，執掌鈞衡，便文身兼綉錦。因此上朴素多崇，垢穿不整。妻被强婚身殞，誓死心存，題起教人倍愴神。看風凄露慘，看風凄露慘，香魂不泯。到如今，無衣月下鳴雙杵，有影燈前伴短檠。

夫妻相逢

【高陽臺】利逐蠅頭，名争蝸角，雲山萬里牽縛。夢繞家園，頻添旅邸悲切。愁説，同心人在何方所，我空勞覰詞逆意，泪珠傾落。嘆無緣，鸞孤鳳隻，寸腸千結。

【前腔】聽妾，你厐厖佳人，烹雌思婦，我曾與他片時相接。金鼓連天，須臾抛弃家業。愁絶，他奔馳道路無明夜，到如今蓬頭垢首，鬢堆霜雪。怕相逢，迎新弃舊，蒂摧蓮折。

【前腔】我悲咽，他貞静常存，幽閑自守，婦道無勞容悦。我結髮如存，説甚麽花殘葉卸。休别，葑菲無以下體也，我自念糟糠肯撇。怎能勾，生仍共枕，死復同穴。

【前腔】凄切，欲叙同心，無忌舊侶，奴當爲公作合。不遠天涯，中饋人羞間闊。休錯，他容衰不辨是蘭房也，可能記長亭話别。是奴家，持觴勸酒，牽衣細説。

【前腔】慟徹，國破家亡，山崩地覆，誰想雲飛見月。亂裏相逢，猶恐是夢中交接。蹉跌，娘行爲我艱辛也，罪瀰漫俱在卑末。到如今，離懷且叙，暫收啼血。

【金衣公子】别後苦支持，遇兵戈遭亂離，偶同點女相依倚。雲昏路迷，山空鳥啼，向楚丘權作栖身計。（合）好傷悲，生平遇此閤，不住泪淋漓。

【前腔】别野暫栖遲，遇豪家欲强妻，共姜自誓投河死。東家念奴，漁人救予，脱身虎口作漿衣婦。（合前）

【前腔】涉遠苦無資，謝烹雌炊厐厖，鬻身牧養牛肥澤。聲譽遠馳，賢能上知，相君定伯

遂安邦志。（合前）

【前腔】不必苦悲思，有恩人肯負伊，須教報答相迎取。瓊瑶在笥，車騎在途，大都來共享榮華事。（合前）

【尾聲】世事從來多更替，離别終當有會時，細把衷腸訴與知〔一〕。

校　箋

〔一〕訴：底本原作「誰」，據文意改。

五鼎記

《五鼎記》，顧懋仁撰。顧懋仁（生卒年不詳），原名允默，字茂仁，又字希雍。崑山（今江蘇崑山）人。太學生。曲家顧夢圭長子，顧懋宏長兄。撰《五鼎記》傳奇一種。《五鼎記》，今無全本傳世，僅于《群音類選》中留存數齣曲文。吕天成《曲品》歸入「中上品」，稱：「主父恩仇分明，寫出最肖，且不與生對，甚新。然五鼎欠發揮，徒寄之一言耳。」劇叙主父偃事，所存部分述主父偃未得志時非常窘迫貧困，遭受辱弄，後得志瘋狂報復曾欺壓過自己的人。陳阿嬌被廢帝后之位打入冷宫，寒夜無眠，思憶前情。

借貸遭辱

【啄木兒】將陳款，豫赧顔，我茹苦含辛已有年。恨詩書不救飢寒，何資斧得助飛騫。乞憐同氣聊垂眷，涸魚斗水恩非淺，倘使游鱗可躍淵。

【前腔】你宗須亢，族賴帡，眼底休嗟驥足邅。每興懷一脉元通，豈途人冷眼相看。祇是連遭荒歉多家變，還兼輸賦嚴程限，豈得周親重我愆。

【三段子】你平生性慳，賤青衿難施一錢。平生性偏，諂朱衣輕捐萬千。陳平豈是長貧賤，終教六出奇謀顯。周急情多，親親道全。

【前腔】非吾性慳，怕潰長堤蟻穿穴先。非吾性偏，怕忤權門殃不踵旋。試看孅嗇前人傳，深藏良賈從來諺。求伎都忘，伊須勉旃。

【大迓鼓】窮通本在天，你久耽黄卷，未選青錢。少資饘粥真吾願，鼠牙雀角苦相纏，蟊螣爲災，倉庾罄然。

【前腔】君家本市廛，惟知問舍，祇識求田。真嗤錢虜渾無見，通財結客義都捐，那些個擧火分金，芳名世傳。

陳后宫怨

【十二紅】【山坡羊】景淒淒玄陰寒峭，漏沉沉中宵坐杳，影微微銀缸半明，恨悠悠轉覺空宫悄。【五更轉】霜色侵，暖氣銷，柔腸攪。羅巾泪盡朱顔老，那更遥天，雁聲孤叫。【園林好】謾支頤心猿强調，爲無眠心旌自摇。往事不堪齊到。【江兒水】排去還來，索性從頭論較。【玉交枝】丰茸年少，便相看垂情阿嬌。黄金屋貯曾諧好，却誰知一旦恩消。【五供養】問取鴻圖昔紹，我母氏當年，曾效微勞。【玉胞肚】倘栗姬常奉御，安得有今朝？擁護猶忘，昵愛應抛。【好姐姐】懊惱，前根舊苗，總翻覆非由人料。【玉山頹】我紅殘緑褪，便是殃生灾召，此恨憑誰告。况天高，靈均設問枉吟騷。殘燈幾挑，鑪中幾添紅獸燒，鑪邊幾温緑酒澆。【川撥棹】慘月窗斜照，更悲風徹夜號。撥寒灰正自無聊，撥寒灰正自無聊，驀聽南宫笑語囂。雜笙簧韵響仙韶，雜笙簧韵響仙韶，誰向長門問寂寥。【僥僥令】猛拚先露萎，哀些謾魂招。薄命佳人從來悼，薄幸笑君王史亦標。

【尾聲】星稀漏斷鷄聲報，又不覺東方漸曉，盼殺昭陽萬里遥。

主父雪憤

【長拍】旌遠崤函，旌遠崤函，車辭灞滻，今又作故鄉游宦。遥遥瞻眺，見巍巍岱嶽雲攢。書授武王丹，憶鷹揚，表東海太公聲遠。九伯專征威命亶，賜履盡穆陵無棣間。還又想，一匡功烈有齊桓，須知是尊周攘狄也，霸業成難。

【短拍】隱隱牛山，隱隱牛山，景公堪嘆，但崇臺高起游觀。國豈固如磐，嬴得田陳厚施，將姜呂一朝輕換。舊迹行行閑玩，感興廢令我一摧顔。

【五供養】身趨霄漢，赫赫榮歸，邑里驚看。當時嘲蠖屈，此日訝鵬摶。真慚肉眼，悔何及自宜蒙譴。還期恢相度，稍得赦前愆。特叩庭階，膝行肩袒。

【前腔】當年偃蹇，誰向窮途，青眼相看。簫悲喪舍給，瑟誤國門彈。曾求提挽，垂空袖幾回羞返。野人徒與塊，僖氏詎供餐。若念前讎，罪須盈貫。

【前腔】高騫雲翰，族屬相迎，勝事欣看。官今尊相國，身不誤儒官。休嗟榮晚，聽嘖嘖街衢興嘆。從前衰禮意，直可宥愚頑。葛藟須求，庇根綿蔓。

【前腔】頻遭摧翰，骨肉皆如，秦越相看。翻嘲糠核飽，誰念鶺鴒難。捐金爲獻，端不似欲酬一飯。聊將充告絶，無復敢追攀。從此吾門，永辭顔範。

符節記

《符節記》，金大倫撰。金大倫（生卒年不詳），一作大綸，字金庭（一字金定）。錢塘（今浙江杭州）人。生平事迹不詳。知撰有《符節記》傳奇一種。《符節記》，今無全本傳世，除《群音類選》收録此三齣曲文外，《月露音》收録有《秋怨》、《結夏》兩齣曲文。吕天成《曲品》歸入「中中品」，稱：「汲黯人品好，使事亦佳。描寫田、竇炎凉事，曲折畢盡，的是名筆。但稍覺客勝耳。」據所存，叙汲黯持節往江南息忿争，從《秋怨》齣「且喜内外調和事已成」知使命完成較好。另叙述了灌夫的率直和主人公心慕林泉之樂。

迎節辨行

【傾杯玉芙蓉】冰節霜風歷數朝，無愧箕裘紹。我不似那學菲才樗，素禄貪榮，嫵首低眉，伴食臣僚。匡扶自赧非周召，但直諫罝君躋舜堯。（合）須知道，這蠅頭利禄，總吾生分外，輕易等鴻毛。

【前腔】今朝出帝城，捧綸音役役遲周道。惟願從今，物阜民安，歲稔時豐，萬里熙皞。

春風尚未馳旌旄，雨露先行下草茅。（合前）

【普天犯】傳節鉞頒榮耀，使皇華風光好。教傳上、教傳上早發行驂，登程莫憚勤勞。心存廊廟，江南咫尺須臾到。當爲他排難袪紛，東粤忿息争消。

【朱奴犯】看騑騑驅馳四牡，壯行色錦衣花帽。男兒大節存忠孝，正今日子獨賢勞。暮雲深，春霧杳，見長途幾處疏林日漸高。深沐君恩重，不辭烟水路迢遥。

【尾聲】津亭度，車馬勞。想一路鶯花正好，稱天使春風宫錦袍。

持節息争

【八聲甘州過】江南奉使行，度寒崖古木，落月殘星。春風客裏，不堪燕適閑情。驚心柳枝堪寄訊，遥指桃花可問津。（合）幾程，見巉巒濕雨蒸雲。

【前腔】芳林鳥韵嚶，聽前村隔浦，伐木丁丁。鄉心欲碎，况長途落莫孤形。鶯花管弦非昔粤，烟雨樓臺半是秦。（合前）

【前腔】蒹葭入望平，過紅斜屈曲，綺陌春城。一鞭回首，迢遥漸遠宸京。關河馬前瞻古驛，蒼翠峰低見酒亭。（合）趲行，趁飄飄雲淡風輕。

【前腔】羅江萬里明，見微茫如練，百折澄清。烟波塵世，總滔滔一樣浮沉。光陰變遷如過客，人事無憑似旅行。（合前）

【解三酲】我爲朝廷觀風歷郡，到江南息怨分争。雲旌到處方存問，今感化便輸心。明朝檄下諸路頒行也，要體恤明王眷顧恩。（合）毋争競〔一〕，願三章不犯，九族敦親。

【前腔】感公相言詞雍遜，化君民快服身心。聖君宵旰思痍困，勑賢輔遠將恩。政傳遠近各自尊崇也，還要歸家教子孫。（合前）

校　箋

〔一〕競：底本原作「兢」，據文意改。

灌夫駡座

【錦堂月】喜賀登龍，人疑跨鳳，他年兆叶羆熊。姑射呈祥，梅花又露春工。破新珠淡影參差，鋪膩玉寒光清瑩。（合）春光動，稱紫綬金章，進斝投璚。

【前腔】稱頌，學足三冬，才優六出，群工仰荷溶溶。值此良辰，嘉徵又兆豐隆。望寒梅鼎鼐思調，祈瑞雪田疇占用。（合前）

【前腔】歡濃，褥暖芙蓉，簾開麟鳳，賓來七貴三公。素玉階前，橫斜樹舞蒼龍。光燦燦銀海雲生，香片片瓊枝風弄。（合前）

【前腔】欣逢，冰合王宫，香分内寵，恩頒繫結重重。極品隨朝，何慚德望崇崇。歲寒心敢易梅操，清白吏永同椒頌。（合前）

【醉翁子】洶洶，不平氣難禁躍踊。憤無端鬼蜮，把人貽弄。輕縱，敢冒突尊榮，率爾當筵肆不恭。（合）休相閧，莫辜負今朝，喜氣瓏璁。

【前腔】顛弄，不審勢隨機妄動。總怒髮衝冠，竟成何用。强横，便位極人臣，也是吾儒性分中。（合前）

【僥僥令】奸人多躁妄，對面窘王公。不見傲雪衝寒梅萼巧，比凡花自不同。

【前腔】鄙夫無學術，遽犯且包容。但看雪積層層梅影瘦，若要轉陽春，祇一夕風。

【尾聲】憐伊俄頃施剛勇，明祇爲恃恩怙寵，海日西升月落東。

望雲記

《望雲記》，當爲程文修撰。程文修（生卒年不詳），字仲先，一字子叔，仁和（浙江杭州）人。知撰有《望雲記》、《玉香記》傳奇二種，均無全本傳世。《望雲記》，僅于《群音類選》、《樂府玉樹英》中留存此兩齣。吕天成《曲品》歸入「中下品」，稱：「載狄梁公事，俱核。詞亦斐然。吾越金叟亦有《望雲》一記，調雖不佳，而中有二張召幸、對博賭裘、懷義争道、三思遇妖諸事，演之可觀。惜此未曾博收之。」

仁杰廷諍

【新水令】仰瞻丹陛近天威，念微臣虚心揚對。蒙恩除侍御，叨受賜牙緋。向日傾葵，向日傾葵，圖一旅興王昜。

【步步嬌】率爾烽烟非爲窺神器，恐慮誅宗室。人人心下危，思欲求生，擅興戈鉞。休整舊戎衣，丹書安慰歡無地。

【折桂令】論人生事在知機，糟粕之言，不辨真非。陰謀竊陛下京圻，早已見鯨鯢顛躓，自觸藩籬。張羽翼三軍畢集，决雄雌一戰安危。即整旌旗，剪滅窮奇。俺這裏校獵長楊，管教他麋鹿奔馳。

【江兒水】天馬征騑下，重將宇宙恢。他無端自取滔天罪，六師速整誅群魅，煢煢狐兔須臾潰。休聽儒生蒙蔽，若不施爲，但恐後人稱帝。

【雁兒落帶得勝令】俺爲國家惜生靈固本基，結朋黨張烏喙。你祇圖要掌兵權掛鐵衣，但祇恐善良輩遭兵殪。丹書飛降出宮闈，歡聲沸似奔雷。方信道儒生輩，敢狂言瀆聖威。你心虧，鹵莽如狼隊，天也麽回。聽愚言破竹摧，聽愚言破竹摧。

【僥僥令】詞鋒汝獨擅，韜略未曾窺。一任輕狂如龐吠，將社稷任傾頽。

【收江南】呀，俺生平正氣呵，與日月共光輝。誰似你穿窬性格樂人危，逢迎取悦不思怩。疏疏天網自恢恢，非秦越何分肥瘠，硜硜度量小人爲。

【園林好】值斯時秋高馬肥，總三軍聽吾指揮。須一鼓征車齊軔，管奏凱掩旌旗，管奏凱掩旌旗。

【沽美酒帶太平令】狐群輩似羹糜，須參透這玄機，一時烏合豈渠魁。何須士卒肅銜枚，甘心願采首陽薇。何懼你將咱粉虀，怎肯把靈臺欺昧。俺呵，爲皇家丹心不移，恁懨自懨，呀，論爲臣輸忠爲貴。

【尾聲】便便巧舌成何濟，耿耿孤忠挽落暉，誰信英雄志不違。

望雲思親〔一〕

【夜行船序】九日登高，看游人迢遞，滿道笙簫。山亭上，清觴果榼相招。陶陶，杯泛香醪，美意佳情，常縈懷表。難描，黄菊綻在荒郊，幽處爲誰開早。

【前腔】吾曹，萍宦徒勞，嘆人生樂事，無如聲徹檀槽。平生願，欲求共結朋交。今朝，得遇英豪，杯酒之中，相期永好。飛繞，衹見那雁南歸，忽地動人懷抱。

【鬥寶蟾】心苗，愁盼岧嶢。望白雲一片，凝結空高，想吾親舍在天際雲坳。悲號，斑衣久冷抛，趨庭念似燒。（合）亂飄飄，正是無情却被，有情縈惱。

【前腔】休焦，且盡蒲萄。看翠絲風剪，緑楊稀少，值良辰須當落帽愁消。逢遭，忠無補聖朝，難逃不孝嘲。（合前）

【錦衣香】游鶴林，何時造？戲馬臺，迷荒草。白雁無傳，青霜相照，悠悠今古是同袍。人生有幸，得際清朝。玩江山景物，又何須閬苑游遨。休得閑煩惱，且開懷抱，終須有日，彩戲琴調。

【漿水令】嘆匆匆光陰箭飄，謾騰騰鶯花易老。消磨壯志自無聊，情深噬指，目斷魂摇。

拚沉醉，須歡笑，蝶金冷落烏紗帽。須知道，須知道，離多會少。君恩浩，君恩浩，我獨賢勞。

【尾聲】興未闌，情傾倒。看玉兔東升上樹梢，兩下休忘道義交。

校　箋

〔一〕此齣齣目，《樂府玉樹英》本題作「仁傑思親」。

玉魚記

《玉魚記》，湯家霖撰。湯家霖（生卒年不詳），字瑞南，號賓陽。錢塘（今浙江杭州）人。生平事迹不詳。知撰有《玉魚記》傳奇一種。《玉魚記》，今無全本傳世，除《群音類選》選録此兩齣曲文外，《樂府紅珊》選録有《郭子儀泥金捷報》一齣。吕天成《曲品》歸入「下上品」，稱：「郭汾陽宜譜曲。此記着意鋪張甚長，但前段摹仿《琵琶》，近套可厭；後半皆實録也。」祁彪佳《遠山堂曲品》歸入「具品」，稱：「傳郭令公。前半全襲《琵琶》，後半雖多實迹，總如盲賈人張肆，即有珍玩，位置雜亂不堪。」劇作本事見《舊唐書》、《新唐書》之《郭子儀傳》。從所存三齣知：郭子儀離家進京趕考，夫妻玉魚互分相别，後郭子儀高中狀元，報差送旌旗、牌額及御書狀元二字至家。後遇世亂，郭子儀與家音耗隔絶，郭子儀受陷害且誤傳死訊。偶于一觀中，妻子訴思夫之情，恰被郭子儀聽到，夫婦得團圓。後郭子儀單騎至回紇，陳以利害，勸説回紇與唐朝一起攻打吐蕃，回紇同意一起出兵。

觀中相會

【新水令】想容思語伫軒帷，酹椒漿聊陳微意。記當初分玉魚，到如今爲陳迹。身遭遇兵革，飄泊在風塵裏。

【步步嬌】暗想先君選擇乘龍婿，獲配成鴛侶，心同百歲期。不意權奸，遠斥邊疆戍。公姑繼殞隳，須臾又值干戈起。

【折桂令】聽伭聲哀怨言詞，訴往衷腸，寫近憂離。感傷他幾多坎坷，幾處懷思。似溪深湍水急游魚鱗逆，似風林恨無寧翼宿鳥難栖。哭哭啼啼，慘慘凄凄，不覺得增感嘆，觸緒生悲。

【江兒水】驀地傳來語，神消骨毁摧。道良人困虜升遐去，比長松枯折絲蘿悴，似焦桐破損朱弦弃。誓必將身同逝，再奠芳菲，乞賜來歆格祀。

【雁兒落帶得勝令】妾傷君命兒乖身蹇危，妾傷君枉濟了風雲會。妾傷君辜負了聖明時，妾傷君罔把功遺世。妾傷君不得到三台位，妾傷君抛撇下一寡妻。妾傷君反做了沙場鬼，妾傷君家業盡被流移。噫，枉自長吁氣。孤也麼恓，空籲天、天怎知。

【僥僥令】聲音宛無二，形貌未端睨。使我彷徨難存濟，衹恐隔墻花，錯認枝。

【收江南】呀，想那日急荒忙奔竄呵，離鄉井避艱時。當不得前驅後迫虎狼追，又亡失了小嬰兒〔一〕。偶逢他故友出行師，得相憐護持，得相憐護持，險些兒身依草莽飼狐狸。

【園林好】審愁言色喪神沮，再潛身悄悄的聽伊。也須要端詳仔細，休錯尋了武陵溪，休錯尋了武陵溪。

【沽美酒帶太平令】再殷勤進酒巵，説不盡苦心思，一恁憔悴容顏蹙破眉。空腸斷涕交頤，空流泪血漣如。鳳臺空簫聲咽住，鸞鏡破舞形孤羽。俺呵，遍招魂路兮渺迷，頌哀文《五噫》夢些。呀，望魂靈、望魂靈昭誠鑒視。

【尾聲】香烟裊裊如青縷，紙蝶紛紛化白灰，哭不見亡夫郭子儀。

【五更轉】出儒門，依師旅，經年鞍馬居。王家不造、不造值遷徙，原野烽烟，山川胡騎。國步艱，萬事糾，生民倚。從頭收拾、收拾中原地，爲國亡家，致令流異。

【前腔】自那日，克幽冀，提兵復帝畿。經由道轉、道轉深山裏，却見雙親，葬埋墳地。

知故人，重友義，金資饋。感二妻孝道、孝道多周至，忽遇兵戈，罹凶遭否。

【前腔】忽聞聲，心驚喜，見之豈敢疑。誰知此地、此地來相遇，天假團圓，渾如夢寐。念別離，愁幾許，容憔悴。不堪兩鬢、兩鬢如絲縷，屢變星霜，幾經寒暑。

校箋

〔一〕亡失：底本原作「忘失」，據文意改。

單騎見虜

【泣顏回】社稷一戎衣，遵王化感德來歸。遽違夙契，從逆叛屢犯邦畿。你休憂過慮，聽吾言修好終當益。若同心改過前非，與戮力共助天威。

【前腔】言之自覺寸心違，猛然自悔反已尋思。被他虛言巧語，引誘咱在迷途裏。內慚最愚，從今後協力同心濟。顯忠誠再助唐室，莫令人漏泄先機。

【太平令】回紇何痴，不想當初共舉時。二京助復同休戚，何故反相持？

【前腔】憶昔常隨，幾次張惶兵解圍。幸蒙吾父開心諭，果是我乖離。

【撲燈蛾】酋長納忠語，此機天賜與。金帛甚豐盈，士女更多蕃庶也。馬牛羊被數百里，若連兵倒戈乘之。兩繼好爾多得利，酹酒在地，此舉莫稽遲。

【前腔】感蒙明道知，殷勤再拜啓。既已設盟誓，怎敢有忘忠誼也。況吐蕃與咱猜忌，不相讓各各生疑。義兵共舉，定約即行師。

【節節高】王恩普給施，感蠻夷，令公德化仁無比。感蒙庇，蠢爾知，沾化雨。須臾縱免涸魚死，乞全生命如螻蟻。從今佩伏聖王風，華夷涵育甄陶裏。

【尾聲】滿乘錦彩盡相遺，結好歡聲動地，兩國連和萬萬世。

呼盧記

《呼盧記》，全無垢（一作金無垢）撰。全無垢（生卒年不詳），號逍遥。鄞縣（今浙江鄞縣）人。生平事迹不詳。知撰《呼盧記》傳奇一種。《呼盧記》，今無全本傳世，僅于《群音類選》中留存此齣曲文。吕天成《曲品》歸入「中下品」，稱：「劉寄奴，真人傑，踪迹果奇。此記據實敷衍，亦快人意。」祁彪佳《遠山堂曲品》歸入「能品」，稱：「傳宋武微時至發迹，後以臣節終之，恰得結體。組織富麗，稍欠輕脱，且白之間語亦多。」劇作本事見《宋書·武帝本紀》，叙南朝宋帝劉裕事。所存《呼盧喝采》爲劉裕年輕時喜以呼盧賭博，經勸説欲改邪歸正。

呼盧喝采

【石榴花】他置錐無地，貧似范萊蕪。屠狗輩，牧猪奴，何曾慮着有窮途。笑他們志廣才疏，同爲博徒，負吾錢畢竟當償補。你如何無餌求魚，俺本是守株希兔。

【前腔】他是蛟龍失水，暫爾偃頭顱。權忍辱，且含糊，你凡夫肉眼自糊塗。識甚麽玉石精粗，男兒丈夫，把黄金揮擲渾如土。喜舌存終相秦邦，受胯辱竟興炎祚。

【前腔】憐伊年少，比作鳳凰雛。人不肖，馬何駑，你萱親年老乏盤蔬。朝夕裏仗孰支吾？勸伊改圖，舍榆枋别問扶摇路。笑蘇秦金印空思，料賈郁鐵船難渡。

【前腔】自慚貧困，親老一身孤。耽博弈，弃耕鋤，年來竟把好情辜。空費你多少青蚨，心中揣摩，念從今豈敢還如故。不貳過當學顔淵，再下車豈爲馮婦。

【大迓鼓】當場奮臂呼，手挼五木，一唱成盧。蒼蒼未必無明顧，鬼神似向暗中扶。俺是困極而亨，不亦宜乎。

【前腔】虔誠信有乎，明從人願，暗合神符。聖賢先兆傳今古，神龜龍馬火流烏。這段天心，斷不相誣。

【前腔】窮通禀有初，梟盧雉犢，視有如無。龜蓍尚爾多差誤，安憑博賽與樗蒲。偶戲閑談，斷甚榮枯。

合劍記

《合劍記》，林世吉撰。林世吉（一五四七—一六一六），字天迪，號泰華，别署泰華山人。福建福州人。入太學，曾任户部員外郎等職。詩作甚富，以豪放見稱，著有《叢桂堂》、《雕龍館》、《群玉山房》等詩文集，知撰有《玉玫記》、《合劍記》傳奇二種，《玉玫記》已佚。《合劍記》，今無全本傳世，僅于《群音類選》中留存此四齣曲文。吕天成《曲品》歸入「下中品」，稱：「此是唐太宗爲生，尉遲敬德爲小生者。内載『起兵晋陽』及『喋血禁門』事，甚詳悉。而煬帝之淫奢，娘子軍之戰功，俱可觀。詞尚未稱。」祁彪佳《遠山堂曲品》歸入「能品」，稱：「載唐、隋事，一味鋪叙，詳略失宜。但其中以【北朝天子】配【南二郎神】，【北倘秀才】配【南甘州歌】，【北醉太平】配【南宜春令】，【北駐馬聽】配【南駐馬聽】，南北各配四五調，歌之頗叶，似可采以爲式。太宗爲生，不與旦對，結尾以十八學士各陳治道，亦見作者之非庸蕪。若節取《晋陽起兵》、《娘子軍功》、《禁門喋血》錯綜演之，當不失爲善曲。」知此劇音樂結構得到認可，但《群音類選》所選録似并非佳齣。

明君得劍

【桂枝香】巍峨氣概，光華丰采。虎頭燕頷儀容，鳳目龍姿神態。你是命世俊才，命世俊才，器宏識邁，成功有待。這風裁，年登弱冠威名遠，華夏朝宗接踵來。

【前腔】我家君作宰，俺這裏身微如芥。怎能乾轉坤回，統馭九州四海。嘆稚子未該，稚子未該，心中自揣，何能遠大。慢疑猜，要乘世亂成功業，試問時機甚日來。

【前腔】龍泉光靄，鋭鋒生彩。斬犀剸馬無難，好佩腰間敵愾。况輔佐杰才，輔佐杰才，帝天攸賚，精忠不改。待時來，掃除宇内兵塵净，大業洪基有日開。

【前腔】青鋒光彩，恍如霓帶。蒙君賜我干將，横着腰間有待。幾時得萬里耀威〔一〕，萬里耀威，功成中外，威加四海。遇奇哉，試聞數語神冰鑒，頓使英雄滿壯懷。

校箋

〔一〕時：底本此字左半殘缺，據文意和殘存右半補。

良將得劍

【鎖南枝】執鞭勇，奪矟精，時乎不遇功怎成。四海阻風塵，何時掃除浄。志未伸，負此生；定有日，戰百勝。

【前腔】蓬瀛裏，氣味清，采花收葉度此生。夜静鶴長鳴，山空見松影。六氣吞，萬象新；偶離山，到塵境。

戰場合劍

【憶多嬌】年始將，力正剛，國士如君怎得雙，勇冠三軍不可當。（合）天合明良，天合明良，從此功成帝王。

【前腔】氣宇揚，威勢强，真主奇勛未可量，何幸相逢在戰場。（合前）

宫女應兵

【北新水令】翠幃錦帳兩枝花，滿襟懷思王霸業。幸吾兄圖大功，喜吾夫真英烈。須輔佐唐室，須輔佐唐室，休訝我女中俠。

【南步步嬌】整軍容旌旗道路接，行行何處歇。迢迢行路賒，遥望太原，驅馳跋涉。無端車馬遠從征，今朝又與家鄉別。

【北折桂令】亂紛紛誰辨龍蛇，誰是人中英俊，誰是女中豪杰？世縱横海沸山裂，爾我女流，壯心猶熱。爲吾兄早圖着豐沛王業，娘子軍也思想韓彭功烈。自提兵急往太原，滿天旌節。

【南江兒水】行陣長途裏，軍容隨路列。風塵千里披星月，祖先累世皆閥閱，秦王神算更奇絶。又有女中豪俠，遥望太原，知是唐家宫闕。

【北雁兒落帶過得勝令】猛回頭把女工歇，圖大事把機謀設。身披着黄金甲，腰横着刀和血。非是空把心腸竭，衹思了佐成王業。休説，閨中弱質無奇訣。待得成功，不枉了也。

【南僥僥令】風流女丈夫，統衆助王家。百萬精兵歸部下，千載播芳名，傳話説。毋使後來咨嗟，因此上曉夜行師莫停轍。

【北收江南】呀，莫道是妖嬈與貞潔，番做了握符秉節，看四海紛紛終决裂。

【南園林好】睹嬌容月貌如花轉，奇謀經綸更嘉，脱簪珥鐵衣齊掛。這戈戟，亂如麻。看行伍，實堪誇。

【北沽美酒帶太平令】望旌干道路遮，看軍馬走飛沙，花貌戎衣奇束結。圖王心更切，今日裏盗賊竊發，平定後那時歡悦。堪誇你如花似月，到是個蕩塵掃雪。休呀，漫呀，看你的兵法，運籌時神謀奇絶。

【南尾聲】千山萬水來投闕，娘子軍中聽符節，早助唐王争報捷。

寶劍記

《寶劍記》，李開先撰。李開先（一五〇二—一五六八），字伯華，號中麓，别署中麓放客。章丘（今山東章丘）人。明嘉靖八年（一五二九）進士，歷任户部主事、吏部考功主事、員外郎、郎中、太常寺少卿等職。歸里後，以弈棋、度曲自娱，藏詞曲甚富，有「詞山曲海」之稱。著有《閑居集》、《中麓小令》、《卧病江皋》等。撰《園林午夢》、《打啞禪》、《喬坐衙》、《昏廝謎》、《攪道場》、《三枝花大鬧土地堂》院本六種，總名《一笑散》，後四種已佚；《皮匠參禪》（已佚）雜劇一種；《寶劍記》、《斷髮記》、《登壇記》（已佚）傳奇三種，選訂《改定元賢傳奇》一種。《寶劍記》，今有全本傳世，現存明嘉靖二十六年（一五四七）原刻本（《古本戲曲叢刊初集》、《中華再造善本》據之影印，無齣目）。

神堂相會

【駐雲飛】家本賢良，何故褒談短共長。打扮的喬模樣，做出那歪形象。强，倚勢亂綱常。自誇張，家富官高，事發了難輕放。不識堅貞鐵肺腸。

【前腔】誤入仙鄉，回首桃源路渺茫。花本無心放，蜂蝶空相傍。嗏，何必羨劉郎。自思量，離了天台，後會空懸望。花落無情枉斷腸。

【前腔】夢破池塘，雲雨無成秖自忙。柳媚和風蕩，花落春波漲。傷，辜負好時光。杜韋娘，不得相親，業眼空凝望。惱斷蘇州刺史腸〔一〕。

【前腔】美玉深藏，何用人前自顯揚。打扮的風流樣，引惹起風魔狀。狂，花貌隔東墻。效張郎，惜玉憐香，莫把人衝撞。好意翻成惡肚腸。

【尾聲】從今日夜空思想，使盡肝腸自感傷，願得相逢答上蒼。

校箋

〔一〕惱斷：底本原作「惱亂」，據《古本戲曲叢刊初集》本改。

公孫弃職

【步步嬌】宦海風波時時險，富貴多灾譴，分明抱虎眠。固寵專權，積薪壘卵。天涯人被利名牽，不如歸泛回頭岸。

【沉醉東風】千鍾禄羞咱素餐，四海内隨緣方便。歸去田園，再不對楚臺峰，巫峽水。長安近遠，西湖架船，東山種田，纔是我知權變。

【忒忒令】且讀過《黄庭》幾篇，我怎把荆玉三獻。願做個太平民，倒得個天長地遠，就死呵一身無玷。我祇怕恰封侯，忽賜死，朝遷暮貶。穿一領鶴衫，戴一頂鹿冠，勝强似羅襴象簡。

【好姐姐】怎言，吾已興闌，且休題韓侯功案。未央宫受患，長吁兼短嘆。回頭看，莫待馬走臨崖收繮晚〔一〕，船到江心補漏難。

【嘉慶子】來向那神武門投簪掛冠，先納了虎頭牌兵符鐵券。我雖無前賢高見，且免俺一家禍愆。

【雙蝴蝶】再不聽鷄鳴夜度關，再不向金門待漏寒。再不想披金甲南征北戰〔二〕，再不磨手内龍泉劍。再不挽雕弓穿楊落雁，再不去領雄兵聽皇家調遣。

【玉札子】躲離了豹尾鵷班，拜辭了鳳樓鸞殿，跳出了虎窟龍潭。遥指白雲顛，揚鞭跨蹇，回首方知退晚。

【流拍】堪愛處青山翠晚，竹籬草舍茅庵。看瓜棗養蠶桑〔三〕，汲清流，向澗泉〔四〕。休笑我莊家漢，吃幾口消停飯。

【錦衣香】才高管晏，功過韓范，算來名利不如閑。守着山妻稚子，早晚團圓。笑傲清閑，優游散淡，四時佳景隨心玩。

【漿水令】到春來杏花滿園，到夏來荷風撲面。秋菊冬梅都堪羡，抵多少塞月邊塵，瘴雨蠻烟。渴時飲，餒時飯，大家閑事都休管。樂陶陶山顛水邊，終日價詩酒盤桓。

【鴛鴦煞尾】幾時沉醉歸來晚，喜見楊柳梢頭月半彎。唤兒童把柴門慢掩，常則是紅日三竿自在眠。

校　箋

〔一〕莫：底本原作「若」；崖：底本原作「岩」，皆據《古本戲曲叢刊初集》本改。

〔二〕征：底本原作「争」，據文意改。

〔三〕養：底本無，據《古本戲曲叢刊初集》本補。

〔四〕向：底本原作「面」，據《古本戲曲叢刊初集》本改。

新刻群音類選官腔卷二十

漁樵記

《漁樵記》，作者佚名。《漁樵記》，今無全本傳世，除《群音類選》所選收五齣曲文外，《樂府紅珊》選收有《楊太僕都門辭别》一齣，《樂府萬象新》選收有《漁樵問答》一齣。祁彪佳《遠山堂曲品》歸入「能品」，稱：「楊太僕義臣先機而隱，復仇而遁，記之者燦若列眉，當是隋唐間第一佳傳。但調有錯雜，而東鍾與庚青、魚模與尤侯，兩韵混用，難以經有識者。」劇叙楊義臣「爲朝廷難扶紀綱」，因而掛冠歸家，騎蹇驢出都門而隱居山林，侣漁樵，伴泉石。人追至勸其出山，終又不辭而别。

剪彩爲花

【畫眉序】富貴牡丹花，色絶江東姚魏家。不羡他，桃紅李白奇葩。倚雕闌紅暈多情，舞翠袖嬌香無價。（合）謾誇人比天工巧，仗金刀剪就芳華。

【前腔】芍藥媚春花，獨占揚州幾萬家。似西施睡起，覽鏡窗紗。月來時沉醉方醒，雨過後新妝初罷。（合前）

【前腔】香膩水仙花，翠帶凝妝露玉芽。出風塵瀟灑，可比仙娃。素輕盈白雪風前，粉妖嬈清秋月下。（合前）

【前腔】春上海棠花，點點猩紅散落霞。占先春流，嬌蕊綻誰家。動春心妖態難禁，凝媚眼香魂未嫁。（合前）

【滴溜子】天生下，天生下，千葩萬葩；人剪就，人剪就，奇花異花。妖艷宛如生化，無香色自華，誰分真假。遠近相看，花枝并佳。

【鮑老催】花枝并佳，牡丹富貴千金價，妖嬈芍藥如描畫。牡丹芽，芍藥蕊，争幽雅。水仙不比梅花亞，海棠不在榴花下，一般春色都虛話。

【滴溜金】東風未上荼蘼架，乳燕不來鶯尚啞，墻東未見蜂蝶跨。剪宫花，金刀罷，夕陽西下。青皇未轉東風駕，賞心不論春和夏。

【尾聲】君王一見心歡訝，賫賞何須萬户家，望幸承恩在此花。

解佩歸家

【二犯傍妝臺】銀燭照紅妝，蕭蕭秋氣入空房。寂寞煞芙蓉帳，冷落了綉羅裳。傷秋豈爲韶華老，懷人偏覺夜更長。銀缸孤影，鴛幃寸腸，强隨魂夢赴高唐。

【前腔】月色顫秋光，蟾宫流影浸瓊窗。愁不盡巴山遠，望不斷楚天長。横秋一雁飛鳴過，不傳書信下衡湘。秋聲蕭索，離愁慘傷，砌蛩悲切斷人腸。

【不是路】利鎖名繮，穎脱毛錐已解囊。自徜徉，拽尾泥塗歲月長。熟黄粱，半生富貴爲卿相，覺後方知夢一場。氣揚揚，風清月白人無恙。别是風光，别是風光。

【前腔】院静更長，剥啄聲聞怎遠揚。貴門墻，何事頻敲夜未央。轉敲忙，誰人輒敢驚門巷，不怕金吾謹夜防？細推詳，緣何夜半孤來往？啓門觀望，啓門觀望。

【皂角兒】客邊情如剜寸腸，病中身不勝凄愴。托寄中道義何如，閨閫内恩如天樣。朝痛楚，暮呻吟，唾流涎，生垢汗，病將危喪。不嫌腥瘴，湯藥自嘗。强扶持，萬般辛苦，恩德難忘。

【前腔】早離别干戈戚揚，暮歸來聲容沮喪。爲朝廷難扶紀綱，弃簪纓脱離塵網。辭紫禁，問青山，侶漁樵，伴泉石，快樂康莊。早收家仗，快整路裝。刻歸期，鹿車瘦蹇，水碧山蒼。

【尾聲】平生枉有虚名望，一旦銷鎔類雪霜，風月相招山水長。

大隱林泉〔一〕

【北新水令】幾重青嶂倚晴空，萬花開暖風香送。撥雲尋古徑，倚樹聽遷鶯〔二〕。伐木丁丁，聲濺空山應。

【南步步嬌】空山伐木河邊應，驚醒蓬窗夢。解纜放舟行，緑漲新波，點點翻桃杏。短棹片帆輕，絲綸摇拽魚龍動。

【北折桂令】正炎威萬國爐中，丹壑雲連，緑樹陰濃。采樵時曉戴殘星，荷歸時晚趁凉風。不追隨鬧熱功名，不奔忙汗血西東。風雨無驚，山水多情，魚鳥忘形。到晚來草屋南薰，唱卧月明〔三〕。

【南江兒水】赤日中天照，無波湖水平。水天照映明如鏡，荷香漾裏輕風送，柳陰岸底凉風動。新酒滿沽磁瓮，飲若長鯨，枕青蓑醉眠無夢。

【北雁兒落帶過得勝令】休説道秋寂寞木葉空，景蕭條風烟静。采殘枝〔四〕，捫古蘿，收敗葉，歸樵徑。有的是芋栗種山中，茶竈碧烟輕〔五〕。孤雁横秋漢，殘蟬噪午風。我祇見風清，一帶嵐光净。空也麽晴，千山落照紅。

【南五供養】天高氣清，一片丹霞，萬頃波晴〔六〕。漁傍晚〔七〕，齊唱【滿江紅】。夕陽暮影，把漁舟大家泊定。蒼烟迷雁浦，隔水漾漁燈。明月蘆花，半江風送〔八〕。

【北沽美酒帶太平令】下清霜景不同，先打叠禦殘冬。草舍柴扉礙朔風，茅茨更幾重。煨骨柮地爐紅，那怕他天寒地凍。朝不見官家命令，夜不聞漏聲催夢。我呵，直睡到四更五更，天明未明，呀，聽鷄鳴看明朝陰晴未定。

【南園林好】怯霜寒堅冰已成，不吞鈎魚龍遁形。捲罷綸竿不用，燃楚竹曉烟清，燃楚竹曉烟清。

【前腔】曾積下菰菱作羹，且斟來村醪滿觥〔九〕。霜後蟹螯堪供，一醉飽嘯江風，一醉飽嘯江風。

【北錦上花】風雨滿空，烟迷四境。路阻人行，柴門半擁。不着緊的殘棋可輸可贏，没挂答的新聲半歌半咏。

【么】《太玄經》慢看,《梁父吟》高誦。柯爛無知,掖缺不縫。怕受沾濡,坐待晴明。俺不涉泥塗,俺不畏雷霆。

【南沉醉東風】雨淋漓西風漸生,霧横空浪濤翻動。且提起半飛蓬,棹出湖東,那怕他拍天汹涌。舟如駕空,人如馭風,烟蓑雨笠,似天池上釣翁。

【北寄生草】四下裏彤雲合,滿空中黑霧生。風狂雪大河冰凍,白茫茫千里銀妝清,桂松壓倒柴門徑。砍來煨酒費長吟,吟成説與梅花聽。

【前腔】想梅花無心聽,説教他水上冰。誰知冰似樵夫性,因他冷透腸中病,病無寒熱不疼痛。一肩挑破買臣貧,三冬熬得袁安命。

【南滴溜子】誰不望,誰不望,春光曉晴;俺不厭,俺不厭,風寒雪冷。昨夜朔風吹動,見今朝雪滿篷,梅花香送。四面青山,失却故踪。

【歸朝歡】波心裏,波心裏,小小孤蓬,摇蕩出冰壺玉鏡。水面上,水面上,凛凛寒風,傾倒了銀山素影。一蓑耐過清江凍,一竿慣向寒波弄,單釣潛龍與豢龍。

【尾聲】莫教人識名和姓,短褐芒鞋氣味清,共結湖山風月盟。

校箋

〔一〕此齣齣目，《樂府萬象新》本題作「漁樵問答」。

〔二〕遷鶯：《樂府萬象新》本作「啼鶯」。

〔三〕唱卧：《樂府萬象新》本作「唱徹」。

〔四〕采：《樂府萬象新》本作「拾」。

〔五〕茶：《樂府萬象新》本作「石」。

〔六〕晴：《樂府萬象新》本作「清」。

〔七〕漁：《樂府萬象新》本作「喜晴魚」。

〔八〕送：《樂府萬象新》本作「静」。

〔九〕觥：《樂府萬象新》本作「罍」。

不別還山

【鶯學畫眉】月上海山間，正初更戍角殘，征夫耳畔猶聞戰。劍光未寒，陣雲已單，雕弓一韔歸心亂。夜闌此月如相伴，清光也照柴關。

【畫眉調鶯】鼓角二更傳，翹首東方月半天。照山間皓魂，此時偏圓。醉吟中茗碗詩筒，醒眼處藜燈書卷。更何言書空咄咄，參破這其間。

【鶯集妝臺】明月在中天，皎團圞一鏡懸，三更鼓轉聲聲慢。太行路難，蝴蝶夢殘，一宵刻漏今將半。忙歸去，到故園，莫辭迢遞萬重山。

【憶嬌鶯】山水間，風月偏，正好梅花帳裏眠，一枕鶯回小夢圓。殘星滿天，孤庵數椽，朦朧半醒吟不斷。早回還，西樓月轉，四鼓聽闃然。

【二犯黄鶯兒】故友義臣言，契家子肅前，山居千里蒙垂盼。因風出山，飛星渡關，到來又感重推薦。盟言在先，無心拜官，大功成不別而還。

【前腔】啓上覆王前，王師已萬全，急忙歸去情非淺。山深地寒，村孤舍單，鷄豚禾黍無人管。伸言再三，姑容萬千，免勞他追趕留連。

【尾聲】燈前草草情無限，別去空留書一緘，未得躬辭罪不宣。

種德記

《種德記》，作者佚名。《種德記》，今無全本傳世，僅于《群音類選》中留存此齣曲文。全劇不詳，所存《麥舟贈葬》爲范仲淹子范純仁事，見宋惠洪《冷齋夜話》。范純仁少時，父遣其至蘇州以舟取麥，回途路遇石曼卿，交談知石曼卿父母、妻子皆亡且因貧而不得葬，正無計可施，范純仁就把一舟麥相贈以助其處理葬親事。

麥舟贈葬

【排歌】潮涌涇州，江河水平，錦帆高掛風生。蒙艟巨艦一毛輕，此日中流自在行。湖光灩，山色明，菰蒲深處釣舟横。斜陽影，暮靄凝，孤鴻嘹嚦過沙汀。

【前腔】薄霧横空，殘霞晚晴，冰輪乍展瑶京。丹楓葉落冷江濱，枯樹昏鴉栖復驚。移珠斗，低玉繩，銀河清淺接滄溟。寒鷄唱，宿鳥鳴，山城古寺送鐘聲。

【一江風】碧澄澄，星淡閑雲净，月色含西嶺。聽鷄鳴，紫陌更闌，窗外寒光映。東方日漸升，東方日漸升，南柯夢已成，披衣曉起衡門静。

【前腔】嘆吾生，沈約多般病，宋玉愁難省。在風塵，環堵瀟然，一室如懸罄。飢烏噪故林，飢烏噪故林，寒蟬咽柳陰，茅茨寂寞長門静。

【前腔】峭寒輕，玉露凝雙鬢，濕透羅衣冷。執交情，進退怡然，不敢違親命。祇見那苔階上蘚痕，苔階上蘚痕，疏簾映草青，參差翠葆重門静。

【前腔】聽幽禽，喧噪渾無定，禍福猶難審。遁山林，絶息交游，松菊成陶徑。無勞案牘形，無勞案牘形，不聞亂耳聲，深居陋巷柴門静。

【啄木兒】罹災眚，遭釁形，陟岵空瞻一片雲。北堂前花落春暉，房幃裏弦斷瑶琴。九原風木多餘恨，三喪淺土難歸殯，做不得董子傭身盡孝名。

【前腔】聞高譽，未識荆，慕藺心懸仰北辰。竄梁鴻豈乏明時，屈賈誼亦有明君。常言君子安貧窘，達人所謂知天命，我待效鮑叔分金盡友情。

【猫兒墜】光風霽月，度量過雷陳。濟急周貧類晏嬰，疏財仗義莫于君。忻忻，生死沾恩，得歸鄉郡。

【前腔】芝蘭契合，德義重千金。父子交游勝嫡親，忍居北富看南貧。忻忻，穩卜牛眠，早圖家慶。

【尾聲】淹留十載無愀問，今日他鄉遇故人，銜結何年報大恩。

黑鯉記

《黑鯉記》，作者佚名。《黑鯉記》，今無全本傳世，僅于《群音類選》中留存此六齣曲文。吕天成

《曲品》歸入「下上品」，稱：「劉司獄必當日有其事。詞亦平通。」祁彪佳《遠山堂曲品》題劇名作「赤鯉」，歸入「能品」，稱：「劉司獄以逸囚被譴，歷種種苦趣。即記中所載，亦是有氣誼漢子，但爲僧不了，奈何！傳者照應精密，每于俗境，更見雅詞，斷非近日詞人手。」《曲海總目提要》載此劇，據之，知劇述：劉才由吏員選松江府司獄，上海縣諸生費應元行兇被拘入獄，因禁子錢勝受賄，且被費應元灌醉而致費應元越獄逃去。錢勝誣陷劉才，致劉才被捕入獄。其子劉鼎儀進京爲父申冤，路遇漁人賣尚活黑鯉魚，心生惻隱，買之放生。後劉鼎儀被强人所劫，被捆縛投至蘆葦中，有船經過，船人見有大黑鯉魚躍入蘆葦中，隨劃船至而救鼎儀，被帶至京，爲父申明冤情，并留京應試得中狀元。回家省親，途過一寺。先其父被釋放因不能救一同被誣陷之人而薙髮在此爲僧，并曾在法場欲代友受死，感動監斬官而免死。于是父子在寺中得遇而團圓。後，費應元等惡人得到應有懲罰。

泖塔參禪

【皂羅袍】此地無方可坐，借凡軀四大，作榻如何？眼前萬象正森羅，外緣屏息方知路。天雲瓶水，晨鐘暮鼓；風前旛影，石上雨過。須尋百尺竿頭步。

【前腔】欲假山房一所，向烟霞深處，謝却塵逋。陶潛無奈酒杯何，周顒恐把山靈負。青松三徑，白雲一窩；鵲橋非險，磚鏡可磨。再尋百尺竿頭步。

【降黃龍】宗海鄰湖，潮下扶桑，派兼蜀楚。川流不息，見精元混白，碧天吞吐。糢糊，東連華邑，幾處玉龍深卧。（合）孕鴻荒天開地闢，秀鍾千古。

【前腔】輿圖，獨瞰虚無，一笠晴沙，翠浮芳杜。年無旱澇，見波摇石齒，不移纖露。冰壺，風簾玉繞，人在水晶仙府。（合前）

【前腔】浮屠，勢壓鯨波，劍倚崆峒，琉璃揮破。巍然砥柱，障狂瀾百尺，雪花飛舞。喧呼，排雲閶闔，跨鶴欲凌風露。（合前）

【前腔】堪圖，雲母屏孤，幾處芙蓉，九峰環堵。交嵐接翠，見畫屏缺處，白雲填補。晴晡，天連秋水，孤鶩落霞輕度。（合前）

【錦衣香】黄犬亡，猶遺墓，二鹿臺，今何所？天地如爐，炎凉如火。消融歲序兔催烏，誰唐誰宋，誰越誰吴。文章韓柳武孫吴，幾堆黄土。關却心頭鎖，衲衣匏俎，閑雲流水，沙鳥輕鳧。

【漿水令】照虚靈色相已無，坐蒲團老禪正枯。濕龍歸處鉢雲多，柳枝分雨，春轉葭莩。香飄霧，天尺五，紛紛花向瑶臺墮。登臨處，登臨處，眼空東魯。飛錫去，飛錫去，水面輕蘆。

【尾聲】胸中雲夢消塵腐，一笑渾無物我，忘却浮生舊姓盧。

削髮辭室

【青衲襖】每日裏操薪水爲黽勉謀，向黄昏倚門閭爲游子憂。他聞君脱離了豺狼口，閃得他展雙眉喜叶鸞鳳儔。好似風外楊枝難挽留，空指望雪後松筠諧白首。怎做得江水無情日夜流。

【前腔】我衹爲司關禁反做了入瓮囚，幸剖烏臺轉陽春扶傾覆。懷着孔融心直待臨刑俟，方不忝翟公言生死友。我要學蕭希甫立了男女仇，我要學杜鴻漸附葬輕官守。雲自歸山水自流。

【前腔】手握管城子常近公與侯，怎生弄菩提念他經與咒。京都外山水多明秀，峰泖上烟波無非是外州。獨不見螻蟻微兀自去運土坏，却不道狐狸死尚首丘。怎做得江水無情日夜流。

【前腔】他皈依釋迦佛勝似拜冕旒，搭一領綉袈裟强如懸紫綬。悟着色相空脱了名利鈎，灑着楊枝水方信我甘露手。我與他結髮情多付與并刀口，我與他白頭吟這意兒多參透。雲自歸山水自流。

【下山虎】冰清玉潔，霧散雲收。六根多清净，三昧可求。本非是請禱桑林，那些文身避周，一念渾無家國憂。已息衝冠怒，貝葉可羞，堪誚峨冠似沐猴。

【蠻牌令】自刻取蓮花漏，何必戀赤松游。客路杳青山外，興廢夢白雲頭。溅河野鷗尋遠社，吴淞月鶴下中秋。雲水遠一錫可投，那管他赴鞏鳴騶。

【尾聲】禪機幻化無中有，何人肯向死前休，可惜那一旦暮蜉蝣。

放鯉獲報

【柰子花】〔一〕始圉始圉漸覺洋洋，去復來繞旋回盼。好去龍門點額，春江鼓浪，避香餌莫投漁網。鄭子産，却又被校人欺誑。

【前腔】釋迦佛遠在西方，我行徑止曉强梁。篙頭鐵鑽，勝似刀槍，泛烟波一舟雙槳。看飛翔，武王事果不荒唐。

【前腔】向山房瞻拜賢良，喜今日又睹禎祥。斷蛇獲衆，放龜排難，天道明及爾出王。聞官，料王法怎容惡黨。

【前腔】念餘生已在微芒，他抱清流投入長江。可見天不遺善，作惡遭殃，須憫隱得一失兩。弃漁航，供灑掃願投方丈。

【四邊静】從今清净消磨障，滄波任來往。舉目有神明，存心滅諸妄。（合）物知來往，捷如影響。蟻穴有魁名，溝渠出卿相。

【前腔】仁明愛物心融朗，機微契霄壤。山色與湖光，爲君表明望。（合前）

校箋

〔一〕【柰子花】：底本原作「【柰花子】」，據曲譜改。

郵亭孽報

【香羅帶】微名粘壁，蝸身投虎罝，鴛鴦露冷分翠瓦，鳳笙鸞管是誰家也。遺白骨，掩黄沙，群狐逐鼠喧暮鴉。痛殺無主冤魂也，磷火無烟照落花。

【錦纏道】他苦顛連，言慘戚聞之可嗟，心熱亂如麻，挽民風順教殄滅奸邪。黑松林已是金門玉階，操白刃勝揮毫押。就文牒竊禄帶烏紗，啖虎威狐狸能假。方知弓影蛇，玉與石寧無真假，斬樓蘭劍始遇張華。

法場代死

【憶多嬌】言語切，我心地熱，糟糠恩義强掙咽，舌似刀侵腸似結。（合）燭盡燈滅，燭盡燈滅，船到江心櫓折。

【前腔】松下葉，是我心血，千愁釀成剛一啜，昔日歡合今送別。（合前）

【鬥黑麻】可惜我守法微軀，付與無情斧鉞，血污尸骸，怎生辨别。心上事，更難説。你身逼飢寒，恐難守節。（合）〔一〕從今永訣，恩情中道絶。瓦解冰消，瓦解冰消，海枯地裂。

【前腔】我姑舅俱亡，門族已滅，你駕前車，我循後轍。連理樹，豈獨活。生不同衾，死還共穴。（合前）

校　箋

〔一〕（合）：底本無，據下支曲補。

虎丘會父

【甘州歌】殘林疏影，盼千門摇落，我獨登臨。壇開郡厲，見旌旄遥映，鬼泣神驚。坤衡運脉泉自滿，撼石威風劍有痕。青蓮細，寶篆輕，蓮臺法像守昏燈。（合）延佳景，惬賞心，烟霞留客薄浮名。

【前腔】千人石掌平，可中亭上，促席飛觥。吴歌落魄，又何須鼓瑟吹笙。石頭尚悟生公語，泉品應收陸羽經。黄金碾，碧玉罌，竹爐湯沸翠濤生。（合前）

【前腔】詩從擊鉢成，似走盤珠滑，擲有金聲。寒潭徹底，轉轆轤尚怯修綆。甘棠有樹人勿剪，書閣無聲鶴自鳴。舒金碗，綴玉英，南枝消息已分明。（合前）

【前腔】閑憑千頃雲，見萬家樓閣，鼎食鐘鳴。天連湖水，白茫茫鳥飛不盡。機深吴主藏壁穩，墓配真娘見虎形。禪堂静，梵語清，沉沉簾幕户深扃。（合前）

【黄鶯兒】脱迹躡青雲，乞天恩歸定省，相逢纔脱淒凉境。報應已明，善惡已旌，始知天道明如鏡。（合）事無憑，十年春夢，一笑破愁城。

【前腔】踪迹累浮名，閃殺人成畫餅，心因多難成灰燼。交同死生，鸞分影形，樂昌再睹

重圓鏡。(合前)

【前腔】跨竈有寧馨，露華深橋梓榮，紫泥不日來青禁。弦調舊軫，鵬摶遠程，開元相業曾窺鏡。(合前)

節孝傳

《節孝傳》，一作《節孝記》，高濂撰。高濂，生平簡介見本書「官腔類」卷六「《玉簪記》」條。《節孝傳》，今有全本傳世，現存明萬曆間世德堂刻本(《古本戲曲叢刊初集》據之影印)。

淵明宜樂(一)

【錦堂月】隴畝人家，東籬北牖，青山雅稱排闥。峭壁層巒，當軒萬叠烟霞。聽打門無吏催征，喜載酒有人求學。(合)真瀟灑，笑夢幻塵羈，錯分真假。

【前腔】幽雅，誰勝山家，春深嬌鳥，啼殘柳絮桃花。芳草閑門，蹄轍肯容車馬。釣魚鈎稚子閑敲，紙棋局山荆能畫。(合前)

【前腔】農家，樂在桑麻，你去提壺挈榼，田翁野老酬答。路隔紅塵，何知身世喧雜。自

甘守泉石餘閑，況喜敦詩書宿雅。（合前）

【前腔】榮華，幻泡虛華，拖金綏玉，難變鏡中白髮。且盡杯中，萬事不須牽掛。没根蒂人似浮漚，不堅久身如飄瓦。（合前）

【醉翁子】單怕，向亂世依栖雜沓。敢韞櫝藏珠，向人待價。非假，且樂寄琴書，何事能輸山水佳。（合）還堪笑，任環堵蕭然，酒錢囊乏。

【前腔】堪誇，喜麻麥田頭盈把。羨水淺魚肥，露香蒓滑。還訝，見野鶩忘機，對引交飛鬥落霞。（合前）

【僥僥令】蜻蜓齊上下，蝴蝶舞交加。早見倦鳥歸雲斜陽外，深樹競繁喧，栖暮鴉。

【前腔】翠烟迷徑草，香露滴檐花。且自鼓腹行吟三徑裏，明日較今朝，樂更賒。

【尾聲】長安車馬君休訝，幽谷衡茅趣頗佳，愛殺我分外清閑足歲華。

校箋

〔一〕此齣齣目，《月露音》本題作「宜樂」。

掛冠弃職

【新水令】歸去來兮，田園將蕪胡不歸。既以心爲形役，奚惆悵而獨悲。來者可追，來者可追，悟已往諫不及。

【步步嬌】却憐升斗原非計，空自惹風塵累對。看荒涼景，雜亂時，則索斂手成呆，瞑目如痴。琴劍抱相隨，且向那蒼蒼烟水浮一葦。

【折桂令】喜看來未遠途迷，喚醒從前，今是昨非。且把那舟楫輕移，試待問征夫前路，風颺颺吹衣。瞻衡宇載欣載奔，恨晨光一點熹微。僮僕相依，稚子歡隨。荒三徑，松菊存共，衰草離離。

【江兒水】朝霞開宿霧，衆鳥相與飛。你看江空曖曖浮雲蔽，青山紅樹蕭然趣，孤帆短棹憐歸計。試問哀猿知未，早矣忘機，莫下三聲客泪。

【雁兒落帶得勝令】酒盈杯，幼子攜，引壺觴拚沉醉。盼庭柯顏可移，倚南窗傲可寄。易安處審容膝，日涉園時成趣。景翳，門雖設常關閉；流憩，時矯首遐觀雲鳥飛。

【僥僥令】羊裘堪覆足，泌水可忘飢。隴畝桑麻聊卒歲，短笛向斜陽牛背吹。

【收江南】呀，撫孤松歸去兮，與世絶交游息。消憂長日樂琴書，閑情話求悦親戚。農人告予春將及，我待要命巾車，駕孤舟尋幽寂。

【園林好】早辦下南山斗笠，重整上東籬几席。好安頓風塵倦翼，任逍遥娱晚日。

【沽美酒帶太平令】木欣欣以向榮，泉涓涓如斯逝。萬物得時吾行已，寓宇内時何疾。任去留心自委，急富貴非吾之意。望帝鄉不可爲期，懷孤往植杖相携。我呵，登東皋長嘯自舒，臨流賦詩，呀，聊乘化以歸盡，樂天命復奚疑。

【尾聲】雙親喜遂歸田計，笑相迎顛裳倒屣〔一〕，且把酒燈前慰别離。

校箋

〔一〕相迎：底本原作「相隨」，據明萬曆間世德堂刻本改。

顔陶敘舊〔一〕

【石榴花】林巒絶勝，秋色滿空庭。紅樹冷，白雲輕，南山當户喜初晴。淡烟浮紫緑層層，天空水冷，看沙鷗幾點清波影。墮疏桐風滿琴床，燒落葉雨生茶鼎。

【前腔】黄花白柳，不負舊時盟。花簇簇，柳亭亭，餐花還許制頽齡。向柳邊操弄漁罾，花神酒兵，破塵勞偏助蕭然興。築燕臺何事浮名，避秦源聊寄餘生。

【泣顔回】松竹暗柴扃，愛深林啼鳥嚶嚶。披襟散髪，無拘管鶴性猿情。人間酒星，醉陶陶莫問何時醒。遠浮沉打破愁城，甘冷落頓磨心鏡。

【前腔】有酒喜稱觥，更交歡觴咏酩酊。殘霞秋水，起寒烟村樹冥冥。幽懷盡傾，吸長虹須把尊罍罄。棹菱歌幾點漁燈，歸牧笛一灣月冷。

【尾聲】酒家已卜能酬應，多君青眼屬柴荆，祇教我飽德猶勝醉酒情。

校　箋

〔一〕此齣齣目，《月露音》本題作「叙舊」。

白衣送酒〔一〕

【梁州新郎】龍山佳勝，萸房香薦，良辰心賞忻然。凄凄林薄，霜紅霧紫争憐。哀蟬歸響，塞雁横秋，霄漢明如練。人生何碌碌老流年，萬化相尋感變遷。（合）清秋節，黄花宴。傾歡花下相酬勸，耽酒債結花緣。

【前腔】佩萸時序，登高望遠，悠悠靛抹長天。金風蕭瑟，池塘已墮紅蓮。虆虆玉顆，疊

疊金錢，籬下花如剪。晚來香苒苒，露涓涓，寒葉離離擁翠烟。（合前）

【前腔】舞蒹葭露冷平川，謝楸梧風掀庭院。看遥岑遠水，吞吐輕烟。我想符懸瘿水，脯作迎凉，俗事因時變。青霜欺曉鏡，白盈顛，眼底繁華夢裏天。（合前）

【前腔】緑陰陰翠竹寒烟，影摇摇水光雲片。聽莎鷄在户，催促寒暄。我想平臺戲馬，落帽因風，樂事人争羡。床頭新酒熟，錦鱗鮮，一枕羲黄月上眠。（合前）

【節節高】陶陶一醉仙，久忘筌，人間馳驟非吾願。還堪厭，名利心，風塵面。些兒得失何須怨，區區富貴何足羡。（合）笑把黄花醉似泥，肯教對景慚嵇阮。

【前腔】浮生不定天，且隨緣，佳山佳水堪留戀。焚香篆，調素琴，開殘卷。紅塵心冷蘭膏煉，天涯夢斷風箏綫。（合前）

【尾聲】白衣酒得朝來便，醉倒黄花月上弦，莫把酒興花神容易遣。

校　箋

〔一〕此齣齣目，《月露音》本題作「送酒」。

匡廬結社

【桂枝香】心似孤雲瀟散，身似眠鷗疏懶。脱胸中濁感貪頑，始超出菩提彼岸。悟玄修上乘，悟玄修上乘，慧生天眼，流觀俱幻。在人間，萬法唯心造，心閑法亦閑。

【前腔】一言增嘆，把塵心頓挽。解風波苦海支掙，傍水月閑門瀟散。羨中宵野鶴，羨中宵野鶴，萬天雲漢，八荒涯岸。悟清閑，白髮終難變，青年去不還。

【前腔】世情不諳，一生唯懶。但識個寒欲加綿，和那飢來加飯。任乾坤變遷，任乾坤變遷，回頭是岸。你看那利名關，得處人常易，求時我獨難。

葛巾漉酒〔一〕

【夜行船序】霏雪同雲，看千峰壘玉，四野妝銀。憐飄泊，雲葉冰花摇引。紛紛，拍面沾衣，顛狂慘冽，牽愁惹恨。閑門，行踪滅閉蕭齋，偃卧洛陽誰問。

【鬥黑麻】殷勤，問酒山村，傍寒梅野水，草橋投奔。看銀杯縞帶，車馬往來勞頓。休論，利名慚去客，杯酒剩閑人。嘆紅塵，須堪惜風刀鉗面，雪花拂鬢。

【錦衣香】玄碧香，縹清韵，可養形，堪消悶。同契遨游，執觚罄盡。况兼風雪灑前村，山瓶龍瀉，壺腹鯨吞。把葛巾漉酒，千鍾一哂。任覆髻盈糟粕，折角休問，接籬倒着，滿頭香噴。

【漿水令】醉陶陶風篩雪鬢，笑哈哈酒濕綸巾，梅花香裏路穿雲。竹籬茅舍，風雪歸人。兒童笑，籃輿穩。讓他要路争馳駿，今宵夢，今宵夢，羅浮香陣。魂清冷，魂清冷，月黄昏。

【尾聲】人間何事多清韵，雪裏梅花共酒尊，須把酩酊滿抱春。

校　箋

〔一〕此齣齣目，《月露音》本題作「漉酒」。

寫表陳情

【耍孩兒】誠惶誠恐臣李密，稽首披肝謹上啓，辭恩乞養冒天威。夙遭凶情實堪悲，生方六月嚴君逝，四歲慈親遠别離。憐孤弱哀狼狽，寧丁九歲，跬步方移。

【二煞】無伯叔無兄弟，門衰祚薄當孤立。煢煢形影相依倚，外無强近期功戚，内乏應門五尺兒。唯祖劉時嬰疾，臣嘗湯藥，床蓐難離。

【三煞】太守逵察孝廉，刺史榮舉上德，拜臣洗馬東宮貴。詔書峻責臣逋慢，郡縣催臣星火急。欲奔馳祖病方乘否，私情難訴，進退難違。

【四煞】仰聖朝以孝治，念故老蒙矜恤，況臣孤弱尪羸極。荷蒙寵擢憐亡國，豈敢盤桓有所希。奈祖劉日薄西山矣，可是氣奄命淺，朝不慮夕。

【五煞】臣無祖無以至今日，祖無臣無以終餘歲，祖孫命倚難違背。臣年四十方有四，祖母年登九十餘。盡忠盡孝要分遲疾，須知養劉日疾，報君日遲。

【六煞】烏鳥情敢致私，乞終養臣所期，憐臣辛苦含忠赤。蜀人州牧皆明識，后土皇天實鑒知。矜憐憫聽微臣意，死當結草，生效傾葵。

【煞尾】北堂樹草心，南向懸冠意〔一〕。敢祇望九重允奏天顔喜，臣不勝雀躍激切，屏營之至。

校　箋

〔一〕南：底本原作「難」，據明萬曆間世德堂刻本改。

祖姑遺囑

【山桃紅】千辛萬苦，你朝夕勤劬。我老矣形衰槁，生亦是虚。願你去投明主，願你做好丈夫。你去展斷鰲，逞截蛟，追亡鹿也。須索把臣節能不負。莫使生無補，白首愧吾，把忠孝流芳志不孤。

【前腔】魂驚夢楚，早夜支吾。炎日何銷鑠，使萱花就枯。但願你衰可起，但願你病可除。免我慘白雲，泣西風，憐朝露也。説甚麽簪組垂金玉。使我終身慕，不教泉世異途，把菽水虀鹽志不孤。

【前腔】哀哀反哺，哽哽憐烏。風木何多恨，使我睽乖否如。但願你童返老，但願榮起枯。使你壽靈椿，秀寒松，凌霜菊也。説甚麽桑梓家貧富。使我終身輔，不教掩泣向隅，把箕帚蘋蘩志不孤。

【蠻牌令】我心似水任沉浮，身似夢付虚無。瓊臺知有路，升屋莫追呼。嘆死生頃刻，片時千古，空教涕泣滂沱。痛泉途瞑暯九原，把蘋藻庭幃，换了松柏丘墟。

【尾聲】沉昏氣絶如化羽，渺渺形歸還太初，教我迸涕交揮慟欲殂。

金蘭記

《金蘭記》，作者佚名。《金蘭記》，今無全本傳世，除《群音類選》所選四齣曲文外，《月露音》選有《擲帕》齣曲文，《樂府紅珊》選有《劉觀訓子》一齣。據現存五齣，知劇述：招討李顯忠因上言「恢復」失地，致忤權奸，被貶置台州。劉觀爲舒州人氏，官選平江許浦監税，其子劉堯舉年十八，在台州師從朱晦庵夫子講學。劉堯舉在台州遇李顯忠，志趣相投，義結金蘭。劉堯舉偶遇舟中一女，相互傾慕，女以擲帕留情。後劉堯舉考試結束，迅至水邊，恰女父離舟上岸，二人遂私訂終身。女父察覺，移舟别居，二人分離。在七夕宴會之時，劉堯舉思念該女。

金蘭結義

【普天樂】離書帷把工夫暫輟尋芳去，西郊外儘有無窮趣。草如茵嫩緑平鋪，垂楊烟裏影疏疏。鶯調舌新簧度，又祇見梨花樹樹濛輕霧。覓瓊漿何處堪沽，颺青帘在桃花深塢。待從容緩步，試向前途。

【前腔】置台州我一腔忠憤憑誰訴，嘆萍踪寥落無人顧。喜今朝正值春初，西郊景物如圖。趁良辰排愁緒，衹怕雒陽蓁蕪渾非故。驀然間慷慨踟躕，這韶華争如不遇。恨無人爲國，汛掃强胡。

【玉胞肚】權奸竊柄，陷忠良私交虜庭。使中原板蕩陵夷，致乘輿遷播江寧。因此上言恢復冀澄清，安置台州氣未平。

【前腔】志趨先定，向師門潛心聖經。一朝來際會風雲，萬言上誅鋤奸佞。神州久已污羶腥，定挽天河洗甲兵。

【玉交枝】平生心事，料天地神明素知。相逢欲結桃園義，盟天歃血爲期。深蒙雅意賴維持，復聆清誨當銘佩。（合）把金戈同留落暉，把金戈同留落暉。

【前腔】如君高義，羡翩翩寰中最稀。此盟豈是同兒戲，必須永守毋欺。願如平勃濟安危，休爲蘇暴生讒忌。（合前）

舟中擲帕〔一〕

【懶畫眉】溪邊邂逅遇芳容，好似一朵芙蓉映水紅，藍橋昔日有奇逢。天涯咫尺難相共，誰把紅絲繫幕中。

【前腔】暫時相見意衝衝，玉潤冰清迥不同，我花枝無主任東風。今宵添上相思夢，争得詩題一葉中。

【憶鶯兒】風正清，露已升，曲曲江濤千里程，行盡長亭復短亭。鴉聲亂鳴，漁歌可聽，山村渡口多蹊徑。莫留停，披星帶月，曉夜苦勞形。

【降黄龍】你是閥閲名家，須信書中，自有似玉嬌娃。不記得瓜田李下，不記得瓜田李下，納履非宜，整冠不雅。將咱，認路柳墻花。請縛定心猿意馬，那彩樓中乘龍遴選，定把綉毬抛打。

【前腔】你休誇，我不慕繁華，那村酒猶濃，野花偏冶。謾説清平之話，謾説清平之話，誰教你蓮臉生春，柳眉如畫。卿家，心緒難拿。仗此傳情羅帕，早和諧願貯伊金屋，是言非假。

【黄龍滚遍】郎君識見差，郎君識見差，作事多奇詫。耳屬垣墻，你全不擔驚怕。老父來時，遮藏無暇。若知情，怎與你，甘休罷。

【前腔】嫌疑莫避他，嫌疑莫避他，良便由天假。論女貌郎才，二美非虚詐。似白璧南金，從來無價。須知道，好色膽，天來大。

【尾聲】夕陽已向疏林掛，得魚沽酒興何賒，且在此維舟暫作家。

校　箋

〔一〕此齣齣目，《月露音》本題作「擲帕」。

得諧私願

【皂羅袍】纔共群英鏖戰，向文場出放居先。儼如弩箭乍離弦，還同雲霧隨風捲。匆匆行步，爲尋畫船；勞勞瞻望，爲求素娟。急忙早向中流泛。

【前腔】老父適纔登岸，要行時待得他旋。波濤湍急豈能前，風雲頃刻常生變。誰來把舵，不從直言；誰能操楫，偏來亂纏。急忙且向中流泛。

【撲燈蛾】和伊夙有緣，和伊夙有緣，使我空神亂。千里綫相牽，今日早成姻眷也。我心中如願，又何須白璧種藍田。在文場才華獨擅應首選，便做個狀元怎勝這并頭蓮。

【前腔】郎君意恁堅，郎君意恁堅，賤妾情非淺。祇恐容易間，把從前恩愛渾忘也。嘆銀河隔遠，怕秋來羅扇便先捐。這微軀行虧名玷將誰怨，那時節教人空賦白頭篇。

【尾聲】鬧中取静難遲緩，魚水相投豈偶然，但願地久天長共百年。

【六么令】心勞意攘，向前村醉飽歸忙。長空望處又斜陽，烟淡淡水茫茫，扁舟却向何方往。

【前腔】歡娱半晌，喜今朝共效鸞凰。風流端的世無雙，心怯怯意惶惶，夢魂飛繞青霄上。

【一盆花】此是孩兒調謊，無根言語，一味荒唐。河濱風静水悠揚，天清四顧雲開朗。真個教人難量，此事須當審詳。可把真情道出，休得遮藏。

【前腔】看你出言非當，無憑形迹，更覺乖張。溝渠有浪尚堤防，乘風怎不隨流放。祇得移舟他處，于理全無所傷。勸你不須猜慮，把名節先戕。

七夕宴會

【梁州新郎】雕雲如畫，銀河拖素，萬點明星錯布。碧天良夜，金風乍入紗厨。忽聽叮咚檐馬，亂簇喧呼，如向人前語。畫堂開燕喜，解塵慮，客署應將懷抱舒。（合）牛女夜，莫輕覷。况一年一度誠奇遇，須盡醉且休拒。

【前腔】彩霞明耀，流螢光吐，客思逢秋凄楚。梧桐葉隕，飄然恍惚踟躕。更有蛩聲啾唧，聒噪難除，攪亂得無情緒。喜金蘭重聚首，荷垂注，飫德寧辭眉黛舒。（合前）

【前腔】笑天孫久戀歡娱，廢機杼天心譴惡。致銀河梗阻，杳無歸路。因構平林鵲羽，雲漢浮橋，縹緲通仙馭。人間都乞巧，喜清趣，一曲歌喉雅調舒。（合前）

【前腔】綺筵前緑蟻盈壺，畫堂中光摇銀炬。看心星西去，大火將除。祇見碧廊清瘮，紈扇輕摇，儘有無窮趣。微凉來燕几，共歡豫，一笑應將口角舒。（合前）

【節節高】花陰地滿鋪，月光浮，香泥襯足還堪步。蒼苔露，金井梧，供秋賦。畫堂玉燭光生户，今宵拚醉金谷數。（合）祇恐光陰快如梭，謾將七夕空辜負。

【前腔】新凉氣轉蘇，透肌膚，秋風一夜瀟瀟布。穿朱户，映轆轤，笙歌互。任教碧漢星飛度，論心好把金蘭訴。（合前）

【尾聲】華筵散罷鷄聲喔，看天河駕促歸途，猶勝嫦娥夜夜孤。

新刻群音類選官腔卷二十一

奪解記

《奪解記》，秋閣居士撰。秋閣居士，姓名、字號、里居、生平皆不詳。《奪解記》，今無全本傳世，僅于《群音類選》中留存此齣曲文。吕天成《曲品》歸入「下上品」，稱：「鬱輪袍事，王辰玉撰劇甚佳。此記詞采可觀，但傳會爲李林甫婿，不妙。境界略似《明珠》。其中幽情，何必捏出？且大都采《嬌紅傳》中語，亦不妙。惟酒樓聞伶人歌詩事，插入甚好。」祁彪佳《遠山堂曲品》歸入「能品」，稱：「王辰玉作劇，以《鬱輪袍》爲王摩詰諱。余以爲此是文人不羈處，非熱心功名，不必諱也。但此記又嫌其太直截耳。以王爲李林甫婿，恐是附會。」劇作僅存此齣，劇情難全曉，僅可據《曲品》、《遠山堂曲品》窺知一二。

鬱輪奪解

【駐雲飛】滿酌香醪，樂奏霓裳促舞腰。宫錦餘香裊，簇擁如花貌。嗏，共樂宴春朝，主家年少。富貴榮華，勝似居仙島。花射香紅點綉袍。

【前腔】美酒佳殽，縷切紛紜空鳳刀。金屋張雲幬，綉户明仙藻。嗏，酬酢寶瑲摇，玉杯飲導。一派笙歌，勝似梨園樂。宴罷纏頭賜錦標。

【畫眉序】纖玉紫檀槽，鶯語間關弄春曉。况哀聲繁手，羨伊年少。似避雄鶴驚露哀鳴，失子猿穿林孤嘯。（合）度詞一曲琵琶裏，貴主定應歡笑。

【前腔】回風激商調，殺殺霜刀澀寒鞘。轉春風和暖，百禽争噪。發千鞁鳴鏑胡弓，擊萬片清球虞廟。（合前）

【前腔】凄鏗謾輕掃，幽咽冰泉在指尖繞。似珠幢斗絶，寶鈴雙掉。冒胡塵漢妾哀啼，違楚國羈臣悲悼。（合前）

【前腔】虚彈轉輕巧，白玉寒敲聲更肖。似珍珠亂向，玉盤傾倒。寒蛩切催織秋宵，孤雁宿叫群蘆篠。（合前）

【節節高】新詞勝《離騷》，擅風謡，聯珠抱玉超塵表。情文妙，詞旨高，才華耀。看來不覺開懷抱，劉潘郭左何足道。（合）宛若回風挽雪流，媚似落花依碧草。

【前腔】奇才夢彩毫，韵飄蕭，芙蓉出水凌凡調。篇章奥，幽思標，新聲妙。縷金錯彩真

堪笑，情兼雅怨人罕到。（合前）

【尾聲】琵琶度曲宣詞藻，更文章光逼層霄，如此才華真國寶。

鞦韆記

《鞦韆記》，戴子晋撰。戴子晋生平簡介見本書「官腔類」卷十四「《青蓮記》」條。《鞦韆記》，今無全本傳世，除《群音類選》選收此三齣曲文外，《月露音》選收《賞月》一齣曲文，《樂府紅珊》選收《何氏課子》一齣。吕天成《曲品》歸入「中上品」，稱：「事鄙俚，而以秀調發之，迥然絶塵。似爲賈人子解嘲者。」從「憶昔饒紈褲，深居懶出門，因圖微利來他郡」知原爲富家子，今因經商而遠離家鄉。因失敗致貧而受挫，思念家中父母、嬌妻。後又因遇强人，夫婦被分離。

途中追嘆

【北新水令】嘆黄金散盡一身貧，受風塵許多勞頓。當日個長途驅駿足〔一〕，今日裏歸計似窮鱗。涕泗沾巾，誰與我相偢問。

【步步嬌】我勸東人休懷悶，且把啼痕揾。你看乾没競紛紛，萬事由天，智巧焉能運。

聚散似浮雲，時困終當順。

【北折桂令】想當初别却雙親，道路風霜，歷盡酸辛。衹指望算傾滇蜀，智過刁任。却誰知做不得南陽結駟，到如今反學個東魯懸鶉。往事紛紜，題起眉顰，怨衹怨没揣的遠結婚姻。

【江兒水】憶昔饒紈褲，深居懶出門。因圖微利來他郡，想人生何用盛錢囤。那茫茫烟水無時盡，骨肉仳離成恨。是命合邅迍，贏得個乾坤雙鬢。

【北雁兒落帶得勝令】辜負的意懸懸烏鳥恩，割捨却嬌滴滴鴛鴦陣。我一天愁怎擺開，那兩下怨難承順。都管是倚門的望兒歸眼欲昏，化石的爲夫去心增濍。離分，知甚日還相近。傷也麼神，丟不下的惱人腸日幾巡。

【僥僥令】山深愁日暮，花落怯殘春。這歸路風光真是窘，更杜宇叫聲聲，不忍聞。

【北收江南】呀，早知道恁般落魄呵，誰待要遠涉紅塵。此時進退兩無門，縱江東父老不生嗔，有何顏見人，有何顏見人，衹落得掩袂對斜曛。

【園林好】勸東人且歸故村，念家園生涯未貧。慢向他鄉投奔，時來後志還伸。

【北沽美酒帶太平令】嘆風塵未住身，望庭闈欲斷魂。怪殺驅人利幾分，役役未停輪。

揚州去轉問津，這奔波何時穩？ 疏林外金烏奪迅，山中路未許逡巡，呀，急回頭各把程途趁。

【清江引】夕陽已從山外隱，尋宿須宜緊。何妨携酒尊，且自消愁悶，那榮枯世事休再論。

校　箋

〔一〕日：底本此字上半殘，據殘存下半和文意補。

賞月遇惡〔一〕

【夜行船序】華月初生，把一天暑氣，盡將淘净。金波動，二十四橋光映。引領，幾陣清風，水上飛來，玉肌堪冷。那更，持觴有嬌娃，莫惜此宵酩酊。

【蛤麻序】娉婷，月下逢迎，愛纖纖十指，碧簫輕品。使煩襟頓解，素懷幽勝。畢竟，彩鸞原有約，弄玉自多情。兩心傾，拚取清夜遨游，滿酬佳興。

【錦衣香】畫橋東，笙歌競，納凉時，風光勝。月色波容，光芒千頃。放舟我欲擊空明，珍珠萬斛，濺體輕盈。恍清虛仙境，近嫦娥香肩相并。莫惜纏頭贈，輸情歡慶，韶華暗度，碧梧金井。

【漿水令】夜迢迢天街已静，意洋洋酒力難勝。人生踪迹是浮萍，逢時歌舞，且樂平生。塵寰事，幾變更，六朝脂粉飛灰冷。莫辜負，莫辜負，良辰美景。任堪破，任堪破，悶壘愁城。

【尾聲】酒闌歌罷饒餘興，且把來宵重訂，貪看嬋娟别未成。

校　箋

〔一〕此齣齣目，《月露音》本題作「賞月」。

遇盜分拆

【柰子花】念鰥生流落天涯，幾經春未得回家。嫦娥偶逢願將身嫁，趁歸程輕車同駕。(合)休詫，望將軍幸垂寬假。

【前腔】念妾身早墮烟花，愛從良羞御鉛華。天緣夙成玉臺先下，又何勞閑情縈掛。(合前)

【香柳娘】看丰姿果佳，看丰姿果佳，總堪描畫，肯教碧血臨風化。你當初見差，你當初見差，相親等摶沙，風波起杯斝。莫思量故家，莫思量故家，管取豐城劍花，分開雙把。

【前腔】苦汨零似麻，苦汨零似麻，愁腸難話，百年恩愛天來大。忍分飛彩霞，忍分飛彩霞，再去整雲鬟，還將賊奴嫁。謾憑凌虎牙，謾憑凌虎牙，一任你刀兵亂加，捐軀誰怕。

【前腔】你不須怨咱，你不須怨咱，泪珠空灑，恩情到此都勾罷。且重施絳紗，且重施絳紗，别自抱琵琶，從今逐戎馬。莫思量故家，莫思量故家，看取豐城劍花，分開雙把。

【前腔】論姻緣可誇，論姻緣可誇，反遭摧挫，中途失却秋雲帕。肯身從艾猳，肯身從艾猳，拚取委泥沙，相逢在泉下。謾憑凌虎牙，謾憑凌虎牙，一任你刀兵亂加，捐軀誰怕。

犀合記

《犀合記》，一名《八不知犀合記》，作者佚名。《犀合記》，今無全本傳世，僅于《群音類選》留存此三齣曲文。吕天成《曲品》歸入「中下品」，稱：「内弟與姊夫之妾通而謀殺姊夫及姊，可畏哉！事亦新，詞亦平雅。」祁彪佳《遠山堂曲品》歸入「雅品」，稱：「舊有唐伯亨傳奇，此仿之爲是記。記中有八不知之巧，而歸結于一合。」劇述唐伯亨有一妻一妾，上任時携妻致任所，留妾在家。妾本烟花女，受唐伯亨妻弟陳櫝調戲而生奸情，後二人謀殺唐伯亨夫婦，事敗，二人受懲罰，唐伯亨夫婦得福。

夜宴失兒

【念奴嬌序】天長地久，幸生居盛世，重逢聖禹神堯。富貴功名，誰不道身外流水浮泡。堪傲，一夢徵蘭，雙珠出蚌，笑看庭下舞衣小。（合）何必羡，千年雪藕，萬歲冰桃。

【前腔】祈禱，同諧共老，畫堂中桂子蘭孫，及時歡笑。明日陰晴，端的是今日人難逆料。當效，琴瑟雙清，箕裘兼美，可誇萬事足今朝。（合前）

【前腔】芳沼，猛然金鯉開萍，紋鴛浴浪，眼前佳趣會神交。堪羡處，是風遞荷香輕飄。幽悄，萬玉稠中，雙鸞栖處，時時籊下曲闌表。（合前）

【前腔】聲巧，深樹黄鸝，雕梁新燕，雙雙飛舞語偏嬌。如勸我，休負却美景良宵。公道，朝市山林，無如白髮，貴人頭上不曾饒。（合前）

【古輪臺】謾奢豪，紅妝齊抱紫檀槽，移宫换羽呈佳妙，且開懷抱。覷紫綬金貂，對此玉容花貌。雪檻冰山，炎威不到，洗金杯重泛紫葡萄。夕陽斜照，聽歸來何處蘭橈。洞簫畫鼓，菱歌蓮唱，傳聲縹緲。隱隱入横橋，人聲漸杳，一輪金鏡掛松杪。

【前腔】香消，瑶臺絳蠟吐春膏，看取妙舞清歌，翠圍珠繞。雜鳳管鸞簫，果勝十洲三島。更喜四海清平，一家和好，總萬兩黃金也非寶。風清月皎，夜凉多玉漏迢迢。滿拚沉醉，紅顔扶去，玉山頽倒。帳冷紫鮫綃，盡把閑愁掃，百年能有幾風騷。

【尾聲】人休論，逸與勞。得意處極時歡樂，頃刻秋霜染鬢毛。

陳檟調奸

【啄木兒】妾本勾闌内，妓女流，玉石心腸期不朽。雖然是野鶩山鷄，已獲配鳳友鸞儔。秦樓風月難依舊，陽臺雲雨成虚謬，枉使襄王朝暮游。

【前腔】卿容貌，我智謀，一似東苑夭桃西苑柳。既移來一處栽培，怎忍得緑掩紅收。你看春花秋月何曾久，盛時少年誰能又，豈不見淑女攸宜君子逑。

【三段子】且莫自由，解佩纕誰爲蹇修。怎不害羞，隔墻花難作并頭。劉晨阮肇天台偶，文君相如臨邛走。他都是會合倉忙，相逢邂逅。

【歸朝歡】那風情事、風情事，我一筆已勾，怎禁他將没做有。冤孽債、冤孽債，若從所求，又恐他心不應口。

【尾聲】從來好事難成就，誰料今宵掣肘，須信朱顔不暫留。

捉奸殺子

【玉芙蓉】聽殘鴻雁聲，立遍梧桐影。綉鞋兒蒼苔上露濕如冰，你不思盟誓通靈聖，想是冤家又雜情。我新來病，非干受冷，分明是爲你每耽驚。

【前腔】階前月正明，檐外風不定。到娘行花陰下一路難行，剛剛脱得薔薇梗，又早重招玫瑰屏。休急性，容吾負荆，這回不敢再稽程。

【前腔】君其實志誠，妾合當欽敬。卧孩兒須索要款款輕輕，把水沉添上狻猊鼎，與你錦帳掀翻翡翠衾。相交頸，同期死生，衹恐怕銅壺漏斷錦鷄鳴。

【前腔】鴛鴦睡正寧，蝶夢驚將醒。聽樓頭鼕鼕鼓打三更，衹圖禽獸雌雄興，那管人倫妻妾情。忒薄幸，與我拖出户庭，請教夫主杖黄荆。

【鎖南枝】人初静，我睡半醒，西房聞有笑語聲。遂使海棠聽，衹見櫝舍與蓮哥逞。來報我，親看明。他到殺孩兒，賴是我謀命。

【前腔】奴寧死，誰敢争，除非是青天明月作證盟。你那公子既無憑，奴兒也堪領。誰人肯，自絶情。你莫疑猜，請思省。

【前腔】明有法，幽有靈，誣奸損人行與名。初意要我加刑，他今來自馳騁。伊宗祀，誰繼承。細思量，還是你不正。

【前腔】夫人使，奴暗行，西房去看誰共燈。祇見二奶奶坐閑評，還有舅爺跪答應。我就忙回轉，實告嗚。那時節，我却也高興。

【前腔】夫人心懊惱，身戰兢，同奴打開門一層。那時舅舅似雲騰，二奶奶便策應。謀兒死，賣己清。望相公，作明鏡。

【前腔】情雖實，事可矜，你拿奸怎不同我行？他母子肯自相征，這是我家門大不幸。若聞僚屬，事匪輕。暫停嗔，待追并。

玉香記

《玉香記》，程文修撰。程文修（生卒年不詳），字叔平，浙江杭州人。生平事迹不詳。知撰《玉香記》、《反司記》（佚）、《望雲記》（佚）傳奇三種。《玉香記》，今亦無全本傳世，除《群音類選》選録此四齣外，《月露音》選録《訪姑》一齣，《樂府紅珊》選録《廉參軍訓女》一齣。呂天成《曲品》歸入「中下品」，稱：「此據《天緣奇遇傳》而譜之者。人多攢簇得法，情境亦了了，故是佳手。別有《玉如意記》，亦此事，未見。」祁彪佳《遠山堂曲品》歸入「能品」，稱：「此即《天緣奇遇傳》也。其詞不能別有巧構，而朗朗可歌。但爲子輶妾者，玉勝而下，尚四五人，不特場上不可演，即此記之後，亦收煞不盡，不能不舉此遺彼矣。尚有傳此名《玉如意》者。」劇述祁羽狄風流倜儻、才華俊敏，被衆女子喜愛而欲私，祁羽狄亦自歡喜欣納。

邂遇仙姬

【浪淘沙】一鼓報黄昏，畫角相聞，柳梢邪吐月痕新。若有凌波微步處，不惹纖塵。

【前腔】二鼓暮霞深，寂静朱門，曲闌春色上苔痕。寶篆香浮金孔雀，别樣乾坤。

【前腔】三鼓夜中分，萬籟無聲，碧空清瑩斂殘雲。袖裏青蛇何地用，掃蕩妖氛。

【前腔】四鼓露華淋，玉漏催頻，羅衣輕薄峭寒侵。風過冰檐環珮響，無限呻吟。

【前腔】五鼓兔西沉，斗轉參横，諸仙應已候天閽。唱罷金鷄光漸曙，速整歸輪。

【清江引】雙纖温瑩籠春笋，香襲冰肌潤。槐陰樹下逢，爲織機中錦，今來何故輕憐憫。

【前腔】玉簪一隻君藏穩，能解燃眉困。前世有塵緣，昨夜都勾盡，其中意兒須自忖。

含春遇勝

【園林好】身暫列金屏綉幃，情繾綣燈前翠眉。自恨一宵沉醉，知甚日得追隨，知甚日得追隨。

【前腔】君本是瑶臺上魁，妾願效傾心艷葵。使我剔盡銀燈不寐，故此題絶句代良媒，題絶句代良媒。

【江兒水】怡慶堂前宴，含春庭下回。相携笑解同心蒂，歡娱一霎諧鴛侶，争誇玉樹蒹葭倚。漫把亂紅偷覷，骨透靈酥，香滴滴露滋金蕊。

【前腔】夜静枝空踏，花開鳥任栖。石床一枕鴛鴦睡，蘭房歸後慵梳洗，幾回又掬相思水。就裏自驚歡會，莫被人知，但願風流到底。

【玉交枝】六朝佳麗，影婆娑翩翩綉襦。纖腰輕款鶯聲細，并香肩着意撑持。無情對面生九嶷，有緣那怕人千里。盼得到章臺柳堤，幸折得章臺柳枝。

【川撥棹】料香閨非遠地，願早辦通宵計。綉簾閑暫效于飛，恐明朝匆匆别離。望陽關路漸迷，問裴航音信稀。

【嘉慶子】一刻千金應不抵，誓盟言敢負區區，謝伊家驟成連理。前度郵亭真莫比，便是石爛江枯心不移，此樂綿綿無盡期。

【意不盡】從今仰托青雲器，冀遂百年姻契，羞殺人間俗子妻。

私通毓秀

【急板令】念喬才三吴俊髦，傾峽水詞林貫雕。望百年諧老，望百年諧老，莫爲青蠅，委弃殘膏。義海恩山，白首堅牢。（合）同罰願神目昭昭，如負盟受天弢。

【前腔】看姿儀今時小喬，論吟咏當年薛濤。望一生締好，望一生締好，蕙帳温存，鳳友鸞交。地久天長，忍敢輕抛。（合前）

【人月圓】花月貌，賣盡風流俏。香腮忙簇千金笑，披誠共把穹蒼告，命宫天喜紅鸞照。（合）從今去，掀翻到曉，拚死在鮫綃。

【前腔】蜂蝶鬧，兩下都顛倒。靈犀一點通心竅，連聲便把心肝叫，個中滋味誰知道。（合前）

二妙交歡

【二郎神】相逢偶，謝嬌娘把良緣許就，愛軟款情兒年紀幼。展轉尋思，有懷未敢輕投。爲甚麽同心先結紐，這恩德怎生相受。細推求，想五百年前，曾欠風流。

【鶯啼序】錦堂風月須暫留，鶯期還效鳳友。唯願取被底綢繆，高堂暮雨湮透。休題着能詩桂英，堪羨你偷香韓壽。相廝守，莫認做敗荷衰柳。

【囀林鶯】瑶臺接遇成握手，譬如范丹獲取琳球。向紗窗并挽羅衫袖，更徘徊私語嬌羞。黄昏清晝，莫待要參辰卯酉〔一〕。自評籌，今生歡會，銜結信難酬。

【前腔】區區一言君聽剖，喜中忽爾添愁。倘歡娱霎地春光漏，那時節覆水難收。風僝雨僽，衹落得浪傳人口。自評籌，今宵雖會，未必永無憂。

【簇林鶯】枝連理，花并頭，翠翹欹玉腕勾，鴛鴦枕上金釵溜。恩深怎丢，情濃怎休，恩情美滿雙珠售。夢悠悠，香魂斷續，猶繞十三樓。

【琥珀猫兒墜】片帆東渡，楓落已驚秋。何日重來覓勝游，蕭蕭歸向白蘋洲。凝眸，看天際三星，月帶殘鈎。

【尾聲】明知欲去還拖逗，這奇逢何年依舊，恐對新亭學楚囚。

校　箋

〔一〕卯酉：底本原作「昴酉」，據據文意改。

玉如意記（同上一個故事）

《玉如意記》，作者佚名。《玉如意記》，今無全本傳世，僅于《群音類選》、《大明天下春》中留存數齣曲文。從吕天成述《玉香記》時稱「有《玉如意記》，亦此事，未見」，及此劇下所注「同上一個故事」，知此劇故事同《玉香記》，皆據《天仙奇遇傳》改編。

月夜遇仙〔一〕

【梁州新郎】金漿玉醴，交梨火棗，寶鴨香烟輕裊。冰輪初轉，光飛碧宇青宵。衹見雲無留迹，桂影扶疏，萬里清輝皎。舉杯邀素影，共游遨，占斷人間風月豪。（合）嬌喉囀，纖腰裊。看仙郎仙女同歡笑，這樂事世間少。

【前腔】銀臺光皎，玉盤高照，影浸江山輝耀。皎衣歌舞，恍疑身在丹霄。衹見碧波千

頃，萬疊蒼山，絶勝蓬萊島。嫦娥相愛處，架仙橋，醉捧仙卮興欲豪。（合前）

【前腔】望長空雲浄天高，瞻白兔明析秋毫。看嵯峨宫闕，隱隱遥遥。衹見寰瀛如洗，宇宙生輝，妝點風光好。爲問今何夕，喜陶陶，回首天宫雲霧飄。（合前）

【前腔】是何人吹徹洞簫，聽譙樓畫鼓聲敲。參横斗轉，銀燭光摇。衹見寒光澄澈，萬籟清幽，此景尤堪道。玄霜何必搗，會藍橋，携手巫山興已飄。（合前）

【節節高】靈犀已暗交，喜文簫，雙雙共遂風流俏。香烟緲，玉音嬌，花燈照。雲情雨意知多少，何人爲賦巫山調。（合）從今氣爽更神清，天緣奇遇誰知道。

【前腔】歡娱興正豪，願今宵，鄰鷄勿報催天曉。浮雲罩，月漸消，烟光耀。襄王神女心煩惱，山盟枕上低低告。（合前）

【尾聲】今宵會合真奇妙，這姻緣人間稀少，他日同携上九霄。

校箋

〔一〕此齣齣目，《大明天下春》本題作「祁羽狄遇仙女」。

賞月登仙

【普天樂】月團圓人豪縱，舞袖翩歌聲噴。低低唱，低低唱淺淺斟鍾，泛輕舟游遍芳叢。（合）呀，羨珠圍翠擁，歡娛興不窮。檀板金樽拚取，拚取沉醉東風。

【朝天子】望天連水光，順波流酒觴，杯行到手休謙讓。良宵美景，擁紅裙幾行，意綢繆情歡暢。聰明的女娘，風流的宗匠，兩兩雙兩雙兩兩雙。對嫦娥神清氣爽，神清氣爽，洞簫聲嗚嗚響，洞簫聲嗚嗚響。

【普天樂】障銀蟾孤峰聳，漾冰輪清波動。光輝遍，光輝遍萬里長空，況今宵酒釅花濃。（合前）

【朝天子】論蟾光四景明，到中秋分外清，助人間才子佳人興。輕歌慢舞，任星移斗横，箭催壺香消鼎。酒斟來滿樽，醉將來還醒，悄悄聽悄悄聽悄悄聽。是誰家笙歌夜永，笙歌夜永，趁輕風相呼應，趁輕風相呼應。

【普天樂】論功名成何用，掛朝冠辭君寵。無拘繫，無拘繫脱却樊籠，任酣歌倚翠偎紅。（合前）

【朝天子】覷佳人醉眼嬌，聽吴歌聲韵高，影徧襬來往在波心閙。從教弄巧，把催花鼓敲，笑呵呵開懷抱。恍疑在九霄，又如游三島，小小舠小舠小小舠。放中流隨波飄渺，隨波飄渺，金縷唱玉山倒，金縷唱玉山倒。

【普天樂】夜深沉霜威重，醉扶歸歡情縱。你看欹水面，欹水面幾簇芙蓉，見鷩烏飛繞疏桐。（合前）

玉釵記（李元璧）

《玉釵記》，陸從龍撰。陸從龍（生卒年不詳），字江樓，以字行。錢塘（今浙江杭州）人。生平事迹不詳。知撰《玉釵記》傳奇一種。《玉釵記》，今無全本傳世，僅于《群音類選》中留存此三齣曲文。《群音類選》于《玉釵記》後注「李元璧」三字，意在説明此劇是關于李元璧的故事，與下劇目《玉釵記》後注「丘若山」意在説明是關于丘若山的故事相同，特别是前後兩個劇目相同，故于後注上故事主人翁以示二劇的區别。吕天成《曲品》歸入「下中品」，稱：「此記李元璧忠節事。内有占紫芝園一節，必有所指。安丙擒吴曦事亦好，不過常人手筆。」祁彪佳《遠山堂曲品》歸入「具品」，稱：「記蒯剛謀占紫芝園，轉展計陷，閲之如嚼蠟。曲亦有不可讀者。惟後段安丙擒吴曦事，傳之詳明，若出兩手。首折以過曲出場，亦奇。」劇述李元璧家有紫芝園，奸人蒯剛欲占爲己有，買通李元璧家僮，設計陷害李元璧。李元璧被迫逃去投軍，夫妻分别時贈玉釵爲記，且李元璧妻以毁容拒强搶而等夫歸。李元璧路上熟睡時，玉釵被偷，後又遇蘇免攔劫。蘇免聽李元璧訴説其慘情，放其去。後，玉釵被人從戰場的死尸上獲得，携市去賣，被李元璧妻見，詢情以爲李元璧已經戰死。中間插有安丙擒獲在四川叛亂的吴曦一事。

玉釵軍别

【玉交枝】蒼穹報怨，禍非常滰獄大冤。爲戍萬里程途遠，苦奔馳巔浚山川。言之感傷情可憐，潸潸泪竭腸堪斷。（合）甚日得分釵聘全。

【前腔】奸謀妒善，苦萍踪浮流那邊。晨昏飢餒誰烹膳，保身軀切甚寒喧。蒙須赦恩得早霑，速歸庭院重歡宴。（合前）

【前腔】緣慳分淺，拆鸞凰何時再聯。齔齠童稚多看管，静虚堂又没椿萱。閨門節操要彌堅，勤于紡織尤加勉。（合前）

【前腔】憤冤無辨，雪荼仇誅夷在天。衣穿孰與縫針綫，守清貞豈插花鈿。嬌容默默把刀鐫，君懷休得生疑念。（合前）

【園林好】碎花容心中慘然，聽其言我心如刺剜。囑付俺中途去遠，謀取命意須專，謀取命意須專。

【前腔】感深恩須結草報還，路途間偕行好看。聊備釵梳菲物，無嫌鮮望收安。

【川撥棹】門深掩，可藏諸形迹斂。處久約箕帚蘋蘩，莫愁枯堆雲鬢鬟。劓刀痕血未乾，泪沾巾心痛酸。

【前腔】君無忝，彗星躔難袪遣。但水底淪溺魚箋，望衡陽書求雁還。路羊腸山外山，怒衝霄星斗寒。

【皂角兒】出鄉關形孤影單，禱旻天乞除塗炭。月缺殘有日團圓，斷腸時數聲噓嘆。棧道山，接天漢，保平安，無咎患，悉消灾難。玉釵分散，何日再全？恨賊徒，陷爲軍關河險遠，甚日回還？

【尾聲】夫妻拆散分情遠，明日江村旅舍眠，行李無多趾荷肩。

李生失釵

【鎖南枝】芒鞋走，萬里程，離鄉不覺半載零。疲力甚伶仃，衣衫都破損。餐糲飯，食菜羹。路崎嶇，幾山嶺。

【前腔】莫辭苦，急趲行，天色氤氳靄氣生。遠望廟堂門，投身且宿寢。穿曲徑，過野林。日晡西，天漸暝〔一〕。

【猫兒墜】神魂顛倒，惆悵玉釵情。却是南柯一夢醒，荒凉古廟夜凄清。傷情，衹聽得猿啼，虎嘯心驚。

【前腔】蒼松古柏，風撼鬱森森。石鼎香消不供燈，殿廡端坐一神明。威靈，救度我窮途，受害蒼生。

【前腔】那人貪睡，呼吸起鼾聲。睡過黄昏又五更，山鷄報曉漸天明。輕輕，偷取他玉釵，逃走奔程。

【前腔】玉釵被盜，誰解苦言盟。約後重諧伉儷情，如今失却割人恩。追尋，不知那賊徒，東往西行。

【玉胞肚犯】巴山險峻起烟塵，落草寇横擋截人。路没由行，泣旻天鑒憐吾命。山搖獄振鼓鑼鳴，駭得心寒身戰兢。（合）苦咽吞聲，苦咽吞聲，何處逃生避兵。

【前腔】山高千仞，聳嵯峨峰巒插雲。入巉岩絶塢潛身，到此處怎生全命。連天火炮似

雷轟，喊殺旗摇膽顫驚。（合前）

【園林好】告大王風威且停，小鄉莊被豪占侵。自殺家童誣告，屈陷我遠充軍，誣陷我遠充軍。

【前腔】憑搜檢囊無半文，路來遥盤纏使盡。衹有糇糧在已，乞饒恕我殘生，乞饒恕我殘生。

【前腔】聽其言情堪可矜，空搜檢真無一文。蘇免放伊前去，爾性命却重生，爾性命却重生。

校　箋

〔一〕暝：底本原作「瞑」，據文意改。

玉釵凶信

【山坡羊】寂寥寥更闌人静，漏沉沉燈昏香冷，氣颼颼蕩起商飈，凉怯怯憐侵薄命。心自驚，釵分難配成。胡笳不忍聞其韵，怕欲寄寒衣做未成。（合）空庭，寒門冷似冰；傷情，娗顔漸漸零。

【前腔】泪漣漣非灾招認，影凄凄鸞鳳分聘，静悄悄掩上重門，絮聒聒蛩聲愁聽。夢寐醒，懨懨病又生。東人塞上歸無定，目斷關山萬里程。（合前）

【憶多嬌】天曉光，出寢房，盥洗慵梳不點妝，織紝縫裁寒暑裳。不厭糟糠，節操冰霜在堂。

【前腔】風露凉，草木黄，海闊天空信杳茫，欲送寒衣路苦長。戍守邊疆，武演轅門帥傍。

【香柳娘】問價貫幾錢，問價貫幾錢，得來凶險，此釵良玉非輕賤。見佳人喟然，見佳人喟然，盤駁口中言，聲聲起嗟怨。賣青蚨二千，賣青蚨二千，切莫久遲延，一文不饒免。

【前腔】我經商四川，我經商四川，年逢荒歉，寇生猖獗刀兵亂。擁干戈畏然，擁干戈畏然，市井絶炊烟，人民已逃竄。見尸横草邊，見尸横草邊，露出玉釵尖，拾取來易變。

【前腔】我睹物慘然，我睹物慘然，夫歸九泉，軍前殺死因征戰。嘆人生可憐，嘆人生可憐，釵遇得雙全，何能見夫面。望荒丘眼穿，望荒丘眼穿，魂夢續姻緣，鐵石肝腸斷。

【前腔】略消停少延，略消停少延，暫容緩轉，解衣即去豪家典。愧資財缺然，愧資財缺然，那减莫增添，相饒價一半。這事兒罕然，這事兒罕然，説起泪如泉，怨殺命乖蹇。

【鎖南枝】聽説罷，情可矜，剜心痛髓血泪零。指望遇天恩，雪冤并洗恨。喪幽冥魄有靈，誰肯辨衣衾，棺椁櫬。

【前腔】休煩苦，莫泪傾，傳言不知假共真。天數死和生，一切皆由命。勸娘行免泪零，有日轉家門，再歡慶。

玉釵記（丘若山）

《玉釵記》，朱從龍撰。朱從龍（生卒年不詳），字春霖。江蘇句容人。生平事迹不詳。知撰有《玉釵記》、《牡丹記》（佚）、《蛇山記》（佚）傳奇三種。《玉釵記》，今無全本傳世，僅于《群音類選》中留存此五齣曲文。全劇故事不可知，僅從所存數齣曲文知劇述丘若山與嫣嫣情事。嫣嫣貌美正青春，思慕得配好郎君。丘若山遇嫣嫣一見傾心，寄柬訴思慕之情，嫣嫣先拒後納，二人得定私情。後丘若山因故需從軍征邊，兩人分離之際，嫣嫣贈丘若山玉釵爲記，以冀日後團圓。

嫣嫣閨怨

【一江風】日沉沉，重把烏雲整，謾對軒轅鏡。翠眉新，何用煤描，淡淡似春山俊。不須脂粉勻，不須脂粉勻，如勻污我真，喜晚妝梅點天然正。

【前腔】嘆良姻，自有天爲定，不必人勞頓。念書生，跌宕風流，堪與陳思并。絲綸閣下人，絲綸閣下人，黄金階下臣，那書生莫把凡庸論。

【黄鶯兒】珠翠未盈頭，綺羅裳不遂謀，肥甘不足充于口。爲先亡父憂，爲年高母愁，莫不是池塘春草吟不就。（合）細追求，娘行就裏，參不出這根由。

【前腔】欲語又遲留，把珠簾懸上鈎，吾心戚戚伊知否？爲婚姻牘亂勾，玉鏡臺枉收，把雁鴻名分散鴛鴦偶。（合前）

【簇御林】裙釵輩，脂粉流，感娘行把恩惠收。勸妝前休把眉兒皺，人能定志天輻輳。（合）嘆風流，似求凰彩鳳，須有日共遨游。

【前腔】他聰還俊，温且柔，學汪汪千頃流。萬言倚馬揮成就，那毛生肯落在三千後。（合前）

寄柬相邀

【醉太平】自從那日見可人，冤家呀，晚夜思量直捱到今，餐忘寢廢憂成病。以麼呀，佳期成不成，佳期成不成，扯住羅衫説一個明。

【前腔】扯住羅衫不放他，冤家呀，細看容顔却一似花，丹青巧匠難描畫。以麽呀，輕盈實可誇，輕盈實可誇，比月裏嫦娥有甚麽差。

【賺】一幅花箋，相請才郎看月圓。香共紙，吾當謹遞與春元。步金蓮，弓鞋印破庭中蘚，玉指輕掀門外簾。抬頭看，東人在否須明判，欲求相見。

【撲燈蛾】終朝來往纏，終朝來往纏，暗地將人陷。若與成姻眷，饒你丫頭爪撇也。口兒且軟，此身到此枉多言。怕甚麽高聲呼唤，任伊容改變，難脱畫闌前。

【前腔】定盤星錯看，定盤星錯看，潔操塵難染。本是良家子，休得滿口胡柴也。黑蟆體段，如何也學上高竿。看你們這般嘴臉，輕浮難入眼，笑殺滿堂賢。

【皂羅袍】示取偷香手段，使卑人與韓壽齊肩。悄然相贈薛濤箋，焕乎似對文娥面。細詳清白，似他節廉；謾看重叠，似吾恨天。道是兩邊寫不盡相思怨。

【前腔】暗把風情來串，請君家到丹桂花邊。碧天唯賞月團圓，翠幃未許人歡忭。魯風萬卷，才郎不忝；太真百媚，佳人豈減。郎才女貌正是神仙伴。

桂亭賞月

【江兒水】露降蒼苔潤，風生翠袖輕。重門悄出行須穩，穿亭過却芙蓉徑，被荆榛故把衣牽定。羅襪綉鞋濕盡，四寂人聲，丹桂小亭幽静。

【前腔】竹韵摇風細，花陰弄月明。一年秋景今宵正，堪憐皓月無情興，長門偏照人清冷。添助幾多幽興，對月施情，莫笑嫦娥孤另。

【清江引】鮫綃三尺蘭香靄，巧製同心帶。包籠塞上酥，結束閨中態，伴佳人償盡風流債。

【前腔】笑看簇蝶鸞腰繫，凝想多佳趣。鞦韆蕩颺時，蹴踘飄摇處，細尋思動人情偏是你。

【前腔】香羅紂世相傳起，矯揉爲觀美。束成玉鈎彎，雅稱金蓮貴，綉衾中春浪翻寬褪矣。

【前腔】剛剛三寸形容小，刺綉工夫巧。最喜鳳頭彎，宛若魚鈎妙，蹴踘場把才子魂勾去了。

【香柳娘】看碧天似洗，看碧天似洗，全無纖翳，一輪皓月光千里。嘆奴家共伊，嘆奴家共伊，意不寓衾帷，衹在心相契。（合）待夫人轉意，待夫人轉意，琴瑟調和，百年相聚。

【前腔】看月容似玉，看月容似玉，寶宫修未，嬋娟相映金尊裏。我整冠非盜李，整冠非盜李，設使外人知，寧信無他事。（合前）

【前腔】這清光有幾許，這清光有幾許，照人佳麗，想嫦娥一樣凄凉味。睹銀河牛女，睹銀河牛女，相望與相憐，同心不同處。（合前）

【前腔】喜秋宵爽氣，喜秋宵爽氣，月光如水，把樓臺浸入冰壺裏。嘆圓缺有時，嘆圓缺有時，風景舊依稀，歲歲人顔匪。（合）且暫停笑語，且暫停笑語，聽樵鼓敲聲，三更時矣。

【前腔】看玉盤轉西，看玉盤轉西，金飆凉至，明年此夜知何處。我徒然到此，我徒然到此，似入寶山中，雙手空回去。（合前）

【前腔】看驚烏飛止，看驚烏飛止，柳梢月繫，金鈴小犬東家吠。看河斜斗移，看河斜斗移，月淡與星稀，酒倦人思寐。且暫停笑語，且暫停笑語，聽喔喔鷄聲，五更時矣。

雲雨私通

【泣顏回】魚水兩和諧，羨蕭郎得意秦臺。芙蓉帳暖，春風拍拍盈懷。他挨胸貼腮，兩綢繆勾却前生債。鴛枕上翠鬢松肩，鳳衾中粉汗流骸。

【前腔】可惜海棠花在小庭栽，被東風一夜吹開。相憐相愛，在猩紅蝶粉情懷。恩深似海，算春宵一刻值千金價。管甚麽握雨携雲，總由他夜去明來。

【賺】征雁哀哀，月色朦朦昧爽來。含羞態，見人懶把臉兒抬。自思裁，祇爲你擎天捧日經綸客，莫看做路柳墻花淫奔猜。休疑壞，行言相顧非無賴，誓盟仍在，誓盟仍在。

【皂角兒】笑襄王把雲雨疑猜，論俞之夢魂憐愛。鄙安道土木相逢，陋趙顏將畫圖欽拜。怎如見冰雪肌，杏桃腮，飛燕形，游龍態，蘭蕙襟懷。（合）觚生蒙愛，深恩感戴。唯願取，天長地久，永不分開。

【前腔】千金體托與多才，一宵情休爲草芥。壩陵岸在青瑣窗前，西陽關在碧闌干外。若不弃蒲柳姿，裙釵女，踐盟山，游誓海，死亦甘該。（合前）

【尾聲】失身玷節爲兄迷愛，保形軀洞房可待，須有日尊堂意轉來。

玉釵贈別

【北新水令】衹恐衡湘遮斷雁魚箋，說來時一天愁怨。衹指望共團圞，到如今分兩邊。箭把心攢，恨英雄無策庇嬋娟。

【步步嬌】衹愁伊力弱筋骸倦，征戍何曾慣。風霜道路難，怎受那并日而餐，枕戈達旦。題起好辛酸，交人怎不肝腸斷。

【折桂令】往軍門建業豈空言，俺兵書已習多年。太公韜埋頭讀遍，黄公略窮入玄玄，司馬法素諳通變，孫吴智意會心傳。管教際會風雲，勸娘行不必憂煎。

【江兒水】睹汝儀容偉，非久寒。此行必定聲名焕，五陵風月休迷戀，須知深閫有個人思念。莫學五羊忘賤，義海恩山，都付與一聲長嘆。

【雁兒落帶得勝令】休爲俺不將脂粉添，休爲俺不畫那翠眉纖。休爲俺清減了楊柳腰，休爲俺紅褪了芙蓉面。休爲俺不貼着翠花鈿，休爲俺懶整着緑雲鬟。休爲俺無情無緒拋彤管，休爲俺多病多愁倚畫闌。聽俺，休爲俺在風前月下長嗟嘆。說到其也麽間，恨殺那泪珠兒咽口不能言。

【僥僥令】切切凄凄情慘然，迷亂意如顛。維住白駒人難挽，怎及得倩娘魂，同去遠。

【收江南】呀，誰料想韓憑墓上呵，驀地裏起波瀾。把鴛鴦分散在北南灘，勸佳人莫把淚珠彈。俺功成便還，俺功成便轉，衹恐怕晚黄花不肯待陶潛。

【園林好】蔡人妻休得看偏，夏侯姬何嘗改先。束髮望君歸院，重縺綣畫屏前，重縺綣畫屏前。

【沽美酒帶太平令】謝娘行心塞淵，謝娘行心塞淵，念鰥生何德感。看翠袖斑斑又早悲淚染，這滿腔子有許多離怨。淚紅妝似花枝露沾，鎖蛾眉似春山雲暗。覷愁容好難排遣，總剛腸怎生抛閃。我呵，看佳人可憐淚漣，須有日返鞍笑喧，呀，那時節和你撫瑶琴再把宫商來按。

【尾聲】一團恩愛番成怨，眼睜睜此情難判，何日花開月再圓。

分釵記

《分釵記》，紀紅川撰。紀紅川，句容（今江蘇句容）人，生卒年、生平事迹不詳。知撰有傳奇《分釵記》一種。《分釵記》，今無全本傳世，僅于《群音類選》、《月露音》中留存六齣曲文。吴書蔭《曲品校注》（中華書局一九九〇年）釋張瀨濱《分釵記》條稱：「此劇今無傳本，僅《群音類選》卷二一收録《春游遇妓》（亦見《月露音》卷四）、《月夜追歡》（亦見《月露音》卷二）、《分釵夜明》、《計誘皮氏》和《私通苟合》六齣佚曲。《樂府紅珊》卷一二還收録有《伍經邂逅史二蘭》。」釋紀紅川《分釵記》條稱：「演王景隆、玉堂春事……與朱玉田《玉鐲記》同一題材。此劇今無傳本，亦不見著録」。吕天成《曲品》歸入「下上品」，稱：「王景隆昵名妓玉堂春事。見彈琵琶瞽者能道之。此亦蕩子之常技，復遠嫁賈人，稍似《金釧記》，情趣亦減。」按張瀨濱《分釵記》據現存文獻載并没有提及皮氏，僅是伍生與史二蘭事，而紀紅川《分釵記》爲王景隆、玉堂春事，且《群音類選》確有妓事。據此推斷，《群音類選》所選録《分釵記》應爲紀紅川作品。另《中國曲學大辭典》在釋張瀨濱（景巖）《分釵記》時，僅稱《樂府紅珊》選録《伍經邂逅史二蘭》齣，未提及《群音類選》和《月露音》所選。劇述王景隆春游遇妓玉堂春，傾其貌美，遂與之日日交歡，至二人真心相傾。後玉堂春勸説并資助王景隆離開烟花地去顯姓揚名，自誓拒納客而堅等王景隆歸來，分離之際分釵以爲記。奸人用計，通過皮氏引誘玉堂春，始堅拒而後允，成就苟合之事。

春游遇妓[一]

【朝元歌】山青水清，水色山光映。林深鳥聲，鳥噪空林應。草色花香，紅嬌緑嫩，妝點無邊光景。柳漸成陰，兩兩黄鸝枝上鳴。唤出百般音，偏傷游子情。（合）風輕雲浄，絶勝蓬萊佳境，蓬萊佳境。

【前腔】拾翠尋芳穿徑，輪蹄逐野塵。一派管弦音，雅稱歌喉宫聲相應。轉過畫橋西畫，隱隱朱門，墻内微聞笑語聲。則道爲何因，原來是耍鞦韆戲彩繩。（合前）

【前腔】謾把青驄勒定，停鞭款款行。一望錦妝成，平鋪草似茵。多少濃妝紅粉，纖手微伸，笑折花枝插鬢雲。風送麝蘭馨，飄揚血色裙。（合前）

【前腔】但見梨含白粉，桃開綻錦英。柳絮着衣輕，梅丸似豆青。滿眼韶華繁盛，士女王孫，挈盒携尊相并行。寶馬步蹄輕，香車碾徑平。（合前）

【普天樂】步郊墟穿蹊徑，印金蓮香塵襯。入花叢，入花叢沾染餘馨，被荆棘牽挽衣襟。（合）呀，愛天長日永，紅紫競芳辰。須信春光一刻，一刻價值千金。

【北朝天子】過長亭短亭，看桃塢杏村，亂紛紛蜂蝶相隨趁。緑楊影裏，是誰家美人，似天仙臨凡境。桃腮潤粉痕，胭脂點絳唇。（合）趲趲行趲行趲趲行。覷多嬌，龐兒俊，引得人魂不定。

【普天樂】酒闌珊肴核盡，日將晡歸心興。錦韉鞍，錦韉鞍墜滿殘英，花藤轎遠映斜曛。

（合前）

【北朝天子】響噹噹珮聲，飄蕩蕩綉裙，小脚兒露出剛三寸。秋波一轉，盼行雲的眼睛，鬢雙鬟堆鴉鬢。儀容賽太真，觀音少净瓶。（合前）

【尾聲】今朝天假良緣幸，萍水相逢喜不勝，共赴華筵罄此情。

校箋

〔一〕此齣齣目，《月露音》本題作「春游」。

月夜追歡〔一〕

【梁州新郎】低垂綉幕，高張羅綺，一派笙歌滿耳。簾鈎懶上，爐熏風細烟微。但見臺燒銀蠟，酒泛金卮，肴簇珍奇異。人生快樂也，是便宜，莫惜纏頭舞柘枝。（合）當此際，非容易。何期邂逅相逢遇，休負却，好良時。

【前腔】晚妝初試，雲鬟重理，蓮步輕移裙底。丁香扣結，麝蘭遍滿綃衣。自愧蒲姿柳質，醜貌衰容，耻向東風立。兩頤紅褪也，欲行遲，翠袖殷勤捧玉杯。（合前）

【前腔】舞霓裳一捻腰肢，調歌喉幾般音律。聽歡聲哈哈，笑語嘻嘻。總是洞天福地，

閬苑蓬萊，自料應難比。猛拚沉醉也，待何如，斜傍銀箏覷阿姬。（合前）

【前腔】戲嬌娃鬢亂釵欹，顧不得拋珠落翠。正相宜酬勸，弄盞傳杯。但聽銅龍聲滴，銀箭頻催，燭盡香消矣。推窗觀看也，斗星移，花影重重過檻西。（合前）

【節節高】詩魔逸興餘，是堪宜，嘲風弄月無窮趣。低低咏，款款題，頻頻記。往來醉墨縱横處，都將寫入詩囊内。（合）假若春宵去復來，吾儕不惜千金易。

【前腔】清宵思欲迷，赴佳期，裴航有約藍橋會。同游戲，素手携，香肩倚。雙雙共入羅幃裏，猶如交頸鴛鴦對。（合前）

【餘文】忙呼侍婢相傳語，囑付鷄聲且慢啼，你且秉燭歸房莫待遲。

校　箋

〔一〕此齣齣目，《月露音》本題作「追歡」。

復入烟花

【畫眉序】簾幕晚風輕，菲酌聊陳叙闊情。且開懷暢飲，洗渥塵襟。喜昨宵花爆銀缸，幸今日駕臨蓬徑。（合）殷勤送盞傳杯敬，任窗外月轉花陰。

【前腔】酥醄謾重斟，且把弦歌暫住停。奈驅馳勞頓，酒力不勝。荷相留意美情真，況輕造慚多愧甚。（合前）

【滴溜子】謾説道，去匆匆辭而便行，料梨花雨打，深閉重門。暗天街游人禁行，試問良宵夜幾何？絳臺銀燭燒將盡，畫角嗚傳，漏聲頻進。

【鮑老催】纏頭錦新，裊娜腰肢舞態輕，霓裳飄動彩雲生。恍疑似，穿花鳳，擲柳鶯，蜻蜓點水皆相稱。綉裙蕩漾艷明霞，金蓮露出剛三寸。

【滴滴金】輕敲檀板聲相應，低撥銀箏雅韵清，餘音嘹亮遏行雲。歌喉潤，恰便似嚦嚦鶯聲。杯傳到手休謙遜，人生不樂，虚度光陰。

【雙聲子】安排着，芙蓉褥翡翠衾。准備着，蘭膏沐腦麝熏。奇花映，奇花映，彩燭明，彩燭明。似天仙一對，降謫凡塵。

【意不盡】酒闌席罷歸房寢，衾枕今宵喜再温，囑付鄰鷄且謾鳴。

分釵夜别

【尾犯序】杯酒餞歸程，滿懷心事，囑付君聽。你是人間豪俊，當思顯姓揚名。須聽，再休折章臺楊柳，再休覓巫山雨雲。好潛心窗下，勤習聖賢文。

【前腔】别酒怕沾唇，忍看今夕，一旦離分。争奈我喉嚨哽咽，難剖衷情。畢竟，謹閉着香閨静寢，獨擁着寒衾自温。須當要，堅持節操，玉潔與冰清。

【前腔】譙角鼓聲頻，緑窗啓看，斗柄斜横。天街人静，正宜促騎奔程。當慎，若登山切休馳騁，但涉水休將渡争。記叮嚀，早尋旅店，投宿便安身。

【前腔】無語自沉吟，欲跨青驄，展轉思尋。祇恐隔墻有耳，窗外人聞。感承，謝娘行資裝相贈，荷芳卿良言美情。從今去，相思兩地，一夜泪沾襟。

計誘皮氏

【降黄龍】蕊嫩花嬌，奈風狂雨驟，色減容消。含芳斂秀，恐日久枯損枝條。聽道，美言相告，勸娘行把繫春心繩兒解調。謾空勞男不才良，女徒節操。胡道，簧口囂囂，我是個傲雪寒梅，休猜做墻花路草。爲何的語四言三，平白地將人譏誚。可惱，祇因你話不投機，令人焦躁。駡你這，潑賤無知，自招煩惱。

【前腔】堪笑，謹守徒勞，縱玉潔冰清，有誰知道。惡相交，把枕席之歡，皆成怨鬧。你郎君意歹心驍，他失却夫綱，你枉遵婦道，這琴瑟終久難調。到不如另覓知音，再彈别調。終朝，寂寞無聊，每夜裏獨宿孤眠，耽誤了青春年少。聒噪，不識低高，在我根前囉唕。免心焦，息怒停嗔，放開懷抱。

私通苟合

【鏵鍬兒】天仙來到，莫非是姻緣凑巧。俺這裏聊陳菲酌，特此相邀。爲何不言不語與不笑，不肯相招。可喜他眉來俏，臉上嬌。閉月羞花貌，使我神魂喪了，神魂喪了。

【前腔】貪淫亂道，有犯明條。没來由將人戲調，難恕難饒。讀書豈不知分曉，怎比兒曹。我本是無瑕玉，身價高。豈被你青蠅污，莫做尋常看了，尋常看了。

【前腔】不須執拗，枉自矜驕。縱會騰雲插翅，也是難逃。説甚麼三貞九烈全節操，總是虚謡。多管是前生定，夙世遭。爾我皆年少，休把良緣錯了，良緣錯了。

【前腔】他儀容俊俏，引惹我芳心顛倒。可喜他行藏動静，才貌雙高。欲待要失身喪節，苟合私交。須要把山盟固，海誓牢。免使人知道，把我名兒污了，名兒污了。

【小桃紅】人間天上，方便爲高。何必多謙遜，語言絮叨。一個郎才妙，一個女貌嬌。

定是姻緣簿，名姓標。休得相推調也，請飲雙杯合巹交。（合）彼此情懷好，長交久交，夜夜銀河駕鵲橋。

【前腔】他臉舒微笑，唇動櫻桃。悄悄低聲語，許諧鳳交。頃刻愁懷解，須臾憶念消。好似魚得水，雀見巢。改却歡容貌也，免把相思擔子挑。（合前）

【尾聲】同携素手歸房早，一似餓虎擒羊豈肯饒，掩上柴門不許敲。

新刻群音類選官腔卷二十二

分錢記

《分錢記》，沈璟撰。沈璟生平簡介見本書「官腔類」卷十七「《紅蕖記》」條。《分錢記》，今無全本傳世，僅于《群音類選》中留存此二齣曲文。呂天成《曲品》歸入「上上品」，稱：「全效《琵琶》，神色逼似。第廣文不能有其妾，事情近酸，然苦境可玩。」祁彪佳《遠山堂曲品》歸入「雅品」，稱：「楊廣文之【雁魚錦】，賈氏之【四朝元】，楊長文之【入破】、【出破】，皆先生效《琵琶》處，蓋欲人審韵諧音，極力返于當行本色耳。」劇述楊家因躲惡黨而各尋去處，楊父攜長子奔襄陽，楊母懷幼子留于鄉間娘家，分一枚銀錢爲二，各留其半以作後相認之憑。後因戰事及所居遷移，且未通音信，待兩子長大，相尋父、母不得而遇于途，各抒己情，拿出各自之半錢，知爲兄弟。二人決定一起去襄陽救助被蠻人困住的父親。

分錢泣別

【園林好】當日個徵祥夢蘭，衹指望見堂前戲斑。誰料你將人縈絆，方始信做人難，方始信做人難。

【前腔】嘆鷦鷯一枝自安，任琵琶把新弦别彈。你空自把娘行凝盼，纔轉眼是萬重山，纔轉眼是萬重山。

【江兒水】你是白璧無瑕玷，當學青松有歲寒，須教彤管傳閨範。我姊妹分襟知難綰，你娘兒割愛誰經慣，各把愁腸牽挽。（合）祇恐破却銀錢，買不轉不平公案。

【前腔】你向荆襄去，娘留鄉郡間，你在童年命值分離限。别後情知自有恩慈看，奈痛腸此際偏難按，死也不能合眼。（合前）

【五供養】孤貧老漢，謝得恩官，另眼相看。祇怕分釵傷遠道，破鏡惜紅顔。我夫妻早晚，把一炷心香忙辦。你白髮長相守，丹桂更增蕃。（合）有日重逢，願言加飯。

【前腔】思之兩難，强把臨岐，泪眼相看。你夫妻雖有托，他母子兩孤單。常將冷眼看，惡黨横行難扞。天鑒應非遠，善類豈摧殘。（合前）

【玉交枝】不須長嘆，願歸途骨肉保安。懷中幼子添羈絆，况無人承事慈顔。你明珠浦中不久還，我奇珍掌上殷勤看。（合）又何時相逢下山，又何時相逢下山。

【前腔】我是寒儒拙宦，剩空囊其實赧顔。難將汝女長羈絆，若嫁時須待分娩。你那一

言既出追不還，我是一鞍一馬誰干犯。（合前）

【川撥棹】把歸程趲，莫稽遲，淹泪眼。做女兒的裂膽摧肝，做女兒的裂膽摧肝，做爹娘的于心怎安。（合）鎖天台雲霧間，盼江帆天際看。

【前腔】你此去形孤影又單，你的恩施何日還。這分離不必愁煩，這分離不必愁煩，也須知刀頭有環。（合前）

【尾聲】别離兩字愁千萬，把兩下銀錢頻看，衹落得雙袖龍鍾泪不乾。

弟兄錢合

【二郎神】難吞吐，這愁悰豈一言可訴，念母氏他鄉無覓處。枉奔波數載，教人空愧慈烏。被無子淳于分鳳侶，空咏着《螽斯》戢羽。越教我嗟吁，二十載嚴君，被困蠻奴。

【前腔】躊躇，人間又有，如君齟齬，我亦爲椿萱猶未遇。我慈親被遣，當元曾賦《樛木》。你猶自知道尊君被俘，我父母怕桑榆景暮。問征途，君比去何方，覓取親間。

【囀林鶯】天台舊家曾訪取，奈因歲儉移居。不知徙向何方去，空含泪獨返鄉間。庠師見諭，把咱指引向東嘉尋母。傍着我外翁居，姓賈氏曾聞住近師儒。

【前腔】驀然聽説眉轉蹙，把我情事相觸。我外翁亦姓賈近黌宫住，自天台舊業移居。有同胞長雛，自依傍我雙親居楚。那時未生吾，被我父携兄共向歸途。

【啄木鸝】他兄和母，與我迹不殊，萍梗相逢可托棠棣許。問足下甚姓何名，你尊君是那樣門閭？我父親姓楊官黌序，向年離浙往蒼梧去。你欲知余，是懷胎後，背生名仲武，好兵書。

【前腔】聞名姓，更不殊，我數載江湖空覓汝。我是你共乳的親兄，斯言果是非虚。你若果然是兄無差誤，有何信物爲憑據？這半錢兒，廿載缺欠，今日會合兩眉舒。

【金衣公子】和你楚越異川途，却元來同父母，你又不能認母，我又難尋父。東嘉在步武，蒼梧在甚所？情願往大軍幕下親戎務。（合）先去奉潘輿，到襄陽故里，同往破蠻奴。

【前腔】夢兆不糊塗，信神明語不誣，元來彼此都仗慈悲護。他與衆生救苦，念我爹行被阻，二十年許多魔障憑誰訴。（合前）

青瑣記

《青瑣記》，沈鯨撰。沈鯨生平簡介見本書「官腔類」卷十八「《雙珠記》」條。《青瑣記》，今無全本傳世，除《群音類選》選録此十齣曲文外，《怡春錦》選録《贈香》齣，曲白俱全。吕天成《曲品》歸入「中中品」，稱：「古有《懷香記》，不存。賈午事，不減文君。此記狀之，甚婉曲有境。」劇述韓壽貌俊而富才華，任賈充助手，時往賈宅。賈充女賈午被其婢春英告知韓壽情形，從窗後偷窺，一見傾心。命春英來往遞簡，相通心意。韓壽亦慕賈午之貌，應約跳墻相會而成雲雨，日亮分别，賈午把其父命其收藏的西域異香贈以韓壽。賈充後聞得韓壽所佩之香氣，知有異，薦韓壽佐王濬征東，奏凱而還，與賈午終成眷屬。張文德《沈鯨〈青瑣記〉與今存本〈懷香記〉關系論考》（《徐州師范大學學報（哲學社會科學版）》二〇一一年第六期）稱《六十種曲》本《懷香記》與此劇是同劇異名，此論當確。

綉閣懷香

【羅江怨】輕綃細且稠，針穿綫抽，先描并蒂蓮在洲，青萍緑荇逐波浮也。中綴鴛鴦，交頸雙雙耦。雲霞覆上頭，雲霞覆上頭，見五采輝煌透。

【前腔】簪纓貴胤儔，青年懋修，文光鋭氣衝斗牛，人中才貌獨稱優也。曹植休誇，不讓潘安右。温存性雅柔，温存性雅柔，最多趣味生情竇。

【香遍滿】舊勛元宰，聲名冠九州，三女皆靈秀。已去作王妃，太子將婚媾。正芳齡妙質，無忝爲好逑。奈三星未燦，寂寞了桃夭候。

【前腔】茂才多學，移文特聘求，他懷寶乘時售。暫作掾黄扉，試展經綸手。去潛身青瑣，指示親注眸。看文魔風韵，不謊了春英口。

青瑣相窺

【黄鶯兒】殘雪半含梅，見陰崖凍乍回，夜來南極光生瑞。童顔未衰，龜齡未頽，椿萱并茂春常在。（合）紫霞杯，年年此日，骨肉笑花臺。

【前腔】自慨已尫尵，衛王家志未灰，漢庭鳩杖榮當代。伉儷永諧，門楣可偎，滿堂和氣春常在。（合前）

【尾聲】祝三台，祈千載。繞雲仙樂出蓬萊，疑向蟠桃會裏來。

【排歌】烟暖鶯啼，雲低雁回，雨餘新茁蒼苔。夜來南極照天街，最喜今朝綺席開。青山洞，碧水隈，人間到處有天台。花摇砌，酒泛杯，直須酩酊不知回。

【北寄生草】果然是文章客，美丰姿聰俊才。桃源迷路風流輩，宋朝又得生當代，潘安再世應難配。那人兒打動倩娘情，霎時間定有離魂害。

【排歌】紫燕穿簾，紅塵繞臺，清歌妙舞徘徊。主人不厭燭將排，坐客寧辭山玉頽。青山洞，碧水隈，人間到處有天台。花摇砌，酒泛杯，直須酩酊不知回。

【北醉扶歸】偷覷風流態，青瑣恨難開。枉自支頤嘆美哉，此見求須再。繾綣從今在懷，整備相思害。

【排歌】寶鼎香銷，珠簾影颭，壺觴交舉重陪。管弦聲沸興方來，池面波溶返照洄。(合)青山洞，碧水隈，人間到處有天台。花摇砌，酒泛杯，直須酩酊不知回。

【前腔】誼在通家，情濃似醅，相忘形迹無猜。清歡逸趣溢春懷，不覺墻東月影來。(合前)

托婢傳情

【駐馬聽】四海無虞，相府清閑樂有餘。每日研硃點易，掃石焚香，閣筆吟詩。金樽獨酌月明時，瑶琴謾鼓清風裏。雖則是爲掾名微，黄扉出入，不失文林佳致。

【前腔】乍離香閨，蓮履輕盈舉步徐。不顧苔痕膩滑，轍迹縱横，道路崎嶇。心忙迤邐幾多時，茅檐已是吾家矣。遽問我來歷因依，倉皇失措，自覺赧然羞耻。

【桂枝香】天淵殊判，薰蕕相遠。深蒙不計仙凡，一旦俯垂青盼。道靈犀已通，道靈犀已通，遂生牽絆，未知真贗。自盤桓，天池月窟花雖好，怎得雲梯向上攀。

【前腔】辰逢華誕，稱觴預宴。潛身青瑣相窺，佳麗風流着眼。便春意滿懷，便春意滿懷，忻忻稱羡，源源留戀。要團圞，春蠶到死絲方盡，蠟燭成灰泪始乾。

【醉翁子】呼唤，感小姐芳情款款。願插翅凌虚，上林游玩。豈敢，恐迹隔雲泥，閬苑春深覓路難。非意懶，便縮地升天，也覺間關。

【前腔】當感，我小姐長吁短嘆。要誓海盟山，擬在百年同歡。深患，倘泄漏春情，未便游踪任往還。休怠緩，可逐蝶追蜂，速繞花欄。

蘭閨復命

【駐雲飛】泪界紅妝，萬轉千回懶下床。一點靈犀放，黛鎖眉峰上。嗏，無語自彷徨，憑闌凝望。恨結丁香，芳草牽愁長。目斷游蜂到蜜房，目斷游蜂到蜜房。

【前腔】匍匐街坊，祇爲多情窈窕娘。染却風流恙，撞了糊塗瘴。嗏，婉轉覆蘭房，將情傳向。鑽穴逾墻，密計須停當。免泄春光惹後殃，免泄春光惹後殃。

【素帶兒】無聊賴，倚遍闌干意渺茫，一便似魚中綸鈎纏仗。殷勤望阮郎，銷盡金猊篆縷香。他心諒，携雲握雨，訂在何方。

【升平樂】休望，天涯咫尺，爲海深潭府，山樣巍墻。蜂情蝶思，自覺不便輕狂。思量，探花須近上林傍，方可恣紅酣緑釀。且姑寧耐，不勞神女，夢迫襄王。

【素帶兒】春風入夢長，難禁斷腸，相思處，這些病早在膏肓。喬才意未降，豈知恤孤鳴獨舞凰。當相諒，香銷玉減，寢廢餐忘。

【升平樂】行藏，書生拘檢，這偎香倚玉，豈曾經慣。奇珍異寶，可深秘翠幃珠幌。端詳，孤燈權自伴昏黄，待他那月兒幾望。香温玉潤，此時消却，風魔炎瘴。

【尾聲】朱鉛冷落心期謊，莫把精神暗裏傷，管取兩下相思債盡償。

掾房訂約

【玉胞肚】花牋爲聘，要今宵共締鳳盟。喜襄王夢契神姬，似裴生緣洽雲英。（合）武陵流水本無情，自有飄紅逐水行。

【前腔】更闌人静，看東墻月光乍明。我前來引入房櫳，使同調鳳瑟鸞笙。（合前）

【前腔】心期纔整，頓教人喜氣滿盈。料今宵倚玉偎香，願他時準結朱陳。（合前）

【前腔】燈輝月影，綰同心堪作證明。盡消除愁種心苗，免他行目斷行雲。（合前）

赴約驚回

【山坡羊】夜迢迢房櫳深迴，氣瀟瀟風威尖凜，韵悠悠譙樓起更，月皎皎照我形和影。去幾程，遥同隔世情。一家骨肉悲孤另，望斷關山，空勞延頸。凄清，離魂夢不成；伶仃，攢眉泪自傾。

【步步嬌】探花引蝶尋芳徑，乘興行須勁。月色滿中庭，繞遍迴廊，更闌人静。緩步寂無聲，莫愁窗外人窺聽。

【山坡羊】滿疏櫺花陰隱隱，溢幽襟愁懷耿耿，正嚴城鈴鐸振摇，漸金爐蘭麝烟消盡。鬢已星，那堪别後情。寥寥音似瓶沉井，腸斷砧聲，隔林遥應。凄清，離魂夢不成；伶仃，攢眉泪自傾。

【步步嬌】潛踪漸入桃源境，欲把花情罄。竊效鷺鸞行，兩眼生花，身如酩酊。畏懼切冰兢，料應難去成歡慶。

【漁家燈】乘高興抖擻精神，須努力速赴花盟。中道止忍負初情，玉樹瓊枝難并。此行未必非前定，高唐夢途迷巫嶺。佳期空作畫餅，人彼此這悒怏怎禁〔一〕。

【剔銀燈】歷堂階如登峰頂，赴閨闈若臨機穽。鴛鴦何日能交頸，枉波查往來疲病。悲命，今宵良會未成，還要把心期再整。

校箋

〔一〕悒怏：底本原作「悒快」，據《古本戲曲叢刊初集》本《懷香記》改。

緘書愈疾

【二郎神】心惆悵，把佳期翻爲災瘴，蝶思蜂情都是枉。林深地迥，迢迢柳色花香。正是咫尺天涯成遠望，這幽衷怎生撇漾。病將亡，若風魔遺骸，甚日還鄉。

【前腔】堪傷，分疏鴛枕，緣乖鸞帳，雨迹雲踪無影響。空勞神女，依依夢繞襄王。月下花間幾凝望，頸低垂翠攢眉上。深思想，豈難禁啼痕，界破殘妝。

【囀林鶯】昨宵不寐心怏怏，難抛影裏情郎。鸞牋密切通書幌，相期戾止免得乖張。從前愁緒，在今宵一筆都勾帳。真技癢，偎香倚玉，雖死亦何妨。

【前腔】天般色膽言非妄，頓忘却閨閫行藏。携雲握雨如翻掌，書中啞謎勝似醫方。纔經病眼，便知他渾身上下都通暢。笑天孫鵲橋不駕，怎得會牛郎。

醉誤佳期

【大迓鼓】相期事久淹，芳心空戀，密簡徒傳。陽臺已陟雲踪變，枉令人色膽大如天，冒耻擔驚有誰見憐。

【前腔】嗟伊酩酊眠，正鵑魂飄蕩，蝶夢沉酣。惜花人錯過如花面，也須知紅粉命多慳，雲雨無情愁盈楚天。

【前腔】良宵嘆苟延，奈貪眸凝盼，饞口垂涎。苦嫦娥枉離清虛殿，豈勝禁好事隔天淵，寂寞花陰蹉跎鳳鴛。

【前腔】堪誇并蒂蓮，羡清芬胥茂，雅艷同妍。想赤繩前世曾經綰，如何對面也無緣，得失從違事非偶然。

【江兒水】惱殺傷春酒，一醉眠。卿卿觖望空回轉，月貌花容雖不見，金蓮小印遺蒼蘚。此處留情非淺，繾綣餘香，怎得芳盟重踐。

謀逾東墻

【皂鶯花】想像記難真，玉精神，待半醺。芙蓉艷冶同標韵，轉秋波流盼渾無定。笑生春，語飛瓊，最可愛翠鬟低蟬影輕，最可愛黛眉勻遠岫横。況有蘭情蕙性幽閑可欽，千嬌百媚娉婷可矜，名姝絶代誰能并。

【前腔】入眼便薰心，這風騷，不自禁。佳人才子殊相稱，怎能够鴛枕同盟證。幾長顰，欲銷魂，最苦是對花陰剔短檠，最苦是聽風聲擁冷衾。各天咫尺侯門海深，同情千里巫峰幾層，黄昏清晝無非病。

【香柳娘】爲多情可人，爲多情可人，滿腔春恨，幽居形影傷孤另。苦疏窗月冷，苦疏窗月冷，夢斷楚山深，雲期何日訂。望伊家曲成，望伊家曲成，撮合奇能，周旋歡慶。

【前腔】想裴航遇屯，想裴航遇屯，雲英引領，奈藍橋水溢波濤浸。有迴廊可循，有迴廊可循，萱室并椿庭，經過必知警。這姻緣炭冰，這姻緣炭冰，除非再生，方能交頸。

【前腔】望岧嶤起驚，望岧嶤起驚，約高幾仞，如何插翅能飛進。這些兒戰兢，這些兒戰兢，怎去跳龍門，子陽蛙在井。喜喬柯偃形，喜喬柯偃形，躋攀可憑，如梯層引。

【前腔】太湖石易登，太湖石易登，外通内應，自高臨下猶平徑。這計策倘行，這計策倘行，月殿雖高迴，嫦娥得相近。莫輕率逞能，莫輕率逞能，還須力掙牢拴，一念堅雙脛。

【前腔】訂來宵締盟，訂來宵締盟，更闌人静，東墻月上移花影。整合歡鳳衾，整合歡鳳衾，海誓兩心傾，情緣諒相盡。這風流匪輕，這風流匪輕，着意温存，天長地永。

佳會贈香（二）

【醉扶歸】似瓊樓玉宇神仙伴，多應是風流趣勝謫塵寰。祇爲青瑣留情交相感，惹得旅况飄蕩，自此無拘管。受盡了千愁萬恨廢眠餐，捱至此夕償心願。

【前腔】一從那日偷相見，就把這半天風韵付青鸞。誰料得柳影花陰塵囂遠，爲你做下心苗愁種，空憶韶光變。整備着携雲握雨遍巫山，須仗你了却相思欠。

【解袍歡】在青瑣霎時流盼，把芳心直恁迷亂。我爲你偷寒送暖通方便，似巫姬遇襄王雲雨瀰漫。一個錦襠鬆卸，一個香羅解寬；一個情生百媚，一個眉皺兩灣。合歡被暖翻紅練。顛飛鳳，倒舞鸞，貼胸交股樂無厭。今宵事，宿世緣，千金一刻不容閑。

【前腔】我爲你傳書寄簡，擔驚怕受盡多般。雙雙自出風流汗，窗兒外有甚相干。翠幃香暖，花砌露寒；金爐烟斷，銀漏點殘。分明烈火乾柴熯。春羅上，紅點鮮，偷睛燈下笑相看。風流趣，一念間，忍酸咬得袖兒穿。

【山桃紅】雲情初膩，兩意方酣。無奈那鷄聲喚，分開交頸兩鴛。不覺顛倒羅襦，不覺蓬鬆翠鬟。祇因趁此時，盡此心，總釋却傷春怨也。今夜姻緣果是難。（合）這風流真稀罕，梯墻往還，但願暮暮朝朝楚岫間。

【前腔】芙蓉雙裊，鸂鶒同翩。可知道鏖情戰，喜得歡忻美滿。凍壞了瘦骨棱棱，熬殺了芳心戀戀。待到月已西，鷄已鳴，恐有傍人窺瞷也。泄漏春光後會難。（合前）

校　箋

〔一〕此齣齣目，《怡春錦》本題作「贈香」。

嬌紅記

《嬌紅記》，沈齡撰。沈齡（生卒年不詳），一名受先，字壽卿，又字元壽。嘉定（今屬上海）人。善畫，精音律，著有《練塘詩草》，撰有《三元記》、《嬌紅記》、《銀瓶記》、《龍泉記》、《四喜記》等傳奇多種。《嬌紅記》，今無全本傳世，除《群音類選》選録三齣曲文外，《樂府萬象新》選録《申生私會嬌娘》一齣，曲白俱全。吕天成《曲品》歸入「具品」，稱：「此傳盧伯生所作，而沈翁傳以曲，詞意俱可觀。以申、嬌之不終合也而合之，誠快人意。」祁彪佳《遠山堂曲品》歸入「能品」，稱：「盧伯生爲申、嬌作傳，中有種種情態可摹。沈翁之詞，能斬絶葛藤，雖近于古，然不無淺促之憾矣。」事本元宋梅洞《嬌紅記》小説，以己意而增删，并以申、嬌二人終團圓結束全劇。

雨阻佳期

【二犯傍妝臺】獨坐夜燈前，推窗瞻眺，忽見雲蔽蔚藍天。何苦驟然風雨作，使我愁默默意懸懸。蝴蝶宿花驚不穩，焦葉當階打欲穿。（合）燈花結蕊，浮動暖烟，枕孤衾冷不成眠。

【前腔】怪底惱人天，雨聲和泪，同滴夜窗前。一點衷情誰與訴，愁寂寞夜如年。裴航可憐空有約，難把鸞膠續斷弦。（合前）

【山坡羊】好姻緣偏不如願，要歡娛翻成悲怨，怪袛怪風伯雨師，公然不肯行方便。莫怨天，須知緣分淺。他在綉房中，無意拈針綫，愁對孤燈猶未眠。埋怨，事不諧心戚然；堪憐，睡不成愁黯然。

深閨私會

【香羅帶】銀缸慢自挑，愁魂暗銷，秋蟲怎禁吟到曉，花顔應是半枯憔也。情脉脉，夜迢迢，形孤影單誰與吊。掩面悲號也，咫尺玉人千里遥。

【前腔】無人慰寂寥，病魔怎消，況秋夕頗長難到曉，愁堆恨積等山高也。人冷落，景蕭條，衹恐玉顔容易老。獨坐無聊也，忍聽西風戰碧蕉。

【不是路】耿耿秋宵，月上梧桐丈許高。倘有人知曉，輕輕緩緩把門敲。夜寥寥，不知户外誰來到，驚起窗前黄犬號。聽他低聲叫，莫不是申君來此諧歡笑。慧娘能料，慧娘能料。

【前腔】清夜迢迢，旅館孤眠嘆寂寥。奴深曉，但病軀瘦怯敢相邀。莫聲高，倘隔墻有耳人知道，走漏風聲禍必招。吾私料，畫堂深遠無人到。況晚來幽悄，晚來幽悄。

【玉交枝】看他烟花潦倒，怎禁得春風擺摇。狂蜂浪蝶雖偷眼，尋香興一頓都消。風清月白虚此宵，縱相逢未可開懷抱。（合）想應是命中所招，幾番間不輪機巧。

【前腔】君當心照，念奴家力怯體嬌。淹淹氣脉如風絮，成不得鳳友鸞交。巫山夢杳雲雨消，春花秋月愁中老。（合前）

【前腔】我勸娘休懊惱，勸郎君心不用焦。若教留得青山在，還依舊斫取柴燒。秦樓有日吹鳳簫，佳期屢阻何足較。（合）果然是命中所招，幾番間不輪機巧。

【前腔】相親相好，意綢繆如漆似膠。挨肩并體還執手，把風情事心領神交。烹肉無醬

且白熬，畫眉不飲衹乾燥。（合前）

【意不盡】忽聞窗外籠鷄叫，月墮西岩天欲曉，畫角嗚嗚起麗譙。

雲雨酬願[一]

【桂枝香】黄昏時侯，月明如晝。花陰小犬嘮嘮，不解玉人來否。聽秋籟悄然，聽秋籟悄然，憑闌立久，露濕羅袖。（合）[二]夜悠悠，金飆裊裊來蘋末，銀漢斜斜拂樹頭。

【前腔】煌煌珠斗，迢迢玉漏。仙郎有約不來，人在桃源迎候。望臺榭寂寥，望臺榭寂寥，數株衰柳，影如人瘦。（合）越添愁，啾啾蛩響依金井[三]，點點螢飛過畫樓。

【紅衲襖】我和你向花陰月下游，我和你話衷腸携素手。倩誰挽黄河水添夜漏，長願滴瀝瀝無盡頭。和你待不得合歡杯同命酒，衹索權做個鴛鴦交鸞鳳偶。我好似半含半放一朵梅花也，一種噴鼻清香蝶未偷。

【前腔】與你似魚和水兩意投，好姻緣在今宵知必偶。唾津似薔薇露香可嗅，玉乳似鷄頭肉温且柔。兩肢臂嫩纖纖白似藕，一個體軟膿膿滑似油。若得片時鳳友鸞交也，消盡了胸中萬斛愁。

【前腔】分付與俏郎君莫害羞，再叮嚀淑女娘莫怕醜。所喜今宵裏多偶輳，奴願做填河鵲渡女牛。鴛鴦被把蘭麝香薰已透，及早向洞房中把夙願酬。此宵價值千金也，衹怕漏盡鐘鳴雲雨收。

校　箋

〔一〕此齣齣目，《樂府萬象新》本題作「申生私會嬌娘」。

〔二〕（合）：底本無，據《樂府萬象新》本補。下同。

〔三〕蛩響：底本原作「蟲嚮」，據《樂府萬象新》本改。

陽關記

《陽關記》，作者佚名。《陽關記》，今無全本傳世，僅于《群音類選》中留存此齣曲文。明代戲曲目録皆不載此劇。劇作故事不詳。所存此齣爲女子思憶情郎不至，登樓吹簫抒懷。

登樓吹簫

【閨怨蟾宫】憶今宵月滿陽臺，盼不見多才，望不見多才。恨青鸞不見飛來，也是我合該，定是我合該。倩碧簫寫幽恨，不覺的聲哀，漸覺的聲哀。韵凄凄，聲嗚嗚，説不盡我情懷。倩東風寄與多才，恨不見音來，盼不見音來。

【喜遷鶯】簾捲瓊瑶，聽玉人初弄碧簫。情嘲，餘音杳杳，一段幽情分訴得巧。又無有風吹別調，一字字衷情無隱，一聲聲哀怨難學。

【閨怨蟾宫】嘆今宵人在何方，盼不見才郎，望不見才郎。好佳期辜負了清光，空教我情傷，枉教我情傷。倩鳳簫寫幽恨，不覺的悠揚，漸覺的悠揚。韵凄凄，聲切切，説不盡我衷腸，訴不盡我衷腸。倩東風寄與我才郎，怎不得成雙，恨不得成雙。

【喜遷鶯】步武輕曉，聽玉人再弄碧簫。情嘲，餘音嘹嘹，無限憂愁説不了。聽來總是相思調，一字字音非前比，一聲聲加上悲號。

【閨怨蟾宫】惜今宵人遠花陰，盼不見多情，望不見多情。倚高樓皓月分明，空教人心疼，枉教人心疼。倩玉簫寫幽情，不覺的昏沉，漸覺的昏沉。韵悠悠，聲蕩蕩，説不盡我心胸，訴不盡我心胸。倩東風寄與多情，怎不見相憐，恨不見相憐。

【喜遷鶯】手挽花梢，聽玉人三弄碧簫。情嘲，餘音繞繞，萬種憂愁厮轃着。倚樓三弄梅花老，一字字吹殘明月，一聲聲響徹雲霄。

【前腔】吹罷鸞簫，猛然見翩躚翱翔。無聊，我祇道青鸞信至，原來是哀怨孤鶴。越加上心懷意惱，鶴失配飛鳴求偶，你失配對月吹簫。

新刻群音類選官腔卷二十三

泰和記

《泰和記》，許潮撰。許潮（生卒年不詳），字時泉，湖南靖州人。明嘉靖十三年（一五三四）舉人，嘉靖二十年（一五四一）任河南新安知縣。著有《易解》、《史學續貂》、《山石集》等，知撰《泰和記》戲曲集一種。《泰和記》，今無全本傳世，僅有其中十餘齣散齣留存于《群音類選》、《盛明雜劇二集》等戲曲選。

公孫丑東郭息忿争（一）（近有以此爲《齊人記》（二），諸腔甚作，故并争語選之）

【駐馬聽】明日東荒，潛步探看輕薄郎。覓取他誰家請召，甚處盤餐，那個壺觴？幾人傾蓋坐康莊，幾人爲黍留清講？（合）看破他行藏，看破他行藏，免教再扯瞞天謊。

【前腔】謹逐恩娘，同往東郊看一場。覓取他接人何狀，對客何辭，得食何方？有誰拉入醉仙鄉，有誰約共銷金帳？（合前）

【駐雲飛】南北山頭，節届清明宿雨收〔三〕。凄愴空迤逗，魂魄無聲臭。嗏，撫景思悠悠，人世浮漚。高冢麒麟，側卧蒼苔厚。祇落得滿眼蓬蒿共一丘，滿眼蓬蒿共一丘。

【前腔】景色清幽，正是人家拜掃秋。碑斷蟲紋綉，冢古狐踪透。嗏，到此事方休，誰短誰修。埋盡英雄，山水仍依舊。祇落得野草閑花滿地愁，野草閑花滿地愁〔四〕。

【前腔】古冢荒凉，到此令人欲斷腸。風木生凄愴，花鳥增惆悵。嗏，黄土蓋文章，泉世茫茫。往古來今，誰免荒郊葬。祇落得枯木寒鴉幾夕陽，枯木寒鴉幾夕陽。

【前腔】春日舒長，簞食壺漿祭掃忙。花影相摩蕩，鳥韵争酬唱。嗏，士女滿康莊，執袂牽裳。舊冢新墳，悲喜多情况。好烈烈轟轟做一場，烈烈轟轟做一場。

【前腔】隔斷喧嘩，芳草池塘兩部蛙。梅子枝枝亞，燕子雙雙話。嗏，修竹翠交加，石徑欹斜。祇少一個仙尨，吠向花陰下。真是賽過蓬萊三島家，賽過蓬萊三島家。

【前腔】可意鶯花，水抱山環甚是佳。古樹蒼藤掛，曲水横橋架。嗏，空院鎖桑麻，一壑烟霞。祇少一個仙尨，吠向竹籬下。真個賽過瀛洲閬苑家，賽過瀛洲閬苑家。

（净作醉飽科，白）春愁深似海，酒力重如山。不怕撞遇真太歲，我也將他打一拳。王歡的酒食，不是我，誰人得他的吃。比那樣無本事的餓殍，可不看我如在天上。（作攘臂狂呼。外扮飢寒陳仲子上，白）我乃陳仲子是也。平日以廉介自守，避兄離母，處于於陵，與妻織屨辟纑以爲食。今日是清明節，去城中拜母，母親殺鵝與食，不知鵝是人饋吾兄蓋大夫者。誤食此不義之物，恐污了吾之五臟，故出而哇之，尚有餘臭在口。何用此鶃鶃之肉哉？何用此鶃鶃之肉哉？不免于此路傍，再哇之，庶得乾净。（外哇科。净怒科）是誰人在此路傍撒屎？呀，原來是你個餓殍。（外怒科）你是個乞兒，如何敢駡我？（净）我半日之餐，可當你一生之用。（外）你十年之臭，怎换我百世之香。（净）你避母離兄，全無些天理。（外）你驕妻詐妾，那得個人倫。（净）你僻處在於陵，恰似條縮頭的蚯蚓。（外）你畯食于東郭，渾如個延頸的鷺鷥。（净）你打草鞋，編蘆席，是最賤的生涯。（外）你拿木瓢，執竹棒，乃絶醜的形狀。（净）你不顧母兄，亂俗傷倫。（外）你不養妻妾，辱門敗户。（净）你這般窮嘴臉，宜當見弃于官兄。（外）你那樣餓肚腸，不可使聞于鄰國。（净）你拾爛李子以充飢，是與螬蠐蟲争食。（外）你討祭剩肉度命，乃同魍魎鬼分臟。（净）你腰間鈔無半文來多。（外）你嘴上油可有一寸强厚。（净）你竹竿心何曾誠實。（外）你笋殼臉那識羞慚。（净）你是個務名不務實的虛包。（外）你是個顧嘴不顧身的油簍。（净）你羊質虎皮，將來有始無終。（外）你猪食狗游，必竟有朝無夜。（净、外相打科。末扮公孫丑上）

【生查子】少游大賢門，老隱齊山下。廬外是何人，喧鬧胡相駡？

吾乃公孫丑是也。少游夫子之門，得聞知言養氣之説。晚年進道，隱居于此。聞門外喧嘩。夫子云：「鄉鄰有鬥者，雖閉户可也。」今荒山下無人，我不去解釋，是絶人也。（近前）二士爲何争忿？（净）賢翁聽訴。（唱）

【駐馬聽】願聽因依，念我家中也有妻。（末）既有賢妻妾，如何乞食？（净）衹因我素貪杯酌，愛食甘肥，口腹奔馳。（末）奔馳于何處？（净）城中乞討畏人知。（末）既不在城中討覓，却在何處？（净）墦間祭掃遂吾意。（末）既是遂意，醉飽便回罷，如何在此與人相争鬧？（净）他把我嘲譏，他把我嘲譏，這的誰是誰不是。

（末）仲子，你如何説？

【前腔】（外）願聽根基，仲子生來冠蓋裔。（末）既是仕宦之裔，如何這等貧寒？（外）衹因我心貪美譽，欲釣高名，忍餓躭飢。誤吞鵝肉出哇之，寧咽爛李甘節義〔五〕。（末）既能窒欲矣，何以不能懲忿？（外）他把我嘲譏〔七〕，他把我嘲譏，這的誰是誰不是。

（末）吾聞聖賢之道，中庸爲至。卑污尚賤，固是可羞；矯情干譽，亦爲可惡。二者病則一般，你兩個聽我説一篇則個。

【前腔】二子聽知，道理無過無不及。（指净）你以放僻爲計，（指外）你以詭異爲奇，（指净、外）你皆與道相違。（指净）獨不觀《伐檀》君子載于《詩》。《詩》云：「坎坎伐檀兮，置之河之干兮，河水清且漣漪。不稼不穡，胡取禾三百廛兮？不狩不獵，胡瞻爾庭有縣貆兮？彼君子兮，不素餐兮。」古之人，非其力而不食如此，况墦間飲食，可以乞其餘不足，又顧而之他。獨不觀《伐檀》君子載于《詩》。（指外）你不見掛瓢苦節垂諸《易》。昔許由不受堯讓，弃瓢而死，君子譏其苦節。《易》曰：「苦節不可貞。」今子之廉，必如蚯蚓而後可也，豈不爲苦節哉？你不見掛瓢苦節垂諸《易》。各息嘲譏，各息嘲譏，看來二者都非是。

你兩個休争，我與判斷罷。判曰：禮義廉耻，人之大防，父母兄弟，天之懿性。（指净）今你養口腹而害心志，羞惡奚存。（指外）今你輕千乘而重豆羹，孝弟安在。（指净）妻妾見之尚羞，吾何觀乎？（指外）母兄親而且然，他可知矣。（指外）是可忍，則孰不可忍？（指净）無不爲，則無所不爲。我這一杯水，固不可以救你一車薪之火，你那五十步之走，又豈可笑百步之走哉？此之謂同浴而譏裸裎矣。二士以爲何如？（净、外拜謝科）幸聞至教，吾二人虞芮之争息矣。

【前腔】深感良規，方學浮生半世非。（外作揖唱）再不作干名異事，（净作揖唱）再不爲辱己污行，（净、外同揖）都要與道同歸。（净）從今三復素餐《詩》，（外）終身願守甘節《易》。（净、外）佩服至教，豈但書紳。願比弦韋，願比弦韋，各期成就一個是。

（末）苟賤卑污甚可羞，　矯情干譽最堪尤。

（净）蒙君指點齊山下，　（外）始悟中庸是路頭。

校　箋

〔一〕《徽池雅調》卷二選録有《皤間記》之《公孫丑判斷是非》齣，除首支【駐馬聽】與《群音類選》本【駐馬聽】二支和【駐雲飛】四支不同外，賓白多相同，今于《群音類選》賓白欠明晰處校《徽池雅調》本。從兩本共有的五支曲牌（一支【生查子】和之後的四支【駐馬聽】）曲文對比來看，異文較少，特别是韵脚字基本全同。

〔二〕《齊人記》，别本《傳奇匯考標目》載録，沈季彪撰。今佚。據此本，當是齊人、陳仲子事。

〔三〕屆：底本原作「屆」，據文意改。

〔四〕野草：底本原作「野花」，據上文及此曲句格改。

〔五〕甘節義：底本原作「得生矣」，據《徽池雅調》本改。

王羲之蘭亭顯才藝〔一〕

【南懶畫眉】玉驄款款出城闉，祇見緑水平橋花滿川，東風裊裊裊吟鞭。想因沽酒樓拴慣，特地驕嘶過館前。

【前腔】勸君休惜買花錢，春色辭人去不還，暖風十里麗人天。祇聽得鞦韆墻内佳人笑，却不知墻外游人駐錦韉。

【前腔】杏花村裏鼓喧闐，那更摇拽晴風酒幔褰，遥瞻緑藻蕩湖烟。祇見小舟輕蕩槳，想是運送筵前酒似泉。

【前腔】長堤桃杏爛如燃，遲日江干錦纜牽，牙檣慢動是誰船？祇見帆影碧空現，一似當年李郭仙。

【南駐雲飛】曲水流觴，波送花香逐酒香。風細生紋浪，鳥媚供清唱。嗏，勝迹久荒凉，幾星霜。洛邑蘭亭，千載同一賞。莫使周人獨擅芳，莫使周人獨擅芳。

【前腔】水現金人，盛集衣冠傳自秦。賓主皆豪俊，經史騰談論。嗏，歸去奈何春，且開蟇。縱没金人，也有德星分。莫使秦人獨擅名，莫使秦人獨擅名。

【前腔】慨昔華林，此日名賢曾盍簪。碑篆蒼苔甚，臺榭行潦浸。嗏，陳迹不堪尋，漫沉吟。物换人非，且盡杯中飲。門鎖松筠滿院陰，門鎖松筠滿院陰。

【前腔】金谷樓頭，繞翠堆紅錦一丘。寶鼎沉烟臭，綉幕流蘇皺。嗏，金屋貯嬌柔，不堪游。富貴東流，惟有堤邊柳。殘日蟬聲送客愁，殘日蟬聲送客愁。

【北雙調新水令】永和九載暮春時，會稽陰蘭亭祓禊。崇山修竹繞，秀水茂林圍。盛集衣冠，遠近群賢至。

【駐馬聽】急湍清漪，曲水縈迴泛酒巵。列依其次，祇見氣清天朗碧參差。騁懷游目樂無涯，一觴一咏情何極。惠風徐吹，仰觀俯察皆真趣。

【沉醉東風】想趣捨静躁兩岐，嘆彭殤壽夭難齊。或放形骸天地間，或晤言于一室内，君子當欣于所遇。死生亦大矣，後之視今，猶今之視昔，其亦將有感于斯。

【雁兒落】這便是錦心兒宣金玉辭，綉口兒唾珠璣字。讀之使鬼神驚，聽之覺毛髮刺。

【得勝令】鋪叙得首尾不支離，包涵得深邃多滋味。風雲變俄頃間，波瀾沛呼吸際。體格兒周密，似漱玉泉珠沸；氣勢兒豪奇，若干將劍吐霓。

【折桂令】可正是文章巨擘，《典》《誥》之儀，《雅》《頌》之匹。壓倒曹劉，陵軼班馬，晁董争馳。峰若高水若深江山争美，禽改名樹改色花鳥争輝。譽播華夷，事布東西，一會蘭亭，千古芳遺。

【滚浪煞】呀，我祇見暮雲生日在桑榆，新月上鶴返松枝。青嶂暝烟迷古寺，冠弁傾欹，殽核狼籍，僕馬喧嘶。這其間醉的醒的，歌的舞的，一齊兒携手同歸。呀，莫待遲，莫待遲。

校　箋

〔一〕《盛明雜劇二集》本題劇目作「蘭亭會」，注稱「巴蜀升庵楊慎編」。

劉蘇州席上寫風情〔一〕

【北賞花時】恰纔個雨散雲收睡起遲，可又早燕喚鶯呼催得疾。我祇得强玉腕整蛾眉，不能勾烟花脱離，可正是風裏絮任東西。

【前腔】昨夜個銀燭烟銷鴛枕欹，今日早綉榻香餘蝶夢迷。强起漫支頤，精神瑣尾，可正是腰細不勝衣。

【北仙吕點絳唇】梅雨初晞，柳烟新霽，春衫褪。方試羅衣，正困人天氣。

【混江龍】你道我嫩夭夭貪睡，那知我瘦岩岩嬌怯怎支持。這些時償足了粉債，够滿了花期。祇望得輕羅小扇閑瀟灑，水蕈疏簾看弈棋。誰承望狂蜂浪蝶暫相離，蒼鷹乳虎卒來至。他若是鶩鴛打鴨，我便做捉月鯨騎。

【油葫蘆】雖然是自經溝瀆莫之知，也令他白璧瑜，任他錦纏頭金賞手大施爲。我祇怕没疼熱舞得鸞釵墜，無休歇唱得鶯喉瘁。翠袖兒捧披，羅襪兒站否，甫能勾刺史退司空醉，兀的衆人張劫殺柳蒲姿。

【天下樂】聞他是冰壺秋月姿，吹簫題柱匹，衹怕他愛東施不似愛西施。他若有阮步兵覷人的眼兒，衛叔寶待人的面皮，我便效紅拂謹相隨。

【節節高】纔離了粉香、粉香深邃，早來到喧囂、喧囂市闠。行過畫橋近東，錦坊北瓊花街第。衹見鬱鬱葱葱，嘈嘈嘖嘖，閭閻市語。串了十字，轉了拐角，數了門楣。呀，原來是閥閱家，檐彩飛翬。

【元和令】衹見他猛咆哮怒發如雷，我這裏軟刺八戰兢無地。也不惜嬌枝嫩蕊易離披，直恁般惡風驟雨狂摧。我閃秋波將他盼覷，他忍笑含嬉，故將人唤起遲。

【上馬嬌】我須是衆人妻，却也解識高低，鴻儒在座敢胡爲。若得風流太守些須意，我則拂箋捧硯索留詩。

【勝葫蘆】我安排着彩袖殷勤捧玉髓，輕盈舞羽衣，務教他錦囊傾出陽春句。翰墨淋漓，烏帽斜攲，染惹五香歸。纔顯得清歌一曲綾一匹，任花影座間移，使他知佳人一失難再得。我把宫商互推，杯斝頻遞，管教到北斗柄兒低。

【後庭花】若不是漆金交契最密，怎解我桂玉愁心無已。休題他開東閣凉生細，且將我碧油幢塵暫洗。他説到衆賓齊，我則索登車攬轡，武夫喝道路辟，蒼頭隨簇擁疾。雨初晴道尚泥，燕成巢傍馬飛。錦長安曾游憩，花揚州新觀取。

【青哥兒】呀，我則見宛然、宛然左避，叙主賓階列東西。我這裏就席，席專位其尊無對。况兼着主人情重出嬌姿，兀的不效古人投轄維駒。

【寄生草】盞外露纖纖玉，杯中照灼灼姿。潤喉嚨總是葡萄汁，回津液剩有丁香氣，逼皮膚襯出桃花媚。你道是杜康傳下的瓮頭春，我道是嫦娥擠出這胭脂泪。

【賺煞】褲薄怎當磚，膝嫩難湯地，空着我軟心腸甚是憐惜。衹見他吃皺雙蛾，那一會便是個狠閻羅，也大發慈悲。日沉西，翠影參差，絳燭高燒照錦幃。拚今宵温柔鄉裏，覷守定卓家凰，休聽那祖生鷄。

【桂枝香】榴園初放，荷池新漲。螢光逐羅扇徘徊，蟾影向紗窗摩蕩。幸青皇肯憐，幸青皇肯憐，故紅妝相向，心怡神曠。顧效鸞凰，細看你烏紗瀟灑神仙度，偏稱我高髻雲鬟宫様妝。

【前腔】氅衣絳帳，淺斟低唱。似這般儒雅家風，羞殺那粗豪氣象。幸三生有緣，幸三生有緣，得親風恍，芳心飄颺。願效鴛鴦，休愁他望穿楚樹襄王眼，且續這斷盡蘇州刺史腸。

【字字金】譙樓上，鼓兒一點敲，花影縱横月半高。月半高，碧紗厨，人静悄。將燈照，玉人兒睡正着。

【清江引】醉酕醄，玉人兒睡正着，這睡何時覺。空留待月心，辜負偷花約，二更鼓兒又轉了。

【字字金】譙樓上，鼓兒二點敲，寶鴨沉烟香漸消〔三〕。即漸消，聽驚鴨，閧柳梢。將燈照，玉人兒睡正牢。

【清江引】醉酕醄，玉人兒睡正牢，可惜如花貌。襄王夢裏求，神女床邊笑，不覺三更交得早。

【字字雙】譙樓上，鼓兒三點敲，剪剪清風窗外飈。窗外飈，揾啼紅，濕絳綃。將燈照，玉人兒睡得喬。

【清江引】醉酕醄，玉人兒睡得喬，恁的般歪做作。全無下惠和，到有元龍傲，四更鼓兒又聒噪。

【字字金】譙樓上，鼓兒四點敲，凉月侵門夜寂寥。夜寂寥，寒扃冷翠翹。將燈照，玉人兒夢未消。

【清江引】醉酕醄，玉人兒夢未消，厮守得無着落。空勤犬馬勞，却惹鶯花笑，不覺五更天又曉。

【字字金】譙樓上，鼓兒五點敲，鷄唱蟲飛斗半杓。斗半杓，峭寒生，衣較薄。將燈照，玉人兒鼾尚哮。

【清江引】醉酕醄，玉人兒鼾尚哮，這早晚還昏眊。春風笑二喬，明月羞雙妙，把千金夜兒空過了。

校　箋

〔一〕《盛明雜劇二集》本題劇目作「寫風情」，《萬壑清音》本題劇目作「席上題春」。

〔二〕香：底本原作「即」，據《盛明雜劇二集》本、《萬壑清音》本改。下同。

東方朔割肉遺細君

【念奴嬌序】樓臺倒影，見池光瀲灩，風生萬頃玻璃。碧玉闌干簾捲處，頻飛燕雀東西。

偏宜，玉塵揮蠅，金巵泛蟻，透輕羅疊雪如洗。（合）惟願取，清風明月，長共瑶池。

【前腔】追陪，樓臺近水，見鷗鷺縹緲，霏微來往天際。萬點紅蕖，偃仰任風翻露墜。佳致，水荇牽風，岸花漾日，蜻蜓款款傍人衣。（合前）

【前腔】清氣，水緑花妍，泥香藕粹，巡檐共把緑荷杯。風飄袂，似海上飛來安期。堪奇，燕惹游絲，魚吹細藻，隔窗遥侑紫霞巵。（合前）

【前腔】光輝，雲净山奇，天空水媚，畫船來往鏡中移。人覺醉，衹見帽落巾欹。忘歸，柳底黄鸝，荷間翠羽，聲聲似唤且休辭。（合前）

【古輪臺】暮雲低，水晶簾動晚風微。闌干影没人猶倚，遥看雲際。見玉鏡騰輝，閃爍金波零碎。皓彩紅妝，月花争媚，把嫦娥寶鑒對西施。高燒銀燭，照紅姿衹恐夜深花睡。葛巾再漉，碧筒重製，綺筵又徙。寒藻舞淪漪，落鴻聲已如行葦。

【前腔】聽知，花有開放與離披，水月有流滯盈虧，人事有歡悲散集。明歲知誰，共月共花此地。也有值暑雨，蟾光陰晦。也有旱魃炎枯，涸芳沼蓮荷凋悴。也有辭鄉去國不齊，存亡欣戚。那得似今朝歡聚，醉把碧荷枝，仔細重看覷，休拚風光當局棋。

【尾聲】星芒耿，斗柄移。我這裏白駒尚縶，相携手共對南薰約再期。

張季鷹因風憶故鄉

【二犯傍妝臺】長嘯出都城，遥望碧雲天際數峰青。瞻征雁孤飛邈，覺歸騎四蹄輕。半無半有雲間寺，如往如來竹外僧。寒飛老柏，泉引古藤，泠泠清露滴金莖。

【前腔】山缺曉暘升，衹聽得碧溪汩汩芷蘭馨。燕社多携子，蟬柳半藏聲。衹見羊腸曲趄車停軌，鳥道崤嶔馬不行。英雄何在，廟貌自扃，不堪頹宇薜蘿縈。

【前腔】翠岫白雲蒸，西風纖峭嫩凉生。憐濩水形屹屹，聞伐木響丁丁。雲中跨鶴空留語，月下吹簫那得聲。堂虚雲母，簾幌水晶，且停仙館滌塵膺。

【前腔】行盡短長亭，暮雲城郭古今情。聽了些草砌寒蛩咏，茅店野鷄鳴。苔階荒廢風頻掃，草閣蕭條月自明。風雲千古，星霜幾更，英雄長使泪珠傾。

【駐雲飛】萬里長江，悵望吴山入渺茫。畫鷁中流放，帆影霄壤颺。江，上也曾服文王，下也曾順周郎。今古滔滔，流不盡興和喪。水自悠悠人自忙。

【前腔】萬頃蒼茫，自古荆吴水是鄉。木落山容晃，潦浄波光蕩。江，西也曾泣娥皇，東也曾溺昭王。多少英雄，還不了烟波帳。水自悠悠人自忙。

【前腔】十里吴江，泛盡無窮仕宦裝。載賄的何須讓，載禍的何勞謗。江，今日泛君航，輕重如常。無利無虞，好泊向門前上。試看門前水亦香。

【前腔】一派滄浪，多少衣冠濯未遑。隨波的滔滔樣，渾濁的昏昏狀。江，今日照君龎，皓若秋陽。無玷無瑜，好泊向城邊上。試看城邊水亦光。

蘇子瞻泛月游赤壁〔一〕

【畫眉序】柔櫓蕩滄浪，縹渺孤鴻去影茫。喜的是山高月小，水緑蘋香。懷故國銀漢何方，望美人碧霄之上。（合）一航操向中流放，恍疑是羽化飛揚。

【前腔】青嶂吐蟾光，雲漢澄江一練長。那更凄凄荻韵，脉脉蘅香。對皓彩人在冰壺，溯流光船行天上。（合前）

【前腔】緩棹過横塘，泛泛從游雲水鄉。那更蘆洲鶩鷺，莎岸鳴螿。相翱翔千仞之岡，托栖止一枝之上。（合前）

【前腔】寒渚宿鷗翔，俯仰乾坤若空囊。頓覺禪心虚浄，道骨清狂。悟金丹班虎胎中，探明珠驪龍腦上。（合前）

【黄鶯兒】躍馬意何長，視東吴已入囊，舳艫千里旌旗望。横槊時氣揚，釃酒時態狂，誰知一火把神魂喪。嘆興亡，江山如故，何處覓曹郎。

【前腔】强敵壓吴疆，震雷霆舉國慌，拔刀斷案謀何壯〔二〕。保江東勝常，于先人有光，二喬争笑蛾眉放。嘆興亡，江山如故，何處覓孫郎。

【前腔】英睿古無雙，論江東誰與行，擊曹公策出群謀上？語蔣幹的意良，用黄蓋的計長，把北軍一炬成灰蕩。嘆興亡，江山如故，何處覓周郎。

【前腔】一劍起樓桑，展西川萬里疆，皇圖重把炎劉創。桃園内的將强，草廬中的相良，寸溝尺土把中原抗〔三〕。嘆興亡，江山如故，何處覓劉郎。

【祝英臺】把古今愁，廊廟悶，聊付與滄浪。衹見風薦新凉，月借清光，若相期侑此壺觴。芬芳，汀蘭與岸芷氛氲，暗逐來檣過槳。這清境，惟有魚龍聽講。

【前腔】霄壤，衹見玉繩低珠斗委，碧落轉高昶。那更疏竹敲梢，落葉辭柯，相迭奏隔水笙簧。吾黨，遨游在萬頃滄茫，怎不教罷却塵想。這叢談，那有凡庸參講。

【前腔】佳賞，望前江月印寒潭，孤寂湛禪鄉。衹見壁上藤蘿，洲畔蘆花，相掩映夜色蒼蒼。相忘，任教山寺將鐘撞，懷方隆未降。且回檣，傍響石汲取清湘，烹茶供講。

【前腔】豪宕，放形骸秋水長天，凉露濕衣裳。衹見群鶚嘲空，孤鶴横江，月落不堪長往。俯仰，對着您冰壺秋月風標，頓覺我塵襟滌蕩。謹問取何夕，再聆清講。

校　箋

〔一〕《盛明雜劇二集》本題劇目作「赤壁游」，《大明天下春》本題劇目作「復游赤壁」。

〔二〕案：底本此字上半殘，據《盛明雜劇二集》本、《大明天下春》本補。

〔三〕寸溝：底本原作「不階」，據《大明天下春》本改。

晋庾亮月夜登南樓〔一〕

【黄鶯兒帶皂羅袍】明月浸江樓，正微雲點綴收，玉繩低度銀河溜。中原九州，仙原十洲，今宵處處清光透。放眉頭，陰晴風雨，能有幾中秋。皎皎銀蟾如畫，看扶疏丹桂，影落金甌。登樓暫緩廟廊憂，傳杯且借經綸手。青天碧海，乾坤自由；朱顔緑鬢，韶光若流。今宵宴罷明宵又。

【前腔】明月掛長空，照江山萬里同，陰岩幽壑清光洞。香生桂叢，凉生柳叢，人間天上歡聲動。且從容，嫦娥相對，須待五更鐘。水氣山光清貢，那更月色溶溶。憑闌十里竹枝風，開窗一派梅花弄。白雲黃鶴，全無去踪；青山緑水，空餘舊容。休慳飲盡黄金瓮。

【前腔】明月正中天，望浮屠塔影圓，江樓窈窕清波蘸。空中的管弦，鑒中的市廛，唐虞人物在雲霄現。且留連，清光既滿，能有幾宵看。天柱高懸冰鑒，水晶球捧在銀盤。齊紈素練絶疵嫌，羊脂美玉無暇玷。今來古往，乾坤幾旋；東升西墜，城闕屢遷。費千金莫惜開華宴。

【風雲會四朝元】江樓風静，含虚混太清。正冰壺光瑩，碧海波澄，玉兔初弄影。仰穆天如洗，仰穆天如洗，纖翳無痕，萬籟無聲。寶鑒孤懸，璣衡高運，皓魄十分正。嗏，倚檻望神京。衹恐玉宇瓊樓，不耐秋宵冷。願使君如月明，吾儕如星耿。年年此夕，星芒月彩，兩交輝映。

【前腔】秋光如净，銀河冷畫屏。聽孤鸞碧落，老鶴蒼冥，蟋蟀鳴古磴。看樓臺倒影，看樓臺倒影，半入洲汀，半落江聲。四面玲瓏，八窗虚静，酬不了登臨興〔二〕。嗏，撫景鬓森森。赤縣神州，雲擾誰爲釁。願明公秋月形，吾儕秋桂影。年年此夕，馨香皎潔，兩交相稱。

【前腔】秋聲遥聽，颼颼萬木驚。衹見鐘傳古寺，柝遞嚴城，淡月寒蟾耿。覺輕袍冷刺，覺輕袍冷刺，瘦骨伶仃，短髮飄零。歲月難留，功名未稱，空負高軒娉。嗏，銀漢水溢溢。何日同扳，洗濯這個兵戈净。願明公秋月清〔三〕，吾儕秋氣冷。年年此夕，清清冷冷，把炎氛净盡。

【前腔】叨持兵柄，江城一柱撑。賴參謀多士，帷幄群英，把晋鼎安置定。適中秋好景，適中秋好景，衹見天滚星球，漢碾冰輪。桂兔儲精，山河懸影，萬里清光剩。嗏，把酒問蒼冥。不知明歲今宵，可還與群英相并。願諸君水上萍，老夫水底星。年年此夕，相逢相照，永終天命。

【北折桂令】彩雲端推出冰輪，碾破瑶空，秋色平分。銀海生花，玉樓起粟，皓彩侵門。對素娥當鏡中紅粉，竊靈藥延世上青春。丹桂芳芬，白兔温馴，莫惜兼金〔四〕，共倒芳樽。

【前腔】蕩長空玉宇無塵，高照瑶臺，萬丈如銀。雲母屏張，齊紈帳冷，瓊海脂凝〔五〕。移綺席就銀蟾光運，照瓊卮連丹桂香吞。分付東君，愛惜芳辰，明歲今宵，知與誰親。

校　箋

〔一〕《盛明雜劇二集》本題劇目作「南樓月」，《樂府紅珊》本題劇目作「庾元亮南樓玩月」。
〔二〕酬：底本原作「醉」，據《盛明雜劇二集》本、《樂府紅珊》本改。
〔三〕清：底本原作「明」，據《盛明雜劇二集》本、《樂府紅珊》本改。
〔四〕金：底本原作「全」，據《盛明雜劇二集》本、《樂府紅珊》本改。
〔五〕凝：底本此字漫漶，據《盛明雜劇二集》本、《樂府紅珊》本補。

陶處士栗里致交游〔一〕

【綿搭絮】霜清露冷，籬徑菊花妍。我這裏繞徑巡籬，摘取金英插帽檐。酌芳泉，且當杯傳。自覺得地偏心遠，胸次悠然。一任西風，開向叢中濃與淺。

【前腔】南山新霽，當户起晴烟。機杼聊停，相與徘徊叢菊邊。撫孤松，權當鳴弦。待得山中酒熟，重此歡旋。且向北窗，一枕羲皇高偃寒。

【前腔】黄花滿把酒杯乾，豈料提壺，遠送香醪出偶然。是良緣，花酒雙全。頽顔賴酒襯，衰算倩花延。一任西風，把天外浮雲自舒捲。

【前腔】忘懷得失，畎畝已多年。太守何聞，遠慕荒村誤作賢。望南阡，喜獲豐年。秫多堪釀，不費青錢。與子盤桓，一任長安日近遠。

【高陽臺】伐木親賢，緣蘿訪士，那更秋暮天色。十里青松，相摻着萬株紅葉。潺潺流水鳴溪石，繞竹隈幾回曲折。望烟村，一簇閑雲，數椽屋結。

【前腔】鎖蒼烟，巒嶂層叠。嘆草廬高卧，羲皇時客。怪來詩思侵人骨，門對着寒流，滿山如雪。拚今日，掃石林陰，坐聆清説。

【前腔】廊廟才疏，烟霞性僻，運移晋祚難復。先世承恩，忘羞忍爲干禄。空谷，干旄白駒漫勞賁也，俺衹有床上書共籬邊黄菊。願使君，暫開懷抱，我强支癯骨。

【前腔】版築，出作甘霖，終調鼎鼐，豈能卒老茅屋。况雲路修長，何當久淹驥足。人物，知君是個天下士，不比那尋常碌碌。對君如崑山片玉，令人頓忘塵俗。

【前腔】相屈，駐節茅廬，停驂白屋，愧我全無旨蓄。語未驚人，那更行非駭俗。榮辱，百年粗糲吾分也，深謝您肉食者青目。市城遠，盤無兼味，喜有此濁醪堪漉。

【前腔】如玉，價值連城，輝當照乘，你却埋光韞櫝。願彈振冠衣，休迷戀青氈故物。自足，桑樞瓮牖非若病，怎肯效他窮途之哭。况伯夷，本因商餓，張良非爲漢出。

【前腔】相促，日在桑榆，禽歸樸樕，這飲酌已充吾腸腹。眼覺朦朧，欠伸來思尋衾褥。頻祝，今朝我醉君且去，三徑邊明朝再屈。緊趁逐，花黄天朗，雨晴未卜。

【前腔】質樸，坦坦幽人，振振君子，和氣藹然可掬。怕不見黄生，鄙吝萌芽滋復。含蓄，前言往行充滿腹，探錦囊傾出珠玉。此以後，相過百遍，結盟林麓。

【尾聲】相逢無奈斜陽促，我醉君回休見觸，衹怕王事奔忙難繼續。

【二郎神】幸相逢，松菊主風光正暮秋，對着您千頃清陂絶塵垢。羡幽光隱德，信是羲黄叟。把碧草瑶花侑酒籌，况黛色南山入牖。誰堪偶，真個是笑子皮，漫駕扁舟。

【前腔】久投簪組，相伴烟霞故友，嘆人世難逢開笑口。看菊綻東籬，秫熟西疇。蟹嫩鷄肥釀可篘〔二〕，况兼有文章不朽。名山斗，真個是笑嚴光，漫掛羊裘。

【集賢賓】碧雲黄葉山寺幽，那更白鷺蒼鷗。萬壑松風窗外吼，嘆人生若寄蜉蝣。看秋光轉眸，不多久菊殘蜂瘦。重九又，嘆牛山上那人兒存否？

【前腔】想華亭白鶴，東門黄狗都做了滿地閑愁。怎似你倦鳥閑雲得自由，興來時邁壑經丘。把芒鞋緊兜，任清狂傍花隨柳。重九又，嘆龍山上那人兒何有。

【黄鶯兒】殘日下簾鈎，晚風颼萬木秋，空林一派寒泉漱。高情正綢，雄談未休，傳籌共把茱萸嗅。展雙眸，秋空浩蕩，相對若虛舟。

【前腔】賦性拙如鳩，有何長動列侯，分甘雲臥青山岫。閑情自偷，無心外求，疏狂難辱冠裳偶。自追求，不堪世用，非敢效巢由。

【猫兒墜】遥瞻落雁，影入蓼花洲。晚照芙蓉映碧流，白沙翠竹路悠悠。（合）追游，同携手相送柴門，月滿林丘。

【前腔】夕烟生紫，猿嘯暮山幽。古砌畔瀟瀟風葉走，長繩難繫日西流。（合前）

【尾聲】德星聚現良非偶，正是月白花黄時候，留取人間相傳作話頭。

校　箋

〔一〕《月露音》本題劇目作「交游」。

〔二〕篘：底本原作「芻」，據《月露音》本改。

桓元帥龍山會僚友〔一〕

【排歌】丹桂餘香，黄花正妍，媧皇煉出瑶天。嶙峋古石吐清烟，峭壁千尋掛玉泉。憑熊軾〔二〕，按馬韉，翱翔直上翠峰巔。紅塵隔，碧落連，今朝端擬白雲眠。

【北寄生草】這山春也有三眠柳，夏豈無十丈蓮。芙蓉秋水清光泛，梅花白雪寒姿燦，珍葩瑶草連霄漢。這龍山不是泰華山，願將軍戎馬休輕散。

【排歌】石角鈎衣，藤枝挂肩，深林冷欲裝綿。蕩胸雲氣起層嵐，俯視乾坤若蟻旋。憑熊軾，按馬韉，翱翔直上翠峰巔。紅塵隔，碧落連，今朝端擬白雲眠。

【北寄生草】這山也堪鑿梯仙洞，也堪耕種玉田。憩松不用蒲葵扇，茹芝可當瑚瑚飯，製荷不滅雲裘暖。這龍山不是不周山，願將軍休把凿尤玩。

【排歌】不斷長風，輕袍袂褰，恍如羽化飛仙。遥觀郡邑若青錢，半露蒼烟屋數椽。憑熊軾，按馬韉，翱翔直上翠峰巔。紅塵隔，碧落連，今朝端擬白雲眠。

【北寄生草】這山盤三楚青無了，落三江影尚延。撑炎州半壁青天扇，擺長空萬叠祥雲現，噴紫岩飛瀑瓊珠濺。這龍山不比岱宗山，願將軍且莫言封禪。

【排歌】衰柳殘枝，時咽晚蟬，澗聲暗瀉冰弦。遥瞻落日下平川，烟暝孤村酒幔懸。憑熊軾，按馬韉，翱翔直上翠峰巔。紅塵隔，碧落連，今朝端擬白雲眠。

【北寄生草】這山瞻漢闕愁腸結，望秦宫泪眼漫。洛陽禾黍西風亂，銅駝王氣朝雲散〔三〕，天津橋上鵑聲唤。這龍山不是首陽山，願將軍休把夷齊賺。

【駐雲飛】木落驚秋，萬簇烟林赤葉稠。戎務侵眉皺，詩思羈身瘦。嗏，登眺暫舒眸，赤縣神州。一個金甌，玷缺誰之咎。且共對斜陽笑楚囚。

【前腔】南雁悲秋，幕府深沉冷客裘。戎馬今方搆，花鳥誰能富。嗏，聯轡且追游，山浄雲收。徐步瑶岑，瀟颯風褰袖。且共對斜曛勸楚囚。

【前腔】晴鶚横秋，冉冉寒烟遠嶠浮。坐與蒼苔就，笑把茱萸嗅。嗏，遠渚眺寒鷗，雲水悠悠。江景山花，似把壺觴侑。且共對斜曛看楚囚。

【前腔】陰壑先秋，一派寒泉繞竹流。自掬清波漱，免惹紅塵垢〔四〕。嗏，禾黍滿西疇，黄雀嬌柔。細菊斑斑，遠壁開如綉。且共對斜曛嘆楚囚。

【前腔】鶴髮經秋，樗散堪乘蓮葉舟。皂帽非吾偶，白接非吾首。嗏，折角雨中求。岸幘英雄，入眼今奚有。莫盛飾冠裳似沐猴。

【楚江秋】空階咏蟋蟀，蒼山泣鷓鴣。沉沉院宇秋光暮，神魂飄泊夢糢糊。步倩人扶，銀屏背倚嬌無措。空生花樣軀，空餘雪樣膚，誰能貯我黄金屋。

【孝白歌】殽八簋，酒百壺，相對秋山日已晡。行樂莫躊躇，明朝有此無。陰晴難睹。

【楚江秋】婷婷鴛鳳雛，夭夭桃杏株〔五〕。凡花野鳥原非度，溋溋紅泪濕羅襦〔六〕。聽徹銅壺，柔腸萬截愁難訴〔七〕。白璧已見瑜，緑珠羞自呼，誰能再把《胡笳》續〔八〕。

【孝白歌】青青柳，短短蒲，今日芳菲明日枯。造化本乘除，兵家有勝輸。原無定主。

【清江引】乾德鏡兒半塵土，枉把蛾眉擄。愁暗錦江雲，泪灑巫山雨，怨東風落花花怎語。

校箋

〔一〕《盛明雜劇二集》本題劇目作「龍山宴」。

〔二〕軾：底本原作「式」，據《盛明雜劇二集》本改。下同。

〔三〕銅駝：底本原作「銅鉈」，據《盛明雜劇二集》本改。

〔四〕免：底本原作「貌」，據《盛明雜劇二集》本改。

〔五〕杏：底本原作「若」，據《盛明雜劇二集》本改。

〔六〕襦：底本原作「褥」，據《盛明雜劇二集》本改。

〔七〕訴：底本原作「續」，據《盛明雜劇二集》本改。

〔八〕續：底本原作「贖」，據《盛明雜劇二集》本改。

謝東山雪朝試兒女

【宜春令】銀河瀉，瓊海翻，望長空梨花舞殘。想玉龍戰北，敗鱗破甲飄零亂。白茫茫山逕迷蹤，清脉脉泉流刺眼。（合）拽襟裾，何處尋梅，隴頭江岸。

【前腔】回風舞，輕絮繁，迷村舍孤烟遠看。望玉驄行處，依稀惟見紅纓燦。平沙間鷺影冥冥，寒沼内鳧踪泛泛。（合前）

【前腔】天將午，陰正玄，古林中遥咽凍猿。看魚磯隱約，蓑翁獨釣寒江畔。鳥驚枝玉篩飄零，馬踏處銀杯仰偃。（合）且回家，掃取烹茶，清談消遣。

【前腔】前途路，鋪白氈，玉芙蓉削出萬巔。羡玄冥滕六，通宵細把吴江剪。野湖濱銀嵌汀洲，古石上繒封苔蘚。（合前）

【二犯桂枝香】六陰花噴，玄黄相混。滿長空散漫飄飄，粉蝶瑶蜂坐陣。同雲，四垂密布覆玉盆。填空塞漢迷蒼隼，江干景類君。孤舟蘆外，無人自横；疏梅籬畔，無朋獨芬。應笑他猖狂阮籍徒悲路，且效這寂寞袁安深閉門。

【前腔】瓊山隱隱，銀濤滚滚。霎時間封盡青黄，模糊裏鋪平遠近。氛氲，霏霏拂拂揚玉塵。南枝已報梅花信，卧東山暖若春。蒼生冷落，須臾可温；，戎夷驕縱，笑談足吞。甘爲十年女子貞不字，肯效終日吳姬倚市門。

【桂枝香】侁侁螽羽，振振麟趾。陰中鶴子相和，池上鳳毛迭繼。是族將大矣，是族將大矣，佳兒才女，聯芳繼美耀門楣。（合）椒聊瓜瓞于斯盛，好相對冰花笑把杯。

【前腔】松筠根蒂，芝蘭氣味。深蒙庭訓薰陶，兼感姆儀純粹。是男女幸矣，是男女幸矣，各成令器，文全武備際昌期。（合前）

【前腔】瑚璉之器，冠裳之裔。流傳累葉英華，萃就一門桃李。是天加篤矣，是天加篤矣，淑媛賢嗣，攀鱗附翼各騰飛。（合前）

【前腔】深閨淑質，名門懿德。枝連同氣椿萱，廕庇共根橋梓。是人間罕矣，是人間罕矣，真元會聚，前昌後裕有光輝。（合前）

【前腔】明珠拱璧，鸞儔鳳匹。看他年女婿乘龍，領異日群兒折桂。是吾願足矣，是吾願足矣，户高門闊，德星家聚古今奇。（合前）

二蘭記

《二蘭記》，作者佚名。《二蘭記》，今無全本傳世，僅于《群音類選》、《月露音》中留存四齣曲文。明代戲曲目録未見著録此劇。劇作故事不詳。從所存曲文，知劇作當叙二蘭事，内有「佩蘭初試羅襦」句，似二蘭名佩蘭。二蘭與母閑叙時，憶及心上人，後得到情人寄來的扇子，知情人依舊愛戀她。二人相聚，共賞一池荷花。後因變故，才未得展，玉殞香消。

共女閑叙

【集賢賓】對春奩鬢雲垂怨女，佩蘭初試羅襦。幽窗捲簾花解語，帶連環心下躊躇。誰寄遠書，都做了傷春情緒。忽聞杜宇，望銀河欲駕蟾蜍。

【前腔】塵埋寶瑟傾玉柱，採花上林人去。飛燕樓前尋舊侶，忌多情春水游魚。悠揚自如，問仙郎風流何處。暮雲春樹，遮隔了錦障紗厨。

【前腔】春韶艷冶，雅樂按軒虞，飄泊一對仙姝。忘却當時金屋貯，過原頭羞見雍渠。藏玉待沽，又則怕蛾眉招妒。周旋回顧，怎能勾鴻漸雲逵。

【前腔】揚州跨鶴，風韵墮塵塗，看游衍瓊珮霞裾。聊倩東風權作主，放鶯花塡滿郊墟。高駕𦉶車，送青春玉人歸去。觀風施雨，打叠起萬種歡娛。

【猫兒墜】隔陽關聲杳，重聽唱驪駒。海甸將軍握虎符，風雲長爲護儲胥。操觚，寫不盡大統輿圖。

【前腔】把干戈盡戢，經濟出文儒。一任山雲自卷舒，春風幽谷遍吹嘘。歌歈，看豐稔擊壤閭閻。

【尾聲】風濤撇却横江渡，攬征衣芳菲沿路，惜花顔兩朵玉盤盂。

二蘭得扇

【四朝元】蘭芳花塢，光風勝畫圖。嘆青春羈旅，占斷歌舞，翻做成苦楚。想英雄在所，想英雄在所，爲那陸海風波，整理三吴。凱奏平反，遥傳天府，威令安民户。嗏，俺且自模糊。托夢襄王，空走巫山路。黄金使氣粗，蛾眉有人妒。他真愛奴，行行款款，再三分付。

【前腔】花飛春暮，離人意轉疏。去幽齋調軫，瀟灑風度，早已稱獨步。看飛烏走兔，看飛烏走兔，那些個撇却黔驢，養就洼駒。彩畫雲臺，重新韶護，記上元勛簿。嗏，興逸散江湖。去國王嬙，一恨遺千古。紅樓戲錦裾，美花落涴土。他提醒奴，勞勞擾擾半生多誤。

【前腔】當初緣故，風流滿寓居。那英才年少，勢猛如虎，特地來左顧。把虹霓氣吐，把虹霓氣吐，衹見奪錦瓊花，映日冰壺。金縷歌殘，瑶臺辭去，春褪仙桃露。嗏，天上鳳難呼。蕭史傳聞，回望誰繩武。含章德不孤，經綸手無措。他曾教奴，和和宛宛自須調護。

【前腔】荆釵裙布，頻年閲世塗。進烟花深巷，久廢機杼，展轉思夏呂。看風狂柳絮，看風狂柳絮，飄散了銅雀浮塵，金谷荒蕪。擾亂驪山，消除眉鄔，多少關心事。嗏，自喜際唐虞。陌上羅敷，生受柔桑苦。殷勤奉舅姑，女工成纂組。他終戀奴，條條井井變通時務。

同蘭賞荷〔一〕

【念奴嬌序】薰風灑灑，暗香飄水閣，沉烟翠繞雲屏。十丈花開，何處是玉井香滿蓬瀛。

輝映，絳彩嬌香，鉛華掩晝，五湖遨去恐傾城。（合）惟看取，紅妝緑蓋，仙女盈盈。

【前腔】佳勝，秦娥楚媵，見鴛鷺滚滚，翻飛猶自奔競。秀出淤泥，持勁節誰肯移向神京。那更，媚臉籠霞，芳心麗日，浣紗人自有私情。（合前）

【前腔】虚逞，偏奥池亭，煩囂門館，勾欄重整舊花棚。簾箔外，遮不住溽暑炎蒸。須趁，玉露初零，金風未凜，一時花譜早書名。（合前）

【前腔】追省，翻葉冰池，開花元旦，此時端的出風塵。仙露邈遥，見鸞鶴飛騰。惟稱，羅襪臨波，羽衣映月，碧霄霞彩晚來晴。（合前）

【古輪臺】晚凉生，風波寂静碧流澄，芙蕖爛漫開明鏡，飄萍斷梗。我萬里關情，欲泛五湖烟艇。收遍瑶池，水仙逸興。采蓮歌聲，散繞楚天清。嬋娟弄影，水國空明，翔羽騰鱗。緑荷露瀉，玉樓人遠，冰山高蔭。沉醉碧筒傾，瓊漿嫩，步金花改變風景。

【前腔】冰輪，影射香靄滿空亭，嬌滴滴紅袖蹁躚，回旋不定。深岸流雲，花月交輝相映。落在錦綉叢中，桃源絶勝。兩兩握手，行行轉芳徑。清虚露冷，惜花人終日惺惺。英雄長在，鹽梅調鼎，時和歲稔，青史記功名。祇恐西風緊，紅妝零落怨黄昏。

【餘文】愛探花終有心，也自來隨俗混，今日方知茂叔情。

校　箋

〔一〕此齣齣目，《月露音》本題作「賞荷」。

設立道場

【梁州新郎】丹楓清秀，黄花明媚，淑氣凉生沆瀣。水晶宮外，烟霞錦綉屏開。爲問牙檣絲纜，鶴鞚仙槎，欲泛東洋海。猛然心自省，困龍媒，經世文章變草萊。（合）乘逸興，且豪邁。借天瓢一挽銀河派，清楚甸，洗吴會。

【前腔】閑鷗沙渚，冥鴻關塞，一夜西風響籟。梵王宫内，清秋夢轉陽臺。祇見冰人勸酒，石女簪花，眼底乾坤大。天閽纔叩罷，化城來，早遇風雲一渡杯。（合前）

【前腔】步禪關彷彿天台，喜山林周旋冠蓋。試乘鸞歸去，眼空三界。更有苔軒貯月，蘿幌留風，解下連環帶。輪袍歌調轉，紫雲回，花鳥叢中顯俊才。（合前）

【前腔】釣魚人誰守河涯，客星輝風高千載。奈奔馳滿路，利名昏昧。枉費鳳笙龍管，列鼎重裀，剩有驕奢態。參禪猶自悟，拂塵埃，錯認空明照鏡臺。（合前）

【節節高】秋花滿徑開，繞禪臺，爐烟結就青蓮蓋。流霞彩，乘興來，林泉外。黄金盡把嬋娟買，青山止許巢由采。（合）占斷人間好風光，不管鏡中朱顏改。

【前腔】桃花上臉開，好安排，蟾宮兩兩仙姝在。墮金釵，飛燕回，成歡會。從教羽箭收滄海，文明萬國交時泰。（合前）

【尾聲】平泉景致曾何在，習池邊不見往來，休道藍方懷聖胎。

賽四節記

《賽四節記》，作者佚名。《賽四節記》，今無完本傳世，僅于《群音類選》、《月露音》中留存九齣曲文。明代戲曲目録皆未著録。仿沈采《四節記》而撰，故名《賽四節記》以表較《四節記》更優。此劇以春、夏、秋、冬組織結構，主要爲杜甫、李白、劉晨、阮籍、淘潛、孟浩然等事。就現存部分來看，春、秋内容較多，夏、冬内容較少。

月宫游玩

【香柳娘】酌酴醾滿觴，酌酴醾滿觴，梨花春釀，一傾滿座馨香蕩。把霓裳旋妝，把霓裳旋妝，拜舞勸君王，龍軀幸無恙。（合）賀中興主上，賀中興主上，物阜民安，須當玩賞。

【前腔】看葡萄酒香，看葡萄酒香，大宛貢上，主人痛飲神思壯。見清虛府傍，見清虛府傍，艷曲逞新腔，雲鬟挽宫樣。（合前）

【前腔】有嬌娥舉觴，有嬌娥舉觴，情懷展放，淺斟緩飲低低唱。拚酩酊不妨，拚酩酊不妨，春風醉海棠，牡丹亦同賞。（合前）

【前腔】且停杯罷觴，且停杯罷觴，游觀半晌，早春宫闕多清況。見蝶蜂翅忙，見蝶蜂翅忙，風弄百花香，祥烟遍霄壤。（合前）

郊外尋春

【花柳分春】一簇春嬌，見山含紫霧，路埋芳草。長亭上，争馳無數英豪。難描，萬紫千紅，總把江山，錦妝綉繞。花朝，紛紛見士女相肩，雕鞍藤轎。

【前腔】畫橋，食壘高挑，且憑高跳遠，尋隈覓坳。乘閑處，細把玉尊傾倒。酕醄，沉醉香醪，笑折花枝，同簪烏帽。静悄，猛聽得賣花聲，斷續叫來輕巧。

【鬥寶蟾】良宵，緑柳陰中，見三三兩兩，少年花貌。將鞦韆高架，畫板輕摇。嬌嬈，香風掀綉襖，玉帶束纖腰。笑聲高，又見一夥蹴踘王孫，綺羅圍繞。

【前腔】春早，南陌上林，見嫩緑深紅，名花異草。向鬢邊斜插，堪與助嬌。奇巧，金縷成瑪瑙，檀口綻櫻桃。馬聲驕，莫不是元和仙女，剛剛來到。

【錦衣香】碧桃前，鶯聲小，酒座中，香風繞。拚取今朝，酩酊眠芳草。相逢不飲傍人笑，痛竭壺觴，須解金貂。有紅裙笑傲，又何須閬苑蓬島。嘆韶華易老，浮生弱草，光陰渾若，華胥一覺。

【漿水令】日西沉漁翁罷釣，幽林下宿鳥争巢。太平和氣祥烟罩，携不起春滿懷抱。功名事，休縈惱，看來世事如塵草。尋歸道，尋歸道，東風畫橋。續舊游，續舊游，准擬明朝。

【尾聲】歸來不覺黄昏到，看看明月在花梢，今夜偏嫌天易曉。

華陰供狀

【懶畫眉】芒鞋不踏利名關，笑傲江湖任往還，斷橋行過錦江連。祇見滿眼雲山亂，猛然間別院傳來啼杜鵑。

【前腔】瘦驢扶病强登山，境入華陰路漸寬，管弦聲細咽春寒。祇見桃李河陽花滿縣，野外風光壯客觀。

【前腔】市城風景異郊原，霧氣交雜萬户烟，紛紛貿易滿街前。祇見人聲擾嚷車聲亂，何處清幽試解鞍。

【前腔】譙樓聳翠日低檐，旌善申明列兩邊，料因訟簡與民安。不聞赴訴勞公判，祇見卒隸相偎白晝眠〔一〕。

【駐雲飛】自別長安，歷盡江山幾萬千。風景真堪羡，金馬何曾戀。嗏，無夢不朝天，君恩非淺。御札明明，放出文光現。四海欽承天子言。

【前腔】拜接君顔，燁燁聲名天下瞻。慚愧愚濁眼，不識瀛洲面。嗏，負罪重如山，乞恩須減。何幸文星，拱照寒微縣。自恨鯫生仰面難。

【前腔】游遍江山，遠避紅塵學孟談。放曠真無檢，詩酒須吾願。嗏，清淡一儒官，圖書數卷。行李瀟然，惟有琴和劍。甘作江湖一閒仙。

【前腔】痛醉長安，天子呼來不上船。拭唾真榮顯，賜錦原非濫。嗏，勇退急流難，如君真罕。漢有留侯，此後無多見。笑殺朝臣待漏寒。

校箋

〔一〕偎：底本原作「隈」，據文意改。

采石騎鯨〔一〕

【憶鶯兒】櫓漸催，槳速推，一葦孤航訪故知，尤恐臨流去棹遲。日色漸西，沙浦烏飛，舳艫不覺臨采石。笑聲低，舟横柳岸，携手問仙居。

【駐雲飛】聚會真奇，携手遨游采石磯。花落隨波逝，柳絮因風起。嗏，此景可留題，緩臨牛渚。美景沿江，收入詩囊内。盡付今宵一品題。

【畫眉序】單夾暮春時，采石江頭月初起。喜重逢故友，共際桑榆。清流内倒浸奇峰，曲水中波摇佳卉。（合）人生遇景須當飲，莫待春光歸去。

【前腔】冰鏡展清虚，一帶波光映千里。見孤山接漢，寶刹參差。堪接踵虎踞龍蟠，偏鍾愛流觴曲水。（合前）

【前腔】僧院掛琉璃，恍若南天斗牛墜。聽斷崖巉穴，猿嘯狐啼。釣魚燈息了還明，棹歌聲斷時復繼。（合前）

【前腔】月下子規啼，玉漏穿花濕蝶羽。聽零零磯水，鷗鳥驚飛。喜輕風蕩送花香，見魚蝦隨潮争戲。（合前）

【前腔】緑蟻泛金卮，痛飲須教拚沉醉。且輕敲檀板，學唱《柘枝》。休辜負今夜月華，直等待金烏將起。（合前）

【滴溜子】堪愛足，堪愛足，月懸江底；試將手，試將手，翻然掬水。嘆張騫乘槎遠去，俄然飛鶴來，見羽衣道士。酒吐江頭，波翻醉魚。

【前腔】今夜裏，今夜裏，騎鯨飛去；千年後，千年後，名留采石。從今去錦袍夜被，若疑顔色見，待屋梁月起。仙骨誇君，凡愚怎如。

【餘音】江頭頃刻仙凡異，惆悵歸來曙色微，衹見伴水人家半啓扉。

校　箋

〔一〕此齣齣目，《月露音》本題作「騎鯨」。

天台遇仙

【甘州歌】赤城霞瘴，看雨收黛色，日映嵐光。白雲深處，頻聽牧歌樵唱。猱猿飲澗遥掛木，麋鹿閑游遠度岡。雲林杳，石徑芳，攀緣不覺路途長。岩花嫩，壁檜蒼，蓬萊方丈景相方。

【前腔】徘徊望道傍，見薜蒙怪石，似虎蹲林莽。翠禽雙語，幽林裏巧自潛藏。蜂穿樹底花頻動，麝過峰頭草盡香。穿奇竇，涉險岡，滿身空翠濕羅裳。汲泉飲，采蕨嘗，靈臺物欲頓相忘。

【前腔】心中飢怎當，却如痴如醉，衹管長往。回頭遥望，已覺歸路迷茫。早尋村落來安歇，莫把身軀喂虎狼。身疲倦，心慘傷，行行不上倍愴惶。尋宿處，越險岡，不知何處有村莊。

【前腔】林梢帶夕陽，聽歸鴉亂噪，倍添凄愴。牛羊俱下，游人尚爾翱翔。希尋藥餌來延壽，反陷窮途致夭傷。精神爽，塵慮忘，身輕頓覺思飛揚。桃夾岸，竹蔭墻，朱門半掩對垂楊。

【餘文】山銜落日天將晚，忽聞人語叩門忙，何處郎君到此方。

【鎖南枝】台州郡，是故鄉，晨名劉姓行在長。采藥入兹方，歸家路迷向。天色暮，少宿堂。借華居，避山瘴。

【前腔】念阮肇，亦此邦，不求聞達于帝王。終日與同行，林泉耽玩賞。迷故道，到上方。倘垂憐，實所望。

【前腔】聞君語，頓感傷，看你丰姿俊雅實異常。鴛侣未成行，孤栖此山上。憔悴質，冷淡妝。倘若弗相嫌，情願共羅帳。

【前腔】休嫌退，不敢當，孤鸞何幸得遇凰。滿目野花芳，儘堪適情况。事君子，學孟光。舉案共齊眉，裙釵永有望。

【前腔】金爲姓，家洛陽，妾名蘭香妹蕙芳。親命委鋒鋩，妾身幸無恙。兄和弟，一旦亡。更無人，得倚仗。

【二犯傍妝臺】玉薤鬱金香，殷勤仗此結鸞凰。愧不通媒妁，誠紊亂綱常。其奈芳心到此難拘檢，似蝶戀嬌花不定狂。（合）情投魚水，歡娛倍常，飄飄香袖舞霓裳。

【前腔】慚愧布衣郎，荷蒙遽許效鸞凰。恩澤深如海，圖報愧無方。惟願共結絲蘿山海固，琴瑟和諧天地長。（合前）

【前腔】寂寞度時光，終朝惆悵恨孤凰。豈期邂逅來相遇，遂獲配鴛鴦。休誇洞房花燭風光好，幸免翠被生寒獨斷腸。（合前）

【前腔】司馬敢相方，文君何幸結鸞凰。身赴藍橋會，愧悚豈堪當。笑將羅帶來輕綰，但願永結同心百歲康。（合前）

【生薑芽】奇珍列草堂，宴仙郎，觥籌交錯笙簧響。郎情蕩，女意狂，齊歡暢。獨憐侍妾添淒愴。（合）待看明月上雕闌，風流顛倒芙蓉帳。

【前腔】芳年窈窕娘，内家妝，明妃西子無相讓。歌喉喨，舞態狂，多情况。令人睹却精神爽。（合前）

【尾聲】爲歡不覺時將晚，酒盡金尊夜未央，玉手相携入洞房。

歸去來詞

【江兒水】謾把朱弦撥，秦聲徹太虚。雁行斜擺列十三柱，纖纖銀甲尋六律，疾徐恨少桓伊指，幾度高山流水。（合）一會吹彈，願解東君憔悴。

【前腔】吹動劉琨曲，連歌蔡琰詩。古來人製曲含深意，《胡笳十八》明吹玉，西風引入胡人耳，塞外淒凉幾許。（合前）

【下山虎】行囊速整，歸去來兮。田業皆荒蕪，怎把名韁利迷。往已過來尚堪追，今覺是昨非始知，解印辭官歸去兮。我丘園甘自賁，焉肯屈膝非人士節虧。（合）回首家何在，雲瑣翠微，笑傲衡門樂有餘。

【前腔】暫停舞袖，檢點行衣。出岫雲何意，時鳥翩翻倦飛。權撇了綉閣妝臺，須早上雕檻彩車，附驥隨鞭歸去兮。故園多桑梓，管取童僕歡迎待主歸。（合前）

【前腔】慵勻粉黛，懶畫蛾眉。自恨弓鞋小，道路崎嶇怎支。你本是梁棟奇才，怎肯把琴堂久居，抛弃功名歸去兮。你名留青史，管取萬代同歌歸去詞。（合前）

【前腔】良辰孤往，植杖耘耔。謾引壺觴酌，對景臨流賦詩。休因這虚利浮名，負却了花前酒卮，解紐辭朝歸去兮。考槃真幽趣，肯爲五斗折腰事儉兒。（合前）

【尾聲】去國一身輕似羽，不向紅塵惹是非，舉目黄花簇滿籬。

葛巾漉酒

【啄木兒】忙開闔，速啓扉，落葉鋪庭掃莫遲。重整頓草舍茅庵，旋尋取修竹編籬。（合）閑時窮究書和史，倦來着屐尋安石，自信身心無檢拘。

【前腔】青山坳，緑野隈，流水涓涓野蟹肥。頻祝告無朕衡漠，惟願取矍鑠桑榆。（合前）

【桂枝香】碧雲天氣，新芻剛煮。蓬窗幸過高軒，使我鬱懷盡洗。且清談幾回，且清談幾回，論文作對，登山臨水。(合)醉金卮，酒逢知己隨心飲，詩遇知音信口題。

【前腔】盍簪同契，尺書罕寄。彈冠遠步逢萌，使我俄驚天使。把離情訴知，把離情訴知，三秋一日，面談千里。(合前)

【前腔】虎丘聚石，法門不二。幾番上榻參禪，善悟思君爲最。奈官居乍離，奈官居乍離，開明心志，蔽聰塞慧。(合前)

白衣送酒

【黄鶯兒】佳節遇重陽，見東籬老菊芳，豪家開宴庭前賞。錢不在囊，壺不滿觴，對花無酒空惆悵。細思量，清貧是我，辜負你淂清香。

【前腔】勸主少恓惶，論清貧乃士常，菊開晚節真清況。有詩在腸，有花在傍，何須濁酒澆懷上。把眸張，白衣人至，莫不是送壺觴。

【前腔】秋老菊生香，喜床頭熟杜康，觀花獨酌無情況。携來玉漿，淵明草堂，二人對飲情懷放。喜洋洋，天從人願，不負這重陽。

【前腔】愧我太荒凉，坐花邊缺酒漿，蒙君顧我携佳釀。流霞燦光，玉斝噴香〔一〕，一團和氣情舒暢。慶重陽，忙臨花下，沉醉有何妨。

【皂羅袍】晚節寒英開放，向東籬叢集，謾逞芬芳。金風輕送入樽香，幽人幾度臨軒賞。（合）登高憑望，秋葉正黄；開懷暢飲，逸興頓狂。醺醺醉倒秋江上。

【前腔】時序俄臨霜降，聽長江晝夜，秋水茫茫。奇葩滿院傲新霜，百花凋盡獨開放。（合前）

【前腔】秋野憑闌閑望，見長空敗葉，風舞顛狂。籬邊酒滿菊花香，揮毫覓句詩腸爽。（合前）

【前腔】玉蕊金英齊放，見化工點染，各逞濃妝。紅紅白白與黄黄，臨筵酷愛嬌模樣。（合前）

【紅綉鞋】今朝喜遇重陽，重陽；東籬老菊飄香，飄香。共知己醉壺觴，休辜負好時光。（合）甘放達，恣疏狂。

【前腔】登山著屐何妨，何妨；滿空雲樹凄凉，凄凉。耕畎畝守故鄉，輕紫綬與金章。（合前）

【尾聲】林泉景致真堪賞，明月清風總一囊，何必區區著作郎。

校　箋

〔一〕玉：底本原作「王」，據文意改。

踏雪尋梅

【夜行船序】踏雪尋梅，向名園曲徑，幽静疏籬。村深處，一陣暗香突至。清奇，連步忙尋，瓊瑶混眼，玉容怎識。躊躇，猛然見壽陽妝，小立門前遥指。

【鬥黑麻】花魁，玉骨冰肌，想羅浮夢裏，曾遇嬌媚。見游蜂上下，尋香無覓。奇異，花飄雜柳絮，玉宇罩銀枝。逞芳菲，喜殺那錢塘和靖，江南驛使。

【錦衣香】折竹時，摇瓊佩，碧玉中，幽香至。傾倒金尊，須教沉醉。今朝樂事古應稀，數甌滿飲，休負明時。村夫俗子，枉營營豈知滋味。把萬物看芻狗，虚舟名利。

【漿水令】淡烟籠烏紗帳玉，濃月照樹掛明珠。這般佳景當品題，頃刻間歸路皆迷。停杯酌，忙歸去，呼童隨步尋舊迹。游楊在，游楊在，庭前侍立。游人自，游人自，石橋歸。

【尾聲】芒鞋滑踏沾飛絮，折得江南第一枝，身帶餘香到草廬。

新刻群音類選官腔卷二十四

四賢記

《四賢記》，作者佚名。《四賢記》，今無全本傳世，僅于《群音類選》中留存此五齣曲文（《中國曲學大曲辭典》「四賢記」條稱《群音類選》選四齣，顯誤）。從曲文推測，《除夕夜宴》當是寫唐玄宗、楊貴妃事；《扇枕供親》寫黄香事；《白衣送酒》、《父老追隨》寫陶潛事；《嚙雪餐氈》寫蘇武事。

除夕夜宴

【集賢賓】峭黄昏一枝梅破臘，清香透徹窗紗。緑依依柏葉青鬢插，碧澄澄杯泛椒花。臘殘景斜，瞬息裏東皇排駕。（合）傾玉斝，過此夜又改年華。

【前腔】戎家守歲喧櫪馬，烈烈炬散林鴉。你玉骨冰肌真淡雅，燈兒下花神增價。情聯意洽，桃源裏頓忘歸駕。（合前）

【黄鶯兒】柳眼漏春華，不勢利遍汀沙，誰憐幽草垂楊下。今年是咱，明年是咱，怎尋竹葉留羊駕。仰天訝，小星彗彗，三五照奴家。

【猫兒墜】霓裳一曲，清峻調音佳。今夕今年醉碧霞，明年明日歲增加。堪誇，聽鼎沸笙歌，看座列嬌娃。

【前腔】纏頭蜀錦，燦爛似明霞。舞罷釵横鬢欲斜，勸君爛醉是生涯。堪誇，看水注銀瓶，浸着梅花。

扇枕供親

【孝順歌】棘薪子，聖善娘，昊天德不可量。夏日亢炎陽，萱花怕鞅掌，蓼莪惆悵。欲引清風，明月先穿帳。顛倒王祥，母卧凉冰上。清晝長，枕簟凉。母愛凉，子愛日兒長。

【前腔】齊紈素，似雪霜，一時雙玉弄影忙。纖手補衣裳，暫僭代黄香，婦隨夫唱。素質生風，慈幃飄颺。湘簟生冰，姑射仙清爽。炎帝降，火德藏。親體凉，媳婦也心凉。

【香柳娘】嘆西嵎夕陽，嘆西嵎夕陽，祇願孤軀無恙，夫妻好合娘心暢。苦炎熱正芳，苦炎熱正芳，冰液浸方床，身在瑶池上。似陰團緑楊，似陰團緑楊，暑氣渾消，寒生梅帳。

【園林好】吾不是空桑自長，却當把豺狼自想。怎不若慈烏奉養，怎不若跪羝羊。

【江兒水】奴欲蒸蔬飯，冪酒漿，躬調甘旨高堂上。孟母三遷多名望，徽音欲嗣何霄壤。青史芳名怎上，也須把孝情勉强。

【僥僥令】飛熊入夢象，百順降禎祥。姓字多應魁金榜，全家受皇恩，承禄養。

【前腔】黄金不足尚，安樂是禎祥。海屋添籌青鸞降，年年捧壽杯，浮緑釀。

【尾聲】家庭真樂無能尚，不改顔回陋巷，惟願長庚照草堂。

白衣送酒

【懶畫眉】携童躡屐上崔嵬，白露清風玉宇來，風摧梧葉點蒼苔。林塘趣妙錢難買，分付兒童慢掃開。

【前腔】有花無酒自徘徊，今日何荒戲馬臺，黄花恰似爲予栽。杏村雖有尋常債，岩菊從今不必開。

【前腔】迢迢芳徑襯芒鞋，朋酒横擔步密挨，故人特地遣奴來。清官濁酒無錢買，莫負東籬菊正開。

【前腔】玉人憶別在天涯，何不携琴載酒來，兩人花下共飛杯。醉來特下清秋榻，一覺平明萬户開。

【桂枝香】菊花可采，茱囊堪帶。風吹柳葉飄黄，露冷荷消粉黛。把蓮房取來，把蓮房剖開，味清可愛，不勞錢買。好開懷，且將白酒醒還醉，一任黄河去不回。

【前腔】瓊漿癖愛，金龜輕解。村深青旆難尋，頭上烏紗猶在。那江州舊醅，喜白衣送來，量深似海，盛情難再。好開懷，香醪擲地花迎笑，短髮飄風帽漸歪。

【前腔】寬衣大帶，風流不改。摘花浸酒香浮，傾倒玉樽蕭灑。把花枝急催，把酒巵慢推，花枝戀客，誰云量窄。好開懷，日沉風起雲初散，海闊天低月易來。

【前腔】清虚景界，暮嵐靄靄。巨觥頻進何妨，達曙酣歌未艾。這詩人正該，過灞橋滑苔，事如山大，一傾酒海。好開懷，祇愁明日黄花瘦，那管今宵白雁哀。

父老追隨

【普天樂】君西歸民無日，冷無衣飢無食。留無計，留無計不憚追隨，盼清波畫鷁斜飛。（合）呀，嘆吾民運蹇，潺潺兩泪垂。見長江連天秋水，秋水渺渺增悲。

【北朝天子】風拂拂擺旗，雲片片濕衣，意懸懸難挽征人旆。齊齊疾首，看伊每慘凄，誰人知歸來意。一錢投在池，黎民頌口碑，罕罕希罕希罕罕希。駕蘭舟飄然去矣，飄然去矣，方顯得名如蕙，方顯得名如蕙。

【普天樂】甘棠遺衹一憩，君攬轡八十日。這騏驥，這騏驥百里難覊，憫眼前赤子無依。

（合前）

【北朝天子】葉酣霜舞堤，鷗戀戀不飛，看雲山滿目清秋氣。咿咿啞啞，聽雁唳也麽悲，聽前村砧聲碎。白雲鎖翠微，行人歸未歸，數數期數期數數期。俺山妻把門獨倚，把門獨倚，説什麽炊扊扅，説什麽炊扊扅。

【普天樂】柳絲長舟難繫，日沉西難揮戟。蒲帆急，蒲帆急江水漪漪，望仙舟佇立唏噓。

（合前）

【北朝天子】性愛丘山杖藜，樂田園守拙歸。説甚麽封侯拜將，敵國富當朝貴。妻釀酒熟，取葛巾漉舊醅，數盤餐鱸魚膾。桑樹顛唱鷄栖，菊開滿籬，吃幾杯吃幾杯吃吃幾杯。俺通兒覓梨與栗，俺雍兒昧六與七，爲甚麽不沉醉，爲甚麽不沉醉。

嚙雪餐氈

【三仙橋】〔一〕自從娘親別後，要相逢不能够。見親手澤，猶如聚首。密密縫，牢牢搆，親囑付教我未寒先曳婁。拆不散這萬般愁，開不得燋煩苦口，咽不下喘吁吁的伶仃餓喉。衹落得破莎莎扯碎了，斑斕舞袖。休休，縱療得一時飢，也到不得食天禄的時候。

【前腔】衹見白茫茫階前雪厚，怎禁得颼颼風驟。你道是空中撒鹽，却冷落我調羹兩手。取得來怎下口，衹餓得我骷髏，須餓不得我忠肝腐朽。衹道他氈雪兩綢繆，一團都是愁，害得我空腸惡嘔。便吃盡了這氈裘，也度不得寒冬在疚。休休，縱做不得餐松辟穀仙儔，須做得個首陽山去采薇的清叟。

【前腔】還思飢餐虜頭，笑談裏功垂宇宙。曾同爲漢臣，你綈袍不戀舊。俺虎臣誰類狗，漢冠裳怎從却左衽鄙陋。兀不是季子敝貂裘，妻奴見怎羞，也還勝錦衣歸來白晝。濱死在幽囚，怎想黃冠在首。休休，生便圖麟閣上的儀容，死便做馬革中的尸首。

校箋

〔一〕【三仙橋】：底本原作「【三橋仙】」，據曲譜改。

四英傳

《四英傳》，一名《後武香球》，作者佚名。《四英傳》，今無全本傳世，僅于《群音類選》中留存此二齣曲文。明代戲曲目録皆未載。傅惜華《明代傳奇全目》稱「此劇現存殘本十折，係清人曹茂林抄本，梅蘭芳藏書」，經檢中國藝術研究院圖書館目録卡片，僅有一注稱曹茂林抄本《後武香球》，一函三册二卷。原外封題有「後武香毬　又名四英傳」。無界欄，頁六行，行二十至二十四字不等。間注有工尺、朱筆點板眼。前有目録，每齣題齣目，爲：救寶、失散（又名雙駝）、神送、收留、征山、拜别、落店、帶贅、赴試、考試、擂臺、激走、狐媚、引見、相會、演法、妖閧、擒寶、索寶、邊報、合征、營會、大戰、除妖、結拜、賜婚、球圓。卷末題有「四英傳終」字樣。據之，知其非傅惜華所言十齣本，亦與《群音類選》所收不同。劇作故事欠詳，從此本所選收二齣知：男子出外從軍征邊，老母、妻子王氏在家中懸念。後男子捐軀沙場，妻子在家祭夫亡魂。

家傳凶信

【黄鶯兒】秋冷怯衣單，倚門時日欲闌，空庭蟋蟀悲秋晚。憂心最艱，泪珠雨彈，奈魚沉信杳無來雁。（合）盼天邊，山遥水遠，兩地裏恨漫漫。

【前腔】風雨暗窗前，望天涯雲樹聯，嘹嘹孤雁悲腸斷。山含晚烟，霞平遠天，無端心事如麻亂。（合前）

【簇御林】寒蟬噪，宿鳥還，看邊疆隔一天。夕陽衰草晴山瀲，怎能勾得母子重相見。（合）免憂煎，金錢問卜，須有日返家園。

【前腔】愁難掃，苦怎延，密風尖塞北寒。祇愁他衣敝無人換，訴蒼天孤獨也望方便。（合前）

【江兒水】我神驚怖，氣轉迷，心頭烈烈如針刺。我的年老誰人相依倚，巴巴望你歸鄉里，教我怎生寬慰。萬里關山，目斷烟雲難覓。

【前腔】心飄蕩，身似痴，誰知死在他鄉矣。你撇得我孤身無存濟，你的七魄歸何處？你的三魂何倚？杳杳冥冥，嘆白骨何人收貯。

【前腔】你本是青雲客，如今委土泥。當初衹望同生死，又被雨打風掀分飛去。捐生本欲從君逝，老也婆婆誰侍。千里求尸，怎比逞逞孟女。

王氏祭夫

【駐雲飛】風入松間，倦傍妝臺綉幕寒。風馬兒檐前轉，梧葉兒階零亂。嗏，遥望遠行人，珍珠簾捲。衹見一剪梅開，雪鎖南枝遍。（合）怕聽霜天曉角殘，怕聽霜天曉角殘。

【前腔】秋夜月寒，淡蕩月雲高遠天。雪鎖寒窗暗，節節高心怨。嗏，月落五更寒，金蕉葉展。忽聽雁過沙鳴，寶鼎兒香烟漫。（合前）

【前腔】疏影穿簾，你魂望吾鄉甚日還。渾似天邊雁，心意難忘歉。嗏，雙勸酒尊前，哭相思遍。不得如阮郎歸，幾稱人心願。（合前）

【前腔】懶畫眉鈿，羞把香羅帶慢看。十二時思念，寒桂枝香淡。嗏，意不盡懨懨，四邊静掩。似隔斷小重山，紅綉鞋移遍。（合前）

十孝記

《十孝記》，沈璟撰。沈璟，生平簡介見本書「官腔類」卷十七「《紅蕖記》」條。《十孝記》，今無全本傳世，僅于《群音類選》中留存十齣曲文。吕天成《曲品》歸入「上上品」，稱：「有關風化，每事三折，似劇體，此是先生創之。末段徐庶返漢，曹操被擒，大快人意。」祁彪佳《遠山堂曲品》歸入「雅品」，稱：「闡古孝子事，每事三折。」劇寫十個孝子的故事，從現存曲文，知有黄香、張孝、張禮、緹縈、韓伯瑜、郭巨、閔損、王祥、孝婦張氏、薛包、徐庶。全劇當爲三十齣。

黄昏扇枕

【孝順兒】【孝順歌】人生在，天地中，父天母地恩并隆。百行孝爲宗，無方養偏永，若是親心冗冗，【江兒水】寧可兒身遭磨弄。况親當溽暑難承奉，怎得凉飆時送。萬慮千思，除是把枕席扇凉供用。

【前腔】想那蚊蟲類，都向暖處攻，兒身在房内蚊作叢。也省得聚庭中，偏將我二親擁，看紗厨影空，莫使蚊蠅翻乘空。親幃永夜增煩冗，更使兒心含痛。安得秋來，篋笥齊紈無用。

【前腔】房兒内，熱似烘，思親睡時苦藴隆。豈不欲臨風，要孩兒有何用，聊伸寸衷，把枕席扇凉將親奉。晨昏定省多慚悚，身是親身爲親用。侍婢雖多，怎稱得兒心種種。

【前腔】觀前史，稱孝童，未聞留意在衾枕中。爹媽受凉風，教兒苦匆冗，使親懷增痛，猛可裏教人心悲悚。我追思子職渾如夢，安得將親承奉。今日個江夏黄香，與世上兒郎作誦。

兄弟争死

【尾犯玉芙蓉】【尾犯序】我擁衆在林麓，從來與伊，迹遠形疏。非我追尋，你自身投山塢。窮途，因老母粥食未敷，采山蔬窮探深阻。【玉芙蓉】你家何處？有資糧幾許？便同行運取莫躊蹰。

【前腔】何須問及我茅廬，饔飧匱乏，又何積貯。老母八十，願勿將他驚懼。你既貧窶，終不然教咱望虚，且將伊零割慢煮。容歸舍，看慈親飲膳，便相隨到寨裏送微軀。

【前腔】窺墻見賊徒，把吾兄抑勒，怨忿難蘇。送死愚民，要與那樵子爲徒。那樵夫，他與我同胞共母，他是長承顔更苦。不如我，安居適體，更豐肥堪與做朝餔。

【前腔】觀他那體膚，比伊兄果然，更覺豐富。綁縛歸山，做幾日乾脯。孤負，我二親劬勞愛撫，我兄長殷勤教育。今日裏，安親代長，這鴻毛一死豈爲徒。

【梁州賺】刀下踟蹰，莫將他少年驚懼。你一言既出，許咱受死更無慮。聽誰語，却又把兒郎并驅。伊兄弟，自家來此求代汝。是咱體肥兒體癯，請君擇取，請君擇取。

【鮑老兒】小人壯年死亦足，若殺他真冤苦，況他傍母似鳧雛。留兒長持門户。看他爭死相回護，這友愛世間無。吾今將你都饒恕，成伊孝友名目。死而復蘇，同胞盡得全體膚，一家感君恩義篤。你休稱謝，咱見伊倒羞眉目。無端犯取行孝族，便教餓死待何如，再不將非爲做。

【尾聲】恨無金帛來相助，愧我擔飢在客途，老母家中望不孤。

緹縈救父

【北耍孩兒】東齊冤女緹縈訴，因有父淳于被法拘。苦相隨得到帝王都，把血書奏上青浦。齊中稱妾父廉平吏，齊中稱妾父廉平吏，沒揣的偏投祝網疏，今坐法也被前官誤。披誠一懇，乞恕干瀆。

【三煞】妾同胞女五人，未嘗生一個子丈夫。嚴親老矣誰當户？可憐天教廉吏偏無後，天教廉吏偏無後，國法當刑又在暮途，却不攛斷上黃泉路。披誠一懇，乞恕干瀆。

【二煞】妾曾聞人有言，死難生斷怎續。人生肢體由親付。若銜冤負屈甘刑憲，銜冤負屈甘刑憲，毁體殘形罪怎贖，忠與孝却不俱埋没。披誠三懇，乞恕干瀆。

【一煞】已然的不可追，未來的猶可圖。如還定擬成冤獄。雖思補過無由矣，雖思補過無由矣，縱欲湔除也是徒，求自效終無路。披誠四懇，乞恕干瀆。

【煞尾】若是罪許贖，罪許贖，可也難報補，難報補。願身爲官婢贖哀父，則待萬歲山呼將聖明祝。

伯俞泣杖

【三换頭】你心高見淺，早已呼朋游宴。况曾遭困辱，使娘空泪漣，我也休自煎，這其間敢祇是我韓門積惡在先。生這不肖兒郎也，甚時方改變。（合）善後懲前，從此休學他人樂少年。

【前腔】難禁泪懸，不勝心顫。悲思展轉，斷愁腸萬千，但得吾親常健，這其間情願把做兒的壽年裁減〔一〕。辨炷盟香在，好生答謝天。（合前）

【集賢觀畫眉】【集賢賓】我聽伊語言多宛轉，教娘痛泪潸然。駒隙光陰難苦戀，盛和衰鳩杖知年。早把名揚親顯，休負了將雛宿願。【畫眉序】（合）願天趁取娘康健，早教兒捧檄承宣。

【前腔】門衰祚薄多偃蹇，相依母子堪憐。況吾母年來精力倦，做兒的當跬步周旋。怕長安日遠，挽不住桑榆日晏。（合前）

【猫兒墜隊子】【猫兒墜】你學成不仕，枉了我這倦倦。你孝行從前都枉然，怎教伊父瞑黄泉。【出隊子】却不道人材達者先。（合）謀事由人，成事在天。

【前腔】既承慈諭，怎敢再俄延。明日驕驄早着鞭，招弓結綱正求賢。卞玉明庭今始獻。（合前）

【尾聲】今宵燈下縫針綫，來日牽裾苦掛牽，願取泥金信早傳。

校　箋

〔一〕裁減：底本原作「裁剪」，據文意改。

郭巨賣兒

【北粉蝶兒】我捱不過這月害和那年灾，吃緊的少柴也那無麥，幾年間賣着的是錦片也似莊宅。將俺脚頭妻，懷内子，撇在九霄雲外。俺如今出得這長街，可便休將俺本心遮蓋。

【南榴花泣】【石榴花】你將咱母子平白兩分開，又還要割捨嬰孩。你身依萱草在庭階，教我桑枝嫩葉，何處托根荄？也難説命該，生生的是你要將咱賣。【泣顔回】且回家拜別婆婆，念劬勞枉自哀哀。

【北石榴花】你還想蒺藜沙上野花開，我怕你一去不回來。則這做婆婆的不怪你個小嬰孩，自古成人不自在，你不必延捱。你待學文王下馬將荆條拜，我也怎捨的他濕肉伴乾柴。則一言感起我這愁無奈，他道是母子已分開。

【南普天樂】我爹爹不擔帶，把親生子在凶年賣。應難道行孝的便没有個嬰孩，却不道絶户堪哀。幸得無人願買，匆匆出去快快回來。

【北鬥鵪鶉】俺又不圖甚米麥升量，又不要銅錢貫百。但得他養贍周方，免了俺家緣窘迫。争奈十謁朱門九不開，孩兒也怎生的歸去來。則索要縛你在枯楊，我可也别無計策。

【南漁家燈】是孩兒死限難捱，被爹爹百計安排。見一個赤兔如金，猛可裏道傍行邁。掘開必有那窩巢在，取將去不須錢買。若有人來，將兔兒共揣，又不如賣却小孩。

【北上小樓】呀，這一個毛團好怪，陡變了黃金成塊。這是俺老母財星，幼子食神，苦盡甘來。天賜黃金，爲孝兒郭巨把妻逐兒賣，怎做得龐居士滿船空載。

【南撲燈蛾】天親不可絶，客路常相待。勸母莫傷悲，從此團圓康泰也。將何布擺，適纔的天救您兒灾。免將兒無端縛賣，天憐愛賜黄金因父孝心來。

【北煞尾】抵多少逢春花再開，你元來有時還自來。將你做糟糠婦相看待，早難道捨得個孩兒落得摔。

衣蘆御車

【勝如花】風烟阻，驛路深，相顧聲嘶意磣。看今冬三白呈祥，料明年三農大稔，又恐他貧兒悲喑。（合）這寒威教人怎禁，這愁端教人怎尋。日隱雲沉，日隱雲沉，比朝來寒甚。行到處冰壺常浸，望中迷玉樹陰森，望中迷玉樹陰森。

【前腔】瞻雲念，愛日心，到此聲吞氣飲。我衰年稍覺淒淒，你緣何偏多凜凜，念蒲柳怎與喬松同任。（合前）

【啄木鶯兒】【啄木兒】蒙嚴指，乞霽顔，不想這寒衣經父眼。學不得萊子承歡，怎消得五彩斑斕。早難道北枝向寒南枝粲，春風一般誰相限。【黄鶯兒】想是弟兄間，大家絮襖，我出外覺偏寒。

【前腔】你休回護，莫諱寒，我枯樹生稊空自赧。已知他有一樹榮枯，也祇是暫遮爹眼。似伊孝心真無間，是爹累伊遭多難。我到家間，須把後妻逐去，使孝子得身安。

【簇袍黄】【簇御林】你休含痛，將珠泪彈，爲傷兒摧肺肝。因兒出母須被人譏訕，這不孝終難挽。【皂羅袍】况慈親若在，惟兒受寒；慈親若去，四男影單。願爹聽取兒幾諫。

【黄鶯兒】（合）免愁煩，衰齡弱質，取次恐摧殘。

【前腔】我行和止，難上難，弃諸兒我又鰥。孝兒怎免多憂患？好教我空長嘆。四時節候，多温少寒；春衣將試，何妨絮單。爲兒且托娘牽挽。（合前）

王祥卧冰

【孝南枝】【孝順歌】黄河水，十月冰，如今况逢臘月景。怕母面似冬凌，兒身被凌并。情知是我命，祇得苦告馮夷，暫時協應。再懇龍神，救我多灾眚。【鎖南枝】若是冰不解，也是我没孝情。不如喪吾身，目猶瞑。

【前腔】我除巾幘，解帶鞓，脱衣跣足拚剖冰。擊碎這幾重凌，淵魚怎藏影。祇見霎時光瑩，豈是地轉陽和，冰難堅硬。未逢驚蟄先雷，恐又違冬令。這是神啓佑，川效靈。如今取河魚，路無梗。

【前腔】看他來相傍，如有情，隨人打撈全不驚。我何忍去煮爲羹，祇因奉親命。來時悲哽，此去開顔，每逢天幸。如今將及家門，想慈母迎門等。祇見街市裏，人沸騰。望吾家，共馳騁。

【前腔】承符檄，徵俊英，遥看德門和氣盈。好似履春冰，何來這榮命。急須承領，聘你去别駕沂州，爲你孝思篤行。吾弟孝友無雙，敢是將他聘。須不爲，寵若驚。捧檄時，且與老親慶。

張氏免死

【憶鶯兒】【憶多嬌】祇爲積罪業，逢數劫，和伊不得同晚節，又不敢明言祇得吞聲別。【黄鶯兒】你受千磨萬滅，心灰鬢雪，你他年屬纊和誰訣。泪成血，還愁天譴，不得與夫主葬同穴。

【前腔】你看天漸熱，雲漸遮，午時將近我魂轉怯，你午膳誰供祇怕添悲咽。情兒枉切，信兒怎説，你還道無端半日相抛捨。事差迭，無常來到，誰許慢周折。

【前腔】匹婦節，不向閫外説，誰知達上天帝闕，不把我寒微身名滅。人兒在那些，村兒中聽説，相携相賀離茅舍。轉悲切，驚魂喪膽，休道事奇絶。

【前腔】奴命劣，爲前世業，夜來得夢説被雷震滅，祇恐婆婆心驚怯。誰想神明又説，憐奴孝節，婦姑增算把奴身赦。喜重叠，福緣善慶，好做話兒説。

薛包被逐

【攤破金字令】身供子職，畢竟心常欠。慈闈意改，猛可將兒閃。一樣孩兒，偏我蹈危遭險。縱然慈親偏向，把我孝心遮掩，我爹行爲何亦見嫌。他翩翩繞珠簾，喃喃語畫檐。我着意窺覘，恐觸威嚴，趨前躲後常自檢。

【夜雨打梧桐】浮雲起，白日潛，驀忽地雨霏霺，轉懨懨。苦的是塵途客店，喜的是久旱三農顒望。説是霈澤均霑，一般雨露有沾不沾。聽爹行問詰，教我難前難閃。願你將兒軫念，眼頻瞻，我不及先晨省，還愁他意不忺。

【劉衮】誰教你、誰教你擅自到家内？定省晨昏，豈容輕廢？休爲不才兒，累爹嘔氣。打你巧語花言，磕牙料嘴。

【前腔】權停杖、權停杖望乞恕兒罪，年幼無知，偶違親意。若是不遵依，打教做鬼。生死由親，敢相規避。

【前腔】聞知道、聞知道員外鬧炒起，爲甚把大官人，打得狼狽？昨日趕出門，又來嘔氣。伏望停嗔，免傷貴體。

【前腔】清晨裏、清晨裏因甚惹閑氣？外寢不安，早歸承直。豈料霎時間，觸爹怒起。祇道有甚差池，原來恁地。

【駐馬泣顔回】【駐馬聽】我一向着迷，自有佳兒自不知。把你千磨百滅，碎打零敲，折挫禁持。也知骨肉怎分離，祇爲毫厘之謬差千里。【泣顔回】（合）到如今感悟前愆，待明朝勸取回歸。

【前腔】老僕何知，祇恐多言不見幾。幸喜恩東追悔，父子重歡，主僕無疑。有誰還講是和非，免教惡事傳千里。（合前）

徐庶見母

【綉太平】【綉帶兒】祇爲英雄主遭逢不偶，懷寶正當求售。纔運謀要雪耻除兇，未能勾得滅寇興劉〔一〕。【醉太平】爲書郵，聞親羈寓在皇州，奉慈諭怎生拖逗。是兒疏漏，一時誤落，巨奸機彀。

【前腔】你悠悠，君親事倉皇錯謬，今日枉自投首。可不孤負了魚水雲龍，枉送我在虎穴狐丘。你休憂，他與伏龍雛鳳氣相求，網結就定無逸獸。我要做雉經絶脰，且看斬蛇逐鹿，計謀成就。

【東甌金蓮子】【東甌令】兒不肖，重親憂，肯背君親却事仇。從今緘口應無咎，任凌逼甘心受。居他檐下且低頭。【金蓮子】看取那報國心，望懸懸早晚定須酬。

【前腔】你閑垂釣，謾藏鬮，吃緊奇功須要收。發縱誰復稱功狗，肯落在蕭何後。你空將陵母苦拘囚。少不得到烏江，眼睁睁豪舉一時休。

校　箋

〔一〕寇：底本原作「冠」，據文意改。

狐白裘記

《狐白裘記》，一名《狐裘記》，謝天瑞撰。謝天瑞（生卒年不詳），字思山，一字敬所，錢塘（今浙江杭州)人。生平事迹不詳。善聲律。編著有《詩餘圖譜》、《詩法》、《鶴林玉露補》等,撰有《狐白裘記》、《分釵記》、《忠烈記》、《靖虜記》、《劍丹記》、《白兔記》、《泣庭記》、《覆鹿記》等戲曲作品。《狐白裘記》,今無全本傳世,僅于《群音類選》、《月露音》中留存二齣曲文。吕天成《曲品》歸入「下下品」,稱:「此孟嘗君事,叙得暢,但不能脱套。」祁彪佳《遠山堂曲品》歸入「具品」,稱:「記孟嘗君事,平鋪直叙,詳略尚未得法。末入子之篡燕一段,全不關合孟嘗。」劇寫孟嘗君事,具體故事不詳。所選録《馮驩彈鋏》、《鷄鳴過關》事,已見本書「官腔類」卷十九《四豪記》。

馮驩彈鋏〔一〕

【青衲襖】因甚的食無魚列几筵,謾教我倚青萍歌未宣。下弓旌應祇禮華國彦,遠庖厨豈能稽名世賢?到不如困簞瓢樂道閑,却怎的謁簪纓甘味淡,方丈羅珍知甚年?

【前腔】因甚的出無車徒步艱,謾教我發悲歌眉不展?想當初端凝駕華轂返,到如今祇落把長鋏彈。不能勾憑軾游誇主賢,却怎的逐人行愁路遠,志遂題橋知甚年?

【前腔】念我每久無家誰肯憐,空自裹檢行裝餘一劍。似楊花飄飄向風裹轉,若萍星急急在波底旋。食有魚怎解得涸轍慚,出多車怎免得無靦嘆,樂爾妻孥知甚年。

【前腔】我本是潤崑崗璧自妍,休得要笑胡盧疑襲燕。處君囊方信着錐立見,試庖刀始知那牛不全。謾誇他客如雲皆可觀，豈知我心似葵終不變，鞭鐙微勞如有年。

校箋

〔一〕此齣齣目，《月露音》本題作「彈鋏」。

鷄鳴過關

【鎖南枝】身顛沛，命坎坷，唾駡昭王心太多。險死夢南柯，狐裘脱奇禍。忙宵遁，氣怎蘇，那管雪迷路。

【前腔】星光燦，月影疏，途中雪明如晝呵。馬足疾如梭，歸心大刀剉。追將至，怎奈何，祇恐關難過。

【前腔】心雖急，步怎那，未審函關開也麽。躡後有兵戈，關門又加鎖。諒難脱，把劍磨，刎死免遭挫。

【前腔】休造次，莫見差，我有良謀關可過。立功效脱網羅，豈敢相耽誤。

彈鋏記

《彈鋏記》，車任遠撰。車任遠（生卒年不詳），字遠之，號梠齋、舜水蘧然子。上虞（今浙江上虞）人。生平事迹不詳。知撰《彈鋏記》傳奇一種和《蕉鹿夢》、《高唐夢》、《邯鄲夢》、《南柯夢》、《福先碑》雜劇五種。《彈鋏記》，今無全本傳世，僅于《群音類選》、《月露音》中留存六齣曲文。呂天成《曲品》歸入「中上品」，稱：「車君自況，情詞俱佳。方諸生以其少天趣短之。杭人謝天瑞有《狐裘記》，以孟嘗君爲生，然甚猥瑣，不及此。」劇寫馮諼客孟嘗君事，先是彈鋏而歌，先後稱食無魚、出無輿、居無家，孟嘗君皆滿足之。馮諼替孟嘗君收租税，自作主焚貧而交不起租税之債券，爲孟嘗君市義，此事後爲救孟嘗君于急難起到重要作用。後馮諼憶及彈鋏之事，甚自可。中間插以狗盗狐裘、鷄鳴過關，爲孟嘗君慶壽之事。

彈鋏三歌

【北中吕粉蝶兒】日暮途窮，做將來一場春夢，恁的是好意相逢。想着那五陵豪，極品貴，是福田曾種。我可甚怨殺天公，也衹是待時而動。

【醉春風】不想畫堂賓，肯羡候門寵。轉令愁緒亂填胸，到紛紛冗冗。回首家山，故交何處，怎捱飢凍。

【迎仙客】彈長鋏，曲未終，把滿懷壯氣閑摩弄。有誰知，還自懂，祇緣伊斂鍔藏鋒，可知道單少魚飧奉。

【上小樓】我是個天際冥鴻，則待向雲邊昂聳。怎隨他梁燕同巢，山鷄共啄，野鵲爲籠。好着我進不通，退又空，觸藩無用，因此上把吴鈎自吟自諷。

【么】他敢是顛倒英雄，則莫要羈縻麟鳳。假若是老母終堂，生妻去室，蕩絮無踪。拌一個嗌着松，吸了風，在紫霞深洞，甚來由消破那酸虀鹽瓮？

【耍孩兒】我半生來奔走難旋踵，爲貧寒轉展西東。五豪家不是辟旌弓，祇憐我飄泊如蓬。青絲白馬烟花裏，晝轂朱輪錦綉中。少甚麽，天閑鞚。却教我，脚跟無綫，終日價納履友笻。

【五煞】調楚些非本宫，抗秦聲遏遠空，算來字字愁腸涌。逃名肯學披裘叟，嘆世真成帶索翁。也不是無輕重，見了那乘軒委珮，怎着我退食從容？

【四煞】踹遍風塵道，蹬開虎豹叢，這皮鞋慣向泥途踊。青霄無路成高跨，白屋何緣滯淺踪。枉自把流年送，直要我天涯踏破，舉步龍鍾。

【三煞】八駿馬，五花驄，驅馳九折心無恐。蒲輪穩聘非爲罕，金勒驕嘶豈是豐。何用相誇弄，祇看我前綏得路，守轍成功。

【二煞】祇見那瀟瀟罈上花，錚錚匣底虹，故園有蝶難通夢。床寒總把牛衣蓋，厨冷誰將玉粒供。這無家嘆真堪痛，祇落得懸旌心上，怎能勾縮地壺中？

【尾聲】似哀啼嶺畔猿，若悲吟砌下蛩。東君果肯捐餘俸，我這遭撰個擊壤歌兒去堂上咏。

焚券赦債

【青衲襖】我祇見内帑中儘羨餘，左藏間多積聚。便不比鑄山煮海誇雄富，早難道食鼎鳴鐘愧漏腴。少甚麽錢多滿載車，又何勞券契堆成簿。怎教我空把脂膏浚下愚？

【前腔】他終日珥香貂擁綉襦，坐文軒居峻宇。祇待要上林借爾栖全樹，也則是滄海憐才握寸珠。既蒙將玉饌俱，又早把金尊舉。却笑你似立仗朝朝費粟芻。

【前腔】我祇憐你白頭人厭草蔬，又愁你青雲士安貧屢。怎知道哀哀寡婦誅求苦，也難教蠢蠢羸童生計疏。你好去度朝昏守故廬，務耕桑供常賦。這化雨仁風是上相敷。

【前腔】我怪得你似要盟總可渝，又何必質空文强索取。祇當個雲霄上輕羽飛，鄧林中垂朽株。你争知三千客少五銖，我祇把百萬緡歸一炬。且看那爐滅烟消竹帛虚。

【撲燈蛾】窮檐澤并濡，蔀屋春皆煦。當此湛恩日，真個二天得所也。共歡呼拜舞，生民從此樂樵蘇。望蒼穹庇吾君主，願駢來五福，永遠享無虞。

【前腔】清如一玉壺，潔似三株樹。哀我遭貧乏，真個不侵絲縷也。這蒸黎黔庶，吹嘘俱已在康衢。望蒼穹庇吾恩主，願加來九錫，永遠享無虞。

【尾聲】牛刀暫起弦歌譽，勝有棠陰蔽芾，詛咒還羞五父逵。

端陽爲壽

【梁州新郎】星纏南極，虹流仙掌，佳氣光浮嶽降。薰風初度，懸孤喜值端陽。祇見榴花紅吐，艾葉青垂，鑒鑄盤龍象。願持長命縷，侑蒲觴，一縷還添一歲長。（合）神仙侣，羲皇上。天中令節真堪賞，無疆壽，有誰量。

【前腔】深慚及户，追思負襁，猶幸到今無恙。良辰交勸，合歡繒彩生光。況有金釵叠勝，玉臂縈絲，銀索鮫綃帳。時清閑赤紱，漫平章，不博三間楚粽香。（合前）

【前腔】暈羅輕細叠宮裝，齊紈素新鏤月樣。這殷勤宸眷，荐承靈貺。正是佳人雪藕，公子調冰，淑景移蓬閬。芳華薰翠釜，沐蘭湯，繭館鳴環畫鳳翔。（合前）

【前腔】赤靈符勝納千祥，丹桃印全袪百瘴。荷封人祝語，自慚台望。且看菖華泛酒，菰葉黏筩，組綉開屏障。五共應可辟，佩珠囊，未用殲梟作鼎羹。（合前）

【節節高】崗陵有頌章，滿門墻，泰山北斗胥瞻仰。似川方漲，日漸升，松初長。籌添海屋原非誑，遐齡定在千春上。（合）歲歲年年進壽卮，朱明正及葵榴放。

【前腔】清歌樂未央，繞華堂，三千舄履紛相向。蕭韶響，鸞鶴翔，簾櫳晃。濃陰緑樹欄杆傍，爐烟細細游絲樣。（合前）

【尾聲】生兒重午爲卿相，對景正宜酣暢，萬古教人説孟嘗。

狗盗狐裘〔一〕

【北端正好】禁城寒，宫門夜，望遥天月黑星斜。聽蓮花玉漏輕輕瀉，早則把身軀趄。

【滾綉毬】静踹着風籟行，忙隨却雲影叠，驀越過九重臺榭，儘撑持三尺鏌鎁。潛迹如冰上狐，疾走似坡下車，甚的是攝緘縢負囊揭篋，枉教他藏扃鐍霧鎖塵遮。身輕一鳥心無險，諾重千金力自竭，怕甚麽打草驚蛇。

【倘秀才】笑蒙茸晉邦的可嗟，論干求秦姬的怎賒，一腋千絲勝兔罝。又不是負薪曾反，衣敝緼可同車，儘吠聲猇也。

【滚綉毬】我甚工夫探錦囊，抵多少窺金穴，單揣邦白狐輕借，管教他紅粉遍奢。活蹬開虎豹關，生狃斷狻猊撅，急荒荒黑貂忙卸，喘狺狺黄犬妝呆。偷天手段從今試，報主心腸祇恁些，不是妖邪。

【醉太平】這衣冠的俊杰，是穿窬的大俠，算來柳蹠何差別。你祇看紛紛鼠輩堪依社，重重兔窟齊連野，個個狼貪載滿車，問何如狗耶。

【尾聲】休將盗賊名兒赦，總是卑污不當些。那偷藥嫦娥奔更絶，亡璧張儀枉自嗟。竊位減文恁樣奢，擅國田文忒作邪。這盗字兒分明難掩遮，比着俺也不差的三舍。

校　箋

〔一〕此齣齣目，《月露音》本題作「狗盗」。

鷄鳴度關〔一〕

【朝元歌】嘹嘹雁聲，牢落平沙影；蕭蕭樹聲，慘淡邊雲冷。極目荒郊，黄昏人静，破月依稀下嶺。促駕登程，啣枚疾如飛羽輕。馬首見長亭，高山擁縣青。（合）征途暮景，何日到臨淄舊境，臨淄舊境。

【前腔】鼓角緣邊巡警，風前馬迭鳴，羈客正魂驚。野曠更深，川源回蹬，頓覺萍蹤無定。絶徼縱横，寒山積雪疑曙生。戍火亂如星，燕霜愁倍增。（合前）

【前腔】鷄口寧辭僥幸，先傳報曉聲，蒼距振玄膺。三唱纔鳴，争教引頸，祇爲稻粱恩勝。迭和群賡，膠膠月痕茅店聲。開鎖縱長鯨，垂雲飛大鵬。（合前）

【前腔】刁斗風塵邊競〔二〕，追思是履冰，雄劍漫哀鳴。城上胡笳，催人歸興，凜冽霜威襲領。夜氣凄清，迢迢故山猶幾程。客况已曾經，艱難軹道行。（合前）

校箋

〔一〕此齣齣目，《月露音》本題作「鷄鳴」。

〔二〕刁斗：底本原作「刀斗」，據《月露音》本改。

追思彈鋏

【北新水令】憶當年彈鋏寫悲歌，到今日恰成奇貨。秋蓮花一朵，宵練玉雙梭。儘可横磨，儘可横磨，撑持得天關破。

【駐馬聽】劈畫風波，三尺光芒寒噴火；持携賓佐，七星流曜晚如磋。黄金散盡薛名科，青萍直指秦王座。這些時還結果，幾番家曾把英雄挫。

【雁兒落】想着他戟爲門可雀羅，玉爲堂如雲過。寂寞煞錦綉窩，冷落着葳蕤鎖。

【得勝令】我衹要把欄具挂庭柯，干越委階沙。囊底收承影，床頭匣太阿。誰也麽歌，把一個烏紗帽還休裹（一）。由也麽他，把一領皂貂裘倒换蓑。

【七弟兄】我則見他左晙右晙，似風了魔。不飲泉舉國狂如歎，不餔糟舉世醉如痾，不乘槎舉世沉如墮。

【梅花酒】他那里醜形容有許多，入室又操戈，平地又張羅，對面又裝儺。弄得俺難存坐，吃緊的自揣摩，似清流混濁河。這的是鷄與鳳不同窠，冰與炭免同鍋。分玉石異山河，辨龍蛇各水波。

【收江南】我則見堂上花輿彩舞拖，閨裏佳人鼓瑟和。新開華搆有鳴珂，不是咱自可，這功名真與蒯緱多。

校　箋

〔一〕紗：底本原作「妙」，據文意改。

分金記

《分金記》，葉良表撰。葉良表（生卒年不詳），字正之。浙江平陽人。少習經生業，科場屢不舉。專事著述，尤工詞賦，知撰《分金記》傳奇一種。《分金記》，今有全本傳世，現存明萬曆間金陵富春堂刻本（《古本戲曲叢刊初集》據之影印）。

分金讓義〔一〕

【紅衲襖】俺本待要芥千金重久要，慕通財盡友道。怎做得饜海壖任公釣，煮斥鹵枯海島。空做了逐蠅頭的壟斷曹，鬻魚鹽的膠鬲嘲。到如今雖則是失利一時也，肯負着蘭金氣味高。

【前腔】恁却羡那膠漆堅固綈袍，恁却羡那雉壇前盟言好，恁却羡那活斗水的賙鮒涸。怎知那時未逢困鼓刀，怎知那分甘貧終簞瓢，到不如返青山伴采樵。怎説得志氣凌雲也，須效取巢由應自老。

【前腔】恁爲甚的冒風波萬里遥？爲甚的戴星霜不自保？爲甚的北堂中冷落了萱花草？爲甚的綉屏前忘却了寶瑟調？謾説那重交游意氣高，即據俺相濟心意不小。諒這些區區微金也，何必推辭空自勞。

【前腔】俺怎效那競錐刀的市井曹？俺怎效那餂膻腥的求温飽？俺怎效那貪苟得的違聖教？俺怎效那取與廉德義交？恁到做了眄千金等一毛，俺怎做得溝壑身人所誚？區區您這些囊金也，猛可的舍己從人苦自勞。

【憶多嬌】君高誼，凌雲日，分金德讓，誰人可及。愧彼世情風波得失。（合）中心感激，中心感激，須信金蘭氣味。

【前腔】同心意，何足異，平生氣義昭揭天地，肯效區區交情勢利。（合前）

【鬥黑麻】蝸角虚名，蠅頭末利，空教同心，分手異域。此一去，豈終寂。計就屠龍，横飛三尺。（合）鵬程暫息，扶摇終有日。還擬雲霄，同風奮翼。

【前腔】堪嘆人生，飄飄踪迹，斷行離群，燕南雁北。從此别，須努力。慰我離思，音書莫惜。（合前）

校　箋

〔一〕此齣齣目，明萬曆間金陵富春堂刻本題作「分金讓義」。

膠漆記

《膠漆記》，作者佚名。《膠漆記》，今無全本傳世，除《群音類選》選録《落第自嘆》齣曲文外，《樂府萬象新》選録《雷義佯狂讓友》一齣。明清戲曲目録皆未著録。劇寫雷義、陳重兩人情誼勝過膠漆之事，本事見《後漢書·獨行傳》。所存兩齣，一爲蘇章考察選舉孝廉，雷義、陳重皆爲地方官舉薦，陳重落選，雷義讓孝廉于陳重不被允，遂佯狂而出，與陳重一起游學他鄉。一爲二人同去應考，陳重落選，雷義安慰陳重。

落第自嘆

【泣顏回】扼腕攬吴鈎，光芒空射牛斗。淹埋塵土，何日得薛燭相留。聽他龍吼，看劍花羞澀誰磨垢。好比我彈鋏長歌，向權門泪灑蒯緱。

【前腔】言言痛刺我心頭，指望桂折高秋。豈知薰蕕不剖，皆緣命途逗遛。勸兄免憂，整頓折桂攀花手。終有日翰苑香流，又何須眉睫雙愁。

【前腔】賢弟聽我説因由，椿萱終日凝眸。遭不偶，抱璞罔自交流。耿耿心憂，歸去時怎見我親白首。記臨期妻室叮嚀，到今日敝盡貂裘。

【前腔】吾兄空自轉煩愁，投筆有日封侯。你看孫山外友，紛紛各擁歸舟。或馭輕騶，畢竟是成虚走。須速整行李歸鞭，莫縈牽親倚南樓。

【尾聲】憎此地，莫淹留。買船沽酒大刀頭，澆破胸中萬斛愁。

雙鳳齊鳴記

《雙鳳齊鳴記》，一名《雙鳳記》，陸華甫撰。陸華甫（生卒年不詳），金陵（今江蘇南京）人。生平事迹不詳。知撰《雙鳳齊鳴記》傳奇一種。《雙鳳齊鳴記》，今有全本傳世，現存明萬曆間金陵世德堂刻本（《古本戲曲叢刊二集》據之影印，無齣目）。

營中比試〔一〕

【新水令】對清風長嘯氣衝霄，播英聲鐵槍名耀。拔山舉鼎力，斬將搴旗豪。堪嘆兒曹，到向女娘下聽提調。

【駐馬聽】頂禮恭告，相愛何須相戰角；軍聲沸號，一天横霧陣雲高。星門月老怎輕招，沙場外那有個冰人到。須屏開金孔雀，更何消旌列翠鷄翹。

【沉醉東風】自俺槍由來的路迢，字鑄定緣分堪消。自幼時刷馬江洲，淤土内藏茲寶，嘆沉埋我李全同調。自那日神堂曾夢，關侯曾遭，子雲曾教，早傳就金槍秘學。

【雁兒落】伍相國提槍把楚國梟，有項羽親把秦灰掃。漢翼德曾撚丈八矛，唐敬德横槊烏纓罩。

【得勝令】呀，論武穆槍法最高標，敵手没低高。春舞龍蛇蟄，晨摇神鬼號。鋒交，急早尋君平去卜；難逃，一槍兒命不牢。

【喬牌兒】畫堂笙管鬧，羌鼓擂亂心苗。聽鶯聲一轉把威風掃，錯道俺這條槍，不似你那亂相挑〔二〕。

【甜水令】衹你那裊裊纖腰，瑩瑩素手，金蓮丁倒，越顯體妖嬈。更有英氣人驚，丰神人愛，兩般才料，管都取受用今宵。

【折桂令】爲甚麽龍争虎鬥，要鳳友鸞交？ 槍尖兒恐挑斷姻親，皮膚兒可有福來撓？ 願輸也心樂，他必手相携，身兒湯着。雨點的梨花亂攪，定知是春意相拋。殺的他似蝶困蜂勞，又不是雨散雲消，莫道授受難親，我下手休逃。

【錦上花】聽聲兒哥哥魂飛漂渺，到手的姻緣將士休嘲。你調弄着精細兒語言做作，你既道身值千金，怎被俺携抱？ 當初那一言，白物已染皂。芙蓉帳不就密約，到中軍有甚發落。須見憐孤身，捨命結好。

【碧玉簫】專望吹簫，經月秦樓杳；願續鸞膠，經月琴臺悄。心似搗，急煎煎情怎熬。你金屋又嬌，俺東床又少。休辜負青春去了。

【鴛鴦煞】眼中疑是夢中覺，交鋒不似交歡樂。笑你個俊豪，却怎麽臉兒涎，心兒怯，身兒弱。休道是海棠聽覷得近，他滋味兒嘗覺到早。鐵槍漢這番輸了，瞑子裏兩心知，機關兒自此曉。

校　箋

〔一〕此齣齣目，《月露音》本題作「比試」。

〔二〕亂相：明萬曆間金陵世德堂刻本作「針線」，且此二字後半頁題注稱「半葉原闕」，而《群音類選》本、《月露音》本「亂相」後爲「挑」字，明萬曆間金陵世德堂刻本闕葉後之頁首字亦爲「挑」字，據此推明萬曆間金陵世德堂刻本似應未闕半葉。

白海棠記

《白海棠記》，作者佚名。《白海棠記》，今無全本傳世，僅于《群音類選》、《月露音》中留存此齣曲文。明清戲曲目録皆未著録。劇作故事不詳，所存齣爲常見的才子遇佳人情節。

郊外邂逅〔一〕

【新水令】錦帆江上欲歸來，步風雲性情豪邁。望天門舒壯懷，惜芳菲遍九垓。花滿歌臺，羈逆旅又三載。

【前腔】白雲橋畔海棠開，響笙簫午風一派。欹鞍歸柳巷，停棹上花街。復去翻回，問春色可相待。

【步步嬌】萬井樓臺，沙市春如海，柳林風月江山外。荆州稱勝槪，深院宜春，奉迎冠蓋。樂府按韶音，四海交時泰。

【折桂令】錦叢中香閣崔嵬，天外鸞飛，雲裏蓬萊。却回頭燕倩鶯猜，管弦合韵，羅綺交輝。真個是絶賽了繁華滿六街，太平時盛，留連光景，佐王心在。鳳闕龍池，遥望着去路無媒。

【江兒水】柳舞宫眉展，花殷笑臉開。玉釵飛燕回光彩，九霄遺下風流態。相逢不入龍華會，聲價連城難買。白日青天，自綰同心羅帶。

【雁兒落帶得勝令】聽鶯聲嬌嚦嚦花外來，午風和香馥馥飄蘭茝。暖輕雲浮翠藹，都做了鶯花會。俺這裏自疑猜，吃緊的難布擺，怎能勾便放懷。和諧，祇爲這閑行惹了多情債。轉一麽回，莫不是散消灾仙子下瑶臺。

【僥僥令】閑消吞海氣，枉却濟川才。翻做了混塵俗年少客，他待要撰天章，把雲錦裁。

【收江南】呀，元來是青錢萬選才，奪韶光轉三台。見壽陽宫額點寒梅，那瓊花梟娜倚雲開。笑眄春滿腮，可不顛狂了蝶使怨蜂媒。

【園林好】聽高歌詞體勝玉臺，想英雄淹滯在草萊。敢則是良緣佳會，猛可見大襟懷，端的有出群才。

【沽美酒帶太平令】覷多嬌勝似那荳蔻含胎，却怎的獨自個儘徘徊，假若揺蕩春心誰主宰。烟花錦綉堆，護神女翠華飛蓋。燕子樓事情更改，雲雨夢密地相催。把風韵太平車載，這光景青蚨錢買。我呵，想平生負才弃才，抱懷遺懷，呀，滿腔春氣吐雲雷，兀的鬼參神會。

【尾聲】春光滿面生文采，幸喜從今觀學海，想必是因緣終有在。

校　箋

〔一〕此出齣目，《月露音》本題作「邂逅」。

瓊臺記

《瓊臺記》，作者佚名。《瓊臺記》，今無全本傳世，僅于《群音類選》中留存此二齣曲文。祁彪佳《遠山堂曲品》歸入「能品」，稱：「吴彩鸞，瓊臺仙女，下嫁文簫，其意、境俱無足取，但頗有古曲典型。」吴彩鸞、文簫事見《列仙傳》，此劇作故事不盡詳。從所存兩齣知，月圓之夜，二人同玩月相遇，互相傾慕并各思能結連理。後天突變，二人各下山，又遇于途，再次相盼生情，恨不能立成好事。

玩月闗情

【賞宮花】明蟾漸華，美良宵景果佳。寶鏡開金匣，冰輪嵌錦霞。（合）影入江心龍錯認，掀波作浪要吞拿。

【前腔】張騫泛槎，問君平數不差。馥馥香風動，霓裳舞落花。（合前）

【香羅帶】風流眼見多，無緣奈何，凡人豈識真奇貨。淒涼獨自倚松坡也，這悶懷今夜怎消磨。那怕他群鴉鬧鳳窠，忍羞混入人叢也，巧遇着知音入綉窩。

【漁家傲】文姓諱名簫，慕親跋涉豈辭勞。嘆年乖運蹇，未能榮耀。長吁萬丈氣衝霄，離愁止有天知道。孤辰寡宿，鸞凰未交。空懷經史，不得忠君盡孝。前程萬里何時到？

【皂羅袍】遠望多嬌輕態，逞風情暗送香來。雲端仙子下瑶階，淡妝素静自然多丰采。霎時間教我魂飛魄散，酥軟瘦骸。急行尋遇，無緣怎奈。可憐我他鄉孤客，又染相思害。

【前腔】越想心中越愛，美妖嬈裊娜身材。人間那有這裙釵，巫山神女與他難同賽。曾見這般清標壓衆，想必是冰肌玉胎。天生艷質，須諧秀才。能調寶鼎，和金鼐。

【七犯玲瓏】言談志氣豪，温存不賣囂。伶牙俐齒多乖俏，動静逞丰標。對月誇高興，貪花定趣饒。美文簫，姻緣奇妙。你爲留情魄散，我爲你魂消。可憐剖衷露曲恨滔滔，聲聲句句，都是相思調。望空吁嘆，嘆吁漸高。我就該殷勤迎奉，斂容拜邀。莫鎖心猿定，何拴意馬牢。瓊臺上，脱綉袍，揭開襦帳任風騷，歡笑到明朝。

【前腔】樵樓上鼓二敲，情哥路去遥。輕身慢出三清廟，恍惚寂無寥。猛想耽驚怕，新弦不慣摇。轉心焦，奴因錯拗。滿滿相思重擔，今夜兩家挑。看你風流隊裏獨英超，我今番見了先賠笑。暗暗的題名叫你，叫得你心神蕩飄。你便就是淵明高士，也應折腰。仙島無瑕玉，文生着意雕。雕鴛頸，緊緊交，必須雕得透心苗，莫負好良宵。

【憶多嬌】秋夜凉，秋月茫，古樹秋蟬噪夕陽，銀燭秋光冷畫堂。（合）秋正鷹揚，莫爲悲秋悒怏。

【前腔】秋徑傍，秋菊黄，恍惚秋螢耀粉墻，皎潔秋蟾照象床。（合前）

【前腔】秋樹蒼，秋葉狂，嘹嚦秋鴻過土崗，咶咶秋蛩鬧壁廂。（合前）

【前腔】秋氣剛，秋鶴昂，薄薄秋雲去那方，滴滴秋波泪兩行。（合前）

【前腔】秋塢荒，秋桂香，瀟索秋風動彩裳，寂寞秋幃憶故鄉。（合前）
【前腔】秋思長，秋抱傷，何處秋砧敲斷腸，薄幸秋胡金戲桑。（合前）
【香柳娘】喜中秋月華，喜中秋月華，五雲捧駕，裝成紋錦開圖畫。散盡清光影賒，散盡清光影賒，玉兔搗靈芽，寶鏡正中掛。（合）對嫦娥笑耍，對嫦娥笑耍，吐盡珠璣，何須待價。
【前腔】傚當時泛槎，傚當時泛槎，莫如此夜，風流獨我無他亞。妙理玄機豈差，妙理玄機豈差，魔舞敢稱誇，飄然羽衣化。（合前）
【前腔】亂紛紛彩霞，亂紛紛彩霞，縱横鬥射，赤龍白蟒争王霸。戰動娑婆影斜，戰動娑婆影斜，歌罷哈哩哈，又唱咋光咋。（合前）
【前腔】廣寒宫桂花，廣寒宫桂花，香風落謝，金蟾光耀葡萄架。剔透玲瓏果佳，剔透玲瓏果佳，劣調掃琵琶，相思幾時罷。（合前）
【前腔】這妖嬈那家，這妖嬈那家，馥馥渾身蘭麝，何須羞掩鮫綃帕。慢剖珠唇玉牙，慢剖珠唇玉牙，象板手中拿，嬌聲甚幽雅。（合前）
【前腔】聽深塘鬧蛙，聽深塘鬧蛙，恍惚螢光高下，情懷惱亂還驚怕。我望冰輪想他，我

望冰輪想他，若玷彩鸞瑕，文簫許乘跨。（合前）

【尾聲】老天公，情意寡，霎時風雨兩交加。樂已應歸莫怨嗟。

巧緣同歸

【黄鶯巧語】鸞鳳喜雙飛，我你相思，原來都是一樣的。親親熱熱，但願如此常和氣。想前生必定有宿基，喜今宵相逢偶期。天媒地妁，冰人月老，會合成姻契。笑嘻嘻，若到霞帳中，挽同心帶結，結挽定了兩個，比并得身量兒一般齊。

【前腔】邂逅做夫妻，摟抱着吐舌親唇，和你貼玉肌。任天荒地老，死生生死，再不可輕抛弃。對雙雙時時刻刻莫離，逐步步朝朝日日謹隨。願在天作比翼，在地交枝，并蕊連根蔕。喜怡怡，猛想起風流無窮的趣味，恨不得一步兒跨到了，你替我我替你解羅衣。

【琥珀猫兒墜】〔一〕層層隔隔，疑似上雲梯。鶴唳蒼松夢已回，西風瀟索雨微微。凄凄，聽古洞悲悲切切猿啼。

【前腔】金爐烟盡，銀燭尚光輝。照比丰姿兩出奇，你觀我覷愈情彌。相携，能喜愛罄甜美話投機。

校　箋

〔一〕【琥珀猫兒墜】：底本原作「【琥珀猫兒】」，據曲譜改。後同，不再出注。

新刻群音類選官腔卷二十五

玉丸記

《玉丸記》，一作《奇遇玉丸記》，朱期撰。朱期（生卒年不詳），字萬山，上虞（今浙江上虞）人。生平事迹不詳。知撰《玉丸記》傳奇一種。《玉丸記》，今有全本傳世，現存明萬曆間武林刻本（《古本戲曲叢刊初集》據之影印）。

弄月阻興

【排歌】粉黛雲鬟，夭桃襯容，早春一見心忡。藏春灼灼惹游蜂，不是羅浮一夢中。眸光炯，燭焰紅，此身端的到巫峰。雲情重，雨意濃，有緣千里定相逢。

【前腔】巾幗蒙衣，喬妝女容，輕浮陌上狂童。明珠可惜弃泥中，狗盗狐裘夜入宫。心如鐵，節似松，今宵誓死不相從。空行計，枉用功，無緣對面不相逢。

【前腔】擲杖爲橋，化成白虹，神機全籍羅公。朱坪殫費學屠龍，樊噲排門入禁中。芙蓉面，魂磊胸，因何作怪假朦朧。星追月，花趁風，今宵必定要乘龍。

【前腔】欲娶妻房，還須德容，淫奔豈是三從。姻緣無始定無終〔一〕，必得冰人月下翁。須少緩，媒一通，必諧伉儷永相從。金環折〔二〕，可作中，有如再負夭予躬。

【洞仙歌】我立心非苟同，你造意來誑儂。服劍自甘心，終爲垢污蒙。僞服輕調弄，二親靈在空。應鑒妾衷，刎頸吾不痛。

【前腔】何須苦鬱匆，徒堅子莫中。求佛豈禪龕，磨磚非鏡銅。謀計何足用，操心總是空。追思自撫胸，萬事如一夢。

【前腔】咏桃嘲妾躬，狂妄激予衷。染指恣饞心，操戈太不恭。僞服輕調弄，二親靈在空。應須鑒妾衷，刎頸吾不痛。

【前腔】聰明何蔽蒙，風情些不通。手折半金環，神明鑒在空。謀計何足用，操心總是空。追思自撫胸，萬事如一夢。

【前腔】何因苦即戎，燈前如折衝。願賜刃奴身，裴郎罪不容。謀計何足用，操心總是空。追思自撫胸，萬事成一夢。

校 箋

〔一〕姻緣：明萬曆間武林刻本作「婚姻」。

〔二〕金環：底本原作「今環」，據明萬曆間武林刻本改。

病起成親

【錦堂月】一恙纏綿，病狂喪守，深慚語言更變。希望高賢，垂憐曲賜周全。好一似解珮江妃，盧交甫空行湖岸。（合）薰風薦，喜蒲玉飄香，且終佳宴。

【前腔】姻緣，喜得靈丸，摽梅一二，時逢庶士心堅。湖裏月清，朱其配合天然。誇德耀舉案齊眉，愧伯鸞傭春貧賤。（合前）

【前腔】欣見，絲幕紅牽，祥光縹緲，門闌非霧非烟。兩好雙奇，似瑞靄慶結姻聯。追往昔玉鏡親收，喜今日東床堪選。（合前）

【前腔】堪羡，月殿嬋娟，章縫卓犖，佳人才子姻聯。看彩鳳于飛，一似并蒂紅蓮。韋固婦月下看書，夫妻足赤繩拘攣。（合前）

【醉翁子】驚戰，看此玉堅剛赫絢。忍舉手摧殘，碎瑜損艷。心怨，數背盟言，便價重千金甘不戀。（合）何多辯，趁美景良辰，速成姻眷。

【前腔】聽勸，折指環盟言屢變。背聖語白圭，自成瑕玷。休眩，花燭交燃，玉帔玲瓏加鳳弁。（合前）

【僥僥令】同心雙繾綣，合巹共迎仙。試看聯清堂上笙歌沸，合珏與聯珠，千百年。

【前腔】三山增翠巘，湖水瑩清漣。兩個瀟灑風流多佳麗，一本弄丸編，帶笑看。

【十二時】嫦娥此夜親身現，喜光涵廣寒宮殿，一派狂歌遍世間。

東廂記

《東廂記》，作者佚名。《東廂記》，今無全本傳世，僅于《群音類選》、《月露音》中留存六齣曲文。明清戲曲目録皆未著録。此劇作結構仿《西廂記》，稍易其人物、地點和情節。劇述男子客居在外而游西湖，見一女而傾心思慕。後通過女之婢女秋鴻，向女暗遞情簡。幾經變故，男子受邀去女家，想是要與女訂婚，滿心歡喜，却事與願違。後男子深夜在東廂彈琴，女聽而知其心聲，後至東廂與男子成私情。男子因萱親去世耽誤歸期，而女子却不幸去世，陰陽兩隔。不過其中所言「多情指腹妻」，似又與西湖偶遇不合。

湖上奇逢

【駐雲飛】春日融融，緑滿西湖水一泓。歌舞聲傳送，花鳥閑吟弄。嗏，游客喜晴空，後先掛踵。挑壘携尊，水陸人何衆。山色湖光入望中。

【前腔】望壟瞻封，野徑斜穿十里松。雲隱嚴恩重，掃拜當春仲。嗏，藤轎并花驄，馬嘶人冗。水緑山青，翠藹波流動。杏放桃開夾岸紅。

【前腔】遥拜先封，一滴椒漿表寸衷。你魂入南柯夢，恩比丘山重。嗏，驀地想遺踪，神驚心竦。掛紙燃香，壟下陳蔬供。赫赫威靈異感通。

【前腔】樓閣重重，一派青山如畫中。武穆威名重，仰止身容客悚。嗏，天際墮蟾宫，嫦娥臨壟。敢是水月觀音，離却蓬萊洞。我睍眼偷瞧俊俏容。

【皂羅袍】嶺寺晴雲繞棟，見千層翠蓋，萬疊奇峰。紛紜游賞樂雍雍，輕敲畫鼓笙歌動。風和日暖，良辰漸融；鶯啼燕語，夭桃吐紅。雙雙粉蝶花間弄。

【江兒水】一段輕盈態，千般旖旎風。祇見他步蒼苔緩把金蓮送，吟吟笑臉秋波動，嬌聲細語鶯簧弄。天産風流業種，兀的不是惹恨牽情，彷若陽臺一夢。

【皂羅袍】咿啞棹聲頻送，見湖光瀲灧，舟楫波衝。游人如在畫圖中，舳艫前後笙歌擁。風和日暖，良辰漸融；鶯啼燕語，夭桃噴紅。雙雙鷗鳥隨波動。

【川撥棹】若不是過藍橋波乍涌，恍疑是赴高唐覺愧悚。盼殺他裊娜娉婷，叫我意懸懸將魂魄從空。撇下蘭麝踪，似天仙還月宫。

【嘉慶子】暗想餘香猶可踵，空教人步履殘紅，路欲還偏覺永。枉追隨無計覓仙踪，悔當初不向西湖閑游動，也免得遇多嬌獨繫衷。

【尾聲】你寬心不必多傯倥，雲雨終教有定踪，免使襄王夢裏逢。

傳情惹恨

【懶畫眉】棠梨落盡鷓鴣啼，春去鄰家蝶未知，香消粉褪鬢雲欹。纖腰欲墜黄金珮，强對菱花懶畫眉。

【前腔】潛身宛轉步輕移，猶恐堂上夫人問覺誰，傷春怯瘦起來遲。羅衫不勝因腰細，彷佛當年楊貴妃。

【桂枝香】我是深閨蘭蕙，休作章臺旖旎。想是你多口饒舌，没來由逞聰賣慧。這酸丁欠宜，這酸丁欠宜，將人嘲戲，你無端傳遞。是和非，同你到夫人處，一一從前追問伊。

【前腔】奴當知罪，姐須饒恕。多因我盲眼無珠，怎識他筆端藏意。望暫息霆威，望暫息霆威，回嗔消恚，玉顏開霽。自追非，從今再惹無干事，俯伏堂前甘受笞。

【前腔】雖知罪戾，情難遽已。免你向堂上笞鞭，終難辭此間責跪。把刑法自持，把刑法自持，打你這鱗鴻小婢，招愆惹魅。向庭幃，通將始末根源事，訴與萱堂定是非。

【前腔】花前游戲，牽衣執袂。一心裏眄戀東厢，遣我將奇花相惠。將鮫綃謝伊，將鮫綃謝伊，暗藏風味，因而招罪。且遲回，須憐往日情懷好，恕我今番一念迷。

春鴻請宴

【錦纏道】賀新郎，挽多嬌同歸洞房。來語自萱堂，謝君家施武略脱禍除殃。的知他前言不謊，你須索及忙打當。此際得成雙，孤辰寡宿，心忘夢亦忘。休待藍橋漲，滿稽遲神女在高唐。

【江兒水】則見他烏鬢冠新幘，宫羅易故裳。俏身軀舉動多流蕩，儀容彷彿如張敞。軒昂氣宇真豪放，灑落襟懷倜儻。（合）倚翠偎紅，顛倒芙蓉羅帳。

【前腔】他是弱柳初舒緑，夭桃半吐芳。祇怕他嫩腰肢未慣風和浪，你穩拿關節休狂妄。急流把柁牢牢掌，須索熟知痛癢。（合前）

【解三酲】風到時竹摇清幌，雨過處玉漱芳塘。文禽兩兩來還往，舞鶴雙雙栖又翔。葵榴浴日紅英媚，蘭蕙翻風翠帶長。神仙降，神仙降，有胡麻玉屑，金液瓊漿。

【前腔】感夫人厚德無量，愧寂寞孤身異鄉。今生幸得同鴛帳，宿世應知慶積長。牽絲定擬紅偏得，屏雀須教目中雙。酬佳貺，酬佳貺，謝芳卿贊相，就我鸞凰。

【尾聲】羅幃准備銷金帳，鼓樂笙歌列兩行，早赴華筵入畫堂。

月夜聽琴

【月兒高】良夜人初静，銀河蕩疏影。倦綉工方罷，閑步尋幽景。月白風清，花卉兩相映。環青凝翠，凝翠鍾游興。古人愛月眠遲，養成惜花性。亭，夜氣逼人清，使我不寐通宵，繞重陰越芳徑。

【前腔】皓魄圓如鏡，蟾蜍弄清影。幾度風生細，香氣侵羅衿。月媚花嬌，兩兩每相映。世情反覆，反覆渾無定。月當明處雲遮，妒花風雨并。聽，樂事及時行，休待月缺花殘，想茂齡如畫餅。

【漁燈兒】莫不是風到處嶺上松鳴？莫不是星流過宿鳥虛驚？莫不是呼侶雁瀟湘夜征？莫不是蛩聲相應，唧喁喁耳畔盈盈？

【前腔】莫不是取材的伐木丁丁？莫不是延賓的鼓瑟吹笙？莫不是兜率院月下敲扃？莫不是烟花市夜静調筝？却原來是鼓焦桐東廂那生。

【錦漁燈】一聲清似鴻雁飛鳴秋景，一聲濁似黄梅雨落沙汀。一聲喜似虞舜宫中甘旨承，一聲悲似悼顔宣聖泣餘聲。

【前腔】他人兒俊似傅粉何郎啖餅，性兒温似權衡識重知輕。才兒奇他筆底烟霞錦綉生，命兒高探花金榜第三名。

【錦上花】你本是女翰林，他是個貴書生，鶯儔燕偶兩娉婷。他那裏指法輕，我這裏側耳聽。好似雌雄相應鳳凰鳴，鐵石也留情。

【前腔】他爲我睡靡寧，我爲他悶轉增，行居坐卧夢魂驚。他那裏愛慕聲，我這裏那忍聽。怎奈高堂有禁忒無情，欲會恨何能。

雲雨偷期[一]

【一江風】啓柴扉，悄悄輕迤逗，兩步三回首。自猜疑，月彩騰光，尤恐人窺竇。行過《柏舟》樓，行過《柏舟》樓，重陰翠欲流，這清幽不在蓬萊後。

【桂枝香】神清目秀，眉拖新柳。嬌身雅服宫羅，脂粉香凝襟袖。信《關雎》好逑，信《關雎》好逑，鰥生邂逅，今宵喜就。鳳鸞儔，應慚樗櫟風邊梗，誤入蓬萊勝景游。

【前腔】全身恩厚，夙盟當守。難支懇切哀求，自衒千金相售。念深閨女流，念深閨女流，花柔齡茂，枕席未透。莫含羞，他嬌枝未慣風和雨，分付東君須緩圖。

【醉羅歌】挽定挽定纖纖手，笑解笑解翠雲裘。金針乍入體嬌柔，謾把春山皺。被掀桃浪，腰翻弱柳。蜂迷蝶戀，心和意投。呻吟耳畔鶯簧奏。貪還怯，就又羞，香甜舌唾潤咽喉。

【前腔】不覺不覺貪歡久，輕把輕把牡丹蹂。宿花蝴蝶恣風流，那顧腰肢瘦。粉妝凝面，脂香在口。枝頭露滴，檀心謹收。雲鬟半嚲金釵溜。神方定，喘漸休，猩紅羅帕倩誰收。

【香羅帶】靈鷄報曉籌，忙掀綉裯，披衣送郎還自羞。嬌枝嫩蕊付君也，須索念，壽香偷，高情種種心上留。通暢渾身也，往日相思此夕勾。

【意不盡】匆匆何忍分襟袖，今夜須當再抱裯，美滿恩情永不休。

校　箋

〔一〕此齣齣目，《月露音》本題作「偷期」。

致祭感夢

【新水令】自從柏泛兩分離，想嬌容寢忘食廢。苦孤身飛禍罹，萱親喪何痛悲。因此羈遲，豈知道閨閣風波起。

【步步嬌】自歲相期諧連理，詎意遭時否。多情指腹妻，天不從人，今日番爲鬼。斷弦破鏡不堪題，教人驀憶別時語。

【折桂令】想同胞一本相偎，彼止須期，福壽兼齊。向陽花誰知未發，遽爾頹摧。恨風吹零落了嬌紅嫩緑，怨雨打失閃了蝶約蜂期。倏忽分離，何勝傷悲，祇落得兜率院旅櫬空遺。

【江兒水】自恨多磨瘴，文齊福未齊。盼殺好姻緣不獲成佳配，嬌身體癱疽潰，香魂應化沾泥絮。惟有情難遽已，控籲號呼，頓覺膽寒心脆。

【雁兒落帶得勝令】我爲你跨征鞍千里馳，我爲你着戎衣擒强劇。我爲你睽斷了待月期，我爲你受够了貪花氣。我爲你訴不了離愁苦，我爲你心腹事有誰知。我爲你流盡了眼中血，我爲你用窮了心上機。妻，一旦今朝成拋弃，怎不教人孤也麽恓，這幽懷説向誰。

【僥僥令】兒觥浮緑蟻，蘭麝噴金猊。惟願精爽不隨流水逝，彷彿音容儼在斯。

【收江南】呀，空擺下祭品共多儀，怎得你降庭幃。雲飛雨散楚襄悲，落花流水不相隨。恩情似夢裏，恩情似夢裏，休想今生與你共齊眉。

【園林好】願真性一念不迷，生天界苦海脱離。及早赴蟠桃佳會，慶王母拜瑶池。

【沽美酒帶太平令】撫着棺不忍離，紙灰化似蝶飛，嘆旅櫬僧房伴是誰。今夜裏願相隨，衷曲訴聽因依。辜負我百年姻契，想殺你花嬌月眉。我呵，拚此生孤身報伊，憶香魂俄然慘凄，呀，猛傷情把銀牙咬碎。

【意不盡】匆匆難止相思泪，今世何能再見伊，恨壓山峰華嶽低。

南西厢記

《南西厢記》，李日華撰。李日華（生卒年不詳），字實甫，吴縣（今江蘇蘇州）人。生平事迹不詳，知撰《南西厢記》傳奇一種。《全明散曲》于其名下收録小令四支，套數一套，另有復出小令四支，套數一套。《南西厢記》，今有全本傳世，現存有明萬曆間金陵富春堂刻本（《古本戲曲叢刊初集》據之影印，無齣目）、明萬曆間刻本、明萬曆間周居易校刻本、明末閔遇五校《六幻西厢記》本（《暖紅室匯刻傳劇》據之重刻）、明末汲古閣原刻初印本、汲古閣刻《六十種曲》本等。

佛殿奇逢〔一〕

【忒忒令】隨喜到僧房古殿，瞻寶塔將迴廊繞遍，參了羅漢拜了聖賢〔二〕。行過法堂前，正撞着五百年風流業冤。

【前腔】偶喜得片時稍閑，且和你尋芳自遣，那鸚鵡籠中巧囀。驀聽得有人言，衹索自回旋。

【園林好】顛不剌見了萬千，似這般樣龎兒罕見。好教人眼花撩亂口難言，他掩映并香肩，止將花枝笑撚。

【皂羅袍】笑折花枝自撚，惹狂蜂浪蝶，舞翅翩躚。幾番欲待展齊紈，飛向錦香叢裏尋不見。又被燕銜春去，芳心自斂。祇怕人隨花老，無人見憐。臨風不覺增長嘆。

【江兒水】這裏是兜率院，休猜做離恨天。宜嗔宜喜春風面，弓樣眉兒新月偃，未語人前先靦腆。便是嚦嚦鶯聲花外囀，解舞腰肢，似垂柳風前嬌軟。

【皂羅袍】閑步碧梧庭院，步蒼苔已久，濕透金蓮。紛紛紅紫鬥爭妍，雙雙瓦雀行書案。又被燕銜春去，芳心自斂。祇怕人隨花老，無人見憐。輕羅小扇遮羞臉。

【川撥棹】若不是襯殘紅芳徑軟，怎顯得步香塵底樣淺？休題他眼角兒留情，祇這脚踪兒將心事傳。風魔了張解元，似神仙歸洞天。門掩梨花深小院，粉墻兒高似青天，粉墻兒高似青天。珮環聲看看漸遠，空教人餓眼望將穿，空教人餓眼望將穿。怎當他臨去秋波那一轉，便是鐵石人也情意牽。

【尾聲】東風摇曳垂楊綫，游絲牽惹桃花片。争奈玉人兒不見，將一座梵王宮，疑是武陵源。

校箋

〔一〕此齣齣目，《六十種曲》本、《暖紅室匯刻傳劇》本題作「佛殿奇逢」。

〔三〕參了：底本原作「參」，據明萬曆間金陵富春堂刻本、《暖紅室匯刻傳劇》本、《六十種曲》本改。

訪僧遇紅〔一〕

【皂羅袍】小生特來見訪，太師行何必，苦相謙讓。不用香積厨邊枯木堂，衹要遠着南軒近西廂。太湖石畔，過却側廊，畫闌干外，靠着那廂。再休題長老同方丈。

【惜黄花】貧僧住雲房，荷蒙君相訪。卑末是宿緣，得逢師長。數年不知安向，朝思暮想。光彩寺門墻，材貌真天相。

【前腔】文已困儒流，何必過獎。平生正直無偏向，衹留下四海一空囊。本欲探知心，别無他往。聞説河中，路上兵戈擾攘。且住雲房，書卷不妨講。

【前腔】夫人使紅來方丈，修齋薦先長。看他舉止更端詳，一貌出天相。玉容烏紗，身披鶴氅。斂衽見官人，整袂問和尚。

【十様錦】大人家舉止更端詳，全没有半點輕狂。太師行深深拜了，啓朱唇語言的當。可喜娘，龐兒淺淡妝，穿一套縞素衣裳。胡伶渌老不尋常，偷睛望眼，挫裏抹張郎。

【煞】若得那多情小姐同鴛帳，怎捨得他疊被鋪床。將小姐央，夫人央，他不令虚放，我親自寫與從良。

【鎖南枝】聽説罷，心悒怏，一天愁都攝在眉尖上。夫人凜冰霜，小姐不合臨去回頭望。比花解語，玉吐香，乍相逢，記不真他俏模樣。

【前腔】忒過慮，空妄想，郎才女貌合相仿〔二〕。休得淡了眉兒，思張敞。金蓮小，玉笋長，欲待不思量，教人怎撇漾〔三〕。

校　箋

〔一〕此齣齣目，《六十種曲》本題作「禪關假館」，《暖紅室匯刻傳劇》本題作「邂逅邀紅」。

〔二〕郎：底本原作「即」，據明萬曆間金陵富春堂刻本、《暖紅室匯刻傳劇》本、《六十種曲》本改。

〔三〕撇漾：底本原作「撇樣」，據《暖紅室匯刻傳劇》本改。

燒香吟句〔一〕

【桂枝香】風清月皎，更長漏杳。却元是宿鳥驚藤，又疑是僧人來到。看嬋娟萬里，看嬋娟萬里，照人年少，對此深深拜禱。悶無聊，願我父登仙早，奴逢月下老。

【前腔】滿懷煩惱，向誰行道。寂寂佇立閑階，瀟灑書齋幽悄。看槐庭秀草，看槐庭秀草，蛙聲雜鬧，空憶高堂楚調。自吟嘲，一曲相思調，爲君都蕩了。

【黑麻序】蓮步徐徐，推朱户顒望，一天如洗。拜深深，滿懷心事誰知〔二〕。驀聽得，那裏吟詩句，未審誰多才調更兼。意遲遲，莫不是花前見的人兒。

【前腔】聽啓，月轉廊西，更兼夫人堂上〔三〕，等待多時。你怎知，我有萬恨千愁如織。西廂下，幽懷句，情可疑。請回歸，回歸，恐怕夫人嫌咱，愛月眠遲。

【鬥寶蟾】分明天付與，獨步對月吟詩。怎知那人，却在墻西。詩中意可知，藍橋路又迷。總有好詩，誰與暗傳密遞。

【前腔】多時，玉漏遲遲，聽得西廂下，自言自語。正三更漏斷，如何不睡？争知侄兒被鬼迷，不知就裏。除非宋玉，得知這般滋味。

校箋

〔一〕明萬曆間金陵富春堂刻本爲第八折。《暖紅室匯刻傳劇》本第九齣「隔墻酬和」和《六十種曲》本第九齣「唱和東墻」，與此本皆不同，前者由【素帶兒】、【升平樂】、【素帶兒】、【一剪梅】三支、【尾聲】成套，後者由【素帶兒】、【升平樂】、【素帶兒】、【升平樂】、【一剪梅】、【簇御林】三支、【尾聲】成套。

〔二〕誰：底本原作「難」，據明萬曆間金陵富春堂刻本改。

〔三〕兼：底本原作「嫌」，據明萬曆間金陵富春堂刻本改。

張生鬧道場〔一〕

【駐馬聽】法鼓金鐃，二月春雷響殿角；鐘聲佛號，如風雨一天密灑松梢。侯門不許老僧敲，紗窗外定有紅娘到。餓眼難熬，待他來時，須看十分飽。

【一封書】齋心禮佛寶，舉沉檀鼎内燒；追夫慟哭號，兵燹何期此地遭。母子飄零無以報，特仗良因將意表。（合）梵音高，燭影摇，救拔幽魂離苦惱。

【前腔】移蓮步拜告，仰金仙在九霄；孤兒女守孝，朝夕思歸路途遥。不想椿庭傾逝早，保佑萱堂增壽考。（合前）

【皂羅袍】俺祇道玉天仙來到，却元來是可意根苗。小生旅况最難熬，怎當他傾國傾城貌。櫻桃小口，楊柳細腰；梨花白面，麝蘭氣飄。輕盈上下都堆俏。

【前腔】外像風流年少，内性兒聰明貫世才學。扭捏身軀甚做作，往來人前賣弄俊俏。

黄昏這回，白日那覺；書幃獨睡，怎捱到曉。此情未許人知道。

【前腔】你好没顛没倒，分明是你鬧了元宵。迷留没亂癢難撓，太師行座上空凝眺。頭陀懊惱，把鐘磬亂敲；燒香行者，把香烟滅了。争看小姐如花貌。

【傍妝臺】殷勤酬奠化金錢，上通碧落下黄泉。自從與你分中路，孤窮子母有誰憐。紙灰化作白蝴蝶，血泪都成紅杜鵑。空嗟嘆，枉泪漣。(合)〔二〕願得亡魂平步上青天。

【駐雲飛】情引眉梢，心事難傳我知道了。有心争奈無心好，多情却被無情惱。嗏，攘鬧了這一宵，玉人歸早。佛事俱收，何處鷄兒叫？各自歸家，葫蘆提直到曉。

校箋

〔一〕此齣齣目，《六十種曲》本題作「目成清醮」，《暖紅室匯刻傳劇》本題作「鬧攘齋壇」。

〔二〕(合)：底本原無，據明萬曆間金陵富春堂刻本、《暖紅室匯刻傳劇》本、《六十種曲》本補。

書遣惠明〔一〕

【沉醉東風】張衙内聽妾拜啓，料胸中必有深謀奇計。君俊雅何不救人灾危，把青春姝麗，配君家同諧鳳侣。(合)老僧主婚，紅娘做媒，殄息干戈却有期。

【前腔】念張珙非不用力，况此日多承恩庇。危難中當扶持，一封書去，管取山門安然無慮。（合前）

【前腔】事臨危不須致疑，望先生早施陳平之計。喜鶯鶯笑入宫花，羨君瑞臨風玉樹。（合前）

【好孩兒】不念法華經，不禮梁王懺。丢了僧伽帽，撇了袒褊紅衫。殺人心逗起英雄膽，兩隻手將烏龍棍來撍。直殺入虎穴龍潭，非是我出尖貪婪。

【福馬郎】〔二〕吃菜饅頭委實口淡，五千人不索煎爛，腔子裏熱血且權消渴。心饞，解將五千人，做一頓饅頭餡。

【紅芍藥】包殘肉把青鹽蘸，戒刀頭新來鋼蘸，鐵棒上塵土不染。

【耍孩兒】他衹管吃齋飯，在僧房裏，不管燒了伽藍。多謝得扶危困，故友書一緘。今日裏撞釘子，把賊兵探，大脚步非誇謊。

【會河陽】〔三〕看幾個沙彌把寶蓋擔〔四〕，排陣勢把他來按。遠的破開步將鐵棒拴，近手的將刀來斬。小的提起來將脚尖來按，大的扳下來把髑髏鍖〔五〕。

【縷縷金】瞅一瞅，海波翻，滉一滉索瑯瑯〔六〕，振山岩。打熬成天生下這般敢劣性。拚捨着命，幾曾忐忑，更怕我勒馬停驂。

【紅綉鞋】平生欺硬怕軟，怕軟〔七〕。吃苦不受甘。非是你每，拈花柳的掂三〔八〕。休因親胡怕俺，咱非躲懶。杜將軍不肯把兵戈退，張解元干將風月擔。

【尾聲】威風助我齊吶喊〔九〕，擂鼓摇旗不等閑，我將半萬賊兵嚇破膽。

校箋

〔一〕此齣齣目，《六十種曲》本題作「許婚借援」，《暖紅室匯刻傳劇》本題作「許親救厄」。

〔二〕【神馬郎】：《暖紅室匯刻傳劇》本作「【剔馬燈】」，《六十種曲》本作「【福馬兒】」。

〔三〕【會河陽】：底本原作「【倘秀才】」，據《暖紅室匯刻傳劇》本、《六十種曲》本改。

〔四〕看：《暖紅室匯刻傳劇》本、《六十種曲》本作「着」。

〔五〕鍖：《暖紅室匯刻傳劇》本作「勘」。

〔六〕瑯瑯：底本原作「狼狼」，據《暖紅室匯刻傳劇》本、《六十種曲》本改。

〔七〕怕軟：《暖紅室匯刻傳劇》本、《六十種曲》本作「欺硬怕軟」。

〔八〕的：《暖紅室匯刻傳劇》本、《六十種曲》本作「没」。

〔九〕齊吶喊：底本原作「須吶啖」，據《暖紅室匯刻傳劇》本、《六十種曲》本改。

紅娘請生〔一〕

【新水令引】半萬賊兵，捲浮雲片時掃盡。幼女孤兒，死裏逃生。列山靈陳水陸，張君瑞合當欽敬。

【步步嬌】憑着善武能文書一紙，早醫可了相思病。薄衾單枕有誰温，鳳帳鴛幃，早則不冷。今日東閣玳筵開，煞强似西厢和月等。

【前腔】客館蕭條春將盡，碧草埋芳徑。隔窗兒嗽一聲，他啓朱唇，疾忙答應。秀才們聞道請，恰一似聽了將軍令。

【宜春令】第一來爲壓驚，第二來因謝誠。殺羊茶飯，早已安排定。斷閑人不會親鄰，請先生和俺鶯鶯匹聘。我祇見，他歡天喜地，謹依來命。

【玉枝花】你來回顧影，文魔秀士欠酸丁。下工夫將頭顱來挣，遲和疾擦倒蒼蠅。光油油耀花人眼睛，酸溜溜螯得牙根冷。天生這個英俊，天生這個後生。

【玉嬌鶯】今宵歡慶，俺鶯鶯何曾慣經。須索要款款輕輕，燈兒下共交鴛頸。端詳可憎，誰無志誠，兩人今夜親折證。謝芳卿，謝紅娘錯愛，成就了這姻親。

【解三醒】玳筵開香焚寶鼎，綉簾外風掃閑庭。落紅滿地胭脂冷，白玉欄杆花弄影。準備着鴛鴦夜月銷金帳，孔雀春風軟玉屏。合歡令，有鳳簫象板，錦瑟鸞笙。

【前腔】可憐我琴劍飄零無厚聘，感不盡姻親事有成。新婚燕爾安排定，除非是折桂手報答前盟。我如今巴得到跨鳳乘鸞客，到晚來卧看牽牛織女星。非僥幸，受用了珠圍翠繞，結果了黄卷青燈。

【尾聲】老夫人，專意等。常言道恭敬不如從命，免使紅娘再來請。

校箋

〔一〕此齣齣目，《六十種曲》本題作「東閣邀賓」，《暖紅室匯刻傳劇》本題作「遣婢請生」。

夫人背盟〔一〕

【畫眉序】若不是君瑞識人多，別的焉能退干戈？排着酒果，列着笙歌。花陰細暖日庭階，香篆裊東風簾幕。（合）〔二〕感伊救我全家禍，欽敬禮正當酬酢。

【前腔】雙眼轉秋波，一點靈心早瞧破。着鶯鶯做妹妹，拜了哥哥。白茫茫水溢藍橋，撲刺刺把比目魚分破。（合）奈何愁把眉峰鎖，驀忽地又早張羅。

【前腔】自覺醉顔酡，低首無言自摧挫。手難抬，稱不起這兩肩窩。没定奪，啞謎難猜，説謊話比天來大。（合）奈何愁把眉頭鎖，驀地又早張羅。

【滴溜子】謾説道佳人自來命薄，誰承望好事頓成間阻。是他將半萬賊兵破，如何番成做離恨歌。好襟懷都變做苦，兀的是江州司馬泪痕多。

【鮑老催】從今恨多，玉容寂寞梨花朵，胭脂淺淡櫻桃顆。相思病料已成〔三〕，何時妥？將顫巍巍雙頭花蕊兒搓，香馥馥縷帶剖，連理樹都折挫。

【雙聲子】今非昨，今非昨，把青春女成耽誤。□顛窨，□顛窨〔四〕，將美前程都虚過。誰念奴，誰念奴，我共他，我共他。算來成敗，都是你個蕭何。

【尾聲】一杯悶酒君前過，訴衷情争奈母親側坐，把恩義如山成小可。

校　箋

〔一〕此齣齣目，《六十種曲》本題作「北堂負約」，《暖紅室匯刻傳劇》本題作「畔盟府怨」。

〔二〕（合）：底本無，據明萬曆間金陵富春堂刻本、《暖紅室匯刻傳劇》本、《六十種曲》本補。下同。

〔三〕病：底本無，據《暖紅室匯刻傳劇》本、《六十種曲》本補。

〔四〕□顛窨，□顛窨：明萬曆間金陵富春堂刻本作「顛窨，顛窨」，《暖紅室匯刻傳劇》本、《六十種曲》本作「顛窨却，顛窨却」。

鶯鶯聽琴[一]

【梁州新郎】雲斂晴空，冰輪乍涌。風掃殘紅，無數香階堆擁，好似悶懷千種。祇落得心中作念，口内閑題，夢兒裏相和哄。今日畫堂開綺席，意朦朧，却教我翠袖殷勤捧玉鍾。愁似織，和誰共？雙蛾蹙損春愁重，魚得水，甚時同？

【漁燈兒】莫不是步摇得寶髻玲瓏？莫不是裙拖得環珮叮咚？莫不是鐵馬在檐前驟風？莫不是金鈎兩控，咭叮噹敲響簾櫳？

【前腔】莫不是梵王宫夜撞鐘？莫不是疏竹瀟瀟曲檻中？莫不是牙尺剪刀聲相送？莫不是漏聲長滴響壺銅？元來是近西廂誰理絲桐。

【前腔】其聲壯似鐵騎刀槍冗冗，其聲輕似落花流水溶溶。其聲高似風清月朗鶴唳空，其聲低似兒女語小窗中。

【錦上花】他那裏思不窮，我這裏意已通，嬌鸞雛鳳失雌雄。他那裏曲未終，我這裏意轉濃。争奈伯勞飛燕各西東，盡在不言中。

【步步嬌】人静更闌冰輪見，萬種愁難遣。芳心托素弦，願取仁風，送入梨花院。衹隔這小窗兒，無路見神仙面。

【前腔】他句句聲聲幽情怨，都做了寡鵠孤鸞。恨芳心托杜鵑，玉指輕鬆，彈出聲清款。意趣總幽閑，爲不酸不醋風魔漢。

【前腔】想他那杏臉桃腮多丰範，幾乎險被先生賺。香風響珮環，他攛哄人上得桅杆，掇了梯兒看。鬼病要安痊，除非是出幾點風流汗。

【駡玉郎】側耳聽琴心下疑，就裏聲聲怨句題。鴛鴦何日得同栖，皺蛾眉，奴好似傍水花枝。怕狂風起時，怕狂風起時，擺落趁水相隨。怕濃霜露欺，怕濃霜露欺，禁不得一霎時瀟灑，免不得巫山相會。俺衹見怨蝶愁蜂，俺衹見怨蝶愁蜂，尋花覓蕊，心下憂疑。你彷徨，我熬煎，兩處相思。恨衹恨，冤家債，無緣相會。

【前腔】惱聽樵樓鼓二槌，爲愛鶯鶯心似痴。紅娘别後愈傷悲，怎能勾共枕同幃。那夫人虧負，那夫人虧負，害人徹夜相思。聽更漏又催，聽更漏又催，又催着三更將至，早來到乘鸞匹配。想着他如花似玉，想着他如花似玉，嬌嬌滴滴，賽過西施。再尋思，魄散魂飛。衹聽得隔墻兒，有人來至。

【前腔】蓮步忙移意故遲，假意佯羞把伊推。勸伊行不如早相隨，效于飛，免教短嘆長吁。把前程謾思，把前程謾思，他爲你春試不題。厭茶飯懶吃，厭茶飯懶吃，懶炊着珍羞百味，他弃功名衹望姻緣成對。俺衹見月團圓，月皎潔，照着我你，鳳别鸞離。怕夫人覺時，問我和伊。早抽身去開門，兩下裏偷會。

【臨江仙】方便門兒何苦掩，這丫頭膽大如天。休教三月病懨懨，不辭推户出，端的遇神仙。請君着個風流眼，莫把楊花作雪看。

【好姐姐】笑伊，情痴意錯，驀地裏將人奚落。饒君總有，美貌多才學。能謀略，寃家做作姻緣薄，指望痴諧共樂。

【前腔】你做巧，番成做拙，月下分明不分〔二〕。鶯鶯和我夫人，若知醜樣難回話。遭叱咤，一場好事天來大，對面無緣空錯過。

校箋

〔一〕此齣齣目，《六十種曲》本題作「琴心寫恨」，《暖紅室匯刻傳劇》本題作「琴心寫怨」。

〔二〕不分：底本原作「不□」，據明萬曆間金陵富春堂刻本改。

紅娘寄柬[一]

【駐馬聽】月黑西厢，堪嘆雲雨無緣空斷腸。燒殘銀燭，聽徹銅壺，展轉思量。精神陪盡惹恓惶，幾時得共銷金帳。待等紅娘，來時詢問，小姐如何説向。

【降黄龍】相國行祠，寄居蕭寺。幼女孤兒，將欲從軍而死。張生此時伸意，遣封書興師疾至。方顯得文章有用，天地無私。

【前腔】若非剪殺賊寇，險些兒滅門絶户俺一家兒。鶯鶯君瑞，許配雄雌。夫人背盟，却以兄妹爲之。把姻緣一時打滅，頓成抛弃。

【滚】潘郎鬢有絲，潘郎鬢有絲，韋娘非舊時。一個帶圍清減瘦腰肢，一個睡昏昏不待觀經史，一個意懸懸懶去拈針指。一個筆下寫幽情，一個弦上傳心事。兩下裏都一樣害相思。

【前腔】潤破了紙窗兒，潤破了紙窗兒，悄聲兒窺視。見他和衣初睡起[二]，前襟摺裩。孤眠滋味，凄凉情緒。這瘦臉兒不是悶死是害死[三]。

【前腔】金釵敲門扇兒，金釵敲門扇兒，我是散相思五瘟使。小姐想着伊，使紅娘來探取〔四〕。道風清月朗，聽琴佳趣。到如今念千遍張殿試。

【駐馬聽】那百媚嬌娘，一夜相思泪兩行。啼殘妝面，哭損花容，惱亂柔腸。徘徊不肯上牙床，幾番見了添悒怏。仔細思量，多因爲你，把他春心飄蕩。

【滚】他若見了書，他若見了書，顛倒費精神。他拽扎起面皮，憑誰寄言語。他道這妮子敢胡行事，蚩蚩的扯做紙條兒。

【前腔】饞窮酸餓鬼，饞窮酸餓鬼，賣弄有家私。莫不爲我圖財，特進到此。有人情乖劣性子兒，你衹説道可憐見我是孤身已。

【駐雲飛】鐵畫銀鈎，不信朱衣不點頭。紙上雲烟湊，筆下龍蛇走。休，何必獎儒流，望高抬手。着意栽花，等閑插成柳。不是冤家不聚頭。

【前腔】全仗吹噓，異日得乘駟馬車。張珙非他輩，别有酬答你。吁，誰想這三妹，事擔干已。昨夜西厢，小姐十分氣。怎敢扯壞先生一紙書。

【前腔】草隸真楷，鳥迹蒼松亦小哉。三分怪作十分怪，我也不敢説成敗。哀，凡百望遮蓋，好生擔帶。若得娘行，半點心相愛。怎敢忘了悲慈女善才。

【前腔】分付東風，莫把恩情如夢中。我把你做佛尊重，休得似前相調弄。風，乞求兩相逢，敢不趨奉。若得嫦娥，略略花心動。何憚巫山十二峰。

【尾聲】從教宋玉愁無二，瘦損相思這樣子，百歲歡娱全仗這張紙。

校　箋

〔一〕此齣齣目，《六十種曲》本題作「情傳錦字」，《暖紅室匯刻傳劇》本題作「錦字傳情」。

〔二〕初：底本原作「衫」，據《暖紅室匯刻傳劇》本、《六十種曲》本改。

〔三〕不是：底本原作「是」，據《暖紅室匯刻傳劇》本、《六十種曲》本改。

〔四〕使：底本無，據《暖紅室匯刻傳劇》本、《六十種曲》本補。

鶯鶯見書〔一〕

【懶畫眉】抛針停綉畫闌東，理鏡分塵整素容。俺這裏閨門簾幕閉重重，誰把春緘送，想是漏泄天心與芳風。

【前腔】心中無事謾匆匆，想是妝臺見此封。張家學士且從容，空受了乾疼痛，急煎煎怎便從。

【五更轉】這賤人，忒無禮，剗地裏與人傳遞書。不思相國閨門女，那曾識得，遭風熾日。我好没來由，與人擔干己。多才那人，那人張君瑞，他道小姐跟前，再三傳示。

【前腔】鎮日往來書齋内，没事與人攬是非，如今送你送到老夫人處。今後紅娘，再不敢如是。你待要，學取傍州例，我比秀英不曾與他如是。他那裏東墻，比着西厢何異？

【鎖窗寒】恨張生忒煞痴迷，險些兒把咱連累。音書爲他來傳示，將好意反成惡意。

（合）想他讀盡古今書，全不傍些理。

【前腔】芳心一點有誰知，他的心腸似絮飛。西厢下奚落把人虧負，剗地裏密傳春意。

（合前）

校　箋

〔一〕此齣齣目，《六十種曲》本、《暖紅室匯刻傳劇》本題作「窺簡玉臺」，與《群音類選》本此齣曲文異，由【祝英臺近】一支和【祝英臺】四支組成。

紅娘訂約〔一〕

【傍妝臺】病多愁，春緘曾已付妝樓。襟前袖裏都濕透，却爲千點泪流。何時得遂鴛鴦侶，磨盡新愁解舊愁。憑紅葉，諧鳳儔，相酬當報錦纏頭。

【前腔】先生猶自説風流，花飛月冷空惹這場羞。你這裏言中筆底傳情句，他那裏冰霜節操許誰謀〔二〕。分明打駡花陰後，明月在湖中難下鉤。休胡想，莫强求，不如收拾上皇州。

【前腔】今朝相約會鸞儔，懸懸心掛似吞鉤。情雲意月在花陰上，鸞交鳳友效綢繆。佳期約在黄昏後，休辜暮雨朝雲花下游。（合）憑紅葉，付御溝，相酬當報錦纏頭。

【前腔】迴文織錦有因由，深言密語暗藏羞。教人那曉真情意，將我反看做兩班頭。他是没纜船兒留不住，欲會歡情覆意休。（合前）

校箋

〔一〕此齣齣目，《六十種曲》本題作「猜詩雪案」，《暖紅室匯刻傳劇》本題作「情詩暗許」，皆與《群音類選》本此齣曲文異。

〔二〕冰：底本原作「水」，據明萬曆間金陵富春堂刻本改。

跳墻弈棋〔一〕

【駐馬聽】不近喧嘩，嫩柳池塘藏睡鴨。自然幽雅，新柳拖黄，暗隱栖鴉。金蓮蹴損牡丹芽，玉簪兒抓住荼蘼架。苔徑泥滑，露珠濕透綾波襪。

【前腔】日落窗紗，兩下含情待月華〔二〕。風光瀟灑，雨約雲期，楚臺巫峽。殘霞影裏噪歸鴉，捱一刻似如過一夏。風送飛花，紛紛亂撲香階下。

【前腔】玉兔無瑕，悶掩東風祇自嗟〔三〕。晚妝初罷，秋水凝眸，雲鬢堆鴉。鶯儔燕侣已曾約，心猿意馬難拴下。閉月羞花，教人到處常縈掛。

【北點絳唇】淡雲籠月華，潛迹巫山下。寒蛩鳴四野，雲雨阻巫峽。擔驚擔怕，步行遲，苔徑滑，怎捱得恨綿綿如年長夜。粉墻高一似霧阻雲遮，爲着琴邊詩裏，耽誤了花開花謝。這的是母親見兵興，許爲姻婭。今日裏事息，拜爲兄妹争差。

【前腔】若是怕墻高，怎把龍門跨。嫌花密，難攀着桂花。若得俏冤家，共同打話，勝把十萬錢在揚州跨。祇爲着閉月羞花，三兩日水米不曾打牙。兀的不是斷送人鬼病根芽，好教人拴不住心猿意馬。又不是山遥水遠，又不是途賒。祇隔一個片窗紗，如隔了天涯。

【駐馬聽】月照銀紗，風動庭槐噪暮鴉。影分高下，却是多才，帽側烏紗。一個潛身曲檻未撑達，一個背立湖山下。休得謊咱〔四〕，多應窮漢，餓眼生花。

【畫眉序】嬌滴滴玉無瑕，粉臉生春鬢堆鴉〔五〕。你擔驚受怕，圖甚麽浪酒閑茶。從今後打叠起嗟呀，畢竟的不把心腸牽掛。爲他兩下情謙洽，將指頭兒告了消乏。

【梁州序】三百六十，先賢留下，個中一路難抹。棋逢敵手，作者怎施謀略。引入門來，便與單關，却怕他衝開打斷要奪角。他路强兮我路弱〔六〕，失行勢怎收縛。

【前腔】前言虚諾，後謀難托，個中黑子伸脚。從他有眼，遭暗中敲打。琴裏曾經這寂寞，今夜棋邊，定教還一着。早早斜飛，免使受牓綽。局面離披占甚着，一子誤，滿盤錯。

【玉芙蓉】這棋中有密機，輸去難迴避。緊關防却被那人先覷，衹圖兩下相粘住，這當得他人擊處提。休猜忌，待紅娘做眼，引入其中，不枉負佳期。

【前腔】雙關話可疑，敲斷隨伊意。暗中來可是對奴明語，一雙好眼常看你，你倒做了偷棋犯着的。奴非對，須尋一個對手，兩下平和，不枉負佳期。

【前腔】無情我詐輸，你休恁發狂語。這一着今夜必然番悔，今宵下定如何悔，月色偏將手影移。收拾去，向夫人説你，早早回身，莫待悔時遲。

【前腔】佯羞語可疑，此話難當抵，你將書暗約我故來此。問君我寄書何處？這不是伊家寄與書。明明許我，欲近嫦娥，自有上天梯。

【皂羅袍】爲甚的心無驚怕，赤緊的夫妻每意不争差。俺這裏躡足潛形悄的聽咱〔七〕，一個羞慚，一個怒發；張生無語，小姐變卦。一個冥冥悄悄，一個絮絮搭搭。

【清江引】不是俺一家喬上衙，説幾句知心話。文學海樣深，色膽天來大，不想去跳龍門學騙馬。

【前腔】俏書生爲甚麽不忖度？誰教你把東墻跨？夫人早已知，難與你干休罷，到官司細詳察，吃一頓打。

【前腔】默默無言躬身羞答答，佇立在閑階下。神女不容來，襄王空牽掛，頓教假妝聾權做啞。

校　箋

〔一〕此齣齣目，《六十種曲》本題作「乘夜逾垣」，《暖紅室匯刻傳劇》本題作「臨期反約」。

〔二〕待：底本原作「看」，據《暖紅室匯刻傳劇》本、《六十種曲》本改。

〔三〕悶掩：《暖紅室匯刻傳劇》本、《六十種曲》本作「悶倚」。

〔四〕謊：底本原作「荒」，據《暖紅室匯刻傳劇》本、《六十種曲》本改。

〔五〕鬖堆鴉：《暖紅室匯刻傳劇》本作「羞落花」。

〔六〕兮：底本原作「分」，據《暖紅室匯刻傳劇》本改。

〔七〕悄：底本原作「俏」，據《暖紅室匯刻傳劇》本改。

鶯鶯探病〔一〕

【步步嬌】祇爲崔家娘害得我難醫治，空教我待月西廂猜詩謎。番思薄幸女，悔過了竊玉偷香情緒，空教我泪如雨。祇爲愛月貪花，辜負了男兒志。

【園林好】可憐都是爲人在客，張君瑞近日身淹病怯。危難中得蒙提挈，母子每感恩德，特地問消息。

【江兒水】感得親來問，多謝伊。不疼不痛在心兒裏，料想難留人世。

【玉交枝】看你青春年幾，又何必尤雲殢雨？想藏珍必待沽諸，料雲程萬里終奮，姻緣必諧連理。登榮就親還有日，何須苦苦相縈繫。我與你求神問卜，且自寬心將息守已。

【賞宮花】一心愛你，愛你是掌上明珠。萱親忒忘了解兵時，你薄情人做作風中絮。咫尺姻緣，分做兩下裏。

【皂羅袍】看你惺惺伶俐，何必愁雲怨雨[二]。紅娘既托人言，必當盡忠其事[三]。他時紅葉再題詩，御溝不負男兒志。（合）功名未遂，病淹旅邸；姻緣未偶，香消玉肌。襄王勞夢巫山女。

【前腔】自宜珍重身體，弃了玉堂金馬，戀着嬌姿。不疼不痛害相思，無聊無賴難存濟。（合前）

【尾聲】共伊俱是天涯客，相逢更喜又相識，但願你沉痾頓如釋[四]。

校箋

〔一〕此齣齣目，《暖紅室匯刻傳劇》本題作「書齋問病」。

〔二〕怨雨：底本原作「怒雨」，據《暖紅室匯刻傳劇》本改。

〔三〕盡忠：底本原作「盡終」，據《暖紅室匯刻傳劇》本改。

〔四〕頓如釋：底本原作「早瞬息」，據《暖紅室匯刻傳劇》本改。

鶯鶯憶念〔一〕

【綿搭絮】〔二〕落紅成陣，萬點正愁人。早是傷情，無語憑欄怯訴春。困騰騰，情思沉吟。我有一腔春病，誰與温存？想是分淺緣慳，雨打梨花深閉門。説甚麽雨打梨花深閉門。

【前腔】時時刻刻，不曾離身。是你口許爲親，背面忘恩。到做了言而無信，悔賴人婚姻。縱有鐵壁銅墻，枉使機關拘禁得緊。

【前腔】花鈿慵整，我也賴去登臨。總有蘭麝馨香，有甚心情挨着枕。坐也不安，睡也不寧。想他風流才俊，貫世聰明。誰肯向東鄰，把我做針兒將綫引。

【前腔】没情没緒，悶倚着圍屏。心在他人，交頸鴛鴦綉不成。眼睁睁，天也不從人。想是你前生誤我、我誤你今生。你影隻形單，羞睹牛郎織女星。

【前腔】一從兵退，心膽虚驚。多了知母防風，少了附子檳榔與杏仁。自支撑，夜重日輕。我也參詳不到，鬼病苗根。總有扁鵲盧醫，難治厭厭肺腑情。

【前腔】思思想想，念念心心。相思，是我和伊都占盡。休怪我萱親，自古好事難成。

東君有意，花也留情。我豈肯惹浪蝶狂蜂，止許銜花美鹿行。

校　箋

〔一〕此齣齣目，《六十種曲》本題作「回春柬藥」，《暖紅室匯刻傳劇》本題作「兩地相思」。

〔二〕【綿搭絮】：底本原作【錦搭絮】，據曲譜改。

紅娘寄詩〔一〕

【尾犯序】鬼病厮相侵，祇爲彩筆題詩，迴文織錦。待月燒香，隔墻聽琴。顛窨，送得人卧床着枕，送得人忘餐廢寢。這是夫人處，把恩山義海，都做了遠水遥岑。

【前腔】心不存學海文林，夢不離柳影花陰。竊玉偷香，何曾得甚。難禁，祇落得愁如宋玉，腰如病沈。思量起，自海棠開後，思想到如今。

【青天歌】中他局兒兩三遭，致使書生病未療。祇愁他笑裏又藏刀，致使吾身没下稍。

【前腔】鶯鶯才貌出天嬌，君瑞詩書青史標。定看喜鵲駕仙橋，會雨行雲在此宵。

【前腔】新詩讀罷病都消，管取同諧鸞鳳交。蘇耽橘井盡皆抛，不怕藍田去路遥。

校箋

〔一〕此齣齣目，《六十種曲》本題作「病客得方」，《暖紅室匯刻傳劇》本題作「重訂佳期」。

西厢幽會〔一〕

【傍妝臺】彩雲開，月明如水浸樓臺。風弄竹聲祇道是金佩響，月移花影疑是玉人來。意孜孜雙業眼，急攘攘那情懷。倚定着門兒待，祇索呆打孩，青鸞黄犬信音乖。

【前腔】昏昏情思眼慵開，夢魂飛入楚陽臺。早知道無明無夜因他害，想當初不如不遇傾城色。夫人行料應難離側，多管是寃家不自在。安排害，整備抬，異鄉身强把茶湯捱。

【黄鶯兒】移步出西厢，見花陰上粉墻，一天星斗皆明朗。金爐瑞香，更闌漏長，迴廊偏喜無人往。問紅娘，張生寓所，何處是他房？

【前腔】忽聽問張生，急開門出户迎，紅娘准備衾和枕。張生笑迎，鶯鶯喜忻，兩人携手香肩并。謝芳卿，書齋冷落，倉卒欠趨承。

【羅香令】先前見責，誰承望今宵歡愛。謝小姐這般留心，小生合當跪拜。念小生又無潘安貌、子建才〔二〕，覷着可憎模樣，不勝感戴。是則是可憐我孤身客。

【皂羅袍】我見你多愁多害，其實難捱。衹見你忘餐廢寢，可憐十分不快。你真心耐，誠意捱；心回意轉，否極泰來。這其間留得形骸在。

【十二紅】小姐小姐多丰采，君瑞君瑞濟川才，一雙才貌世無賽。堪愛，愛他每兩意和諧。花心采，柳腰擺。露滴牡丹開，香恣蝶蜂采。一個半推半就，一個又驚又愛。一個嬌羞滿面，一個春意滿懷，好一似襄王神女會陽臺。一個斜倚雲鬟，也不管墮折寶釵。一個掀翻錦被，也不管凍却瘦骸。兩人勾却相思債，更不管紅娘在門兒外待。好教我無端春興倩誰排，衹得咬定羅衫耐。將門扣，叫秀才，莫貪餘樂惹非災。輕輕叫，叫小姐，忙披衣袂打門開〔三〕。看看月上粉墻來，莫怪我再三催。

【節節高】春香抱滿懷，暢奇哉，渾身上下都通泰。無聊賴，難擺劃，憑誰解〔四〕？夢魂飛繞青霄外，知伊昨夜夢中來，□□□□愁無奈〔五〕。（合）今宵同會碧紗厨，何時再解香羅帶？

【前腔】花陰下蘚階，楚陽臺，襄王雲雨今何在？多歡愛，歸去來，何時再？乍時相見教人愛，霎時不見教人怪。（合前）

【尾聲】風流不用千金買，賤却人間玉與帛。須必破工夫，明夜早些來。

校　箋

〔一〕此齣齣目，《六十種曲》本題作「月下佳期」，《暖紅室匯刻傳劇》本題作「良宵雲雨」，《怡春錦》本題作「踐約」。

〔二〕貌：底本無，據《暖紅室匯刻傳劇》本、《六十種曲》本、《怡春錦》本補。

〔三〕袂：底本原作「快」，據明萬曆間金陵富春堂刻本、《暖紅室匯刻傳劇》本、《六十種曲》本、《怡春錦》本改。

〔四〕憑誰：底本原作「誰憑」，據《暖紅室匯刻傳劇》本、《六十種曲》本、《怡春錦》本改。

〔五〕□□□□愁無奈：底本在四個□上注「原編欠四字」，明萬曆間金陵富春堂刻本、《暖紅室匯刻傳劇》本、《六十種曲》本、《怡春錦》本作「愁無奈」。

夫人拷紅〔一〕

【桂枝香】我着你行監坐守，誰許你胡行亂走？一恁的握雨携雲，使我提心在口。你花言巧語，你花言巧語，將没做有，出乖露醜。小丫頭，不説與我始末根由事〔二〕，如何索罷休？

【前腔】那日閑停針綉，把此情窮究。道張生病染沉痾，他和我到書齋問候。着紅娘暫回，着紅娘暫回，教小姐權時落後〔三〕，做了鸞交鳳友。慢追求，説與你始末根源事，如何索罷休？

【月上桂花】那張生聰明俊秀，小姐玲瓏剔透。一個士女班頭，一個文章魁首。經今月久，經今月久。相廝守，兩意相投，一心如舊。

【前腔】當初爲叛賊草寇，他請到蒲關故友。張解元起死回生〔四〕，老夫人番言變口。你名門閥閲，你名門閥閲。家聲舊，終不然背義忘恩，出乖露醜。休，何必苦追求。常言道女大難留，苗而不秀。

【錦堂月】再整鸞儔，重諧伉儷，心猿意馬收留。且把從前往事，一筆都勾。再休題簡帖兒傳情，惟願取功名成就。（合）從今後，看萬里青雲，早當馳驟。

【前腔】綢繆，月滿秦樓，珠還合浦，陽臺雨散雲收。春意徘徊，今朝自覺慚羞。再休題夜去明來，惟願取天長地久。（合前）

【僥僥令】春山眉轉皺，秋水慢凝眸。看鏡裏雙鸞相回顧，一似得水魚兒逐水流。

【尾聲】華堂簫鼓鳴春晝，擺一對鸞凰配偶，纔受媒紅謝親酒。

校箋

〔一〕此齣齣目，《六十種曲》本、《暖紅室匯刻傳劇》本題作「堂前巧辯」。

〔二〕不：底本無，據《暖紅室匯刻傳劇》本、《六十種曲》本補。

〔三〕教：底本無，據《暖紅室匯刻傳劇》本、《六十種曲》本補。

〔四〕起：底本原作「啓」，據《暖紅室匯刻傳劇》本、《六十種曲》本改。

長亭送別〔一〕

【普天樂】碧雲天，黃花地，西風緊，北雁南飛。曉來誰染霜林醉？多管是離人淚。恨相見得遲，怨歸去得疾。柳絲長情縈繫，倩疏林掛住斜暉。去匆匆程途怎隨〔二〕？念恩情使人心下悲淒。

【雁聲犯】思之，不忍分離。見車兒馬兒，不由人熬熬煎煎氣。有甚心情，打扮得嬌嬌媚？准備着衾兒枕兒，則索沉沉睡。從今後衫兒袖兒，都漬了相思淚。

【傾杯序】栖遲，頃刻間冷翠幃，寂寞增十倍。想前暮私情，昨夜成親，今日別離，唯我知之〔三〕。把腿兒相壓，臉兒相偎，手兒相携。不由人猛然思省泪雙垂。

【山桃犯】揾錦袖，啼紅泪。湛秋水，顰眉翠。執手未登程，先問歸期。别酒將傾，未飲心先醉。魚來雁去書頻寄，免使人心下成灰。

【尾聲】蝸角名，蠅頭利。拆散鴛鴦兩下裏，話别臨岐共慘凄。

【催拍】到京師水土自宜，趁程途當節飲食。慎時保體，慎時保體，野店風霜，早起眠遲。鞍馬秋風，最要扶持。（合）功名遂身着荷衣，攀月桂步雲梯。

【前腔】我但願你文齊福齊，衹怕你停妻娶妻。愁恨自知，愁恨自知，此去迢遥，黄犬青鸞有書頻寄。花柳他鄉，再休似此處栖遲。（合前）

【前腔】笑吟吟一同到此，哭啼啼獨自散歸。你歸到羅幃，你歸到羅幃，翠被生寒，此恨誰知？無計留連，閣不住泪眼愁眉。（合前）

【前腔】下西風黄葉亂飛，染寒烟衰草自迷。看杯盤狼藉〔四〕，杯盤狼藉，車兒投東，馬兒投西。金榜題名，切莫歸遲。（合前）

【前腔】這憂愁憑訴與誰，這相思惟我自知。你前程萬里，你前程萬里，一躍龍門，奪錦

榮歸。休戀紅妝，使故人憔悴。（合前）

【一撮棹】山光暮，連古道接長堤。催行色，人影亂夕陽低。人去也，鬆金釧減玉肌。但願取，封妻子耀門閭。

校　箋

〔一〕此齣齣目，《六十種曲》本題作「秋暮離懷」，《暖紅室匯刻傳劇》本題作「長亭別恨」。

〔二〕去：底本無，據《暖紅室匯刻傳劇》本、《六十種曲》本補。

〔三〕唯：底本原作「怪」，據《暖紅室匯刻傳劇》本、《六十種曲》本改。

〔四〕看：底本無，據《暖紅室匯刻傳劇》本、《六十種曲》本補。

草橋驚夢〔一〕

【步步嬌】昨日翠被香濃薰蘭麝〔二〕，欹珊枕把身軀趄。臉兒厮揾着，仔細端詳，幾曾經離別？看雲髻玉梳斜，恰似半吐初生月。

【江兒水】旅館欹單枕，寒蛩鳴四野。助人愁紙窗外風兒冽〔三〕，這孤眠被兒薄衾兒怯，冷清清幾時温得熱？有限姻緣方寧帖，無奈功名，何苦使人離別。

【清河水】呆打孩店房中没話説[四]，悶對如年夜[五]。暮雨催寒蛩，曉風吹殘月。今宵酒醒何處也？

【香柳娘】走荒郊曠野，走荒郊曠野，把不住心嬌體怯，喘吁吁難將兩氣接。瞞過了能拘管的夫人，穩住厮齊攢的侍妾，疾忙趕上者。爲恩情怎捨，爲恩情怎捨[六]？因此不憚路途賒，誰曾經這磨滅。

【前腔】想着臨行上馬，想着臨行上馬，其實痛嗟。哭得似痴呆，瘦得我甚嘽嚥。别離剛半晌，又早掩過翠裙三四褶。看清霜滿路，看清霜滿路[七]，高下路回折。我這裏奔馳，他在何處困歇[八]？

【前腔】是人可分説，是人可分説，是鬼疾速滅。聽罷語言兒，將香羅袖兒拽。且定睛看者，且定睛看者[九]，原來是小姐，爲人能爲徹。將衣袂不籍，將衣袂不籍，綉鞋兒都被路泥惹，脚跟兒敢踏破也。

【前腔】想着你忘餐廢寢，想着你忘餐廢寢，放不下些。到如今香消玉減，花開花謝。你衾寒枕冷，鳳分與鸞拆，月缺被雲遮。這牽腸掛肚，這牽腸掛肚，到如今義斷與恩絶，尋思來甚傷嗟。

【前腔】想人生在世，想人生在世，最苦是離别。關山萬里，獨自跋涉。休道一時，花殘與月缺，瓶墜寶簪折。總春嬌怎惹，總春嬌怎惹，生則願同衾，死則願同穴。

【傍妝臺】絳河斜，緑依依墻高柳半遮。靜悄悄門掩清秋夜，暗慘慘雲霧穿窗月。驚覺來顫巍巍竹影龍蛇走，虚飄飄莊周夢蝴蝶。砧聲響，聽不絶，急煎煎好夢應難捨。

【尾聲】柳絲長，情牽惹。冷清清獨自嗟，嬌滴滴玉人何處也。

校　箋

〔一〕此齣齣目，《六十種曲》本題作「草橋驚夢」，《暖紅室匯刻傳劇》本題作「驚夢草橋」。

〔二〕蘭：底本無，據《暖紅室匯刻傳劇》本、《六十種曲》本補。

〔三〕冽：底本原作「裂」，據《暖紅室匯刻傳劇》本改。

〔四〕呆：底本原作「怪」，據《暖紅室匯刻傳劇》本、《六十種曲》本改。

〔五〕年：底本原作「秋」，據《暖紅室匯刻傳劇》本、《六十種曲》本改。

〔六〕爲恩情怎捨：底本無此叠句，據明萬曆間金陵富春堂刻本、《暖紅室匯刻傳劇》本、《六十種曲》本補。

〔七〕看清霜滿路：底本無此叠句，據明萬曆間金陵富春堂刻本、《暖紅室匯刻傳劇》本、《六十種曲》

本補。

〔八〕處：底本無，據《暖紅室匯刻傳劇》本、《六十種曲》本補。

〔九〕且定睛看者，且定睛看者：底本原作「且停睛看者」，據《暖紅室匯刻傳劇》本、《六十種曲》本改。

泥金報喜〔一〕

【集賢賓】眼前悶懷濃似酒，一半在眉頭。離了眉頭，又在心頭有，惡思量無了無休。腰肢似柳，怎當他又添憔瘦。新愁與舊愁，廝混了難分新舊。

【前腔】曾經憔瘦擔此憂，奈每遍猶閑。不似今番情最陡，悶來時獨上危樓。簾垂玉鈎，空目斷山明水秀。慢凝眸，見衰草連天，野渡横舟。

【不是路】暗想當初，將欲從軍憔悴死。一封書，半萬賊兵剪草除。負佳期，閃得恩情兩下離，祇爲蟾宫折桂枝。這相思，天涯海角心相似，此情難寄。

【皂角兒】帶圍寬瘦損腰肢，意懸懸懶拈針指。害相思病染厭厭，淋漓袖萬千紅泪。莫不是怕黄昏，挨白晝，象床閑，羅衾冷，這般滋味。（合）冤家一去，歸無定期。嘆分離，天邊月缺，也有圓時。

【前腔】去時節黄葉亂飛，到如今落紅堆砌。要相逢千難萬難，不似俺別時容易。莫不是醉銀箏，歌彩袖，戀秦樓，迷楚館，把奴拋弃。（合前）

【尾聲】離愁萬種千言語，準備歸來訴與，祇恐相逢無一句。

【鎖寒窗】祇因他去減我風流，寄書來又添消瘦。桂子新秋，盼書又是梅花時候。悶來無語强抬頭，書在手泪盈眸。

【醉扶歸】我這裏開時有泪沾衣袖，他那裏修時未寫泪先流。悶時開拆悶時修，泪痕兒都把書濕透。正是一重愁番做兩重愁，寄來書泪點從來有。

【前腔】西厢月底曾相守，瓊林宴上恣遨游。跳東墻却去占鰲頭，惜花心養成折桂手。到如今晚妝樓，改作志公樓，朝陽鳥便是鸞鳳友。

【紅衲襖】這汗衫和他一處宿，想着我體温存貼着他皮肉。常不離了他前後，緊守着他左右。當初五言詩緊趁逐，後來七弦琴成配偶。如今功名成就也，祇怕撇人在腦背後。

【前腔】湘江兩岸秋，當日呵娥皇因虞舜愁。西厢泪兩流，今日鶯鶯爲君瑞憂。逐宵旅店房中宿，休將包袱兒做枕頭。水浸雨濕休教扭，乾來時熨不開摺皺。一件件與我仔細收留也，是必休忘舊。

校　箋

〔一〕此齣齣目，《六十種曲》本題作「尺素緘愁」，《暖紅室匯刻傳劇》本題作「泥金報捷」，《怡春錦》本題作「報捷」。

新刻群音類選官腔卷二十六

此下皆係南之雜劇，故有不分齣數者〔一〕。

校箋

〔一〕此句底本以雙行小字夾注于《高唐記》劇名下，因此句爲釋本卷所收皆南雜劇，故移于此，以統率説明本卷所收劇作。

高唐記

《高唐記》，又名《高唐夢》（又作《楚襄王陽臺入夢》），汪道崑撰。汪道崑（一五二五—一五九三），字伯玉，一字玉卿，號太函、南溟、南明、天都外臣，晚署涵翁。安徽歙縣人。明嘉靖二十六年（一五四七）進士，歷任義烏縣令、襄陽知府、福建副使、兵部左侍郎等職。精詩文，通音律，著有《太函集》、《太函副墨》、《太函子》等。知撰有《高唐夢》、《五湖游》、《遠山戲》、《洛水悲》雜劇四種，合稱《大雅堂雜劇》。《高唐夢》，今有傳本，現存明萬曆間原刊《大雅堂雜劇》本、《盛明雜劇初集》本（民國七年誦芬室據之重刻、《續修四庫全書》據誦芬室刻本影印）。《月露音》亦選録此齣曲文，題作「高唐記・幽夢」。

【高陽臺】飛觀岧嶤，流雲縹緲，朝來幾度明滅。日上扶桑，峰頭一片晴雪。凄切，倏然忽送風和雨，一霎地風回雨歇。似湘娥，明眸悵望，所思長别。

【前腔】高潔，婉若游龍，皦如初日，那更羞花閉月。巧笑工顰，玉質天然奇絶。紅頰，嫣然一笑傾人國，説甚麽目挑心悦。便教他，毛嫱西子，總非同列。

【前腔】姑射，山色嵸巃，神人綽約，云是肌膚冰雪。絶代無雙，不數莊生陳説。停轍，倘然得遇春風面，又何用輕身巾櫛。最關情，荒臺雲雨，楚宫湮滅。

【前腔】胠篋，詩刺鶉奔，禮閑漁色，汗簡光垂往哲。禍水無端，何用鯫生緩頰。周折，艅艎直下浮雲夢，漢水濱中流失楫。莫教他，留連光景，寒生離玦。

【香羅帶】空山人境絶，松樞桂闕，歸來珮聲空夜月，東風無主自傷嗟也。可惜春花後，送鶗鴂，舉首平臨河漢接。待學他織錦天孫也〔一〕，月照流黄心百結。

【前腔】當年來絳節，神交寵浹，蒼梧望中雲已滅，愁人花木幾重遮也。泪滴湘江水，幾時徹，望帝春心啼未歇。待學他鼓瑟湘靈也，風動朱弦心寸折。

【醉羅袍】玉貌玉貌多嬌怯，象服象服稱穠纖。蛾眉侵人鬢雲斜，一曲初生月。遲回少進，非邪是邪；遷延辭去，非邪是邪。回頭一顧神飛越。

【前腔】斂衽斂衽心如結，舉袂舉袂面頻遮。玉奴擁入七香車，蘭氣餘芳烈。神游何處，空歌楚些；魂招未得，空歌楚些。夢回猶見梁間月。

【香柳娘】夢翩翩化蝶，夢翩翩化蝶，游魂清夜，翻從覺後悲生別。望陽臺路賒，望陽臺路賒，鳥道度雲車，猿聲下霜葉。總千金莫邪，總千金莫邪，蛟龍可殲，恩情難絕。

【前腔】盼巫山萬叠，盼巫山萬叠，雲標高揭，天霞彩鳳歸丹穴。笑長安狹邪，笑長安狹邪，刻畫自無鹽，笙歌罷精列。慢臨風自嗟，慢臨風自嗟，遺榮去奢，同歸漻泬。

【尾聲】佳人百媚生眉睫，都付與詞臣齒頰，絕勝郢中歌白雪。

校　箋

〔一〕待：底本原作「詩」，據明萬曆間原刊《大雅堂雜劇》本、《盛明雜劇初集》本、《月露音》本、《陽春奏》本改。

京兆記

《京兆記》，又名《遠山戲》（又作《張京兆戲作遠山》），汪道崑撰。汪道崑，生平簡介見本書本卷「《高唐記》」條。《京兆記》，今有全本傳世，現存明萬曆間原刊《大雅堂雜劇》本、《盛明雜劇初集》本（民國七年誦芬室據之重刻、《續修四庫全書》據誦芬室刻本影印）。《月露音》亦選録此齣曲文，題作「京兆記·畫眉」。

【懶畫眉】開簾一片落花飛，好鳥吟春別院啼，雙雙來上合歡枝。青鸞何事飛難至，却教我玉鏡臺前懶畫眉。

【前腔】春風人面畫欄西，紅艷凝香未可持，看他妝成欲罷思依依。憑闌問道人歸未，眇眇愁予淡掃眉。

【前腔】王孫歸路草萋萋，綺陌香塵咫尺迷，况是緑肥紅瘦斷腸時。含顰獨坐無情思，等待郎描初月眉。

【前腔】淡妝濃抹兩相宜，閣筆平章有所思，可憐顰處似西施。試看兩山排闥青于洗，争似卿卿翠羽眉。

【畫眉序】芳樹亞簾衣，景物依稀解人意。見黄鶯并翼，紫燕雙栖。百年中燕婉良時，重閣上融和淑氣。（合）玉樓别是人間世，何須用鳳鳥于飛。

【前腔】潘鬢未成絲，莫向青皇問花事。正啼殘杜宇，開到荼蘼。浮雲外地勝三歸，香霧裏妝成百媚。（合前）

【前腔】覓草過樓西，拂袖時聞百花氣。見蜂衙初放，蝶夢猶迷。任從他樹下成蹊，争似恁枝頭并蒂。（合前）

【前腔】少小在深閨，雲鬢分行鬥明媚。喜叨陪供奉，常侍光儀。錦模糊石竹羅衣，金婀娜山花寶髻。（合前）

【滴溜子】歌聲細，歌聲細，悠悠落梅；腰肢細，腰肢細，盈盈柘枝。莫惜玉樓人醉，簾鈎落照移，追歡未已。正歌梁繚繞，舞袖低垂。

【雙聲子】芳林裏，芳林裏，雙玉壺千金倚。朱門裏，朱門裏，士女競鞦韆戲。春日暝，春日暝，暮雀知，暮雀知。看高枝揀盡，深樹先栖。

【尾聲】平章花月真吾事，談笑風雲自有時，莫笑閨中兒女慈。

洛神記

《洛神記》，又名《洛水悲》，汪道崑撰。汪道崑，生平簡介見本書本卷「《高唐夢》」條。《洛神記》今有全本傳世，現存明萬曆間原刊《大雅堂雜劇》本、《盛明雜劇初集》本（民國七年誦芬室據之重刻、《續修四庫全書》據誦芬室刻本影印）。《月露音》亦收録此劇，題作「洛神記・幽會」。

【好事近】千騎出長楊，回首五雲天上。孤身去國，伊闕幾重岩障。臨淵望洋，見沙頭鷗鳥閑來往。問何如機事渾忘，一任取烟波消長。

【前腔】徜徉，步屧水雲鄉，且和伊采采中洲平莽。雲英五色，芝草叢生彌望。猗蘭暖香，折芳華欲寄同心賞。涉江流已没虹梁，具河舟又無蘭槳。

【泣顔回】歸路洛川長，見佳人姣麗無雙。蛾眉宫樣，容華如在昭陽。臨風悼亡，忤愁心匹鳥河洲上。嘆陳人何處歸藏，對靈妃願與翱翔。

【前腔】悲凉人世苦參商，心違鳳卜寵奪椒房。多君倜儻，照人前玉質金章。真個是人文紀綱，發天葩楊馬還推讓。幾年間展轉興思，一霎時盻睞生光。

【解三酲】誰探取玄珠象罔，抵多少雜佩琳琅。我比他英英玉色連城賞，他比我炯炯珠胎照乘光。且休疑江妃曲渚遺交甫，端的是神女陽臺薦楚王。分明望，猶疑夢寢，恐涉荒唐。

【前腔】邂逅逢東都才望，殷勤獻南國明璫。我思他懷中密意頻觀望，他思我耳畔佳音遠寄將。祇怕他洞房珮冷愁無極，幾能勾合浦珠還樂未央。分明望，心同澤畔，迹異潯陽。

【五更轉】意未申，神先愴，東流逝水長。晨風願送，願送人俱往。落日江關，掀天風浪[一]。丹鳳栖，烏鵲橋，應無望。夢魄不斷，不斷春閨想。寂寞金鋪，蕭條塵網。

【前腔】結綺窗，流蘇帳，羈栖五夜長。無端惹得，惹得風流況。半晌恩私，千回思想。鬟翠眉，掩玉襦，增惆悵。好似天邊牛女，牛女遥相望。一葦難杭，無如河廣。

校　箋

[一] 掀天：明萬曆間原刊《大雅堂雜劇》本、《月露音》本作「兼天」。

帝妃游春

《帝妃游春》，程士廉撰。程士廉（生卒年不詳），字小泉，安徽休寧人。生平事迹不詳。知撰有

《帝妃游春》、《秦蘇賞夏》、《韓陶月宴》、《戴王訪雪》雜劇四種，合稱爲《小雅四紀》。《帝妃游春》，今有全本傳世，現存《古名家雜劇》本（《古本戲曲叢刊四集》據之影印）。

【畫眉序】醉暈牡丹紅，雲想衣裳花想容。看春風拂檻，曉露華濃。景如那群玉山高，人似在瑤臺月瑩。（合）頻催羯鼓香風動，絶勝在閬苑仙宫。

【前腔】濃艷露香凝，雲雨巫山睹玉容。斷腸時滿目，錦簇烟濃〔一〕。堪憐處飛燕新妝，謾道漢宫舊寵。（合前）

【前腔】國色對芳叢，長得君王帶笑容。沉香亭花繞，幾處陰濃。解幽恨斜倚闌干，承恩眷敢呼赤鳳。（合前）

【前腔】睡起海棠紅，笑倩青皇整舊容。比當年韓姑，燕譽恩濃。花并蒂虞虢邦交，歌同調秦姬簫弄。（合前）

【黄鶯兒】上苑喜春晴，翠華臨淑氣盈，遠方采異香爲敬。香名助情，椒房效靈。夜吞一顆元神定，戰天明。靈犀永固，萬劫保遐齡。

【前腔】舞袖拂香塵，喜東皇，駐紫宸，普天率土胥歡慶。風姨娉婷，月姊輕盈。春光滿眼無邊勝，紫霞醲。賞心樂事，虎拜賀升平。

【憶嬌鶯】李乍新，桃正穠，柳媚輕飄上苑風，吹得游人半醉醒。牡丹妒晴，海棠早春，楊花無奈顛狂性。問花神，無端野鹿，啣去過西林。

【歸朝歡】聖天子，聖天子，酒力已勝，醉扶歸游龍入夢。太平時，太平時，烽塵戢静，真個是一人有慶，萬方同樂笙歌頌。華封三祝嵩呼奉，可惜那緑媚紅嬌返照曛。

【餘文】憐枝恤樹承天寵，禁苑家門路已通，還擬來朝樂事同。

校箋

〔一〕錦簇：底本此二字殘左半，據《古本戲曲叢刊四集》本補。

秦蘇夏賞

《秦蘇夏賞》，全名作《泛西湖秦蘇夏賞》，程士廉撰。程士廉，生平簡介見本書本卷「《帝妃游春》」條。《秦蘇夏賞》，今無全本傳世，僅于《群音類選》中留存此劇部分曲文。劇寫秦觀和蘇軾夏日同游西湖，抒發「蝸角虚名何用，行樂及時」的情懷。

【錦堂月】夏入湖陰，花香鳥韵，游人幾許關情。遥望孤山，老梅猶繞空亭。且勸酬林鳥提壺，休哽咽陽春歌郢。（合）無邊景，看取魚躍鳶飛，一觴一咏。

【前腔】武林，南國蓬瀛，風流太守，堤邊柳媚花明。十里湖光，釀成萬斛甘醇。賺詩豪幾度沉酣，添酒徒十分顛窨。（合前）

【前腔】晝晴，日轉槐陰，午凉新浴，困眠綉户沉沉。竹徑風敲，驚人夢斷巫峰。伴清幽穠艷榴花，收粉泪紅巾酒暈。（合前）

【前腔】湖濱，此景誰同，接天蓮葉，荷花映日偏紅。瀲灔空濛，依稀乍雨初晴。嘆西湖濃抹迷津，笑西子淡妝晨牝。（合前）

【醉翁子】思省，看塵世如泡幻影。樂事難逢，民痍可隱。休愠，不如穩駕慈航，彼岸同超塵外境。（合）笙歌擁，看酒泛碧筒，幾回中聖。

【前腔】究竟，這蝸角虚名何用。行樂及時，謾勞悲憤。先醒，不如拂袖東山，跨鶴揚州天外境。（合前）

【僥僥令】蓮歌遥相應，山紫日將曛。掀髯一笑豪懷逞，茗碗詩筒莫厭頻。

【前腔】倦飛沙鳥暝，歸棹晚風輕。醉來不覺紅塵困，管取而今見在身。

【尾聲】悠悠湖上斜陽影，醉扶歸去過城闉，美景依然入望中。

韓陶月宴

《韓陶月宴》，程士廉撰。程士廉，生平簡介見本書本卷「《帝妃游春》」條。《韓陶月宴》，今無全本傳世，僅于《群音類選》中留存此劇部分曲文。劇寫陶穀出使江南，與太守韓熙載月夜開宴，且得「秋館尋春」事。

【集賢賓】夜凉庭院金風細，香焚寶鼎烟霏。乘槎人去天津艤，問君平誰照河西？露凝醁醑，玉壺冰沁人堪醉。（合）蟾光媚，碧梧陰轉過庭扉。

【前腔】悲秋寂寞眠孤邸，那堪四牡歸遲。長嘯一聲天籟起，倩素娥桂釀金巵。清尊留意，羈客愁未飲先醉。（合前）

【黄鶯兒】紅袖奉玻璃，見清光照舞衣，歌番蟋蟀還吟砌。鴻溝月移，鳥道霞飛，今宵如夢心還醉。（合）漏遲遲，良宵幾見，斗轉畫樓西。

【前腔】月朗見星稀，繞南枝烏鵲飛，豪懷欲賦高堂麗。鴻溝可蹊，鳥道可栖，此情如酒猩猩醉。（合前）

【猫兒墜】危臺百尺，井幹與雲齊。下看湖山蒼翠奇，流光旋繞玉蟾飛。（合）此際，不道明月隨人，露濕羅衣。

【前腔】秋光銀燭，人月兩相輝。銀漢無聲夜景凄，輕羅扇撲小螢低。（合前）

【簇御林】看天漢，雲影移，望長安，人未歸。玉繩遥列弘無際，秋高誰鼓南冥翼。慢追隨，厭厭夜飲，四美二難齊。

【前腔】風初動，霧漸迷，夜將闌，酒力微。玉人歌舞渾無寐，嬋娟照處人千里。醉扶歸，佳期重會，慢效鳳鸞飛。

【尾聲】蟾光又見將西墜，秋館尋春事轉奇，明日新詩取次題。

戴王雪訪

《戴王雪訪》，程士廉撰。程士廉，生平簡介見本書本卷「《帝妃游春》」條。《戴王雪訪》，今無全本傳世，僅于《群音類選》、《月露音》中留存此劇部分曲文。《月露音》卷四「樂集」題劇目作「雪訪」，歸爲《泰和記》中之一齣，顯誤。祁彪佳《遠山堂劇品》評稱：「《訪戴》一出，略有點綴，終不得爲俊雅之調。」本事出《世説新語》王子猷雪夜訪好友戴安道事。

【北新水令】彤雲密布朔風嚴，滿長空幾番飛霰。無聲輕着地，何事舞漫天。瑞降豐年，助幽人清興遣。

【南步步嬌】冰花六出寒風剪，玉積瑶階遍。檐外亂飄旋，忽過梁園，又繞謝家庭院。誰人擬撒鹽，還是因風柳絮空中颭。

【北折桂令】望斜陽雪霽雲穿，漸掃陰霾，半露晴天。明輝輝幾座銀山，白瀼瀼幾處瑶川。膩粉兒鋪上重檐，玉繩兒綰就疏簾。誰問袁安？誰去餐氈？誰釣江寒？呀，一霎時皓月當空，照徹人間。

【南江兒水】夜色晴偏媚，蟾光照雪寒。玉樓此際情無限，素闌屈曲閑憑遍，冰壺漏滴聲輕濺。笑對嬋娟爲伴，影射瓊卮，照見梅花人面。

【北雁兒落帶過得勝令】俺衹見趁空明下雪灘，皎漫漫無邊岸。説甚麽卧中流蓮葉舟，恰正是泛仙槎來銀漢。往常時帆外映青山，倒影碧流間。這些時玉海翻銀浪，蒼峰换玉尖。遥天，雲斂星河淡。遠望着前也麽川[一]，涵空兩鏡圓。

【南園林好】望海門金波瀲灧，拂蘆花白雲兩岸。隱隱遥聞孤雁，雪月裏唳中天，雪月裏唳中天。

【僥僥令】露凝知夜永，風勁怯衣單。冰輪海上光猶閃，吟嘯天風星斗寒。

【尾聲】興闌何必人相見，返棹歸來月滿船，夜色沉沉取次看。

【泣顔回】隴上探梅還，爲春信幾度躋攀。灞橋風景，謾回旋雪徑行難。過稽山剡川，白茫茫縱望心無厭。折高枝凍手摧殘，返長途蹇足不前。

【石榴花】雪晴月朗，一色地連天。清意味，共誰言，欲將招隱付冰弦。想高懷促膝清彈，放扁舟剡灘，望仙莊咫尺應非遠。興闌時去棹風回，人會處缺月天圓。

【泣顔回】高志屹如山，似洋洋流水潺湲。陽春白雪，按宫商唱和皆難。見南枝耐寒，這焦桐唤出東風面。拂清徽半作龍吟，問琴老何日游仙。

【石榴花】冰山冷眼，出岫白雲閑。怎鼓瑟，向人前，惟愛那風花雪月飲中仙。對清樽舉袂掀髯，聽鷄鳴岸邊，曙光寒江影渾如練。話綢繆飲盡醍醐，櫓咿啞驚起鷗眠。

【歸朝歡】曉寒生，曉寒生，落月在川，照孤舟横斜影亂。看前汀，看前汀，白露皛然，宿寒洲鳥鷺欲散。殘星幾點昏猶燦，寒波一片明還暗，漁火依稀起爨烟。

【尾聲】夜闌何意重消遣，邂逅相看景倍妍，驢背舟中各一天。

校　箋

〔一〕前也麼川：《月露音》本作「一派澄川」。

玉通和尚罵紅蓮〔一〕

《玉通和尚罵紅蓮》，此爲《玉禪師翠鄉一夢》（簡稱《玉禪師》或《翠鄉夢》）第一齣。《玉禪師》，徐渭撰。徐渭（一五二一—一五九三），初字文清，更字文長，號天池、青藤道士，別署田水月等。諸生。性豪放，喜談兵，精通詩畫樂曲。著作有《徐文長文集》、《徐文長逸稿》；撰有《玉禪師》、《女狀元》、《雌木蘭》、《漁陽三弄》雜劇四種，總稱作《四聲猿》。《玉禪師》，今有全本傳世，現存明萬曆戊子（一五八八）龍峰徐氏刻本、萬曆間錢塘鍾人杰序刻本、萬曆間閔德美校訂《徐文長文集》附刻本、崇禎間孟稱舜評點《酹江集》本、《盛明雜劇初集》本、立達堂刻袁宏道評點本、大誠齋書坊刊澂道人評本、《暖紅室彙刻傳劇本》等。中華書局一九八三年版《徐渭集》之「出版説明」稱：「《四聲猿》雜劇的版本很多，除澂道人刻本和《酹江集》所收的《狂鼓史》、《雌木蘭》兩種稍有異文之外，其餘各本基本相同。」

【新水令】我在竹林峰坐了二十年，欲河堤不通一綫。雖然是活在世，似死了不曾然。

這等樣牢堅，這等樣牢堅，被一個小螻蟻穿漏了黄河塹。你何不做個鑽不漏的黄河塹？

【步步嬌】我想起潑紅蓮這個賊衒衒，我與你何仇怨？梨花寒食天，妝做個祭掃歸來風雨投僧院，又喬妝病症急切待要赴黄泉，繞禪床衹叫行方便。誰着你真個與我行方便？

【折桂令】叫道是滿丹田疼得似蛇鑽，叫與他坦腹磨臍，借暖隈寒。我也是救苦心堅，救難心專，没方法將伊驅遣。又何曾動念姻緣，不覺的走馬行船。滿帆風到底難收，爛繮繩畢竟難拴。你若不乘船，要什麽帆收。你即自加鞭，却又怪馬難拴。

【江兒水】數點菩提水，傾將兩瓣蓮。蠢金剛不管山門扇，被潑烟花誤闖入珠宫殿，將戒袈裟鈎掛在閑釵釧。百尺竿頭難轉，一個磨磨跌破了本來之面。你一個葫蘆掛搭在桃花之面。

【得勝令】你又不是女琴操參戲禪，却元來是野狐精藏機變。霎時間把竹林堂，翻弄做桃花澗。紅也麽蓮，你爲誰辛苦爲誰甜？替他人虧心行，按着龍泉，粉骷髏三尺劍，花葫盧一個圈。西也麽天，五百尊阿羅漢從何方見？南也麽泉，二十年水牯牛，着什麽去牽？　黄也麽天，五百尊阿羅漢〔二〕，你自羞相見。　清也麽泉，照不見釣魚鈎，你自來上我牽。

【僥僥令】摩登渾欲海，淫咒總迷天。　我如今要覓如來何由見，把一個老阿難戒體殘，把一個老阿難戒體殘。　我笑這摩登還没手段，若遇我紅蓮呵〔三〕，由他鐵阿難也弄個殘，由他鐵阿難也弄個殘。

【收江南】則教你戴毛衣成六畜道，變蛆蟲與百鳥餐。　巧計奸心，直便到日月天。　俺今來這番，俺今來這番，又幾回筋斗透針關。　透針關，幾時圓滿。　面着壁少林北巘，停着舟普陀東岸，投着胎錦江西畔。　到如今轉添業緣，説什麽涅槃寂圓。　呀，則一靈兒先到柳家庭院。　俺如今也不添別緣，老實説磨盤兩圓。　呀，俺則把這幾點兒回話柳爺衙院。

【清江引】我在庵中打二十年餿齋飯，長偷眼把師父看。　他坐着似塑彌陀，立起就活羅漢。　柳老爺則怕他放不過紅蓮案。

校　箋

〔一〕《玄雪譜》本題作「四聲猿・竹林峰」，疑據「【新水令】我在竹林峰」句題劇目。

〔二〕漢：底本無，據《古本戲曲叢刊初集》本、《玄雪譜》本、大誠齋書坊刊澂道人評本補。

〔三〕我笑這摩登還没有手段，若遇我紅蓮呵：《古本戲曲叢刊初集》本此兩句爲賓白；《盛明雜劇初集》本、大誠齋書坊刊澂道人評本、《玄雪譜》本作「我還笑這摩登没手段，若遇我紅蓮呵」，此兩句亦爲賓白，據改。

月明和尚度柳翠

此劇實爲徐渭《玉禪師翠鄉一夢》第二折。

【新水令】俺則爲停舟待客繞迴廊，没來由撞見個風魔和尚。我問他來歷處，他一手指天堂，又賣弄着西方，又賣弄着西方。臨了呵妝兩個字似投胎樣。

【步步嬌】他戴烏紗背北朝南向，似官府坐黄堂上。他回身幾步忙，仔細端詳，真廝像俺爺模樣。又打發那紅妝，似領伏兵去那里做烟花將。

【折桂令】這一個光葫蘆按倒紅妝，似兩扇木木櫳，一付磨磨漿。少不得磨來漿往，自然的櫳緊糠忙。可不掙斷了猿繮，保不定龍降。火燒的倩金剛加大擔芒硝，水櫬的請餓鬼來監着厨房。

【江兒水】既惱烏紗客，還嫌緑鬢娘。一彈兒怎分打得雙鵶傍，這一胎畢竟誰家向〔一〕，况烏紗又是個男兒相。何處受一團兒撑脹，這欠債還錢，必是女裙釵消帳。

【得勝令】不合得在青樓幹這樁，免不得堆紅粉將人葬。我記得那一年掇賺了黄和尚，我自來衹拆斷了這橋梁。敢有個小秃子鑽入褌襠，紙牌上雙人帳，荷包裹一泡漿。酸嘗，不久來瓠犀子嚼梅醬；藥方，須早辦鯉魚湯帶麝香。

【園林好】謝師兄來西天一場，用金針撥瞳人一雙。止拈撮琉璃燈上，些兒火熟黄粱，些兒火熟黄粱。

【收江南】和你四十年好離别，你一霎時做這場。把奪舍投胎，不當燒一寸香。俺如今要將，俺如今不將，把要將不將，都一齊一放。小臨安顯出俺黑風波浪，潑紅蓮露出俺粉糊粘糨，柳家胎漏出俺血團氣象。俺如今改腔换妝，俺如今變娼做娘。弟所爲替虎倀穽羊，兄所爲把馬繮捆獐。這滋味蔗漿拌糖，那滋味蒜秧擣薑。避炎途趁太陽早涼，設計較如海洋斗量。再簸舂白粱米糠，莫笑他郭郎袖長。精哈哈帝皇霸强，好胡塗平良馬臧。英杰們受降納疆，吉凶事吊喪弄璋。任乖刺嗜菖吃瘡，幹功德掘塘救荒。佐朝堂三綱一匡，顯家聲金章玉璫。假神仙雲莊月窗，真配合鴛鴦鳳凰。頽行者敲鐺打梆，苦頭陀柴扛碓房。這一切萬樁百忙，都衹替無常背裝。捷機鋒刀槍鬥鋌，鈍根苗蜣蜋跳墻。肚疼的假嫦海棠，報冤的風霜鵶鶬。填幾座鵲潢寶扛，幾乎做鴞桑乃堂。費盡了啞佯妙方，纔成就滚湯雪煬。兩弟兄一雙雁行，老達磨裹糧渡江。脚跟踹蘆蔣葉黄，霎時到西方故鄉。依舊嚼果筐雁王，遥望見寶幢法航。撇下了一囊賊贜，交還他放光洗腸。呀，纔好合着掌，回話祖師方丈。

校　箋

〔一〕誰：底本爲一方框，據《古本戲曲叢刊初集》本、《盛明雜劇初集》本、大誠齋書坊刊澂道人評本補。

黄崇嘏女狀元

《黄崇嘏女狀元》，實爲徐渭撰《女狀元辭凰得鳳》第四折和第五折。《女狀元辭凰得鳳》爲《四聲猿》之一種。徐渭生平及《四聲猿》版本見本書本卷「《玉通和尚罵紅蓮》」條。

【梁州新郎】石銘瘞鶴，銀鈎作蠆，畢竟楷書難大。子雲一字，專亭取桂蕭齋〔一〕。誰似你銅深款識，鐵屈珊瑚，幾撇斜披薤。指尖尤有力，壓磨崖，絶稱泥金糁緑牌。籠韋誕，成頭白。門生焉敢學王郎怪，題麟閣，還要了相公債。

【前腔】二賢遺愛，七雄沉派，功德文章絶代。許多豪杰，憑將四句題該。越顯得梁間燕雀，碑底龜螭，都拱護神靈在。四楹金彩上，定有瑞芝開，生奪却四十顆明珠做挂壁釵〔二〕。這月露形，風雲態。小孩童圖夜散書堂快，似金谷老，借乞兒債〔三〕。

【前腔】琥珀濃未了三杯，真珠船又來一載。儹絲桐送嚮，出墓田黄菜。真個是清明杜宇，寒食棠梨，愁殺他春山黛。一堆紅粉塊，恨不葬琴臺，説什麽采石江邊吊古才。老詞宗，令門生代。况文君自合吟頭白〔四〕，因此上難下筆，險做了賴詩債。

【前腔】他從征輩本是裙釵，你上梁文細描英邁。比曹娥孝女，多一段劫營攻寨。看他年朱欄字鮮，黄絹碑陰，定賞殺中郎蔡。紅羅新挂處，誰不道豫章材，正好架百尺高樓把五鳳抬。真醉矣，渾無奈。又騎着匹瘦馬向天街闖，何日了，木蘭債。

【節節高】分明是楚陽臺，九層階，一層高矣一層賽。琴天籟，畫活苔，棋吾敗。這師生名分憑君賴，算來我合在門墻外。你雲龍兩物一身兼，孟郊怎受得昌黎拜〔五〕？

【前腔】你休辭日影歪，再三推，歸衙也了不得文書債。煮園芹薤，魚腦腮，餔萸稗。那葡萄匹錦衹好做囊詩袋，萬分酬不盡珠璣纇。譬如錦川片石有何奇，一時間僥幸得南宫拜。

【尾聲】你遇着簿書閑，花月再，興高時打着馬兒來。我又試取烏鬼黄魚，了這罏琥珀醅。

【畫眉序】我當日總文裁，不過是座主通家雁行輩。喜鰲頭交占，與鳳侶同諧。誰承望桃李門墻，翻奉侍舅姑耆艾。狀元罕有雌雄配，天教付女貌郎才。

【前腔】參幕與吾儕，本兄弟通家兩稱謂。誰知道假龍公尾鋭，隱蚌母珠胎。今才識下月嫦娥，還誤認上科前輩。狀元何處表雌雄配，祇争個紗帽金釵。

【前腔】非是我撒喬乖，祇爲寒居忒蕭索。期宫袍奪錦，免門徑關柴。愧相公招跨鳳仙才，惹蕭史做乘龍佳客。狀元你我既雌雄配，雙雙咏柳絮花魁。

【前腔】快婿稱爹懷，誰料參軍亦吾輩。總先生設席，奈弟子弓鞋。改新郎做嫂入厨房，遣小姑爲婆嘗羹菜。狀元險誤我你做雌雄配，不笑殺了蝶使蜂媒。

【滴溜子】難道女兒慣妝男出外，況二十年來又妙齡，正當少艾。竟保得没些兒破敗，你緊跟隨怎地瞞，必知大概。我試問那海棠，可依然紅在？

【鮑老催】你梅香儱頼，把嫦娥做自己般看待，厨房中雜伴瓜和菜。我扳開領，扯奶頭，和伊賽。我從前乳哺他三年大，休説道在家止許我陪他，就路途中誰許個男兒帶。

【滴滴金】摸着他老蚌殼雙珠礙，大得來果珍李上加脝奈。他胸堂不够挂兩隻，瘸丁當漿皮袋。别無盛介，在家出路都是他包代。他是一個鴛鴦樣，占盡了奴儕。

【鮑老催】是個西鄰粉黛，來乳哺媳婦到初學拜，不想俺椿萱都歸蒿薤。與黄姑，入深山，似僧尼戒。十年酬却詩書債，從來相伴惟他在，肯許個蒼頭代。

【雙聲子】木蘭代向邊榆寨，即這個黄令愛。牡丹曬須緑葉蓋，出這個黄姑怪。幫襯來，成文章伯。似天上謫下人間界，住織女黄姑，本銀河一帶。

【尾聲】這姻緣真不歹，小可的動了龍顔喜色，誰信道綉閣金針翻是補衮才。

校箋

〔一〕桂：底本原作「挂」，據《古本戲曲叢刊初集》本、《盛明雜劇初集》本、大誠齋書坊刊澂道人評本改。

〔二〕生：底本無，據《古本戲曲叢刊初集》本、《盛明雜劇初集》本、大誠齋書坊刊澂道人評本補。

〔三〕乞兒：底本原作「乞了」，據《古本戲曲叢刊初集》本、《盛明雜劇初集》本、大誠齋書坊刊澂道人評本改。

〔四〕合：底本原作「會」，據《古本戲曲叢刊初集》本、《盛明雜劇初集》本、大誠齋書坊刊澂道人評本改。

〔五〕郊：底本無，據《古本戲曲叢刊初集》本、《盛明雜劇初集》本、大誠齋書坊刊澂道人評本補。

崔護記

《崔護記》，作者佚名。《崔護記》，今無全本傳世，僅于《群音類選》中留存五齣曲文。劇寫崔護去郊外游春，過村户，口渴，向前討茶求飲，見遞茶少女，暗生情愫。再次相訪時，未遇少女，心情暗淡，題詩表意而去。少女歸，得詩，相思成疾而亡。恰崔護又來，聲聲呼喚，少女重又還陽。

邂逅

【鎖南枝】尋新句，問酒罏，前村後村花鳥多。鳥解向人呼，花能撩人顧。情正愜，春漸過，怎得大還丹，把朱顔駐。

【前腔】春將暮，懶擲梭，東園桃李結伴過。青眼向春柯，貞心比霜樹。休厭那，綉閣孤，這容顔，怕花相妒。

【前腔】穿芳樹，隱薜蘿，誰家少女玉貌酡。體怯愛輕羅，鞋新畏清露。官人得，做老婆，定然如，相如婦。

【前腔】早歸去，謝豹呼，少年久立知爲何。秦女總無夫，不勞使君顧。他精神倦，顰翠蛾，怕人逢，且回步。

【不是路】春色無那，岸上行歌接棹歌。那嬌娥，相逢彷彿天台路。杯酒偏將連理搓，你忒風魔，他羞人已避花間步。怎做得游蜂飛見他，他潛踪去，貞心可比秋胡婦。令人疑怖，令人疑怖。

【尾聲】相思頃刻天來大，且向侯門經過，付與當歌金叵羅。

求飲

【一江風】倚紗厨，誰道東風惡，獨送得奴憔悴。懶梳頭，亂挽雲鬟，猶自難抬臂。綉户强支頤，綉户强支頤，彩毫誰畫眉，到黄昏羞抱鴛鴦被。

【前腔】曙色移，花影侵簾幕，自啓湘妃笥。綉絲牽，牙尺金刀，驚起黄鶯睡。芙蓉綉幾枝，芙蓉綉幾枝，雙頭下指遲，更那堪枝上描雙翠。

【玉抱肚】看他風流標致，把針兒欲刺還思。莫非怨春日遲遲？莫非思姊妹相嬉？

細思他何事蹙蛾眉，端衹是憶着蕭郎見便離。

【前腔】你是何方佳士，急煎煎敲門問誰？細觀他旖旎容儀，當有日變化天池。女兒雖要避嫌疑，邂逅何妨茶一杯。

【皂羅袍】愛殺玉人嬌媚，喜相逢花下，一語投機。柔情已露遠山眉，何時爲解朝雲髻？他臨風嬌語，香生口脂；羞人倚樹，雙眸懶回。桃花人面嬌無二。

【尾聲】衹因酒渴催人至，不想玉人留意，此後相思渴怎醫？

題詩

【懶畫眉】村村鳥語唤人游，樹樹花香傍客浮，含羞游女隱墻頭。任他金谷春華茂，不及蠶桑秦氏樓。

【前腔】莫不是思親祭掃上高坵？莫不是結伴芳郊拾翠游？莫不是嬌鶯强作野鷄儔？這機關教我參不透，寵柳嬌花總是愁。

【前腔】風光不似舊時游，履迹尖尖苔上留，自從一見意相投。瑶琴冷落相如奏，想像文君翠黛秋。

【前腔】新詩寫罷泪交流，山外斜陽不暫留，幾番欲去又回頭。難將紅葉傳情實，權借柴門作御溝。

【尾聲】來時準擬牽紅袖，不過歸來興未休，何日相逢還他滿腹憂。

患病

【金衣公子】勉强理殘妝，瘦寵兒羞鏡光，春來贏得相思樣。帳額上鳳凰，鞋口上鴛鴦，如何央得眉頭放？（合）恨崔郎，把人擻漾，轉憶轉恓惶。

【前腔】消遣下華堂，艷花開嬌草香，儘教花草把愁懷釀。眉尖兩行，心頭一腔，算來都是相思帳。（合前）

【御林鶯】我心中苦，不可當，口難言怕斷腸。題詩有個人難傍，人前恐揚，招灾攬殃。有個崔郎在心上，難廝放。（合）望東墻，無情宋玉，何處自徜徉。

【前腔】逢佳士，在花柳傍，一杯茶擬玉漿。他讀書人怎做桑間狀，他同心未裝，我佳期怎忘。誰知好事成磨障。（合前）

【猫兒墜】我芳心飄蕩，端的爲他行。頃刻頭疼病未央，你看腰間漸褪薄羅裳。思想，縱有扁鵲倉公，不若蕭郎。

【尾聲】春來消瘦嬌模樣，更爲那新詩促上床，但願得有日雙雙舞鳳凰。

更生

【綿搭絮】蓬鬆雲鬢，懶向鏡臺前。瘦損堪憐，負了些花落鶯啼三月天。即無緣，何事相關。若是有緣重見，百歲纏綿。祇是此病難痊也，祇爲才郎錦綉篇。

【桂枝香】我坐來心戰，魂靈飄散。滿身疼痛千般，這病何曾經慣。我咽喉漸乾，我咽喉漸乾，我又不曾與君眷戀，爲何的這般危難。正芳年，白髮高堂暮，晨昏誰共歡？

【前腔】自你春來沾患，懶提針綫。向人瘦了容顏，教我減些茶飯。你既爲着那人，你既爲着那人，又不破綻，何妨姻眷？好心酸，可憐少女辭孤閣，祇爲多才赴九原。

【前腔】把柴門遥探，祇見哭聲撩亂。莫不是他嚴父身亡？莫不是我娘行遭變？這其間怎猜，這其間怎猜，怕人瞧見，憂愁無限。最相關，不見嫦娥面，空勞到廣寒。

【前腔】你高堂日晏，爲何相思成患？誰知一首新詩，到做了千秋長怨。你如今有靈，你如今有靈，快把香魂來返，受用些黄昏清旦。看他體儼然，你儻爲崔郎死，人今在枕邊。

【前腔】夜臺行遍，爹行在念。又有個薄幸人兒，瞑目終成牽絆。我身邊是誰？我身邊是誰？我欲爲郎開眼，衹是羞看爹面。我自長嘆，懊恨相逢日，杯茶惹業寃。

桂花風（安定泰安子編）

《桂花風》，胡文焕撰。《桂花風》，今無全本傳世，僅于《群音類選》中留存五齣曲文。祁彪佳《遠山堂劇品》歸入「具品」，稱：「南北，六折」、「此等話頭，雖不妨出相，然亦終非雅謔。」此劇本事不詳。述一富家男子好男風，被父、妻責勸，雖表面答應痛改惡習，用功讀書，似并未遵守諾言，終被世弃，窮困潦倒。

修容獲薦

【駐雲飛】獨坐無聊，强對菱花心轉焦。自覺容將老，頓爾人交少。嗏，窮窘怎生熬，有誰知道。拔去愁根，生意依然好。衹恐還生糞後毛，更要揪光糞後毛。

【前腔】試聽根苗，衹爲靠此爲生没下梢。毛長人何要，孔大誰相好。嗏，倩你掃清槽，萬毋見笑。休對人言，相謝錢和鈔。非我年多性尚騷，豈謂容衰性尚騷？

【前腔】不憚劬勞，爲你庭前去草茅。打扮十分俏，妝點你年青少。嗏，久玩興偏高，不須他報。若不相從，便向門前叫。掬盡湘江羞怎逃，遮却容顏羞怎逃？

【前腔】久染塵囂，睽别俄驚數十宵。風月是他懷抱，金寶是他灰草。嗏，他慕你最清標，是吾相告。你若交之，受用殊無了。作速同行莫戀巢，且到山前莫戀巢。

【啄木兒】人多俊，情更高，年少翩翩惟色好。却纔把水路相離，又還將陸地來邀。他豪門那惜金和寶，衹要你殷勤趨奉心兒小，管教不日提携上九霄。

【前腔】蒙詳示，愁頓銷，再把風流逞這遭。得此去魚水相投，願把伊旦晚香燒。身長自慣低低靠，眈憂爲我般般料，我是老將黄忠業更超。

【三段子】非吾多道，那官人長槍不饒。承伊指教，備鐵牌何愁彼驍。頭兒須要梳妝巧，衣兒還要穿些好。管取頃刻魂迷，賽過女妖。

【歸朝歡】湯頻洗，湯頻洗，還加服椒，猶須要塗脂方好。行樂處，行樂處，聲兒作嬌，笑當年空自有多容宋朝。

【尾聲】純陽用事真顛倒，非是我甘爲不肖，衹恐時光容易凋。

慶賞後庭

【北新水令】冤家何事不歸來，冤家何事不歸來，哄的人空多歡態。打你個大膽奴才，誰教你恁般無賴。展轉疑猜，展轉疑猜，多敢是那人兒不在。

【南步步嬌】坎坎長途行轉邁，安得如雲快。他應望眼穿，道我無尷尬，果然佇立在門兒外。捷足已先邀，笑滿船空把明蟾載。

【北折桂令】一見了魂繞陽臺，名不虚傳，貌果奇哉。俺把他自加珍愛，不由人霎時傾蓋。少甚麽北海爲杯，也有着方丈安排。吃醋形骸，笑你個不自知機，却空勞滿口胡柴。

【南江兒水】玉箸供珍味，金甌瀉緑醅。願交旦晚常歡會，敢辭承奉云勞瘁。須要大家沉醉，試看金烏，瞬息又將西墜。

【北雁兒落帶得勝令】俺也曾把你來晝夜陪，俺也曾蒙你來腹心待。俺也曾掌書記夜半起將來，俺也曾隨講讀宵分未敢寐。俺也曾對西風隨作客，俺也曾聞夜雨共傷懷。俺也曾熟睡後你把衣裾割，俺也曾疾病中親將藥餌煨。哀，到如今便抛灑。俺待妝獃也麼呆，最難堪種種心歪。

【南僥僥令】人世如同風捲埃，何必要，較興衰。懷抱須交成慷慨，不道受恩深即家宅，受恩深即家宅。

【北收江南】呀，看了他這般嬌態呵，這欲火好難捱。登時入死這乖乖，何須覓取女裙釵。非是俺將他誇采，若再得內才，謝你個好良媒。

【南園林好】眼模糊共誰伴偕，身軟弱憑伊處裁。及早同歸齋內，魚和水，好追隨；魚和水，好追隨。

【北沽美酒帶太平令】細思量悶怎排，細思量悶怎排，都是你成冤債。着肉知疼將俺愛，朝也是呼俏乖，暮也是稱寶貝。竟將人十分嗔怪，好交人不堪頂戴。我呵，不覺的恨兒滿懷，淚兒滿腮，呀，尋一個孔明來布擺。

【南清江引】妝成圈套誰堪賽，那怕你成妖怪。難防暗箭施，你怎曉我心如蠆，斷送你早早的出門外。

聞簧反目

【紅衲襖】你此身兒生值着全盛時，更幸得所處的家富貴。正該把詩書事業圖勤勵，怎應將酒色生涯自染迷。那酒呵潰胃如刀堪戒之，那色呵耗精猶劍當遥避。你須聽我良言相勸也，好把身家作護持。

【前腔】我終日坐書齋未敢離，豈不知把家聲圖振繼。不過是消愁解悶何嘗醉，又不曾卧柳眠花竟不歸。室家中有的是妾與妻，几席間有的是珍饈味。我緣何又有他求也，莫聽讒言到使得親反離。

【前腔】你不必逞花唇把我欺，你縱淫欲的事兒我儘知。好酒呵何曾分着晝和夜，好色呵何曾肯别男和女。非是我怕奪了情與義，止要你成就個瑚璉器。你從今要改過自新也，免得我叨叨説是非。

【前腔】他們呵一路來將我擊，我一人呵怎好把衆人敵。到如今既露了那樁事，又怎生把人瞞將已欺。怎禁得怕羞慚頭轉低，須索要慮争競還喪氣。是我醉中偶爾閑爲也，不若供明望你發大慈。

【香柳娘】我聞言笑伊，我聞言笑伊，好個風流子弟，原何屢屢還如是。儼偷鷄野猫，儼偷鷄野猫，舊性不能移，到頭何所以。倘逢妻不賢，倘逢妻不賢，畢竟肆凌夷，將何去對抵？

【前腔】是卑人性痴，是卑人性痴，好尋野味，豈知圖樂翻傷氣。嘆一時誤爲，嘆一時誤爲，致你有參差，我于心亦惶愧。你是個女賢，你是個女賢，感戴已無涯，不須頻較此。

【前腔】快將他逐之，快將他逐之，方能容你，爲人好歹你應須識。若逐之少遲，若逐之少遲，反目豈爲奇，捐軀亦堪誓。好終身記取，好終身記取，酒色遠相離，身家所關係。

【前腔】謝娘行教誨，謝娘行教誨，與你永諧匹配，期將舊染皆無累。若再犯不悛，若再犯不悛，照證有天知，憑伊治何罪。更晨昏讀書，更晨昏讀書，若得效鵬飛，封伊志方遂。

【尾聲】一時莫把花言對，倘蹈轍決難容恕。看由來，家有賢妻夫免危。

秦樓争辯

【懶畫眉】瑶琴一曲鼓秋鴻，凄楚難聽自懶終，文君司馬有誰同。梅花簌簌成三弄，襲襲清香滿院風。

【前腔】陽春白雪味無窮，滿耳洋洋商與宫，愁懷斷送有無中。還憐人世如春夢，鍾子如今不再逢。

【前腔】爲彈清響不辭重，彷彿如同清夜鐘，冬來偏喜作南風。你消財增愠難相共，斷却絲弦毁却桐。

【前腔】聞伊言語好難容，往日無仇衹是今日逢，看來誰個是英雄。何勞如此多譏諷，咬碎銀牙恨滿胸。

雪中見逐

【黄鶯兒】蝶翅舞悠悠，看青山盡白頭，寒威自賴貂裘厚。剡溪泛舟，灞橋漫游，酒尊携去休馳驟。覓良儔，圍爐共賞，飲到醉方休。

【錦堂月】玉砌秦樓，銀鋪楚館，座中寒氣颼颼。檻外梅花，更覺較前香透。梅遜雪色白三分，雪催人詩成千首。（合）相勸酒，賞取梅雪争春，報豐時候。

【前腔】消受，雪茗盈甌，竹爐擁座，勸君莫厭清幽。萬徑人稀，誰能乘興來游。最苦是

窗畔書生，還念着江邊漁叟。（合前）

【醉翁子】追究，想當日浩然難又。更高卧袁安，儼如松秀。知否，那馬阻藍關，此際應須萬斛愁。（合）頻携手，願歲歲相期，梅雪爲儔。

【前腔】重究，羨李愬曾從戰鬥。嘆蒙正窑中，有誰相偶。還有，那憂國賢君，不共妃娥擁翠衾。（合前）

【僥僥令】孤窮應自受，耻辱是誰求。始信天道昭昭難躲避，萬事不相由，空妄謀。

【前腔】當筵曾苦鬥，狹路好相酬。你是當今英杰漢，怎到我門頭，又善柔。

【尾聲】從今世事都參透，好把心存忠厚，看現報分明在眼頭。

男風記

《男風記》，作者佚名。《男風記》，今無全本傳世，僅于《群音類選》中留存此齣曲文。祁彪佳《遠山堂劇品》歸入「具品」，稱：「南北，三折」、「雖覺色相太露，然正自不妨，惟嫌其他調不精切耳。」此劇本事不詳。故事略同前劇，述一男子好男風，詳舉男風之好處。其妻得知後，羅列夫妻之愛勝男男之愛以相勸。

【梁州新郎】青春丰韵，黄昏光景，迅速那堪孤冷。書齋獨坐，何期文旆相臨。况有這丰姿秀麗，體態輕盈，一似墻頭杏。使吾心太喜，戀芳卿，妻在蘭房且暫停。（合）院宇深，亭臺静。須臾意洽諧秦晋，情兩好，總前定。

【前腔】勞如登嶺，艱于穿井，又辱衝寒俄頃。慚無美質，何當幸遇豪英。拚得個捐軀答報，刎頸交游，朝暮來相并。可人知趣者，變常經，隨意歡娛儘奉承。（合前）

【前腔】市廛間執手陪行，郊野外躬身承應。但得終始不渝，疾徐惟命。强似那嬰童狎婦，客旅争娼，阻敗陽臺興。古人曾尚此，謾嫌憎，膠漆陳雷可據憑。（合前）

【前腔】坐堂前認作賓朋，歸室内充爲妾媵。這便宜行事，忻然無競。却笑他男妝女態，着處污淫，驚恐如投穽。主翁推一理，甚分明，陸路安然水路傾。（合前）

【節節高】聽他輕輕作鳳聲，正和鳴，高杯滿酒深相敬。柔逢硬，把鑽鑽，將釘釘。前推後擁都相稱，想温泉傾瀉無餘剩。異哉春月遇重陽，使咱們竪起裩中撑。

【前腔】屯軍守洞庭，戰還耕，玉山并處尋門徑。真形勝，側畔光，中央净。當場混殺無奇正，出崑崙染了瘋癱病。祇圖引水灌低城，不堤防遍體沾泥濘。

【尾聲】歡娱莫管他人聽，這風流今宵再整，祇恐你日久情疏又變更。

【北寄生草】中出穢，黄于醬。外加涎，白似漿。解裩靠凳㪷形狀，腿酸脚軟又恐人來撞。怎比我羅衾綉褥起春風，温香膩玉受用多舒暢。

【前腔】身赤赤，掀開帳。膝精精，跪在床。面朝脊背無情况，他問言答語須要回頭望。怎比我妖嬈纖手抱君眠，鸞交燈下笑臉常相向。

【前腔】摩兩乳，焉能壯。覷雙蹄，且是長。腰間厥物堅如麵，總然拴住也有三分强。怎比我蘭胸藕腕柳腰肢，金蓮小架在郎肩上。

【前腔】羹數碗，襟懷曠。酒千鍾，體態狂。專收白蠟何争放，些些主意自把真元喪。怎比我上滋下補睡沉沉，陰陽配合久戰身無恙。

【前腔】毛膀大，如柴麵。臀皮寬，如布囊。木樨花賞番和尚，痔瘡作癢每每求人搜。怎比我生成淺暖緊香乾，可瞧可嗅可舔都停當。

【前腔】年紀大，唇消絳。利名空，臉帶瘡。髭髯漆黑光兒樣，那時醜陋與你難相傍。怎比我花容不老肯從君，大妻小妾到底隨夫唱。

附：曲中曲（秦淮收春醉客戲編）

《曲中曲》，秦淮收春醉客撰。秦淮收春醉客，姓名、字號、里居皆不詳。《曲中曲》，今無全本傳世，僅于《群音類選》中留存此齣。此劇述一相公嫖妓而被妓女、老鴇、幫閑欺騙的種種情狀。

【西江月】題起曲中事業，風雲變態無常。新編一段作家腔，付與作家閑唱。不假情由句句，也須識破椿椿。開場終是有收場，大抵戲文模樣。

（相公嫖院）

【寄生草】院裏財星動，新來一相公。手長肯把錢來用，幫閑的故意來攛弄，子妹們假意來承奉。不須猜做夢中逢，分明入了迷魂洞。

（相公睡了，幫閑的去拐鍋邊秀）

【前腔】城上傳更漏，須將夜宴收。洞房雲雨情何厚，官兒們感興覓丫頭，幫閑的蒙醉要鍋邊秀。霎時扯拽不干休，不知誰個能成就。

（官兒們爲奪鍋邊秀駡幫閑的）

【前腔】你把我相公拐，花消無數財。這饒頭該是吾承戴，你既除了他加一債，怎的又要胡厮賴。若還不肯早離開，斷送得你没尷尬。

（媽媽走來勸解）

【前腔】官兒們休着怒，他們是酒醉徒。待他去了你安心卧，况且他們常下顧，這人東論理該他做。怎麽的兩下裹反傷和，那些兒顯得他能幫助。

（幫閑的背地裹怪媽媽）

【前腔】我們到抬舉他，領個姐夫到你家。緣何反來傷着咱？不由人心裹活氣殺，難道我無錢該寥落。我如今領吃别家茶，管教你臨崖空勒馬。

（相公起來幫閑的勸他跳槽）

【前腔】少飲扶頭酒，曲中一一游。方纔叫做尋花柳，東家子妹真魁首，西家子妹無雙偶。若還曾未識荆州，風流衹是稱株守。

（相公聽從，暫别了子妹閑行。幫閑的囑付媽媽）

【前腔】此話真堪聽，和伊即便行。媽媽慌了忙來問，幫閑的回道隨他性，手段兒做出方纔敬。少不得解鈴須用繫鈴人，那話兒今後須幫襯。

（又到一家，過時的子妹先來陪待）

【前腔】比媽媽又欠壽，比子妹又忒醜。走將來强把頭兒扭，眉毛畫得如苕帚，出言掀起蒲包口。試問他職役與來由，乃是積年在此陪朋友。

（子妹出來，相公相見動情）

【前腔】叫丫頭請娘來，娘來時他便開。相公即便深深拜，果然容貌人難賽，不由人心裏多歡受。叫聲初會把筵排，幫閑的心裏十分快。

（幫閑的醉後，戲了舅母，又惹得當家人吃醋）

【前腔】金寶揮如土，座中樂事多。厭厭醉了過三鼓，幫閑的便到後邊躲，百忙裏撞着一舅母〔二〕。口中曾未道之乎，到惹得當家的心吃醋。

（當家人告訴奶奶，奶奶勸他）

【前腔】便告訴奶奶，他可也怎該？奶奶道擊鼠須防器受害，没奈何祇索把性兒耐，休得要招惹得他相公怪。你道是明朝休要送他財，我道是没了他們怎布擺。

（奶奶將計就計）

【前腔】不覺心生計，就勞他一處之。請來房裏和他議，不知列位可曾知，明朝是老身的初度日。幫閑道這是你們的慣病兒，我們當得教醫治。

（幫閑的分派）

【前腔】等得相公起，連忙説與知。相公便問如何處，答言須辦金和幣，開筵還要多搬戲。風流子弟把名馳，方纔有人誇羡你。

（開筵與奶奶做生日）

【前腔】奶奶身居上，相公爲舉觴。厨子茶酒忙來往，戲文便把蟠桃唱，花兒爆竹齊聲放。霎時間和氣滿華堂，一般般炒鬧來求賞。

（相公被友人拉往他家看未梳櫳的）

【前腔】正好多歡哄，何期友拉從。雛兒先且來陪奉，種兒不識是誰人種，人人都道未梳櫳。猛可的又來了兩兒童，這可是長橋下邊小孽種。

（子妹們出來勾引相公）

【前腔】聞得呵呵笑，連忙出座邀。子妹們個個都來到，一個呵將身便把這相公靠，這相公魂靈兒都吊了。便從此處過今宵，幾回剩把銀缸照。

（子妹們互相吃醋）

【前腔】未飲心先醉，飲時醉更頽。這一個子妹邀他睡，那一個子妹還來戲，那一家又遣人來至。兩家兒弄得有參差，一座間又早傷和氣。

（幫閑的着忙到第一家，叫寫書請相公）

【前腔】幫閑的着了忙，到第一家去商量。寫封書去請公相，他還把你從前想，忍將籠鳥來空放。他復爐再到你門墻，我們功勞不待講。

（保兒下書請相公）

【前腔】便把文房具，修成一紙書。叫保兒連忙寄將去，相公正好在街前遇，又被一個嫂子來拖住。此時心下却躊躕，畢竟是下書的有些情難拒。

（相公又來復爐，子妹假惱）

【前腔】鴇子心中喜，娘兒假作威。你緣何竟把奴來弃，好好的雙膝跪在地，待奴慢慢的消了氣。相公衹是笑嘻嘻，或打或駡俱憑你。

（子妹的故交又來争鋒）

【前腔】家事難抛灑，多時不走來。爲何又有他人在，你與他又比我多恩愛，不由人心裏多嗔怪。登時打駡受場灾，真個是章臺堪比風波界。

（相公因人争鋒，包了子妹完事）

【前腔】着甚多争打，無非衹爲他。不如包了無牽掛，閉門不許人來耍。桃源有路休行錯，從今琴瑟樂無涯，再休題春宵一刻千金價。

着意尋春春已收，行藏不讓晋風流。

閑來編入穿雲調，留與秦淮古渡頭。

校　箋

〔一〕底本于「百」字旁夾註有「音擺」二小字。

附：炎涼傳（係湯婆子、竹夫人相争）

《炎涼傳》，作者佚名。《炎涼傳》，今無全本傳世，僅于《群音類選》中留存此齣曲文。徐子方稱此劇「南北二折」（徐子方《曲學與中國戲劇學論稿》，東南大學出版社二〇一二年版）。故事無本，馮夢龍編《山歌》中收有《湯婆子竹夫人相罵歌》，與此相近，皆以借喻的方式描寫二女争風邀寵之事。湯婆子，即冬天用以取暖的暖足瓶；竹夫人，即夏天用以取涼的涼几。

【新水令】鉛華銷盡傲冰霜，論清白一真不妄。養羞裙布裹，習静道家妝。守口括囊，悶葫蘆一般樣。

【步步嬌】瘦骨棱棱身飄蕩，夢繞梅花帳。東君欠主張，全不想奴家，玉骨冰肌相親傍。到如今這般樣憔悴呵〔二〕，憔悴却羞郎，又不知可在郎心上。

【折桂令】富家翁太尉無雙，他恁樣榮華你何等風光。到夏來畫閣蘭堂，紗厨湘簟，珊枕牙床。有習習南薰漸爽，更沉沉寶篆添香。一枕黄粱，一夢高唐，你如意呵，恰便似睡足真妃，那太尉呵，端的是傲煞羲皇。

【江水兒】你飽暖三冬足，我凄凉五夜長，紛紛大雪空中降。縱紅爐獸炭炎炎向，便羊羔美酒低低唱。向晚誰同鴛帳，倚翠猥紅〔二〕，兩個不容厮放。

【雁兒落帶得勝令】我則道你出身在叢林中節操强，誰知道你虛圈套翻弄出雙頭項。假苗條精細形，空剔透玲瓏像。那太尉貪戀你呵，恰便似摟軟玉抱温香，打倘倘脱光光。你左右隨身轉，他顛倒透心凉。輕狂，睁着眼還白强；顛狂，赤條條不恐惶。

【僥僥令】湯婆子，你婦人多水性，那太尉呵，男子少剛腸。我正直光明非誇獎，不似矮婆婆，心不凉。

【收江南】呀，你總然恁般樣造作呵，止不過一空囊。便就是緑珠、紅拂也尋常，豈不聞班姬陳后望專房。笑您個□□□□□□□□□□篔簹〔三〕，禁不的秋風幾度裂肝腸。

【園林好】我懷中抱嬰兒已雙，你脚頭登名兒已張。他心裏願情兒偏向，孤負您熱心腸〔四〕。

【憶多嬌】落照邊，古木關，倦鳥知還斂羽翰，白髮烏紗未得閑。七十爲官，七十爲官，暮景桑榆汗顔。

【前腔】過一山，又一山，山遠天高烟水寒，兩岸樓臺楓葉丹。回首鄉關，回首鄉關，望斷孤雲惘然。

校　箋

〔一〕憔：底本此字残缺，據下文和文意補。

〔二〕偎：底本原作「猥」，據文意改。

〔三〕□□□□□□□□□□□□□□□□□：底本即爲十七個方框。

〔四〕「心腸」後底本原注「下佚二頁」。

新刻群音類選諸腔卷一

諸腔類（如弋陽、青陽、太平、四平等腔是也）

金印記（一名《合縱記》）

《金印記》，一名《合縱記》，作者佚名。《金印記》，今有全本傳世，現存明萬曆間刻本（《古本戲曲叢刊初集》據之影印）、明末刊李贄評《三刻五種傳奇》本、清咸同間瑞鶴山房抄本。孫崇濤、黄仕忠《風月錦囊箋校》箋《摘匯奇妙戲式全家錦囊蘇秦三卷》稱：「《蘇秦》亦名《金印記》，傳本和選本均甚多。現以形態最爲古樸且相當接近錦本的明刻《重校金印記》（《古本戲曲叢刊初集》影印）爲主要參校本，間取《樂府珊珊集》、《詞林逸響》、《樂府菁華》、《群音類選》等明選本校録本卷。」（中華書局二〇〇〇年版，第三〇二頁）關于《金印記》的版本情況，可參閲俞爲民《南戲〈金印記〉的版本及其流變》（《文獻》一九九三年第四期）、王麗梅《以折帶全　化雅爲俗——論〈金印記〉臺本的傳承》（《東南大學學報（哲學社會科學版）》二〇一〇年第六期）。

求官空回〔一〕

【轉仙子】（旦）一別經年似箭，奈阻隔關山。空卜盡喜鵲傳音信，枉屢有燈花吐焰，把閑愁向心中繫綰。

春去又還來，辛勤供蠶事。遍身綺羅人，不是養蠶婦。舊恨并新愁，結就腸千縷。奴家自從丈夫去後，缺少衣糧，祇得勤工紡績，以濟貧苦。適來侍奉已畢，不免入機房織丈絹子，賣些錢，買米度日〔二〕，多少是好。且把閑愁收拾起，不須苦苦細尋思。理梭試織南窗下，一寸心關一寸絲。

【解三醒】鎖窗下整頓機織〔三〕，一別後梭擲年華。程途勝似繰車緊〔四〕，怎得似軸兒轉，惹得人心緒如麻亂。他指望變化成龍身貴顯。空思念，怕不如斷機，學教子妻賢〔五〕。

【前腔】奴一似作變春蠶，萬縷千絲縈繫牽。奈促蠟兒絮咶聲撩亂，攪得我悶縈添。從他去後絲頭斷，再交我將絲續轉難。空憶念，奴一似織女，隔在天邊。

【轉仙子】（浄、丑）貧富隨緣非偶，謾用盡機謀。（小生、貼）空有滿腹文章，笑伊行，雙足向紅塵空走。

（丑）一嫂，聞知二嫂在西廊下織絹，我與你前去哄他，看他如何。（貼）請婆婆先行，奴家隨後。（見介。旦）婆婆姆姆到我家來，未審何意？ 且自下機相見。（丑）呀，二嫂，你丈夫得了官回來了，不消織機，快去接他。

【綉帶兒】（旦）聞説道兒夫信息，停梭試問因依。（丑）秦邦内音信回來〔六〕，休得皺破眉頭。（旦）莫不是他在途中生受？ 莫不是有些灾咎？（小生）前程决已定是有，休笑他過慮貪求。

【前腔】（净、丑）知否，他此去功名唾手，巍然高占鰲頭。（旦）路途遥音信誰知〔七〕？（丑）那唐二已曾回至。（净）聽道，安排遠接，休得要落後。（旦）既如此，奴家遠接便了。（丑打介）走那裏去。 且織機休得忙走。（旦哭介）天那，驀兀的將奴恥笑，這場氣怎生禁受。

【賺】（生）掩耻包羞，自慚迍邅不唧嚠。 到家庭，進前幾步還退後。 便低頭，父母跟前忙頓首。（見介駡生。生）哥哥嫂嫂間别久，（丑、净）黑貂裘破損藍縷，一似喪家之狗。

【前腔】（生）聽兒分剖，一心指望功名就。 萬言書，丞相擋住不肯奏。 枉逗遛，咸陽旅邸歲月久，金盡回來空素手。（衆）交人訊齒嗟吁，囊篋盡皆罄無有，這般生受，這般生受。

【掉角兒】〔八〕（生）氣填胸交人泪流，恨功名兩字不就。致令得耻笑惡鳩，我祇得忍氣含羞。伊往常，兀自守，今日裏，做場出醜。（合）好不度已，何須强求。看伊行，這般窮相，怎得封侯。

【前腔】（生）告爹娘回嗔怒休，恁何故把兒僝僽。望兄嫂相擔帶醜，終有日獨占鰲頭。（旦）捱淡飯，受清茶，不自守，今日裏，做場出醜。（合前）

【尾聲】功名富貴皆分有，何必痴心强求，無事端端惹這羞。

（生）娘子，一向久别，你下機來相叫一聲也好。（旦織機不顧介。生）嫂嫂，蘇秦肚中飢餓，有飯麽？（貼）叔叔，我不會炊。（生）苦！蘇秦祇爲功名不就，回來妻不下機，嫂不會炊，父母不言語。罷！罷！一心望天天不超，回來緑柳間紅桃〔九〕。此花若有春開日，我身必定學紅桃。（生走丑扯介）那裏去，畜生！你倒在父母跟前使性，你何不在商鞅面前使個性，討個官做？我問你，秦邦去回來，扇子不直得買一把來？（小生）孩兒有在那裏。（丑）我誰要〔一〇〕，教他買一把遮了羞面，回來好見人。

【青衲襖】（丑）你待要帶貂蟬掛紫袍〔一一〕，指望做高官人喝道。萬事不由人計較，都是

前生分定了〔一二〕。你每心太高，本分無煩惱，你這不肖子，禍福無門人自召。（丑下。净）

【前腔】你氣昂昂衝斗牛，嘴喳喳常説口〔一三〕。不羡你滿腹文章就，虧你臉皮兒生得厚，有誰來采揪。任你掬盡湘江水，難洗今朝一面羞。（净下。小生）

【前腔】你晝忘餐夜失寐，你要做官求顯迹。到糖州回來也是苦，你窮骨頭怎能勾榮貴日。想伊心太痴，也被傍人講是非，常言道滿腹文章不療飢。

【前腔】（貼）黄金屋誰不願，粟千鍾誰不羡。衹怕你五行有些乖和蹇，空落得草鞋兒脚下穿。莫道嫂嫂不重賢，做叔叔全無遠見，兩字功名一字天。（小生、貼下。旦）

【前腔】你道儒冠席上珍，我道有滿腹文章不濟貧。懷内黄金都使盡，空手回來做甚人。早知書誤人，何不當初莫近親，你道文章可立身，金榜無名見甚人。

（旦下。生）你也進去了？

【前腔】激得我惡烘烘怒氣衝，虧殺我眼睁睁遭困窮。罵得羞臉難藏萬千惶恐，我一似龍居淺水遭鰕弄。枉交我詩書萬卷通，争奈時乖運未逢〔一四〕。男兒年少，功名不遂，一家耻辱。前有一口古井，不免投井而死罷。都做了一旦無常萬事空。

（末上）苦海無邊，回頭是岸。這是我侄兒，爲何在此投井？

【賺】(生)没來由，交我泪如血。(末)萬言書可中麽？(生)十上萬言書，被丞相擋住，不肯奏上金闕。(末)你拿去的盤纏如何了？(生)囊篋裏罄無些。妻不下機，嫂不爲炊，父母不共説。惡氣填胸，不如早喪黄泉也。(作投井介。末攔住介)

【前腔】謾嗟呀，休恁説。那曾見詩書誤了英雄豪杰，你去千里程途跋涉。兄嫂忒嬌奢，父母直恁見淺生冷熱。看你一貌堂堂，怎做得匹夫計拙。

【香柳娘】(生)謝叔叔勸取，謝叔叔勸取，怎禁這磨折，有何顔再見親骨血。(末)你不回去，那裏去？(生)要投奔魏國，要投奔魏國，囊篋又空竭，進退又差迭。(合)謾傷心哽咽，謾傷心哽咽，莫怨身遭困厄，還有泰來時節。

【前腔】(末)秀才且聽説，秀才且聽説，權到小茅舍，胡亂歇，休泪撇。你曉得春秋時孟明的故事麽？再戰再北，再戰再北，若得運來時，發迹有功烈。(合前)

請君移步到寒家，　多感叔叔恩德加。
運退黄金成鐵色，　時來枯木再開花。

校　箋

〔一〕此齣齣目，《三刻五種傳奇》本題作「一家耻辱」；《古本戲曲叢刊初集》本爲第十六、十七齣，齣目分別作「一家耻笑」、「投井遇叔」；明末刊《金印合縱記》本（一名《黑貂裘》）題作「裘敝」；《歌林拾翠》本題作「不第空回」。

〔二〕買：底本無，據文意補。

〔三〕鎖窗下：《古本戲曲叢刊初集》本、《風月錦囊》本、《歌林拾翠》本、《金印合縱記》本作「鳳幃裏」。

〔四〕程途：《古本戲曲叢刊初集》本、《風月錦囊》本、《歌林拾翠》本作「奈程途」。

〔五〕學教子：《古本戲曲叢刊初集》本、《歌林拾翠》本、《金印合縱記》本作「羊子」，《風月錦囊》本作「楊子」，《三刻五種傳奇》本作「教子」；

〔六〕音：此字底本下半殘，據《古本戲曲叢刊初集》本、《三刻五種傳奇》本、《歌林拾翠》本、《金印合縱記》本補。

〔七〕音信：《古本戲曲叢刊初集》本、《歌林拾翠》本、《金印合縱記》本作「真僞」。

〔八〕【掉角兒】：底本原作「【棹角兒】」，據《三刻五種傳奇》本改。

〔九〕間：《三刻五種傳奇》本作「問」。

〔一〇〕誰：《三刻五種傳奇》本作「不」。

〔一一〕待要帶：《古本戲曲叢刊初集》本、《風月錦囊》本作「要去戴」。

〔一二〕分定：《古本戲曲叢刊初集》本、《風月錦囊》本作「注定」。

〔一三〕喳喳：底本原作「查喳」，據《三刻五種傳奇》本改。

〔一四〕奈時：底本此二字漫漶，據《三刻五種傳奇》本補。

月夜尋夫〔一〕

【菊花新】（生）求名未遂且回家，争奈爹行苦嘆嗟。兄嫂不共語，妻子無言話。

蘇秦原是舊蘇秦，百結衣裳羞見親。妻不下機嫂不顧，炎涼世態好傷心。蘇秦若無三叔，閃將命赴幽冥，後來若有寸進，怎能忘叔叔之恩。不免將古書勤讀一番。一朝勤苦學，馬上錦衣歸。

【駐雲飛】朝暮勤劬，指望高乘駟馬車。書有千鍾粟，書有黄金屋。書，看着你不如無，直恁的把人耽誤。這是《尚書》，傳説版築岩穴故事。一旦脱了胥靡，四海爲霖雨。我怎能學他？這的是儒冠不負儒。

【前腔】樵鼓頻催，又早三更體倦衰。兩眼似膠粘住，無可消其睡。自古道欲求生富貴，須下死工夫。書箱中有個錐子，不免將來刺股，以警其睡。（錐介）〔二〕股上血淋漓，非是我痴迷。死下工夫，祇爲讀書志。甚日成名天下知。

【步步嬌】（旦）月影西斜三更盡，夜久人寂静。凌波襪又輕，四下裏尋覓，絶無踪影。

忽聽讀書聲。他敢是在叔公家中讀書，且到他家一看。轉過了蒼苔徑。（旦叫）開門，開門。

【古梁州】（生）莫不是風敲竹徑？莫不是砧聲秋韵？（旦扣介。生）乃是敲户之聲。古云：「鳥宿池邊樹，僧敲月下門。」莫不是僧敲月下？（旦）我不是僧家。（生）夜晚間那有婦人聲音？莫不是鬼魅相侵？（旦）我不是鬼魅，是你妻子。（生）你道是渾家妻子，你今晚走差路了，我不是你男兒，你何故來相尋問？那些仗義疏財，直恁的太無情。（旦）我與你夫妻情分。（生）説甚麽一夜夫妻百夜恩？（旦叫介）開門。（生）任伊叫祇是不開門。（旦扣介。末上）

【前腔】更闌人静，方纔着枕，攪得我一夢還醒。誰人扣門？（旦）是奴家。（末）何不道名通姓？（旦）奴家是季子的媳婦。（末）元來是解元妻小。待我去説。侄兒，你妻子在外，怎麽不開門？（生）叔父，這等不賢之婦，采他則甚。（末）半夜三更莫誤，怎教他一身在門兒外等。（生）叔叔，我前日回家，他公然坐在機上，不下來相叫一聲，到説我費盡了家計。今晚尋我則甚？叔叔請自安歇，不要采他。（末）媳婦，你道他傾家蕩計必定誤奴身，黑夜尋夫有甚緊？（旦）丈夫從早出門，不知下落，特來尋他。（末）既如此，與我快開門。（旦）丈夫在何處？（末）在裏面。（見介。旦）

【前腔】告君家息怒停嗔，且回家別求生運〔三〕。（生）你道我使盡錢財，你尋我怎麽？（旦）錢財倘來之物，使盡由他。休得要失張失志，喪魄消魂。手中什麽東西？（生）是書。（旦）不是書，這是賺産傾家之本。（生）叔叔，你看他還説賺産之本，書中自有黄金屋。（旦）你道書有黄金，爲甚把我釵梳盡？自古儒冠誤，你何必苦勞心，一似醉漢痴迷猶未醒。這是什麽東西？（生）筆硯。（旦）筆和硯，總無靈。

【前腔】（生）三寸舌口裏尤存，便窮殺我每不盡。（末）秀才每須有日發迹成名。（旦）官人休争閑氣，還是回去。（生）我若成名後〔四〕，有何顔再見骨肉親。（旦）貧窮與富貴總由命，且自歸家别營運。（生）想你機不下，真恁太無情〔五〕。（旦扯生打倒介。生下）

【孝南枝】（旦）黑夜尋踪迹，來到此，惡狠狠發怒弃了奴。枉使奴一身，靠着君爲主。家中貧又貧，此身孤又孤。怎禁得愁上愁，苦中苦。

【前腔】（末）他道妻不下機杼，爹娘不共語，嫂嫂不爲炊煮。激得他將身跳入井中去。非老夫，來救取，險些萬金軀，喪泉世。

【前腔】（旦）謝叔公，救我丈夫。非干妾是不賢婦，祇因他蕩了家私，免不得成怨苦。便做妾不是，逆丈夫，望叔公，勸相和。

【前腔】（末）他是英雄輩，大丈夫，争奈時乖運蹇遭困危。免不得心中氣蠱，交我勸他回心，他怎肯迴家去。且在寒家住幾時，待他氣恨消，又作區處。

（旦）多謝叔公，奴家回去了。

含泪歸家更已闌，　滿身花露逼人寒。

金鈎火斷無人續，　此夜凄凉有萬千。

校　箋

〔一〕此齣齣目，《古本戲曲叢刊初集》本題作「刺股讀書」，《三刻五種傳奇》本題作「蘇秦自嘆」，《金印合縱記》本、《詞林白雪》本題作「刺股」，《樂府遏雲編》本、《南音三籟》本題作「尋夫」，《賽徵歌集》本目録頁題作「月夜尋夫」（正文題作「魆夜尋夫」），《風月錦囊箋校》本分作三齣，題「勸秦勤讀」「提燈尋夫」「蘇秦刺股」，《樂府名詞》本題作「周氏尋夫」。

〔二〕（錐介）：《三刻五種傳奇》本、《樂府遏雲編》本作「錐」。

〔三〕别求生運：《古本戲曲叢刊初集》本、《賽徵歌集》本作「别求營運」，《三刻五種傳奇》本、《金印合縱記》本、《詞林白雪》本、《南音三籟》本作「别尋營運」。

〔四〕成名：《三刻五種傳奇》本、《金印合縱記》本、《賽徵歌集》本、《南音三籟》本作「不成名」。

〔五〕真恁：《三刻五種傳奇》本、《金印合縱記》本、《樂府遏雲編》本、《賽徵歌集》本、《南音三籟》本作

「直恁」。

婆婆奪絹〔一〕

【破陣子】（净、丑）一宅分爲兩院，一貧一富堪憐。（小生、貼）本是同胞親兄弟，造物緣何有兩般。（合）原來總在天。

（净）堪嘆孩兒心不平，朝夕衹要取功名。口裏省言終禍少，隨時儉用免求人。那不肖子，又作怪了，又去求官。（丑）他那得盤纏？（净）又是大叔與他的了，這都是小媳婦教他去的。待他來，埋怨他一場。（旦上）

【前腔】晝夜辛勤織紝，織成一片寒縑。家計渾如鹽落井，欲賣充飢未能。思之萬感增。

上山擒虎易，開口告人難。奴家自從兒夫去後，衹得織此女工度日。織成一匹絹子，不免去問伯姆，當些米糧充飢，多少是好。（見介。丑）你丈夫那裏去了？（旦）奴家不知。（丑）你要帶金冠霞帔，做夫人，倒説不知。

【剔銀燈】（净）那曾見雌鷄啼報曉，雌鷄啼不祥之兆。隨夫要帶金花誥，把家私逐一費了。（合）思之令人耻笑，罵衹罵裙釵女流。

【前腔】（丑）誰想道養這不肖，做男兒被伊引調。指望霞帔身榮耀，衹落得釵梳都費了。（合前）

【前腔】（貼）常言道妻賢夫禍少，却枉了招人煩惱。又未嘗奉蘋蘩祭祀供家道，却緣何把釵梳賣了？（合前）

【前腔】（旦）罵得我無言可道，待回言衹説婦人家口燥。隨夫要帶金花誥，頭上有青天可表。（合前）

（净、丑）媳婦，你把絹子來怎麽？（旦）告婆婆知道，今日是媳婦直厨，缺少糧米，要問伯姆當些。（貼）婆婆，前日嬸嬸將一隻銀釵，問我當了錢去，尚未取贖。且把這絹子留下，一發取去。（丑）既然如此，且留待他一發來贖。（旦）姆姆若不當，還我絹子。（貼）前者釵子不直，且留下一發取去。

【玉交枝】（旦）我家園消壞，可憐見與奴別賣。（丑）無錢來贖，休想還你。（旦）婆婆與奴相勸解。（丑）我不管。（旦）望伯伯姆姆耽待。利刀割水料難開，做床錦被都遮蓋。（合）衹落得泪珠滿腮，衹落得泪珠滿腮。

【前腔】（净）腌臢乞丐，天生下夫妻一對。常言道欠錢不論親疏，那個仁義交財。（丑）

你欠錢不還祇圖賴，痴呆性格不寧耐。（合前）

休想今朝把絹還，公婆伯姆望哀憐。自古殺人須償命，常言欠債合該還。（衆下。旦吊場）

千休萬休，不如死休。奴家今日將絹子去當些糧米充飢，又被姆姆勒了舊帳，我想在生也無用，不免尋個自盡便了。

【四朝元】藏羞忍耻，祇得吞聲忍氣歸。把千言萬語，在奴悶懷堆積，恨他每使見識。寧可傷財，不可絶義。伯姆伯姆，貧遭富欺，不道富有貧日，貧有富時，苦盡甜來泰生否極，祇道常如是。嗏，你下得把人虧。不念妾身，須念親兄弟。將奴絹奪去，罵奴如糞泥。這場嘔氣，不如一命早歸泉世，早歸泉世。

奴家受此羞辱，不如一死〔二〕。不免帶一陌紙錢，投河而死罷。

命蹇受貧窮，教人怨氣衝。

不堪回首處，分付與東風。

校　箋

〔一〕此齣齣目，《三刻五種傳奇》本題作「當絹供姑」，《金印合縱記》本題作「當絹」；《古本戲曲叢刊初集》本爲第二十一齣和第二十二齣首支，分題作「當絹被留」、「周氏投河」。

〔二〕一：底本此字殘缺，據《三刻五種傳奇》本補。

中秋苦嘆〔一〕

【似娘兒】（旦）一别薄情人，又不覺秋色平分。今宵獨勝〔二〕，交奴觸景，萬感傷情。君身似明月，願得隨月光。妾身似螢火〔三〕，安得久照郎。自從丈夫去後，被公婆伯姆，百般耻辱。奴家投水而死，又得叔公救濟，再三苦諫，交奴休要埋怨丈夫。今夜中秋節令，好明月，不免對月燒一炷香，保佑我丈夫則個。夫去迢迢絶信音，中秋良夜倍消魂。碧天明月光如洗，萬里長空收暮雲。

【二犯朝天子】萬里長空收暮雲，海島冰輪駕，碾碧天。故人千里共嬋娟，阻關山〔四〕。争奈皓月團圓，人又未圓。嫦娥在月裏孤眠，受凄凉萬千，受凄凉萬千。好把名香對月燒，願夫雁塔姓名標。光陰迅速如飛電，金井梧桐葉亂飄。

【前腔】金井梧桐葉亂飄〔五〕，一别良人後〔六〕，度幾秋〔七〕。寶鼎内好把夜香燒，拜月兒高。這一炷香呵，願得灾障除消，神天佑保。再願他早帶金貂，榮登九霄，榮登九霄。金風消索透羅裳，望斷天涯實感傷。一聲鐵馬叮噹響，玉漏迢迢月轉廊。

【前腔】玉漏迢迢月轉廊，露冷羅衣薄，夜正長。沉吟倚遍畫欄杆，景凄凉。愁聽砌畔寒蛩，令人慘傷。風吹鐵馬叮噹，一聲斷腸，一聲斷腸。

兩地相思淚兩行，月移桐影到身傍。金瓶綫斷天涯遠，一夜思量一斷腸。

【前腔】一夜思量一斷腸〔八〕，俏似江南柳，瘦怎禁。好一似金瓶綫斷，去沉沉。到如今敗葉兒淅瀝過庭陰，空懸片心。忽聽得孤雁嘹嚦過平林，没半行信音，半行信音。

游子魂如夢裏花，　飄飄蕩蕩在天涯。

一年十二度圓缺，　十五團圓不在家。

校箋

〔一〕此齣齣目，《三刻五種傳奇》本題作「周氏燒香」，《古本戲曲叢刊初集》本題作「焚香保夫」，《風月錦囊》本題作「祝天保夫」，《堯天樂》本題作「周氏焚香拜月」，《歌林拾翠》本題作「拜月思夫」，《樂府紅珊》本、《玉谷新簧》本題作「周氏對月思夫」，《摘錦奇音》本題作「周氏對月憶夫」，《時調青崑》本題作「周氏拜月」。

〔二〕今宵：《古本戲曲叢刊初集》本、《三刻五種傳奇》本、《歌林拾翠》本、《玉谷新簧》本、《摘錦奇音》本、《時調青崑》本此二字前還有「尋常三五嬋娟影」七字。

〔三〕螢火：《古本戲曲叢刊初集》本、《歌林拾翠》本、《玉谷新簧》本、《摘錦奇音》本、《時調青崑》本作「燈火」。

〔四〕阻關山：《堯天樂》本、《玉谷新簧》本、《摘錦奇音》本、《時調青崑》本作「都祇爲阻關山」。

〔五〕亂飄：《古本戲曲叢刊初集》本、《風月錦囊》本、《堯天樂》本、《歌林拾翠》本、《玉谷新簧》本、《摘錦奇音》本、《時調青崑》本作「正飄」。

〔六〕良人：《古本戲曲叢刊初集》本、《堯天樂》本、《歌林拾翠》本、《玉谷新簧》本、《摘錦奇音》本、《時調青崑》本作「蘇郎」，《風月錦囊》本作「情人」。

〔七〕度幾秋：《古本戲曲叢刊初集》本、《堯天樂》本、《歌林拾翠》本、《玉谷新簧》本、《摘錦奇音》本作「算將來不覺度九秋」。

〔八〕一斷腸：《古本戲曲叢刊初集》本、《風月錦囊》本、《歌林拾翠》本、《玉谷新簧》本、《摘錦奇音》本作「一夜長」。

微服歸家〔一〕

【風入松】（旦）自從一別我良人，空凝望寒雲。耳邊祇聽傳音信，道錦衣榮歸鄉井。奴心下半喜半驚，祇恐不認奴身。

時來風送滕王閣，運退雷轟薦福碑。昨日公婆伯姆，去接官亭看，未知分曉。（净、丑、小生、貼上）貧居鬧市無人問，富在深山有遠親。（旦）公婆，那丞相如何？（丑）丞相在那裏？

敢是同名同姓的，看你丈夫，怎麼做得丞相？（小生）爹爹、媽媽説得是。

【前腔】（浄、丑）街坊人馬鬧迎迎，道蘇秦榮歸鄉井。心中欲信難憑信，倘然他果占魁名。此回來教人怎生，好交我意沉吟。

【前腔】（小生、貼）雙親休得苦思尋，料他每有甚才能。功名兩字從天命，敢衹是同名同姓。想寒儒福薄命輕，怎做得那公卿。（生扮微服上）

【前腔】無顔羞見故鄉人，幸喜歸來家庭。一聲喝起人驚懼，唬得我膽喪魂驚。我衹得低頭進身，怎做得假和真。

（丑打介。旦）公婆不要打，待我問他。官人，都道你做了六國都丞相，怎麼還是這等模樣？教奴家怎生過活！（生）娘子不要啼哭，官便没有，我有些本錢在此。（旦）什麼東西？（生）你不曉得，拿與爹媽看。（旦）公婆，他説官便没有，一件東西與公婆看。（小生看介）這是金印，六國都丞相印。（驚介）不如跳出紅塵外，做個清閑無事人。（俱下。生）一貴一賤，交情乃見。三叔交我扮做未遂回家，不想父母衹道真個，又打駡來，見了金印，唬得他一家都走了。都是無知淺薄之人，豈是大人體面。左右，將冠帶來。（衆捧冠帶上。）

【石榴花】（生）身居相位，金印已腰懸。喜得遂，此生願，虎符玉節共旒冕。匆匆豪氣千里錦衣旋，籌策動天，我功名炫赫皆驚羨。嘆當初貧賤誰憐，今日裏耀後光前。（末

上）

【前腔】立學當初是幾年，青雲有路尚茫茫。怨天天肯把男兒困〔二〕，不是男兒苦怨天。昔年窮困甚悲凄，一日成名天下知。金印腰懸如斗大，今朝方表是男兒。（生見拜介）左右，將金子過來，以報叔叔昔日薪水之費。

【清江引】多蒙恩叔親看待，知恩報恩權留在。此金莫推辭，恩深深似海，深受取秦幾拜。（浄、丑、小生、貼上）我的兒，父母之恩，倒不拜，拜别人？

【風入松】（生）念孩兒怎敢忘了父娘恩，不肖子敢認椿萱〔三〕。當初祇怕折殺爹娘年老，今日裏有些福分。望爹娘休趕我出門，今何重昔何輕。（丑）丞相，我爲母的，日常待你也好？

【前腔】（生）一鍋煮出兩般羹，莊公和叔段不等。當初祇怕府門低小，今日裏高車堪進。娘，孩兒是你親的，又不是螟蛉之子。一胞胎生下弟兄兩人，何重富與輕貧。（小生）我哥哥也没有甚不好。

【急三槍】（生）你錢財有，金珠有，田萬頃。平日裏，慣欺人。你道讀書的不療飢，要他們則甚。（小生）人家祇要弟强兄。（生）説甚麽弟强兄。

(貼)叔叔，嫂嫂也曾看待你來。

【風入松】(生)常言嫂叔不通問，也須恤寡憐貧。嫂嫂，記得《毛詩》云：「投之以木桃，報之以瓊瑶。」寒儒縱乏瓊瑶報〔四〕，知書輩怎敢忘恩。嫂嫂，蘇秦當初未遂回家，要口飯吃，也是不能勾得。你道不會炊，却不餓死我每，怎捱得到如今。

(旦)官人，我和你夫妻之情，認了罷。

【前腔】(生)你不下機來叫一聲，説甚麽有恩情。你道黄金使得囊空盡，你看這顆金印，值多少銀子？兀的不是書裏有黄金。細思量越教人氣增，直恁的太無情。

(丑)一家都是骨肉之情，請丞相認了罷。

【前腔】(生)一家將我甚欺凌，把我做乞兒看承。一朝馬死黄金盡，親者如同陌路人。今日裏黄金色新，不親者强來親。

(小生)他山之石，可以攻玉；非頑石磨礪，不能成器。昔日冷看你，不過要你奮志讀書，做了大官，與蘇門争氣。(生)哥哥，然雖如此，但世情看冷暖，人面逐高低。我蘇秦一人之身，今日富貴則親戚畏懼之，向日貧賤則輕易之，况衆人乎？且使我有雒陽負郭田二頃，吾豈能佩六國相印乎？細思昔日之言，一句句忍不得了。蘇秦原是舊蘇秦，昔日何疏今日親。惟有感恩并積恨，萬年千載不生塵。(生下。净)自古道一子受皇恩，全家食天禄。誰想他做了官回來，全然不想父母之情。三叔，没奈何，望你勸他一勸。（末）我不會勸，你當初駡我破人家財，蕩人家産，又駡我老禽獸，老白毛，如何勸得？（丑）如今交小媳婦去勸他回心。（旦）公婆，奴家是破蕩家財不賢之婦，雌鷄啼不甚吉祥，如何交我勸得？（净）阿婆，當初都是你！

【金落索】一株樹開兩花，人面有高和下。懊恨當初，錯把親兒打。交三叔勸取孩兒，似鬼門前空貼卦。媳婦，休恨年老的公婆，一筆都勾罷。

【前腔】（旦）同胞是嫡親，父子出天性。那堪家法嚴明，做得上梁不正。何不早早收心，臨渴難掘井。叔公，你做個宛轉周全，交他母子每重相認。

【前腔】（末）我不是親生父娘，又不是親兄嫂。反交我勸取他，孩兒説話好顛倒。親親兀自難言，交我如何道？罷罷，祇看小媳婦之面，祇將一句言詞，交他子母成慈孝。待我請丞相出來。

【玩仙燈】（生）聽得恩人呼唤，微末蘇秦來至。

（末）敢問丞相，官從何處來的？（生）書上來的。（末）你曉得虞舜，父頑母嚚象傲，克諧以孝，如何説？（生）虞舜父名瞽叟，再娶晚母，生弟名象。象欲害舜帝，交他修廪，象放火燒廪。舜帝將兩笠扶身而下，方得無事。又交他淘井，要渰死他，舜帝從傍而出，又得無事。後來不怨父母，克諧孝道。（末）既然古人也有如此，請爹娘拜認了罷。（生）是。（末）哥嫂有請。

（净、丑）若得他心轉，是我運來時。（生拜介）

【懶畫眉】低頭跪膝拜高堂。（丑）那得福來受你的拜。（生）休道萱親没福當。孩兒衣錦早還鄉，幸喜得身榮顯，敢忘了娘生與父養。

（末）賢哉，丞相孝行之心！（小生）丞相，豈不聞君子不念舊惡，以傷手足之情。望息怒停威，以成孝弟之德。

【前腔】（生）蘇秦原是舊蘇秦，昔日何疏今日親。（小生）舊事休題。（生）如今怎敢怨着恁，也須念同胞養，自古打虎須還親弟兄。

（净、丑）賢哉，賢哉！（生對旦）不賢之婦，薄幸之妻，當初看待我好，誰知有今日。

【前腔】當初貧賤受人欺，今日何顔再見伊。（旦）一朝富貴把奴虧，受盡了惡滋味，萬苦千辛祇爲你。

（生）爲我甚的來？（旦）一來爲你破蕩家計，二來爲你耽飢受冷，三來將一匹絹子，問你兄嫂當錢，被他勒揹了前帳。

【前腔】你爹娘駡我引誘夫婿，道奴要帶金冠霞帔。奴家去投水而死，深虧叔公救取，險些一命喪溝渠，這話兒也難題起，説着交人珠泪垂。

（生）原來爲我受此苦楚，我怎敢有忘。取五花官誥來。受六國賢德夫人，就此冠帶。

（末）今日一家骨肉團圓，多蒙丞相之恩。

【前腔】（生）這的賣了釵梳直恁的，兀的不是蕩了家私夫婿。（旦）丞相，你把閑言閑語總休題。今日帶了鳳冠霞帔，深感得君爲主，那些個骨肉之情休記取。

【前腔】（末）一家輕賤笑寒儒，不想今朝駟馬車，滿門骨肉喜完聚。暗想當年事，有甚心情謝老的。

蘇秦未得遂功名，　求官空自費黄金。
贈封六國都丞相，　回來衣錦顯門庭。

校箋

〔一〕此齣齣目，《三刻五種傳奇》本題作「合家團圓」，《樂府紅珊》本題作「蘇丞相衣錦還鄉」，《古本戲曲叢刊初集》本題作「封贈團圓」，《摘錦奇音》本題作「蘇秦榮歸團圓」，《時調青崑》本題作「衣錦榮歸」，《風月錦囊》本分題作「喬妝歸宅」「勸秦認親」「相認團圓」，《金印合縱記》本爲第三十二、三十三齣，分題作「微行」、「封贈」。

〔二〕天天：《樂府紅珊》本作「蒼天」。

〔三〕萱：底本原作「庭」，據《古本戲曲叢刊初集》本、《金印合縱記》本、《風月錦囊》本、《三刻五種傳奇》本改。

〔四〕乏：底本原作「將」，據《古本戲曲叢刊初集》本、《金印合縱記》本、《風月錦囊》本、《樂府紅珊》本改。

破窰記（一名《彩樓記》）

《破窰記》，作者佚名。《破窰記》現存版本非同一作者所爲，有明富堂刻本、明書林陳含初、詹林我綉刻本（題《刻李九我先生批評破窰記》，《古本戲曲叢刊初集》據之影印）、明進賢堂刻《風月錦囊》本（題《新刊摘匯奇妙戲式全家錦囊大全吕蒙正》）、抄本（題《彩樓記》，《古本戲曲叢刊二集》據之影印），似皆爲舞臺演出本。俞爲民稱明富堂刻本和明書林陳含初、詹林我綉刻本「屬于同一種類型改本」，《風月錦囊》本、抄本與《群音類選》本差異較大，此僅用《古本戲曲叢刊初集》影印的明書林陳含初、詹林我綉刻本作參校本。關于《破窰記》的版本情況，可參閱俞爲民《南戲〈破窰記〉本事和版本考述》（《文獻》一九九〇年第三期）。

彩樓擇婿〔一〕

【高陽臺】（旦）玉貌羞花，黛眉拂翠，珠璣穩睹腰肢〔二〕。百種嬌嬈態，默默如痴。（貼、丑）巫山十二無間阻，咫尺雲雨佳期。（合）仗綉毬，托與知音，共效于飛。

（貼）彩樓高處真堪羨，（旦）好似蓬萊并閬苑。（丑）願教得遇好才郎，（合）百歲鸞凰諧繾綣。（貼）道猶未了，遠遠望見一秀才來了。

【卜算子】（生）篤志在詩書，何意尋鴛侶。聞道英豪結彩樓，試往閑觀取。

小生留心經史，着意書篇。聞知有彩樓之事，不免試觀看則個。（丑）姐姐，有一個秀才來，其人標致清奇，祇是衣冠不整，不知是甚等人色。（旦）梅香，這個書生，丰姿俊偉，志氣軒昂，定有風雲際會之時，未可量也。（貼）小姐，百歲姻緣須仔細，想他不是風流婿。（旦）梅香，有眼何曾識好人，異日必遂風雲志。（生）聽得彩樓上，有人道百歲姻緣須仔細，想他不是風流婿。雖然如此，待小生慢慢的，從彩樓下經過，閑觀一遍。（貼）姐姐你看這秀才身上，好似雨打鷄一般。（生）可笑，可笑。聽得樓上有人道我似雨打鷄一般，不免就將「雨打鷄」爲題，吟詩一首：「雨打鷄毛濕，紅冠不染塵。五更能報曉，驚動世間人。」（旦）梅香，我眼裏不看差了人，你聽他出口成章。

【轉山子】瞥見多才早留意，待托與佳期。（貼）常言道覆水難收，恐不是風流佳配。（旦）想英豪俊美，是百年姻契。（擲毬介）

【獅子序】（生）卑人告聽拜啓，一貧自守，豈望榮貴。（旦）奴想相門長時在綉幃，時至要求佳配。（丑、貼）娘行忒恁痴迷，看寒儒有何標致。（旦）你休得誤我，百歲佳期。

【前腔】（生）聽啓，娘行自當三思，非是卑人怎敢推違。（旦）今到此，何須恁過謙，應是契合前世。（貼、丑）娘行更不思，惟恐不是風流佳婿。（生）聽言語，怎不教我羞耻。

【前腔】（旦）感意，如今托與此身，須與花爲主。（生）特見憐，收回這彩毬，别選英豪佳婿。（旦）一言既出，駟馬難追，似落花有意隨流水。（貼）常言道，好事不在忙裏。

【前腔】（生）感得，娘子見憐，又豈敢堅辭佳意。（旦）深謝得，君今遂我懷，奴又怎生抛弃。（生）恐相公怪責寒儒，那時節休教退悔。（旦）寬心，管取不致連累。

【恁地好】（末）相公傳台旨，開筵宴等多時。彩毬已擲逢佳配，趁良時。（合）一雙兩好，如魚似水。珠翠列兩行，笙歌擁入蘭堂裏。

【前腔】（旦）告伊聽咨啓，行步莫遲遲。雙親等久休嫌弃，怎辭推。（合前）

【前腔】（生）荷蒙提掇起，卑末怎辭推。如今進退渾無計，自羞耻。（合前）

【前腔】（貼）洞房花燭裏，祥烟噴金猊。喧天鼓樂排佳會，盡歡喜。（合前）

銀燭光中泛玉杯，　蘭堂深處勝蓬萊。
百年夫婦今朝合，　一段姻緣天上來。

校　箋

〔一〕此齣齣目，《古本戲曲叢刊初集》本題作「彩樓選婿」，《吴歈萃雅》本題作「閨訴」。

〔二〕珠璣：《古本戲曲叢刊初集》本作「金蓮」。

相門逐婿〔一〕

【三台令】（外）畫堂珠履三千，猛拚一醉玳筵。（夫）輻輳姻緣，跨青鸞同赴洞天。（見介）相公，不知女孩兒彩樓事體若何？（外）夫人，但姻緣由乎天定，不須憂慮。（末）畫堂深處風光好，别是人間一洞天。院子叩頭。（外）院子，小姐招有才郎否？（末）覆相公、夫人得知，小姐招有一位秀才，同到府門，着小人先來通報。（外）分付樂人，吹打迎接進府。（生、旦、貼）屏開孔雀，褥綉芙蓉，蘭堂别是風光。寶鼎香濃，開宴間列紅妝。多因前生姻契，喜今生重效鸞凰。（旦）秀才，到此便是寒家。（生視内介）天上神仙府，人間宰相家。小姐，那正堂上端坐、戴幞頭衣紫的是誰？（旦）是我家父。（生）右邊戴珠冠的是誰？（旦）是我家母。（生）目下思之起來，小生一介寒儒，蒙小姐不弃，入贅相府。恐公相不垂青目〔二〕，教小生進退兩難，將此絲鞭奉還，皁人告退。（旦）秀才，天下祇有成親之理〔三〕，那有退親之條。（生）恐令尊不從，如何？（旦）既如此，待奴家先去稟過爹娘，然後請你進來。（生）言之有理。（旦見跪介）稟告爹娘得知，孩兒到彩樓上，招得一位秀士，不知中爹娘意否？（外）既稱我兒之心，必有斯人之選。（旦）秀才，我告過爹娘，請進相見。

（生）移步轉拜雙親，同歸洞房。

（見介。外怒喝介）院子那裏？（末）小人在。（外）好大膽，誰教你招此寒儒？（末）院子祇在街頭看〔四〕，彩樓之上有梅香。（外）梅香那裏？（貼跪介）此事不管梅香事，都是小姐没商量。（外）寒儒一見好恓惶，山鷄焉敢配鸞凰？且向朱門求口食，身穿百衲破衣裳。（旦）爹爹不必恁相傷，自古文章當自强。（生）桃花不隨流水出，漁郎怎得赴高堂？（外）此事不干寒儒事。

【八聲甘州】都是孩兒不忖量。女孩兒過來，我是一個宰相，你是一個千金小姐，怎生與他匹配？看此人焉是我家東床？（旦）觀他容貌，多應是滿腹文章。（生）襄王怎敢勞夢想，祇恐虚負巫山窈窕娘。（夫）端詳，這姻契不比尋常。

梅香那裏？（貼跪介。夫）好打這個賤人。

【前腔】（貼）梅香非不間阻娘，奈他心不肯，虚負勞攘。（外）相門榮貴，不道玷辱門墻。（旦）讀書自能榮故鄉。（生）奈娘子錯認陶潛作阮郎。（末）慚惶，枉教人空赴高唐。

【不是路】（净、丑）羅綺生香，花燭熒煌照洞房。來看取，不知那個是檀郎？（外）好心傷，我當朝秉國爲卿相，爭奈我孩兒不計長。豈他家配偶，這般姻契，我兒休想。（浄、丑）甚般模樣？

【前腔】（旦）出言直恁相妨，雀在深林笑鳳凰。休閑講，從來海水斗難量。（生）好恓惶，這場恩愛使人悒怏，惱亂蘇州刺史腸。（浄、丑）你好不度量。（旦）便何須劈面將人搶。（浄、丑）請他行上。

【解三酲】（旦）告雙親怎生擔當。（生）小姐請收絲鞭，卑人告退。（旦）望新人且休悒怏。（生）算從來好事多磨障，他出語恁猖狂。（旦）秀才，你不須驚懼。（生）威嚴凜凜，看來誰敢當？直待要劈破雲鬟金鳳凰。（合）空思想，姻親也須要門户相當。

【前腔】（外）笑窮酸恁般不忖量，惱得我惡氣衝冠没處藏。（生）諕得我戰兢兢，小鹿兒在心頭撞。（旦）不須驚惶。（生）姻緣到此，多因是難主張，休把你堂上雙親和氣傷。（合前）

（外）院子，叫寒儒過來，問他姓甚名誰。（生）學生姓吕名蒙正。（外）站開。（背云）祇聞其名，不見其人。此人雖是一貧如洗，乃是個飽學秀才。若招他在府中，受享榮華，不肯攻書，後來耽誤我女孩兒。眉頭一蹙，計上心來。不免將他夫婦二人，趕出府門受苦，使他用心攻書，後來榮貴，纔顯我孩兒眼識好人。梅香那裏？（貼跪介。外）你對小姐説，我這裏將銀十兩，贖取絲鞭，打發寒儒出去。如若不從，將花冠禮衣剥了，雙雙趕出府門。（貼）理會得。小姐，老相公分付，將銀十兩，與寒儒贖取絲鞭，叫小姐離了此秀才。如若不從，將花冠禮衣剥了，雙雙趕出府門。（旦）秀才，我爹爹將銀十兩，贖取絲鞭，今有銀子在此，但不知你意下如何？（生）卑人非慕金帛而來，既姻親不諧，奉還絲鞭，何須受不義之財？（旦）秀才，我爹爹説如若不從，將花冠禮衣剥去。設若脱還他，不知你家中有没有？（生）花冠禮衣没有，鳳冠霞帔我家中廣有。（旦）梅香，你對我爹爹説，

【攤滚】你説小姐心性呆，你説小姐心性呆，一心要嫁吕秀才。花冠禮衣都剥去，自有鳳冠霞帔來。熟油煎苦菜，由人心裏愛，一意要成雙。（貼跪唱介）

【光光乍】（外）一意要成雙，趕逐離廳堂。（合）你一心要與寒儒同鴛帳，潭潭相府没福享。

【前腔】（旦）奴家告爹娘，直憑硬心腸。（外怒介）（合前）

【尾聲】（衆）這般人，忒狂蕩。飢寒宿債未曾償，衹落得兩家愁斷腸。

（外）梅香，將小姐、寒儒一同趕出府門。衹因差一着，滿盤都是空。（虚下。旦跪哭介）娘，止有女孩兒一人，虧你下得。望娘親勸解爹爹，留得秀才在府讀書，後必大貴。（夫）我兒起來。怪不得你爹爹發怒，自古道夫者婦之天也。看起此吕秀才，焉能慰我兒終身之望？（旦）

娘，豈不聞古人由困而亨，由否而泰。呂秀才乃是讀書君子，豹變龍騰[五一]，何難之有？（外上）這寒儒還在俺府中做甚麽？（夫跪介）相公在上，容妾身一言。（外）夫人請起，有話但説不妨。（夫）相公，我和你年紀高大，上無一男，單生此女。看老身分上，留此秀才在我府中讀書，且自將錯就錯罷。（外）夫人，非是不依你説，看起此寒儒，成甚模樣？卑陋形容，衹好求謁于

木蘭僧寺；衣衫襤褸，焉能坦腹于花燭洞房？

【雁過沙】形骸恁愚魯，衣衫更襤褸。（夫）我兒，好不與我争氣。你父親乃是當朝宰相，汝乃是千金小姐，自古道夫婦相稱敵體乃可。將身認他爲丈夫，如何做得收花主。論昭穆，怎當家豪富，不争玷辱潭潭相府。

【前腔】（旦）爹媽望相容，奴甘心與陪奉。桃花浪暖魚化龍，從來將相皆無種。休使他人相斷送，時運未來君困窮。

【前腔】（夫）擇婿選賢良，才貌兩相當。孩兒怎生諧鳳凰，歸來玷辱芙蓉帳。梅香，彩樓還在不在？（貼）彩樓還在。（夫）嬌兒，不如再往玉樓上，别選風流年少郎。

（旦）秀才，你在彩樓下吟詩對答如流，如今緣何半言不露？（生）吟詩作對，是我本然事。豈不聞《書》云：「正其衣冠，尊其瞻視，儼然人望而畏之。」今日見令尊軒昂氣象，教卑人畏而不敢言。（旦）我父親是老虎，會食人不成？（生）小姐言之有理。這姻緣成與不成，將絲鞭奉

還他，我就出去何礙，終不然他會食人。放大膽説他幾句。公相見禮。（外）寒儒又見甚麽禮？（生）老大人差矣！人將禮樂爲先，樹將花果爲園。開口就説是寒儒，終不然老大人出太夫人龍腹中，就是紫袍金帶不成？也曾在黌門中出身〔六〕。今日若非小姐彩毬相招，府門也不敢抬頭仰視。學生雖則寒儒，亦是宦家舊裔，先祖吕孟常，曾爲起居郎；先父吕科，曾爲户部侍郎。論門户可以相對，論閥閲可以相當。屏風雖破，骨格尚存，如何輕視斯文？貧窮儒家常理，富貴何必驕奢？豈不聞聖人云：「素富貴，行乎富貴；素貧賤，行乎貧賤。」老大人今日富貴，焉知他日之不貧賤乎？學生今日貧賤，焉知他日之不富貴乎？學生亦非鷄鳴狗盗之雄，老大人似若狐假虎威之態。（外）卑陋寒儒，祇管摇唇鼓舌。（生）寬洪宰相，何須發怒生嗔？（外）你自矜才高，且試你花草對課。（生）願聞。（外）嫩蕊蕊一枝丹桂，誰敢高攀？（生）浪滚滚三級龍門，吾能獨跳。（外）站退。（背云）看此對課，一字不差。（生）姻缘出乎前定，可以進則進，可以退則退，何須大人發怒生嗔。（外）我就發怒生嗔，待如何？（生）任伊發怒生嗔，掃不盡胸中志氣。（外）志氣在那裏？

【前腔】（生）志氣負凌雲，憂道不憂貧。儒冠未必多誤身，囊螢困守輕車胤。今生恐難諧秦晋，祇重衣衫不重人。

（外）一言既出，駟馬難追。院子那裏？（末）小人在。（外）着你到街坊上，祇説公相嚴命，分付親鄰人等，及一街兩巷，并庵堂寺觀，不許停留蒙正夫妻。如若停留，罪及不恕。（末）小人就去。（下。旦哭介）娘，你怎生下得狠心，趕逐女孩兒在外？（夫）嬌兒，非是爲娘的不留你，争奈你爹爹性發如火。（外）覆水于地不可收，（旦）爹爹何苦結冤仇？（夫）兒孫自有兒孫福，（生）莫把兒孫作馬牛。（外、夫、貼下。丑）小姐，好不聽人勸，一心要嫁寒儒，何年會發達榮貴？却纔老公相分付，若勸你不回心轉意，將花冠禮衣剥下，雙雙趕出府門。（旦）秀才，這花冠禮衣，還他何如？（生）打甚麽緊，就脱還他去。（旦脱衣介）奴才，快拿去。（丑）衣冠脱去好恓惶，（生）蒼天未必困吾曹。（丑推生、旦出介）正是侯門深似海，這回不許外人敲。（下。旦）秀才，且站着，待我進房中收拾針綫，和你起身。（敲門介）開門。（内）小姐，老相公下鎖了。（旦）既前門下鎖，待我從後門進去。（叫介，内應如前。哭介）

【風入松】恨雙親不念兩分離，使母子東西。朱門已出重門閉，咱和你如何存濟？

（合）想前生契合，共伊今世裏效于飛。

【前腔】（生）念卑人不第自羞耻，奈久困京畿。無心誤入桃源裏，感謝娘子留心留意。

（合前）

【賺】（旦）看多才調多標致，諸儒裏驀然一見遂奴意。（生）又豈知令尊怒生嗔，將伊趕出門兒。（旦）謾説陽臺有夢夢兒迷，誤我雲雨佳期。（生）落花有意隨流水，咱焉敢將伊抛弃。（合）冷落香閨綉幃，潭潭府甚時歸。

【前腔】（旦）飽詩書，取功名有日，休忘却綉毬兒。（生）看他時金榜姓名題，身須到鳳凰池。（旦）共君家暫往莫遲遲，更不必多疑。（生）卑人多幸，得遇芳容。即目未有栖身之所，意欲尋一旅店，暫時安泊，再作區處。不知娘子意下如何？（旦）任從君家便是。（生）寒門冷落在孤村裏，恐一去程途迢遞。（合）向前村尋個旅邸，旬日後尋歸計。

自憐無分受榮華，　子母恩情一旦差。

休念故鄉生處好，　受恩深處便爲家。

校　箋

〔一〕此齣齣目，《古本戲曲叢刊初集》本題作「相門逐婿」。

〔二〕青目：底本原作「清目」，據《古本戲曲叢刊初集》本改。

〔三〕理：底本原作「禮」，據《古本戲曲叢刊初集》本改。

〔四〕看：底本原作「方」，據《古本戲曲叢刊初集》本改。

〔五〕龍：底本原作「飛」，據《古本戲曲叢刊初集》本改。

〔六〕出身：底本原作「出仕」，據《古本戲曲叢刊初集》本改。

投齋空回〔一〕

【金瓏璁】（生）衣單寒似水，使我飢餒難言。風凛烈，奈何天。最苦無所倚，想我妻子懸懸。歸去也，有誰憐。

教卑人今日受這般苦呵！呀，原來娘子睡熟在此。且喜撿有些柴回來，不免吹起些火來。叫醒娘子，同來向火，又作道理哩。（吹火不着，怒擲柴介）吕蒙正這等命苦，吹火也不着。（嘆介）不如吟詩一首，以記今日之苦：十謁朱門九不開，滿頭風雪却回來。歸家羞睹妻兒面，撥盡寒爐一夜灰。

【步步嬌】冒雪衝寒街頭轉，雪緊風如箭。苦，朱門九不開，素手空回，怎不哀怨？撥盡地爐灰，羞見妻兒面。（見介）

【前腔】（旦）踏雪歸來多勞倦，撲簌簌身心兢戰。多恐他錢無米又無，不是梅香，教我怎生支遣？導粥兩三匙，略與伊相供贍。

【江兒水】（生）謁盡朱門遍，空手回。漫空瑞雪紛紛地，寂寞孤村無鄰里，這些粥食從何至？問取娘行來歷〔二〕，説與因依也知詳細。

【前腔】(旦)我夫聽奴語，不用疑。也知男兒不吃嗟來食，在此飢寒無依倚，衝寒驀見梅香至。探取奴行端的，送此錢米，與奴相濟。

(生)既如此，也深感他。正是飢時得一口，勝似十年糧。(旦)官人，胡亂吃些充飢則個，莫恁雙手戰戰兢兢。(生)娘子，今日甚麽天色，威風凜凜，刮面侵骨，真個是冷得緊。

【香柳娘】奈緣慳分淺，奈緣慳分淺，有許多不遂，思量飲食非容易。苦肝腸寸斷[三]，苦肝腸寸斷，欲待暫充飢，誰知又不濟。想蒼天困我，想蒼天困我，直恁地空流珠泪[四]。

【賽紅娘】(旦)我夫休憂慮，莫慘戚，原來都傾在鉢兒裏。休怨極，勸你略略請些兒，權濟飢。

(生)娘子，如今春榜動，選場開，欲去求取功名，又恐抛下娘子，獨守孤村，一時難捱。欲待不去，又是三年。此一度決須不可挫過，必要去。(旦)官人，夫妻之情，雖則難捨，功名之事，不可挫過。何故戀奴此身，却把前程耽誤。豈不聞古人云：「丈夫非無泪，不灑離別間。仗劍對樽酒，耻爲游子顔。蝮蛇一螫手，壯士疾解腕。所志在功名，離別何足嘆。」(生)如此，深感娘子之意，勉勵吾方去，蒼天可憐，一舉及第，不敢有負娘子。正是：這回若不登高第，寧可死在科場内。(旦)官人，但願馬前喝道狀元來，這回好個風流婿。

【漁家傲】（生）聞知道上國招賢展試闈，功名事怎肯遲遲，恩情且暫離。（旦）但願此去登高第，一朝榮貴。（生）伊休慮村館瀟條，多衹是旬中便回。（合）恰言道金榜無名誓不歸。

【前腔】〔五〕（生）慌慌的奔馳到帝畿，願此去榮攀仙桂。男兒得遂平生志，更下筆文章無比。（旦）他時，荷衣掛體，休教我在破窑中，眼巴巴望你。（合前）

【麻錦花】（生）那其間若中了，咱和你天下盡知。登科記報着名兒，不枉十載寒窗，苦心勞志。（旦）步雲梯，一朝身到鳳凰池。

【麻婆子】怕衹怕有朱門女，求親向此時。（生）我則記取，我則記取，雕鞍上絲鞭向後垂。（旦）難忘昔日彩樓兒。官人，奴家衹慮你此去，盤纏又無，如何是好？（生）娘子，這個不妨。如今喜得梅香送至錢米，尚有數日之糧，留與娘子窑内，聊聊度幾日。（旦）官人，你却如何？（生）娘子，四海之内，皆兄弟也，我有何妨，可以區處。正是：書中自有千鍾粟，書中車馬多如簇。如今暫守破窑中，書中自有黄金屋。（旦）官人，莫教一日忘奴恩，却道書中有女顔如玉。（生）娘子，但令心如金石堅，百歲夫妻心願足。（下。旦）暫把鴛鴦分兩下，未知相會是何時。

奴家待不教他去，又恐挫過功名。衹是破窑中瀟條冷落，又無親戚，衹得獨守凄凉，俟候好音。未知男兒心下如何。正是：烏鴉共喜鵲同枝，吉凶事全然未保。

校箋

〔一〕此齣齣目，《古本戲曲叢刊初集》本題作「邏齋空回」，《歌林拾翠》本題作「冒雪歸窰」，《樂府菁華》本題作「蒙正冒雪歸窰」，《吴歈萃雅》本題作「離情」，《賽徵歌集》本題作「破窰分袂」，《樂府遏雲編》本題作「分袂」，《南音三籟》本題作「赴選」。

〔二〕歷：底本原作「的」，據《古本戲曲叢刊初集》本、《歌林拾翠》本、《樂府菁華》本、《賽徵歌集》本改。

〔三〕寸：底本原作「碎」，據《古本戲曲叢刊初集》本、《歌林拾翠》本、《樂府菁華》本、《賽徵歌集》本改。下同。

〔四〕珠：底本無，據《古本戲曲叢刊初集》本、《歌林拾翠》本、《樂府菁華》本、《賽徵歌集》本補。

〔五〕【前腔】：《吴歈萃雅》本、《樂府遏雲編》本、《賽徵歌集》本、《南音三籟》本作「【剔銀燈】」。

夫婦榮諧〔一〕

【泣顔回】（生）金榜掛名時，喜得榮登高第。雲梯月殿〔二〕，還是手攀仙桂。荷衣掛體，吐虹霓頓有凌雲志。夫人請上，受下官一禮。（旦）相公請起，豈敢。（生）下官此拜，非爲别來，感娘子舊日恩情。今日下官居此地位呵，不負你彩樓佳期〔三〕。

（旦悲介。生）夫人，當初在破窰受苦，未嘗吊泪，今日下官忝中高魁，反行不悦，何也？

（旦）相公聽我道來，

【前腔】思之，爹媽弃奴時，焉知道今日夫妻榮貴。（生）夫人，你令尊當初見我乃一介寒儒，不想有此今日。（旦）他時厮會，知他是誰羞耻。身榮歸故里。相公請上，受奴家一禮。（生）夫人請起。（旦）奴家此拜非爲别的，感相公與奴争口氣，畫堂中兩行珠翠。（生）夫人，下官當初被岳丈趕出，意欲在他門首，鼎新做個狀元牌坊，使他出入見了，豈不慚愧。（旦）相公所言極善，若然如此，不爲有愧，而反與他争光矣。明日有來往官員，迎送出入，説他有這等好女婿。若依奴家愚見，還要在破窰前做個牌坊纔好。（生）夫人差矣，做在那裏，有甚好處？（旦）相公，做在那裏，使後人不敢輕視儒者，白屋裏頓生光輝。

（生）夫人，且喜如今夫貴妻榮，又是今日重來，有酒在此，欲盡今宵之樂意，少攄昔日之愁懷，不知夫人以爲何如？（旦）如此甚好。（生）院子看酒過來。（末）酒在此。（生）夫人請酒。

【古輪臺】我和伊，春賞名園景明媚，和風扇暖日遲遲，鞦韆庭院。纖手同携，對景尋芳拾翠。看取游人，往來如蟻。（旦）相公請酒，不覺炎光晝陰遲，浮瓜沉李，待共你同去泛蓮舟。荷花香裏，蘭槳輕摇，菱歌聲美。和你泛金卮，斟緑醸，恣拚沉醉夜忘歸。

【前腔】（生）一年一度，牛郎會佳期。秋意美臨水芙蓉，桂花香裏。皓月中秋，早覺重陽節至。倏忽瓊花，凄涼飄墜。（旦）一夜青山盡失翠，紅爐暖閣，羊羔酒美頓題起。昔日孤貧，寒灰撥盡，空甑塵飛，曾有誰人周濟？往事休題，炎涼如是。

【尾聲】如今幸得身榮貴，雙雙四時宴逸，盡老今生不暫離。

校　箋

〔一〕此齣齣目，《古本戲曲叢刊初集》本題作「夫婦榮諧」，《歌林拾翠》本題作「夫妻榮會」，《吴歈萃雅》本題作「喜慶」，《樂府遏雲編》本題作「共嘆」，《南音三籟》本題作「喜慶」。

〔二〕月殿：底本原作「步躡」，據《吴歈萃雅》本、《南音三籟》本、《樂府遏雲編》本改。

〔三〕佳期：底本原作「佳意」，據《古本戲曲叢刊初集》本、《歌林拾翠》本、《吴歈萃雅》本、《南音三籟》本、《樂府遏雲編》本改。

相府相迎〔一〕

【采茶歌】（净）淡紅衫兒水紅裙，鞋長一尺三寸橫。打扮起來越不好，人人叫做野瓜精。

奴家不是别人，吕侍郎府中伏侍夫人的海棠便是。今日劉丞相府中大排筵宴，使着七八十人，來接侍郎和夫人。奴家尋思起來，我也是吕侍郎府中一個養娘，没一人説道請養娘。如今聽得梅香姐説着兩句言語，説道「百歲姻緣須仔細，想他不是風流婿」，我侍郎恰好聽得，時常間記恨他。我衹消得這兩句話，説與侍郎聽着，教梅香姐空説着回去便了。道尤未了，梅香早來。

【粉蝶兒】（貼）羅綺筵開，榮華勝如仙府，遣梅香再三傳語。幸今朝，他貴顯，一時相聚。畫堂中，夫妻子母相遇。

（净）梅香姐到此何幹？（貼）劉丞相使着梅香，再三來請你侍郎和夫人，即便同行。（净）我夫人如今和侍郎，昨游山寺。梅香姐，今日又來請他，衹請侍郎和夫人，奴家也有分没有？没有，我也定要同去。（貼）這個不曾説。（净）侍郎、夫人却來了。（生、旦）沉醉歸來興未闌，珠簾高捲噴沉烟。畫堂深處風光好，别是人間一洞天。（貼）侍郎，夫人在上，梅香叩頭。梅香領老公相、老夫人嚴命，多多上覆侍郎、夫人，府中略備草酌賀喜，伏望降臨。（旦）梅香，多時不見。（生）今日貴脚踏賤路。（旦）梅香，我眼睛不差了。（貼）我當初也説好個官人。（生）那時你説道：「百歲姻緣須仔細，想他不是風流婿。」（貼作呆介。末上）丞相着小人請侍郎、夫人早臨。（旦）許多時未蒙爹娘提携，今日何故這等殷勤？（生）不須你説，我也不去。（貼）相公、夫人請行。（生）夫人若去時節，我也去。（貼）早肯了三分。（旦）問你有何面目相見？

【駐馬聽】（生）閑是閑非，一筆都勾不用題。（旦）梅香，没人來采也是吕官人，今日有人來請也是吕官人〔二〕，（生）論着九秋菊綻，三月桃開，自有其時。（旦）梅香，往常間却不見來問我。

(生)正是從來人面逐高低，世情冷暖皆如是。梅香，到此方知，却不道想他不是風流婿。(净)梅香姐，你自回去，侍郎不來了。

【前腔】(旦)堪嘆人情，昔日何疏今日親。(貼)夫人再三傳示，莫忘了。(旦)將奴趕逐，冷落荒村，守着清貧。梅香，彼一時此一時也，蘇秦本是舊蘇秦，我這寒門敢把朱門認。相公喜得成名，不記得十年窗下無人問。(貼)夫人，父兮生我，母兮鞠我，須念着，

【前腔】父母劬勞，休恁地纔得温和氣便高。(旦)梅香，非是我氣高，怎敢引着這個窮秀才回去？(貼)休恁地龍争虎鬥，雖不是燕約鶯期，真個是鳳友鸞交。(旦)這賤人好生回去，再在此言三語四，叫左右趕將出去呵[三]。(貼)夫人差矣，天下無不是底父母，你歸與不歸，隨在夫人，干梅香甚事？說甚麽言來語去絮叨叨，又不是區區陌路人來到。(旦)梅香，題起前事，舊恨難消。(貼)說甚麽舊恨難消，冤冤相報何時了？

【前腔】(净)梅香姐，忘了當時，你今日正是船到江心補漏遲。不記傍人僝僽，公相生嗔，趕逐階墀。十年身到鳳凰池，這回方表男兒志。(末)夫人，天晚了，請侍郎、夫人，即便同行。(净)使甚虚脾，不如及早尋歸計。

【前腔】(末)真個是富貴榮華，輻輳猶如錦上花。(旦)他接我回去做甚麽？(末)今日裏華

筵開展，珠履三千，物色堪誇〔四〕。（生）院子，你到是個會説的，好生勸我夫人，一同回府。（旦）相公，奴家决然不回。（末）夫人差矣，自古道樹高千丈，葉落歸根，洛陽雖好不如家。（旦）院子，你不記得我當初受爹娘多少言語？（末）小人豈是不知，望夫人大量包容，從今一筆都勾罷，他那裏望眼巴巴，看看月上葡萄架。

（生）道尤未了，有一個宅眷親自又來了。（丑上）

【耍孩兒】特地到階墀親造見，功名無絆牽，且喜稱心如願。相公今日意恁專，列羅綺華堂開宴。（合）請如今即離行軒，重歸昔日庭院。

【前腔】（生）何必尊親相記念，寒村冷落，自慚微賤。（旦）若非今恁榮貴顯，緣何雙親憐念。（合前）

【鶯兒舞】（貼）須望娘行，再三宛轉。父母恩深，怎成宿怨。縱饒昔日有閑言。（丑）今日還須看奴面。

【前腔】（生）憶昔當初，時乖運蹇。（浄）燕爾新婚，天合姻緣。問那時你何故出盡薄情言？（旦）今日何顔再相見。

（丑、貼）夫人，便是日前有些個一言半語，如今休怪，君子不念舊惡。古人説得好，天下無不是底父母，都莫題起他便了。（生）夫人，曾記昨日寺裏，夫人祇自勸着下官以德報怨，今日夫人，也以德報怨。（旦）既如此，依相公説，我便去罷。（净）夫人，海棠却如何？（貼）姐姐也去走一遭。

【太和佛】（旦）祇得再整花冠帶翠鈿，乘鸞赴洞天。（生）雙親今日畢竟要團圓，不必意留連。（合）我如今閑事都休念，惡姻緣翻作好姻緣。請君雙雙同赴華筵，重與雙親相見，從今子母夫妻共歡宴。

【前腔】（丑）如今幸得夫人已見憐，如今便向前。（貼）須知門外車馬悤聲喧，鼓樂駢闐。（合前）

【前腔】（丑）這番恩愛欣喜悄似前，須知那裏心顒顒意懸懸。（合）笙歌簇擁歡笑喧，同歸故苑。夫妻美滿身榮顯，雙雙諧老今生願。

【前腔】（生、旦）萬千愁怨，何須再論言。（净、丑）揚鞭跨馬，齊同往，莫遲延。（合前）

莫講是和非，　同行勿再遲。
世情看冷暖，　人面逐高低。

校　箋

〔一〕此齣齣目，《古本戲曲叢刊初集》本題作「相府相迎」。

〔二〕有人來請：底本無，據《古本戲曲叢刊初集》本補。

〔三〕去呵：底本無，據《古本戲曲叢刊初集》本補。

〔四〕物色：底本原作「是色」，據《古本戲曲叢刊初集》本改。

白兔記

《白兔記》，一名《咬臍郎》，作者佚名。《白兔記》，今有全本存世，現存明成化年間永順堂書坊刊本、明萬曆年間金陵唐氏富春堂刊本（《古本戲曲叢刊初集》據之影印，許之衡飲流齋據之過録，無齣目）、明末毛氏汲古閣原刊本（《古本戲曲叢刊初集》據之影印）、《六十種曲》本。《群音類選》所選更接近富春堂本，今以之爲校本。富春堂本題「豫人敬所謝天佑校」。謝天佑，字敬所，河南人。生平事迹不詳。《白兔記》的版本系統比較復雜，可以參閱趙景深《明成化本南戲〈白兔記〉的新發現》（《文物》一九七三年第一期）、葉開沅《〈白兔記〉的版本問題（一）富本系統》（《蘭州大學學報》一九八三年第一期）、葉開沅《〈白兔記〉的版本問題（二）汲本系統》（《蘭州大學學報》一九八三年第二期）、劉湘如《福建發現的古抄本〈白兔記〉》（《福建論壇（文史哲版）》一九八四年第二期）、俞爲民《南戲〈白兔記〉的版本及其流變》（《文獻》一九八七年第一期）、白之《一個戲劇題材的演化——〈白兔記〉諸異本比較》（《文藝研究》一九八七年第四期）、林昭德《廣陵刻印校補本〈成化新編白兔記〉再補正》（《西南師范大學學報（人文社會科學版）》一九八八年第四期）、陳多《畸形發展的明代傳奇——三種明刊〈白兔記〉的比較研究》(《戲劇藝術》二〇〇一年第四期)、苗懷明《明成化刊本〈白兔記〉的發現、整理與研究》(《戲劇(中央戲劇學院學報)》二〇〇三年第三期)、趙興勤《〈白兔記〉版本探疑》(《商丘師范學院學報》二〇〇八年第一一期)、(日本)福滿正博《安徽省青陽腔〈白兔記〉與富春堂本、風月錦囊本〈白兔記〉》(《戲曲研究》二〇一三年第八七輯)、馬華祥《成化本〈白兔記〉聲腔劇種考》(《藝術百家》二〇一四年第五期)等研究成果。

磨房生子(二)

【霜天曉角】(丑)牢籠圈套,設就多奇妙。汲水又還挨磨,這苦又經多少。

三娘小賤人,被我剪下頭髮,打爲奴婢,日間汲水,夜間挨磨。如今天色已晚,不免整頓磨盤,教他出來挨磨。正是:兩片團圓石,一條鐵石心。行來無數步,日夜苦磨人。三姑快來。

【前腔】(旦)耽煩受惱,苦向誰人告。恨殺無情兄嫂,這磨難何時了。

煮豆燃豆萁,豆在釜中泣。本是同根生,相煎何太急。奴家不從改嫁,被哥嫂剪下頭髮,教我挨磨,被他拷打,衹得前去。(見介)嫂嫂,叫奴家作甚?(丑)三姑,哥哥叫我監你挨磨,一不許怨哥嫂,二不許你躲懶,三不許題起劉知遠。犯了一條事,責一下,且來先打一下樣板。(旦)不須如此,待我去挨。

【香羅帶】愁腸千萬束，嫂，這般樣重磨難挨，教奴家怎移步？恨祇恨無情哥嫂忒心狠毒。（丑）你又埋怨哥嫂，（打介。旦）嫂，打開我鳳友鸞交，逼奴再嫁夫。（丑）你若肯嫁人，莫説挨磨打你，罵也不罵你一聲。（旦）嫂，奴豈肯傷風敗俗。（丑）你怎的躲懶不挨磨？（打介。旦）呀，我和你姑嫂之情，苦苦打我則甚？這兩次看哥哥面，權且讓你。（丑）你這等説呵，我偏要打你，待怎的？（旦）嫂，你是個蛇蝎心腸，哥，不念我同胞手足。（丑）你祇埋怨我哥嫂，我就狠打你？（旦）你好没來由。（搶板打丑介。丑走介）

【前腔】（旦）我是個堂上姑姑，你是個厨下嫂，自古道大還大小還小，奴須是李員外親生之女，怎受得無情苦楚。（丑）三姑，你打我，你明日生兒子，也要我看顧。（旦）是我差矣。倘我後日生下兒子，他夫婦謀害死了，教我空受苦楚。不免賠個小心，暫時哄他。（跪介）嫂嫂，是奴家一時見差，望嫂嫂念姑嫂之情。（丑）三姑娘，請起來。不干我事，都是你哥叫打你，我今再不打你，你慢慢在此挨，我且自睡去。（下。旦）這茅檐破壁，奴獨自守，祇見門外有重叠叠的雲山，遮不住愁來路。且喜嫂嫂回去，不免將磨，强挨一會。

【五更轉】祇得强捱數步，祇得强捱數步，奈力倦怎馳走？憶昔爹娘嬌養，那曾出門户，今日裏倒做個挨磨汲水賤奴。可憐見形衰貌朽，香肌憔悴纖腰瘦。天，奴家受這等苦楚，不如懸梁自盡罷了。欲待要尋一個無常路途。（哭介）倒是奴家差矣，記得當初瓜園分别之時，奴説身懷有孕，他説，三娘你在家小心，倘或生得是男，也接續劉家宗祀。欲待要尋一個無常路途，争奈我有十個月懷胎，我死却又恐怕劉郎絶後。休休，憔悴了秋月春花，等閑也麽光陰虚度。

争奈我力倦難挨，腹中飢餒，不免在磨上歇息片時。

【下山虎】劉郎去後，倏忽幾秋。料應張策後，飛黄馳驟。奴爲你受勞碌，受凌辱，怎當他心上愁來眉上憂。衹怕他是個弃舊奸雄也，莫將奴辜負。朱門貪戀人豪富，此恨怎消，枉教奴對着一盞殘燈伴影孤。

【前腔】别離數月，如隔三秋。舉目雲山遠，望斷歸舟。你莫將奴辜負，反嘆恩情如朝露。他是個奇男子，烈丈夫，怎做得區區薄幸徒？苦蛩鳴户牖，唧唧啾啾。自思李氏三娘做怨囚，恨悠悠泪雨盈眸。風喧鐵馬，聲鬧門户，誰念我獨守空房生意憂。

天，好苦呵！不要久坐，還有一籮麥子，欲待不捱，衹恐哥嫂打駡，真個難捱。

【駐雲飛】磨重難捱，夜静無人訴怨懷。苦把時光捱，熬得形骸在。嗏，郎去在天涯，自疑猜。邊塞塵埃，遠憶愁如海。不向東風愁未開。（做腹痛介）

【前腔】驀地疼來，屈指將彌十月胎。多想懷分解，自把身寧耐。嗏，争奈瘦形骸，料難捱。痛觸心懷，生死須臾待。體魄相離眼倦開。

（做倒科。末扮土地引鬼抱子上）九重天上抱金童，五色雲中駕六龍。天降紫微傳九五，祥光高照玉宵宫。吾乃九天降生神是也。因爲沙沱劉知遠，日後當即大位，李三娘位正中宫，現今十月懷胎已滿。欽奉玉帝敕旨，降下紫微星，托生爲子，差吾神抱送李三娘解懷。三娘，聽我分付，你此子異日大貴，不在多言。急急令人送到邠州，休得遲慢。（丢兒介）大抵乾坤都一照，免教人在暗中行。（下。旦）怪哉怪哉，分明有人指點。

【前腔】體困難抬，奴幸生來一小孩。幸免身灾害，未斷兒臍帶。磨房中那討剪刀，怎生是好？不免將口咬下臍來罷。嗏，血濺口難開，痛傷懷。（做咬介）咬下臍來，齒上腥痕在。啼破兒聲苦自哀。（抱兒看介）

【前腔】一夢奇哉，彼時昏悶倒地，如有神人送此孩。生下兒堪怪，生得令人愛。天，奴受苦楚，今喜産下此子，使奴不勝之喜。嗏，不覺笑顔開，自心裁。體貌形骸，酷似劉郎態。古云：「龍生龍子，鳳生鳳兒。」信也。正是虎父還生虎子來。

神人説此子後有大貴，教我令人送到邠州。量我一身尚難存濟，怎生得人送去？待明日與叔叔商議，又作個區處。

謝得神明傳報語，從天降下紫微星。

道他異日非常貴，　協夢方纔稱母情。

子母相逢[一]

（旦挑桶上）

【胡搗練】風凛凛，雪霏霏，蘆花絮薄寒侵體。跣足一肩風雪裏，能將情苦訴伊誰？

【菩薩蠻】茫茫千里迷村徑，踏破行踪雙足冷。來到井欄邊，單衣汲水泉。雪風當面刮，肩重泥途滑。盤僻步難移，還愁歸去遲。向日蒙俺哥哥令人替俺汲水，嫂嫂知道，炒閙一場。今日這等大雪，逼令我來汲水，真個好苦也呵！雪中跣足，難禁冷割如刀；井上凝冰，怎奈寒侵到骨。正是：一肩挑盡人間雪，兩足熬過天下寒；古道千山鳥飛絶，孤舟蓑笠獨垂竿。不免去汲則個。

【鶯集御林春】似這等天日無光，散梨花墜雪。斜稱風威當面烈，把蒼山壓倒千疊。平白地郊原占了，家家閉户人踪滅。昏慘慘凍屋無烟，愁雲遍野，密灑漫空猶未歇。

校　箋

〔一〕此齣齣目，《樂府紅珊》本題作「李三娘磨房生子」，《樂府萬象新》本題作「三娘磨房生子」，富春堂本爲第二十七折。

【前腔】這雪呵，謾説道雪裏貧人，怎如我苦切。雪凍肩寒身又怯，怎當得兩耳刀裂。亂紛紛尋頭撲面，衝風閉口難開舌。熬不過凍足如冰，單衣似鐵，顛倒風中遭滑跌。（跌介。起介）

【前腔】可憐見帶雪沾泥，更渾身透徹。到骨僵寒筋力怯，哭啼啼泪冷腮頰。今日裏身無所主，雪中凍死誰憐説。好教我瘦骨難支，寒威未輟，忍把微軀甘氣絶。

風雪越大，不免閑闖前到井邊去則個。

【古水仙子】雪雪雪，舞長空霏又斜。風風風，冰梅幾片風吹謝。慘慘慘，慘寒烟野徑天低。啞啞啞，顫枯樹飢烏聲咽。單單單，身子單衣袂劣。行行行，雪風狂舞袖難遮。寒寒寒，畫橋水斷寒冰結。凛凛凛，茅檐雪凍銀簪折。苦苦苦，苦將泪眼枉流血。

【尾聲】一天苦雪千山潔，這等天氣，怎麽有一簇人馬，官道上來？猶有行人尋路轍。衹管汲水回去，休要看它。早汲寒泉歸去也。

（暫下。小生引衆卒上）掃雪尋行徑，敲冰渡馬蹄。鐵衣侵骨冷，尤有雪風吹。衆軍們，風雪大，不能前去，且就驛舍中權歇片時。（衆進介。小生）驛卒何在？（丑上）雪冷紅氊裏耳邊，風狂披甲摘鈴穿。夜來飛虎旗爲被，遮得頭來脚露天。（見介。小生）怎麽不來迎接？（丑）前面没有報來，小人不知，望乞赦罪。（小生）我問你，這般天氣，怎麽有個婦人在井邊汲水？（丑）婦人的寃苦，一言難盡。望將軍叫來自問，便知端的。（小生）叫那婦人過來問他。（衆傳介。旦見介。小生）這婦人地凍天寒，不消下禮。（旦）受苦之人，禮數不周，望將軍恕罪。

【不是路】（小生）舉目相看，看這婦人，你不似人家奴婢顔。雪風天，爲甚衝寒汲井泉？濕衣單，蓬頭跣足真可憐。這其間，令人疑惑還驚嘆。婦人呵，試説其寃，試説其寃。

【風入松】（旦）恭承明問自羞慚，這苦情啓齒難言。（小生）但説不妨。（旦）薄情夫壻相抛閃，致此身受苦千般。（小生）因何受這苦楚？（旦）衹因骨肉家門難，將軍垂聽訴吾寃。

（小生）甚寃枉，你從頭説來。

【前腔】（旦）幼蒙父母最矜憐，雀屏開爲選良緣。（小生）你招贅丈夫，叫什麽名字？（旦）虧心短行劉知遠〔二〕。（小生）天下多有同名。原來你丈夫與我父親同名。以後何如？（旦）不久間親喪黄泉，兄嫂驟起蕭墻變。我丈夫見哥嫂日夜炒鬧，一朝心忿離家園。

（小生）你丈夫離家，到那裏去？做甚麽勾當？

【前腔】（旦）邠州妄意去求官。從他去後，致令我手足傷殘。我那哥嫂呵，忍心害理相逼遣。逼我改嫁，不從。脱綉鞋剪下雲鬟，日間汲水愁無限，夜間挨磨不容眠。幸得皇天憐念，

【前腔】嬰兒産下磨房間。又怕哥嫂毒害，送邠州遠去天邊。（小生）兒子去了幾年？（旦）一十六載時光換〔三〕。（小生）你兒子與我同庚。去後也有信來否？（旦）杳無個音信迴還。（小生）既你兒子在邠州，我是邠州生長的，可替你挨問。你的兒子，叫甚名字？（旦）當時磨房中産下兒子，没有剪刀，衹得咬下臍來，就以此爲名。咬臍名字終身怨，這場冤苦盡來難。

（小生）我爹爹領邠州節度使，統領大兵，不日由此經過。既是你兒子、丈夫，都在邠州，想必衹在我爹爹帳下。你可寫下家書一封，等我爹爹大軍到日，我替你軍中挨問何如？（旦）如此感謝不盡。（小生）左右，取我隨行紙筆與他。（旦）有累將軍，容奴家寫來。（挑雪入硯介）

【香羅帶】松君帶雪研，寒侵指尖，霜毫未染呵凍筆，花箋慢叠寫寒暄也。當日輕離别，有何難，今朝懸望泪空彈。（寫介）别時容易見時難，望斷關河烟水寒。似這等阻隔關河也，屈指從今十六年。

（寫介）十六年來人面改，八千里外客心安。

【前腔】從他去未還，我今在家中呵，千難萬難，人間苦楚都歷遍。劉郎，你不回來呵，此身便死有誰憐也。自古道婦爲夫死，雖則是生無怨，死含冤，劉郎甘自忍心殘。（寫介）伯仁爲我空憐死，齊女含冤枉拜官。假若是久不回還也，斷絶今生夫婦緣。

（寫介）鴻雁不傳君不至，井欄流泪待君看。

【前腔】裁成詩半篇，愁煩轉添，頓然疑慮偷望眼。我看這小將軍呵，聲音笑貌與容顔也，好似劉郎態一般般。方纔説他父親，與我劉知遠丈夫同名姓，説起他的名，又與我孩兒共年庚。父同名姓兒共年，似這等年貌無差也，暗地令人心自歡。

（小生）婦人，你書寫完，怎麽這等歡喜？

【尾聲】喜逢今日鱗鴻便〔四〕，仗寄艱危書半緘，子母夫妻擬再圓。

（遞書介）待小妾拜謝。（小生）不消下禮。左右收了書。婦人，另日開元寺回信。（旦）如此多感。

驛舍逢君至，　　梅花折一枝。
隴頭人見面，　　寄與莫違遲。

附

【錦庭樂】望蘆笳，羊草中提鞭策馬。偶有個白兔兒在我面前過，趕到前村柳陰坡下。見一個婦女身落薄，跣足蓬頭遭折挫。他説道被兄嫂日夜沉埋，行行泪灑。口口聲聲，衹怨着劉大。

校　箋

〔一〕此齣齣目，《徽池雅調》本題作「小將軍打獵遇母」，《歌林拾翠》本分爲兩齣題作「三娘汲水」、「義井傳書」，富春堂本爲第三十五折。《摘錦奇音》本題作「三娘汲水遇子」，《時調青崑》本題作「三娘汲水」，此兩種與《群音類選》曲文異甚。

〔二〕短行：底本原作「短幸」，據富春堂本改。

〔三〕一十六：底本原作「一十五」，據《徽池雅調》本、《歌林拾翠》本和後文改。

〔四〕鱗鴻便：底本此三字殘缺，據富春堂本、《徽池雅調》本、《歌林拾翠》本補。

磨房相會〔一〕

【掛真兒】（旦）離恨窮愁何日了，空目斷水遠山遥。雪霽雲歸，天清月照，無奈風寒靜悄。

薄幸不來良夜静，凍雪未消殘漏永〔二〕。清虚照地雪光行，潔白涵空色更冷。兩輪磨石近寒人，百結鶉衣夜作衾。瑶階倒漾銀蟾影，入我空房照素心。前日井邊，見那小將軍，年貌與吾兒相似，又是邠州來的，父親亦名劉知遠。世間有此異事，懷疑在心。今夜磨房孤冷，令人愈生感嘆。正是：雲捲雪初霽，月寒人更孤。磨房多寂寞，懊恨我兒夫。

【四朝元】雲收霧捲，雪晴月正圓。見一天霽色，四壁光寒，坐來人自慘。更磨房冷淡，磨房冷淡，雪映窮檐，冰涵碧漢，對月無言。因風有感，驀自生愁嘆。嗏，萬里共長天。

劉郎，你在地北，我在天南，兩情難遣。移步問嬋娟，征人何日還。愁眉淚眼，月呵，夫夫婦婦有無相見？

【前腔】（生）天高月淡，光涵霽雪寒〔三〕。正更闌籟静，萬頃茫然，乘舟人興返。來到這裏，便是磨房，不免入去。（作打門介）見磨房空掩。磨房空掩。不免叫一聲。（叫門介。旦）是誰？（生）是我。（旦）漢子，你錯認了，你聽我説與你：十六年來別藁砧，閫墻無地可容身。甘心忍死形如朽，不比星前月下人。你快出去，快出去，不要在此遲延。（生）三娘，我乃是前度劉郎，祇爲歸來路遠〔四〕。（旦）既是劉郎，爲何聲息不同？（生）間別多年，聲音難辨。（旦作疑介）既是我的劉郎，當初在那裏分別？有甚麼事迹？（生）當日遭家難。嗏，你哥嫂把我灌醉，賺到瓜園中去，幸免喪黄泉。天賜留題，神書寶劍。夫婦在瓜園，別離容易間。我去一十六載，知你在家受苦。時移物换，風風雨雨，特來相見。

（旦）緣來真是劉郎。（哭恨介）

【前腔】名虧行短，中心豈不慚。自瓜園別去，何處留連？不思歸故苑。望衡陽雁斷，衡陽雁斷，骨肉相殘，雲鬢被剪，歷盡艱難，敢生嗟怨〔五〕？此恨何時遣？嗏，捱過苦多年。熬定形骸，甘爲下賤。夫婿枉徒然，苦甘空自憐。何勞遠念，生生死死，豈須相見。

【前腔】（生）關河路遠，羈身未得還。（旦）書也寄不得一封回來？（生）更四方兵革，萬里塵烟，音書難寄轉。從邠州統兵討賊，淹留軍中一十五年，近時纔得回到邠州。見上林有雁，上林有雁，知在家中，苦遭磨貶，日夜兼程，不辭涉險，今與兒同返。嗏。（旦）你今做甚麼官？（生）拜將掌兵權，威鎮藩城，職居方面。富貴異當年，榮華歸故園。一家歡忭，悲悲喜喜，啓門相見。

（旦）如此，也不枉了我受苦恁般。開了門罷。（見介）

【天下樂】（旦）別泪流乾苦自傷，相逢如夢却羞郎。（生）楚天吴月遥相共，關塞千重路渺茫。

（旦）間別多年，且喜榮耀。（生）有累受苦，負罪多矣。（旦）竇員夫婦送兒與你，見在何處？（生）竇員夫妻送兒子到邠州，不幸不服水土，夫妻病亡。兒子今已長成，昨日雪中，與你相見。（旦）那小將軍是我兒子，可喜！可喜！當時見他顏貌，説你姓名，我心中十分疑惑。如何我説咬臍名字，他還不曉得？（生）當時兒子到邠州，我因提兵遠出，是岳氏改名劉承祐，故此不知咬臍名字。（旦）岳氏是甚麽人？他怎麽改我兒子名字？（生）我到邠州，投岳節使麾下，因爲破賊有功，蒙將親女招吾爲婿，故有岳氏。（旦）原來你在邠州，有如此之快樂，如何

肯回來顧我？（哭介）

【刮鼓令】聞言不敢嗔，痛傷情泪滿襟。豈知今日無恩信，辜負當年結契姻。那日兩離分，杳然不見通音問。疑作天涯寥落人，誰知別後變初心。

（生）初心原不如此，事勢到頭，無如奈何。

【前腔】（旦）辜恩不可聞，爲何人受苦辛。你看我，肩痕尚在愁難盡，磨石無情苦到今，蓬首斷香雲。明知兄嫂狼心輩，不念夫妻結髮情，忍將舊愛待新人。

（生）三娘，祇説你受苦，但不知你丈夫在邊塞，苦不可言。

【前腔】從軍事遠征，歷風霜苦怎禁。争奈劉知遠命運不濟，岳節使招軍已完，祇投得一名馬頭軍，日間打草，夜間巡更。那日間打草多勞倦，奈夜間提鈴喝號夢難成。若説起岳氏，有恩于爾我，若不是岳帥親生女，怎得皇家寵愛深？終不然去到邠州，就做官不成？祇虧十月懷耽苦。三娘你送得兒子到邠州，深虧岳氏撫養，纔得成人。終不然你兒子自己會大？多虧岳氏乳哺恩，三娘，你莫將賢婦當仇人。

【前腔】（旦）新人出宦門，美嬌娥掌上珍。他嬌姿貌美，日近日親，妾色淡容衰，日遠日疏。三千色淡容顏好，十六年來寵愛深。（生）三娘，當初把你招贅之時，容貌本等標致，今被哥嫂磨滅，容顏不比往前。（旦）不似磨房人。料君之心，正念羞花之貌，那顧我憔悴之容，不如殺身以從君可也。難將衰貌移君寵，甘向黄泉作怨魂。（生）夫婿遠回，當共歡娱，你如此嗟怨，亦不可取。（旦）妾若在，愛必分；妾若死，甘休罷。休將新愛舊人分。

【前腔】新婚與舊婚，辨人情識假真。須知貴賤無雙美，祇恐妍媸有二心。（生）我非負義之人，何爲妍媸之誚？（旦）閑話休題，閨閫之事，休定尊卑。（生）婦人家好不大量，尊卑自有先後，豈可變易綱常？爲丈夫的，身居兩難之地。將他爲大，你爲小，你又先歸劉氏之門；將你爲大，他爲小，他又是千金之軀。以此兩情難向，三娘，你是賢會的人，憑你説將那個爲大？（旦）依我説，是我爲小，他爲大便了。（生）人心則同，我一路尋思，也是如此。（旦怒介。生）真是小人。我當初曾説破，家有前妻，不可重婚再娶。他説我女頗賢，願居其次。（旦）你也曾講過來？夫，我讓他爲大，打甚麼緊？祇是禮上去不得，你當自詳，免至後悔。小大禮爲尊，恩情莫論新和舊。名分休因疏間親，既然名正而言順，自然和氣以安寧，一家怡樂值千金。

間別年來久，誰知再得逢。
明朝冤恨雪，此夜磨房空。

校箋

〔一〕此齣齣目，《樂府萬象新》本題作「夫妻磨房重會」，《徽池雅調》本題作「夫妻磨房重會」，富春堂本爲第三十八折。《歌林拾翠》本、《時調青崑》本題作「磨房相會」，與《群音類選》本曲文異甚。

〔二〕未消：底本原作「能消」，據《樂府萬象新》本改。

〔三〕光：底本原作「相」，據《樂府萬象新》本改。

〔四〕祗爲：底本無，據《樂府萬象新》本補。

〔五〕嗟：底本左半殘，據富春堂刻本、《樂府萬象新》本補。

新刻群音類選諸腔卷二

躍鯉記

《躍鯉記》，據載有二：一爲顧覺宇撰，已佚；一爲陳羆齋撰（亦有認爲應題作無名氏撰），今存明萬曆間金陵富春堂刻本（《古本戲曲叢刊初集》據之影印、《鄭振鐸藏古吴蓮勺廬抄本戲曲百種》影印底本據之過録），《群音類選》本所收與此本甚異，非同一版本系統。

蘆林相會〔一〕

【疏影】（生）平莎萬里，望雲山漠漠，江闊天低。紅蓼白蘋，青蒲翠荇，撲面蘆花飛墜。爲親問卜求龜著，知一竪何神何鬼。度長橋去，轉蘆林裏，白鷗飛起。

小生欲到飛雲渡口，問吕先生求老母一課。不免從這小路去，庶覺近些。

【三捧鼓】娘親久病少良醫，問卜求神得指迷。步入柳堤，行過小蹊。兀那裏一女子，手抱蘆柴，慌無措置。

遠遠望見蘆林邊，有一婦人在洲岸捉蘆柴，見我來慌慌張張的。且停一停，待他過去，莫要妨他。（旦上）

【前腔】蘆林裏驚起一對雁鴻飛，手抱蘆柴行步遲。（科）拾取這一枝，采取那一枝。誰在裏，休步入。回去熟煮魚羹，送與媽媽吃。

（相見介）秀才，婆婆這幾日病體若何〔二〕？（生）愈加沉重。（旦）既然沉重，收奴家侍奉湯藥，却□是好。（生）怪你不孝誠媳婦〔三〕，收你回家？（旦）秀才不題起也罷，不知爲那端，把我趕逐？（生）我道與你：母親壽誕，你把爲由，背地買鷄買肉吃，買梭布做衣服穿，都不與婆婆，這不是你不孝？（旦）秀才，婦人私造飲食，你在學堂不知道，俺分解不去。你道俺買布做衣服穿，那日被婆婆一時逐出，身上不曾穿得。有箱内鑰匙，是你所管，何不開箱去看？若有這套衣服，罪名我擔了，若是没有，不是冤屈了我？（生背説介）是，你那日被母親趕逐，身上不曾穿得有。家中箱兒裏，不曾看得有。（向旦説介）娘子，祇是一件，人家討媳婦朝昏菽水，侍奉公姑。誰知你到後花園中，搭起層臺，咒罵婆婆，拿着我得一個不孝之名。（旦）奴家侍奉，惟恐不周，豈有咒駡之理？（生）都是婆婆親言説與。（旦）秀才，你把我趕出來，我在鄰母家，思量婆病，無人侍奉。安安在家，鎮日思量母親。我在鄰母家，思量孩兒。我在東頭他在西，兩下終無結果。（生）這都是你自取的。請回，我要去得緊。（旦）秀才，與你相會，少容奴分訴一句。（生）不要來纏。

【降黄龍】（旦）自適君家，侍奉箕帚，并無差池。（生）那日不汲水與婆婆，是你差了。（旦）婆婆趕逐〔四〕，望君家相勸，休將奴弃。（生）此乃母命，我怎敢到他跟前題此言。（旦）聽啓，含羞忍耻，上無親下無依倚。（生）既如此，何不回娘家去得？（旦）待回歸，有何顔見得江東父老兄妹。

【前腔】（生）不知，姜氏門楣。（旦）好門楣，一個妻子，趕將出來。（生）寧守着清貧，怎忘節義。我欲待私妻背母，被人談笑，吾家忤逆。夫妻，本是同林之鳥，大限來時各自分飛。（旦）此乃是分緣虧，謾長吁短嘆，噬臍何及。

（生）你如今悔已遲了。

【前腔】（旦）傷悲，倚靠兀誰。（生）你回去不得？（旦）出嫁從夫，怎生别適？官人，責人以理，况奴家不犯七出條例。（生）不順姑嫜，還説。（旦）方知，婦人身已，苦樂也由他人所爲。官人，休屈了奴家。自詳思，雖在縲絏之中，亦非奴罪。

（生）不能奉姑，怎的没罪？（旦）當時汲水遭風，無可奈何，官人可憐見，休要執迷。

【前腔】（生）姜詩，非是執迷，父母之言，怎違尊旨。你教我收留你回去呵，他每病久，莫爲伊，惱壞我娘親心意。（旦）不收留我，也須發放奴家。（生）還要發放你，那日婆婆，教我寫下休書休了你。汝可回歸，别尋夫婿。（旦）秀才，忠臣不事二君，烈女不更二夫。若不收留，奴家依舊回鄰母家去罷。（生）你還思量到鄰母家去，終不成倚靠他一世？怎依得鄰母一世，縱相逢不下馬，各自奔着前程去。

（虚下。旦扯衣介）秀才那裏去？

【忒忒令】（旦）與君家結髮得幾時，那想道如參商若不相識。記取教奴歌燕燕效于飛，共成百歲。交妾慕葛覃爲恭敬，加勤儉，輔佐君子，休得要違。

【前腔】（生）備蘋蘩朝夕誦詩，教你做媳婦事舅姑當如是。料不能奉姑，以致將伊趕出。却不道玷辱我姜門，傷風化，敗逆風俗，被傍人笑耻。

【沉醉東風】（旦）念髮膚身體受之父母，不敢毁傷乃孝之始。却不道值風起，險些兒沉水葬魚腹，請詳情理。（合）此身靠伊。（生）我無計施，終不然背着親言却戀妻。

【前腔】大丈夫非無泪垂，兒女家莫痴心執迷。（旦）你直恁的硬心機，容説因依，枉教奴受屈無伸訴與誰。（合前）

（生）娘子請便，容我去了。（旦）秀才那裏去？（旦扯生衣）

【前腔】和你一夜做夫妻，百夜恩情美。夜半無人私語時，君須記。（生）大丈夫也難曲順妻子私情意，人倫重，孝義尊，難聽你。（旦）君莫負山盟，秀才，你教我去嫁人呵，妾難忘海誓。秀才，我下你一禮。（介）望你爲勸阿姑息怒停嗔，容奴回家裏。秀才，我今日到此，收我不收我，回我一句話。（生）呀，今日到此，收留你不收留你，教我回你話。此乃是母命，爲人子者，不敢擅專，回不得你話。請起，三娘，休來相厮纏，覆水難收起。起來。（旦）罷了。（生）傍人見，不好看，急急回去。

（虚下。旦）姜郎轉來，今日在此相會，指望你收我家去，誰知你又不肯。祇是奴家有三怨：一來婆病，不能奉侍湯藥；二來我和你半世夫妻；三來安安年紀幼小，倘有後母，其實好苦。我今日下你一禮，好生看養安安孩兒成人，也是我一點的骨血，我死在陰司，也來報答你姜郎。（生）是我的孩兒，何勞囑付。三娘，我且問你，婦人之德，教令不出閨門，來此何幹？（旦）昨日鄰母姑姑，説婆婆愛吃江魚，奴家績麻撚苧，換得一個江魚。怎奈厨下無柴，來此撿柴回去，煮碗魚羹送與婆婆吃。（生背嘆介）罷了！天那，我母親未知何人到他面前，説俺三娘不孝，背地買鷄肉、布面，咒駡母親，那幾件事，我都不曾一端得見。昨日鄰母姑姑問安，是我和他説母親愛吃江魚，他回去説與三娘，三娘績麻撚苧換魚，來此撿柴煮羹送與母親。三娘既是不孝，爲何央及鄰母來問安，又煮魚羹送與母親？那不孝事情，我不曾得見，這幾件事，我都得見了。不知是那一個讒言，到我母親跟前搬唆，將他逐出。天那，恰纔三娘再三哀告，教我央及一人勸諫母親，收他回去，奉侍母病。我怎敢逆母，私自回話？（向旦説介）三娘，非是姜詩不明道理，争奈母親道你汲水歸遲，把你趕逐。爲人子者，祇得順母言詞，以此不好回得你話。你自曉得，且自忍耐，轉回鄰母家去，央人勸解婆婆，倘得回心轉意，我就着安安來取你回家。（旦）秀才，我問你，若是婆婆回心，你就着安安相接我；倘若婆婆不肯回心，你也着安安來回話？（生）若是婆婆回心，我就着安安相迎；若是我娘不肯回心，我和你做夫妻，祇此蘆林中一會，再休想我和你夫妻相見。（旦哭介）罷罷，秀才，

【尾聲】我和你恩情悄似鹽落水，中道分離兩泪垂。（合）各自歸家作道理。

校　箋

〔一〕此齣齣目，《大明天下春》本題作「蘆林相會」，《風月錦囊》本題作「蘆林相會」、「夫妻訴語相别」，《樂府菁華》本題作「蘆林相會」，《摘錦奇音》本題作「姜詩蘆林相會」，《時調青昆》本題作「蘆林相會」，《醉怡情》本題作「蘆林」。

〔二〕體若：底本此二字殘缺，據《風月錦囊》本補。

〔三〕你不：底本原作「不你」，據文意改。

〔四〕趕：底本原作「見」，據《風月錦囊》本改。

安安送米〔一〕

【金錢花】（小生）偷閑步出書幃，書幃。草茅路徑崎嶇，崎嶇。我今送米與娘親。嘆子路，曾負米。也祇爲，奉親幃。

來此是鄰母姑姑門首，不免高叫一聲。（貼上）

【前腔】茅檐寂寞孤恓，孤恓。甚人扣我柴扉，柴扉。（小生）是安安。（貼）安安來此有何爲？（小生）姑姑，我來看母親。（貼）來到此，問親幃。安安兒，娘見你時節呵，愁變喜，喜還悲。

三娘子，有請。（旦上）

【前腔】娘兒拆散東西，東西。朝思暮想傷悲，傷悲。夫妻不得兩齊眉。（貼）三娘子，是安安來看你。（旦）聞説道，我孩兒。我的兒，兒命薄，母緣虧。

（小生）我的娘，虧你撇得下。（旦）兒，

【前腔】自從那日分離，分離。牽腸掛肚孤恓，孤恓。娘兒受苦有誰知？（合）謝鄰母，與提携〔二〕。何日裏，是歸期。

（小生）姑姑、母親拜揖。（貼）安安兒到來。（旦）兒，你來何事？

【一封書】（小生）娘親聽拜啓，非是安安別母親。娘，孩兒幾番要來看你，婆婆又在家中。朝思暮想無由見，我夏清冬温禮數違。積趲得這米，與娘親充餒飢。（貼）看安安年紀雖小，其實孝心。（小生）母親、姑姑在上，安安在書堂讀書，傍邊一株松樹，有烏作巢，生子哺雛。老的打食，養那小的，那老的毛落，那小的依舊打食供老的。慈烏尚且懷恩義，安安雖不能學古人，願效慈烏反哺恩。（合）好傷悲，痛傷悲，就是鐵石人聞珠泪垂。

【前腔】（旦）忽然見我兒，裂碎肝腸痛割心[三]。身上衣衫誰襤補？（小生）娘，孩兒在家，要飯不得吃，要衣不得穿呵。（旦）我的兒，你若飢寒娘怎知？謾忖起此米，敢袛是背了婆婆私竊取。安安，這米是婆婆命你送來？還是你爹爹命你送來？（小生）都不曾命我。（旦）這畜生，好生拿回家去。（貼）三娘子，就是竊來，也是家人盜家財，你受也無妨。（旦）姑姑，寧可清飢，不可濁飽。他若還不告婆婆命，此米將來加娘罪。（合前）

【前腔】（小生）休憂慮此米，聽我從頭説詳細。（旦）你説來。（小生）姑姑，自母親別後，孩兒不在家裏吃飯，在學堂裏起爨。婆婆每日與我七合米，吃了四合，餘下三合。這是我每日三餐積趲下，娘，望乞休疑權受取。（貼）三娘子，聽他説來真可憐。（旦）姑姑，除非將來看，便知端的。

（貼看介）原來早米晚米，俱是有的，果然是真。（旦哭介）嬌兒，娘看起此米，萬苦千辛虧我兒。（小生）娘在姑娘家，將何度活？（旦）娘在此，撚麻績苧權爲活計，紡織機杼來度日。（合）好傷情，痛傷情，子母團圓知甚日。

（貼）老身今日看見安安如此，教人怎不傷情。

【前腔】忽然動我情，思憶安安真罕稀。三娘子孝順婆婆，今日安安又孝順母親。孝順還生孝順子，忤逆還生忤逆兒。（小生）不孝兒拜稟，我的婆婆常在家中説你。（旦）怎麽説？説那個搬唆鬥是非。（旦）兒，娘豈不知，古云：「半句虛言，折盡平生之福。」虧心短幸搬唆語，風火猶遭天地誅。（合前）

【前腔】（旦）姑姑聽拜啓，母子恩情怎忍離。（哭介）兒，婆婆知道你來，非打即罵，你回去。割恩捨義抽身去，免使娘受禁持兒受虧。（小生）鄰母聽拜稟，我的娘親托賴你。安安若得片雲蓋頂，當效犬馬相報。銜環結草尤當報〔四〕，展草垂繮願效取。（合）好傷悲，痛傷悲，子母團圓終有期。

【前腔】（小生）拜辭母轉書幃，意欲行時步難移。（旦）娘送子在路途裏。（小生哭介）我不回去。（旦）前後相延怎忍離。（小生）欲去離又回。（旦）兒，你去了，怎的又轉來？（小生）

娘，非兒又轉來，兩眼睁睁怎忍離。（旦）兒，娘如此受苦，豈今生今日爲之乎？敢衹是前生做了寃枉事，致使娘兒受困危。（合前）

生離死别痛加悲，子母恩情一旦離。

腸斷斷腸腸欲斷，不傷悲處也傷悲。

校箋

〔一〕此齣齣目，《大明天下春》本題作「安安負米」，《樂府萬象新》本、《樂府菁華》本題作「安安送米」。

〔二〕與：底本原作「望」，據《大明天下春》本、《樂府萬象新》本、《樂府菁華》本改。

〔三〕裂：底本原作「跌」，據《大明天下春》本、《樂府萬象新》本、《樂府菁華》本改。

〔四〕當：底本原作「難」，據《大明天下春》本、《樂府萬象新》本、《樂府菁華》本改。

織錦記

《織錦記》，顧覺宇撰。顧覺宇，生卒年、字號、里居、生平皆不詳。知撰有傳奇《綈袍記》、《織錦記》、《躍鯉記》等。《織錦記》，又名《槐蔭記》、《槐蔭樹》、《織絹記》、《賣身記》、《天仙記》、《天仙配》，今無全本傳世，僅有散齣于戲曲選中留存，除《群音類選》選録此二齣外，《怡春錦》選録有《送子》齣，《大明春》選録有《仙姬天街重會》齣。劇作本事見曹植《靈芝篇》、劉向《孝子傳》、干寶《搜神記》，有《董永》變文、《董永遇仙》話本、《董秀才遇仙記》戲文。劇寫孝子董永遭母喪之後無力安葬，賣身于地主得錢葬母。後去地主家爲奴，于路上槐樹之下遇仙女，仙女與董永結爲夫妻，二人同到地主家做工還債。董妻織錦百日，還清欠債。回家再次經過那株槐樹時，仙女吐露其爲仙女下凡之實情，夫妻二人灑泪而別。後仙女産一子，送與董永撫養。

董永遇仙

（旦上）

【引】天宫仙子降瑶池，看情懷默默臨凡世。

奴家是九天閶闔仙女，今日開放下瑶池。休教泄漏這天機，且在槐陰樹下，奴奉玉帝敕旨。道尤未了，董生早上。（生上）

【步步嬌】卑人葬親前來至，托賴母親埋葬矣。前去謝恩人，還了工程，再回此日。前面一佳人，立在槐陰樹。

前面有一佳人，立在槐陰樹下，不免向前問他來歷。小娘子拜揖，不知娘子，何方人氏，因何在此？（旦）奴家是丹陽張家之婦，父母早喪，舉目無親。因見秀才行孝，情願指此槐樹爲媒，與君結爲夫婦，實是本心。（生）小生家貧徹骨，多蒙娘子不弃，無恩可報。

【風入松】荷蒙娘子赴佳期，槐陰樹下配爲夫妻，今朝幸喜重相會。姻緣事豈非容易，想前生赤繩繫足，今宵裹效于飛。

不瞞娘子説，今爲埋葬母親，將此身賣在傅長者家。要還他三年債滿，方得回家，怎生是好？

【前腔】（旦）官人説話不思惟，吕蒙正求覓供妻，後來發迹做了公卿位。奴願去傅家聘織，管教早早便回，三年債不消百日之期。

（生）如此多謝娘子。

【前腔】謝娘子意思美，天然的同諧連理，今宵裹效鴛幃。（旦）恨時乖運蹇，夫傾依赴，交我痛傷悲。

【前腔】（生）交人無語細思之，家筵消壞無依倚，老天相周濟。娘子從今去，休辨是非，祇慮伊苦愁目下受孤恓。

【前腔】（旦）官人不必恁猜疑，大小事務要皆知，奴家不比無志的。一雙手有千般巧計，也不論粗和細密，管教你日後榮貴，日後榮貴。

【尾聲】姻緣從此相和美，五百年前結會時，到老平生不暫離。

與花爲主托東風，　一對夫妻似夢中。
有緣千里來相會，　無緣對面不相逢。

槐陰分別〔一〕

【浪淘沙】（生）趲步往前行，趲步往前行，茂盛槐陰，青青翠翠緑沉沉。且放下行囊立此處，等我妻身。（旦上）

【前腔】纔離了傅家門〔二〕，纔離了傅家門，舉步難行，抬頭不見我郎君。他那裏欣然往前走，怎知道今日離分。我從來不出閨門，怎當得長亭共短亭。

你緣何不等奴家？（生）這是當初相會的槐陰樹下？（旦）你可曾謝他？（生）不曾。

（旦）你好忘恩，當原先指此槐陰爲媒，怎生與奴家爲着夫婦，方得到此。（生）娘子，卑人無恩可報，祇得禮拜謝了。

【前腔】頂禮拜槐陰，謝你恩深。三年債負今日滿，一番題起，一番喜欣。（旦）他那裏喜欣，我這裏越加泪淋。夫妻咫尺間，要去天庭。（生）娘子，你爲何説着泪淋？（旦）愁祇愁弓鞋小，步難行，怎當得山程共水程。

董郎，我脚疼，你扶我走幾步。（旦跌介）我從不曾出路，把我跌這一交。（旦坐介。生）當原先董永槐陰相遇之時，一貧如洗。多謝娘子，成就了一對姻緣，同到傅家，完了三年身債，不消百日之期。今日想起前恩，怎生報得你？（旦）丈夫，你説那裏話，前日我臨行時，那小姐送我幾尺鞋面，又送我十兩銀子，丈夫你收下用。（生）送你的東西，我怎麽用你的？（旦）丈夫，我的就是你的一般。（生收介。旦）那小姐又送我一把扇子，面上畫得是五岳朝元故事，權當奴家表記，送與你遮日色，日後見此扇就見奴家一般。（生）多謝娘子。（旦）前面那是甚麽東西？（生）那是鴛鴦。

【前腔】（旦）鴛鴦戲碧波，對對成合。這鴛鴦可有分散之日。（生）他怎麽没有分散之日。（旦）他可在溪澗中，可在大江中去呵？（生）他也有日子去。（旦）倘若遇着大舟摇動，把他兩驚覺。（生）他日間散了，夜間一處。（旦）那雌的要去，那雄的也要去，雄的不去，雌的也不去，我把手指他一指，看他去不去。（指介）呀，那雌的去了，那雄的還不去。一個飛來在淺水，一個飛去天河，飛去天河。

（生）娘子，怎的一個在天河，一個在淺水？（旦）在天河是雌的，在淺水是雄的。（生）那鴛鴦鳥兒，號爲文禽，行也雙雙，睡也雙雙，再不肯分離。（旦）你説不分離，也有分離日子。

【前腔】（生）一貌賽嫦娥。（旦）你見嫦娥不曾？（生）不曾。（旦）我見了許多嫦娥。（生）那嫦娥在廣寒宮裏，清虛月殿，他是仙女，凡人怎麽得見。（旦）譬如人家好女子，與嫦娥相似。怎忍分破？夫妻本是同林鳥，大限來時，各自分却。（生）娘子今日絮刮多般。（旦）非奴絮刮多，衹落得泪珠偷墮。奴家要上天去。（生）方纔地下走，也走不穩，又講上天去。（旦）欲將此事從頭説，語言來在舌尖頭，説又説不出，説起來衹恐怕心如刀割。

【前腔】（生）夫妻兩諧和，怎忍分破，常言道娶妻必伐柯。妻，你把閑言閑語都勾罷，不必泪落。

（旦）我去也。（生）你到那裏去？（旦）我到我家去。（生）娘子，你既要去娘家，你且到我家中，守了公婆三年孝服滿日，叫一乘轎子抬着你，我便騎馬，雙雙與你同去，却不是好？（旦）你猜我家在那裏住？（生）你家在蓬萊村。（旦）我知你家在董槐村住。丈夫，我今把實話説與你知。奴是天仙一月姬，玉皇差我下凡世，見你行孝賣身軀，債完絹子歸天去。因你工債不完，上帝差我助工。虧我燒起難香，驚動群仙姊妹，帶領三百仙姬、嫦娥、玉女，三更三點下凡世。衆機齊響，織完龍虎絹千匹，五更鷄唱，衆仙女恐誤瑶池會，駕祥雲一朵登天去。終夜皆如此，不消百日，債足工完。恐違了玉皇金旨，我今辭别升天去。（生哭介）娘子，曾記槐陰相會時，親口許我做夫妻，指望百年同到老，誰想今朝驀地説分離。

【尾犯序】如何驀地説分離，我和你百日夫妻，恩情正美。共枕同衾，夫唱婦隨，怎生割捨得拋弃。思之，妻，實指望同廬墓在杏花山前，誰知道兩分離在槐陰樹裏。撲簌簌珠泪交頤，痛殺殺拆開連理。(合)分離去，又不知何年何月，再得與你共鴛幃。

【前腔】(旦)君家須聽啓，奴本是九天閶闔仙女，祇爲玉皇上帝見你孝心誠意，差我下凡，暫爲姻契。思之，董郎夫，今日裏顧不得夫婦恩義，管不得夫妻情意。夫，非是奴要撇你，祇爲那限期滿矣，因此上即回月嫗，眼睜睜難分連理。(合前)

【前腔】(生)聞言深感激，卑人有三年債負，倒不滿百日之期。指望你夫妻和美，反做個輕恩薄義。思憶，妻，你上天梯撇我在凡地，枉教我常常慘淒，空教我時時念你。(合前)

【前腔】(旦)思之情慘淒，董郎夫，我和你百日夫妻，倒有了三月身已，又未知是男是女。(生)妻，若生得男時？(旦)若還是男呵，奏過天曹，送來與你。(生)若生得是女時？(旦)罷了，夫與婦恩情絶矣，恐上帝留在月嫗。(生)傷悲，仙姬妻，將此扇與董永爲表記，正是見鞍思馬，睹物傷情。祇落得睹清風肝腸碎矣，空教我瞻雲望日。(合前)

(生)妻，你不要去罷。(旦)董郎，若要奴家不去時節，當初是這槐陰爲媒，你依舊叫得他應，我就不去。(生跪云)妻，董永祇哀求你不去便是，槐樹是個木頭，怎麽叫得他應？(旦)你是孝心人，自然應你。(生)妻，我若叫他時，你便去了。(旦)董郎，我不去。

【憶多嬌】（生）乞垂念，望哀憐，槐陰樹應我言，莫遣妻兒上九天，免教夫妻恩情斷。（合）就是鐵石人聞，就是鐵石人聞，也恁傷情泪漣。

【前腔】（旦）好姻緣，不遂願，事到如今怎敢久延，紅塵途路今朝斷。（合前）

【鬥黑麻】（生）秦樓明月，被雲遮掩，楚岫行雲，遭風吹散。桃源阻，天台遠。祆廟火焚，藍橋水斷。（合）從今別去，何日再完？ 夫在凡塵，妻在九天。正是兩處相思，一般悲嘆。

【前腔】（旦）錦鴛失偶，彩鳳離鸞，釵折簪分，衾冷枕寒。玉鏡破，難再圓。寶瑟塵埋，紫簫聲斷。（合前）

（生做叫介）

【尾聲】槐陰樹下頻頻叫，叫破我咽喉不應言，就是鐵石人聞泪涌泉。

（悶倒介。旦）董郎，你快蘇醒，我不是你妻子，那賽金小姐是你妻子。若要與你重相會，除非皇都市上遇神仙。（丟衣下介。生醒介）

【駐雲飛】撇了嬌妻，回首迢迢不見伊。哭得肝腸碎，叫得咽喉急。妻，你割捨得上天梯，苦痛傷悲，苦痛傷悲。兩眼睜睜，目斷雲霓。不見嬌妻，脱下羅衣。要見無由見，槐樹，當初怎的要你做媒，恨殺槐陰做死媒。吾妻今日上天庭，痛斷肝腸兩泪盈。世上萬般哀苦事，無非死別共生離。

校　箋

〔一〕此齣齣目，《八能奏錦》本題作「董永槐陰分別」，《樂府萬象新》本、《樂府菁華》本、《堯天樂》本題作「槐陰分別」。

〔二〕傅：底本原作「富」，據《樂府萬象新》本改。下同。

卧冰記

《卧冰記》，作者佚名。《卧冰記》，今無全本傳世，僅于戲曲選中留存數齣，除《群音類選》選録此二齣外，《詞林一枝》、《徽池雅調》分别選録有《王祥推車》、《推車自嘆》二齣。劇作本事見劉義慶《世説新語》、孫盛《晋陽秋》、干寶《搜神記》和《晋書》之王祥、王覽本傳。劇述山東孝子王祥，生母早喪。王祥與妻皆被後母虐待，妻被逼深夜多紡織，王祥被逼出外買絹。一日後母生病思吃錦鯉，王祥去河邊尋釣翁欲購買，因天寒河水冰封，釣翁無有，并指點王祥河中錦鯉藏處，王祥脱衣卧冰求得錦鯉，與尋其而來的同父異母之弟歡喜而歸。本書「官腔類」卷二十四沈璟《十孝記》之「王祥卧冰」即同此題材。

妯娌績麻

【香羅帶】（旦）林端集暮鴉，雙雙可嘉，我鸞交鳳儔空自寡，遭逢苦海浩無涯也。何日裏，共寧家，忙對青燈謹績麻。泪雨潸潸也，不怨東風祇自嗟。

奴家領婆婆嚴命，方纔挑得水完，不覺天色昏黑，即便忙忙績麻。（貼上）

【前腔】天邊月一芽，清光便佳，金風颯然鳴鐵馬，一篝燈影透窗紗。（敲門介）開綉户，納奴家，（旦）嬸嬸來此何幹？（貼）來伴孤恓共績麻。（旦）豈敢相勞，莫要婆婆知道，却又反遭凌辱。（貼）没事，婆婆已睡去了。自是苦樂當均也，莫令傍人掛齒牙。

（旦）嬸嬸，誰人管得家務事，祇是我的命生得苦。

【前腔】浮生命自嗟，勞勞歲華，敢道娘分磚與瓦，你看我渾身瘦骨盡槎枒也。神極倦，眼乜斜，膏沐無緣髮似麻。（貼）如今替績了麻，便得早早完，早睡矣。（旦）早得偷安也，夢裏朦朧亦感嗟。

（貼）聽此時是幾更了？

【前腔】樵鼓已三撾，星殘斗斜，碧天銀河渾欲瀉，凄凄萬籟寂無嘩也。燈欲燼，眼生花，愁緒紛紛比亂麻。收拾偷安也，明日重來玩月華。

(旦)嬸嬸，多謝你了。

【駐雲飛】玉樹蒹葭，何幸相依共一家。久敬如初嫁，真愛無些假。嗏，賢淑豈虛誇，恩光相藉。朝夕維持，連累遭驚怕。我怎的報得你，祇是刻骨銘心詎有涯。

(貼)你怎的這等説，我和你兩個呵，

【前腔】并蒂雙花，忍見榮枯兩樣差。婆婆，他妄別高和下，偏較親和假。嗏，無奈念頭斜，善言難化。使你朝夕勤劬，碌碌無休暇。少效微勞替績麻。

姆姆，我與你在此共話，不知伯伯在那裏凄凉誰語，怎的也不來看你？(旦)畏懼婆婆，何敢相會。正是祇爭些子地，猶如相隔萬重山。

【前腔】路邇人遐，悵望藁砧不到家。栖息蝸廬下，寥落蛩吟夜。嗏，泪眼苦巴巴，兩情牽掛。翡翠衾單，霜重鴛鴦瓦。無奈無聊思轉賒。

(貼)姆姆，你也須自家寬心調理調理，你父母當時，怎生嬌養你來。

【前腔】艷蕊奇葩，好把金軀保重些。光景似推車，事世如翻瓦。嗏，明月尚雲遮，風催花謝。有日回春，浪暖魚龍化。莫令愁添兩鬢華。

（旦）牢落其如薄命何？（貼）奶娘平地起風波。
（旦）區區感刻承恩愛，（貼）一體同功豈是多。

王祥卧冰〔一〕

【虞美人】（生）碧空黯淡同雲繞，一夜青山老。梨花柳絮舞陰風，問覓江干，漁父願相逢。

千山鳥飛絶，萬徑人踪滅。孤舟蓑笠翁，獨釣寒江雪。遠遠望見前面一個漁翁來了，未知有鯉魚否，不免向前求訪。（丑扮漁翁上）

【步步嬌】慘栗寒風堅澤腹，下釣渾無處。乾坤一玉壺，孤聽無聲，冰合真堪渡。洛下先生想卧家，山陰客子迷歸路。

（生）漁翁拜揖。（丑）請問貴姓。（生）我是王祥。（丑）久仰久仰！你這等冒雪衝風來此，有何緣故？

【前腔】（生）冒雪衝風無他故，求鯉供吾母。烟波老釣徒，倘有金鱗，勝如珠玉。雙魚入饌羡姜詩，二牛觸網非杯渡。

（丑）王秀才，這裏有幾尾鯽、鱖、鯿、魴，賣與你去罷。（生）俱不中用。（丑）却是怎的？（生）要金色的鯉魚。（丑）咳，如今天寒地凍，那便有他。你若一定要這鯉魚呵，

【沉醉東風】他悠揚揚在藻依蒲，撥刺刺潛淵躍渚。河面盡冰鋪，那裏是施鈎處。（生）却如何是好？（丑）好笑伊不識時務。飛雪滿頭，衣衫濕污，没魚兒也，何須怨苦。

（生）漁父你不知道，

【忒忒令】慈親病方纔小愈，奉承問必須如意。因此上向江頭苦覓金鱗鯉，豈爲尋常求口食。祇願神明祐，必得之，得個歸家心始遂。

【好姐姐】（丑）堪悲，誰人似你，這般孝我非不識。我把魚兒指示，那黄蘆岸際層冰底。憑君自去從容取。（丑指介，生看介。丑）你是何人我是誰？

（下。生）這漁翁那裏去了？元來是神人，分明顯化我的。謝天謝地，有魚的是真了。黄蘆三兩枝，梟梟水河際。下若有金鱗，定是神仙記。（看魚介）果然層冰之下，隱隱照見一對金色鯉魚，却怎麼得他到手？就有網罟，也不得冰開，就鑿得冰開，又怕驚了魚兒。曾聞得人説，魚依附暖處，冰也祇可溶開。此時無火可炙，無湯可澆，不免脱却布衫，赤體而卧。天若可憐見，冰溶魚出；天不見憐，就凍死也無怨了。

【嘉慶子】（脱衣介）解蘆花寒衣敝袍，（取帽介）掛柳梢多情破帽。（脱襪介）把這王孫襪

脱了，（卧介）避不得裂肌膚凍怎熬。

【雙蝴蝶】卧着似篵糠身顫摇，卧着似沉波魂暗銷。卧着似鸖雀牙敲，卧着似醉眠玉山頹倒。卧着似餐氈牧羝堅操，卧着似取龍入水琴高。

【園林好】冷透了皮囊髓毛，溶化了瓊漿玉膏。漸漸稜層消耗，見雙鯉尾兒摇，又愁殺暗驚跳。（小生上）

【江兒水】這樣天寒景寂寥，金鱗多是無人釣。却教吾兄向誰討？料應空返山陰棹。岸上何人衣帽，卧在寒冰，呀，却是吾兄跌倒。

（小生叫介。生摇手介。小生）你是怎的了？

【川撥棹】可憐凍倒，不是我來誰知道，急相扶覓火烘燎。（生）悄悄的不須焦躁〔二〕，有金鱗這裏巢，我卧着冰自消。

（小生）哥哥，你這等誠心，怎的不怕凍死了？你且起來，待小弟也卧上一會如何？

【錦衣香】我身暖，凍易消，你久卧，愁僵倒。輕輕待我相，更怕魚驚了。（欲解衣介。生）賢弟，你且莫脱衣，怕風吹着。（小生）兄既脱得，我也脱得。（生）不是此説，彼此相更，不惟驚動魚兒，况你冰肌玉骨自來嬌，朔風凛烈，慢解衣袍。這魚兒相靠，又何須更替相勞。腋下如針搗，揚揚要跳，若能入手，萬金之寶。

（小生）跳出兩個金色鯉魚，真乃奇哉！奇哉！（生）幸得如其所願，就凍殺也是好的。

【憶多嬌】魚兒好，堪畫描，玉尺金梭孰與拋。（小生）錦鱗赤鬣相輝躍。且着衣袍，暖氣胸中没一毫。

（生）你且扯我一把。（小生扯介。遞衣帽抹濕介）哥哥，你且忙披着衣服，回些温氣，待我折枝楊柳，穿起魚回。

【漿水令】（生）謝江河神明昭報，賜雙魚洪恩不小。（小生）説甚麽松鱸海鰲，要甚麽金鈎玉釣。（生）柳條穿起牢提着，疾忙歸去，奉慈親如法烹炰。（小生）腮猶動，尾尚摇，禹門無分春雷躍。也不枉，也不枉，與人行孝。娘得食，娘得食，必然全好。

【尾聲】歸家更把寶香燒，答謝神明叩碧霄。這魚兒就巧，何異隍中鹿覆蕉。

天聽寂無音，蒼蒼何處尋。
非高亦非遠，都衹在人心。

校　箋

〔一〕此齣齣目，《堯天樂》本題作「卧冰求鯉」，與《群音類選》曲文甚異。

〔二〕悄悄：底本原作「俏俏」，據文意改。

勸善記

《勸善記》，鄭之珍撰。鄭之珍（一五一八—一五九五），字汝席，一字子玉，號高石，别署高石山人。祁門清溪（今安徽祁門縣）人。博賢群書，善詩文，工詞曲。其久困場屋，時論惜之，乃思以言救世，故撰《勸善記》傳奇。《勸善記》，今有全本傳世，現存明萬曆間高石山房原刻本（《古本戲曲叢刊初集》據之影印）、明萬曆間金陵富春堂刻本、清會文堂刻本、清道光間刻本、清光緒二十年（一八九四）上海書局石印本、一九一二年上海燮記書莊石印本、民國初年維新書局木刻本、一九一九年上海馬啓新書局石印本等。

尼姑下山〔一〕

【娥郎兒】（旦）日轉花陰匝步廊，南無，風送花香入戒房。南無阿彌陀佛。金針刺破紙糊窗，南無，透引春風一綫長。南無阿彌陀佛。蜂兒對對嚷，蟻兒陣陣忙，南無，倒拖花片上宫墻。

南無阿彌陀佛。三千禪覺裏，十八女沙彌；應似仙人子，花宫未嫁時。自入庵門，謹遵佛教，每日看經念佛，不敢閑游。今日師傅師兄俱下山挪齋去了，我一人在此守家，不免暫出門前，游耍片時。（行介）好春景！【洞天春】緑樹鶯啼聲巧，滿地落花未掃。露點珍珠遍芳草，正山門清曉。冉冉流光易老，又是清明過了。燕蝶輕狂，柳絲撩亂，春心多少。對此佳景，令人感傷。

【新水令】守山門終日念彌陀，那曾知秋月春花。法門清似水，心事亂如麻。默默咨嗟，怨祇怨爹和媽。

【駐馬聽】我爹媽好念波囉，生下奴身疾病多。愈念哆哪，捨入庵門保佑我。自入庵來呵，終朝念着娑婆訶，終朝念着摩訶薩。老師傅絮絮叨叨，終日裏苦刑笞逼咱們，將許多經卷都摩破。全不念我青春不再來，常道是你白日莫閑過。

【得勝令】念經時須則是數珠兒在手内搓，那曾知泪珠兒在胸前墮。爲祇爲每日裏有幾個俊俏兒郎來戲耍，駕言是拜參菩薩來清醮。他那裏禁不住把眼兒睃，俺這裏丢不下把心兒掛。

【水仙子】我本不是路柳與墻花，奈遇着賣風流業主冤家。憑着他眼去眉來，引動我心猿意馬。倒不如丢了山門〔二〕，撇了菩薩。學仙姬成雙成對在碧桃前〔三〕，學神女爲雲爲雨在陽臺下，學雲英携了瓊漿玉杵往那藍橋下。

說便是這等説，自入山門，吃師傅的，穿師傅的，教我念經，教我寫字。

【折桂令】我師傅教養意如何，怎忍見背義忘恩，使他們燭滅香消。咳，去不得，去不得呀。我忽聽得山兒下鼓樂喧嘩，鼓樂喧嘩。原來是人家娶親，你看那新郎在前，新人在後，夫妻一對，同到家門。今夜洞房裏鴛鴦配合，花燭下鸞鳳諧和。閃得我魂飛難縛，肉酥難把，心癢難抓。幸得師傅今不在家，砍柴的也已出去。我衹得趁無人離了山窩。往常見説尼姑下山，打破鐃鈸，埋了藏經，扯了袈裟，這都是辜恩負義所爲呵，我而今去則去説甚麽打破鐃鈸，行則行説甚麽埋了藏經，走則走説甚麽扯破了袈裟。

【尾聲】這樣人呵，我笑他都是胸襟狹，師傅，我身雖去，心猶把你牽掛。天，這織女整頓了鵲橋，願牛郎早早渡銀河。

校箋

〔一〕此齣齣目，《古本戲曲叢刊初集》本題作「尼姑下山」，《樂府菁華》本題作「尼姑下山求配」。

〔二〕山門：底本原作「庵門」，據《樂府菁華》本改。

〔三〕雙：底本原作「歡」，據《樂府菁華》本改。

附：小尼姑〔一〕

【沉醉東風】（旦）昔日有個目連僧，一頭挑母一頭經。挑經向前背了母，挑母向前背了經。秖得把擔子横挑着，山林樹木兩邊分。左邊挑得肩頭破，右邊捱得血淋身。借問靈山多少路，十萬八千有餘零。徒弟，打掃佛殿打開門，放下琉璃點起燈。燒香换水敲鐘鼓，看經念佛理世尊。念起經來朗朗聲，打起鐃鈸慘慘清。敲起鐘，噹噹響，朗朗聲，噹噹叮，惟願世尊保安寧。南無阿彌陀佛。

蝴蝶翻花舞，蜻蜓點水忙。蟲鳥知春色，人豈不動情。我乃是清浄庵中小尼僧是也。自從爹娘生下奴家，疾病懨懨未得安，可聽信邪言，把奴送在庵中爲尼姑。經今數載，并未曾敗壞佛門。昨日蒙師傅分付俺去施主人家，普化齋糧。我見人家夫妻成對，子母團圓，小尼姑想將起來，在此有甚好處。不免將我苦楚之事，從頭訴説一番，有何不可。

【山坡羊】小尼姑年方二八，正青春又遭剃了頭髮。每日裏在佛殿上燒香换水，是幾個子弟們游戲在山門下。我把眼兒覷着他，他把眼兒瞧着咱。我與他，他與咱，兩下裏都牽挂。我見他手拿着一把彈弓，將幾個彈子兒，打得不遠不近，不高不低，輕輕打在奴懷中下。初見時秖道他年輕面軟，誰知他是個愛風情賣風情小耍冤家。却被冤家，牽挂殺咱。恨不得賣了聖像，拮碎雲板，丢了木魚，撇了袈裟。從今後把看經念佛心腸，都懸在高梁上掛。寃家若見寃家，一把扯住不放他。恨不的典了鐘樓，賣了袈裟。沽幾壺美酒，我與那哥哥在銷金帳裏，唧唧噥噥，説了幾句知情的話，死在黄泉儘着他。那時節見了一殿秦廣，二殿初江，三殿宋帝，四殿伍王，五殿閻羅天子面前，他把我善惡簿查。把奴家押送在酆都，上了刀山，下了油鍋，鋸來鏘，磨來挨，不怕真不怕。由他，祇見活人受罪，那曾見死鬼帶枷。由他，我也是火燒眉毛，且顧眼下。

撇下爹娘久出家，少年辜負好韶華。倚門幾度思量遍，運蹇時乖感嘆嗟。

【雁兒落】想我幼年間時乖命薄，恨爹娘千差萬錯，生下奴來疾病多。把奴出家，指望與人家消灾滅禍。每日裏口不住念着彌陀，手不住擊磬摇鈴擂鼓敲鈸。《楞嚴咒》番語差訛，《孔雀經》字字差錯。《金剛經》决不破，《多心經》一卷卷都宣過。惟有《藏經》一十二卷最難學，睡裏都教過。謾説道教門廣呵，我看人家夫婦，同行同坐，同談同笑，多少快樂。我今日回寺中想起，好似没主孤魂。到今日祇落得空譚空挨空思空想空行空坐。到晚來獨守着一間空房，對着一盞孤燈，孤影孤形，孤枕孤眠孤卧。苦，那一個孤恓似我。我又不是個男子漢，本是個女嬌娥，俊嬌娥，如何教我穿着一領通袖直裰。我又不敢緊纏脚，緊纏脚，又恐怕外人瞧破。衹落得飯一盂，素一鉢，珍羞百味，那曾嘗着。（做看手介）我的手兒也會畫蛾眉，也會拈針指，也會綉鴛鴦，也會去結同心，也會盼夫婿，倒教我十指尖尖，對神合着。（做摸頭介）我的頭也會生髮，又不是瘡癬梅花，倒使我終日裏，不梳不洗，光光禿着。閑時在法堂中，聽師父講經，見幾個行客游僧，來此玩賞。背地裏瞧他，生得俊俏乖覺，猛然間惹起春心，恨不得與他交好。三餐茶飯，眠裏夢裏，一日十二時，那一時不想？見幾個行客游僧，俊俏乖覺，不由人心兒意兒茶兒飯兒裏常常想着。忽然間睡着，做一個相思夢約。又被鐘兒、磬兒、木魚兒、鐵馬兒，一聲聲響向枕邊把夢魂驚破。醒來時衹落得搥胸跌脚，口念一聲彌陀，心想着天涯海角。一本《觀音經》，都是我泪珠兒點過。一本《金剛經》，都是我手掌拍破。念一聲彌陀，恨一聲媒婆，叫一聲没奈何，念一聲那梵多，怎知我感嘆還多。兩扇紙窗兒，一扇奴彈破，一扇又被僧敲破。這些時行也想他，坐也想他，瞻之在前，忽然在後。早晨起來到三寶面前燒香掃地，見兩傍羅漢笑的、招手的、托腮的、抱膝舒懷的、細眼斜目的，廝像子弟們，在我身傍賣俏一般。咱衹見佛面前，俊俏羅漢有幾個。有一個開口笑呵呵有心來戲我，有一個手托香腮瞧着我，有一個抱膝舒懷想着我，有一個舉手招來戲我。長眉大仙愁着我，愁我老來没結果。降龍的惱着我，伏虎的恨着我，惟有布袋羅漢笑呵呵。他笑我時光錯，光陰過，誰人愛我，年老婆婆。我近他跟前去，他又不抬頭，又不移脚，又不理我。那時節無語無言，祇落得痴呆打坐。每日裏繞迴廊散悶則個，把一雙僧鞋走破。細思量好不曉事呵，佛面前怎做得洞房花燭，草蒲團怎當得芙蓉裀褥，鐘鼓樓做不得望夫臺，香積厨怎做得玳筵東閣。祇是那一點欲心忍不過，心頭上似火燒一般，由不得我了。魆地裏思量，不由人心下如火灼〔二〕。我在寺中，朝思暮想，也是枉然。倒不如拜别觀音，辭却伽藍，别却土地，辭了師傅下山。趁青春尋一個俊俏子弟爲夫婦，朝夕裏團圓圖些快活，豈不好也。倒不如拜别了觀音，辭却伽藍，别却土地，脱却僧鞋，奴把金蓮束縛。兩節穿衣，換了直裰，我把袈裟碎碎剪春羅。把浄水香烟，變作陽臺雲雨落。那怕佛法無邊輪迴塵墮，那怕你在地府陰司對證我。俺出家人火燒眉毛，祇圖眼前快活。若道不動心，此事難瞞我，祇恐怕月下僧來没處躲。

撇了如來丢了經，　一心不願去修行。
此回願嫁風流婿，　免得僧敲月下門。

校　箋

〔一〕此齣齣目，《玉谷新簧》本、《滿天春》本、《詞林一枝》本、《風月錦囊》本題作「尼姑下山」。

〔二〕 灼：底本無，據《詞林一枝》本補。

和尚下山（又名《古廟戲尼姑》）〔一〕

【娥郎兒】（小生）青山影裏塔重重，南無，一徑斜穿十里松。南無阿彌陀佛。春來萬紫更千紅，南無，春去園林一夜風。南無阿彌陀佛。前日是兒童，今朝是老翁，南無，人不風流總是空。南無阿彌陀佛。

林下曬衣嫌日淡，池中濯足恨魚腥。靈山會上三千寺，天竺求來萬卷經。自家從入沙門，謹遵師訓，每日裏搥鐘擂鼓，掃地焚香，念佛看經，學科寫字，十分辛苦。今日師傅師兄，往人家做齋去了。我一人在此守家，不免游耍一番。（行介）果然好春景。【西江月】對對黄鸝送巧，雙雙紫燕銜泥。穿花蝴蝶去還回，蜂抱花鬚釀蜜。陣陣落花隨水，聲聲杜宇催歸。不如歸去我曾知，争奈欲歸猶未。

【江頭金桂】自恨我生來命薄，襁褓裏淹淹疾病多。因此上爹娘憂慮，將我八字推算，那先生道我命犯孤魔，三六九歲，定是難過，我的爹娘，無奈之何，祇得靠賴神明將我捨出家。我自入空門奉佛，謹遵五戒，斷酒除花。青樓美酒應無分，紅粉佳人不許瞧。雪夜孤眠寒峭峭，霜天獨自冷瀟瀟。萬苦千辛，受盡了幾多折剉。前日同師傅下山做齋，見幾個年少嬌娥，十分美貌，真個是臉如桃杏，鬢似堆鴉，十指纖纖，金蓮三寸，傾國傾城。莫説凡間女子了，就是月裏嫦娥賽不過他。因此上我心頭牽掛，暮暮朝朝，撇他們不下。念彌陀，木魚敲得十分響，意馬奔馳怎奈何？

今日幸得師傅既不在家，火頭砍柴去了。

【前腔】我就此拜辭了菩薩，下山去尋一個鸞鳳交。去便去了，須留去後之意。待我把僧房封鎖，脱下袈裟，從此丢開三昧多。師傅，非是我背義私逃，做和尚的，没妻没子，祇怕終無結果。僧堂道院，真是個陷人的所在，我將這陷人的墻圍，從今打破。跳出牢籠須及早，嘆人生易老，嘆人生易老，須要及時行樂。（走介）學當年，劉郎采藥桃源去，未審仙姬得會麽。

【尾聲】闍黎都是高人做。做和尚的，不要瞞我，有幾個清心不戀花。今日卑人呵，也祇爲花迷去了家。

遠遠望見有個尼姑前來，在此略坐片時，待他來着。（旦上）

【步步嬌】離了庵門來山下，一路難藏躲，瞻前顧後没人家。忽聽得喜鵲喳喳，又聽得烏鴉啞啞。自古道鵲聲報喜，鴉聲報凶，今日一時齊鳴，未知此去事如何，使我心驚怕。

（僧尼見介。小生）潘尼何來？（旦）小尼在仙桃庵來。（小生）往那裏去？（旦）往母家去。（小生）我和你出家之人，不認族也，説甚母家？（旦）喏，人以兼愛病我釋家之流，我今探問母親，正是愛無差等，施由親始之意也。上人休得見誚。（小生）説得有理。（旦）敢問上人何來？（小生）小僧從碧桃山來。（旦）往那裏去？（小生）往山下人家抄化齋糧。（旦）人以游手游食病我釋氏之流，上人在山，自食其力可也，何用抄題？（小生）喏，古云「養兒代老，積穀防饑」，我今師傅害病在山，下山抄化齋糧，正是子路負米之意也。潘尼何用見譏？（旦）説得有理。（小生）和尚下山爲師尊，（旦）尼姑下山爲母親。（合）正是相逢不下馬，各自奔前程。（各打木魚作别介。相望介。旦）上人瞧甚的？（小生）非是瞧你，因有一個小和尚在後面來，是以望望而去也。（開介又瞧。小生）潘尼瞧甚的？（旦）非是瞧你，因有一個小尼姑在後面來，是以遲遲吾行也。（小生下。旦）這和尚去了。天那天，【西江月】忽見風流和尚，聰明俊雅温和。手中雖把木魚敲，口念經詞錯雜。　百樣身軀扭揑，一雙俊眼偷瞧。牛郎有意弄金梭，不敢分明説破。此間一所古廟，不免假做在此燒香，諒他還要來。（小生上）【西江月】呀，忽見優尼容貌，傾城傾國堪誇。陡然遍體盡酥麻，令人心癢難抓。　海島觀音難賽，月宫仙姊無差。可惜去了，若不去了，將他摟倒在山窩，權爲一場快活。呵，不免趕上，纏他講話片時，也是快活。（趕介）優尼優尼，原來在此。（旦出云）又叫怎的？（小生）後面有小尼姑，來得甚忙，想是趕你。（旦）怕没有。（小生）你説有個小尼姑在後，怎麽没有？（旦）呵，我説有就有。（小生）却不是怎的？（旦）我那小尼姑，是哄你這和尚。（小生）我這小和尚，是弄你那尼姑。（旦）啐，哄我就説哄我，説甚麽弄我尼姑？（小生）喏，你的小尼姑哄得我和尚，我的小和尚弄不得你尼姑？（旦）守戒之人，休得如此。（小生）尼姑尼姑，我是逃下山來的和尚。（旦）和尚和尚，我也是逃下山來的尼姑。（小生）你説是回母家？（旦）豈不聞我乃仙桃庵來。你説是抄題？（小生）豈不聞我乃碧桃山來。（旦）仙桃也是桃，碧桃也是桃，尼姑與和尚，都是「桃之夭夭」。（小生）既曉得「桃之夭夭」，當曉得「其葉蓁蓁」，你做個「之子于歸」，我和你「宜其家人，宜其家人」。（唚嘴介。旦叫）地方地方。（小生）此乃古廟堂，那得有地方？

【一江風】（旦）恁輕狂，敢把春心蕩，真個是色膽大似天來樣。衹道你墨名儒行，豈知你人面獸心。你是個人面獸心腸，不怕三光，不畏四知，五戒何曾講。笑伊家不忖量，笑伊家不忖量，料此事焉能强。施主來了，（小生驚介。旦）可不羞殺了你騷和尚。（小生跪介）

【前腔】見嬌娘，頓使我神魂喪。（旦）你也不是好人。（小生）做神仙自古多情況。（旦）那有這等神仙？（小生）那襄王與神女相逢，暮暮朝朝，爲雲爲雨在陽臺上。（旦）也不是甚麽樣好聲名。（小生）他到今名顯揚，他到今名顯揚，你何須苦自防。（旦）衹怕菩薩不容你。

（小生）那菩薩也是爹娘養。（内云）砍柴砍柴。（旦）砍柴的來了。（小生）有人來問，就説是一對夫妻。（旦）我和你兩個光頭，誰不曉得是和尚、尼姑。你可從廟前過水，説去抄題；我從廟後過山，説往母家。待夕陽西下之時，到此相會便了。（小生）隔了遠水高山，恐怕難逢了。

【尾聲】（旦）男有心，女有心，何怕山高水又深。（合）約定夕陽西下處，有心人會有心人。

校　箋

〔一〕此齣齣目，《古本戲曲叢刊初集》本題作「和尚下山」，《滿天春》本題作「和尚弄尼姑」，《樂府菁華》本、《樂府萬象新》本、《萬曲合選》本題作「和尚戲尼姑」，《大明天下春》本題作「僧尼相調」，《醉怡情》本題作「僧尼會」，《時調青崑》本題作「小尼幽思」。

挑經挑母〔一〕

【步步嬌】（生）挑經挑母離鄉井，直奔西天境。殘蟬哽咽嗚，好似爲孤兒，訴出心頭悶。擔重路難行，敢憚身勞困。

【鷓鴣天】枝上流鶯帶泪聞，新啼痕間舊啼痕。百年苦母沉幽府，萬里關山勞夢魂。心上苦，對誰論，斷腸腸斷寸無存。何時得見西天佛，超度娘離苦海門。羅卜感得觀音娘娘點化，將母尸化作一頭，與佛經整爲一擔，敬往西天，參拜活佛。盡心竭力，惟思報膝下之劬勞；宿水餐風，安敢憚途中之困苦。而今在此，幸得天色尚早，不免趲行幾步。

【二犯江兒水】我抛離鄉土，爲娘親敢辭勞碌。沿途漸漸故人疏。爹，回首孤墳，衹見白雲封護。我爲母向前行，戀爹還後顧。去住兩情，鋼刀難剖。罷罷罷，父埋在土，母挑在肩，衹得撇下爹爹，闌閩前行。我行一步來念一聲佛，阿彌陀佛，我念一聲佛來叫一聲母。母向前時背了經，經向前罷，經向前時又背了母。背了母，非孝者，無親；背了經，非聖者，無法。二者不可得兼，怎生是好？我仔細思量難擺布。呵，身賴母生，還當以母向前。咳，母賴佛生，安敢以佛向後？我有一計，可以兩全而無害了，似這等横挑着望前走。娘，衹爲你死得甚凶，（合）因此上挑經挑母，趲行路途。幾時間得到西天，見了活佛，哀告慈悲，阿彌陀佛。我的娘，望慈悲超度，超度你離了地府。

【前腔】腸斷都無，連喪雙親真是苦。哀哀父母，生我劬勞，昊天恩罔極，銀海泪流枯。人人都道此到西天，有十萬八千里路。恨不得駕霧騰雲，到了天竺，爲我母滅罪資福。呵，一路上來，見則見兩邊拜倒新樹木。想是樵夫砍了，又無斧痕。我曉得了，夫孝置之塞乎天地，溥之横乎四海，羅卜不敢自以爲孝，莫不是天憐念挑母挑經，哀哉羅卜。空林啞啞叫慈烏，這慈烏尚能返哺，可以人而不如烏乎？ 當報取十月懷耽，三年乳哺。（合前）

【前腔】我追想當初，勸我娘吃齋把素，看經念佛，戒葷斷酒。老娘道，若要你吃齋把素，看經念佛，戒葷斷酒，除非是鐵柱開花，揚子江心生蓮藕。娘，你不聽孩兒之言不打緊要，今日裏你陷在酆都，江心蓮藕不曾生，是船到江心漏難補。違誓開齋，雖是老娘偏我，我怨衹怨娘舅與金奴，終日裏搬唆。使我娘褻瀆神明，到今朝難贖。（合前）

【前腔】娘，你骸骨兒不曾離了我肩頭，你魂靈兒在何處所？ 挑得我腿兒酸，肩兒破，鮮血澆流。娘，你若在時呵，見孩兒磨破了肩上皮，你痛孩兒，好一似剜却了心頭肉。天，父母養子，費了多少心力。肩破血流，小孝用力而已，我怎敢埋怨。依舊兒横挑着，一步步挨上一步。呀，霎時間風雨暗前途，我衹得趲行程，滑溂溂跌閃誰扶。第一來怕損壞了經，第二來怕驚唬了母。願衹願早息了風雷，望衹望龍天垂祐。（合前）

【清江引】衹聽得雷音寺裏鳴鐘鼓，救苦難慈悲主。靈感觀世音，南無彌陀佛。救我母脱地獄，往天堂，不枉了兒心一念苦。

善惡到頭終有報，　衹争來早與來遲。

校　箋

〔一〕此齣齣目，《古本戲曲叢刊初集》本題作「挑經挑母」。

六殿見母〔一〕

【普賢歌】（小生）夜叉尊我作班頭，拘管牢中餓鬼囚。有錢的略放手，無錢的打不休，把鋼鐵洋來熱灌他的喉，鋼鐵洋來熱灌他的喉。

自家夜叉班頭是也，掌管阿鼻地獄。今當四月八日龍華大會，我殿變成大王已去赴會，獄官獄吏俱跟隨去了，惟我班頭在此守監。呀，獄中餓鬼，須是各守法度。（生上）

【八聲甘州歌】忘餐廢寢，爲堅心救母，敢憚辛勤。承師指引，許逢娘在初八之辰。衹得趲行。啼殘杜宇三更月，踏破陰山一片雲。（合）殷勤問，仔細尋，得逢老母謝神靈。

【前腔】遥瞻松柏林，映巍巍殿宇，隱隱重門。原來是阿鼻地獄，銅墻萬仞，牢拴着餓鬼飢魂。（内哭介。生）他那裏號天籲地應難脱，叫苦啼飢不忍聞。（合前）

（見介。小生）禪師何方人氏？

【前腔】（生）西方目連僧，（小生）到此何幹？（生）爲跟尋老母，敢造金城。（小生）令堂何姓何名？（生）娘親是劉姓，青提是老母之名。（小生）爲何令堂墜入地獄？（生）因兒不孝相連累，致母多灾受苦刑。（小生）我替你問。（合前）

（小生叫介）餓鬼獄中，有姓劉名青提者否？（内叫如前。夫上立介）不知問他何事？（小生）他有兒子在此尋他。（夫）不知尋母之人，何姓何名？（小生）西方僧人，名唤目連。

【前腔】（夫）心中自駭驚，忽聞有兒子，尋問娘親。他的娘親姓劉名青提，老身也姓劉名青提。同名同姓，但我兒不是僧人。（小生）你的兒子，姓甚名誰？（夫）我兒姓傅名羅卜，望長官傳與那禪師，子既不同，娘必不是了。空與他娘行共姓名。（合）殷勤問，仔細尋，得逢兒子謝神靈。

（小生）令堂不在此地。令我獄中，雖有婦人劉氏青提，與令堂同名同姓，奈他兒子姓傅名羅卜，且不爲僧。請自迴避，他尋則個。（生）呵，有一婦人劉氏青提，他的兒子名傅羅卜，不是僧人。果有此人？（小生）然也。

【駐雲飛】（生）忽聽傳音，不覺汪汪兩泪淋。傅羅卜本是咱名姓，大目連是我師相贈。（小生）爲何令堂不知你出家？（生）嗏，爲祇爲我萱親喪幽冥，苦楚難禁。因此修行，挑母挑經，投拜世尊，煉性修真。他指引我到此相尋問，長官，望發慈悲方便心，望發慈悲方便心。

（小生私云）我曉得那劉氏，分明是他娘了。噦，劉氏，那目連即是羅卜，分明是你兒子。我開了獄門，使你子母相見。天上人間，方便第一。（小生下場〔二〕。夫）羅卜的兒。（生）娘。（哭介。夫）枷鎖解不得，怎生是好？

【浪淘沙】（生）佛法本堅剛，至大無方。我將錫杖一敷揚，枷鎖一時皆解脱，救我親娘。

（夫）枷鎖脱了，眼看不見，怎生是好？

【前腔】（生）佛法本光明，普照乾坤。我將錫杖振天根，石孔流泉堪洗眼，娘依舊澄清。

（夫）眼光明了。兒耶，果已剃了頭髮。我肚中飢餓，怎生是好？

【前腔】（生）佛法本餘饒，飲食勻調。杖頭帶得有盂瓢，化出飯來娘自吃，娘飽在今朝。

（内叫介）目連菩薩，善醫眼瞎，捨手傳名，因功顯法。（生）呵，原來獄中瞎子，叫我捨手傳名。娘，可憐瞎子皆堪憫，且散清泉洗眼來。（生下場。丑、净上）原來那和尚，帶得有飯與那婆娘吃。（搶吃介。哽死介。夫）兒，不好了，飯被餓鬼搶吃了。（生上）餓鬼在那裏？（夫）哽死在此地下。（生）緩吃些。（夫）這是顧嘴不顧身，要財不要命的。（生）娘放心，

【前腔】佛法本機關，變化無端。鉢盂中烏飯黑雲團，烏飯奉娘親自吃，鬼不争餐。

（夫）這飯全看不得。（生）此飯雖不好看，却有實用，娘試用之。（夫吃介。丑、净望介）原來那和尚在鐵爐邊，撿些鐵屎與他吃。（下介。生）

【刮鼓令】老娘，從娘厭世塵，鎮朝昏幾泪零。感得觀音親點化，道娘在陰司受苦，教我往西天謁世尊，蒙賜我錫仗赴幽冥。（夫）我兒，可曾來幽冥否？（生）我跟尋五殿無踪影。祇得再謁世尊，他許定今朝見母親。但獄中餓鬼，見白飯必搶，因此上以烏飯贈兒行。

【前腔】（夫）花園一旦分，後來回煞到家，見你在靈前睡着了，煞回時酸痛心。自在城隍殿下起解，過多少關津，關關受苦應難説。又自一殿解至六殿，殿殿遭刑苦怎禁。天賜我兒臨，清泉洗眼，烏飯充飢，削髮爲僧，捨身救母，古來未有兒孝敬。自古道皇天不負孝心人，料得天憐行孝人，兒，你須是超度我出幽冥。

（内叫介）夜叉接官。（小生上）禪師出去，待我鎖門。（生）長官，容我母子，叙苦片時。（小生）咳，今當四月八日，獄主赴會去了，如今將回。你可出去，休得連累。（夫）長官，可憐見，望容我兒少住幾日。（小生）這婦人説那裏話，見你令郎行孝，奉承你母子相見一度，事發連累，好心不得好報也。（生）娘，自從那日別親幃，隔斷幽明兩不知〔三〕，費盡心機纔得會。

【尾犯序】如何邂逅便分離，百結離愁，一言未畢。祇擬從容，將救母情由細議。豈意，這夜叉急忙忙逼我骨肉分張，痛殺殺使我肝腸裂碎。（合）怕祇怕獄門一出，咫尺似天涯。

【前腔】（夫）悲歡没定期，在此獄中，忽聞兒來，歡喜纔臨，又要去了，悲愁又至。天地非不廣也，嘆茫茫三界，不容我母子歡會須臾。追悔，兒，悔當初苦不相依，到今日反多相累。（合）從今後，兒在陽間，娘在陰司，娘兒兩地。（夫）天耶！兒耶！叫一聲天來哭一聲兒，叫一聲天來哭一聲兒。（生）天耶！娘耶！叫一聲天來哭一聲娘，叫一聲天來哭一聲娘。（夫）兒，兒。（生）娘，娘。（合）睜睜兩眼，閣不住泪雙垂。

【前腔】（生）拊心空太息，嘆我違天，坑娘入地。抛家削髮，十年枉自奔馳。慘戚，忍見你兩鬢鬖鬆，忍見你一身狼狽。最苦是剉燒舂磨，苦痛怎能支。

【前腔】（夫）孝心天地知，自古尋親，何人似你。此去陽間，還望把老娘掛意。（生）孩兒自有分曉。（夫）兒，牢記，你須是再往西天，你須是哀求活佛傳度。你將娘救取，萬古孝名馳。

（小生）獄中餓鬼，可將劉氏圍住，把目連扯開。

【尾聲】（生）娘，我今到此渾無計。（夫）兒，懸望你還來莫待遲。（扯開介。關門介。生）娘耶！（夫）兒耶！（合）痛斷肝腸祇自知。

（夫下。小生）禪師好不達理，獄主已回，反相連累。况令堂劉氏，昨日該吏已曾寫起解批，解往七殿。祇因管解夜叉看會去了，耽閣至今。而今回來，拿了昨日的文書，就從後面虎頭門，出解他去了。要見令堂，可急往七殿問去。（生）又解去了。（小生）不要啼哭，小人有一結義朋友，名喚戈子虚，在七殿爲獄官。我將戈兄平日賜我戒尺，上寫卑人賤名，與禪師帶去，他自爲禪師出力。（生）如此多感多感。（小生取戒尺寫介）小弟故左人拜，拿去。

戒尺贈前行，　應憐孝義深。
得君提掇起，　勝過岳陽金。

校　箋

〔一〕此齣齣目，《古本戲曲叢刊初集》本題作「六殿見母」。

〔二〕下場：《古本戲曲叢刊初集》本作「吊場」。

〔三〕幽明：底本原作「幽冥」，據《古本戲曲叢刊初集》本改。

東窗記

《東窗記》，作者佚名。《東窗記》，今有全本傳世，現存明萬曆間金陵富春堂刻本（《古本戲曲叢刊初集》據之影印，無齣目）、古吴蓮勺廬朱絲欄抄本（《鄭振鐸藏古吴蓮勺廬抄本戲曲百種》據之影印）。

風和尚駡秦檜

（末扮五戒上）松下山門白晝長，竹間憎舍午風凉。誰能似我無塵慮，得炷清香坐夕陽。小僧是靈隱寺中五戒是也，今早報知，秦太師來寺設齋，不免打掃法堂方丈潔净，待長老來到，鋪設道場，多少是好。道猶未了，長老法師行者，一同早到。（丑扮長老上）

【光光乍】做長老，事頭多。遇花酒，不空過。夜來抱着沙彌睡，這場快活誰似我。

念貧僧打功行坐禪不能心定，《孔雀經》念不得羅刹，《金剛經》念不得一分，頗學些字字真言，能通些補缺之訟。施主請我做齋，但衹會插科打渾〔一〕，不意撞着巡風，送我法師推問，打了三十大棍，滚出一地臭糞。小僧乃本寺長老，今日秦丞相着吏人來分付，今日寺中做齋。五戒，與我打掃法堂方丈了畢，你自去厨下管事。（末下。秦檜上。衆隨）

【出隊子】三公之位，自小登科奪上魁。衹因那日殺岳飛，使我心神如醉痴，靈隱寺齋僧懺悔。

左右的，早到寺，如何不見道僧住持迎接？（丑）早知太師大人到來，衹合遠接，接待不周，伏望赦罪。（秦）左右的，且將和尚發起來，待看了道場與他説話。長老，我多年不曾做齋，今日到此，要與我懇虔懺悔。你可誠心與我看經，重重賞你。（丑）告大人，請下意旨，小僧請佛起師，望大人上香，看道場莊嚴鋪設。（秦）這是什麼殿？（丑）觀音殿。（秦）這是什麼殿？（丑）這是大佛殿。（秦）這是什麼殿？（丑）這是法堂。（秦）呀，這詩下官在東窗下與夫人商量做的，是甚人寫在此間？長老，此詩那一個寫的？（丑）告相公，是香積厨下，一個五戒寫的。乃是一個風和尚，乞大人不必責他。（秦）你與我叫他出來，我問他。（丑）風和尚，葉守一，丞相叫你。（外上）小僧葉守一是也。今聞丞相叫我，須索參見則個。（丑）丞相叫你，須小心參見。（外）來了來了。（笑介）呵呵，秦檜秦檜，你叫我怎的？（丑）丞相在上，休得無禮。（秦）長老，就是風氣之人，不必與他計較。風和尚，這詩是誰人寫的？（外）呵呵，這詩是你做的，是我寫的。（秦）你如何曉得？（外）呵呵，秦檜秦檜，你若見詩，一定要死。（秦）呀，這風和尚真個無禮！你手中拿着掃帚，有甚麽用處？（外）呵呵，秦檜，你那裏知道我有用處。

【忒忒令】初起時不知下梢，把公事做將來顛倒，使我心下吃場惱。也不問地低高，不平處把丘山兎盡掃。

（秦）你看風和尚，説把丘山兎盡掃。丘山乃一岳字。那風和尚，你怎敢稱我名諱？（外）秦檜，我如何不敢叫？（秦）兀的風和尚，我是那一個秦字？（外）呵呵，便是你在大金三人爾。（秦）奇怪，這句話，我大金時所謂四太子盟誓，他如何也曉得。那風和尚，這四句你怎麽知得其中之意？好仔細説。（外）呵呵，我曉得其中之意。（秦）你曉得，説與我知道。（外）秦

檜，你聽我道，

【園林好】你笑我風魔蠢痴，我知你其中見識。參不透玄中主意，不解我這禪機，試聽我說端的。

（秦）那風和尚，你身邊帶這執袋，要他做何用？（外）我這執袋自有用處，你那知道。

【嘉慶子】這執袋隨身繫，他裏面包含損虧，暗藏着不平之氣。常隨我住香積，無一日敢相離。（秦）風和尚，你怎生不把頭剃了，如何這等蓬鬆着？（外）秦檜你做下虧心事，如何教我去剃頭，好不通理。你做了虧心事，教咱替你。正是本心不知理，空着我有言難支對。想着此事難瞞昧，自向日在東窗下商量我怎知。

（秦）呀，我與夫人在東窗商量的事，他因何也知道？我問他。那風和尚，我今日要來到你寺中禮佛，你今怎生說這言語？（外）秦檜，你非是來禮佛，你這一來時，

【三台令】你今來我寺中，聽我這詳細。非爲禮佛，你來釋罪，不須亂言，參透其中意。我從頭至尾〔二〕，你可須索縈記。若信我言，昔日休聽不賢妻。（秦）這風和尚，好生無禮！待我將幾句言語唬嚇他。這風和尚，杭州一郡人民，誰不仰我清廉正直。你敢好生無禮，這等將言語來衝撞我。（外）你端是瞞心昧己，全憑着巧語支持。（秦）如何是我巧語支持？（外）你心事，你心知，湛湛青天不可欺。（秦）我就害他父子，那個知得許多備細？（外）你言說那一個

得知，得知你做的事，真個藏頭露尾。

(秦)這風和尚真個可怪，叫長老將一分饅頭與他。(外將饅頭吃皮丢内餡介。秦)風和尚，與你饅頭，如何把餡丢了？(外)秦檜，我丢此物非爲大事，如何比得你那傾人大事。(秦)風和尚，我是朝中大臣，怎生這等無禮衝撞我？

【月上海棠】(外)誰想今朝與你同相對，你爲官終日虚請了堂食。你聽知，到今日方纔悔，自取犯法違條罪。坐時全不覺立時飢，苦將良言，須索勸你。

(秦)長老，再將一分饅頭賞你風和尚。(丑與介。外又將饅頭劈碎介。秦)風和尚，你壞了一個也罷，又壞了一個。(外)秦檜，我壞了兩個饅頭不打緊，你害了他家三父子是怎麽？

【玉韵美】因我飢，有誰人憐濟？壞了他推托與誰？你殺了他三個，可知道你是朝中宰職，來靈隱寺做齋設祭。這饅頭，包填氣，人盡知。兩邊對面，自家做的。

(秦)風和尚，這病從那裏來的？(外)此病從東窗下來的。(秦)怎生不叫個醫人醫治？(外)便有醫人，也醫不得。(秦)如何醫不得？(外)少了一味藥，少了岳飛父子，以此醫不得了。(秦)這風和尚，又來雙關説話。

【六么令】(外)想着他于家爲國，一一聽我從頭説。我便分明説破，泄漏天機，你今日悔之何益？求懺悔，你當初莫胡爲，休得要瞞神謊鬼。

（秦）這風和尚好生怕人，一樁樁事都知道，我今着打發他去了罷。長老，叫風和尚去西廊下吃齋。（外）秦檜，我吃齋不打緊，我還有東窗事犯。

【玉交枝】他做盡此慌張喬勢，到今日悔之自遲。西廊下齋我全不濟，少不得東窗下事犯須知。（秦）風和尚，杭州一郡人民，與我立祠正碑，你知道也不曾？（外）呵呵，黎民與你立祠正碑，你全然不曉其中意。這冤業天知地知，這冤苦你知我知。（秦）這風和尚，我做下事件件盡知，此處人多，難以問他。那風和尚，跟我到冷泉亭上説話。（外）理會得。（秦）好山水景致。風和尚，我要風，你那裏有麽？（外）兀的不是風！（秦）我要雨。（外）兀的不是雨！（秦）怪哉怪哉，要風便有風，要雨便有雨。風和尚，這風雨是那裏來的？（外）這風雨，是我家十三道金牌取來的風雨。要雨須臾至，要風又便隨。（秦）敢不是風雨？（外）正是了，這是屈殺岳家父子天垂淚。（秦）風和尚，你有甚言語一發説了罷。（外）岳飛岳飛，（秦）如何又説起他來？（外）我祇是念彼觀音力，我道言詞你牢記，舉頭三尺自有神祇難昧。

（秦）我見了風和尚，説得毛骨竦然，我不與别，自回去也罷。正是與君一席話〔三〕，勝讀十年書。（下。外）呀，秦檜他今去了也。

【川撥棹】他聽我言説就裏，諕得他戰戰兢兢魂魄飛。他今日不辭而回，他今日不辭而回，盡知他坑人所爲。秦檜，到如今悔是遲，到如今悔是遲。

秦檜你去了，小僧駕了祥雲，往西天復我佛法旨。秦檜今朝會，胸中發盡言；祥雲足下起，咫尺到西天。（下。丑、末上。丑）適間秦丞相領着風和尚往冷泉亭上去，不見回來。（末）好交長老得知，秦丞相不辭而回去了。但衹見那葉守一，駕一片祥雲往西天去了。（丑）這風和尚，原來是個好人。既然去了，我兩個也回去罷。

秦丞相心性太毒，　撞着了風魔賊禿。

你得些豆腐麵筋，　回家去吃碗冷粥。

校箋

〔一〕打渾：底本原作「打混」，據《古本戲曲叢刊初集》本改。

〔二〕從頭：底本原作「没頭」，據《古本戲曲叢刊初集》本改。

〔三〕席：底本原作「夕」，據文意改。

施全祭主

【中呂粉蝶兒】（外）怨氣衝天，目掣睛如電。常言道主聖臣賢，管甚麼中原百戰。豈想着佞賊施謀，將俺主人呵，一家兒盡遭坑陷。汗馬枉施勞，英雄難展轉，沉埋父子在冥泉。因此上肝腸斷，俺待學易水荆軻，白虹貫日，此心無怨。

奸臣百計陷精忠，汗馬功勞一旦空。不共戴天仇未復，教人題起氣填胸。自家乃是岳少保帳下副將施全是也。俺主人衹爲二帝蒙塵，中原甚污，一心要精忠報國，立意復讎。誰知道奸臣秦檜背國忘君，專主和議。元帥阻解不行，被他一旦坑陷，父子三人，死于非命。吾思古人豫讓，爲智伯復讎，欲殺襄子；荆軻與燕丹雪恨，欲刺秦王，雖至死地，竟然不顧。正所謂烈士不忘在溝壑，勇士不忘喪其元。吾非古人之比，吾此心不平，事不容已。如今欲學荆軻，袖藏短劍而刺之，一則報主人之大恩，一則替天下雪恨，乃吾之願也。不免趲行幾步便了。

【北雙調新水令】含悲潛步到臨安，慕恩東死生難忘。俺的老將軍呵，衹爲你驅軍平北虜，反做了負屈喪黄壤。好教我感嘆悲傷，奸佞賊陷害殺忠良將。

俺施全初來，天晴氣爽，到如今愁雲黯黯，慘氣漫漫，是好怨氣也。

【南步步嬌】惡忿填胸衝霄漢，黯黯天昏暗。風生易水寒，雷走星馳，日暝烟慘。邊塞罷征駝，總是英雄怨。

想俺將軍，當初指望恢復中原，迎還二帝，豈知有今日呵，

【前腔】憶昔朱仙旌旗閃，汗馬何曾憚。實指望蒙塵二帝還，恢復中原，名題翰苑。怎知道半路被奸賊，忠義遭傾陷。

俺的老將軍，施全此來，又無祭禮，衹有一陌紙錢，不免望空拜祭我主人一回，多少是好。

【北折桂令】獻牲醪拜告臺前，盻望靈魂，暫駐雲軒。小不能請功受賞，捧印推輪，拜將登壇。俺的老將軍，曾跨單刀入虜寨，那時節殺金酋心寒膽戰。到如今死無辜，何罪愆？俺老將軍呵，你的功也徒然，忠也徒然，可惜那一竈貔貅，都做了怨霧愁烟。

老將軍祭已了，尚有二位小將軍，我也拜他幾拜。

【南江兒水】轟轟烈烈二英賢，按國圖王勇衆先。本待要平金討虜除民患，小將軍，指望你功勳，更將姓名顯，誰知道被奸臣欺侮忒弄權。奸賊，怎的瞞過蒼天？他秉立忠心，反受了一天愁怨。

呀，還有老夫人撞石而死，小姐墜井而亡，施全今日也祭拜他。

【北雁兒落】他襯無瑕白玉顏，笑春風桃花臉。你是個負綱常女丈夫，效節義男兒漢。

俺的老夫人、小姐，

【北得勝令】俺這裏愁山悶海添，義膽忠肝現。祇爲你三從實可稱，四德真堪羨。叫一聲蒼天，我施全今日，爲恩主雪讎恨；恨祇恨奸謀，把俺夫人、小姐，玉身軀喪九泉。

聞得秦檜在靈隱寺中設齋，待他回來之際，伏在橋下，到此過時，看他一面早來，報我主人之讎，亦見待主之義。

【么篇】呀，戰馬踏平山原，征袍染杜鵑。靈隱寺旌旗閃閃，滿寺金鐘喧。英魂，冷落了出匣誅鑾劍。流連，想二帝鑾輿尚未還〔一〕。

【南僥僥令】俺的老將軍，空懷子儀志，不顯彥章忠。但見你萬古丹心照日月，名譽播乾坤，四海聞。

行到此橋，頓豪氣激烈，忠心奮發。

【北收江令】呀，奮勇持刀且潛形，一心要把奸臣刺。天，若還邂逅遇他時，管教他命歸泉世，那時節方纔遂却平生志。

俺老將軍，二位小將軍，你生則爲人，死則爲神，俺施全今日欲刺奸臣秦檜，望陰中保佑。

【南園林好】〔二〕望靈魂冥中保護，顯威風陰中扶助，早使奸臣命殂。俺施全今日，便死了待何如，將此意酬恩主。

遠遠望見秦檜奸賊來。

【北沽美酒】俺這裏暗吞聲、空忍氣，恨衝天、淚涌泉。怒髮衝冠，把三尺龍泉光閃。嚴顔常把頭懸，忠心一點托青天。聽空山鶴唳猿啼遍，咱赤膽對着誰言。似曹瞞把吉平推勘，似孫子遭龐涓機變。我呵，今日暗地藏奸，衹得告天訴天，天，若還撞遇奸臣，碎一千段。

【南清江引】將軍，你班師矯詔連夜遣。好奸賊，連發金牌十三面。暗地使虧心，天理分明現，我今日，把一個害忠良弄權賊冤報冤。望見奸臣，來得近了，不免躲在橋下，報了主人之讎，多少是好。（秦檜、丑、末并上。秦）

【步步嬌】禮佛歸來心悒怏，叵耐風和尚，將咱發盡言。漏泄深謀，情理難放。歸路漸昏黄，將隊伍急催上。（末驚介）告丞相，前面橋下，有個漢子，手持刀躲在那裏，不知爲着甚的。（秦喝介）敢是賊麽，拿過來問他。（外喝）不要動手，待我自來，你若動手，砍你一刀。曉得我麽？（秦）你是何人？怎敢白日持刀，在此何幹？好好從直説來。

【駐馬聽】（外）奸賊聽言，説起令人怒轉添。衹爲你心懷嫉妒，賣國欺君，與金人同謀。你奸諛讒諂弄威權，把忠良賢俊遭誅貶。（合）怨恨難消，怨恨難消，今朝行刺，要把你威權滅。（秦）這厮，我與你何讎，爲甚懷此不良之意？

【前腔】（外）怨氣衝天，恩主冤讎恨未消。衹爲你假傳聖旨，假遣金牌，假詔傳宣。將俺恩主岳元帥，班師矯詔取回朝，風波亭上遭刑憲。（合）情理難饒，情理難饒，今朝行刺，故把奸權滅。

（秦）你是何人，怎的不通名姓？（外）事既不成，何須通名，我乃岳飛元帥帳下施全是也。我主人父子被你殺了，祇道你嫉妒他功績〔三〕，却原來你與金虜通謀，欺君賣國。枉屈我聖天子萬乘之尊〔四〕，陷害我大將軍萬人之敵。弃祖宗之基業，剥百姓之膏脂，事逆天之虜酋，居中華之左相。奸諛諂佞，叛逆兇殘，不仁不義不忠。恨不得斬汝萬段，不足以討背國之逆兇；門誅九族，不足以報主人之讎恨。（秦）左右，快與我拿下。此人正是刺客，斬首示衆。（外）謀事不成，不如就死。正是呼天壯氣不持平，奸臣誤國害忠臣〔五〕；閻王註定三更死，定不留人到五更。（撞下。末）禀丞相，那人撞死了。（秦）呀，他撞死了。我方纔在靈隱寺中，被風和尚説了我一場。他又道我若見施全，你便要死。這刺客名唤施全，令人毛髮竦然。罷罷罷，正是了：

從前做過事，　　如今悔是遲。

校箋

〔一〕二：底本原作「一」，據《古本戲曲叢刊初集》本改。

〔二〕園：底本此字殘，據《古本戲曲叢刊初集》本補。

〔三〕他功：底本此二字左半殘，據《古本戲曲叢刊初集》本補。

〔四〕天：底本此字殘，據《古本戲曲叢刊初集》本補。

〔五〕忠臣：《古本戲曲叢刊初集》本作「忠良」。

新刻群音類選諸腔卷三

十義記

《十義記》，作者佚名。《十義記》，今有全本傳世，現存明萬曆十四年（一五八六）新安余氏自新齋刻本、明萬曆間金陵富春堂刻本（一九三四年長樂鄭振鐸《匯印傳奇》第一集、《古本戲曲叢刊初集》據之影印）。

毀容不辱[一]

（净上）

【引】忒冏耐狂士性傲，違吾令惹人焦躁。差人四路去勾追，今日拿來吊拷。

知禽欲獲禽，知獸必獲獸。一向差旗牌前去拿韓朋兄弟，至今還不見來。（丑上）啓千歲爺爺，如今拿得韓朋到了。（净）押進來。（小生上。净）旗牌迴避。（丑下。净）韓朋。（小生）黄巢。（净）哇，你小小年紀敢爲大事。（小生）我又不欺君篡國，幹甚麽大事？（净）這小畜生，你身如螻蟻，敢攻太山？（小生）呸，螻蟻尚知仁義，你這奸賊簒國欺君，不忠不孝，殘害良民百姓，不仁不義，皆你所爲。尚不如螻蟻也。（净）這畜生，你兄弟二人私造莽龍玉帶謀反，倒來辱孤。叫武士，將這賊綁去殺了。（小生）韓朋本是一忠臣，反亂黄巢太不仁。祇因花貌良人婦，刀頭無故殺平民。（小生下。净）叫錢牙到來。（丑上）爺爺千歲，小牙婆扣頭。（净）一傍伺候，叫武士押過那李翠雲來。（旦上。見介。净）錢牙，你看果是那韓朋妻子李翠雲否？（丑）這個正是了。（净）扶起來我看。（丑扶旦介。净）道一貌甚妖嬈，海棠花嫩嬌。十指如春笋，巧筆難畫描。體態勝瓊瑶，楊柳小蠻腰。天付姻緣得湊巧，乃逢無價寶。一時恨未消，不惜千金賞。你去叫内使，取珍珠冠、龍鳳衣。錢牙婆，我分付你，好生奉侍他去梳妝打扮，待我且去更衣，就是今晚成就百年姻眷。今宵兩覺相勾蒂，管教天臺閬苑人。（净下。丑見旦介）恭喜賀喜，若還不是我錢牙婆時節，你怎生得一個娘娘做？于今珠冠、龍衣、剪刀、剃刀在此，剃剃眉毛，打扮得好些。（旦）你就是錢牙？（丑）是我。（旦）哇，我今家破與人離，都因是你這賤人起的禍端，你還來講，我恨不得食你之肉也。（旦咬丑手介〔二〕

【香羅帶】（旦）臨鏡見玉容，交人恨嗔，都緣花貌遭禍因，亡家破國并傷人也。多薄命，古來云，眼横丹鳳水無塵。休休，想昔日妲妃生得眼横丹鳳，秋水無塵。他昏迷得桀紂荒朝政，失民心，把江山社稷一旦傾。天，天，我要你生得這般樣美貌怎的呵，你就是敗國根基也，萬古流傳作罵名。

【前腔】含悲對玉容，思量轉嗔，都因傾國與傾城，引得人意馬與心猿也。違法度，壞人倫，這朱唇皓齒吐嬌音也。休休，想昔日緑珠女，鶯聲婉麗，能謳掌上之歌，擅舞盤中之曲。却被他誤了石季倫，遭誅戮，配邊城，將名園金谷變荊榛。天，我要這般標致如何〔三〕？你就是亡家滅族根基也，江水應難洗污名。

【前腔】搥胸罵玉容，咬牙怨嗔，都因裊娜與輕盈，致纏得驟雨與狂風也。鸞失侣，鳳離群，這桃腮杏臉襯烏雲。休休，都衹爲桃腮杏臉，斷送我夫逃叔死，家破人亡，我要生得這玉容呵，你就是喪命根基也，我今誤了丈夫、叔叔，身如喪家之狗一般了。千載難磨這冤孽名。

【前腔】奸豪勢不容，賊，交伊怒嗔，我心如剛操似松筠，任教雪傲與冰凌也。我身勘毁，志難傾，俺這綱常節義重千金。休休，我想古來節婦，割耳斷臂，赴水投崖，剪髮剔目者，往往有之，我李翠雲于今又何惜一身乎？非是奴吊譽沽名也，衹圖一死完全節義名。

【尾聲】完全節義身勘殞。苦苦，我怎麽死得，一家被難，叔喪夫逃，奴家况且身耽遺腹，若還死了，衹全得一身節名。却教韓門〔四〕，靠着何人。罷罷罷，奴家想將起來，衹爲自家花容月貌，體態妖嬈，留他做甚的。我把香雲剪斷，把顔容損，敲牙并剔目，奸賊，交你放下心。

（丑上）罷了罷了，你怎麼妝得是這等模樣，快去報與千歲爺爺知道。（净、貼上）金蓮香馥郁，環佩響叮噹。打扮嬌娥面，安排入洞房。（丑）啓千歲爺爺，于今李翠雲娘子，剪髮破面、剔目敲牙了。（下。净）咳，扶起來，我看這潑賤。

【駐雲飛】潑賤無知，殘毁花容把我欺。你本是山鷄輩，怎與鸞凰配。這女子好痴呆，惱得我吼如雷，忒胡爲。押赴階前，一命歸泉世。斬首轅門莫待遲。

【前腔】（貼）暫息雷威，一劍休交兩命危。既已登王位，當惜民如子。嗏，本固國安兮，朝綱忠直。這婦呵，節操真誠，豈把綱常廢。等待分身別主爲。

（净）叫刑牢禁子。（丑上）禁子在，爺爺千歲。（净）聽我分付，你把這李翠雲婦人收在監中去，待他明日産下，是男是女，再來報與我知道，我這裏重重賞你。（丑）小人理會得。（净）潑賤無知把我欺，饒他一命待何如。本待將心托明月，誰知明月照溝渠。（下。貼）你那婦人，不肯成親便罷，何故壞了花容。

【前腔】（旦）痛苦難題，我是荆釵裙布妻，不敢簪珠翠，伏望寬容恕。嗏，我要學古人，自追思。若論綱常，當全節理，粉骨碎身，節義難忘。區區豈肯貪豪貴，一馬一鞍誓不離。

【前腔】（貼）不必傷悲，我自扶持不用疑。也是你命遭奸弊，家敗人亡矣。嗏，你破面我自與你做個偷生計，暫且囹圄住幾時。

剪青絲，果希奇。似這等節操堅貞今古稀，剔目敲牙，真情實意。

叫内使，取一個元寶到這來，賞這禁子。那李翠雲娘子收在你監中，你回去托你妻子，好生奉事他。他若分娩之後，或是男是女，你先來報與我知道，然後去報與千歲爺爺。（丑）禁子理會得。

全節從來不顧身，　青雲剪下好傷情。

本是綉閣香閨女，　今做奸豪獄内人。

校　箋

〔一〕此齣齣目，《古本戲曲叢刊初集》本題作「毁容不辱」，《大明天下春》本題作「破容守節」。

〔二〕咬：底本原作「交」，據《古本戲曲叢刊初集》本、《大明天下春》本改。

〔三〕標致：底本原作「嫖致」，據文意改。

〔四〕教：底本原作「我」，據《大明天下春》本改。

付托嬰孩〔一〕

（丑上）

【普賢歌】我做禁子管牢房，照點囚人日夜忙。巢爺若點監，心下便驚慌，假若差池吃大杖。

自家刑牢禁子是也。李翠雲收在監中，娘娘分付，叫我妻子相伴他。我那老婆，和他一日三，三日九，合得好了，一引到我家裏去了，不免叫他出來分付幾句。這個老婆，我往日有些怕他，待我今日妝一個虎威去。老婆快來。（夫上）

【步步嬌】惱恨奸豪生毒計，無故將人屈。可憐他夫婦兩分離，舉目無親，有誰人憐取。那韓娘子夫逃叔死，冤苦有誰知。好一似啞子吃黄連，苦在心兒裏。

老公萬福。（丑）帽兒戴向前，今年不比往年。（夫）好個模樣。（丑）老婆，那李翠雲，巢爺分付收監，你又叫他往家裏去了怎的，終不然我家中是監裏？那巢爺若來點監時節，你怎麽了？（夫）是我見他要分娩，監中不便，叫他在我家中去，好伏事他。（丑）可曾分娩否？（夫）分娩了。（丑）是男是女？（夫）是個女兒。（丑）叫甚麽名字？（夫）叫做困英。（丑）女兒叫做困英？（夫）老公，女兒倒是個女兒，衹是多了這些。（丑）這等是個男兒了。（夫）我和你夫婦之情，再説不得假話，又溜出來了。是兒子。（丑）這等去報與巢爺知道。（夫）你于今去報與巢爺知道，不過衹是賞你些金銀。那金銀用得有盡期，你後來子孫，也要成人麽。待我叫他出來相見。韓娘子快來。（旦上）

【駐雲飛】縲紲羈身，幸喜今朝産俊英。喜得臨盆幸，誰賀掌珠慶。嗏，憂苦更歡欣，自思忖。好一似鸚䳇樊籠，怎脱牢籠穽。縱有歡情變苦情。

【前腔】（夫）不必憂心，我自大開方便門。且自低頭忍，休得憂成病。嗏，且喜産孩英，容顏清俊。天相吉人，異日成人。教讀經一舉成名，那時報却奸讒佞，且把憂心變喜心。

（丑）于今巢爺來點監了，娘子，你且進監中。正好行方便，誰知不稱心。（夫下。丑）好了好了，若不是我這個計較，他怎麽肯進去了。

【四朝元】（旦）今時結義，皆是辜恩負義流。常則是飢而頻伏，飽即揚走。太平日頻相顧，急難時皆袖手，皆袖手。可憐家業消條，有誰憐救。夫奔他州，叔死歸土丘，那堪子母遭牢獄。嗏，誰把古人求？誰學程英？誰學公孫臼？孤兒誰收？寡婦誰憐救？這場寃苦，啾啾唧唧怎生禁受，怎生禁受。（外、末、貼上）

【前腔】潛踪躡足，眈驚爲故友。不知何罪，遭逢寃咎，救取渾無路。我把前歷數，把前歷數，須學那刎頸成仁，殺身爲友。替死捐生，立孤扶幼，信義須堅固。嗏，要把古人求，待學趙母仁慈，報效陳情訴。也得一個妻賢夫義周，陰德何須又。千年萬古，史書竹帛，留名不朽。

（外）來到這裏，就是禁子門首。（末）那監哥與我相熟，待我去叫他出來。（末叫介）禁子哥，在家否？（丑）是那一個？（末）是豐樂巷鄭田在此。（丑）我不曉得甚麽鄭田。（末）我和你是熟人，怎的就不認得了？（丑）你來此何幹？（末）來此看一個親眷。（丑）那個是你親眷？（末）那韓娘子李翠雲是我親眷。（丑）這樣大事，夜半三更，來此看他做甚麽？（末）事情大，因此夜裏來，容見一面。（丑）去，我不曉得。（末）公門中好修行。（丑）我這裏不是和尚寺。（末）方便方便。（丑）我這裏不是芳司。自古道管山吃山，管水吃水。（外）衙門中人，要些錢。也罷，我這裏有些銀子，送你拿去。（丑）你有幾人？（末）兩個人。（丑）還有一包。（外）怎麽還有一包？（丑）一個人一包。（外）一包也有輕重，這裏是一兩。（丑）我祇論包不論數。（末）我也有一包在此，你接去。（丑）多少？（末）五錢。（丑）還有五錢。（末）你先前説論包不論數，如今怎麽又要五錢？（丑）我如今論數不論包了。（末）取不盡的錢，有了就罷。（丑）也罷，我去替你問來。（見旦介）李翠雲，于今門外有個鄭田、李昌國二人來看你。（旦）那二人是我丈夫結拜的伯伯，待我出去見他一面。（丑）少待着，這兩個出手還大，再要他五錢銀子。門外油嘴的，那李翠雲説不曉得甚麽鄭田、李昌國。（外）這兩句話兒，敢不是李翠雲講的，是你爲那五錢銀子講的。（丑）也差不多了。（末）還有五錢，拴與你拿去。（丑見介）

原來是鄭老官。(末)先前不認得我，如今有了銀子，就認得我。(丑)先前不曉得是那個鄭老官，既是你的銀子，不要。這個老官的，我收下了。(末)也罷，都拿去，道路各别，養家一般。(丑)鄭老官，你是個好人，諒你拿出手了，也不肯收回去，莫怪我如今都收下了。(末)你不要喬做人情，你那嫌少不嫌多。(丑)糴米漲破鍋，你們進去。(末)兄弟同弟媳婦進去，我在前面伺候。(末、丑潛外。貼見旦介)

【駐馬聽】(旦)驀見君來，掩泪含悲怨不開。誰想奴身遭屈害，舉目無親，没個人來。夫逃叔喪苦哀哉，奴身今日遭刑害。幸産嬰孩，幸産嬰孩，付君少作還冤債。

【前腔】(貼)不必傷懷，且把眉頭展放開。非是我不來答救，奈我良人，貿易江淮。昨宵始得轉回來，聞言痛苦愁無奈。算你身懷，算你身懷，今當彌月將分解，特來探問明和白。

【小桃紅】(旦)伯伯聽告，伯伯聽告，巢賊奸豪，害得我無門路，天理不昭。感伯伯將兒抱，望伯伯教兒曹。待成人後，細說禍根苗。報却冤和恨，結草銜環也，我死黄泉恨也消。(合)越越傷懷抱，傷心泪拋，伏望蒼天相祐保。

【前腔】(貼)不須疑慮，付托當依，乳哺奴須顧，豈分彼此。我與兒，生死還相顧，懷抱不須離。願此兒，脱却禍灾危。早得成人也，雪恨伸冤靠此兒。(合)子母分離去，傷心珠泪垂，拜告蒼天相保庇。

【前腔】（旦）堪憐此子，無父無倚。看我寡婦孤兒面，視如嫡親〔二〕。多應娘是死〔三〕，不見報冤時。空有兒，無懷抱，纔産下又別離。寸寸肝腸碎，欲付孩兒反復遲。（合前）

【前腔】（外）娘行聽告，娘行聽告，不須泪抛。你此子身脱去，吉人天保。衹愁你受牢籠，衹愁你受煎熬。我懷抱，你兒曹。愛惜如珠寶，也不必傷心魂夢消。（合前）

【尾聲】千辛萬苦心如搗，看養孩兒莫憚勞。待學公孫老，程英義不磨。

（旦下。丑叫末、外、貼跪介）不須叫〔四〕，巢爺問時節，你若遮蓋得，我送你五十兩銀子，（丑）別人還遮得過〔五〕，我這巢爺，動不動就是去頭〔六〕。（外）也罷，你若遮不得〔七〕，你就説是那太平巷李昌國抱去了就是〔八〕。（末）你不要報他〔九〕，説是豐樂巷那鄭田抱去了，我就來救你。（丑）我衹認得鄭老官〔一〇〕，右手交付李，左手交付鄭，巢爺若動刀，你來救我命。（丑下介。外）不是跪倒他，幾時扯去見巢爺了。（末）兄弟，難怪他，我如今也慌了。（外）衙門中怕不得他。（末）且抱到你家裏去商量罷。

【月兒高】天降麒麟子，精神似秋水。莫笑枯根蒂，無奈成狼狽。玉燕休飛，鴛鴦侶無似。他年凝望，他年凝望三公貴，都恨今朝，飄零一椿樹。呀，堅心有誰知，若問孩兒，鄭田挺身去。

（外）來此就是我家了。（貼下。末）快作商量，不可遲延。（外）哥哥，你抱兒子，奔往他鄉，扶持他成人長大，再作報冤之計。我在此，黄巢若問我時節，我去承當。（末）兄弟，你是個後生家，到把易的做了去，把艱難與我做。（外）哥哥，怎得把難的丢與你？（末）這兒子報冤，要幾多歲？（外）也要二十歲，纔報得冤。（末）可知道，我今六十歲，兒子二十歲，我有八十歲了，怎麽有八十歲的壽，等得兒子大麽？（外）看你這等精神，莫説八十歲，一百歲也有。（末）便有八十歲，不死也懵懂了，怎麽説與他報仇？你今年四十歲，况有嫂嫂，兒子二十歲，你衹得六十歲，那時節正好報冤。你抱兒子，稱此夜月逃往他州撫養。（外）哥哥，雖則説得是，我豈忍貪生，交你待死。（末）圖名難得，爲利小哉，爲朋友者死。你去後三日，巢賊不來拿我，我跟來尋你。（外）若來拿時，你怎生主意？（末）若來拿我，我拚一死，駡賊身亡，就千刀萬剮，誓不招出你來。這裏有四十兩銀子，你拿去交付與嫂嫂，叫他星夜快走。（外）哥哥，我去則去，若有差池，休得怨我。（末）爲朋友之情，願殺身以取義，豈敢怨你。（外）娘子快來。（貼上。外）若來拿我，和結拜之情（二），衹此一别。哥哥，昔日衹望相守到老，誰知中途拆散，其實悲感。（末）賢弟不要哭，你豈不聞公孫杵臼、程英之故事乎？

【摧拍】爲朋情抛家别鄉，顧不得祖宗絶享。義契難忘，義契難忘，我奔他州，你去承當。報得冤時，不敢相忘。（合）今日裏朋契分張，心割碎泪汪汪。

【前腔】（末）你抱此子遠奔異鄉，休爲我心彷意徨。假名異鄉，假名異鄉，巢賊挨拿，我力承當。拼着殘生，罵賊身亡。（合前）

【前腔】（貼）嘆孤臣無兒繼芳，傳將伊螟蛉繼養。愁祇愁你娘，愁祇愁你娘，苦禁囹圄，難脱灾殃。每日拳拳，念想兒行。（合前）

【尾聲】兩人對面難分手，可憐痛裂肝腸，忍交吾友喪鋒鋩。

人生自古誰無死，　　報却冤仇恨得消。

校　箋

〔一〕此齣齣目，《古本戲曲叢刊初集》本題作「付托嬰孩」，《大明天下春》本題作「昌國保孤」，《樂府菁華》本題作「昌國爲友保孤」。

〔二〕視：底本原作「看我」，據《大明天下春》本、《樂府菁華》本改。

〔三〕應：底本原作「因」，據《大明天下春》本、《樂府菁華》本改。

〔四〕須：底本此字殘，據《古本戲曲叢刊初集》本、《大明天下春》本、《樂府菁華》本補。

〔五〕（丑）别人還：底本此四字殘缺，據《古本戲曲叢刊初集》本、《大明天下春》本、《樂府菁華》本補。

〔六〕就：底本此字殘缺，據《古本戲曲叢刊初集》本、《大明天下春》本、《樂府菁華》本補。

〔七〕若遮不得：底本此四字殘缺，據《古本戲曲叢刊初集》本補。

〔八〕昌國：底本原作「國昌」，據《古本戲曲叢刊初集》本改。
〔九〕你不要：底本此三字殘缺，據《古本戲曲叢刊初集》本、《大明天下春》本、《樂府菁華》本補。
〔一〇〕我祇：底本此二字殘缺，據《古本戲曲叢刊初集》本、《大明天下春》本、《樂府菁華》本補。
〔一一〕和：《古本戲曲叢刊初集》本作「奈」。

寧胡記

《寧胡記》，陳宗鼎撰。陳宗鼎，江蘇蘇州人，字號、生平皆不詳。《寧胡記》，今無全本傳世，僅于《群音類選》中留存此兩齣。本事見晋葛洪《西京雜記》，爲王昭君被毛延壽故意畫醜畫像，後被漢帝許嫁匈奴單于和親之事。吕天成《曲品》載入「中上品」，稱：「此以匡衡爲生，内狀王嫱嫁胡事，宛轉詳盡，是着意發揮者。北詞有《孤雁漢宫秋》劇，寫漢帝訣别凄楚，雖有情境，殊失事實。今一正之，良快。叙亦駢美。」祁彪佳《遠山堂曲品》載入「具品」，稱：「記王嫱事頗核，記匡衡事反涉于誕。暢達之詞，第未盡徹，且音調不明，至有以引子作過曲者。」此本以北寺令董承爲「生」，與吕天成、祁彪佳所言不符，吴柏森稱此種不符「疑系演出中多所改動，未及整理、寫定之故」（吴柏森《古代昭君戲曲注評》，湖北人民出版社二〇一三年版，第四一頁）。

六宫寫像

（生衆隨）

【上林春】瓊檻花明，鸞幃香溢，仙韶沸玉簫寶瑟。輕盈粉黛，三千妝點，皇宫春色。

【長相思】桃萼林，杏萼林，曉露淋漓玉樹新，彤墀花影横。覓娉婷，識娉婷，樂意却從畫裏尋，承恩知幾人。自家北寺令董承是也，奉皇上聖旨，監督諸班畫匠，于宫門描寫宫女形像。左右的，畫工齊了，着他進見。（净、外、小丑上）

【丹鳳吟】仙媛摹形，玉娥寫影。欽承敕旨來中禁，濡采操觚，進宫祗應。

待詔毛延壽帶領各班畫工，叩公公頭。（生）共有多少人？（净）共該二十四班，每班一十二名。（生）宫女就出來了，你們分爲兩行于左右御廊下，用心描寫，務要筆筆逼真，人人出相。寫成之時，進到我跟前來，呈上御前。如有差錯，定行治罪。（净）理會得，不必老公公費清心。

（貼、旦、老旦上）

【少年游】珠闌貝閣，雕梁畫棟，金碧照眸明。鳳髻鴉鬟，膏唇粉面，嬌艷逼人清。

明眸皓齒自天成，鬟髀紅絲入掖庭。未向天邊承雨露，却來門上寫丹青。我等入禁中，未得朝見，有旨出宫寫容。此間已是宫門了。（生）娘娘們，此間是昭陽外門，畫工齊候着，請各位

分左右厢描寫。（貼、旦、老旦）我們到左邊第一間寫罷。（生）各人上緊描寫，我在厢房裏面閑坐一回。（下）

【金菊對芙蓉】（净）小官是毛延壽，特奉綸音，來圖嬌俊。終朝苦役骸形，毛錐揮灑，看雨汗染透衣襟。低昂在掌，娘娘們，好與歹在吾掌中。專求潤筆，多賜黄金。

【前腔】（貼）你那官兒，食禄君門，兹承皇命。惟應真筆描成，姿容優劣，據本相豈可移更。食饕賄賂，官家曉得，饒過了你？欺公罔上，王法無情。

（净）小官怎敢，就寫就寫。

【一盆花】下筆旋將容認，點雙睛圓瑩，秋水盈盈。白雪凝脂玉肌明，丹霞籠臉桃腮潤。脣垂絳櫻，鬟堆黛雲。看取丰姿窈窕，轉盻生情。

娘娘容貌，真是傾國傾城，看來色冠後宫，定然寵叨專夕。圖已寫完，請回宫去，讓別人好畫。（貼下）

【前腔】（旦）聽説心中思忖，想朱顔庸劣，難固君恩。畫工説話，甚是可疑。寶串除將致殷勤，花容求得相資襯。（老旦）他把寶串與畫工了，我更多送他些方是，且入宫去再來。（下。净）娘娘，你眉毛太輕，肩膊忒削了，我與你改。纖眉更匀，香肩稍平。便覺嬌柔可愛，一種風情。

（旦）勞動你了。（净）娘娘尊便。（旦下。老旦上）

【前腔】緩步重來門禁，把黄金珠珥，聊贈東君。黄金五十兩，八珠鐶一雙相送。（浄）這忒多了。（老旦）我要麗質須諧帝王心，芳標不與儕流混。（浄）我曉得了。寫作如花艷明，如雲裊輕。直是中闈擅美，六院無倫。

娘娘，衹改得你一個，再莫對别人説。（老旦）多虧你了，我若得君王得寵，還要報答，决不相忘了。（下。浄）恨小非君子，無毒不丈夫。王家小妮子，自恃容貌過人，許多賣弄，不曾得他半點東西，反被他削白一場。我想起來，若把他容像進去，聖上見了，如何不愛？被他搬唇弄舌，説老毛詐人財物，連這吃飯家火去了。

【前腔】我愧忿教人難忍，那無知愚婢，言出傷人。他自道能將鳳幃親，我思想起來，有一計在這裏了，須教難把龍床近。衹改作眉頭字横，頤邊骨撑。更且唇青口闊，兩鬢疏零。

王嬙畫像已改壞，看來十分可厭，中國皇帝，幸你不成？除去九夷八蠻國度，做個妃子。圖籍已完，且把去交納董公公處，先出去罷。天已晚了。（稟介）待詔毛延壽，交上宫女的畫圖。（内）且收進來，待衆人的完了，一齊獻入御前。（浄）我時來福到，因寫宫人科索無數東西。帽兒裏，袖兒裏，褲兒裏，靴管裏，都是首飾，箱子裏無數金銀，衹得與毛頭狼力駝出去。昔日一貧如洗，今朝富貴逼人。堪笑那廝無狀，交他獨守長門。

慳吝王嬙太使奸，　畫圖一改不堪觀。
管取君王相厭弃，　定知寂寞怨孤鸞。

沙漠長途

（外、净、丑上）

【滿庭芳】矛戟堆霜，旌旗遮日，長途千里征塵。中華風物，偏動故鄉情。翹首陰山正遠，更何時能到王庭。忙嚴隊伍花聯轡，蚤已到長亭。

【木蘭花】吾斯怨雪，來朝帝闕修臣節。蝶夢飄摇，漠漠平沙萬里迢。　皇恩如許，玉闉掄賜如花女。吾子吾孫，長護邊關報漢恩。自家拜辭漢皇，北歸本國，適來百官于咸陽門外，祖道相爲餞行，俱已別去。答剌罕，後帳請娘娘出來者。（貼、小丑上。貼唱）

【前腔】蘼蕪芳草緑，片雲南去，目斷慈親。謾嗟嘆，征軺誰與温存。回首故鄉一望，尚還見霧掩臺城。情難盡，泪珠抛灑，斑點漬羅襟。

【南鄉子】春去艷紅稀，翠柳飄絲護遠堤。嫩緑滿林紅一點，霏霏，風颺殘花點客衣。

憔悴不勝衣，悶撥琵琶怨別離。粉面界將雙玉箸，悲凄，回首家山魂自飛。奴家夜來別却母親，來至胡邸，寸心如割，百念成灰。此間已是長亭，前途漸進，親舍漸遠，好不痛心也。（外）請娘娘上馬趲行。

【甘州歌】征旆北指，見雁門名勝，雉堞連雲。邊關高峻，正是帝京藩屏。飛沙捲風迎馬足，鶖鶬穿雲逐鳥群。雕旗颺，雉尾横，一天殺氣酷陰森。你看許多狐兒兔兒，彎弓射，發矢輕，滿前狐兔自縱横。

【前腔】（貼）盈盈雨泪零，嘆隻身行役，母子離分。征鞍斜倚，自悵玉顔衰命。昔日呵，皇宫苦銜三載怨，今日裏，虜地長驅萬里塵。黄雲障，白草腥，萬里凝霧護孤城。那座城子，甚的去處？（衆）先世渾邪王降漢，築來駐札的。（貼）怎麽斷送我到這個去處？諸妃嬪，并内人，偏奴差遣嫁胡庭。

【前腔】（净、丑）風雲接地陰，見一行征雁，嘹嚦哀鳴。再過三四個月，雁兒就南去了。黄沙無際，萬仞遠山横亘。幾雙野鵝浮黑水，一座荒臺插白雲。（貼）前面高的像是個臺，這是甚麽去處？（净）先朝漢將軍李陵降了俺國，後來不得還鄉，築這臺兒望着母親、妻子。（貼）李陵叛臣，尚戀着中國，奴家母親在那邊，怎撇得下？睹景傷情，不勝悲感，（丑）那笛聲吹得好悲楚。聽羌笛，哀怨聲，枉嗟楊柳未舒青。天時迴，地氣分，春風不度玉關門。

【前腔】(貼)琵琶馬上横，把素弦重整，寫出新聲。嘈嘈切切，撥不盡許多幽恨。漢皇呵，和戎信堅心類鐵，我娘呵，憶子情深髮似銀。身北去，念南征，一腔哀怨曲中論。他年死，冢草青，願留遺迹寄幽情。

奴家去後，身死游魂凝泊，寄于冢草之上，當使顔色長青，萬年不變。(外)天色已晚，且札下行帳，明日早行。差飛騎往國中報去。(貼)四面黄塵，一望無際，就是這等宿歇，好不凄楚。(外)今晚請娘娘同帳房宿歇。(貼)單于差了。起初時單于求爲漢婿，漢皇帝無公主，亦無諸王女，故以妾代行。妾之此身，即漢帝之女也，單于如重漢皇之賜，則亦當重妾之身。歸到國中，祭告天地先靈，方可成婚。若欲于草莽之間，倉卒苟合，是以婢妾見待。妾雖孤身在此，决不敢自輕，以辱漢皇之命。請單于熟思之。(外)酋長們，娘娘所言，十分有理，想起來還到國中成親纔是。(浄)娘娘是中國女人，立得這等志操。若是咱國中婦人，一夜也熬不得，那有這等分曉。(外)晚上分班，周圍出哨巡視，不得少有疏虞，驚動帳中。(衆)理會得。

【尾聲】宿荒快把行營整，却早西山日已曛，明日還當拂曉行。

(小丑下。哭上。貼)這賊妻又作怪了。(小丑)纔拿娘娘馬子去洗，周圍没尋水處。許多達子，衹道是盛果子的桶，都來搶吃，打番在地，淋了奴家半身臭糞，又没處尋水洗，却不好苦。(貼)誰教你不子細，左右，拿去剥了衣服，打三十皮鞭與他。(外)饒他幾下罷。(小丑)且喜郎主心照奴了。（打介。小丑）丈夫寫畫使奸，奴家今日見還。潑了一身臭糞，又添三十皮鞭。（丑）歪東西，該打死，娘娘的糞是臭的？（小丑）是你那搶屎吃的臭達子，害我打，還要説。

沙漠黄昏聊止宿〔一〕，燒羊炮馬夜方深。

征人到此魂將斷，泪灑西風一片冰。

校　箋

〔一〕黄昏：底本原作「潢昏」，據文意改。

斷髮記

《斷髮記》，作者佚名。《斷髮記》，今有全本傳世，現存明萬曆十四年（一五八六）金陵唐氏世德堂刻本（《中國戲曲善本三種》、《古本戲曲叢刊五集》據之影印）。關于《斷髮記》的作者和版本，可參閲歐陽江琳《〈斷髮記〉作者考辨》（《中山大學學報（社會科學版）》二〇〇一年第六期）、劉恒《〈斷髮記〉版本、流傳及作者考辨》（《齊魯學刊》二〇一三年第二期）。

淑英走雪〔一〕

（净、丑扮更夫上）長安三尺雪，人道十年豐。我們是東都守城門的軍人〔二〕，夜來城外柳秀才，因到裴府裏娶親，送我些酒錢，教我留下城門莫關，辦事的好來往。遇着這大雪，怎麽好？（丑）老哥，樵樓上已四鼓了，冷巴巴守甚麽？將城門開在這裏，冷鋪裏睡去，管他。（净）説得是。今夜不須守冷鋪，有錢買得鬼上厨。這等大雪冷颼颼，不如鋪中且睡去。（下。旦走上）

【步步嬌】婦女宵行羞難顧，急走多顛仆，倉皇喘未蘇。四下裏寥寥，絶無人語。却教我泪如珠，灑遍來時路。（小旦上）

【前腔】夜色朦朧如銀霧，城廓重雲護，夜行燭又無。到處裏驚惶，寸心無主。賺得我向迷途，此恨堪誰訴。（奶上）

【前腔】姑嫂中宵相逃去，强放金蓮步[三]，行行怯路衢。猛可的誰知，故家兒女。忽聞得哨聲呼，恐怕遭巡捕。

【憶秦娥】（旦）雲垂幕，長安古道風如削。（小旦）風如削，彤雲黯淡，六花零落[四]。（奶）冥冥夜色迷城廓，天寒苦恨衣衫薄。（旦）衣衫薄，不禁揾泪，暗偷彈却[五]。（奶）來到城邊，已傳四鼓。且喜城門已開，可出矣。（衆出城介。奶）小姐，這裏有兩條路，從那裏去？（旦）奶娘，若從大路去，恐我府中有人趕來，祇從小路去罷。不知奶娘知道這條路麽？（奶）我先年常到你家來，曉得，祇是崎嶇不好行。（旦）没奈何。（衆行介）積雪杳漫漫，長風吹鬢寒；在家千日好，出路半朝難。

【漁父第一】（旦）是則是路途中蕭索，滿江山六花布繞。疏林外陰風惡，衹聽得戍樓中數聲曉角。撲簌簌吹落梅花調，翻與愁人添寂寞。遮不得撲頭撲面雰雰落，滿地瓊瑶人不掃。（奶）好了，天色已明，趲行幾步。（衆行介。旦）我衹見灑玉塵，滚銀沙，滿空鸞鶴，頃刻裏青山已老。（奶）呀，錯走了路，快轉去。（旦）最苦是途迷，故把人擔閣，虚怯怯行來身軟弱。（旦）奶娘，我腹中飢餓，行不得了，怎麽好？（奶）你夜來衹顧啼哭，不肯吃飯。這是曠野之中，没計較。（小旦）曾聞漢蘇武餐氈囓雪可充飢，此間有冰，你須索吃些。（奶取冰。旦）我受冷擔飢，神衰力少。（吃介）把寒冰口嚼，（嘔介）透飢腸，痛煞煞轉如刀割。（下介）那個是溪流凍斷層冰合，野渡無人空自惱。

（奶）這條小河，常有渡船來往，而今凍了，怎生是好？（旦）就在冰上行去罷。（奶）且緩着，我踹一下看來。（踹跌介。衆驚介。奶）没事，冰堅可渡。（過介。旦、小旦行介。）

【前腔】（旦）戰競競臨深履薄，滑剌剌冰兒上難移小脚。（旦跌介）不覺弓鞋跌綻了，（坐介）我猛地裏愁魂渺漠，怎禁受江空野曠無停泊？冒雪衝寒途路杳，爲衹爲我爹爹不諒人，逼偕窈窕。裴淑英，裴淑英，顧不得死填溝壑。（小旦）你本欲盡孝情來承顧托，都變做長吁短嘆，愁眉怨貌。悔不盡，悔不盡，此來差錯。（奶）奉勸你姑姑嫂嫂，又何必哭啼啼，把臉兒朦着？我衹怕，我衹怕，傍人知覺。歲寒松柏幾曾凋，甘做溝渠一餓莩。

（奶）前面有條小嶺，你們趲些上去。（旦）奶娘，這裏没人，我和姑姑略坐一會。（奶）也罷。（旦）路程來了多少？（奶）來了一半，還有五十里，且比前不好行。而今下午過了，大家去罷。（旦推介。奶）少刻天晚，林深路黑，怎麼行？你真個惱殺人呵。

【二犯皂羅袍】（旦）非我不行坐倒，奈飢寒到此，半步難熬。（望介）嶺頭一望路迢迢，不由人不心焦躁。鞋弓襪小，脚兒怎蹺。耽驚受怕，雪兒又渺，千辛萬苦堪誰告。（奶）前面有個酒店，不免把首飾换些東西吃去。（旦）使不得，我們是個寡婦，縱然我死，也不入酒店裏去。（小旦）嫂嫂言之有理。（奶）我買來送與你們吃罷。（旦）也不可。（合）前村裏，酒旆摇，斷魂從此不須招。飢寒際，節義牢，節和酒價定誰高。

【前腔】（小旦）我輩幸全節操，賴奶娘救護，不憚煩勞。謾誇積雪勝瓊瑶〔六〕，妾家那得瓊瑶報。（奶）老身不打緊，衹是苦了你們。（小旦）膏明自熬，蘭馨自燒。親家心險梅香舌巧〔七〕，教人落在他圈套。（合）忙行處，獨木橋，過時須挽柳枝條。心驚戰，氣怎消，魂隨流水去滔滔。

【前腔】（奶）思想相公堪笑〔八〕，把娘行賺得，苦痛無聊。長空萬里灑鵝毛，中途姑嫂傷懷抱。冰容雪態，丹青怎描。霓裳波襪，孤貞自保，此行真把冰霜傲。（合）孤村外，隱白茆，遥隨虎迹度荒郊。人烟少，狐兔驕，婦人到此亦雄豪。（内作樵歌介。旦驚介）

【二犯駐雲飛】驀地魂飄。奶娘，是甚麽人嚷？（奶）是采柴的唱歌，你慌甚麽。（旦）呀，我祇説是相公有人趕來〔九〕。聽得歌聲鬧采樵。恐遇人强暴，使我心驚跳。嗏，薄命倘逢遭，把咱圍繞。衆口譊譊，半路相邀。插翅難逃，怎得開交。我甘作赴水投崖，姑姑呵，你把誰來靠？（合）猛地思量珠泪抛。

【前腔】（小旦）數陣狂飈，凍得渾身似水澆。岸火明漁棹，罷却寒江釣。嗏，山路鬱岧嶢，石門深峭。雪滿林皋，鶴唳猿號〔一〇〕。薄暮清宵，寂寂寥寥。真個是地僻人稀，形影空相吊。（合）冷地相思心下焦。

（奶）天已晚了。

【前腔】野寺鐘敲，寶刹懸燈照九霄。獨鳥栖寒篠，山犬迎人叫。嗏，墜雪響芭蕉，亂鴉喧鬧。寒影瀟瀟，飛繞林梢。枯樹危巢，絮絮叨叨。怎知道路遠人愁，偏向愁人噪。（合）暗地思量容鬢消。

【清江引煞】忙行數里人静悄，回顧山林昏黑了。誰道我家遥？昏黑應須到，到家時向靈前哭到曉。

雪夜潛身到洞房，此行端是傲冰霜。

歸家不敢高聲哭，衹恐猿聞也斷腸。

校箋

〔一〕此齣齣目，《古本戲曲叢刊五集》本題作「淑英走雪」，《樂府萬象新》本題作「姑嫂雪夜逃回」，《大明天下春》本題作「冒雪逃回」，《樂府菁華》本題作「淑英冒雪逃回」，《怡春錦》本題作「走雪」。

〔二〕門：底本無，據《樂府萬象新》本、《大明天下春》本、《樂府菁華》本補。

〔三〕强放：底本原作「困此」，據《樂府萬象新》本、《大明天下春》本、《樂府菁華》本、《怡春錦》本改。

〔四〕零：底本原作「冷」，據《樂府萬象新》本、《大明天下春》本、《樂府菁華》本、《怡春錦》本改。

〔五〕暗偷：底本原作「殷然」，據《樂府萬象新》本、《大明天下春》本、《樂府菁華》本、《怡春錦》本改。

〔六〕謾：底本原作「空」，據《樂府萬象新》本、《大明天下春》本、《樂府菁華》本、《怡春錦》本改。

〔七〕舌：底本無，據《樂府萬象新》本、《大明天下春》本、《樂府菁華》本、《怡春錦》本補。

〔八〕想：底本原作「我」，據《樂府萬象新》本、《大明天下春》本、《樂府菁華》本、《怡春錦》本改。

〔九〕有人：《樂府萬象新》本作「差人」，《大明天下春》本作「着人」，《怡春錦》本作「使人」。

〔一〇〕喉：底本原作「怨」，據《樂府萬象新》本、《大明天下春》本、《樂府菁華》本、《怡春錦》本改。

淑英剪髮〔一〕

（旦上）

【剔銀燈】今日裏飢寒怎禁，冒風雪痛苦過甚。惡木林雖寒豈蔭，盜泉水雖渴誰飲。渾身上一任泥沾水浸，丈夫呵，我怎教更移了此心。

【搗練子】風浩浩，雪漫漫，萬壑千峰一日還。應有驚魂去不返，空流衣上泪痕斑。奴家夜來被爹逼要改嫁，窮迫之中，無可計脱，將求自盡，幸得奶娘救護，同姑姑冒雪逃回，方免此禍。古人道得好，我生不辰，逢此百凶。（末上）古人云：「機事不密則害成。」夜逼他小姐改嫁，不想老奶與小姐，逃了回來。我相公怕我小姐途中不便，同我們依路跟來。誰想雪深馬不能行，到得小姐府中，天色已晚。相公今在堂屋裏坐下，教我到後堂，請小姐見面，惶懼不好見得小姐。也罷，這是相公之命，由不得我也。（進相見介。旦）院子，你又來怎的？（末）小人同相公到此。（旦）相公在那裏？（末）在小姐堂屋裏，請去相見。（旦驚介。背云）我爹爹自來，決無好意，怎麽了？不免教院子且去，又作道理。（轉介）院子，你對相公説，小姐風雪裏回來，濕了衣服，少待就來相見他。（末應下。旦）我尋思起來，欲去見我爹爹，倘被他禁住，我是個孤寡婦人，如何是了？（悲介）天呵，若非我婆婆靈柩未葬，丈夫骸骨未歸，我就將此劍自刎而死，要

這殘生何用。罷罷，我不免仗此劍，把頭髮割下，倘爹爹見了，回心轉意，也未可知。若是他再行逼勒，奴家死也未遲。（取劍視介）

【香羅帶】一從龍劍分，孤雄在軍。孀雌夜鳴聲念群，教人睹物淚沾巾也。人不在，劍空存，紅光照我如有神。這劍呵，當日裏出自征夫手，今日裏偏傷嫠婦魂。（解髮介）

【前腔】我生何不辰，千般苦辛。一死須知猶可忍，百年懷抱與誰論也。爲人婦，禮當盡，豈能再醮登二門。頭髮呵，我此身非是愛死，故把你剪下，争奈丈夫骸骨未歸，須死不得〔二〕。剪髮傷情也，我不久同爲松下塵。

【前腔】嚴君不諒人，反賁怒嗔。身體髮膚非敢損，祇求全節不全身也。生同室，死同壙，欲斷不斷心未忍。剪髮傷情也，顧不得哀哀父母恩。（介）

【臨江仙】寶劍操持光不泯，仗兹剪下香雲。祇求就義與求仁，正是夫亡顯節婦，國亂見忠臣。

（將髮斷下，作悶倒介。奶、小旦秉燭上）孝婦苦辭婚，哀聲何大頻。隔墻須有耳，窗外豈無人。（奶）姑娘，我相公堂屋裏坐了許久，小姐祇顧啼哭，因何不出見他？我和你看去。（介）怎麽把頭髮剪了？（衆悲唱）

【梅花塘】這頭髮剪來堪愛訝，亂灑鏡臺雲，抛擲蘭房夜。（旦）此情欲説，恐人談笑我

的爹爹。（合）謾嗟呀，骨肉漸凋喪，如掬沙。（介）

【香柳娘】（小旦）嘆青絲細髮，嘆青絲細髮，綰來盈把，須知不下千金價。從此後梳妝永罷，從此後梳妝永罷，何恨弃鈿花，垂泪滿羅帕。怎的將他取下，怎的將他取下，美玉元無片瑕，真情不假。

【前腔】（奶）看雲鬟鬒鴉，看雲鬟鬒鴉，實堪描畫，當初沐取熏蘭麝。幾回見牙梳隱亞，幾回見牙梳隱亞，枕畔護蟬紗，鏡前倚鸞架。可惜將他取下，可惜將他取下，縱把羅巾蓋遮，觀來不雅。

【前腔】（旦）恐家君逼咱，恐家君逼咱，使人驚怕，他應暗許親相迓。全不顧傍人笑話，全不顧傍人笑話，奇禍恐相加，殘妝可抛卸。衹得將他取下，衹得將他取下，不敢分明怨嗟，妝聾作啞。

（奶）相公快來，快來。（外）老奶甚麽事嚷〔三〕？（奶）了不得，小姐聞你自來，恐你逼他改嫁，把頭髮盡皆剪了。（外見介。旦哭倒醒介。外）痴兒痴兒，何致乃爾！

【前腔】却教人痛麻，却教人痛麻，悔時無暇，果然不肯重婚嫁。做了人間話靶，做了人家話靶，你得後人誇，我吃後人駡。怎的將他取下，怎的將他取下，縱使爹行見差，如何割捨。

【前腔】(旦)望爹爹獎嘉，望爹爹獎嘉，挽回風化，何顏再把青鸞跨。剪頭髮情非謊詐，剪頭髮情非謊詐，到此是冤家，從來有姻婭。衹索將他取下，衹索將他取下，誓死終身靡他，一鞍一馬。

(外)兒，我早辰見你來了，曉得你決意守節。我本意到此，把好言語寬解你，反做出這等勾當來。(旦)孩兒不肖，做差了，望爹爹憐恕。(外)我留老奶在此伴你，我回去，就着梅香來看你，須索寬省。(旦)多謝爹爹。

當時錯與議重婚，　父説重婚女不應。
若使欣然輕一諾，　半生誰信守孤燈。

校箋

〔一〕此齣齣目，《古本戲曲叢刊五集》本題作「淑英剪髮」。
〔二〕須：底本原作「雖」，據《古本戲曲叢刊五集》本改。
〔三〕事：底本無，據《古本戲曲叢刊五集》本補。

晬盤記(又名《登科記》)

《晬盤記》，又名《萃盤記》、《登科記》、《五桂記》、《五子登科記》，作者佚名。《晬盤記》，今無全本傳世，僅于《詞林一枝》、《大明春》、《樂府紅珊》、《堯天樂》、《樂府菁華》、《大明天下春》、《樂府萬象新》、《摘錦奇音》、《怡春錦》、《群音類選》、《詞林落霞》等戲曲選中留存《拉友游春》、《四花精游花園》、《竇燕山五經訓子》、《金精戲竇儀》、《萬侯傅祭頭巾》、《竇儀加官進禄》、《一家五喜臨門》等齣。此劇借歷史上唐代竇燕山（禹鈞）之事，運以藝術虛構創作而成。劇述竇燕山力訓五子，渴望他們皆成長爲國家棟梁。長子竇儀，品德高潔，不爲花精所誘。後五子皆隨竇燕山願，一家五喜臨門。

金精戲竇儀〔一〕

【桃花浪】（生）春日融和，撚指如梭。賞芳辰正好吟哦。留心討論，奮志磋磨，一寸光陰休錯。

爲學如登萬仞山，層崖須用小心攀。前頭儘有無窮趣，衹在工夫不斷間。我今日與衆朋友游玩耽閣，不免挑燈讀一會便了。

【駐馬聽】陋巷規模，樂道安貧吾所欲。每加工夫百倍，朝耕二典，暮耨三謨。一朝貨與帝王都，却不道書中自有黄金屋。（合）着意磋磨，着意磋磨，光陰瞬息休虚過。

【前腔】白飯香蔬，淡食其中滋味多。每對青燈黄卷，今晚可怪，衹見雙吐金蓮，想是預

報我聯科。一朝榮膺享天禄，却不道書中自有千鍾粟。（合前）

（睡介。魁星舞。生驚介）

【前腔】呀，獨坐吟哦，我衹道妖魔鬼怪，元來是踢斗魁星來映吾。衹見光輝燦爛，助我神思，揚我文波。一朝僥幸呵，堂堂後擁與前呼，却不道書中車馬多如簇。（合前）

被魁星耀滅孤燈，無光可讀。

【前腔】影隻形孤，又有明月穿窗來伴我。如此高興臨月，恍疑似登臨月殿，手攀丹桂，身近嫦娥。一朝榮居，相府結絲蘿，却不道書中有女顔如玉。（合前）

（旦扮金精上）麗水生來色燦然，雙南價重世相傳。八卦位居乾兑地，五行數内我居先。奴非别者，黄菊金精是也。塵埃數載，未得出現人間。天庭見竇禹鈞陰騭浩大，注他五子富貴。敕奴試他長子竇儀，果德行渾全，賜他一品當朝。今已變成形，投來書院。倘問姓名，奴是金精，拆名米青，本有千金，渾爲千金小姐。（見生介。生云）呀，夜静更深，小娘子因甚至此？

【降黄龍】（旦）迷失桃源，奴衹因難覓天台，蓬萊仙苑。來此荒郊曠野，没個緑户朱門，都是花街柳巷。（生）何不投宿酒店？（旦）難言，汗顔腼腆，到如今四顧無門，没奈何衹得强投書院。望矜憐積德施恩，願君去鰲頭獨占。

【前腔】（生）聽言，嘗聞聖賢，男女授受不親，理當别遠。（旦）豈不聞柳下惠之事乎？（生）

須效魯男子閉户不納，不學柳下惠坐懷不亂。（旦）可效顔叔秉燭。（生）更闌，燭盡燈殘，怎如魯顔叔秉燭天明，漢雲長接光待旦。早回旋，我本是美玉無瑕，怎受青蠅之玷。

【前腔】（旦）幸然，天假良緣，月白風清，斗明星燦。乞容一宵，無可報答，朱顔委謝，望君家美目青盼。（生）避嫌，瓜田李園。（旦）那是日間，如今黜夜，有誰人知之。（生）豈不聞天知地知，你知我知。念卑人三畏存心，四知常念。勸你早回旋，我本是美玉無瑕，怎受青蠅之玷。

（旦）既來之，則安之，况今黜夜，明月交輝呵，

【啄木兒】幸有風和蕩，月正圓，風月情懷非偶然。古人云客至罷琴書〔二〕，我與你們，對清風弄瑟調琴，臨皓月跨鳳乘鸞。（生）小娘子有弄玉、文君之思，念小生非蕭史、相如之輩，請早回也罷。莫使玉簫聲斷行雲散，念卑人難允相如願。（合）自古仁人遠別嫌。

（旦）黜夜投奔，四顧無門，幸遇君家呵，

【前腔】正是天意緣，人意堅，天意人情渾兩全。不敢求百歲于飛，衹願效銀河七夕之交，賜玉樓一夜之歡。（生）我非牛郎之輩，此非銀河之所。織女枉自停針綫，俺鳳鸞豈爲鴛鴦伴。（合）自古仁人遠別嫌。

(生)你是何方女子，姓甚名誰？夤夜淫奔書院，出言無狀。(旦)奴家姓金，雙名米青，號爲千金小姐。若論本事，針指工夫，詩詞歌賦，無不通曉。(生)女工是你本等，就把詩詞歌賦，盤你一盤。(旦)不弃，就將扇爲題，聯詞一曲。(詞)玉骨冰肌孰不奇，形也相宜，體也相宜。清風明月兩依稀，静也相隨，動也相隨。(付扇與生介。生答介)素紈空自出天奇，動由吾兮，静由吾兮。乘風弄月入秋闈，歡樂仙姬，冷落仙姬。(生還扇介。旦)還早，決要成對，請莫推辭。(生)月朗星稀，今夜斷然不雨。(旦)天寒地凍，此宵必定成霜。(生)決不成雙。(旦)待奴也出一對：「女子并肩，偶合人間之好。」(生不答介。旦)君子好差，你出對，我就對；我出對，你不對，何也？(生)你有心對我，我無心對你。(旦)既不答對，奴有白扇一握，浼君子代爲寫詩一律。(生)這個通得。(旦)這詩不可直寫[三]，要首尾相聯式，如明月團圓之像一般。(生吟詩介)吟客游時芳草碧，碧荷香處賞舟停。停杯且染霜毫筆，筆凍呵來遣興吟。(生寫介。旦唱)

【鏵鍬兒】豈不聞詩咏雎鳩，君子好逑。奴本是玉葉金枝，休猜做殘花敗柳。人家婚姻呵，還要封羊奠雁求媒媾，如今做了衒玉求售。我與你雙雙對對，好似魚比目，蓮并頭。君子，如今由不得你了。事到頭來不自由，正是樹欲静風不肯休。

(生)説那裏話。

【前腔】我堅白自守，你磨涅無由。誰知我至誠至德，無聲無臭。我是禹門浪裏錦鰲頭，你緣木怎求。小娘子，休錯了念頭，吾非張敞筆，何郎手。空自没來由，讀書人反面無情，勸你休則索罷休。

【前腔】（旦）君子聽剖，奴今出乖弄醜。那個不知我到此，玉石難分，薰蕕相扭。説下斷頭話，若是赤繩繫足不成就，決要去白練套頭。那時節難免池魚怨〔四〕，林木憂。則怕事到頭來不自由，你要休那人不肯與你休。

【前腔】（生）語言不投，激得我氣衝牛斗。叫你去不肯去，祇恐反做了月缺花殘，珠沉玉剖。（旦）你倒約我前來。（生）有何憑據？又無紅葉題詩返御溝，何爲引誘？我這仲舒堂，休作何氏樓。莫待事到頭來不自由〔五〕，得好休則索早休。

【寄生草】（旦）不是引誘，你何故與我聯詩句，臨風月，鼓瑟琴。（生）有何憑據？（旦）你知道，調琴答對無憑信，扇上詩句是伊親筆證，私休則可，到官呵，任你儀通口舌難分辨〔六〕。倒不如上和下睦兩同諧，却不道婦隨夫唱相廝稱。

【前腔】（生）任你賣弄風情性〔七〕，難動我鐵石心。你那嬌鶯雛鳳相調引〔八〕，俺這裏心猿意馬牢拴定，勸你收拾閑丰韵〔九〕。也不是青年秀士親筆證，還是你紅顏女子多薄命。

（旦背云）觀此人女色不動，諒財不苟取，不免指破他前程大事。不日洞房花燭，兄弟狀元。君子，既不肯諧親事，望收此扇，留爲後念。此扇呵，

【餘文】雖非五明七寶聲價，亦無九華六角文宗。聊與蔽那元規塵，頗有奉揚仁風。但君前程事業，祇此素紈詩句中。來時呵，祇道有緣千里能相會，倒做了無緣對面不相逢。

（閃火下。生）呀，一閃火光入地，不免鑿他，看是何物。元來是窖黄金，非理之財，不可苟取。那女道姓金名米青，分明是個金精二字。（看扇介）就是迴文詩句，一面上寫着：「若問前程，左右狀元，要至三元，乾德四年。」乾德乃西蜀王衍之年號也，一時難解其意，且自由他。

窗前勤讀夜更深，忽見魁星燦燦明。

猶有素娥相答問，誰知今夜值千金。

校　箋

〔一〕此齣齣目，《大明春》本題作「竇儀素娥問答」，《怡春錦》本題作「試節」，《大明天下春》本題作「金精試德」。

〔二〕云：底本無，據《大明春》本補。古人：《怡春錦》本、《大明天下春》本作「古云」。

〔三〕詩：底本原作「等」，據《大明天下春》本改。

〔四〕時節：底本原作「是」，據《大明春》本、《怡春錦》本改。

〔五〕頭：底本無，據《大明春》本、《怡春錦》本、《大明天下春》本補。

〔六〕辨：底本原作「論」，據《大明春》本、《怡春錦》本、《大明天下春》本改。

〔七〕風：底本原作「丰」，據《大明春》本、《大明天下春》本改。

〔八〕引：底本原作「弄」，據《大明春》本、《怡春錦》本、《大明天下春》本改。

〔九〕丰：底本原作「風」，據《大明春》本、《怡春錦》本、《大明天下春》本改。

斷機記（亦名《教子記》）

《斷機記》，又名《商輅三元記》、《三元登科記》、《教子記》，作者佚名。《斷機記》，今有全本傳世，現存明萬曆間金陵富春堂刻本（一九三四年長樂鄭振鐸《匯印傳奇》第一集、《古本戲曲叢刊初集》據之影印，無齣目）。《斷機記》本事與作者情況，可參閲劉曉珍《〈商輅三元記〉本事與作者考述》（《浙江傳媒學院學報》二〇一五年第二期）。

秦府賞春（内【啄木兒】一套係清曲偷入）〔一〕

（外上）

【菊花新】家世簪纓紹書香，昔日曾游天子堂，今日謝吾皇〔二〕。養病還家，紫綬金章。

華髮衝冠感二毛，西風凉透紫羅袍。仰天不敢長吁氣，化作虹霓萬丈高。下官姓秦名徹，家住浙江嚴州府淳安縣，乃丙午科鄉貢，丁未科黄甲進士。荷蒙聖恩，除授太師，兼府尹之職，養病致仕還家。計家數十餘口，至親者四人。夫人張氏，已封誥命；孩兒秦統，今在翰林院中書省；女兒秦雪梅，曾許配于商生。今日見此春光可愛，不免請夫人、女兒出來，一同玩賞，多少是好。説猶未了，夫人早到。（夫上）

【青玉案】東風吹軟緑楊枝，正融融天氣日〔三〕。（旦上）

【海棠引】賣花聲過深苑，風吹入朱户房籠。佳人謾把綉頻工，不由人簾捲東風。

（外）朝見枝頭景，暮見枝頭小。（夫）惟願天公愛惜花，莫負春光好。（旦）片片蝶衣輕，點點魚鱗小。祇爲東君愛惜花，孤負人起早。（外）夫人，見此春光可愛，不可虛度，同玩一番。

（夫）即當陪伴。

【啄木兒】（外）春歸後，花正妍〔四〕，簾幕風柔晝永時。向南陌鋪錦堆翠，見香車寶馬争馳。聽一派簇擁笙歌沸，滿城人都往西郊去，莫負風光十二時。

【前腔】（夫）東風軟，麗日遲，萬紫千紅奪錦奇。偷香蝶上下翩翻，看呢喃燕子交飛。海棠風雪梨花雨，荼蘼架畔鞦韆戲，喜殺當年楊貴妃。

【賣花聲】（旦）國色天香有誰憐惜，淡抹濃妝絳唇解語，柳窺青眼嬌波滴。常言道花艷

無多日，比椿萱長不易。（合）

【歸仙洞】杜鵑在山嶺啼，啼不住催春去。蝴蝶繞裙飛，捨不得餘香味，躲閃在萬花叢裏。怎禁人胡覷，又被海棠荊棘，扯住羅衣。

【尾聲】恨自不能留春住，空把游情牽繫。明歲春光，知他還來未。

今日游春盡醉歸，　不如再酌兩三杯。
情未盡時花已謝，　得徘徊處且徘徊。

校　箋

〔一〕此齣《古本戲曲叢刊初集》爲第五折。

〔二〕吾：底本此字殘缺，據《古本戲曲叢刊初集》本補。

〔三〕日：《古本戲曲叢刊初集》本作「日漸舒遲」。

〔四〕妍：底本原作「飛」，據《古本戲曲叢刊初集》本改。

斷機教子〔一〕

（旦上）

【杏花天】光陰似箭如駒隙，春夏秋冬撚指。冷地自思之，惟要黽勉孩兒。

（五言律）憶昔聖人言，句句皆有益。男可勤耕讀，女可務紡績。耕者多其粟，績者多其匹。惟有讀書人，件件皆有益。今喜孩兒入學攻書去了，我不免入機，織成丈匹，也盡其女工。積善之家慶有餘，祖宗創業費機謀。兒孫未必能相守，當體人間父母心。

【甘州歌】家筵儘有，虧前人積産，費盡了多少機謀。兒孫能守，方知創業難求。床頭萬貫終須盡[二]，海水茫茫也要遠流。奴家在此守節，祇圖孩兒成器。勤守，爲人不可一日無謀。

奴家守節爲何人，撚指光陰不暫停。幾回俯首從頭想，不傷情處也傷情。

【前腔】思之春與秋，悄不覺三五光陰去了休。爲兒守節，方知道歲月難留。奴家記得孟軻之母，斷機教子，後成大才，祇恐奴不能勾。我立心要學孟軻母，奈我畫虎未成反類狗。空守，祇恐怕費盡了燈盞無油。（净、丑上）放着一星火，能燒萬里山。此是商家，不免報他母親知道。（旦）你二人有甚麽事，在我家裏這等哭？（净、丑）你家養得好兒子，把我二人打倒在地下，又把我買紙筆的銀子一錢三分，都被他拿去了，我特來報與你知道。（旦）你二位不要哭，我把果子與你吃，你且回去，待他回來，我定打他一頓。（净、丑）小子本姓蔡，一生會發賴。騙些果子吃，强如做買賣[三]。（净、丑下。旦）空守，枉費盡燈盞無油。（小生上）

【不是路】纔到街頭，兄弟相邀打戲毬。久淹留，高堂母親望凝眸，轉過娘親跟前忙頓首。（旦）我兒曹，今朝文業攻多少，背與娘聽解娘憂。（小）娘聽剖，先生人家請去飲香醪，因此上未曾攻究。

（旦）畜生，你去那裏來？（小生）在書堂讀書來。（旦）你調謊，纔有學生到我家，相邀你去讀書，快説從那裏去來。（小生）孩兒在外婆家裏來。（旦）奴才又調謊了，外婆家纔令人送果子來與你吃。你還不説？（小生）秖是讀書來。（旦）我也不問你别事，你且背書與我聽。（小生）宰予晝寢，子曰：「爛木不可雕也，糞土之墻，不可朽也。」（旦）一口胡説，「朽木不可雕也，糞土之墻，不可污也」。你快些説來，要打多少？（小生）公婆快來救我。（净、外上）不賢婦，將大壓小，鎮日把我孫兒來打。你肯守便守，不守便罷，這等㨾真是憊賴。（旦哭介）

【紅芍藥】我爲甚的空房獨守？商郎夫，閃得我不前不後。兒，我在家守節時呵，指望你做場榮耀。步月登雲莫道難，青燈黄卷要勤觀。眼前朱紫轟轟貴，未必生成便做官。畜生，你是個大丈夫，須當萬里去封侯。到如今不成就，不唧嚁。教子不成，倒不如斷了機頭。

【前腔】（小生）娘休去，孩兒家事怎了？你把我有用才，比如寸朽，我終有日功名成就。娘，你今日若去時呵，好一似李道人臨老辭山，功程未就，枉費前修。

（外、净）媳婦，老公婆年邁説差了，你也不要發性子，有甚事，你從頭説來與我聽着。

【前腔】(旦)老公婆容奴禀覆。(净)我曉得了,你要學昔日孟軻之母,教子成才。(旦)你媳婦怎學得斷機孟母。你孫兒背師遠游,與學生上街去打場戲毬。奴本要責罰,又恐傍人道奴不是親生嫡母。今日教子不成,因此上把機頭斷了。

【前腔】(外)原來是孫兒不肖,倒惹得媳婦焦躁。嫣嫣,不幸你孩兒亡早,抛撇下二親年老。追思前事,不由人撲簌簌泪珠流落。(貼上)

【前腔】驀聽得機房中鬧炒,向前去問個分曉。又見老公婆短嘆長吁,我姐姐添煩添惱。想衹是輅兒不孝,因此上把機頭斷了。

【前腔】(旦)賢妹且聽着,非是我成功廢却。爲孩兒背師遠去游,書不讀,字不寫,與學生上長街,尋非争鬥。公道奴將大壓小,婆道奴寡婦們心腸不好。今日教子不成,因此上把機頭斷了。

【前腔】(貼)原來是畜生性拗,致令得大娘焦躁。輅兒過來,他是千金小姐,他家少甚麽來。不圖你陶朱富豪〔四〕,甘守着共姜節操。他在辟纑伴讀訓兒曹,比孟母古今稀少。你今不聽大娘三遷教,衹怕你伶仃流落,做溝渠餓莩。

【前腔】(小生)二娘且聽着,非是我孩兒不孝。大娘把聖賢書考,我道師傅被人請去飲香醪。一時間盡皆忘却，他因此上添煩添惱。
【前腔】（貼）告賢姐姐且聽着，看奴薄面，向前去把輅兒教道。若得他超顯耀，商官人在九泉，也感恩非淺。望姐姐把輅兒教道。
（旦）這兒若叫我教道，要依我打一餐纔教得。（外、浄）媳婦，這畜生要打。
【前腔】（小生）娘放手，兒不敢應口。娘責罰小兒當受，祇恐傷折了娘親手。從今不敢去閑游，不改過從娘吊拷。
【前腔】（外）賢媳婦且息怒，孫兒年小。望你從容教道，待看我年老姑舅。（旦）這畜生今日呵，若不是公婆保，饒過這遭。再如此，再如此，趕出街頭。
【餘文】千辛萬苦爲甚由，指望你光前耀後，不枉了娘親一念頭。

守節終身爲着誰？　吾兒從此改前非。
爲人不學非君子，　發奮從師去讀書。

校　箋

〔一〕此齣齣目，《大明天下春》本題作「斷機訓子」，《古本戲曲叢刊初集》本爲第二十六折，《樂府紅珊》本題作「秦雪梅斷機教子」，《樂府菁華》本題作「雪梅斷機教子」，《樂府歌舞臺》本題作「斷機教子」。

〔二〕 盡：底本原作「有」，據《古本戲曲叢刊初集》本改。

〔三〕 做：底本原作「故」，據《古本戲曲叢刊初集》本、《樂府紅珊》本、《樂府菁華》本、《大明天下春》本改。

〔四〕 不：底本原作「衹」，據《古本戲曲叢刊初集》本、《樂府菁華》本、《大明天下春》本改。

洛陽橋記（一名《四美記》）

《洛陽橋記》，一名《四美記》，作者佚名。《洛陽橋記》，今有全本傳世，現存明萬曆間金陵文林閣刻《重校四美記》本（《古本戲曲叢刊二集》據之影印，無齣目）。

登渡報喜〔一〕

（外、丑唱歌）海水滔滔浪接天，無涯無岸又無邊。洛陽渡口人難過，獨駕仁航濟大川。濟大川，耽驚受怕吃危顛。往來過客遭風險，一年壞了萬千船。前年壞了七八個，舊年壞了十三船。有人造得洛陽橋一所，免得來往受灾殃，解散功德大似天。願他壽年增百歲，富貴萬千年。更祈子孫天長并地久，合家平步上登仙。（丑）莫道人生不信神，鬼神人信便見真。連宵鬼斷人多死，惟願舟中有貴人。自家是洛陽海口渡夫是也。俺這洛陽渡口，對岸有四十里之遥，年年五月風高，覆舟翻艇，害人不計其數。今當初夏，風浪正高，心下又耽干係，連夜睡不安。衹聽得水底説道，來日有一船人過渡，俱該溺水，替他脱生。衹有個蔡狀元在船上，方纔救得那些性命。（外）七弟，我連夜也聽得與你一般的説話。如今春末夏初，潮水正凶，着實要守那姓蔡的來，方可開渡船，若没姓蔡的來，一年也不敢開。（末、净、小生上）

【縷縷金】行步緊，意如催，趕渡歸家去。衹恐天將暮，無方住居。呀，見海邊蕩漾過人稀，歸心似飛急。

【鎖南枝】歸心急，似箭穿，可恨舟人不動船。連日被淹纏，旅店心煩厭。望家園，咫尺天；阻江干，千里難。

渡夫撑船過來。（丑）列位高姓。（衆）呀，你是個撑船的，有錢徑過，管甚麼姓張姓李，你是巡檢司，要盤詰奸細？（丑）我有一個姓蔡的，是我親眷，略等一等，一到就行。（旦、貼上）

【柳摇金】鞋弓襪小，待蹺怎蹺。力弱動摇摇，無奈耽懷抱，難禁路途遥。百忙里鞋跟褪了，跟褪了，風雨亂蕭蕭。泥油路滑，争些兒蹌倒。看看行到到江皋，衹見航人收帆停棹。

（貼）渡夫開船麽？（丑）問我船兒開不開，等我一個親眷來。（貼）甚麽親眷？（丑）與你一字猜猜：「却把野芥來上祭。」猜得着，請你上船，猜不着，請你回去。（旦）野芥是菜，將上祭，祭字加個草頭，敢是姓蔡的？（丑）着了，二位上姓。（貼）我家姓王，這個是我女兒，女婿姓蔡，往京未回。女兒懷孕在身，將及彌月，以此回家分娩。（丑背云）哥，我和你等了三日没有個姓蔡的，衹有這小娘子丈夫姓蔡，往京赴選未回，他有孕彌月，想必肚裏那買賣，就是蔡狀元。（外）那衆人也催促得緊，開了船罷。上船上船。（衆上船介。丑）你大家坐定，都不要動。

【排歌】（衆）拍岸掀天，如山浪高，潮洶浪吼風濤。飛禽斷迹絶塵囂，遠望漁舟都避了。（合）舟蕩漾，難下篙，横顛直涌櫓難摇。心驚戰，魂魄消，神隨流水去滔滔。

【前腔】（丑、外）連夕通宵，魂顛夢倒，教人意攘心勞。幸逢蔡氏孕懷抱，料想其中有俊髦。（衆驚介。内）閑神野鬼，休得興波作浪，蔡狀元在舟中，毋得驚動。（合前）

【尾聲】（衆）幸無危，舟纔到。（外、丑）不須歡笑不須焦，説起交人驚破腦。

（衆）收船錢，講甚麽閑話。（外、丑）你們不要散船錢，一文也不要，聽説個緣故。（衆）你説來。（外、丑）我們連夜睡不安，衹聽得水底有人説道，來日有一船人過渡，俱該溺水，衹有個蔡狀元在船上，方纔救得那些人性命。方纔一船人，衹有這小娘子，他相公姓蔡，懷孕在身，肚裏或者就是個蔡狀元。（衆）那有這話。（外、丑）你既不信，方纔到半江中，潮頭一涌而來，船險些兒要覆，半空中説道蔡狀元在舟中，毋得驚動。你們性命，都是那小娘子救得，快去拜謝他。（衆）有此緣故，理當拜謝。（拜介）

【走馬江兒水】聽説罷神魂離殼，這殘生死中逃出，全賴一人有慶，洪福天高，救度群生脱禍苗。小娘子，我們不願别的來，惟願你産俊豪，家門福禄招。駕長，謝你明教，阻擋連朝，免把殘生喪海濤。（旦）論富貴是天交，死和生註定了。（衆）小娘子，自古云：「救人一命，勝造七級浮屠。」吾等今日幸遇，救我這一船人性命，陰德如天，必生狀元貴子。（旦）自念裙釵命薄，自諒家門德少，休把奴身折殺了。

【前腔】（貼）若論鬼神之道，良善人有天佑保。（衆）令婿爲人如何？（貼）若論夫妻所造，無諂無驕，守貧心地好。（衆）既是累代積善之家，今番必産狀元之子。既是累代清高，善緣累造，狀元今番必定招。（旦）多謝衆榮褒，奴言盟定了。天地神明三光，奴家是蔡興宗之妻，王氏玉貞，有孕將期彌月，日後果然生下一子，得中狀元呵，誓把洛陽橋造，通濟行商多少。免得往來人，把殘生喪海濤。

（丑）海神靈驗，不可戲言。

【前腔】（旦）神目恢恢靈照，一言盟定了。（丑）你道生下兒子，得中狀元，來造此道洛陽橋，與人往來。你看這海口，對岸有四十里之遥，那有許多錢糧人工？就有金銀百萬〔二〕，你看這潮頭汹涌，水深無底，怎安橋垜？這功程算來不少，似這等海水滔滔，無垜焉能虚架橋。（旦）祇愁我生兒不中狀元，若能得中狀元，狀元是天下之福人，何愁此橋不成？若是意虔誠，神天須共保。（衆）這小娘子，説得有理。這裏有個龍王廟，那邊有個觀音堂，和你勒碑爲記，寫狀元名色，鎮住在此。先把香燒，預把名標，記取狀元來造橋。我們大家來禱告，保佑小娘子回去，生子得中狀元來造橋。衆人告天曹，神明須共保。惟願他麒麟應兆，再願他狀元中早。早中狀元，來造洛陽通濟橋，橋就陰功天樣高。

洛陽渡口浪頭兇，年年損壞幾多人。
狀元擬中蔡家子，高架橋梁濟萬民。

校　箋

〔一〕此齣齣目，《玉谷新簧》本題作「過渡救衆」，《古本戲曲叢刊二集》本爲第十二齣。

〔二〕百萬：底本原作「百兩」，據《古本戲曲叢刊二集》本改。

鸚鵡記

《鸚鵡記》，作者佚名。《鸚鵡記》，今有全本傳世，現存明萬曆間金陵富春堂刻本（《古本戲曲叢刊初集》據之影印）。

故傷寶物〔一〕

（旦唱净隨）

【似娘兒】鳳閣試新妝，喚侍兒次第焚香，珠簾盡捲金鈎上〔二〕。輕移蓮步，自吹玉笛，帶笑按霓裳。

簾日已高三丈透，金爐次第添香獸。紅錦地衣隨布被，柳枝舞徹金釵溜。酒惡時把花枝嗅，別殿惟聞笙歌奏。自家蘇后是也。聖駕今日未來，宫中無事，不免在此少坐片時。（丑上）移步敲金鎖，連聲報玉階。覆娘娘，梅妃入宫來賀喜。（旦）着内臣引進。（貼上）

【前腔】春景惱人腸，謾沉吟無奈凄涼，微風要起千層浪。錦綉叢中，笙歌聲裏，看拈動刀槍。

（旦相見介）久不相見，懸懸甚想。（貼）娘娘洪福，今日居正宫了。（外上）聖旨已到，跪聽宣讀。（衆跪介。外）春事方盛，樂貴及時。今梅妃至正宫，令蘇妃將西番寶物，彼此玩賞，不得有違。（謝恩介。外）收了旨。（净收介。丑）這旨因梅娘娘，合當我收。（旦）宫娥，取寶物來。（净）寶物在此。（旦將寶物與梅妃看玩介。貼）這寶物果然好。

【北新水令】（旦）君王宫殿五雲高，日光浮琉璃金耀。太平逢聖主，樂事趁良宵。宫内逍遥〔三〕，忽見雲車到。

【駐馬聽】（貼）合殿香飄，環珮千宫散早朝。聽得紫簫聲杳，碧桃萬朵，簇擁仙韶。邊庭無事虜塵消，天顔有喜宫娥報。（旦）携手相邀，花陰深處同歡笑。

【雁兒落】（貼）我昨游上苑侍金軺，見芳春堂上有杏條。梅堂花净人稀到，桃源内花片俱飄。

【得勝令】（旦）鍾美堂前芍藥嬌，牡丹開萬花霞照。金杯恰燦錦堂中〔四〕，盛紅海棠照。妝亭上好，蘭亭修禊任招摇。會英堂高下瓊花鬧，盡似亭娟娟紫含笑。（貼）這鸚哥怎的不唱了？（净）一向唱不住，今日懶了〔五〕。（貼）温凉盞冬温夏凉〔六〕，春天又怎麼？（净）春秋天氣，又温又凉。（貼）這内侍好無禮，那個曾問你。好殺了這厮，方可稱意。（净）娘娘，你不是家主，怎殺得我？（貼）我問你，我做你家主不得？（净）宫内衹有一個家主，没兩個。（貼）你家主也不久了。（净）香亭采蘭將笋挑，剛剛把一年春事，都付與緑陰芳草。

（旦）你今日衹説不祥的言語。

【煞尾】却不道宫中麗景千般好，人生浮世百年少，得相逢且開笑口。（貼）娘娘要我飲酒，把温凉盞斟上酒，拿鸚哥在我手裏，要他唱一個方飲。（净送與梅介。貼）事關心，愁滿腹，何時了？恨上眉梢，禁不住怒氣衝牛斗。（打壞寶介〔七〕，旦、净）呀，衹見白鸚哥鮮血流，温涼盞化作了鴻門玉斗。梅妃，你幹得好事。（貼）干我甚事？是你自家酒醉，打壞了，怎賴我？

（合）平地起波濤，免不得同見君王，將情細分剖。

可奈梅妃心不良，　須臾灾禍起蕭墻。

誠知璜璧難分辨，　同向金階面帝王。

校箋

〔一〕此齣《古本戲曲叢刊初集》本爲第十一齣。

〔二〕珠簾：底本原作「珍珠」，據《古本戲曲叢刊初集》本改。

〔三〕宫：底本原作「官」，據《古本戲曲叢刊初集》本改。

〔四〕恰：底本原作「拾」，據《古本戲曲叢刊初集》本改。

〔五〕今日：底本原作「如今」，據《古本戲曲叢刊初集》本改。

〔六〕冬温：底本原作「冬暖」，據《古本戲曲叢刊初集》本改。

〔七〕打壞賓介：底本原作「打壞賓了」，且爲賓白，據《古本戲曲叢刊初集》本改。

潘妻代死〔一〕

（生上衆隨）移步出丹墀，心中喜又悲。得君心許日，是我運行時。謝天謝地，君王准我奏

也。我若説道娘娘賜他死，他決不肯去，反誤我事。不免假設一計，請他到我家去。（旦上）

【金蕉葉】堪嘆堪哀，奈梅妃心忒歹。君王詔至今不來，吉和凶未知何在。

（生）娘娘千歲。（旦）丞相免禮。（生）聖上聞知娘娘壞了寶物，十分煩惱，臣再三勸解，聖怒未回。蒙旨意着令娘娘到臣家中，暫住少時，再作區處。（旦）梅妃那去了？（生）有旨着梅伻接去了〔二〕。（旦）丞相，此非好消息。（生）自有老臣保駕，但去不妨。隨侍，你先與我看車馬。（衆）理會得。

【粉蝶兒】（旦）正位中宫，荷君王愛深恩重，兩情投便如魚水和同。我自知，君王寵，難保始和終。衹得小心謹守，早夜憧憧。長日裏放下簾櫳，閑觀女史要去繼前踪。

（生）做甚工夫？

【醉春風】（旦）金針特綉雙飛鳳，鴛鴦枕上，助織龍衮華蟲。衣綻還須己自縫，辛勤事，親自踵。何曾貪珠翠盈頭，綺羅遍體，争妍取寵。

（生）娘娘尚如此，各宫人却怎生？

【脱布衫】（旦）施珠施翠整容，每日間游遍花叢。傳杯奏斝喧聲閧，把金錢競擲，争取雌雄。

【小梁州】銀筝寶瑟，相將月下攻。或將鸚鵡花間弄，尋芳問緑更憐紅，盡日夜笑語喁喁。

【么】似他恃恩怙寵常驕縱，偏無事自在從容。我通禮法在深宮〔三〕，反非灾横禍，今日在牢籠。

（生）梅妃進宫來，娘娘怎不妨他，却被他打壞寶物。

【上小樓】（旦）他進宫來滿面春風，相見時笑語和融。假急奔趨，曲身兒施禮，小心兒陪奉。我便手相拱，眉相接，與他連席訴腸衷。誰想他心懷惡氣衝衝，雙眉直竪，倒做了女中戎。

【么】劈頭兒將言諷，霎時間變玉容。把鸚哥踩死，寶杯打碎，逞惡行兇。貌温柔，心武勇，怎生堪敬重。正是槍刀藏在脂粉叢中。

（生）請娘娘上轎，小臣在後跟隨。

【滿庭芳】（旦）〔四〕他施謀用意，損人利己，唤雨呼風。看來後日都無用，怎欺過天公。梅倫呵，但知道恃才搬弄，應有日大禍相逢。娘娘，你記在心〔五〕，看雪山千仞，怎抵得日頭烘？

這是臣家，請娘娘下轎後廳坐，請李氏夫人與孩兒來參拜。（貼、外上）相公，上坐的是甚人？（生）是蘇皇后娘娘。（貼、外見介。外）這娘娘面皮身體，倒與我母親相同。（貼）娘娘因甚事到我家，這般煩惱得緊？

【快活三】（生）他擔着怨千般冤萬種，説起來心悲痛。恨梅妃危謀作俑，致令他命途窮。

（貼）怎的命窮？（生）他被梅妃陷害，朝廷賜他死，我保奏一本，迎到我家中來。（貼）這等好個娘娘，却賜他死。可憐！可憐！相公迎到我家來，却要怎的？

【朝天子】（生）自思量吾身位列三公，欲與他脱牢籠。將人替死，保他全命。奈無個能相共，空教我短嘆長吁。千秋萬恨，枉享朝内禄千鍾。

（貼）元來要人替死。（生）夫人，若有一個替他死，千年萬載清名不朽。娘娘有孕在身，日後太子長成，必有厚報。若無人替他死，一時朝廷追究此事，我一家之人不好。（貼）這個不妨，相公，我情願替他死。（生）你模樣倒似娘娘，祇是你不肯替他。（貼）相公，你這樣輕視我。

【快活三】浣溪女未受封，與子胥偶相逢，尚肯爲他將身跳入碧波中。

【四邊静】我爲命婦，君親有難，理合彌縫。若不出身代死，將他來斷送，怎見盡心爲國，何以盡臣忠。

你真個肯替死，一來保全了娘娘，二來保全了太子，三來我不失爲忠臣，你不失爲忠臣婦。

但舍生取義，非是你婦人女子所爲的事。（貼）相公不必過慮，我自有道理。（旦）丞相你與夫人説甚事？（生）不瞞娘娘，朝廷旨意不好了，如今臣妻李氏願替死。（旦）我罪合死，怎生連累無辜之人？（生）娘娘有孕在身，日後或生太子，定有好處。况臣乃朝廷大臣，父母有難，合當舍身相報。（旦）夫人若肯替，恩重如山。倘有復見天日，決不敢忘。（生）外面有人來了，夫人請娘娘入去。（旦、貼）正是青龍共白虎同行，吉凶事全然未保。（下。末上）自家全忠指揮是也。朝廷賜蘇娘娘死，潘丞相接在家裏，蒙敕旨着我去看視。這是他家門首，不免徑自入將去。（生）大人何事下顧？（末）奉旨令下官賜皇后死，梅娘娘又要剪頭髮一辮來看驗。（生）這是何意？（末）恐防詐僞。（生）愛生怕死，禽獸亦然，那個肯替也？（末）丞相，小子不才，忝曾同席請來，今日怎説這話？皇后娘娘無辜身死，相公爲朝廷大臣，既不肯救，當作一區處。（生）足下如此用心，天地神明實知之，可敬可敬。（外走上）覆相公，皇后娘娘縊死了。（生）可傷可傷。（末）相公不要哭，可就剪下頭髮一辮，與我去回報朝廷便罷了。（生）待我安葬了一同去奏。（末）相公好不曉事，你那去安葬他。他有孕在身，何不疾忙抬去燒了。（生）領命領命。

【耍孩兒】言之使我增悲痛，娘娘，你安流内驟被狂風。水流花落總成空，享榮華忒煞匆匆。明眸皓齒歸何處，寶馬香車不再逢。造物將人弄，蒼蠅污白，杜宇啼紅。

【四煞】(末)青春年禄正隆，帝王家人怎同，如何横罹灾殃重？玉釵化燕騰霄漢，環珮隨鸞返蕊宫。都付南柯夢，噬臍何及，殉葬誰從？

【三煞】(外)風波瞬息生，程途奄然窮，生離死别還相踵。白雲青草封丘壟，淡月鳴蟲伴玉容。誰把冤來訟，娘娘，你魂靈上訴，應與天通。

【二煞】(生)悲風號四野，陰霾暗滿空，這是含冤也把天公動。娘娘，你好龍樓鳳閣何時返，馬鬣羊城此日封。誰把神靈奉，你輕生就死，我忍氣槌胸。

(末)丞相，你把頭髮一辮與我，今夜疾忙將火化了，我明日要去復命。正是人情似紙張張薄，世事如棋局局新。(下。生)好人！好人！全忠所言，分明知道不是娘娘身死，所以交我將火化了，以滅其形。孩兒，事不宜遲，就着家人送出城去，將尸柩燒毁了。拾起骨頭，蓋造七層寶塔來藏下。(外)爹爹呵，

【煞尾】心下莫驚忙，事宜有始終。全憑火德星君相護，免教明日外人來作誦。

校箋

〔一〕此齣《古本戲曲叢刊初集》本爲第十三齣。

〔二〕有旨着：底本原作「那教」，據《古本戲曲叢刊初集》本改。

〔三〕通：底本原作「道」，據《古本戲曲叢刊初集》本改。

〔四〕（旦）：底本無，據《古本戲曲叢刊初集》本補。

〔五〕你記在心：底本爲賓白，據《古本戲曲叢刊初集》本改爲曲詞。

潘葛下棋〔一〕

【駐馬聽】（周王）散悶陶情，暫在閑中棋一評。衹見陣頭擺列，兵卒紛紛，車馬縱横。常言道舉手不容情，若差一着難扶整。着手分明，着眼分明，神機妙算方全勝。

【前腔】（生）再決輸嬴，好一似楚漢争鋒無二形。須信道棋逢敵手，用盡機關，各逞奇謀。當頭一炮破重營，更兼車馬臨邊境。一個將軍，再個將軍，君王棋勢將危困。

【前腔】（周王）忽睹文禽，爲甚的獨向池中游且鳴。想你是遭驚失伴，彈打離群，寡影孤形。恨祇恨持弓挾彈恣謀人，傷他性命心何忍。睹物思人，睹物傷情，除非是南柯夢裏重相認。

【前腔】（生）驀想夫人，俺這裏不敢高聲怕上聽。怎捨得割恩絶義，拚死捐生，就義成仁。羞殺了滿朝文武衆公卿，全没一個救人心。總不如你是個裙釵輩，倒有個貞忠性。背地傷情，特地傷情，何年何月褒封贈。

【駐雲飛】（周王）獨占先春，雪裏芬芳壓衆英。顔色無偏正，滋味多酸冷。卿，惟我獨嫌憎，惹恨牽情，發怒生嗔。未識何人栽向名園，添我心中悶。要做除根倒樹人，報答唧冤負屈人。

【前腔】（生）開向名園，萬物叢中爲獨尊。富貴人欽敬，村俗人難近。花，聲價值千金，魏紫姚黄。國色花王，衆皆欽敬。春暖齊開，結子全没用。好比當今第一人，空有聲名天下聞。

【前腔】（周王）醉夢昏昏，事到如今纔醒明。將近桑榆景，那見麒麟影。卿，非我太無情，謾自沉吟，心中三省。悔殺當時聽信讒言，屈殺他娘兒命。懊恨當初文武臣，誤了房幃恩愛人。

【前腔】（生）奏上明君，休得要爲此傷生哭損神。兒女天排定，何必多愁悶。君，嬪妃滿宫廷，一個個年少青春。有一日夢叶熊羆，祥呈鸞鷟。榮誕麒麟，遲早何足論。自有聰明聖賢人，天地昭彰豈絶人。

【前腔】（周王）懊恨賢卿，怎做得駕海擎天玉柱人。所奏吾皆聽，所諫吾皆順。卿，教我轉傷情，想那日罪及蘇妃，你故假呆痴，緘口無言，俯首沉吟，不肯把忠言進。教我把錦綉江山靠甚人，把我萬歲宗枝絶後君。

【前腔】（生）休罪微臣，非是無言諫聖君。連理相雜紊，玉石難分認。君，龍腹怒生嗔，咬定牙齦。威若雷霆，雨覆雲翻。禍福難憑，誰敢言公直？你豈識梅妃嫉妒人，都是梅倫奸佞臣。

【下山虎】誠惶誠恐，稽首頓首。伏乞天垂聽，聽臣奏起。祇因外國貢寶珍，敕賜蘇妃收管領，不想奸臣梅倫兄妹心懷忿。假傳聖旨，來到宫庭，將寶壞損欲害其身。

【前腔】扭結殿廷，面奏當今。蒙上洪恩惠，宣着微臣。臣思國舅在朝廷，怎把忠言奏聖君。臣舉梅伻，臣舉梅伻，其人直語忠言進。不想吾皇反覆令行，倒把蘇妃，寶劍受刑。

【前腔】臣奏天廷，寬恩恕宥。乞賜全軀死，收斂其尸。復蒙白絹賜絞死，迎到臣家祭片時。感我夫人，感我夫人，當時忿發貞忠性。幸與娘娘面貌同形，拚死捐生，保全其身。

【前腔】不想梅倫，冒奏天廷。帶領人和馬，圍府搜尋。臣假裝驚死我夫人，結奏殿廷，面聖君。蒙賜黄金百斤，黄金百斤，免朝三日，御葬夫人。合府家眷送殯出城，混出娘娘，脱離禍釁。

【前腔】送往湘城，見他侄兒，日前有封音書至。報説太子，今已長成。太子名唤千金，仁厚聰明又孝慈。見在湘城，見在湘城，即把鑾駕齊排整，接取太子轉回京。免使他邦，起着戰争，萬載江山，保固安寧。父子團圓，名傳不泯，念微臣不忝。

【駐雲飛】（周王）聽説傷情，感謝夫人命已傾。聽説心何忍，把鑾駕齊排整。卿，今日方顯你忠心，你的恩深。直待娘娘轉回帝京，太子登基，卿家大小都封贈。拿住梅倫奸佞臣，萬剮凌遲泄此情。

校　箋

〔一〕此齣《古本戲曲叢刊初集》本第三十一齣。

新刻群音類選諸腔卷四

白袍記（一名《征東記》）

《白袍記》，又名《征東記》、《征東傳》，作者佚名。《白袍記》，今有全本傳世，現存明萬曆間金陵富春堂刻本（《古本戲曲叢刊初集》據之影印，無齣目）。

仁貴自嘆〔一〕

【破陣子】（生）數載別離，音書難寄，關山霧鎖雲迷。翻覆向日心，自悔到如今，轉生憔悴。

屋漏更添連夜雨，行船又被打頭風。卑人來此，指望一身榮貴，不想皆被本官瞞昧。又遇王孫傲，扯我去告張仕貴冤家不就頭，又遇着他在那裏了。若不是走出來得快，險些兒遭他人之計。如今也没奈何了，不免自嘆一回，多少是好呵。我薛仁貴到如今，命該如此了。

【耍孩兒】思量那日離鄉井，撇却歡娛望進身。誰知道時乖運蹇遭奸佞，月圓又被雲遮掩。花正開時遭雨淋，越越添愁悶。天，怎能勾雲開見日，建立功勛。

與妻分别來此。

【四煞】别嬌妻，圖顯榮，我的功勞成畫餅。也祇望封妻蔭子加封贈。八里橋上定先鋒，軍前要擺龍門陣，豈一人指望封官，文武官僚宰相欽。傲殺你受爵禄，懸金印，也是我時乖運蹇，陷穽安身。

（末上聽介。生云）擺了龍門陣勢，又要定了呵。

【三煞】君王傳聖旨，皇叔説事因，當今要見平遼論。當朝要看平遼論，那時本官無計策。無計悶坐中軍帳，問我的計策，把我奇才獻與君。文共武皆欽敬，你倒受了玲瓏玉帶，我吃了萬苦千辛。

當今一見論，封他三十六路都總管，二十四路都先鋒，祇虧了卑人。

【二煞】殺遼兵過海征，上雲梯取鳳城，三箭要把天山定。聖駕呵，不思過海漫天計，大浪滔天那時節，唬得公侯宰相驚。那奸賊呵，無言答應將咱問。若不是我用着一計，怎麼平静？若不是我免朝二字，怎能勾跨海東征。

【一煞】皇王聖旨宣，國公賞賜軍，你心還不善，又將我名字潛藏隱。幾回欲把衷腸訴，又恐怕奸臣害我身。我衹得低頭忍，我好似淮陰韓信，有誰學蒯文通把我冤伸。

【煞尾】功勞蓋世多，天高地厚平，山河社稷安邦定。衹願平遼拱伏，方遂我的平生。

（末叫介）兒，你有許多功勞，怎麽不去請功？（生云）是誰？（末抱生介。生推倒末下。末云）兒，你有許多功，你轉來，我帶你去請功去。罷罷罷，奸佞賊，你埋滅他功勞，是何道理？好漢子，有萬夫不當之勇，我説我氣力大，此人氣力，比我，又大似我。兒，是你造化，你若肯同我去見天子，何愁没官？何愁對不得是非？

唐王思戀夢中人，　　今朝察問事分明。
他的功勞全不見，　　你做高官他受貧。

校箋

〔一〕此齣齣目，《玉谷新簧》本題作「仁貴自嘆」，《大明天下春》本題作「仁貴嘆功」，《古本戲曲叢刊初集》本爲第三十一折。

訪友記

《訪友記》，又名《同窗記》，作者佚名。《訪友記》，今無全本傳世，除《群音類選》選收此二齣外，《時調青崑》選收有《山伯訪友》、《英臺自嘆》二齣。此爲梁山伯與祝英臺的故事，流傳甚廣。劇情不贅述。

山伯送别（【夜行船】一套係古曲偷入，于此不全）〔一〕

【夜行船序】（生）花底黄鸝，聽聲聲一似，唤人游戲。東風裏，玉勒雕鞍争馳。佳時，日暖風和，偏稱對景，尋芳拾翠。（旦）如今來到墻頭，好樹石榴。哥哥送我到墻頭，墻内一樹好石榴。欲待拿一個與哥哥吃，衹恐知味又來偷。（生）遥指，隱隱杏花村，深處酒旗摇拽。

來到此間是井邊。（旦）哥哥送我到井東，照見兩個好顔容。有緣千里能相會，無緣對面不相逢。

【前腔】（生）迤邐，曲徑芳堤，競香塵不斷，往來羅綺。亭臺上，急管繁弦聲催〔二〕。雙飛，蝶舞花枝，鶯囀上林，魚游春水。此間好青松。（旦）哥哥送我到青松，衹見白鶴叫匆匆；兩個毛色一般樣，未知那個雌來那個雄。（生）芳菲，檢點萬花中，昨夜海棠開未。

來到此間是廟堂。（旦）哥哥送我到廟堂，上面坐的是土主公、土主娘。兩個都是泥塑的，未知晚間合房不合房。哥哥送我到廟庭，上面坐的是神明。兩個有口難分訴，中間衹少做媒人。東廊行過轉西廊，判官小鬼立兩傍。雙手抛起金聖筊，一個陰來一個陽。（生）請行。

【鬥寶蟾】堪題，緑柳陰中，見鞦韆高架，彩繩飛起。是誰家士女，雙蹴嬉戲。相宜，奇花映粉腮，輕風蕩綉衣。動情的，正是游人在墻外，笑聲墻裏。

來到此間，好個池塘。（旦）哥哥送我到池塘，池塘一對好鴛鴦。兩下不得成雙對，前生燒了斷頭香。（生）兄弟快行。

【前腔】聽啓，春色三分，怕一分塵土，二分流水。向花前共樂，莫負良時。兄弟，如今來到前面，却是長河。（旦）哥哥送我到長河，長河一對大白鵝。雄的便在前頭走，雌的却在後頭叫哥哥。（生）兄弟，你往常全不説話，你今日這般口多怎的？（旦）今日多蒙哥哥，好意送我，因此托物比興，遇景吟哦。（生）兄弟請行。歌妓，低低唱小詞，雙雙舞柘枝。正是可人意，衹見問竹桃花，相伴着小橋流水。

和君同路幸相逢，　三載同窗感賴翁。
鴻雁分群難割捨，　一朝拆散各西東。

校　箋

〔一〕稱「係古曲偷入」，即元代戴善甫所作【夜行船】套曲，此套曲本書「清腔類」卷五有收録。戴善甫及此套情況詳見「清腔類」卷五。

〔二〕繁弦：底本原作「繁華」，據「清腔類」收戴善甫撰改。

又：賽槐陰分別〔一〕

【駐雲飛】（旦）遠别雙親，負笈從師一二春。奴本成坤順，也效希賢聖。嗏，梁兄果志誠，忒聰明。昨日先生不在學館中，被衆學生邀去。拾翠尋芳，游玩江濱。被輕薄桃花，識破真形。險些兒難藏隱，辭别梁兄返故庭。

梁兄有請。（生上）

【前腔】鳥鳴嚶嚶，祇聽得緑樹陰中唤友聲。伯仲情堪并，塤篪聲相應。嗏，閉户共挑燈，惜寸陰〔二〕。二人同心，其利斷金。如鳥并翼，如樹并根〔三〕。親骨肉情加勝，忍把情懷兩地分。

（旦）相親相愛有三年，如切如磋萬萬千。義重每思離别苦，别時尤恐見時難。（生）聞君離别意匆匆，無限衷情訴未終〔四〕。到此不言終是默，特將數事問從容。

【皂羅袍】我把學中究問，同桌而食，共榻而寢。三年夢寐聽鷄鳴，緣何長夜和衣寢？眠時抵足，體不粘身；出恭入敬，大異諸生。要把其間就理都説盡。

【前腔】（旦）告稟梁兄試聽，非才狡猾，衣不脱身。祇爲我父母有疾，久不得痊。單衫願許表吾心，祇因祈禱雙親病。七七個結，難以解分；人間方便，穢污相侵〔五〕。把前情明訴無藏隱。

（生）元來不脱衣而卧，不立地而解，莫非孝親敬天之心，祇一件〔六〕。

【前腔】我見你幽閑純静，更十指纖纖，玉手春生。耳穿兩隙爲何因〔七〕？眉分八字多清正，眸盈秋水，臉襯霞生，櫻唇榴齒，恍若女形。這些疑事從未問〔八〕。

（旦）哥哥，豈不聞天地之帥吾體，氣稟之有清濁，聽我道來。

【前腔】人禀陰陽之正，具四肢百骸，始得成形。嘗聞之書云：「男相女形，位至公卿。」大抵男子之生，粗而濁者僅爲人，清而秀者公卿分。不是小弟誇口説，我今貌麗，貴可超群。（生）聞弟之説，弟已得氣之清者。那兩耳穿隙，亦是父母生成否？（旦）父母恐我幼年難育，故將兩耳穿隙。名爲關耳，保佑成人。梁兄何必疑思問。

（生）聽説原因句句真，使人疑惑豁然分。今朝不忍須臾别，特地殷勤送幾程。（旦）蒙兄眷戀我恩深，携手還愁兩地分〔九〕。話未了時還送送，步難分手再行行。哥哥，今日分離之際，小弟無以表意，聊將菱花一面，願你實鏡將來當面照，鏡生彩鳳覓凰心。又有鸞箋一幅相送。祇恐人情似紙張張薄，世事如棋局局新。不但此也，又有絲桐一張相送。願你夫妻好合，如鼓瑟琴。（生）多承雅意，愧無瓊瑶之報，謹藏諸左右，如同故人。遠遠望見那樹林之上，如掛銀瓶，却是甚麼東西？

【浪淘沙】（生）那是白鶴立松陰，對對齊鳴。哥哥，聲相似毛色相同也。雌雄誰是任兄評。兩個毛色一般樣，難認其真。

【前腔】徐步過橋陰，榴熟堪欽，其中滋味值千金。（生）兄弟，既有這般美味，正當飢渴之際，何不攀折一枚，與我嘗之？（旦）梁兄，恐你貪得者無厭。欲待折個與哥吃，祇恐知味又來尋。

（生）這是一所古廟。

【前腔】（旦）行行到廟庭，拜謁神明。元來是個土地公、土地婆。梁兄，説個笑話，日間同坐，不知晚間同房否？喜得一陽又一陰。眼前有個顏如玉，中間少個媒人。

（生）兄弟，快莫這等説話，聰明正直豈如此？那河洲之上，相呼相應，那是甚麼鳥？

【前腔】（旦）鴛鴦立沙洲〔一〇〕，一個兒又不行，悲悲切切恐離群。物尚如此，可以人而不如鳥乎？想我前生斷頭香燒盡，今世無因。欲將此事從頭説，語言來在舌尖根，説又説不出，説出來，祇恐顛倒迷昏。

【前腔】（生）我與你同窗有三年〔一一〕，眼睁睁難捨離分。一程又一程，長亭共短亭。（旦照水介）尔看那天生連理，水生并頭。紅蓮艷艷并頭生，往來蜂蝶無心采，祇恐去後留情。

有緣千里能相會，無緣對面不相親，猶如醉漢未醒。

哥哥，免勞再送。敢問從此别後，不知幾時相逢。（生）就此拜别。（旦）哥哥，你三七二八，准到我家。有一妹子，年方及笄，與我面貌相似。告稟爹爹知道，與你成就夫妻。（生）多承不弃。（旦）三年同學荷恩深，骨肉猶如兄弟情。指望和你長相守[一二]，誰知一旦兩離分。

【尾犯序】一旦兩離分。兄之情深似海，弟之意重如山。相處日久，人間夫婦之情，不過如此。正是情似斷弦，意如剖鏡。麗澤相資，賴文會友，以友輔仁。自省。哥哥，《毛詩》云：「窈窕淑女，君子好逑。」是怎的説？（生）那是文王之德，宫人所咏。（旦）詩三百首重《關雎》。「夫婦之愚，可以與知焉，夫婦之不肖，可以能行焉。」那是怎的説？（生）君子之道，造端乎夫婦。（旦）良知良能中明訓。哥哥，今日回去，我心下之事，你可知道？（生）你回去，無非定省父母，我怎麽不知道。（旦）我心下事，意可得而想，口不得而言。滿懷堆積，無處訴衷情。（合）今日去，未知何年何月，再得共明經[一三]。

【前腔】（生）合志共囊螢，我與你情深管鮑，義重雷陳。青氈未暖，誰知又分程。傷情，悶得我獨力無助[一四]，撇得我雪案孤另。（合）今日去，未知何年何月，再得共明經。

【前腔】（旦）賢兄度吾心，你道我是班鳩唤友，怎知道彩鳳潛形。昔有人天臺采藥遇仙姬，甚麽故事？（生）那是阮肇劉晨。（旦）空有仙姬〔一五〕，那有阮肇劉晨。一路上托物比興，全然不知。哥哥，真個好笑！正是落花有意隨流水，流水無情戀落花。花本無情，恨月老不繫赤繩，桃源路迷失仙境。鵲橋未駕銀河影，横漢空懸織女星。我的哥，愁衹愁今宵歸去，衹落得想無窮，恨無極，踽踽凉凉，無語對孤燈。（合前）

【前腔】（生）聞言猶未明，越教我躊躇，惱亂心情。賢弟所説親事，望你做紅葉良媒，與我議定姻親。若是成就此親，可以源源而來，常常而見。感恩惠，無能報答〔一六〕，效犬馬啣環結草，銘刻心胸，敢忘分寸。兄和弟，弟和兄，兩下慘分。萍梗東西，衹落得夢斷楚天雲。（合前）

【憶多嬌】（生）情慘切〔一七〕，心越折，兩兩行行難免挽拽，掩袂傷嗟怎生割捨。（合）河梁分别，河梁分别，渺渺雲山阻隔。

【前腔】（旦）楓蓼葉，霜凋赤，盡是離人眼中流血。祇恐去後相思，梅花漸白。（合前）

【前腔】（生）衷腸事，無由竭，似水滔滔相流不絶。對面還愁，天涯咫尺。（合前）

【前腔】（旦）實心説，當記得，你若早來呵，異樣奇花待君攀折。你若遲來呵，衹恐長手先折，悔之晚也。（合前）

【鬥黑麻】（生）深感賢弟，不嫌卑末，令妹姻親，拳拳囑説。倘綰同心結，先拜妻兄，次序弟列。（合）那時重申契闊，花燭洞房徹。一學之中，義恩兩得。

【前腔】（旦）還更望吾兄，莫辭跋涉，早賁蓬門，文光獲接。倘藍橋，成會合。既是哥哥，又爲嬌客。（合前）

【前腔】（旦）愁袛愁此行，參商迥隔，野店凄凉，砧聲鬧切。這離懷，憑誰撥。展轉尋思，愈加痛裂。（合）難禁哽咽，吞聲情更切。思滿胸懷，泪盈腮頰。

【前腔】（生）慮袛慮此行，安危莫測，恐把良姻，付之虚説。這一節，勞區畫。莫誤淵魚，置之涸轍。（合前）

【尾聲】草頭露水天上月，日曬雲遮不見些。今朝自此分别去，未知何日再相悦。

校　箋

〔一〕《徽池雅調》所選録《同窗記》（一名《還魂記》）之「山伯槐陰分别」，僅止于【尾犯序】曲之前，與此《賽槐陰分别》相較，僅有個别用字和唱念的字形標示有異，其餘基本完全相同。《堯天樂》所選録有《同窗記》之「河梁分袂」，從【尾犯序】起至【尾聲】，除缺【鬥黑麻】四支，餘皆與此《賽槐陰分别》基本相同。從此處「又賽槐陰分别」來看，亦知非選録自《訪友記》。據之，《賽槐陰分别》當選自《同窗記》，袛是把「槐陰分别」和「河梁分袂」兩齣合爲一齣，也許因此而題作「賽槐陰分別」。

〔二〕寸：底本原作「分」，據《徽池雅調》本改。

〔三〕樹：底本原作「花」，據《徽池雅調》本改。

〔四〕未：底本原作「始」，據《徽池雅調》本改。

〔五〕侵：底本原作「承」，據《徽池雅調》本改。

〔六〕件：底本此字殘缺，據《徽池雅調》本補。

〔七〕隙：底本此字殘缺，據《徽池雅調》本補。

〔八〕未：底本原作「來」，據《徽池雅調》本改。

〔九〕携：底本此字殘缺，據《徽池雅調》本補。

〔一〇〕洲：底本原作「墩」，據《徽池雅調》本改。

〔一一〕年：底本原作「旬」，據《徽池雅調》本改。

〔一二〕和你：底本原作「道游」，據《徽池雅調》本改。

〔一三〕（合）今日去，未知何年何月，再得共明經：底本無，據下支曲和《堯天樂》本補。

〔一四〕悶得我獨力無助：《堯天樂》本作「悶得我深力無惜」。

〔一五〕仙：此字底本殘缺，據《堯天樂》本補。

〔一六〕能：底本無，據《堯天樂》本補。

〔一七〕情：底本漫漶，據《堯天樂》本補。

山伯訪祝〔一〕

（生上，丑隨）

【步步嬌】跋涉程途離鄉故，結義情難負。趲步向前行，若得天偶良緣，勞碌甘當苦。

【西江月】渭樹重重障目，江雲叠叠馳神。睽違三益日關心，探訪何辭遠近。　朋誼猶如管鮑，山盟又許朱陳。即時良晤見分明，別緒離情謾論。小生梁山伯是也，當初在杭州攻書，結義有個祝九郎兄弟。自別之後，他家有個妹子，許我爲姻，未知得成就否，使我心下十分牽挂。事久，我和你不免趲行幾步。（丑）官人，脚痛走不動了，真個辛苦。

【駐雲飛】（生）莫憚艱辛，緩步行來訪故人。轉過他鄉郡，衹見竹密松林徑。嗏，來到杏花村，見個牧童。問取緣因，便見分明。討個真實信，祝九郎家是那門。

（内）客官，我祝家莊上，衹有個祝九娘，没個祝九郎。（生）既是祝九娘，他家在那裏？

（内）前面有新竹籬笆、高粉墻便是。（外上）

【菊花新】忽聽門外叫聲呼，未審有何故。敢問先生那裏來，高姓與尊名，君家是何府？

【前腔】（生）卑人便是梁山伯，結義窗友祝九郎。今日幽雅來探訪，敢煩老丈相通報。（生進介。外）有勞先生光降寒門，未曾遠迎，望乞恕罪。（生）徑造貴府，望勿見責。煩勞老丈，請令郎出來相見。（外）梁先生請坐，待小老喚來。梅香，請小姐出來，有窗友在此訪他。（旦上貼隨）

【轉仙子】聞道舊友來相訪，一時難换梳妝。誂得奴杏臉襯紅腮，羞答答怎與兄相拜。（外）孩兒，既是舊友，何須怕羞。（旦近前）哥哥萬福。（生驚介）賢弟，當時是個男子，今日緣何是個女人？怪哉怪哉！（外）小女原日好攻書史，因此女扮男妝。（生）我梁山伯好痴呆，與他同窗三載，男女也不知，正是有眼無珠。（末上）自古道等人易得久，憎人易得醜。請祝員外來算帳，叫小厮請他幾次，還不見來，不免自去請他，有何不可。（進見説介）連請數次，怎麽見弃。今日决煩一行。（外）蒙承厚愛，奈有客在此，我要陪客，無暇來得。（末）此客若不弃嫌，同走一遭何妨。（外）梁先生乞同行何如？（生）本當相侍，奈路途勞倦，與令郎相叙片言，即日告回。（外）既如此，待我分付梅香，伏侍小姐陪客，我在莊子上去就回。（貼）員外不須囑付，自當伏侍。（外）梁先生休怪。暫時分别去，少刻又相逢。（下。旦）梅香，看茶來。（貼）茶在此。（旦）哥哥，自從河梁分别，不覺許久，今日重逢，三生有幸。梅香，看酒過來。哥哥，酒到。

【降黃龍】自別書林，自從河梁分別，迴家時節，寢食間切切偲偲，了無音信。哥哥，今日到此時節，幸逢千里命駕，降臨咱蓬蓽寒門，使我雀躍不勝。（生）賢弟不勞厚款，衹好鷄黍相留便是。（旦）休哂，未曾饌玉炊金，聊具些白飯青芻，非爲雅敬。（合）表殷勤，且開懷暢飲，慎勿責吝。

（生）事久，斟上酒來，待我回敬賢弟一杯。賢弟，酒到。

【前腔】思省。（旦）哥哥思省甚的？（生）昔日邂逅相逢之際，萍水相逢。愚兄要往杭州投師讀書，不想賢弟也去投師聽講，二人來至中途相遇，荷蒙賢弟不弃，結爲八拜之交。與我結爲膠漆雷陳，同氣相求，同聲相應。那日在鴛池玩賞，你被梅不酸，姜不辣，曉得是婦人家。忽然間拆袂分襟，要圖家慶。（旦）哥哥，非是我要圖家慶，衹是家尊命召。（生）兄弟，要分別之時，不忍，難捨刎頸，（旦）哥哥，你今日到此，特請一言。（生）愚兄此來非別，一來叙間闊之情，二來聽賢弟已許姻盟，至如今敢受此厚款佳敬。

（旦）承梁兄欣然見納，使小弟不勝之喜。

【前腔】歡欣，低唱淺斟。（生）賢弟酒多，告收。（旦）哥哥説那裏話，直飲得月上花梢，瓮乾杯罄。（生）兄弟，我心事多端，實不飲酒，請告收了。（旦）哥哥，我曉得你平日不飲啞酒。人心，看骰碗來。（生）賢弟，我不會行令，兄弟行來，愚兄聽從便是。（旦）自古道，東君置酒客置令。謝承哥哥遠來，今日是客，請見教。（生）兄弟，我和你同窗三載，豈不知愚兄心性，那曉行令，請賢弟行就是。（旦）哥哥既要我行令，要煩你事久與我人心相令，不知兄意若何？（生）憑在兄弟就是。（旦）一個骰子，上下共數，若是成雙，我與哥哥同飲，若是成單，哥哥一人飲。（生）這也使得。（旦）令是我道，請哥哥先行。（生）還是兄弟行。（旦）占先了。（擲骰介。丑）上面二點，成雙，是東人與小姐同飲。（貼）上面二點，下面五點，共成七點，□□官人飲。（丑）二五一十，也是成雙。（生）事久，上二下五□是七點，該我飲酒。（旦）人心，斟酒上來。（生）令酒乾。（旦）如今該到哥哥行。（生擲令）大紅。（丑）上面四點成雙，是官人與小姐同飲。（貼）上面四點，下面三點，共七點，該梁官人飲。（丑）三四一十二，也是成雙。（生）事久，到這裏來。怎麽這個骰碗，祇管是我飲酒，我和你拿來看取。（丑）正是東人。（生看介）么六二五三四，皆是七點。（丑）東人，正是骰不離七，元來你被他哄弄了。（生）兄弟，飲酒便飲酒，怎麽把骰碗耍我？請收，再不飲了。（旦）無非祇是勸哥哥一杯酒。休得要佯推故醉，必須要遣興陶情。　表吾芹意，望哥休罪，昔受提誨恩深。但滿飲此杯，自古道酒令嚴如軍令。

【前腔】（生）衷情，非是我推飲。奈我神思不爽，喉嚨哽咽，實難吞香醪美醞，領敬領敬，當不過賢弟情濃。亦非是愚兄謙遜，我這裏謝殷勤。兄弟，不須開懷暢飲，感戴不勝。

（生背云）我有多少事情對他講，争奈事久、人心在此。不免説我口中焦燥，要茶一杯，多少是好。（對云）兄弟，我口中焦燥，有茶敢借一杯。（旦）人心，看茶來與梁兄吃。（貼應介。生）人心，且住，我這茶有些難看。（貼）怎麽難看。（生）若是熱，放凉些，若是凉，放熱些來。（貼）梁官人好難爲人。（下。生）人心去了，待我分付事久也去。事久。（丑）怎麽東人？（生）你去打草來馬吃。（丑）東人，我曉得你是三月芥菜，敢是欺心。（生）哇。（丑）正是：眼睛光焰焰，各自討方便。（下。生）兄弟坐向前來，我有一句話對你講。當初在杭城攻書，分明是個男子，今日就是個婦人，賢弟你到會變化？自古道貧而泰，否而通，鯤化鵬，魚化龍。衹有我梁山伯不能變化。兄弟你當時與我同床睡，兩人接脚而眠，中間放着一本書，若是剁倒書者，罰銀三分，買紙公衆用，此是一節。二節來梅不酸，薑不辣，説你蹲地解手，待我問你，你説恐怕厭污日月三光。這樣啞謎，那個曉得。好笑兄弟心太痴，女扮男裝投遠師。畫虎畫皮難畫骨，知人知面不知心。（旦）女扮男裝是我差，同床三載共君家。落花有意隨流水，流水無情戀落花。

【一枝花】（生）我這裏悄悄問原因。（貼上）茶來。（生假看詩介）倒拖花片過東墻。（貼）東墻東墻，我若不來，險做西厢。（丑上）做西厢，做西厢，我做琴童，你做紅娘。（生）昔日裏白面書生，今日裏緣何改作朱顔緑鬢？（旦）哥哥，我也不好説得。（生）兄弟，爲甚的欲言又忍，半吞半吐，語話不分明。兄弟呵，真個是虧心薄幸。

【前腔】（旦）非是我欲言又忍，半吞半吐不分明。争奈我老萱堂拘繫甚緊，小梅香伏侍又勤。四下裏眼睜睜，難訴我的衷情。

（生）賢弟，你當初怎麽不説半句真言？（旦）哥哥不知其故，當初我要往杏壇攻書，我家嫂嫂笑我，我就把紅羅七尺，埋在牡丹花下。我此去若玷辱名節，牡丹花死，紅羅朽爛。

【前腔】因此上不敢吐真情，緊把着聲名守定。欲許下燕約鶯期，又恐怕蜂喧蝶混。又道是傷殘風化，有乖德行。（生）已過往的事情不要説他。我且問你，那日在江邊拜別，不忍分離，虧你下得狠心，也不説半句真話。（旦）哥哥，我也曾講來，墻角石榴，廟裏神明，青松白鶴，池内鴛鴦紅蓮，天臺采藥，那許多詩意，明明説與你，今日非干我事。我説道：「哥哥送我到墻頭，墻内一樹好石榴。欲待摘個哥哥吃，袛恐知味又來偷。」（丑）東人早知道是那個石榴，連皮都吃了。（生）呿。（旦）一路上見景生情，托物比興。哥，誰知不解文君意，那識伯牙心。

（生）蒙賢弟金言，許我令妹婚姻之事怎麽？（旦）我那裏有個妹子，捨不得同窗三載，約你前來，結下絲蘿，誰知你失信，還道我不是。（生）我也不曾失信，你説教我二八日，四六日，三七日前來，共成一個月日，到如今袛過了兩日，也不打緊。（旦）寃家，我教你二八日來，也是十日，三七四六，俱是十日，到如今過了多少日子？

【前腔】終朝顒望結朱陳，今日盼不見青鸞信，明日望那見黄犬音。我也曾把銀河肅整，鵲橋駕定，不得牛郎來會織女星。因此上俺爹爹受了馬。

（生）呀，事久，他分明説個馬字，就不講了，其中必有緣故。你去問取人心，便知端的。

（丑）人心姐，我東人説你姐姐説了個馬字，就不作聲了，教我問取你的詳細。

【催滚】（貼）事久哥聽咱，聽我説幾句衷腸話。俺姐姐，與嫂嫂，情不和，意不嘉。紅羅纏住牡丹芽，姐不守貞節，紅羅朽爛，牡丹不開花。杭州三載轉回家，紅羅不曾爛，牡丹色更佳。馬家聞知守貞節，央托紅葉冰人，到了我家。見一個媒人，騎着一匹駿馬，披着紅紗，堂屋裏坐下。兩個金絲果盒，一對金花，四匹段子，兩朵銀花。許多人馬，挑着一擔麥餅粑粑，又有金銀與細茶。舊年年下，臘月初八，分付梅香，灑掃廳堂，懸掛起古畫，烹起些滚茶。鼓兒打得鼕鼕，板兒打得呷呷。吹起喇吧鎖吶，喇吧吹得嘻嘻嘎嘎，鎖吶吹得喲喲吖吖，笛兒吹得嚌嚌喳喳。辭了他家，來到我家，點起絳燭香花。先拜公公，後拜媽媽，員外將他許了牛家。（丑）馬家。（貼）呀，既曉馬家，何須問咱。你這冤家，苦苦纏咱。勸你東人，從今後休得要想他。因此上，俺員外，受了馬家聘定。

（生）兄弟，我和你衹相别一月，你就許了馬家？

【一枝花】枉自與你同床共寢，不知你是河洲淑女身。賢弟，你倒把機關嘲我，我這裏醉漢未醒。你倒做了落花有意，我反做了流水無情。你正是賢德孟光，一心心要遂梁鴻案，我是個肉眼相如，那曉卓文君。

兄弟，親事不諧，就此告别。（旦）哥哥，留心在此處，嘻耍幾日。

【前腔】（生）百拜謝芳卿，辭别寶廳，急轉家庭。尋一個紅葉冰人，定要把你赤繩綰定。（貼）梁官人，這世不能得勾，休想，休想。（生）誰知道你是鐵石心來鐵石人，你好虧心短幸，你好負義忘情。我知道了，衹圖馬氏諧白髮，可憐斷送我青春。

【前腔】一來恨賢弟言而無信，二來恨卑人薄命，三來恨月老注得不均平。我和你本是同林鳥又被狂風散，比目魚又被猛浪分。本是鸞凰佳友，今做了參商兩星。咫尺天涯不得親，不由人把他怨恨，將伊怨恨。

（旦）人心，再斟上酒來。（貼斟介。旦）哥哥，

【前腔】杯酒表殷勤。（生）賢弟，争奈我喉嚨哽咽，飲不下了。（旦）我異日于歸馬氏，那時節你要見無由見，要會無由會。滿懷心事，盡付此杯傾。我這裏和着相思泪，勉强奉君。你那裏

揾着相思泪，勉强相吞。（丑背飲酒介。旦）哥，這杯酒權爲媒證。（生）兄弟，既是爲媒證，待我勉强吞了這杯酒。（飲空介）呀，事久，是你吃了？（丑）是你拿在手中，這等教我吃了。（生）奴才，這等可惡。（旦）今生不得諧鳳侶，來生定要效鴛衾，望天天鑒奴此情。

（生）賢弟，爲何衹把酒來勸我？愚兄此行，非徒餔啜而來。

【前腔】特來桃園憶故人，藍橋路斷，陽臺不整。（旦）哥哥，自古道酒逢知己千鍾少，望兄海納數杯，以表小弟薄情。（生）多蒙厚愛，感荷盛情。争奈我喉嚨哽咽，不由人泪珠如傾。常言道藕斷絲不斷，情泯意不泯。悶懨懨難捨分比翼，眼睁睁不忍割同心。好一似和針吞却綫，刺人腸肚繫人心。

【小桃紅】情雲肺腑，意惹芳心。舉目相看泪滿襟，可憐見斷送我殘生命。知我的錦屏綉褥銷金帳，伴我的惟有孤月殘燈翡翠衾。從今後行也不安，坐也不寧，搗枕捶床夢不成。那有個得意人兒，殷勤訪問。

兄弟，事既無成，就此告辭。（旦）哥哥，你决意要回，我不敢强留，容小弟再送一程。

【下山虎】（生）須臾對面，頃刻離分。送别陽關道，難覓知音。看巫山鎖翠雲，湘江泪溢溢。黄花瘦影，墜葉紛紛。滿眼飄紅雨，都是相思泪染成。（合）欲别又難忍，止不住汪汪泪零。難捨難分，和你恩愛情。

【前腔】（旦）風筝綫斷，銀瓶墜井。楚岫雲遮，祆廟火焚。切切心何忍，權把香羅表寸心。他日若相看，如見故人。（生）這香羅非表殷勤，好一似見鞍思馬，睹物傷情。争奈姻親事不成，使我冷清清。獨自轉家庭，反惹得我相思泪滿襟。（合前）

【餘文】纔得相逢又别離，今朝分散各東西。正是流泪眼觀流泪眼，不傷悲處也傷悲。

校　箋

〔一〕此齣齣目，《時調青崑》本題作「山伯訪友」。

胭脂記

《胭脂記》，童養中撰。童養中，字號、里居、生平均不詳。知撰《胭脂記》傳奇一種。《胭脂記》，今有全本傳世，現存明萬曆間金陵文林閣刻《新編全像胭脂記》本（《古本戲曲叢刊初集》據之影印）、古吴蓮勺廬朱絲欄抄本（《鄭振鐸藏古吴蓮勺廬抄本戲曲百種》據之影印）、海鹽朱希祖抄本（《綏中吴氏藏抄本稿本戲曲叢刊》據之影印）、清抄本等。

華買胭脂（二）

【破陣子】（生）自遇多嬌，如醉如痴。空交我懶攻書史，鎮日裏愛買胭脂。若得洞房花燭夜，强如金榜掛名時。

小生因見月英，十分嬌媚，不免再將鈔三貫，以買胭脂爲由，將幾句言語打動他，看他如何。

（敲門介。旦上）

【夜游朝】未審何人頻叫取，不知有何言語。忙步出香閨，若是交易買胭脂，逢人有禮，謾且問詳細。

秀才到來，有何話説？（生）特買胭脂。（旦）不知秀才鎮日買他何用？（生）小生有幾句言語，望姐姐休怪。（旦）有甚言語，但説不妨。（生）姐姐是個聰明之人，何須説破。

【絳都春】（旦）風流俊偉，想伊家胸藏萬卷書。兩次三番，趨前退後無言語。（生）姐姐，自古道瓜田不納履，這一句開口還閉。（旦）就裏都知，欲言未語，假作呆痴。

（生）有一句話，衹是不敢冒瀆姐姐。（旦）有話但説無妨。

【降黄龍】（生）有話難題。（旦）有話衹管説來。（生）爲胭脂顔色，可人情意。（旦）胭脂是婦人家用的，與你何干？（生）事不干己，君子有成人之美。（旦）莫非買與妻子用的？（生）聽啓，未娶妻室，自恨我婚姻來遲〔二〕。（旦）秀才，你一貌堂堂，何不去人家做個女婿？（生）縱有才貌，誰人便肯招我爲婿？

【前腔】（旦）聽他，語話蹺蹊，自古道明人點頭即知。（生）正要姐姐知道十分好意。（旦）全没道理。（生）没道理，望姐姐恕罪。（旦）直恁的話不投機。常時，往來街市，祇恐怕傍人猜疑。（生）買胭脂有甚麽猜疑？（旦）買胭脂自合抽身，早早回去。（生下）

【駐雲飛】（旦）一見才人，把我精神減半分。看他容貌多聰俊，想他定有功名分。嗏，我與他未交情，俊俏書生。語句温存，説話知音，引動奴心，因此上害了相思病。看這冤家想殺人，想這冤家害殺人。（生上）

【前腔】陡遇嬌娘，怎不教人心下想。他悶倚欄杆上，好似觀音樣。嗏，何日得成雙，摟抱嬌娘，倒在牙床，把真情來講。倒鳳顛鸞，那時節纔把相思放。好似巫娥會楚襄，勝似金階作棟梁。

【前腔】（旦）休得胡言，絮絮叨叨在此纏。勸你歸庭院，免被人瞧見。嗏，你好太無廉，惹人輕賤，語倒言顛。若論婚姻，你這窮酸斷不與你成姻眷。色膽洋洋大似天，不記先賢古聖言。

【前腔】(生)上告娘行，休得要故阻佯推説短長。衹爲你多情況，惹得我魂漂蕩。嗏，夫婦五倫常，成就何妨。效結鸞凰，比翼鴛鴦，兩兩雙雙，歡會在銷金帳。纔顯風流俊俏郎，不負殷勤窈窕娘。

【降黄龍】重聽啓，望姐姐容恕，小生有一句不識進退言語。(旦)有甚言語，衹管説來。(生)娘行貌美。(旦)我貌美與你何干？(生)我年少匹配相宜。(旦)你作死了。(生)奇異，共諧連理，好似一對鸞鳳于飛。做夫妻相憐相愛，半步不離。

【前腔】(旦)相欺，把咱調戲，免不得罵你幾句，村俗無知。(生)姐姐，打是愛，罵是惜。(旦)非媒不娶，豈不達周公之禮。(生)此時人無媒，娶了多多少少。(旦)胡爲，惹人談耻，我怎比花街娼妓。秀才罵你，若求婚，也不嫁你餓酸窮儒。(生)難遮臉上羞，我進退渾無計。空使機關，難爲迴避。一言既出，駟馬難追。低着頭，答着臉，抬不起。

【前腔】(旦)伊家便出去，休得心痴迷。稍若遲延，甘受惶愧。出去出去。綿綿纏纏，交人怒起。推出去，待我把，門兒閉。

【胡搗練】(生)門前拜倒頭磕地，可不道羞殺了書生薄面皮〔三〕。(旦)夫妻終久是夫妻，等待你害了相思病，方纔下藥醫。

（旦下。生吊場）落花有意隨流水，流水無情戀落花。夜静水寒魚不餌，滿船空載月明歸。誰知他不倸不采去了，空惹得這場嘔氣。（貼上）忽聽門外鬧，未審是何人。（生見介）瞞不得梅香，我來買胭脂，不合説了幾句言語，被你姐姐，羞辱一番去了。（貼）我知道了，待我明日將幾句言語打動他，看他如何。若是許個佳期，就來報你。（生）若得如此，重當謝你。

【三學士】仗托梅香去傳示，從頭謾説詳細。休得欺我是寒儒，一舉成名天下知。若得同衾諧連理，那時節須當謝你。

【前腔】（貼）會使花言并巧語，此事自能區處。佳人才子兩相宜，一段姻緣天下知。有日雙雙諧連理，那時節須當賀喜。

此事須機密，全托你扶持。

眼望旌捷旗，耳聽好消息。

校　箋

〔一〕此齣齣目，《古本戲曲叢刊初集》本題作「戲英」，《大明天下春》本題作「郭華買胭脂」。

〔二〕姻：底本原作「絪」，據《古本戲曲叢刊初集》本改。

〔三〕薄：底本原作「惡」，據《古本戲曲叢刊初集》本改。

郭華吞鞋〔一〕

【女冠子】（旦）光陰撚指，不覺上元節至。游人似蟻，千門萬户，花燈妝起。（貼）韶華天付與，共賞六街三市。月光如水，看蓬萊仙侶，鰲山降滿瑶池。

（旦）萬里乾坤月正圓，（貼）家家户户掛花燈。（旦）鰲山高結人如蟻，（貼）滿耳笙歌慶上元。

【畫眉序】（旦）燈月影光輝，今夜風光勝前歲。聽笙歌嘹亮，鼓樂聲催。（貼）彩樓上士女歡宴，鰲山上神仙排會。（合）此時和伊同游戲，正是愛月夜眠遲。（旦、貼下。生上）

【前腔】元宵景堪題，萬盞花燈可人意。看游人如在，水晶宫裏。悄不覺漏轉三更，恰正是月明千里。（合）自古酒能消愁慮，拚却醉也扶歸。（生下。丑上）

【神仗兒】妝成一個鮑老鮑老，令人談笑。鼓鑼雜得催前後，太平錢舞得團團旋，好個鬧元宵，好個鬧元宵。（丑下。旦、貼上）

【出隊子】這般樣人，也來玩燈。脚下麻鞋，又無後跟。人來人去，車馬紛紛。這等往來挨，喧滿天地。冷冷凄凄，露濕鞋兒底，朔朔嚴風透玉肌。謾把金蓮，脚步緩移。

（旦、貼下。生上）

【滴溜子】爲朋友相邀，飲了數杯。脚軟難移，自覺沉醉。常言道酒逢知己飲。洞口桃花，也笑我痴。

（醉介）這裏便是相國寺，已曾約下月英姐姐，説定今夜來此相會，不想倒沉醉了。不免在此略睡一會，待等他來，多少是好。（旦、貼上）

【雙聲子】人歡會，人歡會，玩賞忘歸去。今夜裏，今夜裏，好景難逢遇。燈漸稀，燈漸稀，月西墜。正是銅壺滴漏，畫鼓聲催。

（貼）聽得樵樓鼓角催，（旦）如今玩賞趲回歸。（貼）月朗燈明真好看，（旦）正是半夜四更初。（貼）姐姐，你忘懷了，你約了郭華秀才，今夜與他相國寺裏相會。（旦）梅香，不好去，又怕母親知道，又怕外人猜疑，不好看得，且回去罷。（貼）姐姐，去也不打緊。（旦）梅香，既如此，我和你趁着甚麼去？（貼）姐姐，我和你趁看花燈去。

【叨叨令】（旦）趁花燈行過山門内。（貼）姐姐，這裏是相國寺了，待我叫一聲。（旦）莫不是他來早我來遲，他心兒乖覺。來時也麼哥。（貼）姐姐，他睡了。（旦）梅香，向前去扯起頭巾帶。

【太師引】（貼）看他頭不起眼不開，假推醉佯羞不采。看他容顔面色，扶將起東倒西歪。（旦）梅香，交奴感嘆傷懷，秀才們從來毒害。這場事如何布擺，空交我惹起塵埃。

（旦）梅香，你看他做甚麽。

【太平歌】（貼）低低叫，把身挨，醉夢迢迢喚不回。鸞凰未得成配偶，再把相思害。夢魂飛入楚陽臺，書生太痴呆。

（旦）梅香，他這般顛倒沉醉，如今無計奈何。祇得脱下一隻綉鞋，又將手帕一幅包了，放在他懷裏。待他明日酒醒，也知我到此。（貼）姐姐既是這等，我脱下一隻綉鞋，與你穿回家去。

【賞宫花】（旦）羅帕暗解，忙脱下一隻綉羅鞋。如今和你兩分開。鞋兒，不得與你成雙了。一朵金蓮足下生，半幅羅裙惹起塵埃，祇落得泪盈腮。（放鞋、帕介）

【玉交枝】芳心無奈，醉醺醺不能勾醒來。若得酒醒須自悔，念奴家把你相看待。如今和你即便分離，怕隔墻有耳難遮蓋。不由人珠泪滿腮。

（貼）姐姐，和你且回去罷。

【破陣子】（旦）自恨奴家時運乖，此行多少愁懷。（貼）姐姐，誰知求歡返成灾，抽身離此去，免被外人猜。

（下介。生醒介）酒不醉人人自醉，色不迷人人自迷。夜來約了月英姐姐，來此相會佳期之事。天已明了，不知來也不曾，必定誤了此事。呀，元來有個手帕，包一隻綉鞋在此。不合我自

先醉了，如今怎麼好？不免將此帕咬吃了，便是月英姐姐一般。（咽死介）

【少年心】（外）足躡祥雲，霎時便臨凡世。善哉善哉，吾乃太白金星便是。奉玉皇敕旨，降祥雲瑞靄，祇爲河南府郭華，前世廣積陰功，今世父親郭伯英，廣行濟民，布施十方。今郭華與月英宿世有緣，今朝手帕咽死，待二日還魂，乃復人世，然後合成一對夫妻。誠恐此處邪怪，有壞尸身，不免教過寺裏門神，守看則個。分明手帕咽喉死，　且把身尸仔細看。待等龍圖來判合，　夫妻依舊得團圓。

校　箋

〔一〕此齣齣目，《古本戲曲叢刊初集》本題作「赴約」，《大明天下春》本、《詞林一枝》本、《徽池雅調》本題作「觀燈赴約」。

茶船記

《茶船記》，作者佚名。《茶船記》，今無全本傳世，除《群音類選》選録此齣外，《樂府紅珊》選録有《雙生訪蘇卿》一齣。劇作本事見《青泥蓮花記》。劇述名妓蘇小卿與書生雙漸相愛，雙漸去後蘇小卿不再接客，老鴇將其賣給茶商馮魁。蘇小卿隨馮魁路過鎮江金山寺，題詩于壁，詩中言及己之去向。後雙漸見其詩，往尋。經官，官斷蘇小卿和雙漸結合，有情人終成眷屬。

金山題詩

【逍遥樂】（净）緑水繞青山，端的蓬萊浪苑。（旦）隨步輕移舉目觀，分明好景，果然稀罕，望家鄉遥遠。

（净）娘子少待，等我請長老出來。（叫介）長老有請。（末）參禪已罷經初展，焚鼎方回有客來。（相見介）貧僧動問先生高姓，仙鄉何處？（净）我是江西有名的，販茶的馮員外便是。（末）此位是誰？（净）這是我娘子，在船中勞倦，特上寶山，乞煩引領游玩。（末）謹領謹領，徒弟看茶。快將佛殿開了，有游客來玩。（内應介）佛殿開了。（末）佛殿俱已開了，請施主游玩。（净）娘子可同我去。（旦）我自去焚香。（净扯旦介）我與你夫妻，怎麽你自去？（净）携手同行。（旦）出家人看，甚麽模樣。（净）既然如此，我與長老方丈叙話，你去快來。趁此順風開船，休得遲滯。（旦）我去就來。（净）正是：因過竹院逢僧話，又得浮生半日閑。（下。末引旦行介。旦）這是甚麽殿？（末）大佛寶殿。（旦）這是甚麽殿？（末）金剛殿。（旦）這壁厢？（末）香積厨。（旦）那壁厢？（末）是茶亭。（旦）那半高山是甚麽去處？（末）是郭璞的墓。（旦）這山是甚山？（末）是望夫石。

【山坡羊】（旦）强那步登山游玩，不覺的神魂勞倦，向望夫石上那討多情見。滚滚濤浪送，淅零風擺船。唬得我無聊無奈，戰兢兢强把春衫止泪漣。難言，肝腸絞刃尖；心酸，愁懷事萬千。

（末）娘子既要焚香，不可在此久停，可先焚了香，再來游玩。（旦）也説得是，長老前行，妾身隨後。

【前腔】纔轉過金剛如來佛殿，早來到梵王宫殿。高抬玉笋忙把沉檀獻，禮蓮臺悄悄言，佛慈悲惠眼覷。仰望觀音菩薩，也曾救苦救難多靈感。念我苦蘇卿也，早離船返故園。龍天，遣情人到我邊；龍天，度衆生鳳陪鸞。

憶昔當年拆鳳凰，至今魚雁兩茫茫。新愁耻作商人婦，舊恨難忘折桂郎。彭蠡曉烟迷翠塔，瀟湘夜雨滴紅妝〔一〕。新詩謾寫金山寺，高掛雲帆過豫章。奴家尋思起來，雙生如何不到？又被馮魁催促，如何是好？不免借筆硯留詩在此，若雙生到此見詩，必定趕來。師父，筆硯乞借奴家一用。（末）女子要筆硯何用？（旦）寶山勝景，欲題數句詩詞，故借此一用。（末）呀，從來不曾見這等聰明的女子，會作詩詞。不免去取筆硯與他。（下。取筆硯上）學無前後，達者爲先。文房四寶在此。

【前腔】（旦）問尊師借下筆硯，徑來到西廊下面。壁間上書幾句哀和怨，五百年前結下緣。今生教奴捱膽懸，忘了星前月下山盟願，爲甚事狠心腸不來趕。風前，把沉香用手撚；情牽，望君船眼將穿。

【前腔】百拜情人雙漸，在金山望君不見。無依無倚，奴氏已往臨川縣。情多爲你，添懨懨覺鬆金釧，瘦體瀟瀟羅頻寬。傷慘，命須臾咫尺間；聽言，豫章城望你船。

雙眼凌高空碧天，生香寶鼎噴龍涎。急潮夜觸磯頭石，往棹晴衝浦口烟。豫禮天喜參禪座，章臺壁轎總爲賢。城裏錢買樓多景，會擬登臨一駐船。無物奉承尊師，白金一錠，送與長老香錢表意。（末）出家的人，焉敢受賜？（旦）還有一事，特煩長老。（末）有甚事，即便領命。（旦）有一表兄名諱雙生，他若到此，乞煩指引他看我這詩。我先在豫章城等他，是必教他快趕來。（末）謹領謹領，他若一到，貧僧就着他隨即趕來，不敢有誤尊命。（净上）無事不登三寶殿，等閑休學塔中行。我那小卿，莫是和尚帶去了，今在那裏？（旦）員外，你大驚小怪的作甚麼？（末）這娘子十分聰明，題我金山景致，真個説得好。員外看一看。（净）果然是好，我也留下幾句。金山四面浪顛顛，顛來顛去晝夜顛。一朝風急山根倒，番過山外濕洞天。（末）員外、娘子，請快上了船。（净）爲甚麽這等快上船？（末）怕番過山來。（净）休得胡説，但娘子在此，多討錢與你，且上船去。

風静波停請上舟，開懷作樂不須憂。

眼中多少傷情泪，　都向茶船枕上流。

校　箋

〔一〕滴：底本原作「淌」，據文意改。

水滸記

《水滸記》，又名《水滸青樓記》，星源游氏聖賢堂重訂。《水滸記》，今有全本傳世，現存明萬曆十八年（一五九〇）金陵世德堂刻本，藏日本御茶之水圖書館。《群音類選》所選録《潯陽會飲》，爲其第三十一齣《張李相争》。關于《水滸記》的版本情況，可參閲笠井直美《關于日本御茶之水圖書館藏金陵世德堂刊〈水滸記〉》（《明清小説研究》一九九六年第二期）、林鋒雄《〈群音類選〉里的水滸戲曲》（載林鋒雄《中國戲劇史論稿》，臺北國家出版社一九九五年版）。

潯陽會飲

（小外扮漁人上）〔山歌〕烟波江上度春秋，數尺絲罾一葉舟。莫道漁人無好處，時來取得巨鰲頭。（净、旦扮漁人上）〔山歌〕撈魚水内作生涯，桂棹蘭橈日月開。誰想夜來迷了路，桃源深處問津來。（小外）今日靠天地，多拿得些魚在此，却怎得主人來買。（净）天色晏了，不能勾他來，我們先拿去換酒吃。（小外）使不得，還須待他來。（丑上）岸柳千條舞緑絲，江船一字列蒼堤。漁人若識英雄漢，速獻鮮鱗免受虧。你們船上活魚，把兩尾來與我。（净）魚牙主人不來，紙也不曾燒，如何敢開艙賣魚與你？（丑）不肯與我，待我自下船。（拔笣起介。净）罷了，我這船尾上開孔，放活水養魚，把笣隔住，今被你拔起笣，魚都走了。（丑摸船不見魚介）果然没有，待我那邊船内去取。（欲下小外船，小外扯丑住介）呀，行不得。（丑）你不與我，我祇是打。（打小外等介。净）且休鬧，主人家來了。（小生扮張順上）

【滿園春】半世威名宇宙間，時乖寄迹大江邊。身作魚牙，志非雀輩，心思虎變。

（净）這黑大漢在此搶魚。（小生）這廝大膽，來攪亂老爺的道路。（丑）就攪亂些，你却要如何説？（小生）亂道，和你見個手段。（丑打輸小生結住介。生、末同上）鬥人如鬥虎，救争如救焚。（末扯丑）鐵牛放手。（丑）放開。（小生走介）且避前鋒，再圖後舉。（末）我交你休來討魚，又在此和人厮打。倘打死了，怕你不去償命。（丑）打死我自承當。（生）兄弟，休要論口，且去吃酒。（小生脱衣趕上）重整威風，來尋雪耻。黑殺才，今番和你見輸贏。（丑）再打你這賤才。（趕過小生提丑没介）且不和你厮打，我交你吃些水。（小外）這黑大漢，便挣得性命，也吃一肚水。（末）這白大漢是誰？（小外）這是魚牙張順。（生）莫不是浪裏白跳麽？（小外）正是。（生）他兄張横，寄封家書在此。（末）既如此，待我唤他。張二哥，這黑大漢是我兄弟，你且放他起來説話。有令兄張横的家書在此。（小生）來了。（放丑，見生、末介）院長休怪。（末）可看我面，去救這兄弟來？交你會一個人。（小生）小弟就救他去。（拖丑起介。末）二哥，認得這兄弟否？（小生）小人如何不認得？李大哥，祗是不曾交手。（丑）你湋得我勾了。（小生）你也打得我勾了。（丑）這等和你兩折過了。（末）你二人今番做個相識。（小生）最好。（末指生介）二哥，曾認得此兄否？（小生）不曾會面。（丑）這哥哥是宋江。（小生）莫非山東及時雨、鄆城縣宋押司麼？（末）正是。（小生拜生介）久聞大名，不想今會。（生扶小生介）宋江有何德能〔一〕，敢勞足下有此厚禮。（小生）不知宋兄，因甚到此？（生）小生因犯人命，遇赦減罪流此。路上得遇令兄，寄一封書信在此，即請收目。（送書。小生接書拆開照前讀介）難得宋兄到此，即請過前面琵琶亭酒館，少叙片時。（生）恰才正與戴院長在琵琶亭飲酒，偶要鮮魚湯醒酒，怎當得李賢弟定要來討魚，遂與二哥作鬧。想是天意，使宋江同會諸賢，故有此事。二哥不弃，就請同往一叙。（小生）如此却好，但兄長要鮮魚吃，待小弟取幾尾去。（生）最妙。依例納錢。（小生）幸遇仁兄，巴不得奉承，如何説錢。那個船裏有金色鯉魚？（小外）有在這裏。（與魚介。小生取魚介）我今日不得工夫，你們自去賣了罷。（小末、净、旦）知道了。有情親俠士，無暇理漁翁。（下。生）如今請行。（末、小生、丑）請了。（生）曲曲行江岸，（末）悠悠過柳陰。（小生）琵琶亭上坐，（丑）相對訴中心。（末）已到亭上，酒保再看酒來。（外持酒上）壺中好酒香而美，江上漁翁去復來。酒在此。（小生）酒保，拿這魚去做四分好辣湯，切

兩盤好膾來。（與魚外接介）領去躍淵鮮味，煮成適口佳肴。（下。生、末、小生、丑同勸酬飲酒介）

【梁州新郎】（生）琵琶亭上，潯陽江畔，一片波聲拍岸。你聽淒淒瑟瑟，宛如夙昔哀弦。祇見林含宿雨，草鎖荒烟，尚帶啼痕滿。縱然天塹水，瀉清泉，洗不盡唐時石上斑。（合）臨古迹，發長嘆。惟有江山千載無更變，嗟白傅怎能見。

（外持魚湯魚膾上）羹訝蘇長公玉糝，膾欺張季子松鱸。魚湯、魚膾在此。（生、末、小生、丑云）請了。（共吃介）

【前腔】（末）江魚味美，村家酒釅，嘗飲謾尋消遣。正是辰良心樂，那更主善賓賢。對此奇峰展畫，急溜鳴琴，佳景尤堪玩。俄聞漁父笛，隔洲喧，似與游人侑酒筵。（合前）

【前腔】（小生）論英雄事業掀天，且休將等閑輕看。念江州司馬，播今垂遠。自有朝廷德望，館閣文章，氣節凌霄漢。偶然遷謫處，著愁篇，遠使遺名賁此間。（合前）

【前腔】（丑）想當初泪濕青衫，豈曾因舊交識面。但天涯感遇，竟相繾綣。今我四方豪杰，一旦遭逢，嘉會應非淺。願從斯以後，締交堅，共樹芳聲萬載傳。（合前。貼扮宋玉蓮上）

【念奴嬌】芳年弱質，嘆家山迢遞，命途乖蹇。嬌柳未攀才子手，愧逐章臺風捲。舞袖鵜黄，歌喉鶯囀，對客供佳晏。捲簾入座，彩紈斜掩羞面。

【薄命女】紅日昃，林影移來江岸側。對鏡殘妝飾，出蘭房臨玳席，勸酒持觴侑食。斜倚曲欄嬌倦力，潮暈添顔色。奴家宋玉蓮是也，舊居西京，因被兵火，隨父母來住江州，專在琵琶亭賣唱養口。今有人在此飲酒，且向前唱個曲兒，覓些賞賜則個。列位客官萬福。（衆）娘子免禮。

【么篇】（貼）誰信江上浮亭，樂天舊日，曾賦琵琶怨。邂逅相逢淪落妓，泪灑西風如綫。憐妾梁姬，寄身斗野，頗識霓裳按。有懷高士，幾能聞樂知感。

（丑）我們正要閒叙，反被這歪婦人來唱，斷了話頭，快走。（推貼倒介。末）酒保，扶他起來。（外扶貼不起介）扶他不起，且唤他父母來，又作道理。宋公、宋婆，你女兒被黑旋風打倒了。（小外、老旦扮宋公、宋婆上）

【轉仙子】聽得孩兒身危變，忙趨救求全。我兒放謾醒。（貼醒介）聞唤語幽夢驚回，遭毒手嬌心猶戰。（合）喜佳人無事，衆意方安。

（生）那老兒姓甚，如今要怎的？（小外）小人姓宋，原是西京人，逃難到此。祇有這女兒，小字玉蓮，學得幾句曲兒，胡亂在此賣唱養口。今被那大哥失手傷了，終不成經官動詞，連累列位。但求些東西調治便了。（生）你説得本分，且與我同姓，我便助你二十兩銀子，調看女兒。

（與介。小外接介）深感官人救濟。却不道傷生者匹夫之勇。（老旦）救死者義士之仁。（扶貼回介下。末）你這黑廝，專要生事，一日常弄出幾場來。（生）既往不咎，但賢弟去後，須戒些性。（丑）兄長之言有理。（生）日暮酒闌，即散去罷。（小生）酒保，收拾了去這席，酒錢我算還你。（外）是如此。酒中有義真君子，財上無私大丈夫。（持壺杯下。生）勸二哥來飲酒，反要二哥還酒錢，于理不順。（小生）小弟天幸，得遇尊兄，略表微意，未足爲禮。（末）既是二哥敬心，宋兄屈允。（生）改日復禮何如？（末）使得。（生、末）二哥打攪。（小生）多慢。（生）就此相別。（末）同在江邊閑步，再講句話。

【節節高】（生、末）浮生半日閑，醉江天，無邊勝景皆觀遍。身增健，情愈歡，言何厭。會心萬境真堪羡，徘徊不忍離江岸。（合）果信無情引多情，江山惹得人忘倦。

【前腔】（小生、丑）飛鴉喚客還，過棲南，背凝夕陽紅光閃。村歸燕，野空烟，雲生暗。難將落日戈揮轉，嬉諧浪恨時光短。（合前）

【餘文】可人幸會應難判，况屬勝游留戀，幾欲分行又聚談。

（生）如今别了。（衆）請了。

天晚催歸别緒深，明朝重會意浸浸。
人情若比初相識，到底終無怨恨心。

校　箋

〔一〕德：底本原作「得」，據文意改。

瓊琚記

《瓊琚記》，作者佚名。《瓊琚記》，今無全本傳世，僅于《群音類選》中留存此齣。秋胡戲妻事見劉向《烈女傳》。劇述秋胡結婚五天即離家，十年之久未曾回家。今回家路過桑園，見其妻羅梅英在采桑。爲了驗證妻子是否守貞，上前用金銀、高官引誘妻子。羅梅英有理有據，嚴詞拒絶。

桑下戲妻

【節節高】（旦）當時際融和融和淡蕩，喜今日晴風晴風和暢，須稱時蠶抽絲繭干磨瘴。供了蠶事，調了甘旨，執了筐籃，離了綉房。我忙把柴門掩上，須索要趁時，向園中去采桑。

念奴羅氏，名喚梅英，幼年配與秋胡爲妻。成婚五日，抛别九載。誰知兒夫去後，竟不思歸，抛撇公婆在堂，無人侍奉，教奴獨自供奉。且喜早膳已畢，如今正當采桑之時，不免前去桑園采取桑葉則個。

【賞宫花】風日晴和近午天，碧草萋萋含淡□。蠶事緊，獨自到桑園。夫，自你去後，妻子在家，那一時不沉吟而想，那一刻不懸懸而望。盼薄幸兒夫去得遠。你妻子到今日容顔瘦損，鸞鏡羞臨，羞貼翠花鈿。

【前腔】這的是桑柘青青柳陌邊，桃李芳菲開滿園。花柳鬥鮮妍，春光可羨，隨步晚風前。

【二犯傍妝臺】蓮步度芳堤，陌頭楊柳，垂影映前溪。一望裏雲山遠，人去也信音稀。夫，須念高堂當暮景，急舞斑斕戲錦幃。春風花楣，春日草菲。（合）須教燕子唤春歸。

來此便是，不免采取一會，有何不可。正是鄉村四月閑人少，纔了蠶桑又插田。

【前腔】桑葉舞離披，（采介）桑條垂覆，朝露未全晞。不敢上芳枝表，恐染污素羅衣。春蠶作繭心獨苦，暗裏抽身訴與誰。春林風暖，春樹鳥啼。（合前）

遠望一簇人馬，載道而來，不免躲閃桑陰之下。（生上）

【一剪梅】幾年羈絆在他邦，久别爹娘，久别妻房。輕裘肥馬轉家鄉，豪氣揚揚，志氣揚揚。

馳驅王事往邊庭，撚指韶光不暫停。紫袍金帶聲名重，綉縟重裀爵禄榮。父母存亡猶未審，妻兒生死亦難明。今朝幸喜承皇命，駟馬高車返故庭。自家秋胡是也，經今十載，敕命回家。遠望一女子園内采桑，好似羅氏妻子一般。間别多年，古言道水性婦人無定準。不免扮作客人，拿一錠黄金前去調戲，看他節義何如。

【節節高】頃刻間停驂停驂偃蓋，早來到桑園桑園之内。繞遍危墻，轉過花陰，進柴扉門内。垂楊影裏，桑柘林中，把佳人參拜。覷了他艷質，睹了他花容，兀的是惱亂了我情懷。呀，正撞着五百年前，風流冤債。

小娘子拜揖。（旦）客官休怪，此間不是大路，敢是錯了路頭。（生）小娘子，人將禮樂爲先，樹將花果爲園，你爲何不回卑人禮？（旦）妾聞齊閔王返駕而歸，途中人人争看，癭瘤女子采桑，獨不觀王。王問曰：「寡人出游，少長皆觀，汝獨不觀，何也？」女曰：「父母命采桑，未命觀王。」王曰：「奇哉！」命載後車。女曰：「父母在堂，何敢隨大王奔也？」王聞大慚。昔者文王化行兩國，女人與男子異路。况是桑園，豈無别乎？（生）文王化行兩國，首章内有：「關關雎鳩，在河之洲。窈窕淑女，君子好逑。」（旦）豈不聞孟子云：「男女授受不親，禮也。」又云：「瓜田不納履，李下不整冠。」君子豈不知此乎？

【元和令】（生）走遍了柳陌花街，那曾見俊龐兒可人心愛。小娘子請下來。你坐在九里山前不下來，我待學劉晨阮肇撞入天台。（旦）君子説話敗綱常，言語亂出甚輕狂。世間多少賢達士，把你朝中作棟梁。全没些官家氣象，枉掛紫綬與金章。（生）小娘子，自古道得好：「好力田，不如見少年；采柔桑，不如遇貴郎。」婦人家終朝采緑，不盈一掬，終朝采桑，不盈一筐。濟得甚事？請下來，少叙片時，有何妨也。（旦）快出去，君子，奴不是那等婦人。我不作風波于世上，自無冰炭到胸中。試看灾殃秋葉霜前墜，我是富貴春花雨後紅。快去，少待教人來，豈不有辱于君子？（生）小娘子，非是小生不去。衹見唇紅齒白桃花臉，緑鬢朱顔柳葉眉。因此不忍而去。（旦）天那，誰想遇着這無籍之徒，誠可使人惡也。（生）怎當他，嗔眉皺臉不肯把頭抬，衹將桑葉兒采。

【上馬嬌】此乃是僻桑園，又没個人兒到來，我將這黄金可作媒。霎時間雲雨同歡會，休得要恁痴呆。

小娘子，古語道得好：「色不迷人人自迷。」非干小生輕薄。

【勝葫蘆】我愛他柳葉眉兒分八彩，杏臉襯桃腮，引得我情牽意惹將他愛。則見他朱顔嚴凝，秋波横盼，跌綻了綉羅鞋。

（旦）天那，撞着這等歪人，真可惡也。

【么】（生）休道是書生性氣歪，我也曾登玉殿步金階，邂逅相逢將伊拜。休得要千推萬阻，不肯轉身來。

呀，倒是我差矣，古云：「酒爲花博士，錢是色媒人。」想這小娘子，敢是愛財的。何不將金子獻上，他必肯矣。小娘子，休疑小生是脱空撮弄的人。

【後庭花】我將這一錠馬蹄金，權爲發彩。請小娘子收下〔一〕。（旦丟介）且問你，別人拿一錠金來戲你妻子，你心肯不肯？朝中官員廣有，那有你這般無籍之徒，白日執金，調戲良家子女。既爲臣子，努力替天行道，纔是臣綱道理。你這般敗亂風俗，却遺臭于萬年，怎不心下想來。休得胡言。（生）小娘子，我記得兩句古詩，道與你聽着：「幸遇三杯酒美，况逢一朵花新。暫時消遣且相親〔二〕，强在那桑間煩悶。」（旦）休胡説，快出去。（生）小娘子，人生百歲，光陰幾何，莫不是弃嫌輕微。再解下腰間，八寶鑲金帶。小娘子，這個一定要收下。（旦）金帶是男子漢用的，婦人家要他何用？（生）小娘子，你説金帶無用處，討幾個丫鬟使喚，可受些清閑自在。打幾對龍鳳花釵，倒插得滿頭光彩。（旦）奴家親操井臼，侍奉公姑，禮之當然。家道雖貧，豈可苟求清閑妝束？（生）歡一會，有何害。（旦）休得閑言，兒夫乃讀書之人，奴乃守節之婦。我心匪石，不可轉也；我心匪席，不可捲也。今日要我見金弃節，還早還早。（生）他那裏意不回，我這裏悶怎開。直恁的性情乖，却教人心下灰。空目斷雲雨無情，祇落得汗滿香腮。

（旦）你既讀孔聖之書，必達周公之禮。且問你家中，可有父母妻子否？（生）承問父母在堂，妻子在室。祇是一件，遠水不能救近火。（旦）君子見色忘親，大不孝也。執金調戲，薄幸人也。你當執金回家養親，纔是道理，休要輕覷奴家。

【柳葉兒】奴本是儒家枝派，怎肯把名節頹敗，蠢才。（生）娘子罵是惜，打是愛。（旦）蠢才，不管人間聲名壞，我豈肯把綱常來敗。（生）小娘子，小生是個朝中顯名官員。（旦）任你做九棘三槐，我看你輕如草芥。枉教你衣紫腰金，却被你玷辱舉國賢才。

天下有這不顧行止的人，我已將禮待你〔三〕，因何不去？少待教人拿你，有何事抵口？

【寄生草】風情性，仍還在。烈心腸，終不改。你把賢賢易色將心戒，蛾眉半額君休愛，千金箕帚人難買。（生）小娘子既不愛金子，看小生官職分上。（旦）呸，任你是金章紫綬貴人家，難動我銅肝鐵膽裙釵輩。

（生）古云：「求人須求大丈夫，濟人須濟急時無。」小生非是無妻子，祇是一時不得救急。

【賺煞】（旦）臭口亂喧開，色膽似天來大，惱得我鐵石人心腸揉碎。快出去、出去。誰教你笑語柔桑陌上來，我不比繫紅裙柳陌花街。獨自個守節堅捱，我本是寒梅鬥雪開，游蜂怎敢采。（生）恐怕小娘子不常如此。（旦）呸，輕薄喬人，有誰惹你。羞殺人没俫没采，休將這緑桑園，錯認楚陽臺。

客官也罷，隔墻須有耳，窗外豈無人？你在這桑園内絮絮叨叨，言三語四，假若有外人聽見，豈不壞了奴家名節。你往西陌桑樹枝頭，四望無人，又作道理。（生）小娘子，祇怕你哄我上樹，走回去了，豈不耽閣了人性命？（旦）那有此話，祇管上去便是。（生）如此領命。（上介。

旦）使君自有婦，羅敷自有夫。蠶飢欲歸去，五馬莫躊躇。（走下。生下介）呀，世間有此婦人，可謂節義兼全也。

【青哥兒】聽説罷心中暗猜，錯認作柳陌花街。他把四德三從留芳册，列女傳清名不改。妻，倒是我差了。你講的都是妻綱道理，我倒把夫綱來壞。妻，賢哉賢哉，多因是小生不才。

花柳芳菲二月天，綠桑深處遇嬋娟。
襄王錯認陽臺夢，不是陽臺雲雨仙。

校　箋

〔一〕收下：底本原作「受下」，據文意改。

〔二〕消：底本原作「逍」，據文意改。

〔三〕已：底本原作「已前」，據文意改。

長城記

《長城記》，又名《寒衣記》，作者佚名。《長城記》，今無全本傳世，僅于《詞林一枝》、《大明春》、《摘錦奇音》、《堯天樂》、《群音類選》等戲曲選中留存此齣。劇叙孟姜女爲夫范杞良送衣，得知夫修長城死而哭倒長城。

孟姜女送寒衣[一]

【山坡羊】（旦）割同心鸞凰剖鏡，分比翼鱗鴻遼信。泣嗷嗷，啾唧唧，寒蟬兒，蟋蟀兒，悲哀咽哽[二]。蕭瑟瑟，亂紛紛，枯枝兒，敗葉兒，凋零盡。仰觀日月霜露之遷，俯察昆蟲草木之化，則知物易時更，大寒之節至耳。好傷悲，對景惹起我思夫恨。因此上搗秋砧，熨貼寒衣親送行。人言此去長城，有萬里之程途。教奴家拖泥帶水奔馳道，范郎夫，虧你執鋭披堅築長城。憶昔塗山四日而離大禹，羅氏五日而別秋胡，他二女之夫，俱得回家。奴與夫君十日而遽別三載，今日教奴家，涉水登山，來尋你時節。空教奴跋跡馳驅也。夫婦恩情，心堅金石，何愁長城不到。豈憚迢迢萬里程。傷心，望斷長安不見君；傷情，何時得到邊城。

【搗練子】攀陸道，結水程，遠別家鄉覓藁砧。行色一鞭披雨露，奔波萬里促風塵。奴本孟姜女，適配范杞郎。未久情和順，一旦兩分張。始皇無道君，高築萬里墻。夫久無一音，傷心妾斷腸。今日送寒衣，泪珠十萬行。祇得趲行幾步。

【下山虎】崎嶇險道，嬌怯孤身。自幼在閨壼之中，那受這風霜之苦。似這等踽踽涼涼實可悲，離家至此，頓覺風景之殊，舉目江山之異，一則牽想家事，二則憂慮夫君。欲進趦趄，遮不住野馬絪緼。那更朔風又緊，徹骨寒侵。夫，你無衣無褐，將何以禦寒？因此上親把寒衣送，豈憚遠程？奴祇愁金蓮小，路難行。奴家祇曉挑針刺綉，那識涉水登山。自不出閨門，可曾慣經。怎當得高山峻嶺，跋踄驅馳受苦辛。（合）遥望長城路，遥望長城路，祇得趲行數程。得見夫君稱我心，尋不見夫君悶殺人。

【前腔】羊腸棧嶺，虎黑松林。前日往黑虎松林下經過，被强人拿到寨中。誰想是我丈夫故友，多感他送奴盤纏白銀十兩，着人送我過了此山寨。若非金蘭契友，險遭一命傾。呀，此間三條大路，不知從那條路去。昔日墨人悲絲，可白可黄；楊朱泣路，可南可北。我是中饋婦人，途程未審。茫茫沙漠四野平，漠漠杳無一人。記得仲尼，見道不行，周流天下。偶遇長沮桀溺，故使子路問津。好怪呵，祇見一隻烏鴉伏在我的路前，我知道了，敢是差了路頭，天教此烏指路。果然是真，謝天謝地。我將銀戒指，繫在頭上。你果若有靈，前途相引。水宿風餐，逐伴隨行多感承。鴉呵，譬如我學你會飛，也去得呵，便學你插翅飛騰〔三〕，駕霧乘雲。夫，祇一件呵，但恐寒到早，衣到遲。祇恐怕寒到君邊衣到遲。（合前）

【前腔】關河霧阻，楚岫雲迷。軟弱孤身體，跋踄怎禁。蒙秦皇來文，但從役者，家有三丁抽一，五丁抽二，使我兒夫從役呵。思想夫君上無二親，下無兄弟。夫，不孝有三，無後爲大，繼祧無嗣傷我心。誰想始皇無道，東填大海，西建阿房，南修五嶺，北築長城，竟不知節用而愛人，使民以時。可憐侈用民財，疲戕民命。普天之下，莫非王土，率土之濱，莫非王臣，何故獨使我夫，久役受苦呵，放富差貧，賦役不均。昔堯舜遣戍從役，皆遂室家之願，故民悦而忘死。秦王呵，你祇圖北築長城，隔阻胡人，不憫中華窮極民。却教奴孤人之子，寡人之妻，履薄臨深在路行。（合前）

離家至此，不覺四月有餘。經歷許多關隘，受了多少苦楚，就是鐵漢子也捱不過了。

【前腔】身衰力倦，踽蹐難勝。這般巔崖峻嶺，人迹稀少呵。惟聽得猿啼峻嶺，鴉噪寒林。昨宵恍惚夢見天缺一邊，日食昏暗。今日想起那夢，夫者婦之天也〔四〕，天缺則夫没矣；日乃重陽之象，日食則陽衰矣。推占此夢，不祥之徵，我耳熱心驚，他吉凶未憑。這小溪呵，上無橋梁，下無舟楫，怎生是好？曾記得《詩經》云：「深則厲，淺則揭。」我祇得褰衣涉水，不沾泥濘。此去若得見我夫，可雙雙共挽鹿車乘，對對同吹鳳簫鳴。再結同心，偕老今生。倘或兒夫有甚長短時節〔五〕，祇落得孤苦伶仃，倚靠誰親〔六〕。夫，生則同衾，死則同穴。定然哭倒萬里城，甘效黄泉兩怨魂〔七〕。好一似石落江濱，銀瓶墜井〔八〕。（合前）

【尾聲】萬水千山經歷盡，誰憐我囊篋消罄，正是一度臨風一慘情。

夫戍蕭關妾在吴，　西風吹妾妾憂夫。

一行書信千行泪，　寒到君身衣到無。

校箋

〔一〕此齣齣目，《詞林一枝》本、《堯天樂》本題作「姜女送衣」，《摘錦奇音》本題作「姜女親送寒衣」，《怡春錦》本題作「送衣」，《大明春》本題作「姜女送寒衣」。

〔二〕咽哽：底本原作「哽咽」，據《摘錦奇音》本、《堯天樂》本改。

〔三〕學：底本原作「教」，據《摘錦奇音》本、《怡春錦》本、《堯天樂》本、《大明春》本改。

〔四〕夫者：底本原作「天者」，據《大明春》本改。

〔五〕時：底本此字殘缺，據《詞林一枝》本補。

〔六〕誰親：《詞林一枝》本、《堯天樂》本作「誰人」，《摘錦奇音》本、《怡春錦》本、《大明春》本作「何人」。

〔七〕甘效黄泉兩怨魂：《詞林一枝》本、《怡春錦》本、《堯天樂》本、《大明春》本作「甘向黄泉作怨魂」。

〔八〕銀瓶墜井：底本原作「井墜銀瓶」，據《摘錦奇音》本改。

綉衣記

《綉衣記》，暨廷熙撰。暨廷熙，字號、里居、生平皆不詳。知撰《綉衣記》傳奇一種。《綉衣記》，今無全本傳世，僅于《群音類選》中留存此齣。祁彪佳《遠山堂曲品》歸入「雜調」，稱：「襲《琵琶》之粗處，而略入己意，便荒謬不堪。此等詞，皆梨園子弟自製者」。事不知所本。劇述某士子與夫人分别入京時，帶得半幅綉衣爲念。後在京被强逼入贅某府。一日，見新妻拿得岳父從街上購得的半幅綉衣，知爲夫人所售，告知新妻，欲急尋夫人。

驀見綉衣

【引】（生）自從朝中心煩憂痴，祇爲鱗鴻斷迹。（貼上）

【稱人心】堪笑家尊。正是酒逢知己千杯少，話不投機半句多，祇爲兒夫喬計。不明不白醉如痴，教奴終日常牽繫。爹爹激問奴家，奴家那知事情。要知男兒心下事，除非仙女會仙郎。推言朝事心縈織，恨爹行要把付與蟾宫客。似今日怨埋花燭夜，又道奴不明不白。我爹爹在街上問貧婆買此綉衣羅帕，果好羅衣，教女學他女中之藝。心中語句不投機，奴歸綉閫效成藝。

原來相公在此。（生）夫人，背地裏講甚麼？（貼）奴家爹爹在街坊買得貧婆半幅綉衣羅帕，教奴成效工夫，也不枉然。（生）將來我看。（貼與綉衣介）

【一江風】（生）見羅衣，使我心如醉。夫人，這羅衣那裏得來的？（貼）家尊買來的。（生）衣衫挑綉羅衣織，痛殺嬌妻，不見吾妻室。夫人，此乃是我前夫人留一幅爲記，我帶一半。想到京來，你令尊以置何也？物在人何地，思殺椿幃，未審何存濟。感問夫人，我妻何處？莫使添憂戚。

（貼）好没來由，此是家尊收買，奴家豈曉。前夫人不説知道，何足憾矣。奴家尋個自盡，免誤君家白髮老母、嬌妻以諧衾枕。

【駐馬聽】休恁痴迷，非是奴家假意爲。使你夫妻別後，無靠無依。家尊苦苦意施爲，奴家兩地難施計，兩泪交頤。殺身救母，留名傳紀。

（生）夫人快不要性急，你可問令尊的來歷。你若有差池，家尊有怪，置我難歸。

一心祗要轉家庭，　爹娘苦計毒良民。
大鵬飛上梧桐樹，　自有傍人説是非。

〔明〕胡文焕 编
李志遠 校箋

群音類選校箋

下册

中華書局

新刻群音類選北腔卷一

西厢記

此爲南京圖書館藏本第四函首册（第二十八册），開篇字爲「冤」。因前有缺頁，佚卷題、劇名、齣目，中華書局影印本據後文補卷題、《西厢記》劇名及《佛殿奇逢》齣目。《西厢記》，王實甫撰。王實甫（生卒年不詳），名德信。元大都（今北京）人。早年曾爲官，仕途不順，晚年退隱。撰有雜劇《西厢記》、《破窑記》、《麗春堂》、《芙蓉亭》、《販茶船》等十四種，前三種有全本傳世，《芙蓉亭》、《販茶船》存佚曲，其餘皆佚。《西厢記》，現存明清版本較多，有明弘治十一年（一四九八）金臺岳氏刻本、劉龍田刊《重刻元本題評音釋西厢記》（《古本戲曲叢刊初集》據之影印）、繼志齋刊《重校北西厢記》（黄仕忠編《日本所藏中國稀見戲曲文獻叢刊》第一輯據之影印）、蕭騰鴻刊《陳眉公先生批評六合同春》本（《不登大雅文庫珍本戲曲叢刊》據之影印）、文秀堂刊《新刊考正全像評釋北西厢記》等。陳旭耀《現存明刊〈西厢記〉綜録》（上海古籍出版社二〇〇七年版）稱：「（《群音類選》本）這二十則四字標目與起鳳館刊本、容與堂刊本等齣目較接近，但『僧寮假館』一目則同繼志齋等刊本。其每套曲均標有宫調，這也與繼志齋刊本同，曲文的内容也與繼志齋刊本等相像，但偶爾又會出現起鳳館刊本、容與堂刊本一系的典型詞句。由此看來，《群音類選》本的底本是一種介于繼志齋刊本一系與起鳳館刊本、容與堂刊一系之間的本子。」（第二八五—二八六頁）

佛殿奇逢

【元和令】顛不剌的見了萬千，似這般可喜娘臉兒罕曾見。則着人眼花撩亂口難言，魂靈兒飛在半天。他那裏儘人調戲，嚲着香肩，祇將花笑撚。

【上馬嬌】這的是兜率宮，休猜做離恨天，呀，誰想這寺裏遇神仙。我見他宜嗔宜喜春風面，偏宜貼，翠花鈿。

【勝葫蘆】則見他宮様眉兒新月偃，侵入鬢雲邊。未語人前先靦腆，櫻桃紅綻，玉粳白露，半晌恰方言。

【么】〔二〕恰便似嚦嚦鶯聲花外囀，行一步可人憐。解舞腰肢嬌又軟，千般裊娜，萬般旖旎，似垂柳晚風前。

【後庭花】若不是襯殘紅芳徑軟，怎顯得步香塵底様兒淺？且休題眼角留情處，則這脚踪兒將心事傳。慢俄延，投至到龍門兒前面。剛那了一步遠，剛剛的打個照面，風魔了張解元。似神仙歸洞天，空餘下楊柳烟，祇聞得鳥雀喧。

【柳葉兒】呀，門掩着梨花深院，粉墻兒高似青天，恨天不與人行方便。好着我難消遣，端的是怎留連，則被你兀的不引了人意馬心猿。

【寄生草】蘭麝香仍還在，珮環聲漸漸遠。東風摇曳垂楊綫，游絲牽惹桃花片，珠簾掩映芙蓉面。你道是河中開府相公家，我道是海南水月觀音現。

【賺煞】餓眼望將穿，饞口涎空咽，空着我透骨髓相思病染。怎當他臨去秋波那一轉，便是鐵石人也意惹情牽。近庭軒，花柳争妍，日午當庭塔影圓。春光在眼前，争奈玉人不見，將一座梵王宫疑是武陵源。

校　箋

〔一〕【么】：底本無，據《日本所藏中國稀見戲曲文獻叢刊》本、《古本戲曲叢刊初集》本、文秀堂刻本和曲譜補。

僧寮假館〔一〕

【中吕粉蝶兒】不做周方，埋怨殺你個法聰和尚，借與我半間兒客舍僧房。與我那可憎才，居止處門兒相向。雖不能勾竊玉偷香，且將這盼行雲眼睛兒打當。

【醉春風】往常時見傅粉的委實羞，畫眉的敢是謊。多情人一見了有情娘，着小生心兒裏癢癢癢。迤逗得腸荒，斷送得眼亂，引惹得心忙。

【迎仙客】我則見頭似雪，鬢如霜，面如童少年得内養。貌堂堂，聲朗朗，頭直上少個圓光，恰便似捏塑來的僧伽像。

【石榴花】大師一一問行藏，小生仔細訴衷腸，自來西洛是吾鄉。宦游在四方，寄居咸陽。先人授禮部尚書多名望，五旬上因病身亡。平生正直無偏向，止留下四海一空囊。

【鬥鵪鶉】俺先人甚的是混俗和光，衠一味風清月朗。小生無意求官，有心待聽講。量着窮秀才，人情則是紙半張。又没甚七青八黄，儘着你説短論長，一任你掂斤播兩〔二〕。

【上小樓】小生特來見訪，太師何須謙讓。這錢也難買柴薪，不够齋糧，且備茶湯。你若有主張，對艷妝，將言詞説上，我將你衆和尚死生難忘。

【么】也不要香積厨，枯木堂。遠着南軒，離着東墻，靠着西厢。近主廊，過耳房，都皆停當，你是必休題着長老方丈。

【脱布衫】大人家舉止端詳，全没那半點兒輕狂。太師行深深拜了，啓朱唇語言的當。

【小梁州】可喜娘的龐兒淺淡妝，穿一套縞素衣裳。胡伶渌老不尋常，偷睛望，眼挫裏抹張郎。

【么】若共他多情小姐同鴛帳，怎捨得他疊被鋪床。將小姐央，夫人央，他不令許放，我親自寫與從良。

【快活三】崔家女艷妝，莫不是演撒你個老潔郎。却怎睃趁着你頭上放毫光，打扮的特來晃。

【朝天子】過得主廊，引入洞房，好事從天降。好模好樣忒莽撞，煩惱怎麽唐三藏？偌大一個宅司，可怎生别没個兒郎？使梅香來説勾當。你在我行口强，硬抵着頭皮撞。

【四邊静】人間天上，看鶯鶯强如做道場。軟玉温香，休道是相親傍。若能勾蕩他一蕩，到與人消灾障。

【哨遍】聽説罷心懷悒怏，把一天愁都撮在眉尖上。説夫人潔操凜冰霜，不召呼誰敢輒入中堂。自思想，比及你心兒裏畏懼老母親威嚴，你不合臨去也回頭望。待颺下教人怎颺，赤緊的情沾了肺腑，意惹了肝腸。若今生難得有情人，是前世燒了斷頭香。我得時節手掌兒裏奇擎，心坎兒上温存，眼皮兒上供養。

【耍孩兒】當初那巫山遠隔如天樣，聽説罷又在巫山那廂。業身軀雖是立在迴廊，魂靈兒已在他行。本待要安排心事傳幽客，我則怕泄漏春光與乃堂。夫人怕女孩兒春心蕩，怪黄鶯兒作對，怨粉蝶兒成雙。

【五煞】小姐年紀小，性氣剛，張郎倘得相親傍。乍相逢厭見何郎粉，看邂逅偷將韓壽香。纔到是未得風流况，成就了會温存的嬌婿，怕甚麽能拘束的親娘。

【四煞】夫人忒慮過，小生空妄想，郎才女貌合相彷。休直待眉兒淡了思張敞，春色飄零憶阮郎。非是咱自誇獎，他有德言工貌，小生有恭儉温良。

【三煞】想着他眉兒淺淺描，臉兒淡淡妝，粉香膩玉搽胭項。翠裙鴛綉金蓮小，紅袖鸞銷玉笋長。不想呵其實强，你撇下半天風韵，我拾得萬種思量。

【二煞】院宇深，枕簟凉，一燈孤影摇書幌。縱然酬得今生志，着甚支吾此夜長。睡不着如番掌，少可有一萬聲長吁短嘆，五千遍倒枕捶床。

【尾聲】嬌羞花解語，温柔玉有香。我和他乍相逢，記不真嬌模樣，則索手抵着牙兒慢慢的想。

校箋

〔一〕此齣齣目，《日本所藏中國稀見戲曲文獻叢刊》本題作「僧寮假館」，《古本戲曲叢刊初集》本題作「僧房假寓」。

〔二〕你：底本原作「待」，據《日本所藏中國稀見戲曲文獻叢刊》本、《古本戲曲叢刊初集》本改。

墻角聯吟〔一〕

【越調鬥鵪鶉】玉宇無塵，銀河瀉影。月色横空，花陰滿庭。羅袂生寒，芳心自警。側着耳朵兒聽，躡着脚步兒行。悄悄冥冥，潛潛等等。

【紫花兒序】等待那齊齊整整，裊裊婷婷，姐姐鶯鶯。一更之後，萬籟無聲，直至鶯庭。若是迴廊下没揣的見俺可憎，將他來緊緊的摟定，則問你那會少離多，有影無形。

【金蕉葉】猛聽得角門兒呀的一聲，風過處花香細生。踮着脚尖兒仔細定睛，比着那初見時龐兒越整。

【調笑令】我這裏甫能見娉婷，比着那月殿裏嫦娥也不恁般撑。遮遮掩掩穿芳徑，料應那小脚兒難行。可喜娘的臉兒百媚生，兀的不引了人魂靈。

【小桃紅】夜深香靄散空庭，簾幕東風静。拜罷也斜將曲檻憑，長吁了兩三聲，剔團圞明月如懸鏡。又不是輕雲薄霧，都則是香烟人氣，兩般兒氤氳不分明。

【禿厮兒】早是那臉兒上撲堆着可憎，那堪那心兒裏埋没着聰明。他把那新詩和得忒應聲，一字字，訴真情，堪聽。

【聖藥王】那語句清，音律輕，小名兒不枉了唤做鶯鶯。他若是共小生，厮覷定，隔墻兒酬和到天明，方信道惺惺的自古惜惺惺。

【麻郎兒】我拽起羅衫欲行，他陪着笑臉兒相迎。不做美的紅娘忒淺情，便做道謹依來命。

【么】我忽聽得一聲，猛驚，元來是撲刺刺的宿鳥飛騰。顫巍巍花梢弄影，亂紛紛落紅滿徑。

【絡絲娘】空撇下碧澄澄蒼苔露冷，明皎皎花篩月影。白日淒涼枉耽病，今夜把相思再整。

【東原樂】簾垂下，户已扃，却纔個悄悄的相問，他那裏低低應。月朗風清恰二更，厮徯倖，他無緣，小生薄命。

【綿搭絮】恰尋歸路，佇立空庭。竹梢風擺，斗柄雲横。呀，今夜淒涼有四星，他不偢人待怎生。雖然是眼角傳情，咱兩個口不言，心自省。

【拙魯速】對着盞碧熒熒短檠燈，倚着扇冷清清的舊幃屏。燈兒又不明，夢兒又不成。窗兒外淅零零的風兒透疏欞，忒楞楞紙條兒鳴。枕頭兒上孤另，被窩兒裏寂静。你便是鐵石人，鐵石人也動情。

【么】怨不能，恨不成；，坐不安，睡不寧。有一日柳遮花映，霧障雲屏，夜闌人静，海誓山盟。恁時節風流嘉慶，錦片也似前程。美滿恩情，咱兩個畫堂春自生。

【尾聲】一天好事從今定，一首詩分明照證。再不向青瑣闥夢兒中尋，則去那碧桃花樹兒下等。

校　箋

〔一〕此齣齣目，《日本所藏中國稀見戲曲文獻叢刊》本題作「花陰倡和」，《古本戲曲叢刊初集》本題作「墻角聯吟」。

齋壇鬧會〔一〕

【雙調新水令】梵王宫殿月輪高，碧琉璃瑞烟籠罩。香烟雲蓋結，諷咒海波潮。幡影飄飖，諸檀越盡來到。

【駐馬聽】法鼓金鐃，二月春雷響殿角；鐘聲佛號，半天風雨灑松梢。侯門不許老僧敲，紗窗外定有紅娘報。害相思饞眼惱，見他時須看個十分飽。

【沉醉東風】惟願存人間的壽高，亡化的天上逍遥。爲曾祖父先靈，禮佛法僧三寶，焚名香暗中禱告。則願得梅香休劣，夫人休焦，犬兒休惡，佛羅，早成就了幽期密約。

【雁兒落】我則道玉天仙離了碧霄，元來是可意種來清醮。小子多愁多病身，怎當他傾國傾城貌。

【得勝令】恰便似檀口點櫻桃，粉鼻兒倚瓊瑶。淡白梨花面，輕盈楊柳腰。妖嬈，滿面兒撲堆着俏，苗條，一團兒衠是嬌。

【喬牌兒】大師年紀老，法座上也凝眺。舉名的班首痴呆傍，覷着法聰頭做金磬敲。

【甜水令】老的少的，村的俏的，没顛没倒，勝似鬧元宵。稔色人兒，可意冤家，怕人知道，看時節泪眼偷瞧。

【折桂令】着小生迷留没亂，心癢難撓。哭聲兒似鶯囀喬林，泪珠兒似露滴花梢。大師也難學，把一個發慈悲的臉兒來朦着。擊磬的頭陀懊惱，添香的行者心焦。燭影風搖，香靄雲飄，貪看鶯鶯，燭滅香消。

【錦上花】外像兒風流青春年少，内性兒聰明貫世才學。扭捏着身子兒百般做作，來往向人前，賣弄俊俏。

【么】黄昏這一回，白日那一覺，窗兒外那會獲鐸。到晚來向書幃裏比及睡着，千萬聲長吁捱不到曉。

【碧玉簫】情引眉梢，心緒我知道；愁種心苗，情思我猜着。暢懊惱，響鐺鐺雲板敲。行者又嚎，沙彌又哨。恁，須不奪人之好。

【鴛鴦煞】有心争奈無心好，多情却被無情惱。勞攘了一宵〔二〕，月兒沉，鐘兒響，鷄兒叫。唱道是玉人歸去得疾，好事收拾得早。道場畢，諸人散了。酩子裏各歸家，葫蘆提鬧到曉。

校　箋

〔一〕此齣齣目，《日本所藏中國稀見戲曲文獻叢刊》本題作「清醮目成」，《古本戲曲叢刊初集》本題作「齋壇鬧會」。

〔二〕攘：底本原作「嚷」，據《古本戲曲叢刊初集》本改。

白馬解圍〔一〕

【仙吕八聲甘州】懨懨瘦損，早是傷神，那值殘春。羅衣寬褪，能消幾個黄昏？風裊篆烟不捲簾，雨打梨花深閉門。無語憑闌干，目斷行雲。

【混江龍】落紅成陣，風飄萬點正愁人。池塘夢曉，蘭檻辭春。蝶粉輕沾飛絮雪，燕泥香惹落花塵。繫春心，情短柳絲長；隔花陰，人遠天涯近。香消了六朝金粉，清減了三楚精神。

【油葫蘆】翠被生寒壓綉裀，休將蘭麝熏。便將蘭麝熏盡，則索自温存。昨宵錦囊佳製明勾引，今日個玉堂人物難親近。這些時睡又不安，坐又不寧。我欲待登臨不快，閑行又悶，每日價情思睡昏昏。

【天下樂】紅娘呵，我則索搭伏定鮫綃枕頭兒上盹，但出閨門，影兒般不離身，這些時直恁般堤防着人。小梅香伏侍得勤，老夫人拘繫得緊，則怕俺女孩兒家折了氣分。

【那吒令】往常但見一個外人，氳的早嗔。但見一個客人，厭得倒褪。從見了那人，兜的便親。想着昨夜詩，依前韵，酬和得清新。

【鵲踏枝】吟得句兒勻，念得字兒真。咏月新詩，煞强似織錦迴文。誰肯把針兒將綫引，向東鄰通個殷勤。

【寄生草】想着文章士，旖旎人。他臉兒清秀身兒俊，性兒温克情兒順，不由人口兒裏作念心兒裏印。學得來一天星斗煥文章，不枉了十年窗下無人問。

【六么序】聽説罷魂離殼，見放着禍滅身，將袖梢兒揾住啼痕。好着我去住無因，進退無門，可着俺那窩兒裏人急偎親。孤孀子母無投奔，吃緊的先亡過了有福之人。耳邊厢金鼓連天振，征雲冉冉，吐雨紛紛。

【么】那厮每，風聞，胡云，道我眉黛青顰，蓮臉生春，恰便似傾國傾城的太真。兀的不送了他三百僧人，半萬賊兵，一霎時間敢剪草除根。這厮每于家爲國無忠信，恣情的擄掠人民。便將那天宫般蓋造焚燒盡，則没那諸葛孔明，便待要博望燒屯。

【後庭花】第一來免摧殘老太君，第二來免堂殿作灰燼〔二〕。第三來諸僧無事得安存，第四來先君靈柩穩。第五來歡郎雖是未成人，須是崔家後代孫。鶯鶯爲惜己身，不幸上從着亂軍。諸僧衆污血痕，將伽藍火内焚，先靈爲細塵。斷絶了愛弟親，割開慈母恩。

【柳葉兒】呀，將俺一家兒不留一個齠齔，待從軍又怕辱没了家門，我不如白練套頭兒尋個自盡。將我尸櫬〔三〕，獻與賊人，也須得個遠害全身。

【青哥兒】母親都做了鶯鶯生忿，對傍人一言難盡。母親休愛惜鶯鶯這一身，不揀何人，建立功勛，殺退賊兵，掃蕩妖氛，到陪家門。情願與英雄結婚姻，成秦晋。

【賺煞】諸僧衆各逃生，衆家眷誰偢問，這生不相識横枝兒着緊。非是書生多議論，也堤防着玉石俱焚。雖然是不關親，可憐見命在逡巡，濟不濟權將秀才來儘。果若有出師表文，嚇蠻書信，則願得筆尖兒横掃了五千人。

【正宫端正好】不念法華經，不禮梁皇懺。颩了僧伽帽，袒下偏紅衫。殺人心逗起英雄膽，兩隻手將烏龍尾鋼椽揝。

【滚綉毬】非是我貪，不是我敢，知他怎生喚做打參，大踏步直殺出虎窟龍潭。非是我攙，不是我攬，這些時吃菜饅頭委實口淡，五千人也不索炙煿煎爁。腔子裏熱血權消渴，肺腑内生心且解饞，有甚腌臢。

【叨叨令】浮沙羹寬片粉添些雜糁，酸黄虀爛豆腐休調淡，萬餘斤黑麵從教按，我將五千人做一頓饅頭餡。是必休誤了也麽哥，休誤了也麽哥，包殘餘肉把青鹽蘸。

【倘秀才】你那裏問小僧敢也那不敢，我這裏啓大師用咱那不用咱。飛虎將聲名播斗南。那厮能淫欲，會貪婪，誠何以堪。

【滚綉毬】我經文也不會談，逃禪也懶去參，戒刀頭近新來將鋼蘸，鐵棒上無半星兒土暗塵緘。别的僧不僧，俗不俗，女不女，男不男，則會齋得飽，去僧房中胡渰，那裏管焚燒了兜率也似伽藍。恁那裏善文能武人千里，盡在這濟困扶危書一緘，有勇無慚。

【白鶴子】着幾個小沙彌把幢幡寶蓋擎，壯行者將捍棒鑊叉擔。你排陣脚將衆僧安，我撞釘子把賊兵探。

【二】遠的破開步將鐵棒颩，近的順着手把戒刀釤。有小的提起來將脚尖撞，有大的扳下來把髑髏鍖〔四〕。

【三】瞅一瞅古都都翻了海波，滉一滉厮琅琅振動山岩。脚踏得赤力力地軸摇，手攀得忽剌剌天關撼。

【四】我從來駁駁劣劣，世不曾忐忐忑忑，打熬成不厭天生敢。我從來斬釘截鐵常居一，不似恁惹草拈花没掂三。劣性子，人皆摻。捨着命提刀仗劍，更怕我勒馬停驂。

【五】我從來欺硬怕軟，吃苦不甘，你休祇因親事胡撲俺。若是杜將軍不把干戈退，張解元干將風月擔。我將不志誠的言詞賺，倘或紕繆，倒大羞慚。

【收尾】恁與我助威風擂幾聲鼓，仗佛力呐一聲喊。綉旗下遥見英雄俺，我教那半萬賊兵唬破膽。

校　箋

〔一〕此齣齣目，《日本所藏中國稀見戲曲文獻叢刊》本、《古本戲曲叢刊初集》本題作「白馬解圍」。

〔二〕爐：底本原作「壚」，據《日本所藏中國稀見戲曲文獻叢刊》本、《古本戲曲叢刊初集》本改。

〔三〕槻：底本原作「䙶」，據《日本所藏中國稀見戲曲文獻叢刊》本改。

〔四〕鍖：《日本所藏中國稀見戲曲文獻叢刊》本作「勘」。

紅娘請宴〔一〕

【中吕粉蝶兒】半萬賊兵，捲浮雲片時掃盡，俺一家兒死裏逃生。舒心的列山靈，陳水陸，張君瑞合當欽敬。當日所望無成，誰承望一緘書，到爲了媒證。

【醉春風】今日東閣玳筵開，煞强如西廂和月等〔二〕。薄衾單枕有人温，早則不冷冷。受用足寶鼎香濃，綉簾風細，緑窗人静。

【脱布衫】幽僻處可有人行，點蒼苔白露泠泠。隔窗兒咳嗽了一聲，他啓朱唇急來答應。

【小梁州】則見他叉手忙將禮數迎，我這裏剛道個萬福先生〔三〕。烏紗小帽耀人明，白襴净，角帶傲黄鞓〔四〕。

【么】衣冠濟楚龐兒俊，可知道引動俺鶯鶯。據相貌，憑才性，我從來心硬，一見了也留情。

【上小樓】請字兒不曾出聲，去字兒連忙答應。可早鶯鶯根前，姐姐呼之，喏喏連聲。秀才每聞道請，恰便似聽將軍嚴令，我和那五臟神，願隨鞭鐙。

【么】第一來爲壓驚，第二來因謝承。不請街坊，不會親鄰，不受人情，避衆僧，請老兄和鶯鶯匹聘〔五〕。則見他歡天喜地，謹依來命。

【滿庭芳】來回顧影，文魔秀士，風欠酸丁〔六〕。下工夫將額顱十分净〔七〕，遲和疾擦倒蒼蠅。光油油耀花人眼睛，酸溜溜螫得牙疼。茶飯已安排定，淘下陳倉米數升，煠下七八碗軟蔓菁。

【快活三】咱人一事精百事精，一無成百無成。世間草木本無情，猶有相兼并。

【朝天子】休道是這生，年紀後生，恰學害相思病。天生聰俊，打扮得素净，奈夜夜成孤另。才子多情，佳人薄幸，兀的不擔閣了人性命。誰無一個信行，誰無一個志誠，恁兩個今夜親折證。

【四邊静】今宵歡慶，軟弱鶯鶯何曾慣經。你索款款輕輕，燈下交鴛頸。端詳了可憎，好煞人無乾净〔八〕。

【耍孩兒】俺那裏落紅滿地胭脂冷，休辜負了良辰美景。夫人遣妾莫消停，請先生勿得推稱。俺那裏准備着鴛鴦夜月銷金帳，孔雀春風軟玉屏。樂奏合歡令，有鳳簫象板，錦瑟鸞笙。

【四煞】聘財斷不争，婚姻事有成，新婚燕爾安排慶。你明博得跨鳳乘鸞客，我到晚來卧看牽牛織女星〔九〕。休僥幸，不要你半絲兒紅綫，成就了一世前程。

【三煞】憑着你滅寇功，舉將能，兩般兒功效如紅定。爲甚俺鶯娘心下十分順，都則爲君瑞胸中百萬兵。越顯得文風盛，受用足珠圍翠繞，結果了黄卷青燈。

【二煞】夫人衹一家，老兄無伴等，爲嫌繁冗尋幽静。單請你個有恩有義閑中客，迴避了無是無非窗下僧。夫人的命，道足下莫教推托，和賤妾即便隨行。

【收尾】先生休作謙，夫人專意等。常言道恭敬不如從命，休使得梅香再來請。

校　箋

〔一〕此齣齣目，《日本所藏中國稀見戲曲文獻叢刊》本題作「東閣邀賓」，《古本戲曲叢刊初集》本題作「紅娘請宴」。

〔二〕煞：底本原作「索」，據《日本所藏中國稀見戲曲文獻叢刊》本、《古本戲曲叢刊初集》本改。

〔三〕剛道個：底本無，據《日本所藏中國稀見戲曲文獻叢刊》本、《古本戲曲叢刊初集》本補。

〔四〕傲：底本原作「鬧」，據《日本所藏中國稀見戲曲文獻叢刊》本、《古本戲曲叢刊初集》本改。

〔五〕聘：底本原作「娉」，據《日本所藏中國稀見戲曲文獻叢刊》本、《古本戲曲叢刊初集》本改。

〔六〕欠：此字底本夾註有「音要」二字。

〔七〕净：底本原作「挣」，據《日本所藏中國稀見戲曲文獻叢刊》本改。

〔八〕煞：底本原作「殺」，據《日本所藏中國稀見戲曲文獻叢刊》本、《古本戲曲叢刊初集》本改。

〔九〕我：底本無，據《日本所藏中國稀見戲曲文獻叢刊》本、《古本戲曲叢刊初集》本補。

夫人停婚〔一〕

【雙調五供養】若不是張解元識人多，别一個怎退干戈。排着酒果，列着笙歌。篆烟微，花香細，散滿東風簾幕。救了咱全家禍，殷勤呵正禮，欽敬呵當合。

【新水令】恰纔向碧紗窗下畫了雙蛾，拂拭了羅衣上粉香浮污。將指尖兒輕輕的貼了鈿窩。若不是驚覺人呵，猶壓着綉衾卧。

【么】没查没利謊僂儸，道我宜梳妝的臉兒，吹彈的破。你那裏休聒，不當一個信口開合。知他命福是如何，我做一個夫人也做得過。

【喬木查】我相思爲他，他相思爲我，從今後兩下裏相思都較可。酬賀間禮當酬賀，俺母親也好心多。

【攪箏琶】他怕我是賠錢貨，兩當一便成合。據着他舉將除賊，也消得家緣過活。費了甚一股，那便結絲蘿，休波。省人情的奶奶忒慮過，恐怕張羅。

【慶宣和】門兒外簾兒前將小脚兒那，我却待目轉秋波。誰想那識空便的靈心兒早瞧破，諕得我倒趓，倒趓。

【雁兒落】諕得我荊棘刺，怎動那。死没藤，無回豁。措支刺，不對答；軟兀刺，難存坐。

【得勝令】誰承望這即即世世老婆婆，着鶯鶯做妹妹，拜哥哥。白茫茫溢起藍橋水，撲騰騰點着祅廟火。碧澄澄清波，撲剌剌將比目魚分破。急穰穰因何？扢搭地把雙眉鎖納合。

【甜水令】我這裏粉頸低垂，蛾眉顰蹙，芳心無那，俺可甚麽相見話多。星眼朦朧，檀口咨嗟，攧窨不過，這席面兒暢好是烏合。

【折桂令】他其實咽不下玉液金波，誰承望月底西厢，變做了夢裏南柯。泪眼偷淹，酩子裏揾濕了香羅。他那裏眼倦開軟癱做一垜，我這裏手難抬稱不起肩窩。病染沉痾，斷然難活，則被你送了人呵，當甚麽嘍囉。

【月上海棠】而今煩惱猶閑可，久後思量怎奈何。有意訴衷腸，怎奈母親側坐。成抛趄，咫尺間如問闊。

【么】一杯悶酒尊前過，低首無言自摧挫，不堪醉顔酡。可早嫌玻璃盞大，從因我，酒上心來覺可。

【喬牌兒】老夫人轉關兒没定奪，啞謎兒怎猜破。黑閣落甜話兒將人和，請將來着人不快活。

【江兒水】佳人自來多命薄，秀才每從來懦。悶殺没頭鵝，撇下賠錢貨，下場頭那些兒發付我。

【殿前歡】恰纔個笑呵呵，都做了江州司馬淚痕多。若不是一封書將半萬賊兵破，俺一家兒怎得存活。他不想結姻緣想甚麽？到如今難捉摸。老夫人説謊天來大，當日成也是恁個母親，今日敗也是恁個蕭何。

【離亭宴帶歇拍煞】從今後玉容寂寞梨花朵，胭脂淺淡櫻桃顆。這相思何時是可？昏鄧鄧黑海來深，白茫茫陸地來厚，碧悠悠青天般闊。太行山般高仰望，東洋海般深思渴。毒害的恁麽，將顫巍巍雙頭花蕊搓，香馥馥縷帶同心割，長攙攙連理瓊枝挫。白頭娘不負荷，青春女成擔閣。將俺那錦片也似前程蹬脱，俺娘把甜句兒落空了他，虚名兒誤賺了我。

校　箋

〔一〕此齣齣目，《日本所藏中國稀見戲曲文獻叢刊》本題作「杯酒違盟」，《古本戲曲叢刊初集》本題作「母氏停婚」。

鶯鶯聽琴〔一〕

【越調鬥鵪鶉】雲斂晴空，冰輪乍涌。風掃殘紅，香階亂擁。離恨千端，閑愁萬種。夫人那靡不有初，鮮克有終。他做了個影兒裏的情郎，我做了個畫兒裏的愛寵。

【紫花兒序】則落得心兒裏念想，口兒裏閑題，則索向夢兒中相逢。俺娘昨日個大開東閣，我則道怎生般炮鳳烹龍。朦朧，可教我翠袖殷勤捧玉鍾。却不道主人情重，則爲那兄妹排連，因此上魚水難同。

【小桃紅】人間看波，玉容深鎖綉幃中，怕有人搬弄。想嫦娥西没東生，有誰共？怨天宫，裴航不作游仙夢。這雲似我羅幃數重，祇恐怕嫦娥心動，因此上圍住廣寒宫。

【天净沙】莫不是步摇得寶髻玲瓏？莫不是裙拖得環珮玎玲？莫不是鐵馬兒檐前驟

風？莫不是金鈎雙控，吉玎璫敲響簾櫳？

【調笑令】莫不是梵王宫夜撞鐘？莫不是疏竹瀟瀟曲檻中？莫不是牙尺剪刀聲相送？莫不是漏聲長滴響壺銅？潛身再聽在墻角東，元來是近西廂理結絲桐。

【禿厮兒】其聲壯似鐵騎刀槍冗冗，其聲幽似落花流水溶溶。其聲高似風清月朗鶴唳空，其聲低似聽兒女語小窗中喁喁。

【聖藥王】他那裏思不窮，我這裏意已通，嬌鸞雛鳳失雌雄。他曲未終，我意轉濃，争奈伯勞飛燕各西東，盡在不言中。

【麻郎兒】這的是令他人耳聰，訴自己情衷。知音者芳心自懂〔二〕，感懷者斷腸悲痛。

【么】這一篇與本宫始終不同，又不是清夜聞鐘，又不是黄鶴醉翁，又不是泣麟悲鳳。

【絡絲娘】一字字更長漏永，一聲聲衣寬帶鬆。别恨離愁，變做一弄，越教人知重。

【東原樂】這的是俺娘的機變，非干妾身脱空，若由得我呵，乞求效鸞鳳。俺娘無夜無明并女工，我若得些兒閑空，怎教你無人處把妾身作誦。

【綿搭絮】疏簾風細，幽室燈清。都則是一層紅紙，幾榥兒疏欞。兀的不似隔着雲山幾萬重。怎得個人來，信息通。便做道十二巫峰，他也曾赴高唐來夢中。

【拙魯速】則見他走將來氣衝衝，怎不教人恨匆匆。諕得人來怕恐，早是不曾轉動。女孩兒家直恁響喉嚨，緊摩弄，索將他攔縱。

【尾聲】則說道夫人時下有些唧噥，好共歹不着你落空。不問俺口不應的狠毒娘，怎肯着別離了志誠種。

【絡絲娘煞尾】不争惹恨牽情鬥引，少不得廢寢忘餐病證。

校　箋

〔一〕此齣齣目，《日本所藏中國稀見戲曲文獻叢刊》本題作「琴心挑引」，《古本戲曲叢刊初集》本題作「琴心寫懷」。

〔二〕憧：底本原作「憧」，據《日本所藏中國稀見戲曲文獻叢刊》本、《古本戲曲叢刊初集》本改。

錦字傳情〔一〕

【仙吕點絳唇】相國行祠，寄居蕭寺，因喪事。幼女孤兒，將欲從軍死。

【混江龍】謝張生伸志，一封書到便興師。顯得文章有用，足見天地無私。若不是剪草除根半萬賊，險些兒滅門絶户俺一家兒。鶯鶯君瑞，許配雄雌。夫人失信，推托别詞。

將婚姻打滅，以兄妹爲之，如今都廢却成親事。一個價糊突胸中錦綉，一個價泪流濕臉上胭脂。

【油葫蘆】憔悴了潘郎鬢有絲，杜韋娘不似舊時，一個帶圍寬清減了瘦腰肢。一個睡昏昏不待要觀經史，一個意懸懸懶去拈針黹。一個絲桐上調弄出離恨譜，一個花箋上删抹成斷腸詩。一個筆下寫幽情，一個弦上傳心事。兩下裏都一樣害相思。

【天下樂】方信道才子佳人信有之，紅娘看時，有這乖性兒，則怕有情人不遂心也似此。見他害的有些抹媚，我遭着没三思，一納頭安排着憔悴死。

【村里迓鼓】我將這紙窗時濕破，悄聲兒窺視。多管是和衣兒睡起，羅衫上前襟褶袛。孤眠况味，凄凉情緒，無人伏侍。覷了他澀滯氣色，聽了他微弱聲息，看了他這黄瘦臉兒。你若不悶死，多應是害死。

【元和令】金釵敲門扇兒，我是個散相思五瘟使。俺小姐想着風清月朗夜深時，使紅娘來探你。俺小姐至今胭粉未曾施，念到有一千番張殿試。

【上馬嬌】他若是見了這詩，看了這詞，他敢顛倒費神思。這妮子怎敢胡行事，他可敢嗤嗤的扯做紙條兒。

【勝葫蘆】哎，你個饞窮酸倈没意兒，賣弄你有家私，莫不圖謀你的東西來到此？先生的錢物與紅娘作賞賜，非是我愛你的金貲。

【么】你看人似桃李春風墻外枝，又不比賣俏倚門兒，我雖是個婆娘有氣志。則説道可憐見小子隻身獨自，顛倒有個尋思。

【後庭花】我則道拂花牋打稿兒，元來他染霜毫不勾思。先寫下幾句寒温序，後題着五言八句詩。不移時把花牋錦字，叠做個同心方勝兒。忒風流忒煞思，忒聰明忒浪子。雖然是假意兒，小可的難到此。

【青歌兒】顛倒寫鴛鴦鴛鴦兩字，方信道在心在心爲志，看喜怒其間覷個意兒。放心波學士，我願爲之，并不推辭，自有言詞。則説道昨夜彈琴的那人兒教傳示。

【寄生草】你將那偷香手，准備着折桂枝。休教那淫詞兒污了龍蛇字，藕絲兒縛定了鵾鵬翅，黄鶯兒奪了鴻鵠志。休爲這翠幃錦帳一佳人，誤了你玉堂金馬三學士。

【尾聲】沈約病多般，宋玉愁無二，清減了相思樣子。咱眉眼傳情未了時，中心日夜藏之。怎敢因而有美玉于斯，我須教有發落歸着這張紙。憑着我舌尖兒上説詞，更和這簡帖兒裏心事，管教那人來探你一遭兒。

校　箋

〔一〕此齣齣目，《日本所藏中國稀見戲曲文獻叢刊》本、《古本戲曲叢刊初集》本題作「錦字傳情」。

妝臺窺簡〔一〕

【中吕粉蝶兒】風静簾閑，透紗窗麝蘭香散，啓朱扉摇響雙環。絳臺高，金荷小，銀釭猶燦。比及將暖帳輕彈，先揭起這梅紅羅軟簾偷看。

【醉春風】則見他釵嚲玉斜横，髻偏雲亂挽。日高猶自不明眸，暢好是懶、懶。半晌抬身，幾回搔耳，一聲長嘆。

【普天樂】晚妝殘，烏雲嚲。輕勻了粉臉，亂挽起雲鬟。將簡帖兒拈，把妝盒兒按。拆開封皮孜孜看，顛來倒去不害心煩。則見他俺厭的扢皺了黛眉〔二〕，忽地波低垂了粉頸，氲的呵改變了朱顔。

【快活三】分明是你過犯，没來由把我摧殘，使别人顛倒惡心煩。你不慣，誰曾慣？

【朝天子】張生近間面顔，瘦得來實難看，不思量茶飯。怕見動憚，曉夜將佳期盼，廢寢忘餐。黄昏清旦，望東墻淹泪眼。病患要安，則除是出幾點風流汗。

【四邊静】怕人家調犯，早共晚夫人見些破綻，你我何安？ 問甚麽遭危難，咱攛斷得上竿，掇了梯兒看。

【脱布衫】小孩兒家口没遮攔，一味的言語攛殘。 把似你使性子，休思量那秀才，做多少好人家風範。

【小梁州】他爲你夢裏成雙覺後單，廢寢忘餐。 羅衣不奈五更寒，愁無限，寂寞泪闌干。

【么】似這等辰勾月空把佳期盼，我將這角門兒是不曾牢拴，則願你做夫妻無危難。 我向筵席頭上整扮，做一個縫了口的撮合山。

【石榴花】當日個晚妝樓上杏花殘，猶自怯衣單，那一片聽琴心清露月明間。 昨日個向晚不怕春寒，幾乎險被先生賺，那其間豈不胡顔。 爲一個不酸不醋風魔漢，隔墻兒險化做望夫山。

【鬥鵪鶉】你用心兒撥雨撩雲，我好意兒與你傳書寄簡。 不肯搜自己狂爲，則待要覓别人破綻。 受艾焙權時忍這番，暢好是奸。 對人前巧語花言，背地裏愁眉泪眼。

【上小樓】這的是先生命慳，須不是紅娘違慢。 那簡帖兒到做了你的招狀，他的勾頭，我的公案。 若不覷面顔，厮顧盼，擔饒輕慢，争些兒把紅娘拖犯。

【么】從今後相會少，見面難。月暗西厢，鳳去秦樓，雲歛巫山。你也赸，我也赸，請先生休訕，早尋個酒闌人散。

【滿庭芳】你休要呆里撒奸，你待要恩情美滿，却教我骨肉摧殘。老夫人手執着棍兒摩娑看，粗麻綫怎透得針關。直待要拄着拐幫閑鑽懶[三]，縫合唇送暖偷寒。消息兒踏定泛，禁不得你甜話兒熱趲，好教我兩下裏做人難。

【耍孩兒】幾曾見寄書的顛倒瞞着魚雁[四]？小則小心腸兒轉關。寫着道西厢待月等更闌，着你跳過東墻，女字邊干。元來那詩句兒裏包籠着三更棗，簡帖兒裏埋伏着九里山，他着緊處將人慢。您會雲雨的鬧中取静，我寄音書的忙裏偷閑。

【四煞】紙光明玉版，字香噴麝蘭，行兒邊湮透的非是春汗[五]。一緘情泪紅猶濕，滿紙春心墨未乾。從今後休疑難，放心波玉堂學士，穩情取金雀丫鬟[六]。

【三煞】他人行别樣親，俺跟前取次看，更做道孟光接了梁鴻案[七]。别人行甜言美語三冬暖，我跟前惡語傷人六月寒。我回頭兒看，看你離魂倩女，怎發付擲果潘安。

【二煞】隔墻花又低，迎風户半拴，偷香手段今番按。怕墻高怎把龍門跳，嫌花密難將仙桂攀。放心去，休辭憚，你若不去呵望穿他盈盈秋水，蹙損了淡淡春山。

【尾聲】你雖是去兩遭，我敢道不如這番。隔墻酬和都胡侃，證果的是今番這一簡。

校箋

〔一〕此齣齣目，《日本所藏中國稀見戲曲文獻叢刊》本題作「妝臺窺簡」，《古本戲曲叢刊初集》本題作「玉臺窺簡」。

〔二〕俺厭的：《日本所藏中國稀見戲曲文獻叢刊》本作「厭的波」，《古本戲曲叢刊初集》本作「厭的」。

〔三〕幫閑：底本原作「棒閑」，據《日本所藏中國稀見戲曲文獻叢刊》本、《古本戲曲叢刊初集》本改。

〔四〕顛倒：《日本所藏中國稀見戲曲文獻叢刊》本無此二字，眉批稱「坊本『瞞』字上增『顛倒』二字，便覺纏繞」。

〔五〕非是：《日本所藏中國稀見戲曲文獻叢刊》本作「非」，眉批稱「今本『非』字下增一『是』字，句便羞澀」。

〔六〕情取：底本原作「倩取」，據《日本所藏中國稀見戲曲文獻叢刊》本改。

〔七〕更：底本原作「便」，據《日本所藏中國稀見戲曲文獻叢刊》本、《古本戲曲叢刊初集》本改。

乘夜逾墻〔一〕

【雙調新水令】晚風寒峭透窗紗，控金鈎綉簾不掛。門闌凝暮靄，樓角斂殘霞。恰對菱花，樓上晚妝罷。

【駐馬聽】不近喧嘩，嫩緑池塘藏睡鴨；自然幽雅，淡黄楊柳帶栖鴉。金蓮蹴損牡丹芽，玉簪抓住荼蘼架。夜凉苔徑滑，露珠兒濕透凌波襪。

【喬牌兒】自從那日初出時想月華〔二〕，捱一刻似一夏。柳梢斜日遲遲下，好教賢聖打。

【攪筝琶】打扮的身子兒詐，准備着雲雨會巫峽。衹爲這燕侶鶯儔，鎖不住心猿意馬。二三日水米不粘牙，因小姐閉月羞花，真假。這其間性兒難按納，一地裏胡拿。

【沉醉東風】我則道槐影風摇暮鴉，元來是玉人帽側烏紗。一個潛身在曲檻邊，一個背立在湖山下。那裏叙寒温并不曾打話，便做道摟得慌呵。你也索覷咱，多管是餓得你個窮神眼花〔三〕。

【喬牌兒】你看那淡雲籠月華，似紅紙護銀蠟。柳絲花朵垂簾下，緑莎茵鋪着綉榻。

【甜水令】〔四〕良夜迢迢，閑庭寂静，花枝低亞。他是個女孩兒家，你索將性兒温存，話兒摩弄，意兒浹洽，休猜做敗柳殘花。

【折桂令】他是個嬌滴滴美玉無瑕，粉臉生春，雲鬢堆鴉。恁的般受怕擔驚，又不圖甚浪酒閑茶。則你那夾被兒時當奮發，指頭兒告了消乏。打叠起嗟呀，畢罷了牽掛，收拾了憂愁，准備着撑達。

【錦上花】爲甚媒人，心無驚怕，赤緊的夫妻每意不争差。我這裏躡足潛踪，悄地聽咱。一個羞慚，一個怒發。

【么】張生無一言，呀！鶯鶯變了卦。一個悄悄冥冥，一個絮絮答答。却早禁住隋何，迸住陸賈。叉手躬身，妝聾做啞。

【清江引】没人處則會閑嗑牙，就裏空奸詐。怎想湖山邊，不記西厢下，香美娘分破花木瓜。

【雁兒落】不是俺一家兒喬作衙，説幾句衷腸話。我則道你文學海樣深，誰知你色膽天來大。

【得勝令】誰着你夤夜入人家，非奸做賊拿。你是個折桂客，做了偷花漢，不想去跳龍門，學騙馬。謝小姐賢達，看我面逐情罷。若到官司詳察，准備着精皮膚吃頓打。

【離亭宴帶歇拍煞】再休題春宵一刻千金價，准備着寒窗更守十年寡。猜詩謎的杜家，氽拍了迎風户半開，山障了隔墻花影動，緑慘了待月西厢下。你將何郎傅粉搽，他自把張敞眉兒畫。强風情措大，晴乾了尤雲殢雨心，悔過了竊玉偷香膽，删抹了倚翠偎紅話。淫詞兒早則休，簡帖兒從今罷。尚兀自參不透風流調法，從今後悔罪卓文君，你與我學去波漢司馬〔五〕！

校箋

〔一〕此齣齣目，《日本所藏中國稀見戲曲文獻叢刊》本、《古本戲曲叢刊初集》本題作「乘夜逾墻」。

〔二〕出：底本無，據《古本戲曲叢刊初集》本補。

〔三〕神：《日本所藏中國稀見戲曲文獻叢刊》本作「酸」，眉批稱「『酸』，今本作『神』」。

〔四〕【甜水令】：底本原作「【新水令】」，據《日本所藏中國稀見戲曲文獻叢刊》本、《古本戲曲叢刊初集》本改。

〔五〕去：底本此字漫漶，據《日本所藏中國稀見戲曲文獻叢刊》本、《古本戲曲叢刊初集》本補。

倩紅問病〔一〕

【越調鬥鵪鶉】則爲你彩筆題詩，迴文織錦。送得人卧枕着床，忘餐廢寢。折倒得鬢似愁潘，腰如病沈。恨已深，病已沉。昨日個熱臉兒對面搶白，今日個冷句兒將人厮侵。

【紫花兒序】把似你休倚着龍門兒待月，依着韵脚兒聯詩，側着耳朵兒聽琴。怒時節把一個書生來迭噷，歡時節將一個侍妾來逼臨。難禁，好着我似綫脚兒般殷勤不離了針。從今後教他一任，將人的義海恩山，都做了遠水遥岑。

【天净紗】心不存學海文林，夢不離柳影花陰，則去那竊玉偷香上用心，又不曾得甚。自從海棠開，想到如今。

【調笑令】我這裏自審，這病爲邪淫，尸骨岩岩鬼病侵。更做道秀才每從來恁，似這般干相思的好撒吞。功名上早則不遂心，婚姻上更返吟復吟。

【小桃紅】桂花摇影夜深沉，酸醋當歸浸。面靠着湖山背陰裏窨，這方兒最難尋。一服兩服令人恁，忌的是知母未寢，怕的紅娘撒沁〔二〕。吃了呵，穩情取使君子一星兒參。

【鬼三台】足下其實啉，休妝吞。笑你個風魔的翰林，無處問佳音，向簡帖兒上計禀。得了個紙條兒恁般綿裏針，若見玉天仙，怎生軟厮禁。俺那小姐忘恩，赤緊的僂人負心。

【禿厮兒】身卧着一條布衾，頭枕着三尺瑶琴。他來時怎生和你一處寢，凍得來戰戰兢兢，説甚知音。

【聖藥王】果若你有心，他有心，昨日鞦韆院宇夜深沉。花有陰，月有陰，春宵一刻抵千金，何須詩對會家吟？

【東原樂】俺那鴛鴦枕，翡翠衾，便遂殺人心，如何肯賃？至如你不脱解，和衣兒更怕甚？不强如手執定指尖兒恁〔三〕？倘或成親，到大來福蔭。

【綿搭絮】他眉黛遠山鋪翠，眼横秋水無塵。體若凝酥，腰如嫩柳。俊的是龐兒，俏的是心。體態温柔，性格兒沉。雖不會法灸神針，猶勝似那救苦難觀世音。

【么】口兒裏慢沉吟，夢兒裏苦追尋。往事已沉，衹言目今。今夜相逢管教恁，不圖你白璧黄金，則要你滿頭花拖地錦。

【收尾】雖然是老夫人曉夜將門禁，好共歹須教你稱心。來時節肯不肯怎由他，見時節親不親盡在您。

【絡絲娘煞尾】因今宵傳言送語，看明日携雲握雨。

校　箋

〔一〕此齣齣目，《日本所藏中國稀見戲曲文獻叢刊》本、《古本戲曲叢刊初集》本題作「倩紅問病」。

〔二〕撒沁：底本原作「撒心」，據《日本所藏中國稀見戲曲文獻叢刊》本、《古本戲曲叢刊初集》本改。

〔三〕恁：底本原作「您」，據《日本所藏中國稀見戲曲文獻叢刊》本、《古本戲曲叢刊初集》本改。

月下佳期〔二〕

【仙吕點絳唇】佇立閑階，夜深香靄，横金界。瀟灑書齋，悶殺讀書客。

【混江龍】彩雲何在，月明如水浸樓臺。僧居禪室，鵶噪庭槐。風弄竹聲則道是金珮響，月移花影疑是玉人來。意懸懸業眼，急穰穰情懷。身心一片，無處安排。則索呆答孩，倚定門兒待。越越的青鸞信杳，黄犬音乖。

【油葫蘆】情思昏昏眼倦開，單枕側夢魂飛入楚陽臺。早知道無明無夜因他害，想當初不如不遇傾城色。人有過，必自責，勿憚改。我却待賢賢易色將心戒，怎禁他兜的上心來。

【天下樂】我則索倚定門兒手托腮，好着我難猜，來也那不來？夫人行料應難離側。望得人眼欲穿，想得人心越窄，多管是寃家不自在。

【那吒令】他若是肯來，早離了貴宅。他若是到來，便春生敝齋。他若是不來，似石沉大海。數着脚步兒行，倚定窗欞兒待，寄語多才。

【鵲踏枝】恁的般惡搶白，并不曾記心懷。撥得個意轉心回，夜去明來。空調眼色，經今半載，這其間委實難捱。

【寄生草】安排着害，准備着抬。想着這異鄉身，强把茶湯捱。則爲這可憎才，熬得心腸耐。辦一片志誠心，留得形骸在。試着那司天台打算半年愁，端的是太平車，約有十餘載。

【村里迓鼓】猛見他可憎模樣，早醫可九分不快。先前見責，誰承望今宵歡愛。着小姐這般用心，不才張珙合當跪拜。小生無宋玉般容，潘安般貌，子建般才。姐姐你則是可憐見爲人在客。

【元和令】綉鞋兒剛半折，柳腰兒勾一搦。羞答答不肯把頭抬，衹將鴛枕捱。雲鬟彷彿墜金釵，偏宜鬏髻兒歪。

【上馬嬌】我將這紐扣兒鬆，縷帶兒解，蘭麝散幽齋。不良會把人禁害，哈，怎不肯回過臉兒來？

【勝葫蘆】我這裏軟玉温香抱滿懷，呀，阮肇到天台，春至人間花弄色。將柳腰款擺，花心輕拆[二]，露滴牡丹開。

【么】但蘸着些兒麻上來，魚水得和諧，嫩蕊嬌香蝶恣采。半推半就，又驚又愛，檀口揾香腮。

【後庭花】春羅元瑩白，早見紅香點嫩色。燈下偷睛覷，胸前着肉揣。暢奇哉，渾身通泰，不知春從何處來。無能的張秀才，孤身西洛客，自從逢稔色，思量的不下懷。憂愁因間隔，相思無擺劃，謝芳卿不見責。

【柳葉兒】我將你做心肝兒般看待，斷不點污了小姐清白〔三〕。忘餐廢寢舒心害，若不是真心耐，至誠捱，怎能勾這相思苦盡甘來？

【青歌兒】成就了今宵今宵歡愛，魂飛在九霄九霄雲外。投至得見你個多情小奶奶，憔悴形骸，瘦似麻秸。今夜和諧，猶自疑猜。露滴香埃，風靜閑階，月射書齋，雲鎖陽臺。審問明白，祇疑是昨夜夢中來，愁無奈。

【寄生草】多丰韵，忒稔色。乍時相見教人害，霎時不見教人怪，些時得見教人愛。今宵同會碧紗厨，何時重解香羅帶？

【煞尾】春意透酥胸，春色横眉黛。賤却人間玉帛，杏臉桃腮。乘着月色，嬌滴滴越顯紅白。下香階，懶步蒼苔，動人處，弓鞋鳳頭窄。嘆鯫生不才，謝多嬌錯愛。是必破工夫，明夜早些兒來。

校箋

〔一〕此齣齣目，《日本所藏中國稀見戲曲文獻叢刊》本、《古本戲曲叢刊初集》本題作「月下佳期」。

〔二〕拆：底本原作「折」，據《日本所藏中國稀見戲曲文獻叢刊》本改。其眉批稱：「『拆』音『跐』，今誤作『折』」。

〔三〕斷不：底本無，據《日本所藏中國稀見戲曲文獻叢刊》本補。其眉批稱：「『斷不』句坊本去『斷不』二字，讀之輒令人意惡。」

堂前巧辯〔一〕

【越調鬥鵪鶉】則着你夜去明來，到有個天長地久。不爭你握雨携雲，常使我提心在口。則合帶月披星，誰着你停眠整宿？老夫人心較多，情性㑳。使不着我巧語花言，將没作有。

【紫花兒序】老夫人猜那窮酸做了新婿，小姐做了嬌妻，這小賤人做了捧頭。俺小姐這些時春山低翠，秋水凝眸。别樣的都休，試把你裙帶兒拴，紐門兒扣。比着那舊時肥瘦，出落的精神〔二〕，别樣的風流。

【金蕉葉】我着你但去處行監坐守，誰着你迤逗的胡行亂走。若問着此一節呵，如何訴休，你便索與他個知情的犯由。

【調笑令】你綉幃裏效綢繆，倒鳳顛鸞百事有。我却在窗兒外幾曾敢輕咳嗽，立蒼苔將綉鞋兒湮透。今日個嫩皮膚倒將粗棍抽，俺這通殷勤的着甚來由。

【鬼三台】夜坐時停了針綉，共姐姐閑窮究，説張生哥哥病久。咱兩個背着夫人，向書房問候。道夫人事已休，將恩變爲讎，着小生半途喜變做憂。他道紅娘你且先行，教小姐權時落後。

【秃厮兒】我則道神針法灸，誰承望燕侶鶯儔。他兩個經今月餘〔三〕，則是一處宿，何須一一問緣由。

【聖藥王】他每不識憂，不識愁，一雙心意兩相投。夫人得好休，便好休，這其間何必苦追求，常言道女大不中留。

【麻郎兒】秀才是文章魁首，姐姐是仕女班頭。一個通徹三教九流，一個曉盡描鸞刺綉。

【么】世有，便休，罷手，大恩人怎做敵頭。啓白馬將軍故友〔四〕，斬飛虎叛賊草寇。

【絡絲娘】不爭和張解元參辰卯酉，便是與崔相國出乖弄醜。到底干連着自己骨肉，夫人索窮究。

【小桃紅】當日個月明纔上柳梢頭〔五〕，却早人約黄昏後。羞的我腦背後，將牙兒襯着衫兒袖。猛凝眸，看時節則見鞋底尖兒瘦。一個揾香腮恣情的不休，一個摟腰肢啞聲兒廝耨。呸，那其間可怎生不害半星兒羞？

【小桃紅】既然漏泄怎干休，是我先投首。俺家裏賠茶賠酒到搊就〔六〕，你休愁何須約定通媒媾？我拚了個部署不收〔七〕，你元來苗而不秀。你是個銀樣鑞槍頭。

【東原樂】相思事，一筆勾，早則展放從前眉兒皺。美愛幽歡恰動頭〔八〕，既能够，兀的般可喜娘龐兒要人消受。

【收尾】來時節畫堂簫鼓鳴春晝，列着一對兒鸞交鳳友。那其間纔受你説媒紅，方吃你謝親酒。

校　箋

〔一〕此齣齣目，《日本所藏中國稀見戲曲文獻叢刊》本、《古本戲曲叢刊初集》本題作「堂前巧辯」。

〔二〕洛的：底本原作「落得」，據《日本所藏中國稀見戲曲文獻叢刊》本改。其眉批稱：「『洛的』，今本皆誤作『落得』。」

〔三〕經今：底本原作「今經」，據《日本所藏中國稀見戲曲文獻叢刊》本、《古本戲曲叢刊初集》本改。

〔四〕啓：底本原作「起」，據《日本所藏中國稀見戲曲文獻叢刊》本改。其眉批稱：「『啓』，今本作『起』，非。」

〔五〕當日個：底本原作「當夜」，據《日本所藏中國稀見戲曲文獻叢刊》本、《古本戲曲叢刊初集》本改。

〔六〕撋：底本此字旁夾註「音軟」二字。

〔七〕部署：底本原作「部置」，據《日本所藏中國稀見戲曲文獻叢刊》本、《古本戲曲叢刊初集》本改。

〔八〕恰：底本原作「却」，據《日本所藏中國稀見戲曲文獻叢刊》本、《古本戲曲叢刊初集》本改。

長亭送别〔一〕

【正宫端正好】碧雲天，黄花地，西風緊，北雁南飛。曉來誰染霜林醉？總是離人泪。

【滚綉毬】恨相見得遲，怨歸去得疾，柳絲長玉驄難繫，恨不得倩疏林掛住斜暉〔二〕。馬兒迍迍行，車兒快快隨，却告了相思迴避，破題兒又早别離。聽得道一聲去也，鬆了金釧，遥望見十里長亭，减了玉肌。此恨誰知？

【叨叨令】見安排着車兒馬兒不由人熬熬煎煎的氣，有甚麽心情花兒靨兒打扮的嬌嬌滴滴媚，准備着被兒枕兒則索昏昏沉沉的睡，從今後衫兒袖兒揾濕做重重叠叠泪。兀的不是悶殺人也麽哥，兀的不是悶殺人也麽哥。今已後書兒信兒〔三〕，索與我恓恓惶惶的寄。

【脱布衫】下西風黄葉紛飛，染寒烟衰草萋迷。酒席上斜簽着坐的，蹙愁眉死臨侵地。

【小梁州】我見他閣泪汪汪不敢垂，恐怕人知。猛然見了把頭低，長吁氣，推整素羅衣。

【么】雖然久後成佳配，奈時間怎不悲啼。意似痴，心如醉，昨宵今日，清減了小腰圍。

【上小樓】合歡未已，離愁相繼。想着俺前暮私情，昨日成親，今日别離。我諗知這幾日相思滋味，却元來比别離情更增十倍。

【么】年少呵輕遠别，薄情呵易弃擲。全不想腿兒相壓，臉兒相偎，手兒相携。你與俺崔相國做女婿，妻榮夫貴。但得一個并頭蓮，强如狀元及第。

【滿庭芳】供食太急，須臾對面，頃刻别離。若不是酒席間子母每當迴避，有心待與他舉案齊眉。

【么】雖然是厮守得一時半刻，也合着俺夫妻共桌而食。眼底空留意，尋思起就裏，險化做望夫石。

【快活三】將來的酒共食，嘗着似土和泥。假若便是土和泥，也有些土氣息、泥滋味。

【朝天子】暖溶溶玉杯，白泠泠似水，多半是相思泪。眼面前茶飯，怕不待要吃，恨塞滿愁腸胃。蝸角虛名，蠅頭微利，拆鴛鴦在兩下裏。一個這壁，一個那壁，一遞一聲長吁氣。

【四邊静】霎時間杯盤狼籍，車兒投東，馬兒向西。兩意徘徊，落日山横翠。知他今宵宿在那裏，有夢也難尋覔。

【耍孩兒】淋漓襟袖啼紅泪，比司馬青衫更濕。伯勞東去燕西飛，未登程先問歸期。雖然眼底人千里，且盡生前酒一杯。未飲時心先醉，眼中流血，心内成灰。

【五煞】到京師服水土，趁程途節飲食，順時自保揣身體。荒村雨露宜眠早，野店風霜要起遲。鞍馬秋風裏，最難調護，最要扶持。

【四煞】這憂愁訴與誰，這相思祇自知，老天不管人憔悴。泪添九曲黄河溢，恨壓三峰華嶽低。到晚來悶把西樓倚，見了些夕陽古道，衰柳長堤。

【三煞】笑吟吟一處來，哭啼啼獨自歸。歸家若到羅幃裏，昨日個綉衾香暖留春住，今夜個翠被生寒有夢知。留戀你别無意，見據鞍上馬，閣不住泪眼愁眉。

【二煞】你休憂文齊福不齊，我則怕你停妻再娶妻。你休要一春魚雁無消息，我這裏青鸞有信頻須寄。你却要金榜題名及早歸〔四〕，此一節君須記。若見那異鄉花草，再休似此處栖遲。

【一煞】青山隔送行，疏林不做美，淡烟暮靄相遮蔽。夕陽古道無人語，禾黍秋風聽馬嘶。我爲甚懶上車兒内，來時甚急，去後何遲。

【收尾】四圍山色中，一鞭殘照裏。遍人間煩惱填胸臆，量這些大小車兒，如何載得起。

校　箋

〔一〕此齣齣目，《日本所藏中國稀見戲曲文獻叢刊》本題作「長亭送别」，《古本戲曲叢刊初集》本題作「秋暮離懷」。

〔二〕斜暉：底本此二字漫漶，據《日本所藏中國稀見戲曲文獻叢刊》本、《古本戲曲叢刊初集》本補。

〔三〕今已後：底本原作「久已後」，據《日本所藏中國稀見戲曲文獻叢刊》本改。其眉批稱：「『今已後』，坊本作『久已後』，非。」

〔四〕要金榜題名及早歸：《日本所藏中國稀見戲曲文獻叢刊》本、《古本戲曲叢刊初集》本作「休金榜無名誓不歸」。

草橋驚夢[一]

【雙調新水令】望蒲東蕭寺暮雲遮，慘離情半林黄葉。馬遲人意懶，風急雁行斜。離恨重叠，破題兒第一夜。

【步步嬌】昨日個翠被香濃熏蘭麝，欹珊枕把身軀兒趄。臉兒厮揾者，仔細端詳，可憎的别。鋪雲鬢，玉梳斜，恰便似半吐初生月。

【落梅風】旅館欹單枕，秋蛩鳴四野，助人愁的是紙窗兒風裂。乍孤眠被兒薄又怯，冷清清幾時温熱？

【喬木查】走荒郊曠野，把不住心喬怯，喘吁吁難將兩氣接。疾忙趕上者，打草驚蛇。

【攪箏琶】他把我心腸扯，因此上不避路途賒。瞞過俺能拘管的夫人，穩住俺厮齊攢的侍妾。想着他臨上馬痛傷嗟，哭得我也似痴呆。不是我心邪，自别離已後，到西日初斜，想得來陡峻，瘦得來嘽嚈，則離得半個日頭。却早寬掩過翠裙三四褶，誰曾經這般磨滅。

【錦上花】有限姻緣，方纔寧貼。無奈功名，使人離缺。害不了的愁懷，却纔較些。掉不下的思量，如今又也。

【么】〔二〕清霜净碧波，白露下黄葉。下下高高，道路凹折。四野風來，左右亂措〔三〕。我這裏奔馳，他何處困歇？

【清江引】呆答孩店房兒裏没話説，悶對如年夜。暮雨催寒蛩，曉風吹殘月，今宵酒醒何處也？

【慶宣和】是人呵疾忙快分説，是鬼呵合速滅。聽説罷，將香羅袖兒拽，却元來是小姐。

【喬牌兒】你爲人須爲徹，將衣袂不藉。綉鞋兒被露水泥沾惹，脚心兒管踏破也。

【甜水令】想着你廢寢忘餐，香消玉減，花開花謝，猶自覺争些〔四〕。便枕冷衾寒，鳳隻鸞孤，月圓雲遮，尋思來有甚傷嗟。

【折桂令】想人生最苦離别，可憐見千里關山，獨自跋涉。似這般割肚牽腸，到不如義斷恩絶。雖然是一時間花殘月缺，你可休猜做瓶墜簪折。不戀豪杰，不羨驕奢，生則同衾，死則共穴。

【水仙子】硬圍着普救寺下鍬橛，强當住咽喉仗劍鉞。賊心腸，饞眼腦，天生得劣。休言語，靠後些。杜將軍你知道他是英杰，覷一覷着你爲了醢醬，指一指教你化做醬血〔五〕，騎着一匹白馬來也。

【雁兒落】緑依依墻高柳半遮，静悄悄門掩清秋夜。疏刺刺林梢落葉風，昏慘慘雲際穿窗月。

【得勝令】驚覺我的是顫巍巍竹影走龍蛇，虚飄飄莊周夢蝴蝶。絮叨叨促織兒無休歇，韵悠悠砧聲兒不斷絶。痛煞煞傷别，急煎煎好夢兒應難捨。冷清清的咨嗟，嬌滴滴玉人兒何處也？

【鴛鴦煞】柳絲長咫尺情牽惹，水聲幽彷佛人嗚咽。斜月殘燈，半明半滅。唱道是舊恨連綿，新愁鬱結。恨塞離愁，滿肺腑難淘瀉。除紙筆代喉舌，千種相思對誰説？

【絡絲娘】都則爲一官半職，阻隔得千山萬水。

校箋

〔一〕此齣齣目，《日本所藏中國稀見戲曲文獻叢刊》本、《古本戲曲叢刊初集》本題作「草橋驚夢」。

〔二〕【么】：底本無此曲牌，據《日本所藏中國稀見戲曲文獻叢刊》本和曲譜補。

〔三〕揑：底本此字旁夾註「音裂」二字。

〔四〕覺：底本原作「較」，據《日本所藏中國稀見戲曲文獻叢刊》本、《古本戲曲叢刊初集》本改。《日本所藏中國稀見戲曲文獻叢刊》本眉批稱：「『覺』一作『較』，非。」

〔五〕 嚽：底本此字旁夾註有「音咏」二字。

捷報及第〔一〕

【商調集賢賓】雖離了我眼前悶，却在心上有。不甫能離了心上，又早眉頭。忘了依然還又，惡思量無了無休。大都來一寸眉峰，怎當他許多顰皺。新愁，近來接着舊愁，厮混了難分新舊。舊愁似太行山隱隱，新愁似天塹水悠悠〔二〕。

【逍遥樂】曾經消瘦，每遍猶閑，這番最陡。何處忘憂，看時節獨上妝樓，手捲珠簾上玉鈎，空目斷山明水秀。見蒼烟迷樹，衰草連天，野渡横舟。

【掛金索】裙染榴花，睡損胭脂皺。紐結丁香，掩過芙蓉扣。綫脱珍珠，泪濕香羅袖。楊柳眉顰，人比黄花瘦。

【金菊花】早是我衹因他去減了風流，不争你寄得書來，又與我添些證候。説來的話兒不應口，無語低頭，書在手，泪凝眸。

【醋葫蘆】我這裏開時和泪開，他那裏修時和泪修。多管是閣着筆尖兒未寫，早泪先流，寄來書泪點兒猶自有。我將這新痕把舊痕湮透，正是一重愁番做兩重愁。

【么】當日向西厢月底潛，今日呵瓊林宴上搊。誰承望跳東墻脚步兒占了鰲頭，怎想道惜花心養成折桂手。脂粉叢裏包藏着錦綉，從今後晚妝樓改做了至公樓。

【梧葉兒】這汗衫他若是和衣卧，便是和我一處宿。但粘着他皮肉，不信不想我温柔。常不離了前後，守着他左右。緊緊的繫在心頭，拘管他胡行亂走。

【後庭花】當時五言詩緊趁逐，後來因七弦琴成配偶。他怎肯冷落了詩中意，我則怕生疏了弦上手。我須有個緣由，他如今功名成就，則怕他撇人在腦背後。湘江兩岸秋，當日娥皇因虞舜愁，今日鶯鶯爲君瑞憂。這九嶷山下竹，共香羅衫袖口。

【青哥兒】都一般啼痕啼痕湮透，似這等泪斑泪斑宛然依舊，萬古情緣一樣愁。涕泪交流，怨慕難收。對學士叮嚀説緣由，是必休忘舊。

【醋葫蘆】你逐宵野店上宿，休將包袱做枕頭，怕油脂膩展污了恐難酬〔三〕。倘或水浸雨濕休便扭，我則怕乾時節熨不開褶皺。一樁樁一件件仔細收留。

【金菊花】書封雁足此時修，情繫人心早晚休，長安望來天際頭。倚遍西樓，人不見，水空流。

【浪里來煞】他那裏爲我愁，我這裏因他瘦。臨行時啜賺人的巧舌頭，指歸期約定九月九。不覺的過了小春時候，到如今悔教夫婿覓封侯。

校　箋

〔一〕此齣齣目，《日本所藏中國稀見戲曲文獻叢刊》本、《古本戲曲叢刊初集》本題作「泥金報捷」。

〔二〕似：底本原作「是」，據《日本所藏中國稀見戲曲文獻叢刊》本、《古本戲曲叢刊初集》本改。

〔三〕展：底本此字上半殘，據《日本所藏中國稀見戲曲文獻叢刊》本、《古本戲曲叢刊初集》本補。

尺素緘愁〔一〕

【中呂粉蝶兒】從到京師，思量的心旦夕如是，向心頭橫倘着俺那鶯兒。請良醫，看胗罷，一星星説是。本意待推辭，則被他察虚實不須看視。

【醉春風】他道是醫雜症有方術，治相思無藥餌。你若是知我害相思，我甘心兒死、死。四海無家，一身客寄，半年將至。

【迎仙客】疑怪這噪花枝靈鵲兒，垂簾幕喜蛛兒，正應着短檠上夜來燈報時。若不是斷腸詞，決定是斷腸詩。寫時節管情泪如絲，既不呵怎生泪點兒封皮上漬？

【上小樓】這的是堪爲字史，當爲款識。有柳骨顔筋，張旭張顛，羲之獻之。此一時，彼一時，佳人才思，俺鶯鶯世間無二。

【么】俺做經咒般持，符籙般使。高似金章，重似金帛，貴似金資。這上面若僉個押字，使個令史，差個勾使，則是一張忙不及印赴期的咨示〔二〕。

【滿庭芳】怎不教張生愛你，堪與針工出色，女教爲師。幾千般用意針針是，可索尋思。長共短，又没個樣子。窄和寬，想像着腰肢。好共歹無人試，想當初做時，用煞那小心兒。

【白鶴子】這琴他教我閉門學禁指，留意譜聲詩。調養聖賢心，洗蕩巢由耳。

【二煞】這玉簪纖長如竹笋，細白似葱枝。温潤有清香，瑩潔無瑕玼。

【三煞】這斑管霜枝曾棲鳳凰時，因甚泪點漬胭脂。當時舜帝慟娥皇，今日教淑女思君子。

【四煞】這裹肚手中一葉綿，燈下幾回絲。表出腹中愁，果稱心間事。

【五煞】這鞋襪兒針脚兒細似蟣子，絹帛兒膩似鵝脂。既知禮不胡行，願足下當如此。

【快活三】冷清清客舍兒〔三〕，風淅淅雨絲絲。雨兒零，風兒細，夢回時，多少傷心事。

【朝天子】四肢不能動止，急切裏盼不到蒲東寺。小夫人須是你見時，别有甚閑傳示。

我是個浪子官人，風流學士，怎肯去戴殘花折舊枝。自從到此，不游閑街市。

【賀聖朝】少甚宰相人家，招婿的嬌姿。其間或有個人兒似你，那裏取那温柔，這般才思？鶯鶯意兒，怎不教人夢想眠思？

【耍孩兒】書房中傾倒個藤箱子，向箱子裏面鋪幾張紙。放時節用意取包袱，休教藤刺兒抓住綿絲。高抬在衣架上，怕吹了顔色；亂穰在包袱中，恐剉了褶兒。當如此，須教愛護，勿得因而。

【二煞】恰新婚，纔燕爾，爲功名來到此，長安憶念蒲東寺。昨宵愛春風桃李花開夜，今日愁秋雨梧桐葉落時。愁如是，身遥心邇，坐想行思。

【三煞】這天高地厚情，直到海枯石爛時，此時作念何時止。直到燭灰眼下纔無泪，蠶老心中罷却絲。我不比游蕩輕薄子，分夫婦的琴瑟，拆鸞鳳的雄雌。

【四煞】不聞黄犬音，難傳紅葉詩，驛長不遇梅花使。孤身去國三千里，一日歸心十二時。憑闌視，聽江聲浩蕩，看山色參差。

【尾聲】憂則憂我在病中，喜則喜你來到此。投至得引魂靈卓氏音書至，險將這害鬼病的相如盼望死。

校　箋

〔一〕此齣齣目，《日本所藏中國稀見戲曲文獻叢刊》本、《古本戲曲叢刊初集》本題作「尺素緘愁」。

〔二〕印：底本原作「卬」，據《日本所藏中國稀見戲曲文獻叢刊》本、《古本戲曲叢刊初集》本改。

〔三〕舍：底本原作「店」，據《日本所藏中國稀見戲曲文獻叢刊》本改。其眉批稱：「『舍』，今作『店』，非。」

鄭恒求配〔一〕

【越調鬥鵪鶉】賣弄你仁者能仁，倚仗你身裏出身。至如你官上加官，也不教你親上做親。又不曾執羔雁邀媒，獻幣帛問肯。恰洗了塵，便待要過門。枉腌了他金屋銀屏，枉污了他錦衾綉裀。

【紫花兒序】枉蠢了他梳雲掠月，枉羞了他惜玉憐香，枉村了他殢雨尤雲。當日三才始判，二儀初分。乾坤，清者爲乾，濁者爲坤。人在中間相混，君瑞是君子清貧，鄭恒是小人濁民。

【天净紗】把河橋飛虎將軍，叛蒲東擄掠人民，半萬賊屯合寺門。手横着雙刃，高叫道要鶯鶯做壓寨夫人。

【小桃紅】若不是洛陽才子善屬文，火急修書信。白馬將軍到時分，滅了烟塵，夫人小姐都心順。則爲他威而不猛，言而有信，因此上不敢慢于人。

【金蕉葉】他憑着講性理齊論魯論，作詞賦韓文柳文。他識道理爲人敬人，俺家人有信行知恩報恩。

【調笑令】你直一分，他直百十分，螢火焉能比月輪。高低遠近都休論，我拆白道字，辯與你個清渾。君瑞是個肖字，這壁着個立人，你是個寸木馬户尸巾。

【秃厮兒】他憑着師友，君子務本，你倚着父兄，仗勢欺人。虀鹽日月不嫌貧，治百姓新民傳聞。

【聖藥王】這厮喬議論，有向順，你道是官人則合做官人。信口噴，不本分，你道窮民到老是窮民，却不道將相出寒門。

【麻郎兒】他出家兒慈悲爲本，方便爲門。横死眼不識好人，招禍口不知分寸。

【么】訕筋發村使狠，甚的是軟款温存。硬打捱强爲眷姻，不睹事强諧秦晋。

【絡絲娘】你須是鄭相國嫡親舍人，須不是孫飛虎家生莽軍。喬嘴臉腌軀老死身分，少不得有家難奔。

【收尾】佳人有意郎君俊，我待不嗑來，其實怎忍。則好偷韓壽下風頭香，傅何郎左壁厢粉。

校　箋

〔一〕此齣齣目，《日本所藏中國稀見戲曲文獻叢刊》本、《古本戲曲叢刊初集》本題作「詭謀求配」。

衣錦還鄉〔一〕

【雙調新水令】一鞭驕馬出皇都，暢風流玉堂人物。今朝三品職，昨日一寒儒。御筆親除，將姓名翰林註。

【駐馬聽】張珙如愚，酬志了三尺龍泉萬卷書；鶯鶯有福，穩請了五花官誥七香車。身榮難忘借僧居，愁來猶記題詩處。從應舉，夢魂兒不離了蒲東路。

【喬牌兒】我謹躬身問起居，夫人這慈色爲誰怒。我則見丫鬟使數都厮覷，莫不我身邊有甚事故。

【雁兒落】若説着絲鞭仕女圖，端的是塞滿章臺路。小生向此間懷舊恩，怎肯别處尋親去。

【得勝令】豈不聞君子斷其初，我怎肯忘得有恩處？那一個賊畜生行嫉妒，走將來老夫人行厮見阻。不能勾嬌姝，早共晚施心數。説來的無徒，遲和疾上木驢。

【慶東原】那裹有糞堆上生長連枝樹？淤泥中生比目魚？不明白展污了姻緣簿。你嫁個油煠猢猻的丈夫，你伏侍個烟薰猫兒的姐夫，你撞着水浸老鼠的姨夫。這厮壞了風俗，傷了時務。

【喬木查】妾前來拜覆，省可裹心頭怒，間別來安樂否？你那新夫人何處居？比俺姐姐是何如？

【攪箏琶】小生若求了媳婦，則目下便身殂。我怎肯忘得待月迴廊，難撇下吹簫伴侶。受了些活地獄，下了些死工夫，不能勾得做夫婦。見將着夫人誥敕，縣君名稱，怎生待歡天喜地。兩隻手兒分付與，你剗地到把人贜誣。

【沉醉東風】不見時准備着千言萬語，得相逢都變做短嘆長吁。他急穰穰却纔來，我羞答答怎生覷。將腹中愁恰待申訴，及至相逢一句也無，剛道個先生萬福。

【落梅花】從離了蒲東郡，來到京兆府，見個佳人是不曾回顧。硬揣個衛尚書家女孩兒爲了眷屬，曾見他影兒的也教滅門絶户。

【甜水令】君瑞先生，不索躊躇，何須憂慮，那厮本意糊突。俺家世清白，祖宗賢良，相國名譽，我怎肯他跟前寄簡傳書。

【折桂令】那吃敲才怕不口裏嚼蛆，那厮數黑論黄，惡紫奪朱。俺姐姐更做道軟弱囊揣，怎嫁那不值錢人樣豭駒？你個東君，索與鶯鶯做主，怎肯將嫩枝柯折與樵夫？那厮本意囂虛，將足下虧圖，有口難言，氣破胸脯。

【雁兒落】他曾笑孫龐真下愚，若是論賈馬非英物。正授着征西元帥府，兼領着陜西河中路。

【得勝令】是咱前者護身符，今日有權術。來時節定把先生助，决將賊子誅。他不識親疏，啜賺良人婦。你不辯賢愚，無毒不丈夫。

【落梅風】你硬撞入桃源路，不言個誰是主，被東君把你個蜜蜂兒攔住。去那緑楊影裏聽杜宇，一聲聲道不如歸去。

【沽美酒】門迎駟馬車，户列八椒圖。四德三從宰相女，平生願足，托賴衆親故。

【太平令】若不是大恩人拔刀相助，怎能勾好夫妻似水如魚。得意也當時題柱，正酬了今生夫婦。自古相女配夫，新狀元花生滿路。

【錦上花】四海無虞，皆稱臣庶。諸國來朝，萬歲山呼。行邁羲軒，德過舜禹。聖策神機，仁文義武。朝中宰相賢，天下庶民富。萬里河清，五穀成熟。户户安居，處處樂土。鳳凰來儀，麒麟屢出。

【清江引】謝當今聖明唐聖主，敕賜爲夫婦。永老無別離，萬古常完聚。願普天下有情的都成了眷屬。

【尾聲】則因月底聯詩句，成就了怨女曠夫。顯得那有志的狀元能，無情的鄭恒苦。

校箋

〔一〕此齣齣目，《日本所藏中國稀見戲曲文獻叢刊》本、《古本戲曲叢刊初集》本題作「衣錦還鄉」。

園林午夢

《園林午夢》，李開先撰。李開先，生平簡介見本書「官腔類」卷十九「《寶劍記》」條。《園林午夢》，今有全本傳世，現存明嘉靖間原刻本、明萬曆間劉龍田刻《重刻元本題評音釋西廂記》附録本（《古本戲曲叢刊初集》據之影印）、繼志齋刻《重校西廂記》附録本（《日本所藏中國稀見戲曲文獻叢刊》第一輯據之影印）、崇禎間《六幻西廂》附録本、清舊抄本等。

輪轉心常不動，爭長競短何用。
撥開塵世閑愁，試聽園林午夢。

（末扮漁翁上唱）

【清江引】漁磯有錢難去買，漁父休輕賣。漁舟柳内横，漁網江邊曬。漁村不容名利客。

【前腔】長江夜來風浪起，驚醒漁翁睡。釣臺也不安，仕路當知退。床前幾聲長嘆息〔一〕。

（漁云）垂綸誓不聽絲綸，湖海飄飄寄此身。吞吐魚龍全不訝〔二〕，浮沉鷗鷺自相親。吾乃江上一個漁父，鄰人不識名姓，甲子原無歲年。祇靠打魚作生涯，讀書閑過遣。我見案上有崔鶯鶯、李亞仙二傳，仔細看來，他兩個也差不多，難分貴賤，怎定低昂？一個致得鄭元和高歌市上蓮花落，不把天邊桂樹攀；一個致得張君瑞寄簡傳書期雅會，捶床倒枕害相思。時當正午，我將困倦起來，不免就在園林中盹睡片時，多少是好。（做盹睡科。旦夢科扮鶯鶯上）

【寄生草】有意迎仙客，無心點絳唇。刮地風刮得春花褪，憑闌人憑得春光盡，剔銀燈剔得春纖困。粉蝶兒空自爲春忙，黄鶯兒不解傳春信。

吾乃博陵人氏，崔相國之女名鶯鶯的是也。漁父説我和李亞仙一般，特來與他折辯。慈母僑居蕭寺中，嚴親旅櫬西廂下〔三〕。且看眼底一枝栖，休説當年萬間厦。道尤未了，李亞仙早

到。不免在此等着他折辯者。(貼夢扮李亞仙上)

【雁兒落帶過得勝令】好穿着做羽毛，巧言語爲圈套。陷人坑怎得知，漫天網真難料。呀，出落在下風橋，觸抹着犯天條。情薄起風中絮，機深藏笑裏刀。衠一味虚囂，填不滿相思窖。假意兒悲嚎，拆不開生死交。

吾乃長安人氏，李倠長之女李亞仙是也。漁父説我與崔鶯鶯一般，特來與他折辯者。舞腰軟如楊柳枝，舞衣輕似蜘蛛絲。夜月管弦歌笑地，春風花柳曲江池。呀，却元來鶯鶯早已在此等候，我不免見他，且看他説甚麽者。(鶯)你有甚麽强似我?(仙)我有甚麽不如你?(鶯)你在曲江池上，過客留情。(仙)你在普救寺中，游僧掛目。(鶯)你在洞房前，眼挫裏把情郎抹。(仙)你在迴廊下，脚踪兒將心事傳。(鶯)你哄鄭元和馬上投策。(仙)你引張君瑞月下彈琴。(鶯)你爲衣食迎新送舊。(仙)你害相思廢寢忘餐。(鶯)你請那幫閑的燎花頭，吃了些許多酒肉。(仙)你央那撮合的倩紅娘，許了些無數釵環。(鶯)鄭元和長街上打蓮花落〔四一〕，死聲活氣。(仙)張君瑞書房内害淹纏病，尋死覓活。(鶯)俺張君瑞也曾探花及第。(仙)俺鄭元和也曾金榜題名。(鶯)你怎比我受過五花官誥?(仙)俺也曾累封爲一品夫人。(鶯)你買良爲賤，例當離異。(仙)你先奸後娶，理合杖開。(鶯)老鴇兒見鄭元和没了錢，往蝦蟆巷裏祇一躲。(仙)你請張君瑞破了賊，向鄭恒身上祇一推。(鶯)卑田院見放着鄭元和睡卧的基址。(仙)西厢下還有那張君瑞扮下的形踪。(鶯)你與劉員外轉眼無點水之恩〔五〕。(仙)你哄鄭衙内低頭有千條之計。(鶯)你一家兒祖輩來踅門掠户。(仙)你三口兒天生的穿寺尋僧。(鶯)我不與你折辯,唤出紅娘來助陣。(仙)我不與你分説,叫將秋桂來争强。(并下。夢,扮紅娘、秋桂并上。紅)好一個端馬桶的賤人,這等無禮。(桂)好一個看門子的丫頭,恁般欺心。(紅)你改不了討酒尋錢,做重臺的嘴臉。(桂)你變不了傳書寄柬,叫姐夫的心腸。(紅)你靸了一世爛鞋。(桂)你穿了半生破襖。(紅)你是鄭元和的貼户。(桂)你是張君瑞的幫丁。(紅)你傍聞些膩粉胭脂氣。(桂)你渾身是油鹽醬醋香。(紅)你是那風月場中架兒。(桂)你是那皮肉行裏經紀。(紅)若不是鄭元和做了官,李亞仙還是娼婦,你還是小娼妓。(桂)若不是杜將軍退了兵,崔鶯鶯便是賊妻,你便是賊奴才。(二人作打下科。漁父醒科)奇怪,奇怪! 園林中方纔合眼,夢見兩個女仙,各逞其能。兩個女奴,各爲其主。多因我機心尚在,因此致夢境不安。從今後早斷俗緣,務造到至人無夢。

黄粱久炊猶未熟, 社鼓一聲驚覺來。
萬事到頭俱是夢, 浮名何用惱吟懷。

校箋

〔一〕床前:底本原作「林前」,據《日本所藏中國稀見戲曲文獻叢刊》本、《古本戲曲叢刊初集》本改。

〔二〕吞吐：底本原作「吞生」，據《日本所藏中國稀見戲曲文獻叢刊》本、《古本戲曲叢刊初集》本改。

〔三〕櫬：底本原作「襯」，據《日本所藏中國稀見戲曲文獻叢刊》本改。

〔四〕蓮花落：底本原作「落花落」，據《日本所藏中國稀見戲曲文獻叢刊》本、《古本戲曲叢刊初集》本改。

〔五〕轉眼：底本無，據《古本戲曲叢刊初集》本、清舊抄本補。

新刻群音類選北腔卷四

黄花峪跌打蔡紇繨

《黄花峪跌打蔡紇繨》，作者佚名。《黄花峪跌打蔡紇繨》，今僅知于《群音類選》中留存此本。劇述梁山泊衆頭領于重陽節下山探親、游玩。楊雄路遇惡霸蔡衙内在酒店搶奪劉慶甫之妻李幼奴，楊雄出手相救，打跑蔡衙内，并贈劉慶甫令箭一支，讓其若遇危難可持令箭去梁山泊找宋江求救。後蔡衙内搶走李幼奴，劉慶甫去找宋江相救。宋江派遣李逵、魯智深去搭救李幼奴。李逵救出李幼奴。魯智深活捉蔡衙内到梁山泊，令蔡衙内得到應有的懲罰。

第一折

（扮宋江上）澗水潺潺繞寨門，野花斜插茜紅巾。帶糟渾酒連盆飲，葉子黄金使秤稱。自家姓宋名江，字公明，綽名呼保義。先年曾爲永州鄆城縣把筆司吏，因帶酒殺死閻婆惜，到官自首，將俺脊杖六十，迭配江州牢城。問路打梁山經過，誰知遇着哥哥晁蓋，知俺有難，俺哥哥引半垓來小嘍囉，救某家上山。讓某爲第二個頭領，聚集三十六頭領，七十二小夥，半垓來小嘍囉，守着這八十里梁山泊。俺晁蓋哥哥，三打祝家莊，身亡之後，衆弟兄讓某爲第一個頭領。俺這梁山上，一年兩遍，清明三月三，重陽九月九，放衆頭領下山。有家的探家，無家的賞紅葉黄花。今日乃是九月九，重陽節令，該放衆頭領下山。不免請學究哥哥出來商議，多少是好。小嘍囉，與我請吴學究軍師出來。（卒）得令，吴軍師有請。（扮學究上）六韜吾盡曉，三略我能聞。人稱吴學究，道號智多星。今日宋公明哥哥升帳，不免與他相見則個。（見介。宋）學究哥哥，今日乃是九月九，重陽節令，該放衆頭領下山，特請哥哥出來商議。（吴）哥哥主張了便是。（宋）衆頭領兄弟們，時遇九月九重陽節令，放恁下山，有家的探家，無家的賞紅葉黄花。三日之後，都要依舊上山。三通聚鼓罷時，若有一個不到，决不輕恕。一不許敲鷄打犬，二不許砍伐人家桑棗，三不許無故殺人。雖然如此，我劫的是不仁不義之財，救濟的是孤寒貧苦之人。我雖無大將之印，但犯吾令者，必當斬首示衆。衆兄弟們，下山去罷，可早去早來。（内應介。吴）衆頭領都下山去了。（卒）都下山去了。（吴）哥哥，衆頭領既下山去了，可分付衆嘍囉，仔細巡守山寨。（宋）哥哥説得是。衆嘍囉聽咱分付，下山寨須多索巡捕，伏路處要悄語低言，不要恁喧嘩笑甚。人人要貫甲披袍，個個要弓箭□數。若有違吾令者，即當斬首，不得有誤。（并下。扮酒保上(二)）曲蘖竿頭懸草莎，緑楊影裏撥琵琶。膏粱公子休空過，不比尋常賣酒家。自家乃是草橋店賣酒的酒保是也。今日侵早起來，掛起這草莎兒，燒的這鍋鏇熱熱的，待等過往的人來飲酒，多少是好。正是：不將辛苦意，難得世間財。（下。生、旦上）慈悲勝念千聲佛，作惡空燒萬炷香。小生劉慶甫，乃濟州人氏，嫡親者兩口，渾家李幼奴。小生因身染疾病，許下泰安神州娘娘那裏燒香回來。大嫂。（旦）官人。（生）我和你行路辛苦，這裏有個酒店，買幾杯酒吃了再行，有何不可。（旦）這個也使得。（生）酒保有麽？（酒保）聞香須下馬，知味且停車。官人裏面請坐。（生）酒保，我夫婦二人，泰安神州娘娘那裏燒香回來，行路辛苦，要飲幾杯酒。與我取二百文錢的酒菜過來。（保）有有，嫩鷄爛蹄，火熏乾臘，蝦米和菜，上等好酒在此。（生）酒保，不要閑人來打攪，俺夫妻二人自飲幾杯。（保）官人請自在，再有吃酒的人來時，我前面自有酒房，料無閑人來打攪。（生）到其間，再添案酒過來。（保）曉得了，你夫妻慢飲三杯酒，料無閑人到此來。（下。丑扮蔡衙内、衆上）花花太歲爲第一，浪子喪門有誰入？階下居民聞吾怕，衹某是潑皮賴肉的蔡衙内。自家不是别人，蔡衙内、蔡根粗、蔡鐵拳、蔡紇繨，就是我學生。我嫌官小不做，路窄不走。雖然如此，我一生不怕人，最本分，平昔衹是愛人些小便宜，見了人家好古畫，我兒，（衆應介。丑）他倒有，恁爹倒没有，叫小斯，（介）一借借將來，在我堂屋裏，衹掛三日兒，第四日就還了他。我兒，這個也不壞了他的。（介）但見人家好女子，我兒，他倒有，恁爹倒没有，叫小斯，（介）一抬抬將來，衹睡三日兒，第四日就還了他。我兒，這個也不壞了他的。（衆）爹，這個要壞了他的。（丑）我兒，就壞，也壞不多。（介）今日乃是九月九，重陽節令，不免叫張千、李萬。張千、李萬我兒，與我架着鶻兒、小鷂子兒，到那郊野外，踏青賞玩走一遭去。張千我兒，你的眼最乖，你架着鷂子，朝天望着，有鳥兒過時，就拿下來撏了，與恁爹下酒。你們都在這裏走，兩個跟我到那小酒店兒裏看一看。叫你們便來，不叫不許你們來。（介。丑）這個是酒店兒了，叫酒保。（保）愛飲神仙留玉珮，卿相解金貂。爹，請裏面坐。（丑）我把你這狗骨頭，你這房子是我蓋造的？（保）是爹蓋造的。（丑）本錢是我發下來的？（保）是爹發下來的。（丑）你怎麼不出來接我？（保）不知道爹來。（丑）小廝，打這狗骨頭三個椿。（打介。丑）哦，你不知道我來麼？（保）是不知道爹來。（丑）你這幾時買賣如何？（保）不濟事。（丑）小廝，拿一升碎銀子賞他。（介。丑）酒保，恁爹打圍辛苦，快取好酒下飯來，與爹解渴。（保）爹，好下飯在此。（丑）再看熱酒來。（保）爹，慢慢飲，小的去取來。（丑）我且問你，恁爹吃不得悶酒，有菜瓜衏院，叫兩個來供唱。（保）近來官府利害，都趕了去了。没有在這裏了。（丑）既没有在這裏，老子自歌自飲，你去看熱酒來。（丑隨意唱介。生）大嫂，我行路辛苦，我記得你會唱曲兒，你可唱一曲我飲一杯，解一解悶。（旦）是，官人請酒了。

【折桂令】嫁鷄來還逐鷄飛，因此上路途不憚驅馳。常言道夫唱婦隨，夫唱婦隨，今日個消愁悶在店裏。勸兒夫再進金卮，不必推辭，暫展愁眉。有一日發迹榮身，那時節方顯你是個男兒。（丑）好妙，唱得有趣，有些意思。叫酒保。（保）案酒俱停當，新釀又重添。爹，案酒在此。

（丑）我把你這亡八毯子攮的，我叫你尋個菜瓜衜院，你説道官府利害，都趕了去了。你哄我麽？（保）爹，我這裏没有甚麽小娘兒唱的。（丑）没有？方纔那唱曲兒的，是你的娘？（保）方纔那唱曲兒的麽，爹，不是小娘兒。（丑）是甚麽人？（保）夫妻兩口兒，許下泰安神州娘娘那裏燒香，轉來到我這店裏，買些酒吃，唱曲奉大夫的酒，不是甚麽小娘兒。（丑）哈哈，這入娘的，他倒吃唱酒，恁老子倒吃悶酒。叫酒保，你過去對那漢子説，就説恁爹蔡衙内、蔡根粗、蔡鐵拳、蔡紇繨，在此飲酒，聽得你媳婦唱曲兒，借你那媳婦過來，綴三根帶兒，遞三杯酒兒，叫三聲親親的義丈夫，我拍拍馬兒就去了。（保）爹，良人家的妻，他人的婦，這個怎麽做得？（丑）賊狗骨頭，使不得，兩個當一個，叫小厮，打這狗骨頭。（打介。保）爹，不要打，待我過去與他説。（丑）也罷，等他去説。（保）咳，官人，吃酒衹吃酒，唱甚麽曲兒！（生）唱曲兒便怎麽？（保）官人，你不知道，俺這裏有個權豪勢要的蔡衙内、蔡根粗、蔡鐵拳、蔡紇繨，聽見你的令正唱曲兒，教我過來借你娘子過去，綴三根帶兒，遞三杯酒兒，叫三聲親親義丈夫，他拍拍馬兒就去了。（生）咄，村弟子孩兒，你去上覆那狗才，他家有甚麽親姑姑、親妹妹、親嫂嫂，過來與我綴三根帶兒，遞三杯酒兒，叫三聲親親義丈夫，我也拍拍馬兒就去了。（保）説得有理，别樣好借的，一個老婆可是借得的。（丑）酒保，怎麽説了？（保）小的過去説了，就把我打將起來，他説：「上覆那狗才，他家有甚麽親姑姑、親妹妹、親嫂嫂，借他過來，與我綴三根帶兒，遞三杯酒兒，叫三聲親親義丈夫，我也拍拍馬，我就去了。」（丑）這個狗亡八毯子攮的，不肯就罷，倒是這等説。我有親姑姑、親妹妹、親嫂嫂，自己不會受用，肯受你的氣？叫小厮，都隨我過去。（丑）咄，這個媳婦就是你的？（生）就是便怎的？（丑）我叫那酒保過來，借你媳婦兒過去，綴三根帶兒，遞三杯酒兒，叫三聲親親義丈夫，我拍拍馬兒就去了。你怎麼就吃醋起來？（生）咄，村弟子孩兒，良人的妻，他人的婦，怎麼使得？（丑）叫小厮，把這亡八毽子攮的，吊將起來着實打。（打介。搶旦介。生）寃屈。（旦）我那丈夫。（丑諢介。末扮楊雄上）替天行道爲昆仲，梁山寨上聚英雄。時人不識吾名姓，衹某病關索名唤楊雄。某乃宋江哥哥手下第十六個頭領楊雄是也。俺宋江哥哥在梁山上，一年兩遍，時遇清明三月三，重陽九月九，放俺衆頭領下山，有家的探家，無家的賞紅葉黄花。今日乃是九月九重陽節令，我下的這山來，你看好一派秋景也呵。

【點絳唇】九月重陽，暮秋霜降，閑雲往。滿目山光，端的是對此景堪游賞。

【混江龍】郊園暑退，聲聲聒耳噪秋凉。芰荷減翠，衰柳添黄。紅葉滿林滴溜溜枝上舞，一川黄菊噴鼻香，端的是堪寫在幃屏上。便有那丹青巧筆，端的是難描畫，衹落得這班班。

是好景致也呵。

【油葫蘆】古渡潺潺古峪響，我這裏聽了半晌，原來是呀呀寒雁兩三行。衹聽得啾啾唧唧聒耳山禽唱，驚起那呆呆鄧鄧麞鹿赤溜出律的撞。見人呵，劈丢撲搭的走，他那裏兢兢戰戰的慌。我與你手分開蘆葦急獐拘狗創，驚起那些沙暖睡鴛鴦。

【天下樂】猛見一座摧塌了的山神也那古廟堂，我這裏斟也不量，斟也不量。多半晌，我祇見陀陀答答人衝嚷。行行裏驚過峻嶺，經過峻嶺，驀過這淺山岡，猛見一道放牛羊的小徑傍。

下的這山來行路辛苦，兀的那裏一個小酒屋兒，不免買幾杯酒吃了再去游玩。酒保那裏？(保)劉伶問道誰家好，李白回言此處高。客官請裏面坐。(末)酒保，取二百文長錢的酒菜過來。(保)客官，好酒下飯在此。(生)冤屈。(旦)丈夫。(末)那邊甚麽人叫冤屈？那邊甚麽人又啼哭？叫酒保。(保)客官有何話説？(末)今日乃是九月九，重陽佳節，你這店兒裏甚麽人祇管啼哭叫冤屈，必然有個緣故？(保)夫妻兩口兒許下泰安神州娘娘燒香回來，到我店裏買幾杯酒吃。俺這裏有個權豪勢要蔡衙内、蔡根粗、蔡鐵拳、蔡紇繨，見他有個媳婦兒，要他過來綴三根帶兒，遞三杯酒兒，叫三聲親親義丈夫，他拍拍馬兒就去了。那個漢子不肯，把那漢子吊在裏面打，搶他媳婦在那裏遞酒。(末)你怎麽不勸他一勸？(保)勸他？連我也要打起來。(末)待我去勸他，看他如何？(保)你去勸他，連你也要打起來。(末)不妨事。支揖了，與我放了他。(丑)咄，你是甚麽人？(末)我是行路的人。(丑)狗骨頭，入娘的，你行路祇行路，走進來支你娘鳥的揖，你家娘的顛罕連連顛罕。(末照丑駡介)我見你吊着這個漢子打他，有甚麼罪過，他不是，你說與我知道，我與你行杖。（丑）你與我行杖，這等說，你也是個明理的狗骨頭。（介）那個漢子，他有個媳婦，他吃唱酒，我吃悶酒，我叫酒保去借他媳婦過來，綴三根帶兒，遞三杯酒兒，叫三聲親親義丈夫，我拍拍馬兒就去了。他不肯，就吃醋起來，你說，他的是，你的是，我的是？（末）這等說起來，是你的不是了。（跌丑介。丑）你這狗骨頭，好粗慥，你敢是會打拳？（末）也曉得些兒。（丑）你可要文打武打？（末）憑你要，文打也得，武打也得。（丑）文打，衹是這等打；武打，去剥了衣服打。（末）就是武打。（丑）狗骨頭，打輸了你，半個低錢也不要。叫小廝，贏了就罷，輸了伺候寫拜帖兒，送這狗骨頭。（末、丑跌介。末）

【醉扶歸】我罵你這没道理荒淫漢，你怎生拖逗人家女紅妝。他是個客旅夫妻沿路上，你怎生一剗的行兇黨。我有個比方。（丑）你有甚麼屁放？（末）假若你的媳婦，他也不認得我，我又不認得他，我走將來。（丑）你走將來怎麼的？（末）我走將來挨挨擦擦，創你膀邊廂，一跌有三千丈。

你這厮還敢打麼？（丑）狗骨頭，我倒怕你不成。（又跌介。丑）小廝，寫拜帖兒。（跌介。丑）我一拳打得你希爛。（又跌介。）

【金盞兒】（末）性兒剛，不商量，衹我這拳着處撲的塵埃中倘。鼻凹和這眼眶[二]，抹着處便傷。磣磕磕唇齒爛，血碌碌打他鼻梁。（跌介）衹我這颼颼拳去打，撲撲的脚尖踮。

（丑）我打這入娘的不過，走了罷。（下。末）你看這厮，打我不過，走了也。（生）多謝哥哥，打散了那强徒。若不是哥哥到此，那得小生的性命也。（末）哥哥，我不是歹人，你且説你的家鄉住處，姓甚名誰，我自有個主意。（生）小生姓劉名慶甫，濟州人氏。爲身染疾病，許下泰安神州娘娘香願。燒香轉來，行至草橋店，買幾杯酒吃，不想遇着這强徒，要我渾家遞酒，小生不肯，就把小生吊打。幸遇哥哥相救，打散去了。敢問哥哥姓甚名誰，家居何處，小生日後當犬馬之報。（末）我不是别人，乃是宋江哥哥手下，第十六個頭領楊雄是也。你到前面，無灾無難便罷，若是有些危難之時，我與你這枝令箭，你徑到梁山上，來告俺宋江哥哥與你做主。（生）小生理會得了。敢問哥哥，衹説梁山上好威嚴擺布，宋江哥哥甚是有名。

【尾煞】（末）俺哥哥宋公明。（生）他是哥哥甚麽人？（末）他是我的親兄長。（生）哥哥的尊諱，小生又忘了。（末）我病關索自身姓楊。（生）敢問哥哥，梁山上有多少弟兄？（末）俺那裏有三十六，回來十八雙。（生）哥哥弟兄們，好生英勇也。（末）一個個貌堂堂，氣昂昂，不比尋常。（生）哥哥此言是實麽？（末）壯士從來豈説謊。（生）弟兄們武藝如何？（末）一個個英雄膽量，一個個拖犀拽象。俺宋江哥哥有誓在前，弟兄三十六，回來十八雙，俺可便少一個，至死，請了，（介）不還鄉。

（下。生）大嫂，多謝楊雄哥哥，打退了那强徒。倘到前面，又遇着那强徒，怎生是好？

（旦）官人，倘到前途，他又來搶我，我有個棗木梳兒，與你做信物。若有些差錯，以後睹物思人，還好尋覓。不然，如何曉得信息？（生）你也説得是，我收了這棗木梳兒。俺如今與你休往大路上去，徑往小路去罷。（旦）正是。（丑引衆上）那裏去，冤家正撞着對頭人，你那裏引那個野漢子來，打得我好！叫小厮，把這婦人，駝在馬上，徑到十八層水南寨莊兒上去。（打生介）我把你這入娘的，打得我好！如今再尋個人來打我麽？你若要夫妻重相見，祇除鬼門關上再相逢。（丑、旦下。生）我渾家被那强徒搶去了。他説到十八層水南寨裏去，怎麽得那渾家出來？我想來，别處也近他不過，我記得楊雄哥哥曾與我令箭一枝，説道若有危難之時，教我徑到梁山，見告宋江哥哥，與我做主。我如今不免到梁山上，告狀走一遭去。渾家今被他奪去，且到梁山訴屈情。（下）

校　箋

〔一〕保上：底本此二字殘缺，據文意補。

〔三〕眶：底本此字殘存右半，據文意補。

第二折

（扮宋江引衆上）大莊一座靠山崖，殺盡生靈誓不埋。幾個劣撅搊搜漢，端的入山拖出大蟲來。自家宋公明是也。前日，九月九重陽節令，放衆頭領下山，可早三日光景也。衆兄弟們，還有那個兄弟不到？（衆）還有山兒李逵不到。（宋）小嘍囉，待他來時，報覆俺知道。（生上）心屈無伸訴，口告到梁山。小生劉慶甫是也，可早來到梁山脚下。（衆）咄，甚麽人？看箭。（生）哥哥休發冷箭，小生是告狀的，望報覆一聲。（衆）報報報，喏喏喏。報的大哥得知，山脚下有一個漢子告狀。（宋）既是告狀的，想必他腹中有冤枉之事，無處伸訴，特來我這裏告狀。也罷，小嘍囉，撑一隻小船兒，渡那漢子過來。（衆）理會得，兀那漢子下船來。（介）告狀的當面。（宋）兀那漢子，你是那方人氏？姓甚名誰？你因甚麽事來此告狀？你慢慢的説一遍，我好與你分解。（生照前小生姓劉名慶甫濟州人氏云云）楊雄哥哥道若有危難，教小生到梁山上告將軍，與小生做主。妻子被强徒搶去了，楊雄哥哥有令箭在此。（宋）拐到那裏去了？（生）拐到十八層水南寨裏去了。（宋）原來是這個緣故。漢子，你且起在一邊。（介）兄弟們，（介）十八層水南寨地方，實是難去，如今點差那個去便好？也罷，難道指名點差。小嘍囉，（介）與我一隻脚踏着山岡問，那山前山后，山左山右，三十六頭領，七十二小夥，半垓來小嘍囉，那一個有膽量，有志氣〔一〕，有本事，敢到十八層水南寨，打探凶信走一遭？（叫介）没人應。（宋）再叫一聲。那邊去叫麽。（叫介。李逵上應）我敢去，我敢去。

【一枝花】俺哥哥傳將令三四番，可怎生没一個成頭的。那一個燕青將面劈，那一個楊志把頭低。快過來膽大的姜維，叫我那裏去相持。（卒摇手介。李）問着他緘口無言對。一個個怕相持，愁對壘。你可便枉聚在梁山，兀的不辱没殺俺哥哥保義。

（衆）我倒忘了，方纔大哥哥傳將令，教你十八層水南寨，去打探凶信，不知你敢去不敢去？

（李）我怎麽不敢去？

【小梁州】聽得道探水寨，知他是多凶少吉。呀，來來來，不是這李山兒，今日個囊裏盛錐。

吾乃山兒李逵是也。今有俺哥哥傳令，説道打探凶信，我想來也没人敢去，祇是俺便敢去。説話之間，可早來到山頂上。兄弟們報覆去，道有山兒李逵來了也。（報介。宋）衆兄弟們，山兒李逵兄弟來了。此人性如烈火，直似弓弦。等他過來，俺衆兄弟們，故意把言語激他，他纔肯去；不激他，他定然不肯去。小嘍囉，叫山兒兄弟過來。（衆）大哥令你過去。（李）大哥，衆兄弟們。（宋）山兒兄弟，放你下山三日，偏你來遲，俺弟兄們不比往常間親熱了也。（李）哥哥，

【隔煞尾】俺雖然不結義在桃園内。哥哥，仿學幾個古人如何？（宋）仿學那幾個古人？（李）咱仿學關張和劉備。（宋）兄弟，你可要做那一個？（李）恁兄弟一似個張飛，（宋）有衣尼？（李）有衣呵同着。（宋）有飯尼？（李）有飯呵同餐。（宋）有馬尼？（李）有馬呵撲喇喇大家同騎。（宋）兄弟，有一處凶險的所在，我如今要差你去，你可肯依我去麽？（李）哥哥使唤，兄

弟怎敢不依隨。（宋）兄弟，衹是這個所在，有些凶險，衹怕你去不的。（李）這莫不是去那西天大象口裏敲牙？入南山活拔下那虎尾？這莫是北海内耀武揚威？（宋）兄弟，你道出來的言語，應得口便好。（李）我也可道得應得。（宋）兄弟，你没多本事，衹怕你去不的。（李）十八般武藝咱都會。（宋）兄弟，你少賣弄精細。（李）不是我賣弄精細，舞劍輪槍并騙馬，憑山兒步走如飛。

（宋）兄弟，我如今差你到一個所在，拿這個人。衹是這個人好生利害，甚是雄勇，衹怕你近不得這個人，枉走一遭也。（李）哥哥，他比先前那兩個古人如何？（宋）兄弟，可是那兩個古人？

【哭皇天】（李）他莫不是再長下的車騎？（宋）張車騎，張飛也，此人也不如他。（李）他莫不是重生下的胡敬德？（宋）胡敬德，乃尉遲恭也，此人也不如他。（李）哥，張飛比他如何？（宋）不如他。（李）敬德比他如何？（宋）不如他。（李）恁兄弟比他如何？（宋）兄弟，你一發不如他了。（李）咳，憑着我扢擦擦斧砍人。（宋）衆兄弟們，快安排筵席，去飲酒一回。（李）你衹待穩排排的做筵席。（宋）兄弟，你不要把嘴來衹管强。（李）不是這山兒山兒可便强嘴。（宋）兄弟，你從來我不曾見你有甚麽功勞。（李）哥，恁兄弟曾有功勞來。（宋）那裏有甚麽功勞來？（李）小可如鄆州城，東平府，帶着鎖，披着枷，隔三層那死囚牢。（宋）兄弟，你比那時差了些兒。

（李）我比那時，可便省我些氣力。（宋）兄弟，你三日若不殺人，可怎麽？（李）哥，我三日若不殺人呵，倚着那石墻兒，呼碌碌的睡起。（宋）你三日不放火，可怎麽？（李）我三日若不放火呵，我

【烏夜啼】衹我這渾身上下拘繫。（宋）兄弟，我如今差你去殺人放火，你敢去麽？（李）美也，聽的道殺人放火偏精細，憑山兒步走如飛。我可敢赤溜出律，繞疃尋村覓。若見那無知，恰便似小鬼見鍾馗。

【么】一隻手輕把領窩提，一隻手輕把領窩提，我可敢忔吱吱撧的他腰節碎。（宋）兄弟，你衹是有些强。（李）你説我强，咱誇會，多不過三朝五日，我和他比并個高低。

（宋）兄弟，有一個漢子，在此告狀，你問他冤枉之事，好與他做主。（李）哥，如今那告狀人在那裏？（宋）在此。叫那告狀的漢子過來。（生見介。宋）兀那漢子，你將你那腹内冤枉之事，告訴這位將軍〔二〕，他與你去做主。（生照前説介）望將軍與小生做主。（李）我且問你，你夫妻分離之時，曾有甚麽信物爲證麽？（生）有個棗木梳爲證。（李）在那裏？（生）在此。（李）你且起在一邊。（生起立側邊介。李）哥，㤭兄弟衹今日便往十八層水南寨裏〔三〕，與他尋渾家走一遭去。（宋）兄弟，你若是這般去，休道是白日裏，便是黑夜裏摸着你，也是個賊。你還是改换了衣服去纔是。（李）哥，不打緊，㤭兄弟改换了這衣服去。頭戴黑氈帽，身穿粗布袍，腰

繫走韝絲，肩挑着擔兒，手裏拿着個蛇皮鼓兒。我打扮做個貨郎兒，下山去如何？（宋）兄弟，這般打扮雖好，那裏尋這一套家火來？（李）哥，不打緊，恁兄弟走到那官道傍邊，這般立在那裏等着，倘有貨郎兒過時，我問他借那鼓兒使一使，他若肯便罷，若還不肯之時，我一隻手揪住衣領，一隻手揝住頭梢，滴溜撲的摔個一字跤，用脚踏着他那前心，拿起我那加鋼板斧來，攔頭砍下去。哥哥，休道是鼓兒，連那擔兒，都是我的了。（宋）兄弟，你好問他取也罷，如何是這等？（李）如今的人不識好，須是這等纔是。（宋）兄弟，這般打扮了，怎生去尋他？你試説一遍我聽。

【絮蛤蟆】（李）我打扮做個貨郎兒，肩挑着些零碎。我若見那女艷質，他來買我些東西，買我些東西。我索與他個信息，與他個信息，特來家裏尋覓。他若問我是誰，我索將他支對。那廝若將我罵起，若將我罵起，我敢撲登登火起。却原來是你每，原來是你每，把那廝揪住衣袂。用些氣力，滴溜撲的摔下階基。鼻凹裏使拳捶，放將來心窩上使脚踢。顯着我那一會男兒志氣，壯士雄威。

（宋）兄弟，水南寨地方，實是難去，此去可要小心在意者。（李）哥哥，你放心，你放心。

【尾煞】不怕他是龍潭虎窟，我也敢去相尋覓，我也敢去塞北江南捉逆賊。蔡衙内，我若還撞着你，一隻手揪住頭梢，一隻手揝住領和衣，把那廝滴溜撲的摔下階基。我再將那廝，恰便似病羊兒般，倒拖將來，俺這個山寨裏。

（下。宋）山兒兄弟去了麽？（衆）去了。（宋）他這一去，必然成功也。小嘍囉，與我唤將花和尚魯智深來。（衆）花和尚魯智深安在？（内應）花和尚魯智深吃醉了，睡在那裏。（宋）也罷，小嘍囉，待他酒醒時，分付他徑到十八層水南寨，接應山兒李逵去，不可遲誤。（衆）知道了。（宋）那劉慶甫，你且在俺這裏住十數日。他這一去，必然奪得你那渾家來也。（生）是。多謝將軍。（宋）小嘍囉，快安排酒席，俺衆弟兄們後山飲酒去來。（衆）理會得。（宋）替天行道俺能爲，昆兄昆弟緊相隨。今日且飲羊羔酒，專等山兒得勝迴。（下）

校箋

〔一〕志氣：底本原作「智氣」，據文意改。

〔二〕位將：底本此二字殘，據文意補。

〔三〕往十：底本此二字殘，據文意補。

第三折

（丑、旦上）高堂大厦權撇下，水南寨裏且容身。自家蔡根粗是也。自從拐這個大嫂到這水南寨裏，日夜不得閑，好快活，好快活。這個所在，那個到的這裏來。大嫂，你如今和我一心一意罷，不要胡思亂想了。這個所在，料然你丈夫也來不成，你也没處去。大嫂，今日一家人家請我吃酒，我去了就來。我此去略飲三杯酒，不久一時便轉身。（下。旦）正是：情知不是伴，事急且相隨。被這無徒，拐到此間，我那丈夫怎麽到得這裏？天地，但願夫婦重相會，滿奉名香答謝天。（暫下。李逵上）休説山寨殺人事，且做游莊看疃人。這裏前後也無人。吾乃山兒李逵是也，奉俺宋江哥哥的將令，教我到十八層水南寨裏打探事情。我如今打扮做個貨郎兒模樣，誰人認的我是梁山上那一起人。我如今不免慢慢的尋道水南寨裏去。

【端正好】繞村莊，尋門户。我這裏繞村莊，尋門户，一徑的打探個虛實。恰便似竹林寺，有影也那無尋處。祇那蔡衙内，在何方住？

【滚綉毬】我祇見劈丢撲搭的泥又虚，水又浮，茫蕩蕩不知人行路。我這裏急獐拘猪，剛整理身軀。我這裏濕溜疏喇，湯倒些個槍竿葦。我祇見急肘忔喳，踏番了些劍脊，滿見一道小路兒荒疏。

兀那裏一簇人家住着，我且往那裏去尋一遭看來。

【倘秀才】我祇見水繞着人家一簇，中間有一條走路。（内作大叫介）祇聽的狗兒叫碌碌，響忔啰啰的搗碓處。我這裏擔着些零碎踐程途，我祇索便過去。

來到這一簇人家，我摇動這鼓兒，定有人出來也。有有有，都來買，買買買，我這裏有汗巾手帕，花粉胭脂，要的般般有，天下少者件件無。都來買，都來買。（旦）呀，這個所在，那裏有貨郎兒到此？待我出去看一看。（李）大嫂施禮。（旦）貨郎兒哥萬福。

【么篇】（李）我這裏見姐姐忙道一個好處，好人家，好舉止，他那裏不免的慌忙還我個萬福。我這裏問大嫂，端的是買甚物？（旦）你有甚麽好物件，一一數與我聽。（李）我這裏從實説，并無虚，我與你一樁樁細數。

（旦）有好的，拿上來我看。

【滚綉毬】（李）這銅釵兒是鸚鵡。（旦）這個不要他，自家有。（李）這鑞鐶兒是金鍍。（旦）也不要他。（李）這一條縷帶兒，是串香新做。（旦）用不着他。（李）這錦鶴袖纓絡珍珠。（旦）這個自家也有。（李）這綉綾係是絨綫鋪，（旦）不要。（李）翠花兒是金鑢。（旦）這符牌兒，是剪碎來的人物。（李）錦裙襴發黑重駒。你買這良工打就的，這一把銜鋼的剪，更和這巧匠搜成的這一個棗木梳。（旦）除了他，還有麽？（李）除此外别無。

（旦）也罷，你拿那棗木梳兒來我看。（李）在此。（旦）呀，這梳兒是我與丈夫做信物的，怎生倒在這貨郎兒手裏？（作悲介。李）這大嫂，怎麽見了這棗木梳兒，哭將起來？（旦）這梳兒，是我與丈夫做信物的。貨郎兒哥，你從何得來的？（李）我恰纔在官道傍邊得來的。（旦）是甚麽人與你的？（李）我纔見一個漢子，他好生煩惱。（旦）貨郎兒哥，你曾問他那方人氏，姓甚名誰麼？

【倘秀才】（李）那漢子濟州是家。（旦）姓甚麼？（李）姓劉名慶甫。（旦）你可曾問他媳婦叫甚麼名字？（李）他媳婦兒姓李。（旦）李甚麼？（李）我倒忘了，哦，叫做甚麼李幼奴。（旦）天那，那個正是我的丈夫。（李）這個大嫂怎麼叫我是丈夫？（旦）不是這等，你纔見的，是我的丈夫。（李）你休憂慮，莫啼哭，我特來與你做主。

（旦）若如此多謝天地與大哥。（李）大嫂，你不須憂慮，你丈夫央我來救你，我管教你夫妻團圓便了。（旦）如此多謝大哥。（李）那厮他那裏去了？（旦）他出去吃酒去了，如今敢待來也。（李）既如此，大嫂你暫且迴避，省被那厮知覺。（旦）是，起動了。（下。丑上）請了，今朝有酒今朝醉，明日愁來明日當。好醉！好醉！（李搖鼓介。丑）這個所在，那裏有甚麼貨郎兒？狗骨頭在這裏，你這賊亡八入娘的狗骨頭，還不走。

【叨叨令】（李）他那裏積唇潑口，罵到我有三十句。（丑）我把你這少打的入娘的，這裏來賣甚麼，打這賊亡八狗骨頭。（李）他那裏劈劈拍拍，棍棒兒如風雨。（丑）這個是蛇皮鼓兒，跎破了這娘的。（李）他那裏急姘忔啷的，跎破我蛇皮鼓。（丑）這個是筷子[一]，也拿來賣，扢折了這入娘的。（李）他那裏急周忔吱，扢折了我的紅匙箸。我其實忍不的也麼哥，忍不得也麼哥，惱的我撲登登按不住我心頭怒。

（脱衣介。丑）你這入娘的，脱剥了衣裳，敢是要打我？（李）也差不多兒。（丑）入娘的打輸了，半個低錢也不要。（李）這厮敢打麽？（丑）恁老子倒怕你不成？（跌介）

【快活三】（李）打這厮好模樣歹做出，好模樣歹做出，强奪人家女嬌姝。一隻手輕把領窩簇，我將這粗拳頭摳打他雙目。

（丑）我曉得了，不是貨郎兒，這個就是宋江那夥賊來與我作耗。（李）咄，你還敢打麽？（丑）賊狗骨頭，入娘的，我倒怕你不成。（跌打介）

【鮑老催】（李）拳着處，滴溜撲的嘴搵着土。來來來，我豈怕你個迎霜兔。正撞着拔山越嶺金精出水，誰懼你賊徒無端匹夫。情理難容，天理何辜。

（丑）打這賊狗骨頭不過，走了罷。（下。李）這厮走了也。（旦上）多謝大哥答救之恩。（李）大嫂，你如今可隨我見你丈夫去來。（旦）多起動了。（李）大嫂，你可前面行。（旦）多謝大哥。

【尾聲】（李）我今日尋着你個李幼奴，分付你那個劉慶甫，兩口兒今日重完聚。我衹待拿住那賊徒，纔報了你苦。

（下。末扮雲岩寺僧人上）掃地恐傷螻蟻命，爲惜飛蛾紗罩燈。貧憎乃是雲岩寺長老是也。今日無甚事，且往佛殿上看一看，有甚麽人來。（下。丑上）貪淫好色人間有，若似吾者到處無。

天下無徒我第一，誰想撞着那兩個入娘的，比我又無徒。我想來，着甚麽來由，爲這個婆娘不打緊，吃了多少虧，今日又被宋江這夥賊搶將去了。被那狗骨頭打的慌了，没處安身，如今且往雲岩寺裏去住一住，再作計較。説話之間，這裏就是雲岩寺了。叫和尚。（僧上）聽的有人叫，想是施主到。爹，請裏面坐。（丑）這寺是我蓋造的？（僧）是爹蓋造的。（丑）你怎麽不出來接我？（僧）不知道爹來。（丑）你不知我來，且饒你這一遭。和尚，我被宋江這夥賊打得慌了，没處去安身，這裏有甚麽潔净僧房打掃一間，我在這裏權住一住。（僧）有潔净的，這一間正好。（丑）這一間好，討一把鎖來與我鎖了，不許閑人在裏頭。（僧）鎖在此。（丑）鎖了，我到外邊打探打探消息就來。若有凶信至，僧寺且藏身。（下。僧）撞着這個蔡衙内來打攪呵，幾時是了。他也不知幾時纔來，我且到厨下吃些晚飯，再作計較。暫離僧舍關門去，且到香積厨邊待客來。（下）

校箋

〔一〕筷子：底本原作「快子」，據文意改。

第四折

（扮花和尚魯智深上）不參佛寶不看經，戒刀禪杖緊隨身。時人要識吾名姓，祇某是酒肉沙門魯智深。吾乃花和尚魯智深是也。奉俺宋江哥哥的將令，教我接應山兒李逵走一遭去。方纔吃了幾杯酒，不免且往雲岩寺去宿了，明日早行罷。

【醉花陰】酒不醒貧僧怕他走，我去那雲岩寺權爲一個宿投。咱歇罷且停留，定害恁些兒，過後爲知友。常言道醋大結儒流，自古道客僧投寺宿。

此間已是雲岩寺了，我且叫聲和尚。和尚有麽？（僧）晚齋纔罷聞人語，未審何人急喚僧。師父問訊。（魯）和尚和尚，出家人遇寺則爲家。天已晚了，没處安歇，問你有僧房借一間宿了，明日早行。（僧）僧房兩邊儘有，祗除了這一間。（魯）這一間怎麽，有甚麽人在裏頭？（僧）俺這裏有個權豪勢要的蔡衙内，他説被宋江這夥賊打的慌了，没處去，要借我這一間僧房在裏頭安歇。（魯）他如今那裏去了？（僧）打探消息去了。（魯）我不要别間，偏要這一間。（僧）這個不許你。（魯）你不許我，我扭掉了這把鎖。（僧）你不要惹事，他不是好惹的。（魯）和尚，你不要管我，你自睡去，有事都是我承當。（僧）師父不干我事，他可是不饒人的，可要仔細，不要帶累我。（魯）不妨事，料不帶累你，你祗管睡去。（僧）師父，我自去睡也，你可要仔細。閉門不管窗前月，分付梅花自主張。（下。魯睡介。丑上）方纔離得雲岩寺，如今又到梵王宫。好了，如今一些事也没事了，今晚且在和尚寺裏睡了，明日再到那裏，尋個婆娘來耍子。來到這寺裏，叫和尚。和尚，賊秃驢，亡八狗骨頭。又不應我。這秃驢睡着了，燈又不上，等我摸進去。

蹺蹊，這間房子鎖着的，怎麼如今鎖是開的？待我進去。（摸介）我兒，這入娘的腿脡骨，這樣粗的。哦，是了，那老和尚曉的我是愛風月的，叫這個小和尚，在裏頭陪我睡。待我與他一頭睡。（介。魯打丑介。丑）嫌我口臭。兩頭睡，隔山掏火罷。（魯剪丑股。丑滚介。丑）是我的僧房。（魯）偏要是我的僧房。（跌打介）

【喜鶯遷】（魯）打這厮無端禽獸。（丑）我與你月臺上去。（看介）呸，你這秃驢亡八狗骨頭，倒不是禽獸，我倒是禽獸？（扯魯介。魯）你怎生把我褊衫亂扯胡揪，端的搊搜。覓咱打鬥，你性命如長江不纜舟。這厮你出盡醜，（介）不索你焦焦惱惱，（介）不索你扯扯揪揪。（跌打介。丑）我是個玲瓏剔透的，倒吃這秃驢的虧。

【出隊子】（魯）賣弄你玲瓏剔透，來來來，正撞着愛厮殺的都領袖。我打你這厮三頭。（丑）秃驢，你打我那三頭？（魯）你是個軟的欺硬的怕的鑞槍頭，你是個没道理没人倫的酒浸頭，你是個强奪人家良人婦吃劍頭。（跌打介）

【刮地風】你性命似當風秉艾蠟燭，淹淹似水上浮漚。恰便似病羊兒落在屠家彀，正撞着愛厮殺的班頭。你可便故來争鬥，覓咱合口。怕有那，寺院裏，埋伏的都來答救。（又跌打介）

【四門子】我着這莽拳頭，在這厮嘴縫上丢。潑水難收，衹一拳打一個番筋斗。（跌丑介。魯）他叫哥哥可罷休，黑旋風對你先説透，一不做二不休。（丑介。魯）不索你憂，不索你愁，潑殘生性命教你不長久。（丑介。魯）不索你憂，不索你愁。（丑）是了，是了，這秃驢與劉慶甫的老婆也是有一手的。（魯）打這厮將没作有。

（跌打介。魯）拿了這厮罷。

【古水仙子】拿拿拿，拿將來吃劍頭，他共我參辰似卯酉。待飛呵難飛，待走呵難走，實惱番無了無休。淹淹似火上澆油，火上澆油。我一隻手輕把衣領揪，他一隻手揝住褊衫袖，似打倒肉春牛。

（丑）秃驢，你如今拿我那裏去？（魯）拿你去見俺宋江哥哥走一遭去。（下。宋江上）石頭高壘澗挑濠，路角斜抄三四遭。墻院盡是骷髏砌，燈油都是腦漿熬。吾乃宋公明是也。前者差山兒李逵水南寨去打探事情，今已奪將劉慶甫的渾家來了。（生、旦謝介）多謝將軍大恩。（宋）且起在一邊。我又差花和尚魯智深接應山兒李逵去，怎生不見到來。小嘍囉，花和尚魯智深來時，報覆俺知道。（衆）得令。（魯帶丑上）祇因頑劣荒淫子，要納良家美少年。説話之間，可早來到梁山寨門首了。小嘍囉，報覆去，道花和尚魯智深拿將蔡衙内來了也。（報介。宋）帶那厮過來見我。（魯）哥，這個就是蔡衙内。（丑）是學生。（宋）你這厮，怎生這等爲惡不仁？今日拿住你，有何話説？（丑）在世若愛花共酒，便死陰司也風流。（宋）快快供狀上來。（丑）

紇繨紇繨本姓蔡，亘古家住水南寨。時逢節令遇重陽，適興登高到郊外。草橋店内遇幼奴，我要與他成歡愛。不信夫言聽調唆，梁山泊上胡撒賴。貨郎原是你家人，他的跌打真無賽。雲岩寺裏去逃生，遇見和尚又古怪。我的拳頭未舉起，他的禪杖來得快。幾乎打斷脊梁筋，險些打破天靈蓋。今日拿來見將軍，好漢低頭祇是拜。風月場中一筆勾，再也不弄這樁騷買賣。（宋）衆兄弟們，拿這厮去斬了。（魯）哥，不要殺他。（宋）可怎麽？

【尾聲】（魯）我叵耐無徒歹禽獸，摘心肝扭下這厮驢頭，獻與俺宋公明哥哥爲案酒。

蔡衙内倚勢奪權，　將賊子斬在階前。

黑旋風智深相助，　劉慶甫夫妻團圓。

王昭君和番（與《寧胡記》不同，此戲南北相雜，音韵不諧，多諸腔中之饒劇也，姑入于此。）

《王昭君和番》，作者佚名。《王昭君和番》，今無别本流傳，僅知有《群音類選》收録本。學界多認同此劇據明無名氏《和戎記》傳奇改編而成。劇述王昭君被毛延壽陷害，漢元帝被迫讓王昭君嫁單于和親。王昭君到達漢嶺後，駐馬不前，用計讓單于交降書、地圖、金印，并五馬分尸奸人毛延壽。讓人把降書、地圖、金印和寫給漢元帝的信箋帶走後，王昭君跳河而死。關于《王昭君》的版本情况，可參閲張文德《明代戲曲選本昭君戲考論》（《藝術百家》二〇〇九年第四期）、石艷梅《〈群音類選〉所收孤本劇曲〈王昭君和番〉考釋》（《陝西教育（高教版）》二〇一〇年第Z一期）。

（末、净、丑上）

【清江引】劉王悶坐金鑾位，昭君和番去。因禁冷宫中，三月重相會，好傷情止不住腮邊泪。

（請介）禀娘娘，鑾駕齊備了，請娘娘上馬。（旦扮昭君，貼隨上）昭君拂王鞍，上馬啼紅頰。今日漢宫人，明朝胡地妾。（衆）禀娘娘，此是漢嶺了。

【粉蝶兒】（旦）漢嶺雲横霧蔽，下颼風透濕征衣。人到分襟珠泪垂，馬到關前步懶移。人影稀，北雁南飛。冷清清朔風似箭，曠野雲低。

【點絳唇】細雨飄絲，自幼在閫閾之中，那曾受風霜勞役。回首望家鄉，縹緲魂飛。祇見漢水連天，野花滿地。愁思，雁門關上望長城，總有巫山十二難尋覓。思我君，想我主，指望鳳枕鸞衾同歡會。誰知道鳳隻鸞孤，都一樣肝腸碎。（吶喊鳴鑼鼓介）忽聽得金鼓連天振地，人賽彪，馬似龍飛。祇見旌旗閃閃，黑白似雲飛。見番兵一似群羊聚，髮似枯松，面如黑□，鼻似鷹鈎，鬚捲山驢。兄弟，你對番兵説，教他下陣在關前立。我昭君呵，我一似綫斷風箏難迴避，好一似弦斷無聲韵不回，好一似石沉海底。月正圓又被雲遮，花正開又被風吹。想當初娥皇愁虞舜，今日呵，昭君怨恨在沉埋。想起司馬相如，題橋志在。（下馬介）軍士，將琵琶過來。（净）娘娘，琵琶在此。（旦）手挽着琵琶撥調，音不明，心自焦。把指尖兒將絲弦操，怎得個知音曉。總有伯牙七弦琴，惟有仲尼堪嘆顏回少。常言道功名富貴，難比天高。鴛侶付多情，藕絲弦下焦。韵破多顛倒，不嚮難撥操，怎不教人怏怏心焦。若是弦斷了，花落連根倒。弦斷無聲了，寶鏡塵蒙難照。想前生燒了斷頭香，今世裏離多會少。總是奴情稀命薄，損嬌容，瘦減圍腰。手托香腮，珠泪盈抛。

【後庭花】第一來難忘父母恩，第二來難捨同衾枕，第三來損害黎民，第四來虧了百萬鐵衣郎晝夜辛勤，第五來國家糧草俱費盡。今日昭君輸了身，萬年羞辱漢元君。寧作南朝黄泉客，不做夷邦掌國人。泪灑如傾，恨祇恨毛延壽歹心人。誰承望佐國無成，祇見碧天連水水連城，望長安泪斑斑帶月披星。舉頭見日，不見漢長城。

（扮虜王上）虜王接娘娘。（旦）虜王，你對單于主説，要他先降了三件事[一]。（虜）不知娘娘要降那三件事？（旦）一要降書一紙，二要山河地理圖，三要金鑲玉印。再要毛延壽親自來見我。（虜）我主倘不肯從此三件事，待何如？（旦）稍有抗拒，我即觸城而死。（做觸介。虜）

娘娘不須如此，待我與主說，就獻來便了。（下）

【耍孩兒】（旦）泪流濕透衣襟重，隔斷巫山十二峰，從今休想襄王夢。藍橋水漲人難見，藍橋水漲人難見，飄散瓊花無影踪。怎能勾，陽臺夢？衆臣，你回去多多拜上劉王呵，若要雲雨佳期相會，除非是夢裏相逢。

（净、丑、衆下。旦）兄弟，我舉頭祇見家鄉月。（末）姐姐，不見家鄉月下人。（貼）啓娘娘，玉質嬌容，都消滅了。

【粉蝶兒】（旦）艷質紅妝嬌嫩蕊，生居宫苑宫娥，那曾經這般生受。恨祇恨奸佞賊，惹起萬恨千愁。亡家敗國轉添愁，拆散鴛鴦空自守。今日强打精神。宫娥，拿琵琶過來。（貼）娘娘，琵琶在此。（旦）把琵琶撥操，細彈一遍，雁門關前，萬般情興。

（虜上）我主心下喜匆匆，見了昭君花貌容。勝如仙女臨凡世，恰似嫦娥離月□。□娘娘，請受降書、玉印。（旦）虜王，你□□□□□□。

【前腔】祇見番人叉手迎。俺這裏□泪盈盈，添煩惱□無憑。貔貅百萬兵，見番人惱得我性似浮雲。把將士安排定。兄弟，你看那番人這等模樣，教我怎生與他同衾共枕，□家，拿刀過來，恨不得迎風一命，氣絶身傾。見番兵泪滿襟，怎生除心頭悶。毛延壽這讒賊，我不見他也自罷了。若是仇人相見，讒賊，我怎肯與你干休？咬定牙根。

（虜）啓娘娘，我主伺候多時了，請娘娘進玉城。（旦）虜王，你去叫你單于主親自來答話。

（虜）啓我主，娘娘請我主親自來答話。（單上）娘娘請進玉城。（旦）單于主，你這裏封毛延壽甚麽官職？（單）俺這裏封他爲并肩一字王。（旦）我漢國封他亦不小，聽我道來。

【點絳唇】俺那裏封他位列西臺，官居極品。世間多有君，多有臣，爲臣則忠，爲子則孝，此乃是大立乾坤。單于主，你兀自不知我王，八月十五日登殿，道：張槐魯成，寡人不孝有三，無後爲大，缺少正宫皇后。衆臣奏道：覲見太陰星落在越州蛾眉縣，王朝珊一女，名淑真，此女有傾國傾城之貌，可爲正宫皇后。我主出下聖旨，衆臣那一個善曉丹青，描取儀容，來與寡人看。有一臣奏道，西臺御史毛延壽，能曉丹青。就宣毛延壽上殿，差卿竟到越州，描畫王朝珊女儀容獻來。隨賜紅袍、金花御酒，領半朝鑾駕前去。那時節毛延壽威風凜凜，御酒三杯，文武百官齊喝采，山呼萬歲出朝門。毛延壽到越州，館驛中坐下，要俺爹爹千張紙，千枝筆，千笏墨，方纔描畫。被俺爹爹參破他，分明要索我一千兩金子。俺父爲官，一清如水，那討得許多金子。那時節自畫儀容，獻上劉君。後兄弟送我儀容到館驛中去。那奸賊見了我儀容呵，毛延壽頓起謀心。他把我儀容，左邊點一痣，右邊圈一疤，左痣右疤，又道我敗國亡家。後來獻上吾王，龍目細看，問左右疤痣爲何，毛延壽就奏我主，左邊一痣刑夫剋子之痣，右邊一疤敗國亡家之疤。我主見奏大怒，就將我父打罷爲民，把我囚禁冷宫。恨衹恨毛延壽施巧計，把我貶在幽宫，使我怨氣填胸。後來我王游宫，見月不明。衆臣奏道，幽宫琴聲悲哀，必有怨氣。我王傳旨，開了幽宫，取我到月臺上，見没有疵疤呵，夫妻再得重相會。就封俺兄弟國舅之職，領御林軍三千，把毛延壽全家抄斬。毛延壽頓起狼心，把我儀容，背往胡地而奔。你見了我儀容，興人動馬，俺國中怎麽肯。兩下干戈起戰争，爲妾身，不知壞了幾多軍民百姓。廢了他，兩國纔得安寧。（單）娘娘差矣，毛延壽是我愛卿，娘娘没有他，怎麽到得這裏，我豈肯殺他？（旦）他畫有三張儀容，一張在俺國中，一張獻與你，他身邊還有一張。我和你爲一對夫妻，没有事故，他也自罷了，若有些不到之處，他將我儀容，又背投别國而去。那時節我和你夫妻，又不得同歡慶。若還不殺了他呵，祇恐怕你也似我漢元君。

（單）虜王，與我叫毛延壽過來。（叫介。净扮毛延壽上）朝中天子宣，閫外將軍令。我主萬歲。（單）娘娘説要你去接他。（净）我主差矣。仇人相見，分外恨憎。（單）毛延壽，我是天，娘娘是地，天地無反悔之意。昔日在南朝娘娘也是主，今日在俺國，娘娘也是主，你也該去接他。（净）小臣就去。娘娘千歲。（旦）讒賊反臣，你是個敗國之人，有甚臉皮來見我？（净）若不是小臣，娘娘怎麽得到這繁華處所。（旦）虜王，教單于主殺了毛延壽，我方纔進城。（虜）啓我主，娘娘説要殺了毛延壽，纔進城。（單）老毛，我與你借件東西，你肯不肯？（净）我主，祇恐小臣没有，若有就肯？（單）我要你那顆頭借來用一用。（净）我主差矣，頭怎麽借得？

（單）今年斬下來，借我用了，明年逢春，又抽起來了。（净）罷了，想我之死，决難免矣。待我罵上潑賤幾句，便死也罷。（罵介。末）單于主，臣辱君妻該甚麽罪？（單）毛延壽，你是我臣，辱寡人之妻，理該萬死。（净）我主方纔説天地無反悔，怎麽霎時間就是這等？（單）自古道天變一時。小番，綁去斬了。（净）閻王注定三更死，定不饒人到四更。（斬介。虜）啓娘娘，我主把毛延壽殺了，請娘娘進城。（旦）虜王，你去把毛延壽首級獻來我看。（虜）毛延壽首級在此。

（旦）讒賊，今日死在吾手了。

【耍孩兒】讒臣今日遭刑憲，身落在番邦喪九泉。尸骸撇在湘江畔，首級兒高掛城邊。把他面調轉來。你是個獐頭鼠目將人害，獐頭鼠目將人害，害得人怒氣衝衝直上天。耳鼻常在金鑾殿，聽是聽非，假旨傳宣。

【二煞】口能言，舌又尖，千方百計將咱貶。把朝綱混却君王亂，害得奴家散人亡喪九泉。願你不得輪迴轉，把你墮在酆都地獄，萬載不得升天。

拿他手過來。（虜）手在此。

【三煞】（旦）手有十指尖，丹青畫玉顔，兔毫裏面藏刀劍。把儀容改换將咱貶，儀容改换將咱貶，貶在幽宫不敢怨上天。天不蓋你虧心漢，今日把你分尸五馬，遠配千年。

拿他脚過來。（虜）脚在此。

【四煞】（旦）你這長脚奴，會走番，一日十二個時辰都走遍。背着儀容日夜忙忙走，走到番庭説事端。説得胡人心下思量遍，興人動馬，要索紅粉，親自和番。

剖他心肝過來我看。（虜）心肝在此。

【五煞】（旦）心中用機謀，千方百計思量遍。亂朝廷也是你心生計，敗國也是你用機關。害得奴難回轉，到此得分尸頭斷，把你碎骨分烟。

（單）請娘娘進城。（旦）單于主，你分付衆軍士，在烏江邊叠起橋梁。我連日在馬上，帶甲披氈，身子不净。待我明日在烏江橋上，香湯沐浴，妝飾齊整，進城來與你成親便了。（單）娘娘要烏江叠橋不難，頃刻而成。待我分付衆軍士就是。（分付介。下。叠橋介。末）姐姐，你看那番兵在烏江叠橋，如反掌之易。（旦）兄弟，同你到烏江橋上行走一會。（行介）我想人生天地之間，做個婦人，有甚好處。我憶恨幽宫尚未平，又將紅粉逐邊庭。花殘月缺愁無限，爲人莫作婦人身。

【小桃紅】爲人莫作婦人身，最苦是昭君怨也。恨衹恨毛延壽誤寫丹青，羞殺漢朝臣。總有廣寒宫，普陀山，瑶池殿，巫山廟也。爲他傾國傾城，嫁單于好傷情。

【下山虎】西風颯颯，短亭長亭。兩國和番使，奏入漢廷。簇簇耀日刀槍，帶甲曳兵，皂雕旗促起程。昭君慵上馬，雨泣雲愁眉黛顰。漢宫漢宫空有三千女，盡皆泪傾，送别昭君出禁城。氈笠子，罩烏雲，紅衲襖，綉羅裙。鳳鞋鳳鞋踏玉鐙，風勒馬蹄輕。當時哭損漢高王，臨别後欲會無因。宫門静，閑鳳枕，襲襲餘香，尤在鴛衾。

【亭前柳】黑黯黯楚天雲，滴溜溜珠泪傾。撲簌簌黄葉墜，咭叮噹響秋砧。雁兒雁兒，你在空中叫斷腸聲，怎割捨斷腸人。

【一盆花】迤邐風霜歷盡，見黄沙漠漠，露草萋萋。喇嚗車兒更提鈴，哈哩哈嗒駱駝輕。路兒又不平，月兒又不明。强把琵琶一撥，總是離情。行行過上林，凛凛朔風緊。祇見野渡迢迢河水凍，紛紛下得雪兒緊。爲辭了漢高王，那王多奸佞。割捨得貌美人，做了胭脂陣。漢朝有多少文共武，百萬鐵衣郎，更没個男兒性。忍將紅粉去和番，要那將軍做甚？（旦、貼、末暫下。單引衆上）

【馬鞍兒】鋪馬傳宣罷戰征，接昭君入禁城。公主駙馬齊喝采，接着普陀觀世音。

【勝葫蘆】大王駙馬諸公請，咚咚打鼓兒迎，雁兒舞罷排佳宴。打辣酥滿斟暢飲，飲罷歇息歸庭。（單）衆軍士，今日娘娘到得俺國，其功非小。散金碎銀，賞與衆人，恨不得向前去摟定昭君。（衆下。旦、貼、末上）雖祇是重重氈帳暖，昭君怎肯與他共鴛衾。總有花如錦，柳似茵，料應難比漢宫春。

【尾聲】佳人自來多薄命，玉貌花容獻邊庭，苦了昭君離禁城。

兄弟，我賺單于叠橋，非爲别事，一則怕損夫之德，二則怕污妾之名，實爲尋個自盡之計。（貼）娘娘怎説這等話？（旦）我是中國堂堂一女子，豈可爲夷狄之妻？身可損而節不可失。我今修書一封，回奏劉天子便了。

【下山虎】昭君頓首，百拜劉□。□□離帝輦，含泪到烏江。君情深似海，妾意重如山。□□見書如見妾，免得朝夕泪汪汪。前生未結歡娱帶，今世不得成雙。素箋與君爲一念，使妾喪長江。若念同衾枕，好看承我爹娘，萬代江山作帝王。（哭介）泪滴雲箋上，使妾痛傷，草草封書奏帝王。

書已寫完了，合取單于降書、地理圖、金鑲玉印，你帶回奏獻吾王，以表妾之真情。更有雙親在堂，托賴賢弟奉養。我和你手足恩情，從此絶矣。（末）姐姐，俺父母弟當侍奉，不勞姐姐掛心。奈骨肉之情，如何割捨得去？（旦）兄弟，你路上小心回去，我死無憾。（末）如此，姐姐就此拜别了。（旦）兄弟，我囑付你，你牢記在心。

【粉蝶兒】交付你金鑲玉印，回奉劉天子，教他牢牢收取。今生不得同衾枕，夢兒裏再得相親。

（末）骨肉今朝離别去，除非夢裏再相逢。（下。旦）俺兄弟回去了，奴家思想起來，千休萬休，不如死休。手足分襟情意傷，雙親不見泪汪汪。可憐玉骨沉江底，不覺金烏已夕陽。

【江兒水】不覺黄昏時候，轉添珠泪垂。祇見風清月朗，萬種愁懷都是奴時乖命蹇。弄巧番成拙，尸骸逐水流，有誰撈救？恨祇恨今朝事到頭，也顧不得撈尸首。反賊毛延壽，敗國亡家，萬年名譽臭。奴喪長江，千年永不朽。

【尾聲】身體髮膚難全保，傷風敗俗亂綱常。奴家不把清名污，將身一命喪長江。（投江介。下）

校箋

〔一〕三：底本原作「二」，據下文改。

伍員自刎（《浣紗記》）

《浣紗記》，梁辰魚撰。梁辰魚（一五一九—一五九一），字伯龍，號少白，別署仇池外史。崑山（今江蘇崑山）人。少性好談兵習武，不屑就諸生試，任俠豪縱喜游，李攀龍、王世貞等七子皆與之交，與張鳳翼最友善。精音律，善度曲，隆慶四年（一五七〇）專心鑽研崑腔，得魏良輔之傳，首把魏良輔的崑山腔用之創作傳奇《浣紗記》。著作有《江東白苧》、《遠游稿》、《鹿城集》，撰有《浣紗記》、《鴛鴦記》（已佚）傳奇二種和《紅綫女》、《無雙傳補》、《紅綃妓》（已佚）雜劇三種。《浣紗記》，今有全本傳世，存世版本較多，有明萬曆三十六年（一六〇八）武林陽春堂刻本、明萬曆間金陵文林閣刻本、富春堂刻本、繼志齋刻本、明萬曆間刊《三刻五種傳奇》本、明末刻本、明崇禎間怡雲閣刻本（《古本戲曲叢刊初集》據之影印）、明末汲古閣原刻初印本、汲古閣刻《六十種曲》本、清初抄本（《傅惜華藏古典戲曲珍本叢刊》據之影印）等。此齣齣目，明萬曆三十六年（一六〇八）武林陽春堂刻本題作「死節」，《三刻五種傳奇》本、《六十種曲》本題作「死忠」，繼志齋刻本題作「吴殺伍員」，《萬壑清音》本題作「伍員自刎」，《歌林拾翠》本題作「子胥死忠」。關于《浣紗記》的版本情況，可參閲吴書蔭《〈浣紗記〉版本概述》（載《面向二十一世紀：中外文化的衝突與融合學術研討會論文集》一九九八年）、黎國韜《梁辰魚生卒年及〈浣紗記〉創作年代考》（《五邑大學學報（社會科學版）》二〇〇八年第四期）。

【南吕一枝花】哀哉！我百年辛苦身，你祇看兩片蕭疏鬢。我一味孤忠期報國，那裏肯一念敢忘君？千載功勛，就便是四海聞忠信。好笑我孤身百戰存，盡心兒將社稷匡扶，盡心兒將社稷匡扶，那裏有竭力的把山河着緊。

【梁州第七】我若説起鋤强楚的英雄兇很，削荆城的事業功勛，我我我千軍萬馬去當頭陣。殺得他旌旗慘慘，殺得他兵馬紛紛，殺得他隻輪不返，殺得他片甲無存。我我我掘墓撻尸辱亡魂，踐山川走散黎民。我我我送得個昭王逃入雲中，嚇得個公主背出閨闥，擄得個夫人與主上成婚。看宫殿烟塵，丘陵破損。踏平他社稷無根本，那時節諸侯懼、萬方振，添得江東氣象新。今日呵背義忘恩。

【牧羊關】我轉戰度稽山月，提兵泛瀚海雲，送得他上山巔辟易逡巡。霎時裏宗廟荊榛，頃刻間城池虀粉。嬌滴滴的夫人親灑掃，貌堂堂的國主做編氓。囚他在馬房中三年久，那時方顯得聲名天下聞。

【四塊玉】他他他今將正直誅，倒與那奸邪近。鎮日價淫聲美色伴紅裙，酒杯兒送入迷魂陣。那裏管社稷危，那裏管人民窘，那裏管親生兒別處分。

【哭皇天】他他他齊國去忙前進，那裏管越王的隨着脚跟，那裏管兵戈擁定三江口，那裏管戰船泊在五湖濱。我祇怕勾踐將姑蘇來墾，那時節總就有三華瑞露、九轉靈丹、盧醫妙手、扁鵲神針，也醫不活你吴邦衆子孫。我祇落得孤身先死，怎忍見宫殿作塵。

【烏夜啼】從今去拜別了吴家宗廟，相辭了吴國人民。我老妻一任他死和存，嬌兒那裏去通音信。我如今拚却孤身，回報前君。慢慢的將前情一一細評論，前情一一細評論，訴説我一生辛苦無投奔。我不放空追尋緊，你那裏走難逃遁。祇教你上天無路，入地無門。

【尾聲】平生猛烈把頭顱刎，提着青鋒劍一根，要與前世龍逢做親近。數十年伍員，一霎時身殞，試看渺渺錢塘英靈向浪頭滾。

蕭何追韓信（《千金記》）

《千金記》，沈采撰。沈采生平簡介及《千金記》版本情況見本書「官腔類」卷十「《千金記》」條。此齣齣目，《古本戲曲叢刊初集》本題作「追韓信」，《六十種曲》本、《詞林逸響》本、《吴歈萃雅》本題作「北追」，《詞林一枝》本、《樂府紅珊》本題作「蕭何月下追韓信」，《歌林拾翠》本、《樂府南音》本、《樂府珊珊集》本題作「月下追賢」，《賽徵歌集》本題作「戴月追賢」，《萬壑清音》本題作「月下追信」，《怡春錦》本、《醉怡情》本、《樂府遏雲編》本題作「追賢」，《摘錦奇音》本題作「蕭何月夜追賢」，《樂府萬象新》本、《大明天下春》本題作「蕭何追信」。

【新水令】恨天涯流落客孤寒，嘆英雄誰似俺半生虚幻。坐下馬空踹遍山色雄，背上劍光射得斗牛寒。恨塞滿天地之間，雲遮斷玉砌雕闌，揾不住浩然氣衝霄漢〔一〕。

【駐馬聽】回首青山，拍拍離愁滿戰鞍；舉頭新雁，啞啞哀怨半天寒。指望龍投大海駕天關，誰承望車騎勒馬連雲棧。覷英雄如等閑，堪恨無端四海蒼生眼。

【沉醉東風】幹功名千難萬難，求身事兩次三番。想當日離了項羽，今日又别了炎漢，不覺皓首蒼顔。對着這月朗回頭把劍彈，百忙裏揾不住英雄泪眼。

【雁兒落】老丞相你不必將咱趕，俺韓信則索把程途盼。我爲甚恰相逢便噤聲，非是我不言語將你相輕慢。

【得勝令】呀，我祇怕叉手告人難，因此上懶下寶雕鞍。題起那漢天子尤心困，量着那楚重瞳怎掛眼〔二〕。乘駿馬雕鞍〔三〕，向落日斜陽岸。伴蓑笠綸竿，我祇待釣西風渭水寒。

【掛玉鈎】我怎肯一事無成兩鬢斑，他既然不用俺英雄漢。因此上鐵甲將軍夜渡關，你莫不是爲馬來將咱趕？你既不是爲馬來〔四〕，有甚别公幹？你要我輔佐江山，保奏俺掛印登壇。

【川撥棹】半夜裏恰回還，抵多少夕陽歸去晚。澗水潺潺，環珮珊珊，冷清清夜静水寒，可正是漁翁江上晚。

【七弟兄】〔五〕脚踏着跳板，手扶定竹竿，不住的把船灣。兀衹見沙鷗驚起蘆花岸，忒楞楞飛過蓼花灘，似禹門浪急桃花泛。

【梅花酒】呀，雖然是暮景殘，恰夜靜更闌〔六〕。對緑水青山，正天淡雲閑。明滴溜銀蟾出海山，光燦爛玉兔照天關。呀，撐開船，掛起帆。俺紅塵中受塗炭，恁緑波中覓衣飯。俺乘駿馬去登山，恁駕孤舟怯風寒。俺錦征袍怯衣單，恁緑蓑衣不能乾。俺空熬得兩鬢斑，恁枉守定水潺潺。俺不能够紫羅襴，恁空執定釣魚竿。俺都不道這其間。

【喜江南】這的是烟波名利大家難，抵多少五更朝外馬嘶寒，對一天星斗跨征鞍。非是我倦憚，算來名利不如閑。

【餘文】我想男兒遭困受磨瘴，恰便是蛟龍未濟逢乾旱。塵蒙了戰策兵書，消磨了項劍瑶環。暢道周帳秦營功太晚，似這般涉水登山。休休，可着我便空長嘆，謝丞相執手相看。笑你個能舉薦的蕭何，你便可休再來趕。

校　箋

〔一〕揾：底本原作「按」，據《古本戲曲叢刊初集》本、《詞林逸響》本、《樂府南音》本、《樂府珊珊集》本、《吳歈萃雅》本、《賽徵歌集》本、《萬壑清音》本、《怡春錦》本、《摘錦奇音》本、《醉怡情》本、

《樂府遏雲編》本改。

〔二〕量：底本原作「想」，據《古本戲曲叢刊初集》本、《六十種曲》本、《詞林逸響》本、《歌林拾翠》本、《吴歈萃雅》本、《賽徵歌集》本、《萬壑清音》本、《怡春錦》本、《醉怡情》本改。

〔三〕離鞍：底本原作「離鞍」，據《古本戲曲叢刊初集》本、《六十種曲》本、《詞林一枝》本、《詞林逸響》本、《歌林拾翠》本、《樂府紅珊》本、《樂府南音》本、《樂府珊珊集》本、《吴歈萃雅》本、《賽徵歌集》本、《萬壑清音》本、《怡春錦》本、《摘錦奇音》本、《醉怡情》本、《樂府遏雲編》本、《樂府萬象新》本、《大明天下春》本改。

〔四〕來：此字底本殘缺，據《古本戲曲叢刊初集》本、《六十種曲》本、《詞林一枝》本、《詞林逸響》本、《歌林拾翠》本、《樂府紅珊》本、《樂府南音》本、《樂府珊珊集》本、《吴歈萃雅》本、《賽徵歌集》本、《萬壑清音》本、《怡春錦》本、《醉怡情》本、《樂府遏雲編》本、《樂府萬象新》本、《大明天下春》本補。

〔五〕【七弟兄】：底本原作「【七兄弟】」，據曲譜改。

〔六〕静：底本原作「盡」，據《古本戲曲叢刊初集》本、《六十種曲》本、《詞林一枝》本、《詞林逸響》本、《歌林拾翠》本、《樂府紅珊》本、《樂府南音》本、《樂府珊珊集》本、《吴歈萃雅》本、《賽徵歌集》本、《萬壑清音》本、《怡春錦》本、《摘錦奇音》本、《醉怡情》本、《樂府遏雲編》本、《樂府萬象新》本、《大明天下春》本改。

新刻群音類選北腔卷五

此下皆係北之清曲，然雜劇中膾炙人口者亦多擇出。〔一〕

校　箋

〔一〕此句底本爲雙行夾注于「仙呂」之下，因此句是釋以下所收皆爲北之清曲，故移于此。

仙呂

點降唇一套（四季賞心）〔一〕

三月韶光，萬花争向，春開放。紅紫芬芳，膏雨過堪游賞。

【混江龍】東風飄蕩，麗人天氣景非常。戲清波鴛紅鴨緑，采名園蝶粉蜂黄。香馥馥梨花白雪嫩，緑依依楊柳翠絲長。看了這山明水秀，李白桃紅，端的是堪寫在幃屏上。聲嚦嚦鶯遷喬木，語喃喃燕繞雕梁。

【油葫蘆】寶馬香車人鬧攘，把花籃春盛將，正值着艷陽天明媚景好風光。一處處會佳賓玳瑁筵寬廣，一步步動仙音弦管聲嘹亮。歌謳着金縷詞，酒斟着白玉觴，笑吟吟且開懷展放江湖量，赤緊的春歸去太疾忙。

【天下樂】因此上拚了醄醄入醉鄉，見芳草池塘，夭桃間緑楊，花撲撲賽過錦綉鄉。蹴踘聲吹到綺筵，鞦韆影送過粉墻〔二〕，回首早散荼蘼滿院香。

【那吒令】過清和氣爽，葵花開艷芳。起薰風淡蕩，藕花吹異香。正炎天晝長，榴花綻錦囊。繞方池園沼中，向水閣凉亭上，摇紈扇浴罷蘭湯。

【鵲踏枝】碧荷筒飲瓊漿，白蓮藕雪冰霜。正好宜沉李浮瓜〔三〕，避暑乘凉。人和着采蓮腔，在蘭舟畫舫，須臾間又是重陽。

【寄生草】玉露養芙蓉艷，金風飄桂子香。墜銀床梧葉瀟瀟響，過南樓塞雁呀呀唱，噴清香黄菊叢叢放。這的是酒中得趣孟參軍，喜的是窗前寄傲陶元亮。

【么篇】一任教西風裏烏紗落，且喜得東籬下菊正黄。趁着這凝霜紫蟹偏肥壯，旋將這新芻緑蟻頻釃蕩，更和那知心故友同歡暢。恰纔見丹楓滿樹舞林間，却又早彤雲四野垂天上。

【六么序】呀，冷颼颼寒成陣，疏刺刺風力狂，剪冰花應瑞呈祥。恰便似蝶翅飛揚，鶴羽翱翔。敲竹葉風透幽窗，采樵人迷路難行往〔四〕。便有打漁人，怎向寒江？亂紛紛撏綿扯絮空中降，這雪見了呵〔五〕，消灾壓瘴。更那堪宿麥移蝗，偏向那重門閉上。呀，梅花開，送暗香。韵悠悠歌着奇腔，按着宫商。炭火上燒着肥羊，金杯中淺注羊羔釀。便醺醺醉倒何妨？受用那紅爐暖閣銷金帳，慶的是豐年稔歲，樂的是地久天長。

【尾聲】玩景物，悦心神，伴詩酒，添情况。席上生風慣常，見了些高髻雲鬟新様妝。幸遇着日吉辰良，莫輕將歲月行唐，赤緊的風雨憂愁一半妨。一夜一個花燭洞房，一夜一個淺斟低唱，休負了百年三萬六千場。

校箋

〔一〕《詞林摘艷》本題作「四時行樂」，與《盛世新聲》本俱歸丘汝成撰；《北宫詞紀》本目録頁題作「四時景」（殘前半）；《詞林白雪》本無題名，稱楊文奎撰；《全明散曲》于丘汝成、楊文奎兩處互存。《雍熙樂府》本無題名和撰者。

〔二〕送：底本原作「迸」，據《雍熙樂府》本、《詞林摘艷》本、《盛世新聲》本、《詞林白雪》本改。

〔三〕李：底本原作「季」，據《雍熙樂府》本、《詞林摘艷》本、《盛世新聲》本、《詞林白雪》本改。

〔四〕迷路：底本原作「路迷」，據《雍熙樂府》本、《詞林摘艷》本、《盛世新聲》本、《詞林白雪》本改。

〔五〕雪：底本無，據《雍熙樂府》本、《詞林摘艷》本、《盛世新聲》本、《詞林白雪》本補。

八聲甘州一套（佳遇）〔一〕

花遮翠擁，香靄飄霞，燭影摇紅。月梁雲棟，上金鈎十二簾籠。金屋屏開玳瑁筵，緑蟻香浮白玉鍾。爽氣透襟懷，滿面東風。

【寄生草】圍珠翠冰綃内，勝蓬萊閬苑中。淡朦朧半窗明月梨雲夢，漫匆匆滿溪流水天台夢，看溶溶一襟清露游仙夢。昨宵暈烘烘，夜凉醉卧蕊珠宫。今朝暖融融，曉來誤入桃源洞。

【村里迓鼓】〔二〕擺窈窕翠娥紅袖，出葡萄紫駝銀瓮。聽嘹亮笙簧聒耳〔三〕，聞一派仙音齊動。你看那梅香使數，丫環小玉，相隨相從。鸞簫吹，象板敲，皓齒歌，纖腰舞，琉璃盞，琥珀濃。呀，簇捧定個可喜娘風流萬種。

【元和令】雲幕障，翠靄朦。錦堂晃，曉霞重。小姐那纖纖十指露春葱。寶釵横，螺髻聳。你看他腮桃眉柳額芙蓉，點星眸秋水同。

【上馬嬌】日高時，花影重。風香時，酒力涌〔四〕。雲母臯，博山銅。你看他羅裙輕拂湘紋動，半札鳳鞋弓。同仙子，共相從。

【游四門】如彩雲飛下碧虚空，嫦娥離了素華宫。一杯未盡笙歌送，香透翠簾櫳。曲未終，琵琶慢輕攏。

【勝葫蘆】這的是歌盡桃花扇底風，鶯聲嚦嚦畫樓東，人比花枝嬌又紅。釧鳴冰腕，衣飄金縷，褥隱綉芙蓉。

【後庭花】墜天花滿太空，飄瓊香散九重。登隱隱金霞殿，游巍巍碧落宫〔五〕。上天宫乘鸞跨鳳，赴三茅太華峰。伴千年，長壽松，隨鍾離跟吕翁，陪韓湘學葛洪。脱塵寰凡世冗，赴瑶池仙界中，赴瑶池仙界中。

【青歌兒】呀，争如俺花濃花濃柳重，更和這雨魂雨魂雲夢，月户雲窗錦綉擁。你看那香温玉軟叢叢，珠圍翠繞重重。鼉皮鼓兒鼕鼕，刺古笛兒喁喁。杯行走酒飛觥，歌音换羽移宫。玉肩并素手相携，美孜孜，嬌滴滴，軟兀剌的笑相從，兀的强如恁白雲洞。

【尾聲】枉了你費精神，休祇管相搬弄。怎撇下玉天仙風流愛寵，陪厮着的夫妻兩意逢，少年心更意偏同。綉房中淡蕩香風，麝煤燃輕薰翠袖中。玉繩拽遥天半空，更漏静梅花三弄。祇吃斗杓回，月影轉梧桐。

校箋

〔一〕此套曲選録自賈仲明的《鐵拐李度金童玉女》第一折。賈仲明（一三四三—一四二二後），一作仲名，號雲水散人，别署雲水翁。山東淄川（今淄博）人，後遷居蘭陵（今棗莊）。撰有雜劇十六種，僅《玉梳記》、《菩薩蠻》、《鐵拐李金童玉女》、《玉壺春》、《吕洞賓桃柳升仙夢》五種留存，一説《山神廟裴度還帶》也是他所撰。另撰有戲曲理論著作《録鬼簿續編》。《鐵拐李度金童玉女》，今存《脈望館鈔校古今雜劇》本（《古本戲曲叢刊四集》據之影印）。

〔二〕【村里迓鼓】：底本原作「【竹生迓鼓】」，據《古本戲曲叢刊四集》本、《盛世新聲》本改。

〔三〕聽：底本原作「又」，據《古本戲曲叢刊四集》本、《盛世新聲》本改。

〔四〕涌：底本原作「擁」，據《古本戲曲叢刊四集》本改。

〔五〕宮：底本原作「空」，據《古本戲曲叢刊四集》本改。

中吕

粉蝶兒一套（美人）〔一〕

玉骨冰肌，寶釵横半鬆雲髻，掩春衫將鴛枕斜欹。眼朦朧，腮堆赤，眉顰翡翠。當不的酒力禁持，你看他不顛狂一團兒和氣。

【醉春風】玉軟在綉幃中，香嬌在錦帳裏。翠盤中捧定舞霓裳，端的是美美。言不盡風流，看不足嬌艷，畫不就可喜。

【紅綉鞋】眉淡掃遠山叠翠，鬢高盤楚岫雲堆。他生的裊裊婷婷柳腰圍，比昭君争些兒瘦，比西施有些肥，恰便似重生下楊貴妃〔二〕。

【石榴花】恰便似廣寒仙子下瑶池，他生的越素淡越相宜，近着這牡丹叢芍藥圃碧蓮池。靠湖山立地，掩映香肌。他比瓊花多一口兒元陽氣，比的那御園中景物狼籍。送春情眼角眉尖意，不由人一見了便着迷。

【鬥鵪鶉】但能勾半霎兒歡娱，也是我平生志已。繞着這玉砌閑行，把雕闌把雕闌悶倚。引的些蝶使蜂媒來往飛，半霎兒歸去疾。滴溜溜雁落在平沙，見撲剌剌的魚沉水底。

【上小樓】若宿在青紗帳底，紅羅衾内。恰便似出水芙蓉，和烟帶月，露滴香肌。倚綉幃，共枕席，天然旖旎。恰便似玉天仙降臨凡世。

【么】烏雲懶去梳，臉兒怕待洗。更那堪眼似秋波，眉灣新月，手似柔荑。他若是行坐間，睡夢裏，一絲無兩氣。恰便似弄春風海棠無力。

【耍孩兒】他生的一團兒和氣天生的美，無半點塵俗氣質。命丹青寫入錦鸞箋，端的是堪憎堪愛堪題。比貴妃少一簇人扶擁，比觀音少個魚籃手内提。說不盡，風流勢。有千般湮潤，萬種嬌媚。

【二煞】比玉呵玉則是白，比朱呵朱則是赤，兩般兒珠玉應難比。比玉呵瑩皎皎光燦燦添些滋潤，比珠呵香馥馥顫巍巍有些肉體。一見了留情意，不由人身麻骨軟，魄散魂飛。

【三煞】他笑呵似秋蓮水面上開，他言呵似雛鶯枝上啼，他走呵似海棠嫩舞東風裏。操一曲風前神鬼皆來聽，謳一曲遏住行雲不敢飛。走一筆龍蛇體，胸懷中包藏着錦綉，舌尖兒上調弄出珠璣。

【四煞】覷他在蘭堂畫閣中，羅幃錦帳裏，茶餘飯飽醺醺醉。高燒銀燭霞千縷，細看春風玉一團。舒展開紅綾被，一任他蜂狂蝶亂，燕語鶯啼。

【五煞】羅衾上下番，香腮左右偎〔三〕，舌尖半吐丁香味。柳腰未動心先興，蓮足輕蹺情正美。粉汗芙蓉濕，相交玉體，暗度靈犀。

【六煞】鬢鬅鬆聲顫嬌，眼朦朧心似迷，困騰騰模樣猶如醉。把嬌娃摟抱的渾身軟，尤自輕輕着力爲。款款在懷兒内，説幾句山盟海誓，不許人知。

【尾聲】從黄昏點上燈，怕清晨報曉鷄。我和他同床同枕同歡會，直睡到紅日三竿恁時節起〔四〕。

校箋

〔一〕《詞林摘艷》本題作「風情」，《盛世新聲》本、《雍熙樂府》本無題名，《雍熙樂府》本自【上小樓】後與《群音類選》本異文較多。《全明散曲》據《群音類選》本輯録。

〔二〕恰：底本無，據《詞林摘艷》本、《雍熙樂府》本、《盛世新聲》本補。

〔三〕偎：底本原作「肥」，據《詞林摘艷》本、《盛世新聲》本改。

〔四〕直睡到：底本無，據《詞林摘艷》本、《盛世新聲》本補。

粉蝶兒一套（蘇武。此係出雜劇）〔一〕

羊角風踅地踅天，鵝毛雪撲頭撲面，恰便似落瓊花粉甸山川。一壁廂接天涯，浸海角，都做了寒冰一片。休道俺牧羊人聳動雙肩，你便是鐵石人凍的來撼頦打顫。

【醉春風】雪打的我眼難開，風吹的身倒偃。則被這風吹雪蕩了群羊，漫山坡微微的顯顯。單于王地占了三山，漢武帝錯分了千頃，蘇武也幾時能够户封八縣？

【迎仙客】我這裏望邊塞，則聽的雁聲喧，原來是舞寒風漸離了雲漢遠。呀呀的一聲低，忽忽的兩翅軟，肯分的正落在我跟前。莫不是天與俺行方便？

【石榴花】這一封血帛書全仗你個塞鴻傳，你若是趁風勢駕雲軒，你可休宿蘆花穿柳岸過平川。哎，雁也！你休戀有水食地面，將日月俄延。則你那緑梢翎疾堤防着一枝雕翎箭，默默的禱告青天。孤飛影裏空中見，便休題風雪緊雁行偏。

【鬥鵪鶉】若到那富貴中華，便有那皇宫内苑。過的這天塹黄河，那的是長安建都地面。我這裏便專等俺那招賢武帝宣。單于王若可憐，我則去凌烟閣上標名，哎，雁也，你則去禽屬中把你那姓顯。

【快活三】見一人下的駿騟，直來到我跟前。原來是李陵兄弟到居延，莫不是作念的你魂靈兒現？

【朝天子】你住在漢苑，我居在塞邊，誰承望這答兒裏重相見。則俺那升遐去了的武帝，撇下禁苑，漢社稷誰清甸？一班兒武職文臣，隨龍遷轉。主公也你問俺那和番的怎生過遣，我離了皇都數年，盼中華地面，幾時能勾拜舞在金鑾殿？

【上小樓】謝你一個兄弟可憐，將你這哥哥錯諫。謝兄弟不避驅馳，遠遠而來，置酒張筵。則我這口中言，腹内冤，向誰行分辯？我這裏望長安茂陵澆奠。

【么】非你愚，非我賢，不尤人〔二〕，不怨天。咱若是犯法違條，罪若當刑，死而無怨。這其間，你的家屬，你的親戚，都遭刑憲，不知道怎生了滿門良賤。

【耍孩兒】願兄弟腰金衣紫身榮顯，久鎮着雄威地面。聖人道死生由命在于天，免的俺妻男婦女遭愆。我寧可再受塞上十年苦，我可也不戀恁腰間金印懸。舉意兒，甘貧賤。每日家隨旌而變〔三〕，常則是冒雪而眠〔四〕。

【四煞】兄弟你官差不自由，我飢寒守自然，咱人便得功名休把榮華顯。我持一竿漢節隨羊後，强似你兩行朱衣列馬前。兩般兒各自人心願，不由我悲悲切切，常則是兩泪漣漣。

【三煞】這一領新皮襖兒恰待軟，那一領舊皮襖羊毛兒不甚捲，兩般兒各自人心願。你那裏錦衣錦襖輪般着，倒不如我皮襖皮裘换套兒穿。兩般兒自把清濁變，你穿着妝身遮體，倒不如我赤手空拳。

【二煞】那裏有淋淋的雨若絲，常則是紛紛的雪似綿，颼颼風緊疾如箭。幾曾見茸茸芳草生南陌，盡一眼漠漠平沙際碧天。這答兒凍餓死無人見，想殺我也十親九故，盼殺我也八水三川。

【尾聲】有一日漢昭帝將我來宣，兄弟也你在單于主跟前，用一言。都做了一鞭行色歸心戀，爭如我遥望見長安路兒遠。

校箋

〔一〕趙景深《元雜劇鈎沉》稱此劇出自周文質的《持漢節蘇武還鄉》第三折。周文質（？—一三三四），字仲彬。建德（今屬浙江）人。與鍾嗣成友善。善音律，知撰有雜劇四種，《杜韋娘》、《教女兵》、《唐莊宗》已佚。《持漢節蘇武還鄉》，今留存部分劇曲。嘉靖四十五年（一五六六）刊《雍熙樂府》本亦選録此折，題劇目作「蘇武牧羊」。

〔二〕尢：底本原作「由」，據《雍熙樂府》本改。

〔三〕旌：底本原作「機」，據《雍熙樂府》本改。

〔四〕冒雪：底本原作「抱虎」，據《雍熙樂府》本改。

粉蝶兒一套（西湖十景。亦入南北調，近偷入《二紅記》）〔一〕　貫酸齋〔二〕

小扇輕羅，描不上小扇輕羅，恁便有真蓬萊賽他不過。雖然是比不得百二山河，一壁厢嵌平堤連緑野，端的有亭臺百座。自羽化了東坡，逋仙詩有誰酬和？

【好事近】慢説鳳凰坡，怎比繁華江左。無窮千古，真個是勝迹偏多。烟籠霧鎖，繞六橋翠障如螺坐。清靄靄山抹柔藍，碧澄澄水泛金波。

【石榴花】我則見采蓮人唱采蓮歌，端的是勝景勝其他，則他這遠峰倒影蘸着清波〔三〕。晴嵐翠鎖，怪石嵯峨。我則見沙鷗數點湖光破，咿啞啞櫓聲經過。見幾個女嬌嬈倚定雕闌坐，恰便是寶鏡對嫦娥。

【料峭東風】緣何樂事賞心多〔四〕，詩朋酒侶吟哦。花穠酒釅，破除萬事無過。嬉游玩賞，對清風明月安然坐。任春夏秋冬，適興四時皆可。

【鬥鵪鶉】鬧嚷嚷急管繁弦，齊臻臻蘭橈畫舸。嬌滴滴粉黛相連，顫巍巍翠雲萬朵。端的是洗古磨今錦綉窩，你不信試覷波。緑依依楊柳千株，紅拂拂芙蕖萬朵。

【撲燈蛾】清風送蕙香，月穿岫雲破。清湛湛水光浮嵐碧，響噹噹曉鐘敲破。嗚咽咽猿啼古嶺，見對對鴛鴦戲清波。迢迢似漁舟釣艇，碧澄澄滿船雨笠共烟蓑。

【上小樓】密栘栘那一堆，疏刺刺這幾窩。我這裏對着清風，倚着青山，湛着清波。微雨初收，微烟初散，微風初過，却正是再休題淡妝濃抹。

【撲燈蛾】叠叠層樓畫閣，簇簇奇花異果。遠遠的緑莎茵[五]，茸茸的芳草坡。仡蹬蹬馬蹄踏破[六]，隱隱似長橋跨坡。細裊裊緑泛金波，迢迢似漁舟釣艇，碧澄澄滿船雨笠共烟蓑。

【尾聲】陰晴晝永皆行樂，古往今來題咏多，雪月風花四時可。

校箋

[一] 該作《詞林摘艷》本題元貫石屏撰，《北宮詞紀》本、《詞林白雪》本題貫酸齋撰；另《樂府珊珊集》本題唐伯虎撰，《怡春錦》本題李日華撰，疑誤。該作題名亦不同，《詞林摘艷》本題作「錢塘湖景」，《雍熙樂府》本題作「西湖十景」，《南北詞廣韵選》本題作「西湖」，《北宮詞紀》本題作「西湖游賞」，《樂府珊珊集》本題作「湖景」，曲牌、曲詞與《群音類選》本異處較多；《怡春錦》本題作「咏景」，把【好事近】、【料峭東風】題作【泣顔回】。《全明散曲》「唐寅」條注稱：「《樂府珊珊集》、《樂府南音》題作『湖景』，俱注唐伯虎撰。《詞林逸響》、《古今奏雅》、《怡春錦》皆署李日華作。《樂府先春》屬沈蛟門。未知孰是，茲姑輯于沈氏卷中，不重録。」《二紅記》，諸目

皆不載，故事不詳。

〔二〕貫雲石（一二八六—一三二四），字浮岑，後改名易服，號酸齋、蘆花道人。維吾爾族人。曾任翰林侍讀學士，後弃官隱居，于錢塘市中賣藥爲生。今傳其小令八十六首，套曲九首，任訥將其作品與自號「甜齋」的徐再思作品合輯爲《酸甜樂府》。

〔三〕倒：底本原作「罩」，據《雍熙樂府》本、《詞林摘艷》本、《北宫詞紀》本、《詞林白雪》本改。

〔四〕緣何：底本原作「時和」，據《雍熙樂府》本、《詞林摘艷》本、《北宫詞紀》本、《詞林白雪》本改。

〔五〕緑莎：底本原作「芳草」，據《雍熙樂府》本、《北宫詞紀》本、《詞林白雪》本改。

〔六〕磴磴：底本原作「登的」，據《雍熙樂府》本、《北宫詞紀》本、《詞林白雪》本改。

雙調

新水令一套（慶壽）〔一〕

碧天邊一朵瑞雲飄，有南極老人來到。戴七星長壽冠，穿八卦九宫袍。引着這虎鹿猿鶴，則聽的九天外動仙樂。

【雁兒落】我則見長眉翁品玉簫，延壽星把瑶琴操。降福神捧玉觴，老人星看經教。

【得勝令】呀，我這裏唱一曲《念奴嬌》，奏一派九《簫韶》。俺這裏福海千旬盛，壽山萬丈高。玉玎璫聲飄，西王母親來到。跨鳳乘鶴[二]，我則見舞飄飄下碧霄。

【川撥箏】俺這裏勸香醪，有仙童前後繞。俺這裏有仙酒仙桃[三]，來慶英豪，一千歲長生不老，比延年壽更高。

【七弟兄】玳筵前，擺着果桌，共尊肴，暢開懷滿飲聽笙歌樂。畫梁間香靄彩雲飄，雕檐外鐵馬兒玎璫鬧。

【梅花酒】呀，衆神仙離三島[四]，一個個草履麻絛。丫髻環絛，執袋椰瓢。奉天符玉帝敕，他敢來添壽不辭勞。俺這裏聽歌巧，鳴鼓吹動笙簫。動笙簫理仙樂，理仙樂飲香醪。

【收江南】呀，祇願的延年益壽樂醄醄，壽山福海永堅牢。衆神仙白日裏下青霄，循環中是好，海山銀闕宴蟠桃。

【尾聲】親安子順妻賢孝，弟和兄無憂無惱。富貴共榮華，一家兒益壽延年，快活到老。

校　箋

〔一〕《盛世新聲》本、《雍熙樂府》本、《盛世詞林》本皆不題名和注撰者；《全明散曲》作無名氏，據《群音類選》本輯録。

〔二〕鳳：底本原作「風」，據《盛世新聲》本、《雍熙樂府》本改。

〔三〕這：底本原作「那」，據《盛世新聲》本、《雍熙樂府》本改。

〔四〕仙：底本無，據《盛世新聲》本、《雍熙樂府》本補。

新水令一套（閨思）〔一〕

枕痕一綫印香腮，蹙春山兩灣眉黛。整金釵舒玉笋，出綉户下瑶階。穿着對窄窄弓鞋，剛行出綉簾外。

【駐馬聽】寂寂瑶階，春日闌珊景物乖；困人天色，不堪梳洗傍妝臺。梨花寂寞玉容衰，海棠零落胭脂敗。自裁劃，今春更比前春曬。

【喬牌兒】指尖兒彈破了腮，泪珠兒鎮常在。自從他去懨懨害，這病便重如山深似海。

【雁兒落】懶插這鴛鴦交頸釵，羞繫這鸂鶒合歡帶。慵將這鸞鳳錦褥鋪，愁將這翡翠鮫綃蓋。

【得勝令】呀，疑怪這靈鵲兒噪庭槐，不聞的車馬過長街。准備着月下星前拜，安排着春衫和泪揩。打叠起愁懷，怕不待寧心兒耐。悶日月難捱，又則怕青春不再來。

【甜水令】空着我便耳熱眼跳，心神恍惚，吃驚打怪，莫不是薄幸可憎才。一會家腹熱腸慌，心忙意急，行出門外，空着人踏遍蒼苔。

【折桂令】將一塊望夫石霧鎖雲埋，誰承望燕侣鶯儔，枉惹的蝶笑蜂猜。幾時能勾丹鳳成雙，錦鴛作對，魚水和諧。盼佳期今春左側，海棠開不見他回來。想俺那多才他在柳陌花街，莫不是謝館秦樓，多應是走馬章臺。

【尾聲】等那厮來時節，吃我一會閑頓摔。我不比其他性格，將他那信人搬弄的耳朵揪，薄幸喬才面皮兒摑。

校　箋

〔一〕《詞林摘艷》本題作「春恨」，并注「元劉庭信散套」。《全元散曲》據之歸作劉庭信作品。劉庭信（一寫作劉廷信），《録鬼簿續編》有傳，稱其先名廷玉，行五，身長而黑，人盡稱「黑劉五」。風流蘊藉，善散曲，出口而成，風晨月夕唯以填詞爲事。此作影響甚大，和者衆，但莫能出其右者。《全元散曲》收録其散曲作品小令三十九支，套數七套。兄廷幹，任湖藩大參，因之卒于武昌。

新水令 一套（閨怨）〔一〕

靠東窗泪眼鎮常揩，不知俺那賽崔張故人安在。害的我腰肢枯似柳，骨格瘦如柴。雨泪盈腮，這永夜好難捱。

【銷金帳】〔二〕昏昏月色，薄霧籠晴靄〔三〕。好姻緣絶往來，常記的那般樣歡娱，這般樣恩愛。自别來到今，自别來到今，音稀信乖。焚一炷盟香，我便對月深深拜。鱗鴻斷絶，石沉大海。

【甜水令】想着咱月下花前，瞻星拜斗，情牽可愛，呀，誰承望忽的兩分開。閃的我孤眠獨枕，廢寢忘餐，懨懨常害，看看的瘦損了形骸。

【江兒水】花前歡愛，暗想起花前歡愛，我便不曾離了左側。配百年姻眷，兩意和諧。綰同心，不放開。仙子下瑶臺，好似嫦娥離了玉階。弄盞傳臺，暢飲開懷，樂歡娱綉幃中三四載。枉設下山盟誓海，倒惹下風流情債，數歸期暗將靈卦擺〔四〕。

【雁兒落】我與你平分開鸞鳳釵，生扭斷合歡帶。咱雖是五百年前美眷姻，今日倒惹下相思債。

【得勝令】呀，幾曾得魚水兩和諧，閃的我獨自一個受淒捱。美愛如山岳，我和他恩情深似海。暗想起多才，不知在那裏美裝尊大〔五〕。思量的痴呆，好着我悶懨懨放不下懷。

【鎖南枝】相思病，怎生捱，眠床卧枕頭懶抬。手懶去綉羅鞋，身懶去傍妝臺。衣服懶裁，懶上妝樓，懶去燒香拜。箏懶搊，手懶抬；曲懶謳，被重蓋。

【沽美酒】乍離别一二載，你怎生全不想寄封書來？雁杳魚沉音信乖。非是我將你來見責，臨行時説的明白。閃的我冷清清羅幃中等待，阻斷了好姻緣女貌郎才。憔悴了花枝體態，瘦損了腰肢一捻。我呵，也是命該運衰，好色不如好德，不知你戀誰家花街柳陌。

【尾聲】香消玉減無情彩，烟淡了遠山眉黛，不知他甚日得迴來。

校　箋

〔一〕《盛世詞林》本無題名和撰者。《全明散曲》據《群音類選》本輯録。

〔二〕【銷金帳】：底本原作「【柳摇金】」，據《盛世詞林》本改。

〔三〕晴：底本原作「津」，據《盛世詞林》本改。

〔四〕暗：底本原作「倦」，據《盛世詞林》本改。

〔五〕尊大：底本原作「尊待」，據《盛世詞林》本改。

新水令一套（春閨）〔一〕　陳大聲〔二〕

碧桃花外一聲鐘，綉衾寒唤回春夢。香消金獸冷，花落翠屏空。雨雨風風，攛掇的病兒重。

【駐馬聽】帶結頻鬆，病骨不禁愁冗冗；眉峰難縱，黛蛾深鎖恨重重。瑶臺人遠信勞鴻，彩雲聲斷簫閑鳳。惡相思千萬種，百般難把愁來送。

【雁兒落】冷落了春風銅雀宫，間阻了夜雨陽臺夢〔三〕。闌珊了停雲燕子樓，寂寞了流水桃花洞。

【得勝令】呀，單守着四扇矮屏風，三尺舊絲桐。總廢囊中藥，全銷鏡裏容。簾櫳，步月無人共；花叢，尋春誰與同？

【川撥棹】我這裏恨匆匆，晝偏長更漏永。這些時歌歇梧桐，帳冷芙蓉，不見了紅圍翠擁，望藍橋無路通。

【七弟兄】對着這落紅舞風，畫闌東，怯餘寒簾箔金鈎控。寄閑情琴在錦囊封，揾啼紅淚濕璚珠迸。

【梅花酒】減崔徽鏡裏容，怕曉角昏鐘。恨芳草青驄，怪浪蝶狂蜂。秋來呵江上別，花落也未相逢。又不知吉與凶，我則索含着淚告蒼穹，陪着笑問青銅。側着耳聽歸鴻，緘着口怨東風。

【收江南】呀，懨懨不比舊時容，綠窗針綫廢春工。殘雲剩雨自西東，全無定踪，巫山十二總成空。

校　箋

〔一〕《詞林摘艷》本題作「閨情」，《雍熙樂府》本題作「憶情」，《坐隱先生精訂梨雲寄傲》本題作「春情」。

〔二〕陳鐸（一四五四？—一五〇七），字大聲，號秋碧，别署七一居士。下邳（今江蘇睢寧）人。精通音律，尤擅散曲，創作極富，有雜劇《納錦郎》、《太平樂事》、《好姻緣》（已佚）三種，散曲集有《秋碧樂府》、《梨雲寄傲》、《月香亭稿》、《可雪齋稿》、《公餘漫興》等，詞集有《草堂餘意》，有汪廷訥輯刊《陳大聲樂府全集》傳世。

〔三〕間：底本原作「更」，據《雍熙樂府》本、《坐隱先生精訂梨雲寄傲》本改。

夜行船一套（近偷入《玉玦記》）〔一〕 馬致遠〔二〕

百歲光陰一夢蝶，重回首往事堪嗟。今日春來，明朝花謝，急罰盞夜闌燈滅。

【喬木查】想秦宮漢闕，都做了衰草牛羊野，不恁的漁樵没話説。縱荒墳横斷碑，不辨龍蛇。

【慶宣和】投至狐蹤與兔穴，多少豪杰。鼎足雖堅半腰折，魏邪？晉邪？

【落梅風】天教富，莫太奢，没多時好天良夜。富家郎更做道心似鐵，争辜負錦堂風月。

【風入松】眼前紅日又西斜，疾似下坡車。不争鏡裏添白雪，上床與鞋履相别。休笑巢鳩計拙，葫蘆提一樣妝呆。

【撥不斷】〔三〕利名竭，是非絶。紅塵不向門前惹，緑樹偏宜屋角遮。青山正補墻頭缺，更那堪竹籬茅舍。

【離亭宴帶歇拍煞】蛩吟罷一覺纔寧貼，鷄鳴時萬事無休歇。何年是徹，密匝匝蟻排兵，亂紛紛蜂釀蜜，急攘攘蠅競血〔四〕。裴公緑野堂，陶令白蓮社。到秋來那些，和露摘黄花，帶霜烹紫蟹，煮酒燒紅葉。想人生有限杯，能幾個登高節。人問我時頑童記者，恐北海探吾來，道東籬醉了也。

校箋

〔一〕《詞林摘艷》本題名作「秋興」，《盛世新聲》本、《雍熙樂府》本、《北宮詞紀》本、《詞林白雪》本皆不題名。《全元散曲》收録時亦無題名。《玉玦記》，見本書「官腔類」卷八「《玉玦記》」條。

〔二〕馬致遠（一二六四前—一三二四？），號東籬，大都（今北京）人。曾任江浙省務官。杭州書會成員，撰有雜劇作品十五種，《漢宫秋》、《青衫泪》、《陳摶高卧》、《岳陽樓》、《任風子》、《薦福碑》六種今存，《誤入桃源》僅存殘曲，其餘皆佚。與李時中等人合作《黄粱夢》一種，今存。其散曲作品亦影響甚大，如【天净沙】《秋思》被廣爲流傳。

〔三〕【撥不斷】：底本原作「拚不斷」，且不爲曲牌，《盛世新聲》本、《詞林摘艷》本、《雍熙樂府》本具作曲牌「【撥不斷】」，且上支【風入松】曲詞被吴梅作爲例曲收入《北詞簡譜》，知底本誤，據改。

〔四〕競血：底本此二字右边残缺嚴重，據《盛世新聲》本、《詞林摘艷》本補。《雍熙樂府》本作「争血」。

正宫

端正好一套（臣道）〔一〕

享富貴，受皇恩，陳綱紀明天道。貫胸襟虎略龍韜，威儀楚楚全忠孝。文共武，皆奇妙。

【滚綉毬】擺旌旗霞彩飄，列干戈日月高，驟蹀躞馬銜着金絡，撼玲瓏玉掛絨縧。擁高衙大纛雄，卧重裀列鼎肴，靄畫堂瑞烟籠罩，撲湘簾花霧飄颻。金爐火暖龍涎噴，銀燭光輝絳蠟燒，歲月逍遥。

【倘秀才】朝鳳闕朱衣紫袍，升虎帳貂裘鳳翹，瞻仰龍樓爵禄高。氣昂昂趨黄道，雄糾糾侍清朝，近鑾輿玉藻。

【呆骨朵】丹書鐵券金花誥，撫華夷四海名標。旌旗影款動龍蛇，金鼓響驚飛燕雀。出落着威武飛熊兆，調鼎鼐，理陰陽，居廊廟。普天下賀太平壽域開，宰臣每整乾坤安定了。

【貨郎兒】開大宴齊臻臻華筵歡樂，香馥馥珍羞美肴，有交梨火棗有蟠桃。炮麟脯，烹魚尾，燒熊掌，煎羊羔。

【醉太平】有龍笛鳳簫，間鼉鼓檀槽，擺列着清歌妙舞出妖嬈。唱黄鐘【六么】，萬民豐足皆歡樂，八方寧静開懷抱，四時康泰盡和調。

【貨郎兒】文修武備，日轉遷階，穩拍拍的輔佐邊庭，把這風塵静掃。

【尾聲】普天率土歸王道，萬國遵依賀聖朝。君德成勝禹舜堯，臣宰賢良過管樂。則將那天下奸邪盡平剿。

校　箋

〔一〕《詞林摘艷》本題名作「上太師」，注稱「皇明丘汝成散套」；《北宫詞紀》本題名作「上太師」，注稱「明丘汝成」；《雍熙樂府》本題名作「武臣享福」；《盛世新聲》本無題名，此本與《群音類選》本全同；《全明散曲》入丘汝成名下。丘汝成，生卒年、里籍、生平事迹皆不詳。

端正好一套（紅葉題情。此出雜劇）〔一〕

我恰纔秋香亭上正歡濃，望着他這上林苑逃席走。趁西風獨步閑游，想一年世事如翻手。撚指間，重陽又。

【滚綉毬】淅零零暮雨收，冷清清禁苑幽，悶懨懨去年時候，不覺的透羅衣風力颼颼。風吹散面上酒，戲折的砌畔菊，我則將嫩香來重嗅，果然道佳節難酬。今朝緑蟻人先醉，我則怕明日黄花蝶也愁，信步閑游。

【倘秀才】一弄兒殘荷敗柳，這塌兒是俺那去年前感恨題詩御溝。低首沉吟喟然久，撲簌簌泪交流，恰便似珍珠脱了綫頭。

【叨叨令】帕兒湮泪搵濕衫兒袖，冰的我這襪兒凉浸的我鞋兒透，逗的我意兒新感起我情兒舊，哭的我心兒酸引的我眉兒皺。玉英咱兩個去來也麽哥，照的我影兒孤越顯的身子兒瘦。

【白鶴子】我從那去年前親發送，今歲也尚停留。我分明送過這玳瑁石芍藥闌前，到閃在金漆木排栅後。

【白鶴子】經年離了池沼，我則道紅葉爛在汀洲。可怎生顔色兒儼然新，墨迹兒無些舊。

【紅綉鞋】緊跐定玻璃鴛甃，天生下駝腰柳不纜龍舟。恰便似玉女觀泉弄温柔〔二〕，將身子斜探定，用一隻手將柳條揪，一隻手搦着這顫巍巍新嫩竹。

【快活三】莫不是有誰人題詩在上溜頭？怎肯道是我干休？好教我厮傒厮幸厮追究，我與你親把河崖叩。

【鮑老兒】展玉腕厮琅琅向水面上兜，更怕甚濺濕泥金衫袖。則這翠竹梢頭少個釣鈎，引的這水勢兒向東流。我則見衝開錦鱗，飛緑鴨，蕩散白鷗。見題紅泛泛，隨風颭颭，順水悠悠。

【古鮑老】我這裏探身在岸口，將紅丟丟葉兒棹在手。就着這向陽日頭，濕浸浸水痕羅帕收。渾一似，血染般，胭脂透。是誰將巧計搜？全不怕官司窮究，他將那兩句兒詩聯就。

【柳青娘】誰曾道是趁逐，天賜這場厮迤逗。看了這詩中意投，必定是個俊儒流。裁冰剪雪忒慣熟，若得來雙雙配偶，儘今生共結綢繆。則這去年前，紅葉上，紅葉上，把詩修。

【道合】恰向今秋，恰向今秋，今秋園苑却閑游，恰相投。道着俺着俺自僝僽，恁的恁的空遥受，同觀的池上景清幽。細凝眸，自索守，使咱家空迤逗。道那些那些合成就，天生落在咱家彀。那些那些合成就，若還見的遲疾後。若不咱收，風力颼颼。趁着龍溝，險些兒厭厭，厭逐水，厭逐水向向向東流。

【耍孩兒】往常我守椒房擔寂寞，捱昏晝，今日個又添上關心症候。趁西風飄離了樹梢頭，送與我這一場閑悶閑愁。見了些翠裙鳳翅傷秋扇，我聽了些絳幘鷄人報曉籌。年年池館皆依舊，你看俺這嬪妃年老，幾時得葉落歸秋。

【三煞】題詩人長共短，有情人知他是好共醜。不明不暗因他瘦，心兒中想念何曾見，夢兒裏相逢不斷偢。這姻緣，空遥受，青鸞無信，紅葉難酬。

【二煞】弄詩章，相戲逐，不良才，歹事頭。去年前將兩句相迤逗。暗歡喜空把他心中愛，虚煩惱胡遮臉上羞。扮着個志誠心將他候，看他做神珠玉顆，出入在鳳閣龍樓。

【一煞】做一個符牌兒挑在鬢邊，做一個面花兒貼在額頭，做一個香囊兒盛了揣着肉，無情則許無情受，好處將來好處收。自今夜黄昏後，准備着洞房花燭，綉幕香衾。

【尾聲】穩坐着白象床，滿斟着碧玉甌。擁鮫綃將紅葉兒懷中摟，吃幾杯新親慶喜酒。

校箋

〔一〕《詞林摘艷》本亦收録此曲，注「流紅葉雜劇」、「元白仁甫」，《雍熙樂府》本注稱「御溝紅葉」，《元雜劇鈎沉》據之輯佚爲白樸的劇作「韓翠蘋御水流紅葉」。另《詞林摘艷》、《盛世新聲》亦選録此套，無題注。此劇本事來自于唐宋傳奇《流紅記》，當與《紅葉記》、《題紅記》兩傳奇故事大致相同。白樸（一二二六—？），初名恒，字仁甫，一字太素，號蘭谷。隩州（今山西河曲）人。終身不仕，喜游歷，與胡祗遹、王惲、李文蔚、盧摯等名士、曲家交善。撰雜劇有十六種，《梧桐雨》、《墻頭馬上》、《東墻記》（有人認爲此劇爲明人僞托）三種傳世，《韓翠顰御水流紅葉》、《箭射雙雕》兩種殘存部分曲文，其他劇作皆不傳。

〔二〕觀泉：底本原作「觀前」，據《雍熙樂府》本、《詞林摘艷》本、《盛世新聲》本改。

端正好一套（游春）〔一〕

柳輕柔，花嬌媚，春雲淡日色輝輝。曉來枝上鶯聲細，似喚起游春意。

【滚綉毬】柳陰中驕馬嘶，花陰外好鳥啼。看蜂蝶采花成對，巧丹青妝點屏圍〔二〕。這壁厢令鼓催，那壁厢妙舞宜，采花枝玉纖相遞，戲鞦韆畫板沾泥。高張翠蓋嬌紅粉，慣走青驄俊緑衣，堪賞堪題。

【倘秀才】牡丹亭嬌容膩粉，芍藥圃濃香艷蕊，玉蕊山茶間紫薇。素珍珠明含笑，紅錦被映酴醿，海棠花似烟霞照水。

【脱布衫】一處處仕女游嬉，一攢攢客醉尊罍。一簇簇笙歌韵美，一步步管弦聲沸。

【小梁州】沽酒樓前人聚集，掩映疏籬。桃花似錦柳依依，蒸和氣，賽閬苑勝瑶池。

【么】江南自古繁華地，勝追游盡醉方歸。波動處緑鴨浮，沙暖處紅鴛睡，風流佳致，省可裏杜鵑啼。

【尾聲】游春不覺金烏墜，乘興還隨玉兔回。倒玉頹山醉似泥，相賞休違，莫負芳菲。

看了這萬紫千紅，端的是畫圖裏。

校　箋

〔一〕《北宫詞紀》本題名「春游」，注稱「明楊彦華」撰；《詞林摘艷》本題名作「春游」，《雍熙樂府》本、《盛世新聲》本、《盛世詞林》本無題名，皆不題撰者。《全明散曲》據《北宫詞紀》本屬楊彦華。

〔二〕屏闈：底本原作「屏幃」，據《雍熙樂府》本、《詞林摘艷》本、《盛世新聲》本、《北宫詞紀》本改。

塞鴻秋一套（題情。入南北調）〔一〕

一會家想多情，越教我傷懷抱。記當時向名園游賞同歡樂，端的他語言和，容貌美，心聰俏。天生的來，知音解吕明宫調。課賦與吟詩，善經史，通三教。你看他彈絲品竹般般妙。

【普天樂】記當時同歡笑，携手向花間道。賞心時同飲香醪，踏青處共尋芳草。見游蜂粉蝶都來繞，兩點春山蛾眉掃。舞裙低楊柳纖腰，鬌雲堆金鳳斜挑。把琵琶細撥，檀板輕敲。

【脱布衫帶過小梁州】琵琶撥檀板輕敲，錦筝搊指法偏高。撫冰弦分輕清重濁，和新詞美音奇巧。你看他體態輕盈舞細腰，端的是丰韵妖嬈〔二〕。遏雲聲美透青霄，端的是多奇妙。真個是芙蓉面，海棠嬌。你看他金蓮款步蒼苔道，髻雲堆金鳳斜挑。常言道風流的遇着俊英，浪子的逢着俏倬。更有那馮魁黄肇，你便有那千金買，也難消。

【雁過聲】多嬌，丹青怎描，更天然花容小巧。風流的不似他容貌，有萬般嬌，有萬般標，更萬般丰韵，千種妖嬈。歌聲縹緲，畫堂試聽，畫梁塵繞，祇教那行雲飛過畫闌橋。

【醉太平】一會家被春光相惱，越着我展轉的添憔。你看他往來雙燕共泥巢，沙暖處鴛鴦并在池沼。你看那蜂媒蝶使穿花鬧，不覺的微微細雨將紗窗哨，更那堪和風淅淅將竹枝敲，這凄凉何時是了？

【傾杯序】連宵，雨暗飄水漸高，一向去了無消耗。舊約難期，舊情難捨，舊愁重集，雲水迢迢。房櫳静悄，水沉烟冷，寶鴨香消。祇教人逢花遇酒興無聊。

【貨郎兒】這些時相思病，有誰人將我醫療〔三〕？即漸裏把身軀瘦了，將我這朱顔緑鬢，看看的盡枯憔。廢了經史，弃了霜毫。每日家悶懨懨，如痴似醉魂暗消。額似錐剜，心如刀攪，無語寂寥。遇不着醫鬼病靈丹藥。

【么】焰騰騰烈火焚燒了祆廟，白茫茫浪滔天水渰了藍橋，霧濛濛桃源洞阻隔的來路迢遥。賈充宅添人巡捕，崔相府閉的堅牢，最苦是將他那楚館和這陽臺崩壞倒。

【小桃紅】等閑間韶華老，辜負了春多少。則聽的鐵馬檐間，響玎璫將人惱。音書欲寄無青鳥，心腸朝夕傷懷抱。幾時能勾，再整鸞膠？

【伴讀書】這愁煩我命所招，辦誠心把蒼天告。則願的馬上墻頭，共一處，同歡樂，有一日夫妻美滿身榮耀。常言道青霄有路終須到，纔稱了心苗。

【笑和尚】再將楚陽臺砌磊的牢，重蓋一座祆神廟，磚甃了桃源道。賈充宅人静悄〔四〕，藍橋下水歸漕。選良宵，鳳鸞交，飲香醪，樂醄醄〔五〕。將崔相府洞房春把花燭照。

【尾聲】天還許，福分招。帶綰個同心到老，辦炷明香每夜燒。

校箋

〔一〕《詞林摘艷》本題名作「題情」，注稱「皇明湯舜民」；《彩筆情辭》本題名作「憶美」，注稱「元湯舜民」；《雍熙樂府》本題名作「憶情間阻」；《盛世新聲》本、《新編南九宫詞》本無題名。《全明散曲》據《詞林摘艷》本屬湯舜民并録定。湯式（生卒年不詳），字舜民，號菊莊，元末明初象山（今屬浙江）人，一説是寧波人。曾官縣吏，後落魄江湖間。明成祖在燕邸時，遇之甚厚。永樂間賞賚常及。好滑稽，所作樂府套數小令極多，語多工巧，江湖盛傳之。著有雜劇《瑞仙亭》、《嬌紅記》二種，散曲集有《筆花集》。《全明散曲》收其小令一七二支，套數六九套。

〔二〕嬈：底本無，據《盛世新聲》本、《詞林摘艷》本、《雍熙樂府》本、《彩筆情辭》本補。

〔三〕醫療：底本原作「一療」，據《盛世新聲》本、《詞林摘艷》本、《彩筆情辭》本改。

〔四〕静悄：底本原作「盡悄」，據《盛世新聲》本、《詞林摘艷》本、《彩筆情辭》本改。

〔五〕樂：底本原作「笑」，據《盛世新聲》本、《詞林摘艷》本、《彩筆情辭》本改。

新刻群音類選北腔卷六

南呂

一枝花一套（春情）〔一〕

花間杜宇啼，柳外黄鶯囀。銀河清耿耿，玉露滴涓涓。踐入花園，露滴殘妝面，風吹雲鬢偏。畫閣内綉幕又垂，錦堂上珠簾半捲。

【梁州第七】恰行過開爛漫梨花樹底，早來到噴清香芍藥闌邊，海棠嬌艷堪人羡。你看那桃紅噴火，柳緑拖烟。蜂飛展展，蝶舞翩翩。驚起些宿平沙對對紅鴛，出新巢燕子喧喧。怕的是罩花叢玉露濛濛，愁的是透羅衣輕風剪剪，盼的是照紗窗紅日懨懨。進前，怕遠。蹙金蓮懶把香塵踐，忒堅心不信戀。休辜負美景良辰三月天，堪賞堪憐。

【尾聲】衹爲這惜花懶入鞦韆院，因早起空閑鴛枕眠〔二〕。廢寢忘餐，把花戀。將花枝笑撚，斜插在鬢邊。手執着菱花，衹在這鏡兒顯。

校箋

〔一〕《詞林摘艷》本題名作「咏惜花春起早」，注稱「皇明王舜耕散套」；《北宫詞紀》本題名作「惜花春起早」，注稱「元高文秀」；《雍熙樂府》本題名作「惜花春起早」；《詞林白雪》本、《盛世新聲》本無題名和撰者。《全元散曲》據《北宫詞紀》本把此作歸于高文秀名下，《全明散曲》據《詞林摘艷》本把此作歸于王田名下。高文秀（生卒年不詳），山東東平人。東平府學生員。爲當時著名戲曲作家，有「小漢卿」之譽，撰有雜劇三十四種，僅《趙元遇上皇》、《雙獻功》、《須賈誶范叔》、《襄陽會》、《保成公徑赴澠池會》五種存世。另有兩套散曲傳世。王田（生卒年不詳），字舜耕，號西樓，山東濟南人。永樂中嘗任職浙江山陰縣，以老乞歸。善調謔，喜爲南北曲，膾炙人口，遠近傳播。《全明散曲》收録其小令三支，套數七套，復出套數一套

〔二〕 鴛：底本原作「厭」，據《盛世新聲》本、《雍熙樂府》本、《詞林摘艷》本、《雍熙樂府》本、《北宫詞紀》本、《詞林白雪》本改。

一枝花一套（慶壽）〔一〕

紛紛瑞靄飄，隱隱祥雲墜。氤氳香裊散，荏苒彩雲飛。左右周圍，寶蓋幢旙立。老人星，下北極。恰纔離閬苑神州，咫尺過蓬萊弱水。

【梁州】轉眼觀十洲三島，回頭望玉府瑶池，衆神仙别却蟠桃會。仙童祝壽，玉女擎杯。猿鶴來往，虎鹿相隨。許飛瓊下天關霧鎖雲迷，周瓊姬到塵寰星斗光輝。一個獻丹砂，賜北極永綿綿福壽無邊；一個獻丹藥，賜東海浪濤濤長生富貴；一個獻丹書，賜南山翠巍巍松柏肩齊。壽星，慶喜。衆神仙來賀生辰日，排水陸盡完備。象板銀箏間玉笛，酒泛玻璃。

【牧羊關】這一個歌金縷低低唱，那一個紫鸞簫慢慢吹，這一個撥銀箏堪咏堪題。那一個紅牙板音吕熟閑，這一個紫檀槽聲清韵美。那一個擁翠袖筵前立，這一個出紅妝列尊席。那一個帽檐側花枝重，這一個酒痕香衫袖濕。

【罵玉郎】天邊一朵祥雲墜，我則見披鶴氅掛金衣，神仙八個臨凡世。韓湘子勝出枝錦牡丹，曹國舅肩擔着竹篳籬，吕洞賓將着這龍香墨。

【感皇恩】李孔目他將着這鐵拐忙提，藍彩和檀板手執。張四郎捲起輪竿，陳七子將着梳篦，張果老將蹇驢騎。有靈芝瑞草，更有那火棗交梨。我則見祥光現，紫霧生，彩雲飛。

【采茶歌】五雲墜，暗香隨，現出個長生不老漢鍾離。滿飲三杯慶壽酒，勝如王母赴瑶池。

【尾聲】花爛漫，錦重重，樂醄醄，淺斟低唱醺醺醉。翠重重，光燦燦，香馥馥，花果時新件件奇。益壽延年一百歲，衆賓朋賀喜。老人星奉敕，引入你仙境蓬萊畫圖裹。

校　箋

〔一〕《雍熙樂府》本題名作「慶壽」，《詞林摘艷》本題名作「壽意」，《盛世新聲》本無題名，《全明散曲》據《群音類選》本輯録。

一枝花一套（子弟追悔前非）〔一〕

風月中起戰争，歌舞地排兵勢。縱横了花柳巷，鬧嚷殺武陵基。雖不鬥賭争施，反惹無仁義。

【梁州第七】寄情音便是下戰書，穿對襟勝鐵甲，着羅裳賽戰衣。紅綾被勝似中軍寶帳，黄金釵好似鳳翅頭盔。拈香誓開了陷穽，摇衫袖擺動旌旗。歌奇腔傳爲號令，品玉簫便是出陣聲息。護身寶劍，裹手銀鈸。有催軍鑼鼓，打將銅錘。那老鴇兒便是統兵元帥，小丫頭便是巡寨軍卒。九里山前擒項羽，東洋海鎮住蠻狄。思之，祇爲金銀寶鈔生惡意。做下千般胡所爲，堪笑堪悲。

【耍孩兒】寡情薄意將他弃，弃舊迎新把我虧。所爲事事從頭記，挨門倚户將咱哄，弄舌調唇把我迷。明明撞着迷魂鬼，五行不順，八字低微。

【十煞】厨無柴是我買，瓮無米是我糴。安然自在無憂慮，飢時思飽寒思暖。男不種田女不織，搽胭抹粉爲生計。歡娱一宿，過活十日。

【九煞】買羅段做襖裙，换金珠打首飾。靴鞋衣帽俱咱置，安排門户重重派。整備東西件件齊，全不解其中意。他家好看，俺這裏難爲。

【八煞】黄邊錢還道低，白紋銀道九七，塊頭腰截嫌零碎。今年整備來年事，冬月思量夏月衣。滿床鋪蓋供齊備，消没了錢鈔，積趲下年資。

【七煞】思量爛糊蹄，要吃穿炒鷄，那亡八愛吃鮮魚味。時常爛煮猪蹄肉，大料熬燒鵝與鷄。專好吃多滋味，一家人吃的是稱心茶飯，可口的東西。

【六煞】朋友到也會笑談，做酒席也得宜，衹是將咱錢鈔虚花費。九分銀衹買得三斤肉，七十黄邊衹買個鷄。盤中果品般般貴，數錢銀買罎老酒，八十文錢買尾鮮魚。

【五煞】洗泥便送程，歡天喜地虚情意。連忙買酒姑夫飲，快去燒茶姐夫吃。甘草口甜如蜜，醫公湯藥，好一似吕后筵席。

【四煞】兩三日不上門，着保兒再四催，入門便使牢籠計。連朝不見歸何處？這幾日分離在那裏？想是你別有個相交的，假作個長吁短嘆，見了你便泪眼愁眉。

【三煞】他道張三也不接，李四來也不接，潘安好臉俱懷記。他道張弓難射高飛鳥，下釣難求水底魚。你苦苦多憂慮，既在株邊守兔，豈敢節外生枝。

【二煞】那論你朋共友，全不管親與戚，恨不得把燈籠斷了牢籠計。纔爲爹婦又兒婦，方做兄妻又弟妻。敗壞了人倫序，那管你弟男子侄，恨不得一派收拾。

【一煞】平康巷這等行，緑春院那所爲。勸你們風流子弟牢牢記，若不肯除花戒酒，定有日悔是遲遲。

【清江引】悔來悔去終是悔，悔却烟花地。悔貪剪髮時，悔却拈香誓，總不如結髮妻始終無日悔。

校　箋

〔一〕此套僅存《群音類選》本，《全明散曲》據之輯録。

青衲襖一套（男相思。亦入南北調）（二）

想多嬌情性標，想多嬌恩意好。想着俺那携手閑行共歡笑，吟風咏月將那詩句嘲。女温柔郎俊俏，正青春年紀小。誰承望將比翼分開，瓶墜簪折，到如今可早魚沉雁杳。

【罵玉郎】想着俺那多嬌一去了無消耗，想着俺那情似漆意如膠，常記的當時共枕同歡樂。想着他那花様般嬌，柳様般柔，傾國傾城貌。

【大迓鼓】千般丰韵嬌，風流俊俏，體態妖嬈。所爲諸般妙，搊箏撥阮，歌舞吹簫，縱有丹青難畫描。

【感皇恩】呀，好教我情緒無聊，意攘心勞。懶把這杜詩温，懶將這韓文記，倦將這柳文學。好教我愁懷越焦，這些時容貌添憔。不能勾同歡會，成配偶，祇有分受煎熬。

【東甌令】潘郎鬢，沈郎腰，可憐相逢没下梢。心腸懊惱傷懷抱，烈火燒祆廟。濤濤緑水渰藍橋，相思病怎生熬？相思病怎生熬？

【采茶歌】相思病怎生熬？離愁陣擺的堅牢，你便是鐵石人見了也魂銷。愁似南山堆積積，恨如東海水滔滔。

【賺】誰想今朝，自古書生多命薄。傷懷抱，痴心惹得傍人笑，對誰陳告。

【烏夜啼】想當日偎紅倚翠，我和他踏青鬥草，相逢時遇景同歡樂。到春來語呢喃燕子尋巢，到夏來荷蓮香滿開池沼。到秋來菊滿荒郊，到冬來瑞雪飄飄。想當初畫堂金屋列佳肴，今日個孤眠旅館無着落。鬼病侵，難醫療。好交我情牽意惹，心癢難撓。

【節節高】悶懨懨睡不着，想多嬌，知音解吕明宫調。諸般妙，閉月容，羞花貌。語言嬌媚心聰俏，恰如仙子行來到。金蓮款露鳳頭翹，朱唇皓齒微微笑。

【鵪鶉兒】你看他體態輕盈，更那堪衣穿素縞。你看他脂粉匀施，蛾眉淡掃。看了他萬種妖嬈，難畫描，難畫描。酒泛羊羔，寶鴨香消。銀燭高燒，成就了美滿夫妻，綰下個同心到老。

【尾聲】青霄有路終須到，生前無分也難消，把佳期叮嚀休忘了。

校　箋

〔一〕《詞林摘艷》本題名作「思情」，注稱「無名氏散套」；《雍熙樂府》本題名作「別思重會」，《盛世新聲》本無題名。《全明散曲》屬無名氏，據《群音類選》本輯録。

青衲襖一套(寫□。亦入南北調)〔一〕

蹙金蓮雙鳳頭，纏輕紗一虎口〔二〕。我見他笑撚鮫綃過鴛甃，敢眉下轉將他心事留〔三〕。古鶯花第一儔〔四〕，正芳年恰二九，恰二九。生的來體態輕盈，皓齒朱唇，不能勾并香肩同携手。

【罵玉郎】嬌娃俊雅天生就，腰似柳襪如鈎，湘裙微露金蓮瘦。你看他寶髻堆，王笋長，露出春衫袖。

【大迓鼓】〔五〕相逢鶯燕友，四眸相顧，兩意相投。此情難消受，風流自古，偏惜風流，展轉留情雙鳳眸。

【感皇恩】呀，指望待飽玩嬌羞，誰承望各自分頭。好教我恨天高，嫌地窄，怨人稠。指望待相隨皓首，誰承望鬼病因由。不由人魂緲緲，體飄飄，魄悠悠。

【東甌令】添疾病，减風流，廢寢忘餐相應候。前生作下今生受，今不遂來生又。魂勞夢攘感離愁，都則爲女嬌羞。

【采茶歌】都則爲女嬌羞，端的是忒風流，閃的人不茶不飯幾時休。何日相逢同配偶？

甚時密約共綢繆？

【賺】計上心頭，暗令家童私問候。休泄漏，何期兩意同成就，爲他憔瘦。

【烏夜啼】閃的我看看疾重，實實病久，爲多情鎮日空僝僽。呀，一會家近書齋想念無休，到黄昏愁雲怨雨相迤逗。更闌也無限憂愁，夜深沉兩泪交流。想嬌容直到五更頭，我與你從頭一一他行受。果然他心意堅，恩情厚。俺待要鸞交鳳友，燕侣鶯儔。

【節節高】喜孜孜暗討求，語相投，今宵暗約同成就。靈犀透，共焚香，齊設咒。日墜月上初沉漏，星移斗轉三更候。潛踪躡足近庭幃，輕移那步臨門候。

【鵪鶉兒】猛見了俊俏多情，我和他挨肩携手。悄悄的行入蘭房，暗暗的同眠共宿。嬌滴滴語顫聲低，情未休，情未休。錦被蒙頭，燕侣鶯儔。旖旎温柔，受過了無限凄凉，誰承望今宵配偶。

【尾聲】多情此意難消受，書生切切在心頭，受過凄凉一筆勾。

校　箋

〔一〕《詞林摘艷》本題名作「偷情」，注稱「皇明張氏」；《彩筆情辭》本題名作「贈妓」，注稱「元張氏」；《盛世新聲》本、《盛世詞林》本無題名。《全元散曲》據《彩筆情辭》本收録，《全明散曲》據

《詞林摘艷》本收録。

〔二〕虎口：底本此二字殘缺，據《詞林摘艷》本、《盛世新聲》本、《彩筆情辭》本補。

〔三〕轉：底本原作「傳」，據《詞林摘艷》本、《盛世新聲》本、《彩筆情辭》本改；留：底本此字殘存上半，據《詞林摘艷》本、《盛世新聲》本、《彩筆情辭》本補。

〔四〕占：底本此字殘存下半，據《詞林摘艷》本、《盛世新聲》本、《彩筆情辭》本補。

〔五〕鼓：底本此字殘缺，據《詞林摘艷》本、《盛世新聲》本補。

四塊玉一套（相思。亦入南北調）〔一〕

想當初設山盟，今日個都做了牙疼誓。想同坐雙雙，一似比目魚。想效比翼，成連理。甜膩膩的蜜和酥，喜孜孜的魚共水，美甘甘膠共漆。

【一江風】自別離，撲鼕的銀瓶墜，玷玎璫瓊簪碎。誤人期，負我何辜，你若思文君，我有相如意。想道鸞凰成配對，對分鴛鴦兩下裏，越感起傷心碎。

【罵玉郎】從他去後添縈繫，不由我心似醉意如痴，常言道相隨百步有個徘徊意。這些時靈鵲兒不報喜，蟢蛛兒難信實，龜卦兒全不濟。

【大迓鼓】當初共枕席，自從別後，獨守孤幃〔二〕。指望成家計，鴛衾半擁，通宵不寐，此恨綿綿無盡期。

【感皇恩】呀，藍橋下水渰波圍，桃源洞霧鎖雲迷。青鸞信杳無迹，黄犬音全不至，白雁書甚時回。這相思怎醫，那鬼病禁持。悶昏昏，愁切切，意遲遲。

【東甌令】添疾病，减香肌，瘦損懨懨説向誰？天，天不管人憔悴，辜負了韶華日。燈昏月暗夢初回，寶鼎内篆烟微。

【采茶歌】寶鼎内篆烟微，襟袖上泪淋漓，不由我越思越想越傷悲。每日家屈指長懷去日遠，却正是有情不怕隔年期。

【節節高】想着他花似臉，玉如肌，春風一捻腰肢細。鴛幃裏，翡翠衾，鮫綃被。錦瑟瑶琴何時對，鸞簫象板無心習。恨准八字柳眉顰，愁填九曲柔腸碎。

【鶺鴒兒】燕燕于飛，花邊柳堤。事事皆依，夫唱婦隨。共枕同席，偎紅倚翠。月漸西，燈漸微。香冷金猊，酒盡金杯。琴瑟金徽，今日個月缺花殘，閃的人鸞孤鳳隻。

【尾聲】多嬌有日重相會，雙雙携手入羅幃，永遠團圓直到底。

校　箋

〔一〕《詞林摘艷》本題名作「南北思情」，注稱「無名氏」；《雍熙樂府》本題名作「美眷」；《盛世新聲》

本無題名。《全明散曲》屬無名氏，據《群音類選》本輯録。

〔二〕孤：底本原作「狐」，據《雍熙樂府》本、《詞林摘艷》本、《盛世新聲》本改。

四塊玉一套（女相思。亦入南北調）〔一〕

信物存，情詞在。想着他美貌端莊，錦綉文才。好交我病懨懨，愁冗冗，看看害，害的我頭懶抬。頭懶抬，眼倦開。錦繁花，無心戴。

【金索掛梧桐】繁花滿目開，錦被空閑在。劣性冤家，誤得人忒毒害。前生少欠他，今世裏相思債。廢寢忘餐，倚定着門兒待，房櫳静悄如何捱？

【罵玉郎】冷清清房櫳静悄如何捱？獨自把幃屏倚，知他是甚情懷？想當初同行同坐同歡愛，到如今孤另另怎劃劃。愁戚戚酒倦釃，羞慘慘花慵戴。

【東甌令】花慵戴〔二〕，酒慵釃，如今燕約鶯期不見來。多應他在那裏貪歡愛，物在人何在？空勞魂夢到陽臺，則落得泪盈腮。

【感皇恩】呀，則落得兩泪盈腮，多應是命裏合該。莫不是你緣薄，咱分淺，都一般運拙時乖。怎禁那攬閑人是非，施巧計栽排。撕撏碎合歡帶，硬分開鸞鳳釵，水滰塌楚陽臺。

【針綫箱】把一床弦索塵埋，兩眉峰不展開。香肌瘦損愁無奈，懶刺綉傍妝臺。舊恨新愁教我如何捱，我則怕蝶使蜂媒不再來。臨鸞鏡也，問道朱顔未改他早先改。

【采茶歌】改朱顔瘦了形骸，冷清清怎生捱？我則怕梁山伯不戀我這祝英臺。他若是背義忘恩尋罪責，我將這盟山誓海説得明白。

【解三醒】頓忘了誓山盟海，頓忘了音書不寄來。頓忘了枕邊許多恩和愛，頓忘了素體相挨。頓忘了神前設下千千拜，頓忘了表記香羅紅綉鞋。説將起，傍人見了，珠泪盈腮。

【烏夜啼】俺如今相離了三月，如隔數載，要相逢甚日何年再？則我這瘦伶仃形體如柴，甚時節還徹了相思債。又不見青鳥書來，黄犬音乖。每日家病懨懨懶去傍妝臺，得團圓便把神羊賽。意厮投，心相愛。早成了鸞交鳳友，省的着蝶笑蜂猜。

【尾聲】把局兒牢鋪擺，情人終久再歸來，美滿夫妻百歲諧。

校　箋

〔一〕《詞林摘艷》本題名作「閨情」，注稱「皇明王子安」；《雍熙樂府》本題名作「牽掛」，《盛世新聲》

本無題名。《北宮詞紀》本題名作「題情」，注稱「元王實甫」。《全明散曲》據《詞林摘艷》本輯録，并稱《北宮詞紀》恐誤，歸作王子安撰。《全元散曲》本據《北宮詞紀》收入王實甫名下，釋稱：「《北宮詞紀》注王實甫作，殊可疑。兹姑輯之。」

〔二〕戴：底本原作「帶」，據《詞林摘艷》本、《盛世新聲》本、《雍熙樂府》本改。

商調

集賢賓一套（秋懷）〔一〕 陳大聲

憶吹簫玉人何處也，今夜病較添些。白露冷秋連香謝，粉墻低皓月光斜。止不過暫時間鏡破釵分，倒勝似數千年信斷音絶。對西風倚樓空自嗟，望不斷嶺樹重叠。怕的是流光奔去馬，雁陣擺長蛇。

【逍遥樂】歡娱前夜，喜報燈花，香生帶結。剛得和協，誰承望又早離别，常記的相偎笑語喋，畫堂中那日驕奢。受用些尊中緑蟻，扇底紅牙，錦帳蝴蝶。

【醋葫蘆】我和他初相逢臉帶羞，乍交歡心尚怯。半妝醉半妝醒半妝呆，兩情濃到今難弃捨。錦帳裏鴛衾纔方温熱，把一枝鳳凰簪掂做了兩三截。

【醋葫蘆】我爲他挑着燈將好句裁，背着人將心事説。直等到碧梧窗外影兒斜，惜花心怕將春漏泄。步蒼苔脚尖兒輕躡，露珠兒常污了踏青靴。

【醋葫蘆】我爲他朋親上將謊話兒丟，他爲我母親行將喬樣兒撇。我爲他在家中費盡了巧喉舌，他爲我褪湘裙杜鵑花上血〔二〕。我爲他耳輪兒常熱，他爲我面皮紅羞把扇兒遮。

【梧葉兒】一個是相府内懷春女，一個是君門前彈劍客〔三〕。半路裏恰逢者，剛幾個千金夜。忽剌八抛去也，我怎肯恁隨邪〔四〕，又去把墻花亂折。

【後庭花】夢了些虚飄飄枕上蝶，聽了些玎玎璫璫檐外鐵〔五〕。剛纔得合上温郎鏡，却又早攔回卓氏車。我這裏痛傷嗟，鴛帳冷香消蘭麝，困將來剛睡些。望陽臺道路賒，那憂愁怎打疊，這相思索害也。看銀河直又斜，對孤燈明又滅。

【青歌兒】呀，風亂掃階前階前黄葉，雲半遮柳梢柳梢殘月，這離情更比前春較陡些。害的來乜斜，瘦的來哰嗻。待桑田重變海枯竭，還不了風流業。

【浪裏來煞】這愁剛不在眼角攧，又來到眉上惹。恨不得倩三尸肺腑細鐫碣，有一日綉幃中玉肌重厮貼。我將他指尖兒輕捏，直説到樓頭北斗柄兒斜。

校箋

〔一〕《詞林摘艷》本題名作「秋懷　代人作」，注稱「皇明陳大聲散套」；《北宫詞紀》本題名作「題情」，注稱「元王實甫」；《雍熙樂府》本題名作「秋懷」；《盛世新聲》本無題名；陳大聲《坐隱先生精訂梨雲寄傲》本題作「秋懷」。

〔二〕褪：底本原作「䙌」，據《雍熙樂府》本、《坐隱先生精訂梨雲寄傲》本改。

〔三〕君門前：底本此三字殘缺，據《詞林摘艷》本、《雍熙樂府》本、《坐隱先生精訂梨雲寄傲》本補。

〔四〕我怎肯：底本此三字殘缺，據《詞林摘艷》本、《雍熙樂府》本、《坐隱先生精訂梨雲寄傲》本補。

〔五〕上蝶，聽：底本此三字殘缺，《詞林摘艷》本、《雍熙樂府》本、《坐隱先生精訂梨雲寄傲》本補。

集賢賓一套（有懷）〔一〕　陳大聲

瑣窗寒井梧秋到早，霜月小，粉墻高。説離思階前蟋蟀，鬧西風枕上芭蕉。鎖不住戰兢兢一點靈犀，盼不到黑沉沉百尺藍橋。這些時玉精神，爲花消瘦了，害的來難畫描。我把他聲音兒愁記起，模樣兒怕題着。

【逍遥樂】于飛方效，間阻尤多，歡娱較少。昨日今朝，笑青銅兩鬢蕭騷，萬種凄凉厮湊着，折挫殺多愁沈約。怨了些鴛鴦枕冷，鸚鵡杯空，翡翠衾薄。

【金菊香】往常時花香春店馬聲驕，今日個雲暝秋光雁影遥，夢難成幾番直到曉。四壁寥寥，燈焰短，篆烟消。

【醋葫蘆】常記的透疏簾月半明，掩重門人漸悄。正嬌雲低壓海棠梢，我和他既相知恨不曾相見早。他燭花前將錦箏來斜抱，剗地又背着人偷用眼兒瞧。

【么】他也曾病懨懨祇自擔，瘦亭亭難自保。他也曾怕人知，常帶着幾分囂。他也曾擲金錢，數番花下禱。他也曾直等到星移月落，他也曾倚闌干劃損掠兒梢。

【么】我和他對着神將海誓言，并着肩將眉黛掃。有時節把陽春一字字細推敲，我和他説私情一説個天到曉。不離了相偎相抱，他見我霎時無語便把話兒嘲。

【么】他雖無甚傾國妍，出類好〔二〕，似這等知人的情性最難學。但見呵或是忙或是遲或是早，那裏有半星兒違拗，多應是我心他意兩投着。

【么】他道我和你心同魚水諧，情隨天地老，你休要見垂楊又去折柔條。他道是既綢繆祇宜相會少，祇恐怕燕鶯知道，他也曾抵牙兒幾度費量度。

【梧葉兒】今日個鳳去秦樓迥，鴻稀漢苑遥〔三〕，雲散楚臺高。他指冷箏閑雁，我屏寒扇掩蕉。剛間隔幾昏朝，出踹的把秋光過了。

【後庭花】又不是緑窗前花謝早，又不是瑶琴上弦斷了。又不是青鳥音書滯，又不是銀河風浪惡。止不過暫相抛，陡恁的求神服藥，跳梭梭肉似挑，急煎煎身似燒。生疏了月下簫，闌珊了窗下稿。茶飯又不是調，夢兒又不大個好。

【青歌兒】這病兒千方千方難療，百般百般不效，聽了些花漏沉沉夜轉迢。寒透珠箔，燈燼蘭膏，風鬧檐鐸，露滴松梢〔四〕。嘆今宵別樣好難熬，眼睁睁盼不到鷄兒叫。

【浪裏來煞】他存心豈是薄，我留情非道少。駕車的終久會題橋，破菱花等閑重凑却。成就了錦堂歡樂，把相思一擔擔兒挑。

校　箋

〔一〕《詞林摘艷》本題名作「代友人呂景儒有懷」，注稱「皇明陳大聲散套」；《雍熙樂府》本題名作「秋憶」；陳大聲《坐隱先生精訂梨雲寄傲》本題作「秋懷」；《彩筆集》本題名作「代人秋思」；《月香小稿》本題名作「代友人有懷」。

〔二〕出：《詞林摘艷》本、《雍熙樂府》本、《坐隱先生精訂梨雲寄傲》本作「他雖無甚麽出」。

〔三〕漢苑：底本原作「漢院」，據《詞林摘艷》本、《雍熙樂府》本、《坐隱先生精訂梨雲寄傲》本改。

〔四〕松稍：底本原作「花梢」，據《詞林摘艷》本、《雍熙樂府》本、《坐隱先生精訂梨雲寄傲》本改。

集賢賓一套（憶十美）〔一〕

二十年到今無信息，直恁的久別離。又不敢明明的作念你，自索暗暗的傷悲。恰捱過賞燈時午夜元宵，不覺的蹴鞦韆上巳寒食。急回頭日長端午期，没揣的玉露凄凄。光陰如過客，寒暑急相催。

【逍遥樂】常想着别時容易，到如今見後尤難，衹除是相逢夢裏。人孤另寂寞羅幃，錦帳空閑泪暗垂，數歸鴻信遠音稀。好交人煩煩惱惱，怨怨哀哀，慘慘凄凄。

【金菊香】珊瑚枕上夢初回，剛暖的鴛鴦被半壁，怎禁那月到紗窗凉露凄。聽銅壺玉漏聲遲，便是鐵石人，也感得蹙雙眉。

【梧葉兒】常想着香肩并，也曾把玉手攜。實指望效于飛，間阻了鸞凰會，分開了鶯燕期。不似你忒着迷，則爲那十件兒風流愛彼〔二〕。

【醋葫蘆】眉呵，喜孜孜尊席前，曲彎彎妝鏡裏。把黛眉輕掃出香閨，感春色若將心事擬。題起那别離滋味，鎖雙蛾愁蹙的遠山低。

【醋葫蘆】鬢呵，木犀油攏掠光，薔薇露滋潤美。綰青絲半嚲緑雲垂，若是向玳瑁筵前穩坐地。雲鬟高髻，將一枝寶花斜插着最相宜。

【醋葫蘆】口呵，綻櫻桃紅半分，吐幽蘭香暗襲。笑談中出落着玉粳齊，半啓朱唇將甜唾喞。央及一會，唱一闋縷金歌聲遏的碧雲回。

【醋葫蘆】臉呵，憶香腮悲與歡，想芳容嗔共喜。他若還淡妝濃抹總相宜，酒席上若還多飲了數杯。看他這俊龐兒標致，恰便似曉霞烘春透一枝梅。

【醋葫蘆】眼呵，轉雙眸明似星，溜秋波嬌欲滴，怎當那送春情一笑萬金值。若還是半醉朦騰初睡起，雨雲歡會，放乜斜先把角兒垂。

【醋葫蘆】手呵，數歸期屈指尖，似柔荑偏細膩，鳳仙花紅染的玉纖齊。若還是慢理着冰弦在星月底，把瑶琴相對，見了些露春葱舒玉笋拂金徽。

【醋葫蘆】足呵，蕩湘裙半折慳，蹴金蓮雙鳳嘴。窄弓弓三寸兒步輕移，他便是踏遍了香塵不見迹。也祇是天生的可喜，將他那綉鞋兒堪做個暖金杯。

【醋葫蘆】腰呵，逞風流一捻兒，顯妖嬈嬌媚體。恰便似擺春光弱柳任風吹，不似你愛他呵，在人前誇大嘴。便有個玉天仙出世，看了他輕歌妙舞有誰及。

【醋葫蘆】乳呵，紗厨中午睡醒，晚凉天新浴起。恰便似紫葡萄寒沁玉冰肌，到晚來半露着酥胸在鴛帳裏〔三〕。略嘗些風味，怎當那軟柔柔香馥馥好東西。

【醋葫蘆】寢呵，赴陽臺雲雨期，殢芳情春意美。一會家乜斜着星眼皺着雙眉，直等的粉臉上溶溶香汗濕。嬌羞無力，那温存那撋惜那昏迷。

【金菊香】想從前歡會怎追隨，到如今阻隔的雲山千萬里。但將那十件兒在你心上題，便引的廢寢忘食，不覺的沈腰寬褪了舊羅衣。

【浪裏來煞】我這裏把鸞箋親自寫，他那裏將雁帖遠來寄。我這裏拆開封孜孜地看了笑微微，若還他海枯石爛心不移。不忘了説來的盟誓，少不的碧桃花春暖鳳鸞栖。

校　箋

〔一〕《詞林摘艷》本題名作「譏飄蕩」，注稱「皇明誠齋」；《雍熙樂府》本題名作「憶十美」；《盛世新聲》本無題名；朱有燉《誠齋樂府》題名作「代人久别咏情嘲漂蕩子弟」。《全明散曲》據《誠齋樂府》本輯録，屬朱有燉。朱有燉（一三七九—一四三九），號誠齋，别署全陽子、全陽道人、梁園客、錦窠老人等。明太祖朱元璋孫，卒謚憲，世稱周憲王。鳳陽（今屬安徽）人。因宫廷斗争，爲避禍全身，縱情聲伎，撰有雜劇三十餘種，總稱作《誠齋樂府》。亦有散曲作品《誠齋樂府》（明宣德九年［一四三四］序刻本）二卷。

〔二〕爲：底本原作「着」，據《詞林摘艷》本、《雍熙樂府》、《誠齋樂府》本改。

〔三〕着：底本原作「看」，據《盛世新聲》本、《詞林摘艷》本、《雍熙樂府》本、《誠齋樂府》本改。

集賢賓一套（此出《玉簫女兩世姻緣》〔一〕，近改入《玉環記》〔二〕）

隔紗窗日高花弄影，聽何處囀流鶯。虚飄飄半衾幽夢，困騰騰一枕春酲。恰離了游絲兒竹塢桃溪，趁着那蝴蝶兒飛過月榭風亭。我恰纔覺來時，倚着這翠雲十二屏，恍忽似墜露飛螢。則我這寸腸千萬結，長嘆兩三聲。

【逍遥樂】尚兀自心神不定，倚偏危樓，望不見長安帝京。知他在何處也薄情，多應戀金屋銀屏，想則想于咱家不至誠，空説下個磣可可的海誓山盟。赤緊的關河路遠，歲月如流，魚雁無憑。

【上馬嬌】覷不的雁行弦斷卧了銀箏，聽不得鳳嘴聲殘冷了玉笙，獸面篆消閑了翠鼎。門半掩悄悄冥冥，斷腸人和泪夢初醒。

【梧葉兒】火燎也似身軀熱，錐剜也似額角疼〔三〕，這些時即裏漸裏，瘦了身形。這兩日茶飯不應，這些時睡卧不寧。若將我這脉來評，這症候敢多應是廢寢忘餐病症。

【醋葫蘆】看了他容貌實是撑，衣冠别樣整。更風流更灑落更聰明，唱一個小曲兒宫調清。想着他軟款温柔情性，則被你坑了人的性命，引了人的魂靈。

【金菊香】看了他錦心綉腹，那些才能，更和這雪月風花，可交我怎不動情？酒席間小曲兒偏揑成。端的是剪雪裁冰，惺惺自古惜惺惺。

【浪裏來煞】幾番家官身處來的較晚，眼巴巴簾下等。直等到星移斗轉二三更，入門來不覺的畫堂春自生。緊緊的將他來守定，那温存，那攧惜，那㔫承。

【金菊香】幾番待落筆巧施逞，争奈這一段傷心，可交我畫不成，腮斗兒上泪痕粉漬定。無顔色鬢亂釵横，眼波眉黛不分明。

【後庭花】想起那和薔薇花露清，點胭脂紅蠟冷。往常時整花朵心偏愛，畫蛾眉手慣經。梳洗處將俺這玉肩并，恰便似鴛鴦交頸。這些時玉肌削減了九停，粉香消無了半星。無心情將雲髻整，骨岩岩瘦了形，悶懨懨畫不成。

【柳葉兒】呀，寂寞了菱花的妝鏡，自覷了自害心疼，將一片志誠心都寫入冰消幀。和我這相思令，都待要寄與書生，常言道人憔悴不入丹青。

【浪裏來】你比那題橋的没信行，駕車的無準誠。你比那漢相如厮敬重也不多争，我比那卓文君有上梢少了四星。好教我叫天來不應，豈不聞舉頭三尺有神靈。

【浪裏來煞】心事人拔着短籌，有情人忒薄幸。許了我三年五載不回程，我如今覷人遠，入地近，潑殘生恰便似風内燈。見俺那虧人心短命，則我這一靈兒先飛出洛陽城。

校　箋

〔一〕《詞林摘艷》本題注「兩世姻緣雜劇」、「元喬夢符」；《雍熙樂府》本題注「兩世姻緣」；《盛世新聲》本無題名。《玉簫女兩世姻緣》，元喬吉撰。喬吉（？—一三四五），字夢符，號笙鶴翁、惺惺道人。太原（今屬山西）人。撰有雜劇十一種，僅《兩世姻緣》、《金錢記》、《揚州夢》三種有全本傳世，其餘八種皆佚。散曲作品頗多，結集有《惺惺道人樂府》、《文湖州集詞》、《喬夢符小令》等。《玉簫女兩世姻緣》，演韓玉簫與韋皋姻緣事。婚後韓玉簫因思念進京未回的韋皋而亡，轉世投胎爲張玉簫，後與韋皋得再偕連理，成就兩世姻緣。本唐朝范攄《雲溪友議》。今有《古名家雜劇》本、《古雜劇》本、《息機子元人雜劇選》本、《元曲選》本等。

〔二〕《玉環記》，見本書「官腔類」卷八「《玉環記》」條。卷八選録之「玉簫寄真」，即爲借此套入劇而成。

〔三〕也似：底本原作「我這」，據《古名家雜劇》本改。

商角調

定風波一套（秋思）〔一〕

迤邐秋來到，正露冷風寒，微雨初收，涼風兒透裂襟袖〔二〕。自別來愁萬感，遣離情不堪回首。

【金菊香】到秋來還有許多憂，一寸心懷着我無限愁，情懷鎮日如病酒。似這等懨懨，終不肯斷了風流。

【醋葫蘆】人病久，何日休。恩情欲待罷無由，哎，你個多情，你可便怎下的辜負了我。知伊主意，料應倚仗着臉兒好。

【尾聲】本待要弃捨了你個冤家，別尋一個玉人重配偶。你道是强似你那模樣的呵，說道我也不能勾。我道來尋一個勝似你的心腸兒的，敢到處裏有。

校　箋

〔一〕《詞林摘艷》本題名作「思情」，注稱「元庚吉甫散套」；《雍熙樂府》本題名作「離情」，《盛世新聲》本無題名，皆不題撰者。《全元散曲》據《詞林摘艷》本收録于「庾天錫」名下。

〔二〕裂：底本原作「烈」，據《雍熙樂府》本改。

越調

合笙一套（彩樓。亦入南北調）〔一〕

喜得功名遂，重沐提携。荷天天配合一對兒，如鸞似鳳夫共妻。腰金衣紫身榮貴，今日謝得親幃。兩情深感激，喜喜重相會〔二〕。畫堂羅列駢珠翠，歡聲宴樂春風細。今日再成姻契，效學于飛，如魚似水。

【調笑令】笑吟吟的慶喜，高擎着鳳凰杯〔三〕，呀，象板銀箏間玉笛。列杯盤水陸排筵會，狀元郎虎榜名題〔四〕。我則見蘭堂畫閣列鼎食，永團圓世世夫妻。

【道合】目前慮恐人談耻，一時嗔怒是虚脾。不道相嫌弃，此時無計可留伊。到今日裏歡娱，拚沉醉，拚沉醉，莫忘了昔日彩毬兒。

【禿厮兒】〔五〕喜孜孜筵排玳瑁，細氤氲香裊金猊。紅圍翠繞錦綉堆，聽一派樂聲齊，端的堪宜。

【鮑子令】春賞名園花似綺，景最奇。十里荷花棹輕移〔六〕，兩相宜。畫堂日日排佳會，莫教辜負好良時〔七〕，交傍人傳説《彩樓記》。

【聖藥王】音律齊〔八〕，聲韵美，樂醄醄慶賀做筵席。不暫離，步步隨，好姻緣端的不相離，永遠效于飛。

【梅花酒】逢節遇時，稱心如意〔九〕，香風院落歌聲美〔一〇〕。斟緑蟻泛金杯，畫堂中歡笑美。争如我和伊，同樂綉幃，盡今生效連理。朱幌綉幃，洞天福地，一似誤入桃源裏。這榮貴世無比，畫堂中歡笑美。争如我和伊，同樂綉幃，盡今生效連理。

【尾聲】前生料想曾結會，又喜得今生再相遇〔一一〕，父母夫妻團圓齊賀喜。

校　箋

〔一〕此套選自《彩樓記》，《古本戲曲叢刊二集》本題齣目作「喜得功名」，《樂府珊珊集》本、《樂府遏雲編》本題齣目作「完聚」，《盛世新聲》本目録頁注稱「彩樓記，無名」，《詞林摘艷》本題注「彩樓記」、「無名氏」，《雍熙樂府》本題名作「合家歡樂」。《彩樓記》，一名《破窑記》，本書「諸腔類」卷一有選齣。

〔二〕喜喜重相會：底本原作「喜重相會，喜重相會」，據《古本戲曲叢刊二集》本、《樂府珊珊集》本、《九宮大成南北詞宮譜》本改。

〔三〕笑吟吟的慶喜，高擎着鳳凰杯：《樂府遏雲編》本作「笑吟吟慶喜，笑吟吟慶喜，高擎鳳凰杯，高擎鳳凰杯」。《九宮大成南北詞宮譜》本作「笑吟吟慶喜，高擎着鳳凰杯，高擎着鳳凰杯」。

〔四〕狀元郎虎榜名題：《古本戲曲叢刊二集》本、《樂府遏雲編》本作「狀元郎虎榜上名題」，《九宮大成南北詞宮譜》本作「狀元郎虎榜上名題，狀元郎虎榜上名題」。

〔五〕【禿厮兒】：底本原作「【耍厮兒】」，據《九宮大成南北詞宮譜》本改。

〔六〕棹輕移：底本原作「輕棹移」，據《古本戲曲叢刊二集》本、《樂府珊珊集》本、《樂府遏雲編》本、《盛世新聲》本、《詞林摘艷》本、《雍熙樂府》本、《九宮大成南北詞宮譜》本改。

〔七〕好良時：底本原作「好良時好良時」，據《古本戲曲叢刊二集》本、《樂府珊珊集》本、《樂府遏雲編》本、《九宮大成南北詞宮譜》本改。

〔八〕音律：底本原作「音吕」，據《古本戲曲叢刊二集》本、《樂府遏雲編》本、《九宮大成南北詞宮譜》本改。

〔九〕如意：底本原作「樂意」，據《古本戲曲叢刊二集》本、《九宮大成南北詞宮譜》本改。

〔一〇〕歌聲：底本原作「歡聲」，據《古本戲曲叢刊二集》本、《盛世新聲》本、《詞林摘艷》本、《雍熙樂府》本、《九宮大成南北詞宮譜》本改。

〔一〕再：底本無，據《九宮大成南北詞宮譜》本補。

黄鍾

醉花陰一套(佳遇)〔一〕

寶髻高盤鳳釵插，蕩湘裙金蓮半扎。香有潤玉無瑕，裊裊婷婷，費盡千金價。未嘗見這嬌娃，便有那巧筆丹青都是假。

【喜遷鶯】他若是言談語話，啓朱脣微露銀牙。謙洽〔二〕，便有那桂英不壓，十指纖纖似藕芽。撥銀箏，那玉馬，不由我心兒裏愛他，不由我意兒裏偏他。

【出隊子】他生的難描難畫，恰便似趁東風解語花。行一步越看越堪誇，唱一聲越聽越轉佳，端的是占斷了風流多俊雅。

【刮地風】則被你引了人心猿和意馬，莫不是索命的冤家。不由人見了心牽掛，霎時間魂繞天涯，夢斷巫峽。齊臻臻眉灣柳芽，香馥馥臉襯桃花。我的情，他的意，兩不争差。我見他高高的捧着玉斝，笑吟吟席上喧嘩。玉纖手緊緊的遮銀蠟，他敢將私情訴與咱。

【四門子】送春情不住將秋波抹，這相思索要害他。一會家思，一會家察，這情兒未知真共假。一會家思，一會家察，莫不是風流的調法。

【古水仙子】聽聽聽鼓二抓，俺俺俺緊并着香肩玉手拿。他他他意兒裹待將爲，俺俺俺心兒中不怕，他他他整鴛衾鋪綉榻。見見見掩重門閉上窗紗，是是是得歡娱未曾多半霎。恨恨恨皎蟾光不住低低下，呀呀呀天早曉噪寒鴉。

【尾聲】囑付多情半星兒話，永團圓不許情雜，成就了美滿姻緣受用殺。

校　箋

〔一〕《詞林摘艷》本題名作「偷期」，注稱「皇明段顯之」；《雍熙樂府》本題作「愛戀」，《盛世新聲》本無題名，皆不注撰者。《全明散曲》據《詞林摘艷》歸于段顯之名下。段顯之，生平、里籍不詳。

〔二〕謙洽：底本原作「謙恰」，據《詞林摘艷》本、《雍熙樂府》本改。

醉花陰一套（金山見詩。疑此亦雜劇）〔一〕

短棹輕帆下江水，情默默心忙意急。生拆散燕鶯期，水遠山遥，何處尋踪迹。金山寺覷的真實，求一個救苦難靈籤問個消息。

【喜遷鶯】看金山景致，見樓臺霧鎖雲迷。堪題，遠山叠翠，我衹見古怪巔峰壓着九嶷〔二〕。侵北極，翠層層山光映水，碧澄澄水繞山圍。

【出隊子】有萬年松檜，竹梢摇似鳳尾。玲瓏寶塔碧玻璃，照耀雕闌白玉石，彩畫山門金字碑。

【刮地風】兩廊下閑行觀仔細，猛見了壁上留題。正是俺俏蘇卿寫下《金山記》，寫的來翰墨淋漓。一字字有些情意，一行行訴着别離。滿懷愁，一天悶，説他憔悴。雙通叔見了自知，諕的他似醉如痴。閣不住兩行離情泪，他敢一聲聲自嘆息。

【四門子】問僧人仔細言端的，臨行時説個甚的。詩未寫，泪先垂，俏蘇卿再三傳示你。他交你上緊行，莫誤遲，他則在那臨川縣裏。

【古水仙子】又叮嚀説就裏，都是俺親娘使的見識。他他他暗接了茶紅〔三〕，敢敢敢親受了財禮，呀呀呀巧機關不用媒。我我我每日家哭哭啼啼，愛錢娘百般喬所爲。三千茶買轉親娘意，罷罷罷因此上嫁了馮魁。

【尾聲】囑付你個雙生莫疑忌，沿路上别話休題，我在臨川縣豫章城等待你。

校　箋

〔一〕《詞林摘艷》本題名作「趕蘇卿」，注稱「皇明王文舉」；《雍熙樂府》本題名作「趕蘇卿」，《盛世新聲》本無題名，皆不注撰者。《全明散曲》據《詞林摘艷》本歸于王文舉名下。王文舉，生平、里籍不詳。從套曲内容來看，似爲雙漸與蘇小卿事，與本書「諸腔類」卷四所收「《茶船記》」應爲同一故事。所收《茶船記·金山題詩》爲蘇小卿在金山寺題詩于壁，此套題「金山見詩」爲雙漸到金山寺後看到蘇小卿于壁所題之詩。另《詞林摘艷》、《雍熙樂府》皆收此套，且題注「趕蘇卿」，另《太古傳宗》收録有此套【醉花陰】，注稱「雙漸趕蘇卿」。疑此雜劇名當作《雙漸趕蘇卿》，簡稱爲《趕蘇卿》。

〔二〕古怪：底本原作「古岩」，據《盛世新聲》本、《詞林摘艷》本、《雍熙樂府》本改。

〔三〕茶紅：底本原作「茶船」，據《盛世新聲》本、《詞林摘艷》本、《雍熙樂府》本改。

醉花陰一套（元宵。亦入南北調）〔一〕

國祚風和太平了，是處産靈芝瑞草。聖天子美臣僚，法正官清，百姓每都安樂。喜佳節值元宵，點萬盞花燈直到曉。

【畫眉序】花燈兒巧妝描，萬朵金蓮綻池沼。任銅壺絶漏，禁鼓停敲。庭内外香靄齊焚，樓上下燈光相照。楚腰羅綺叢中俏，人在洞天蓬島。

【喜遷鶯】似神仙般歡樂，聽梨園一派笙簫。青霄，月離了海嶠，恰便似寶鑒高懸銀漢遥。明皎皎，月色和燈光相射，燈光和月色相交。

【畫眉序】街市上喜通宵，仕女游人鬥施巧。剪春蛾雲鬢，寶釵斜挑。紅袖底雙握春纖，花燈下相看花貌。楚腰羅綺叢中俏，人在洞天蓬島。

【出隊子】仙境内雖然難到，便怎生强如俺那塵世好。水晶簾底簌畫堂標，玳瑁筵寬鋪庭院小，琉璃盞齊燒燈焰高。

【神仗兒】元宵景好，喜慶皇朝，游人鬧炒。轉燈兒鞋燈兒齊挑，綉毬燈團團皎皎。彩繩高吊，錦帶似彩雲飄，絳蠟似曉霞燒。

【刮地風】淅淅淅天風香霧繞，則聽的社火鑊鐸。街衢上迓鼓偏聒噪，動地聲高。喬三教喜動清樂，醉八仙快躧高橇。這壁厢，那壁厢，痛飲香醪。笙和笛間紫簫，纂和箏合着檀槽。綉簾下美女多奇妙，他每唱《陽春》按【六么】。

【神仗兒】一派歌聲動天表，唱的是直恁好。孔雀屏開，映徹鮫綃。玉斝金樽鬥相招，儘教他天漸曉。

【四門子】彩雲間斗柄斜橫了，霽一天星月皎。酒令兒行，籌箸兒交，絳綃樓痛飲添快樂。鳳髓又烹，獸炭又燒，把肥羊來旋燎。

【鬬樊樓】兩行金釵，最宜素縞。麝蘭風香縹緲，微露着金蓮小。憑闌凝眺，看階前舞鮑老。

【古水仙子】我我我自寄約，是是是曾見説當年元夜好。因漢武帝朝中召，東方朔言道，海中央有巨鼇。他他他現時節五穀豐饒，鱗甲内有光衝碧霄。若天宫喜悦民安樂，後來因此上賞元宵。

【餘音】人生百歲須還老，切莫吝追歡求笑，但願年年慶此宵。

校　箋

〔一〕《詞林摘艷》本題名作「元夜」，注稱「皇明賈仲名散套」；《南北宫詞紀》本題名作「元宵賞燈」，注稱「明賈仲名」；《雍熙樂府》本題作「燈詞」，《盛世新聲》本無題名，皆不注撰者。賈仲名，即賈仲明，生平、里籍見本書「北腔類」卷五「【八聲甘州】《佳遇》」條。

醉花陰一套(女相思。亦入南北調)〔一〕

鴛鴦浦蓮開并蔕長,桃源洞春光艷陽。花解語玉生香,月户雲窗,忽被風飄蕩。分鸞燕拆鸞凰,總是離人苦斷腸。

【畫眉序】虚度了好時光,枕剩衾餘,怎不凄凉。腸拴萬結,泪滴千行。愁戚戚恨在眉尖,意懸懸人來心上。暗傷何日同鴛帳,難捱地久天長。

【喜遷鶯】自别來模樣,瘦懨懨病在膏肓。難當,越添惆悵,恰便似柳絮隨風上下狂。心勞意攘,一會家情牽恨惹,一會家腹熱腸荒。

【畫眉序】欲待要不思量,若不思量都是謊。要相逢,除是夢裏成雙。冰上人不許歡娱,月下老難爲主張。暗傷何日同鴛帳,難捱地久天長。

【出隊子】心懷悒怏,無一時不盼望。塵蒙了錦瑟助凄凉,香盡了金爐空念想,弦斷了瑶琴魂蕩漾。

【神仗兒】人離畫堂,人離畫堂,枕剩鴛鴦。釵分鳳凰,想當初尊前席上共雙雙。偎紅倚翠,淺斟低唱。歌金縷韵悠揚,依腔調按宫商。

【刮地風】當初啜賺我的言詞都是謊，害的人倒枕垂床。鸞臺上塵鎖無心傍，有似風狂。寂寞了緑窗朱幌，空閑了綉榻蘭房。行時思，坐時想，甚時撇漾。你比那題橋的少一行，閃的我獨自孤孀。望禹門三汲桃花浪，你爲功名紙半張。

【神仗兒】手抵着牙兒自思想，意躊躇魂蕩漾。玉減香銷，怎不悲傷？幾番欲待不思量，醫相思無藥方。

【四門子】玉容寂寞嬌模樣，飯不拈茶不湯。一會家思，一會家想，你莫不流落在帝京旅店上？一會家思，一會家想，你莫不名標在虎榜？

【鬬樊樓】錦被堆堆，空閑了半床。怎撓我心上癢，越越添惆悵。共誰人相親傍，最難捱苦夜長。

【古水仙子】我我我自忖量，他他他儀表非俗真棟梁。傅粉勝何郎，畫眉欺張敞，他他他風流處有萬椿。端的是世上無雙，論聰明俊俏人贊揚。更温柔典雅多謙讓，他他他銜一片俏心腸。

【尾聲】攀蟾折桂爲卿相，成就了風流情况，永遠團圓晝錦堂。

校　箋

〔一〕《詞林摘艷》本題名作「閨情」，注稱「皇明唐以初」；《雍熙樂府》本題名作「盼郎貴顯」，《盛世新聲》本無題名，皆不題撰者。唐復（生卒年不詳），字以初，號冰壺道人。元末明初京口（今江蘇鎮江）人，居金陵。善作曲，撰有《陳子春四女爭夫》雜劇一種，已佚。《全明散曲》輯其小令二十五支，套數四套。

大石調

驀山溪一套（閨情）〔一〕　王和卿〔二〕

冬天易晚，又早黄昏後。修竹小琅玕，空倚遍寒生翠袖。蕭郎寶馬，何處也恣狂游。人已静，夜將闌，不承望今番又。大抵爲人圖甚麽，况彼各青春年幼。似恁的厮禁持，尋思來白了人頭。

【好觀音】過一朝勝九秋，强拈針綫把一扇鞋兒綉。驀聽的馬嘶人語，不甫能盼的他來到，他却又早醺醺的帶酒。

【雁過南樓帶浄瓶煞】枉了交人深閨候，疏狂性慣縱的來自由。不承望今番做的漏斗，衣鈕兒尚然不曾扣。等的他酒醒時，將他來都明透。問着時節，祇辦的擺手。駡着時節，再不開口。我將你耳朵兒揪，你可也共誰人兩個歡偶。我將你那錦片也似前程，花朵兒般身軀，遥望着梅梢上月芽兒千咒。

校　箋

〔一〕《詞林摘艷》本題名作「閨情」，注稱「元王和卿散套」，《北宫詞紀》本題名作「冬閨」，注稱「元王和卿」，《盛世新聲》本無題名和撰者。

〔二〕王和卿（生卒年不詳），元散曲家。大名（今屬河北）人。《録鬼薄》列他于「前輩名公」。與關漢卿友善。今存有散曲小令二十一首，套數二套，殘曲二首。

小令

蟾宫曲四首（即【折桂令】。閨怨）〔一〕

錦重重春滿樓臺，經一度花開，又一度花開。彩雲深夢斷陽臺，盼一紙書來，没一紙書來。染霜毫題恨詞，濃一行墨色，淡一行墨色。攢錦字砌迴文，思一段離懷，織一段離懷。倩東風寄語多才，留一股金釵，寄一股金釵。碧桃香人在天台，高一簇花開，低一簇花開。翠陰陰竹護庭階，疾一陣風篩，慢一陣風篩。和悶也憑畫闌，兜一隻綉鞋，靸一隻綉鞋。散心也蕩芳塵，立一會蒼苔，步一會蒼苔。怕多才鶯燕疑猜，遮一半香腮，露一半香腮。冷清清人在西廂，叫一聲張郎，駡一聲張郎。亂紛紛花落東墻，問一會紅娘，絮一會紅娘。枕兒餘衾兒剩，温一半綉床，閑一半綉床。月兒斜風兒細，開一扇紗窗，掩一扇紗窗。蕩悠悠夢繞高唐，縈一寸柔腸，斷一寸柔腸。嘆青春何處飄零，有一斷離情，訴一段離情。掩香閨無限凄清，有一樣心疼，害一樣心疼。静巉巉花影下，見一番月明，立一番月明。孤另另枕兒上，聽一點殘更，捱一點殘更。喜今宵花報銀燈，數一日歸程，盼一日歸程。

校　箋

〔一〕《北詞廣正譜》本選第三支作爲【蟾宮曲】例曲，注稱「明湯舜民」撰。《全明散曲》據之歸于湯式名下，據《新刊奇妙全相注釋西厢記》本輯録，釋稱：「此曲不見《筆花集》，兹據《北詞廣正譜》、

《元明小令鈔》輯録。《新刊奇妙全相注釋西厢記》、《元本題評音釋西厢記》等書附有『閨怨蟾宫四首』，不注撰人，此其第三首。以下三首就風格觀之，似應出一人之手，兹姑録之。」其所言「以下三首」即此本的第一、二、四首。湯式，生平簡介見本書「北腔類」卷五「【塞鴻秋】《題情》」條。

一半兒八首（美人八咏）〔一〕　查德卿〔二〕

梨花雲繞錦香亭，蝴蝶春融軟玉屏，花外鳥啼三四聲。夢初驚，一半兒昏迷一半兒醒。

（右春夢）

瑣窗人静日初曛，寶鼎香消火尚温，斜倚綉床深閉門。眼昏昏，一半兒微開一半兒盹。

（右春困）

自將楊柳品題人，笑撚花枝比較春，輸與海棠三四分。再偷匀，一半兒胭脂一半兒粉。

（右春妝）

厭聽野鵲語雕檐，怕見楊花撲綉簾，拈起綉針還倒拈。兩眉尖，一半兒微舒一半兒斂。

（右春愁）

海棠紅暈潤初妍，楊柳纖腰舞自偏，笑倚玉奴嬌欲眠。粉郎前，一半兒支吾一半兒軟。

（右春醉）

綠窗時有唾茸粘，銀甲頻將彩綫撏，綉倒鳳凰心自嫌。按春纖，一半兒端詳一半兒掩。

（右春綉）

柳綿撲檻晚風輕，花影横窗淡月明，翠被麝蘭薰夢醒。最關情，一半兒温温一半兒冷。

（右春夜）

自調花露染霜毫，一種春心無處托，欲寫寫殘三四遭。絮叨叨，一半兒連真一半兒草。

（右春情）

校　箋

〔一〕《朝野新聲太平樂府》本題名作「擬美人八咏」，注稱「查得卿」。

〔二〕查德卿，一作查得卿，生平、里籍未詳。

前腔四首（寫景）〔一〕　張小山〔二〕

花邊嬌月静妝樓，葉底滄波冷翠溝，池上好風閑御舟。可憐秋，一半兒芙蓉一半兒柳。

枝横翠竹暮寒生，花淡紗窗殘月明，人倚畫樓羌笛聲。惱詩情，一半兒清香一半兒影。

數層秋樹隔雕檐，萬朵晴雲擁玉蟾，幾縷夜香穿綉簾。等潛潛，一半兒門開一半兒掩。

海棠香雨污吟袍，薜荔空墻閑酒瓢，楊柳曉風凉野橋。放詩豪，一半兒行書一半兒草。

校箋

〔一〕《朝野新聲太平樂府》本題第一支作「秋日宫詞」，第二支作「梅邊」，第三支作「情」，第四支作「酬耿子春」。

〔二〕張可久（一二七〇前—一三四〇后），字小山，一作字伯遠。或以爲名伯遠，字可久，號小山。慶元路（今屬浙江鄞縣）人。歷任路吏轉首領官、桐廬典史等職，一生官職卑微，沉抑下僚。散曲作品較多，今人輯作《小山樂府》。

前腔四首（題情）〔一〕　楊升庵〔二〕

小紅樓上月兒斜，嫩緑叢中花影遮，一刻千金斷不賒。背燈些〔三〕，一半兒明來一半兒滅。

腰身小小意中人，嬌態盈盈笑裏嗔，一點靈犀漏泄春。引人魂，一半兒香來一半兒粉。

水邊楊柳路邊花，也照污泥也照沙，合着風流一夥家。説情雜，一半兒惟聾一半兒啞。

金杯美酒苦留他，錦帳羅帏不戀咱，翠袖紅妝馬上斜。俏冤家，一半兒囂人一半兒耍。

校箋

〔一〕《彩筆情辭》本題名作「風情」，注稱「明楊用修」，僅有前兩支。《北宮詞紀》本題名作「風情」，僅有後兩支。

〔二〕楊慎（一四八八—一五五九），字用修，號升庵。四川新都人。明正德六年（一五一一）進士，授翰林院修撰。撰有《洞天玄記》、《太和記》（一説爲許潮撰）雜劇二種，另有《陶情樂府》、《玲瓏唱和》、《二十一史彈詞》等。今人任二北輯有《楊升庵夫婦散曲》、王文才輯校有《楊慎詞曲集》（四川人民出版社一九八四年版）。

〔三〕些：底本原作「此」，據《彩筆情辭》本改。

前腔四首（美人）〔一〕

桃花嬌面不勝春，白練銷金俏背心，笑把花枝傍竹門。引人魂，一半兒看花一半兒等。

秋波如眼柳如眉，小小櫻唇一點脂，笑棒金杯唱小□。故嬌痴，一半兒南腔一半兒北。

纖腰如柳臉如花，舉止端詳宛大家，最喜輕狂没半些〔三〕。可人殺，一半兒妖嬈一半兒雅。

夢回寒月半簾櫳，翠幕猶憐燭影紅，枕畔顰眉聽曉鐘。説芳衷，一半兒真情一半兒哄。

校　箋

〔一〕此四支小令僅有《群音類選》本，《全明散曲》據之録作無名氏作品。

前腔六首（閨情）〔一〕

多才去久寄天涯，點檢柔腸亂似麻，愁怕黄昏報晚鴉。埋怨他，一半兒真來一半兒假。

喬才昨夜宿誰家，妝咻妝痴瞞過咱，人講風聲没亂殺。打聽他，一半兒真來一半兒假。

雕鞍留戀在誰家，别後相思病轉加，他似那風中飛絮，鏡中花，一半兒真來一半兒假。

才郎何處折墻花，昏鐘敲罷未歸家，負心自有神鑒察。埋怨他，一半兒真來一半兒假。

薄幸何處戀墻花，狠毒心腸誰似他，風流特故使奸猾。駡冤家，一半兒貪淫一半兒耍。

雕檐喜鵲叫喳喳，昨夜銀燈喜結花，畫堂開宴笑歡洽。喜氣加，一半兒風流一半兒耍。

校　箋

〔一〕此六支小令僅有《群音類選》本，《全明散曲》據之録作無名氏作品。

前腔四首（咏俏）〔一〕

懷兒中摑惜費温存，燈兒下觀瞻越可人，床兒前央及到半時辰〔二〕。笑忻忻，一半兒推辭一半兒肯。

纖腰恰褪綉羅裙，寶髻斜堆玉枕雲〔三〕，粉腮春透熱氤氲。汗津津，一半兒佯羞一半兒親。

不禁春色眼兒涎，不慣行雲猶氣喘，金釵斜墜鬢雲邊。鏡臺前，一半兒鬅鬆一半兒偏。

俏心腸端的性難拿，冷句兒將人傒落煞，盟山誓海口熟滑。俏冤家，一半兒真誠一半兒假。

校箋

〔一〕《雍熙樂府》本卷二十「雜曲」類題名作「題情」；《環翠堂精訂陳大聲可雪齋稿》本題名作「風情」；《彩筆情辭》本題名作「麗情」，注稱「明陳大聲」，僅録第二、三兩支；《誠齋樂府》本題名作「咏情」，亦收録有此四支小令。《全明散曲》于陳大聲、朱有燉兩處録存。

〔二〕央及：底本原作「當跪」，據《盛世新聲》本、《雍熙樂府》本、《環翠堂精訂陳大聲可雪齋稿》本、

《誠齋樂府》本改。

〔三〕玉：底本原作「鬟」，據《盛世新聲》本、《雍熙樂府》本、《環翠堂精訂陳大聲可雪齋稿》本、《誠齋樂府》本、《彩筆情辭》本改。

前腔四首（風情）〔一〕　全道人〔二〕

琵琶久向別船調，把酒殷勤約此宵，梅影寒窗風亂□。□相邀，一半兒訕來一半兒好。

枕邊冉冉口脂馨，攪我蒙頭睡不寧，故問阿婆壽幾齡。笑休形，一半兒妝酣一半兒醒。

筵前小鼓慢催花，城上頻頻起暮笳，酒力原教睡更佳〔三〕。卸裙紗，一半兒爲伊一半兒咱。

爲從翠館過紅樓，見我無端似寇讎，强着温存苦苦留。擁衾裯，一半兒推辭一半兒就。

校箋

〔一〕此四支小令僅有《群音類選》本，《全明散曲》據之録定。

〔二〕全道人，胡文焕別署。

〔三〕教：底本此字殘存右半，據殘存部分和文意補。

新刻群音類選清腔卷一

清腔類（謂非戲中曲也）

各調犯曲俱隨各宮下，不另分。〔一〕

校　箋

〔一〕此句底本爲雙行夾注于「仙吕」之下，因此句是釋以下各宮調所收作品，故移于此。

仙吕

八聲甘州一套（閨情）〔二〕

天長地久，倚翠闌適值黄昏時候。寒鴉飛盡，烟水滿江悠悠。無言對此還自羞，忽聽窗外蕭蕭風雨愁。（合）倚樓，恨時光去也難留。

【前腔】悄然獨上高處游，見四山如畫無限清幽。湘簾高捲，香霧滚風輕透。澄波渺渺

日夜流，怎能够心事如同不繫舟。（合前）

【賺】何處鷓鴣聲，啼起教人不忍聞。好傷情，萬種千行，泪灑西風衹爲卿。多愁悶，連天芳草總無憑。意騰騰，浮雲踪迹何時定？曲罷魂飛不見影。眼睁睁，痴迷江上數峰青，教奴恍然難認，恍然難認。

【前腔】亂山裏雲氣層層，却與天外流霞相映明。愁難禁，數聲草際亂蛩吟。冷清清，欲窮眼底真佳景，衹見野渡無人舟自横。心思省，一溪烟景有誰争，教奴怎生乘興，怎生乘興。

【解三酲犯】見江山許多形勝，數不盡短徑長亭。棹歌聲裏多酩酊，無由禁那心性。覷那鴉兒噪得不奈聽，怕衹怕黄昏最動情。身如病，身如病，倩東風將宿酒來吹醒。

【前腔】舊柴門數間相掩映，衹見流水繞孤村。烟霧凝，那才郎未知何故多薄幸。湘水碧楚天青，洞簫聲中唤起瑶臺月一輪。心撩亂，心撩亂，可不道都是别樣乾坤。

【降黄龍犯】釣魚舟，隨浪滚，衹見傍水人家户半扃。乍見天將暝，乍見天將暝，衹聽邊城戍鼓暮猿啼，教奴越添愁悶。

【前腔】蘆葦岸，蓼花汀，能解閑行有幾人。浪鷗眠未穩，浪鷗眠未穩，衹見水雲深處澄波數點，兀的不是野岸漁燈。

【黄龍衮犯】數剪孤檠，幽蘭獨憑。聽得幾個離群雁，呀呀飛過沙汀。山寺送來，幾聲金磬，人烟寂静。那時有許多清冷，許多清冷。

【前腔】携琴再整，流水泠泠，高山絶頂。個中名利羽毛輕，個中名利羽毛輕，智者何勞弦上聲。那時有許多清冷，許多清冷。

【前腔】無憑寫贈，月滿空庭，梧飄金井。布衾藤枕冷如冰，布衾藤枕冷如冰，坐對寒燈眠未成。那時有許多清冷，許多清冷。

【前腔】教誰管領，斗柄初横，銀河耿耿。夜深戴月與披星，夜深戴月與披星，起向瑶臺閑處行。那時有許多清冷，許多清冷。

【鵝鴨滿渡船】黄花滿徑開，池館紅衣褪。露濕巾，霜凝鬢。漏滴銅壺緊，天風吹起，四野畔悠揚韵。若得那人同歡慶，此時便是良緣分。

【尾聲】鱗鴻不與傳書信，千百計會無因，安能罷却良宵恨。

校箋

〔一〕《吴歈萃雅》本、《詞林逸響》本、《樂府珊珊集》本、《南音三籟》本、《古今奏雅》本題名作「離恨」，皆稱爲王渼陂撰；《詞林白雪》本無題名，注稱錢鶴灘撰；《樂府先春》本、《吴騷集》本無題名，注稱爲古調；《昔昔鹽》本題名作「别離情况」，《樂府争奇》本無題名，皆不注撰者。《全元散曲》把此曲歸于王九思名下，據《群音類選》本輯録。王九思，生平簡介見本書「清腔類」卷三「【絳都春】《四景閨怨》」條。

八聲甘州一套（寄情〔一〕。「相思無底」一套蓋出于此〔二〕）

如醉似痴，這悶懷深似滄海無底。烟波迢遞，青鳥斷絶消息。傷情最怕日傍晚，聽幽砌蛩吟聲韵悲。故人，尚離隔在萬山千水。

【前腔】無奈，遣芳心似織，算雨情雲態何日重會？鴛衾鸞枕，一旦頓成抛弃。相思害得成病也，料人在他鄉猶未歸。此情，仗托誰人傳遞消息？

【賺】萬種葳蕤，一度思量一度悲。愁悶損，從來不似這幾日。恨别離，怎能够兔家歸院宇。憑闌久，看看月上瑶天外，好難存濟，好難存濟。

【前腔】幾回按下身心，無奈傷心蹙破眉。尋思起，多應别處戀着誰。老天知，我若虧心報應你，你果忘恩天鑒之。休休休，焚香祝告天和地，悶懷不已，悶懷不已。

【解三酲】幾曾受這般滋味，到黄昏轉添岑寂。燈兒照着形憔悴，奈隻影鎮相隨。謾自沉吟空嘆息[三]，直捱到燭盡香消入綉幃。愁無寐，祇聽得畫角，嗚咽頻吹。

【前腔】似陳摶怎生得睡，促織兒絮聒聒的。檐前鐵馬叮噹響，淡月影界窗紙。恁般淒涼怎生禁？真個是鐵石心腸也淚垂。朦朧睡，忽聽得雁聲，飛過樓西。

【孤飛雁】南來雁，聲嘹嚦，一個個聲聲似傳怨憶。聽得心兒碎，教我悶懷堆積。

【油核桃】告得雁兒雁兒，你緣何自飛自悲？雁兒暫且停雲翅，奴家有封書寄。

【解三酲】此封書就煩伊傳遞，相煩你帶將前去。見他道奴多傳與，問他道幾時歸。當初共他如魚似水，到如今撇得我長夜如年無盡期。相煩你，千言萬語，說向他知。

【油核桃】告得雁兒雁兒，休祇管空中嘹嚦。雁兒與奴傳書去，教他早早回歸。

【解三酲】此封書亦煩伊傳遞，從他去杳無書回。欲言此情羞無比[四]，恐墻外有人知。當初共約芙蓉帳裏，到如今菊老荷枯猶未歸。相煩你，千言萬語，說向他知。

【油核桃】告得雁兒雁兒，這離情那人怎知。雁兒向那南樓上，有個人兒似你無二。

【解三酲】此封書再說個詳細，切莫要與人差寄。那人住在天涯際，門前有粉墻的。青山傍着一帶溪，正住在流水橋邊略略轉西。相煩你，千言萬語，說向他知。

【尾聲】離牙床，披衣起，相煩鴻雁遞音書。呀，却元來是失群孤雁兒。

校　箋

〔一〕《吴歈萃雅》本、《詞林逸響》本、《古今奏雅》本、《南音三籟》本題名作「托雁傳情」，俱稱爲沈青門撰；《南曲九宫正始》引【八聲甘州】【孤飛雁】等曲稱爲元人撰。《全明散曲》歸于沈仕名下，并據《吴歈萃雅》本輯録。沈仕（一四八八—一五六五），字懋學，一字子登，號青門、野筠，别署青門山人、東海迷花浪仙。仁和（今浙江杭州）人。一生不求仕進，精繪畫，善詩詞曲，有《沈仕集》、《吴山社集》、《青門山人集》、《唾窗絨》等。《全明散曲》收其小令八十六支，套數十套，復出小令五支，套數八套。

〔二〕「相思無底」一套，即下套【八聲甘州】《閨情》套曲。

〔三〕空：底本原作「加」，據《吴歈萃雅》本、《南音三籟》本、《詞林逸響》本改。

〔四〕無比：底本原作「無底」，據《吴歈萃雅》本、《南音三籟》本改。

八聲甘州一套（閨情）〔一〕

相思無底，這幾日教奴獨守香閨。從他别後，杳無半紙音書。多應他戀新忘舊，撇得我一日三餐如醉痴。嘆息〔二〕，何日裏得展愁眉。

【前腔】離情訴與誰，枉教奴數盡歸期。家書修下，誰肯與奴稍寄？關山阻隔人又遠，我這裏瘦損香肌他怎知。幾回，挨不過玉漏遲遲。

【賺】默默傷悲，忽聽得南來一雁兒。嘹嚦嚦，聲聲悲怨過樓西。乍聞伊，慌忙推枕披衣起，囑付孤飛那雁兒。略停翅，奴行有紙音書寄，相煩傳遞，浼伊稍寄。

【解三酲】此封書訴説個詳細，從别後杳無書寄。見他與奴多傳示，問他道幾時回。當初共約在芙蓉帳裏，到如今菊老花殘人未歸。心兒昧，不記得去時，罰下盟誓。

【前腔】此封書再煩伊稍寄，在路途切莫要差遞。那人住在天涯際，門前有粉墻的。青山傍着一帶溪，正住在流水橋邊略略轉西。相煩你，把千言萬語，説向他知。

【尾聲】這雁兒，將書寄，人生最苦是别離。呀，醒却原來一夢裏。

校箋

〔一〕《吴騷合編》本題名作「擬閨人托雁寄情」，注稱沈青門撰；《樂府珊珊集》本無題名，注稱張伯起撰；《樂府先春》本、《吴騷集》本無題名，注稱爲古調；《昔昔鹽》本題名作「情寄秋鴻」，《萬錦清音》本題名作「離情訴雁」，《樂府争奇》本、《南音三籟》本無題名，皆不注撰者。《全明散曲》據《吴騷合編》本輯録歸于沈仕名下。沈仕，生平見本書本卷「【八聲甘州】《寄情》」條。

〔二〕嘆息：底本原作「嘆惜」，據《南音三籟》本、《樂府珊珊集》本改。

八聲甘州一套（咏月）〔一〕　祝枝山〔二〕

玉盤金餅，看漸離滄海飛上瑶京。冰輪不定，碾破素秋千頃。陰晴不改清虚體，圓缺常如一樣明。是誰，將瓊樓玉宇修成？

【前腔】奈高處不勝清冷，想嫦嫦應悔誤餌長生。青天碧漢，夜夜怎禁孤另。銀蟾不管别離苦，玉兔難醫寂寞情。有誰，憐桂枝香零落銀屏？

【賺】一片陰精，占斷人間萬古情。偏厮稱，詩壇酒社俊雅人，太輕盈。蓋世間風雲都總領，普天下烟花大主盟。娉婷，從頭細數風流處，萬般堪聽，萬般堪聽。

【解三酲】論春月最宜佳景，總一團和氣盈盈。佳人笑道歡心稱，怪秋月最傷神。照樓臺歌管聲偏細，映院落鞦韆夜轉深。移花影，真個是惱人春色，好夢難成。

【油葫蘆】論夏月可人心性，對蓮池紅妝臨鏡。柳梢頭纔上天街静，又早人約黄昏。

【解三酲】論秋月四時偏勝，到中秋分外精神。詩人不盡南樓興，鬧絲竹奏清音。銀盤彩漾蓮花白，金粟香浮桂子清。寒光瑩，真個是玲瓏七寶，表裏通明。

【油葫蘆】論冬月倍加清耿，與馮夷六花争勝。玉團瓊屑交相映，占斷了天地澄清。

【解三酲】秦樓月與簫聲并冷，緱山月共笙韵雙清。西江月酹曹瞞恨，牛渚月泛袁宏。梁園月賦音塵絶，長安月練搗秋風萬户砧。人間景，最堪憐曉行殘月，野店鷄聲。

【油葫蘆】娥池月妖嬈倍增，羅浮月夢醒參横。瑶臺月舞青鸞影，海棠月高燭燒銀。

【解三酲】初生月蛾眉淡匀，將曉月弓彎西嶺。上弦月參差匣露些兒鏡，暈花月擁祥雲。南浦月彩雲夢斷歌蘇小，廣寒月一曲霓裳舞太真。重思省，總不如西厢待月，斷送鶯鶯。

【油葫蘆】梨花月溶溶滿庭，楊柳月低照樓心，蹁躚舞影。梅梢月下香成陣，梧桐月朱門犬吠金鈴。

【解三酲】是恁的萬般清景，這都是明月妝成。月如無恨長圓滿，却不似世人情。今人不見當時月，今月曾經照古人。心無盡，怎能够把嫦娥唤應，問個分明。

【餘文】月團圓，人歡慶。人間天上一般清，但願長把金尊對月飲。

校　箋

〔一〕《吴歈萃雅》本、《詞林逸響》本、《南音三籟》本、《樂府珊珊集》本、《古今奏雅》本、《南詞新譜》本題名作「咏月」，俱注祝枝山撰；《昔昔鹽》本題名作「月景題情」，《樂府争奇》本無題名，皆不注撰者;《樂府先春》本無題,注稱張峒初撰。《全明散曲》屬祝枝山名下,據《昔昔鹽》本輯録。

〔二〕祝允明(一四六〇——一五二六),字希哲,號枝山,别署枝指生。南直隸長洲(今江蘇吴縣)人。明弘治五年(一四九二)舉人,歷任興寧知縣、應天府通判等職。善書,工詩文,著作有《懷星堂集》、《九朝野記》、《猥談》、《祝子微》等。《全明散曲》輯有其小令十二首,套數十一套,復出小令五首,套數四套。

甘州歌一套(閑情)〔一〕　王思軒〔二〕

歸來未晚,兩扇門兒雖設常關。無縈無絆,直睡到曉日三竿。情知廣寒無桂攀,不如向緑野堂前學種蘭。從人笑,貧似丹,黄金難買此身閑。村莊學,一味懶,清風明月不須錢。

【前腔】携笻傍水邊,嘆人生番覆一似波瀾。不貪不愛,衹守着暗中流年。虀鹽歲月一日一兩餐〔三〕,茅舍疏籬三四間。田園少,心地寬,從來不會皺眉端。居顔巷,人到罕,閉門終日枕書眠。

【解三酲犯】把黄粱爛炊香飯,任教他恣游邯鄲。假饒位至三公顯,怎如我野人閑。朝思暮想，人情一似掌樣翻。試聽狂士，接輿歌未闌。連雲棧，亂石灘，烟波名利大家難。收馮鋏，築傳板，儘教三箭定天山。

【前腔】嘆浮生總成虚幻，又何須苦自熬煎。今朝快樂今朝宴，明日事且休管。無心老翁，一任鬖鬆兩鬢斑，直吃到緑酒床頭磁瓮乾。妻隨唱，子戲斑，弟酬兄勸共團圓。興和廢，長共短，梅花窗外冷相看。

【尾聲】嘆目前，機關漢。色聲香味任他瞞，長嘯一聲天地寬。

校　箋

〔一〕《吴歈萃雅》本、《詞林逸響》本、《南音三籟》本題名作「恬退」，注稱「王陽明」；《新編南九宫詞》本題名作「閑情」，注稱「王思軒尚書」；《三徑閑題》本無題名，注稱「王尚書」；《樂府先春》本無題名，注稱「羅念庵」；《樂府争奇》無題名和撰者。《全明散曲》本屬王思軒，據《三徑閑題》本輯録。

〔二〕王思軒，生平、里籍未詳。

〔三〕一日：底本無，據《吴歈萃雅》本、《詞林逸響》本、《南音三籟》本、《樂府先春》本補。

二犯傍妝臺一套（題情）〔一〕 張靈墟〔二〕

無語泪闌干，關心春事許多般。驀忽地風浪起，早一似散文鴛。怕祇怕瑶琴有恨悲別鶴，錦瑟無聲泣杜鵑。腰肢如沈，鬢絲漸潘，翠筠深處翠眉攢。

【前腔】玉箸點冰紈，湘簾不捲恨漫漫。幾徘徊還欹枕，重展轉坐長嘆。想祇是前生有分今生淺，花下難期月下緣。烟中秋水，霧中遠山，鏡中花鳥夢中懸。

【簇林鶯】多情處，多恨添，好姻緣難上難，猛然想起柔腸斷。愁縈錦箋，心傷鏡鸞，莫教巫峽行雲散。問蒼天，何時劍合，何夕月重圓。

【前腔】西風裏，新月前，總妝成愁萬千，落霞飛盡垂楊岸。鷗鷺暝烟，帆歸遠天，怎能够得遂鴟夷泛。寄嬋娟，玉容消瘦，還爲强加餐。

【琥珀猫兒墜】白蘋紅蓼，緑水碧雲天。凄斷漁歌遠浦前，西風不覺换流年。堪憐，那些個揚州跨鶴，十萬腰纏。

【前腔】青山緑酒，白鬢促朱顏。花月春江夢已闌，文園何事病牽纏。堪憐，怎能够樓頭嶺外，弄玉乘鸞。

【尾聲】休言白壁青蠅玷，定許明珠合浦還，准備秋江玩月圓。

校　箋

〔一〕此套僅存《群音類選》本，《全明散曲》據之録定。

〔二〕張靈墟，即張鳳翼，生平簡介見本書「官腔類」卷六「《紅拂記》」條。

小措大一套（途思）〔一〕

暗潮拍岸，斷江風掃蘆花。鷗鷺破烟，飛落汀沙。見漁舍兩三家，在夕陽下，一簇晚景堪畫。悶無語時將珠泪灑，愁轉加，瘦損丰姿衹爲他〔二〕。事縈心鬢添白髮，蹉跎負却年華。

【不是路】暗憶秦樓，一别後蛾眉誰與畫。沉吟久，徘徊無語自嗟呀。恨無涯，强和哄時把芳尊飲，離緒共别情酒怎啞。霍索殺，千般煩惱縈心下。好難唵呐，好難唵呐。

【前腔】幾回按下身心，猶兀自喃喃念誦他。一夜加，兩隻業眼恁睁着。恨無眠，酒乍醒欹枕衾衣冷，夢初斷蓬窗月影斜。看看曉，那堪迤邐蘭舟駕。事冗如麻，事冗如麻。

【長拍】叠叠離情，叠叠離情，重重幽恨，羈旅怎生禁架。家鄉遥遠，楚水汹涌闊，迢遥去程無涯。斜日映紅霞，望水村深處，酒旗高掛。淺水灘頭有鷺立，枯樹上噪寒鴉。來往櫓聲咿啞，正野塘水漲，浪激汀沙。

【短拍】紅蓼灘頭，紅蓼灘頭，白蘋岸側，曲灣灣水繞人家。還自赴京華，怎訴得許多瀟灑。異日圖將此景，俺直待歸去鳳池誇。

【尾聲】烟光淡，斜陽下。漸覺荒村暮也，借旅邸今宵一睡咱。

校　箋

〔一〕《詞林逸響》本、《吴歈萃雅》本題名作「途中憶别」，《南音三籟》本題名作「憶别」，注羅欽順撰；《古今奏雅》本題名作「江村風景」，不注撰者；《全明散曲》歸于羅欽順名下。羅欽順（一四六五——一五四七），字允升，號整庵。江西泰和人。明弘治六年（一四九三）進士及第，授編修，歷任南京國子監司業、吏部左侍郎、吏部尚書等職。著作有《整庵存稿》等。曲牌【小措大】，底本原作【小醋大】，《詞林逸響》本、《古今奏雅》本、《南詞新譜》本、《吴歈萃雅》本皆作「【小措大】」，文會堂萬曆間刊《群音類選》所存「清腔類」目録頁亦作「【小措大】」，據曲譜亦當作【小措大】，故改。

〔二〕丰姿：底本原作「丰標」，據《吴歈萃雅》本、《詞林逸響》本、《南音三籟》本、《吴騷合編》本改。

桂枝香一套（閨情）〔一〕

畫樓頻倚，綉床凝思。静聽午夜蓮籌，數盡一春花雨〔二〕。心中自思，心中自思，與你何時相會，使我芳容憔悴。薄情的，約在元宵後，朱明又近矣。

【不是路】燕子飛飛，掠水來尋梁上栖。這的是鳥無知，尚尋着危巢舊壘，可以人而不鳥如。昏沉起，那堪亂亂愁千緒，悄似朦朧一夢裏。何如是？看看瘦削温香體。甚藥能治，甚藥能治？

【長拍】淡淡湘山，淡淡湘山，悠悠漢水，頃刻間暮雲遮住。這是俺五行八字，命運中合受分離。對鏡自支頤，怎禁得一點點粉鉛消膩。兩簇愁眉不盡苦，分明是霧擁高峰難展舒。空教人立，化做望夫石。又不知天涯浪蕩子，知也不知？

【短拍】簪解螭頭，簪解螭頭，釵分鳳尾，不成雙見了傷悲。誰與訴凄其？總有鸞箋象管，難寫我萬愁千緒。若遇多才傾倒，似花向春，皓月重輝。

【尾聲】鵲聲噪，行人至。從此同行同止，再不放你獨自離家不肯歸。

校箋

〔一〕《吴騷集》本、《樂府先春》本無題名，皆注吴崑麓撰；《吴歈萃雅》本、《詞林逸響》本、《樂府珊珊集》本、《古今奏雅》本、《南音三籟》本題名作「春怨」，俱注陳大聲撰；《新編南九宫詞》本題名作「情」，注稱爲舊詞；《昔昔鹽》題名作「倚樓恨别」，《樂府争奇》無題名，皆不注撰人。《全明散曲》稱此套「不見陳大聲《樂府全集》」，歸于吴崑麓名下。吴嶔（一五一七—一五八〇），字宗高，號崑麓，别號未了庵，南直隸武進（今江蘇常州）人。曾任長垣教諭、國子監助教。工散曲。《全明散曲》收録其小令二支，套數一套，復出套數兩套。

〔二〕數盡：底本原作「數不盡」，據《吴歈萃雅》本、《詞林逸響》本、《樂府珊珊集》本、《南音三籟》本改。

桂枝香一套（贈妓輕雲）〔一〕　梁伯龍〔二〕

江東日暮，亂山無數。天邊常鎖春雲，嶺畔半横秋樹。陽臺夢紆，陽臺夢紆，襄王凝佇，朝行何處。暮天低迷，却南來雁，關河未有書。

【不是路】曾上衡廬，見一片飛來萬里餘。蒼梧遠，飄揚踪迹定何如。路崎嶇，重重隔斷瀟湘渚，何日乘風下九嶷？休回顧，翠華不見迷歸路。幾時還遇？幾時還遇？

【長拍】舞按《霓裳》，舞按《霓裳》，歌停《金縷》，送月來被人問留住。這是蕊宫仙馭，鬢半偏游戲天衢。盡駕絳綃輿，引飛瓊控兩兩彩鸞歸去。幾見瑶池傳曲遠，誰還念黄鶴樓中千載虚。問仙姬，何事冒雨濕羅襦？又不知春山淡淡鎖，何日還舒？

【短拍】襯暖成綿，襯暖成綿，催寒做雨，伴茶烟細繞檐隅。何處是郎居？千里隨風遍訪，無拘管浪如春絮。曾渡秋風汾水，至今但和朔雁空飛。

【尾聲】山中住，原無侣。數被清風引去，終有日歸來返故廬。

校箋

〔一〕《吴騷二集》本題名作「咏艷」，《吴騷合編》本題名作「咏輕雲贈王秋卿」，《彩筆情辭》本題名作「贈王姬輕雲」，皆注稱梁伯龍撰；明末刻梁辰魚《江東白苧》本題名作「咏輕雲贈王秋卿」。《全明散曲》據《江東白苧》本輯録。

〔二〕梁伯龍，即梁辰魚，生平簡介見本書「北腔類」卷四「《伍員自刎》」條。

桂枝香一套（爽約）〔一〕　張叔元〔二〕

蕭疏風雨，愁縈千縷。偶從知已尋春，瞥見佳人絶世。似翩翩楚妃，翩翩楚妃，亭亭湘水，使我神摇情殢。漫投珠，憐惜衾裯永，殷勤宫漏移。

【不是路】金井鴉啼，無奈蒼頭塵溷催。急披衣，暫辭香閣匆匆裏，又聽安排宴客杯。叮嚀語，莫將恩愛看容易，再續鸞膠已有期。言猶爾，誰知平地風波起。把人抛弃，把人抛弃。

【長拍】萬種綢繆，萬種綢繆，千般偎倚，都付將大江東去。雖祇是一宵鴛侣，論温存小可難知。展轉暗思維，却難道俗子輩，可堪牽繫。女俠當今推執拂，多應是計阻沙吒不自持。到如今何處覓章臺騎，閃得人孤身千里，形影相隨。

【短拍】無夜無明，無夜無明，如痴如醉，嘆潘郎鬢已成絲。無與畫蛾眉，本是鶼鶼比翼，倒做了銀河牛女。笑殺春深銅雀，怎效得緑綺赴相如。

【尾聲】懨煎病，誰醫治？斷送一生憔悴，何日歸來解困危？

校　箋

〔一〕此套僅有《群音類選》本，《全明散曲》據之録定。《彩筆情辭》收録有張叔周（張栩）改本。

〔二〕張叔元，生平、里籍不詳，胡文焕有《白下寄張叔元》、《復寄張叔元》二札，知其應爲同時代人。

桂枝香一套（贈妓）〔一〕 全道人

廣寒謫下，明河托化。一捻腰栩栩能飛，兩道眉灣灣如畫。更榴爲齒牙，更榴爲齒牙，歌噴蘭麝，笑添嬌冶。總堪誇，不啻生香玉，分明解語花。

【前腔】秋波欲瀉，春情不夜。軟款間宛若游龍，流麗處偏宜飛斝。正亭亭十三，正亭亭十三，聰明俊雅，斯文瀟灑。大方家，已是芳名播，還輕狀首加。

【香柳娘】衹卿卿一人，衹卿卿一人，把三千盡壓，化工何事心偏着？捫肌膚膩滑，捫肌膚膩滑，胸際現鷄頭，洞門吐花蕚。我憐他愛他，我憐他愛他，不覺魂飛，常交夢惹。

【前腔】想性兒更佳，想性兒更佳，情兒不假，興兒種種何能捨。問脚兒似怎麽，問脚兒似怎麽，步步襯金蓮，行行怯羅襪。我思他念他，我思他念他，泪濕青衫，鏡添白髮。

【琥珀猫兒墜】幾般滋味，教我難描寫。記得窗前把鸚鵡打，行肩步摟同歡耍。怎捨？明月下另撥琵琶，終風處强污綃帕。

【前腔】淡妝濃抹，腮臉玉無瑕。笑殺人間脂粉搽，可人心意那些差。休訝，便千金何妨揮盡，縱一死也是光華。

【意不盡】誰將金屋先裝架，莫把春光收一涯，愧我老去何消古押衙。

校箋

〔一〕此套僅有《群音類選》本，《全明散曲》據之録定。

桂枝香一套（男相思）〔一〕　全道人

香車送罷，時時牽挂。記當初笑語花前，到如今凄凉月下。試修書寄他，試修書寄他，他無書回咱，他應情寡。他説恨冤家，有約如何負，書來待怎麽？

【前腔】非干變卦，空勞閑話。祇爲着蝸角虚名，暫收却心猿意馬。倘能扳桂花，倘能扳桂花，與你鳳鸞同跨，强似萍踪浪打。爲我寄冤家，耐着心兒等，休教路走差。

【香柳娘】望銀河路賒，望銀河路賒，支機空把，秋風八月天瀟灑。我更欲泛槎，我更欲泛槎，莫遣雨雲遮，夢魂阻巫峽。你不須嘆嗟，你不須嘆嗟，待月定逢圓，看花豈終謝。

【前腔】但難爲是此時，但難爲是此時，醉迷堪訝，恐教食餅翻成畫。把恩情負却，把恩情負却，何處抱琵琶，誰憐白司馬。倒不如絶他，倒不如絶他，無奈上心頭，幾番拋不下。

【猫兒墜】相思滋味，未必恁嘗些。我何苦風流若病加，盈盈一水隔天涯。寃家，斷送我一生憔悴，書卷慵拿。

【前腔】人來見説，情義十分佳。勸我窗前工勉加，好將勤苦博榮華。寃家，我爲你温香軟玉，還呈糖牙。

【意不盡】相如渴病渾難瘥，得暫見文君勝飲茶，總不如當日無緣不遇着。

校箋

〔一〕此套僅有《群音類選》本，《全明散曲》據之録定。

桂枝香一套（集常談）〔一〕　蘇子文〔二〕

坐壇遣將，隔壁告狀。没來由打水不渾，平白地無風起浪。我是賣醋的老王，我是賣醋的老王，入門三相，人有相像，物有相像。細思量，誰人打籮誰吃麵？那個偷牛那拔椿？

【黄鶯兒】有麝自然香，鷄窩裏出鳳凰，秀才好不在頭巾上。栽葫蘆傍墻，養女兒像娘，別人肉貼不在你頰腮上。莫輕狂，不疼不癢，説得你透心凉。

【僥僥令】道三不着兩，四下亂倡揚。取得經來唐三藏，再莫管他人，瓦上霜。

【前腔】未來休指望，過去莫思量。土地老兒没肩膀，敢自有傍人，話短長。

【摧拍】那曉得三綱五常，衹知道七青八黄。圓鴨蛋裏棹槳，竹竿空長，肚裏無穰。前人栽樹，後人乘凉。撞東墻衹撞東墻，上不得廟和堂。

【不是路】賣狗懸羊，驢糞毬兒外面光。瞞天謊，清凉瓦屋呷稀湯。受恓惶，前生少欠冤業帳，大熟年成隔壁荒。何須講，□□弄得緣兒様，七損八傷，七損八傷。

【解三醒】那管他娘兒姓蔣，聽不上鬼念文章。我買了炮烺別人放，前月支過後月糧。精瞎帳，不願獐麅鹿兔，衹願細犬還鄉。

【調角兒】看了他結交四方，看了他日月三光。那些個金玉滿堂，那些個綾錦千箱。買猪頭，饒尾耙，吃虱子，留後腿，做模打様。烟熏佛像，掛在壁上。這様施主，這様和尚。

【尾聲】人心不足蛇吞象，惹得狼來屋裏藏〔三〕，一個雷聲天下響。

校　箋

〔一〕此套僅有《群音類選》本，《全明散曲》據之録定。

〔二〕蘇子文：生平、里籍未詳。《全明散曲》輯其散曲作品小令八支，套數一套。

〔三〕藏：底本原作「狼」，據文意改。

解三醒一套（懷舊）〔一〕　楊德芳〔二〕

憶長安少年游冶，錦裘輕光耀晴霞。醉餘挾彈章臺下，金勒馬逐香車。珊瑚錯落珠簾掛，雲斂青樓出杏花。多瀟灑，分明是西陵風月，楊柳蘇家。

【前腔】金雀押鬢人似玉，俏倚東風翠袖斜。雙蛾巧勝張郎畫，援錦瑟緑窗紗。春情偶被流鶯惹，唱徹新詞玉樹花。多瀟灑，好似浣花溪上，黄四娘家。

【前腔】靚靨含羞嬌欲語，笑把團紅小扇遮。口脂香腮飄蘭麝，渾念我在天涯。風流長憶東山謝，拚取歌鍾醉落花。多瀟灑，更愛他金箋彩筆，似薛濤家。

【前腔】綺席香消春寂寂，花影横闌月已斜。珮環緩解羅襦卸，樓兒上鼓三撾。春宵一刻千金價，吹落銀釭數點花。多瀟灑，爲愛他秋娘風韵，忘了歸家。

【尾聲】别來幾見花開謝，燕山迴首暮雲遮，愁絶潘郎兩鬢華。

校　箋

〔一〕《彩筆情辭》本題作「懷舊」，注「明楊德芳」。

〔二〕楊德芳，明南直隸（今江蘇）揚州人，生平事迹不詳。《全明散曲》收有其散曲作品小令四支、套數五套，另復出套數一套。

大勝樂一套（《西厢》，入羽調）〔一〕

風流惹下相思，争奈相思無了期。西厢月下聽琴後，離恨譜，斷腸詩。祇爲你文章魁首青雲客，休看做桃李春風墻外枝。（合）悶倚欄干望也，空教人幾回，目斷天涯。

【前腔】自從那日分離，廢寢忘餐減玉肌。金錢暗卜無期准，空屈指，數歸期。不怕你青鸞有信頻須寄，祇怕你金榜無名誓不歸。（合前）

【賺】暗想當時〔二〕，將欲從軍憔悴死。一封書，半萬賊兵剪草除。負佳期，閃得恩情兩下離〔三〕，祇爲蟾宫折桂枝〔四〕。這相思，天涯海角心相似，此情難寄，此情難寄。

【調角兒】帶圍寬瘦減腰肢，意懸懸懶拈針指。害相思病染懨懨，淋漓袖萬千紅泪。莫不是怕黄昏〔五〕，捱白晝，象床閑，鴛被冷，這般滋味。（合）冤家一去，歸無定期。嘆分離，天邊月缺，也有圓時。

【前腔】去時節黄葉亂飛，到如今落紅堆砌。要相逢千難萬難，不似你别時容易。莫不是醉銀箏，歌彩袖，戀秦樓，迷楚館，把奴抛弃。（合前）

【尾聲】離愁萬恨千言語，准備歸來訴與，及至相逢無一句。

校　箋

〔一〕此爲李日華《南西廂記》中的套曲，《古本戲曲叢刊初集》本李日華《南西廂記》爲第三十二齣，題作「報喜」；《六十種曲》本爲第三十三齣，題作「尺素緘愁」；《詞林逸響》本題作「西廂記·閨思」；《南音三籟》本注録自《西廂記》，未題齣名，套末批稱：「此套雖在近刻李日華本，而却于【集賢賓】之後、【瑣窗郎】之前，篏和尤侯韵中者，其又爲他手無疑。今時本，皆分出兩唱之。然覺此手詞氣反妥，李不及也。」李日華生平及《南西廂記》的版本情況見本書「官腔類」卷二十五「《南西廂記》」條。

〔二〕暗想：底本原作「想起」，據《詞林逸響》本、《南音三籟》本、《古本戲曲叢刊初集》本、《六十種曲》本改。

〔三〕恩情兩下離：底本原作「個思情兩下裏」，據《詞林逸響》本、《南音三籟》本、《古本戲曲叢刊初集》本、《六十種曲》本改。

〔四〕衹爲蟾宫折桂枝：底本無，據《詞林逸響》本、《南音三籟》本、《古本戲曲叢刊初集》本、《六十種曲》本補。

〔五〕莫不是：底本原作「端的是」，據《詞林逸響》本、《南音三籟》本、《古本戲曲叢刊初集》本、《六十種曲》本改。

正宫

白練序一套（閨情）〔一〕

沉吟久，奈好事從來不自由，芙蓉帳未暖又還分手。别後，萬種愁，嘆曉夢高唐一旦休。添僝僽，梨花細雨，燕子空樓。

【醉太平】消瘦，纖腰似柳，近日來絳裙羅帶頻收。閑衾易冷，人在小小雲兜。堪羞，凄凄孤影伴燈篝，綺窗下倦聽銀漏。這般時候，三更酒醒，滿枕春愁。

【白練序】綢繆綢繆，兩意投思量故友，花陰下歡會燕侣鶯儔。無由無由願再酬，恨飛絮飄香逐水流。成迤逗，釵分鳳拆，綫斷箜篌。

【醉太平】悠悠，悠悠，青霄路遠，綉鞍歸晚，山盟虚繆。分開美玉連環結，怎能够兩情依舊。頻修，銀箋錦字到皇州，一字字泪痕湮透。甚時相守，金杯滿酌，艷曲低謳。

【不絶令煞】情思懨懨如病酒，房櫳静悄憶鳳儔，十二珠簾懶上鈎。

校　箋

〔一〕《吴騷合編》本題名作「春閨」，注稱「關九思」；《南宫詞紀》本題名作「别情」，注稱「亡名氏」；《雍熙樂府》本題名作「春愁」，不題撰者。《全元散曲》歸于無名氏作品。

白練序一套（簾櫳）〔一〕　梁伯龍

東風軟，見曲曲迴廊暮靄收，凝妝映幾簇禁烟新柳。春晝，翠羽稠，任滿院楊花不自由。空相叩，芳容阻隔，似無還有。

【醉太平】刺綉，蝦鬚静掩，趁游絲亂撲，花影閑搊。揚州十里，争露半額嬌羞。纖柔，朝來風静試銀鈎，有誰問海棠依舊？捲舒常在，斜月小窗，暗雨危樓。

【白練序】風流，倚醉眸，湘裙故留，牽情處分明送幾聲鶯喉。綢繆，院宇幽，伴落日陰陰燕子愁。徘徊久，風驚翠竹，故人相候。

【醉太平】宸游，披香半揭，天顔應近，傍垂紅袖。香籠霧鎖，通幾點隔花銀漏。悠悠，西風高掛漢宫秋，有人似黄花清瘦。九疑雲冷，湘波映着，翠蛾雙皺。

【尾聲】低掩重重如殢酒，愁來試捲樓上頭，空目斷長江萬里舟。

校　箋

〔一〕《詞林摘艷》本、《南宫詞紀》本、《吴騷二集》本、梁辰魚《江東白苧》本均題名作「咏簾櫳」。《全明散曲》據《江東白苧》本輯録。

白練序一套（閨怨）〔一〕　梁伯龍

西風裏，見點點昏鴉渡遠洲，斜陽外景色不堪回首。寒驟，謾倚樓，奈極目天涯無盡頭。消魂久，凄凉水國，敗荷衰柳。

【醉太平】羅袖，琵琶半掩，是當年夜泊，月冷江州。虚窗别館，難消受暮雲時候。嬌羞，腰圍寬褪不宜秋，問青鏡爲誰憔瘦〔二〕？海盟山咒，都隨一江，逝水東流。

【白練序】凝眸，古渡頭，雲帆暮收，牽情處錯認幾人歸舟。悠悠，事已休，總欲致音書何處投。空追究，光陰似昔，故人非舊。

【醉太平】颼颼，霜林鬥葉，更風檐驟馬，夜堂飛漏。白雲去遠，那堪值雁南歸後。衾稠，空餘蘭麝伴薰篝，冷落了竊香韓壽。背燈獨守，寒生兔窟，露凝鴛甃。

【尾聲】荏苒韶華逢九九，登臨怕惹無限愁，儘開遍黄花不上鈎。

校　箋

〔一〕《南宫詞紀》本、《吴騷合編》本、《吴騷二集》本題名作「暮秋閨怨」，俱注梁伯龍撰；梁辰魚《江東白苧》本題名作「暮秋閨怨」；《吴歈萃雅》本題名作「暮秋閨怨」，《南音三籟》本題名作「秋思」，俱注稱「楊升庵」；《南詞韵選》本無題名，《昔昔鹽》本題名作「暮秋閨思」，俱不題撰者。《全明散曲》據《江東白苧》本輯録。

〔二〕問：底本原作「訪」，據《吴騷合編》本改。

白練序一套（柳）〔一〕

窺青眼，漸葉葉顰眉效淺妝，渾一似想着故人張敞。摇颺，萬縷長，翠織就新愁縈斷腸。偏宜向，朱門羽戟，畫橋游舫。

【醉太平】惆悵，藏鴉未穩，早攀來贈別，空與人忙。隋堤漢苑，都非是舊日風光。堪傷，三眠春夢謾悠揚，有誰問灞陵無恙？倚闌凝望，消得幾番，暮雨斜陽。

【白練序】凄涼，古道傍，青青數行，消魂處驀聽得幾聲鶯簧。蕭郎，信渺茫，謾留下當年繫馬樁。空悒怏，相思瘦得，楚腰宫樣。

【醉太平】輕狂，花飛似雪，乍高欲下，隨風飄蕩。拋家傍路，無拘管市橋村巷。端詳，香毬滾滾散苔墻〔二〕，好飛度綉簾珠幌〔三〕。送春南浦，遺踪化作，翠萍溶漾。

【尾聲】流水游魚吹浪響，舟横野渡春晝長，勾引得蟬聲噪晚凉。

校箋

〔一〕《吴歈萃雅》本、《南音三籟》本題名作「咏柳」，均注稱高東嘉撰；《詞林逸響》本、《古今奏雅》本題名作「咏柳」，注稱顧木齋撰；《南宫詞紀》本、《南詞韵選》本題名作「咏柳」，《新編南九宫詞》本題名作「柳」，《樂府争奇》本無題名，均無撰者姓名。《全明散曲》屬顧木齋名下，據《詞林逸響》本輯録。顧木齋，里籍、生平事迹不詳。

〔二〕苔：底本原作「臺」，據《南宫詞紀》本、《南音三籟》本、《吴歈萃雅》本、《詞林逸響》本改。

〔三〕度：底本原作「向」，據《南宫詞紀》本、《南音三籟》本、《吴歈萃雅》本、《詞林逸響》本改。

白練序一套（草）〔一〕　方洗馬〔二〕

春烟暖，正脉脉遥看似有無，斜陽外幾家斷橋村塢。閑步，望遠坡，漸抹翠描青成畫圖。空懷古，池塘雨歇，夢回南浦。

【醉太平】堪睹，東風暗長，縱一般意思，妙手難模。無媒徑路，相映半白頭顱。馳驅，王孫何事在長途？好歸去又驚春暮。古城陰處，寂寞眼前，細柳新蒲。

【白練序】模糊，翠簟鋪，六朝舊都，南郊外許多斷碑荒墓。辜負，恨轉多，泪滴盡虞兮奈爾何〔三〕。空凄楚，青青漢冢，怨雲泣露。

【醉太平】堪娱，芳情未歇，細粘輕襯，落花飛絮。閑門要路，點檢世情如故。須臾，莫將春事付樵蘇，止留下亂螢飛度。雨欺霜妒，紅塵翠陌，可憐焦土。

【尾聲】一點春暉難報補，東風野燒吹又蘇，試看取韶華遍九衢。

校箋

〔一〕《新編南九宫詞》本題名作「草」，《南宫詞紀》本題名作「咏草」，均注稱方洗馬撰。《吴歈萃雅》本、《詞林逸響》本、《南音三籟》本題名作「咏草」，均注稱王雅宜撰。《全明散曲》認爲屬王雅宜非，屬方洗馬名下，并據《南宫詞紀》本輯録。

〔二〕方洗馬，名字、里籍、生平事迹皆不詳。《全明散曲》僅著録其散曲作品套數一套。

〔三〕虞兮：底本原作「虞姬」，據《南音三籟》本、《吴歈萃雅》本、《詞林逸響》本改。

刷子序犯一套（燕。一名【汲煞尾】）〔一〕

南浦雨初歇，雙雙去來，飛掠輕烟。記草色花香，南國風景依然。情牽，尋故主重來相見，薔薇老鞦韆庭院。薄羅小扇，【玉芙蓉】〔二〕倚嬋娟，把舊愁新恨語相傳。

【山漁燈犯】〔三〕緑陰濃，尋芳倦。寂莫情踪，聊自消遣，堪傍處王謝堂前，張衡館下。碧闌清晝栖雙剪，還羞與夜蝠争先。誰憐抱離恨萬千，休嘆回首家山遠。我待要翱翔雲漢邊，昭陽殿，看珠簾半捲。逞輕盈，掌中歡寵舞蹁躚〔四〕。

【普天樂犯】〔五〕柳飛綿重門掩，兀自把殘春戀〔六〕。夢魂勞千里孤雲，天涯路浪逐流年。胡種漢族憑誰辯，知已春風又相見。任翁孫冠服皆玄，詩句曾寄錦牋。繫紅絲，玉京仙子舊姻緣。

【朱奴兒犯】〔七〕夕陽裏鄉心更切，寒影落碧溪清淺。夜半秦樓月華滿，空惆悵桂花開遍。時序换，倩西風送還。整烏氈，彩雲重許駕飛軿。

【尾聲】營新壘，憶故園。塞北江南幾轉，再准備來年二月天。

校　箋

〔一〕《楊升庵夫婦散曲》本、《吴歈萃雅》本、《詞林逸響》本、《南音三籟》本、《古今奏雅》本題名作「咏燕」，均注稱楊升庵撰；《新編南九宫詞》本題名作「燕」，《南宫詞紀》本題名作「咏燕」，皆不注撰者。《全明散曲》歸于楊慎名下，據《南音三籟》本輯録。楊慎，生平簡介見本書「北腔類」卷六「【一半兒】《題情》」條。曲牌【刷子序犯】，底本原作【刷子序】，《詞林逸響》本、《吴歈萃雅》本、《南宫詞紀》本、《南音三籟》本作「【刷子序犯】」。按所注「一名【汲煞尾】」，據《御定曲譜》釋【刷子帶芙蓉】「一名【汲煞尾】」，知此應作「【刷子序犯】」或「【刷子帶芙蓉】」。故改。

〔二〕【玉芙蓉】：底本無，據《吴歈萃雅》本、《南宫詞紀》本、《南音三籟》本補。

〔三〕【山漁燈犯】：底本原作「【錦纏道】」，據《吴歈萃雅》本、《南音三籟》本改。

〔四〕舞：底本無，據《詞林逸響》本、《吴歈萃雅》本、《南宫詞紀》本、《南音三籟》本補。

〔五〕【普天樂犯】：底本原作「【普天樂】」，據《詞林逸響》本、《吴歈萃雅》本、《南宫詞紀》本、《南音三籟》本和曲譜改。

〔六〕兀：底本原作「尤」，據《詞林逸響》本、《吴歈萃雅》本、《南音三籟》本改。

〔七〕【朱奴兒犯】：底本原作「【朱奴兒】」，據《詞林逸響》本、《吴歈萃雅》本、《南宫詞紀》本、《南音三籟》本和曲譜改。

刷子序犯一套（近入戲，有南北調者在後）〔一〕

雲雨阻巫峽，傷情斷腸，人在天涯。奈錦字無憑，虚度荏苒韶華。嗟呀，春晝永朱扉低啞〔二〕，東風静湘簾閑掛。黛眉懶畫，鞾宫鴉，鬢邊斜插小桃花。

【山漁燈犯】〔三〕燕將雛，逢初夏。夢斷華胥，風弄檐馬，閑扃了刺綉窗紗，香消寶鴨。那人在何處貪歡耍？空辜負沉李浮瓜。寂寞厭池塘鬧蛙，庭院日長偏憐我，枕簟上夜凉不見他。多嬌姹，愛風流俊雅。倚闌干，猛思容貌勝荷花。

【普天樂犯】〔四〕景凄凉人瀟灑，何日把雙鸞跨。怨薄情空寄雲箋，相思句盡續琵琶。彈粉泪濕香羅帕，暗數歸期在斜陽下。動離情征雁呀呀，無奈心事轉加。對西風病容，消瘦似黄花。

【朱奴兒犯】〔五〕漸迤邐寒侵綉幄，早頃刻雪迷了鴛瓦。自恨今生分緣寡，紅爐畔共誰人閑話。顛題罷，托香腮悶加。膽瓶中，旋添雪水浸梅花。

【尾聲】重相見，兩意佳。憶昔傳杯弄斝，斷送了年華四季花。

校　箋

〔一〕《吴歈萃雅》本、《樂府珊珊集》本、《古今奏雅》本、《南音三籟》本題名作「四時花怨」，《吴騷合編》本題名作「四時閨怨」，《吴騷集》本、《樂府先春》本無題名，俱注稱劉東生撰；《昔昔鹽》本題名作「四季花情」，《南詞韵選》本題名作「四季」，《新編南九宫詞》無題名，皆不注撰者。《全明散曲》屬劉東生，據《吴騷合編》本輯録。劉東生，生平簡介見本書「清腔類」卷三「【畫眉序】《閨情》」條。曲牌【刷子序犯】，底本原作【刷子序】，《南音三籟》本、《吴歈萃雅》本、《樂府珊珊集》本、《吴騷集》本作「【刷子序犯】」，《吴騷合編》本、《南曲九宫正始》本、《增定南九宫曲譜》本作「【刷子帶芙蓉】」。據改。近入戲：此戲爲何，未考知。有南北調者在後：即本書「清腔類」卷六署名李子昌之「【梁洲令】《四景閨情》」。

〔二〕啞：底本原作「啞」，據《吴歈萃雅》本、《樂府珊珊集》本改。

〔三〕【山漁燈犯】：底本原作「【錦纏道】」，據《南音三籟》本、《吴騷合編》本、《吴歈萃雅》本、《樂府珊珊集》本、《增定南九宫曲譜》本改。且《南音三籟》本、《吴騷合編》本、《增定南九宫曲譜》本注稱「或作【虞美人犯】，非也」。

〔四〕【普天樂犯】：底本原作「【普天樂】」，據《南音三籟》本、《吴歈萃雅》本、《樂府珊珊集》本改。

〔五〕【朱奴兒犯】：底本原作「【朱奴兒】」，據《南音三籟》本、《吴歈萃雅》本、《樂府珊珊集》本改。

刷子序犯一套（佳遇）〔一〕　張叔元

花落武陵寂，漁郎問津，空自栖遲。任滿目芬芳，難展一簇愁眉。休題，秋漸老飄蓬無寄，東鄰畔紅樓堪醉，乍驚百媚。再追隨，傾城傾國更論誰。

【錦纏道犯】眼盈秋，眉含翠。面比芙蓉，鴉整宫髻，飄摇似垂柳腰肢，春纖彷彿。櫻唇樊素渾無二，天生就玉骨冰肌。嗔喜，看娉婷總宜，多想夜月魂歸後。又幻迹長干絶代姿，情牽繫結鸞儔鳳侶。并香肩，錦堂歡讌樂無涯。

【普天樂犯】漫呼盧酡顔膩，焚寶鼎沉烟細。寄幽情一曲冰弦，相思調午夜如悲。巫峽夢懶憑雲雨，軟玉温香分緣契。訝酥胸香汗淋漓，端的嬌怯怎支。試挑燈凝眸，不語意孜孜。

【朱奴兒犯】悔今日相逢已暮，幸兩兩合歡魚水。自是湘江紉蘭蕙，綢繆處行偎坐倚。司花吏，占河陽一枝。趁西風，碧雲華月好葳蕤。

【尾聲】連理種，比翼飛。長願在天在地，衹怕江上孤帆唱别離。

校　箋

〔一〕此套僅有《群音類選》本，《全明散曲》據之録定。《彩筆情辭》收録有明張叔周改刻本，題作「喜諧王姬蕊珠」。張叔元，生平簡介見本書清腔類卷二「【桂枝香】《爽約》」條。

普天樂一套（閨怨）〔一〕

四時歡千金笑，從别後多顛倒。我這裏玉减香消，他那裏珠圍翠繞。婚姻簿内想是名不到，却把鸞釵輕分了。恨茫茫水遠山遥，悶沉沉雲深霧杳，困騰騰夢斷魂勞。

【雁過聲】終朝，院落静悄，徒然有龍香鳳膏。鸞笙象管無心好，萬般愁萬般焦，這悶懷端的教我難熬。空教人易老，那堪暮雨檐前鬧，比着俺泪珠兒兀自少〔二〕。

【傾杯序】思着，掩翠屏冷絳綃，寂寞向誰行告。捱幾個黄昏，幾番明月，幾度青燈，有誰知道。把歸期暗數，寶釵劃損，畫闌雕巧。不由人駡他薄幸絮叨叨。

【玉芙蓉】金爐香篆消，寶鏡塵埋了，數歸期一夕又還一朝。薄衾小簟殘鐘曉，暮雨梨花魂暗消。我的相思病，多應是命所招，算人心不比往來潮。

【小桃紅】〔三〕誤約在蓬萊島，冷落了巫山廟。愁雲怨雨羞花貌，精神不似當初好。燕來鴻去無消耗，每日價教我心癢難撓。

【尚輕圓煞】凄涼運，莫再交。但願得鴛鴦會早〔四〕，莫待秋霜染鬢毛。

校箋

〔一〕《樂府先春》本、《吴騷集》本無題名，《吴騷合編》本題名作「閨怨」，俱注稱李東陽撰；《詞林逸響》本、《古今奏雅》本題名作「怨别」，均注稱陳大聲撰；《三徑閑題》本無題名，注稱陳翰林撰；《吴歈萃雅》本、《樂府珊珊集》本題名作「怨别」，注稱高東嘉撰；《新編南九宫詞》本題名作「情」；《昔昔鹽》本題名作「閨情怨别」，《南宫詞紀》本、《南音三籟》本題名作「怨别」，《詞林一枝》本題名作「美女閨情」，《樂府争春》本、《盛世詞林》本、《南詞韵選》本無題名，俱不注撰者。《南曲九宫正始》本以【普天樂】此曲作爲【普天樂】第五格例曲，注稱「《李玉梅》，元傳奇」；《詞林一枝》本屬「時新耍曲・美女閨情」收録【普天樂】（曲牌題【普天樂】别名【四塊玉】）此曲，無題名。《全明散曲》屬李東陽，據《群音類選》本輯録。

〔二〕兀：底本原作「尢」，據《詞林逸響》本、《南音三籟》本、《吴歈萃雅》本、《樂府珊珊集》本、《吴騷集》本、《吴騷合編》本、《三徑閑題》本改。

〔三〕【小桃紅】：底本原作「【山桃犯】」，據《詞林逸響》本、《南音三籟》本、《吴歈萃雅》本、《吴騷合編》本和曲譜改。

〔四〕鴛鴦：底本原作「冤家」，據《詞林逸響》本、《南音三籟》本、《吴歈萃雅》本、《樂府珊珊集》本、《吴騷集》本、《吴騷合編》本、《三徑閑題》本改。

錦庭樂一套（閨怨）〔一〕　陳秋碧

被兒餘，枕兒單，春寒較添。夜雨響空階，曉來呵殘紅滿簾。更那堪掩重門，對鶯花鬼病懨懨。這病危如燈焰，這恨深如天塹。病和愁，兩廝兼。病當心坎，愁在眉尖。

【前腔】錦鱗稀，塞鴻遥，書沉信淹。江樹眼空瞻，怯梳妝塵緘寶奩。常衹是倚闌干，數歸程屈損春纖。霧帳雲屏虚占，海誓山盟無驗。綫和針，懶去拈。靈犀一點，無計拘鉗。

【前腔】憶王孫，乍交歡，寵投意歡。永遠效鶼鶼，自離家新生弃嫌。料應他在天涯，被秦樓歌管相漸。金粉花容嬌艷，血色羅裙紅塹。美甘甘，笑語甜。未知將我，唇上曾沾。

【前腔】影伶仃，佇蒼苔，鮫綃泪黏。無語對銀蟾，映孤燈蕭蕭短檐。幾回欲寄佳音，怕人知躲躲潛潛。是則是前生欠少，苦則苦終常作念。恩情做，水底鹽。羊腸龜卦，今後休占。

【尾聲】春閨有日來雙漸，相逢一笑兩謙謙，玉簿姻緣許再僉。

校　箋

〔一〕《詞林逸響》本、《吴歈萃雅》本、《吴騷合編》本、《吴騷二集》本、《南音三籟》本、《南宫詞紀》本題名作「春怨」，俱注稱陳大聲撰；《昔昔鹽》本題名作「春閨怨」，《樂府先春》本、《吴騷集》本無題名，俱不注撰者；陳大聲《梨雲寄傲》本題作「春怨」。《全明散曲》據《梨雲寄傲》本輯録。

中吕

好事近一套（閨怨）〔一〕　陳秋碧

兜的上心來，教人難想難猜。同心羅帶，平空兩下分開。傷懷，舊日香囊猶在。詩中意，書寫得明白。歸期一年半載，算程途咫尺，音信全乖。

【錦纏道】托香腮，懶梳妝慵臨鏡臺，無語自裁劃，正芳年又不道色減容衰。怎知他前言盡改，咱須是暫時寧耐。歲月好難捱，孤辰寡宿，時該命又該。不索長吁氣，負心人天自有安排。

【普天樂】畫闌前湖山外，見月也深深拜。月圓時人未團圓，望蒼穹鑒察憐哀。郎心忒歹，把些温香軟玉，做了糞土塵埃。

【古輪臺】恨多才，萍踪浪迹寄天涯。綉幃錦帳春風夜，許多恩愛。豈料如今，翻成做破鏡分釵。剩雨殘雲，等閑消盡，是誰别壘楚陽臺。有傾城嬌態，把從前誓海盟山，做冰消瓦解[二]。忘餐廢寢，魂勞夢斷，肌骨瘦如柴。懨懨害，花月總沉埋。

【尾聲】黄昏更是無聊賴，斜倚定薰籠半側[三]，羞見燈花一穗開。

校　箋

〔一〕《南宫詞紀》本、《南音三籟》本、《古今奏雅》本題名作「怨别」，《新編南九宫詞》本、《南詞韵選》本無題名，俱注稱陳大聲撰；《吴歈萃雅》本、《樂府珊珊集》本、《唾窗絨》本題名作「怨别」，《吴騷合編》本題名作「閨情」，《萬錦清音》本題名作「閨怨」，《樂府先春》本、《吴騷集》本無題名，均注稱沈青門撰；《詞林逸響》本題名作「怨别」，目録頁注稱毛蓮后撰；《樂府争奇》本無題名，《昔昔鹽》本題名作「情繫天涯」，俱不注撰人。《全明散曲》屬陳大聲，據《梨雲寄傲》本輯録。

〔二〕做：底本無，據《吴歈萃雅》本、《南音三籟》本、《樂府珊珊集》本、《吴騷集》本、《詞林逸響》本補。

〔三〕斜：底本原作「愁」，據《吴歈萃雅》本、《南音三籟》本、《樂府珊珊集》本、《吴騷集》本、《詞林逸響》本改。

好事近一套（閨怨）〔一〕　李文蔚〔二〕

風月兩無功，枉使心機牢籠。巫山雲雨，一旦杳然無踪。隨風，鴛枕冷初回殘夢。關情處，花影轉簾櫳，寂寞恨更長漏永。便做到歡娛夜短，却共誰同。

【錦纏道】路難通，料隔着雲山萬重，空蹙破兩眉峰〔三〕。暗消魂没情没緒，月冷梧桐。但愁來全仗酒哄，愁依舊醒時還同。昏鼓又晨鐘，韶華荏苒，歸期尚未逢。怕染潘郎鬢，被他依舊笑春風。

【普天樂】减芳容愁越重，閑却了描鸞鳳。雕檐畔鐵馬叮咚，紗窗外絮聒寒蛩，砧聲又攻。更那堪雁聲，嘹嚦長空。

【古輪臺】恨無窮，西風蕭索助秋容。別來許久無音信，寒衣難送。寄語君家〔四〕，料想是迷却芳叢。誤我佳期，好天良夜，欲將心事訴孤鴻。想當初曾共，翠被寒時復温香，到如今釵分金鳳。蓬鬆寶髻，羞眉懶畫，別後苦匆匆。思前事，教人心下氣衝衝。

【尾聲】蕭蕭敗葉敲窗紙，悶對殘燈午夜風，展轉無眠聽曉鐘。

校箋

〔一〕《詞林逸響》本、《古今奏雅》本題名作「秋閨别怨」，俱注沈青門撰；《吴歈萃雅》本題名作「秋閨别怨」，《吴騷合編》本題名作「秋日閨情」，《南音三籟》本題名作「秋閨」（目録頁題作「秋閨怨别」），《樂府珊珊集》本題名作「秋怨」，《詞林白雪》本無題名，俱注稱毛蓮石撰；《詞林摘艷》本題名作「思情」，《昔昔鹽》本題名作「思情無限」，《盛世新聲》本、《新編南九宫詞》本、《南詞韵選》本、《樂府争奇》本、《盛世詞林》本、《樂府先春》本、《吴騷集》本無題名，俱不注撰人。《全明散曲》從《群音類選》本，屬李文蔚，并據之録定。

〔二〕李文蔚（生卒年不詳），元真定（今河北正定）人。曾任江州路瑞昌縣尹。與元代戲曲家白樸頗有交情。知撰有雜劇作品十二種，僅有《燕青博魚》、《圯橋進履》、《蔣神靈應》三種傳世。

〔三〕空：底本無，據《吴歈萃雅》本、《樂府珊珊集》本、《吴騷集》本、《詞林逸響》本、《南音三籟》本補。

〔四〕寄語：底本原作「寄與」，據《吴歈萃雅》本、《南音三籟》本、《樂府珊珊集》本、《詞林逸響》本改。

好事近一套（游春。此套有南北調者在後。此去北調，各補南調一首）〔一〕

東野翠烟消，喜遇芳天晴曉。惜花心性，春來起得偏早。教人探取，問東君肯與春多少？見丫鬟笑語回言，道昨夜海棠開了。

【前腔】今朝，特地到西郊，端的是萬紫千紅争巧。花情酒債，我一生被他縈惱。覷雕鞍駿馬，會王孫貴戚謾把金尊倒。有時節沉醉花前，把金丸墜落飛鳥。

【千秋歲】杏花梢，間着梨花雪，一點點梅豆青小。流水橋邊，向流水橋邊，衹聽得賣花人聲聲頻叫。鞦韆外游人鬧，又聽得粉墻内佳人歡笑，笑道春光好。把花籃旋簇，食壘高挑。

【前腔】俊多嬌，衹顧貪歡笑，却不道冷地裏有個人嘲。緑柳陰中，向緑柳陰中，藏羞暗折花枝來到。低聲問奴容貌，比花貌争多少？故被才郎惱，道奴貌勝似，花貌妖嬈。

【越恁好】鬧花深處，鬧花深處，滴溜溜酒旆招。牡丹亭左側，尋侶伴鬥百草。翠巍巍柳條，翠巍巍柳條，見忒欞欞曉鶯兒飛過樹梢〔二〕。撲簌簌亂紅，舞翩翩粉蝶兒飛過畫橋〔三〕。一年景四季中，惟有春光最好。向花前暢飲，月下歡笑。

【前腔】乍晴還乍雨，乍晴還乍雨，暖溶溶景致饒。見游人往來，貪歡笑舞鮫綃。鬧咳咳笑高，鬧咳咳笑高，骨碌碌小車兒乘着艷嬌。滴溜溜眼兒，曲灣灣小脚兒一捻舞腰。十分俏，畫怎描，教人把春心蕩了。遇美景空辜負年少。

【紅綉鞋】聽一派鳳管鸞簫，鸞簫；見一簇珠圍翠繞，翠繞。捧玉鍾飲香醪，歌金縷舞細腰，任明月上花梢。

【前腔】花枝異樣堪描，多嬌；三分湊成妖嬈，波俏。聚仙子下蓬島，花陰下鬧炒炒，醒來時夜深了。

【尾聲】從教酩酊眠芳草，高把銀燈花下燒。韶光易老，休把春光辜負了。

校　箋

〔一〕《吴歈萃雅》本、《詞林逸響》本、《古今奏雅》本、《樂府珊珊集》本題名作「游春」，《吴騷合編》本、《南音三籟》本題名作「春游」，皆注稱高東嘉撰；《樂府先春》本無題名，注稱李石麓撰；《詞林白雪》本無題名，注稱謝海門撰；《盛世新聲》本、《樂府争奇》本、《盛世詞林》本無題名，《新編南九宫詞》本題名作「景」，《南詞韻選》本題名作「春」，《詞林摘艶》本題名作「賞春」，《南宫詞紀》本題名作「春游」，《昔昔鹽》本題名作「游女題情」，俱不注撰者。《舊編南九宫譜》本收首支【好事近】，注作散曲。《全明散曲》據《詞林白雪》本屬謝讜，據《群音類選》本輯録。按《詞林白雪》本與《群音類選》本基本相同，定爲謝讜撰，可從。謝讜，生平簡介見本書「官腔類」卷九「《四喜記》」條。有南北調者在後：即本書「清腔類」卷六「【四園春】《春游》」條。

〔二〕樹梢：底本原作「畫橋」，據《樂府珊珊集》本、《盛世新聲》本、《詞林摘艶》本、《吴歈萃雅》本、《詞林白雪》本改。

〔三〕畫橋：底本原作「樹梢」，據《樂府珊珊集》本、《盛世新聲》本、《詞林摘艶》本、《吴歈萃雅》本、《詞林白雪》本改。

好事近一套（元夜）〔一〕　梁伯龍

蓬島聚群仙，玉殿珠簾齊捲。長空雲净，冰輪瑩然光滿。雪消上苑，正皇都處處春寒淺。絳綃樓宵幸彤芝，丹鳳闕夜游華輦。

【前腔】忽聞天上動傳宣，一時放萬盞花燈通點。三千粉黛，飛來笑聲清遠。霓裳隊裏，恣嬉游盡道今宵短。羡鰲山閃電星毬，駭龍城揭天絲管。

【千秋歲】擁金鞭，月白千門晝，看整整飛騎空轉。火樹銀花，火樹銀花，衹見那觸目紅蓮開遍。魚龍戲樓頭見，彩雲内仙人出現。一道祥光顯，駕虹橋誰上，宵漢孤騫。

【前腔】笑嬋娟，他不辨東西路，急攘攘來去游衍。羅綺叢中，羅綺叢中，窺人露出芙蓉嬌面。雙蛾映青團扇，鎖不住春心無限。故折梅花撚，把秋波半瞥，密意偷傳。

【越恁好】鳳城深處，暖溶溶起瑞烟。鬧童兒滿街，争打塊旋還轉。翠亭亭錦輧，翠亭亭錦輧，見密叢叢火蛾兒簇着綉韉。骨鼕鼕鼓兒，舞翩翩鮑老兒挨着醉肩。惟愁曉不望家，浪逐香風軟。趁燈前鬧炒，月下游玩。

【前腔】謝娘庭院裏，錦重重啓玳筵。晝闌邊往來，花作陣錦成團。俏娟娟月底，俏娟娟月底，見滴溜溜悄聲兒花前笑喧。亂紛紛送迎，兩三三打哄兒不覺髻偏。遺芳珥墮翠鈿，處處香塵輾。對良宵佳景，莫負歡宴。

【紅綉鞋】聽合城簫鼓喧闐，喧闐〔二〕；看通宵士女蹁躚，蹁躚〔三〕。任銅壺下銀箭，長春國不夜天，總歸去更無眠。

【前腔】太平天子長年，長年〔四〕；重熙國祚連綿，連綿〔五〕。歡樂聲遍畿甸，山齊壽水同源，如皓月永團圓。

【尾聲】春來此夜是新正半，願歲歲年年放上元。陽和布暖，看四海無波聖恩遠。

校箋

〔一〕梁辰魚《江東白苧》本題名作「元宵燈詞」，《全明散曲》據之録定。

〔二〕喧闐，喧闐：底本不重，據《江東白苧》本補。

〔三〕蹁躚，蹁躚：底本不重，據《江東白苧》本補。

〔四〕長年，長年：底本不重，據《江東白苧》本補。

〔五〕連綿，連綿：底本不重，據《江東白苧》本補。

泣顔回一套（咏花。即【好事近】）〔一〕

萬卉花王，惟有牡丹花獨壓群芳。蘭花噴麝，梅花漏泄春光。梨花淡妝，木蘭花斜倚在雕闌上。玉毬花嫩白嬌黄，紫荆花棠棣聯芳。

【前腔】桃紅李白鬥濃妝，芍藥花百媚嬌娘。瓊花遺像，海棠花滿架深藏。杏花出墻，白楊花一任隨風蕩。玉蘭花白似瓊漿，石榴花噴火非常。

【前腔】荷花池畔戲鴛鴦，瑞香花偏惹蜂忙。茶花開放，茉莉花一種清香。葵花向陽，水仙花微露清波上。杜鵑花紅滿枝頭，玉簪花開遍階傍。

【不是路】鶯粟花黄，玫瑰花開滿院香。日初長，蓮花開處蒲花長，梔子花開白玉妝。鬥芬芳，荼蘼花謝薔薇放。百花堪賞，百花堪賞。

【解三酲】夜合花凄凉情况，芙蓉花冷落秋江。金錢花夜倒瑶臺上，寒菊花枝傲曉霜。木香花三種紅黄白，紅蓼花灘夜正凉。花模樣，總不如丹桂花開，分外清香。

【前腔】蠟梅花隴頭開放，枇杷花傲雪經霜。六花飛繞寒江上，汀畔蘆花蝶翅狂。金盞花淺斟葡萄釀，綉帶花枝贈玉郎。花模樣，總不如月桂花開，四季芬芳。

【十二時】鷄冠花似胭脂絳，靈鵲花開蘭麝香，惟有萱花慶北堂。

校　箋

〔一〕《昔昔鹽》本題名作「百花評咏」，《南音三籟》本題名作「咏花名」，《樂府争奇》本無題名，俱不注撰者；《詞林逸響》本、《古今奏雅》本題名作「咏花」，俱注稱陳大聲撰；《樂府先春》本無題名，注稱王荆石撰。《全明散曲》屬陳大聲，據《古今奏雅》本輯録。陳鐸，生平簡介見本書「北腔類」卷五「【新水令】《春閨》」條。

石榴花一套（閨怨。亦入弦索）〔一〕

佳期重會，約定在今宵。人静悄，月兒高，傳情休把外門敲，輕輕的擺動花梢。見紗窗影摇，那時節方信才郎到。又何須蝶使蜂媒，早成就鳳友鸞交。

【前腔】誰知薄幸，誤我好良宵〔二〕。房櫳静，守寂寥，風生竹檻影蕭蕭，祇落得夢斷魂勞。嘆離多會少，楚陽臺回首關山杳。殢雲雨玉减香消，又争奈路阻藍橋。

【喜漁燈犯】〔三〕剔起銀缸照，隻影悄。尋思起昨夜歡娱，今宵更好。怎知别後無消耗，鎮日縈牽懷抱。莫是他酒醉心顛倒？莫是他琴弄瑟調？莫是他别戀閑花草？莫是他有上梢來没下梢？

【前腔】我爲他臉兒慵妝，眉兒倦掃〔四〕。我爲他茶飯不忺，神思縹緲。我爲他好處成煩惱，我爲他閑惹風騷。無聊，這離情怎熬，謾贏得潘鬢沈腰。

【前腔】頓忘了對星月和伊祝禱，頓忘了共吟嘲。頓忘了詩篇寫滿鮫綃，頓忘了表記鞋兒小。頓忘了春衫上是奴針綫巧，頓忘了把盟香共燒，頓忘了香羅上一點染紅桃。

【前腔】我的相思病一時間怎消，連理債何時償了？正是落花有意隨流水，恨無情流水滔滔。剛道恨薄命所招，把金錢暗卜没分曉，欲待告天天又高。

【尾聲】重相見，怎恕饒？恨不得將他咒倒，及至相逢依舊好。

校　箋

〔一〕《南音三籟》本、《吴歈萃雅》本題名作「夢回離思」，俱注稱陳大聲撰；《新編南九宫詞》本題名作「情」，《昔昔鹽》本題名作「重會題情」，《南宫詞紀》本題名作「題情」，俱不注撰人。《全明散曲》屬無名氏，據《群音類選》本輯録。曲牌【石榴花】，《南音三籟》本作「【榴花泣】」。

〔二〕誤我：底本原作「孤負」，據《南宫詞紀》本、《南音三籟》本、《吴歈萃雅》本改。

〔三〕【喜漁燈犯】：底本原作「【漁家傲】」，據《南音三籟》本、《吴歈萃雅》本和曲譜改。

〔四〕倦：底本原作「淡」，據《南宫詞紀》本、《南音三籟》本、《吴歈萃雅》本改。

石榴花一套（寄情）〔一〕　馬孟河〔二〕

折梅逢使，煩寄到金陵。是必見，那芳卿，將咱言語記須清，一一的説與他聽。自别來到今，急煎煎遣不去心頭悶。似楊花覆去番來，如芳草剷盡還生。

【前腔】憑高眺遠，望不見石頭城。重山障，亂雲凝，茫茫的都是别離情，祇落得泪眼盈盈。嘆不能生羽翎，到妝臺説與他千般恨。有誰人知我幾微，惟明月照人方寸。

【喜漁燈犯】〔三〕教人幾把闌干憑，也祇爲伊。伊怎知我日夜相思，竟忘餐廢寢。却便似河陽雙縣令，漸覺帶圍寬褪。説與他切莫忘情，説與他我決不學王魁行，説與他莫學蘇小卿。

【前腔】説與他綫斷瑶琴，我也無心去整。説與他酒注銀瓶，我也無心去飲。説與他我茶飯俱難進，説與他怕聽鷄鳴。鐘聲，送黄昏報五更，那時節我的愁悶轉增。

【前腔】想殺伊初相見至誠，想殺伊笑來迎。想殺伊花月下好句聯賡，想殺伊體素龐兒俊。想殺伊叫着小名兒低低應，想殺伊對蒼天共盟，想殺伊臨岐執手苦叮嚀。

【前腔】我的衷腸事略略訴伊，知已話難説與君聽。祇怕匆匆萬般説不盡，憑君去傳與我的親親。他若聞必然要泪零，衹怕他泪痕兒有盡情難盡，空落得兩處一般愁悶縈。

【尾聲】梅花香裏傳春信，報道江南一種情，莫學凍蕊寒葩心上冷。

校箋

〔一〕《吴歈萃雅》本、《詞林逸響》本、《古今奏雅》本、《樂府珊珊集》本、《伯虎雜曲》本題名作「情柬青樓」，俱注稱唐伯虎撰；《南音三籟》本題名作「柬寄青樓」，目録頁題作「寄情」，《吴騷集》本無題名，注稱梅禹金撰；《樂府先春》本題名作「寄别」，注稱章楓山撰；《彩筆情辭》本題名作「寄遠」，《昔昔鹽》本題名作「寄柬傳情」，《樂府争奇》本無題名，皆不注撰者。《全明散曲》據《伯虎雜曲》本屬唐寅并録定，同時列作馬一龍復出套數。曲牌【石榴花】，《南音三籟》本、《吴歈萃雅》本作「【榴花泣】」。

〔二〕馬一龍（一四九九—一五七一），字負圖，號孟河，别署玉華子。南直隸（今江蘇）溧陽人。明嘉靖戊子（一五二八）鄉試中解元，嘉靖二十六年（一五四七）進士，選庶吉士。嘉靖三十八年（一五五九）任職南京國子監司業。善書畫。著有《玉華子游藝集》、《農説》、《九邊圖紀》等。《全明散曲》收有其套數一套，復出套數二套。

〔三〕【喜漁燈犯】：底本原作「【漁家傲】」，據《南音三籟》本、《吴歈萃雅》本、《詞林逸響》本和曲譜改。

石榴花一套（秋深閨怨）〔一〕

傷春未已，那更又傷秋。黄葉墜，使人愁，蘭房寂寞夜悠悠，忽聽得雁過南樓。孤燈自守，減腰肢瘦損似章臺柳。悶懨懨病染相思，向人前欲語含羞。

【前腔】纔離心下，却又上眉頭〔二〕。愁和悶，幾時休，欲傳尺素倩誰修，把相思一筆都勾。奈無情淚流，問蒼天何日成歡偶。空冷却孔雀銀屏，寂寞殺燕子朱樓。

【漁家傲】指望和你長相守，誰知不久。暗思他舊日恩情，如今出醜。怎知道兩下成僝僽，鎮日香肌消瘦。莫是他客旅淹留？莫是他戀新弃舊〔三〕？莫是他别處尋花柳？莫是他貪戀飛花减却愁？

【前腔】我爲他腸兒思斷，心兒使透。我爲他鎮夜忘眠，孤帷獨守。我爲他畫虎番成狗，我爲他衹落得眈憂。綢繆，盼情人倚樓，爲衹爲鴛鴦鏡剖。

【前腔】不記得鸞交鳳友，不記得共韵吟謳。不記得剪青絲兩下分收，不記得待月黄昏後。不記得秉燭夜游，不記得西廂月下與奴携素手〔四〕，不記得載酒送行舟。

【前腔】休休，把明珠暗投，不如意事常八九。正是相思業債何時了，金盆覆水料難收。

風流，恁身軀不自由。訴離愁萬種天知否？天若知時天也愁。

【尾聲】恩情恰似風中柳，都衹爲鸞交鳳友，錦帳無眠兩下愁。

校 箋

〔一〕《昔昔鹽》本題名作「臨秋憶遠」，《樂府争奇》本無題名，俱不注撰人；《樂府先春》本、《吴騷集》本無題名，俱注稱王西樓撰。《全明散曲》屬王田，據《群音類選》本輯録。王田，生平簡介見本書「北腔類」卷六「【一枝花】《春情》」條。

〔二〕却又上：底本原作「又上我」，據《吴騷集》本、《樂府争奇》本改。

〔三〕戀新：底本原作「憐新」，據《吴騷集》本、《樂府争奇》本改。

〔四〕月：底本無，據《吴騷集》本、《樂府争奇》本補。

石榴花一套（警悟）〔一〕 胡德父〔二〕

世情參破，直欲老漁蓑。消歲月，任風波，得高歌處且高歌，再休論荆棘銅駝。我如今樂多，鬢蓬鬆卧起還閑坐。最喜他鷗鷺相忘，那管你蠻觸如何。

【前腔】時從樵子，同向白雲窩。天密邇，路嵯峨，回頭塵世隔烟蘿，遇仙翁把棋局消磨。時間爛柯，笑當年空杷南柯做。到如今兩袖清風，争似他萬頃田禾。

【泣顔回】耕處傍平坡，笑幾番豐歉如梭。何如牧子，跨牛背緑野經過。他何愁網羅，便讀書也自多拘鎖。總輸與遺世飄飄，那能勾終日呵呵。

【前腔】酒債與詩魔，儘臨流濯足吟哦。悠然天趣，又何必文思懸河。你休誇甲科，免不得同向邙山卧。看烏兔何等驅馳，收猿馬忍使蹉跎。

【尾聲】扁舟西塞山前過，道我分明張志和，爲避人間路坎坷。

校箋

〔一〕此套僅有《群音類選》本，《全明散曲》據之録定。

〔二〕胡德父，即胡文焕。

石榴花一套（春江）〔一〕　胡德父

晴光淑氣，游賞總相宜。因載酒，共論詩，東風幾度拂羅衣，見桃紅柳緑參差。把片帆疾馳，到江頭更望山如翠。羨杜甫對景開懷，笑淑真空自攢眉。

【前腔】天時人意，贏得兩般齊。今不醉，欲何爲？王孫芳草路誰迷，肯千金一刻空追。且留連故知，想蓬蒿應是非吾輩。共仰天長笑收春，看春光肺腑皆歸。

【泣顔回】佳麗水邊嬉，似黄鶯紫燕交飛。心情不禁，論豪邁勝却當時。嘆年華已非，難老我萬里風雲志。遥想着西子湖頭，端的是風景依稀。

【前腔】舞劍吐虹霓，信江湖廊廟當思。人生蓬轉，何須要怨却仳離。但賞心莫違，况此身幸際承平世。插好花須用盈頭，開笑口更要忘機。

【尾聲】勝游如此真當紀，光景無邊入品題，明歲和君再共期。

校　箋

〔一〕此套僅有《群音類選》本，《全明散曲》據之録定。

石榴花一套（閨怨。此套與【瓦盆兒】内有重者）〔一〕

相思終日，有十二個悶時辰。空目斷，楚臺雲，聽得寒鴉聲裏噪黄昏。香消誰問？被冷誰温？行思坐忖，想同交寡宿孤辰運。一天愁兩下平分，教人怎生安穩？

【前腔】眉峰蹙破，鸞鏡暗塵昏。和淚織，錦迴紋，空教芳草怨王孫。今宵何處，水館魚村，如何睡穩？奈頻頻揔剔銀缸盡，一回價暗暗傷情，一回價黯黯消魂。

【喜漁燈】〔二〕幾番欲把金錢問，恐無定準。今春恨不減前春，一半爲君，爲君好處縈方寸，東風掃春夢勞魂。因循，看看的瘦損，比梅花消瘦幾分。

【前腔】是誰家叫玉穿雲，他分明是做弄離人。那堪更雨暗燈昏，似梨花閉門，近新憔悴羞人問，瞞不過寬褪羅裙。因循，看看的瘦損，比梅花消瘦幾分。

【隨煞】〔三〕。

校箋

〔一〕此套僅有《群音類選》本，《全明散曲》據之録定。此套之首支【石榴花】、【剔銀燈】與下套署名賈仲名的【瓦盆兒】《閨怨》套内之【榴花泣】、【喜漁燈】多同。

〔二〕【喜漁燈】：底本原作「【剔銀燈】」，據曲譜改。

〔三〕底本【隨煞】僅存曲牌，無曲辭。

瓦盆兒一套（閨怨。亦入弦索）〔一〕　賈仲名

教人對景無言，終日減芳容，恨蹙破兩眉峰。未知他垂楊何處繫青驄？多祇是近鶯花，冷淡了芙蓉。空教我爲他時，終朝悶轉增。好教我越添疾病，枉了我行時思，坐時想，成孤另。我駡你個薄幸没前程。

【榴花泣】相思終日，有十二個悶時辰。空目斷，楚臺雲，聽得寒鴉聲裹噪黄昏。香消誰問？被冷倩誰温〔二〕？無言自忖，料同交寡宿孤辰運。一天愁兩下平分，教人怎生安頓？

【喜漁燈】幾回欲把金錢問，恐無定準。今春病不減似前春〔三〕，多一半爲君，爲君好處縈方寸，東風掃斷夢勞魂〔四〕。因循，看看瘦損，比梅花消瘦幾分。

【尾聲】頻占卜〔五〕，屢問神。暗憶當初錯認真，好似楊花水上萍。

校　箋

〔一〕《吴歈萃雅》本、《詞林逸響》本、《南音三籟》本、《古今奏雅》本題名作「閨怨」，注稱鄭虚舟撰；《樂府先春》本無題名，注稱李集虚撰；《雍熙樂府》本題名作「感舊」，《盛世新聲》本、《三徑閑題》本、《樂府争奇》本、《盛世詞林》本無題名，俱不注撰者；《全明散曲》據《樂府選春》本録于李集虚名下，注稱據《群音類選》本輯録，在賈仲明名下列作復出套數。

〔二〕倩：底本原作「向」，據《吴歈萃雅》本、《詞林逸響》本、《南音三籟》本改。

〔三〕似：底本原作「是」，據《吴歈萃雅》本、《詞林逸響》本、《樂府先春》本改。

〔四〕斷：底本原作「春」，據《吴歈萃雅》本、《詞林逸響》本、《南音三籟》本、《樂府先春》本、《三徑閑題》本改。

〔五〕頻：底本原作「重」，據《吴歈萃雅》本、《詞林逸響》本、《南音三籟》本、《樂府先春》本、《三徑閑題》本改。

新刻群音類選清腔卷二

南吕

香遍滿 一套（四景閨情。亦入弦索）〔一〕

紫陌紅徑，丹青妙手難畫成。觸目繁華，如鋪蜀錦。料應春負我，我非辜負春。爲着心上人，對景越添悶。

【東甌令】花零亂，柳成陰，蝶困蜂迷鶯倦聲。方纔眼静心兒裏忘了想，啾啾唧唧呢喃燕。重將宿恨宿恨又題醒，撲撲簌簌泪珠暗傾。

【四團花】悄悄庭院深，默默情掛心。凉亭水閣，果是堪宜宴飲。不見我情人，和誰開尊。把絲弦再整，將琵琶慢撥。是奴欲寬悶情，争知倦聽。

【東甌令】榴如火，簇紅巾，有焰無烟燒碎我心。懷羞向前欲待折一朵〔二〕，觸觸捻捻不堪戴〔三〕。奴家花貌不似舊時容〔四〕，害得伶伶仃仃怎麽樣簪。

【梧桐樹】梧葉飄，金風動。漸漸害相思，落入在深深穽。一日日夜長，夜長難捱孤枕，懶上危樓望情人。未必薄幸，與奴家心相應。知他在那裏，那裏貪歡戀飲？

【東甌令】菊花綻，桂花零，露冷風寒秋意漸深。驀聽得窗外幾聲孤飛雁，悲悲切切如人訴。最嫌花下砌畔小蛩吟，咭咭聒聒惱碎奴心。

【浣溪紗】風漸急，寒威凜，害相思最苦怕黄昏。没情没緒對孤燈，窗櫺兒數遍，數遍還再輪。畫角悠悠聲透耳，一聲聲哽咽難聽。愁來把酒强重斟，酒入在悶懷化作珠泪傾。

【東甌令】長吁氣，兩三聲，斜倚幃屏思量那個人。一心指望夢兒裏重相見，淅淅索索雪兒下。風吹檐馬把我夢魂驚，玎玎璫璫惱碎奴心。

【尾聲】祇爲情人牽掛心，朝思暮想珠泪傾，恨殺多才不見影。

校　箋

〔一〕《詞林摘艷》本題名作「四季閨情」，《雍熙樂府》本題名作「失約」，《盛世新聲》本、《盛世詞林》本無題名，俱不注撰者。《全明散曲》屬無名氏，據《群音類選》本輯録。

〔二〕欲待：底本無，據《盛世新聲》本、《詞林摘艷》本、《雍熙樂府》本補。

〔三〕戴：底本原作「帶」，據《雍熙樂府》本改。

〔四〕似：底本原作「比」，據《盛世新聲》本、《詞林摘艷》本、《雍熙樂府》本改。

香遍滿一套（閨情。亦入弦索）〔一〕　陳秋碧

因他消瘦，春來見花真個羞。羞問花時還問柳，柳條嬌且柔。絲絲不綰愁，幾回暗點頭，似嗔我眉兒皺。

【懶畫眉】無情歲月去如流，有限姻緣不到頭，懨懨鬼病幾時休。綉户輕寒透，十二珠簾不上鈎。

【金索掛梧桐】黄鶯似唤儔，紫燕如呼友。浪蝶狂蜂，對對還尋偶。無端故把人僝僽，一片身心，如何教我得自由？梨花暮雨黄昏後，静掩重門，祇與燈兒廝守。

【浣溪紗】我容貌嬌，他年紀幼，那時節兩意相投。琴心宛轉頻迤逗，詩謎包籠幾和酬。他去久〔二〕，有些個風聲兒未真實，見人須問個因由。

【劉潑帽】浪游，那裏青驄驟，向吴姬賣酒壚頭，烏絲醉寫偎紅袖。廝逗遛，一霎兒全忘舊。

【秋夜月】恩變做讎，頓忘了神前咒。耳畔盟言皆虚謬，將他作念他知否？他待要罷

手，我何曾下口。

【東甌令】難消悶，怎忘憂，抱得秦筝上翠樓。弦聲曲意皆非舊〔三〕，泪濕了羅衫袖。青山叠叠水悠悠，何處問歸舟？

【金蓮子】表記留，香羅半幅詩一首〔四〕。做一個，香囊兒緊收。怕見那綉鴛鴦，一雙交頸睡沙頭。

【尾聲】等待他來時候，薰香重暖舊衾裯，往事從前一筆勾。

校　箋

〔一〕《梨雲寄傲》本題名作「春怨」，《南宫詞紀》本題名作「題情」，《詞林摘艷》本題名作「春情」，《吴歈萃雅》本、《詞林逸響》本、《南音三籟》本、《古今奏雅》本題名作「别恨」，《吴騷合編》本、《樂府珊珊集》本題名作「恨别」，《南詞韵選》本題名作「春愁」，俱注稱陳大聲撰；《伯虎雜曲》本、《吴騷集》本、《樂府先春》本、《詞林白雪》本無題名，俱注稱唐寅撰；《雍熙樂府》本題名作「閨思」，《昔昔鹽》本題名作「春至興懷」，《樂府争奇》本、《盛世詞林》本無題名，俱不注撰者。《全明散曲》分屬陳大聲和唐伯虎。

〔二〕他：底本無，據《詞林摘艷》本、《雍熙樂府》本、《吴騷集》本、《詞林白雪》本、《南宫詞紀》本、《吴歈萃雅》本補。

〔三〕皆：底本原作「原」，據《雍熙樂府》本、《詞林白雪》本、《南宫詞紀》本、《吴歈萃雅》本改。

〔四〕羅：底本原作「綃」，據《吴騷集》本、《詞林白雪》本、《南宫詞紀》本、《吴歈萃雅》本改。

香遍滿一套（閨怨）〔一〕

鸞凰同聘，尋思那人忒志誠。誰信今番心不定，頓將人薄幸。可憐無限情，一似紙様輕，把往事空思省。

【懶畫眉】花開花謝悶如醒，日遠日疏冷似冰，眼前光景總凄清。暗水流花徑，深院黄昏門半扃。

【金索掛梧桐】謾教人憶茂陵，調弦誰共聽？少個知音，斗帳沉烟冷。孤眠最苦良宵永，一似這様凄凉，教我如何捱到明？心腸總然總然如鐵硬，曉夜思量，撲簌簌泪傾。

【浣溪紗】誰慣經，相思病，怨祇怨枕閑衾剩。兩三杯酒全無興，空教我十二闌干獨自憑。心耿耿，想起虚脾性耳邊言，那討真本蘭亭。

【劉潑帽犯】對景對景無心咏，時聞枝上流鶯，如何唤得春愁醒。羞對畫屏，花間翡翠雙雙并。萬慮生，獨守着房櫳静。

【秋夜月】思餞行，親把香囊贈。一曲琵琶陽關令，春衫泪濕君曾揾。番成做畫餅，似銀瓶墜井。

【東甌令】人何在，夢難成，水遠山遥不記程。雕鞍寶馬無踪影，他那胡厮逞。朱顔緑鬢易凋零，無奈痛傷情。

【金錢花】想你掩耳偷鈴，爲你緘口如瓶。待君歸後細評論，夫妻似雁同群，歡娱似鳳和鳴。

【尾聲】金釵鈿合花重整，翠被香温理舊盟，帶綰同心喜再成。

校　箋

〔一〕《詞林摘艷》本題名作「閨情」，注稱無名氏散套；《雍熙樂府》本題名作「憶情」，不注撰者；《吴歈萃雅》本題名作「閨怨」，注稱王渼波撰。《全元散曲》歸無名氏。

香遍滿一套（寄妓）〔一〕　梁伯龍

雲容月貌，尋常淡妝難畫描。出落風神年尚小，一團都是俏。還憐情性調〔二〕，總然萬種嬌〔三〕，不易得千金笑。

【懶畫眉】蘭房聲價一何高，才調當年似薛濤，因此上元郎不憚路途迢。争奈他枇杷花下音書杳，怎能彀直至成都萬里橋。

【金絡索】匆匆歲月消，寂寂音容悄。曾記蘭舟，避迹潛移棹。春山暗裏游，怕相拋，執手偎依廝纏着。偷忙背語回身早，側坐防人驀地瞧。誰知覺，至今獨認夢中遭。又不是水遠山遥，魚遠鴻遥，爲甚麽無消耗？

【浣溪紗】你情自投，我恩難報，最堪憐兩地蕭條。憑誰訴與娘行道，我不似青樓名幸薄。雖見許，恐無憑話未真實，衹落得夢斷魂勞。

【劉潑帽】畫樓頻倚，想雙蛾俏對簾櫳〔四〕，凄楚無聊，瑶琴謾寫相思調。音韵喬，彈出兒孤凰操。

【秋夜月】初夏交，記那日人曾到。蠅頭小字親相召，誰知病滯文園老。空回帖草草，枉歸程渺渺。

【東甌令】難消受，印心苗，未必空亡坐本爻。紅鸞幾日輪佳造，必定有花星照。那時節華燈燁燁影摇摇，偷卸翠雲翹。

【金蓮子】鸞鳳交，恩情美滿同歡樂。這一段，姻緣兒怎拋。恰正是遇雲英，一雙雙仙子渡藍橋。

【尾聲】共引入蓬萊島，仙源此去路非遥，洞口雙吹碧玉簫。

校箋

〔一〕《江東白苧》本、《吴騷合編》本、《南宫詞紀》本題名作「寄王桂父」，《彩筆情辭》本題名作「寄王桂父似所歡」，《吴騷二集》本題名作「寄情」，《太霞新奏》本題名作「蘭妓王桂父」，俱注稱梁伯龍撰。

〔二〕憐：底本此字殘缺，據《江東白苧》本、《吴騷合編》本、《彩筆情辭》本、《吴騷二集》本、《南宫詞紀》本補。

〔三〕萬：底本此字殘缺，據《江東白苧》本、《吴騷合編》本、《彩筆情辭》本、《吴騷二集》本、《南宫詞紀》本補。

〔四〕俏：底本原作「峭」，據《江東白苧》本改。

梁州小序一套（閨情）〔一〕　陳秋碧

西園暮景，南軒初夏，池塘青草鳴蛙。陌頭楊柳，清陰漸可藏鴉。無奈關情杜宇，惹恨鵪鶉，占定荼蘼架。又早芭蕉分緑上窗紗，閑看兒童捉柳花。（合）珠箔捲，金鈎掛。

怪無端一夜東風大，花歷亂，絮交加。

【前腔】瑶臺寂静，朱闌幽雅，海榴新放紅霞。鴛鴦交頸，雙雙睡暖晴沙。早是金針羞度，彩綫慵拈，刺綉都停罷。忽見營巢燕子語窗紗，蝴蝶雙雙入菜花。（合前）

【前腔】枕痕紅玉臉生瑕，正日午香消金鴨。試臨風對景，謾理琵琶。好是重煩素手，欲演新聲，舊曲難拋下。肯分黄梅細雨潤窗紗，少女風前爛漫花。（合前）

【前腔】對香奩脂粉羞搽，臨寶鑒蛾眉慵畫。病懨懨近日，瘦損因他。爲謝金籠鸚鵡，解語能言，薄幸題名罵。最憐開遲芍藥近窗紗，落盡春風始見花。（合前）

【節節高】蘭舟戲女娃，是誰家，湘裙掩映凌波襪。眉新畫，畫槳雙，聲咿啞。青青荷葉無多大，藕絲先把情牽掛。（合）翠羽飛來緑葉叢，玉盤欹側瓊珠瀉。

【前腔】徐行傍水涯，扇羅遮，玉纖笑挽鮫綃帕。垂楊下，遣悶懷，消清暇。女郎相見渾驚訝，誰人可與知心話。（合前）

【尾聲】想薄情難甘罷，笑拈梅子謾嗟呀，梅子流酸濺齒牙。

校　箋

〔一〕《可雪齋稿》本、《南宫南紀》本題名作「初夏題情」，《吴騷合編》本題名作「夏閨」，《南音三籟》本題名作「初夏閨情」，《南詞韵選》本題名作「夏景」，《吴騷集》本、《樂府先春》本、《詞林白雪》本無題名，俱注稱陳秋碧撰。《全明散曲》屬陳大聲，據《可雪齋稿》本輯録。

梁州小序一套（閨情）〔一〕

幽香新染，纖紅嬌露〔二〕，一段風情都付。深閨酣睡，鶯鶯燕燕相呼。驚破枕邊孤夢，番做相思，泪點珍珠皭。别離容易也，悔當初，到處尋春花柳多。（合）芳草色，暮雲渡。盼音書隔在天涯路〔三〕，三月景，又辜負。

【前腔】韶華濃麗，江山今古，彷彿丹青堪睹。游人如蟻，尋芳競試香羅〔四〕。争奈那人不見，暗數歸期，又早清明過。滿懷離恨譜，向誰訴，不覺裙圍寬褪多。（合前）

【前腔】暖沙堤忽見鴛雛，戲清波雙雙交卧。正簾纖細雨，暝烟凝霧。争奈房櫳静悄，夜色凄其，試卜燈花朵。幾回推枕起，問嫦娥，何事孤眠怨恨多？（合前）

【前腔】好園林錦綉模糊，薄東風游絲輕舞。記當初執手，送君南浦。瞬息年華依舊，愁緒縈牽，擊斷金釵股。晝長扶倦起，鬢慵梳，無奈懨懨瘦損多。（合前）

【節節高】湘雲浄綺疏，捲流蘇，依依緑柳墻頭護。誰知我，攢翠蛾，相思苦。沉沉井底銀瓶墮，魚分比目銀河阻。（合）自惜芳菲褪紅顔，薄情把咱青春誤。

【前腔】冰弦懶去和，爇金爐，雕闌獨倚聽鸎鵡。天憐我，鴛枕孤，蕭條户。錚錚擊得菱花破。（合前）

【尾聲】良辰九十成虚度，嘆王孫歸計杳無，何日相逢事事可。

校　箋

〔一〕《樂府先春》本、《吴騷集》本無題名，俱注祝枝山撰；《吴歈萃雅》本、《詞林逸響》本、《古今奏雅》本、《南音三籟》本題名作「春閨憶别」，皆署鄭虚舟作；《新編南九宫詞》本題名作「情」，《昔昔鹽》本題名作「孤枕相思」，《樂府争春》本無題名，俱不注撰者。《全明散曲》屬祝枝山，據《群音類選》本輯録。

〔二〕纖：底本原作「鮮」，據《樂府先春》本、《吴騷集》本、《南音三籟》本、《吴歈萃雅》本、《詞林逸響》本改。

〔三〕音書：底本原作「王孫」，據《樂府先春》本、《吴騷集》本、《南音三籟》本、《吴歈萃雅》本、《詞林逸響》本改。

〔四〕香羅：底本原作「輕羅」，據《樂府先春》本、《吴騷集》本、《南音三籟》本、《吴歈萃雅》本、《詞林逸響》本改。

梁州小序一套（題情）〔一〕　許石屋〔二〕

仙橋星耿，銀河光爛，織女支機初見。夢魂驚起，渾疑沁玉清泉。最愛春風楊柳，秋水芙蓉，夜月梨花艷。嬌羞雲亂綰，羽衣蹁，今日飛璚下九天。（合）沉玉漏，催銀箭。千金難買良宵宴，金屋裏，貯嬋娟。

【前腔】沉香烟裊，湘波簾捲，月色花陰零亂。鳳簫聲咽，霓裳一曲曾傳。一似隋珠微暈，趙玉生香，楚峽神仙見。多情多恨種，又相牽，腸斷魂消離別天。（合前）

【前腔】五百年恩債勾填，十二樓風光獨占。整西風玉勒，醉花金碗。謾道江湖踪迹，風月襟懷，山水幽盟戀。功名緣分淺，且留連，萬里扶揺尺五天。（合前）

【前腔】九迴腸離恨重添，五色絲命魂難綰。幸今生半世，與伊爲伴。這的是風流情債，歡喜冤家，好惡姻緣案。尋思真業障，總前緣，試向那難兜率天。（合前）

【節節高】雙鈎控玉環，映朱顔，弓彎試踏蒼苔遍。春風面，翡翠簾，桃花扇。何時得遂風流願？畫樓同鎖鴛鴦暖。（合）祇恐光陰易蹉跎，姻緣百歲驚飛電。

【前腔】徘徊歌舞筵，勝三千，杏花春雨人難見。真嬌艷，煞可憐，增腸斷。月明同倚雕

闌畔，緑烟低鎖垂楊院。（合前）

【尾聲】落花無數情撩亂，愛殺香迷玉戀，衹怕宋玉多愁素帶寬。

校　箋

〔一〕此套衹有《群音類選》本，《全明散曲》據之録定。

〔二〕許石屋，字號、里籍、生平不詳。

梁州小序一套（春游）〔一〕

東吴名勝，江南佳麗，雨過清明天氣。香風輕送，蘭舟鬥出郊西。衹見千岩競秀，萬壑争流，遲日江山麗。流鶯聲百囀，燕雙飛，緑軟紅柔簇錦機。花藤轎，雕鞍騎。指烟霞處處堪游戲，争覓友，共携妓。

【前腔】良辰美景，賞心樂事，賢主佳賓相會。金尊高舉，相酬共慶明時。總把鶯花管領，風月消除，笑傲蓬壺内。相將過竹徑，度桃溪，油壁車輕金犢肥。弦管鬧，笙歌沸。見玉山漸倒非人力，君醉否，我先醉。

【節節高】佳人步步隨，玩仙姿，香嬌玉軟花柔膩。垂紅袂，蹙翠眉，歌金縷。行雲不動花喉細，曉鶯枝上同嬌脆。（合）唱道朱顔不再來，東山醉倒西山醉。

【前腔】青青襯馬蹄，醉眠遲，枝頭杜宇聲聲急。催人起，紅日西，山横翠。東風扯住游人袂，謝安休負東山意。（合前）

【尾聲】人生若遇升平世，不追游洞天福地，洞口桃花也笑痴。

校　箋

〔一〕此套衹有《群音類選》本，《全明散曲》據之録定。

梁州小序一套（蝶）〔一〕　梁伯龍

郊原風暖，園林春霽，日午香薰蘭蕙。翩翩緑草〔二〕，尋芳競拂羅衣。衹見鞦韆初試，紈扇新開，驚得雙飛起。爲憐春色也，任風吹，飛過東家知爲誰。（合）花底約，休拆對。奈悠揚春夢渾無際，關塞路，總迢遞。

【前腔】差池羅幕，徘徊宫髻，撲着花兒斜綴。金鬟輕展，芳心未露先知。恰似偷香韓椽，傅粉何郎，慣作司花吏。畫橋風細也，賣花回，亂逐餘香過水西。（合前）

【前腔】向蘭閨欲作良媒，爲經雨暫飛猶住。况重簾隱隱，欲投無計。枉自相隨油壁，

獨叩花房，風勒還空退。殘紅零落也，伴香泥，浪撲金鞍送馬蹄。（合前）

【前腔】正東城雙宿雙飛，又南浦離群失隊。嘆花溪深杳，再逢何地？應是狂隨香絮，舞入梨花，畢竟無尋處。乍來還去也，是和非，何日墻頭接翅歸？（合前）

【節節高】誰餘故館基，野花迷，漫尋珠翠投荒砌。空留滯，芳草萋，蒼苔蔽。蹁躚弱態今何處，芳魂應逐秋風去。（合）半載分離不多時，春來依舊重相會。

【前腔】輕盈漢殿姬，素蛾眉，粉容旖旎春香膩。迎風倚，着露欹，經烟醉。霓裳舞罷歸環珮，紛紛盡入宮墻内。（合前）

【尾聲】深宮鎮日重門閉，對簾櫳午漏漸稀，榻得滕王畫品奇。

校　箋

〔一〕《江東白苧》本、《吴騷二集》本、《南宮詞紀》本、《南詞韵選》本題名作「咏蛺蝶」，《吴歈萃雅》本、《詞林逸響》本、《南音三籟》本、《古今奏雅》本題名作「咏蝶」，俱注稱梁伯龍撰。《全明散曲》屬梁伯龍，據《江東白苧》本輯録。

〔二〕翩翩：底本原作「翩翻」，據《南音三籟》本、《詞林逸響》本改。

梁州小序一套(賞雪)〔一〕　齊小碧〔二〕

陰風寒悄,同雲密布,頃刻撒鹽飛絮。碧檐朱户,妝成玉砌珠鋪。祇見光摇銀海,凍合瓊樓,蝶翅飛無數。貂裘人醉也,擁紅爐,東郭先生履半無。(合)時已昏,歲云暮。看兔園妍逞相如賦,霏玉屑,燦璣珠。

【前腔】鶴翎輸色,白鷳失素,沙渚深藏鷗鷺。長空鵲羽,寂然半點全無。祇見扁舟漁叟,獨釣寒江,戴得盈蓑去。灞橋詩已就,尚騎驢,爲問前村賣酒無?(合前)

【前腔】怨蘭房寂寞空居,更無奈穿窗入户。聽飢烏啞啞,向人求哺。那更征人千里,枕冷衾單,欲控憑誰訴。孤燈挑欲盡,夢回初,寒到君前衣到無?(合前)

【前腔】羡袁安僵卧非迂,恁甘貧不干人助。更何如牧羝,胡庭辛苦。自分嚙氈爲餌,束帛傳書,不把忠心負。十年持漢節,使匈奴,望斷天邊雁足無。(合前)

【節節高】瀰漫遍大都,散瓊珠,豐年自不封條樹。飄歌席,穿舞裾,稱觴處。玉山頹倒人扶住,夜深掩映窗如曙。(合)祇恐東風送春來,紛紛暗把流年度。

【前腔】青山色盡殊,失坵墟,負薪樵子迷歸路。前途阻,鳥語無,人踪没。高低遠近埋

狐兔，斷橋野艇無人渡。（合前）

【餘文】人生有興休辜負，趁良時日日歡娱，莫學山陰訪戴徒。

校　箋

〔一〕此套祇有《群音類選》本，《全明散曲》據之録定。

〔二〕齊小碧，字號、里籍、生平不詳。

宜春令一套（代贈妓）〔一〕　梁伯龍

貂裘染，洛下塵，嘆浮名栖遲此身。秣陵秋盡，雲衢有路無鴻引。奈江頭一夜西風，都吹上半生愁鬢。堪憐，韶華荏苒，百年一瞬。

【太師引】算前程畢竟全無准，羡鵬摶何年化鶤。怎消得重門清晝，况值着孤館黄昏。生平意氣休相哂，聊寄迹錦營花陣。平康路車蹄馬輪，從今後向陽臺覓暮雨朝雲。

【瑣窗寒】遍青樓尋訪殷勤，邂逅當年第一人。見丰儀俊朗，性格温純。趨承濟楚，衣衫淹潤，淡梳妝不施脂粉。可憎，青團半掩啓朱唇，頓然一座生春。

【三段子】問伊近庚，是楊家初年長成。問伊小名，是楊家當年太真。疑是霓裳隊中金蓮襯，沉香亭畔春酲醒。寂寞闌干，梨花風韻。

【東甌令】烟霞相，不同群，好惡相傾越與秦。誰知窈窕還相訊〔二〕，議論多奇俊。嘆悠悠世路總浮塵〔三〕，青眼更何人？

【三換頭】衷腸未明，欲言難盡〔四〕。姻緣到也，喜兜的便親。書生何幸，這其間衹得把飄蓬此身來儘。一霎成秦晉，春生白練裙。意外良緣，真個一夜夫妻百夜恩。

【劉潑帽】綉床跟底將綉鞋兒褪，却匆忙未掩樓門，深深叩謝周公瑾。你莫浪聞，這恩德應難盡。

【大勝樂】問娘行這段姻親，却緣何心便肯？多應宿世緣和分，因此上一時渾。分明是雙雙蛺蝶迷花徑，兩兩鴛鴦護水紋。情真意懇，非干是偷寒送暖，弃舊憐新。

【解三酲】休忘了焚香寶鼎〔五〕，休忘了待月疏櫺。休忘了生辰八字親相訊，休忘了對剪烏雲。休忘了侯門晝索潛投奔，休忘了別館宵分挹淚痕。伊休混，須不是他家行徑，似假疑真。

【節節高】恩情難具陳，未經旬，別離兩字當心撑。歸何迅，杯易傾，情難盡。春明門外程途亘，疏林處處斜陽映。衹恐分離在須臾，片時人遠天涯近。

【三學士】都城南出霜風緊，黯然欲别銷魂。君如想妾還愁妾，妾若忘君是負君。歲月蕭條難過遣，書和信莫厭頻。

【大迓鼓】離亭酒一尊，青衫濕處，盡是啼痕。瀟瀟匹馬投荒徑，嘹嘹征雁度孤村，雜沓長途凄凉暮雲。

【撲燈蛾】時開一紙書，每玩雙鈐印。追想那多嬌，不覺迷留没亂也。看腰圍瘦沈，願年年芳草殢王孫。鏡臺前逗遛京尹，眉重暈，紗窗着意再温存。

【尾聲】春風再入淮南郡，看行行一騎到都門，肯做青樓薄幸人。

校　箋

〔一〕《江東白苧》本題名作「辛酉季秋代沈太玄贈金陵楊季真」，《南音三籟》本、《吴歈萃雅》本、《詞林逸響》本、《古今奏雅》本題名作「青樓佳遇」，《樂府珊珊集》本題名作「佳遇」，《彩筆情辭》本題名作「代贈金陵楊姬季真」，《樂府先春》本、《詞林白雪》本、《樂府争奇》本、《吴騷集》本無題名，俱注稱梁伯龍撰。《全明散曲》屬梁伯龍，據《江東白苧》本輯録。

〔二〕訊：底本原作「信」，據《南音三籟》本、《詞林逸響》本、《吴騷集》本、《樂府珊珊集》本、《樂府先春》本、《詞林白雪》本改。

〔三〕嘆：底本原作「笑」，據《南音三籟》本、《詞林逸響》本、《吴騷集》本、《樂府珊珊集》本、《樂府先春》本、《詞林白雪》本改。

〔四〕盡：底本原作「進」，據《南音三籟》本、《吴歈萃雅》本、《詞林逸響》本、《吴騷集》本、《樂府先春》本、《詞林白雪》本改。

〔五〕焚香：底本原作「分香」，據《南音三籟》本、《吴歈萃雅》本、《詞林逸響》本、《吴騷集》本、《樂府珊珊集》本、《樂府先春》本、《詞林白雪》本改。

宜春令一套（閨情）〔一〕　高深甫〔二〕

燈前恨，夢裏人，似風帆摇摇此身。銀河鵲渡，相逢也得年年准。似如今何處朱陳，都忘却舊時秦晋。向風塵，多少恩情，换來愁悶。

【太師引】這些時何事縈方寸，悶懨懨春風困人。空消受多愁多病，竟冷落爲雨爲雲。常時泪滴忙偷揾，嘆寂寞有誰投奔。雙魚信年來未聞，空教我對鶯花瘦損精神。

【鎖窗寒】暗河橋春樹森森，望斷天涯不見君。看樓前飛絮，陌上行人。風塵斷綫往來無准，指歸期難憑音問。此身，飄飄何日化行雲，和他夢裏温存。

【三段子】青樓笑嚬，他那裏新人意親。黄昏夢魂，管甚麽舊人怨嗔。我想舊人空自多新恨，新人未必常親近。新舊恩情，也須平半分。

【東甌令】閑金鴨，斷瑤琴，冷落紗窗又一春。梨花零亂桃花褪，芳草連天恨。鶯鶯燕燕總撩人，碎剖别離魂。

【三换頭】前生此身，姻緣未盡。今生此身，恩情兩分。暗想來生無准，怕似如今，難道是兩三番都成冤恨。慣惹多情病，難逢有義人。捱過殘春，又被那一陣飛花引夢魂。

【劉潑帽】怕人暗地裏猜疑問，百般兒强自支分，苦心淚眼常含忍。薄幸人，到底他心腸狠。

【大勝樂】恨花星不照青春，好風光無分寸。五行怎没個紅鸞運，單寡宿與孤辰。却教我行藏常帶臨川恨，風月空懸司馬奔。粉消玉損，苦祇苦人閑清晝，花落黄昏。

【解三酲】想着他温存安頓，就其間分外生春。他同衾共穴心兒肯，朝和暮意兒真。他把太行説盡爲盟押，却教我滄海流乾是病根。從今恨，總山同層叠，水共沉淪。

【節節高】凄凉不忍聞，暗消魂，窗前雨急風兒緊。寒燈燼，孤雁聲，春宵悶。參商慣擺迷魂陣，别離如刺心頭刃。佳期衹索夢兒頻，誰知夢見猶無准。

【三學士】無計從君心自忖，除非是羽翼凌雲。君家住處知何處，妾使逢人難問人。渭北江南天遠近，芳草路雨紛紛。

【大迓鼓】從前錯認真，因他留戀，即便成恩。那知恩愛空調引，當初留戀枉勞神，寂寞春愁蕭條病身。

【撲燈蛾】啼紅減翠顰，怨粉輸香韵。楊柳殢柔腸，又見海棠風謝也。芳心隱隱，想乘鸞跨鶴兩無門。鳳簫聲暗生愁鬢，天台信，可憐回首隔芳塵。

【尾聲】蜂愁蝶怨春思窘，月缺燈殘夜愴神，况是我夜夜無眠病怯春。

校　箋

〔一〕《南宫詞紀》本、《古今奏雅》本題名作「恨遠人」，《吴騷合編》本題名作「閨情」，俱注稱高深甫撰；《昔昔鹽》本題名作「情恨遠人」，不注撰者。《全明散曲》屬高深甫，據《南宫詞紀》本輯録。

〔二〕高深甫，即高濂，生平簡介見本書「官腔類」卷六「《玉簪記》」條。

宜春令一套（紀情）〔一〕　張叔元

梅霖霽，溽暑新，正蕭齋詩書倦吟。北窗夢醒，南薰拂拂篩松韵。病文園香茗旋烹，歌解愠冰弦漫整。試聽，鳴蜩樹底，助人幽興。

【太師引】遍園林緑樹參差蔭，有榴花紅裁茜巾。消盡了空階獨夜，偶喜得良友閑行。畫橋十二浮烟艇，來往處芰荷香趁。緣何的慵調飲冰，那些個納凉時雪藕佳人。

【瑣窗寒】怪無般野蔓閑藤，繚繞瓊枝妒玉英。看端詳舉止，瀟灑胸襟。丰姿嬌艷，肌膚豐潤，好留連惜花心性。驀驚，凝眸無語背雲屏，果然宜喜宜嗔。

【三段子】何方幻身，是秦淮芳叢占名。何年試春，是羅敷當笄妙齡。想前生胡馬琵琶，恨今生環珮歸魂。逞溷迹風塵，畫圖堪省。

【東甌令】才相見，便關情，兩下心猿不慣撐。筵前悄把香肩并，裊裊香喉俊。奈雯時不見暗銷魂，孤影盼空庭。

【三换頭】相思頓增，寸腸難罄。慽慽悶也，這憔悴幾曾。誰憐瘦沈，喜多嬌早暮裏，殷勤語言垂訊。忍睹河陽令，甘同卓氏奔。着熱知疼，想是業債風流宿世姻。

【劉潑帽】金飆凉透中秋景，見西湖浩渺波澄，雙雙摇曳扁舟興。結同心，松柏下西陵徑。

【大勝樂】段家橋乍擁冰輪，暝烟收人已静。休題褥綉和屏錦，闌干外遠纖塵。合歡豈憎寒蛩韵，引興猶憐睡鵲驚。風清月冷，恍疑是襄王巫峽，爲雨爲雲。

【解三醒】彈宫鴉紅腮㰦枕，鬆鴛扣玉骨連衾。嬌怯怯酥胸汗濕陽臺醒，意孜孜海誓山盟。堪愛你蘭心正是疏芳畹，堪愛你蕙性休論逐水萍。還思省，不羡那秦樓蕭史，跨鳳瑶京。

【節節高】重陽高處登，慢携尊，山樓更擬諧秦晋。霜風緊，霜葉零，霜華凛。嬌來啼粉流青鏡，春山淡却偎京尹。緩步階除滿目秋，天香笑折簪蟬鬢。

【三學士】衾羅燒燭香初燼，横波誓訴丹誠。今宵洛下投魚水，甚日湘陵鼓瑟琴。自幸蒹葭依玉樹，蜂和蝶莫浪争。

【大迓鼓】間關惜燕鶯，雙飛并宿，美滿恩情。臨妝懶睹盤龍影，顰蛾怕説寶釵分，繾綣柔腸栖遲夕曛。

【撲燈蛾】吟同桃李華，賞共蟾蜍影。更雨過漣漪，又早瓊瑶飛墜也。有許多佳景，章臺别館任温存。既相逢肯教孤另，都休哂，藍橋有日會雲英。

【尾聲】從來好事皆前定，紅顔莫使誤丹青〔二〕，衹索要暮暮朝朝辦至誠。

校　箋

〔一〕此套僅有《群音類選》本，《全明散曲》據之録定。《彩筆情辭》收有此套張栩改本。

〔二〕誤丹青：底本此三字殘缺左半，據殘存右半和文意補。

紅衲襖一套（寄情）〔一〕　金白嶼〔二〕（梁少白改定〔三〕）

嚲香肩鬆臂金，削纖腰寬帶錦。這些時懶把生綃理針紝，羞將寶鴨添水沉。自別來還至今，幾時曾放下心〔四〕。不能够一霎徘徊兩意綢繆也，衹落得長夜孤眠伴綉衾。

【五更轉】冷鳳幃，虛鴛枕，對金尊誰共斟？凄凉此際難消任，誰料寃家，薄情特恁。到今來，猶記得，花前飲。閑窗寂靜空顛窨，彷彿逢君，梅花月蔭。

【浣溪紗】他負心，真忒甚，枉教人肺腑簽針。金錢不准年來讖，錦瑟空閑月下吟。身凛凛，不由人不迷魂没合煞，空勞勞吊膽提心。

【東甌令】心中印，口中噙，到向那陽臺曉夢尋。清宵泪滴衫兒衽，桃花冷胭脂沁。畫闌月轉粉墻陰，無奈漏沉沉。

【大迓鼓】逢人覓信音，奈衡陽雁杳，湘浦魚沉。傷秋漫把閑愁禁，怎當他夕陽歸鳥下疏林，撇却歡娱番成病侵。

【節節高】秋來意更深，漫思尋，音書欲寫還厮噤。空追審，不見臨，因些甚。兔毫血蘸尖兒浸，鸞牋墨灑行兒淋。一緘離思逐雲飛，遍身香汗和衣滲。

【金蓮子】倩塞禽，多情定見機中錦。料應是，長吟還短吟。爲甚的惡姻緣，更重重遠水又遥岑。

【尾聲】算來人世多讒譖，大都常是負初心，誰似我海樣相思直到今。

校箋

〔一〕《吴騷二集》本、《吴騷合集》本題名作「寄情」，《南宫詞紀》本題名作「别怨」，《南詞韵選》本無題名，俱注稱金白嶼撰、梁少白改；《續江東白苧》本題注「改定金陵金白嶼《蕭爽齋集》寄情之作」；《昔昔鹽》本題名作「别怨」，不注撰者；《吴歈萃雅》本、《南音三籟》本題名作「寄情」，俱注稱梁伯龍撰。《群音類選》本所選録爲梁少白改定本，《吴騷二集》本應更接近金白嶼撰本。

〔二〕金鑾（一四九四—一五八三），字在衡，號白嶼。陜西隴西（今屬甘肅）人，僑居金陵。精音律，善填詞，著有《金白嶼集》、《蕭爽齋詞》、《徒倚軒集》、《簫爽齋樂府》等。《全明散曲》收有其散曲作品小令一百三十六支，套數二十六套。

〔三〕梁少白，即梁辰魚，生平簡介見本書「北腔類」卷四「《浣紗記》」條。

〔四〕幾時曾：《吴騷二集》本、《吴騷合集》本、《南音三籟》本、《續江東白苧》本作「幾曾時」。

金絡索一套（宴賞）〔一〕　楊德芳

朱花疊錦池，瑶館浮香細。水榭風軒，小酌清煩暑。娉婷試玉纖，笛低吹，香減微紅褪口脂。珮環幽響諧仙吕，簾捲中庭午日遲。清音沸，碧梧枝上鳳聲微。（合）看花倚芳姿，柳舞羅衣，似與人争麗。

【前腔】榕陰結翠幃，密葉新蟬語。香徑迂回，流水涵庭宇。錚錚響玉筝，促紅絲，寶柱斜分朔雁飛。凄凄似訴相思，竟花落深閨玉箸垂。天風細，江空月朗鶴聲遲。（合前）

【前腔】新篁繞玉墀，紅葉侵闌媚。綉箔銀屏，低隔花陰碎。筵前擁玉釵，羽觴揮，酒暈凝紅半醉時。陽春一闋黄金縷，撩亂春情不自持。潛聽處，隔花鶯語最高枝。（合前）

【前腔】垂雲翠幰低，隔斷塵千里。香袖飄飄，寶釧明花底。驚鴻弱態狂，緑雲攲，錯落金釵小鳳垂。盈盈無力筵前佇，不怕東風扇底吹。渾相類，蹴花飛燕拂屏歸。（合前）

【節節高】驕鴉匝樹啼，月來時，絳河清淺天如水。繁華地，人笑嬉，珠簾内。花生寶炬明羅綺，紅衫酒浸生香細。（合）好花偏插少年頭，金尊浮白拚沉醉。

【前腔】長安豪俠兒，利名羈，黄塵款段多顛躓。傳觴觶，孰若兹，花叢内。金釵十二横

高會，銅駝金谷笙歌萃。（合前）

【尾聲】席家春色寒烟裏，舊日風流何處歸？騎從從教再四催。

校　箋

〔一〕此套僅有《群音類選》本，《全明散曲》據之録定。

梧桐樹一套（春游。亦入弦索）〔一〕

殘紅水上飄，青杏枝頭小。燕子來時，緑水人家繞。天涯何處無芳草，墻裏鞦韆、墻外行人道。墻外行人，聽得墻裏佳人笑。正是多情却被無情惱。

【東甌令】桃花落，柳絮飄，麗日和風天氣好。鞦韆蹴罷閑行樂，重整羞花貌。蘭堂開宴列笙簫，逢佳節樂醄醄。

【皂羅袍】此景不寒不燠，見千紅萬紫，巧筆難描。紫燕黄鶯語聲嬌，雙雙粉蝶花間繞。閑行游玩，踏青鬥草；香車寶馬，不辭路遥。儘今生賞玩同歡笑。

【尾聲】寶爐中，沉烟裊。歌聲鼎沸透青霄，賞玩游春直到老。

校　箋

〔一〕《詞林摘艷》本題名作「春景」，《雍熙樂府》本、《南宮詞紀》本題名作「賞春」，《盛世新聲》本、《盛世詞林》本、《新編南九宮詞》本無題名，俱不注撰者。曲牌【梧桐樹】，底本原作「【金索掛梧桐】」，《全明散曲》稱「除《詞紀》外，各集曲牌皆誤作【金索掛梧桐樹】，今正」，并題曲牌作【南商調梧桐樹】。按：檢《南宮詞紀》本，題曲牌作【南呂梧桐樹】，《群音類選》本亦屬南南呂宮。據改。

金梧桐一套（題情）〔一〕

相思借酒消，酒醒相思到。月夕花朝，容易傷懷抱。懨懨病轉深，未審他知道。要得重生，除是他醫療。他行自有靈丹藥。

【東甌令】情人遠，意波遥〔二〕，咫尺妝樓天樣高。月圓苦被陰雲罩，偏不把離愁照。玉人何處教吹簫，辜負了這良宵。

【浣溪紗】我自招，隨人笑，自古來好物難牢。我做了謁漿崔護違前約，采藥劉郎没下梢。心懊惱，再休想畫堂中綺筵前，夜將紅燭高燒。

【尾聲】我青春，他年少。玉簫終久遇韋臯，萬苦千辛休忘了。

校　箋

〔一〕《吴歈萃雅》本、《樂府珊珊集》本題名作「閨怨」，《南音三籟》本題名作「惜别」，俱注稱楊斗望撰；《吴騷合編》本題名作「惜别」，注稱曹含齋撰；《北宫詞紀》本題名作「題情」，注稱元鄭德輝撰，爲南北合套，其中南曲基本同《群音類選》本。《全明散曲》屬曹含齋，曲文據《北宫詞紀》本録之。曲牌【金梧桐】，底本原作「【梧桐樹】」，據《南音三籟》本、《吴騷合編》本改。

〔二〕意波：底本原作「眼波」，據《吴歈萃雅》本、《樂府珊珊集》本、《南音三籟》本、《吴騷合編》本、《北宫詞紀》本改。

金梧桐一套（題情）〔一〕　陳秋碧

香醪爲解愁，酒醒愁依舊。斜月殘燈，正是愁時候。愁憑酒破除，酒被愁迤逗。酒力無多，酒去愁還又。愁深酒薄難禁受。

【東甌令】花凝恨，柳含羞，花柳傷春人病酒。鶯啼燕語清明候，全不管人消瘦。殘雲剩雨兩悠悠〔二〕，遮斷晚妝樓。

【大勝樂】桃源洞花事都休，許劉郎重到否？啼痕湮透青衫袖，傷白傅惱江州。這些時瑶琴罷却求凰奏，可正是紅葉誰人寄御溝。陽臺夢杳，苦追踪問迹，似無還有。

【解三醒】忘不了共携纖手，忘不了西園秉燭游。忘不了同心帶結鴛鴦扣，忘不了羅襪雙鈎。忘不了香囊雜彩親挑綉，忘不了百寶珍珠絡臂鞲。閑窮究，把嬌歡美愛，盡付東流。

【尾聲】好姻緣，還成就。綉幃錦帳效綢繆，月底新詩再和酬。

校箋

〔一〕《南宫詞紀》本題名作「憶情」，《吴騷合編》本、《彩筆情辭》本題名作「春思」，《南詞韵選》本無題名，俱注稱陳秋碧撰；陳秋碧《可雪齋稿》本題名作「春怨」；《吴歈萃雅》本、《詞林逸響》本、《樂府珊珊集》本、《南音三籟》本、《古今奏雅》本題名作「遣愁」，《吴騷集》本、《樂府先春》本無題名，俱注稱鄭虛舟撰；《昔昔鹽》本題名作「酒遣愁懷」，《三徑閑題》本、《樂府争奇》本無題名，俱不注撰者。《全明散曲》兩屬。曲牌【金梧桐】，底本原作「【梧桐樹】」，據《南音三籟》本、《吴騷合編》本改。

〔二〕殘雲剩雨：《吴歈萃雅》本、《樂府珊珊集》本、《南音三籟》本、《彩筆情辭》本、《吴騷合編》本、《南宫詞紀》本作「剩雲殘雨」，《詞林逸響》本作「剩雨殘雲」。

柰子花犯一套（閨怨。雙關語）〔一〕

新月曲一似蛾眉，恨嫦娥未有圓時。終朝漫劈桃箱碎，那人兒振横在心裏。因你，日裏夜裏思憶。空思憶，慢思惟，没底糧船怎載米。蜘蛛布網在雕檐外，絲牽繫。無韁攏馬有何鞍？料難騎。

【前腔】磨坊中掩上門兒，要見面未知是何日。玲瓏骰子鑽紅豆，這相思嵌入在骨裏。因你，茶裏飯裏思憶。空思憶，慢思惟，雪做獅子情似水。無錢典褌難開解，渾無計。願他心似鐵堅牢，鎮威隨。

【前腔】啞子得夢有誰知，向人言有口難啼。春蠶到老不結繭，要成綿怎能够着體。因你，行裏坐裏思憶。空思憶，慢思惟，黑地裏逢人知是誰。燒香在井底虔誠拜，深深意。燒殘蠟燭泪雙垂，自淋漓。

【前腔】旱池中那討蓮漪，種荷花得藕堪移。黄連販去折了本，苦無緣埋怨着甜的。因你，眠裏夢裏思憶。空思憶，慢思惟，古墓裏藏身着鬼迷。竹竿種火空長嘆，虚着氣。銅錢博下没有成，字蹺蹊。

【尾聲】兩岸蘋花不是蓼，瀟湘灑泪如珠落，火着到胸前心自焦。

校　箋

〔一〕此套僅有《群音類選》本，《全明散曲》據之録定。

石竹花一套（相思。此套有入中吕作【榴花泣】者）〔一〕

從他別後，海角天涯。終朝懸望眼巴巴，悶倚在闌屏下。月兒又斜，這早晚不見歸家。爲伊行相思病轉加，粉墻上暗把金釵畫。可惜了月貌花容，顛倒做敗柳殘花。

【前腔】早知道無心戀咱，想當初不與他干休罷。是奴差，常言道愛他反着他，怎學得文君司馬。俏冤家，奴爲你耽驚受怕，怎下得抛閃奴家？夜深月上荼蘼架，恨轉加。我這裏凄凉，他那裏笑耍。空設下海誓山盟，都是假，教奴牽掛。

【漁家傲】莫不是水漲藍橋下？莫不是烟鎖巫峽？莫不是打碎鴛鴦瓦？莫不是十里紅樓戀住他？奴爲你影隻形單，鸞孤鳳寡。奴爲你瘦似麻秸，腰肢一捻。奴爲你卜盡龜兒卦，奴爲你暗數歸鴉。

【前腔】頓忘了青鸞同跨，頓忘了初相交剪下頭髮。頓忘了色膽天來大，頓忘了紅馥馥炙下了香疤。這離情怎麽？那時節怪不得爹娘駡。濃霜偏打無根草，險些兒病染黄沙。呀，這相思害得人眼花，針和綫懶拿，脂和粉懶搽。姐妹行中，無心去耍。

【尾聲】謾把愁腸訴與他，恨不得指定名兒駡，及至相逢都是假。

校　箋

〔一〕《昔昔鹽》本題名作「私情恨離」，不注撰者；《詞林白雪》本無題名，注稱張鳳翼撰；《樂府先春》本無題名，注稱茅平仲撰。《全明散曲》屬茅溱，題從《昔昔鹽》本，據《群音類選》本輯録。茅溱（生卒年不詳），字平仲，一字平甫，南直隸（今江蘇）鎮江人。著有《韵譜本義》，編有《四友齋集》。《全明散曲》收其散曲作品套數五套，復出套數一套。《樂府先春》本與此本全同，似亦應屬茅溱。

香羅帶一套（閨怨〔一〕。小歇帖〔二〕）

東風一夜冽，雲收雨歇。傷心怕見窗外月，嘆嫦娥獨守廣寒闕也。爲我多愁處，照離别，更長漏永燈半滅。（合）便做挫折金針也，解不得我愁腸千萬結。

【前腔】愁腸千萬結，實難打叠。新愁舊恨都莫説，怎捱過今夜這時節也。祇見雕床

静，綉幃揭，無言怕聽窗外鐵。（合前）

【醉扶歸】鶯儔燕侶恩情絶，鸞交鳳友頓抛撇。本是韓憑冢上兩鴛鴦，到做了莊周夢裏雙蝴蝶〔三〕。（合）曾和他綉帶結同心，反教我翠袖沾啼血〔四〕。

【前腔】雲鬟散亂金釵折，腰肢瘦損絳裙摺。誰想燈花不准鵲聲空，再來不把金錢跌。（合前）

【香柳娘】嘆陽關唱徹，嘆陽關唱徹，井梧飄葉，把佳期望到梨花墜雪。這深盟永訣，這深盟永訣，秦期晋約，都成吴越。（合）要相思妥貼，要相思妥貼，直待黄河水竭，泰山崩裂。

【前腔】奈衡湘信絶，奈衡湘信絶，綢繆喜悦，如今博得憂愁慘切。想音調韵咽，想音調韵咽，心似酒旗，臨風望月。（合前）

【尾聲】啼痕界破桃花頰，蛾眉蹙損遠山月，總使蠟燭成灰心尚熱。

校箋

〔一〕《洪東樂府》本、《南宫詞紀》本題名作「離思」，《吴歈萃雅》本、《詞林逸響》本、《古今奏雅》本題名作「深閨憶别」，《樂府珊珊集》本、《南音三籟》本題名作「憶别」，《吴騷合編》本題名作「閨怨」，《吴騷集》本無題名，俱注稱康對山撰；《樂府先春》本無題名，注稱唐伯虎撰；《昔昔鹽》本題名作「離别相思」，《樂府争奇》本、《新編南九宫詞》本無題名，俱不注撰者。《全明散曲》據《渼東樂府》本輯録。康海（一四七五—一五四〇），字德涵，號對山，别署渼東漁父、滸西山人、太白山人。陝西武功人。明弘治十五年（一五〇二）進士第一，授翰林院修撰。重俠義，不受奸宦劉瑾招，在李夢陽有難時游説劉瑾釋放李夢陽，後無故受劉瑾敗而落職。工詩文詞曲，與李夢陽、何景明、王九思等并稱「前七子」。撰有《對山集》、《渼東樂府》，雜劇有《中山狼》、《王蘭卿》二種。《全明散曲》收有散曲作品小令二百五十五支，套數四十二套。

〔三〕小歇帖：胡忌、劉致中《崑劇發展史》（中國戲劇出版社一九八九年版，第五二頁）在釋《群音類選》清腔類卷三【絳都春序】《四景閨怨》所注「小歇帖」時稱：「指用『歇貼』韻（《中原音韻》爲『車遮』韻），因古曲先有『大歇貼』【步步嬌】『暗想當年羅帕上詩曾寫』長套流行，因此俗稱後來用『歇貼』韻爲『小歇貼』。」葉天山《明代曲學文獻考論》（二〇一六年華東師範大學博士學位論文）稱：「所謂『歇帖』，是指曲中押 e 韻，尤其以押入聲韻爲主。『大歇帖套』衹是一個名詞性的詞組，是針對諸如『簫聲唤起』這類用歇帖韻的曲子而言的；……『大歇帖』、『小歇帖』兩者的區分依據不在于曲文字數或者牌調的多寡，也不在于是否爲南北合套，而應當是以一套曲中所用韻字的數量來論的。明人之所以不用《中原音韻》中的韻部名稱『車遮』韻，而代之以『歇帖』韻，主要是爲了突出這類散套中大多收入聲 e 韻的特點。」《群音類選》于「清腔類」卷五衹存南曲的注稱李愛山【步步嬌】《閨情》注有「大歇帖」，在卷六中南北合套的注稱李愛山的【珍珠馬】《閨情》下并無注，而《南宫詞紀》僅選存南曲部分却題名作「大歇帖」，眉批中稱此套本有北曲，因故删之。《群音類選》「清腔類」卷三王渼陂之【絳都春】《四景閨怨》注稱「小歇帖」，其與南曲套【步步嬌】《閨情》相較，皆是十一支曲組合成套，疑《群音類選》南曲套【步步嬌】《閨情》因襲南北合套題注，如《南宫詞紀》即是，故至南北合套時無題注，亦導致大、小歇帖判斷的混亂。疑除【尾聲】外十支（含十支）曲以下組合成套者爲小歇帖，十支曲以上組合成套者爲大歇帖。歇帖套主要是押《中原音韵》車遮韵的入聲韵，亦有非入聲韵，如此套的「也」字既是上聲字。

〔三〕到：底本無，據《吴歈萃雅》本、《詞林逸響》本、《南音三籟》本補。

〔四〕啼血：底本原作「鮮血」，據《洪東樂府》本、《吴歈萃雅》本、《詞林逸響》本、《南音三籟》本改。

十様錦一套（題情）〔一〕

【綉帶兒】幽窗下沉吟半晌，追思俏的情娘。娉婷態不弱鶯鶯，妖嬈處可比雙雙，非獎。【宜春令】最堪誇性格非常，難描畫身材生得停當。説不盡，風流可喜，萬般模樣。【降黄龍】想當日月下花前，吐膽傾心，把誓盟深講。行思坐想，行思坐想，望盡老今生，和你同傚鸞凰。【醉太平】誰想，驀然平地浪波生，信知道禍從天降。霧迷雲障，被鴇母苦死打開鴛鴦。【浣溪紗】情慘傷，心悒怏，閣不住泪珠汪汪。勞神役志鎮端詳，忘餐廢寢空望想。【啄木兒】設計施方要見難，除非是夢兒裏來到伊行。憐香惜玉相偎傍，尤雲殢雨同鴛帳。被數聲疏雨敲窗，散高唐春心蕩漾。【鮑老催】此情怎當，羅衣尚存蘭麝香，鸞牋枉寫離恨章。人何在？謾嘆息，空惆悵。惱得潘郎兩鬢霜。【下小樓】他那裏因咱狂蕩，咱因他痛感傷。幾番欲待不思量，待不思量他後，怎做得鐵打心腸。【雙聲子】江淹悶，韓生忿，怎比得咱家恨。【鶯啼序】千般事纔離心上，又早來攢蹙眉尖。天還可憐，便咫尺相見，又且何妨。

【尾聲】情人早得同鴛帳，免使我心勞意攘，爇一炷盟香答上蒼。

校箋

〔一〕《三徑閑題》本無題名，《詞林逸響》本題名作「青樓離恨」，俱注稱祝枝山撰；《吴歈萃雅》本題名作「青樓離恨」，《樂府珊珊集》本題名作「離恨」，俱注稱高東嘉撰；《彩筆情辭》本題名作「懷舊」，《吴騷合編》本題名作「惜别」，俱注稱元人辭；《南曲九宫正始》選録【十樣錦】，注稱明人撰；《昔昔鹽》本題名作「幽窗思妓」，《雍熙樂府》本題名作「有所思」，《古今奏雅》本、《南音三籟》本題名作「青樓離恨」，《盛世新聲》本、《詞林摘艷》本、《樂府先春》本、《吴騷集》本、《樂府争奇》本、《盛世詞林》本無題名，俱未注撰者。《全明散曲》屬祝允明，據《群音類選》本輯録。祝允明，生平簡介見本書「清腔類」卷二【八聲甘州】《咏月》」條。

十樣錦一套（題情）〔一〕　張靈墟

【綉帶兒】燈兒下低頭自忖，消磨了幾個黄昏。夢回時殘月孤篷，花落後細雨重門。思省，【宜春令】是前生做下今生，怕今生又欠來生。愁悶，怎討得一宵恩愛，暫了半生緣分。【降黄龍】難論，無底深恩，月下花前，目成心允。幽期密訂，幽期密訂，受盡了從前多少寒暄。【醉太平】心田，錯將紅荳種愁根，惡根苗苦縈方寸。思量不盡，這千般旖旎，半天丰韵。【浣溪紗】性兒温，情兒順，最相應暗裏温存。可憐冤債告無門，河陽天遠難投奔。【啄木兒】何日方酬斷袖恩，絮叨叨説與你們。相逢非是言無准，匆匆自恨情難盡，又早是雨打梨花深閉門〔二〕。【鮑老催】此情未伸，花屏雨餘都減春，韶光九十無半分。人不見，枉嘆息，空勞頓。夢泠巫山一片雲。【下小樓】便落得些夢中秦晋，早人前商與參。桃源有路欲埋輪，羨殺世人薄幸，倒省得瘦損精神。【雙聲子】水中魚，沙中雁，怎討得愁中信。【鶯啼序】心中事描寫在紙上，又相將化作啼痕。其間怎言，自甘心寂寞，卧病文園。

【尾聲】緣慳咫尺如天塹，相思一曲學啼猿，又恐路上人聞也斷魂。

校　箋

〔一〕《吴歈萃雅》本、《樂府珊珊集》本題名作「怨别」，《吴騷合編》本題名作「懷舊」，《樂府先春》本、《三徑閑題》本、《吴騷集》本無題名，俱注稱張靈虚撰；《昔昔鹽》本題名作「燈下思情」，《古今奏雅》本題名作「怨别」，《樂府争奇》本無題名，俱不題撰者；《彩筆情辭》本題名作「題情」，注稱「明張伯起改刻」，與别本異文較多。《全明散曲》據《群音類選》本輯録，

〔二〕深：底本此字漫漶，據《吴歈萃雅》本、《樂府先春》本、《吴騷集》本、《南音三籟》本、《三徑閑題》本等補。

六犯清音一套（四景宫怨）〔一〕　李日華

【梁州序】鎖窗人静，未央天遠，一似嫦娥無伴。玉容消减，教人挫過芳年。【桂枝香】何處流紅葉，無心整翠鈿。【排歌】春將老，恨轉添，梨花院落冷鞦韆。【傍妝臺】怎如得雙雙燕子梁間語？怎如得兩兩鴛鴦沙上眠？【皂羅袍】長門望月，深巷鎖烟。琵琶寫不盡思君怨。【黄鶯兒】悶懨懨，姻緣未了，何日賜温泉〔二〕？

【前腔】雕檐風暖，香階紅淺，屈指流光如箭。等閑春去，難教玉貌長妍。睢鳥詩空在，青鸞信不傳。慵薰麝，懶步蓮，含情獨倚小闌前。怎禁得纖腰瘦怯愁如海，怎禁得淑

景舒遲晝似年。傷心時候，何處管弦？奈仙源咫尺無由見。枉埋冤，從來薄命，多半是紅顏。

【前腔】紫簫雲散，玉輪初現，忍聽笙歌別院。重門深鎖，教人悔入甘泉。夢斷秦樓遠，愁縈楚黛連。天街静，露葉鮮，自慚新寵不如前。怎能够瑶琴寶瑟春風館？怎能够軟舞嬌歌明月筵？羊車聲斷，虎柝韵嚴。把幽情萬種傳秋扇。好凉天，臥看牛女，佳會自年年。

【前腔】綉宫添綫，冰壺凝箭，風攪梁園雪滿。謝庭才健，吟毫懶上花箋〔三〕。魚鑰收來早，龍樓高處寒。眉横黛，鬢嚲蟬，晚妝新様爲誰妍？祇愁着畫圖誤寫春風面，又恐怕羅帶空留碧玉篇。鴛幃獨守，鳳膏枉燃。這新愁舊恨都難遣。綺窗前，梅花和月，應笑我孤眠。

【尾聲】病容添，恩光淺。十年空列女官班，始信人生際會難。

校　箋

〔一〕《南宫詞紀》本題名作「宫怨」，《吴騷合編》本題名作「四時宫詞」，《新編南九宫詞》本無題名，俱注稱李日華撰；《樂府珊珊集》本題名作「宫怨」，《樂府先春》本、《吴騷集》本無題名，俱注稱文衡山撰；《吴歈萃雅》本、《古今奏雅》本題名作「四時閨怨」，《詞林逸響》本、《萬錦清音》本題名作「四時宫怨」，俱注稱高東嘉撰；《詞林白雪》本無題名，注稱茅平仲撰；《南音三籟》本題名作「宫詞」，《樂府争奇》本無題名，皆不注作者。《全明散曲》據《群音類選》本輯録。

〔二〕賜：《南曲九宫正始》本、《南宫詞紀》本、《樂府珊珊集》本、《吴歈萃雅》本、《南音三籟》本、《詞林逸響》本、《詞林白雪》本作「試」，《吴騷合編》本、《吴騷集》本作「侍」。

〔三〕吟：底本原作「今」，據《南宫詞紀》本、《吴歈萃雅》本、《南音三籟》本、《詞林逸響》本、《吴騷集》本改。

懶畫眉一套（題情）〔一〕　沈青門（梁少白改定）

小名兒牽掛在心頭，總欲丢時怎便丢，渾如吞却綫和鉤。不疼不痛常拖逗，祇落得一縷相思萬縷愁。

【不是路】無了無休，鎮日縈牽不自由。難窮究，祇因幾度送雙眸。漫追求，假若他不應花前口，爲甚麽還將熱話兜？休相誘，有心待共鬆羅扣，不如早些成就，早些成就。

【調角兒】任勾差隨時應酬，趁埋冤總然承受。不争差性命心肝，好一似爹娘骨肉。又何曾氣兒呵，情兒拗，話兒嘲，龐兒訕，一些相鬥。隨衙聽候，朝來暮休。但得個，尤雲殢雨，勝似封侯〔二〕。

【尾聲】憑將風月都投首，不信冤家不轉頭，終有日飛上紅香燕子樓。

校　箋

〔一〕《唾窗絨》本、《彩筆情辭》本題名作「麗情」，《吴騷合編》本題名作「題情」，俱注沈青門撰；《江東白苧》本題稱「改定武林沈青門作」；《吴騷二集》本題名作「思情」，注稱沈青門撰，梁少白改；《吴歈萃雅》本、《詞林逸響》本、《古今奏雅》本題名作「愁思」，《南音三籟》本題名作「情思」，俱注稱燕仲義撰。

〔二〕勝似：底本原作「勝是」，據《南音三籟》本、《吴騷二集》本改。

懶畫眉一套（旅思）〔一〕　胡德父

碧山紅樹忽驚秋，蒓菜鱸魚興最稠，時同王粲一登樓。遥聽江上琵琶奏，不覺青衫泪暗流。

【不是路】沽酒銷愁，酒醒愁回無了休。空消受，一宵風雨滿床頭。冷颼颼，無衣無褐誰相授，魚鳥依稀魂夢幽。情非舊，吴霜點鬢腰肢瘦。未能榮晝，未能榮晝。

【調角兒】嘆淹留空悲楚囚，賦歸歟全輸五柳。不能够萱草忘憂，空指望桂花簪首。最怕是杵聲敲，簫聲咽，雁聲哀，蛩聲鬥，越添眉皺。佳期未偶，章臺懶游。衹落得，此時此際，斷送風流。

【尾聲】客鄉滋味君知否，宋玉悲情庾亮愁，何日開懷豁醉眸？

校　箋

〔一〕此套僅有《群音類選》本，《全明散曲》據之録定。

懶畫眉一套（爽約）〔一〕　全道人

佳期久約在中秋，及到中秋竟罷休，空辜屈指與凝眸。嫦娥爲我傷情竇，月閉雲深泪雨流。

【不是路】理合相酬，我也將伊一筆勾。應還有，春光別處總堪收。一番羞，被他閃得難消受，不道風流有盡頭。從今後，薄情始信非良偶。是吾差走，是吾差走。

【調角兒】戀新人渾忘故儔，看新人豈能長久。笑恁個覆雨翻雲，全不把心來應口。明欺我囊中盡，勢頭孤，鬢毛斑，腰肢瘦，打教落後。逢花遇酒，風流頓休。祇落得，被人談笑，偏逞風流。

【尾聲】從來終始難成就，嘆尾生空勞株守，未必他人似此失信儔。

校　箋

〔一〕此套僅有《群音類選》本，《全明散曲》據之録定。

懶畫眉一套（釋爽約）〔一〕　全道人

勸君且把火兒消，何苦花街又跳槽，新交怎比舊時交。温存未必如他好，待復爐時轉欠高。

【不是路】我也難拋，誰教他們没下稍。真堪笑，空勞喜鵲夜填橋。悶無聊，琵琶已向他船抱，我强把金尊將月邀。試語嫦娥道，緣何不把圓光照？越添煩惱，越添煩惱。

【調角兒】他雖視山盟草蒿，我將他涵容方妙。我爲甚不敢先支，應是我有些欠到。但不識或假意，或真心，没奈何，妝圈套，也難分曉。魚沉雁杳，相待幾遭。少不得，雪消春暖，重續鸞膠。

【尾聲】天長地久期非小，肯把工夫一旦拋，争得你似我心兒終始交。

校　箋

〔一〕此套僅有《群音類選》本，《全明散曲》據之録定。

懶畫眉一套（惡遇）〔一〕　全道人

惡姻緣斷送一宵難，勉强支撑意懶寬，教人渾似坐針苫。誰知媒妁無青眼，惹得冤家浪笑談。

【前腔】强如寂寞且休言，曾把佳人見萬千，難將冷眼一般看。身邊自有嬌和艷，不比殺炭渾漿可等閑。

【不是路】惡暖憎寒，覆去翻來病幾般。風流汗，可憐變做泪潸潸。舊姻緣，不由此際頻追念，急起披衣燈欲殘。挑燈看，香囊空在人難見。你在何方歡戀？何方歡戀？

【調角兒】往常時怕漏催銀箭，獨今宵捱却如年。方知道對面難逢，也須是三生緣淺。倒不如梅花帳，竹方床，夢游仙，枕琴劍，一番清淡。坐而待旦，蘭湯快燃。洗去了，沾濡污穢，另覓盤桓。

【尾聲】呼童忙把車兒趕，我不是瞎倉官糧收過濫，分付伊家休再纏。

校　箋

〔一〕此套僅有《群音類選》本，《全明散曲》據之録定。

針綫箱一套（閨怨）〔一〕

自别來杳無音信，昨夜裏燈花未准。五行中合受凄凉運，真個是惱人方寸。有時節獨立在垂楊下，可奈枝上流鶯和泪聞。（合）愁悶損，縷金衣上，一點點都是啼痕。

【前腔】過一日勝似三春，轉眼間春光又盡。害不疼不痛懨懨病，漸覺道帶圍寬褪。見落紅滿地香成陣，衹怕雨打梨花深閉門。（合前）

【解三醒】待寫下滿懷愁悶〔二〕，便説與外人誰信。迴文錦圖識不盡，誰訴與斷腸人。幾番待撇心兒裏越縈悶，又争奈一夜夫妻百夜恩。（合）今番病，非因害酒，衹爲傷春。

【前腔】海棠花等閑憔悴損，今日裏不見當年花下人。東君不管人離恨，漫吹散楚臺雲。如痴似醉悠悠勞夢魂，恨不得一上青山立化身。（合前）

【尾聲】恨薄情〔三〕，無憑准。終朝思想泪盈盈，這樣傷春誰慣經。

校箋

〔一〕《伯虎雜曲》本題名作「傷春」；《吴歈萃雅》本、《古今奏雅》本、《南音三籟》本題名作「恨别」，俱注稱鄭虚舟撰；《樂府先春》本、《吴騷集》本無題名，《吴騷合編》本題名作「閨思」，《新編南九宫詞》本、《南詞韵選》本、《樂府争奇》本無題名，俱不注撰者。《全明散曲》屬唐寅，據《伯虎雜曲》本輯録，于鄭若庸名下列爲復出套數。

〔二〕待：底本原作「才」，據《全明散曲》本、《吴歈萃雅》本、《南音三籟》本、《樂府先春》本、《吴騷集》本改。

〔三〕恨：底本原作「爲」，據《全明散曲》本、《吴歈萃雅》本、《南音三籟》本、《樂府先春》本、《吴騷集》本改。

新刻群音類選清腔卷三

黄鐘

絳都春序一套（四景閨怨。小歇帖）〔一〕　王渼陂〔二〕

情濃乍别，爲多才寸心，千里縈結。吐膽傾心，把海誓山盟曾共設。風流却惹下風流業，又擔上風花雪月。滿懷心事，這離緒教我對誰分説。

【出隊子】花開花謝，又早春光應漏泄。紅嬌緑嫩一似錦屏列，觸處繁華都綻徹，嬌滴滴海棠花無心去折。

【鬧樊樓】陽關數曲宫商别，鳳簫聲斷，楚臺虚涉。霧鎖黄金闕，夢斷秦樓月。扢楞争弦斷，撲咚的瓶墜，咭叮噹簪折，響噹噹把菱花鏡碎跌。

【滴滴金】尋芳緩步聞啼鴂，柳畔黄鸝聲弄舌。花飛碎玉呈效野，料東君歸去也。傷情慘切，悶無言倦將簾半揭。此情哽咽，滚滚楊花似雪。

【畫眉序】清和傍佳節，蕤館凉生枕簟設。奈無情來往，戀香蛺蝶。逐荷風點水蜻蜓，池沼内輕浮新葉。可惜虛度納凉夜，鮫綃上泪痕啼血。

【啄木兒】新蟬噪，聲哽咽，浸冰盤藕絲堆雪。羅帕上題詩將心事寫，仗南薰傳信也。不思量舊日冰肌貼，不念枕簟同歡悦，不記得把同心雙結，更不想爲薄情瘦怯。

【三段子犯】〔三〕井梧墜葉，到潮陽情興别。金英萬叠，繞東籬風味絶。天香散麝，傷秋宋玉悲何切。盼征鴻天外行列，煩寄却魚封雁帖。

【滴溜子】紗窗外，紗窗外，桂魄皎潔；銀臺上，銀臺上，曉燈半滅。寶鼎餘香猶爇，西風翠被，寒蛩吟韵切。暗數盡更籌，情思未徹。

【下小樓】嘆嗟，花殘月缺。捱連宵風雨節，姻緣分定受磨折。幾度，思量欲見，争奈路遠途涉〔四〕。

【耍鮑老】寒侵綉幄嚴威冽，舞鵝毛飄粉蝶。逋仙探梅閑游冶，暗香來難尋折。烹茶謾啜，相思擔兒何時歇？漸減桃腮頰，懨懨瘦怯。愁和悶，幾時撇？寬褪羅裙褶，粉黛飄香屑〔五〕。雲鬟亂，金鳳折，展轉香肌别，祇恐鬢堆雪。

【尾聲】窗前暗把音書扯，駡薄情弄巧成拙〔六〕，再不把閑情來引惹。

校箋

〔一〕《吳歈萃雅》本、《詞林逸響》本、《樂府珊珊集》本、《吳騷合編》本、《南音三籟》本、《古今奏雅》本、《萬錦清音》本題名作「四時閨怨」，《樂府先春》本、《吳騷集》本無題名，俱注稱王渼陂撰；《詞林白雪》本無題名，注稱張鳳翼撰；《南詞韵選》本題名作「四季」，《昔昔鹽》本、《南宮詞紀》本題名作「四時怨別」，《新編南九宮詞》本題名作「情」，俱不注撰者；《南詞新譜》引【鬧樊樓】一支，注稱陳藎卿撰。《全明散曲》屬王渼陂，據《群音類選》本輯録。曲牌【絳都春序】，底本原作「【絳都春】」，據《吳歈萃雅》本、《南音三籟》本等和曲譜改。

〔二〕王九思（一四六八—一五五一），字敬夫，號渼陂，别署紫閣山人。鄠縣（今陝西户縣）人。明弘治九年（一四九六）進士，授檢討，歷任吏部主事、文選郎中等職，因劉瑾敗而見逐。以文學見稱當時，爲「前七子」之一。撰有《杜甫游春》、《中山狼》雜劇兩種，另有《碧山樂府》、《渼陂集》、《渼陂續修》等。

〔三〕【三段子犯】：底本原作「【三段子】」，據《吳騷集》本、《樂府先春》本、《南音三籟》本、《吳歈萃雅》本改。

〔四〕涉：底本原作「踄」，據此套押歇帖韵和文意改。

〔五〕屑：底本原作「雪」，據《吳騷集》本、《樂府先春》本、《南音三籟》本、《吳歈萃雅》本、《詞林白雪》本改。

〔六〕罵：底本原作「爲」，據《吴騷集》本、《樂府先春》本、《南音三籟》本、《吴歈萃雅》本、《詞林白雪》本改。

啄木兒一套（閨怨）〔一〕　莫雲卿〔二〕

從别後，泪暗流，心上人兒怎捨丢。想前生宿世曾修，幸今生得會鸞儔。指望如魚似水恩情厚，天長地久相厮守，豈料分薄緣慳不到頭。

【前腔】悶中悶，愁上愁，自古情濃終不久。病懨懨着甚來由，瘦怯怯愁鎖眉頭。記當初共設神前咒，如今一旦成虚謬，衹落得燕去春殘空畫樓。

【三段子】静中自躊，張郎眉爲伊常皺。閑中自求，沈郎腰因他消瘦。相思病要妥無能够，陽臺夢重會無由就，回首巫山雲雨收。

【滴溜子】恩情美，恩情美，番爲怨尤；風雲態，風雲態，變成禍仇。有日姻緣重偶，相思一筆勾。仍諧鳳友，再訂前盟，願天長地久。

【尾聲】相逢再把衷腸剖，往日相思付水流，永效鶼鶼同白首。

校箋

〔一〕《南宫詞紀》本題名作「題情」，注稱莫雲卿撰；《吴騷二集》本、《吴騷合編》本題名作「題情」，俱屬杜圻山撰；《昔昔鹽》本題名作「題情」，不注撰者。《全明散曲》兩屬。

〔二〕莫是龍（一五三七—一五八七），字雲卿，後以字行，更字廷韓，號秋水、後明，别號碧山樵。南直隸華亭（今上海松江）人。十歲能文，以諸生貢入國學。善琴棋書畫，王世貞極稱之。著有《石秀齋集》、《書説》等。《全明散曲》收録其散曲一套。

畫眉序一套（元夜）〔一〕

花月滿春城，燈火輝煌月華明。看人間幻出，閬苑蓬瀛。花燈燦表裏冰壺，明月映團圞金鏡。（合）帝京，正值元宵令，謳歌五穀豐登。

【前腔】簫鼓動春聲，彩結鰲山謾施逞。看雲鬟翠袖，裊娜娉婷。人叢裏素手相携，燈影下香肩相并。（合前）

【神仗兒】良辰美景，良辰美景，燈月千門，烟花萬井。彩樓珠樓相稱，有鬧竿百尺，倒掛絨繩。高點起萬枝燈，似落下滿天星。

【前腔】燈兒有名，燈兒有名，下下高高，齊齊整整。一盞牡丹，群花簇定。更芙蓉菡萏，碧桃紅杏。金蓮沼水澄澄，琉璃塔焰騰騰。

【滴溜子】梅花燈，梅花燈，暗香疏影；雪花燈，雪花燈，玉潔冰清。綉毬同心方勝，流蘇絡索垂，撒花蓋頂。架閣重樓，千層萬層。

【前腔】魚龍燈，魚龍燈，影動畫屏；觀音燈，觀音燈，柳枝净瓶。巧妝諸佛諸聖，光明火焰中，神通大逞。三教百工，行行等等。

【鮑老催】日華月精，金鷄玉兔裁剪成，雲宵望處鐘鼓鳴。燈花爛，燈影斜，燈光映。圓燈宛轉方燈正，畫燈五彩紗燈净，火傘兒紅油柄。

【前腔】虎燈象燈，鴛燈鷺燈都像生，蝦燈蟹燈都像形。羅綺叢，錦綉圍，笙歌競。佳人綉轂穿芳徑，王孫寶馬敲金鐙，堪寫入丹青幀。

【雙聲子】人歡慶，人歡慶，預把佳期定。酒謾行，酒謾行，擺列華筵盛。奏錦箏，奏錦箏，和鳳笙，和鳳笙。任醺醺那管，夜闌人静。

【前腔】宜時令，宜時令，巧剪金花勝。烟靄輕，烟靄輕，香裊黄金鼎。碧漢傾，碧漢傾，斗柄横，斗柄横。任醺醺那管，夜闌人静。

【尾聲】盤桓且盡今宵興，托賴着吾皇聖明，歲歲年年賀太平。

校箋

〔一〕《盛世新聲》本、《盛世詞林》本無題名，俱不注撰者；《梨雲寄傲》本、《詞林摘艷》本、《南宫詞紀》本題名作「元夜」，俱注稱陳大聲撰。《全明散曲》屬陳大聲，據《梨雲寄傲》本輯録。陳大聲，生平簡介見本書「北腔類」卷五「【新水令】《春閨》」條。

畫眉序一套（春游）〔一〕

約友到西郊，萬紫千紅鬥妝巧。想當時羯鼓，趲教開了。聽流鶯柳内間關，看蜂蝶花前飛繞。（合）醉扶歸去人争笑，却不道就眠芳草。

【前腔】偏趁賞花朝，日暖風和上林好。看墻頭梅子，滿枝青小。杏花村車馬紛紜，楊柳巷笙歌喧閙。（合前）

【前腔】垂柳間夭桃，方信人間勝蓬島。喜蘭亭修禊，盡開懷抱。緑衣郎載酒尋芳，紅粉女牽衣歡笑。（合前）

【前腔】花下解金貂，倦倚東風聽啼鳥。畫樓西日墜，轉添縈惱。醉沉酣酒盡金壺，人

酩酊花欹烏帽。（合前）

【滴溜子】花和柳，花和柳，漫簇絳綃；蜂和蝶，蜂和蝶，往來鬧炒。黄鸝聲巧，開尊泛紫醪，拚沉醉倒。任取紅日，西墜畫橋。

【鮑老催】牡丹窈窕，遥觀宛若楊妃貌，多情故把人戲調。花顔妙，人意合，春光好。今朝盡把壺觴靠，從教酩酊玉山倒，共花下眠一覺。

【雙聲子】眠一覺，眠一覺，把衣帽都撇掉。腔韵高，腔韵高，齊和唱【川撥棹】。酒興豪，酒興豪，越恁好，越恁好。見明月轉上花梢。

【尾聲】東君休與人作拗，莫把春光辜負了，白髮從來不放饒。

校　箋

〔一〕《南詞韵選》本題名作「春」，《新編南九宫詞》本題名作「景」，俱不注撰者。《全明散曲》屬無名氏，據《群音類選》本輯録。

畫眉序一套（《西廂》）〔一〕

蕭寺久停喪，水陸修齋赴法堂。猛相逢洛下，少年張郎。這一點春色難藏，他兩下秋波來往。那時惹起春心蕩，鶯鶯在月下燒香。

【黄鶯兒】强寇爲紅妝，擁三軍勢莫當，窮途母子多凄愴。張生在傍，修書數行，許退兵之後諧鴛帳。恨萱堂，背盟失約，孤負那襄王。

【集賢賓】湘裙半濕花露香，悄立在明月西厢。檐馬無聲更漏長，聽高山流水琅琅。眠思夢想，他待學蘇卿模樣。添惆悵，這意兒都鎖在翠眉尖上。

【啄木兒】重思想，暗忖量，都做了風流話一場。這相思地久天長，怎教人捱得凄凉？夫人行半刻不輕放，紅娘坐卧相隨傍，這是行雨行雲枉斷腸。

【三段子】松陰滿廊，想夫人睡正長。花陰滿窗，唤紅娘出綉房。偷開金鎖，恐怕聲兒響。蒼苔露濕鞋幫上，戰戰驚驚過那厢。

【滴滴金】張生喜事從天降，把萬斛離愁都撇漾。覷多嬌容貌，好一似觀音樣。論寒儒何福量，蜂喧蝶攘。百忙裏，又把門兒放。

【耍鮑老】鸞衾象床，什東君自主張。猶魚暖躍桃花浪，腥腥血染翠綃裳。香汗濕酥胸，唇吐胭脂絳。嬌花嫩蕊精神爽，千金一刻非虚獎。鶯聲細，腰肢軟，眼微茫。半晌魂飛蕩，兩意都歡暢。鸞和鳳，鴛與鴦。惟願取常相向，休把誓盟忘。

【尾聲】從今勾却相思帳，一夜東風破海棠，把相國家聲將來喪女娘。

校箋

〔一〕此套僅有《群音類選》本，《全明散曲》據之録定。

晝眉序一套（閨怨。係十三腔入高平調）〔一〕

無意整雲鬟，斗帳衾寒夜不眠。謾傷春憔悴，懶拈針綫。唤丫環休捲珠簾，怕羞睹雙飛紫燕。悶懷先自心撩亂，怎禁他萬般消遣。

【黄鶯兒】羞對曉妝奩，俊龐兒不似前〔二〕，可憐玉腕寬褪黄金釧〔三〕。香肌瘦減，歌慵笑懶，這幾般兒都祇爲虧心漢。枉埋冤，當初是我，不合和你配青鸞。

【四季花】〔四〕愁殺悶人天，見樓兒上，窗兒外，皓月斜穿。更闌，芙蓉帳冷春夢寒，鴛鴦枕兒閑半邊。覺來時，愁萬千。粉容憔悴，懶貼翠鈿，香肌瘦損羅帶寬。咫尺在目前，悄没個捎書人便〔五〕。奈天遠地遠，山遠水遠人遠。

【皂羅歌】漸覺神魂勞倦，唤玉梅款款摟定香肩〔六〕。甫能魂夢到君前，風吹檐馬滴溜溜轉。别郎容易，見郎又難；思郎千里，怨郎幾番。千愁百恨枉埋冤。雕檐畔，鵲噪喧，幾番虛報信音傳。危樓上，憑畫闌，幾回錯認去時船。

負花前。

【解三酲】去時節早梅初綻，定約到燕子來時人便還。到如今鶯老花殘後，怎不見去的人兒面？他在秦樓上戀着別少年，却不道有個人兒眼望穿。頻作念，許多時可惜，辜負花前。

【浣溪紗犯】〔七〕楊柳眉，秋波眼，端的是爲伊愁煩。年年三月病懨懨，真個惱殺人也天。要解愁腸除非是酒，酒醒後悶懷重添。瀟瀟風雨送春寒，滿院梨花啼杜鵑。

【柰子花】從伊別後更有誰憐？將心事仗托誰傳？朝雲暮雨和誰戀？同心帶共誰同綰？作念，心似酒旗懸懸。

【集賢賓】瑶琴鎮日續斷弦，待要撫操求鸞。又被風吹別調間，端的是爲伊抛閃。緣慳分淺，恁下得王魁手段。伊行短，全沒個意回心轉。

【琥珀猫兒墜】薄情一去，不覺又經年。你做琴兒學統縵，這頭方了那頭圓。迷戀，知是甚日歸來〔八〕，舊家庭院。

【啄木鸝】〔九〕把香囊綉，書寄遠，爲你停針三四番。綠窗下豈無人見，月下把綉針偷拈。未曾題起先泪漣，把泪痕兒封去教他看。這斑斑，都是情人做出，相思泪兒眼。

【玉交枝】恁下得將人輕賤，歹心腸鐵石樣堅。空教奴數得歸期晚，寶釵劃損雕闌。飛不過翠巍巍離恨關，挑不起重沉沉相思擔。要見他千難萬難，要見他除非是夢間。

【憶多嬌】天黯黯，月慘慘，房兒中冷落衾枕單，我這裏恨着更長，他那裏偏嫌春宵漏短[一〇]。拜告蒼天，拜告蒼天，甚時殘月再圓。

【月上海棠】奴命蹇，甚日脱得凄凉限？記當初和你，唱徹陽關。兩三番耳畔叮嚀，全不把音書回轉。同罰願，負心的瞞不過，湛湛青天。

【尾聲】歸來必定重相見，相見後依然歡宴，辦炷盟香答謝天。

校箋

〔一〕《吴歈萃雅》本、《詞林逸響》本、《樂府珊珊集》本、《南音三籟》本、《古今奏雅》本題名作「閨怨」，《樂府先春》本、《吴騷集》本、《詞林白雪》本無題名，俱注稱王渼陂撰；《昔昔鹽》本、《樂府争奇》本無題名，俱不注撰者。《全明散曲》屬王九思，據《群音類選》本輯録。

〔二〕俊：底本原作「瘦」，據《詞林逸響》本、《南音三籟》本、《吴歈萃雅》本、《樂府珊珊集》本改。

〔三〕玉腕：底本原作「臂玉」，據《詞林逸響》本、《南音三籟》本、《吴歈萃雅》本、《樂府珊珊集》本改。

〔四〕【四季花】：底本原作「【四時花】」，據《南音三籟》本、《增定南九宫曲譜》本改。

〔五〕捎：底本原作「稍」，據《增定南九宫曲譜》本改。

〔六〕摟定：底本原作「倚定」，據《詞林逸響》本、《南音三籟》本、《吳歈萃雅》本、《樂府珊珊集》本改。

〔七〕【浣溪紗犯】：底本原作「【浣溪紗】」，據《詞林逸響》本、《南音三籟》本、《吳歈萃雅》本、《樂府珊珊集》本、《古今奏雅》本改。

〔八〕知：底本原作「還」，據《詞林逸響》本、《南音三籟》本、《吳歈萃雅》本、《樂府珊珊集》本改。

〔九〕【啄木鸝】：底本原作「【啄木兒】」，據《詞林逸響》本、《南音三籟》本、《吳歈萃雅》本、《樂府珊珊集》本、《古今奏雅》本改。

〔一〇〕漏：底本原作「又」，據《詞林逸響》本、《南音三籟》本、《吳歈萃雅》本、《樂府珊珊集》本改。

畫眉序一套（閨怨。和前韻。係十三腔入高平調）〔一〕

蟬影亂低鬟，春色撩人午未眠。見陌頭楊柳，嫩摇金綫。送新愁無奈林鶯，説舊恨何當梁燕。恍然一點芳心亂，茸茸好難消遣。

【黄鶯兒】無語啓香奩，這相思怯似先，倦梳妝冷落釵和釧。香消翠減，情多意懶，恨無能插翅飛霄漢。苦埋冤，畫眉人遠，羞澀怕臨鸞。

【四季花】乍雨乍晴天，嘆骨兒瘦，腰兒軟，舊衣難穿。憑闌，衡陽渺渺魚雁寒，孤魂杳落雲樹邊。望長安，路八千。奴心堅比金共鈿，君心料應難放拚。蒼天在眼前，早不會賜行人方便。奈雲散雨收，夢沉書遠。

【皂羅歌】睡起沉沉春倦，把指頭兒暗數流年。誰家鞍馬過門前？教人幾度秋波轉。韶光易老，留他又難；東風作惡，恨他幾番。玉容寂寞泪闌干。花陰碎，鳥韵喧，幾番錯認信音傳。青燈下，皓月前，幾番空自望歸船。

【解三醒】好時光緑肥紅綻，奈病債愁情相往還。桃花空滿玄都觀，那劉郎怎得一面？緑窗下再四憶去年，教我泪雨飄紅心膽穿。空憶念，星前月下，琴調玉軫，詩寫鸞箋。

【浣溪紗犯】憶遠心，傳春眼，難消受許多愁煩。落花烟雨正懨懨，情意苦慘如秋天。雲鎖秦樓人未返，静悄悄困極悲添。羅衾不耐五更寒，風静檐牙怯野鵑。

【柰子花】良辰虚度端的誰憐？怪着他久無音傳。天涯爲甚常留戀？莫不是别有牽綰？應念，舊情人眼兒懸懸。

【集賢賓】誰家緑綺調素弦，聲聲怨鶴愁鸞。人在凄凉斗帳間，對一盞孤登拋閃。風流夢淺，腸一寸截成千段。長共短，專望你馬兒旋轉。

【琥珀猫兒墜】蛾眉宛轉，能得幾時妍？花瓣難同昨夜鮮，色光曾比舊時全。凄然，立盡了荳蔻閑階，海棠庭院。

【啄木鸝】容光褪，心事遠，衹落得長吁千百番。問天道甚時得見，無人處把瓣香偷拈。恁須知故園桃李嗟無伴，隔岸花縱好休貪看。涕痕斑，眼兒裏悠悠望斷，湘水漾清漣。

【玉交枝】總富貴休忘貧賤，耳邊厢盟牢誓堅。薄情一去歸何晚，到如今花老春殘。音和信隔絶三疊關，病和愁積起千來擔。怨着他離易會難，想着他流落在路間。

【憶多嬌】天色黯，雲色慘，惡相思惱殺形影單。鎮日裏廢寢忘餐，端衹爲寃家情虧行短。絮雪漫天，絮雪漫天，過墻頭鞦韆影懸。

【月上海棠】簾半捲，落花滿地愁無限。厭聽那枝頭，百舌間關。奈何他斷送春歸，不肯唤行人回轉。設舊願，衹憑着頭兒上，一個青天。

【尾聲】當初記得長亭畔，約定在春初相見，又早過清明榖雨天。

校箋

〔一〕此套僅存《群音類選》本，《全明散曲》據之録定。

畫眉序犯一套（閨情。入高平調）〔一〕　劉東生〔二〕

鸎鵡報春晴，汗濕酥胸睡初醒。把簾鈎輕捲，散步閑行。留不住幾樹花香，踏不折一枝梅影。形孤另，可惜辜負新春，懶裁雙勝。

【錦堂月犯】心驚，荳蔻微生，丁香暗結，教人睹物傷情。懊恨東君，韶光已破三分。二分付流水浮萍，一分襯馬蹄芳徑。傷春病，因此上花鈿慵整。

【集賢賓犯】殷勤把酒多至誠，勸東君須索長情。明歲重來期已定，倒不如就此留停。同歡同慶，免秋到碧梧金井。再叮嚀，留春不住，相送過洛陽城。

【黄鶯兒犯】回首悶無憑，托香腮泪暗傾，見雕梁雙燕長相并。這燕兒幾聲，那燕兒數聲，他把春愁説盡難回應。冷清清，倚圍屏，交頸鴛鴦綉不成。

【一封書犯】紅光溜小亭，滿地胭脂春草青。欲待要尋芳穿曲徑，尤恐踏碎殘紅不敢行。惜春無計，誰來助情。惜花怨苦，誰來辨明。悄無言立盡鞦韆影。

【皂羅袍犯】粉墻外踮的踮蹬，是誰家公子，策馬閑行？放金丸花下打流鶯，分明是偷香手段原端正。君無意，妾有情，隔墻空自眼睁睁。看不見，恨轉增，夕陽揮泪杜鵑聲。

【甘州歌犯】東方月又生，辦盟香金鼎，再拜虔誠。嫦娥缺處，幾時許我圓成？清光照人孤另影，更睹牽牛織女星。驀然聽，是誰家庭院，銀甲彈箏？

【解三酲犯】夜深露濕春衫冷，手把瓊窗悄悄扃。丫環報東君昨夜成婚配，西女今朝已結盟。傷心跌碎菱花鏡，震滅瑶臺一盞燈。孤幃冷，番來覆去眠不穩，泪濕羅衫一片冰。

【好姐姐犯】厭聽，長更短更，挨盡了銅壺寂静。心慵意懶，方纔好夢成。初上陽臺，喜雨歡雲。猶未醒，他人行春宵一刻，價值千金。自恨我無緣，把萬刻春宵一雨傾。

【僥僥令】惜花春有意，愛月夜無情。畢竟紅顔多薄命，祇得避香閨守夜清。

【尾聲】梨花報與桃花杏，潔白妖紅兩鬥争，可惜春光去怎生。

校　箋

〔一〕《吴騒合編》本題名作「閨情」，《吴歈萃雅》本、《詞林逸響》本、《樂府珊珊集》本、《南音三籟》本、《古今奏雅》本題名作「春日閨情」，俱注劉東生撰；《昔昔鹽》本題名作「閨情」，《樂府争奇》本無題名，俱不注撰者；《樂府先春》本無題名，注稱吴川樓撰。《全明散曲》屬劉東生，據《群音類選》本輯録。按：《群音類選》本與《樂府先春》本更爲接近。吴國倫（一五二四—一五九三），字明卿，號川樓、南嶽山人，湖廣興國（今湖北陽新）人。明嘉靖二十八年（一五四九）舉人，二十九年（一五五〇）進士，歷任中書舍人、兵科給事中、江西按察司知事、南康推官、建寧同知、邵武知府、貴州提學僉事、河南左參政等職，曾因反對嚴嵩而被貶，嚴嵩敗後被起用。工詩，與李攀龍、王世貞等被稱作「後七子」。著有《藏甲巖稿》、《藏甲巖續稿》、《吳川樓集》、《續吳川樓集》、《春秋世譜》等。《全明散曲》僅著録其此套散曲，且作爲復出套數。

〔二〕劉兑（生卒年不詳），字東生，浙江紹興人。知音善曲，撰有雜劇《月下老定世間配偶》、《金童玉女嬌紅記》二種，《全明散曲》輯其散曲作品小令五支，套數四套，復出套數四套。

畫眉序犯一套（閨情。入高平調）〔一〕　陸包山〔二〕

烟暖杏花明，芳草東風燕子輕。羅袖上傷春，數點啼痕。錦被空閑鴛帳冷，對妝臺雲鬟倦整。形孤另，撇不去半床幽夢，一枕離情。

【集賢賓犯】冰肌瘦損春病深，正海棠庭院黄昏。滿徑蕭蕭寒月影，畫闌干和悶閑憑。風清露冷，空立遍碧梧金井。有離人，紫簫何處，吹出斷腸聲。

【皂羅袍犯】漸覺腰肢寬褪，恨冤家頓忘了，海誓山盟。佳期約我在梅花未生，到如今牡丹開後無音信。鬆金釧，倚畫屏，幾回目斷暮山青。思千縷，嘆數聲，野雲江樹總銷魂。

【香柳娘犯】看銀燈半明，看銀燈半明，瑞爐烟盡，冷清清擁抱寒衾枕〔三〕。謾傷心咽哽，謾傷心咽哽，蛾眉爲誰顰，玉容爲誰損。正孤眠未穩，正孤眠未穩，子規何處鳴？愁無盡，聲聲訴與誰人聽？又被檐鈴，將我好夢驚。

【滴溜子犯】憑誰訴，憑誰訴，默默此情；幽窗下，幽窗下，針綫慢停。綉到鴛鴦交頸，又滴下相思泪幾點〔四〕，濕透羅襟〔五〕。空對景暗傷神，空對景暗傷神。

【僥僥令犯】娘行難離側，侍女緊隨身。空有音書無魚雁，誰肯做針兒將綫引。薄情人，須記得香羅帕上，萬種恩情。

【鶯啼序犯】夜静抱銀箏，把冰弦謾整。又彈出燕孤鶯寡，鳳拆鸞分。追省〔六〕，恨祇恨當初花下相逢眼底情。風又清，月又明，枉把青春虚度美景良辰。

【尾聲】漏遲遲，昏睡醒。綉簾外重門寂静，深鎖着一天愁悶。

校箋

〔一〕《吴騷集》本無題名，注稱陸包山撰；《昔昔鹽》本題名作「孤眠秋悶」，《樂府争奇》本無題名，俱不注撰者；《樂府先春》本無題名，注稱徐存齋撰。《全明散曲》屬徐存齋，據《群音類選》本輯録。在陸包山名下作爲復出套數。

〔二〕陸治（一四九六—一五七六），字叔平，號包山，别稱包山子，南直隸（今江蘇省）吴縣人。爲人講義重信，工畫山水。有《包山遺詩》。《全明散曲》輯其套數三套，復出套數一套。

〔三〕寒：底本原作「閑」，據《樂府先春》本、《吴騷集》本改。
〔四〕泪：底本無，據《樂府先春》本、《吴騷集》本補。
〔五〕濕透：底本原作「泪濕」，據《樂府先春》本、《吴騷集》本改。
〔六〕追省：底本原作「自省」，據《樂府先春》本、《吴騷集》本改。

越調

番山虎一套（閨怨）〔一〕　陳海樵〔二〕

夜雨滴空階，頓使離人愁滿懷，泪滴珍珠在胸前揣。翠屏空自靠，綉衾懶去捱。香消金鼎，燈昏寶臺。空房孤另守，更長夜怎捱。此際實無奈，愁眉不展開。（合）短命喬才，命短喬才，去後音書漸乖。

【前腔】冤家一去〔三〕，枉自徘徊。想起他情思稠〔四〕，夢魂到楚臺。又被檐鈴鬥，猛驚覺來。不記得花前語，把盟言盡數埋〔五〕。空自嗟，謾自悲。多想他貪歡愛，何時得再諧？（合前）

【前腔】他那裏珠圍翠繞，咱這裏形骸漸衰。他那裏戀香腮，咱這裏朱顔改。塵蒙鏡臺，空閑寶釵。瘦得似，沈郎腰蕭條羅帶。病得似〔六〕，潘郎貌雙鬢早白。都衹爲分淺緣慳，總是妾命乖。（合）甚日歸來，但得歸來，錦帳鮫綃再解。

【前腔】去時節春花艷色，到如今秋深時屆〔七〕。全不想恩情重似山，空教我悶懷深似海。懊恨喬才，枕簟無眠，下得人毒害。（合前）

【尾聲】一床錦被空閑在，萬種離愁縈滿懷，寂寞難禁瀟瀟雨灑階。

校箋

〔一〕《昔昔鹽》本題名作「怨入愁腸」，《樂府争奇》本無題名，俱不注撰者；《樂府先春》本、《吴騷集》本無題名，俱注稱爲古調。《全明散曲》據《群音類選》屬陳海樵，并據之録定。

〔二〕陳鶴（一五一六——一五六〇），字鳴野，又字鳴軒、九皋，號海樵，别號水樵生、海樵山人。山陰（今浙江紹興）人。明嘉靖四年（一五二五）舉人。善畫水墨花草，工曲，撰有《海樵先生集》、《越海亭詩》、《息柯餘韵》、《孝泉記》傳奇一種，已佚。《全明散曲》輯其散曲小令九支、套數七套。

〔三〕冤家一去：底本原作「身心一派」，據《樂府先春》本、《吴騷集》本、《九宫大成南北詞宫譜》本改。

〔四〕他情思稠：底本原作「情思渺」，據《九宫大成南北詞宫譜》本改。

〔五〕數：底本原作「鎖」，據《九宫大成南北詞宫譜》本改。

〔六〕病：底本原作「悶」，據《樂府先春》本、《吴騷集》本、《九宫大成南北詞宫譜》本改。

〔七〕屆：底本原作「届」，據《樂府先春》本、《吴騷集》本、《九宫大成南北詞宫譜》本改。

番山虎一套（閨怨）〔一〕　祝枝山

楊柳色侵眸，猛撩離人心上愁。百結丁香，怎比柔腸紐。畫闌閑倚遍，綉簾懶上鈎。濃妝慵整，臨風强謳。翠眉頻蹙損，粉容嬌害羞。空惹黄花瘦，帶圍寬褪頭。（合）漸減風流，漸減風流，怎奈相思未休。

【前腔】悔教夫婿，拜將封侯。辜負繁華景，魂勞追舊游。無奈枝頭鳥，一聲聲好逑。驚散了鴛鴦夢，翻成蝴蝶愁。雲又散，雨又收。空道巫山秀，醒來不自由。（合前）

【前腔】去時節梧飄金井，到于今花填玉溝。全不想魚雁寄封書，多因是鸞凰成配偶。表記空留，自古貪他，反着他人手。（合）誰與綢繆，誰與綢繆，忘了神前拜酬。

【前腔】莫不是錦帆根脚？莫不是瑞香多頭？莫不是醉還醒野花村酒？莫不是利和名朱門彩樓？空教我數盡歸期，斷釵剔銀毬。（合前）

【尾聲】春風舊路歸楊柳，三唱陽關泪暗流，早寫音書央人萬里投。

校　箋

〔一〕《昔昔鹽》本題名作「閨怨遠離」，《樂府争奇》本無題名，俱不注撰者；《樂府先春》本無題名，注稱顧東橋撰。《全明散曲》本屬顧東橋，據《樂府先春》本輯録，題從《群音類選》，于祝枝山名下作爲復出套數。顧璘（一四七六—一五四五），字華玉，號東橋，别署東橋居士，南直隸（今江蘇）蘇州人，寓居南京。明弘治九年（一四九六）進士，官至南刑部尚書。少聰俊，有才名。著有《息園詩文稿》、《山中集》、《憑几集》、《顧華玉集》、《浮湘集》等。《全明散曲》收其散曲一套。

亭前柳一套（閨怨）〔一〕

瓶墜寶簪折，人遠信鸞絶。又被玉奴催，睡早暗傷嗟。（合）被兒被兒温不暖，冷如鐵，泪點兒漸成血。

【前腔】涕噴没休歇，耳朵鎮常熱。聽得門前人，報導不歸也。（合前）

【皂羅袍】負却花臺月榭，奈玉簫聲斷，楚雲重遮。賞春羞上七香車，因循過了清明也。離愁萬種，放不下些＝；珍羞百味，咽不下些＝。心兒裏待捨教我如何捨？

【前腔】最苦是如年長夜，聽蕭蕭窗外，雨聲不絶。自從陽關與郎别，衾衣更不薰蘭麝。

從他去後，好的記些〻；相思魂斷，夢兒做些〻。心兒裏待捨教我如何捨？

【下山虎】香羅難綰，錦鴛雙結。任他雲鬟亂，好花倦折。那更綉綫慵拈，水沉懶爇，無限凄涼捱未徹。從去後半年別，整整思量五六個月。（合）女伴中不敢説，待擲金錢暗卜，猶恐漏泄。

【前腔】歸來磨問，看他分説。害得我伶仃瘦，你忒狠切。直教他跪到更深，柳梢上月，管取肐膝須見血。剛待忍暫時撇，取次思量又成哽咽。（合前）

【尾聲】千金寶馬歸來也，笑吟吟錦鞍初卸，把受過凄涼從頭慢慢説。

校　箋

〔一〕《吴騷二集》本、《萬錦清音》本題名作「夜思」，《南音三籟》本題名作「閨情」，俱注稱唐伯虎撰；《吴騷合編》本題名作「夜思」，注稱唐伯虎撰，并釋稱「墨憨齋改本，較原稿異」；《太霞新奏》本題名作「夜思」，注稱唐伯虎撰，并釋稱「墨憨齋改本」；《昔昔鹽》本題名作「離情舍訴」，不注撰者。《全明散曲》屬唐伯虎，據《群音類選》本輯録。

小桃紅 一套（紀情）〔一〕 王元和〔二〕

暗思金屋配合春嬌，是那一點花星照也。向這歡娱中，深埋了禍根苗。從見了那妖嬈，便和咱燕鶯期，鳳鸞交，鴛鴦侶，直引得蜂蝶鬧也。恨不得折損柔條，誰承望五陵人，先能够小蠻腰。

【下山虎】向芙蓉錦帳，喜度春宵。説不盡忔憎處，有萬般俏巧。割捨得葉損枝殘，蕊開瓣凋，早一樹鉛華春事了。是咱思算少，被傍人一味裏攪。猛可的祆神廟，頓然火燒，取次藍橋又被水渰倒。

【二犯鬥寶蟾】記痛别，低低道，你休得爲我愁煩，因我煎熬。多嬌，猶兀自恐憔悴潘安容貌。越教我氣衝牛斗，恨填滄海，愁鎖霞霄。

【五韻美】爲恩情傷懷抱，追游宴賞緣分少。奈朱顔鏡裏先老，書齋静悄。不敢展文公家教，但衹是研香翰染兔毫。纔落紙便寫出，風情翰林舊藁。

【四般宜】織字錦，寄英豪。焚金鼎，告青霄。端詳了雲翰墨，越教我恨難熬。全不寫雲期雨約，但衹訴玉減香消。他道我風流性，如竹摇。忔登的在咱心上，默地拴牢。

【五般宜】他那裏紅妝殘頓無楚嬌，咱這裏青衫濕漸成沈腰。他那裏血泪揾鮫綃，咱這裏行裏坐裏五魂縹緲。他那裏耽煩受惱，咱這裏離多會少。莫不是普天下相思，我共他都占了。

【江頭送別】腌臢悶，腌臢悶，甚時斷絶；懨煎病，懨煎病，甚藥醫療。不敢對人明明道，衹落得夢斷魂勞。

【憶多嬌】無福消，命難招，老天斷送鳳鸞交，形孤影吊夜迢迢。天知寂廖，天知寂廖，管取和天瘦了。

【尾聲】眠思夢想如花貌，這愁煩有誰知道？惟有一盞孤燈昏昏伴到曉。

校　箋

〔一〕《吴騷合編》本題名作「題情」，《彩筆情辭》本題名作「懷美」，俱注稱王元和撰；《吴歈萃雅》本、《詞林逸響》本、《南音三籟》本、《古今奏雅》本題名作「思憶春嬌」，《詞林白雪》本無題名，俱注稱陳大聲撰；《詞林摘艷》本題名作「題情」，注無名氏撰；《詞林一枝》本題名作「風情妙曲」，《昔昔鹽》本題名作「憶昔思情」，《新編南九宫詞》本題名作「情」，《南詞韵選》本、《盛世詞林》本無題名，俱不注撰者。《全明散曲》本兩屬。曲牌【小桃紅】，底本原作「【山桃紅】」，據《吴騷合編》本、《彩筆情辭》本、《吴歈萃雅》本、《南音三籟》本、《南詞新譜》本等和曲譜改。

〔三〕王元和，字號、里籍、生平均不詳。

憶多嬌一套（男送別）〔一〕　中分樹主人〔二〕

卿賦歸，我泪垂，一月恩情一旦違，莫爲相違心便灰。（合）此際難爲，此際難爲，鐵石心腸痛悲。

【前腔】暫爾陪，難久隨，分付離歌且莫催，有甚閑情戀酒杯。（合前）

【鬥黑麻】我心上愁城，千堆萬堆，卿心上相思，千纍萬纍。從此後，冷書幃。度日如年，惟形是偎。（合）知心有誰？須通紅葉媒。早辦重逢，早辦重逢，臨妝畫眉。

【前腔】我不忍薄情，唯天可推，卿有志不移，休將約虧。頻執手，共徘徊。努力加餐，前歡可追。（合前）

校箋

〔一〕此套僅存《群音類選》本，《全明散曲》據之録定。

〔二〕中分樹主人，姓名、里籍皆不詳。《全明散曲》輯其小令十四支，套數一套。

玉簫令一套（閨怨）〔一〕

鳳友鸞交，從來少下梢。常言道稱心好事，豈得堅牢。一從我共他，都做了花和柳，各圖盡老。和他兩好合一好，半步兒不暫抛。誰承望到得如今釵分了。

【西河柳】相思惱，害得我没分曉。恨祇恨短命俏冤家，他去了無踪，魚沉雁杳。不記得盟言并誓語，信着外人挑。起一片陷人心，全不記好。

【五奥子】最苦是冷瀟條，最苦是人静悄。最苦是啾啾唧唧寒蛩鬧，最苦是悲悲切切雁聲高，最苦是嗶嗶嚗嚗砧聲攪。好教我睡不着，眼睁睁巴明，不能够到曉。

【前腔】最苦是燈殘倦挑，最苦是離多會少。最苦是寂寞偏嫌更漏杳，一更鼓有五點敲，一點點有十數遍敲。天，祇被他一聲聲，敲得我的愁腸斷了。

【尾聲】更籌捱徹靈鷄叫，鷄叫後鐵牌聲鬧，便做陳摶怎生捱到曉。

校　箋

〔一〕此套僅存《群音類選》本，《全明散曲》據之録定。

綉停針一套（秋景。亦入弦索）〔一〕

蕩起商飆，金井梧桐葉漸凋。幾番雨過凉天到〔二〕，迤邐把扇兒慵摇。頓覺得紗厨裏似水，風流處，可喜娘妖嬈。耳過低道今宵好，今宵紈扇且停摇，凉似昨夜多少。

【祝英臺】畫堂深，人静悄，秋意景偏好。風送暗香，丹桂芬芳，先占沁園秋早。開了，此時莫惜千金，花前歡笑。賞心樂事，須拚沉醉酶酶。

【望歌兒】天然獨占衆芳開遍了，此花有百媚千嬌，不减蟾宫好。四出玲瓏，花神恁般施巧〔三〕，是則是花頭兒雖恁小〔四〕，真有許多香得好。

【鬥寶蟾】折取向膽瓶中安插了，香滿庭軒，恍若身在蓬島。皓齒纖腰，那更歌舞勸香醪。多嬌，撚花枝時嗅微微笑。道勝如茉莉，賽過荼蘼，香似沉腦。

【四般宜】攢攢簇簇縷金銷，枝枝葉葉綴瓊瑶。嬌嬌滴滴顔色好，瀟瀟灑灑恁清高。香徑裏紅圍翠繞，那堪受玉軟香嬌。月兒照，越恁好。佳人應笑，嫦娥空老。

【山麻客】玉露金風，是他故交。况良宵有月，玳筵可邀。如花貌，逞妖嬈，問道奴嬌花貌嬌？人月鬥嬌，想丹青怎描，儘教得才人下筆吟嘲〔五〕。

【惜多嬌】花又好，月又皎，惜花愛月，眠遲起早。暮暮朝朝，不離花表。賞足花前，怎教殘英墜了。

【江神子】且莫教兒童掃，滿斟一任玉山倒。醉來花下〔六〕，眠芳草〔七〕。贏得滿身蘭麝異香飄，風韵好。

【有餘情煞】觀花愛月須年少，且對酒高歌歡笑。月夕花朝，休教辜負了。

校　箋

〔一〕《詞林摘艷》本題名作「題丹桂」，《雍熙樂府》本題名作「題木犀」，《舊編南九宮譜》本、《盛世新聲》本、《盛世詞林》本無題名，俱不注撰者。《全明散曲》屬無名氏，據《群音類選》本輯録。

〔二〕到：底本原作「道」，據《盛世新聲》本改。

〔三〕施巧：底本原作「然」，據《舊編南九宮譜》本、《盛世新聲》本改。

〔四〕是則是：底本原作「是向則是」，據《舊編南九宮譜》本、《盛世新聲》本改。

〔五〕教：底本原作「消」，據《舊編南九宮譜》本改。

〔六〕來：底本原作「眠」，據《舊編南九宮譜》本改。

〔七〕眠：底本原作「勝如」，據《舊編南九宮譜》本、《盛世新聲》本改。

祝英臺一套（鶯燕蜂蝶）〔一〕　祝枝山

展金衣，彈玉管，求友競遷喬。衝破翠烟，一點深黄，分得艷陽多少。輕巧，把鳳笙銀簫鬆調〔二〕，唱道上林春好。怎知道，却把佳人驚覺。

【前腔】清曉，柳眉邊，花心畔，來往恣縈擾。裁剪緑陰，滯殢紅芳，一任把金梭呈巧。偷瞧，傍桃花巧語綿蠻，細把春心訴告。怪天女，又向枝頭聽了。

【前腔】知否，差池上下，于飛無計定新巢。尾掠剪刀〔三〕，烟染烏衣，紅杏枝頭春鬧。向早，謝東君細雨調，和點點香泥融了〔四〕。料應是，幾片落花相攪。

【前腔】重到，共呢喃坊里尋鄰，緑水尚圍繞。嫁柳婚花，送暖偷寒，結取舊時歡好。蘇小，道恨伊不管流年，把春色銜將去了。却飛入，昭陽姓趙。

【沉醉海棠紅】弄春色憑花附草〔五〕，奈蛾兒把花心牽擾。翠紅鄉終日追游，全不管瘦腰纖小。儘教他，綉幕深藏，管取暗中偷到。

【前腔】受用盡花房深奥，雌黄嘴硬媒强保。倚疏狂侮弱欺嬌，把含心綻蕊都割。花鬚好，一任春褪嬌黄，祇落得味甜香飽。

【川豆葉】大都來，輸他鳳子俌俏。看炙日調風，緑愁紅惱。道賈女香濃，何郎粉少。雙玉片薄翅顫摇，趁狂心舞風斜裊，得意璚鬟輕料峭。

【前腔】世不似，莊周魂夢顛倒。是則是宿粉栖香，福分非小。再休題舊恨英臺，祇願把唐宫信報〔六〕。便拚取膩粉盡消，莫待他落花芳草，揫緑挨紅情渺渺。

【尾聲】雄蜂雌蝶綢繆好，伴雛鶯乳燕同老，占斷花間四友交。

校　箋

〔一〕《南宫詞紀》本題名作「咏鶯燕蜂蝶」，注稱祝枝山撰；《太霞新奏》本題名作「咏花間四友」，有注稱「祝希哲　稍改」。《全明散曲》屬祝枝山，據《南宫詞紀》本輯録。

〔二〕籥：底本原作「葉」，據《太霞新奏》本、《南宫詞紀》本改。

〔三〕刀：底本此字殘，據《太霞新奏》本、《南宫詞紀》本補。

〔四〕和：底本原作「下」，據《太霞新奏》本、《南宫詞紀》本改。

〔五〕弄：底本原作「筭」，據《南宫詞紀》本改。

〔六〕祇：底本原作「下」，據《太霞新奏》本、《南宫詞紀》本改。

新刻群音類選清腔卷四

商調

二郎神一套（閨怨）〔一〕

才郎去，緑鬢蓬鬆懶去梳〔二〕，世上相思偏害我。分明是，打破鶯儔燕侶鸞雛。滚滚波濤，滰斷藍橋路，這姻緣將人間阻。添凄楚，怕的是孤枕無眠，漏滴銅壺。

【集賢賓】臨行記得元宵十五，燈兒下再三囑付。他約到楊柳含金二月初，到如今捱過清明夏又過。枉痴心終朝卜課，被傍人勸我。道且自開懷，不須眉鎖。

【黄鶯兒】題起便心孤，想他們不是薄幸徒，他將牡丹移過，奴把薔薇補。莫非他弃奴？莫非他有小蘇？莫非他枕邊别戀多嬌婦？事糢糊，因何日久，書信半行無。

【香柳娘】我是深閨少年，是深閨少年，出門不慣，未曾舉步心先戰。過花邊柳邊，過花邊柳邊，月影透虚簾，雕梁獨栖燕。這風流在眼前，這風流在眼前，蘭房洞天，那人羞見。

【黄鶯兒】雙燕入簾櫳，見他們愁倍濃，幾番血泪如泉涌。秋波漲紅，春山減容，懨懨鬼病看看重。恨無窮，鴛衾久冷，何日裏再相逢？

【香柳娘】想多才未眠，想多才未眠，孤燈爲伴，陽臺路杳何辭遠。過山前水前，過山前水前，明月樹頭懸，驚烏翅展轉〔三〕。這風流在眼前，這風流在眼前，蘭房洞天，那人羞見。

【琥珀猫兒墜】偷將衫袖，輕把泪珠拂〔四〕。忽聽得窗外將奴小字呼，不由人身子不麻蘇。天付，好一似病得仙丹，旱逢甘露。

【尾聲】相逢慢把衷腸訴，舊恨新愁説不盡苦，准備着捲地風雲一海波。

校箋

〔一〕《樂府先春》本無題名，注稱潘雪松撰；《樂府珊珊集》本題名作「閨情」，注稱梅禹金撰；《詞林逸響》本、《吴歈萃雅》本題名作「閨情」，俱注稱沈青門撰；《昔昔鹽》本題名作「憶别閨情」，《樂府争奇》本無題名，俱不注撰者。《全明散曲》兩屬潘雪松、沈青門。潘士藻（一五三七—一六〇〇），字去華，號雪松，江西婺源人。明隆慶四年（一五七〇）舉人，萬曆十一年（一五八三）進士。歷任温州府推官、南京吏部主事、尚寶卿等職。著有《洗心齋讀易述》、《闇然堂類纂》等。

《全明散曲》輯有其散曲套數一套。

〔二〕蓬鬆：底本原作「嫦娥」，據《詞林逸響》本、《吴歈萃雅》本、《樂府珊珊集》本改。

〔三〕驚烏：底本原作「金烏」，據《詞林逸響》本、《吴歈萃雅》本、《樂府珊珊集》本、《樂府先春》本改。

〔四〕拂：底本原作「扶」，據文意改。

二郎神 一套（秋季閨情）〔一〕 高東嘉〔二〕

人别後，正七夕穿針在畫樓，暮雨過紗窗凉意透。斜陽影裏，一簇寒蟬衰柳。水緑蘋香人自愁，况輕拆鸞交鳳友。（合）得成就，真個勝似腰纏，跨鶴揚州。

【前腔】風流，恩情怎比，墻花路柳，記待月西廂和伊携素手。争奈話别匆匆，雨散雲收。一種相思分做兩處愁，雁來時音書未有。（合前）

【集賢賓】西風桂子香韵幽，奈虚度中秋。明月無情穿户牖，聽寒蛩聲滿床頭。空房自守，暗數盡譙樓更漏。（合）如病酒，這滋味那人知否？

【前腔】功名未遂，姻緣未偶，共蹙一個眉頭〔三〕。惱亂春心卒未休，怕朱顔去也難留。明珠暗投，不如意十常八九。（合前）

【黄鶯兒】霜降水痕收，見池塘已暮秋，滿城風雨還重九。白衣送酒，烏紗戀頭，思憶那人應比黄花瘦。（合）强登樓〔四〕，雲山滿目，遮不得許多愁。

【前腔】〔五〕惟酒可忘憂，奈愁腸不殢酒，幾番血泪拋紅豆。相思怎休？淒凉怎受？老天知道和天瘦。（合前）

【琥珀猫兒墜】緑荷蕭索，無計葢眠鷗。淺碧粼粼露遠洲，羈人無力冷颼颼。（合）添愁，悄一似宋玉賦高唐，對景傷秋。

【前腔】題情紅葉，偏向御溝流。詩句上分明尋配偶，此情還記我心頭。（合前）

【尾聲】一年好景還依舊，正橘緑橙黄時候，强把金尊開懷斷送秋。

校箋

〔一〕《詞林摘艷》本、《南宫詞紀》本、《吴歈萃雅》本、《詞林逸響》本、《樂府珊珊集》本題名作「秋懷」，《新編南九宫詞》本題名作「情」，《吴騷合編》本題名作「秋閨」，《詞林白雪》本無題名，俱注稱高東嘉撰；《詞林摘艷》本無題名和撰者。

〔二〕高明（一三〇五？—一三七〇？），字則誠，一字晦叔，號菜根道人，人稱東嘉先生。浙江瑞安（一説永嘉）人。元至正五年（一三四五）進士，歷任處州録事、江浙行省相掾、慶元路推官、江南行臺掾等職。撰有戲文《琵琶記》（存）、《閔子騫單衣記》（佚）二種，另有詩文集《柔克齋集》、

《柔克齋詩輯》。

〔三〕蹙：底本原作「簇」，據《詞林逸響》本、《吴歈萃雅》本、《樂府珊珊集》本、《詞林白雪》本改。

〔四〕强：底本原作「怕」，據《詞林逸響》本、《吴歈萃雅》本、《樂府珊珊集》本、《吴騷合編》本、《詞林白雪》本改。

〔五〕前腔：底本此二字殘缺，據《詞林逸響》本、《吴歈萃雅》本、《樂府珊珊集》本、《吴騷合編》本、《詞林白雪》本補。

二郎神一套(有懷)〔一〕 楊升庵

春到後，正三五銀蟾影乍圓，深院裏誰家吹玉管。紫姑香火，聽一叢士女聲喧。欲擲金錢暗卜歡，争奈歸期難算。(合)遠如天，真個是斷腸千里風烟。

【前腔】嬋娟，從别後，萍流蓬轉，多病多愁，相思衣帶緩。記名園花底，笑挽鞦韆。回首雲程隔萬山，燕來時黄昏庭院。(合前)

【集賢賓】東風芳草競芊綿，何處是王孫故園？夢斷魂勞人又遠，對花枝空憶當年。愁眉不展，望斷青樓紅苑。(合)離恨滿，這情踪怎生消遣。

【前腔】海棠經雨，梨花禁烟，買春愁滿地榆錢。雪絮成團簾不捲，日長時楊柳三眠。

樓高望遠，空目斷平蕪如剪。（合前）

【黄鶯兒】晴日破朝寒，看春光到牡丹，閑將往事尋思遍。玉砌雕闌，翠袖花鈿，一場春夢從頭换。（合）惡姻緣，雲收雨散，不見錦書傳。

【前腔】鶯語巧如弦，趁和風度枕函，聲聲似把人愁唤。衷腸幾般，夢魂那邊，一春憔悴誰相伴。（合前）

【琥珀猫兒墜】紅稀緑暗，最是惱人天。一片春心怯杜鵑，又那堪千重別恨懶調弦。（合）潸然，對天涯萬里，落日山川。

【前腔】水流花謝，春事竟茫然。都衹因春帶愁來到客邊，怎奈春歸愁不與同還。（合前）

【尾聲】九十春光虚過眼，人憔悴慵將鏡看，且倒金尊花前學少年。

校　箋

〔一〕《南宫詞紀》本題名作「客中春思」，《吴騷集》本、《樂府先春》本、《樂府珊珊集》本無題名，俱注稱楊升庵撰。

二郎神一套（征怨）〔一〕　金白嶼

新睡起，厭輕暖輕寒減玉肌，撚指裏匆匆春又去。鞦韆架底，墜幾點盈盈紅雨。燕子來時人未歸，聽枝頭聲聲杜宇〔二〕。知何處，望斷玉勒雕鞍，古道長堤。

【前腔】當時，花前共你，新婚燕爾，憶鸞鳳嗈嗈飛綠綺。誰料名利，驅人鳳别鸞離。連理春風番做墻外枝，冷重門笙歌院宇。知何處，望斷芳草垂楊，綉陌香堤。

【集賢賓】蕭關欲待尋君去，綉鞋怎解驅馳。好似游絲縈蝶翅，飛不過層樓十二。一江綠水，難抵我一春紅泪。人萬里，嘆錦字啼痕空寄。

【前腔】金鈎綉簾剛半起，倚闌凝望天涯。羞見春雲催暮雨，飛過了巫山十二。一庭舞絮，都是一腔愁緒。人萬里，嘆尺素音沉無寄。

【黄鶯兒】香篋斂紅絲，拂花箋製小詞，筆尖兒寫倒鴛鴦字。心兒頓灰，泪兒亂垂，修眉兩葉愁封翠〔三〕。綉羅幃，悠悠春夢，飛過大江西。

【前腔】朝露浥羅衣，傍荼蘼折小枝，香叢忽見花同蒂。情兒頓迷，意兒似痴，綉鞋立遍蒼苔翠。惱鶯啼，驚回春夢，不得到遼西。

【琥珀猫兒墜】戍樓天外，黯黯亂雲低。腸斷征人畫角吹，黄河何日洗兵車？傷悲，怎禁他塵鎖妝臺，月滿空閨。

【前腔】龍沙漠漠，斷磧雨霏霏。朔氣遥憐冷鐵衣，黑山何日捲征旗。傷悲，怎禁他香燼薰爐〔四〕，燈暗深閨。

【尾聲】腰肢瘦束金蟬細，樂游原上草萋萋，衹恐歸時過緑時。

校　箋

〔一〕《吴騷集》本、《樂府先春》本無題名，俱注稱金白嶼撰；《昔昔鹽》本題名作「睡起憂思」，《樂府争奇》本無題名，俱不注撰者。《全明散曲》屬金白嶼，據《群音類選》本輯録。

〔二〕聽：底本原作「弄」，據《樂府先春》本、《吴騷集》本改。

〔三〕修眉：底本原作「條眉」，據《樂府先春》本、《吴騷集》本改。

〔四〕薰：底本原作「金」，據《樂府先春》本、《吴騷集》本改。

二郎神一套（惜别）〔一〕　張叔元

才聚首，又信宿分飛不暫留，正孤館斜陽添綫候。壁車目斷，喜慰我彷徨良友。把酒層軒冥靄收，看寒月亭亭光溜。（合）腸回九，渾似膏火流波，一樣悠悠。

【前腔】簾鈎，真珠控處，堪傾百斗，怕玉山潦倒無紅袖。拚個斷送黃昏，戍鼓譙樓。笑殺君行，道我没來由，倘君知還加僝僽。（合前）

【集賢賓】論心展轉難斷頭，更携手遨游。早是閑街人靜後，送河梁重引離憂。天邊寡宿，厮伴我歸途迤逗。（合）門掩扣，縹緲的餘香輕透。

【前腔】偏棲不穩，孤衾怎就，况對黯慘燈篝。淅瀝悲風激未休，舞摧殘木葉颼颼。寒侵敝裘，想凛冽霜生鴛甃。（合前）

【黄鶯兒】鴻雁共綢繆，頃參商兩地秋，迢迢永夜難消受。我思如荳蔻，他心比繫舟，應悔今宵何事風波驟。（合）泪盈眸，青衫濕盡，長短萬千流。

【前腔】吟望竟誰酬，一聲聲嗟雉雊，口兒作念眉兒皺。棲禽自啾，離人自守，陽臺路杳憐憔瘦。（合前）

【琥珀猫兒墜】銀河咫尺，那是阻牽牛。莫認恩情逐水浮，銷魂此際苦追求。（合）含愁，甚日得跨鳳乘鸞[二]，雨殢雲尤。

【前腔】幾回暗省，萱草可忘憂。欲折披衣搜苑囿，已看萎落不禁秋。（合前）

【尾聲】嗚鷄殘漏卿知否？忍下得憐新弃舊，忽聽窗外雙呼羡黄鳩。

校　箋

〔一〕此套僅存《群音類選》本，《全明散曲》據之録定。

〔二〕跨：底本原作「誇」，據文意改。

二郎神一套（宫怨）〔一〕　梁伯龍

銅壺轉，奉箕帚又平明金殿，記少小披香曾侍宴。鸞輿别後，椒房寂寞多年。祇聽風送西宫歌吹遠，嘆命薄承恩何淺。恨無緣，總黄金求賦文章，更有誰憐。

【前腔】花磚，飛英亂叠，湘簾高捲，奈春鎖重重深小院。怕鞋侵荒蘚，瑶階欲下還旋。何日得碾破蒼苔留玉輦，愧隨例雖朝空見。恨無緣，總黄金求畫丹青，竟有誰憐。

【囀林鶯】思家何處魂夢懸，淹淹弱息難延。九十日春光愁過半，病膏肓日夕牽纏。腰肢瘦軟，宫醫有倩誰呼唤？泪綿綿，書封戰襖，投向阿誰邊？

【前腔】閑宵欲賦紈扇篇，奈秋風篋笥空捐。月過房櫳刺綉倦，這深宫夜午誰喧？怪金鈴小犬，吠花影隔簾空轉。泪綿綿，詩題紅葉，流向阿誰邊？

【黄鶯兒】錦瑟倦調弦，對春風哭杜鵑，開簾羞睹雙雙燕。他那裏歌臺夜喧，我這裏舞袖晝眠，緣何一宫之内温凉變？會何年，鼎湖龍去，除是共登仙。

【前腔】粉黛浪三千，念當初寵最先，爲甚十年不識君王面？非君故偏，似妾故專，而今懊悔却又難重見。會何年，翠華雲暗，除是共陵園。

【琥珀猫兒墜】烟横閣道，日落斷傳宣。銀鑰隨收金鎖穿，花房夜擣守宫鮮。天天，又早是門掩黄昏，銀燭空燃。

【前腔】君恩浩蕩，不是誤嬋娟。自恨孤身多命蹇，今生已矣還結後生緣。天天，又早是月落烏啼，銀漏空傳。

【尾聲】傷心過處還消遣，自甘受一生微賤，聖主從教億萬年。

校　箋

〔一〕《三徑閑題》本題名作「漢宫春怨」，《南宫詞紀》本、《吴騷合編》本、《江東白苧》本題名作「擬漢宫春怨」，俱注稱梁少白撰。《全明散曲》據《江東白苧》本輯録。

二郎神一套（題情）〔一〕　唐荆川〔二〕

寄來書，千言萬語都道我情未堅，一水如同隔楚天。想昔日枕畔盟言，也曾許種玉藍田。到如今被滚滚風波，却把藍橋渰。那浪蝶把名花污染，我也無緣再圓，情默默空自對鏡臨淵。

【集賢賓】從來好事皆在天，誰知兩下無緣。我比宋玉憂愁增萬千，向書齋度日如年。娘心見偏〔三〕，聽讒言將人逐趕。難相見，對孤燈悶懷泪漣。

【啄木兒】休埋怨，莫嘆嗟，衹爲蠅頭利却將恩愛撇。冷落了軟玉温香，害得人腰肢瘦怯。我爲你被賓朋們笑道是忘家業，你爲我被多人見怪成磨折，衹爲一曲陽春番成兩怨嗟。

【三段子】你自説墻花可折，我將你做嫦娥在月。你的病容瘦怯，我兩眉峰攢成萬結。并肩齊拜瑶臺月，山盟設盡言猶熱。忍下得辜恩成永訣。

【前腔】當初乍别，剪青絲將紅羅帕結。陽關唱徹，酒入愁腸化成泪血。道此行休惹閑風月，逢花莫把奴抛撇。此語記心頭，教我待撇怎撇？

【鬥雙鷄】歸來後，歸來後，蘆花明月；青樓静，青樓静，綉簾半揭。這離恨又從頭打疊，相思病已成，懨懨瘦怯。雖向黄泉〔四〕，這一靈兒等伊相見方成灰滅。

【尾聲】風流惹下風流孽，筭在包時難見節，直待相逢和他慢慢説。

校　箋

〔一〕《樂府先春》本無題名，注稱張東海撰；《彩筆情辭》本題名作「懷所歡」，注稱明舊辭；《昔昔鹽》本題名作「閨情懷别」，《樂府争奇》本無題名，俱不注撰者。《全明散曲》據《群音類選》本屬唐荆川，并據之録定。張弼（一四二五—一四八七），字汝弼，號東海，别署東海居士，松江府華亭（今上海松江）人。明成化二年（一四六六）進士。歷任兵部主事、兵部員外郎、南安府知府等職。善書，李開先評其「書掩其詩，詩掩其文」。著有《張東海先生詩集》、《文集》。《全明散曲》僅輯其散曲套數一套，即此套。

〔二〕唐順之（一五〇七—一五六〇），字應德，一字義修，號荆川。南直隸（今江蘇）武進人。嘉靖八年（一五二九）進士第一。歷官翰林編修、兵部主事、兵部郎中、右僉都御史等職。爲文師法唐宋，與王慎中、茅坤、歸有光等被稱爲「唐宋派」。著有《荆川先生文集》、《樂論》、《左氏始末》、《廣右戰功録》等。《全明散曲》輯其散曲套數一套。

〔三〕娘心：底本原作「你娘」，據《樂府先春》本改。

〔四〕雖向黄泉：《樂府先春》本作「便死向黄泉」，《彩筆情辭》本作「死向黄泉」。

二郎神（秋懷）〔一〕　梁伯龍

相逢久，笑春來尚分飛依舊，記軟弱身兒年紀幼。重簾不捲，蕭條獨坐危樓。爲甚麽懨懨如病酒，空恩愛未曾消受？莫淹留，更不念匆匆，歲月如流。

【鶯啼序】錦堂風月今又秋〔二〕，參辰還自卯酉〔三〕。定非關途路悠悠，不干魚雁差謬。奈花營唇槍戰争，更錦陣心兵輻輳。無共有，衹落得浪傳人口。

【簇林鶯】空挑鬥，難斷頭，爲高唐雲未收，朝朝暮暮在陽臺右。情深怎休，恩深怎丢，因此上明知未偶還迤逗。夢悠悠，三星天外，空戴月如鈎。

【啄木兒】曾留戀，幾浪游，秋水春山常聚首。記花陰清晝携琴，想燈前午夜藏鬮。更憶他修書漫捲羅衫袖，高歌半解香喉扣，訂約偷回扇底眸。

【鬥雙鷄】天台渡，天台渡，桃花水流；章臺路，章臺路，柳條報秋。誰道落人機彀，崑崙是何處奴，施妙手〔四〕。把往日恩情，一旦盡勾。

【水紅花犯】正值陽回九九，被何人苦逗遛？奈阻隔去無由。冷颼颼，卿卿知否，多應獨倚小窗幽。柬難投〔五〕，重門誰叩？四五年光陰虚度〔六〕，三兩行泪空流，凄凄切切殢人愁也囉。

【尾聲】景凄凉，人僝僽。相思業債幾時休，直待要海燥江枯方罷鈎。

校　箋

〔一〕《南宫詞紀》本、《吴歈萃雅》本、《詞林逸響》本、《南音三籟》本、《江東白苧》本題名作「秋懷」，《吴騷合編》本題名作「閨思」，《吴騷集》本無題名，俱注梁伯龍撰；《昔昔鹽》本無題名，不注撰者。《全明散曲》據《江東白苧》本輯録。

〔二〕又秋：底本原作「秋又」，據《江東白苧》本、《吴騷合編》本、《詞林逸響》本、《吴歈萃雅》本、《吴騷集》本、《南音三籟》本改。

〔三〕卯酉：底本原作「昴酉」，據文意改。

〔四〕妙：底本原作「巧」，據《江東白苧》本、《吴騷合編》本、《詞林逸響》本、《吴歈萃雅》本、《吴騷集》本、《南音三籟》本改。

〔五〕柬：底本原作「果」，據《江東白苧》本、《吴騷合編》本、《詞林逸響》本、《吴歈萃雅》本、《吴騷集》本、《南音三籟》本改。

〔六〕虚：底本無，據《吴騷合編》本、《詞林逸響》本、《吴歈萃雅》本、《吴騷集》本、《南音三籟》本補。

鶯啼序一套（閨怨）〔一〕　陳仲完〔二〕

冤家你好虧心，頓忘了誓盟。遇花朝月夕良辰，好教我虚度青春。悶懨懨把闌干憑倚，凝望他全無音信。幾回自忖，多應是我命薄緣輕。

【黄鶯兒】誰想這一程，減香肌憔悴損，鏡鸞塵鎖無心整。脂粉懶勾，花枝懶簪，空教我黛眉蹙破春山恨。最難禁，譙樓上畫角，吹徹斷腸聲。

【集賢賓】幽窗静悄月又明，奈獨倚圍屏。驀聽孤鴻樓外鳴，把離愁又還提醒。更長漏永，早不覺燈昏香燼。眠未成，他那裏睡得安穩。

【鬥雙鷄】思量起，思量起，怎不上心；無人處，無人處，泪珠暗傾。我怨他説他不盡，誰想道這裏先走滚。自恨我當初，不合認真。

【簇林鶯】人都道他志誠，却元來厮調引，眼睁睁心口不相應。山誓海盟，説假道真，險些兒爲他錯害了相思病。負心人，看伊家做作，如何教你有前程。

【琥珀猫兒墜】日疏日遠，無計再相親。枉了痴心寧耐等，想巫山雲雨夢難成。薄情，拚却今生，和你鳳拆鸞分。

【尚繞梁煞】冤家一去無踪影，割捨得將人孤另，那日裏恩情番成做畫餅。

校　箋

〔一〕此套僅有《群音類選》本，《全明散曲》據之録定。

〔二〕陳完（一三五九—一四二二），字仲完，號簡齋。福建長樂人。洪武十七年（一三八四）舉人，歷任翰林編修、左春坊左贊善等職。《全明散曲》輯其散曲作品套數一套。

鶯啼序一套（閨情）〔一〕　陳秋碧

孤幃一點殘燈〔二〕，見半滅猶明。夜迢迢斗帳寒生，展轉幽夢難成。盼雕鞍把歸期暗數〔三〕，恨浪迹全然無定。把前歡自省，説來的話兒無憑。

【黄鶯兒】無語對銀屏，正譙樓鼓二更，梅花笑殺人孤另。疏鐘幾聲，殘角數聲，薄衾單枕愁難聽。影伶仃，岩岩瘦骨，離恨教我怎支撑？

【集賢賓】揶揄鬼病誰慣經，但舉步難行〔四〕。翠竹金釵無意整，好梳妝一日何曾。心懸意耿，自古道佳人薄命。凄凉景，盼不到美滿前程〔五〕。

【鬥雙鷄】芙蓉面，芙蓉面，泪痕暗凝；楊花性，楊花性，别離太輕。自是東君薄幸，一樹紅芳誰管領？浪蝶狂蜂，休得要鬥争。

【簇御林】天涯路，長短亭，怨王孫芳草青。晝長羞把闌干凴，幾遍將鱗鴻倩。訴衷情，千言萬語，猶恐欠叮嚀。

【琥珀猫兒墜】野花村酒，他終日醉還醒。冷落誰憐冬暮景，奴耽寂寞你飄零。難凴，頓忘了神前，海誓山盟。

【尾聲】風流惹下相思症，衹索把那人痴等〔六〕。他没真心，我拚個志誠。

校　箋

〔一〕《吴騷合編》本題名作「閨情」，《南宫詞紀》本、《可雪齋稿》本題名作「題情」，《南音三籟》本題名作「别恨」，《吴歈萃雅》本、《詞林逸響》本、《古今奏雅》本題名作「幽閨别恨」，《吴騷集》本、《南詞韵選》本、《樂府先春》本無題名，俱注稱陳大聲撰；《昔昔鹽》本題名作「夜景題情」，《詞林一枝》本題名作「憶别情郎」，《新編南九宫詞》本題名作「情」，《三徑閑題》本、《樂府争奇》本無題名和撰者。《全明散曲》據《可雪齋稿》本輯録。

〔二〕殘燈：《南音三籟》本、《吴騷集》本、《詞林一枝》本、《樂府先春》本、《三徑閑題》本作「將絶燈」。《南音三籟》眉批稱：「首句自來如此，且此調宜七字起，而時本改『將絶』爲『殘』字，竟得六字，何謂？」據之，及《詞林一枝》本把此套歸于「時新耍曲」類，知《群音類選》本當爲時新改本。

〔三〕暗：底本原作「細」，據《南音三籟》本、《吴騷集》本、《詞林一枝》本、《詞林逸響》本、《吴歈萃雅》本、《樂府先春》本、《吴騷合編》本、《三徑閑題》本改。

〔四〕但：底本原作「待」，據《可雪齋稿》本、《南音三籟》本、《吴騷集》本、《詞林一枝》本、《詞林逸響》本、《吴歈萃雅》本、《樂府先春》本、《吴騷合編》本、《三徑閑題》本改。

〔五〕盼：底本原作「捱」，據《可雪齋稿》本、《南音三籟》本、《吴騷集》本、《詞林一枝》本、《詞林逸響》本、《吴歈萃雅》本、《樂府先春》本、《吴騷合編》本、《三徑閑題》本改。

〔六〕那人：底本原作「多情」，據《可雪齋稿》本、《南音三籟》本、《吴騷集》本、《詞林一枝》本、《詞林逸響》本、《吴歈萃雅》本、《樂府先春》本、《吴騷合編》本、《三徑閑題》本改。

鶯啼序一套（閨情）〔一〕

梧桐一葉初凋，看斗轉西杓。夜長更漏迢迢，枉教人辜負良宵。透珠簾金風蕩飆，映緑窗銀蟾光耀。怎捱到曉？不覺得月上花梢。

【集賢賓】朱顔可惜虚度了，况逢暮景良宵。日近天涯雲縹緲，空教人共誰歡笑。花陰月皎，對此景越傷懷抱。深院悄，西風起，泪零多少。

【黄鶯兒】蛩韵絮叨叨，聽寒砧入夜高，雨摧壞壁苔花老。助秋聲晚潮，戰西風柳條，破雲送月朦朧到。正無聊，誰家短笛，哀怨度中宵。

【琥珀猫兒墜】鏡鸞羞睹，忽訝臉容消。淡淡蛾眉誰畫巧，帶圍寬褪小蠻腰。寂寥，最難禁滿天梧葉，亂下亭皋。

【尾聲】何時得見才郎貌，對蒼天焚香禱告，但願鸞凰一處交。

校　箋

〔一〕《吴歈萃雅》本題名作「秋思」，注稱王雅宜撰；《吴騷合編》本題名作「秋閨」，注稱孫百川撰；《新編南九宫詞》本題名作「情」，注稱爲樂府；《雍熙樂府》本題名作「秋悲」，《南詞韵選》本題名作「初秋」，《盛世詞林》本無題名，俱不注撰者。《全明散曲》據《吴歈萃雅》本屬王雅宜，并據之録定。王寵（一四九四—一五三三），字履仁，改字履吉，號雅宜，别署雅宜山人。明南直隸長洲（今江蘇蘇州）人。以諸生貢太學，八應鄉試不舉。工書畫，與祝允明、文徵明齊名。著有《雅宜山人集》、《東泉志》等。《全明散曲》輯其散曲作品小令八支，套數五套，復出小令二支，復出套數五套。

黄鶯兒一套（閨怨）〔一〕　楊德芳

紅閣晚調笙，紫雲閑玉漏平，轆轤聲斷銀瓶綆。知他在灞陵，知他在茂陵，花牋兒不遞風流信。自逢春，容光減盡，鸞鏡半凝塵。

【前腔】金鴨夜香沉，怯春寒坐到明，象床豹枕花辰冷。䳘兒又鳴，燕兒又鳴，被兒紅叠鴛鴦錦。自逢春，風流減盡，瑶瑟半凝塵。

【六么梧桐】垂楊小亭，緑陰濃冰簟凉生，卑枝繁葉短巢鶯。猛見風兒吹絮，撲上紅枕屏。好夢難成，幽夢難成，細雨芭蕉四五聲。

【前腔】潛開玉扃，唤紅兒伴出中庭，薔薇花刺絆羅裙。剛把香兒燒罷，又早夜已深。好夢難成，幽夢難成，風弄湘筠四五聲。

【雁過燈犯】銀河影瀉澄澄，猛聽烏鵲夜驚。雙星兒天上佳期近，馬蹄兒何處胡行。更長漏永，閃得我新來多病。往事頻思省，愁轉深。揾不住衫兒上，重重叠叠，數行泪痕。

【前腔】西風幾處寒砧，愁殺邊衣未成。銀燈兒明滅紗窗静，團扇兒委在埃塵。瑶階露冷，鞋底兒蒼苔濕盡。往事頻思省，愁轉深。羞見那花兒上，嬌嬌滴滴，半鈎月痕。

【琥珀猫兒墜】層樓十二，斜日幾回凭。一抹寒山隱隱青，分明似我眉黛顰。難禁，萬恨和千悶，煩惱呵鵲聲兒不准，懊惱呵金錢兒無准。

【前腔】危闌十二，斜月照閑憑。一樹疏梅素影横，分明似我容瘦生。因循，掩鏡抛脂粉，煩惱呵燈花兒没准，懊惱呵夢魂兒無准。

【尾聲】憶多才，憐薄命。金屏敲斷玉釵聲，月下花前空待等。

校　箋

〔一〕此套僅存《群音類選》本，《全明散曲》據之録定。按《全明散曲》把【尾聲】中「憐薄」二字録作「□□」，應非據《群音類選》原刻本所致。

黄鶯兒一套（四景閨怨）〔一〕　陳秋碧

彈指怨東君，好直恁辜負人。曉妝羞對菱花鏡，花枝懶簪，脂粉懶勻，暗將心事占天問。（合）冷清清，一春過了，争得見意中人。

【前腔】無語倚閑庭，不由人不動情。花間粉蝶相隨趁，鶯啼幾聲，鵑啼數聲，晚風吹落紅成陣。（合前）

【六么梧桐】鴛鴦睡濃，芰荷香送薰風。懶將紈扇掩酥胸，試把窗兒推起，衹見花影重。好景難逢，好景難逢，又見榴花照眼紅。

【前腔】簾垂幾重，怎不遮攔愁入芳容。縱有美酒泛金鍾，少個人兒共飲，教我愁轉濃。好景難逢，好景難逢，又見荷花映水紅。

【雁過燈犯】秋風早入庭幃，又見梧葉乍飛。薄情人杳没音書寄，泪彈點滴如珠。闌干悶倚〔二〕，捱幾個黄昏滋味。（合）悵望人千里，伊怎知。又聽得樓頭上，嘹嘹嚦嚦數聲雁兒。

【前腔】登高負却佳期，羞睹黄菊紫萸。劣冤家戀酒迷花底，知他還共别的。尋龜買卜，他許我綢繆佳配。（合前）

【琥珀猫兒墜】幾回猛省〔三〕，罰願和你斷相思，不覺腰肢減帶圍。沉吟半晌心轉痴，祇落得背地裏長吁氣。（合）瘦損呵情人在那裏？瘦損呵黄花怎比？

【前腔】晚風吹雨，番作六花飛，江上漁翁罷釣歸。寒威透入銷金帳裏，天天怎教奴獨睡。（合前）

【尾聲】有家書，無人寄。魚沉雁杳信音稀，甚日團圓重賀喜？

校　箋

〔一〕《吴歈萃雅》本、《詞林逸響》本、《古今奏雅》本題名作「四時閨怨」，《南音三籟》本題名作「閨怨」，俱注稱鄭若庸撰；鄭若庸《詞餘》亦有此套，題名作「四時閨怨」。《吴騷集》本、《新編南九宫詞》本、《樂府先春》本俱無題名和撰者。《全明散曲》屬鄭若庸，據《詞餘》本輯録。鄭若庸，生平簡介見本書「官腔類」卷八「《玉玦記》」條。

〔二〕悶倚：底本原作「鎮倚」，據《詞餘》本、《吴歈萃雅》本、《樂府先春》本、《南音三籟》本改。

〔三〕猛省：底本原作「猛醒」，據《吴歈萃雅》本、《詞林逸響》本、《樂府先春》本、《南音三籟》本改。

黄鶯兒一套（中秋）〔一〕　胡全庵

陰晦一時開，喜嫦娥出闕來，山河百二生光彩。夜宴且排，金尊慢催，何妨鷄唱書窗外。試開懷，吹簫相引，携手共登臺。

【前腔】萬里絶塵埃，會嫦娥自有階，廣寒仙桂真吾愛。明秋折來，今宵漫猜，翩翩衣染香風在。試開懷，吹簫相引，携手再登臺。

【簇御林】詩千首，酒百杯，憶當年李白才。良辰不飲真堪怪，忍看那魏鵲吴牛態。試開懷，霓裳再舞，身世恍瑶臺。

【前腔】歌聲滿，笑語諧，願年年樂事諧。管長生有藥飛仙界，任清寒如水也方稱快。

試開懷，霓裳再舞，身世即瑤臺。

【琥珀猫兒墜】尋常三五，已是醉秦淮。何況今宵景更魁，天街不夜任徘徊。開懷，休論取人多離別，月有沉埋。

【前腔】南樓高處，常是照金罍。况得金釵夜夜陪，勸君休學阮途哀。開懷，笑殺他砧聲亂擊，杵韵頻催。

【尾聲】嫦娥暫別青天外，有約黄昏重待，拚得開懷懷再開。

校箋

〔一〕此套僅存《群音類選》本，《全明散曲》據之録定。

黄鶯兒一套（重陽）〔一〕　胡全庵

佳節又重陽，喜東籬菊已黄，開尊且醉陶元亮。風來不妨，雨來不忙，人生幾度能歡賞。細思量，天空海闊，隨處即家鄉。

【前腔】醉後興偏狂，向龍山更舉觴，多情破帽依頭上。由他降霜，任他送涼，茱萸細看空惆悵。慢思量，古今興廢，何用感衷腸。

【前腔】戲馬久成荒，且優游駕小航，落霞孤鶩渾無恙。堪羞宋郎，堪嗟沈郎，一悲一瘦無情況。再思量，詩魔酒債，落得度時光。

【前腔】歸去擁紅妝，儘盈頭花戴香，頻開笑口還低唱。喜殺楚娘，愛殺洛娘，從今永保無灾障。莫思量，良宵美景，不樂計非長。

【猫兒墜】登高佳約，明歲莫相忘。鷄黍當年羨范張，忍教三徑久成荒。思量，要知是少壯襟懷，須放徜徉。

【前腔】橙黄橘緑，新稻已登場。明日還堪漉濁漿，忍教蜂蝶把花戕。思量，况又值月白風清，宜弄絲簧。

【前腔】深秋夜半，天氣倍凄凉。生怕黄花改瘦龐，與君燒燭且相防。思量，便劇飲醉倒花前，也是風光。

【前腔】塵機俗務，何用苦忙忙。一任時人笑語傷，到頭都是屬黄粱。思量，但祇願年年此日，携手相將。

【尾聲】客中興味誰攔擋，况秋景目前堪賞，肯使蕭條鬢點霜。

校　箋

〔一〕此套僅存《群音類選》本，《全明散曲》據之録定。

黄鶯兒一套（秋旅和韵）〔一〕　胡全庵

摇落怎生熬，月明時雁字遥，孤衾轉展天難曉。精神枉勞，風流頓銷，夢中陳迹何須道。（合）好心焦，嫦娥不見，空度可憐宵。

【前腔】疏雨打芭蕉，更狂風聲怒號，床頭囊底都虚耗。花情懶豪，酒興欠高，葳蕤惹得傍人笑。（合前）

【猫兒墜】何方砧杵，偏向枕邊敲。争奈歸心折大刀，暗將珠泪隔窗抛。（合）無聊，斷送人一生憔悴，潘鬢瀟瀟。

【前腔】披衣起坐，獨自把燈挑。鼓澀更殘遠麗譙，煢煢孤影共誰交？（合前）

【尾聲】别離滋味都嘗到，何日裏得開懷抱？却把歡娱换寂寥。

校　箋

〔一〕此套僅存《群音類選》本，《全明散曲》據之録定。《全明散曲》誤把首支【黄鶯兒】中「不見」録作

「一見」。

黄鶯兒一套(恬退)〔一〕　胡全庵

題起一番愁，利名心付水流，不如窗下酣杯酒。看朱顔白頭，看青雲玉樓，電光石火難長久。漫夷猶，蠅頭蝸角，會見有時休。

【前腔】買棹五湖游，慣忘機羡狎鷗，人生如夢空窮究。把紅塵遠眸，把閑心早酬，白雲滿榻風生袖。最清幽，無非無是，贏得傲王侯。

【猫兒墜】一聲長嘯，不覺海天秋。浩蕩衿懷春已收，倘來富貴視雲浮。參透，好笑他崖前走馬，風裏行舟。

【前腔】羲皇上世，無識亦無謀。叔季人情愈下流，高飛遠舉怕回頭。知否，已是嘆泥途出晚，尚肯淹留。

【尾聲】任他塵世還奔走，聽我飄飄做個高士儔，懶爲兒孫作馬牛。

校　箋

〔一〕此套僅存《群音類選》本，《全明散曲》據之録定。

黄鶯兒一套（警悟）〔一〕　胡全庵

事業付漁樵，手中將漁鼓敲〔二〕，見人惟有呵呵笑。烏江氣豪，赤壁事豪，到頭陳迹空悲悼。索清高，虚名虚利，相視等鴻毛。

【前腔】造化小兒曹，慣迷人没下梢，南來北去何時了？精神枉勞，容顔暗消，可憐填不滿塵心竅。漫推敲，時光迅速，着甚在蓬蒿？

【猫兒墜】蓬萊海外，飛去路何遥。曾見東方三竊桃，再聽弄玉夜吹蕭。飄飄，一任他北邙墳墓，日日培高。

【前腔】桑田滄海，更變也難饒。何况區區一市朝，蜉蝣生世不終朝。飄飄，問誰能弃瓢洗耳，學得由巢。

【尾聲】白雲滿地無人掃，姓字年華都忘了，那管你鐘送黄昏鷄報曉。

校　箋

〔一〕此套僅存《群音類選》本，《全明散曲》據之録定。

〔二〕漁鼓：底本原作「語鼓」，據文意改。

黄鶯兒一套（偷情）〔一〕　收春主人〔二〕

情趣在相偷，眼波兒先暗勾，匆匆試作鴛鴦偶。全無數抽，一齊便丢，平時宿火今聊救。記心頭，從今得便，相與繼綢繆。

【前腔】着手便情休，爲私心得少酬，時時交會安能够。擔驚着憂，招非忍羞，不如無帳番親厚。甚緣由，假將疑避，不敢逞風流。

【猫兒墜】押衙何處，我欲藉神謀。怎得春光被我收，空勞紅葉水中流？休休，倘被人瞧破，恩反成仇。

【前腔】燈前月下，伺候總淹留。覆雨翻雲豈好逑，吹簫空自憶秦樓。休休，怕妝成金屋，變做悲秋。

【尾聲】庬聲吠處鷄聲驟，夢破高唐興轉稠，不比逾墻把處子摟。

校　箋

〔一〕此套僅存《群音類選》本，《全明散曲》據之録定。

〔二〕收春主人，姓字、生平皆不詳。《全明散曲》輯其散曲作品小令八支，套數一套。

字字錦一套（四時閨怨）〔一〕　楊彦華〔二〕

群芳綻錦鮮，香逐東風軟。鶯簧奏巧聲，啼起傷春怨〔三〕。睹名園，衹見杏障桃屏，桃屏上，真果柳擁翠烟。難言，桃花相映，怕不强似去年。緣何去年，去年人不見？（合）空蹙破兩眉尖，奈山遥水遠。他在那裏，和誰兩個瀟瀟灑灑？咱這裏思思想想，心心念念，欲待要見他一面。

【前腔】梅黄雨霽天，漸覺南薰轉。聲聲噪柳蟬，對對飛梁燕。盼庭前，衹見照眼榴花，榴花上，真果紅顔似染。堪觀，鴛鴦并頭，怎不教人可憐。綉房中有誰，有誰同歡宴？

（合前）

【賺】離緒懨懨，奈少個人兒在眼前。空嗟怨，何年何日再團圓？淚漣漣，極目關山人去遠。寫下花牋誰與傳？心事無靠托，那冤家直恁誤人方便。好難消遣，好難消遣。

【滿園春】南樓外雁翩翩，悄没個音書轉。聽長空敗葉飄飄舞，金風動鐵馬兒聲喧，紗窗外透銀蟾。（合）想殺人也天，盼殺人也天。短命冤家，音稀信杳，莫不是負却盟言。

【前腔】彤雲布朔風凛，遍長空柳絮飄綿。見幾樹早梅初綻蕊，銷金帳無人來伴，獨坐

在獸爐旁。(合前)

【尾聲】終須有日重相見，對月臨風自消遣，辦炷名香祝告天。

校　箋

〔一〕《吴騷合編》本題名作「閨思」，注稱楊彦華撰；《樂府先春》本、《吴騷集》本無題名，俱注稱沈青門撰；《吴歈萃雅》本、《詞林逸響》本、《古今奏雅》本題名作「四時閨怨」，《樂府珊珊集》本、《南音三籟》本題名作「閨怨」，俱注稱高東嘉撰；《盛世新聲》本、《盛世詞林》本無題名，《詞林摘艷》本題名作「四季閨情」，《雍熙樂府》本題名作「悮約」，俱不注撰者。《全明散曲》屬楊彦華，據《群音類選》本輯録。

〔二〕楊賁(生卒年不詳)，字彦華，號景言，别號春風道人，南直隸滁陽(今安徽合肥)人。少聰俊，八歲能文，弱冠既明五經。明洪武年間以明經薦授大名知縣，後任職周府紀善。終歲不得志。《全明散曲》收録其散曲套數四套。

〔三〕啼：底本原作「提」，據《樂府先春》本、《詞林逸響》本、《吴歈萃雅》本改。

山坡羊一套(青樓)〔一〕　楊德芳

羡烟花章臺幽雅，憶秋娘千金聲價。綉重重羅幃護，春香飄飄十里聞蘭麝。團扇遮，東風彩袖斜。金鈎錯落錯落珠簾掛，楊柳風軒，梧桐月榭。堪誇，鳳釵頭插杏花；堪誇，綉鞋尖蹴落花。

【五更轉】燕子樓，雕甍詫，綺窗春捲幔紗。長安年少年少雕鞍卸，看取惜玉憐香，牡丹亭下。香篆消，日轉過，荼蘼架。淋漓酒溢酒溢黃金斝，舞回黛减雙蛾，笑倩檀郎頻畫。

【江兒水】冉冉東風蝶，凄凄暮雨鴉。春來秋去泉東瀉，芳顔不似前瀟灑，鏡鸞春曉流塵惹。門外不來鞍馬，殢雨尤雲，一筆從今勾罷。

【玉交枝】幽情閑寫，抱琵琶臨風怨嗟。三千珠履金屏下，到如今都在誰家？翻雲覆雨難怨他，色衰愛寢從來話。憶西陵松陰露華，嘆潯陽江聲月華。

【解三酲】緑紗窗春閑綉榻，夜迢迢帳冷梅花。香車油碧憑誰駕？空悒怏泪如麻。歌闌白雪知心寡，裙褪團花皺紫霞。頻驚訝，嘆芳容渾似，白璧生瑕。

【川撥棹】舉目無聊藉，嫁商人不戀家。似楊花飄泊天涯，似楊花飄泊天涯，恨殺當初一念差。望青樓道路賒，盼鄉關雲霧遮。

【僥僥令】翠鞋行草野，彩袖涴塵沙。誰想錦瑟瑶箏零落後，今日裏聽城頭，奏暮笳。

【尾聲】衰榮人世花開謝，不獨平康可嘆嗟，須信東陵有種瓜。

校　箋

〔一〕《彩筆情辭》本題名作「青樓志感」，并注稱「明楊德芳改刻」。《全明散曲》據《群音類選》本輯録。兩本異文較多，應有一本注撰者有誤。

山坡裏羊一套（閨怨）〔一〕　陳秋碧

風兒疏剌剌吹動，雨兒淅零零風送，雨兒凄楚風兒横〔二〕。綉幕中，燈兒一點紅。燈兒照破人兒夢，夢繞巫山若個峰。朦朧，徘徊兩意濃；匆匆，歡娛一霎空。

【皂羅袍】翠被今宵寒重，聽蕭蕭落葉，亂走簾櫳。緑雲堆枕鬢鬆鬆，不知溜却金釵鳳。惱人階下，凄凄候蟲〔三〕；驚心樓上，噹噹曉鐘。無端畫角聲三弄。

【解三酲犯】最無奈漏長更永，怎支吾恨多愁冗。夜深私語無人共，他那裏驟青驄。笙歌醉迎花笑擁，多應在蘇小湖頭柳市東。放情，一時間采遍芳叢。

【玉胞肚】音書誰送？知隔着關山幾重。見如今水闊山高，促急裏怎覓鱗鴻？寒衣費盡剪刀工，綫綫針針手自縫。

【調角兒序犯】一任他浮踪浪迹，終須是有個相逢。既然他能全始終，作來的儘自包籠。告神靈，都無用，捧玉鍾，流霞滿泛親陪奉。生前共，死後從，再把連枝種。

【尾聲】寵愛深，恩情重。風流過犯且姑容，多少閑言過耳風〔四〕。

校箋

〔一〕《月香亭稿》本題名作「題情」，《南宫詞紀》本題名作「怨别」，《吴騷二集》本、《吴騷合編》本題名作「題情」，《南音三籟》本題名作「夜思」，《南詞韵選》本無題名，俱注稱陳大聲撰。《吴歈萃雅》本、《詞林逸響》本、《古今奏雅》本題名作「夜思」，俱注稱鄭虚舟撰；《樂府先春》本無題名，注稱王鳳洲撰；《樂府争奇》本無題名和撰者。《全明散曲》屬陳大聲，據《月香亭稿》本輯録。

〔二〕雨兒：底本原作「雨聲」，據《月香亭稿》本、《吴騷合編》本、《南音三籟》本、《吴歈萃雅》本、《詞林逸響》本、《樂府先春》本改。

〔三〕候蟲：底本原作「候蛩」，據《月香亭稿》本、《吴騷合編》本、《南音三籟》本、《吴歈萃雅》本、《詞林逸響》本、《樂府先春》本改。

〔四〕閑言：底本原作「聞言」，據《月香亭稿》本、《吴騷合編》本、《南音三籟》本、《吴歈萃雅》本、《詞林逸響》本、《樂府先春》本改。

十二峰一套（晝夜閨情）〔一〕　陳秋碧

【山坡羊】伴孤燈三更情況，捱剩枕幾番移放，想當初此時共他，摟香肩睡足芙蓉帳。【五更轉】到如今，獨自宿，空惆悵。燈兒半滅半滅銀臺上〔二〕，你看殘月低沉，又早鐘敲鷄唱。【園林好】聽啼鴉林梢曉霜〔三〕，看日弄影花篩紙窗〔四〕。【江兒水】怕對鏡愁添悒怏，羞殺胭脂，妝不就桃花模樣。【玉交枝】眠思夢想，對朝餐無心去嘗。好花曉怯枝頭放，帶不上昨夜春光。【五供養】纔離鴛帳，又早見雙飛燕來燕往。起來無半日，泪滴幾千行。怕綉那傷心兩兩鴛鴦。【好姐姐】午晌，倚樓凝望，人隔着山高水長。【玉山頹】穿梭日影，又過粉墻西向。香閨人寂寞，恨茫茫。綉鞋兒雙褪曬西窗，【鮑老催】此情怎當。疏林鳥投喧夕陽，人歸不似飛鳥忙。【川撥棹】想起他虚謊，不思量歸故鄉。愁殺人傍晚凄凉，愁殺人傍晚凄凉。【嘉慶子】罵負義虧心薄幸郎，把燈兒點上銀釭，把燈兒點上銀釭，捱過黄昏又怎當？【僥僥令】聽嘹嘹孤雁泣，點點漏聲長。夜静更深人凄愴，總夢兒裏相逢，魂渺茫。

【尾聲】一年未了相思帳，一月月難消磨障，那更一日十二個時辰空斷腸。

校箋

〔一〕《梨雲寄傲》本題名作「閨怨」，《南宫詞紀》本題名作「閨情」，《吴騷集》本、《樂府先春》本無題名，《吴騷合編》本題名作「曉夜閨情」，俱注稱陳大聲撰；《吴歈萃雅》本、《詞林逸響》本、《樂府珊珊集》本、《古今奏雅》本、《萬錦清音》本題名作「閨怨」，《南音三籟》本題名作「閨思」，俱注稱張伯起撰；《昔昔鹽》本題名作「閨情」，《樂府名詞》本題名作「閨思」，《三徑閑題》本、《樂府争奇》本無題名，俱不注撰者。《全明散曲》據《梨雲寄傲》本輯録，于張伯起名下作復出套數。曲牌【十二峰】，《樂府先春》本、《吴歈萃雅》本、《詞林逸響》本、《南音三籟》本、《樂府珊珊集》本、《吴騷集》本皆作「【十二紅】」。

〔二〕銀臺：底本原作「銀河」，據《吴歈萃雅》本、《詞林逸響》本、《南音三籟》本、《樂府珊珊集》本改。《樂府先春》本、《吴騷集》本作「銀缸」。

〔三〕啼鴉：底本原作「鴉啼」，據《樂府先春》本、《吴歈萃雅》本、《詞林逸響》本、《南音三籟》本、《樂府珊珊集》本、《吴騷集》本、《三徑閑題》本改。

〔四〕弄：底本無，據《樂府先春》本、《吴歈萃雅》本、《詞林逸響》本、《南音三籟》本、《樂府珊珊集》本、《吴騷集》本、《三徑閑題》本補。

畫眉序一套（途思。入商黄調）〔一〕　文三橋〔二〕

白露破青烟，曙色將明動橈船。見蕭條風景，意惹愁牽。家鄉裏何日留連，山水興今朝消遣。滿懷無限凄凉景，芙蓉冷落誰憐。

【黄鶯兒】茅舍兩三間，傍危橋流水邊，西風桂子香飄遍。砧聲亂傳，離情慘然，傷心怕見雙飛燕。嘆陽關，驪駒唱徹，不覺又經年。

【簇御林】蘆花渚，宿錦鴛，比情人，無二三。蓬窗獨倚空長嘆，紫簫聲斷行雲散。并頭蓮，何時共枕，重會舊姻緣。

【集賢賓】層巒萬叠如翠攢，飛紅瀉石涓涓。蕭寺疏鐘人漸遠，頃刻間趲過前川。柴門半掩，幾度把青帘頻盼。身勞倦，凝眸處野色相連。

【皂羅袍】滿目黄花夾岸，似妝成一簇，晚景鮮妍。夕陽影裏噪寒蟬，蘋香水緑真堪玩。漁翁釣罷，和衣醉眠；牧童笛弄，無腔自喧。沙鷗鷺起滄江畔。

【猫兒墜】寒灘風冷，又早着霜斑。欲寫新詩興未闌，巫山夢斷雨雲閑。情慳，甚日得團圓，再整歸鞭？

【鬥雙鷄】疏林外，疏林外，古樹藤纏；，烟村裏，烟村裏，古渡艇灣。幾番漁鹽入市，商人交兢後，早日已殘。祇見古樹昏鴉，争宿樹間。

【尾聲】異鄉情緒何曾慣，江村漁火對愁眠。幾時得歸夢，依稀返故園。

校　箋

〔一〕《吴騷合編》本題名作「客懷」，釋稱「白雪齋删改，照原刻異」，注稱文三橋撰。此本顯非文三橋原本。《全明散曲》本據《群音類選》本輯録。

〔二〕文彭（一四九八——一五七三），字壽承，號三橋。南直隸長洲（今江蘇蘇州）人。其父爲文徵明。以明經廷試第一，出爲嘉興訓導，隆慶初遷南國子博士。工書畫，能詩，著有《文博士集》等。《全明散曲》輯其散曲套數一套，復出套數一套。

畫眉序一套（題情。入商黄調）〔一〕

一見杜韋娘，惱亂蘇州刺史腸。似奇花解語，軟玉生香。彩雲輕舞袖蹁躚，金縷細歌喉清亮。料應夙世曾爲伴，今生再得成雙。

【黄鶯兒】偏愛素羅裳，煞娉婷忒恁狂，丹青怎畫得他嬌模樣？行思坐想，恩情怎當，這冤家牽掛在我心兒上。細思量，一時不見，如隔九秋霜。

【集賢賓】一味志誠非勉强，他有鐵石心腸。君子情懷耐久長，我何曾着意關防。憑君主張，自不許蜂喧蝶嚷。秋江上，芙蓉花到老含芳。

【猫兒墜】合歡未久，無奈往他方。渭北江東道路長，暮雲春樹兩茫茫。何妨，一種相思，分做兩處悲傷。

【尾聲】歸來依舊同歡賞，月下花前再舉觴，祇怕歲月無情兩鬢霜。

校箋

〔一〕《吴歈萃雅》本、《詞林逸響》本、《樂府珊珊集》本、《古今奏雅》本、《南音三籟》本題名作「乍別」，《吴騷合編》本題名作「題情」，《萬錦清音》本題名作「四時閨怨」，《吴騷集》本、《樂府先春》本無題名，俱注稱祝枝山撰；《詞林白雪》本無題名，注稱王雅宜撰；《新編南九宮詞》本題名作「情」，《彩筆情辭》本題名作「贈妓」，《昔昔鹽》本題名作「恩情惜別」，《南宫詞紀》本題名作「惜別」，《樂府争奇》本無題名，俱不注撰者。《全明散曲》屬祝允明，據《群音類選》本輯録，于王雅宜名下作復出套數。

畫眉序一套（題情。入商黄調）〔一〕

花下見妖嬈，彷彿仙姝離蓬島。看眉横翠黛，臉暈紅桃。步香塵羅襪輕盈，歌麗曲鶯聲嬌巧。見人未語先含笑，朱唇淺破櫻桃〔二〕。

【黄鶯兒】楊柳鬥纖腰，露春葱十指嬌，琵琶撥盡相思調。能詩薛濤，賽江東小喬，雙生何必尋蘇小？鳳鸞交，偎紅倚翠，無福也難消。

【集賢賓】也曾焚香告天把蘭麝燒，也曾把詩句兒寫滿鮫綃。也曾向芍藥闌前閑鬥草，也曾在月下吹簫。他有文君雅操，正遇着相如才調。同傾倒，相隨趁月夕花朝。

【猫兒墜】千金一刻，難買是春宵。白髮相催人易老，貴人頭上不曾饒。今朝〔三〕，不如典却鷫裘，解下金貂。

【尾聲】一團嬌，紅迎俏。鎮日裏追歡買笑，祇恐人老花殘空懊惱。

校　箋

〔一〕《吴騷合編》本題名作「題情」，注稱虞竹西撰；《吴騷集》本無題名，《萬錦清音》本題名作「咏艷」，俱注稱劉東生撰；《詞林逸響》本、《古今奏雅》本題名作「咏妓」，俱注稱唐伯虎撰；《樂府珊珊集》本無題名，注稱梁伯龍撰；《彩筆情辭》本題名作「麗情」，《昔昔鹽》本題名作「娥艷牽情」，《樂府先春》本、《樂府争奇》本無題名，俱不注撰者。《全明散曲》屬虞竹西，據《吴騷合編》本輯録。虞臣（一四四二—一五二〇），字元凱，號竹西，南直隸（今江蘇）崑山人。明成化十四年（一四七八）進士。歷任兵部主事、職方郎中、武庫車駕、四川布政司參議等職。工散曲。著有《述古録》、《竹西亭稿》、《竹西迴文效體詩》、《丙辰奏草》等。《全明散曲》收其散曲作品小令二支、套數一套。

〔二〕淺：底本原作「兒綻」，據《吴騷集》本、《樂府珊珊集》本、《樂府先春》本、《詞林逸響》本改。

〔三〕今朝：底本原作「今宵」，據《吴騷合編》本、《吴騷集》本、《樂府珊珊集》本、《樂府先春》本、《詞林逸響》本改。

晝眉晝錦一套（途思。入高平調）〔一〕 燕參政〔二〕

霍索起披襟，見鷄窗下有殘燈。把行囊束整，跨馬登程。傷情，半世隨行琴和劍，幾年辛苦爲功名。從頭省，衹落得水宿風餐，帶月披星。

【晝錦晝眉】冥冥，霧淡雲輕，蕭寺漸遠，猶聞得隱隱鐘聲。離却邯城，遥觀野外烟凝。銀河落斗柄初横，玉露冷衣襟濕潤。懊恨，牢落在江湖上，身一似浪裏浮萍。

【簇林鶯】黄花綻，滿路馨，見人家半啓扃，祇聽得馬蹄兒跎的跎蹬穿荒徑。睡犬早驚，哀猿忍聞，祇見兩兩三三，牧童騎犢過了荒郊徑。數郵亭，長亭共短亭，一亭過了又一亭。

【黄鶯兒】伐木響丁丁，傍幽林取次行，祇聽得敗葉兒淅零索落隨風韵。殘月尚明，殘星尚存，碧溪清淺，梅横疏景。算行程，山程共水程，一程過了又一程。

【螃蟹令】霧斂雲收，曙色漸明，隱約遠山青。祇聽得豁喇喇澎湃波濤怒，響潺潺石澗水傾。白蘋洲，紅蓼汀，料想眠鷗宿鷺驚。

【一封書犯】芳草渡岸濱，野渡無人舟自横。江潮定水平，蒹葭浦濕帶浪痕。漁翁尚卧在蘆花深雪裏，瀟瀟灑灑。五湖烟景有誰争？

【馬鞍兒犯】〔三〕怪石似劍排空陣，連雲棧怎生登？巉岩峻嶺，嵠嶇戰戰兢兢，迤邐無人存問。西風吹鬢，帽檐半傾。東方潑眼，紅日漸升，前途且喜村莊近。

【皂羅袍】酒旗竹籬掩映，買三杯消遣，少助精神。素壁中間畫劉伶，竹箸共磁甌相稱。香撥螃蟹，正當此景；菊花新酒，和誰宴飲？教人止不住思鱸興。

【梧葉兒】名繮利鎖苦相縈，背雙親，離鄉别井。何時名位到公卿？受艱辛，一言難盡。驀聽得晨鷄三唱，直待曉鐘始鳴〔四〕。好傷情，回首望家鄉泪暗傾。

【水紅花】漸覺日高丈五，聽離巢鳥亂鳴。見古樹纏枯藤，冷清清，深秋光景。一灣流水繞孤村，小橋横，人烟寂静。八九間茅檐草舍，三兩行雁南征，嘹嘹嚦嚦叫聲頻也囉。

【尾聲】趲絲鞭，敲金鐙。到得都下始安寧，直待衣紫腰金方稱心。

校　箋

〔一〕《吴歈萃雅》本、《樂府珊珊集》本、《古今奏雅》本題名作「秋閨」，《南音三籟》本題名作「秋日旅思」，《詞林逸響》本、《樂府南音》本題名作「秋閨旅思」，《萬錦清音》本題名作「秋旅」。《全明散曲》屬燕仲義，據《群音類選》本輯録。

〔二〕燕仲義（生卒年不詳），南直隸吴縣（今江蘇蘇州）人。明嘉靖三十二年（一五五三）癸丑科進士，曾官參政等職。《全明散曲》輯其散曲作品套數一套，復出套數一套。

〔三〕【馬鞍犯】：底本原作「【馬鞍兒】」，據《詞林逸響》本、《樂府珊珊集》本、《南音三籟》本、《吴歈萃雅》本和曲譜改。

〔四〕鳴：底本原作「停」，據《詞林逸響》本、《樂府珊珊集》本、《南音三籟》本、《吴歈萃雅》本改。

黄鶯兒一套（閨怨。入高平調）〔一〕　文衡山〔二〕

孤鏡畫愁眉，未凝眸泪已垂，悔當初拆散鸞凰侶。而今未歸，芳心付誰，總詩題紅葉空自隨流水。隔天涯，願君如旅雁，萬里向南飛。

【香羅帶】相思倚綉幃，離愁怎持？金尊未傾心已醉，冰弦欲理指難移也。此際無窮意，有天知，天應念妾妾念伊。惟有薄幸無情也，不念當初炊扊扅。

【醉扶歸】對銀燈終夜長吁氣，整鴛衾空憶合歡時。怪蛩聲偏惱獨醒人，恨嬋娟不照孤眠處。怎能够重合鳳臺簫，多應是耽誤巫山雨。

【好姐姐】追思，那日别離，兩下裏指天設誓。銘心刻腑，教他休負虧。成何濟，君心一似風中絮，飄蕩春江猶未歸。

【玉山頹】殘秋天氣，憶蕭關尚未授衣。自臨機欲織迴紋，未穿梭寸心先碎。柔絲萬縷，千里車輪難繫。路遠書空寄，卜歸期，教人終日倚門閭。

【香柳娘】看芙蓉滿地，看芙蓉滿地，兀自笑人憔悴，對花無語含羞愧。伫金蓮懶移，伫金蓮懶移，獨立望長空，銀河隔牛女。嘆朱顔漸衰，嘆朱顔漸衰，半向夢中消，半向愁中去。

【尾聲】天涯草色心千里，盼望王孫何日歸，此恨綿綿無絶期。

校　箋

〔一〕《詞林逸響》本、《古今奏雅》本題名作「閨怨」，《吴騷合編》本題名作「秋閨」，俱注稱文衡山撰；《昔昔鹽》本題名作「情思重合」，《樂府先春》本、《吴騷集》本無題名，不注撰者。《全明散曲》屬文衡山，據《群音類選》本輯録。

〔二〕文徵明（一四七〇——一五五九），初名璧，以字行，更字徵仲，號衡山。南直隸長洲（今江蘇蘇州）人。幼不聰，長慧異常，與祝允明、唐寅、徐禎卿并稱「吴中四才子」。明正德末年以歲貢薦授翰林院待詔。世宗繼位後預修《武宗實録》，侍經筵。著有《甫田集》、《青溪寇軌》等。

大石調（有小石調）

念奴嬌序一套（閨情）〔一〕　王西樓

麗譙落月，正野烏城上，啼殘萬瓦明霜。畫角聲中，嗚咽處吹徹老梅争放。凄愴，太灝宸游，乍臨青闕，土牛簫鼓天街上。人争攘〔二〕，報道紛紛彩仗，簇擁勾芒。

【尾犯序】〔三〕成行仕女檢春忙，巧剪春旛，彩燕雙雙。試舞翩翩，鬥釵頭鳳凰。惆悵，偏我慮天涯人遠，偏我慮山高水長。又慮他萍踪梗迹，兀自滯他鄉。

【好事近】思量教我轉悲傷，空辜負景好辰良。鳳樓此夕，花燈月色交光。六街九陌，見佳人携手頻來往。我如今虛度春宵，說甚麽萬金難償。

【錦纏道】迅時光，早花朝催開衆芳，紅紫鬥春妝，最多情灞陵岸上柳絲百丈。挽留住別離車軑，留不住教我彷徨。撓亂九迴腸，終宵魂夢，空飛到楚陽。未了平生願，錯教神女惱襄王。

【普天樂】愁似織濃如釀，都鎖在春山上。怕林鶯嬌囀笙簧。看晴沙浴暖鴛鴦，杏花出墻。更羞看桃花人面崔郎。

【四塊玉】楝花風吹衣爽，催花雨拋珠響，心欲裂憔悴姬姜，眉羞嫵鎮思張敞。鴻鱗久絶，便到言都謊，敢是托根桃李場。他做不得坦腹東床，學不得待月西廂，怎做得尾生死抱河梁？

【傾杯序】凄凉，從君去冷綉房，寂寞靜梅花帳。想揮泪陽關，分袂情難。約在端陽，準擬還鄉。眼睁睁教我窮冬捱盡，又過青陽，一似楚夢沉湘。天便教人霎時相見又何妨。

【玉芙蓉】風和蝶戀香，水暖魚吹浪。正園林開到荼蘼海棠。乍晴乍雨花容老，輕暖輕寒愁味長。這相思病，自別來盡償。總朱顔消瘦不比舊時龐。

【雁魚錦】幾回悶倚闌干望，錯疑是隔斷迷漫烟水蒼蒼。待凝神想來，依然遼絶千山萬水天一方。使我江雲渭樹空懷仰，懷仰他多情倜儻，教我涕滿秋眶。他那裏燕飛不識烏衣巷，我這裏寂寞春風王謝堂。

【千秋歲】試羅衣，又早清明候，約女伴踏青游賞。紅杏村中，紅杏村中，祇見一枝高掛墻頭酒。望那當爐唤酒娘，游人都解下金貂。當體想，文君蕩。臨邛司馬，夜共逋亡。

【小蓬萊】歡娱事皆已往，凄凉事總盡償。雲迷楚峽空餘嶂，彩鸞飛去臺虚敞。秦樓竟没簫吹響，每日家教我怨恨裴航。

【古輪臺】燕雙雙，差池上下掠風狂，晝長院宇重門曠，穿簾入幌。更低度重檐，銜泥來往壘巢忙。似有約含情，頡頏畫棟，烏衣巷一帶芹香。把别離情况，織就烏棚賦短章。我如今欲煩飛燕，暫停雲剪，聽奴暗囑，遥寄薄情郎。都不解，銜將春色去昭陽。

【越恁好】落花飛去，滴溜溜過短墻。點點胭脂雪，錦疊砌綉鋪塘。亂紛紛絮狂，亂紛紛絮狂，白漫漫似雪飛占斷平康。静陰陰緑蔭，嘈咶咶鶗鴂兒打點送青皇。一春事，少年時，可惜都骯髒。不由人不題名，駡那薄情阻擋。

【尾聲】歸來有日同鴛帳，還問他别來無恙，衹怕他做了天涯一浪蕩。

校　箋

〔一〕《吴騷合編》本題名作「閨思」，題名下釋稱「刻依原稿」，《樂府先春》本、《吴騷集》本無題名，俱注稱王西樓撰；《樂府争奇》本無題名，不注撰者。《全明散曲》屬王西樓，據《吴騷集》本輯録，題從《群音類選》本。

〔二〕攘：底本原作「鬧」，據《吴騷合編》本、《樂府先春》本、《吴騷集》本、《樂府争奇》本改。

〔三〕【尾犯序】：底本原作「【刷子序】」，據《吴騷合編》本、《樂府先春》本、《吴騷集》本、《樂府争奇》本改。

念奴嬌序（出塞）〔一〕　梁伯龍

龍荒萬里，正風高紫塞，迢遥千古長城。落日寒原，凝望處茫茫極北雲平。連亘，白狄臨關，黄河夾地，胡兒千隊此馳騁。（合）還自許，終軍早歲，獨請長纓。

【前腔】堪哽，陰磷耿耿，見白骨滿野，烏鳶螻蟻相慶。萬叠驚沙，探騎急黑夜移營傳令。還逞，苜蓿初肥，葡萄新熟，貂裘十萬盡精英。（合前）

【前腔】愁聽，破納沙頭，受降城上，斷鴻殘角總邊聲。烽堠直烽堠直，見月下歸來殘兵。飛警，雪迸金笳，雲崩鐵騎，祁連黠虜正憑淩。（合前）

【前腔】冥冥，殺氣侵雲，獵聲沉塞，新來降騎説蕃情。麟閣迥麟閣迥，莫負三尺青萍。休驚，北接莎居，西通疏勒，班超原是一書生。（合前）

【古輪臺】雁南征，西風吹急不堪聞，胡天嘹嚦空相應。音書難倩，況萬里膻腥，更誰訪紅顔薄命。有西遺烏孫，一生孤另。有荒墳烟鎖草青青，霜迷月冷。有崎嶇北汗胡塵，哀笳倚拍，家山何處，凄凉風景。千載恨難平，關河永，游魂無侶伴孤影。

【前腔】閑評，曾有擒虜王庭，還又有殺敵居胥，戰無不勝。竹帛丹青，細屈指依稀名姓。有年少封侯，奇功難并。也有垂老轅門竟無成，數奇不幸。有白頭北海飄零，淹留朔地，餐氈嚙雪，旌旄落盡。成敗古難憑，但願輸忠藎，君不聞男子重横行。

【尾聲】天王借十萬兵，會看取單于繫頸，直待要踏破燕然再勒銘。

校　箋

〔一〕《江東白苧》本、《南宫詞紀》本題名作「擬出塞」，《南詞韵選》本無題名，俱注稱梁伯龍撰。《全明散曲》據《江東白苧》本輯録。

新刻群音類選清腔卷五

雙調(有仙吕入雙調者)

步步嬌一套(閨情[一]。大歇帖[二]。此套有南北調者在後[三]) 李愛山[四]

暗想當年,羅帕上詩曾寫,偷綰下鴛鴦結。他心猿乖意馬劣,都將軟玉嬌香,嫩枝柔葉。琴瑟正和協,不覺花影轉過梧桐月。

【沉醉東風】一團嬌香肌瘦怯,半含羞粉容輕貼。微笑對人悄説,休忘了今夜,等閑間將海棠開徹。把山盟共設,不許片時暫撇,若有個負心的,教他隨燈兒便滅。

【忒忒令】他殷勤將春心漏泄,我風流寸心終拙,因此上楚雲深鎖黄金闕。休把佳期頓撇,湘江竭,燕山截,斷魚封雁貼。

【好姐姐】自别,逢時遇節,冷淡了風花雪月。柔腸萬結,怎禁窗外鐵。無休歇,好似珮環摇明月,又被西風將錦帳揭。

【桃紅菊】渭城人肌膚瘦怯，楚天秋難禁并疊。停勒了畫眉郎京尹，補填了東陽令滿缺。

【雙蝴蝶】嘆嗟，歡嬉事能幾些。痛切，相思病無了絶。朋友每知疼熱，早收心與你個寧貼。待捨，想着他嬌模樣教我怎生樣捨。待撇，想着他至誠心教我怎生樣撇。

【園林好】也傷我連枝帶葉，致令得狂蜂浪蝶。鬧炒起歌臺舞榭，回首處楚雲遮，堪嘆處彩雲賒。

【川撥棹】成吴越，怎禁他人搬鬥諜。平白地送暖偷寒，猛可的搬唇遞舌。水晶紈不住撇，點鋼鍬一味掘。

【錦衣香】楚館焚，秦樓拽，洛浦填，涇河截。梅家莊水礶湯瓶，打爲磁屑。賈充宅守定粉墻缺，武陵溪澗，花兒釘了椿橛。楚襄王夢驚，漢相如砍番車轍。深閉芙蓉闕，紫簫吹裂。碧桃花下，把鳳凰翎毛生扯。

【漿水令】響噹噹菱花碎跌，側楞楞冰弦斷截。忔支支同心帶扯，咭叮噹寶簪墮折。采蓮人偏向并頭折，比目魚就池中冷水燒熱，連理樹生砍折。打撈起御水流紅葉，藍橋下浪滚滚波濤捲雪，祆神廟焰騰騰火走金蛇。

【有結果煞】饒君總把機謀設，瞞不過負心薄劣，除非是夢兒裏對他分説。

校　箋

〔一〕此題有南曲套和南北合套，《群音類選》皆注稱李愛山撰。現存版本較多，有題鄭虚舟撰，有題王百穀撰。《全明散曲》把南曲套屬李愛山，南北合套屬鄭虚舟，于王百穀名下作復出套數。

〔二〕大歇帖：疑此注有誤，當是襲南北合套注稱李愛山【珍珠馬】《閨情》而致，實當作小歇帖。具體參本書「清腔類」卷二【香羅帶】《閨怨》套「小歇帖」校箋。

〔三〕此套有南北調者在後：指《群音類選》「清腔類」卷六南北調注稱李愛山撰的「【南珍珠馬】《閨情》」。

〔四〕李愛山，字號、里籍、生平皆未詳。

步步嬌一套（歸隱）〔一〕　王陽明〔二〕

宦海茫茫京塵渺，碌碌何時了。風掀浪又高，覆轍翻舟，是非顛倒。算來平步上青霄，不如早泛江東棹。

【沉醉東風】亂紛紛鴉鳴鵲噪，惡很很豺狼當道。冗費竭民膏，怎忍見人離散，舉疾首蹙額相告。簪笏滿朝，干戈載道，等閑間把山河動摇。

【忒忒令】平白地生出禍苗，逆天理那循公道〔三〕，因此上把功名委弃如蒿草。本待要竭忠盡孝，祇恐怕狡兔死，走狗烹，做了韓信的下梢。

【好姐姐】爾曹，難與共朝，真和假那分白皂。他把孽冤自造，到頭終有報。設圈套，饒君總使機關巧，天網恢恢不可逃。

【桃紅菊】〔四〕算留侯其實見高，把一身名節自保。隨着赤松子學道，也免得向雲陽赴市曹。

【雙蝴蝶】待學，陶彭澤懶折腰。待學，載西施范蠡逃。待學，張孟談辭朝。待學，七里灘嚴子陵垂釣。待學，陸龜蒙筆床茶竈。待學〔五〕，東陵侯把名利抛。

【園林好】脱下了團花戰袍，解下了龍泉寶刀。卸下朝簪烏帽，布袍上繫麻縧，把漁鼓簡兒敲。

【川撥棹】深山拗，悄没個閑人來聒噪。跨清溪獨木爲橋，跨清溪獨木爲橋，小小的茅庵蓋着。種青松與碧桃，采山花與藥苗。

【錦衣香】府庫充，何足道，禄位高，何足較〔六〕。從今耳畔清閑，不聞宣召。蘆花被暖度良宵，三竿日上，睡覺伸腰。對鄰翁野老，飲三杯濁酒村醪。醉了還歌笑，齁齁睡倒，不圖富貴，祇求安飽。

【漿水令】賞春時花藤小轎，納凉時紅蓮短棹。稻登場鷄豚蟹螯，雪霜寒純綿布袍。四時佳景恣歡樂，也强如羽扇翻羸，玉珮趨朝。溪堪釣，山可樵，人間自有蓬萊島。何須用，何須用樓船彩轎。山林下，山林下儘可逍遥。

【尾聲】從來得失知多少，總上心來轉一遭。把門兒閉了，祇許詩人帶月敲。

校　箋

〔一〕《南宫詞紀》本題名作「歸隱」，《吴歈萃雅》本、《南音三籟》本題名作「隱詞」，俱注稱王陽明撰。《全明散曲》據《群音類選》本輯録。

〔二〕王守仁（一四七二—一五二八），又名雲，字伯安，號陽明，别稱陽明子。浙江餘姚人。明弘治十二年（一四九九）進士。官至都察院左都御史。創辦有陽明書院，影響甚巨，承繼并發展陸九淵理論，被稱作「王學」。著有《王文成全書》等。《全明散曲》輯其散曲作品套數一套，復出套數一套。

〔三〕逆：底本原作「達」，據《南宫詞紀》本、《吴歈萃雅》本、《南音三籟》本改。

〔四〕【桃紅菊】：底本原作「【嘉慶子】」，據《吴歈萃雅》本、《南音三籟》本改。

〔五〕待學：底本原作「待教」，據《南宫詞紀》本、《吴歈萃雅》本、《南音三籟》本改。

〔六〕何足：底本原作「何須」，據《南宮詞紀》本、《吳歈萃雅》本、《南音三籟》本改。

步步嬌一套（閨情）〔一〕

滿目繁華春將半，回首情無限。西樓畫捲簾，芳草萋萋，野花撩亂。斜倚畫闌干，把江南雲樹相思遍。

【忒忒令】理冰弦將離懷自遣，未彈時意慵心倦。詞調短，寫不盡心中愁怨。空冷爐玉爐烟，又早見風兒細，月兒明，花陰半轉。

【園林好】祇爲他蘭香懶燃，祇爲他金針懶拈。祇爲他被姊妹們輕賤，祇爲他意懸懸，祇爲他恨綿綿。

【香柳娘】漸香消玉減，漸香消玉減，青鸞羞見，啼痕滴損桃花面。怕黄昏到也，怕黄昏到也，衾冷倩誰温，枕孤有誰伴。自長吁短嘆，自長吁短嘆，把心兒暗思，口兒頻念。

【好姐姐】可憐，正凄凉未眠，冷清清把紗窗半掩。更長夢短，使人愁悶添。真堪怨，冤家倒把誰迷戀，不記得花前月下言。

【雙蝴蝶】恨天，嘆紅顔多命蹇。恨天，負心的音信遠。捱不過夜如年，寬褪了兩行金釧。恨天，杳没個便人兒將我心事傳。恨天，空教我卜金錢眼望穿。

【玉胞肚】薄情心變，頓忘却香囊翠鈿。祇爲他假話虚言，哄得人意惹情牽。朝思暮想病懨懨，祇落得瘦怯怯花容不似前。

【玉交枝】時光似箭，送青春催着少年。看雙雙花底鶯和燕，怎教人獨宿孤眠。他在紅樓翠幕醉管弦，竟不念我寒燈暮雨空腸斷。訴不盡離愁萬千，訴不盡凄涼萬千。

【川撥棹】尋思遍，恨冤家忒行淺。不記得海誓山盟，不記得海誓山盟，不記得羅幃鳳鸞。不記得畫屏前，不記得枕兒邊。

【僥僥令】蒼天還念我，再結此生緣。有日相逢重歡宴，把好話綢繆，春晝短。

【尾聲】殷勤寄與南來雁[二]，使情人心回意轉，花再芳菲月再圓[三]。

校箋

〔一〕《吴歈萃雅》本、《詞林逸響》本、《古今奏雅》本、《南音三籟》本題名作「夜思」，俱注稱康對山撰；唐寅《伯虎雜曲》亦收録，無題名；《昔昔鹽》本題名作「寄情留念」，不注撰者。《全明散曲》屬唐寅，據《伯虎雜曲》本輯録。于康對山名下作復出套數。

〔二〕雁：底本原作「燕」，據《吴歈萃雅》本、《南音三籟》本、《詞林逸響》本改。

〔三〕芳菲：底本原作「芳時」，據《伯虎雜曲》本、《吴歈萃雅》本、《南音三籟》本、《詞林逸響》本改。

步步嬌一套（代寄妓）〔一〕　梁伯龍

一夜梧桐金風剪，敗葉空廊戰。離愁有萬千，夢入蘭心，芳香不變。目斷碧雲天，把西樓東角閑憑遍。

【忒忒令】記初見在春風綉筵，又驀遇在夜香深院〔二〕。花枝妖裊，似趁風兒顫。人蓁裏信難傳，人蓁裏信難傳。又誰知，背畫闌，把秋波暗轉。

【尹令】自別去心留意眷，再没處尋芳覓便。誰道渡頭重面，還似舊時迷戀。路整藍橋，肯負前生未了緣。

【品令】娘行爲何再入武陵源？池亭深處，恰是降飛仙。幽期密訂，去留多腼腆。太湖石畔，衹恐怕他人瞧見。帶綰同心，共結東林衹樹邊。

【豆葉黄】夜深沉漏滴，銀鎖兒空聯。挽青鸞翅入重樓，挽青鸞翅入重樓，親受用香温玉軟。一時繾綣，釵横鬢偏。真個是水雲中的鸂鶒，真個是水雲中的鸂鶒，看遺却花鈿，零落在銀屏錦韉。

【玉交枝】舞衫歌扇，載卿卿西江畫船。紅衣濕處清波濺，并頭開徹雙蓮。絲絲柳條風渚牽，蕭蕭竹影溪雲淺。擁鴛衾落月未眠，酒初醒猶聞香喘。

【月上海棠】最可憐，歡娛未了生離怨。恨片帆東去，甚日重還。霎時間翠減香消，頃刻裏山長水遠。重罰願，願年年相見，勝似今年〔三〕。

【江兒水】江水明于練，秋雲薄似綿。奈扁舟飄忽如飛箭，看床頭翠被餘香捲，囊中秀髮和愁纏。怕睹社前歸燕，何日重來，還向舊家庭院。

【川撥棹】詩題絹，泪斑斑成翠蘚。夜迢迢展轉無眠，夜迢迢展轉無眠，洞房虛孤燈慘然。似枯枝泣露蟬，似風花哭杜鵑〔四〕。

【嘉慶子】腸斷箜篌第五弦，奈萬事傷心在眼前。總風波倏起平川，總風波倏起平川，誓把衷心鐵石堅。願頻頻音信傳，莫教人眼望穿。

【尾聲】歸舟有日還重見，那時節錦堂歡宴，銀燭高燒綉帳懸。

校箋

〔一〕《江東白苧》本題名作「別情」，《南宮詞紀》本、《南詞韵選》本題名作「秋日別情」，《彩筆情辭》本題名作「代寄邢姬素蘭」，《吴騷合編》本題名作「秋日懷舊」，俱注稱梁伯龍撰；《吴騷集》本、《詞林逸響》本、《樂府珊珊集》本、《古今奏雅》本題名作「懷舊」，俱注稱王雅宜撰；《樂府先春》本無題名，注稱董玄宰撰；《昔昔鹽》本題名作「秋日秋情」，《樂府争奇》本無題名，俱不注撰者。《全明散曲》據《江東白苧》本輯録，于王雅宜、董玄宰名下作復出套數。

〔二〕深院：底本原作「庭院」，據《江東白苧》本、《吴騷合編》本、《彩筆情辭》本、《詞林逸響》本、《樂府珊珊集》本改。

〔三〕似：底本原作「是」，據《彩筆情辭》本、《樂府先春》本改。

〔四〕風花：底本原作「風前」，據《江東白苧》本、《吴騷合編》本、《彩筆情辭》本、《詞林逸響》本、《樂府珊珊集》本改。

步步嬌一套（閨怨）〔一〕

昨夜春歸今朝夏，時序如翻掌。相思惱斷腸，衹怕愁病無情，減却容光。血泪漬成行，點點滴在青衫上。

【山坡羊】緑陰陰竹梢初放，碧沉沉荷錢較長，紅潑潑榴花漸舒，白茫茫麥隴翻銀浪。雨乍晴，園林梅子黄。時移物换、物换人何向？種種思量，般般惆悵。凄凉，半開窗半掩窗；悲傷，半思郎半恨郎。

【五更轉】納稼時，離鸞帳，到如今又插秧。南鱗北雁北雁頻來往，自没一紙書來，慰奴懷想。向晚來，空倚定，危樓望。朝雲暮雨暮雨和誰講，除非夢裏重逢，和你徘徊半晌。

【園林好】覺來時愁魂半床，那人兒依然在兩厢。衹落得千聲悒怏，端的是怎推詳？端的是怎推詳？

【江兒水】睡起嬌無力，窮愁莫可當。聽叮咚風韵簾鈎響，清溜溜竹夾茶烟漾，亂紛紛日映晴絲蕩，渾攪碎離人情况。總有良工，畫不就相思模樣。

【玉交枝】緑窗虚朗，晝寥寥共誰舉觴？芭蕉弄影摇書幌，一霎時過了端陽。怕夢魂驚破追楚襄，眉兒淡了思張敞。待見他山長水長，待放他情長意長。

【玉胞肚】南薰薦爽，夕陽陰看看過墻。聒噪些蛙鼓蟬琴，蕭索了蝶板蜂簧。中心怏怏，無明無夜費思量，倩托何人遠寄將？

【玉山頹】精神惚恍，這滋味何曾慣嘗？覷花鈿粉面流脂，透酥胸汗雨揮漿。燈花鵲噪，到此都成虚誑。命薄多磨障，意彷徨，停針無緒綉鴛鴦。

【三學士】花情酒債，何時了償？經幾度飯廢茶荒〔二〕。威蕤懶傅何郎粉，寂寞羞添賈女香。心爲遠懷縈百丈，魂消處逐去檣。

【解三酲】錦葵開有誰宴賞？記昔日歡娱在畫堂。今日裏浮瓜沉李没心想，盈盈泪浴蘭湯。趁微涼款步出洞房，悶數歸鴉立小廊。聲嘹亮，采蓮歌何處，晚渡横塘？

【川撥棹】舉目誰親傍？對三星禱夜央。俏冤家杳隔在瀟湘，俏冤家杳隔在瀟湘，幾時得榮歸故鄉？辦虔誠叩上蒼，奈愁城未肯降。

【嘉慶子】瘦損龐兒淺淡妝〔三〕，怪暮鼓晨鐘特地忙。早知道今日恓惶，早知道今日恓惶，争似當初不識强。待相忘不敢忘，待相從路渺茫。

【僥僥令】蜻蜓飛兩兩，燕子語雙雙。偏我海誓山盟都是謊，番做了五更頭，夢一場。

【尾聲】擲金錢卜歸的當，祇怕歸來鬢已霜。怎能够身生兩翅，飛到伊行？

校箋

〔一〕《樂府先春》本、《詞林白雪》本、《吴騷集》本無題名，《南宫詞紀》本題名作「初夏題情」，俱注稱王雅宜撰；《吴歈萃雅》本、《詞林逸響》本、《古今奏雅》本、《南音三籟》本題名作「夏日閨思」，《樂府珊珊集》本題名作「閨怨」，俱注稱陳大聲撰；《吴騷合編》本題名作「閨怨」，注稱爲舊詞；《昔昔鹽》本題名作「夏日相思」，《南詞韵選》本、《樂府争奇》本無題名，俱不注撰者。《全明散曲》屬王雅宜，據《南宫詞紀》本輯録，于陳大聲名下作復出套數。

〔二〕飯廢：底本原作「飯費」，據《吴騷合編》本、《樂府先春》本、《吴騷集》本、《詞林白雪》本、《詞林逸響》本、《南音三籟》本、《吴歈萃雅》本改。

〔三〕瘦：底本原作「瘦瘦」，據《樂府先春》本、《吴騷集》本、《詞林白雪》本、《詞林逸響》本、《樂府珊珊集》本改。

步步嬌一套（紀情）〔一〕　張叔元

目送香車投東去，却赴孤舟裏。分離頃刻時，正是咫尺天涯，無盡相思。滋味有誰知？展轉懊恨長亭路。

【山坡羊】碧騰騰江雲紛聚，軟颼颼金飆乍起，那正值霜朝試寒，更堪憐令節重陽際。見繞籬，黄花已滿枝。何緣落帽，又豈登高避？回首茫茫，前征靡靡。凄其，似孤鴻嘹嚦歸；葳蕤，伴孤鴻蘆荻栖。

【五更轉】石頭城，烟霧底，早疏林月半窺。臨觴獨自獨自長吁氣，且索强酒支吾，奈愁腸不殢。擁寒衿，屈指把更籌數。高唐夢杳賦就成何濟，拚得個潘鬢沈腰，摇落悠悠千里。

【園林好】想新秋重來帝畿，喜殷勤相過慰遠離。慢追省分襟風雨，衹落得兩猜疑，衹落得兩猜疑。

【江兒水】緩步秦樓悄，挑鐙珊枕欹。啓朱唇道我忘恩義，撲簌簌泪眼頻凝睇，一聲聲怨把新人繫。願托終身依倚，三載丹誠，惟有皇天鑒取。

【玉交枝】披衷數語，信芳心金石堅持。當初盟誓今猶爾，豈區區薄幸男兒。鵾鵬若擬奮天逵，鴛鴦管取浮波裏。嘆年來雙魚信稀，悔今朝相逢較遲。

【玉胞肚】前歡幾許，感卿卿皓首爲期。又何須緑綺傳情，端的望舉案齊眉，教人暗憶。雖然故國有明妃，肯效虧心辜負伊。

【玉山頹】西風鎩羽，憑危樓如醉如痴。困英雄兩字功名，滯姻緣桃李芳姿。一般偃蹇，兩下同擔凄楚。對掩黄昏雨，涕交頤，啼痕破粉更因誰？

【三學士】衹指望早遂于飛，却難道拆散東西。霜風未得乘鸞翥，麗日應教跨鳳吹。拋閃暫時非容易，千金諾，忍相違？

【解三酲】甫約定春宵連理，幸良媒感慨恩私。押衙自古誰爲侣，虞候而今獨有渠。衹爲行囊羞澀蠅頭利，翻令翠館淹留燕爾期。休憂慮，謝君家疏財成就，須有日足繫紅絲。

【川撥棹】念你孱孱體，溷風塵，濁水泥。但從今要珍重蘭閨，但從今要珍重蘭閨，莫憔悴玉腕香肌。挨寒冰六出奇，瞬息間鬥芳菲。

【嘉慶子】懶將心事向人題〔二〕，我叮囑都詳一首詩。看玉墜今已牢携，看玉墜今已牢携，睹物休教越慘凄。盼關山衰草迷，儘恓惶寄尺書。

【僥僥令】香囊花勝縷，羅帕斷腸辭。道是月下燈前親針指，付與我好開懷，日夜隨。

【尾聲】船頭細把風流紀，字字恩情字字悲，真個地久天長永不移。

校　箋

〔一〕《彩筆情辭》本題名作「寄秦淮頓姬青娥」，注「明張叔周改刻」。《全明散曲》據《群音類選》本屬張叔元，并據之録定。

〔二〕懶：底本原作「懶懶」，《全明散曲》直改作「我懶」，今據前套及曲譜改。

步步嬌一套（閨怨）〔一〕

歡喜冤家難相離，鎮日心縈繫。衷腸訴與誰，不合情多，惹下相思泪。笑我自痴迷，眼睁睁不看傍州例。

【江兒水】想起初逢日，乍見時。指山高海闊爲盟誓，似漆投膠相粘住，如糖伴蜜甜言語。哄得我輸情輸意，今日裏苦淡酸辛，都做了愁中滋味。

【園林好】起初時願白頭終身靠伊，到如今剩隻手孤身靠誰？早知你口是心非，把盟山爲地上泥，將誓海爲溝内水。

【人月圓】悔，悔後應遲，悔之又悔。病纏身都爲你，瘦怯怯强自支持，病懨懨無方療醫。負心的人易欺，昧心的天怎欺。

【前腔】喜，喜那當時，喜之又喜。兩情濃無彼此，情繾綣酒泛金卮，意綢繆春生綉幃。得便宜你自知，落便宜我自知。

【五供養】把恩情説起，似鸞交鳳友相偎。惟嫌夜短恣歡娛，那知更籌有幾。一般樣銅壺漏水，今夜裏聽來滴下偏遲。衾寒心獨苦，枕冷泪雙垂。翻來覆去，夢斷魂迷。

【僥僥令】信無三月雁，愁有五更鷄。把萬恨千愁重題起，都鎖在纖纖兩道眉。

【前腔】閑中空懊惱，静裏自尋思。想起負德辜恩無如你，受盡了凄凉更有誰？

【尾聲】芳心已作沾泥絮，不逐東風上下飛，一任鶯老花殘春自歸。

校　箋

〔一〕《樂府先春》本無題名，注稱宗方城撰；《新編南九宫詞》本題名作「情」，注稱爲舊詞；《昔昔鹽》

本題名作「情女述懷」,《樂府争奇》本無題名,俱不注撰者;《太霞新奏》本題名作「思情」,注稱無名氏撰、墨憨齋改。《全明散曲》屬宗臣,據《樂府先春》本輯録,題從《昔昔鹽》本。宗臣(一五二五—一五六〇),字子相,號方城,南直隸(今江蘇)興化人。明嘉靖二十九年(一五五〇)進士,歷任吏部考功郎、稽勛員外郎、福建布政參議等職。爲明嘉靖七子之一。著有《宗子相集》等。《全明散曲》收其散曲作品套數一套。

步步嬌一套(閨怨)〔一〕

萬里關山音書斷,阻隔南來雁。欲將心事傳,天様花箋,寫不盡相思怨。滴泪問金錢,精神恍惚恍惚難推算。

【江兒水】玉腕松金釧,羅帶寬。朱顔不覺愁中换,去燕歸來人不見,料想迷留風月烟花館。俺這裏寂寥無伴,要解愁腸,杯酒頻斟誰勸?

【園林好】夜無眠,嘆嫦娥獨宿在廣寒〔二〕,照人間千愁萬歡。步蒼苔露濕金蓮〔三〕,惜花殘嫌月圓,惜花殘嫌月圓。

【人月圓】敢,敢在秦樓,列着管弦。惡姻緣非偶然,何日裏重跨青鸞,俏臉兒和誰并肩。不由人不泪漣，不由人不泪漣。

【前腔】剪，剪斷連枝，分開并蓮。把鴛鴦一雙雙拆散，杳然將菱花擊破。何日裹再團圓？何日裹再團圓？

【五供養】香消玉減，怎當他多病多纏，幾番勉强傍妝奩。眉峰不展，又聽得誰家庭院朱弦。金尊空琥珀，寶鼎冷龍涎。一春辜負了，海棠花前。

【僥僥令】雕鞍何日轉？泪眼甚時乾？一似綫斷風箏尋不見，好夢也難成，衾枕單。

【前腔】天台風月遠，楚館雨雲懸。一似祆廟烟飛藍橋斷，好事也難成，春夢短。

【尾聲】東風桃李飛庭院，落盡殘紅啼杜鵑，可惜凄凉三月天。

校　箋

〔一〕《新編南九宮詞》本題名作「情」，注稱爲舊詞；《昔昔鹽》本題名作「傳書無便」，《樂府争奇》本無題名，俱不注撰者。《吴騷二集》本題名作「春閨」，《吴歈萃雅》本、《詞林逸響》本、《樂府名詞》本題名作「閨怨」，俱注稱錢鶴灘撰；《樂府先春》本無題名，注稱朱射陂撰。《全明散曲》屬朱曰藩者據《樂府先春》本輯録，屬錢鶴灘者據《詞林逸響》本輯録。按：《樂府先春》卷上注作者爲「朱射皮」。朱曰藩（一五〇一—一五六一），字子價，號射陂，南直隸（今江蘇省）寶應人。明嘉靖二十三年（一五四四）進士，歷任烏程知縣、南京刑部主事、禮部郎中、九江知府等職。詩師楊慎。

著有《射陂蕪城詞》、《山帶閣集》等。錢福（一四六一—一五〇四），字興謙，號鶴灘。南直隸華亭（今上海松江）人。明弘治三年（一四九〇）進士，授翰林院編修，三年即告歸。詩文以藻麗敏妙見長，著有《鶴灘集》等。

〔二〕獨宿：底本原作「孤獨」，據《樂府先春》本、《吴騷二集》本、《詞林逸響》本、《吴歈萃雅》本、《樂府名詞》本改。

〔三〕露濕：底本原作「露冷」，據《樂府先春》本、《吴騷二集》本、《詞林逸響》本、《樂府名詞》本改。

步步嬌一套（閨情）〔一〕

蝶倦蜂愁鶯無語，門掩蒼苔雨。傷情聽子規，野樹江雲，倩誰爲主？萬縷緑楊枝，如何挽得春光住？

【江兒水】轉眼春歸去，人未歸顛狂性格風中絮。細雨梨花重門閉，青烟渺渺迷津渡。水上浮萍何處，燕子雙雙，鎮日令人延佇。

【園林好】惜春心與殘花共飛，斷腸人把闌干悶倚。盼天涯芳草萋萋，仗東君傳信息，要相逢知甚日。

【人月圓】約在園林花叢徑裏，色侵肌香襯體。全不念舊日歡娱，到如今風狂露凄。想人生能幾時，想人生能幾時。

【前腔】喜得今宵天清月輝，逐花陰步款移。對嫦娥俏問端的，到明朝陰晴怎知？那其間好護持，那其間好護持。

【五供養】無情逝水，向東流不管别離。落花經雨濕胭脂，春光有幾？聽鷓鴣聲裏，斷送芳菲。簾櫳多寂寞，心事苦凄其。這般怨恨，更有誰知？

【僥僥令】峭寒生院宇，此景怎留題？緑暗紅稀春去後，人静也，烟籠欲暮時。

【前腔】殘燈空結蕊，魂斷意如痴。長夜迢遥添凄楚，衾枕冷，無眠更漏遲。

【尾聲】一春魚雁無踪迹，挫過風光九十，桃李含羞帶雨啼。

校　箋

〔一〕《新編南九宫詞》本題名作「情」，注稱爲新詞。《全明散曲》屬無名氏，據《群音類選》本輯録。

步步嬌一套（途思）〔一〕

悲歌七月秋風緊，流泪沾衣冷。忙騎瘦馬行，尚未天明，殘星耿耿。難認遠峰青，騰騰的轉過轉過黄花徑。

【江兒水】轉過黄花徑，三五程。思親魂夢方纔醒，茅店鷄聲南北應，那堪落葉秋風泠。咽破寒蟬難聽，征鐸鈴鈴，山路竟無窮盡。

【園林好】共徑行，正霏霏秋雨惱人情。又不知牧童在何處，弄横笛兩三聲。慘人，這其間，欲斷魂。

【人月圓】客，客邸閑雲一片情，看山泉處處傾。高林下聽得鳥鳴嚶嚶，高林下聽得伐木丁丁，野菜沿籬黄蝶繞。野人家少四鄰，野人家少四鄰。

【前腔】野，野渡無人，短棹自横。鹿成群沙雁過汀，正值黄昏時候。天色淡雨初晴，天色淡雨初晴。

【五供養】烟光漸暝，閃閃寒鴉，歸去幾陣。寒蛩聲唧唧，不堪聞。昏鐘已鳴，怎能够到他漁火江村，相伴他秋雁與寒雲。看看明月，轉上蒼冥。

【僥僥令】郊原秋色浄，蘆葦晚風清。衹聽得摘果哀猿聲相應，不見重門也，何時入帝城？

【尾聲】江村無限吟詩興，拂拂迢迢弄秋景，一段丹青難畫成。

校箋

〔一〕此套僅有《群音類選》本,《全明散曲》據之録定。

步步嬌一套(題畫卷)〔一〕　梁伯龍

目斷秦樓吹簫侶,温潤還如許。連城價有餘,遥想風姿,似洞林琪樹。素質定何如,笑裴航空覓藍橋杵。

【江兒水】曾記梁園遇,合浦歸。謝家庭下空延佇,似幾點輕盈垂楊絮,一枝寂寞梨花雨。二十四橋何處?教徹鸞簫,縹緲向月中歸去。

【園林好】初疑是在藍田故居,又道是在荆山舊墟。更想像在崑崙深處,誰知生碧府長清都,生碧府長清都。

【川撥棹】瑶臺路,見飛瓊下紫虚。水晶簾隱約冰膚,水晶簾隱約冰膚,雲母屏依俙畫圖。珮環聲疑有無,珮環聲疑有無。

【五供養】酥胸皓齒,更有冰心,一片誰知?堅貞還軟弱,光瑩又芬敷。春纖麈尾,試掩映一般無二。琅玕開竹圃,秋水出芙蕖。不讓陳宫,後庭花樹。

【僥僥令】梅英春綻後，蕙草雪消初。衹見歌斷泠泠山泉溜，舞罷也亭亭海鶴孤。

【尾聲】書中有女應無數，但不似舊家秋娘如故，須待當年善價沽。

校　箋

〔一〕《江東白苧》本、《彩筆情辭》本題名作「題居士貞畫金陵王儒卿賽玉卷」，俱注稱梁伯龍撰。《全明散曲》據《江東白苧》本輯録。

步步嬌一套（題情）〔一〕　許然明〔二〕

簾捲西風重門掩，落葉閑珍簟。秋歸六曲闌，暮暮朝朝，前事思量遍。金鴨晚香殘，藍橋咫尺雲遮斷。

【江兒水】記得虹橋畔，緑水邊，似亭亭出水芙蓉艷。未吐嬌歌眉先斂，隔花無那關情伴。脉脉楚天人遠，江上雙峰，夜夜波澄如練。

【園林好】乍想像似凌波洛仙，更彷彿是臨春舊歡。想璧月璚枝猶燦，又底事卧雕檐，將梅瓣貼花鈿。

【川撥棹】尋常見，駐清都隔紫烟。爲前盟未了塵緣，爲前盟未了塵緣，下蓬山游行世問。照雙心寶鏡圓，照雙心寶鏡圓〔三〕。

【五供養】秋期已半，天上宮闕，今夕何年。雙星低碧漢，瓊島會群仙。露凉雲淡，正寶地花宮願滿。娟娟華月爛，何用絳紗懸。三五風光，百千繾綣。

【僥僥令】綺疏雲易散，青鳥信空傳。自笑多病臨邛題柱客，孤負也但衹對文君浣翠牋。

【尾聲】紅銷鳳蠟情非淺〔四〕，且點檢舊日舞裙歌扇，肯容易輕將洛浦填。

校箋

〔一〕《吴騷集》本、《樂府先春》本無題名，俱注稱許然明撰；《彩筆情辭》本題名作「憶張壽姬」，注稱「明許然明　改刻」，且與《群音類選》本異文甚多。《全明散曲》據《群音類選》本輯録。

〔二〕許次紓（一五四九—一六〇四），字然明，號南華。浙江錢塘（今杭州）人。著有《茶疏》等，詩文多散佚。《全明散曲》輯其散曲作品套數四套。

〔三〕「照雙心寶鏡圓」二句：底本不重，據《樂府先春》本、《吴騷集》本和曲譜補。

〔四〕鳳蠟：底本原作「風蠟」，據《樂府先春》本、《吴騷集》本改。

步步嬌一套（歡會）〔一〕　張解元〔二〕

歡喜冤家重相見，一笑春生面。牽衣玉帳前，兩下相思，和泪都言遍。底事到埋冤，惡很很教我難分辨。

【江兒水】眉自今宵展，心非昨日懸。花前未語先留戀，半似含羞半含怨〔三〕，柳腰低向風中軟。把酒殷勤酬勸，頓忘了别隔三秋，解盡了愁腸千轉。

【園林好】我爲你一身病纏，我爲你雙眸望穿。關山遠，有信難傳。把歡娱地做了離恨天，比翼鳥做了斷腸猿。

【好姐姐】誰知，良緣未慳，錦屏前又成歡宴。瑶琴寶瑟，一似續斷弦。情何限，春亭門草簾重捲，夜閣看花月再圓。

【香柳娘】望雙星在天，望雙星在天，佳期不遠，夜深笑把重門掩。解羅衣向前，解羅衣向前，珊枕鬢雲偏，錦衾肌玉軟。把同心帶綰，把同心帶綰，鸞衾永圓，芳心不變。

【尾聲】山盟長與天同遠，歡娱惟願夜如年。他日相思處，怎忘得鮫綃上春一點。

校箋

〔一〕《彩筆情辭》本題名作「復歡」，注張解元撰；《南宫詞紀》本題名作「重逢」，注稱陳海樵撰。《全明散曲》兩收之，屬陳鶴者據《南宫詞紀》本輯録，屬張解元者據《群音類選》本輯録。

〔二〕張解元，名字、里籍、生平皆不詳。

〔三〕含怨：底本原作「含冤」，據《彩筆情辭》本改。

步步嬌一套（紀情）〔一〕　晏振之〔二〕

紫雲臺上人年少，丰韵天然妙。桃腮映日夭，香滿梨花，淡月疏簾悄。鶯兒學語嬌，那更燕子銜春小。

【香羅帶】輕將檀板敲，慢欹柳腰，羅裙半掩金步摇，一聲何處奏雲璈也〔三〕。有個郎君俏，解金貂，相如已辦求凰操。怎當他弄玉多情也，又向秦樓吹鳳簫。

【醉扶歸】曲纖纖謾寫蛾眉巧，皎團團清轉月輪高。嬌滴滴斜倚一枝春，喜孜孜暗送千金笑，困騰騰漸把翠鬟低，暖溶溶不覺香肩靠。

【皂羅袍】想他那時來到，猛可的見了魂消。粉珠香顆落紅綃，含羞怕有燈兒照。窗明竹影，月在柳梢；綉幃錦幕，春生翠翹。這風情占斷巫山道。

【好姐姐】相報，于飛同效，這恩情永結瓊瑤。同心錦字，裁作合歡袍。收爲寶，分明一幅鸞凰誥，切莫輕輕下剪刀。

【香柳娘】想柳枝裊裊，想柳枝裊裊，翠牽蘭棹〔四〕，被他寸寸柔腸攪。更滄波浩渺，更滄波浩渺，帶雨晚來潮，幽恨添多少。望雲山縹緲，望雲山縹緲，無限倚江皋，盡把離愁繞。

【玉交枝】自別全無音耗，幾曾經這般寂寥。月下拜告星前禱，都做了流水滔滔。眉頭兒擔不住離恨挑，泪珠兒填不滿相思窖。書兒呵難寄難稍，腸兒呵千條萬條。

【猫兒墜】斷腸時候，正是井梧飄。不覺時光轉素杓，鎖窗深處透金飆。無聊，怎禁那檐兒外，疏刺刺數竿瘦竹聲敲。

【僥僥令】遠愁含落照，深怨咽鳴蜩。瘦損孤吟黄花貌，鬢短短髮瀟瀟。

【尾聲】相思滋味都嘗了，有一日恩情滿飽，獨對東風咏小桃。

校　箋

〔一〕《南宫詞紀》本、《古今奏雅》本題名作「秋思」，《彩筆情辭》本題名作「題情」，《詞林白雪》本無題名，俱注稱晏振之撰；《樂府先春》本、《吴騷集》本無題名，注稱陳秋碧撰；吴國賓《洞雲清響》收有此套，題名作「情詞」；《昔昔鹽》本題名作「思情擬舊」，不注撰者。《全明散曲》屬晏振之者據《群音類選》本輯録，屬吴國賓者據《洞雲清響》本輯録。吴國賓（一五一五？—？），號萬湖，吴廷翰長子，南直隸（今安徽）無爲人。明嘉靖二十九年（一五五〇）進士，爲官有廉聲。有散曲集《洞雲清響》。《全明散曲》收其散曲作品小令五十六支，套數十八套。

〔二〕晏鐸（生卒年不詳），字振之。四川富順人。明永樂十六年（一四一八）進士，改庶吉士，授監察御史，歷按兩畿、山東。善詩，與劉溥、湯元勳等相唱和，被譽爲「景泰十才子」。著有《青雲集》。《全明散曲》輯其散曲作品套數一套。

〔三〕璈：底本原作「磝」，據《彩筆情辭》本、《吴騷集》本、《樂府先春》本、《南宫詞紀》本改。

〔四〕搴：底本原作「雲」，據《吴騷集》本、《樂府先春》本、《詞林白雪》本、《南宫詞紀》本改。

步步嬌一套（閨怨）〔一〕

簾控金鈎深閨悄，風動爐烟裊。凄涼恨怎消，望斷衡湘，底事鱗鴻杳。獨坐悶無聊，把金釵劃損雕闌巧。

【香羅帶】幽窗倍寂寥，冰弦懶調，春纖未舉先倦倒，斷弦何日續鸞膠也。總有相思調，對誰挑，思君幾番成鬱陶。便是暗擲金錢也，有甚心情辨六爻。

【醉扶歸】悶懨懨羞把菱花照，睡昏昏慵整翠雲翹。覺離愁應比舊時多，看花容不似前春好。可憐辜負好良宵，多應是別惹閑花草。

【皂羅袍】可惱鬱人懷抱，響叮噹鐵馬，鬥風聲敲。瀟瀟疏雨灑芭蕉，啾啾四壁寒蛩鬧。尋章摘句，臨風懶嘲；蛾眉消黛，金針懶挑。虧心自有天知道。

【好姐姐】看他，量如斗筲，没來由教人談笑。翻雲覆雨，都是奴命招。無消耗，滔滔水渰藍橋倒，烈火騰騰將祆廟燒。

【香柳娘】見紅輪墜西，見紅輪墜西，晚鐘聲報，孤燈慘淡和愁照。聽譙樓畫角，聽譙樓畫角，嗚咽怨聲高，令人越焦躁。舞秋風敗葉，舞秋風敗葉，把紗窗亂敲，攪得我夢魂顛倒。

【尾聲】薄情做事多奸狡，撇得人來没下梢，短嘆長吁捱不到曉。

校箋

〔一〕《樂府先春》本、《詞林白雪》本、《吴騷集》本無題名，《吴歈萃雅》本、《詞林逸響》本、《樂府珊珊集》本、《吴騷合編》本、《古今奏雅》本、《南音三籟》本題名作「閨思」，俱注稱文衡山撰；《昔昔豔》本題名作「相思恨别」，《樂府争奇》本無題名，俱不注撰者。《全明散曲》屬文衡山，據《群音類選》本輯録。

步步嬌一套（閨怨）〔一〕　楊德芳

簟展湘紋新凉透，睡起紅綃皺。無言獨倚樓，一帶寒江，幾株疏柳。牽惹别離愁，天迥蒼山瘦。

【香羅帶】匆匆憶去秋，送他遠游，兩情繾綣難分手〔二〕，頻將絲綫繫蘭舟也。汨灑湘江，兩恨悠悠，蘋花點點迷白鷗。誰知一别經年也，教我望斷孤帆落鷺洲。

【醉扶歸】搵啼痕濕透紅衫袖，壓雲鬟斜嚲玉搔頭。對西風心逐伯勞飛，望横塘情亂鴛鴦偶。音書三月隔南州，向清波誰把雙魚剖。

【皂羅袍】想起緑窗鬥酒，正一鈎新月，楊柳梢頭。心兒相洽意相投，羅襦紐解黄金扣。銅壺幽響，銀箭暗浮；薰爐香膩，鴛衾翠柔。枕兒綉軟釵兒溜〔三〕。

【好姐姐】恨他，心不應口，把歡娱翻成僝僽。情兒泛泛，渾如江水流。風兒驟，胭脂冷落芙蓉秀，十二珠簾懶上鈎。

【香柳娘】看烟斜霧横，看烟斜霧横，夕陽時候，天空倦鳥歸林藪。笑他行浪游，笑他行浪游，擾擾不知休，鸞凰冷琴奏。聽猿啼遠岫，聽猿啼遠岫，岳色江聲漸收，不堪回首。

【尾聲】西風倚遍闌干久，荻花楓葉冷颼颼，玉笛誰吹出塞愁。

校　箋

〔一〕《南宫詞紀》本題名作「秋懷」，《吴歈萃雅》本、《詞林逸響》本、《古今奏雅》本題名作「閨怨」，俱注稱劉東生撰；《昔昔鹽》本題名作「逢秋憶舊」，《樂府名詞》本題名作「閨怨」，俱不注撰者；《樂府先春》本無題名，注稱陳大聲撰；吴國賓《洞雲清響》收有此套，題名作「題情」，與他本異文較甚。《全明散曲》屬楊德芳者據《群音類選》本輯録，屬吴國賓者據《洞雲清響》本輯録，于劉東生名下作復出套數。

〔二〕繾綣：底本原作「惜玉」，據《樂府先春》本、《吴騷集》本改。

〔三〕綉軟：底本原作「紅軟」，據《吴歈萃雅》本、《詞林逸響》本、《樂府先春》本、《吴騷集》本、《南宫詞紀》本、《樂府名詞》本改。

步步嬌一套（閨怨）〔一〕　唐伯虎〔二〕

樓閣重重東風曉，玉砌蘭芽小。垂楊金粉消，緑映河橋，燕子剛來到。心事上眉梢，恨人歸不比春歸早。

【醉扶歸】泠瀟瀟風雨清明到，悶懨懨難禁這兩朝。不思量寶髻插桃花，怎能禁綉户生芳草。無情挈伴到春郊，鳳頭枉綉弓鞋巧。

【皂羅袍】堪嘆薄情難料，把佳期做了〔三〕，流水萍飄。柳絲暗約玉肌消，落紅惹得朱顔惱〔四〕。情牽意絆，山長水遥；月明古驛，東風畫橋。那人何事還不到？

【好姐姐】如今，瘦添楚腰，病懨懨離情懊惱。落花和泪，都做了一樣飄。知多少，花堆錦砌猶堪掃，泪染羅衫痕怎消？

【香柳娘】〔五〕嘆陽關路遥，嘆陽關路遥，夢魂顛倒，更殘蝴蝶巫山杳。我心中恨着，我心中恨着，雲散楚峰高，鳳去秦樓悄。怕今宵琴瑟，怕今宵琴瑟，你在何方弄調，奴守紗窗月曉。

【尾聲】别離一旦生芳草，畫棟梁空落燕巢〔六〕，可惜妝臺人自老。

校　箋

〔一〕《吴歈萃雅》本、《詞林逸響》本、《樂府珊珊集》本、《吴騷合編》本、《古今奏雅》本、《南音三籟》本題名作「怨别」，《樂府先春》本、《吴騷集》本、《詞林白雪》本無題名，俱注稱唐伯虎撰；《昔昔鹽》

本題名作「情恨遠離」，《南宮詞紀》本題名作「題情」，《南詞韵選》本題名作「怨别」，《樂府争奇》本無題名，俱不注撰者；《全明散曲》據《伯虎雜曲》本輯録。「一套」二字底本無，據前後套例補。

〔二〕唐寅（一四七〇—一五二三），字伯虎，一字子畏，號六如，别署六如居士。南直隸吴縣（今江蘇蘇州）人。明弘治十一年（一四九八）舉鄉試第一，因涉科場案被黜。與祝允明、文徵明、徐禎卿合稱「吴中四才子」，又與沈周、文徵明、仇英合稱作「明四家」。善書法繪畫，詩文不拘成格，有《六如居士集》等。《全明散曲》録其散曲作品小令五十支，套數二十套，復出套數三套。

〔三〕佳期：底本原作「歸期」，據《吴騷合編》本、《伯虎雜曲》本、《南宮詞紀》本、《樂府先春》本、《吴騷集》本、《詞林白雪》本、《詞林逸響》本、《南音三籟》本改。

〔四〕落紅：底本原作「花紅」，據《吴騷合編》本、《伯虎雜曲》本、《南宮詞紀》本、《樂府先春》本、《吴騷集》本、《詞林白雪》本、《詞林逸響》本、《南音三籟》本改。

〔五〕【香柳娘】：底本在此曲牌下有小字夾註云：「此有『隔簾櫳鳥聲』起者，非。」按：《吴騷合編》本、《伯虎雜曲》本、《南宮詞紀》本、《詞林白雪》本、《詞林逸響》本、《南音三籟》本皆是以「隔簾櫳鳥聲」起。

〔六〕梁空：底本原作「凉生」，據《吴騷合編》本、《伯虎雜曲》本、《南宮詞紀》本、《樂府先春》本、《吴騷集》本、《詞林白雪》本、《詞林逸響》本、《南音三籟》本改。

步步嬌一套（閨怨）〔一〕　金白嶼

花壓雕檐春風曉，入幕餘寒峭。水沉烟漸消，殘夢初驚，隔窗啼鳥。扶病倚亭皋，綿綿幽恨連芳草。

【醉扶歸】亂紛紛蘚徑殘紅落，暗沉沉柳絲寒翠銷。意懸懸人去楚天遥，恨悠悠夢斷秦樓杳。那堪瀟索度花朝，重門掩却春光老。

【皂羅袍】對景暗傷懷抱，見疏林斜日，掩映溪橋。可憐泪逐落花飄，不禁腸斷栖鴉噪。愁催潘鬢，病添沈腰；香枯青鎖，塵埋紫簫。天涯無計歸青鳥。

【好姐姐】離魂，幾番暗消，又聽得嚴城畫角。迴廊月冷，閑將緑綺調。相思調，高山流水知音少，寡鵠孤鸞祇自嘲。

【香柳娘】更難禁此宵，更難禁此宵，庭幃人悄，熒熒短炬殘輝照。想朱扉畫橋，想朱扉畫橋，曾整翠雲翹，爲把蛾眉掃。到如今恨着，到如今恨着，鴛衾寂寥，魚書消耗。

【尾聲】孤眠不穩頻驚覺，何處笙歌響碧桃，立盡殘更天未曉。

校　箋

〔一〕《吴騷二集》本題名作「春怨」，注稱梁伯龍撰；《昔昔鹽》本題名作「孤枕離思」，不注撰者。《全明散曲》據《群音類選》本屬金白嶼并據之録定，于梁伯龍名下作復出套數。

醉扶歸一套（秋思）〔一〕　張靈墟

相思欲見渾難見，果然是別時容易見時難。見時又怕起波瀾，待教不見情難拚。見和不見兩頭擔，衹索向枕邊夢裏尋方便。

【步步嬌】急煎煎夢破陽臺遠，雲雨誰收管。屏山烟樹前，天上人間，物换星移。盼不到羅袖籍香肩，衹消受得疏櫺漏月清光淺〔二〕。

【江兒水】陌上朝來遇，匆匆欲語難。隔簾彷佛梨花面，行人回首魂俱斷，東西岐路成長嘆。似月被雲來遮掩，縱有藍橋，渡不得眼前天塹。

【園林好】嘆一刻千金果然，盼一紙萬金難换。何事郴陽無雁〔三〕，自隔斷玉門關，再不到大羅天。

【五供養】夜凉冰簟，欹枕無眠，意惹情牽。舊愁流水逝，新恨海潮添。轆轤展轉，奈金井碧梧人遠。不愁歡會少〔四〕，衹怕別離難。撚指光陰，又經時變。

【僥僥令】玉簫期跨鳳，寶瑟托啼鵑。勝事春心渾抛閃，抵多少，一尋思一惘然。

【尾聲】月明冰上酬心願，雨殢雲尤不羡仙，將一段衷情對面傳。

校　箋

〔一〕《吴歈萃雅》本、《詞林逸響》本、《南音三籟》本、《樂府珊珊集》本、《古今奏雅》本、《萬錦清音》本題名作「怨别」，《彩筆情辭》本題名作「秋懷」，《吴騷合編》本題名作「題情」，《三徑閑題》本無題名，俱注張靈墟撰；《樂府先春》本、《吴騷集》本無題名，俱注稱王百穀撰。《全明散曲》屬王百穀撰，據《樂府先春》本輯録，于張靈墟名下作復出套數。王穉登（一五三五—一六一二），字百穀，一作伯穀，號玉遮山人、吴中情奴，江蘇蘇州人。少聰敏，十歲能詩，名滿吴中。著作有《王百穀集》等，輯有散曲集《吴騷集》。《全明散曲》收其散曲作品小令一支，復出小令一支，套數四套，復出套數二套。

〔二〕漏月：底本原作「月」，據《吴歈萃雅》本、《詞林逸響》本、《南音三籟》本、《三徑閑題》本改，《樂府先春》本、《吴騷集》本、《樂府珊珊集》本作「月透」。

〔三〕郴陽：《樂府先春》本、《吴騷集》本、《吴歈萃雅》本、《南音三籟》本、《樂府珊珊集》本作「衡陽」。《詞林逸響》本作「郴陽」。

〔四〕不愁：底本原作「不教」，據《樂府先春》本、《吴騒集》本、《吴歈萃雅》本、《南音三籟》本、《樂府珊珊集》本改。

玉交枝一套（戒嫖）〔一〕

青樓滋味，略嘗些便要知機。山猿野馬難拴繫，似桃花風裏翻飛。同生共死都是虚，山盟海誓牢籠計。信着他分明是痴，戀着他分明被迷。

【前腔】調情調意，要知音眉高眼低。機關打破方伶俐，認真的有甚便宜。假若你聰明軟款會施爲，衹落得撚酸擔苦空淘氣。没來由常擔千計，没來由常惹是非。

【不是路】子弟須知，百計千方要准備。婆娘意，十分難重更難依。忽心痴，撞入他迷魂陣圖裏，暗箭明槍難躲避。相遭際，請君猜個烟花謎。有頭無尾，有頭無尾。

【調角兒】閃得人意蕩魂飛，弄得人眼花心昧。鎮終朝握雨携雲，空指望并頭連理。衹怕他面情長，心幸短，空頭多，真話少，霎時拋弃。風流佳趣，誰曾到底？總然是，如膠似漆，終要分離。

【前腔】識趣的有話須題，着人的有乖休使。但得手須要瞧頭，要弄人還須度已。休得要擅家懷，窮孝順，假慈悲，虚幫襯，冷聲熱氣。麗春園内，終無碑記。你若是，回頭不早，終作烏龜。

【尾聲】風流子弟須牢記，那養漢的，是驛遞裏鋪陳趕脚的驢，切莫要貪他成把戲。

校　箋

〔一〕此套僅有《群音類選》本，《全明散曲》據之録定，且改原題名「戒瓢」爲「戒嫖」。今據改。

夜行船序一套（春游〔一〕。近俞入《梁山伯》及《玩江樓記》〔二〕，亦入弦索）　戴善甫〔三〕

花底黄鸝，聽聲聲一似，唤人游戲。東風裹，玉勒雕鞍争馳。佳時，日暖風和，偏稱對景，尋芳拾翠。遥指，隱隱杏花村深處，酒旗摇曳。

【前腔】迤邐，曲徑芳堤，競香塵不斷，往來羅綺。亭臺上，急管繁弦聲催。雙飛，蝶舞花枝，鶯囀上林，魚游春水。芳菲，點檢萬花中，昨夜海棠開未。

【鬥寶蟾】堪題，緑柳陰中，見鞦韆高架，彩繩飛起。是誰家仕女，雙蹴嬉戲？相宜，奇花映粉腮，輕風蕩綉衣。動情的，正是游人墻外，笑聲墻裏。

【前腔】聽啓，春色三分，怕一分塵土〔四〕，二分流水。向花前共樂，莫負良時。歌妓，低低唱小詞，雙雙舞柘枝。可人意，間竹桃花，相傍小橋流水。

【錦衣香】芳草池，魚游戲，翠柳堤，鶯聲細。衹見仕女王孫，幕天席地。高挑一架鬧竿兒，深深步入，杏塢桃溪。對良辰美景，想蓬萊也衹如是。休把閑愁繫，且圖沉醉，光陰迅速，人生能幾。

【漿水令】正相同尋芳未已，奈紅輪已覺墜西。海棠枝上子規啼，聲聲是他，唤着春歸。花陰下，人似蟻，花藤轎兒雕鞍騎。相隨趁，相隨趁，風流隊裏。拚沉醉，拚沉醉，醉扶歸。

【收好音煞】今宵共約同歡會，先教從人歸去，安排辦下筵席〔五〕。

校箋

〔一〕《詞林摘艷》本題作「玩江樓戲文·游春」，注稱無名氏撰；《南音三籟》本、《吴歈萃雅》本目録頁題作「玩江樓·春游」，不注撰者；《雍熙樂府》本、《盛世新聲》本無題名和撰者；《增定南九宫曲譜》、《南詞新譜》【夜行船序】例曲即此兩支，題注稱「玩江樓記」；《詞林逸響》本題齣目作「春游」，劇目作「玩江樓記」。《玩江樓記》，作者不詳，今僅殘存此套曲文。

〔二〕《梁山伯》，見本書「諸腔類」卷四無名氏「《訪友記》」。

〔三〕戴善甫，一作戴善夫，生卒年不詳。元真定（今河北正定）人。《録鬼簿》載于「前輩已死名公才人」之列，曾爲江浙省務官，與尚仲賢同里。《元曲選》載其劇作五種，爲《風光好》、《紫雲亭》、《玩江樓》、《紅衣怪》、《伯瑜泣杖》，今存《風光好》。《元曲選》未選録其散曲。

〔四〕怕：底本無，據《南音三籟》本、《盛世新聲》本、《詞林摘艷》本、《詞林逸響》本補。

〔五〕筵：底本原作「眠」，據《宋元戲文輯佚》本、《盛世新聲》本、《詞林摘艷》本、《南音三籟》本、《吴歈萃雅》本、《詞林逸響》本、《雍熙樂府》本改。

夜行船序一套（春游）〔一〕

堪賞花朝，見游人如蟻，競出西郊。長亭上，挈榼提壺歡笑。迢迢，緑水人家，偏稱燕子，雙雙飛繞。黄鳥，睍睆柳陰中，深處爲誰啼早。

【前腔】妖嬈，百紫千紅，被東風一夜，趲教開了。花陰下，曲水流觴喧鬧。高挑，食壘花籃，紛紛擁簇，雕鞍藤轎。偏繞，衹聽得賣花聲，滴溜溜叫來輕巧。

【鬥寶蟾】堪描，蹴踘齊雲，映鞦韆庭院，綺羅圍繞。見三三兩兩，嬌滴花貌。波俏，金蓮露絳綃，玉釵聳翠翹。笑聲高，正是無情，却被有情縈惱。

【前腔】芳草，莫碾香輪，趁青青留與，醉眠一覺。那王孫去也，玉勒西郊。妖嬈，緋桃噴火燒，輕風似剪刀。亂飄飄，可惜殘紅滿地，更無人掃。

【錦衣香】過畫橋，風光好，睹粉墻，園林好。祇見戲水鴛鴦，浪翻碧藻。歌樓檀板謾輕敲，不如載酒，共泛蘭橈。玩江山景物，又何須閬苑蓬島。休得閑煩惱，且開懷抱，功名分在，龍門一跳。

【漿水令】嘆匆匆鶯花易老，謾騰騰紫陌路遥。酒旗斜插杏花梢，何妨共入，痛飲香醪。拚沉醉，沉醉倒，春衫袖濕欹花帽。須知道，須知道，離多會少。同歡笑，同歡笑，笑解金貂。

【尾聲】從教酩酊玉山倒，洞口桃花休笑，拚一醉酒醒來朝。

校箋

〔一〕《吴歈萃雅》本、《詞林逸響》本、《古今奏雅》本、《南音三籟》本題名作「游春」，俱注稱康對山撰；《新編南九宫詞》本題名作「景」，注稱爲舊詞；《南詞韵選》本題名作「春」，不注撰者。《全明散曲》屬康對山，據《群音類選》本輯録，題從《吴歈萃雅》本。

夜行船序一套（吊古）〔一〕　楊鐵崖〔二〕

霸業艱危，嘆吳王端爲。苧羅西子，傾城處，妝出捧心嬌媚。奢侈，玉液金莖，寶鳳雕龍，銀魚絲鱠。游戲，沉溺在翠紅鄉，忘却卧薪滋味。

【前腔】乘機，勾踐雄徒，聚干戈要雪，會稽羞耻。懷奸計，越賂私通伯嚭。誰知，忠諫不聽，劍賜髑髏，靈胥空死。狼狽，不想道請行成，北面稱臣不許。

【鬥寶蟾】堪悲，身國俱亡，把烟花山水，等閑無主。嘆高臺百尺，頓遭烈炬。休覷，珠翠總劫灰，繁華祇廢基。惱人意，叵耐范蠡扁舟，一片太湖烟水。

【前腔】聽啓，檇李亭荒，更夫椒樹老，浣花池廢。問銅溝明月，美人何處？春去，楊柳水殿欹，芙蓉池館摧。動情的，祇見緑樹黄鸝，寂寂怨誰無語。

【錦衣香】館娃宫，荆榛蔽，響屧廊，莓苔翳。可惜剩水殘山，斷崖高寺。百花深處一僧歸，空遺舊迹，走狗鬥鷄。想當年僭祭，望郊臺凄凉雲樹。香水鴛鴦去，酒城傾墜，茫茫練瀆，無邊秋水。

【漿水令】采蓮涇紅芳盡死，越來溪吳歌慘凄。宫中鹿走草萋萋，黍離故墟，過客傷悲。

離宫廢，誰避暑，瓊姬墓冷蒼烟蔽。空原滴，空原滴，梧桐秋雨。臺城上，臺城上，烏夜啼。

【尾聲】越王百計吞吴地，歸去層臺高起，祇今亦是鷓鴣飛處。

校　箋

〔一〕《新編南九宫詞》本題名作「吊古」，注稱楊鐵崖撰；《吴歈萃雅》本、《詞林逸響》本、《古今奏雅》本、《南音三籟》本題名作「吴宫吊古」，注稱楊升庵撰；《全明散曲》屬楊鐵崖，據《南音三籟》本輯録。

〔二〕楊維楨（一二九六—一三七〇），字廉夫，號鐵崖、東維子。會稽（今浙江紹興）人。元泰定四年（一三二七）進士，元末爲江西儒學提舉，入明不仕。曾有戲班。與夏庭芝交善。詩風奇詭，明初有「文妖」之譏。著有《鐵崖先生古樂府》、《東維子文集》等。

夜行船序一套（題情）〔一〕

翠擁紅遮，錦香叢勾住，采花蝴蝶。耽風月，祇爲多情禁些。擔些，頓使綢繆，偏令愛惜，愈加疼熱。拚也，準備下鬼門關，心願對海神同設。

【前腔】兜的，夙世寃業，却如何一見，兩情牽掣？歌臺上，一曲霓裳清絶。嬌絶，粉黛輕匀，蛾眉淡掃，晚妝初卸。覷他，便是那潘郎丰韵，比他何別。

【鬥寶蟾】曾寫，鸚鵡新詞，向尊前花下，彩雲歌徹。斷人腸誰送，一紙書摺。虚説，石榴花已開，玉人音信稀。那時節，悶殺離愁萬種，寸心千結。

【前腔】歡悦，剗地歸來，似天仙降下，蕊珠宫闕。喜釵分再整，弦斷重接。聽説，花兒插在瓶，簾兒放下些。叙離别，喜殺書幃半掩，把燈吹滅。

【錦衣香】喜的他，心兒熱，怕的他，性兒劣。一句開言，不許差迭。端詳穩重又貞潔，全無半點，假意虚撇。更聰明文雅，酒兒中件件清切。灑落風流也，絶與人别，冰肌玉骨，瑩然朗徹。

【漿水令】想當初相逢狹邪，武陵溪短棹輕楫。歌聲宛轉鬢欹斜，近船呼出，醉眼乜斜。天涯去，雲水賒，陽臺夢兒空做些。誰承望，誰承望，到底和協。今日裏，今日裏，始得寧貼。

【尾聲】從今共把山盟設，不許負心薄劣，這段情詞留在帕兒上寫。

校　箋

〔一〕《吴騷合編》本題名作「題情」，注稱周秋汀撰；《昔昔鹽》本、《南宫詞紀》本題名作「重會」，俱不注撰者；《彩筆情辭》本題名作「復歡」，注稱爲明舊辭。《全明散曲》屬周秋汀，據《群音類選》本輯録。周瑞（生卒年不詳），字秋汀，明嘉靖年間在世。南直隸（今江蘇）崑山人。工散曲，《曲品》稱其「顧誤名高」。《全明散曲》收其散曲作品套數二套，復出小令一支、套數一套。

鬥寶蟾一套（閨情）〔一〕　陳秋碧

點檢梅花，見南枝春信，漏泄今宵。雪模糊，可堪半壓寒梢。依稀，暗香動且浮，疏英嫩又嬌。正無聊，着意看花，却又被花相惱。

【前腔】清曉，眉黛慵描，整殘妝無語，向花微笑。惜花人，此時音問寥寥。憑闌，天寒縞袂薄，風輕綉帶飄。自今朝，一捻腰肢，寬掩翠裙多少。

【忒忒令】任雪花梅英鬥巧，憔悴人暗傷懷抱，此情若與天知道。離恨比天更高，果然是，天知道，和天也瘦了。

【五供養】青山頓老，誰收拾滿地瓊瑶？蒼茫冬暮景，舉目但蕭條。笑我因花起早，聽滿耳靈禽喧噪。不報些兒喜，惹煎熬，北風吹面利如刀。

【好姐姐】一交，黄昏静悄，孤另另銀缸相照。把燈兒慢挑，和衣剛睡着。誰驚覺，聲寒指冷難成調，偷弄飛瓊碧玉簫。

【川撥棹】難猜料，自來這讀書人心性喬。早殢上金屋嬌姿，早殢上金屋嬌姿，頓忘了臨邛故交。漢相如恩愛薄，卓文君緣分少。

【錦衣香】闌珊了錦字詩，差錯了瑶琴操，釵分了交股金，帶拆了連環套。鳳凰簪蹀躞玲瓏，那得堅牢。桃花源上不通潮，傷心總是，雨葉風條。連枝樹近來也，生成恨種愁苗。魚雁無消耗，水闊山高，紅絲繫足，誰把冰刀雙繳？

【漿水令】不索將蒼穹禱告，一任他傍人戲嘲。盟香夜夜對天燒，幽情未訴，意攘心勞。從前事，都忘却，衹求眼下他來到。鴛鴦被，鴛鴦被，重薰麝腦。銷金帳，銷金帳，慢飲羊羔。

【尾聲】愁容等得生歡笑，説甚暮冬天道，番成月夕花朝。

校　箋

〔一〕《可雪齋稿》本、《南宮詞紀》本、《古今奏雅》本題名作「冬暮題情」，《吴歈萃雅》本、《南音三籟》本題名作「寄情梅雪」，《吴騷合編》本題名作「冬閨」，《南詞韵選》本題名作「暮冬」，《詞林逸響》本題名作「咏梅」，《吴騷集》本、《樂府先春》本無題名，俱注陳大聲撰；《樂府珊珊集》本題名作「寄情梅雪」，注稱劉東生撰；《昔昔鹽》本題名作「冬暮題情」，《三徑閑題》本、《樂府争奇》本無題名，俱不注撰者。《全明散曲》屬陳大聲，據《可雪齋稿》本輯録。

三十腔一套（閨情）〔一〕

薄情種，這些時在何處廝哄？可曾知我悲痛。暗想當初，兩下裏春心動，都在秋波相偷送。那時猶記，伊西我東，心眼相調弄。日日相逢疑是夢，不及夢裏相逢，倒得成愛寵。覺來時，撲個空。你脉脉〔二〕，我懸懸，甚日得相親奉。一點靈犀，已通未通。遥想去年今日此門中，回首已隔三冬〔三〕。情知道後生心性，怎禁得恁從容。况他風流名重，誰不知烟花總領，雨雲先鋒。慢説平生燕鶯踪，知他多少經趨奉。輕薄體一似狂蜂蝶，點破名園萬處紅。多才多藝，不與人同。薄情薄幸，也無人共。尋思起，總是没梁桶。何處也花香酒濃，那裏也緑遮紅擁。枉將人調得心腸冗，即漸有始無終。幾時得舞低楊柳樓心月，歌盡桃花扇底風。那時節，咱乘鳳，你跨龍。暢好的，會受用，星眼朦朧。猛驚起，又日高花影重，兩個黄鸝枝上哢〔四〕。腰圍減，金釧鬆，懶把雲鬟櫳。不展眉峰聳，愁殺晨鷄與暮鐘。十二個時辰幾曾空，最苦是三更裏偏長永。這相思，却見總，比較他時分外濃。花開桃李春風，葉落秋雨梧桐。從今再不，如前虚唧真心懷〔五〕。把行雲鎖住巫峰，掣開鸚鵡出金籠。拘鶯燕，入芳叢，管取這，機謀中。怎肯將伊哄，虛脾休向咱行弄。莫教風月兩無功，劉郎須認桃源洞。

【尾聲】有朝一日諧鸞鳳，心堅自古定相從，這的是十載心機不落空。

校箋

〔一〕《南詞韵選》本無題名，注稱祝枝山撰。《全明散曲》屬祝枝山，據《群音類選》本輯録。《南詞韵選》本于套末注稱：「此套佳詞也，惜不能悉其腔耳。近有查出者多係勉强，不敢輕信。」

〔二〕你：底本原作「他」，據《南詞韵選》本改。

〔三〕已隔：底本原作「又隔」，據《南詞韵選》本改。

〔四〕哢：底本原作「弄」，據《南詞韵選》本改。

〔五〕虛：底本無，據《南詞韵選》本補。

新刻群音類選清腔卷六

南北調（多入弦索）

仙吕

北賞花時一套（瀟湘閑適）〔一〕　沈和甫〔二〕

休説功名，皆是浪語，得失榮枯總是虚。便做到三公位待何如？如今的時務，盡荆棘是迷途，便是握霧拿雲志已疏。咏月嘲風心願足，我祇待離塵世訪江湖。尋幾個知音伴侣，我祇待林泉下共樵夫。

【南排歌】遠害全身，清風萬古，堪羡范蠡歸湖。不求玉帶掛金魚，甘分向烟波做釣徒。絶塵世，遠世俗，扁舟獨駕水雲居〔三〕。嘆塵世，人鬥取，蝸名蠅利待何如。

【北那吒令】弃朝中俸禄，避風波仕途。身邊引着小僕，玩雲山景物。杖頭挑酒壺，訪烟霞伴侶。近着紅蓼灘，靠着白蘋渡，潛身向草舍茅廬。

【南三疊排歌】我衹將這小舟撐，蘭棹舉，蓑笠爲活計，一任他紫朝服。我不願畫堂居，往來交游，逍遥散淡，幾年無事傍江湖。旋篘新酒釣鮮魚，終日醄醄樂有餘。杯中淺，瓶内無，鄰家有酒也宜沽。吟魂醉，飲興足，滿身花影倩人扶。

【北鵲踏枝】見芳草映萍蕪，聽松風響寒蘆。我衹見落照漁村，水接天隅。見一簇帆歸遠浦，他每都是些不識字的慵懶漁夫。

【南桂枝香】扁舟灣住，在垂楊深處。齁齁的鼻息如雷，睡足了江南烟雨。聽山寺晚鐘，聲聲凄楚，西沉玉兔。夢回初，本待要扶頭去，清閑到大福。

【北寄生草】春景看山色晴嵐翠，夏天聽瀟湘夜雨疏。九秋玩洞庭明月生南浦，見平沙落雁迷芳路。三冬賞江天暮雪飄飛絮，一任教亂紛紛柳絮舞空中。争如俺農家鸂鶒洲邊住。

【南樂安神】閑來思慮，自從那日賦歸歟。山河日月幾盈虚，風光漸覺催寒暑。欲求生富貴，須下死功夫，且常教兩眉舒。

【北六么序】園塘外三丘地，篷窗下幾卷書，他每傲人間駟馬高車〔四〕。每日家相伴陶朱，吊問三閭，我將這《離騷》和這《楚詞》來便收讀。覺來時滿眼青山暮，抖搜着緑蓑歸去。看花開花落流年度，一任教春風桃李，更和這暮景桑榆。

【南尾聲】悟乾坤，清幽趣。但將無事老村夫，寫入在瀟湘八景圖。

校　箋

〔一〕《詞林摘艷》本題名作「瀟湘八景」，注稱沈和甫撰；《盛世新聲》本、《雍熙樂府》本無題名，不注撰者。

〔二〕沈和（生卒年不詳），字和甫。元錢塘（今浙江杭州）人。能辭翰，善談謔，明音律，相傳以南北調合腔自沈和甫始，如其《瀟湘八景》、《歡喜冤家》等曲，皆極爲工巧。著有《朱蛇記》、《樂昌分鏡》、《燕山逢故人》、《歡喜冤家》、《鬧法場郭興何楊》等雜劇五種，今皆不存。

〔三〕舟：底本此字殘缺嚴重，據《盛世新聲》本、《詞林摘艷》本、《雍熙樂府》本補。

〔四〕每：底本此字殘缺嚴重，據《盛世新聲》本、《詞林摘艷》本、《雍熙樂府》本補。

正宮

南梁州令一套（四景閨情）〔一〕　李子昌〔二〕

芳草長亭露帶沙，盼游子來家。翠消紅減泪如麻〔三〕，隔妝臺，慵梳掠，掩菱花。

【北賽鴻秋】我這裏望賓鴻目斷夕陽下，盼情人獨立在簾兒下。夜香燒禱告在花陰下，喜蛛兒空掛在紗窗下。風兒漸漸吹，雨兒看看下。我這裏受凄凉，獨坐在孤燈下。

【南刷子序】雲雨阻巫峽，傷情斷腸，人在天涯。奈錦字無憑〔四〕，虚度荏苒韶華。嗟呀，春晝永朱扉低掩，東風静湘簾閑掛，黛眉懶畫。嚲宫鴉，鬢邊斜插小桃花。

【北脱布衫】我這裏冷清清無語嗟呀，急煎煎情緒交雜。瘦伶仃寬褪了絳裙，病懨懨泪濕羅帕。

【南漁家燈】燕將雛，逢初夏，夢斷華胥，風弄檐馬。閑扃了刺綉窗紗，香消寶鴨，那人何處貪歡耍。空辜負沉李浮瓜，寂莫厭池塘鬧蛙。庭院裏日長偏憐我，枕簟夜凉不見他。多嬌姹，愛風流俊雅。倚闌干，猛思容貌勝荷花。

【北小梁州】這些時雲鬟鬅鬆，減了俊雅。玉肌削脂粉慵搽，上危樓盼望得我眼睛花。空一帶山如畫，不由人情思在天涯。

【南普天樂】景凄凉人瀟灑，何日把雙鸞跨。怨薄情空寄鸞箋，相思句盡囑琵琶。彈粉泪濕香羅帕，暗數歸期將春纖掏。動離情征雁呀呀，無奈心事轉加。對西風病容，消瘦似黄花〔五〕。

【北小梁州】短命喬才，孤負了咱，恨不得夢裏尋他。他那裏偎紅倚翠笑歡洽，我這裏情牽掛，不由人離恨泪如麻。

【南朱奴兒】漸迤邐寒侵綉幄，早頃刻雪迷鴛瓦。自恨今生分緣寡，紅爐畔共誰人閑話。攧題罷，托香腮悶加，膽瓶中懶添温水浸梅花。

【北伴讀書】我我我起初時且是敬他，他他他問深也和咱罷。我我我離恨有天來大，他他他不足誇。我我我自詳察，泪如麻，暗嗟呀，他無半點兒真實話。

【南尾聲】重相見，兩意佳。慶喜傳杯弄斝，氣命兒看承勝似花。

校箋

〔一〕《詞林逸響》本題名作「四時花怨」，《怡春錦》本題名作「花怨」，注稱劉東生撰；《詞林摘艶》本題名作「四季」，《北宫詞紀》本題名作「四時怨别」，《詞林白雪》本無題名，注元李子昌撰；《雍熙樂府》本題名作「四時思憶」，《盛世新聲》本、《盛世詞林》本、《新編南九宫詞》本無題名，俱不注撰者。《全明散曲》屬李子昌，據《群音類選》本輯録，于劉東生名下作復出套數。

〔二〕李子昌，里籍、生平均未詳。

〔三〕泪：底本原作「恨」，據《北宫詞紀》本、《詞林白雪》本改。

〔四〕奈：底本無，據《詞林逸響》本、《北宫詞紀》本、《詞林白雪》本、《怡春錦》本補。

〔五〕消瘦：底本原作「瀟灑」，據《詞林逸響》本、《北宮詞紀》本、《詞林白雪》本、《怡春錦》本改。

中吕

南四園春一套（春游）〔一〕　李子昌

料峭東風開小桃，催花一陣雨如膏。東君昨夜到西郊，萬紫千紅堪畫描。不妨同歡笑，沉醉樂醄醄。

【北石榴花】不妨沉醉樂醄醄，正好賞花朝，萬花堆錦畫難描。聽鶯聲鬥巧，紫燕聲嬌。我恰纔尋真誤入蓬萊島，潤園林春雨如膏。緑楊影裏佳人笑，喜的是東野翠烟消。

【南好事近】東野翠烟消，喜遇芳天晴曉。惜花心性，春來起得偏早。教人探取，問東君肯與春多少。見丫鬟笑語回言，道昨夜海棠開了。

【北普天樂】海棠花，先開了。似胭脂巧染，瑪瑙輕描。比楊妃上馬嬌，賽西子沉魚貌。引得花間神仙鬧，天生下萬種妖嬈。多開在碧桃花樹底，再不去緑楊影裏，堪描在紅杏花梢。

【南千秋歲】杏花梢，間着梨花雪，一點點梅豆青小。流水橋邊，流水橋邊，祇聽得賣花聲聲頻叫。鞦韆外行人道，粉墻内佳人歡笑，笑道春光好。把花藍兒旋簇，食壘高挑。

【北上小樓】把花籃兒高高挑着，將酒尊食壘提着。却有那知已英豪，忘懷道友，可以相交。厮守着，厮覷着，千般耍笑，等的那鬧花叢引得來到。

【南越恁好】鬧花深處，鬧花深處〔二〕，滴溜溜酒旆招。牡丹亭左側，尋侶伴鬥百草。翠巍巍柳條，翠巍巍柳條，見忒楞楞曉鶯兒飛過樹梢。撲簌簌亂紅，舞翩翻粉蝶兒飛過畫橋。

【北十二月】一年景四季中，惟有春光好。向花前暢飲，月下歡笑。

【南紅綉鞋】笑吟吟花前宴樂，喜孜孜月下相交。擺列着銀箏象板，更有那鳳管鸞簫。

【北堯民歌】聽一派鳳管鸞簫，見一簇翠圍珠繞。捧玉尊酒頻倒，歌《金縷》舞《六幺》，任明月上花梢。

【南尚如縷煞】一輪明月上花梢，滿川紅緑鬥争巧。佳人仕女飲香醪，寶馬香車繞周遭。風雨和調，焚香處處，喜逢豐年兆。

從教酩酊眼芳草，高把銀燭花下燒。韶光易老，休將春色虛度了。

校箋

〔一〕《雍熙樂府》本、《詞林逸響》本題名作「游春」，不注撰者，無首支【四園春】；《群音類選》「清腔類」卷二【好事近】《游春》，亦無此套之首支【四園春】，所録選爲此套南曲。《全明散曲》屬李子昌，據《群音類選》本輯録。

〔二〕「鬧花深處」三句：底本不重，據《詞林逸響》本補。

北粉蝶兒一套（閨情）〔一〕　陳秋碧

三弄梅花，戍樓中角聲吹罷，月輪兒斜照窗紗。托香腮，湮泪眼，一箭燈下。展轉嗟呀，耳邊言都做了一場閑話。

【南泣顏回】薄幸忒情雜，不比尋常戲耍。出門容易，而今海角天涯。歸期歲晚，轉頭來過了春和夏。去時節霜老芙蓉，却又早水冷蒹葭。

【北石榴花】緑窗前斷送了好年華，許多時脂粉不曾搽，九迴腸番倒得越窄狹。幾乎間害殺，鬼病增加。一回家告蒼穹問個龜兒卦，不明白甲乙交叉。猛然的拈起香羅帕，肯分的綉一朵并頭花。

【南泣顔回】奸猾，心性最難拿，瞞人俐齒伶牙。悠揚不定，猶如風裏楊花。千思萬想，恁從來色膽天來大。恐習學竊玉偷香，搪突了相府高衙。

【北鬥鵪鶉】惡離別動歲經年，又不比些時暫霎。恨壓損眉黛雙彎，瘦減盡腰肢一把。我暮暮朝朝想念他，他何曾繫掛咱。不能勾碧漢乘鸞，祇落得垂楊繫馬。

【南撲燈蛾】恩情如搦沙，清苦似嚼蠟。知他在那厢偎笑臉，虚擔着許多驚怕也。不索尋消問息，到頭來終有個還家。風流罪招由細數，從頭兒一樁一件自詳察。

【北上小樓】我自來無點瑕，他自來知禮法。平白的受盡凄凉，擔着寂寞，遭此折罰。眼見得漏澀銅龍，聲喧鐵馬，香銷金鴨，最難熬暮冬殘臘。

【南撲燈蛾】風兒颼颼亂刮，雪兒紛紛密灑。凄凄的鳳枕單，沉沉的鴛帳冷。薄設設綉衾寒壓，灼灼銀燈爆花。嗚嗚的城上次笳，鼕鼕的殘更正煞，呀呀的曉天啼散樹頭鴉。

【南尾聲】文君再把香車駕，祇恐琴心調弄差，反與相如做話巴。

校箋

〔一〕《北宫詞紀》本、《梨雲寄傲》本題名作「冬閨怨别」，《詞林摘艷》本題名作「閨情」，俱注稱陳大聲撰；《雍熙樂府》本題名作「春夜歸思」，《盛世詞林》本無題名，皆不注撰者。《全明散曲》據《梨雲寄傲》本輯録。

南呂

南紅福郎帶北上小樓一套（閨情）〔一〕

花壓闌干春晝遲，唤起孤幃睡，鶯亂啼。無言嘿嘿對芳菲，減香肌。轉眼是緑暗紅稀，聽聲聲子規。故園芳草萋萋，把王孫路迷，把王孫路迷。路迷在花叢徑裏，又没個相周相濟。俺祇見來往游蜂，來往游蜂，貪花蝴蝶，上下争飛。恁成雙，俺孤單，心中憔悴。不覺道雨過時，園林香細。

【前腔】雨過園林梅子黄，乳燕穿花徑，繞畫梁。薰風時送芰荷香，竹陰涼。扇兒搧不到伊行，知他在那廂，知他在那廂。夢魂猶兀繞關山，使離人斷腸，使離人斷腸。斷腸人心中慘傷，離情事休教添上。俺祇見荷花深處，荷花深處，隨風蕩漾，幾對鴛鴦。想殺俺，盼殺俺，才郎模樣。不覺道碧梧桐，一鈎月上。

【前腔】月上梧桐滴露華，喜得今宵裏，爽氣加。膽瓶中斜插木樨花，隔窗紗。强撥一曲琵琶，對西風泪灑，對西風泪灑。那人猶自在天涯，想何日到家？想何日到家？想才郎何日到家，怎能够乘鸞同跨？俺祇見七月七夕，七月七夕，牛郎織女，兩情牽掛。料今宵，鴛幃中，無人情話。到晚來奴獨宿，紙帳梅花。

【前腔】碧玉堂前一樹梅，去時節花初謝，今又開。滿頭風雪却回來，再和諧。忙教小玉去安排，飲三杯五盞，飲三杯五盞。討些個離恨情懷，咱兩個去來，咱兩個去來。去時節紅爐暖閣，回來時彤雲密布。俺祇見紛紛洋洋，紛紛洋洋，六出花飛，漫空飄墜。燎羊羔，沽美酒，同斟同唱。咱兩個鴛幃中，也不斷放。

【南尾聲】今宵共約同歡受，月照私情深似海，盡老今生不放開。

校箋

〔一〕《南曲九宫正始》選此套首支，注稱「元傳奇」，吴舜英撰。題曲牌作【二紅郎上小樓】。《全明散曲》屬無名氏，據《群音類選》本輯録。曲牌【南紅福郎帶北上小樓】，《全明散曲》稱據吴梅《南北詞簡譜》改作「【南小石調罵玉郎】」。

黃鐘

北醉花陰一套（懷美）〔一〕　秦復庵〔二〕

黑海憂心最難寫，没頭緒柔腸寸結。喬掛念歹周折，泪眼乜斜，怕對殘燈夜。細呫算，小冤業，不比尋常容易捨。

【南畫眉序】分首恰三月，轉眼如今半年別。記長亭折柳，玉指輕捻。挽青衫暫爾徘徊，抛紅泪愀然哽咽。幾葉碎把三花扯，離情不在多説。

【北喜遷鶯】自別來時節，惡相思衹恁隨邪。喬怯，眼前面風光怪劣，砧韵蛩吟不斷絶。送將人魂去也，剛捱得紅榴錦綻，早不覺黃菊金疊。

【南畫眉序】重九雨聲歇，簫鼓叢中鬥驕奢。總白衣送酒，不禁交接。甚情懷細看茱萸，同那個高登臺榭。鬱結似火心頭烈，被他顛倒豪杰。

【北出隊子】把簾櫳高揭，望陽臺道路賒。見參差叢樹暗重堞，正靉靆濃雲罩漢關，更縹緲孤舟横渡野。

【南神仗兒】冤家那些，冤家那些，夢寐難尋，恩情怎撇。想那時粉臉兒厮貼，香噴噴甜津軟舌，肌膚瑩雪。頑一會恁親熱，停半霎似痴呆。

【北刮地風】那世裏才子佳人相遇者，喜今生羅帶重結。任春風幾度花開謝，永遠和協。偶然把夜光殘缺，誰承望寶釵攧折。雲雨臺，桃源路，下了鍬鐝。老天心，狠似鐵。姻緣簿暗把名抹，半年來信音如燈滅。呀，這相思債未徹。

【南神仗兒】花下曾將誓盟設，泰山崩，滄海竭。生則同衾，死則同穴。吐膽傾心豈虛捏，并頭蓮生硬折。

【北四門子】斷交游懶入白蓮社，掩重門苦自嗟。心性兒嬌，模樣兒怯，乍相逢百般難記切。汗帕兒搵，衫袖兒遮，揩不盡重重泪血。

【南鬪㮙樓】白晝看雲，青霄步月。瘦形骸無定貼，喬煩惱不斷輟。幾曾經這軟兀刺病倒也。

【北古水仙子】我我我命本拙，他他他怎不待高乘駟馬車。我我我寫幽情班管羞懸〔三〕，他他他恨離別金蓮頻跌，我我我虛驚破夢裏蝶。他他他憶劉郎洞口雲遮，我我我訪雲英隔溪風浪瀉。他他他怕舊時堂燕辭王謝，我我我虛垛下這場業。

【南尾聲】多嬌若得重歡悦，把恩情從頭訴説，朝暮裏雲雨濃遮巫岫闕。

校箋

〔一〕《北宫詞紀》本題名作「秋懷」，《彩筆情辭》本題名作「懷妓錦春」，俱注稱秦復庵撰。《全明散曲》屬秦復庵，據《群音類選》本輯録。

〔二〕秦時雍（生卒年不詳），字堯化，號復庵，南直隸（今安徽）亳縣人。曾官副憲。善製散曲，有《秦詞正訛》，今殘存上卷。《全明散曲》收其散曲作品小令二十二支，套數八套，復出套數一套。

〔三〕羞：底本原作「差」，據《北宫詞紀》本、《彩筆情辭》本改。

越調

南綉停針一套（夏景）〔一〕

院落春餘，緑樹陰濃夏正初。落花滿地飄紅雨，繞畫檐燕鶯相呼。愛日永敲棋局，打馬池亭上，柳蟬碧窗虚。篆香微裊隨風度，薔薇篩影入簾疏，不覺散盡微暑。

【北小桃紅】碧烟淡靄暗蘼蕪，灑幾點黄梅雨。菡萏初開燕將乳，見陌頭挽香車，載酒垂楊路。嬌鬟低唱處，弦管更舒徐。都説道行樂古來無。

【南合笙】皇都萬古，似閬苑蓬壺。遥望碧霄外，錦綉鋪。雕甍瑣闥連禁衢，槐陰夾道蟬聲度。來往游人，盡駐馬繁華處。傍花隨柳，玉驄嘶過樓前去。輕鞭慢控頻頻住，迤邐畫橋南浦。綉轂香車，喧闐樂舞。

【南道和】笑談勸酒歌金縷，翠鬟團扇掩羅襦。索賦多情緒，遠天芳草夕陽鋪。問回首處，遥指郵亭路，待明朝酒醒重歡娱。

【北調笑令】燕子雨晴初，江上麥黄梅已熟。家家浴佛招提去，趁佳景游賞歡娱。一任他踏殘芳草緑，一任他載酒携壺。

【南山馬客】緑樹連堤，碧波蕩鑒湖，近樓臺掩映十里紅蕖。乘畫舫，載圖書，水色山光半有無。穩繫玉壺，更携取鸞笙鳳竽。遇佳景良辰，樂事又俱。

【南憶多嬌】游賞處，劇笑語，壯懷逸興，風流雅度。歲歲年年，莫教辜負。盡道升平，幸逢當今聖主。

【北禿厮兒】慶佳節欣逢端午，還見榴花噴火争舒，荷葉滿池翠蓋鋪。畫閣外，暑來初，嫩竹蕭疏。

【北聖藥王】笙歌起〔二〕，徹九衢，駿馬驅，打毬剪柳較嬴輸。綰壽絲，結彩縷，少年總佩赤靈符，芳醑泛菖蒲。

【北金蕉葉】簇華筵玉盤角黍，試羅衣釵懸艾虎。噀雪浪楚江競渡，棹龍舟齊撾畫鼓。

【南豹子令】水沁凉亭風滿樹，晝景舒。六曲闌干畫簾疏，映紅蕖。閑來玩賞消炎暑，舞裙歌板趁香車，晃瓊簪珠佩集仙侶。

【南梅花酒】瑶席細鋪，碧筒滿貯。調冰雪藕清凉處，須快飲倒金壺。（合）太平時今喜遇，游觀帝王都。沉醉酒壚，好光陰莫虚負，好光陰莫虚負。

【前腔】切莫踟蹰，更將曲度。謾拈彩筆題佳句，記河朔舊曾賦。（合前）

【南尾聲】良辰美景天付與，正四海太平時序。永樂繁華，當今荷聖主。

校　箋

〔一〕《北宫詞紀》本題名作「夏景」，注稱王文昌撰；注稱「明王文昌，遼東人，揮使」。《詞林摘艷》本題名作「夏景」，《雍熙樂府》本題名作「大四景夏」，《盛世詞林》本無題名，俱不注撰者。《全明散曲》屬王文昌，據《北宫詞紀》本輯録。王文昌（生卒年不詳），遼東（今遼寧）遼陽人。曾官指揮使。

〔二〕笙歌：底本原作「笙吹」，據《北宫詞紀》本、《雍熙樂府》本改。

商調

北集賢賓一套（中秋）〔一〕

太平年四時多美景，今夕景偏清。正遇着中秋佳節，普天下民庶歡騰。感吾皇一視同仁，撫華夷四方無警。文共武蹌蹌蹌欽仰皇綱正，齊都道此身何幸。逢時須快樂，贊頌賀朝廷。

【南喜梧桐】金風送晚凉，浮雲浄。一色晴空，須臾飛上黄金鏡。散清光晃漾，琉璃千萬頃。桂樹影婆娑，香清露冷。駕鳳飛鸞，環珮聲相應，擁群仙來會清虛境。

【北梧葉兒】迭奏雲和笛，雙吹紫玉笙，妙舞更娉婷。金闕三千界，瑶臺十二層。風露寂無聲，真個是良辰美景。

【南山坡裏羊】金水平分秋令，皓彩十分光瑩，霞杯滿泛，金波輝映。夜氣清，銅壺箭屢更。瓊樓玉宇闌干憑，高捲水晶簾，清興又增。怡情，雲影和月影；堪聽，簫聲雜鳳聲。

【北賀聖朝】月到中天，萬國同明。倒浸着山河影，桂魄孤凝。祇見那玉兔銀蟾，顧影頻驚。寶鼎内香焚，金杯滿傾。遏行雲齊唱着新歌，共樂升平。

【南水紅花】良時何幸際升平，會蓬瀛，人人歡慶。那風月兩同清，永安寧，家家相慶。且喜得風調雨順，更遇着歲稔年登，福慶似雲蒸也囉。

【北滿堂春】樂升平也波，樂升平也波平。玉燭調和，海波澄也波澄。景星霄見卿，雲興也波興。醴泉盈，嘉禾盛，甘露零。人人共仰，萬福萃佳禎。

【南一封書】虔誠感聖明，廣仁心，行德政。振綱常，法度整，重官僚，育俊英。鑿井耕田民樂業，連野桑麻户不扃。滿城闉，管弦聲，皞皞熙熙喜氣臻。

【北金菊花】德風遠被萬方遵，四海蠻夷總效誠，仰神京至心齊引領。會梯航輻輳來庭，貢方物，獻奇珍。

【北醋葫蘆】駄馳擎寶瓶，金獅簇絳纓。更希奇白象雪毫明，紋犀綉錦間翠翎。向丹墀齊擺定，悃愊拜舞表中情。

【南梧桐樹】四夷賓，邊方定。鉦鼓無聲閑將閫，烽烟不舉塵埃静。見這商旅通行，任經營，那更閭閻鷄犬聲相應。正是華夷一統，咸遵號令。

【北村里迓鼓】正今日演武修文，因此上民皆興行。盡忠立孝行慈悌，夫從婦聽撫子孫，信朋和里鄰，真個是民風厚醇。

【南簇御林】民風厚，無鬥争，有司家詞訟省。最清閑曹案文書静，衆官僚守法，守法遵朝命。萬姓寧，托賴着一人有慶，時逢佳節總歡忻。

【北元和令】秋宵凉，灝氣澄。暮靄散，彩雲净。一年此景最分明，愛光輝月底清。衹道是山河遥浸雪波中，掛凉樓下遠汀。

【北上馬嬌】耀錦城，晃玉京，瓊佩響玎玎。群仙翕聚鸞鳳咏，羽蓋雲軒，謾説道周生百尺繩。

【北游四門】驀聽風飄桂樹聲，香濕露華凝。萬古高秋結水精，廣寒路近。璇霄飛鏡，一舉到蓬瀛。

【南黄鶯兒】香羅細白苧輕，翠屏開湘簟整，旋添沉速焚金鼎。珍饌再陳，瓊卮更斟，殷勤捧進多誠敬。夜轉深，凉飆時薦爽，清沁透玉壺冰。

【南梧葉兒】忽見這珠簾外度流螢，光輝散明星。又見得霞綃輕捲耿玉繩，浩興增，不負了良辰美景。

【北雙雁兒】看天邊斗轉與參横，漏頻催，良夜永。金井梧桐月華映，香霧飄，花弄影。見銀河，明耿耿。

【南皂羅袍】合管弦多清韵，盡歡娱快樂，笑語紛紜。普天下率土荷陶鈞，謳歌鼓腹攄誠悃。天長地久，難忘聖恩。齊心贊頌，敷揚至仁，仰蓬萊咫尺龍顔近。

【南尾聲】效封人三祝多欽敬，深深拜月共瞻星，但願皇明萬萬春。

校　箋

〔一〕《詞林摘艷》本、《雍熙樂府》本題名作「中秋」，《盛世新聲》本無題名，俱無撰者。《全明散曲》據《群音類選》本輯録，有些曲牌據他本。

大石調

南金殿喜重重一套（殘春）〔一〕

新緑池邊，猛拍闌干。心事仗誰論，花也無言，蝶也無言，離恨滿懷縈牽。恨東風不解留去客，嘆舞紅飄粉飛綿。景依然，事依然，悄然不見郎面。

【北賽鴻秋】俺相別時節，正逢着春，海棠花初綻蕊，也祇是微分間現。霎時間榴花噴，紅蓮放，沉冰果，避暑摇紈扇。逡巡間菊花黄，金風起，敗葉飄，梧桐變。不覺得蠟梅開，冰花墜，暖閣内將香醪旋。四季景偏多，思想心中戀。不知俺那俏冤家，冷清清，獨自個悶懨懨，何處擔着寂怨。

【南金殿喜重重】嗟怨，自古風流誤少年，那堪值暮春天。生怕到黄昏，愁怕到黄昏，獨自個悶不成歡。换寶香薰被誰共宿，嘆夜長枕冷衾寒。你孤眠，我孤眠，但祇是魂夢裏相見。

【北貨郎兒】有一日稱了俺平生心願，成合了夫妻謝天，今生一對兒好姻緣。冷清清擔着寂寞，愁冗冗受着熬煎。

【北醉太平】都祇爲多情的這業冤，今日個恨惹起情牽。想當日設山盟，言海誓，在星前，擔閣了風流的這少年。有一日朝雲暮雨成姻眷，畫堂歌舞排歡宴，有一日羅幃錦帳裏永團圓，花燭洞房成連理。休忘了受過的這淒涼有萬千。

【南太平賺】行李都辦，早登程去心如箭。休苦留戀，漸覺江天紅日晚。欲臨行又孜孜覷着，心兒裏暗約，教人怎不埋怨。黯然分散，恁時兩處消魂，悶縈方寸。

【南怕春歸】是我心兒悶，那更萬緑枝頭，聲聲叫杜鵑。啼不如歸，聽不如歸，教人悶轉添。霎時間相聚，又怎知，明日天涯孤館。

【南春歸犯】羞見，對柳眉玩柳眼，千萬縷添縈絆。自從别後，休將人攀。向晚回深沉院落，料爲你停針頻作念。待會時，怕水遠山遠人遠。唱徹陽關，滿斟别酒醉懶，圖得不知離别嘆。

【南尾聲】暫别登程休留戀，不堪處度日如年，好似和針吞却綫。

校　箋

〔一〕《詞林摘艷》本、《雍熙樂府》本、《北曲拾遺》本題名作「送别」，《盛世新聲》本、《盛世詞林》本無題名，俱不注撰者。《全明散曲》屬無名氏，據《雍熙樂府》本輯録。

雙調

南珍珠馬一套（閨情）〔一〕　李愛山

簫聲喚起瑶臺月，獨倚闌干情慘切，此恨憑誰説？又那值黄昏時節，花飛也，點點似離人泪血。

【南步步嬌】暗想當年，羅帕上把新詩寫，偷綰同心結。心猿乖意馬劣，都將軟玉温香，嫩枝柔葉。琴瑟正和協，不覺花影轉過梧桐月。

【北雁兒落】不覺得梧桐月轉過銀臺上，昏慘慘燈將滅。怎禁他紗窗外鐵馬兒敲，這些時一團嬌香肌瘦怯。

【南沉醉東風】一團嬌香肌瘦怯，半含羞粉容輕貼〔二〕。微笑對人悄説，休負了今宵月，等閑間將海棠開徹〔三〕。山盟共設，不許暫時少撇，若有個負心的，教他隨燈兒便滅。

【北得勝令】呀，若有一個負心的，教他隨燈滅。慘可可山盟海誓對誰説？海神廟現放着勾魂帖〔四〕。那神靈仔細寫，你休要心斜。非是俺難割捨，你休要痴呆，殷勤將春心漏泄。

【南忒忒令】他殷勤將春心漏泄，我風流寸腸中熱，因此上楚雲深鎖黄金闕。休把佳期暫撇，燕山絶，湘江竭，斷漁封雁帖。

【北沽美酒】湘江斷，魚雁帖，他一去了信音絶，想着他負德辜恩將謊話説。眼見得花殘月缺，自別來甚時節？自別來甚時節？

【南好姐姐】自别，逢時遇節，冷淡了風花雪月。奈愁腸萬結，怎禁窗外鐵。無休歇，一似珮環摇明月，又被西風將錦帳揭。

【北川撥棹】又被西風將錦帳揭，倚圍屏情慘切。這些時信斷音絶，眼中流血，心内刀切，泪痕千叠。因此上，渭城人肌膚瘦怯。

【南桃紅菊】渭城人肌膚瘦怯，楚天秋應難并叠。停勒了畫眉郎京尹，補填了河陽令滿缺。

【北川撥棹】補填了河陽令滿缺，一片似火也。心間事與誰説，好教我行眠立盹無明夜，今日個吹簫無伴彩雲賒。聞筝的月下疏狂劣，畫眉郎手脚拙。竊玉的性情别，把好夢成吴越。

【南川撥棹】成吴越，怎禁他巧言搬鬥喋。平白地送暖偷寒，平白地送暖偷寒，猛可的搬唇遞舌。水晶丸不住撇，點鋼鍬一味撅。

【北梅花酒】他將那點鋼鍬一味裏撅，劈賢刀手中撇，打撈起塊丹楓葉。鴛鴦被半床歇，蝴蝶夢冷些些。破香囊後成血。楚館着火焚者。

【南錦衣香】楚館焚，秦樓拽，洛浦填，涇河截。梅家莊水罐湯瓶，打爲磁屑。賈充宅守定粉墻缺，武陵溪澗，花兒釘了椿橛。楚襄王夢驚，漢相如趕翻車轍。深鎖芙蓉闕，紫簫吹裂，碧桃花下，把鳳凰翎毛生扯。

【北收江南】呀，你敢在碧桃花下將鳳毛扯，人生最苦是離别。山長水遠路途賒，何年是徹？響噹噹菱花鏡碎玉簪折。

【南漿水令】響噹噹菱花鏡碎跌，側楞楞瑶琴弦斷絶。圪支支同心綰帶扯，咭叮噹寶簪兒墜折。采蓮人偏把并頭折，比目魚就池中冷水燒熱，連枝樹生斫折，打撈起御水流紅葉。藍橋下翻滚滚波浪捲雪，祆神廟焰騰騰火走金蛇。

【南尾聲】饒君巧把機謀設，止不住負心薄劣。夢兒裏若見他，俺與他分説。

校箋

〔一〕《南音三籟》本、《樂府珊珊集》本、《吴歈萃雅》本題名作「阻歡」，俱注稱高東嘉撰；《詞餘》本、《詞林逸響》本、《古今奏雅》本題名作「阻歡」，注稱鄭虚舟撰；《新編南九宫詞》本題名作「情」，《弦索辨訛》本題名作「阻歡」，《雍熙樂府》本無題名，不注撰者。《群音類選》「清腔類」卷五注稱李愛山撰的「【步步嬌】《閨情》」僅有此套的南曲。《全明散曲》屬鄭若庸，據《詞餘》本輯録。

〔二〕粉容：底本原作「翠鈿」，據《吴騷合編》本、《吴歈萃雅》本、《樂府珊珊集》本、《詞林逸響》本、《南音三籟》本、《群音類選》本改。

〔三〕開徹：底本原作「偷折」，據《吴騷合編》本、《吴歈萃雅》本、《樂府珊珊集》本、《詞林逸響》本、《南音三籟》本、《群音類選》本改。

〔四〕現放：底本原作「閑放」，據《吴歈萃雅》本、《樂府珊珊集》本、《詞林逸響》本、《南音三籟》本改。

北新水令一套（四景閨情）〔一〕

水沉消盡瑞爐烟，夢驚回可憎語燕。掩重門深小院，空辜負艷陽天。花柳争妍，越教人倍傷感。

【南步步嬌】徐步閑庭試把愁懷遣，無奈金蓮倦。心中愁萬千，滿目繁華，總是相思怨。默默悄無言，把闌干十二閑憑遍。

【北折桂令】數歸期惟困春纖〔二〕，纔見春來，又早春還。盼多才雲鬓倦整，針綫慵拈。恨東風吹盡了殘紅萬點，怨東君收拾去光景無邊。心事綿綿，鬼病懨懨，又早見南窗外新笋成竿。

【南江兒水】瞬息端陽至，門庭艾虎懸。想當年共賞荷亭畔，切香蒲謾把金尊勸，浴蘭湯相并摇紈扇。怎想薄情心變，一别經年，杳没個音書回轉。

【北雁兒落帶得勝令】我爲他被娘行苦自嫌，我爲他被姊妹每相輕賤。我爲他消瘦了柳葉眉，我爲他清減了桃花面。我爲他終夜竟忘眠，我爲他茶飯上不周全。我爲他滴盡相思泪，我爲他倚團屏眼望穿。天，天，怎不與人行方便？若得他團也麽圓，準備着誓盟香答謝天。

【南僥僥令】丹桂飄香出廣寒，皓魄鬥嬋娟。嘆我孤闈無人伴，心自想嫦娥也獨眠。

【北收江南】呀，早知道這般樣薄幸呵，誰待要和你結良緣？捱盡衾寒枕冷夜如年，愁聞孤雁過樓前。一聲聲可憐，爲甚麽冤家不把信音傳？

【南園林好】你緣慳奴身命蹇，別時易相逢甚難。一任雲鬟撩亂，零落了翠花鈿，零落了翠花鈿〔三〕。

【北沽美酒帶太平令】值嚴冬陽九天，彤雲布朔風旋，衹見柳絮梨花亂撲簾。獨坐在獸爐邊，烹鳳髓煮龍團。銷金帳共誰歡忭？不記得雙雙罰願。我呵，到黄昏轉添悶懨，對青燈悄然泪漣，呀，猛傷情把玉釵敲斷。

【南清江引】紅顔古來多命蹇，不索將人賺。恓惶兩泪漣，界破殘妝面，望長安不知郎近遠。

校　箋

〔一〕《吴騷合編》本題名作「閨情」，《樂府先春》本、《吴騷集》本、《萬錦清音》本無題名，俱注稱唐伯虎撰；《昔昔鹽》本題名作「四景題情」，《新編南九宫詞》本、《樂府争奇》本無題名，俱不注撰者。《全明散曲》屬唐伯虎，據《群音類選》本輯録。

〔二〕惟：底本原作「微」，據《吴騷合編》本、《樂府先春》本、《吴騷集》本改。

〔三〕零落了翠花鈿：《吴騷合編》本、《樂府先春》本、《吴騷集》本作「憔悴了粉容顔」。

北新水令一套（春日閨情）〔一〕　祝枝山

一春無事爲花愁，對東風轉添憔瘦。盼多才難割捨，對此景慢追游。歲月如流，心上事今非舊。

【南步步嬌】獨掩紗窗空把香囊綉，無語沉吟久。香閨泪暗流，自恨無緣，好事難成就。何處訴離愁？泪珠濕透羅衫袖。

【北折桂令】這幾日爲傷春懶上妝樓〔二〕，所事兒一一難留。對人前把精神强抖，飲食不周。想當初實指望天長地久，到如今空惹下蝶怨蜂愁。情事悠悠，無了無休，空辜負畫堂前柳嫩桃嬌，挨不過翠幃中日暖風柔。

【南江兒水】玉腕長虛溜，湘裙過掩頭。今春更比前春瘦，見雙雙燕子歸來後，悶懨懨鬼病相纏守。無限凄凉僝僽，静掩重門，挨幾個黄昏時候。

【北雁兒落帶得勝令】空對着碧溶溶一影篝，暗數着静悄悄三更漏。擁抱着薄怯怯翡翠衾，倚定着香嬝嬝黄金獸。纔待要做一個團圓夢，又被子規聲在窗外頭。看看的月轉過鞦韆架，又被那曉鶯聲送我愁。休休，也不索閑窮究。因也麽由，不是冤家不到頭。

【南僥僥令】綉幕珠簾懶上鈎，日午倦梳頭。一任釵横雲鬟亂，泪灑春山兩點愁。

【北收江南】呀，早知道這般樣春光虛度呵，何日裏訴離愁？俺衹見過時桃杏不經秋。你如今好休，俺如今好丢。衹怕文君不比舊風流。

【南園林好】海山盟全不應口，説來話如今變仇。負心的蒼天不佑，須有日看傍州，須有日看傍州。

【北沽美酒帶太平令】嘆春光似水流，不覺得又是一年休，俺衹見雨雨風風暗結愁。紅雨散緑雲收，鶯儔燕侣報新愁。不明白的冤家，抛人在腦後。甚時得佳期成就，曾和你拈香設咒。我呵，與你意投志投，那些兒不投，呀，到于今都做了海山遥秀。

【南清江引】多才不來添煩惱，自覺香閨悄。懨懨病轉加，害得没分曉，一天愁待他來都散了。

校　箋

〔一〕《吴騷合編》本題名作「閨怨」，《樂府先春》本、《詞林白雪》本、《吴騷集》本、《樂府珊珊集》本無題名，俱注稱祝枝山撰；《萬錦清音》本題名作「春詞」，注稱陳大聲撰；《昔昔鹽》本題名作「春閨愁緒」，《樂府争奇》本無題名，俱不注撰者。《全明散曲》屬祝枝山，據《昔昔鹽》本輯録。

〔二〕爲：底本原作「悶」，據《吴騷合編》本、《樂府先春》本、《昔昔鹽》本、《樂府珊珊集》本、《吴騷集》本、《詞林白雪》本改。

北新水令一套（花鳥争春）〔一〕　牟清溪〔二〕

蘭幃鶴夢鎖春寒，驚唤起海棠嬌軟。燕翻紅杏雨，鶯囀白楊天。百舌間關，一聲聲杜鵑血濺。

【南步步嬌】試新妝悶把菱花展，兩鬢烏鴉亂。心慵拍粉團，鵲立吞聲，自惜夭桃面。

纔向牡丹看，見黄鸝飛過荼蘼院。

【北折桂令】謾掀開白練疏簾，扇掩金烏，步款金蓮。嘆孔雀屏空，芙蓉褥冷，翡翠衾單。怪的是剪春羅腰肢瘦減，恨的是唱鷓鴣眉黛愁牽。向芍藥亭前，瀲灩池邊，本待要訴幽懷倩鴻雁傳情，又恐怕立雕籠那鸚鵡聞言。

【南江兒水】梅瓣和脂冷，鸞簫伴月閑。酒傾金盞憑誰勸？畫眉人何處貪歡忭？虞美人空自情繾綣。他有雉朝飛怨，我燒了斷頭丁香，使今生有白頭長嘆。

【北雁兒落帶得勝令】我爲他對八歌兒懶接談，我爲他與十姊妹羞相見。我爲他到布穀時動苦思，我爲他向夜合庭空孤站。我爲他白鷳籠懶放開，我爲他滚綉毬錯認犯。我爲他鷄鵝冠空懸望，我爲他石榴裙懶待穿。天，若得紫薇郎重相見，團也麼圓，一處裏效雎鳩洲際眠。

【南僥僥令】忽聽得雙雙喜鵲喧，飛近木香闌。最愛他臘嘴喳喳相對語〔三〕，好一似送催歸，喜信傳。

【北收江南】呀，早知你瑞香般頭腦兒呵，枉結下比翼的好姻緣。到如今紫荆凋謝小闌干，伯勞東去未曾還。使櫻唇説乾，想殺他托鷦鷯一枝在何處安？

【南園林好】煮山茶提壺汲泉，見鸕鷀偷身便轉。泪眼愛薔薇紅艶，袖濕透野鷄斑，袖濕透野鷄斑。

【北沽美酒帶太平令】金雀分各一天，玉簪折拋兩邊，害得俺潑雪肌膚瘦不堪。服山丹病未痊，看沙鷗愁轉添。欲請個山和尚把經念，對着那佛見笑來酬願。我呵，落金錢討占叩虔，苦哀哉告天可憐，呀，猛傷心把鳳頭鞋跌綻。

【南清江引】欲提木筆修書柬，泥滑滑心頭泛。鴛鴦扣扯開，茉莉香揉散，衹落得月月紅紅泪眼。

校　箋

〔一〕此套僅存《群音類選》本，《全明散曲》據之録定。

〔二〕牟清溪，里籍、生平事迹不詳。

〔三〕喳：底本此字殘缺，《全明散曲》補作「喳」。今從。

北新水令一套（尼姑下山）〔一〕

佛前燈火半昏明，助人愁數聲金磬。活人身徒自苦，死木偶有何靈。多少青春，都逐了香烟盡。

【南步步嬌】自古紅顔誰似奴薄命，冤債前因證。形端性亦靈，要解愁煩，何事常孤另。低首自沉吟，蓮臺縹緲無憑信。

【北折桂令】鬢邊鴉削落紛紛，鳳頭釵羞殺黄金鏡。笑花容少年没主，老大誰親。綉幡兒隔斷了鴛鴦雙枕，木魚兒敲散了鸞鳳齊鳴。如花在銀瓶，月在空亭，有誰人識熱知疼，并肩交頸。空自受淒凉，寡影孤形。

【南江兒水】事佛傳千古，梯仙有幾人？悔當初錯把空門進，坐禪堂意亂渾無定，眠紙帳何曾得穩。恁般消磨則甚？待效來生，知來生是何方生命。

【北雁兒落帶得勝令】我待要向法堂上閑消悶，怕見那衆羅漢悶轉增。那長眉的似愁我情無恁，大肚的似笑我不住聲。舉手的似招我同歡慶，怒目的似嗔我姤風情。貌老的似憐我年虚度，年少的似貪我色傾城。靈靈，似這般樣煩惱縈方寸，便是鐵石人，怎教不動情。

【南僥僥令】困倚芸窗泪雨傾，濕透了案頭經。剛剛卷帙都磨損，字糊塗，讀不成。

【北收江南】呀，早知道這般樣難挨呵，誰待要學無生。送黄昏鐘聲磬聲，絮叨叨在耳邊聽。一聲聲惱人恨人，吃緊的咬定了牙根。

【南園林好】從今把青絲養成，從今把緇衣改更。尋一個風流聰俊，生和死結良姻，生和死結良姻。

【北沽美酒帶太平令】春花鬧夏風薰，秋月皎冬雪晴，我與他暮暮朝朝樂事濃。不燒香不點燈，不念佛不看經。不奉三寶諸天衆聖，縱陰司嚴禁，一任薰煎磨舂。我呵，説甚麽前生後生，且圖着今生此生，呀，急回頭已錯過半生光景。

【南清江引】心猿意馬今朝定，急離了沙門穽。休教月下僧，敲破山門進，半路裏出家的着甚麽要緊。

校　箋

〔一〕《樂府先春》本無題名，注稱屠赤水撰；《樂府争奇》本無題名和撰者。《全明散曲》據《樂府先春》本屬屠赤水，題從《群音類選》本。屠隆（一五四三—一六〇五），字長卿、緯真，號赤水，别署一衲道人、溟滓子、冥寥子、鴻苞居士，鄞縣（今浙江寧波）人。明萬曆五年（一五七七）進士，歷任潁上縣令、青浦縣令、禮部儀制司主事等職。豪放縱逸，善作曲，且串戲。著有《由拳集》、《白榆集》、《棲真館集》，傳奇有《曇花記》、《修文記》、《彩毫記》三種。《全明散曲》收其散曲作品套數二套。

北新水令一套（綉鞋）〔一〕　張叔元

半弓裁就綉羅輕，巧銜花鳳頭雙襯。剛剛三寸整，款款十分春。裙底風生，佩叮噹相掩映。

【南步步嬌】緩步蘭房，回顧猩紅影，且喜金蓮稱。休誇一捻成，幾日香閨，刺綉才端正。羅襪樣兒新，蓮花瓣落雙鈎并。

【北折桂令】惜花心早步園林，點檢芳菲，來往殷勤。脚踪兒花陰庭畔，空自傳情。堪憐的踏殘紅開些笑靨，堪怪的濕蒼苔攢了眉痕。默默沉吟，細細追尋，衹得向西窗曬趁着晚晴。

【南江兒水】立處纖纖并，行來步步輕。一團嬌越顯得身兒俊，羨浮塵不染真乾净，見底尖窄窄偏齊整。悶把闌干閑憑，裊裊婷婷，尚兀自支撑不定。

【北雁兒落帶得勝令】我愛他象床前帶笑蹬，我愛他綉幃裏含羞褪。我愛他珠簾微露一鈎痕，我愛他銀燈邪插雙鸞影。我愛他被底抅春興，我愛他向東風蹴踘情。我愛他南陌青春有迹，我愛他月華明夜無聲。卿卿，吃緊的難親近〔二〕，若得個相也麼親，好教人懷兒揣手裏擎。

【南僥僥令】走馬芳叢混落英，翠盤上錦烟生。倒掛鞦韆垂楊外，似點點流霞天際明。

【北收江南】呀，須信這般樣堪愛呵，真個是值千金。昭陽掌上舞輕盈，凌波出洛步精神。色娟娟可欽，時聞得一陣暗香生。

【南園林好】底樣遮瀟湘翠紋，月牙兒輕籠采雲。猛地支頤暗省，跌綻了幾回嗔，跌綻了幾回嗔。

【北沽美酒帶太平令】愛春眠露綉衾，動春心撥醉人，似對對鴛鴦逐浪輕。乍一見使人驚，才一轉便消魂。説甚麼潘妃步穩，誇甚麼太真束緊。我呵，叫一聲麗人玉人，其實喜人愛人，呀，急攘攘把春心勾引。

【南清江引】章臺竊來番惹憎，好助高陽飲。重諧霍夢靈，徑軟崔娘印，百顆珠堪贈伊香塵静。

校　箋

〔一〕此套僅存《群音類選》本，《全明散曲》據之録定。

〔二〕吃緊：底本原作「契緊」，據文意改。

北新水令一套（綉鞋）〔一〕　胡德父

一雙隨襪洛川來，向邯鄲十分摇擺。掌中頻借看，肩上慢輕抬。浴罷身歪，噴香風侍兒將待。

【南步步嬌】携手行行多嬌態，燕子飛輕快。香痕度翠苔，褪了跟兒，扶住增人愛。花襯浮無埃，西窗漫趁晴光曬。

【北折桂令】珮環聲來往瑶階，三寸飄然，一撚奇哉。暗將人勾引情懷，試倩恁走馬章臺。再和伊踏青郊外，忍着他裙底沉埋。席上行杯，恁便是量窄情疏，也都甘急引盈釃。

【南江兒水】頻把尖兒點，能將律吕諧。偷歸惹訕須寧耐，吞喉再醒真奇怪，拆分重合因歡愛。游倦倩人摩揣，悄踢傳情，微露鳳頭紋彩。

【北雁兒落帶得勝令】想着恁戲鞦韆星點催，想着恁争蹴踘風情賣。想着恁罷舞處金蓮滿地排，想着恁踏月時一鈎真可賽。想着恁綺羅筵幫宫黛，想着恁銷金帳换軟胎。想着恁初纏束曾把紂妃恨，想着恁自綉時先將蜀錦裁。猜掛神前酬願債，又渾如小也麽孩，不然時那有這身材。

【南僥僥令】芳徑殘紅掃不開，偏趁您去還來。倦立閑兜弓兒窄，我欲拾遺珠，買事諧。

【北收江南】呀，您看他雙趺困怠呵，私自把綫兒開。高高粉底那些歪，尖尖花瓣不曾埋。漫臨風漢臺，衹怕恁飄然吹去向蓬萊。

【南園林好】念當日游踪興乖，到今日芳塵一涯。猛把雙鴛趺壞，封裹了寄將來，封裹了寄將來。

【北沽美酒帶太平令】想村婦飾可哀，想窘婦跣還揑，誰似恁無聲暗走來。真個是絜爲胎，真個是金難買。便菩薩也須喝采，便石人怎生禁耐。我呵，見了些嬌材粉腮，都輸與輕排淺裁，呀，捧着他時甘跪拜。

【南清江引】盈盈香玉風中端，一團嬌春氣藹。待看上樓時，故把裙兒灑，俏寃家空引人心忒歹。

校箋

〔一〕此套僅存《群音類選》本，《全明散曲》據之録定。

北新水令一套（贈馬湘蘭逃禪）（二）　全道人

一身飛入梵王宫，往還間乘鸞驂鳳。數聲清磬響，五藴盡皆空。回首塵中，想當年恍然春夢。

【南步步嬌】謫下塵寰塵緣共，羸得芳名重。群空冀北驄，根托湘江，筆底多豪縱。慢擬薛濤同，曾經壓倒三千衆。

【北折桂令】等閑間秋月春風，冉冉光陰，落落樊籠。甚來由卷白題紅，没緊要賣俏修容。猛回頭已堪悲痛，到今日識破前踪。圖始圖終，既不許金屋藏嬌，肯甘教從事兒童。

【南江兒水】留髮心常净，逃禪法可通。禮觀音頻把經來誦，似嫦娥搗就靈丹用，笑天公枉把人調弄。依舊蓬萊仙洞，浩浩飄飄，要與麻姑伯仲。

【北雁兒落帶得勝令】卸去了錦纏頭鬟任蓬，脱下了紅舞袖情休縱。吃一口淡菜飯倒勝味醲醲，蓋一床粗布被强似錦重重。選幾個小丫鬟堪供用，種幾盆名花卉可遣悰。閑來時擊如意唱個道情曲，興到處爇名香倚着瘦竹笻。空鬼門關人鲊瓮，説甚麽從也麽容，怕無情愁病交攻。

【南僥僥令】滄海桑田景不同，何況是粉香叢。楚館秦樓虛歡哄，恁便是妒秋娘，飾枉崇。

【北收江南】呀，好笑他金鈎還控呵，免不得值途窮。阿姨死却弟軍從，琵琶江上恨飄蓬。下場頭自逢，下場頭自從，輸與恁翻然出世樂融融。

【南園林好】高舉翼何須怯弓，先罷釣那愁遇風。靜裏一機無動，空即色色皆空，空即色色皆空。

【北沽美酒帶太平令】歲寒時柏與松，歸宿處海和嵩，退步何勤進步慵。才舉目白雲籠，才舉足清風送。任今古滔滔倥傯，任是非紛紛交訟。我呵，再休題塵中夢中，情濃意濃，呀，已是把浮生斷送。

【南清江引】愛河般若忙搖動，轉眼寒冰凍。先登彼岸游，不似陽臺夢，活觀音人願把香花供。

校　箋

〔一〕此套僅存《群音類選》本，《全明散曲》據之録定。

北新水令一套（自嘆）〔二〕　胡全庵

自憐愁病度春秋，倒做了苗而不秀。看看霜點鬢，漸漸霧遮眸。蝸角蠅頭，半生來一無成就。

【南步步嬌】北去南來空奔走，總被天公誘。英雄志未休，進退雖艱，肯落他人後？漫笑不帆收，從來打破塵機彀。

【北折桂令】想前生未及焚修，以致今生，命蹇誰尤。説甚麽圖望圖謀，纔圖望反惹灾仇，略圖謀便多差謬。衹落得樂事成愁，好事成羞，更落得是是非非，斷送人唧唧啾啾。

【南江兒水】把劍心徒壯，焚舟勝可求。看花林春到終榮茂，看驊騮時得終馳驟，看瓊瑶主遇終沽售。豈可便加輕陋？白眼相看，誰把世情參透？

【北雁兒落帶得勝令】俺怎肯涕漣漣學楚囚？俺怎肯身碌碌稱銅臭？俺怎肯曳朱履甘去謁王侯？俺怎肯忘素好不與共輕裘？俺待要挽頹風民歸厚，俺待要扶名教道共由。俺待要斬佞臣博個名難朽，俺待要拯顛連做個俠士儔。休枉思量不能勾，且把這牖户綢也麽繆，恐無端陰雨颼颼。

【南僥僥令】故屈應知大任投，何必要嘆淹留。不見蘇秦印懸肘，也都是在當年，且忍羞。

【北收江南】呀，到今便時迍莫遣呵，向後日更何求？合窮安命且遨游，夢中醉裏慢夷猶。倒不如狎鷗，倒不如狎鷗，你看他忘機波上任沉浮。

【南園林好】仰天嘯氣衝斗牛，向天問生吾有由。難道半塗株守，辜負了我心頭，辜負了我心頭。

【北沽美酒帶太平令】嘆風波頻覆舟，論人心暗下鈎，那惜詞源可倒流。得意處儘相投，失足處誰相救？不問恁家聲清舊，衹要恁滿身文綉。我呵，要恢復祖基父讎，要教訓子成孫就，呀，也堪做老來消受。

【南清江引】昂昂樞要徒誇鬥，天道難偏久。丈夫豈獨伊，我亦文王友，試看那性分中能增減否。

校　箋

〔一〕此套僅存《群音類選》本，《全明散曲》據之録定。

北新水令一套（曲牌名）〔一〕

【銷金帳】裏峭寒添，【駡玉郎】絮叨叨千遍。【小桃紅】人不見，空辜負【賞花天】。【薄幸】綿綿，對着這【滿庭芳】自消遣。

【南步步嬌】【步步嬌】獨自行來倦，【傍妝臺】漸覺鬆金釧。【哭相思】苦萬千，【一封書】寫不盡【羅江怨】。【月兒高】明又圓，把【桂枝香】夜夜在星前獻。

【北折桂令】告穹蒼擲落金錢，【攤拍】多情，早整歸鞭。愁覷那【玉交枝】上【黄鶯兒】對對，粉蝶翩翩，止不住蠟梅風吹散了殘紅萬點，收恰去【園林好】光景無邊。【上小樓】前，【玉女傳言】，且喜那【寄生草】緑軟鋪茵，又早見【庭前柳】亂舞飄綿。

【南江兒水】望斷【江兒水】，不見【夜行船】。【二郎神】何日歸庭院，【石榴花】噴火真堪羨，【沽美酒】獨自和誰勸。他與【十弟兄】們歡忭，不【憶多嬌】，在何處【排歌】設宴？

【北雁兒落帶得勝令】我爲他被【六娘子】苦自嫌，我爲他【三學士】無心戀。我爲他【一枝花】懶去簪，我爲他【八寶妝】心偏倦。我爲他鬢鬔鬆【懶畫眉】，我爲他【漿水令】何曾咽。我爲他【五更轉】雙垂泪，我爲他【羅帳裏坐】無眠。天天，若得他【十二時】重相見，【人月團】也麽圓，宰一腔【山坡羊】答謝天。

【南僥僥令】【梧葉兒】初墜，【江頭金桂】鮮。珊瑚枕上誰爲伴，可惜了象牙床閑半邊。

【北收江南】呀，似這雙【紅綉鞋】趺綻呵，越加上【玉胞肚】悶懨懨。俺衹見桂山秋月下雕檐，【雁兒落】處韵哀喧。【雙聲子】可憐，做就了【紅衲襖】少個便人傳。

【南園林好】【花心動】對誰可言，【意難忘】衷腸萬千。憔悴了【玉芙蓉】嬌面，【哭皇天】不見憐，【哭皇天】不見憐。

【北沽美酒帶太平令】【駐雲飛】布滿天，【刮地風】緊漫旋，似【梨花兒】雪片撲相連。

【一剪梅】開了正鮮妍，俺衹見【金衣公子】設華筵。唱一曲【梁州序】笑聲喧，【醉扶歸】去把【皂羅袍】濕遍。我呵，【鎖寒窗】悄然病纏，【剔銀燈】慘然泪漣，呀，盼佳期把一【對玉環】敲斷。

【南清江引】【望吾鄉】不辭途路遠，【一江風】回來便。【雙勸酒】數杯，【沉醉東風】院，那時節【惜奴嬌】情意轉。

校　箋

〔一〕《萬錦清音》本題名作「曲名閨怨」，注稱馮猶龍撰；《詞林白雪》本無題名，注稱文徵明撰；《昔昔鹽》本題名作「牌名製景」，《樂府争奇》本無題名，俱不注撰者。《全明散曲》屬馮夢龍，據《群音類選》本輯録。馮夢龍（一五七四—一六四六），字猶龍，一字耳猶，號墨憨子、顧曲散人、姑蘇詞奴、詹詹外史、浮白主人、墨憨主人，别署龍子猶，南直隸長洲（今江蘇蘇州）人。明崇禎三年（一六三〇）貢生，曾官福建壽寧知縣。善詞曲，關注民間文學，與沈璟等交善。著作甚富，撰有傳奇《萬事足》、《雙雄記》，改編傳奇有《新灌園》、《女丈夫》、《酒家傭》、《楚江情》、《量江記》、《夢磊記》、《精忠旗》等十四種，通稱作《墨憨齋定本傳奇》，另訂有《墨憨齋新譜》、《墨憨齋詞譜》，編有《太霞新奏》，另有《春秋衡庫》、《春秋大全》、《七樂齋稿》、《宛轉歌》等。按：《群音類選》，目前學界一般認爲是編纂于萬曆年間，其中無收沈璟、湯顯祖之影響較大的作品，似應不會收録馮夢龍的作品，疑此作非馮夢龍著。且《萬錦清音》原爲僞托湯顯祖輯，不足憑信。

北新水令一套（骨牌名）〔一〕

雪消春水恨流東，順水魚兒我偏難共。斷么何處覓，絶六甚時逢。柳緑桃紅，羞睹那穿花鳳。

【南步步嬌】天地分春，紫陌香塵動，花開蝶滿枝頭擁。魚游春水溶，公領孫兒，八紅陪從。臨老入花叢，恨貪花不滿成何用。

【北折桂令】亂紛紛楚漢争鋒，掛印將軍，一去無踪。又早見緑暗紅稀，好景難逢，爲落花紅滿地，泪痕萬種。覷紫燕穿簾幕，愁緒千重。負却西施，沉醉東風，去時節揉碎梅花，早不覺劈破蓮蓬。

【南江兒水】龍虎風雲會，鴛鴦順不同。櫻桃九熟添愁重，二士共入桃源洞，雙蝶戲梅做莊周夢。打散群鴉噪鳳，入海雙龍，全不把雁銜珠捧。

【北雁兒落帶得勝令】我爲他被七紅將巧計籠，我爲他二姑把鬮閑評弄。我爲他一枝花懶去簪，我爲他八珠環無心控。我爲他碎米粟何曾咽，我爲他錦裙襴綉帶鬆。孤紅，我爲他河圖十五多趨奉。真不同，八不就教奴家那樣縫。

【南僥僥令】雲散巫山十二峰，冷落了金菊對芙蓉。鰍入菱窩波濤涌，鐵索纜孤舟，無定踪。

【北收江南】呀，我本待要踏梯望月呵，早離了錦屏風，俺衹見霞天隻雁過長空。正雙飛一對，拗雙飛一對，恨點不到綉房中。

【南園林好】晝夜停冬來漏永，十月應小春睡正濃。折脚雁聲驚殘夢，梅梢月轉玲瓏，梅梢月轉玲瓏。

【北沽美酒帶太平令】悶觀燈聽曉鐘，榾子眼望將窮，俺衹見寒雀争梅報吉凶。火煉丹爐懶去烘，這離情圓一統。正馬軍和他厮弄，拗馬軍將咱調弄。我呵，這相思天同地同，人和不同，呀，火燒梅仗誰傳送？

【南尾聲】二十四氣如春夢，還上天梯望月空，纔有梅花便不同。

校　箋

〔一〕《昔昔鹽》本題名作「集牌叙景」，不注撰者。《全明散曲》屬無名氏，據《群音類選》本輯録。

北新水令一套（閑情）〔一〕　楊邃庵〔二〕

小窗高卧日三竿，近年來性疏心懶。利和名兩不關，千鈞擔已息肩。任咱消散，睁眼看他人寒暖。

【南步步嬌】也不須勞碌碌廣置千金産，但隨時加餐飯。論人生百歲間，陰晴悲喜常相半。百忙裏且偷閑，把琴棋詩酒來消遣。

【北折桂令】到春來臨水登山，柳陌花街，歌舞吹彈。到夏來水閣盤桓，眠翠簟對着紅蓮。到秋來沉醉倒在黄菊花前，真個是地偏心遠。到冬來雪花飛亂，暖閣紅爐，儘消得暮歲殘年。

【南江兒水】本是龍門客，今爲鶴髮仙。少年叨醉瓊林宴，揮毫直上黄金殿，兩番文柄司衡鑒。桃李門墻栽遍，總有讒言，白璧青蠅難玷。

【北雁兒落帶得勝令】俺也曾握虎符鎮塞垣，俺也曾假黄鉞誅叛亂。俺也曾掌天曹統百官，俺也曾草黄麻侍主言。念鸞凰勝鷹鸇，怕蒿艾混芝蘭。小人哉多行險，君子兮不素餐。清閑，不知機心怎閑。平也麽安，不知足心怎安。

【南僥僥令】天家多雨露，宦海有波瀾。因此上乞骸骨歸故里，從此後謝龍池鴛鷺班。

【北收江南】呀，雖然在山澗樂考槃，心敢忘廟堂前。奈年華向晚雪盈顛，且頤養天和保天年。慕古先聖賢，願取清風高節永流傳。

【南園林好】我今來開籠放鷴，我于今持竿學釣鮮。與棋客詩朋爲伴，娱舜日樂堯年，娱舜日樂堯年。

【北沽美酒帶太平令】日和月錯迭如轉丸，屈指數俺歸田有六七年，一任山花開落雲舒卷。幸當今主聖臣賢，鑒成法永無愆。喜天下文修武偃，纘列祖裕後光前。念衰殘有非常恩典，荷存問天語拳拳。我呵，到今來才淺識淺，謀淺智淺，呀，要驅馳争奈勢力不全，況是鳥飛知倦。

【南尾聲】歷侍三朝多榮顯，歸去星霜今已换，願祝皇圖億萬年。

校　箋

〔一〕《新編南九宫詞》本無題名，注稱楊閣老撰；《堅瓠七集》録有【雁兒落帶得勝令】一曲，注稱楊邃庵撰。《全明散曲》屬楊邃庵，據《群音類選》本輯録。

〔二〕楊一清（一四五四—一五三〇），字應寧，號邃庵，又號石淙。雲南安寧（今廣南）人，徙巴陵（岳陽）。明成化八年（一四七二）進士，歷任中書舍人、山西按察僉事、陝西按察使、南京太常寺卿都御史、太子太師、左柱國、華蓋殿大學士等職。著有《石淙類稿》、《石淙詩集》等。《全明散曲》收其散曲作品套數二套。

北新水令一套（春游）〔一〕

淡雲微雨困人天，映江堤柳拖金綫。游人逞蹴踘，美女戲鞦韆。日暖風暄，開畫閣試春宴。

【南步步嬌】將舊恨新愁從今免，對此景難消遣。雙雙畫槳船，兩兩嬌娥，覓勝逢劉阮。撑入畫橋邊，彩結同心，揉碎桃花片。

【北折桂令】散芳心笑指前川，款拂湘裙，微露金蓮。却抬頭在茉莉軒前，早番身在芍藥闌邊。剛那步過牡丹庭畔，翠綰紅牽。他那裏將俊眼偷睃，俺這裏將饞口空咽。

【南江兒水】轉過花藤轎，舒開錦綉簾。被物情調弄得我神魂倦，游蜂兒采得花心遍，黄鶯兒繞定在楊枝囀。又見雙飛新燕，流水橋邊，静掩緑窗庭院。

【北雁兒落帶得勝令】衹聽得賣花聲滴溜溜雜管弦，鬧簇簇食罍兒珍羞膳。青疊疊峰巒似畫圖，碧溶溶江水如拖練。尋幾個詩中才子酒中仙，到如今誰惜杖頭錢。人不識予心樂，爲偷閑學少年。彩袖當筵，捧玉鍾頻相勸。碧草兒連也麽天，勝重裀拚醉眠。

【南僥僥令】院裏佳人笑語喧，墻頭上，露嬋娟。欲問情由無方便，衹聽得珮環聲，漸漸遠。

【北收江南】呀，恰待要忙上馬，百忙裏墜絲鞭。魂兮飛入在武陵源，據鞍無語自熬煎。都分付錦箋，把新詩成就了兩三篇。

【南園林好】要相逢佳期未圓，惹相思風流有萬千。想起他紅妝粉面，不由我意懸懸，空使我恨綿綿。

【北沽美酒帶太平令】霎時間絮團空香滚綿，花褪瓣亂紅顛，衹見曉雨初收風力軟。傷心聽着杜鵑，不如歸去可人憐。叫空山血痕啼遍，聲哀訴似對人言。嘆歲歲光陰如箭，恨閃閃功名如電。我呵，都不如自然坦然，任天聽天，呀，儘世事覆去翻來千遍。

【南尾聲】桑田自古多更變，且把春衫來盡典，拚一個酒醉沉酣胡過遣。

校　箋

〔一〕《新編南九宫詞》本無題名，注稱爲舊詞。《全明散曲》屬無名氏，據《群音類選》本輯録。

北新水令一套（警悟）〔一〕　高深甫

兩丸催促爲誰忙，早西沉又看東上。分長短趲炎凉，較榮枯頻收放。傳遞興亡，暗笑着今來古往。

【南步步嬌】打不破利名關如籠網，笑他暗地人争攘。駕開苦海一帆航，風波險處空擾攘。慢教兩鬢點青霜，馬牛算少兒孫帳。

【北折桂令】説甚麽圖霸圖王，到如今禾黍離宫，風火咸陽。那些個事業天長，看他們蛇思吞象，雀捕螳蜣。萬般謀成得個曹劉，幾年間又换子隋唐。柳敗長楊，禍起長江，到如今一般兒安頓在衰草斜陽。

【南江兒水】武略雄頗牧，文韜優杜房。五侯甲第山河壯，登壇賦槊人何往？錢山金谷誰收掌？個個是英雄宗匠，不比尋常，也都掩在白雲青嶂。

【北雁兒落帶得勝令】倒不如傲羊裘山水長，倒不如隱豹林烟霞爽。倒不如投赤松張子房，倒不如歸五柳陶元亮。求得個長生術，這便是出世方。思量，最快活身閑放。何妨，無拘管箕踞蓬頭臥短床。

【南僥僥令】傍山林結草堂，種修竹覆低墻。門開萬頃湖波漾，做一個出乾坤，生死場。

【北收江南】呀，躲避些功業呵，免坎坷赴雲陽。總博得高標青史兩三張，資甚麽兒孫談講。況不入封侯相，學不得投筆先生題柱郎。

【南園林好】采林花青袍染香，披芰荷開襟致爽。學得些潯陽疏曠，愛孤山壓衆芳，愛孤山壓衆芳。

【北沽美酒帶太平令】了殘棋對夕陽，彈扣角與瀟湘，静几爐焚柏子香。烹蟹子沁詩腸，泛滄浪一葉可杭。聽款乃水雲清響，醉糢糊三更月上，嘯海天幾聲豪放。我呵，見了些人忙我忙，老忙少忙，都有個散場。呀，總不如早尋脱網。

【南尾聲】千般機局空勞嚷，自古來了不盡人生心上，但願得隨分安閑歲月長。

校　箋

〔一〕此套僅存《群音類選》本，《全明散曲》據之録定。

南步步嬌一套（男相思）〔一〕　傅玄泉〔二〕

寃孽擔重愁城大，瘦伶仃難擎架。想起俏寃家，剔透玲瓏，風流典雅。受不得分外親，忘不了着人話。

【北折桂令】霎時間不見寃家，恰便是隔歲經年，海角天涯。夢化蝴蝶，魂托杜宇，腸斷歸鴉。這些時睡魔神在我眼皮兒上住扎，相思鬼在我心坎兒上安插。行也思他，坐也思他，愁顔色鏡裏增添，瘦腰肢帶内消乏。

【南江兒水】掛一角姻緣號，給一張離恨札。何時繳了凄凉價，想他的俏儀容，想得我如呆傻。思他俊心腸，思得我如聾啞。獨掩書齋泪灑，衹爲他有不等閑的風流，教我出尋常的牽掛。

【北雁兒落帶得勝令】俺也曾偎着肩把手腕掏，俺也曾隔着人使瓜子兒打。俺也曾在席上偷眼瞧，他也曾過尊前低聲駡。呀，衹爲你知痛着熱俏冤家，拖逗得筆硯慵親，書兒懶拿。你若無意傳紈扇，休留題托素帕。冤家，我爲你捱一刻如一夏。嬌娃，閃得我飯不飯茶不茶。

【南僥僥令】衹爲你有風流情千種，惹下我相思病一榻。欲火燒心撥不下，又遇着愁泰山，在我眉上壓。

【前腔】舉目不相親，合眼夢見他。安得一生都是夢，和你呵兩團圓到白髮。

【南尾聲】殷勤寫就衷腸話，默默寄與俏冤家，我想你是真情休當假。

校箋

〔一〕《樂府先春》本無題名，注稱顧涇陽撰；《詞珍雅調》本題名作「憶美人」，注稱傅玄泉撰；《彩筆情辭》本題名作「題情」，注稱「明傅玄泉改刻」，此本與《群音類選》本曲文甚異；《昔昔鹽》本題名作「憶遠題情」，不注撰者；《樂府萬象新》「時興思憶情人」類收此套，無題名和撰者。《全明散曲》屬顧憲成者據《樂府先春》本輯録，題從《昔昔鹽》本；屬傅玄泉者據《彩筆情辭》本輯録。顧憲成（一五五〇—一六一二），字叔時，號涇陽，世稱東林先生，南直隸（今江蘇）無錫人。明萬曆八年（一五八〇）進士，歷任户部主事、桂陽州判、處州推官、吏部考功主事、吏部郎中等職。因與高攀龍等講學東林書院，被稱爲東林黨。著有《涇皋藏稿》、《崑陵人物志》、《小心齋札記》、《顧端文遺書》等。

〔二〕傅玄泉，里籍、生平皆不詳。

南步步嬌一套（閨怨）〔一〕

纔見春來又早春歸去，春去人不至。梁間紫燕飛，粉蝶雙雙，心坎上如針刺。思量那日離，扯住羅衫抵死留不住。

【南孝順歌】從他去，減玉肌，眠裏夢裏常見你。夢見和你把詩題，又夢見和你在枕邊睡。檐馬被風吹，驚散鴛鴦對。他在東，我在西。泪濕透鮫綃，放聲兒哭一會。

【南香柳娘】恨冤家在那裏，恨冤家在那裏，莫不是害相思？莫不是戀别的？這些事可疑，這些事可疑，一去許多時，全没個信音寄。我這裏想伊，他那裏怎知，終日廢尋思，何日得完聚？

【南江兒水】羞把菱花照，金蓮步怎移？闌干獨倚心無計，何時盼望得人兒至？一頭撞入他懷内，便死何如，也免受傍人閑氣。

【北雁兒落帶得勝令】我爲他被街坊上講是非，我爲他被姊妹每羞耻無言對。我爲他見人來衹是把頭低，我爲他女伴中做了脚下泥。我爲他亂挽烏雲髻，我爲他悶懨懨蹙損眉。我爲他手帕兒何曾解，我爲他題起東來忘了西。思之，使盡了多少牢籠計，耽誤了名兒，多因是剔透玲瓏反受虧。

【南僥僥令】知他甚所爲，一去竟不回？臨行罰下叮嚀誓，密語甜言總是虚。

【前腔】前生辜負你，今世兩分離。叵耐薄情生惡意，害得我瘦伶仃，藥怎醫？

【南尾聲】相思滋味牢牢記，再不去拈香設誓，錯認了桃源悔後遲。

校　箋

〔一〕《全明散曲》屬無名氏，據《群音類選》本輯録，并釋稱：「此篇除首曲亦見無名氏【鎖南枝】《妓女懷情》套。」

新刻群音類選清腔卷七

小令

仙吕

桂枝香四首附玉芙蓉一首（閨情）〔一〕

冤家要去，留他不住。在跟前巧語花言，一味裏推三阻四。平白地要離，平白地要離，不知他是何主意，想他别尋佳配。負心的，你往天邊去，妾身也插翅飛。

非才非勢，真心真意。俏冤家别戀娉婷，倒説我不仁不義。一時間要離，一時間要離，留他不住，盼他無計。負心的，總然是妾情兒淺，當念一夜同衾百夜思。

没情没緒，翻來覆去。不知他因甚丢開，莫非我有些不是。這話兒怎題，這話兒怎題，傷情傷意，把我一時抛弃。狠心的，總然是妾有些兒過，難道當初没好時？

櫻桃口哺，丁香舌吐。記當初密語調情，今日裏將奴辜負。不知他爲何，不知他爲何，莫非被人嫉妒，見他無路。事模糊，本待要丢開罷，思量他身又孤。

相思恨會遲，又早分離去。似鴛鴦雙雙交頸蓮池，誰知又遇强風起，一個東來一個西。無人處，泪珠暗垂，想祇想他温柔軟款俊龐兒。

校　箋

〔一〕此五支小令僅存《群音類選》本，《全明散曲》據之録定。

前腔八首（嘆世）〔一〕　胡全庵

炎凉世態，不先門外。妻子因貴樂勤勞，弟兄爲貧疏友愛。看將來可哀，看將來可哀，古方何在，大綱日敗。欲安排，把覆雨翻雲手，做光風霽月懷。

衣衫可敬，家聲不問。雪中送炭誰甘，錦上添花獨盛。想貴人賤時，想貴人賤時，願資窮困，及登高峻。便忘情，自有王侯侣，何曾念故人。

纔高一步，輕狂無數。摇頭擺尾堪憐，作態妝腔不顧。將故人頓疏，將故人頓疏，那些個寬容矩度，衹落得傍人笑惡。這等薄情徒，料想難凝福，空將遠到圖。得新忘舊，到前丢後。妄想處一味驕矜，滿意時十分馳驟。循環否泰，循環否泰，你今日也是當年遺漏，我後日焉知不比你今時榮茂。好追求，性分難加損，何須效淺流。主衰奴横，人衰鬼弄。林稀鳥去巢栖，官滿吏疏承奉。况冰山仗他，况冰山仗他，勢難久永，何須賣寵？論窮通，命各生成在，誰言才不同。門無客到，坐多歡笑。一貧一富何如，不弃不趨方妙。看誰能久要，看誰能久要，義如金寶，利如蒿草。任逍遥，識破浮雲態，簞瓢且絶交。才高幸短，忘情轉眼。尊俎中暗伏干戈，唇舌間濫加褒貶。起風波等閑，起風波等閑，春生笑臉，中懷陰險。最堪嫌，對面情難測，同心話未然。樂時趨首，難時避後。打外拐反吠神堯，趨下流專幫惡紂。慣將恩變仇，慣將恩變仇，不居差謬，好妝誆誘。假風流，手段將天拆，行藏使鬼愁。

校箋

〔一〕此八支小令僅存《群音類選》本，《全明散曲》據之録定。

前腔四首（閨情）〔一〕　唐伯虎

蓮壺漏啓，薰籠香細。寒生小閣春殘，人在遼陽天際。看鞦韆影度墻，看鞦韆影度墻，無奈芳心摇曳，又早一番花事。到薔薇，摘花浸酒春愁重，燒竹煎茶夜卧遲。紅樓凝思，緑陰鋪地。輕黄落盡蜂鬚，淡粉烘乾蝶翅。見雕梁燕兒，見雕梁燕兒，亂營新壘，困人天氣。薄情的，何處章臺路，飛花襯馬蹄？

芳春將去，玉人歸未。心隨柳絮飄揚，貌比梨花憔悴〔二〕。嘆幽閨夢迷，嘆幽閨夢迷，怎識關河迢遞，音書難寄。意如痴，怪殺雙鸂鶒，橫塘衹并飛。

封侯未遇，王孫何處？緑楊葉底風光，紅杏梢頭春意。惜芳菲又歸，惜芳菲又歸，滔滔逝水，我欲留無計。漏遲遲，宿鳥驚枝去，殘燈落燼時。

校　箋

〔一〕《樂府名詞》本題名作「閨思」，不題撰者。《伯虎雜曲》本題名作「《失題》（七首）」，《全明散曲》據之録定，《群音類選》所選爲其第四至第七首。

〔二〕貌比：底本原作「貌與」，據《伯虎雜曲》本、《樂府名詞》本改。

前腔二首（美人）〔一〕　沈青門

翠紗裁扇，銀蝸新篆。誰教半掩芳容，故把秋波隔斷。見香唇笑開，見香唇笑開，一似小桃初綻，蕊心紅嵌。俏嬋娟，莫便頻留顧，令人幽思牽。

玉容梅襯，絳唇桃印。翠粘九暈輕鈿，緑映宫鴉雙鬢。偶回頭笑生，偶回頭笑生，更有百般丰韵，教我意狂身禁。暗沉吟，他好似一片巫山月，東風雪後雲。

校　箋

〔一〕《吴騷集》本無題名，《南宫詞紀》本收第二支，題名作「美姝」，俱稱沈青門撰。《全明散曲》分據《群音類選》本、《南宫詞紀》本輯録。

前腔一首（相思）〔一〕

常思常念，夢中相見。衹因他可意着人，悶得我不茶不飯。這病兒好難，這病兒好難，何曾經慣。一時不見，勝如半年。惹情牽，好對鴛鴦伴，何時共枕眠。

校箋

〔一〕此支僅存《群音類選》本，《全明散曲》據之録定。

二犯桂枝香四首（四景閨情）〔一〕　秦憲副〔二〕

韶光似酒，醉花酣柳。無端幾許閑愁，嬴得芳容消瘦。休休，雲情雨意無盡頭。三春有約君記否？倚闌干，凝翠眸。鶯兒有偶，燕兒有儔。青鸞孤影，教人可羞。薄幸今何在？空餘燕子樓。

池塘晝永，薰風南送。春纖倦撥冰弦，懶把霜紈摇動。眉峰，堆堆積積愁萬重。翻思往事如夢中，好姻緣，難再逢。竹摇新粉，榴噴火紅。荷香浮動，緑陰正濃。自别東君後，金尊幾度空。

月懸冰鏡，疏星耿耿。良宵院落沉沉，立盡梧桐清影。傷情，西風敗葉和雁聲。銀床冷落秋漸深，數歸期，心暗驚。紅蓮落盡，黄花滿庭。海棠開後，望伊到今。恨殺音書斷，秦樓怕有人。

鴛鴦霜重，翠衾寒擁。香腮半貼珊瑚〔三〕，一綫紅冰含凍。浮踪，飄揚柳絮心性同。無些準繩西復東，海山盟，都是空。窗兒裏月，檐兒外風。相思滋味，這回轉濃。正好朦朧睡，寒山寺已鐘。

校箋

〔一〕《新編南九宫詞》本題名作「景」，注稱秦憲副撰；《吴騷集》本、《樂府先春》本無題名，《吴騷合編》本題名作「四時閨思」，俱注稱文徵明撰；《吴歈萃雅》本、《詞林逸響》本、《萬錦清音》本、《南音三籟》本題名作「四時閨怨」，俱注稱陳大聲撰；《南宫詞紀》本題名作「題情」，注稱王雅宜撰；《南詞韵選》本無題名和撰者。《全明散曲》屬秦憲副，據《群音類選》本輯録，在文徵明、陳大聲名下作爲復出小令。

〔二〕秦憲副，即秦時雍。秦時雍，生平簡介見本書「清腔類」卷六「【賞花時】《懷美》」條。

〔三〕香腮：底本原作「香肌」，據《吴騷集》本、《樂府先春》本、《吴騷合編》本、《吴歈萃雅》本、《南音三籟》本、《南宫詞紀》本改。

前腔一首（閨怨）〔一〕

舊愁覺可，新愁怎妥？我和他辦個真心，未必他心似我。哥哥，當初不合情恁多。一些顧盼忒認過，到如今可奈何？衹落得眉兒上鎖，心兒裏窩；指兒上數，口兒裏哦。

這段風流債，今生了得麽？

校　箋

〔一〕《南詞韵選》本無題名，注稱殷斗虚撰；《昔昔鹽》本題名作「思情自擬」，不注撰者。《全明散曲》屬殷斗虚，據《南宫詞紀》本輯録。殷都（一五三一—一六〇一），字無美，號斗虚。南直隸嘉定（今上海嘉定）人。萬曆十一年（一五八三）進士，曾官兵部侍郎、御史中丞等職。著有《殷無美詩集》，輯有《酒史》等。

傍妝臺四首（相思）〔一〕

幽閣百花濃，銀床冰簟綉芙蓉〔二〕。翠翹欹雀雲撩亂，水晶雙枕墜釵横。青樓朱箔天涯遠，隔斷巫山幾萬重。畫廊人静，難禁午風，飛紅冉冉度簾櫳。

含笑捧歌鐘，步摇金珮響玲瓏。别來蕙帳餘清夜，銀釭花落幾番紅。身無彩鳳雙飛翼，何處桃源有路通？緑陰庭院，何時再逢？玉笙吹徹月朦朧。

無睡數流螢，乳鴉啼散玉屏空。舞衫清露凉金縷，層樓十二與誰同？彩毫欲寫離情寄，羞緘鸞牋托雁鴻。更闌香燼，朱户懶扃，秋聲何處響梧桐？

舊日畫橋東，朱門曾繫玉花驄。醉醒錦袖籠香晚，茗甌翻雪小房櫳。風流回首空陳迹，愁對寒山數點峰。闌干倚遍，相思轉濃，梅花枝上雪初融。

校　箋

〔一〕《樂府先春》本、《吴騷集》本無題名，俱注稱王雅宜撰；《南宫詞紀》本題名作「四時怨」，注稱王九思撰；《昔昔鹽》本題名作「幽閣相思」，不注撰者。《全明散曲》屬王雅宜，據《群音類選》本輯録。王寵，生平簡介見本書「清腔類」卷四「【鶯啼序】《閨情》」條。

〔二〕冰簟：底本原作「水簟」，據《樂府先春》本、《吴騷集》本改。

羅袍落妝臺四首（閨怨）〔一〕　趙近山〔二〕

畫樓幾陣東風峭，閑庭一樹海棠嬌。羅衣初試玉肌消，春夢裏，多顛倒。天涯人遠，雲山路遥。草生階砌，鶯啼柳梢，晝長人静愁多少。珠簾不捲，殘紅亂飄，可憐寂寞又今宵。

凉亭風送荷香細，緑槐韵囀鳥聲微。去年共賞碧筒巵，空悔恨，輕抛去。齊紈小扇，離懷懶題。香脂金粉，心煩懶施，幾曾經此愁滋味。池塘蛙鬧，黄梅雨霏，南軒鎮日晝簾垂。

西風落葉疏林外，凄清聲韵入愁懷。黄花依舊傍籬開，無意上，雲鬟戴。碧天霞斂，晴空雁排。梧雕金井，蛩鳴玉階，誰曾解把相思害。眉消遠黛，泪界粉腮，倚樓遥望没書來。

妝臺懶整青鸞暗，鴛幃冷落綉衾寒。小爐獸炭且重添，休斷了，金猊篆。妾身吴地，郎居玉關。别時容易，相逢最難，愁聞庭樹栖鴉亂。思量千遍，懊恨幾番，殘更一點一心酸。

校　箋

〔一〕此四支小令僅存《群音類選》本，《全明散曲》據之録定。

〔二〕趙近山，里籍、生平皆不詳。

醉羅歌八首（閨情）〔一〕　　陳秋碧

無形無影書難寄，不活不死病難醫。暮雨梨花近寒食，問陌上人歸未？黛眉羞畫，也衹爲誰；羅裙寬掩，也衹爲誰。鶯花笑殺人憔悴。鶯啼罷，花又飛，安排腸斷送春歸。

冷落冷落鞦韆架，謝却謝却海棠花。游子經年阻天涯，爻變了龜兒卦。相如薄幸，也不似他；王魁短命，也不似他。山盟海誓全不怕。臨行話，都是假，此時驕馬繫誰家。問神問卜全無應，行雲行雨總無憑。好夢將成又難成，珊枕冷鴛衾剩。風飄黃葉，愁人厭聽；聲喧鐵馬，愁人厭聽。情濃那怕心腸硬。星前誓，月下盟，半真半假欠分明。怕寒怕冷扃朱户，無情無緒對紅爐。漏點沉沉響銅壺，好難把長更度。月明窗外，照人影孤；燈花檠上，照人影孤。凄凉萬種和誰訴？魚難覓，雁又無，年來音信轉蕭疏。

半薰半爇爐香換，半温半冷綉衾寬。往事攢來萬千般，向静裏閑思算。枕邊私語，蒼天怎瞞；星前呪誓，神明怎瞞。他非我是明批判。量不盡，填不滿，相思黑海正瀰漫。半明半慘燈兒焰，半舒半皺翠眉尖。舊恨新愁兩相兼，天付與咱獨占。憑魚托雁，霜毫懶拈；描鸞刺鳳，金針懶拈。調朱弄粉情都厭。簾初下，門半掩，落花飛絮惹憎嫌。眉兒淡了誰偢問，被兒閑了自温存。倚遍闌干望行雲，全無有真實信。口傳言語，也不大真；夢中歡聚，也不大真。多應誤落烟花陣。迷歌扇，戀舞裙，共誰相伴倒金尊？

坐裏卧裏頻攧窨，魂裏夢裏苦追尋。杜宇無端惱芳心，血泪把花梢沁。翠翹金鳳，也不待簪；穠花艷朵，也不待簪。相思更比前春甚。迴文句，叠字錦，情多費盡短長吟。

校　箋

〔一〕《梨雲寄傲》本題名作「題情」；《南宫詞紀》本題名作「閨怨六闋」，無第六、八支；《南音三籟》本題名作「恨别」，僅録第二支；《南詞韵選》本無題名，《南詞新譜》本無題名，僅録第二支，俱注稱陳秋碧撰。《吴歈萃雅》本題名作「憶别」，僅録第一、四支；《南音三籟》本題名作「憶别」，僅録第一、三支，俱注楊升庵撰。《全明散曲》屬陳秋碧，據《梨雲寄傲》本輯録，于楊升庵名下作爲復出小令。

排歌四首（閨怨）〔一〕　喬卧東〔二〕

野渡扁舟，垂楊亂鴉，可憐春在天涯。看看落盡海棠花，又見鴛鴦睡暖沙。腸堪斷，病轉加，恨人何事苦離家。情無限，夢轉賒，覺來紅日又西斜。

枕列珊瑚，裀鋪簟紋，愁看消盡爐薰。緑陰清晝掩重門，咫尺關山勞夢魂。春無剩，日未曛，落花飛絮正紛紛。千行泪，萬叠雲，不知何地再逢君。

鐵馬檐前，終宵驟風，難禁響遏簾櫳。朱弦聲静錦屏空，泪滴羅襟恨轉濃。吴山外，楚水東，一番風雨寂寥中。書一紙，意萬重，行人臨發又開封。鬢落金鈿，寒侵綉幃，江梅已放南枝。天涯海角有窮時，此恨綿綿無了期。風塵遠，信息稀，雲横秦嶺馬遲遲。篷窗月，茅店鷄，板橋霜迹路東西。

校　箋

〔一〕《南宫詞紀》本第二、三支，分題名作「春怨」、「秋怨」，皆注稱喬卧泉撰。《全明散曲》屬喬卧東，據《群音類選》本輯録。按：難考知喬卧東、喬卧泉哪個題名確。

〔二〕喬卧東，里籍、生平皆不詳。

前腔五首（閨情）〔一〕　沈青門

數盡花開，人猶未還，羅衣漸覺生寒。相思日夜枉熬煎，料想歸航隔萬山。青燈下，皓月前，衹求頻向夢中圓。神迷亂，思渺漫，誰知偏是夢猶難。日暖樓臺，花香綺羅，隔簾偷覷嫦娥。多情一種是秋波，可愛身才軟玉搓。臨朱檻，立翠莎，戲將桃瓣打鸚哥。眉輕縱，步懶那，無端幽思奈春何。

緑颭鶯梭，紅翻燕塵，小樓人倚殘春。杏花開後到如今，暗覺相思病漸深。風前絮，水上萍，傷情愁賦白頭吟。消香暈，褪粉痕，不禁長日黛眉顰。鳳嘴銜鈎，蝦鬚蟬簾，金爐篆冷沉烟。無聊斜倚綉床前，綫斷紅絲懶再穿。心勞攘，思掛牽，不知人去幾時還。花銷粉，柳褪綿，杜鵑聲裏又春殘。別酒歌殘，離亭影斜，不堪回首天涯。傷心無語臉烘霞，青泪淋離透絳紗。牽衣袂，頻嘆嗟，斷腸泪眼霧中花。陽臺遠，楚岫賒，月明江渚有蘆花。

校　箋

〔一〕《吴騷集》本收第三、四支，無題名，《吴騷二集》本僅收第二支，題名作「春日窺美人隔簾成咏」，《南宫詞紀》本收第二支，題名作「咏所見」，《南詞韵選》本收第二支，無題名，俱注稱沈青門撰。《全明散曲》據《南宫詞紀》本輯録第二支，餘據《群音類選》本輯録。

二犯月兒高四首（閨情）〔一〕

烟鎖垂楊院，日長綉簾捲。人静鶯聲細，花落重門掩。薄幸不來，羞睹畫梁燕。天涯咫尺，咫尺情人遠。路阻藍橋，無由得見。天，若是肯周全，除非是夢裏相逢，把我離情訴一遍。

慢折長亭柳，情濃怕分手。欲上雕鞍去，扯住羅衫袖。問道歸期，端的甚時候。回言未卜，未卜奇和偶。唱徹陽關，重斟別酒。酒，除非是解消愁，我衹怕酒醉還醒，愁來又依舊。

園苑飄紅雨，輕風蕩飛絮。有意傷春恨，無計留春住。倚遍闌干，嘿嘿悄無語。雲山萬疊，萬疊空凝住。我的情人，知他在何處？吁，欲待寄封書，争奈水遠山遥，没個便鴻去。

鬢綰香雲擁，釵分小金鳳。爲你多嬌態，惹起愁千種。月冷黄昏，孤燈與誰共。情人誤我，誤我良宵夢。畫角頻吹，梅花三弄。風，休吹入綉幃中，衹怕惱動離情，教我相思轉加重。

校　箋

〔一〕《伯虎雜曲》本題名作「失題」，《吴騷合編》本題名作「閨情」，下注稱「白雪齋藏本」，《三徑閑題》本、《南詞新譜》本收第二支，無題名，俱注稱唐伯虎撰；《吴歈萃雅》本、《詞林逸響》本、《古今奏雅》本題名作「閨悶」，《南音三籟》本題名作「閨怨」，俱注稱高東嘉撰；《盛世新聲》本、《盛世詞林》本無題名，《南詞韵選》本僅收第二支且無題名，《詞林摘艷》本題名作「送別」，《雍熙樂府》本題名作「題情」，《南宫詞紀》本題名作「怨别」，《吴騷二集》本收第二支且題名作「春日賦别」，俱不注撰者；《新編南九宫詞》本題名作「景」，注稱作古詞。《全明散曲》屬唐伯虎，據《伯虎雜曲》本輯録。曲牌【二犯月兒高】，底本原作「【月兒高】」，據《伯虎雜曲》本、《吴騷合編》本、《詞林逸響》本、《吴歈萃雅》本、《南音三籟》本、《南詞新譜》本改。

九迴腸二首（題情）〔一〕　張靈墟

【解三醒】一從他春思牽掛，到于今多少嗟呀。秋波望斷藍橋下，鎖春山又阻巫峽。音書未托魚和雁，凶吉難憑鵲與鴉。成話靶。【三學士】當時鏡裏花難比，更那堪塵掩菱花。佳人已屬沙吒利，義士今無古押衙。【急三槍】祇索向無人處，把鮫綃看。見盟言在，不覺泪如麻。

一從他相逢月下，歡娱事能有幾些。眉來眼去情傳話，攬春心一點如麻〔二〕。恩情祇望長廝守，風浪誰知起衆嘩〔三〕。擔驚怕。想前生曾欠鴛鴦債，今世裏合受波查。倒做了鏡中鸞影波中月，夢裏幽期風裏花。誰知我意中愁，心中想。閑中客，獨坐小窗紗。

校箋

〔一〕《彩筆情辭》本、《吴騷合編》本題名作「題情」，《南宫詞紀》本題名作「怨别」，《南音三籟》本題名作「離思」，《南詞韵選》本無題名，《南詞新譜》本録第一支，俱注稱張伯起撰；《吴歈萃雅》本、《詞林逸響》本題名作「離思」，俱注稱沈青門撰；《樂府争奇》本無題名，不注撰者。《全明散曲》屬張伯起，據《群音類選》本輯録，于沈青門名下作爲復出小令。

〔二〕攬：底本原作「覺」，據《吴歈萃雅》本、《南音三籟》本、《詞林逸響》本、《彩筆情辭》本、《吴騷合編》本改。

〔三〕嘩：底本原作「花」，據《吴歈萃雅》本、《南音三籟》本、《詞林逸響》本、《彩筆情辭》本、《吴騷合編》本改。

解三酲四首(寫恨)〔一〕　　中分榭主人

恨冤家恁般薄幸，竟全如爐内藏冰。幾回銷却風流興，説甚麽雨和雲。比不得佳人有意郎君俏，倒做了紅粉無情浪子村。真堪哂，真堪哂，終不然同行阮肇，不比劉晨。

全没些柔情美話，一味的對鏡咨嗟。誰知變了當初卦，對面處隔天涯。真個是落花有意隨流水，因甚的流水無情戀落花。休相訝，休相訝，從來是賤人戀賤，不愛文華。

數宵來幾曾同睡，嘆殷勤枉了蜂媒。將錢買得多憔悴，憑宋玉對秋悲。却不道夜深水冷魚游去，好笑我滿載空邀明月歸。應須悔，應須悔，從今後不如斷却，衹自銜杯。本是個秦淮古渡，却翻成織女天河。溝渠明月心空付，如此景愧蹉跎。那些個酒逢知己千鍾少，衹落得話不投機半句多。誰憐我，誰憐我，平日間詩情酒量，此際消磨。

校　箋

〔一〕此四支小令僅存《群音類選》本，《全明散曲》據之録定。

正宫

玉芙蓉四首（四景閨情）〔一〕　李日華

殘紅水上飄，青杏枝頭小，這些時眉兒淡了誰描？因春帶得愁來到，春去緣何愁未消？人别後，山遥水遥，我爲他盼歸期月轉海棠梢。

新荷沼内翻，雨過瓊珠亂，對南薰鶯啼燕語心煩。蛾眉蹙損春山淡，瘦減腰肢憶小蠻。人别後，千難萬難，我爲他盼歸期倚遍玉闌干。

東籬菊艷開，金井梧桐敗，隔窗聞瀟瀟夜雨傷懷。薄情羈絆天涯外，鴻雁來時書未來。人别後，朝猜暮猜，我爲他數歸期跌綻鳳頭鞋。漫空柳絮飛，亂舞蜂蝶翅，隴頭梅又早開了南枝。春情欲寄皇華使，幾度停針腸斷時。人别後，朝思暮思，我爲他數歸期掐損指尖兒〔二〕。

校　箋

〔一〕《新編南九宫詞》本題名作「情」，《吴騒合編》本僅收第一支題名作「四時閨思」，《南宫詞紀》本僅收第一支題名作「題情」，《吴騒二集》本收第一支題名作「閨思」，《南詞韵選》本收第一支無題名，《南音三籟》本收第一支題名作「春閨」，俱注稱李日華撰；《吴歈萃雅》本、《詞林逸響》本、《古今奏雅》本題名作「四景題情」，俱注稱李復初撰；《吴騒二集》本收第三支題名作「秋思」，注稱爲古詞；《南詞韵選》本收第三支，《南音三籟》本收第二、三、四支，俱無題名和撰者。《全明散曲》屬李日華，據《群音類選》本輯録。

〔二〕掐損：底本原作「掏損」，據《南詞韵選》本改。

前腔四首（春思）〔一〕　沈青門

簧調學鳳笙，臺卧栖鸞鏡，倚珊瑚剩枕多少傷情。流鶯啼斷紅窗静，翠冷金鵝六曲屏。

因春病，春愁未醒。怎禁他夢魂中偏送賣花聲。

桃花玉面驄，柳帶金心鞚。解鷫裘笑買歌底春風，紅香酒瀉玻璃瓮，舞罷霓裳月未中。人歸去，樓臺幾重，怕寒侵擁嬌娃屏護錦芙蓉。

烟籠杜宇魂，露養梨花粉，夜深沉春路樓臺絪緼。銀缸火燼收紅暈，帳底鴛鴦睡正溫。應無限，情迷意昏，怎禁他戀東風一片軟巫雲。

相思病轉添，寂寞傷春斷，錦絨梭挑就向有誰傳？無情怪殺天邊雁，空向南來又北還。呀呀的，遥投玉關，他背西風擺成愁字把人看。

校　箋

〔一〕《南詞韵選》本收前三支，第二支題作「公子夜歸」，《南宫詞紀》本收第一、三支分題名作「春怨」、「春夜題情」，《吴騷集》本收第一支無題名，《吴騷二集》本收第三支題名作「歡會」，俱注稱沈青門撰。

中吕

駐雲飛六首（閨情）〔一〕

門掩黄昏，人比梅花瘦幾分。寶鼎香微燼，翠幕寒成陣。嗔，誰共捧金尊，暗自消魂。獨擁重衾，把他閑評論。一半兒風流一半兒村。

夢到陽臺，又被鶯聲唤覺來。錦被餘香在，珊枕春猶解。猜，多因戀花街，共誰歡愛。寶髻慵梳，花也無心戴。一半兒鬅鬆一半兒歪。

懶上妝樓，恨似春江不斷流。泪濕紅鴛袖，香冷黄金獸。休，終日爲他愁，恐成虚謬。等到黄昏，冷落初更後。一半兒無心一半兒有。

數盡歸鴉，那裏貪歡不到家。獨立垂楊下，月上葡萄架。嗏，一時間語言差，變成虚話。咕着名兒，瞑子裏低低駡。一半兒真情一半兒假。

命裏合孤，等到春來魚雁無。燕子樓前過，芳草池邊渡。嗏，教奴想當初，送别南浦。知你不來，怎放雕鞍路？一半兒傷心一半兒苦。

忍怕擔驚，辜負嬋娟月下等。惹起相思病，險害奴性命。嗏，結髮這恩情，一言已定。誰想如今，心口不相應。一半兒推辭一半兒肯。

校　箋

〔一〕《詞林摘艷》本收前四支，題名作「閨麗」；《新編南九宫詞》本收後三支，題名作「情」；《南詞韵選》本收第五支無題名，俱不注撰者。《南宫詞紀》收第三、四支，題名作「題情」，注稱陳秋碧撰。陳秋碧《月香亭稿》收第四支，題名作「題情」。第四支《南宫詞紀》本、《月香亭稿》本與《群音類選》本異甚。《全明散曲》屬無名氏，據《群音類選》本輯録，而第三支據《南宫詞紀》本屬陳秋碧。

前腔四首(相思)〔一〕　楊升庵

暗想嬌容，疑是瑶臺月下逢。鳳枕鸞衾共，蝶粉蜂黄重。儂〔二〕，何處最情鍾，分散西東。會少離多，天也將人弄。水遠山長處處同。

暗想嬌情，一笑回頭百媚生。兩點秋波浄，八字春山映。卿，别後冷清清，獨守長更。夜雨難晴〔三〕，一枕和愁聽。隔個窗兒滴到明。

暗想嬌羞，往事牽情不自由。帳薄燈光透，寒峭花枝瘦。休，一日比三秋，人在心頭。

兩字相思，鎖定雙眉皺。殘夢闘心懶下樓。暗想嬌嬈，家住成都萬里橋。啼鳳求凰調〔四〕，比玉如花貌。妖，無福也難消，泪染紅桃。欲寄多情，魚雁何時到。若比銀河路更遥。

校　箋

〔一〕《南宫詞紀》本題名作「怨别」，注稱楊升庵；《楊升庵夫婦散曲》本題名作「足古詩」。《全明散曲》屬黄峨，據《楊升庵夫婦散曲》本輯録。

〔二〕儂：底本原作「濃」，據《楊升庵夫婦散曲》、《南宫詞紀》本改。

〔三〕夜雨：底本原作「泪雨」，據《楊升庵夫婦散曲》本改。

〔四〕啼鳳：底本原作「歸鳳」，據《楊升庵夫婦散曲》本改。

前腔四首（題情）〔一〕　楊升庵

暮雨朝雲，終日思君不見君。半點心間悶，一寸眉峰恨。人，寬褪綉羅裙。消瘦肌膚，怕見傍人問。鏡裏朱顔減二分。

惱碎柔腸，祇爲風流窈窕娘。兩意相親傍，百種嬌模樣。傷，織女共牛郎。隔個天河，夜夜遥相望。點滴難禁玉漏長。半幅香羅，千里殷勤寄素娥。情意天來大，休着人猜破。哥，泪眼費摩挲。望斷雲山，鴻雁全無個。悶坐書齋恨轉多。俊俏冤家，模樣教人盼望殺。并枕連宵話，一刻千金價。咱，人遠路途賒。有信難通，衹落得心牽掛。悔不當初不遇他。

校　箋

〔一〕《彩筆情辭》本收第三支題名作「寄帕」，注稱楊用修撰。《全明散曲》據《群音類選》本屬楊升庵，并據之録定。

前腔七首（出家）〔一〕　沈蓮池〔二〕

恩重山丘，五鼎三牲未足酬。親得離塵垢，子道方完就。嗏，出世大因由，凡情怎剖？孝子慈孫，好向真空究。因此把五色封章一筆勾。

身似瘡疣，又爲兒孫作遠憂。聞説燕山竇，今日還存否？嗏，畢竟有時休，揔歸無後。誰識當人，萬古常如舊。因此把桂子蘭孫一筆勾。

鳳友鸞儔，恩愛牽纏何日休？活鬼喬相守，緣盡還分手。嗏，爲你兩綢繆，披枷帶杻。覷破冤家，自去尋門走。因此把魚水夫妻一筆勾。

富比王侯，你道歡時我道憂。得者多生受，失者憂傾覆。嗏，淡飯是珍羞，衲衣如綉。天地吾廬，大厦何須構。因此把家舍田園一筆勾。

獨占鰲頭，漫道男兒得意秋。金印空如斗，聲勢非常久。嗏，多少枉馳求，童顔白首。夢覺黄粱，一笑無何有。因此把富貴功名一筆勾。

學海長流，文陣光芒射斗牛。百藝叢中走，斗酒詩千首。嗏，錦綉滿胸頭，何須誇口。生死跟前，半字不相救。因此把蓋世文章一筆勾。

夏賞春游，歌舞叢中樂事綢。心性迷花柳，棋酒娱親友。嗏，眼底逞風流，苦歸身後。可惜光陰，懡㦬空回首。因此把風月襟懷一筆勾。

校 箋

〔一〕此七支小令僅存《群音類選》本，《全明散曲》據之録定。

〔二〕沈袾宏（一五三五—一六一五），字佛慧，號蓮池，浙江仁和（今杭州）人。十七歲爲諸生，三十二歲出家，人稱雲栖大師、蓮池大師。爲明代著名高僧之一。

前腔六首（秋江）〔一〕　胡全庵

燕子磯頭，恍似當年赤壁游。葉落山容瘦，風起江聲吼。秋，景色自清幽，月光依舊。欲覓蒓鱸，故國空回首。且對江山豁醉眸。

獨上江樓，要識青蓮即我儔。劍氣衝牛斗，文思憑尊酒。秋，楓葉冷颼颼，鴻飛尋偶。此際應憐，獨在深閨守。莫漫臨風學楚囚。

泛泛輕舟，何處琵琶似訴愁。泪濕青衫袖，霜點潘郎首。秋，水色接天浮，微茫楚岫。宋玉空悲，沈約無端瘦。不若陶潛歸去休。

廊廟先憂，難比忘機水上鷗。試把簫聲奏，莫遣砧聲輳。秋，高枕聽江流，魚龍馳驟。覓得支機，世有君平否？會看明珠象罔收。

送別優游，紅葉題詩謾自謳。風雨來何驟，正是銷魂候。秋，紈扇篋中投，寄書何有。願得扶摇，人挹江山秀。邀取嫦娥轉故丘。

爲憶杭州，湖上芙蕖開正稠。老我漂零久，寄語當年友。秋，好景且須收，共開笑口。自信江湖，滋味都嘗透〔二〕。風月衿懷足浪游。

校箋

〔一〕此七支小令僅存《群音類選》本，《全明散曲》據之録定。

〔二〕透：《全明散曲》改作「勾」，并釋稱「『勾』字原缺，兹補」，顯誤。

前腔四首（秋思）〔一〕　胡全庵

玉露金風，一枕凄凉半夜鐘。難就陽臺夢，徒望秦樓鳳。嗏，空壁叫寒蛩，將人斷送。起剪銀缸，試把琴三弄。衹有知音井上桐，那得知心江上逢。書寄歸鴻，楚水吴山幾萬重。已做悲秋宋，難效彈冠貢。嗏，白髮滿青銅，可勝帶重。風雨瀟瀟，料得情相共。紅葉無緣得再通，鐵馬無端不住攻。

誰剪丹楓，争與寒鴉舞碧空。鱸興真堪動，菊計無由種。嗏，湖海嘆飄蓬，琵琶聲送。泪濕青衫，腸斷成何用。依舊萍踪西復東，無奈鄉心散復叢。聚散匆匆，記得桃花逐水紅。忽又吴霜重，未許紅爐共。嗏，雲樹隔重重，粲樓目縱。便有金尊，難繼新豐踵。此際應將客味窮，此際誰知歸興濃。

校　箋

〔一〕《南宫詞紀》本收首支，無題名，題胡全庵撰。《全明散曲》據《群音類選》本輯録。

前腔一首（自嘆）〔一〕　胡全庵

病裏愁中，凜凜何當遇朔風。對雪無花共，止酒憐杯空。嗏，無褐度窮冬，塵勞冗冗。老景葳蕤，往事渾如夢。試看陽春不日逢。

校　箋

〔一〕此支僅存《群音類選》本，《全明散曲》據之録定。

南吕

七犯玲瓏四首（四景）〔一〕　祝枝山

【香羅帶】新紅上海棠，猛然情慘傷。前春有個人共賞，【梧葉兒】今日在何方？早把春心蕩，免教人斷腸。【水紅花】細思量，誰真誰謊？自古佳人薄命，恨燒了斷頭香。【皂羅袍】想桃花也會殢劉郎，恨遠山無計留張敞。花陰月影，看看過墻；朝雲暮雨，誰覺夜長〔二〕。【桂技香】捱得今宵過，明朝又怎當？【排歌】鶯兒對，燕子雙，飛來飛去爲誰忙？【黄鶯兒】偏不到伊行。

芭蕉映粉墻，緑陰清晝長，炎天倍覺心悒怏。獨坐傍南窗，小雨消煩暑，晚風生嫩凉。見池塘，鴛鴦兩兩。世上有情都配，偏我不成雙。碧紗幮鬆透玉肌香，珊瑚鈎誤觸冰弦響。浮瓜沉李，共誰舉觴？調脂弄粉，爲誰晚妝？懶向金盆浴，盈盈自解裳。腰如柳，體似霜，無人同試紫蘭湯。空惹舊心狂。

金風透鎖窗，不禁羅袂凉，秋來怕上危樓望。舉目總堪傷，衰柳垂寒雨，敗荷欹曉霜。咭叮噹，檐前馬響。最苦今宵更漏，一似去年長。睹銀河織女會牛郎，想嫦娥一樣情惆悵。從來孤雁，傳書故鄉；緣何今日，渾無半行。想是恩情薄，非干路渺茫。芙蓉老，菊蕊黄，蕭蕭風雨又重陽。越越減容光。

江梅綻早芳，雪花籠錦堂，孤眠分外寒威壯。怎不倍恓惶〔三〕，想起他身上，不知寒與凉。懶梳妝，當時模樣。憶昔千般簇擁，不是負心郎。枕邊厢閑却綉鴛鴦，擁香衾撇下紅羅帳。淺斟低唱，當年洞房；山盟海誓，何時象床？忽見燈開蕊，尤聞鵲繞梁。

朝朝拜，夜夜香，伊還歸也謝穹蒼。願得永雙雙。

校　箋

〔一〕《新編南九宮詞》本題名作「景」，《吴騷二集》本題名作「閨情」，《南宮詞紀》本題名作「四時題情」，《南音三籟》本題名作「四景題情」，《吴騷合編》本題名作「四時閨情」，《南詞韵選》本、《南詞新譜》本收首支無題名，俱注稱祝枝山撰；《吴歈萃雅》本、《詞林逸響》本、《古今奏雅》本題名作「四景題情」，俱注稱高東嘉撰；《昔昔鹽》本題名作「因春憶舊」，《雍熙樂府》本題名作「思情」，俱不注撰者。《全明散曲》屬祝枝山，據《南宮詞紀》本輯録。《南音三籟》注稱「此調舊譜所無，想自希哲創之也」，屬祝枝山當無誤。

〔二〕誰覺：底本原作「睡覺」，據《南宮詞紀》本、《吴騷二集》本、《吴騷合集》本、《南音三籟》本、《詞林逸響》本、《吴歈萃雅》本改。

〔三〕倍惆悵：底本原作「細思量」，據《南宮詞紀》本、《吴騷二集》本、《吴騷合集》本、《南音三籟》本、《詞林逸響》本、《吴歈萃雅》本改。

紅衲襖四首（男送别）〔一〕　中分榭主人

我本待時與你做個鸞鳳儔，又豈料你爲風波過别舟。恨殺那沙吒利有所謀，怎忍得王昭君成遠游。想昨宵酒量兒賽馬周，到今日泪珠兒學楚囚。何能覓得押衙也，使我團圓過百秋。

聽一聲催着去頓生出萬斛愁，問一聲幾時歸最苦是難自由。你雖然相約在春時候，我衹恐到其間又逗遛。莫怪着疾分離不聚頭，衹怨着晚相逢空握手。兩下裏休負恩情也，試看浮萍水上流。

爲甚麽傾蓋間情便投？衹因你重文才有兩眸。衹指望便從良同作偶，誰承望爲寃家辭帝州。想着你對雲山思未休，撇得我倚書窗程暗籌。可憐辜負春宵也，如醉如痴病怎瘳。

最苦是朱淑貞春恨悠，最苦是沈休文病腰瘦。你若約愆期是心猿未肯收，我若另追歡是盟言不應口。休得要被傍人笑語稠，也衹要自留神圖長久。若還遇有征鴻也，先把音書且寄修。

校　箋

〔一〕此四支小令僅存《群音類選》本，《全明散曲》據之録定。

前腔四首(男責女)〔一〕　中分樹主人

爲甚麽却相逢半語無？　也應是日既遠日漸疏。　你把我相思滋味都辜負，我把你到底恩情錯認初。　再休題男子每薄幸多，女娘家水性多今識破。　縱然另有個得意人兒也，怎便把我相看等路途？

我也是風月場一丈夫，我怎肯假温存中你圖？　你雖是有新人忘了我，衹落得弃舊迎新奈笑何。　我做了載明月歸棹孤，你做了抱琵琶别處過。　罷罷，從今收拾痴心也，把往日盟言一筆塗。

衹道你歲寒情耐得風與波，不道你狠心腸似狼虎。　空指望駕鵲橋夜渡河，誰承望水渰斷藍橋路。　被傍人談笑道誰執柯，這羞慚好教我難避躲。　無魚另欲垂鈎也，又恐似今番將畫餅沽。

想着你戀新人也未必堅不磨，試看你少不得中道阻。　那時節兩頭失鹿從何逐，便悔殺誰甘再陷網羅。　逐水的花信是難結果，狼子的心終是難收伏。　不覺仰天長笑昂昂也，把慧劍揮開心上魔。

校　箋

〔一〕此四支小令僅存《群音類選》本，《全明散曲》據之録定。

前腔二首（自嘆）〔一〕　全道人

我也是鐵錚錚一丈夫，我怎肯没來由做個酒色徒。我待要把機關都打破，我待要把塵氛盡掃無。你莫笑龍游涸沼多艱苦，你莫笑鳳侶鴟梟少助扶。終有日苦盡甘來也，試看收成勝厥初。

你休得逞炎凉在畏途，你休得翻雲雨故賤吾。我也曾輕財重義把綱常補，我也曾仗勇驅奸把世道扶。我不是流連一去無回顧，我是個砥柱中流有琢磨。看從來海水難量也，任你紛紛白眼多。

校　箋

〔一〕此二支小令僅存《群音類選》本，《全明散曲》據之録定。

懶畫眉四首（寫情）〔一〕　沈青門

東風吹粉釀梨花，幾日相思悶轉加，偶聞人語隔窗紗。不覺猛地渾身乍，却原來是架上鸚哥不是他。

危樓日暮彩雲生，十二闌干獨自憑，嘹嘹何處雁歸聲。驀然感起我扁舟興，不覺得心到江南杜若汀。

胭脂落盡玉瓶花，不覺晚日低窗炙翠紗，房櫳偷啓静無嘩。祇見他春風滿臉臉推托，教我半晌難禁兩臂麻。

錦亭中驚睹玉飛仙，粉臉堆春鬟影偏，嬌歌一曲韵清圓。好似風搓不斷驪珠串，暗覺得羞却啼鶯翠柳間。

校　箋

〔一〕《太霞新奏》本收第一支題名作「春日閨中即事」，《南宫詞紀》本收第二支題名作「旅思」，《吴騷集》本收第四支無題名，注稱沈青門撰。《全明散曲》第一支據《太霞新奏》本輯録，第二、三、四支據《群音類選》本輯録。

前腔八首（男遭閃）〔一〕　收春主人

娘行何事薄情多，衹得含羞奈爾何，點垓填井枉奔波。早知今日先支我，悔殺當初不閃他。

衹因錯認渡銀河，誰料中途風與波，將人情義揔相辜。一時懞懂把聰明誤，弃李尋桃惹笑多。

巧言真是弄簧梭，又抱琵琶别處過，空教事業被蹉跎。浮雲變態能參破，怎得飛飛入網羅。

不須題起那妖魔，衹落得青衫泪染多，一場春夢入南柯。蕭條此際誰憐我？義士難逢古押衙。

勸君何苦廢工夫，此處無魚另有河，看他不久又風波。那時切莫重回顧，豈是無端小丈夫。

沙君有力奪嬌娥，韓子無聊擊筑歌，一番懊恨怎消磨。心頭不覺炎如火，直欲披雲訴大羅。

無情笑語隔天河，贏得清閑自在多，孰爲親愛孰爲疏？到頭終是難成果，那保亨衢無坎坷。追思風月是吾徒，不合相酬恁樣疏，仰天長笑有如無。從今斷却寃家路，譬似當年未見呵。

校箋

〔一〕此八支小令僅存《群音類選》本，《全明散曲》據之録定。

一江風三首（三元）〔一〕

解元郎，六翮連雲長，三試羅賢網。棘圍開，才涌湘流，葩藻呈天象。九秋丹桂芳，九秋丹桂芳，風飄兩袖香。宴鹿鳴豪氣三千丈。

會元郎，三汲桃花浪，一震雷聲響。禮闈開，鳳翥鸞翔，際會風雲壯。瞻依日月光，瞻依日月光，披拂御爐香。名和姓喜見魁春榜。

狀元郎，獨對丹墀上，首聽傳臚唱。杏園題，看遍長安，轉過平康巷。宮花耀日光，宮花耀日光，緑袍稱體長。醉瓊林從此輸忠讜。

校　箋

〔一〕此三支小令僅存《群音類選》本，《全明散曲》據之録定。

前腔一首（男相思）〔一〕　中分樹主人

别離多，人向忙中過，悶豈尊前破。鎮朝昏，無緒無聊，誰與同歡卧？見月憶嫦娥，見月憶嫦娥，盈盈泪似梭。不知他可也曾思我？

校　箋

〔一〕此支小令僅存《群音類選》本，《全明散曲》據之録定。

前腔一首（燒香疤）〔一〕　中分樹主人

鳳鸞交，兩下情相好，無異珍和寶。對靈神，海誓山盟，願得同諧老。香疤臂上燒，香疤臂上燒，休將恩義抛。虧心的自有天知道。

校　箋

〔一〕此支小令僅存《群音類選》本，《全明散曲》據之録定。

楚江情四首(四景)〔一〕

東風綻海棠,三春艷陽。嬌紅嫩緑百媚妝,珠樓寶殿奏笙簧也。金尊瓊釀,銀壺玉漿,花前笑語成醉狂。花底歡娛,須把情懷放。悠悠唱慢腔,悠悠唱慢腔,纖纖斜月朗,賞玩在花亭上。

雕闌薝蔔香,樓臺晝長。披襟避暑風漸凉,坐來新月掛垂楊也。淺斟低唱,簫吹鳳凰,紗厨夢醒傾玉觴。翠袖殷勤,滿奉葡萄釀。榴花綻錦囊,榴花綻錦囊,荷花弄晚妝,賞玩在池亭上。

金風送晚凉,梧桐葉黄。呀呀塞雁三兩行,菊花綻蕊吐芬芳也。草蟲凄愴,流螢耀光,冷清清露兒將降霜。明朗朗中秋,月似銀盤樣。筵前泛玉觴,筵前泛玉觴,花前舞翠裳,賞玩在南樓上。

梅花滿樹芳,飄來暗香。長空瑞雪風力揚,漁翁罷釣在寒江也。溪橋銀滉,山林粉妝,華筵綺席開畫堂。檀板輕敲,白雪雙歌唱。龍團茶味長,龍團茶味長,羊羔酒興狂,賞玩在銷金帳〔二〕。

校　箋

〔一〕《誠齋樂府》本分别題名作「春」、「夏」、「秋」、「冬」，《太霞新奏》本題名作「四時賞玩」，注稱朱有燉撰；《盛世新聲》本題名同《誠齋樂府》，不注撰者。《全明散曲》屬朱有燉，據《誠齋樂府》本輯録。朱有燉，生平簡介見本書「北腔類」卷六「【集賢賓】《憶十美》」條。

〔二〕銷金帳：《太霞新奏》本作「紅樓上」，眉批稱：「『紅樓上』，一本作『銷金帳』，與上三曲不配」。

黄鐘

水仙子一首（歸樂。原作【風入松慢】）〔一〕

歸來重整舊生涯〔二〕，草庵兒不用高和大。會清標不在奢華，紙糊窗白木榻。掛一軸單條畫，供一枝得意花，自燒香童子煎茶〔三〕。

校　箋

〔一〕《堯山堂外紀》本題名作「清課」，注稱楊循吉撰；《吴歈萃雅》本、《詞林逸響》本、《南音三籟》本題名作「清課」，俱注稱楊斗望撰；王化隆《曲典》題名作「閑咏」。《全明散曲》于王化隆、楊斗望兩屬，于楊循吉名下作爲復出小令。曲牌【水仙子】，《吴歈萃雅》本、《詞林逸響》本、《南音三籟》

本俱作「【松下樂】」。

〔二〕生涯：《吴歈萃雅》本、《詞林逸響》本、《南音三籟》本此二字後有「瀟灑柴桑處士家」一句。

〔三〕童子：底本原作「重子」，據《吴歈萃雅》本、《詞林逸響》本、《南音三籟》本改。

新刻群音類選清腔卷八

越調

浪淘沙六首（道情）〔一〕

綠竹間青松，翠影重重，仙家樓閣白雲中。隔岸紅塵飛不到，水浸寒空。

此景與誰同，口口仙翁〔二〕，素琴彈罷倒金鐘。笑傲烟霞無一事，明月清風。

一個主人翁，住在靈宫，無形無影亦無踪。鐵眼銅睛觀不見，體似虚空。

出入不通風，天地難籠，被吾擒在藥爐中。運起周天三昧火，煅煉真空。

我有屋三間，住在深山，四無墻壁堵遮攔。萬象森羅爲斗拱，瓦是青天。

不漏數千年，也是前緣，一朝功行滿三千。降得活龍伏得虎，方表神仙。

校　箋

〔一〕《全金元詞》收前四支而作兩首，屬無名氏，釋稱：「此下原有【浪淘沙】『我有屋三間』一首，未注名氏。案此乃吕巖詞，已見《全唐詩》。」《全明散曲》屬無名氏，據《群音類選》本輯録。

〔三〕口口：《全金元詞》本作「洞口」。

前腔十二首（道情）〔一〕　胡全庵

因病攬年華，願學仙家，從今戒却酒和花。遇着人來無禮度，髻挽雙丫。

拂子手中拿，世事由他，閑來唱個浪淘沙。識破從前無遠見，萬事都差。

談笑作生涯，趣味偏賒，披條鶴氅飽胡麻。誰是榮來誰是賤，總是虚花。

静裏傲烟霞，心更無邪，客來唯有一杯茶。紫陌紅塵都是夢，溺者堪嗟。

飲食莫增加，氣要清些，園中學種邵平瓜。開得花來結得子，老大堪誇。

寵辱不須嗟，光景如車，莫將性命等蒹葭。須要脱離生死道，快活無涯。

終日苦巴巴，我也憐他，分明是個井中蛙。何日肯隨人指點，養就靈砂。

月裏捉蝦蟆，枉自磨牙，不如且自泛仙槎。落得飄飄無挂礙，着處爲家。

正是一奇葩，莫誤韶華，工夫當自早圖些。誰道春天常朗霽，也有雲遮。

名利最堪誇，誰不波查，何如友鹿侣魚蝦。明月清風供我用，腹長嬰孩〔二〕。

睡起讀《南華》，鶴繞窗紗，又聞龍女撥琵琶。爲問蓬萊差幾許，咫尺無差。甲子自難查，春識桃花，夏來蓮萼色偏嘉。秋到籬邊黃菊綻，冬有山茶。

校　箋

〔一〕此十二支小令僅存《群音類選》本，《全明散曲》據之録定。

〔三〕孩：底本在此字旁夾注「音娃」二字。

商調

金絡索四首（閨情。前二首離，後二首合）〔一〕　祝枝山

羞看鏡裏花，憔悴難禁架。擔閣眉兒，淡了教誰畫。最苦魂夢飛，繞天涯，誰信流年鬢有華。紅顔自古多薄命，莫怨春風當自嗟。無人處盈盈珠泪，偷彈灑琵琶。恨那時錯認冤家，説盡了知心話。

一杯别酒闌，三唱陽關罷。萬里雲山，兩下相牽掛。念奴半點情，與伊家，分付些兒莫記差。不如收拾閑風月，再休戀朱雀橋邊野草花。無人把萋萋芳草，隨君到天涯。准

備着夜雨梧桐，和泪點長飄灑。銀燈夜吐花，綉幕蛛絲掛。小玉傳言，端的他歸也。笑吟吟一處來，飲流霞，女子生而願有家。論羞花容貌他憐我，算賽玉風流我愛他。無人比文鸞彩鳳，雙雙美無加。不由人痛惜輕憐，鎖不住心猿馬。今宵喜會他，一刻千金價。倒鳳顛鸞，巧手難描畫。説不盡萬種羞，俏冤家，雨殢雲尤蝶戀花。金蓮不穩凌波襪，髻散梳鬆墜象牙。無人見衾横枕亂，放情恣交加。自從今雙宿雙飛，管偕老無休罷。

校　箋

〔一〕《南宫詞紀》收第二、四支，題名作「紀别」，《南詞韵選》收第二、四支，分題名作「咏離」、「咏合」，《南音三籟》收第一、二支，題名作「别怨」，俱注祝枝山撰。《吴歈萃雅》本、《詞林逸響》本、《古今奏雅》本收第一、二首，題名作「咏别」，皆注高東嘉作。《全明散曲》據《群音類選》本屬祝枝山，并據之輯録。

前腔四首（四景閨情）〔一〕　祝枝山

東風轉歲華，院院燒燈罷。陌上清明，細雨紛紛下。天涯蕩子心，盡思家，衹見人歸不見他。合歡未久難抛捨，追悔從前一念差。傷情處，懨懨獨坐小窗紗。祇見片片桃花，陣陣楊花，飛過鞦韆架。

楊花亂滚綿，蕉葉初成扇。翠蓋紅衣，出水新蓮現。金爐一縷微，爇沉烟，睡起紗厨雲鬢偏。無端好夢誰驚破〔二〕，花外鶯聲柳外蟬〔三〕。羞臨鏡，千愁萬恨對誰言。祇見舊恨眉間〔四〕，新泪腮邊，界破殘妝面。

閑階細雨收，翠幕新凉透。衰柳殘荷，正值愁時候。近來都減却，舊風流，争奈新愁接舊愁。白雲望斷天涯遠，人在天涯無盡頭。相思病，無明徹夜幾時休。祇見雁過南樓，人倚西樓，人比黄花瘦。

銀臺絳蠟籠，翠幄金鈎控。錦帳紅爐，獨自無人共。月明初轉過，小房櫳，不放清光照病容。愁聽畫角聲三弄，吹落梅花一夜風。關山夢，魚沉雁杳信難通。孤眠人最怕隆冬，又值嚴冬，做不就鴛鴦夢。

校　箋

〔一〕陳鐸《可雪齋稿》本題名作「四時閨怨」；《新編南九宫詞》本題名作「景」，注稱祝枝山撰；《吴騷集》本、《樂府先春》本無題名，俱注稱梁伯龍撰；《吴歈萃雅》本、《古今奏雅》本題名作「四時別怨」，《詞林逸響》本題名作「四時怨别」，《樂府珊珊集》本題名作「别怨」，《南音三籟》本題名作「四時怨」，俱注稱高東嘉撰；《吴騷合編》本題名作「四時閑情」，注稱常樓居撰；《詞林白雪》本無題名，屬李日華；《南宫詞紀》本題名作「四時閨怨」，《昔昔鹽》本題名作「四景懷人」，《南詞韵選》本收第一、四支分題名作「春詞」、「冬景」，第二、三支無題名，俱不注撰者；《吴騷二集》本、《名媛詩緯雅集》本收第四支題名作「冬閨」，注稱景翩翩撰。《全明散曲》認爲他本所注撰者皆誤，屬陳鐸，據《可雪齋稿》本輯録。

〔二〕破：底本原作「覺」，據《可雪齋稿》本、《詞林逸響》本、《吴歈萃雅》本、《南音三籟》本、《吴騷集》本、《樂府先春》本、《樂府珊珊集》本、《吴騷合編》本、《詞林白雪》本改。

〔三〕花外：底本原作「風外」，據《可雪齋稿》本、《詞林逸響》本、《吴歈萃雅》本、《南音三籟》本、《樂府珊珊集》本改。

前腔四首（四景閨情）〔一〕

東風妒物華，白糝紅飛下。蝶抱花鬚，不放香飄謝。恨才郎薄性兒，不思家，一似風颭游絲難按拿。愁來添上愁兼病，半是傷春半恨他。從别後，容光減却臉邊霞。一任風捲楊花，雨打梨花，狼籍了荼蘼架。

薰風弄帳紗，展簟槐陰下。紈扇停摇，水閣凉瀟灑。見池塘水淺深，翠屏遮，幾柄紅蓮又吐葩。看雙飛雙倚鴛鴦鳥，我隻影孤形怎及他。從别後，碧筒誰共吸流霞。辜負了映日榴花，向日葵花，空對着人孤寡。

西風送落霞，黄葉瀟瀟下。露冷芙蓉，憔悴難禁架。怪絲絲雨又來，灑窗紗，撩亂柔情似落麻。朝來獨自開香篋，寒到奴身憂念他。從别後，鳳釵落盡鬢雲霞。我爲他瘦似黄花，羞對菱花，眉淡了無心畫。

朔風寒倍加，十二簾垂下。暗擲金錢，更卜個龜兒卦。相思與夢魂，繞天涯，路阻藍關未到家。危樓獨上憑闌久，祇見密布彤雲不見他。從别後，窗前幾見放山茶。不覺梅又開花，雪又飛花，越越的添幽雅。

校　箋

〔一〕此四支小令僅存《群音類選》本，《全明散曲》據之録定。

集賢賓四首（題情）〔一〕　唐伯虎

紅樓畫閣天縹緲，玉人乘月吹簫。一曲梁州聲裊裊，到此際離愁多少。青鸞信杳，魂夢斷十洲三島。春色老，看滿地桐花風掃。春深小院飛細雨，杏花消息何如。報道東君連夜去，須索要圈留他住。金杯滿舉，怎不念紅顔春樹。君看取，青冢上牛羊無主。閑庭細草天色暝，蕭蕭風雨清明。萬斛春愁兼酒病，偏不肯容人蘇醒。殘花弄影，明日是滿枝青杏。金釧冷，羅袖上泪沾紅粉。窗前好花香旖旎，藕花深處亭池。碧玉闌干誰共倚，嘆瞬息年華如水。光陰撚指，又早是破瓜年紀。鸞鏡裏，細看來十分憔悴。

校　箋

〔一〕《伯虎雜曲》本題名作「失題」，《三徑閑題》本無題名，注稱唐六如撰；《南宫詞紀》本收第一、四支，題名作「閨情」，《南詞韻選》本收第一、二、四支，無題名，俱注稱沈青門撰。《全明散曲》屬唐伯虎，據《伯虎雜曲》本輯録。

黄鶯兒十首（閨怨）〔一〕

羅袖怯春寒，對飛花泪眼漫，無心拈弄閑簫管。塵迷鏡鸞，愁埋枕山，蘼蕪草緑王孫遠。倚闌干，丁寧魚雁，風水路途難。
寒食杏花天，鳥啼忙人晏眠，一簾飛絮和愁捲。芳菲可憐，相思苦纏，等閑鬆了黄金
釧。悶懨懨，朝雲暮雨，魂夢繞巫山。
風雨送春歸，杜鵑愁花亂飛，青苔滿院朱門閉。燈昏翠幃，愁攢黛眉，蕭蕭孤影汪汪
泪。惜芳菲，春愁幾許，緑草遍天涯。
孤影伴殘燈，悄無言珠泪零，濃霜打瓦鴛鴦冷。凄凉五更，綢繆四星，愁腸早已安排
定。恨才人，長門賦裏，説不盡衷情。
秋水醮芙蓉，雁初飛山萬重，行人道路佳人夢。朝霜漸濃，寒衣細縫，剪刀牙尺聲相
送。韵叮咚，誰家砧杵，敲向月明中。
蝴蝶杏園春，惜芳菲紅袖人，東風久説愁纏病。羅衣懶薰，檀眉謾顰，烟波魚鳥無音
信。夜黄昏，空庭細雨，燈影照孤身。
殘月照妝樓，静暗暗燕子愁，滿庭芳草黄昏後。王孫浪游，光陰水流，梨花冷淡和人
瘦。夢悠悠，銅壺滴漏，孤枕四更頭。
細雨濕薔薇，畫梁間燕子歸，春愁似海深無底。天涯馬蹄，燈前翠眉，馬前芳草燈前

泪。夢魂飛，雲山萬里，不辯路東西。

燈火夜闌珊，綉簾風花影寒，不除釵釧眠孤館。心兒裏漸酸，口兒裏漸乾，此時愁比天長短。夢巫山，雲收雨散，神女怨青鸞。

日轉杏花梢，送春歸把酒澆，行人不念佳人老。青帘小橋，黄騮滿膘，天涯何處無芳草。路迢遥，離愁幾許，瘦損小蠻腰。

校　箋

〔一〕《伯虎雜曲》本題名作「失題」；《南宫詞紀》收除第一、四支之外的八支，題名作「閨思」，《吴騷二集》收第六、七、八、九支，題名作「題情」，《新編南九宫詞》收第二、五、八支無題名，《南詞韵選》收第五、八支無題名，俱注稱唐伯虎撰。《吴歈萃雅》收第八支，題名作「閨怨」，《南音三籟》收第一、二、五、八支，無題名，注稱楊升庵撰。《全明散曲》本屬唐伯虎，據《伯虎雜曲》本輯録。

前腔四首（雨中遣懷）〔一〕　楊升庵

積雨釀輕寒，看繁花樹樹殘，紅塵滿眼登臨倦。雲山幾盤，江流幾灣，天涯極目空腸斷。寄書難，無情征雁，飛不到滇南。（王弇州以此首爲升庵夫人所作，蓋寄升庵者。觀其詞意，近乎似也。）

夜雨滴空階，傍愁人枕畔來，鄉心一片無聊賴。泪眸懶揩，狂歌懶裁，沈郎多病寬腰帶。望琴臺，迢迢天外，懷抱幾時開。霽雨帶殘虹，映斜陽一抹紅，樓頭畫角初三弄。東林晚鐘，南天晚鴻，黄昏新月弦初控。望長空，披襟誰共，萬里楚臺風。細雨濕流光，愛青苔綉粉墻，鴛鴦浦外清波漲。新篁送凉，幽芳弄香，雲廊水榭堪游賞。倒金觴，形骸放浪，到處是家鄉。

校　箋

〔一〕《陶情樂府》本、《堅瓠補集》本題名作「雨中遣懷」，注稱楊升庵撰；《吴騒二集》本、《詞林逸響》本、《名媛詩緯雅集》本題名作「苦雨」，《南音三籟》本題名作「寄遠」，《盛明百家詩》本題名作「寄升庵夫子」，《列朝詩集》本、《升庵合集》本題名作「寄升庵」，《元明事類鈔》本題名作「寄外」，俱注稱楊夫人撰。《全明散曲》屬楊慎，據《陶情樂府》本輯録。

前腔四首（道情）〔一〕　楊升庵

早早脱樊籠，住蓬萊東復東，紫芝白石皆清供。金門九重，太倉萬鍾，回頭看破黄粱夢。脱樊籠，洞天春永，歲歲有花紅。早早破塵迷，住蓬萊西復西，五禽三鳥同游戲。登天險梯，乘流惡溪，寬閑儘有壺中地。破塵迷，洞天春霽，歲歲有鶯啼。早早謝朝簪，住蓬萊南復南，玄猿白鶴休驚怨。芝泥石涵，丹光蔚藍，三花樹下長相伴。謝朝簪，洞天春暖，醉卧九霞嵐。早早换凡胎，住蓬萊北復北，群仙别後長相待。蟠桃又栽，琪花又開，都來笑我朱顔改。换凡胎，洞天春在，重會上瑶臺。

校　箋

〔一〕《陶情樂府》本題名作「道情」，《南宫詞紀》本收第一、二支題名作「道情」，俱注稱楊升庵撰。《全明散曲》據《陶情樂府》本輯録。

前腔四首（旅店雨懷）〔一〕

夜雨滴空階，聽聲聲到客懷，夢回孤枕愁無奈。風寒怎捱，離情怎擺，想家鄉遠隔在雲山外。悶難排，更長漏永，無復到陽臺。

風雨阻歸舟，奈舟中有客愁，無端風雨聲狂驟。聽風聲在樹頭，送雨聲到枕頭，把一場愁悶都驚覺。悶無聊，番來覆去，厭聽雨瀟瀟。

厭聽雨瀟瀟，雨纔收雪又飄，把江山頃刻聊遮罩。望前程路遥，盼家鄉遠抛，幾多離思縈懷抱。悶無聊，見舟人報導，壓壞了舊蓬茅。

壓壞了舊蓬茅，聽舟人胡嚷鬧，怨天公做作真難料。風兒又亂撓，雪兒又亂飄，奈風寒雪冷船難棹。好蹊蹺，似撒鹽舞絮，遍地灑瓊瑶。

校　箋

〔一〕此四支小令僅存《群音類選》本，《全明散曲》據之録定。

前腔六首（閨思）〔一〕　沈青門

鶯懶罷調簧，柳成陰日漸長，春歸有個人惆悵。詩閑錦囊，針停綉床，相思暗把濃愁釀。最心傷，隨風數點，紅雨静敲窗。

瓶漾紫珊瑚，綉幃攢金鷓鴣，玉籠鸚䳇嬌聲度。荼蘼綺疏，氍毹綉鋪，銀盆水浴薔薇露。曉妝初，輕鬟笑臉，生就美人圖。

紅雨送前春，冷凄凄别院深，落花滿地青錢印。愁重幾旬，心牽那人，粉容憔悴銷丹暈。最傷神，無情杜宇，啼遍野棠陰。

春事又闌珊，峭東風苦弄寒，粉烟亂撲荼蘼院。蜂兒陣攢，蝶兒對翻，鶯兒衹管枝頭囀。好心酸，相思瘦減，獨自倚闌干。

玉鴨寶香噴，荔枝漿翠碗温，春酣綉閣人初困。紗窗影陰，蘭膏焰新，犀紅枕冷誰偢問。恨難禁，東風不管，吹碎海棠心。

金井露生凉，染梧桐葉半黄，傷情羞睹芙蓉放。衣殘麝香，樓空畫梁，愁來暗覺如天樣。細思量，天猶較短，不比這愁長〔二〕。

校箋

〔一〕《南宫詞紀》本第一、六支題名作「閨情」，第二支題名作「春閨即事」，第三、四、五支題名作「閨思」；《南詞韵選》本第一支題名作「暮春閨思」，第二支題名作「春閨即事」，第六支題名作「秋懷」；《吴騷集》收第二、三、四、五支，無題名；俱注稱沈青門撰。

〔二〕不：底本原作「酒」，據《南詞韵選》本、《南宫詞紀》本改。

前腔四首（風花雪月）〔一〕　胡全庵

聲勢遍天涯，冷颼颼度碧紗，歐陽夜讀驚檐馬。消停遠槎，消磨好花，泠然御去疑仙化。慣飛砂，枝頭少女，何處去尋他。

日涉趣如何，襲香風門綺羅，春心一點狂蜂破。洛陽品多，河陽興多，醉來常傍闌干卧。稱陽和，解將人笑，燒燭再高歌。

一夜朔風愁，看青山盡白頭，瓊瑶世界誰妝就。剡溪泛舟，寒江釣鉤，梅花尋得偏宜酒。最清幽，杜門高卧，懶向灞橋游。

凉夜把窗開，被嫦娥闖進來，舉杯邀飲真堪愛。我借你懷，你惜我才，天香插處多豪邁。洗塵埃，長生有藥，同與上瑶臺。

校　箋

〔一〕此四支小令僅存《群音類選》本，《全明散曲》據之録定。

前腔四首（芭蕉夜雨）〔一〕　　胡全庵

葉上幾聲敲，過黄昏倍寂寥，陽臺路遠人難到。銀燈慢挑，名香慢燒，隔窗流泪天知道。好心焦，孤衾轉展，對鏡怯來朝。

敗葉戰秋霖，客鄉愁故國心，可憐滴破無人問。青鸞信沉，青衫泪零，一時事憶當年盡。瘦伶仃，重陽將到，何處可登臨？

一點一聲愁，自空階到枕頭，寒蛩助嘆吟還鬥。同心怎求，焦心懶抽，風流落了他人後。慣悲秋，家鄉何處，明日欲登樓。

風急泪痕多，似聲聲打敗荷，窗前好個恓惶我。雲遮素娥，波翻絳河，一宵不寐真無那。慢消磨，樓頭鼓澀，知是幾更過。

校　箋

〔一〕此四支小令僅存《群音類選》本，《全明散曲》據之録定。

山坡羊一首（憶美）〔一〕　胡德父

夜迢迢月明人静，冷飀飀枕閑衾剩，夢悠悠陽臺路迷，病懨懨逆旅誰相問。事不成，飄飄度此生。無端許我許我諧秦晋，閃得今朝，番成畫餅。傷情，半思卿半恨卿；吞聲，過三更捱四更。

校　箋

〔一〕此支小令僅存《群音類選》本，《全明散曲》據之録定。

前腔一首（寫恨）〔一〕　全道人

閃得我不尷不尬，閃得我無聊無賴，閃得我夢繞陽臺，閃得我魂飛在天外。你怎該，前言一旦灰。轉轉思量，般般堪怪。哀哉，把鴛鴦竟打開；哀哉，把連枝生拆開。

校　箋

〔一〕此支小令僅存《群音類選》本，《全明散曲》據之録定。

山坡裏羊四首（題情）〔一〕

新酒殘花争鬥，寒食清明時候，羅衣冷落、冷落腰肢瘦。個様愁，何時有盡頭？剛能遣撥、遣撥還依舊，芳草天涯人在否？綢繆，胭脂憶舊游；揚州，琵琶水上樓。

燕子妝樓春曉，目斷王孫芳草，烟波曠蕩、曠蕩鱗鴻杳。翠黛凋，愁眉怎様描？東風賺得鶯花老，紅燭金釵且謾敲。香消，香消一捻腰；迢遥，迢遥萬里橋。

嫩緑芭蕉庭院，新綉鴛鴦羅扇，天時乍暖、乍暖渾身倦。整步蓮，鞦韆畫架前。幾回欲上、欲上羞人見，走入紗厨枕泪眠。芳年，芳年正可憐；其間，其間不敢言。

明月梧桐金井，游子風塵萍梗，紅羅斗帳、斗帳新霜冷。掩翠屏，斜身背着燈。燈前壁上形憐影，教我如何捱到明。愁聽，愁聽雁報更；低聲，低聲數薄情。

校　箋

〔一〕《伯虎雜曲》本題名作「失題」；《吴歈萃雅》本題名作「閨思」，注稱高東嘉撰；《古今奏雅》本題名作「閨思」，不注撰者。《全明散曲》屬唐伯虎，據《伯虎雜曲》本輯録。

大石調

催拍四首（落第）〔一〕　胡德父

對秋風鎩羽難飛，做春夢點頭怎期。時不利兮，時不利兮，三戰徒勞，半世羈遲。一事無成，兩鬢如絲。何日裏桂折高枝，門第顯，姓名馳。

嘆囊裏黄金已微，看床頭寶劍失輝。季子空歸，季子空歸，人世炎凉，足迹依稀。刺股須勤，射策堪支。終有日身上雲梯，榮晝錦，吐虹霓。

問嫦娥情須概施，料孫陽目能識之。風雲有時，風雲有時，調鼎爲霖，補衮格非。富貴難淫，貧賤難移。大丈夫志氣如斯，君莫笑，我狂爲。

想他每鹿鳴咏詩，也都是當年見遺。努力休違，努力休違，否泰循環，可卜其機。一任仇讎，陷穽相欺。仰天笑懷抱怡怡，頻命酒，更論題。

校箋

〔一〕此四支小令僅存《群音類選》本，《全明散曲》據之録定。

雙調

朝元歌四首（前二首思情，後二首會合）〔一〕

殘春晚春，桃杏飄紅粉；思君想君，常閉香閨寢。喜鵲無憑，燈花不准，瘦損羅衣寬褪。怕到黄昏，衾寒枕冷誰與温。别後杳無音，時時牽掛心。迴文織錦，對誰訴滿懷愁悶，滿懷愁悶。

因郎爲郎，憔瘦了嬌模樣；思郎想郎，引得奴心飄蕩。冷落難當，恨如天樣，寂寞人兒偏嫌更漏長。他本是鐵心腸，我錯認做可意郎。山盟盡忘，再來時怎生輕放，怎生輕放。

因誰爲誰，昨夜在誰家睡？瞞誰哄誰，你會誰不會？爲你通宵不寐，我受盡人虧，你何當又逞風流别畫眉。問你如何推醉？我已自明知，你還來辨是非。床前且跪，打破你渾迷啞謎，渾迷啞謎。

初交乍交，我愛你情意好；長交久交，祇怕你心變了。前世姻緣，今生湊巧，咱兩個同歡同笑。似漆如膠，把誓盟先設了。你負心天喪早，我忘恩奴壽夭。各人記着，這誓盟有日相報，有日相報。

校箋

〔一〕此四支小令僅存《群音類選》本，《全明散曲》據之録定。

玉胞肚十二首（閨情）〔一〕

君心忒忍，戀新人渾忘舊人。想舊人昔日曾新，料新人未必常新。請看金屋貯娉婷，寂寞長門結網塵。

躊躕悶想，韵叮咚砧聲過墻。把玉釵敲落燈花，怎支吾此夜凄凉。一聲寒雁過瀟湘，月在南軒漏正長。

羅衣寬褪，半漬却啼紅泪痕。弄餘寒細雨如絲，冷清清没個温存。春來何處最消魂，花落黄昏空掩門。

没情没緒，這悶懷終無了期。想從前萬種恩情，怎捨得一時抛弃。教人徹夜費相思，夢見雖多相見稀。

薄情心變，頓忘了香囊翠鈿。祇爲他假話虛言，哄得我意惹情牽。朝思暮想病懨懨，瘦損花容不似前。

銀河瀉影，度凉飆花香細生。捱人間不盡離愁，猛抬頭又見雙星。月寒雲淡夜無聲，銀燭秋光冷畫屏。

危樓獨倚，恨茫茫天空鳥飛。看落花片片辭條，怎比我萬千紅泪。玉關此去信音稀，一日思君十二時。

陌頭楊柳，猛撩人心中暗愁。没來由寡鵠孤鸞，悔教他拜將封侯。春雲斷處是凉州，盡日凝妝上翠樓。

緑窗低啞，看游蜂争喧晚衙。鎮朝昏誤粉抛朱，平白地斷送年華。不知春色在誰家，昨日街頭賣杏花。

湘簾高掛，夢初回紅日又斜。隔墻頭驀送鶯聲，問韶光可似天涯。春風吹遍故園花，臨到開時不在家。

黄昏將傍，對孤燈心中慘傷。向青鸞把雲鬟重妝，粉墻東月兒初上。偷開金鎖出西厢，拜月前燒夜香。

夜香燒罷，倩紅娘扶歸綉房。步蒼苔轉過迴廊，忽聽得冰弦嘹喨。琴聲哀苦一似鳳求凰，莫不是那日相逢俊俏郎。

校　箋

〔一〕《南音三籟》本收第一、三、七、八、九、十支，題名作「傷情」，《吴歈萃雅》本收第一、三、七、九、十支，題名作「傷春」，俱注稱陳大聲撰；《新編南九宫詞》本無題名，《南宫詞紀》本收第三、九支題名作「題情」，收第八支題名作「咏柳題情」，《風月錦囊》本收有第十一、十二支，題名作「新增西廂情曲」，俱不注撰者。《全明散曲》據《南音三籟》本輯録第一、三、七、八、九、十支，屬陳大聲；其餘六支屬無名氏撰，第二、四、五、六支據《群音類選》本輯録，第十一、十二支據《風月錦囊》本輯録。

前腔四首（題柳）〔一〕

安排青眼，乍窺人渾如去年。把斷腸春色携來，染東風緑遍江南。晚妝樓上杏花殘，雨葉烟條不耐看。

春雲遮映，管别離年年灞陵。使潘郎緑鬢成絲，轉頭來又是清明。夕陽江上唤愁生，遠寺紅橋酒幔青。

愁心遥送，隔芳洲青青幾重。想當年十五橋邊，鎖高樓惱亂春風。荒苔曾是舊離宫，紅白花開烟雨中。

鶯啼時候，最堪憐天晴雨收。舞長條何處牽情，映鞦韆馬上墻頭。吴王臺下百花洲，一簇寒烟鎖翠樓。

校　箋

〔一〕《吴歈萃雅》本收第一、二、四支，題名作「傷春」，《南音三籟》本題名作「咏柳」，俱注稱陳大聲撰；《南宫詞紀》本收第二、三、四支，《太霞新奏》本收第二、四支，俱題名作「咏柳題情」和注稱無名氏撰。《全明散曲》屬陳大聲，據《南音三籟》本輯録。

前腔二首（前一首美人，後一首秋思）〔一〕　沈青門

緑雲堆鬢，臉生霞脂香淡匀。貼宫梅粉點初乾，染春山翠烟猶嫩。臨風歡笑不勝春，疑是梨花月下魂。

寒庭秋老，粉香愁芙蓉半凋。兢西風脆剪霜紅，墮瑶階不翻殘照。題詩欲寄楚天遥，泪血空沾白玉毫。

校箋

〔一〕《吴騷集》本無題名，《南宫詞紀》本收第一支無題名，第二支題名作「題情」，《南詞韵選》本收第一支無題名，第二支題名作「秋懷」，俱注沈青門撰。《全明散曲》第一支據《群音類選》本輯録，第二支據《南詞韵選》本輯録。

清江引八首（閨事）〔一〕　王西樓〔二〕

玉釵冷來雲慢挑，按上昭君帽。窗前雪意濃，簾外風寒峭。嫩花頭要將春護了。（右暖帽）

蒙茸紫貂籠瑞雪，暗把春光借。一團白玉温，兩朵桃花熱。透靈犀險些兒輕漏泄。（右寒裘）

輕衫短裁防過暑，堪可包香玉。鞦韆打罷時，歌舞收回處。濕浸浸似沾花上雨。（右汗衫）

凌波襪兒真個罕，不肯教人看。霜籠玉笋尖，水浸金蓮瓣。隔紗裙幾回偷抹眼。（右暑襪）

温泉起來權護體，帶濕雲拖地。翻嫌月色明，偷向花陰立。俏東風有心輕揭起。（右浴

裙）

猩紅軟鞋三寸整，不着地偏乾浄。燈前换晚妝，被底勾春興。醉人兒幾回輕撥醒。（右睡鞋）

玲瓏結成雙翠繭，兜的弓鞋倩。苔沾翡翠根，露滚珍珠面。下瑶臺不愁春醉軟。（右棕履）

銀絲細盤雙鳳腦，緊束凌波靿。青蓮兩瓣開，玉笋雙尖蹺。踏青去來天氣早。（右蒲靴）

校　箋

〔一〕《西樓樂府》本題名作「閨中八咏」；《彩筆情辭》本題名作「咏芙蓉贈妓」，注稱王舜耕撰。《全明散曲》據《西樓樂府》本輯録，于王舜耕名下作爲復出小令。

〔二〕王磐（？—一五三〇），字鴻漸，號西樓，南直隸（今江蘇）高郵人。有俊才，好讀書，不喜科舉，縱情山水詩畫。擅散曲，與金陵陳大聲并爲南北曲之冠，極負時譽。著作有《西樓樂府》、《西樓律詩》等。

前腔四首（耕牧漁樵）〔一〕　王西樓

桃花水來如噴雪，閙動村田舍。犁翻隴上雲，牛飲溪頭月。這其間祇堪圖畫也。

東風掃開郊外雪，草色連村舍。鞭敲柳岸風，笛弄桃林月。這其間祇堪圖畫也。

江湖老來頭似雪，釣艇爲家舍。武陵溪上雲，西塞山前月。這其間祇堪圖畫也。

腰間斧磨光爛雪，山下白雲舍。滿身紅葉秋，一擔青松月。這其間祇堪圖畫也。

校　箋

〔一〕《西樓樂府》本分題作「耕」、「牧」、「漁」、「樵」，《全明散曲》據之録定。

前腔十二首（警悟）〔一〕　胡全庵

鐘送黄昏鷄報曉，世事何時了？春來草再生，萬古人空老。好笑他忙處多閑處少。

春花秋月何時了，往事知多少？東風依舊來，祇是容顔老。試看他有幾人愁盡掃。

茫然世事如春夢，計較成何用？陰晴未可知，歡笑還堪共。莫被他利和名空斷送。

人生南北如岐路，世事同飛絮。覆去祇翻來，造化難憑據。想着他楚漢争今何處。

古來世事皆前定，强弱都休論。機關打破他，風月堪供興。誰似我未老時閑相趁。
天涯海角君休問，捷足空教進。閑來退步時，自是生餘慶。幸得我免了些災和釁。
蠅頭蝸角虚名利，總被天公戲。算來着甚忙，不若渾教醉。一任我逞疏狂過百歲。
嗟來咄去真堪怪，識却前番債。從今尚可追，一洗塵囂態。輸與我每日間無挂礙。
道人未老心先懶，修竹栽教滿。客來隨分留，醉了先合眼。身外呵不關心天自管。
誰是高來誰是下，命到都須罷。商周亦久常，秦漢何强大。豈料呵到如今成笑話。
古今得失榮兼辱，待足何時足？誰貪萬里侯，不愛千鍾粟？最喜呵醖的酒今朝熟。
我即他來他即我，忘却何不可？世情局内棋，光景石中火。大家呵警悟些休瑣瑣。

校　箋

〔一〕此十二支小令僅存《群音類選》本，《全明散曲》據之録定。

兩頭蠻四首（四景閨怨）〔一〕

堪憐堪愛〔二〕，倚定着門兒手托個腮，盼多才。那亭囉弗見了個來〔三〕，好傷懷。祇見萬紫千紅明媚色，桃花已更〔四〕。

校箋

〔一〕《詞林摘艷》本題作「四季閨怨」，《全明散曲》據之録定。《詞林摘艷》與《群音類選》本異甚，其爲：「堪憐堪愛，倚定門兒手托則個腮，好傷則個懷。一似那行了他不見則個來，盼多則個才。萬紫千紅明媚色，桃花一剛開，杏花一剛開，交我無心戴。也是我命該，也是我命乖，也是我前生少欠他相思債。」

〔二〕堪：此字底本左半殘缺，據《詞林摘艷》本補。

〔三〕來：此字底本上半殘缺，據《詞林摘艷》本補。

〔四〕底本此後有缺葉。

新刻群音□選卷一〔一〕

校　箋

〔一〕□：此處南京圖書館藏本本爲「類」字，但顯爲挖改所致，原爲何字不詳。中華書局影印本以方框代之，今從。下卷同，不再另注。

官腔類

埋劍記

《埋劍記》，沈璟撰。沈璟，生平簡介見本書「官腔類」卷十七「《紅蕖記》」條。《埋劍記》，今有全本傳世，現存明萬曆間繼志齋刻《重校埋劍記》本（《古本戲曲叢刊初集》據之影印）。

郭代公慶壽〔一〕

【念奴嬌序】和風布暖，正仙桃蕊綻，西池金母傳杯。真氣東來，北斗畔光映南極星輝。

呈瑞，臺曜方高，泰階平久，風雲感會有誰比？（合）重進酒，人間此會，天上應稀。

【前腔】朱邸，春當燕喜，羡金莖露掌，分來甘醴盈器。貯感銜恩，酬報處黄髮丹心不替。還擬，家散千金，身留一劍，壯猷元老在彤闈。（合前）

【前腔】高會，玉饌八珍，金杯六齊，朱門特地有光輝。還拜祝願，紫極加齡迎禧。名世，黄閣絲綸，黑頭卿相，壽山福海也堪配。（合前）

【前腔】時際，重譯咸賓，調元多暇，自公休沐正委蛇。佳氣擁，恍似披拂仙衣。依稀，鶴駕相過，霓旌前導，羡門方朔共安期。（合前）

【古輪臺】暈初圍，旄頭光指玉關西，長安此際春歸未，胡沙方翳。看白羽星馳，詔遣那元戎出制。旗捲秦雲，弓開朔氣，鳴笳吹浄虜塵迷。烏啼舊壘，一霎時邊日光輝。孔璋草檄，未央捷奏，旗常績紀，麟閣寫容儀。居端揆，太平天子正相倚。

【前腔】追惟，曾把胡騎窮追，常趁此明月關山，笛聲哀唳。秣馬龍堆，還照取移營分隊。抵多少老嫗吹篪，胡兒灑泪，回首相看辦歸計。中霄潛逝，聽凱歌鼙鼓聲齊。天涯静處，銷沉氛祲，皆成光霽，百代仰容輝。但願喬松體，凌霄聳壑更無虧。

【餘文】停歌袖，歇舞衣，將子夜陽春醉殢，却不道一刻千金挽不回。

校　箋

〔一〕此齣齣目，《古本戲曲叢刊初集》本題作「舉觴」，《南北詞廣韵選》本曲末評稱「此折爲郭代公慶壽」。

寶劍記

《寶劍記》，李開先撰。李開先，生平簡介與《寶劍記》版本情况見本書「官腔類」卷十九「《寶劍記》」條。

逃難遇義〔一〕

【錦庭樂】風兒催，雨兒疾，荒村人遠。荒草路漫漫，急煎煎心忙脚亂〔二〕。不由人戰兢兢〔三〕，愁怯怯，殘喘難延。行一步回頭顧看，捱一里如登天塹。（合）慉惶進步難，跳不出兔迹虎窟龍潭。

【前腔】眼昏花，耳朦朧，時光漸短。白髮日拳攣，但行時吁吁氣喘。怎教人驀紅塵，登紫陌，夙夜無眠？這光景怎禁磨難，這苦楚何曾經慣。（合前）

【前腔】山兒青，水兒緑，白雲冉冉。烟霧鎖重嵐，轉危坡將枯藤手攀。又怕那斷橋絶，深澗繞，石磴彎環。好鳥在枝頭鳴唤，麋鹿在岩前跳竄。（合前）

【前腔】上層巒，登絶壁，山危路嶮。澗流水潺潺，望顛崖枯藤倒懸。蔽青雲，遮紅日，古木參天。聽林外樵歌呼唤，更隴上牧笛悲怨。（合前）

【普天樂】告英雄快把奴尸斬，死如歸是我心極願。奴不欲弃綱常馬背雙鞍，奴衹效虞姬規鑒，怎肯做文君濁亂。（合）傷心泪滿襟〔四〕，就教我從容就死，亦不爲難。

【前腔】老身軀雖微賤，替貞娘把閻君見。貧婆意惜佳人緑鬢朱顔，告將軍將咱頭斷，放了他油頭粉面。（合前）

【前腔】請夫人你把愁眉展〔五〕，放寬心且把前途盼。我存仁義肯從他逆理違天？這一口吹毛利劍，稍與你東人爲念。（合前）

【尾聲】寒鴉聲裏夕陽晚，你雨露荒村宜早眠。今夜裏凄凉，大家都難度遣。

校箋

〔一〕此齣齣目，《吴歈萃雅》本、《南音三籟》本題作「山行」，《吴歈萃雅》本僅收首支【錦庭樂】，《南音三籟》本收首支和第四支【錦庭樂】。

〔二〕亂：底本原作「懶」，據《南音三籟》本改。

〔三〕戰：底本原作「戰戰」，據《古本戲曲叢刊初集》本、《吳歈萃雅》本、《南音三籟》本改。

〔四〕傷心：底本原作「悲心」，據《古本戲曲叢刊初集》本改。

〔五〕夫：底本存下半，據《古本戲曲叢刊初集》本補。

四節記

《四節記》，沈采撰。沈采，生平簡介見本書「官腔類」卷八「《還帶記》」條。《四節記》，今無完本傳世。由《杜甫游春》、《謝安石東山記》、《蘇子瞻游赤壁記》和《陶穀學士游郵亭記》四個單折故事組成，四位名人配四景，每折故事獨立。

復游赤壁〔一〕

【石榴花】壬戌冬望，蘇子步雪堂。從二客，過黄岡，風清月白夜何良。見酣霜木葉飄黄，共詩人舉觴〔二〕，問溪邊薄暮曾收網。喜得魚巨口金鱗，恍一似鱸膾松江。

【前腔】婦藏斗酒，待我不時嘗。游赤壁，興徜徉，山高月小水茫茫。履巉岩神思飛揚，俯馮夷冥房，收栖鶻欲立危巢上。舞虬龍溪轉山回，號虎豹峰屹巒翔。

【泣顔回】長嘯若輕狂，振山林谷應如璜。風鳴水涌，悄然問自覺悲傷。返孤航水鄉，放中流直任閑來往。且休驚千尺懸崖，聽江聲響徹滄浪。

【前腔】刻漏夜方央，俄然見孤鶴横江。玄衣縞服，翅車輪西掠舟傍。夢一人羽裳，祇訝疇昔飛鳴狀。隱姓名于寤寐咨詢，顧翩躚于烟水汪洋。

【尾聲】一笑幽人意獨長，夢覺開窗望曉光，夜静江空盡渺茫。

校　箋

〔一〕此齣齣目，《風月錦囊》本題作「蘇子瞻游赤壁記」，《詞林一枝》本題作「興游赤壁」，《南音三籟》本題作「赤壁」，《樂府菁華》本題作「東坡游赤壁」，《樂府紅珊》本題作「蘇東坡游赤壁」，《詞林逸響》本題作「泛舟」，《賽徵歌集》本題作「赤壁懷古」，《樂府名詞》本收有「東坡游赤壁」。《群音類選》本與諸本皆異，《風月錦囊》本爲一系統，《詞林一枝》等七本基本相同而爲一系統。

〔二〕鶻：底本原作「鶡」，據文意改。

八義記

《八義記》，作者佚名。版本情況見本書「官腔類」卷十一「《八義記》」條。

駙馬賞燈（此套與正選者大同小異）〔一〕

【畫眉序】與民歡慶，賞元宵廣排筵會。簪纓珠履，貴戚三千。座列着公子王孫，簇擁處嬌娥粉面。太平無事人樂業，黎民盡歌歡宴。

【滴溜子】鰲山上，鰲山上，鳳燭萬點；彩樓内，彩樓内，士女笑喧。笑喧見番郎胡女，搽灰弄鬼臉。燈燦然，燈燦然，惹得游人，閧囉挨肩。

【畫眉序】向華筵，拚取今宵醉不眠。聽笙歌繚繞，鼓樂聲喧。金鼎爇鳳腦龍涎〔二〕，花燭映朱顔粉面。閬苑長似春不老，和衣醉倒花前。

【滴溜子】人生裏，人生裏，富貴在天；公主與，公主與，駙馬少年。少年生居宫苑，思之這分福，前世緣。不取樂蹉跎，良夜枉然。

【鮑老催】花燈萬盞，雙頭牡丹并蒂蓮，梅花燈細把冰刀剪。鼓兒燈，鈸兒燈，團團匾。老兒燈拜得腰肢軟，婆兒燈跪得裙腰淺，寶塔燈層層現。

【前腔】走馬燈驟奔如飛電，滚綉毬燈滴溜溜轉，魚燈蝦燈蟹燈巧。鬥鷄燈，雙對面，蟬燈好看。琉璃燈算來千萬碗，千萬盞，仙鶴燈飛來路遠。

【雙聲子】福非淺，福非淺，前世曾爲伴。今幸然，今幸然，生長王宫苑。你貌鮮，你貌鮮，我少年，我少年。似月裏吹簫，并頭鳳鸞。

【尾聲】來朝廣設排筵宴，聽午夜風光疾如箭，不樂不歡也枉然。

校箋

〔一〕此齣齣目，汲古閣原刻本題作「宴賞元宵」，《詞林逸響》本題作「燈宴」，《醉怡情》本題作「賞燈」。此套與正選者大同小異：即指與本書「官腔類」卷十二所選《八義記·公主賞燈》，其套爲：【畫眉序】【滴溜子】【神仗兒】【畫眉序】【滴溜子】【神仗兒】【畫眉序】【滴溜子】【神仗兒】【滴溜子】【神仗兒】【雙聲子】【尾聲】，較此套多出五支曲子。兩齣皆稱選自《八義記》，但所標齣目不同，曲文有繁簡之異，或爲舞臺演出時據實際需要而題作「公主賞燈」或「駙馬賞燈」。

〔二〕龍涎：底本原作「龍肝」，據汲古閣原刻本、《詞林逸響》本、《群音類選》本改。

諸腔類

江天暮雪記

《江天暮雪記》，又名《江天雪》，作者佚名。《江天暮雪記》，劇寫崔君瑞與鄭月娘故事。所選《走雪》齣爲鄭月娘被崔君瑞拋弃，在王抃、梅香、姑姐的陪同下，冒雪而行，走至蘇州城外，不勝苦楚辛酸。《中國曲學大辭典》稱今存有抄本，共二十五齣，未見；《北京大學圖書館藏程硯秋玉霜簃戲曲珍本叢刊》影印之抄本首齣與《吴歈萃雅》所收本基本相同，所據應爲同一底本。

走雪〔一〕

【漁父第一】雖則是路途中間别，黯彤雲布迷四野。荒郊外人踪滅，古林中驀聽老猿聲哽咽。馮夷怒，謾把銀河瀉。放出冰花千萬結，紛紛片片飄瓊雪，舞向梅梢不見也。好一似滚地柳綿，剪梨花亂飄僧舍。灑鵝毛，鬥粉蝶，裊騰騰馬蹄翻銀蝶，滑喇喇車輪輾粉轍。罷釣寒江，捕魚使者，把絲綸收拽。

【前腔】風雪裏走荒郊曠野，刮一陣狂風甚猛烈。凍得人拳連手共脚，丢杉大雪，行行穩不住把袖梢兒遮。怎禁得撲頭撲面風和雪，怎受得路途跋涉。天將半晚，襪小鞋弓難步躡。傷嗟，這苦向誰行訴説。恨衹恨崔君瑞狠心腸，把咱抛撇。鄭月娘出乖弄拙，早向前村尋個宿店歇。

【尾聲】王抃告夫人，梅香與姑姐。休憂折，且放寬悦。遠望姑蘇城近也，吉凶事全然未測。昨日青山，今朝都是雪。

【皂羅袍】謾説道漸漸紅輪西下，盼不到野店人家。聽林梢數點噪昏鴉，覷江天暮雪堪描畫。雪花飄墜，寒風亂刮；衣襟濕透，綉鞋更滑。不覺濕透凌波襪。

【前腔】非是我懶行要坐，奈鞋弓襪小步難那。千山萬水受奔波，風吹雪打如何過。飢餐渴飲，受他折磨；曉行暮止，無如奈何。到如今脚心都踏破。

【駐雲飛】且謾傷嗟，誰想江天遇暮雪。心下無歡悦，這苦向誰説。嗏，疾忙快行些。早向前村，尋個旅店歇。多應是小脚兒難行踏破雪。

【前腔】這苦難熬，小小金蓮怯路遥。舉目山光暗，瑞雪紛紛降。嗏，怎捱得盼來朝？

祇愁凍倒途中，這苦憑誰告？最苦是難禁這一遭。

【前腔】謾自悲傷，自古道出路何須思故鄉。姑蘇城相向，雪徑難行上。嗏，猿聞也斷腸。若見夫君，脱難如反掌。那時節細切羊羔飲玉漿。

【前腔】聽訴叮嚀，還離蘇州三兩程。風大人難近，路滑人難行。嗏，天地與湖冰。非是王抃苦要把你相催并〔二〕，管甚麽天寒連夜行。

校箋

〔一〕此齣齣目，《詞林逸響》本題作「崔君瑞傳·走雪」，其套爲：【漁父第一】、【刮地風】、【滴溜子】、【前腔】、【前腔】、【尾聲】；《南音三籟》本題作「崔君瑞·走雪」，《吴歈萃雅》本題作「走雪」，其套爲：【漁父第一】、【刮地風】、【滴溜子】、【尾聲】，皆與《群音類選》本甚異。

〔二〕王抃：底本原作「玉抃」，據前文改。

五子登科記（一名《晬盤記》）

《五子登科記》，又名《晬盤記》，作者佚名。版本情況見本書「諸腔類」卷三「《晬盤記》」條。

万俟傅祭頭巾〔一〕

（生、末、净）徹夜都門車馬喧，須臾金榜動長安。得向瓊林傾一盞，十分春色上花簪。（衆行。聽介。生聽（净）揭曉在邇，但天一時不明，難以坐待，大家齊去聽個響卜之兆，何如？（衆行。聽介。生聽內多犬吠介，對衆云。净）好好好，一片犬吠，「犬」字加個「片」字，乃是個「狀」字。依此兆，當中狀元。（生謝介。末聽敲門介。內）拿賊。（末）且慢且慢。（內）且慢且慢，破身一棍，截做兩段。（末對衆云介。净）好，老兄姓吕，破身一棍，乃是「串」字；截做兩段，是兩個「中」字。依此兆，决中决中。（净聽介。內）真不真，假不假，上不上，下不下。（净對衆云介。末）真不真，假不假，還是真的；上不上，下不下，却不是中間？依此兆，當中當中。（外、小净扮報人接生、末。净扯住報人問介）會元何人？（外）是姓万的。（净）去了會元，我没分會元也呵是實。罷罷，我心預决定了，這科不中。家童。（丑上。净）拿頭巾藍衫、文房四寶過來，做篇祭文，辭了他罷。響卜之兆，果然應了，當真上不上，下不下。

【剔銀燈慢】人道登科難，際遇者拾芥拈芹，人道登科易，似我呵追風捕影〔二〕。（丑遞書介。净）書，當時待等秦王焚了你，人皆不事詩書。衹舉着賢良方正，庶免得儒冠誤人。書，再休想繩行墨數，縷析條分。要會呵，衹除是主考天下文衡，經筵翰林。（丑遞衣巾介。净）藍衫頭巾，相伴三十餘春。披了多少紅緑，簪了多少金花，今日裹頭巾有棱無角，藍衫淡少精神。絲縧鬚皆落盡，彼此老景加侵。非我苦要相别，恐老難畫喜神。愚人不解其意，錯認是套深衣幅巾。不能出人頭地，拔萃超群，説甚龍眉鳳眼，壁立萬仞，青出于藍，束腰謹身。不能變化，相守着你則甚？我今年邁辭你去，多少英俊不能得此。從此休想去考校在文苑，序班在明倫。要相親呵，除非是再會我桂子蘭孫。（丑遞紙科。净）紙，你道，

【前腔】含烟霧乾坤包盡。老兄，要我用你時，須是走龍蛇把君王諫諍。（丑遞墨介。净）墨，買你時，要揀個上品清烟，狀元墨精。與我不顯功迹，真個是墨精。老兄，非是人磨你，還是你磨人。若與我成就了程文墨卷，封爲龍劑客卿。香流翰苑，迹脱埃塵。方顯得狀元墨精，清烟絶品。（丑遞筆介。净）説客資爲安國劍，書生藉作上天梯。相如揮就題橋志，子建操成七步詩。怎麽就不利于我，我又手上有糖？我非泥塑判官，紙畫魁星。不爲我鏖戰棘院〔三〕，脱穎驚人，又不比李白生花助文興〔四〕。我便做班超，投筆去覓封侯印。（丑遞硯介。净）常言志堅石也穿。老兄已穿了，我的事業未就，此别再休相會。你就是馬肝鴝眼，龍璧金星，要相親，則除是金鑾殿貴妃捧擎，那時方與你結鄰。（丑）甘羅十二雖然早，太公八十未爲遲。

【前腔】曾聞道不自弃文。頑石有攻玉之用，毒蝎有和藥之需；糞有潤穀之秀，灰有净衣之功。

凡物而不可弃，何况衣冠文物乎？ 你焉能弃却功名？ 弃了功名不打緊，上負高堂義訓，下負你胸中妙蘊。 我想還是時運未至。 天道有盛衰，日月有盈昃，泰山有崩卸，黄河有澄清。 豈可人無得運，年高不登科甲而成名者？ 豈不知太公、伊尹和那伏生，皆是年高已登科甲而成名者，抵多少龍頭老成。 古云：「男兒立大節，不武便爲文。」何不去弃文就武，把那地緯天經，干戈操弄，謀略縱横，三箭却把天山定。 那時上可致君，下可澤民。 父母封，兒孫蔭，方顯得大丈夫，烈烈轟轟。 適纔報人説會元姓万，未知名字，心下有疑，不免親自看來，方知真否。（下。净）家童去了，祭了罷。 列位老兄，别人要告，我衹辭了你罷。（祭文）維建隆之歲，夾鐘之辰。 万俟傅以揭曉下第，憤惋不平。 乃備明燈清水，白紙信口祝文。 拜辭于文房四寶，翰苑群神。 藍袍赤舄，黄卷青燈。 累年師範，昭代人文。 而爲之言曰：嗚呼！ 傳自蚤歲，篤志儒林。 貫串百家諸子，鑽研七誌六經。 上下三皇歷代，出入兩漢先秦。 繪句飾章，不讓王楊韓柳；通今邃古，竊比孔孟顔曾〔五〕。 焚膏而手不停披，染翰而口不絶吟。 數徹牙籤，半世芸窗勤萬卷；磨穿鐵硯，十年茅屋惜分陰。 因此上定省疏違雙白首，致恁得風流虚度一青春。 幾從午夜聞鷄唱，端擬朝陽起鳳鳴。 自信豪才堪倚馬〔六〕，何妨平步跨長鯨。 誰想龍門頻點額，豈知雁塔不題名。 辜負了博洽精詳五道策，湮没着新奇雅暢七篇文。 天街簇擁，鬧烘烘争看中魁新進士；旅邸凄凉，愁默默可憐下第老書生。 半生辛苦，付之流水；兩字功名，等之浮雲。 偉經綸從今束高閣，舊衣冠自兹付煨燼。 螢窗任是生青草，雪案憑他起緑塵。縱教上國春風動，不聽西堂夜雨聲。從此一别，天涯海深。思及于此，如割如焚。三杯薄奠，萬斛衷情。神乎洋洋，來格來歆。若得頃刻佳音捷報，須臾牲帛再陳。嗚呼！傷心哉傷心！

（外、小净上）滿城没尋万會元處，祇怕認錯了。記得小時上學，先生教道万俟司馬、上官歐陽。不免叫万俟相公看。（叫介。净撞介）是那個？（外）是万相公，賞賜三百兩罷。（净）會元是万俟傅，該賞一萬兩，是万侯傳就没有。（小净）隨相公賞。（净）也罷，賞帖與你一百兩。想人事磨錯，一時不滿，不得享福。先進場遲了，受了一頓凌辱，這個是我貪了三杯兒也罷。我祖上一個姓，姓得古怪，父母取個名，這般異樣。我想嚮卜之兆也准，万俟万侯，分明一樣，却不是真不真，假不假。會元是第一名，「一」字若是上字，他又在下；若是下字，他又在上，却不是上不上，下不下。

【普賢歌】万俟傅作万侯傳，惱得神昏心倒顛。謾説嫦娥愛少年，祇在文章中試官。不瞞人説，自幼考校，并不曾第二。今日五百名中我占先，嗏，躍馬前行去做狀元。

（下。丑上）我東人做祭文，辭文房四寶，他倒辭不成。我這匾擔草鞋，倒辭得成。一時没倩人做祭文處，順便口語，贊他幾句。匾擔匾擔，常磨我肩；今做大官〔七〕，撇你一邊。草鞋草鞋，自幼相偕；我今穿靴〔八〕，抛你塵埃。

【前腔】書箱琴劍擔不成，再不驢前馬後行。祇去傳書遞柬説人情，逢州到縣收嗄程。誰人不欽敬大官兒，嗏，假虎張威怕甚人。

校 箋

〔一〕此齣齣目，《大明天下春》本題作「聽卜觀榜」，《樂府萬象新》本題作「諸生聽卜觀榜」，《樂府紅珊》本題作「万俟傅祭衣巾」。

〔二〕呵：底本原作「時」，據《大明天下春》本、《樂府萬象新》本改。

〔三〕棘院：底本原作「堵墻」，據《大明天下春》本改。

〔四〕比：底本無，據《大明天下春》本、《樂府萬象新》本補。

〔五〕比：底本原作「學」，據《大明天下春》本、《樂府萬象新》本改。

〔六〕豪才：底本原作「喬才」，據《大明天下春》本、《樂府萬象新》本改。

〔七〕大官：底本原作「伴大」，據《大明天下春》本、《樂府萬象新》本、《樂府紅珊》本改。

〔八〕穿靴：底本原作「靴着」，據《大明天下春》本、《樂府萬象新》本改。

北腔類

氣張飛雜劇

《氣張飛雜劇》，作者佚名。《氣張飛雜劇》，《寶文堂書目》、《也是園書目》、《曲録》均著録，今無全本傳世，僅于《群音類選》、《樂府萬象新》、《大明天下春》、《時調青崑》、《樂府歌舞臺》等戲曲選中留存此二齣，而《群音類選》所選《張飛待罪》齣未見它本。劇寫張飛因對諸葛亮有成見，負氣奔走范陽，後在劉備、關羽的勸説下而回。後張飛中夏侯惇之計，讓夏侯惇逃走，回營向諸葛亮請罪。諸葛亮訓斥之，饒其性命。張飛對諸葛亮的神機妙算佩服之至。

張飛走范陽〔一〕

【雙調新水令】揚鞭策馬走如飛，想桃園頓生悲戚。丹心昭日月，盟誓對神祇。生死同歸，相拆散成虚廢。

【駐馬聽】不憚驅馳，回首關山路徑迷；故鄉迢遞，遠觀家舍白雲低。連天曙色草萋萋，滿堤烟霧柳依依。聽流鶯枝上啼，忽聽得叫聲頻，待咱勒馬遥瞻視。

【喬木查】你道我早忘了白馬烏牛，對天盟咒，祇爲咱弟兄們重立了炎劉。這的是誰生受，何苦與我相窮究。

【步步嬌】祇爲着這村夫，將兄弟恩愛反爲仇，致使我手足不相投。大哥呵，你爲人寬洪大度，納諫如流。好教我一片心懷着國家恨，兩道眉鎖着帝王憂。

【折桂令】這村夫初相見便爲仇，一似相逢話不投。你教咱拜他爲軍師，咱也罷休。屢受不過村夫氣，實難禁受。到于今閃得我有家難奔，有國難投。

【攪箏琶】你道分金義，做了刖足仇。你道我因甚的走范陽，塞不住使牛的耕夫口。大哥呵〔二〕，你是個争帝圖王，跟着個懶漢狂徒，朝夕裹盤桓不休。俺老張要去，一心心也難留。

【雁兒落】這的是扶助大哥不到頭，你二人且休憂。我今日回范陽涿州，依舊去宰猪賣酒。俺回去守着兩頃田，乘着掛角牛。俺呵，祇落得千自在，百無憂。

【慶宣和】比不得姜子牙扶周立着周，學不得張子房扶劉立着劉。受不過這潑村夫對人前誇大口，要與我老張不相投。俺指望屯兵聚將立了炎劉，俺也呵無虛謬，何故苦苦與我相窮究。

【甜水令】我曾在戰場上列着貔貅，擺着戈矛，也曾殺老將陶謙讓了徐州。我也曾破黃巾解了青州，戰吕布虎牢關，衆英雄誰不拱手？到今日反拜村夫爲了軍師參謀，倒使參商卯酉。他自來按兵不動，着甚來由。吃咱們現飯，何苦與我結冤仇。論將來我比他在戰場上，决殺敵逞風流。他比我在南陽壟，會耕田慣使牛。

【么】你道我武官出不得文官手，雖則文官把筆定乾坤，我武將也曾持刀安宇宙。他本是臥龍岡一個農叟，我是個大丈夫，怎落在他人後。你是個耕田鋤地一村牛，怎比我開疆辟土金精獸。

【得勝令】你衹管絮叨叨無了無休，又恐怕傷了弟兄情，笑破多人口。夏侯惇正是諸葛亮的對手，他領兵來怎罷休？你省憂愁，你教俺回去話兒一筆勾。却把那桃園誓盟成虛謬，我和你平生結契弟兄情，今朝在此一旦丢開手。

【絡絲娘煞尾】衹爲桃園結義，免不得包羞掩耻回歸。

校　箋

〔一〕此齣齣目，《樂府萬象新》本題作「張飛私奔范陽」，版心題注《三國記》；《大明天下春》本題作「翼德逃歸」，版心題注《三國志》；《時調青崑》本題作「奔走范陽」，目録頁注稱「古城」，明萬曆間文林閣刊《新刻全像古城記》本（《古本戲曲叢刊初集》據之影印）無此齣；《樂府歌舞臺》本題作「怒奔范陽」，未注劇名。

〔二〕呵：底本原作「哥」，據《大明天下春》本和前文改。

張飛待罪

【雙調新水令】遠追敗將到松林，正遇着百個殘兵。旗槍有數隊，夏將走如雲。我命難存，到軍前從頭訴論。

【步步嬌】聽説回營心懊惱，决勝負曹兵掃。吾心早預知，翼德行兵，勝敗應難料。牌印却如何，賞罰多顛倒。

【折桂令】奉將令統領三軍，驀然間直至松林，正遇着百個殘兵，被咱們擋住難行。他道是乏足兔有何能，待咱去飽餐着，與你决個輸贏。誰知他將我哄，用計脱去逃生。我是愚人，乞饒咱一命存。

【江兒水】衆將聽他語，都是假巧言。他無端將我來輕賤，誰知他今日難相見。争印輸頭難免，斬首轅門，免使得衆軍心變。

【雁兒落帶得勝令】俺也曾在桃園把誓盟牽，俺也曾奮威勇破黄巾兵百萬，俺也曾擒吕布鎮徐州扶危漢，俺也曾助戰鼓把追兵斬，俺也曾在古城中把兵糧辦，俺也曾到茅蘆受風寒。祇圖興王業，受皇宣。誰知俺粗魯漢，今日裏遭刑憲。伏望哀憐，乞饒咱圖補天，乞饒咱圖補天。

【僥僥令】你爲人真勉强，到如今知神算。曹兵洶涌難旋轉，管教西蜀决相連，教西蜀决相連。

【收江南】呀，早知道敗兵逃散呵，俺張飛合受刑憲，衹爲我村人莽撞見多偏。無謀執拗怎回言，階前情慘夕陽蟬。

【園林好】你如今聽咱每言，再休頑定遭刑憲。今後休强來言辨，饒你命我垂憐，饒你命我垂憐。

【沽美酒帶太平令】謝軍師赦罪愆，謝軍師赦罪愆，今番受計决交戰。從此英雄不似前，謹領着鬼神機變。再不敢强言來辨，豈敢違神算？我呵，要山河保全，社稷永遠，呀，這的是從人心願。

【餘文】忠心一點扶危漢，若得功成奏凱還，管取孫曹反掌間。

海神記

《海神記》，作者佚名。《海神記》，今無全本傳世，僅于《群音類選》中留存此三齣曲文。劇叙王魁嫖院被坑盡錢財、在海神廟訴告。

老鴇訓女

【仙呂點絳唇】墮落塵寰，前生業冤，爲花旦。也是俺惡曜相纏，受多少人輕賤。

【混江龍】幾時得重結良緣，跳出風波黑海是非間。俺如今行在腌臢限，終日價尊前席上，退後趨前。迎新送舊，賣俏營奸。翻尸檢骨，擦背磨肩。排場上一立一個腿兒麻，酒席間一舞一個腰肢倦。俺狠毒娘恨不得雅青鈔壘做本司墻，馬蹄金砌就了勾欄院。

【油葫蘆】你知那虔婆每心難滿，管甚麽心兒願，他絮聒聒口内常咕。但有個俊俏人兒偏獻他眼，你便是醜回回也索留連。豈不聞女愛的娘又嫌，女意懶娘心願。他愛的是金銀錢鈔綾羅段，管甚麽聰明伶俐心情善，因此上好教俺做人難。

【天下樂】你道我憔悴形容不耐看，暮廢寢，晝忘餐，何時得遂我心頭願。及至俊俏的錢上奸，鈔廣的村不慣，兩件兒不得周全。

【那吒令】看了他心源，無物可比堪。似萬丈的深潭，最難平難滿。雖似狗肺狼肝〔一〕，最無情無臉。他衹待哄進鬼門關，啜入連雲棧，恨不的骨肉摧殘。

【鵲踏枝】他祇待正愛中價轉加，着緊處將人慢。他愛的寶鈔金資，管甚麽清濁愚賢。你若是儘他心足意兒滿，那怕你有百車千船。

【上馬嬌】雖不結一世姻，也是俺前生願。呀，你道是錢鈔買追歡，豈不聞同船一渡是前緣，況與他共枕眠。

【勝葫蘆】你道是露水夫妻情意淺，祇不過爲營錢，三五日時光有甚麽罕。你貪心無厭，千謀萬計，用盡了巧機關。

【么】你我門風不是甚麽罕，要人敬最爲難。俺道是積玉堆金爲飽暖，不如我一心堅節，半點無移，也落個好名傳。

【寄生草】糖話兒虚承奉，蜜口兒巧話瞞。淫聲艷語胡赸訕，人前席上偷睛看〔二〕，星前月下燃香願。陪着他一眠一個日三竿，要要呵一要一個更深半。

【么】虚説着哭嫁計，假使着走死奸。家長裹短將他勸，遲疾早晚隨他便，離多會少逢人念。全憑着哭哭啼啼假慈悲，常與他打打撲撲胡厮亂。

【么】你若依着娘的喬作弄，聽着我的巧語花言。我哄得他東西行走隨身轉，年宿月住心不厭，攝來呼去憑咱亂。任從他説長道短是和非，祇與他蠻纏胡攪歪厮占。

【么】不怕他不動情，不怕他乖滑慣。哄得他瞞妻弃子將咱戀，親賣朋耻心無怨，花銀使鈔不惜算。但不順呵，我將他無疼熱的派差使，但不依呵，還褒貶他是使錢奸漢。

【後庭花】憑着你假疼熱、虛軟款，不怕他多伶俐、能久慣。饒他似狼虎雄心惡，俺禁持他似綿羊般性兒軟。非是俺圖貪，有甚麼清濁分辨。愛的是鈔共錢，嫌的是詩與篇。管甚麼愚共賢，論甚麼民與官。使不得滑與奸，説不得長共短。

【青歌兒】呀，俺衹待暮聚朝散，有甚麼諧老心願，又無有南畝桑麻北畝田。止不過席上尊前，賣俏營奸，退後趨前，巧語花言。俺與他風花相干，雪月相關。對人前撒會村調會嘴訕會言，這便是咱營幹。

【尾聲】俺慣害的是着人傳槽病，慣使的是損人利己錢。但來呵不怕他才過子建，德勝顏淵，有隋何舌便，陸賈機關，蒯通能言。總風流軟款，饒乖滑久慣，少不的依着俺把山來重的差使擔兒擔。

校　箋

〔一〕狗胏：底本原作「狗背」，據文意改。

〔二〕偷睛看：底本原作「偷情看」，據文意改。

鴇怨王魁

【正宫端正好】糶風月，作生涯；調妝曰，爲活計。男不耕，女不織。止不過鼓笛簫板咱生意，有甚麽别來利。

【滚綉毬】常則是伴他人浪蕩夫，接尊前殘酒杯。待官長吞聲忍氣，遇無徒做小伏低。論賤呵我不言，遇貴時貴莫及。端的是隨夫賤隨夫高貴，其實俺一番遇一番新奇。憑着咱談天説地沙糖口，常使着昧己瞞心啜鈔機，神鬼莫測。

【叨叨令】俺糶的是風，糴的是月，生長在烟花内。俺愛的是錢，喜的是鈔，管甚麽賢愚輩。衹買的我心兒足，意兒滿，管教恁成雙對。依不的他女情投，郎情順，他兩個心相遂。俺愛的是錢也麽哥，俺愛的是錢也麽哥，你便就文成章詩成聯也當不的銀來兑。

王魁訴神

【耍孩兒】起初時爲閑游，到後來被啜哄。糖舌蜜口隨他弄，被中枕上牙疼咒，背後人前假唧噥。有許多喬搬弄，但閑時雙陸棋子，略悶來象板銀箏。

【二煞】珠簾放下鈎，窗櫺遮了明，直睡到一竿日上還不動。欠起身來頭腦酒，纔下床來又點心。慢慢的梳妝整，纔安排飯，又早日中。

【三煞】日中時出不得門，各房中散悶行。你邀我請胡廝弄，大姐講會衷腸話，二姐特邀閑叙情。出來的胡相鬨，問一會鄉貫，叙一會年庚。

【四煞】一個道雙陸賭利物，一個道骨牌看個東。象棋要賭三盤勝，圍棋四面相截殺，擲豹中間要搶紅。百棋子多爲勝，紙牌鬥意，五混丁衝。

【五煞】輸了的置酒席，請一夥浪蕩朋。投壺打馬并行令，猜拳兩見三杯酒，犯令該罰一巨鍾。出席的相穿敬，一個叫負投壺酒，一個道前領巡鍾。

【六煞】做一個醉思鄉王仲宣，扮一會鷄黍約范巨卿。做一個販茶船雙漸把蘇卿送，扮一個關大王獨赴單刀會，做一會劉玄德三出小沛中。扮一個諸葛亮七擒七縱，做一個打虎存孝，扮一會牧羝蘇卿。

【七煞】他三弦合會箏，琵琶相和箏，提琴彎盞笙亦弄，札板打會十棒鼓，笛管吹曲鬧五更。彈一段相思令，跳一會鬼判，舞一會觀音。

【八煞】老忘八鑽會圈，小妮子躧會繩。踢瓶弄碗來搓弄，猱兒扮會雙頭舞，俫子妝成獨脚行。耍院本胡攻襯，跳一會彈子，舞一會旋風。

【九煞】三更時纔得眠，恰合眼又早明。醒來依舊亦前弄，他花花緑緑迷魂陣，熱熱烘烘錦窠營。總乖滑中何用，使不的久慣，用不着聰明。

【十煞】老虔婆假意留，小妮子用心哄。張筵置酒虛承敬，吟詩作賦淹留日，低唱高歌消悶情。他大小胡相閧，一個留姐夫且住，一個呼舅舅權停。

【十一煞】你掌江湖件件知，風月情不慣經。他家圈套拴縛定，張筵置酒蝦鈎鯉，寄柬傳書勾引情。派差使安排定，今朝是小姨滿月，明日是老鴇的生辰〔一〕。

【十二煞】生辰段或羅，滿月鐲共簪，花紅羊酒隨心送。他三年衹好添一歲，半載常逢兩度生。是這等喬作弄，一來是尋討他人子女，記不清幾個月日生辰。

【十三煞】他非是實做生，明啓發分外銀。虛托假借來相混，大姐孤老添花襖，二姐情人光素裙。看姐夫相賠甚，不便時白銀幾兩，或加魯酒一尊。

【十四煞】那其間衹要强，恐怕他褒貶村。争强顯勝各撾俊，惟求鴇兒心内喜，要使丫頭意氣真。衹買他個心情順，恐生外意，怕起別心。

【十五煞】委實的知是虛，昧着心當做真。人前客内多誇論，對着朋友銀不使，瞞着妻兒不接人。衹哄的自家信，分明與他遮蓋，恐怕人説有別因。

【十六煞】我使了無數錢，他不將當一文。我痴心實意如真信，要穿紗時連段買，他心愛銀時換與金。我和他不分論，衹當做夫婦，豈論是他人。

【十七煞】我與他置渾身錦綉衣，滿頭首飾金。紗幃羅帳并鋪陳，大小妝奩從頭買，前後房廊總換新。説與他難憑信，他弟兄妻我與他銀娶，小姊妹是我錢尋。

【十八煞】他雖是娼妓家，其實的下賤名。高人貴客多陪奉，奇物異貨他多用，公子王孫最愛憐。説與人難憑信，吃飯食時新罕物，穿綾羅異樣花紋。

【十九煞】女人高枕眠，男兒袖手行。偎紅倚翠偏花用，穿羅着錦無緝織，門户差役不種耕。又無甚別營運，惟憑賣俏，衹靠迎人。

【二十煞】梳櫳幾套木，入馬數錠銀。上頭首飾并鋪陳，住夜宿錢逐宵算，包月房金論包稱。派差使難慳吝，昨欠他些羅段銀望姐夫那借，今少些柴米錢累逼官人。

【二十一煞】他將我鈔哄絶，忽上心另有人。惠謙名字呼天遜，將他藏隱別房舍，假意推辭去看親。説姨娘得急症，哄我在他房獨宿，定機關另有別人。

【二十二煞】説誓都是虚，燃香總是空。各人自把機謀定，他不依我別生意，我不從他另起心。大家都胡厮混，他常安排謊鬼，我暗使瞞神。

【二十三煞】不合誣枉他，委實另有人。又不合追取平人命，非干賤妾失盟誓，委實親娘苦逼臨。無奈何依從信，我見他官高榮重，因此上輒起奸心。

【廿四煞】誣告人割去舌，哄瞞人剜了心。迎新弃舊一百棍，抛撒米面銅汁灌，虚費珍饈與他鐵子吞。坑陷人該風雷震，枉柴炭火車地獄，賤綾羅該受寒村。

【二十五煞】耕地牛粗鞭笞，駝脚驢不暫停。報應他前生弃舊迎新病，袛因他不耕不織多過分，今着他做狗爲羊被宰烹。改不得他猱猴性，着他做驛路上應付的站馬，鄉村内犧養的猪豚。

【二十六煞】走獸中受盡業，飛禽内又轉生。山鷄野雉沙鷄共，百舌畫眉并鸜鵒，袛爲他口巧舌能被索籠。囚着他疏狂性，做鵪鶉能争好鬥，變山鷄唱曉啼明。

【二十七煞】賴蝦蟆配共知，屎蜣螂臭有名。蛇蝎原報他毒强性，蜈蚣蚰蜒并蛐蟮，狗蚤壁風共餓蚊。攪人寢不寧凈，或變牛蠓土狗，化作蠑螈蛆蟲。

【尾聲】且押送去酆都暫監囚，地獄中慢慢依律從頭論，似這等自作的惡業誰替恁。

校　箋

〔二〕生辰：底本原作「生晨」，據文意改。下同。

趙五娘寫真

《趙五娘寫真》，爲《琵琶記》之一齣。《琵琶記》，高明撰。高明，生平簡介見本書「清腔類」卷四【二郎神】《秋季閨情》條。《琵琶記》，今有全本傳世，版本有四五十種之多。《群音類選》本與多數戲曲選所選録爲一系統，不同于《元本蔡伯喈琵琶記》、《李卓吾先生批評琵琶記》、《六十種曲》本等。此齣齣目，《樂府玉樹英》本題作「五娘描畫真容」，《詞林一枝》本、《樂府紅珊》本、《堯天樂》本題作「趙五娘描畫真容」，《大明春》本題作「五娘描容」，《歌林拾翠》本題作「描畫真容」；《南音三籟》本、《詞林逸響》本題作「畫容」，《玄雪譜》本題作「描容」，此三本與《元本蔡伯喈琵琶記》相同，當是選自此本。

【雙調新水令】想真容未寫泪先流，要相逢不能勾。全憑一枝筆，描不出萬般愁。親葬荒丘，要相逢除非是魂夢中有。

【駐馬聽】兩月優游，三五年來都是愁。自從兒夫去後，望斷長安，兩泪交流。饑荒年歲度春秋，兩人雪鬢龐兒瘦。常想在心頭，常鎖眉頭，怎畫得歡容笑口。

【雁兒落帶得勝令】待畫他瘦形骸真是醜，待畫他粉臉兒生成就。待畫他肥胖些，這幾年遇饑荒畫不得容顔依舊。分付吴道子用機謀，全憑着毛延壽筆尖頭。怕祇怕蔡伯喈不認醜，醜祇醜一女流，也須是趙五娘親姑舅。

【字字錦】非是奴家出外州，非是奴家出外游。也祇爲着公公，也祇爲着婆婆，也祇爲着孩兒在外州。此情不可丢，此情不可休。辭别我的公公，拜别我的婆婆，一路上望公婆魂靈兒相保佑。

【三仙橋】保佑奴家出外州，抛閃下公婆墳塋有誰厮守？祇愁奴家去後，冷清清誰來拜掃？縱使遇春秋，一陌紙錢怎有？好一似斷纜小舟，無拘束蕩蕩悠悠，又不知我歸來時候。抱琵琶權當做行頭，背真容不離左右。我今去休，我辭泪流。生時節做個受飢餒的公婆，死後做個絶祭祀的孤墳姑舅。

【清江引】公婆真容奴畫得有，身背琵琶走。辭别張大公，謾説生和受，一路上唱詞兒覓食度口。

千金記

《千金記》，沈采撰。沈采生平、《千金記》版本情况見本書「官腔類」卷十「《千金記》」條。

仙賜書劍〔一〕

【沽美酒帶太平令】戀功名水上鷗，戀功名水上鷗，俏芒鞋塵世走，怎不如那明月清明隨地有。到頭來消受，又没個兒女擔憂。爲名的名須成就，爲利的利須長受。我呵，又何須强求，苦求，總不如俺不求，呀，笑殺那人間銅臭。

校　箋

〔一〕該齣在本書「官腔類」卷十已選録，僅選【玉芙蓉】三支，此處【沽美酒帯太平令】爲【玉芙蓉】之前一支。同一齣曲詞分選兩次，置于不同的類别，僅見此例。

碎玉斗〔二〕

【滚綉毬】俺本待與你斬三關，定四方，掃秦灰，興楚王。祇這五年間，枉費我精神莽撞〔二〕。覷那沛公的將勇兵强，破關時勝山東氣宇昂昂〔三〕。想着他志量洪，不在那彈丸而上。爲甚他不貪財，不戀酒，不戀着紅妝？這的是能强能弱千年計，我笑你有勇無謀一旦亡，反説俺荒唐。

【煞尾】我范增猛拚一死在溝渠喪，衹落得百事無成兩鬢霜。立見英雄起漢邦，衆叛親離誰敢當，不笑秦亡笑楚亡。他三杰謀臣似虎狼，食盡兵疲類犬羊。你禍到臨頭燒好香，大厦傾來誰主張，瓦解冰消方悔想。

校箋

〔一〕此齣齣目，《六十種曲》本題作「代謝」，《萬壑清音》本題作「擊碎玉斗」。

〔二〕枉費：底本原作「枉廢」，據富春堂刻本、《六十種曲》本、《萬壑清音》本改。

〔三〕時：底本原作「來」，據富春堂刻本、《六十種曲》本、《萬壑清音》本改。

楚歌聲〔一〕

【倘秀才】起颯颯秋風漸爽，從到此十餘年把家鄉來撇漾，久别爹娘誰奉養。雁魚音信杳，妻子哭斷肝腸，痛征人未返鄉。

【滚綉毬】爲軍難，真可傷；爲軍難，實可傷。吹得嗶咧兒聲嘹喨，楚之聲，楚之曲，吹斷了胡腔。嘆人生天地間，七尺軀從那裏長？何故把爹娘疏曠，怎不把父母來思量？歸兮歸兮宜及早，我嘆光陰不久長，問征人何日裏得還鄉？

校　箋

〔一〕此齣齣目，《六十種曲》本題作「楚歌」，《萬壑清音》本題作「吹散楚兵」。

連環記

《連環記》，王濟撰。王濟（一四七四—一五四〇），字伯雨，號雨舟，自稱紫髯仙客，晚更號白鐵道人。烏鎮（今浙江桐鄉）人。弱冠爲諸生，以高貲入太學，後七上秋闈均失利。明正德十六年（一五二一）授横州通判，因缺州守而攝知州事。與祝允明、文徵明、黄少曾等作翰墨游，入吴汝秀湖南崇雅社。著有《白鐵道人集》、《谷應集》、《二溪編》、《鐵老吟餘》、《水南詞》、《和花蕊夫人宫詞》、《君子堂日詢手鏡》，撰《連環記》傳奇一種。《連環記》，今有全本存世，現存清内府抄本、清抄本（《古本戲曲叢刊初集》據之影印）、清抄竹林本、清抄本（《明清抄本孤本戲曲叢刊》據之影印）。關于《連環記》的作者，可參閱龔劍鋒《王濟籍貫今屬何地辨誤》（《浙江師范大學學報》一九八七年第四期）、徐朔方《王濟行實系年》（《文獻》一九九〇年第四期）、鍾林斌《傳奇劇〈連環記〉作者及創作年代斟疑》(《蘇州大學學報》一九九七年第三期)。

探子〔一〕

【黃鐘醉花陰】虎嘯龍吟動天表，黑漫漫風雲亂攪。兵百萬逞英豪，唬得俺汗似湯澆，緊緊將芒鞋悄。密悄悄奔荒郊，聲喏軍門，報報道分曉。

【喜遷喬】打聽各軍來到，展旌旗戰馬連路繞周遭。鬧攘攘爭先鼓譟，盡打着白旛旗號，將義字標。聲聲道肅宇宙斬除妖孽，奮風雷掃蕩塵囂。

【出隊子】俺祇見先鋒前導〔二〕，猛張飛膽氣高。却似黑煞神降下碧雲霄，手執點鋼長蛇矛晃耀，怎當掣電鋒鋩來纏繞。

【刮地風】後隊雲長氣勇驍〔三〕，倒拖着偃月長刀。焰騰騰赤馬紅雲罩〔四〕，跳突陣咆哮。劉玄德弓箭奇妙，登時能射雙雕。這壁廂，那壁廂，金鼓齊敲。天聲振，星斗摇，地軸翻騰起波濤。中軍帳號令出曹操，他每展三軍，用六韜。

【四門子】亂紛紛甲胄知多少，擺行伍分旗號〔五〕。步隊兒低、馬隊兒高〔六〕，把城池蟻聚蜂屯繞。左哨又攻，右哨又挑，滿乾坤烟塵暗了〔七〕。

【古水仙子】忙忙掛戰袍，吕將軍領兵須急早。快快騎駿馬，走赤兔，持畫戟，鬼哭神號。緊緊虎牢關緊守着，狠狠看群雄眼下生驕傲，蠢蠢那群雄不日氣自消。咱咱截住了關隘咽喉道，望太師來策應助勛勞。

校箋

〔一〕此齣齣目，《古本戲曲叢刊初集》本題作「問探」，《怡春錦》本題作「探敵」，《歌林拾翠》本題作「探報軍情」，《樂府遏雲編》本題作「偵報」。

〔二〕前導：底本原作「導」，據《古本戲曲叢刊初集》本、《怡春錦》本、《樂府遏雲編》本改。

〔三〕氣：底本原作「志」，據《古本戲曲叢刊初集》本、《歌林拾翠》本、《樂府遏雲編》本改。

〔四〕騰騰：底本原作「騰」，據《古本戲曲叢刊初集》本、《怡春錦》本、《歌林拾翠》本、《樂府遏雲編》本改。

〔五〕擺：底本原作「撥」，據《古本戲曲叢刊初集》本、《怡春錦》本、《歌林拾翠》本、《樂府遏雲編》本改。

〔六〕步隊兒低，馬隊兒高：底本原作「步隊高」，據《古本戲曲叢刊初集》本、《歌林拾翠》本、《樂府遏雲編》本改。

〔七〕烟塵：底本原作「風塵」，據《古本戲曲叢刊初集》本、《怡春錦》本、《歌林拾翠》本、《樂府遏雲編》本改。

香囊記

《香囊記》，作者不詳。邵燦撰有《香囊記》，今有全本傳世，有明萬曆間金陵世德堂刻本、明萬曆間繼志齋刻本（《古本戲曲叢刊初集》據之影印）、汲古閣《六十種曲》本。以《群音類選》所選録《探子》核校汲古閣《六十種曲》本邵燦《香囊記》，并無此《探子》齣，且其他戲曲選中亦未選《香囊記》此齣。是現存《香囊記》遺此齣，還是《群音類選》誤標劇目，暫未考知。故暫列此《香囊記》爲作者不詳，以别于邵燦所撰《香囊記》。

探子

【黄鐘醉花陰】打聽得金兵甚是勇，汗津津纔離了陣營。元帥令不非輕，若論那膻腥追騎馬，可兀的侵邊境。光燜燜號帶旗明，聽小校從頭説事因。

【出隊子】齊臻臻金兵擺定，一聲聲傳將令。他要在朱仙鎮上安營寨，撲鼕鼕祗聞得金鼓鳴，報元帥參謀可都要自三省。

【刮地風】見光燜爍槍刀，可都耀日明。牽駕着獵犬共狐鷹，他將那拐子馬兒牢拴定。

又見那鞭煉共流星，坐下馬一似飛騰。覷番兵甚是英雄，長的弓，短的弩，炮連聲。是是是金兀术逞藝精，俺這裏須索要支撐。望元帥早把乾坤定，望參謀早把山河定，將那蠢番兵一鼓而擒。

【四門子】擺的是一字長蛇陣，他每都用機謀使智能。番兵又來，宋兵又征，試看他兩邊相戰争。上馬又熟，武藝又精，他是個殺人的首領。

【古水仙子】呀呀呀就兵聽，聽聽聽元帥傳軍令。有有有，王貴共着牛皋，旗開處得勝。諒諒諒，諒番兵何足論，殺得他首似撈鈴，殺得他首似撈鈴。俺俺俺衆軍校齊歌了凱聲。望望望，望元帥掃蕩羶腥净，咳咳咳殺得他望風奔。

【煞尾】呐喊一聲就起兵，一個奪取功勳。戰必勝，攻必取，殺教他不見影。

玉環記

《玉環記》，作者不詳。《玉環記》，版本情况見本書「官腔類」卷八「《玉環記》」條。

韋皋嫖院〔一〕

【後庭花】我記得東墻人月圓，我記得湘陵西子篇。我記得出塞昭君怨，我記得誠心令女賢。我記得竇蛾冤，我記得金山、金山題怨，啞觀音參啞禪。李夫人哭杜鵑，別虞姬拆錦鴛，杜韋娘拾翠鈿。呀，有個沒興的荊娘、荊娘愁怨。柳青娘仗錦箋，莫愁吟蘇蕙編，迴文詩帶意傳，薛濤耻紅袖臉。斷腸吟鴻鳥編，斷腸吟鴻鳥編。

校　箋

〔一〕此齣齣目，《六十種曲》本題作「韋皋嫖院」。

繡襦記

《繡襦記》，作者佚名。《繡襦記》版本情况見本書「官腔類」卷七「《繡襦記》」條。

道德勸諫〔一〕

【寄生草】他把那香燒臂，精巴巴火燎皮。心胸虎口陰臍處，渾身何止二三十，許多豈爲君留意。他要生心起發一主大錢兒，方使這設盟苦肉燒香計。

【前腔】這是錦套頭虛語，其中有密機。私奔暗約長吁氣，牽情不用繩拘繫，虔婆假意潛防衛。終朝鈔擁太行平，有一日無錢便道沙堤潰。

【前腔】他背後多嫌鄙，面前假作悲。道赤繩雙足無緣繫，紅綃三尺尋懸縊，算來祇要圖財利。俺耳聞眼見萬千人，那曾見一人情重真心死。

【前腔】他欲覓金銀使，還憑玉箸垂。眉峰鎖黛將張郎殢，連珠炮打拋紅淚，愁容八陣圖排起。分明活脱楚虞姬，假饒是重生項羽也心腸碎。

【前腔】他許嫁牽情思，貪財欲唱隨。從良忍不得鴇兒氣，總然乘興而來矣，終須興敗還鄉去。你看幾人到底守深閨，請君祇看那傍州例。

校　箋

〔一〕此齣齣目，《三刻五種傳奇》本、《六十種曲》本、《古本戲曲叢刊初集》本題作「面諷背逋」。

新刻群音□選卷二

仙呂

點絳唇一套（携妓長橋玩月）〔一〕　胡全庵

連夜團圓，雲無半片，真堪羡。漏盡忘眠，携玉手頻留戀。

【混江龍】金波清淺，跨虹飛洒欲登仙。謝嫦娥殷勤意美，照塵寰繾綣情專。光皎皎鍾山疑白晝，碧澄澄淮水映青天。似這等良宵美景，樂事芳年，拚的個狂醉也償心願。恁便是愁城俱破，那些兒錢杖堪憐。

【油葫蘆】才子佳人相繼轉，雅偏宜縞素穿，止聽得沸歌聲、喧管籥、雜絲弦。一個個折花枝頻把金尊勸，一處處放花燈還把梨園演。留連了令幾巡，成就了詩百篇。密挨挨忽時間小婢尋難見，不覺的人來往有萬千。

【天下樂】不覺的月下看來分外妍，是何處嬋娟，人前故笑喧，他將俺悄悄捱一肩。才識他舊日契交，才呼使頃刻話傳，更送個請字低低到耳邊。

【那吒令】襲香風遠遠，回頭時意牽。引騷魂眷眷，望他時步遷。怕風流忒涎，拾他每業冤。慢誇同擲果車，怕蔽却桃花扇，何如是近倚香肩。

【鵲踏枝】俺和伊莫先旋，俺和恁且遷延。想俺在風月場中，花柳壇前，曾結下好姻緣。肯居人後面，須教他甘執絲鞭。

【寄生草】舞袖冷歌聲咽，行踪疏興轉堅。任樓頭玉漏催銀箭，倚闌干玉露沾衣綫，據梧桐玉塵驚鄰犬。俺這裏逢場肺腑儘收春，恁那裏相偎休遣精神倦。

【么篇】看起來陰晴事難先料，看起來盈虧數未易研。真個是明年此日知誰健，空落得蠅頭蝸角遭他騙。着甚麽昨非今是于中戰，豈如俺月光常是照金尊，甘讓恁鷄鳴便去朝金殿。

【六么序】呀，夢兒中誰爲拙，影子裏誰是賢，到頭來怎出籬圈。及早呵遇酒狂顛，對美歡然，見月也拂去塵烟，試看他光景如飛電。那得個長繩，鎖壽綿綿，落便宜回頭苦海尋歡忭。衹這月呵，幾番更變。况世間滄海桑田，怎不教江流石轉。呀，才黄昏，又曙天，問誰又肯恁留連，肯恁翩翩。都是個俗病難痊，都是些生鐵爐難煉。我和他矛盾相懸，衹是要花天月地時消遣。一任恁番來笑俺，儘教俺醉後逃禪。

【賺煞】但見月把鯨騎，但見月憑牛喘，俺自泛江湖釣船，怎敢將筲斗憂分廊廟權。但見月無不開筵，不開筵携美橋邊，舉杯兒還請嫦娥下碧天。忍使雲雨暗了楚臺，不在衾枕夜來空薦，俺衹待廣寒宮裏度餘年。

校箋

〔一〕此套僅存《群音類選》本，《全明散曲》據之録定。

點絳唇一套（賀節）〔一〕　鄭壚泉

節屆新春〔二〕，臘寒將盡，風俗混。人事紛紜，來往街前奔。

【混江龍】除夕將近，常言道黄土長三分。無錢的愁眉蹙蹙，有錢的喜氣欣欣。賀節酒殽須待客，當家柴米不饒人。仟張要酬答天地，三牲要祭祀龍神。禮物要追陪親友，香燭要供養宗親。男子要新鞋新帽，婦人要新襖新裙。女娘要頭箍耳墜，兒童要㩳摺包巾。少不得辟瘟的蒼术，更和那逼勝邪的桃仁。算來不是歲華臨，看來勝似公差緊。都要放些火炮，札個松盆。

【油葫蘆】幾日之前掃除了塵，黄錢兒貼滿門，更有那掛鍾馗、排荼壘、换將軍。一壁厢春下糍糕粉，一壁厢浸了屠穌醞。春盛兒將果品裝，湯鍋兒把殽饌陳，更有那金花巧剪簪雲鬢，無邊光景一時新。

【天下樂】五夜群僚拜紫宸，人民神香到處焚，各家兒遍將大小分。爲僧的參拜僧，爲道的朝禮神，都則是睡不安坐不穩。

【那吒令】思量那遠親，一分分都上門。尋訪那故人，一處處都到門。趨敬那近鄰，一家家都進門。走的個腿脚酸，拜的個精神困，没來由枉費殷勤。

【鵲踏枝】自清晨，至黄昏，浪酒閑茶，叉手躬身。一個醉醺醺行着打盹，一個仰扒叉倒在埃塵。

【寄生草】有那等閑游子戲耍人，將瓜子兒磕着排門兒混，核桃兒飄的沿街兒滚，蓮子兒打了當場兒准。大都是銀錢花費逞風流，一弄兒衣冠濟楚誇英俊。

【么篇】快樂殺莊家漢，輕狂殺匠作人。一個戴糨糊頭粗氈帽扯的齊眉緊，一個把蒲包樣大套鞋拖着隨脚褪，一個穿荷葉片硬布衫籠的渾身坌。或群兒支着脚，舞着手，挨挨擠擠慢相隨，鎮陣兒打着牙，料着嘴，來來往往遥相認。

【賺煞】你看那賣卜的把人招，設帳的將人引，相面的誇張勢孫。看廟的索取錢財又住了門，蹴踘的三五成群。打談的扯喉唇亂道胡云，剪綹的專尋鬧裏人，吊白的誆錢騙銀，打拳的撇槍耍棍。他每都一年之計在于春。

校　箋

〔一〕《詞珍雅調》本題名作「賀節新詞」，注稱鄭墟泉撰。《全明散曲》據《群音類選》本輯録。

〔二〕節屆：底本原作「節屆」，據《全明散曲》和文意改。

點絳唇一套（相思）〔一〕

露冷風寒，夜長更慢，偷占算。暗卜金錢，料不定何時見。

【混江龍】幾番埋怨，多管老天撇下鬼姻緣。纔成匹配，又早孤單。伏枕怕捱更漏永，倚闌愁聽雨聲酸。佳音杳杳，鬼病懨懨。愁懷擾擾，心事緐緐〔二〕。彩雲拆散并頭人，翠幃屏阻隔了芙蓉面。不由人凄凄慘慘，想殺俺俏俏肝肝。

【油葫蘆】我這裏萬轉千回懶去眠，怕待言，夢魂兒不離了綉幃邊。雖然霎時歡笑相留戀，倒勝似百年恩愛成姻眷。俺也曾醉秦樓歌謝館，似不的你知疼知熱知鹹淡，俺天，好教我愁鎖兩眉尖。

【天下樂】我這裏强打着精神訴一篇，我這裏告天，天也可憐，連天瘦的我實難過遣。盼的我眼欲穿，害的氣又喘，多管是謊人精啜賺俺〔三〕。

【那吒令】若題起你來呵，千酸萬酸。若恨起來，千端萬端。若得見你呵，千難萬難。都祇爲一點情，倒惹做三生怨，怎不熬煎。

【鵲踏枝】我這裏意懸懸，他那裏泪漣漣。想的人心似刀割，肉似錘剜。也是我緣薄分淺，不能勾永久團圓。

【寄生草】呀，我爲你出了些扒揭汗，咽了些饞口涎。受了些冷言熱語人相訕，聽了些銅壺玉漏聲悲怨，捱了些紅光紫焰燈相伴。祇爲你又乖又俏又聰明，想的人不茶不飯長吁嘆。

【寄生草】記的你腮邊話，想的人身似癱〔四〕。好教我倚門盼殺南來雁，低頭想殺鴛鴦伴。他是個半真半假哄人精，我是個不死不活風魔漢。

【後庭花】俺也曾醉秦樓歌謝館，俺也曾赴瑶池拍玉簡。人都道女娘們心腸狠，豈道玉天仙情意專。我將他好眼看，他將我世不曾輕慢。我將他緊緊粘〔五〕，他將我慢慢纏。

我恩情爲他堅，他恩情爲我添。我見他困困騰騰花了眼。

【青歌兒】呀，也是我前生前生少欠，今生今生業冤。把一對美滿夫妻兩下眠，到如今錦帳摧殘。歌舞喧天，笑語盤桓，詩酒團圓，你就是粉捏人兒在眼前，也衹是無心戀。

【尾聲】挑銀燈，拂錦㡚，摘玉管，磨穿硯，寫下了俏姻緣。相思病染，囑咐俺俊郎君慢參。俺也盼嫦娥恨怨天闕，仿效君瑞鶯鶯那一番〔六〕。情叙枕邊，交股床畔〔七〕，都衹爲狠心腸拆散并頭蓮。

校　箋

〔一〕《雍熙樂府》本無題名和撰者。《全明散曲》據《雍熙樂府》本輯録。

〔二〕繁繁：底本原作「番番」，據《雍熙樂府》本改。

〔三〕精：底本無，據《雍熙樂府》本補。

〔四〕似：底本原作「上」，據《雍熙樂府》本改。

〔五〕粘：底本原作「占」，據《雍熙樂府》本改。

〔六〕仿效：底本原作「防學」，據《雍熙樂府》本改。

〔七〕交股：底本原作「交肌」，據《雍熙樂府》本改。

點絳唇一套（佳人）〔一〕

漏盡銅龍，香飄金鳳，花梢弄。斜月簾櫳，喚醒相思夢。

【混江龍】綉幃春重，趁東風培養出牡丹叢。流蘇斗帳〔二〕，龜甲屏風。七寶妝奩明彩鈿，一簾香霧裊薰籠。幔捲起金花孔雀，錦屏開緑水芙蓉。鴉翅袒金蟬半妥，翠雲偏朱鳳斜鬆。眉兒掃楊柳雙彎淺碧，口兒點櫻桃一顆嬌紅〔三〕。眼如珠光摇秋水，臉如蓮花笑春風。鸞釵插花枝蹀躞，鳳翅懸珠翠玲瓏。胭脂蠟紅膩錦犀盒，薔薇露滴注玻璃瓮。端詳了艷質，出落着春工。

【油葫蘆】鸞鏡光函百煉銅，端詳了這玉容，似嫦娥出現廣寒宫。襯桃腮巧注鉛華瑩，啓朱唇呵暖蘭膏凍。着粉呵則太白，施朱呵則太紅，鬢蟬低嬌怯香雲重，端的是占斷綺羅叢。

【天下樂】半點兒花鈿笑靨中，嬌紅，酒暈濃，天生下没褒彈的可意種。翰林咏不成，丹青筆畫不同，可知道漢宫畫愛寵。

【那吒令】露春纖玉葱，掃眉尖翠峰〔四〕。清香含玉容，整花枝翠叢。插金釵玉蟲，褪羅衣翠絨。縷金妝七寶環，玉簪挑雙珠鳳，比西施宜淡宜濃。

【鵲踏枝】你試看翠玲瓏，玉玎琤。一步一金蓮，一笑一春風。梳洗罷風流有萬種，殢人嬌玉軟香融。

【寄生草】他生的傾城貌，絶代容。弄春情漏泄的秋波送，秋波送搬鬥的春山縱，春山縱勾引的芳心動。鬢花腮粉可人憐，翠衾鴛枕和誰共？

【么篇】情猶重，意轉濃。恰相逢似晋劉晨誤入桃源洞，乍相逢似楚巫娥暫赴陽臺夢，害相思似庾蘭成愁賦香奩咏〔五〕。你這般玉精神花模樣賽過玉天仙，我待要錦纏頭珠絡索蓋下一座花衚衕。

【金盞兒】臉霞紅，眼波横。見人羞推整雙頭鳳，柳情花意媚東風〔六〕。鈿窩兒裹粘曉翠，腮斗兒上暈春紅。包藏着風月約，出落着雨雲踪。

【後庭花】綉床鋪緑剪絨，花房深紅守宫。荳蔻蕊稍頭嫩，絳紗香臂上封。恨匆匆，尋些兒閑空，美甘甘兩意通，喜孜孜一笑中。

【六么序】幾時得鴛幃裏錦帳中，願心兒折桂乘龍。怎能勾魚水相逢，琴瑟和同，五百年姻眷交通〔七〕。順毛兒撲撒上丹山鳳，點春羅一點香嬌。鶯雛燕乳共歡寵〔八〕，鶯花爛漫，雲雨溟濛。

【幺篇】雲鬢鬅鬆，星眼朦朧。錦被重重，羅襪弓弓，粉汗溶溶。那些兒風流受用，兀的不兩意濃。言行工容，四德三從。孟光合配梁鴻，怎教他齊眉舉案勞尊重。俏書生別有家風，金荷燒盡良宵永。憐香惜玉，倚翠偎紅。

【賺煞】花月巧梳妝，脂粉嬌調弄，没亂殺看花的眼睛。更那堪心有靈犀一點通，惱春光爛漫嬌慵。莫不是蕊珠宫，天上飛瓊，走向瑶臺月下逢。比及他彩燈照夢，且看咱隔墻兒窺宋，俏厖兒嬌怯海棠風。

校　箋

〔一〕《北宫詞紀》本題名作「憶美人」，《詞林白雪》本無題名，俱注稱元于伯淵撰；《南北詞廣韵選》本題名作「情詞」，注稱爲元人撰；《詞林摘艷》本題名作「美麗」，注稱明唐以初撰；《盛世新聲》本、《雍熙樂府》本、《盛世詞林》本無題名和撰者。《全元散曲》屬于伯淵，《全明散曲》屬唐以初。于伯淵，生卒年不詳，平陽人。著有雜劇六種：《復奪珍珠旗》、《斬吕布》、《鬼風月》、《餓劉友》、《小秦王》、《武三思》，俱不存。唐復，生卒年未詳，字以初，號冰壺道人。南直隸京口（今江蘇鎮江）人，寄居南京。洪武中尚在世。工散曲，曉音律，著有《陳子春四女争夫》雜劇，今佚。《全明散曲》録其散曲作品小令二十五支，套數四套。

〔二〕流蘇：底本原作「流珠」，據《雍熙樂府》本、《詞林摘艷》本、《盛世新聲》本、《北宮詞紀》本、《詞林白雪》本、《南北詞廣韵選》本、《詞謔》本改。

〔三〕櫻桃：底本原作「纓桃」，據《雍熙樂府》本、《北宮詞紀》本、《詞林白雪》本、《南北詞廣韵選》本、《詞謔》本改。

〔四〕掃：底本原作「揉」，據《雍熙樂府》本、《詞林摘艷》本、《盛世新聲》本、《北宮詞紀》本、《詞林白雪》本、《南北詞廣韵選》本、《詞謔》本改。

〔五〕庾蘭成：底本原作「瘦休文」，據《全元散曲》、《全明散曲》改。

〔六〕柳情：底本原作「柳晴」，據《雍熙樂府》本、《詞林摘艷》本、《盛世新聲》本、《北宮詞紀》本、《詞林白雪》本、《南北詞廣韵選》本、《詞謔》本改。

〔七〕姻眷：底本原作「相會」，據《雍熙樂府》本、《詞林摘艷》本、《盛世新聲》本、《北宮詞紀》本、《詞林白雪》本、《南北詞廣韵選》本、《詞謔》本改。

〔八〕共：底本無，據《雍熙樂府》本、《北宮詞紀》本、《詞林白雪》本、《南北詞廣韵選》本、《詞謔》本補。

中呂

粉蝶兒一套（咏兩京新年風景世情）〔一〕　劉郎中〔二〕

管氣飛灰，日初長洌寒已退，大明朝樂享雍熙。滿皇都，春回轉，共霑新歲。見家家妝點門楣，幾椿兒不同往日。

【醉春風】芝麻楷遍檐插，木炭頭沿户倚〔三〕。黄錢高掛兩門傍，端的是喜，喜。更有那降鬼鍾馗，加冠童子，進財臣位。

【紅綉鞋】貼一副蠟牋紙宜時門對，寫着道陽春德澤萬物光輝。紙門神對面兒逞雄威，左邊的執着鉞斧，右邊的掌着瓜錘，恰便似定唐朝胡敬德。

【滿庭芳】龍涎燒起，湘簾低簌，綉幕高垂。燈杆上縛兩枝松和檜，高與天齊。庭階下收拾的似水，廳堂中鋪設的偏奇。兩三夜何曾睡，辦年食節禮，熱鬧似擺筵席。

【普天樂】燒上些辟瘟丹，一陣陣蒼术味。表出些新正氣象，端的是守歲相宜。獻供養敬祖先，焚紙馬酬天地。爆竹如雷驚邪祟，燒松盆取吉除疑。四壁厢火光繚繞，香烟靉靆，更和這燭影光輝。

【石榴花】一家兒窮忙鬼亂到三十，准備着慶喜遞三杯，公婆穩坐定笑嘻嘻。小兒男拜禮，訓教端的。道殷勤孝弟將身立，當官差買賣爲題。如今新春節至你又添了一歲，少貪花休戀酒莫胡爲。

【鬥鵪鶉】剛能勾酒遞三巡，不覺的東方亮起。梳洗的頭臉兒光鮮，打扮的身子兒俊美。濟楚衣冠所事宜，比尋常更整齊。先拜了恩府恩官，後拜了親朋鄰里。

【上小樓】街市上經營静寂，一來一往，人稠人密。祇見那抬轎的拿班，挑脚的作勢，趕脚的施爲。乞兒每倚定門兒討嘴吃，長吁短氣，口兒裏要饅頭他説一年之計。

【么篇】剛送出張世英，又接進李彦實。你看他叉手躬身，虚情遜讓，假意謙推。一個説有生受，多起動，重蒙光賁，一個説拜望遲幸勿見罪。

【十二月】進門來慌忙施禮，叙罷了長幼尊卑。腦袋兒連磕至起，認從前言語差遲。休和俺一般見識，自今日道過了休題。

【堯民歌】呀，我見他慌忙扒起走如飛。一個兒扯衣牽袖怎容回，一個説現在熱酒飲三杯，一個説看經吃素忌初一。他兩個强了一會，祇得吃幾杯，纔能勾唱喏抽身退〔四〕。

【耍孩兒】自從那日初晨拜到時過未，即漸的拄肚撑腸酒力催。西歪東倒脚高低，一霎時不覺的昏迷。頭低眼竪人難認，腿軟腰彎步怎移。眼看着，醺醺醉，少不得眠街卧巷，那裏也展被鋪席。

【七煞】從黄昏睡到起更，醒來時要水吃，翻身一手摸着地。兩眼不住觀天象，則見星移斗柄回，頻咂嘴連聲噦。也是我新年晦氣〔五〕，尋思起有甚便宜。

【六煞】繫腰兒不見了，找刺兒在那裏，沿街滚破了天羅地。新衣服扯綻襟和領，凍臉上磕破了嘴共鼻，怎見那秋胡戲。空懊惱賭神罰咒，血條子再也不吃。

【五煞】初七八拜罷年，盼元宵月色輝，家家燈火安排畢。村的俏的街頭闖，老的小的厮混擠，到處裏閑游戲。小姑兒厮跟定嫂嫂，外甥兒扯住姨姨。

【四煞】先游到大市街，後盤桓背巷裏，走橋因地君須記。小的走了身無病，老的走了腰也直，强似教醫人治。且拚個通宵不寐，怎教我虚負佳期。

【三煞】一處處博戲高，一叢叢社火齊，端的是歡娱正遇豐年歲。南來琵琶和弦子，北去笙簫對管笛，打鼓唱《荆釵記》。熱鬧似搬房拜廟，喧嘩似撾鼓奪旗。

【二煞】女孩兒不見了娘，男子漢岔破了妻，東奔西走難尋覓。三更漸漸人行少，四鼓看看月墜西，家家纔把門兒閉。雖然是金吾不禁，怎當他玉漏頻催。

【一煞】纔覺的心内灰，赤緊的肚又飢，少魂没識思量睡。兩隻腿脚如石重，一片心腸似箭疾，盼不到家庭内。帶衣兒連忙倒卧，困騰騰一似着迷。

【尾聲】到天明怕起來，事事的都後悔。被窩裏説幾句牙疼誓，來歲依然這樣的。

校箋

〔一〕劉效祖《詞臠》本題名作「良辰樂事」，《盛世詞林》本無題名和撰者。《全明散曲》本據《詞臠》本輯録。

〔二〕劉效祖（一五二二—一五八九），字仲修，號念庵，山東濱州（今惠民）人。僑寓北京。嘉靖二十九年（一五五〇）進士，歷任衛輝司理、户部主事、陝西按察副使等職。嚴嵩父子欲延至門下而堅拒，後被設計罷歸。長于詩，著作有《劉仲修詩文集》、《詞衡》、《四鎮三關志》、《春秋窗稿》、《塞上言》、《盛世宣威》、《清時行樂》、《長門詞》、《鐙市謡》、《雲林和稿》等。

〔三〕木炭：底本原作「水炭」，據《詞臠》本、《盛世詞林》本改。

〔四〕唱喏：底本原作「唱惹」，據《詞臠》本改。

〔五〕晦氣：底本原作「彗氣」，據《詞臠》本改。

粉蝶兒一套（佛訴冤）〔一〕　陳大聲

終日踟趺，滿懷愁對誰伸訴，本是個了三乘幻化全無。將我來木雕成，銅鑄就，粉妝泥塑。近新來一火迷徒，倚着咱亂爲胡做。

【醉春風】那裏曾坐寺等燒香，止不過上門㩧施主。東邊裏扛了又西邊，常好是苦，苦。望行滿功成，是緣薄分淺，反你憎我惡。

【紅綉鞋】一會價心中發怒，果然是業障難除，無明無夜費躊躇。日子兒捱不過，言語兒説不出，怎發付一肚子冤共屈。

【石榴花】修心了性悔當初，没來由死後號爲佛，獨行獨坐怎支吾。年程淺促，風景蕭疏。受用些鑽頭不入低房屋，便休題金碧浮屠。本待要把衆生接引上菩提路，如今也連我在塵途。

【鬥鵪鶉】頂包的無量無邊，削髮的成行作伍。都則是賣狗懸羊，那裏也降龍伏虎。將大士如來畫一個圖，寫一個虚疏薄。似這般昧已瞞心，怎能勾消灾降福。

【上小樓】把我來輕如糞土，看如朽木。道我無故無親，無影無形，無智無謀。撇的我獨打獨坐，嘴骨都，無人幫副，儘着他折魔欺負。

【上小樓】説甚麽問大乘，參六祖。他口内慈悲，面上温和，心裏陰毒。對着人覓菜蔬，買豆腐，持齋把素，背地裏飽餐魚肉。

【耍孩兒】我聰明反被聰明誤，躱離了西方净土。楊枝甘露灑醍醐，到中華教化頑愚。與老君道德原同軌，孔聖經文不異途。種善根，絶人欲。修成的功果，立就的規模。

【八煞】坐蓮花七寶臺，住壯麗大殿宇，廷官禮拜賢良慕。則爲我普施歡喜人緣衆，大闡宗風法網疏。好歹的收留住，隱躱了些無名無藉，護贍了些逃匠逃夫。

【七煞】他不當軍不做民，不係州不在府，游食四散漂流户。六字咒翻的舌頭快，三寸鐵削的腦袋禿。也當個緇流數，戴一頂左機帽子，穿一領大袖衣服。

【六煞】説上金橋下奈何，升天堂入地獄，急修善果休遲誤。逢着婦女拿錢帛，扯定莊家要米穀。請施主捨求資助，説造一尊兒羅漢，化幾貫兒青蚨。

【五煞】平白地撇金鈸，没來由擂會鼓，千方百計誆財物。把那香油艾火燒皮肉，鐵鎖鈎搭掛手足。叫一聲行一步，磕頭呵額顱紅腫〔三〕，寫經呵血水模糊。

【四煞】弄的我哭不的笑不的，吞不吞吐不吐，出乖弄醜當官路。半批竹瓦墻頭蓋，幾領蘆席地上鋪。更小似巡更鋪，看着對點不着蠟燭，守着個扳不倒香爐。

【三煞】着我披晨星帶曉霜，冒斜風當捎雨，更無一答安身處。共修法會全無用，同結良緣總是虚。休怪我閑聒絮，等圓滿丢的人破頭折脚，開光明弄的人有眼無珠。

【二煞】雖是我不動心，雖是我能忍辱，冤家太不達時務。森羅殿有日無常到，生死簿難將罪業除。休想道從寬恕，查檢遍輪迴六道，差派去作馬爲驢。

【一煞】上一封懇切書，啓當朝明聖主，把閑雜寺院都除去。教那厮城中市上休來走，林下山間不可無。考察過纔給度，本分的存留守舊，浮華的黜退還俗。

【尾聲】送府州納税糧，發衛所着隊伍。把均徭查一本真實數，有一個逃亡解一個補。

校　箋

〔一〕《坐隱先生精訂秋碧軒稿》本題名作「佛訴冤」。《全明散曲》據之輯録。

〔二〕磕頭：底本原作「嗑頭」，據文意改。

粉蝶兒一套（病寒述事）〔一〕

流汗沾衣，换羅袍水亭游戲，不堤防四面風吹。眼如剜，頭似打，身如繩繫。害得我目瞪呆痴，發狂言亂支胡對。

【醉春風】熱似火籠蒸，冷如冰窨洗。舌乾脣燥口難言，好教我悔，悔。夢裏昏沉，醒來没亂，看着狼狽。

【上小樓】這病症誰曾害你，也是我前緣前世。恰纔個手足頑麻，身體酸疼，肩背拘急。睡不得，坐不得，行步無力，眼睁睁祇要嗑涼水。

【么】想業障無其道理，害得我一絲兩氣。恰便似風裏楊花，水中落葉，雨内秋鷄。吐不得，咽不得，吃着無滋味，每日價悶昏昏仰天長睡。

【紅綉鞋】叫先生看咱運氣，把生時八字詳推，論流年太歲有灾危。交新春多不利，到立夏便清吉，算卦來還有喜。

【耍孩兒】請良醫幾個來調治，審寒熱查看虚實。入門不問是和非，一心兒祇要東西。一個道夾陰病症十分重，一個道内損虚勞治不得。大話兒，將人擂。恰便似再生扁鵲，現世的盧醫。

【七煞】張醫生檢藥方，李郎中切脉理，王大夫便把藥來配。一個道内傷元氣不當汗，一個道外感風寒不可推。把王叔和説一會，一個用補中益氣，一個用四物黄芪。

【六煞】衆親戚來問安，諸朋友都致禮，低言俏語胡猜忌。張三道的張三曉，李四說的李四知。葫蘆提倒把人驚異，一個道別的猶可，一個道這等難爲。

【五煞】人都笑神仙也有災，他不知日月也有蝕，乾坤也有興和廢。平生多病還多壽，一世無災病怎醫，這道理誰知會。如來也有三災八難，老子也有七病八疾。

【四煞】拙妻兒諕得慌，老尊堂無依倚，全家大小偷彈泪。晚間守到鷄鳴後，清晨看到日斜西，晝夜間全無寐。一個個心驚膽顫，一個個魄散魂飛。

【三煞】請端公跳會神，請大仙捉會鬼，請道士忙把星辰祭。城隍廟裹明羊賽，東岳臺前紙馬隨。把土地家神跪，竈神前許下些燈燭，天地前許下個猪隻。

【二煞】早是我有主張，不聽他喬所爲，依方修合無差僞。先將承氣柴胡解，後把茵陳白虎催，凉膈散來相繼。霎時間汗出如雨，一會兒肚響如雷。

【一煞】看看的身不疼，漸漸的心不痞，吃湯吃粥知滋味。起來不害頭昏暈，睡倒全無鬼夢迷，走一步偏伶俐。無那外邪客熱，祇覺的氣體充實。

【尾聲】一家兒轉笑顔，衆親朋齊賀喜。纔知道平安兩字千金貴，保養得復舊如初纔是美。

校　箋

〔一〕此套僅存《群音類選》本，《全明散曲》據之録定。

粉蝶兒一套（韵句）〔一〕

從東隴風動松呼，聽叮嚀定睛睁覷，望蒼茫壙廣黄蘆。却樵夫，遇漁夫，遮知機携物。便盤旋千轉前湖，看寒山晚闊灘渡。

【醉春風】指是志詩書，友酬酒就舉。盤桓歡玩拚歡娱，吟音飲足，足。己意微舒，答他佳趣，漸纖瞻睩。

【紅綉鞋】纔在怪歪崖捱步，磨跎多過河渠〔二〕，野賒斜隔這些疏。沉吟林陰阻，甘探淡談儒，趁村門人問取。

【石榴花】望湘江港上長蘆，籠松擁洞横鋪，視茨此是爾之居。小樵笑老夫，行嶺登途。下凹凸狹壓槎芽樹，邁巉崖側階歪路。野接茄結隔斜鋪，看闊還難但慢彎沽。

【鬥鵪鶉】毒霧睹古渡糊突，吾不如讀書杜甫。小道道老稻樵枯，那轆那轆架櫓。蕩槳慌忙向穰蕩宿，暗談貪擔擔夫。偎碎萎翡翠宜圖，岩崦漸瀌纖潫出。

【十二月】小鳥鵲高巢稍噪呼，騎一騎急喜避崎嶇。烏酥土枯湖古渡，嵐慘淡庵勘堪圖。看看晚殘山慢阻，忙忙莽望穰荒伏。

【堯民歌】呀，隴東哄貢衝，松動猛風毒，自姿爾思此詩賦。藍關暫掩暗參吾，那家他把夾芭居。抽首就躊躇，裁劃該載孤，悶昏奔村門去。

【耍孩兒】盤桓曈畔巒端路，見一個繞倒忉騷老夫。穿一領袖頭露肘舊綢服，騎一匹便鞭搧蹇嫣驢。輕行停省驚睁目，迤邐即迷失記途。多因是抹坡錯過多過阻，蟲蛩蜂叢猛動，禽吟林陰蔭疏。

【四煞】那厮兒拿瓜那塔耍，這老兒近身頻問取，那厮兒故徒不顧都胡覷。那老兒欠謙廉儉粘拈念〔三〕，那厮兒奸慺還頑懶憚語。纏綿轉見涎天暮，那厮兒始使兹之指視，這老兒既知喜已眉舒。

【三煞】你望那草橋拗小道繞，青菱萍正徑出，那裏有雨餘渠處淤墟土。剗艱難澗灣潺，寒灘返岸殘山晚，助苦楚，務糢糊。古墓枯蕪毒虎伏〔四〕，荒凉蒼莽羊腸曲。黑泥壁頽摧廢駬，雜下凹答撒沙湖。

【二煞】感嗜嵐淡黯〔五〕，近人雲稱逐，那裏有濂纖漸塹粘簽足。跌斜歇客鐘轟舍，在拐挨槐窄矮屋。兀良望烘風松朦朧從東去，那槎牙夾芭巴他家打火，休憂愁扣柳，郵有酒投壺。

【煞尾】那廝兒本分蠢鈍淳，這老兒別也扯柘苦。聽稱名姓叮嚀訴，則向那聚旅無虞去處宿。

校　箋

〔一〕《詞林摘艷》本題名作「集中州韵」，注稱元梨園黑老五撰；《雍熙樂府》本題名作「中州十九韵」，《盛世新聲》本無題名，俱不注撰人。《全元散曲》據《詞林摘艷》本屬梨園黑老五，并據之輯録。

〔二〕跎：底本原作「過」，據《雍熙樂府》本改。

〔三〕念：底本原作「絮」，據《雍熙樂府》本改。

〔四〕蕪：底本原作「無」，據《詞林摘艷》本、《雍熙樂府》本、《盛世新聲》本改。

〔五〕嗜：底本原作「咎」，據《詞林摘艷》本《雍熙樂府》本、《盛世新聲》本改。

粉蝶兒一套（暮雨閨思）〔一〕

花落春歸〔二〕，怨啼紅杜鵑聲脆，遍園林景物狼藉。草茸茸，花朵朵，柳摇深翠。開遍荼蘼，近清和困人天氣。

【醉春風】粉暖倩蜂鬚，泥香對燕嘴。遲遲月影上簾鈎，猶禾起，起。爲想别離，倦餘梳洗，暗生憔悴。

【迎仙客】獸爐香篆息，鸞鏡暗塵迷，綉床幾番和悶倚〔三〕。玉腕消，金釧鬆，釵横環翠委。屈指歸期，不覺的粉臉流紅泪。

【紅綉鞋】花飛盡空閑鶯砌，日初長静掩朱扉，繫垂柳何處玉驄嘶。落誰家風月館，知那裏燕鶯期，話叮嚀不記得。

【十二月】正交頸鴛鴦拆離，恰雙栖鸞鳳分飛。效比翼鶼鶼獨宿，樂于飛燕燕孤悽。傳芳信歸鴻杳杳，盼音書雙鯉遲遲。

【堯民歌】呀，因此上美甘甘風月久相違，冷清清雲雨杳無期。静巉巉燈火掩深闈，清耿耿離魂繞孤幃。傷悲，雕鞍去不歸，都則爲辜負韶華日。

【耍孩兒】自别來無一紙真消息，日近長安那裏。倚危樓險化做望夫石，暮雲山烟樹萋迷。把春心幾度憑歸雁，勞望眼終朝怨落暉。到此際，愁無寐。昏秋水揉紅泪眼，淡青山蹙損了蛾眉。

【一煞】想當初教吹簫月下歡，笑藏鬮花底杯。到如今花月成淹滯，月團圓緊把浮雲閉。花爛漫頻遭驟雨催，落花殘月應何濟。花須開謝，月有盈虧。

【尾聲】嘆春歸人未歸〔四〕，盼佳期未有期。要相逢料應別無計，則除是一枕餘香夢兒裏。

校箋

〔一〕《詞林摘艷》本題名作「春思」，《北宮詞紀》本題名作「春暮有懷」，《詞林白雪》本無題名，俱注稱張小山撰；《雍熙樂府》本題名作「閨思」，《盛世新聲》本無題名，俱不注撰者。《全元散曲》屬張可久。張可久，生平簡介見本書「北腔類」卷六「【一半兒】《寫景》」條。

〔二〕花：底本原作「草」，據《盛世新聲》本、《雍熙樂府》本、《北宮詞紀》本、《詞林摘艷》本、《詞林白雪》本改。

〔三〕悶：底本原作「夢」，據《盛世新聲》本、《雍熙樂府》本、《北宮詞紀》本、《詞林摘艷》本、《詞林白雪》本改。

〔四〕未：底本原作「夫」，據《盛世新聲》本、《雍熙樂府》本、《北宮詞紀》本、《詞林摘艷》本、《詞林白雪》本改。

雙調

新水令一套（秋怨）〔一〕　陳大聲

鴛鴦夢斷藕花鄉，晝沉沉水心亭上。柳絲牽舊恨，花纈鬥新妝。立盡斜陽，無語幾惆悵。

【駐馬聽】客路修長，一度書來一度想；金風飄蕩，一番雨過一番凉。生前業債甚年償，眉尖悶鎖何時放。聽誰家砧韵響，一聲聲偏搗在愁心上。

【雁兒落】好似那無根篷欠主張，漫天絮閑游蕩。逐波萍任去留，隨風柳多偏向。

【得勝令】呀，空寫下舊事兩三行，故紙百十張。把些個謊鬼瞞神誓，番做了唆秦騙趙謊。害軟了心腸，對人前口强心不强。病染膏肓，那裏是醫良藥不良。

【川撥棹】一弄兒助凄凉，没來由閑鬧嚷。兩兩寒螿，草下階傍，也會把離人話講，絮聒聒多半晌。

【七弟兄】他在那遠方，異鄉，着我費思量，且休提動止渾無恙。便些兒破綻有何妨，莫輕將美愛都全忘，呀，恰思今還念往。

【梅花酒】問月在西廂，待月在東墻，對月在南窗。匆匆的秋又來，呀，迢迢的漏偏長，遲遲的夜未央。塵蒙了象牙床，火冷了玉爐香，零落了錦香囊，冷淡了舞衣裳。金縷也不成腔，金雁也不成行。

【收江南】呀，爲誰消瘦減容光，蛾眉空想畫張郎。薄情繫馬向垂楊，知他在那裏，高燒銀燭照紅妝。

【離亭宴煞】枕邊悄語成虛妄，從來好事多魔障，積攢下恩多怨廣。鏡奩兒羞照舊時容，袖梢兒不乾今日泪，裙腰兒減盡前春樣。捱徹了孤辰寡宿年，再整理殢雨尤雲况〔二〕，跳出了愁城恨網。將養的比翼羽毛成，醖釀的并頭花朵就，滋培的連理枝條旺。謾鋪設翡翠屏，重拂綽鮫綃帳，滿捧着瓊觥玉觴。三秋月儘情看，四時花隨意賞。

校箋

〔一〕《坐隱先生精訂可雪齋稿》本、《北宫詞紀》本題名作「秋怨」，俱注稱陳大聲撰；《吴騷合編》本題名作「秋閨」，注稱祝枝山撰。《全明散曲》屬陳大聲，據《坐隱先生精訂可雪齋稿》本輯録。

〔二〕况：底本原作「心」，據《坐隱先生精訂可雪齋稿》本、《吴騷合編》本改。

新水令一套（途思）〔一〕　胡全庵

問人何事苦離家，被功名將人誆耍。揮鞭紅日晚，回首白雲遮。無限咨嗟，審今宵何方秣馬？

【駐馬聽】古木寒鴉，尚戀巢枝去不遐；碧山供畫，可知秋色遍天涯。風塵荏苒老年華，吴霜稠疊侵頭髪。記當年快樂，此時買笑傳杯斝。

【沉醉春風】到今日一似飄零柳花，好教我怕逢嘈切琵琶。這劍棱棱月光寒，那書冗冗玉顔假。挑半肩愁，不任瀟索〔二〕，爲甚行囊又早重些，原來被泪珠兒彈灑。

【雁兒落】我本待對嫦娥分了桂花，却不道伴漁樵又來閑話。無奈愁多病亦多，争如事罷情難罷。

【得勝令】衹聞得征雁叫呀呀，山鵲兒叫喳喳。喜自何方到，書從近日賒。停車，葉落時迷荒野；乘槎，鶩飛時帶落霞。

【喬牌兒】你看那寒烟鎖遠沙，聽水國嗚殘角。馬周有酒難吞下，儘安排枕兒睡着。

【甜水令】睡也誰親，不到華胥，且游巫峽，雲雨冷蒹葭。被咿喔鷄聲，款乃漁歌，將人驚覺，斷送得似醉如邪。

【折桂令】索勉强再靡靡前侣魚蝦，憶曾扳楊柳，忽寄梅花。嘆人生似蓬轉無差，嘆光陰似梭擲難拿。没緊要火雲中過了三夏，寒冰中度了殘臘。撇不下嬌娃，抛不下蝸角，兩椿事難全，兩下裏耽閣。

【錦上花】自别來知他身兒肥弱，待歸來與他了此期約。怕衹怕三徑中荒蕪非昨，不覺的休文腰肢瘦削。

【么】歌殘行路難，磨穿手製襪。這裏既是思他，那裏應是念咱。一樣心懶加餐，病宜服藥，身外神飛，腮邊手托。

【碧玉簫】情緒如麻，寂寞共誰話；薄幸無些，疑怪任伊駡。懊恨殺覓封侯，不顧家。好景誤他，良辰枉却，山陰歸棹宜斟酌。

【鴛鴦煞】水程過了山程狹，短亭過了長亭罷。何日裏結煞，古今情，别離恨，偷看着。我若得春光收盡肺腑，岐路不致眼瞎。遍芳草也應不怕，衹怕是鷓鴣聲，催得人歸興發。

校箋

〔二〕此套僅存《群音類選》本，《全明散曲》據之録定。

〔三〕任：底本當殘存右半，據本書所刻「任」字形和上下文，當作「任」，故改。《全明散曲》改作「住」，當誤。

新水令一套(尼姑懷胎)〔一〕

龍山佛祖會龍華，萬緣空寸絲不掛。迷時節罪根沉苦海，悟了也妙義遍河沙。一念纔差，這些兒放不下。

【駐馬聽】密密帀帀，寶相妝成無縫塔；塵塵剎剎，定香薰透有緣花。根塵半點不交雜，虛空五色難描畫。鎖心猿和意馬，團圞頭共説無生話。

【喬牌兒】如來禪意好答，祖師禪句難下。雲門臨濟家風大，遇着他箭鋒機不是耍。

【攪箏琶】常言道成蜜先成蠟，都是些空果結空花。題起那竪拂擎拳，却又早妝聾做啞。每日家鬧禪門撾鼓弄琵琶，又撞見歡喜冤家。天那，但得病兒難救拔，便有些兜答。

【沉醉東風】一壁厢紫梢花才丸海馬，一壁厢赤龍丹又搗靈砂。尋的是天雄尺許長，覓的是附子拳來大，偏能治下元虛氣冷精滑。若説那打座參禪莫賽他，都被這柳聖花妖弄殺。

【甜水令】奸淫罪怎按納，幾件事忒稀姹。賈清溪過犯方纔罷，李勾頭贓又發。

【折桂令】慣曾游海角天涯，常笑那斑鳩鳥快叫姑姑，幾曾見比丘尼會養娃娃。莫不是上禪床引起禪心，叩禪機魔來纏你，出禪林你去纏他。見一個吃敲才會頑會耍，着那老尼姑賠酒賠茶。他正是做飯蒸砂，又早布種生芽，辱没殺五派禪宗，十地菩薩。

【錦上花】當初爲生死機關，聽經問法。善惡因緣，披緇落髮。似這般漏永更長，業火難加。因此上竊雨偷雲，風流調發。扳折荳蔻梢，倒了葫蘆架。都道是二氣成形，知他是真是假。十月臨盆，知他是弄璋弄瓦。六道輪迴，知他是做驢做馬。

【清江引】鬼胡由好教他没亂殺，那一塊看看大。想當初雖親不是親，這一回要嫁如何嫁，小東西那些兒發付他。

【甜水令】尚兀自妝妖弄假，壞倫理，傷風化，賣弄他俊俏厖兒不歹撒。也是姻緣匹配他，撞着個拾糞的莊家。

【水仙子】他生的丁丁拐拐滿頭疤，點點斑斑一臉麻，猛然見了教人怕。畫的那鳩盤茶都是那假，骨準腮頰嘴包牙。鼻梁骨高三寸，眼睫毛長半折，肚臍窩放下個梢瓜。

【折桂令】瓜皮船小似他刀麻，容貌兒歪揣，行止又低答。似這般賣蒜饒葱，倒不如路柳墻花。比着那孫行者少一條尾巴〔二〕，比那猪八戒没兩個獠牙〔三〕。體似缸粗〔四〕，手似釘爬。能仁寺撞倒了金剛，毘沙宫唬倒了那吒。

【雁兒落】金輪照海涯，佛力如天大。道高魔亦高，賢化愚難化。

【得勝令】也是你衣食太奢華，因此上人我易争差。一來是男女無分辨，僧俗忒混雜。呀呀，休道是長老擔驚怕；呷呷，連你那僧官也没禮法。

【沽美酒帶太平令】氣的那四天王心怒發，惱的那三大士眼睁睫，似這等業種塵根出甚麽家。都是那喪心婦老亡八〔五〕，既養的男長女大，怎教他陰錯陽差。似這等懷胎立化，壞盡了禪林聲價。呀，我這裏問他，尼姑們有麽，如今在那答，便着他一個個還俗改嫁。

校箋

〔一〕《雍熙樂府》本題名作「尼姑懷胎」，不注撰者。《全明散曲》屬無名氏，據《群音類選》本輯録定。

〔二〕尾巴：底本原作「尾八」，據文意改。
〔三〕猪八戒：底本原作「朱八戒」，據文意改。
〔四〕粗：底本原作「相」，據文意改。
〔五〕喪心：底本原作「桑心」，據文意改。

五供養 一套(十三換頭)〔一〕

覷了這窮客程，舊行裝，我可是麽衣錦還鄉。恰離了雲水窟，早來到是非場。我與你弃了長竿，却了短棹，又則怕惹起風波千丈。我這裏凝眸望，見文官武職，擺列着諸子諸王。

【喬木查】相別來間闊〔二〕，動止俱無恙，這的是土長根生父母鄉。身居天一方，怎不凄涼。

【一錠銀】我則聽的律管輕吹引鳳凰，餘韻尚悠揚。他將那阿那忽腔兒來合唱，越越的感起我悲傷。

【駙馬還朝】泪滴千行與萬行，那一日不登樓高望。鎮常〔三〕，何曾道離故鄉〔四〕，那一日離了我心上。

【真個醉】剛道不思量，教人越悲傷。撇下一個紅妝，獨守着空房，如何着我不思量？

【西文經】早是人寂寞，怎禁那更漏長。冷落孤幃誰問當，誰問當，那一日不斷腸。誰承望，横枝一萬樁。

【山石榴】夫人哎，我則道你一身亡，全家兒喪，三百口老小添悲愴。今日個斷送與你别頭項。平白這一場從天降，想也不想。誰承望，又來到廳階上。

【落梅風】山字領因何慢，玉兔鶻因甚長，把我這舊衣服幾曾道虚囊。我這裏對青銅，猛然間兩鬢霜，全不似舊時模樣。

【雁兒落】你與我拂綽了白象床〔五〕，整頓了銷金帳。高擎着鸚鵡杯，滿斟着葡萄釀。

【得勝令】呀，今日個開宴出紅妝，今夜轉迴廊。未見俺真龍面，先聞寶篆香。太真妃娘娘，高力士休攔當。惱翻了明皇，休學那李太白貶夜郎。

【風流體】止不過官封做、官封做一字王，位不過、位不過頭廳相〔六〕。老微臣、老微臣怎敢當，小侍長、小侍長休攔擋。

【慢水鵝】願陛下聖壽無疆，頓首誠惶〔七〕，諕得我這手脚兒慌也波慌。托賴着君王，可憐見孤孀。肯來俺門上，死生應難忘。

【倘兀歹】萬萬載當今聖壽帝主昌，地久天長。老微臣怎敢道是不謙讓，常好是當來也不當。

校箋

〔一〕此套實爲王德信《四丞相高會麗春堂》雜劇第四折。《麗春堂》現有脈望館抄《古今雜劇》本、《新鐫古今名劇酹江集》本、臧懋循《元曲選》本（王季思《全元戲曲》據之移録）。《詞林摘艷》本題注稱「麗春堂」，并注稱元王世甫撰；《太和正音譜》收録首支【五供養】，注稱「王實甫《麗春堂》第四折」；《盛世新聲》本、《雍熙樂府》本題名作「十三换頭」，不注撰者。

〔二〕相：底本原作「想」，據脈望館抄《古今雜劇》本改。

〔三〕鎮常：底本原作「鎮長」，據《雍熙樂府》本、脈望館抄《古今雜劇》本改。

〔四〕道：底本原作「到」，據王季思《全元戲曲》本、《雍熙樂府》本、脈望館抄《古今雜劇》本、《新鐫古今名劇酹江集》本改。

〔五〕拂綽：底本原作「拂掉」，據王季思《全元戲曲》本、《雍熙樂府》本、脈望館抄《古今雜劇》本、《新鐫古古今名劇酹江集》本改。

〔六〕廳相：底本爲一方框，據王季思《全元戲曲》本、脈望館抄《古今雜劇》本、《新鐫古古今名劇酹江集》本、《詞林摘艷》本改。

〔七〕誠惶：底本原作「城隍」，據王季思《全元戲曲》本、《雍熙樂府》本、《詞林摘艷》本、脈望館抄《古今雜劇》本、《新鐫古古今名劇酹江集》本改。

五供養一套（十七換頭）〔一〕

愁冗冗，恨綿綿，我如今可便赤手空拳。問別人可便積借了幾文錢，買的是一瓶兒村糯酒，待與俺那第二個兄弟祖餞。眼見的難留戀，今朝去也麽，知他是甚日團圓。

【落梅風】抹的他這瓶口兒净，斟的他這盞面兒圓，望着那碧天邊太陽澆奠。則俺這女直人又無甚麽别咒願，則願的俺弟兄每早能勾相見。

【早香詞】你如今掌着軍權，蒙着帝宣，誰似你那叔侄們稱心滿願。離了家鄉，住在別地面。我與你覷着田莊，守着墳院，可憐見俺正值着暮景衰年。

【阿那忽】若得我往日個家緣，可也多賫發你些盤纏。有鯨接來的兩根兒家竹箭，更有那蠟打的弓弦。

【慢金盞】我將你苦口教，良言來勸。你酒莫貪，財休戀。則要你久鎮着南邊，夾山峪前。統領着軍權，這的是相持地面，則要你把心兒行者恒長便。

【石竹子】山壽馬侄兒是軟善，但犯着他的，休想道肯可憐。罪若當刑，死而無怨。赤緊的元帥令者，更勝似帝王宣。

【大拜門】不想今朝，常想往年，我到處裏追陪下些親眷。往常吹彈着管弦，快活了萬千。大拜門敦，家裏筵宴。

【山石榴】往常我打扮的别，梳妝的善，乾皂靴鹿皮綫團也似軟。我那一領綉襖子藍腰綫，珍珠豌豆也似圓，揀擇着穿。頭巾上砌的粉花兒現，我那一條玉兔鶻金鑲遍。

【相公愛】往常我銀盤也似龐兒著膩粉填，墨錠也似髭鬚絨繩兒纏。俺也曾對着官員，親將那籌箸傳，把一個安席盞兒巡遍。

【不拜門】趁着那者刺古笛兒悠悠聒耳喧，那鼉皮鼓鼕鼕似春雷般電。我也曾筵前、筵前舞四篇，那一個阿識不將我來談羡。

【也不羅】對着這衆官員，諸親眷，沿路排筵宴。他去也、去也難留戀，甚日重相見。

【喜人心】今朝别後，再要相逢，衹除有時節夢見，便夢見也不似這遍。不是我兄弟行傒落，嬸子行熬煎，向侄兒行埋怨。好弱難分辨，貴賤如何見。

【醉娘子】則被你抛閃殺俺業人也天，抛閃殺業人也天。我如今無吃無穿，無賣無典，一年更不如一年。

【月兒彎】則俺那生忿忤逆醜生，有人曾在中都裏見。伴着些潑男也那潑女，茶房也那酒肆，則在构欄裏串。親哥哥口中得出疏言，有句話舌尖上挑着，我却向喉嚨裏咽。

【風流體】若到春來時，春來時和氣喧。若到夏時節，夏時節薰風遍。最怕的、最怕的是秋暮天，便休説臘月裏、臘月裏飛雪片。

【忽都白】兄弟哎，再得我那往日的家緣，舊日個莊田。如今折罰的無片瓦也那根椽，大針也那麻綫。渾身上便是我這家緣，着甚做那細米也那白麵，厚絹也那薄綿。兄弟也看着我那一父母的顔面，兄弟也怕到那冷時節，有甚麽替换下的舊襖子兒，你便與我一領穿也波穿。不是我絮絮叨叨，悲悲切切，雨泪漣漣。豁不了心頭怨，趁不了平生願。

【唐兀歹】往常我幔幕紗幮綉幕裏眠，到今日我枕着一個半頭磚，土坑上鋪着一領破皮片。暢好是恓惶也波天。

【離亭宴煞】雖然是罷了干戈絶士馬，無了征戰。你索與他演槍刀輪劍戟，你索與他習弓箭，則要你堅心兒向前。你去那寨栅内莫憂愁，營帳内休驚怕，陣面上休勞倦。我可便强健殺者波，明年後年重相見。面皮兒難，兄弟咱兩個便再團圓，可兀的路兒遠。

校　箋

〔一〕此套實爲李直夫《虎頭牌》雜劇第二折。李直夫，女真人，居于德興府（今河北懷來），人稱「蒲察李五」。孫楷第認爲元成宗大德七、八年（一三〇三—一三〇四）間肅政廉訪使李直夫，即是此曲家李直夫（參孫楷第《元曲家考略》上海古籍出版社一九八一年版，第二三—二五頁）。知其撰雜劇十二種，僅《虎頭牌》雜劇有全本傳世，《伯道弃子》存殘曲，其餘十種皆佚。《虎頭牌》雜劇，又名《便宜行事虎頭牌》、《武元皇帝虎頭牌》，現存臧懋循《元曲選》本。《盛世新聲》本、《雍熙樂府》本題名作「十七换頭」，《北曲拾遺》本注稱「虎頭牌」，俱不注撰者；《詞林摘艷》本題名作「虎頭牌雜劇」，注稱元李直夫撰。

行香子一套（題情）〔一〕　陳秋碧

朝也相思，暮也想思，這相思了在何時？行也嗟咨，坐也嗟咨。怕看花，羞對酒，倦談詩。

【夜行船】覽鏡驚容鬢有絲，消盡往日丰姿。冷雨秋蛩，酸風梧葉，攛掇起滿腔離思。

【慶宣和】倚遍闌干候雁兒，撚斷吟髭。不見佳音半緘至，盼死，盼死。

【錦上花】雁帖魚牋，姻緣故紙。泪眼愁眉，離人樣子。海誓山盟，徒成廢弛。雨迹雲踪，全無定止。

【么】眉擔一擔愁，心印幾多事。宋玉情懷，沈約腰肢。半世清白，那曾受私。近日淒涼，分明爲爾。

【撥不斷】試尋思，久參差〔二〕。擔閣跨鳳乘鸞志，收斂尤雲殢雨詞，呫題傅粉摶香事。對西風，暗傷獨自。

【離亭宴煞】我飽文章頗解勤經史，你善吹彈更喜能針指。相抛許時，空落下些斷腸篇，合歡錦，迴文字。昨夜書，明傳示，寫着道相逢在邇。他既不悔真誠，我須當盡終始。

校　箋

〔一〕《月香亭稿》本、《北宫詞紀》本題名作「題情」，《彩筆情辭》本題名作「秋思」，俱注稱陳秋碧撰；《月香小稿》本題名作「題情」。《全明散曲》屬陳秋碧，據《月香亭稿》本輯録。

〔二〕久：底本無，據《月香亭稿》本、《彩筆情辭》本補。

正宫

端正好（相思）〔一〕　　王子章〔二〕

醉墨寫烏絲，寶串焚金獸，畫堂深簾控金鈎。瀟瀟紅雨迷晴晝，冉冉香風透。

【滚綉毬】柳絲垂翠帶愁，花過雨玉貌羞，幾般兒感人憔瘦。空教人對景添愁，燕和鶯相趁逐，蜂共蝶厮配偶。怎當那戲清波錦鴛前後，倚雕闌終日凝眸。他那裏春風馬上扶殘醉，都做了落日蟬聲送客愁，霎時間耽憂。

【倘秀才】常則是泪揾濕青衫袖口，愁變做虚勞症候，抵多少野草閑花滿地愁。人何在，水空流，無言低首。

【滚綉毬】他説的不應口，我害的忒僝陡。半年來水洩不漏〔三〕，常則是立斜陽目斷妝樓。青鸞信不來，紅葉詩怎酬。這樁事不能成就，送得人潘鬢成秋。我將這相思傳字字都參透，斷腸集篇篇講論熟，都記在心頭。

【叨叨令】想着他月明人約黄昏後，想着他春生錦帳來時候，烏雲亂擁金釵溜，丁香細吐眉兒皺。兀的不想殺人也麽哥，想殺人也麽哥，想着他燈前鞋底尖兒瘦。

【脱布衫帶過小梁州】想着他玉生香一捻温柔，花解語萬種風流。舞東風腰如嫩柳，歌夜月鳳吟清晝。俺也曾閑并香肩月下游，那其間兩意綢繆，想着他臨行甜話兒厮逗留。我這裏寧心兒候，到如今一日勝三秋。

【么】慘可可曾設下神前咒，指望咱永團圓相守到白頭。應答的意似痴，啜賺的機關透。到如今撇人在腦後，再誰信你那巧舌頭。

【上小樓】又不曾停眠整宿，倒引得人無昏無晝。常則是似醉如痴，不明不暗，無了無休。兩處憂，一樣愁，憑誰醫救，我甘心兒爲他消瘦。

【么篇】揾鮫綃泪暗流，這離情何日休？一會家攘攘勞勞，纔在心頭，又上眉頭。夢裏憂，醒後愁，忘了還又，都則爲美甘甘那些兒情厚。

【滿庭芳】指望待天長地久，星前月下，燕侣鶯儔。美姻緣甜受用無昏晝，無了無休。誰承望美容顔如長病酒，青衫泪鎮日悲秋，再會面何時又。不堪回首，風雨替花愁。

【耍孩兒】你可便既無情休把人拖逗，早共晚交人等候。月明纔上柳梢頭，幾番家來又還休。想殺我也彩雲聲斷鸞簫夜，盼殺我也青鳥書來隴樹秋。空把眉兒皺，則爲這巫雲楚雨，番成做緑慘紅愁。

【二煞】恰梨花暮雨收，早芙蓉野水流，恰清明又早重陽後。昨宵錦帳春如海，明日黄花蝶也愁。想世事如翻手，青春有限，愁悶無休。

【一煞】把花牋用意修，想韓香甚日偷。黑糢糊雲暗了巫山岫，半生恩愛三生夢，一種情懷萬種愁，難禁受。怕的是燈昏酒冷，愁的是雨散雲收。

【尾聲】留戀着竊玉心，包藏着折桂手。好姻緣早晚能成就，言過的誓海盟山應不的口。

校箋

〔一〕《詞林摘艶》本題名作「題情」，《北宫詞紀》本題名作「春怨」，《詞林白雪》本無題名，俱注王子章撰；《雍熙樂府》本題名作「迤逗」，《盛世新聲》本、《盛世詞林》本無題名，俱不注撰者。《全明散曲》屬王子章，據《北宫詞紀》本輯録。

〔二〕王子章，里籍、生平皆不詳。

〔三〕水洩：底本原作「水屑」，據《北宫詞紀》本、《盛世新聲》本、《詞林摘艶》本、《詞林白雪》本、《雍熙樂府》本改。

端正好一套（題情）〔一〕

翠幃屏，鮫綃帳。香塵暗翠幃屏，花露冷鮫綃帳，悶懨懨畫閣蘭堂。愁雲怨雨風流況，都蹙在眉尖上。

【滚綉毬】俏風流窈窕娘，俊龐兒淺淡妝。掃蛾眉遠山新樣，穿一套藕絲衣雲錦仙裳。帶一副珠絡索玉項牌，翠氍毹寶串香。打扮的一椿椿停當，步瑤階環珮玎璫。溶溶月色侵朱户，寂寂花陰過粉墻，春色芬芳。

【倘秀才】展玉腕把春纖合掌，恰便似白蓮蕊初生在這藕上，高捲珠簾拜月光。碧梧摇碎影，紅藥吐丁香，正紅稠緑攘。

【滚綉毬】啓緑窗離了綉房，博山爐把香來拈上。辦着片志誠心禱告穹蒼，低低的念了一會，深深的拜了四方。轉秋波又則怕外人偷望，則爲咱正青春未配鸞凰。甚時得遇乘鸞客，何日相逢傅粉郎，審問個行藏。

【倘秀才】磨着錠烏龍墨向端溪硯傍，援着管玉兔筆在羅紋紙上，恰便似破八卦桃花女計量。五行推造化，六甲定興亡，沉吟了半晌。

【呆骨朵】厮琅琅的把金錢擲下觀爻象，却怎生單單單拆拆拆陰陽。恰數着坤偶乾奇，擺列着天三地兩。用神有天喜臨，主令的財官旺。便做道是李淳風不順情，那一個袁天罡肯調謊。

【貨郎兒】〔二〕一見了神魂飄蕩，不由我心勞意攘。我將這金錢仔細細推詳。恰離了湖山側，早來到會賓堂。

【脱布衫】明滴溜月轉西厢，錦模糊花暗東墻。何處也花燭洞房，那裏也錦衾羅帳。

【醉太平】打叠起《麻衣》《百章》〔三〕，《周易》《歸藏》。下工夫想綉個錦香囊，則在這香盒兒裏供養。准備着梨花月底雙歌唱，杏花樓上同玩賞，再不去菱花鏡裏巧梳妝。

【貨郎兒】眠思夢想，悲楚淒凉，再不去花月亭前燒夜香。

校　箋

〔一〕《詞林摘艷》本題名作「金錢問卜」，注稱元劉廷信撰；《北詞廣正譜》引【貨郎兒】一支，注稱明王舜耕撰；《雍熙樂府》本題名作「金錢問卜」，《風月錦囊》本題名作「新增今（金）錢問卜」，《盛世新聲》本、《詞林摘艷》本、《詞謔》本無題名，俱不注撰者。《全元散曲》屬劉庭信，《全明散曲》屬王舜耕。

〔二〕【貨郎兒】：底本原作「【賀郎兒】」，據《盛世新聲》本、《詞林摘艷》本、《雍熙樂府》本、《詞謔》本、《北詞廣正譜》本改。

〔三〕起：底本此字殘缺，據《盛世新聲》本、《詞林摘艷》本、《雍熙樂府》本、《詞謔》本補。

南吕

一枝花一套（題情）〔一〕

心如明月懸，人比黄花瘦。燈前聞夜雨，枕上覺新秋。緑慘紅愁，擔病症捱昏晝，俏襟懷不自由。這病敢一半兒中暑停寒，一半兒因花爲酒。

【梁州】不覺的玉帶圍鬆寬了羅扣，綉簾櫳低簌下金鈎，早是我病淹煎又被閑僝僽。瑶琴倦撫，錦瑟慵搊。銀箏不按，金縷難謳。我爲你性聰明相伴相留，怎禁這業心腸多病多愁。這些時把一個晋潘安老的來兀兀騰騰，梁沈約害的來黄黄瘦瘦，漢相如撇的來欠欠丢丢。擔着症候，惜花心尚兀自還依舊，骨捱捱越清秀。赤緊的一縷兒頑涎不肯收，愛風流的老也風流。

【罵玉郎】則被他胭脂睡損湘裙皺，我這裏心掛念，他那裏泪盈眸。病身軀兩下裏相迤逗，强支吾腹内愁。愁翻成鏡裏羞，羞説起神前咒。

【感皇恩】本待要歡樂綢繆，誰承望兩處僝僽。我爲他損精神，他爲我添憔悴，都一樣減風流。怕的是黄昏時候，一弄兒增憂。火半温串香香，門半掩燈上上，簾半捲玉鈎鈎。

【采茶歌】暮雲稠晚風颼，凄凉光景甚時休。人静書幃閑象管，塵蒙鸞鏡鎖妝樓。

【尾聲】衹願得早身安，辦一席家常酒。相伴我飲三巡，瀲灧甌，見了他困倚闌干嚲紅袖。那其間俊龐兒帶羞，纖腰兒似柳，我便索准備下風流畫眉手。

校箋

〔一〕《誠齋樂府》本、《北宫詞紀》本、《彩筆情辭》本題名作「病中寄情」，《詞林白雪》本無題名，俱注稱誠齋撰；《盛世新聲》本、《盛世詞林》本無題名，俱不注撰者。《全明散曲》屬朱有燉，據《誠齋樂府》本輯録。

一枝花一套（嘲人乍富）〔一〕

年成忒淺促，禮法多顛倒。世情全改變，風俗太虚囂。有一等輕薄，攢幾貫村錢鈔，大廝八逞富豪。又不是舊功臣閥閲人家〔二〕，止不過暴發户軍民匠作。

【梁州】赴酒筵坐不穩脚忙手亂〔三〕，入公門立不正胯扭頭摇，强爲人事事真堪笑。動不動蓋幾間包山土庫，來不來買幾樣邪器官窑。是不是置幾件違法器皿，該不該裁幾套異樣穿着。坐雕鞍乘駿馬不管高低，逐王孫陪貴客不量皮毛。結幾個喬官員，往來問欺壓街坊。收幾房野毛頭，行動處施逞牙爪。説幾句歪文談，賣弄才學。可嘲，可惱。井底蛙眼孔針尖般小〔四〕，止不過欺貧人謟權要。折磨你剥落了親房貧賤，交那裏肯于濟分毫。

【隔尾】上一個欺公非理乾紗帽，辦幾席駭俗無名大酒肴。這等人牛馬襟裾豈足道〔五〕。他是個有限量斗筲，無根源横潦，一個個半路裏消乏〔六〕，到頭的少。

【牧羊關】今日張三家請，明日李四家邀，常則是醉醺醺月夜花朝〔七〕。起初兒執手三杯，歸去也撑心一飽。遇賢才無語對，逢俗子便妝么。正是驢群中駱駝大，草科中荆棘高。

【罵玉郎】他把牙籌等秤常平較，没來由日夜裏費煎熬，天涯海角思量到。生放錢怕利不多，置買田怕秋不收，停榻貨怕人不要〔八〕。

【感皇恩】有那等淺見愚濁，小背兒曹。情願去執絲鞭，甘心兒呵馬鐙，努着力撼石橋。那裏也貧而無諂，富而無驕。則待要鑄錢龍，鑽錢眼，蓋錢窑。

【采茶歌】使用帳怕支銷〔九〕，分文利不耽饒，積壘成百年鐵桶錦窩巢。禁不的挂誤官司連并擾，無情天火幾場燒。

【尾聲】總然是十年好運天不報，少不的一旦無常數怎逃。寄語你個看錢的蠢材料，替兒孫攢着前程未保，則不如吃了些便宜，用了些好。

校　箋

〔一〕此套僅存《群音類選》本，《全明散曲》據之録定。

〔二〕家：底本此字殘缺，據《全明散曲》本補。

〔三〕手：底本此字殘缺，據《全明散曲》本補。

〔四〕蛙眼：底本此二字殘缺，據《全明散曲》本補。

〔五〕道：底本此字殘存右半，據《全明散曲》本補。

〔六〕消：底本此右下殘缺，據《全明散曲》本補。

〔七〕則：底本此字殘存左半，據《全明散曲》本補。

〔八〕不：底本此字右下殘缺，據《全明散曲》本補。

〔九〕使：底本此字殘缺，據殘存部分和文意補。

商調

集賢賓一套（閨情）〔一〕

猛聽的透簾櫳賣花聲喚起，將好夢却驚回。更和那遷喬木鶯聲偏翠〔二〕，上紗窗日影重移。暗沉吟失魄消魂，悶懨懨似醉如痴。把重門緊緊深閉起，怕鶯花笑人憔悴。離愁何日滿，此恨有誰知。

【逍遥樂】則爲那無媒匹配，勾引起無倒斷相思，染下這不明白的病疾。眼睁睁的將我來抛離，潑喬才更很似王魁，我這裏罵一聲却又悔，空没亂怎地支持。則落的長吁短嘆，倒枕垂床，廢寢忘食。

【金菊香】這些時龍涎香爇冷了金猊，雁足慵安生了緑綺，羊羔懶斟閑了玉杯。覷了這一弄兒狼籍，不由人展轉越傷悲〔三〕。

【浪裏來】詩吟出錦綉文字，妝成古樣體。衣冠濟楚俊容儀，酒席間唱和音韵美。一團兒和氣，論聰明俊俏有誰及。

【梧葉兒】刀攪也似柔腸斷，爬推也似泪點垂〔四〕，似醉又如痴。筆硯上疏了工課，茶飯上減了飲食，針指上罷了心機。怎對人呵，怎對人言説他這就裏。

【後庭花】想着他身常愛紅翠偎，心偏將香玉惜。面勝似何郎粉，手能描京兆眉。閑時節笑相偎，恰便似鶼鶼比翼。翠裙腰掩過半尺，摟胸帶寬了一圍。骨岩岩削了玉肌，瘦懨懨寬了綉衣。亂鬅鬆雲鬢堆，困騰騰秋水迷。命懸懸有幾日，軟怯怯無些氣力。

【柳葉兒】我可甚千嬌百媚，全不似舊日容儀，閣不住兩眼恓惶泪。不能勾同歡會，則有分各東西，想人生最苦是别離。

【尾聲】常記得枕席間説的言，星月底設來的誓。誰想這辜恩薄幸負心賊，自相别數年無信息。比及你登科及第，我則索上青山化做望夫石。

校箋

〔一〕《詞林摘艷》本題名作「閨情」，注稱谷子敬撰；《雍熙樂府》本題名作「春思」，《盛世新聲》本無題名，俱不注撰者。《全元散曲》、《全明散曲》皆據《詞林摘艷》本輯録并屬谷子敬。谷子敬（生卒年不詳），元末明初南直隸金陵（今江蘇南京）人。曾任樞密院掾史。明洪武初年被戍源州。博學多才，口才捷利，其樂府、隱語盛行于世。撰有《三度城南柳》、《盧生枕中記》、《雪恨鬧陰司》、《借尸還魂》、《一門忠孝》雜劇五種，今僅有《三度城南柳》存世。

〔二〕偏翠：底本原作「偏碎」，據《盛世新聲》本、《詞林摘艷》本改。

〔三〕越：底本此字殘缺，據《盛世新聲》本、《詞林摘艷》本、《雍熙樂府》本補。

〔四〕泪：底本此字殘缺，據《盛世新聲》本、《詞林摘艷》本補。

集賢賓一套（閨病）〔一〕

倚圍屏數聲長嘆息，思往事泪淋漓。坐不穩神魂飄蕩，睡不寧鬼病禁持。數歸期曲損春纖，盼回程皺定雙眉。要相逢則除是枕席間魂夢裏，幾曾經這場憔悴。歌殘金縷詞，酒斟鳳凰杯。

【逍遥樂】〔二〕懸懸在意，受了些萬苦千辛，幾曾歇一時半刻。我這裏轉轉的疑惑，越思量越越的難爲，這些時玉減香消添了些病疾，冷清清獨自孤棲。赤緊的關山路遠〔三〕，一去無音，閣不住雙眸泪垂。

【金菊香】盼青鸞不至，阻了佳期。想黄犬無音，失了配對。望錦鱗落空，絶了信息。似醉如痴，瘦肌膚寬褪了小腰圍。

【梧葉兒】兩情似酥和蜜，一心如魚共水。同衾枕，效于飛。早忘了山盟海誓，更和那星前月底。到如今怨他誰，這煩惱則除是天知地知。

【醋葫蘆】這些時病懨懨骨似柴，悶昏昏心似痴。恰便似隨風柳絮不沾泥，一會家魂靈在九霄雲外飛。捱一日勝添一歲，遲和疾早晚一身虧。

【么】想當日對神前磣磕磕言心事，告蒼天一樁樁説就裏。全不將往日話兒依，過三秋尚然猶未回。你那裏偎紅倚翠，想起他百般聰俊有誰及。

【後庭花】空閑了翡翠幃，蕭疏了鶯燕期。拆散了鴛鴦會，硬分開鸞鳳棲。痛傷悲，更闌之際，明朗朗照閑階月色輝，昏慘慘伴離人燈焰微。麝蘭散淡了翠幃，絳綃褪鬆了素體。揾鮫綃，掩枕席，紗窗外風兒起，捱銅壺漏滴。

【柳葉兒】呀，我便是鐵石人鐵石人怎睡，一思量一會傷悲，恰便似刀剜九曲柔腸碎。

離恨天人難覓，相思病命將危，雖然你送了人呵，算甚麽便宜。

【尾聲】一束書和泪封，則將這碧桃花樹兒來倚。也是我前緣前世，想人生最苦是別離〔四〕。

校箋

〔一〕《詞林摘艷》本題名作「怨別」，注稱元高栻撰；《雍熙樂府》本題名作「閨病」，《盛世新聲》本無題名，俱不注撰者。《全元散曲》屬高栻，據《詞林摘艷》本輯録。高栻，生平不詳，燕山人。《全元散曲》收録其散曲作品小令一支、套數一套。

〔二〕逍：底本此字殘缺，據《盛世新聲》本、《詞林摘艷》本、《雍熙樂府》本補。

〔三〕山：底本此字殘缺，據《盛世新聲》本、《詞林摘艷》本、《雍熙樂府》本補。

〔四〕最苦是別離：底本原作「自古七十稀」，據《盛世新聲》本、《詞林摘艷》本改。

集賢賓一套（追悔）〔一〕

想着那二十年錦營花陣裏，經了些幾聚散〔二〕，幾別離。往常時得之何喜，今日個捨之何悲。他贏了時咱敗咱輸，能使他强他會。更有那老虔婆慣使乖，更有那小弟子他可也會求食。

【逍遥樂】好教我難容他情理，今日個財散人離。好也羅，好也羅，剗的來你東我西。

【梧葉兒】普天下男兒漢，不似我受孤恓。止望和你做夫妻，有心和你鴛鴦會，有心和你鸞鳳栖，有心和你燕鶯期。臘梅嗏，誰承望半路裏，抛閃的我眉南面北。

【醋葫蘆】我若是再和王臘梅説話呵，則除是死了我身軀。我若還再踏着王臘梅門呵，掂折了我大腿。則不是你歹哥哥誇强嘴，則想你嫂嫂勸着呵，打裏駡裏禁持，誰想道肯依隨。

【么】上寫着情人李孔目，心事人王臘梅。我的這帶刀兒，順手實呸呸。迷了我眼，我與你刮了泥坯。有那等舊相識見呵，寫下的至少呵有一千聲牙戲，李孔目由自説兵機。

【么】兄弟呵有錢時，買下柴糴下米。常言道高樓一醉，倒與我窮漢每半年食。那潑烟花閃的我三不歸〔三〕，他如今偎紅倚翠。我當初討便宜，翻做了落便宜。

【么】你若是有錢呵，和你一樣親，無錢呵冷似冰。假若你吐出鮮血來，衹當蘇木汁。休想我和你一家一計〔四〕，你看他喬即世賣相梨。

【么】那虔婆漸漸的筋力乏，看看的鬼病催。那虔婆少不的遭喪失火，遇着强賊。那虔婆假若還不恁的，那業錢兒幾時能勾出世。衹爭個來早共來遲。

【么】那一個將郎君廝可憐，把子弟生愛惜。他一個個衹待要挑人筋、吸人髓，更待要剥人皮，將你那普天下虔婆妮子每刷將來大鍋裏，骨突突熬成肉汁。你不信嘗來呵都一般滋味，那虔婆妮子那一個是人的。

【么】你看我病懨懨減了飲食，眼巴巴盼個信息。則你那麗春園，那一塊兒是望夫石？則你那瞞神諕鬼呵，我今日都省的。更有那虛心冷氣，那傳書，那寄柬，那虛牌。

【尾聲】落花怎上枝，腌韭不入畦。他和那敲窗楞那鳥他兩個做夫妻。我則道鹽車兒怎生般穩坐的，他道是上聽行妓，天生本性怎生移。

校箋

〔一〕鄭騫據此套中所提到的李孔目、王臘梅，認爲其是戲曲作品《李孔目王臘梅》。（參鄭騫著，曾永義編《從詩到曲》（上册），商務印書館二〇一五年版，第二六八頁）。《雍熙樂府》本題名作「追悔」，《盛世新聲》本無題名，俱不注撰者。《全明散曲》屬無名氏，據《群音類選》本輯録。

〔二〕經：底本原作「幾」，據《雍熙樂府》本改。

〔三〕三不：底本此二字殘缺，據《雍熙樂府》本補。

〔四〕計：底本此字殘缺，據《雍熙樂府》本補。

越調

鬥鵪鶉一套（夏浴思情）〔一〕

香篆簾櫳，槐陰院宇。舊恨鶯啼，新愁燕語。蝶繞雙飛，蜂穿對舞。短嘆息，長嘆吁，雲焰燒空〔二〕，日當正午。

【紫花兒序】白玉枕灰塵遮護，紫藤床網結蛛絲，青紗帳塘土堆。蕪草生朱户，香爐金爐。衾餘，無限相思何日除，那的是痛傷心處。堪觀那池内青荷〔三〕，階下紅葵。

【小桃紅】亂盤雲髻不忺梳，懶插鸞釵玉。羞對菱花倦煩覷，泪如珠〔四〕，眉尖蹙損閑憂慮。雲慳雨阻，那人何處，常則是嘴古都。

【金蕉葉】紗窗下無言不語，香汗溶溶粉珠。羅帕兒輕揩汗無，早顯出無瑕玉膚。

【調笑令】唤小玉，聽分付，將八尺蝦鬚凉簟舒，安排准備蘭湯浴。脱輕紗體露香酥，嬌嬌媚媚天下無，那妖嬈不比尋俗。

【禿厮兒】則聽的一聲聲水撲，多管是盆内輕浮。出蘭湯又將小玉呼，似白雪玉肌膚，端的誰如[五]？

【聖藥王】鸞髻梳，鳳鬢鋪，不須傅粉再施朱。羨美殊，體態酥，風流堪上美人圖，歇息在碧紗幮。

【綿搭絮】似楊妃模樣，西子人物。簟薤葉頭枕珊瑚，侍妾丫鬟使扇撲。似紗籠着碧玉酥，丹臉霞鋪，似嫦娥離洞府。

【么篇】不覺的昏沉沉墜金烏，忽剌的碧澄澄起蟾蜍。燈兒不滅，影兒又獨。急煎煎心似鳳孤，撲簌簌泪如珠。月光穿簾幕，又被那注銅龍漏滴壺。

【拙魯速】雲又疏，雨又無；鶯又單，燕又孤。有一日得成夫婦，錦帳歡娛，惜香憐玉，鸞鳳同居。得一個風流佳婿，似水如魚。坐七香車[六]，畫堂中春自餘。

【尾聲】莫不是當初錯勘了姻緣簿，既不是怎生結束了鴛鴦間阻？若能勾舉案共齊眉，休忘了朝思暮念苦。

校　箋

[一]《雍熙樂府》本題名作「夏浴思」，《詞林摘艷》本題名作「怨別」，《盛世新聲》本、《盛世詞林》本無題名，俱不注撰者。《全明散曲》屬無名氏，據《雍熙樂府》本輯録。

〔二〕雲焰：底本此二字有殘缺，據《盛世新聲》本、《詞林摘艷》本、《盛世詞林》本、《雍熙樂府》本補。

〔三〕内：底本此字有殘缺，據《盛世新聲》本、《詞林摘艷》本、《盛世詞林》本、《雍熙樂府》本補。

〔四〕如：底本原作「盈」，據《盛世新聲》本、《詞林摘艷》本、《盛世詞林》本改。

〔五〕端的：底本無，據《盛世新聲》本、《詞林摘艷》本、《盛世詞林》本補。

〔六〕坐：底本此字有殘缺，據《盛世新聲》本、《詞林摘艷》本、《盛世詞林》本、《雍熙樂府》本補。

鬥鵪鶉一套（娶妓未諧）〔一〕

弃舊迎新，受了些低情下情。年紀兒恰有三旬，少不得立一個婦名。伴着那子弟郎君，更和那江湖上客人。圖他些金銀響鈔，他則要你席上峥嶸，他和你便有甚麽恩情？

【紫花兒序】他不和你白頭相守，則是這有限的恩情，恰便似水上浮萍。起一陣西風，把您來刮向東。不偢不問，趁早兒回頭，顯的你便半路裏聰明。

【小桃紅】自思自想自沉吟，休信那人搬弄，更有那知恩的報恩。則要做男兒每有信，休忘了知心有情。

【金蕉葉】會尋思，有智能，嫁一個年紀小的後生，休嫁那年老的愚濁那等蠢人。

【寨兒令】你如今正青春，尋一個有智能丈夫護贍身。與您家裏避雨遮風，色數裏除名，不强似立欽欽。人欺負你鰥寡孤身，我與你改志重新。街坊每言語訕，姊妹每冷句兒侵，不强似臨老一場空。

【調笑令】你那裏信人，夫妻每幾時成。休信人片口張舌來破親。走將來閑言仗語歪談論，來的可便説我一會詞因。他道我鏖妻打婦情意兒村〔二〕，姐姐你休信人謊鬼瞞神。

【秃廝兒】都是些趨人笑人，無一個與我成親。你便賣金撞着我買金人，成就了這門親也波堪成。我賣弄，你打聽〔三〕，又無那公婆將你苦逼臨，姐姐你直恁般假撇清。

【綿搭絮】每日家守着空房冷清清，則被你錦被兒裏綉幃中。你那裏嫁人，我這裏娶親，則怕俺這男兒每不志誠。你來到我跟前、我跟前你賣弄，有一日過了門，則怕你負我心。有一日錦堂花開，海誓山盟。

【尾聲】看了那你的動用，美滿恩情，那其間喜孜孜、喜孜孜纔稱了我心。

校箋

〔一〕《雍熙樂府》本題名作「子弟娶妓者」，不注撰者。《全明散曲》屬無名氏，據《群音類選》本輯録。

〔二〕我：底本此字有殘缺，據《雍熙樂府》本補。

〔三〕你打：底本此二字有殘缺，據《雍熙樂府》本補。

鬥鵪鶉一套（嘲假斯文）〔一〕　鄭墟泉

踽踽涼涼，摇摇擺擺。弄月調風，勾朋引客。調謊妝幺，幫閑喝采。會巧言，能令色。子曰詩云，之乎也哉。

【紫花兒序】敗壞殺歐蘇字體，玷辱殺韓柳文學，賣弄殺李杜詩才。昂昂而去，悻悻而來。何該，惹得親朋鄰友怪。假妝成士夫尊大，德行全無，禮義全乖。

【金蕉葉】皮着臉把俫兒拐揣，咽着涎與嬌娘往來。這壁廂挨人的飯嗯，那壁廂將人的酒索。

【金蕉葉】常子在秦樓聽差，幾曾向金門獻策。孔子嘗聞着見責，賢者每看着不采。

【小桃紅】平生無意向書齋，空把時光捱。問字人來便推害，羞殺了棟梁材。但逢報考攢眉額，《大學》漫猜，《中庸》不解，信口説胡柴。

【小桃紅】全憑戲耍適情懷，强把風流賣。説法安身伴豪邁，是不是趁船歪。偷寒送暖偏疾快〔二〕，呵叱了又來，搶白着不怪〔三〕，一覔笑盈腮。

【天净紗】戀賭場擲色番牌，怕當家辨米供柴，按時景穿紗衣帛。到處裏尋人趨拜，夜深不返家宅。

【調笑令】我見他走來眼慵開，呀，恰便似傀儡提携上戲臺。平白地買頂方巾戴，穿的是闊領衣異樣儒鞋。顧覔的保兒不離側，把相公聲價高抬。

【禿厮兒】説不盡輕狂性格，看不上蠢劣形骸。本是那驢騾裏出駑駘，少教訓，欠丁㧻，惹禍招灾。

【聖藥王】弄慣乖，拉慣獃，思量堪笑亦堪哀。打不開，駡不改，交游一夥小朋儕，纏的不清白。

【尾聲】從來討盡爺娘債，慣逍遥不尋些買賣。早年間逞英豪，下場頭受窮迫。

校　箋

〔一〕《詞珍雅調》本題名作「嘲假斯文新詞」，注稱鄭壚泉撰。《全明散曲》據《群音類選》本輯録。

〔二〕快：底本此字右上殘缺，據《詞珍雅調》本補。

〔三〕白着：底本此二字有殘缺，據《詞珍雅調》本補。

鬥鵪鶉一套（勸人收心）〔一〕

往常時伴了些珠履瓊簪，乘了些雕鞍駿馬。走了些月館風亭，卧了些重裀綉榻。醜嘴臉妝孤，喬模様做假。則爲你書不通，禮不達，到如今門户兒蕭條，房廊兒倒塌。

【紫花兒序】赤緊的麗春園用不的莽壯，富樂院哭不的貧酸，鳴珂巷告不的消乏。也是你椿椿兒弄醜，件件兒爲差。嗟呀，那無轉動的錢財可又不勾花。早難道丈夫聲價，參不的冷臉兒婆婆，見不的可意兒冤家。

【小桃紅】中年無計作生涯，流落他人下。尚兀自留戀當初枕邊話，不防他，多情耻笑知音駡。待去呵青蚨又夢撒，不去呵寸心又牽掛，没來由情緒亂如麻。

【調笑令】占定着小娃，止不過弄奸猾，又無甚筆吐江淹夢裏花。笑你個空拳頭未肯甘心罷〔二〕，翠紅鄉拚命行踏〔三〕。

【禿厮兒】見相識免不的推聾做啞，遇姨夫使不的俐齒伶牙。將你那行藏静中明鑒察，無分福，享奢華，井底之蛙。

【聖藥王】全不想你囊已乏，他價轉加，痴心兒終日望巫峽。我非是厮逼拶，待把你相救拔，好將那些須貲本手中拿，哥哥你省可裏念頭差。

【隨煞】我則怕宣揚的你掤拽風聲大，我勸你且寧耐些時暫霎。待你那運通呵，慢慢的腆脯兒行，鏝廣呵悦悦的放心兒耍。

校　箋

〔一〕《梨雲寄傲》本題名作「勸子弟收心」；《盛世新聲》本、《詞林摘艷》本、《北宮詞紀》本題名作「譏子弟」，注稱陳大聲撰；《盛世詞林》本無題，《雍熙樂府》本題名作「勸人收心」，俱不注撰者。《全明散曲》屬陳鐸，據《梨雲寄傲》本輯録。

〔二〕頭：底本無，據《盛世新聲》本、《詞林摘艷》本、《盛世詞林》本、《北宮詞紀》本補。

〔三〕命：底本原作「九」，據《盛世新聲》本、《詞林摘艷》本、《盛世詞林》本、《北宮詞紀》本改。

鬥鵪鶉　一套（妓好睡）〔一〕

莫不是陳摶的姨姨，莊周的妹妹，宰予的家屬，謝安的親戚？華胥夢裏姻緣，邯鄲道上配匹？兩件兒，試問你，可甚愛月遲眠，惜花早起？

【紫花兒序】西厢底鶯鶯立睡，茶船上小卿着昏，東墻下秀英如痴。真乃是弃生就死，便休想廢寢忘食。休題，除睡人間總不知。正是困人天氣，啼殺流鶯，叫死晨鷄。

【么篇】推着倒鸞交鳳友，倩人扶燕侶鶯儔，合着眼蝶使蜂媒。綉衾未展，玉山先頽。其實倒枕着床是你，記得的胡突了一世。恰便似楚陽臺半死的梅香，蘭昌宫殉葬的奴婢。

【小桃紅】莫不是離魂倩女醉楊妃，是個有覺的平康妓？難道嫦娥不出氣？懵懂的最憐伊。顛鸞倒鳳先及第，直壓的珊瑚枕低，黄金釧碎，平地一聲雷。

【禿厮兒】袄廟火燒着不知，藍橋水渰死合宜。絶纓會上難侍立，纔燭滅，早魂魄昏迷。

【聖藥王】子弟每做伴的，安排着好夢做夫妻。你也休問誰，我也不答你，陷人坑上被兒裏，直挺着塊望夫石。

【尾聲】對蒼天曾説牙疼誓，直睡到紅日三竿未起。若要戰退睡魔王，差三千個追魂大力鬼。

校　箋

〔一〕《雍熙樂府》本、《朝野新聲太平樂府》本題名作「妓好睡」，俱不注撰者；《北詞廣韵選》本題名作

「好睡妓」，《彩筆情辭》本題名作「嘲好睡妓」，注稱元人辭。

鬥鵪鶉一套（中秋頌聖）〔一〕

玉露新涼，金風漸起。托賴着聖主洪寬，千邦進禮。喜遇着盛世年豐，興隆社稷。見如今四序和，萬姓喜，道泰歌謡，偏邦頓息。

【紫花兒序】感應的麒麟出現，彩鳳呈祥，青鳥來儀。四時八節，民樂雍熙。無及，他每都鼓腹謳歌贊聖德。見如今萬邦寧息，一統封疆，萬國扶持。

【金蕉葉】雄糾糾文臣武職，善通知天文地理。秉忠誠于家爲國，一個個威風萬里。

【鬼三台】我子見龍宮内，盡都是黄金砌，光晃晃瓊樓玉壁。見瑞靄燦光輝，勝蓬萊洞裏。玉樓臺巧鐫龍鳳飛，金妝成升斗錦綉堆。恰便似閬苑蓬萊，勝似那十洲勝迹。

【調笑令】蕩金風氣質彩雲飛，更和那兔影蟾光明似水。見冰輪照徹天和地，桂花香月影風襲。祝賀着吾皇萬年延壽紀，更那堪洪福天齊。

【秃厮兒】萬乘主仁慈孝義，勝當年虞舜能爲〔二〕。寬仁厚德秉正直，天心順，百祥集，堪宜。

【聖藥王】擺列着玳瑁齊，百味奇，你看那金釵十二謹相隨。更和這玉液濃，瀲灧杯，則聽的笙歌一派奏塤篪，齊賀着萬萬歲永無極。

【尾聲】太平年四海民歡會〔三〕，齊賀着年豐物美。中秋月喜團圓，托賴着聖壽無疆萬萬紀。

校　箋

〔一〕《盛世新聲》本、《詞林摘艷》本題名作「中秋」，《雍熙樂府》本無題名，俱不注撰者。《全明散曲》屬無名氏，據《群音類選》本輯録。

〔二〕能：底本原作「無」，據《盛世新聲》本、《詞林摘艷》本改。

〔三〕太平：底本原作「大平」，據《盛世新聲》本、《詞林摘艷》本、《雍熙樂府》本改。

鬥鵪鶉一套（美眷）〔一〕

媚媚姿姿，湮湮潤潤。裊裊婷婷，丰丰韵韵。臉襯朝霞，指如嫩笋。一捻腰，六幅裙。萬種妖嬈，千般可人。

【紫花兒序】曲彎彎蛾眉掃黛，慢鬆鬆鳳髻高盤，高聳聳蟬鬢堆雲。一團兒旖旎，百般兒精神。超群，越女吴姬怎相趁，席上殷勤。百媚龐兒，一笑生春。

【禿厮兒】瘦怯怯金蓮窄穩，嬌滴滴皓齒朱唇。肌如美玉無瑕損，但見了總消魂，絶倫。

【聖藥王】酒半醺，更漏分，畫堂銀燭照黄昏。枕上恩，被裏親，丁香笑吐麝蘭噴，燈下看佳人。

【尾聲】好姻緣休要别離恨，衹恐怕兩下裏魂牽夢引。則我這羅衫褙兒寬，和你那綉裙帶兒來儘。

校　箋

〔一〕《陽春白雪》本無題名，注稱王伯成撰；《盛世新聲》本、《詞林摘艷》本題名作「風情」，《雍熙樂府》本題名作「美眷」，《北詞廣正譜》引【門鵪鶉】一支，俱不注撰者。

黄鍾

醉花陰一套（佳人）〔一〕

玉臉横秋淡眉掃，傾國傾城相貌。堆雲髻鳳釵翹，身分兒苗條，淺淡妝天然俏。美甘甘膩香嬌，性格兒温柔情意兒好。

【喜遷鶯】青春年少，正當時二八多嬌。難描，萬般奇妙，恰便似月裏嫦娥離碧霄。天性巧，裊婷婷千般旖旎，嬌滴滴萬種妖嬈。

【出隊子】若論他聰明俊俏，通禪機將詩謎包。裁冰剪雪辨低高，擊玉敲金不做作，闊論高談諸事曉。

【刮地風】體態輕盈貫世少，喜孜孜笑撚鮫綃。更那堪閉月羞花貌，檀口似櫻桃，玉纖纖手似葱梢。金蓮窄款步輕翹，踐香塵不由人心癢難撓。乍相逢，猛見了，不由人魄散魂消。俏香肌裊裊婷婷妙，端的有丹青怎畫描。

【四門子】本是個美玉無瑕寶，怎不教聲價高。粉臉勻，蘭麝飄，挽烏雲髻鬆金鳳翹。錦營中寵，花陣裏嬌，但行處香雲亂繞。

【古水仙子】我我我猛見了，隱隱隱魂飛在九霄。他他他模樣兒風流，敢敢敢諸般兒俏倬，騰騰騰驀蘭堂入畫閣。款款款將檀板輕敲，輕盈盈舞徹楊柳腰。他他他通音呂善曉諸宮調，俺俺俺拚沉醉樂醄醄。

【尾聲】辜負了青春美年少，紅馥馥玉軟香嬌，占鶯花第一入畫閣。

校　箋

〔一〕《詞林摘艷》本題名作「美妓」，《雍熙樂府》本題名作「美姬」，《盛世新聲》本、《盛世詞林》本無題名，俱不注撰者。《全明散曲》屬無名氏本，據《群音類選》本輯録。

小令

寨兒令二十二首（咏風月擔兒）〔一〕

占柳營，據花城，展旗旛少年休太逞。賣弄你體健身輕，智巧心靈，千戰更千贏。起初時火塊似恩情，下場頭水面上浮萍。錦拴成絆馬索，花簇定陷人坑。聽，再休將風月擔兒争。

瓦罐提，破席披，下番兒九分輪到你。每日家舞共彈祇，陪酒陪食，穿柳陌入花溪。金銷成打眼目新衣，銅鑄就敲腦袋沉錘。姨夫每如虎猛，鴇兒每似狼飢。呸，再休將風月擔兒題。

錦套竿，玉連環，紅索圓頭兒十字拴。嬌艷容顔，巧妙機關，説誓海與盟山。藍橋下浪滚波翻，陽臺上雨溼雲慳。香團兒屏障列，花朵兒鋪席攤。難，再休將風月擔兒看。贍表精，謊書生，唤薄嬤做娘不住聲。帶月披星，膽戰心驚，剛落得半分情。一覺地夢撒撩丁，臉兒上刮下冬淩。七星錘沉點點，雙舞劍響錚錚。醒，再休將風月擔兒迎。歌舞臺，柳花街，錦糢糊一天烟月色。小膽兒難挨，大注子忙揣，真和閧假搶白。狠撅丁不伏燒埋，嗟頂老忒是狂乖。涎乾了犀瓠齒，粉淡了旱蓮腮。來，再休將風月擔兒抬。

語話嘶，性情貪，乜斜着眼腦饞上饞。酒濕衣衫，花插冠簪，出賣着錦字籃。迷魂洞千里雲緘，相思海萬丈波渰。花容般厖道俊，密鉢似口兒甘。諳，再休將風月擔兒擔。熱表兼，鏝底苫，一千層樺皮靴做臉。女劣娘嚴，寸步拘鉗，供米麵買茶鹽。虛飄飄半霎情忺，實丕丕一世傷廉。心兒中懷着苦，口兒裏吃些甜。嫌，再休將風月擔兒拈。珠絡索，錦窠巢，渲房中小哥尋個瓢。每日家雨嫩雲嬌，月夜花朝，歌皓齒舞纖腰。喜孜孜笑裏藏刀，熱烘烘鬧裏吃敲。屎盆兒刷不净，溺罐兒洗還臊。教，再休將風月擔兒挑。

開硬呵，發乾科，潑生涯這般爲計左。休逞嘍囉，索自評跋，都是些花太歲女閻羅。筭條兒似年小哥哥，花枝兒般可意嬌娥。美甘甘鶯燕友，惡狠狠虎狼窠〔二〕。哦，再休將風月擔兒挪。

性軟者，意勤者，見姨夫便索迴避些。每日家供送巴劫，侍養吟嗶，撒旖旎放乜斜。被一個母猫兒摑打熟瘸，見一個玉天仙，軟了腰截。有錢時强拚捨，無鈔後苦絣拽。嗟，再休將風月擔兒賒。

金鳳凰，玉螳螂，木樨油櫳掠的雲鬢光。口似沙糖，舌賽鋒芒，不説誓便燃香。一百條花柳街坊，五百層錦綉排場。頑涎兒容易刮，甜唾兒怎生當。光，再休將風月擔兒湯。

麵好吃，磨難推，吃麵的使昏了推磨的。賣弄虛脾，不辨真實，佯孝順假慈悲。上稍兒蔭子封妻，下場頭瓦罐爻槌。鄭元和遭坎坷，李孔目被禁持。知，再休將風月擔兒隨。

難救拔，怎收煞，捨身崖路兒滑擦擦。歡喜冤家，煩惱根芽，會打鼓弄琵琶。推磨時力困筋乏，吃麵時俐齒伶牙。雙通叔千里馬〔三〕，馮員外一船茶。嗏，再休將風月擔兒拿。

孛老貪，小倈憨，潑風聲做得來實大膽。涕唾腌臢，鬢髮髡鬖，尚兀自苦着淹。妻兒每篤篤喃喃，朋友每兩兩三三。鹽支了收舊引，茶盡了剩空籃。參，再休將風月擔兒攙。

烟月牌，雨雲臺，劣柳青自來能放乖。舞袖弓鞋，粉臉香腮，單等着子弟每撞將來。陳殿直苦痛哀哉，王俊民日值年灾。真心兒將他待，謊話兒把人猜。開，再休將風月擔兒捱。

會撚酸，强成歡，生牛皮鼓兒着力鞔。儘意窠盤，不放鬆寬，實指望永團圞。尖錐兒連理枝鑽，鋼刀兒比目魚剜。水局門空蕩蕩，花招子一般般。瞞，再休將風月擔兒搬。

熱廝煎，暗相牽，迷魂陣一周遭擺得圓。銅斗兒家緣，案板兒盤纏，使盡了不疼錢。紅套索軟似絲綿，黄桑棍硬似鋼鞭。披蓑衣來救火，隔房脊去攛椽。天，再休將風月擔兒專。

常串瓦，愛分茶，没人處便學閑磕牙。弃業拋家，儘自由他，衝陣馬慣踏踏。暖溶溶火内開花，虚飄飄水上捺瓜。破馬杓常不滿，無星秤有争差。呀，再休將風月擔兒誇。

眼打睃，脚奔波，有錢呵每朝無間闊。翻滾滾油鍋，明晃晃鍬钁，不是個善婆婆。入馬時喧滿鳴珂，點湯也引起蜂窩。披羊皮尋飯吃，蓋藁薦打頦歌[四]。哥，再休將風月擔兒奪。

髻綰雲，臉生春，壓秋波兩彎眉黛分。檀板金尊，皓齒朱唇，攛掇煞謊郎君。敲一敲腦暈頭昏，刮一刮帶骨連筋。調猱的無了鏝，幫虎的不離門。狠，再休將風月擔兒親。假撇清，不實誠，吃豆粥却嫌羊肉羹。每日價撥阮搊箏，鼓瑟吹笙，一分鈔一分情。大廝八同坐同行，小名兒聲叫聲應。紙湯瓶煨不熱，鐵卧單冷如冰。醒，再休將風月擔兒評。花一攢，錦千團，炒郎君滚油熱銚盤。筋骨刀剜，腦袋錐鑽，虚應付假偷瞞。費精神買笑追歡，放痖雕殺虎論官。八場家干罷手，寸步兒不鬆寬。拚，再休將風月擔兒觀。

校　箋

〔一〕《誠齋樂府》本題名作「咏風月擔兒」；《雍熙樂府》本題名作「風月擔兒」，《盛世新聲》本、《盛世詞林》本無題名，俱不注撰者。《全明散曲》屬朱有燉，據《誠齋樂府》本輯録。

〔二〕虎狼：底本原作「虎狠」，據《誠齋樂府》本、《雍熙樂府》本改。

〔三〕通叔：底本原作「叔通」，據《盛世新聲》本、《盛世詞林》本改。

〔四〕歌：底本此字殘，據《誠齋樂府》本、《盛世新聲》本、《盛世詞林》本、《雍熙樂府》本補。

四塊玉四首（人自迷）〔一〕

李白好貪杯，每日醺醺醉。帶酒上金鑾，觸犯明皇帝。今日在波中，喪了身和體。酒不迷人人自迷。楊貴妃捧硯成何濟，高力士脱靴總是虚。思量起，總不如山林間蓋一座草庵兒。從今後，斷却了酒色和財氣。酒不迷人人自迷。

紂王寵妲姬，不信賢臣議。敗國又亡家，社稷全拋弃。武王領兵來，喪了身和體。色不迷人人自迷。玉天仙美女成何濟，月窟裏嫦娥總是虚。思量起，總不如山林間蓋一座草庵兒。從今後，斷却了酒色和財氣。色不迷人人自迷。

石崇世無雙，家本多富積。積玉并堆金，行坐尚深思。衹因金谷園，喪了身和體。財不迷人人自迷。砌遍谷黄金成何濟，填滿庫珍珠總是虚。思量起，總不如山林間蓋一座草庵兒，從今後，斷却了酒色和財氣。財不迷人人自迷。

霸主楚王孫，舉鼎千斤力。楚漢兩英雄，吞并乾坤世。兵敗到烏江，喪了身和體。氣不迷人人自迷。江山萬里成何濟，韓信功勞總是虚。思量起，總不如山林間蓋一座草庵兒。從今後，斷却了酒色和財氣。氣不迷人人自迷。

校箋

〔一〕《雍熙樂府》本題名作「人自迷」，不注撰者，此本把《群音類選》本的一支分作兩支，每支皆以「人自迷」結束。《全明散曲》屬無名氏，據《雍熙樂府》本輯録。

一半兒四首（重會）〔一〕　秦復庵

幾年游子負歸期，何處風兒刮到你，進得門來意似痴。扯羅衣，一半兒驚惶一半兒喜。

合歡共勸手中甌，乘興相偎心上有，面赤慵將彩扇收。懶抬頭，一半兒佯羞一半兒酒。

校　箋

〔一〕此小令僅存《群音類選》本，《全明散曲》據之録定。據題中所稱「四首」，而此實存二首，知後有缺頁。

類選終〔一〕

校　箋

〔一〕「類選終」三字爲底本所有。不過最後小令的題目題爲「一半兒四首」，而實僅存兩首，知後有缺頁。此「類選終」當非原刻本所有，疑爲後加，以達到殘缺充完本的目的。

參考文獻

（俄）李福清、（中）李平編《海外孤本晚明戲劇選集三種》，上海古籍出版社一九九三年版
（荷）龍彼德《明刊戲曲弦管選集》，中國戲劇出版社二〇〇三年版
（日）神田喜一郎編《中國戲曲善本三種》，日本京都思文閣一九八二年版
陳鐸《環翠堂精訂陳大聲可雪齋稿》，明萬曆三十九年汪氏環翠堂刻本
陳鐸《坐隱先生精訂梨雲寄傲》，明萬曆三十九年汪氏環翠堂刻本
陳鐸《坐隱先生精訂秋碧軒稿》，明萬曆三十九年汪氏環翠堂刻本
陳鐸《坐隱先生精訂月香亭稿》，明萬曆三十九年汪氏環翠堂刻本
陳繼儒《樂府先春》，明萬曆間徽郡謝少連刻本
陳所聞編，趙景深校訂《南北宮詞紀》，中華書局一九五九年版
陳旭耀《現存明刊〈西厢記〉綜録》，上海古籍出版社二〇〇七年版
程萬里《大明春》，《善本戲曲叢刊》（第一輯）影印本

冲和居士《怡春錦》，《善本戲曲叢刊》（第一輯）影印本
鋤蘭忍人《玄雪譜》，《善本戲曲叢刊》（第四輯）影印本
褚人穫輯《堅瓠補集》，進步書局石印《筆記小説大觀》本
戴龍基主編《不登大雅文庫珍本戲曲叢刊》，學苑出版社二〇〇三年版
董康《曲海總目提要》，人民文學出版社一九五九年版
洞庭簫士《樂府南音》，《善本戲曲叢刊》（第四輯）影印本
竇彦斌《詞林白雪》，《日本所藏稀見中國戲曲文獻叢刊》（第一輯）影印本
方來館主人《萬錦清音》，清順治十八年方來館刻本
馮夢龍《太霞新奏》，《善本戲曲叢刊》（第五輯）影印本
傅惜華《明代傳奇全目》，人民文學出版社一九五九年版
傅惜華《明代雜劇全目》，作家出版社一九五八年版
龔正我《摘錦奇音》，《善本戲曲叢刊》（第一輯）影印本
古本戲曲叢刊編刊委員會輯《古本戲曲叢刊初集》，上海商務印書一九五三——一九五四年版

古本戲曲叢刊編刊委員會輯《古本戲曲叢刊二集》，上海商務印書館一九五四—一九五五年版
古本戲曲叢刊編輯委員會編輯《古本戲曲叢刊三集》，文學古籍刊行社一九五七年版
古本戲曲叢刊編輯委員會編輯《古本戲曲叢刊四集》，上海商務印書館一九五七—一九五八年版
古本戲曲叢刊編輯委員會編輯《古本戲曲叢刊五集》，上海古籍出版社一九八六年版
郭勛《雍熙樂府》，《續修四庫全書》影印本
郭英德《明清傳奇綜録》，河北教育出版社一九九七年版
國家圖書館編《原國立北平圖書館甲庫善本叢書》，國家圖書館出版社二〇一三年版
胡忌、劉致中《崑劇發展史》，中國戲劇出版社一九八九年版
許宇《詞林逸響》，《善本戲曲叢刊》（第二輯）影印本
槐鼎、吴之俊《樂府遏雲編》，《續修四庫全書》影印本
黄儒卿《時調青崑》，《善本戲曲叢刊》（第一輯）影印本
黄仕忠、（日）金文京、喬秀巖編《日本所藏稀見中國戲曲文獻叢刊》（第一輯），廣西師

範大學出版社二〇〇六年版

黄文華《八能奏錦》，《善本戲曲叢刊》（第一輯）影印本

黄文華《詞林一枝》，《善本戲曲叢刊》（第一輯）影印本

黄文華《樂府玉樹英》，《海外孤本晚明戲劇選集三種》影印本

黄正位《陽春奏》，《古本戲曲叢刊四集》影印本

吉州景居士《玉谷新簧》，《善本戲曲叢刊》（第一輯）影印本

蔣孝《舊編南九宫譜》，《善本戲曲叢刊》（第三輯）影印本

蔣一葵《堯山堂外紀》，明萬曆間刻本

金沛霖主編《明清鈔本孤本戲曲叢刊》，綫裝書局一九九六年版

康海《沜東樂府》，《正續飲虹簃所刻曲》本

李開先《詞謔》，《中國古典戲曲論著集成》排印本

李玉《北詞廣正譜》，《善本戲曲叢刊》（第六輯）影印本

李子㵾《詞珍雅調》，明金陵書肆刻本

梁伯龍《江東白苧（正編）》，《暖紅室滙刻傳劇》本

凌濛初《南音三籟》，《善本戲曲叢刊》（第四輯）影印本
凌虚子《月露音》，《善本戲曲叢刊》（第二輯）影印本
劉君錫《樂府菁華》，《善本戲曲叢刊》（第一輯）影印本
劉世珩編《暖紅室匯刻傳劇》，暖紅室一九一九年刊刻本
劉效祖《詞臠》，《正續飲虹簃所刻曲》本
盧前《正續飲虹簃所刻曲》，江蘇廣陵古籍刻印社一九七九年版
吕天成撰，吴書蔭校注《曲品校注》，中華書局一九九〇年版
馬華祥《明代弋陽腔傳奇考》，中國社會科學出版社二〇〇九年版
毛晋《六十種曲》，中華書局一九五八年版
孟稱舜《新鐫古今名劇酹江集》，《古本戲曲叢刊四集》影印本
祁彪佳《遠山堂劇品》，《中國古典戲曲論著集成》排印本
祁彪佳《遠山堂曲品》，《中國古典戲曲論著集成》排印本
圻山山人《三徑閑題》，《原國立北平圖書館甲庫善本叢書》影印本
齊森華、陳多、葉長海主編《中國曲學大辭典》，浙江教育出版社一九九七年版

錢南揚《宋元戲文輯佚》，古典文學出版社一九五六年版

錢謙益《列朝詩集》，《續修四庫全書》影印本

秦淮墨客《樂府紅珊》，《善本戲曲叢刊》（第二輯）影印本

青溪菰蘆釣叟《醉怡情》，《善本戲曲叢刊》（第四輯）影印本

任訥編《楊升庵夫婦散曲》，上海商務印書館一九三四年版

阮祥宇《樂府萬象新》，《海外孤本晚明戲劇選集三種》影印本

三徑草堂《新編南九宫詞》，明萬曆間刻本

沈璟《南詞韻選》，明萬曆間沈氏刻本

沈璟《增定南九宫曲譜》，《善本戲曲叢刊》（第三輯）影印本

沈仕《唾窗絨》，中華書局一九三一年版

沈泰《盛明雜劇》，明崇禎間刻本

沈泰《盛明雜劇二集》，明崇禎間刻本

沈自晉《南詞新譜》，《善本戲曲叢刊》（第三輯）影印本

隋樹森編《全元散曲》，中華書局一九六四年版

孫崇濤、黄仕忠《風月錦囊箋校》，中華書局二〇〇〇年版
孫楷第《元曲家考略》，上海古籍出版社一九八一年版
唐圭璋編《全金元詞》，中華書局一九七九年版
唐寅《伯虎雜曲》，《正續飲虹簃所刻曲》本
陶湘《喜咏軒叢書》，武進陶氏涉園石印本
汪超宏《韓國藏戲曲選本〈詞林落霞〉考略》，《中山大學學報》（社會科學版）二〇〇三年第四期
汪公亮《樂府争奇》，明刻本
王端淑《名媛詩緯雅集》，《正續飲虹簃所刻曲》本
王驥德《古雜劇》，《古本戲曲叢刊四集》影印本
王磐《王西樓樂府》，汪氏環翠堂刻本
王秋桂編《善本戲曲叢刊》（第一輯），臺灣學生書局一九八四年版
王秋桂編《善本戲曲叢刊》（第二輯），臺灣學生書局一九八四年版
王秋桂編《善本戲曲叢刊》（第三輯），臺灣學生書局一九八四年版

王秋桂編《善本戲曲叢刊》（第四輯），臺灣學生書局一九八七年版
王秋桂編《善本戲曲叢刊》（第五輯），臺灣學生書局一九八七年版
王秋桂編《善本戲曲叢刊》（第六輯），臺灣學生書局一九八七年版
王文章主編《傳惜華藏古典戲曲珍本叢刊》，學苑出版社二〇一〇年版
王穉登《吴騷集》，明萬曆間張琦校刻本
魏之皋《昔昔鹽》，明萬曆間刻本
吴長公《古今奏雅》，明崇禎九年刻本
吴梅著，王衛民編校《吴梅全集》，河北教育出版社二〇〇二年版
吴書蔭主編《綏中吴氏藏鈔本稿本戲曲叢刊》，學苑出版社二〇〇四年版
息機子《息機子元人雜劇選》，《原國立北平圖書館甲庫善本叢書》影印本
謝伯陽編《全明散曲》，齊魯書社一九九三年版
熊稔寰《徽池雅調》，《善本戲曲叢刊》（第一輯）影印本
徐復祚《南北詞廣韵選》，《續修四庫全書》影印本
徐文昭《風月錦囊》，《善本戲曲叢刊》（第四輯）影印本

徐于室《南曲九宫正始》,《善本戲曲叢刊》(第三輯)影印本
徐子方《曲學與中國戲劇學論稿》,東南大學出版社二〇一二年版
楊朝英《朝野新聲太平樂府》,武進陶氏一九二三年刊刻本
楊慎《升庵合集》,清光緒八年刻本
楊慎《陶情樂府》,盧前岷陽精舍一九一一年刊刻本
姚之駰《元明事類鈔》,上海古籍出版社一九九三年版
葉天山《明代曲學文獻考論》,華東師範大學二〇一六年博士學位論文
佚名《大明天下春》,《海外孤本晚明戲劇選集三種》影印本
佚名《歌林拾翠》,《善本戲曲叢刊》(第二輯)影印本
佚名《滿天春》,《明刊戲曲弦管選集》本
佚名《千家合錦》,《善本戲曲叢刊》(第四輯)影印本
佚名《賽徵歌集》,《善本戲曲叢刊》(第四輯)影印本
佚名《盛世詞林》,明抄本
佚名《盛世新聲》,文學古籍刊行社一九五五年版

佚名《萬家合錦》，《善本戲曲叢刊》（第四輯）影印本
佚名《樂府歌舞臺》，《善本戲曲叢刊》（第四輯）影印本
佚名《樂府名詞》，明萬曆間書林周敬吾刻本
殷夢霞選編《鄭振鐸藏古吴蓮勺廬抄本戲曲百種》，國家圖書館出版社二〇〇九年版
殷啟聖《堯天樂》，《善本戲曲叢刊》（第一輯）影印本
俞憲《盛明百家詩》，《四庫全書存目叢書》影印本
玉陽仙史《古名家雜劇》，《古本戲曲叢刊四集》影印本
臧懋循《元曲選》，中華書局一九五八年版
張禄《詞林摘艷》，明嘉靖十八年序刻本
張琦、王煇《吴騷二集》，明萬曆間長洲周氏刻本
張琦、張旭初《吴騷合編》，明崇禎十年張師齡刻本
張相《彩筆情辭》，《善本戲曲叢刊》（第五輯）影印本
趙景深《元雜劇鈎沉》，上海古典文學出版社一九五六年版
趙琦美《脈望館鈔校本古今雜劇》，《古本戲曲叢刊四集》影印本

鄭騫著，曾永義編《從詩到曲》，商務印書館二〇一五年版
鄭若庸《詞餘》，清康熙三十八年程定遠刻《滎陽雜俎》附刊本
鄭振鐸編《長樂鄭氏匯印傳奇》（第一集），長樂鄭氏一九三四年影印本
止雲居士《萬壑清音》，《善本戲曲叢刊》（第四輯）影印本
中國戲曲研究院編《中國古典戲曲論著集成》，中國戲劇出版社一九五九年版
鍾嗣成《録鬼簿》，《中國古典戲曲論著集成》排印本
周妙中《江南訪曲録要》，《文史》第二輯，中華書局一九六三年版
周祥鈺、鄒金生等輯《九宫大成南北詞宫譜》，《善本戲曲叢刊》（第四輯）影印本
周之標《吴歈萃雅》，《善本戲曲叢刊》（第二輯）影印本
周之標《樂府珊珊集》，《善本戲曲叢刊》（第二輯）影印本
朱强主編《北京大學圖書館藏程硯秋玉霜簃戲曲珍本叢刊》，國家圖書館出版社二〇一四年版
朱有燉《誠齋樂府》，明宣德九年自刻本